CHINA LITERATURE
AND ART FOUNDATION
中国文学艺术基金会
中国文学艺术发展专项基金 资助项目

2012 年度中国文联文艺出版报刊精品工程

中国文联出版业改革领导小组
中国文学艺术基金会

中国文艺发展态势丛书

文艺锐批评（上）

中国艺术报社编

中国文联出版社

总序

赵实

文艺传媒是党和政府联系广大文艺家、文艺工作者和人民群众的重要桥梁和纽带，也是我们社会重要的舆论阵地。作为中国文联主管主办的文艺界专业媒体，《中国艺术报》自创办来，一直坚守着服务广大文艺工作者、助推文艺事业繁荣发展、滋润全民艺术素养的办报宗旨。尤其是近年来，仔细翻阅《中国艺术报》，每一期都让我们感触良多。不只是文章安排的精巧，语言表述的精妙，版式设计的精美，更是字里行间所飘逸出的文化情怀，透射出的责任担当。我们可以深刻地感受到，《中国艺术报》的文化立场、艺术主张始终与民族、国家文化的主流思想和文艺发展繁荣的正确方向紧密联系在一起。

2011 年以来，《中国艺术报》顺应文艺发展的需求，努力适应传媒业活跃态势，不断提升报纸品质，扩大传播力和影响力。报纸全面扩刊改版，增至周三刊，并更新办报理念，重新定位内容与形式，科学设置采编程序，积极营造锐意创新、突破常规、勤于思考、勇于实践的良好业务氛围，在理论深度、思想锐度、视野宽度、艺术纯度上下功夫，打造出了"艺术大讲堂"、"艺象杂言"、"文艺争鸣"、"特别关注"、"艺术纵横"、"艺术交流"、"视窗"、"大家"等一大批精品版面和精品栏目，全面呈现了文艺界的焦点、热点、看点和观点。《中国艺术报》以其丰富的内涵、专业的视角、高雅的品位成为了广大文艺工作者和广大读者十分看重的一份文艺类专业报纸，在全国文化宣传系统深具影响力。

《中国艺术报》新设立的一大批特色鲜明的版面和栏目，社会效果良好。特别是评论栏目在加强文艺理论评论、引导正确舆论方面取得了明显的效果。一些评论栏目，把新闻言论和文艺批评很好地结合起来，组织发表了一系列观点鲜明、敢于直言，有针对性、有战斗力的评论文章。这些评论文章在文艺界发挥了积极的导向引领作用，传递出文艺界强大的正能量。

"观点鲜明、敢于直言，有针对性，有战斗力，要提倡和表扬。"2011 年 10 月，刘云山同志对《中国艺术报》所刊言论给出这样的高度评价和充分肯定。社会各界，尤其是文艺界也普遍认为《中国艺术报》刊发文艺评论文章“观点鲜明、敢于批评、专业性强，评论开创新风。”

当今中国，经济科技迅猛发展、生活水平显著提高、文化民生明显改善，人民大众的精神文化生活比任何一个时期都要丰富多彩。但我们也能清晰地看到其中存在的问题：一方面，人民群众的文化需求更加旺盛，文艺作品的数量急剧增加，而质量却又参差不齐，艺术追求和商业诉求时有相悖；另一方面，网络媒体和平面媒体上娱乐话语迅猛增加，文艺资讯流通加快，开拓观察文艺现象新渠道新视野的同时，也存在着一些非理性、庸俗化、跟风吹捧恶搞的不良评论，不同程度地混淆了视听，模糊了价值取向。因此，如何引导广大文艺工作者坚持正确的文化立场和文化追求，弘扬社会主义核心价值体系，靠思想的力量、艺术的魅力打动人心，靠喜闻乐见、雅俗共赏赢得受众，抵制庸俗、低俗、媚俗之风，不仅需要广大文艺工作者的文化自觉，广大文艺理论家批评家的强烈发声，也亟需新闻媒体加以辨析和引导。媒体所拥有的强大话语权、传播力，以及作用于人精神和心灵的特质，要求其必须处处彰显它的社会责任意识和使命担当，大力弘扬真善美，营造积极健康的文化氛围。而在这一点上，《中国艺术报》的做法和开创的经验值得借鉴，体现出的责任意识和使命担当值得赞赏。

呈现在广大读者面前的《中国文艺发展态势丛书》正是《中国艺术报》2011年全面改版以来精华文章的集中展现。丛书共分《文艺锐批评》（上、下）《艺术大讲堂》《文艺美文》《文艺理论态势》《文艺创作谈》《文艺大视野》《形象·影像·造像——文艺人物纪事》七册。丛书紧扣中国艺坛新风新潮、关注当代文艺大家名家、聚焦当下学界精品力作，运用生动的图片、优美的文字、精巧的编排，全场景、多角度地展现出当代中国文艺繁荣发展的风貌和中国艺术发展的整体趋势。

可以说，《中国文艺发展态势丛书》是一部融前沿性、学术性、时代性、史料性于一体的具有收藏价值的年度性艺术丛书，对加强和改进文艺理论评论，彰显主流艺术话语和声音，引导文艺创作和生产，丰富人们精神文化生活，提升国民整体人文素质有着积极地推动作用。

回顾浩荡历史，大凡一个强盛的时代，必然伴随一段文化灿烂的历史，涌现出一批具有强烈民族精神和大众情怀的文艺大家。展望无尽前程，中华民族的伟大梦想必然少不了一个强大的“文化中国”之梦、“艺术中国”之梦，在中华民族的伟大复兴的历史进程中，以文化大发展大繁荣为标志的文化复兴是历史发展的必然要求。作为党和政府在文艺领域的重要舆论阵地，作为中国文联重要的信息平台和宣传窗口，希望《中国艺术报》积极适应文化建设、文艺事业发展的新形势新任务，进一步提升报纸传播力和影响力，更好地服务文艺工作和文联工作，积极发挥文化引领风尚、教育人民、服务社会、推动发展的作用；希望《中国艺术报》发挥传媒的独特优势，凝聚和引导广大文艺工作者融入人民大众实现伟大中国梦的创造之中，讲好中国故事，唱响中国声音，抒发中国情怀，塑造中国形象，以提高民族素质、弘扬先进文化为己任，与人民共梦想、共辉煌。

是为序。

目　录

一、锐批

1. 煞一煞另类英雄风

邱振刚

一个满脸络腮胡子的汉子，从战壕里站起来，晃着膀子踱到阵地前，斜着眼角扫视了一下敌军炮口，然后在敌军指挥官的望远镜里，满不在乎地扯开裤带朝地上的钢盔就痛快淋漓了一番。

这就是最近热播的一部抗战题材电视剧中的一组镜头，这一番做作，让人无论如何想象不到的是，出自剧中的一位八路军独立团团长。细究全剧就会看到，这位"团长"类似的古怪行为还有很多,如被侵略者的武力和残暴吓出心理障碍等。这些，都在该剧正式播映前的宣传预热中被制作者称为"个性鲜明"、"颠覆传统"。与之类似，在一部曾引发抢播闹剧的《我的团长我的团》中，游民习气、无赖作风更是弥漫于这支曾创下世界战争史奇迹的中国远征军中，小偷小摸、内讧械斗在这支队伍里也层出不穷。

其实，对正面人物、英雄形象用大量生动鲜活的细节来进行更符合真实人性的刻画，是近年来一些军事题材影视作品的亮点，这是对过往作品中那种高大全式人物塑造模式的突破。然而，这种"消解崇高"，似乎正在走向另一个极端，就是把一些很不招人待见的缺陷安在英雄人物身上，美其名曰"人性化"。一脸胡须 + 斜叼烟卷 + 满嘴脏话俨然成了这些影视剧中英雄人物的标准造型。这些影视作品看上几部，不由得让人悲从中来:这样的情节，这样的人物，生动则生动矣，但这哪里是"人性化"，分明是痞子化。我们最引以为傲的民族英雄，难道就是这样一番模样?

笔者并非否认当时抗战队伍构成的复杂性，并非否认如你我般的普通人在民族危亡、家园倾覆的战争环境中也能迸发出血性与勇气，问题是，并不高尚的人大批量的灵魂重生，一夜之间成为顶天立地的民族脊梁，这种情节设计有多大的说服力？这只会让人联想到货运卡车顷刻间变形为捍卫和平的"擎天柱"罢了。固然，战争是残酷的，人性是复杂的，英雄并非不能没有缺点，但如果给自私自利之徒、贪生怕死之辈撒上一把战争的催化剂，就能让他们变得无私无畏、大智大勇，这无疑大大损害了作品的可信力。而这些品行举止多有可疑处的"英雄"，也是对那些真正"我以我血荐轩辕"的为国牺牲者的不敬。"大处不虚,细处不拘"当然是战争题材艺术创作的基本原则，但这些影视剧主创者对"细处"的理解显然出现了偏差。英雄人物的心灵成长史——无论是有真实的原型，还是出自艺术虚构,都深植于一个民族最久远最深层的心理结构、最具代表性的精神品格中。这，绝不是细节。英雄来自于平凡者，绝不会来自于猥琐者。在美国的战争题材影视作品《拯救大兵瑞恩》《兄弟连》《拆弹专家》中，对人性的拷问同样尖锐，但其中那些美国大兵却也被美国观众认同为国家精神的化身。这样的重任，龙文章们、李大本事们承担得起来吗？

细想一下，我们就都会承认，一对年轻的父母指着电视屏幕，据以教育自己的子女，向他们讲授历史、爱国、做人种种道理，并让他们引以为人生楷模的，会是于洋在《英雄虎胆》中扮演的侦察科长曾泰，会是吕晓禾在《高山下的花环》中塑造的梁三喜，而绝不会是今天屏幕上的这些另类“英雄”。

2. 批评的勇气和被批评的恶声

——说说姜昆近来遭遇的事

左岸

“现在不少人追捧一些下三滥的恶俗艺术，一些被老一代艺人丢掉的不好的东西又被捡回来了……”日前，在中国文联和中国作协联合举行的加强和改进文艺评论座谈会上，著名相声表演艺术家姜昆对当下相声界一些不良现象发出了上述感叹。没承想，原本只是就相声艺术发展现状发表一下个人的看法，结果却引来接二连三的嘲讽，再加上一些好事者的添油加醋，让本应该是一次以艺术为本体的争鸣，逐步升级成为人身攻击。

艺术的发展离不开艺术批评，对于每个从艺者来说，及时发现行业内部存在的问题，并对这些问题给予相应的评论，不仅是分内之事，更是一个从艺者责任心的体现。姜昆直言批评曲艺界存在的问题，发乎内心，出于责任。退一步讲，即使批评有失偏颇，仍可止于艺术本身，互相辨证。可眼前这样的结果，我们不禁要问：正视行业自身问题并及时加以批评为何会招来如此多的非议和恶语中伤？我们的艺术批评究竟是怎么了？

现在艺术界尤其是评论领域，对于被批评、被争鸣，并非所有人都能“笑纳”，一旦发现有人批评，他们就盲目地对号入座，认为批评者一定是和自己过不去，故意找茬。就姜昆的正常评论而言，面对切中要害的艺术批评，被批评者只顾着抛出与艺术本体毫不相关的一句句粗话和脏话，甚至还煞费苦心地作起歪诗来，字里行间充满着发泄的情绪，大有将以艺术本体为对象的艺术批评上升为一种私人恩怨之势。由此笔者想起去年发生在电视艺术批评领域的一桩怪事。某著名艺术家在研讨会开场便说，希望专家对自己的作品“提出意见，同时给出批评和提醒，多批评、少夸奖……”可当专家真的对其作品给予客观批评时，被批评者立刻变脸，并展开犹如面对仇人一般的反驳和抨击。从这两起事件中我们看不到被批评对象宽容接受正确客观的批评，看到的只是被批评者对批评者的一次次冷嘲热讽，究其原因，其实也很简单，那就是这些被批评者随着知名度的提高，虚荣心也随之膨胀，于是就再也听不得任何的批评了。

相声原来只是地摊艺术，在天桥撂地卖艺的时代，让相声沾染了很多低俗的内容，后来经过侯宝林、马三立等一批老艺术家的不断改造，相声的语言逐渐走向纯净，这门地摊艺术脱胎换骨终于登上了大雅之堂，为后辈留下了很多可资借鉴的优秀传统。作为后辈，学习相声艺术传统，应当学习其在结构作品、运用语言、组织笑料等方面的种种技巧，而不是重复和使用在传统相声当中属于糟粕的东西。可是反观现在很多相声演员，为了一些所谓的市场和人气，不惜歪曲传统，把一些侮辱劳动人民、宣扬封建迷信、拿身体残疾说事、占前辈便宜、渲染色情等老一辈艺术家早已摒弃的不良传统又重新捡回来。就某“非著名相声演员”来说，现场“砸挂”不可谓不多，可谁承想，但凡跟他沾边儿的人都因为他的“砸挂”倒了大霉，即便是一些相声界的老前辈也都未能幸免，给人的感觉就是不损人他就不会说话。

有人言，相声本就是一门讽刺的艺术，但讽刺是为了针砭时弊，传统相声因讽刺而趣味丛生，因讽刺而意蕴深远，因讽刺而成为经典，可反观如今的相声圈子，虽说也在践行着讽刺的“祖训”，但讽刺在他们那里有了新的注解和诠释，演变成不着边际、毫无节制的挖苦和谩骂。把“包袱”的笑料建立在别人的痛苦之上成了很多相声演员的家常便饭，编排到段子里无非是某某老婆与人有染，某某老爹是我孙子等等。针对此旮旯里散发着霉味的东西又来污染相声界的纯净空气，提出专业的批评和抵制，有何不可？

曲艺事业的繁荣与发展离不开优秀的人才和作品，更需要相应的艺术批评予以扶持和引导，尤其是对处在发展瓶颈期的相声而言，更加迫切需要敢说真话，敢于面对问题发出自己声音的批评。

3. 刹住网络自制剧的“色、狠、野”

何勇海

最近，网络自制剧的审查尺度引发网友热议。有网友指出，乐视网首部自制剧《黑道风云》粗口不断且多次出现肝肠横流、挑断手筋脚筋等残忍画面，存在宣扬暴力；另一档教女性修炼魅力的自制综艺节目尺度太大。据调查，目前国内视频网站所有的自制剧、微电影及综艺节目都靠自觉完成内部审查，没有相关机构进行一对一管理。和传统电视剧相比，网络自制剧（节目）缺少申报立项和审片两个环节。

老实说，这已非笔者第一次听闻网友诟病网络自制剧。印象最深刻的是一家媒体将无需审查的网络自制剧比喻为“野蛮生长”，并归纳出网络剧普遍存在三个“有点”：有点“色”，大尺度镜头让人感觉是吸引眼球、吊人胃口的色情片；有点“狠”，打着除恶扬善旗号，动辄拔枪弄刀、砍砍杀杀，大力表现有仇报仇、以暴制暴；有点“野”，观看有高度自由性，几乎任何人都可以随意点击，像个被放养的野孩子。

在笔者看来，网络自制剧之所以“色、狠、野”，问题的症结恰恰就在于监管有空白、审查靠自觉。这种状况迫切需要得到改变。

网络自制剧“色、狠、野”会误导观众，尤其是未成年人。多数网络剧往往以豪华的名车、时髦的白领丽人，富二代的情感纠葛、紧跟网络热点话题等元素，吸引了“80后”、“90后”甚至“00后”成为其忠实粉丝，甚至为年轻网民这个特殊群体，不惜花大价“量身定制”网络偶像剧。如果继续无视其“色、狠、野”等弊病，会继续对年轻观众产生严重误导。比如有网友就担心，《黑道风云》中几位男主人公为了义气，一言不合就拔枪弄刀、以暴制暴，这会不会对青少年产生错误的引导和示范呢？网络时代，自制偶像剧的作用不可小觑。

而且，网络可谓劲吹“自制剧”风，再也不能是可以忽视的文化现象。网络自制剧早已从一家尝试发展到遍地开花；剧情早已从《一个馒头引发的血案》这类单纯的恶搞，以迎合“审丑文化”，发展到弃“草根”而走向专业化；众多视频网站也从当初的玩票，发展到正式进军影视业；一些网络自制剧甚至不仅仅满足于“自产自销”，还“反销”到传统电视台，与卫视同步播出并攻入黄金档。深圳卫视日前播出的网络自制剧《爱啊哎呀，我愿意》就是一例。相信日后网络自制剧会越来越多，受众将更为广泛，影响将更为深远，加强外部机制的严格审查，应该是必须的。说不定哪一天，影视剧的网络平台，会达到和电视平台、影剧院平起平坐的地步呢。

那种全靠自觉完成内部审查的做法虽说不能等同于没有审查，但作用也会不大。因为随着网络自制蔚然成风，竞争对手会不断涌现，竞争会更为激烈，为了应对竞争、吸引眼球，为了提高收视率和点击率，提高盈利水平，一些网络自制剧便会不惜大爆色情、暴力，以“血脉贲张”作为卖点，以砍砍杀杀引人关注，甚至粗制滥造。要靠自觉完成内部审查，抵御“色、狠、野”之风，恐怕无异于与虎谋皮。

笔者认为，在当今这个“娱乐至死”的时代，有关部门应该早一点对网络自制剧，祭起一把审核的“达摩克利斯之剑”。据了解，目前我国互联网视听节目服务单位遵循的是2008年1月起施行的《互联网视听节目服务管理规定》，这个规定显然已经过时，针对网络自制剧（节目）缺少申报立项和审片两个环节，重新建立一系列的审查标准，对自制者进行资质、内容及版权等的审批或审核，已经刻不容缓。因为和荧屏播放的电视剧一样，网络剧作为一种新生事物，也离不开政策的干预和调控。正如一位网友所言，网络自制剧再也不能找不着管束它的“爹娘”，它需要成长，而且是健康成长。

4. 大片勿对自然施以“恐怖主义”

肖鹰

2009 年写完对几部国产大片存在严重缺陷的批评文字之后，我决心不再看国产大片了，因为我不奢望短时期内国产大片会有根本的改观。在 2010 年贺岁档中，姜文的电影《让子弹飞》空前地被国内大小媒体“交口称赞”，作为文化学人，我“被迫”再次走进影院，结果，依旧的失望使我的电影感再度受伤。

《让子弹飞》，若以其所依马识途小说原著，本来应该是一个饶有乡土情怀的电影，但在片中我们看不到自然的意义，看不到人物的生生死死与乡土山水的关联，准确讲，看不到导演对自然应有的关注和敬意。自然在电影中完全变成了一个没有任何价值、没有任何意义的场景；或者说，对于导演来说，自然变成了一个承载电影把戏的无机舞台。正如整部电影用“站着就把钱挣了”的主角张麻子式的“匪气”主导叙事，在导演的镜头下，自然不过是土匪与恶霸争斗的野蛮码头。

其实在西方很多优秀电影中，自然对人物是有意义的，是在镜头下被电影家关注和致敬的。《阿凡达》可以说将电影技术炫耀到极致，但它的拍摄还是利用以绿色为主调等手段尽最大努力来表现自然的优美、表达对自然的敬意——尊重和维护具有地球原型意义的“潘多拉星球”的原生态的情怀。在 2005 年新版《金刚》结尾中，金刚与女主人公相依守望落日的场景，让人在一种神圣肃穆、深刻悲悯的情绪中感受到厚重的人文内涵，感受到人对自然深深的怀念和依恋。在《指环王》《金刚》《勇敢的心》等美国大片中，有不少激烈的战争、惊怖的打斗情节，但是自然并没有遭受无辜的践踏和摧残。比如，《指环王》的大战场面，虽然是在开阔的河滩和荒山绝顶上展开的，但导演没有借电影英雄们对那些柔嫩的枝条和芬芳的花草滥施淫威来炫耀他们的神功绝技。

然而，中国大片普遍对自然缺少一种敬畏之心，甚至可以说，我们的电影家还没有学会尊重自然。张艺谋、陈凯歌等人的大片都不约而同地表现出对自然的恐怖主义，即把自然当成了一种不仅为我所用，可以任意装扮、改造，甚至可以为所欲为地蹂躏的道具。《无极》在拍摄时，云南香格里拉的自然生态惨遭破坏，《十面埋伏》的竹林打斗桥段对青青翠竹的风卷残云式的蹂躏和砍伐……这些镜头让我们感到，自然不仅成为导演们炫耀电影技巧的驯服道具，而且成为他们发泄电影暴力的无辜受害者。在这些电影中，观众除了看到“只有欲望、没有自然”的导演意识，还能看到什么呢？

电影家对待自然的态度，根源于他们对待人文的态度。当他们轻蔑人文、自我张扬而无极发泄的心态暴发时，遭殃的不仅是自然，而且是作为电影主角的人类（人性）。在《满城尽带黄金甲》的结尾，如绞肉机般炮制出的鲜血与黄花横飞的镜头;《风声》中七爷对吴大队长施以“针刑”的令人发指的场面;《让子弹飞》中老七“剖腹掏粉”的血腥而恶心的表演……这些血腥喷射的“电影创新”，常常被标榜为“英雄血性”或“反思人性”。然而，这些血腥表演是完全诉诸观众感官的层面，连情感层面都没有达到，更别提精神的启迪和提升了。实际上，当导演们热衷于“血腥震撼”的时候，所谓“英雄血性”就只是“动物血腥”的代名词了。

因为缺少人文关怀，现在的国产大片才过度制造和依赖人造景观，追求奇观化场景效果。张艺谋诸人的“大片”之“大”，不是立足于艺术追求之大、电影境界之大，而是以“烧钱”的气魄追求场景之大和场景破坏力之大。对自然的这种破坏、伪造以及资源极度耗费于大场景的打造中，从生态伦理来讲，是生态的“高碳制作”。试问，今天国产大片年产百亿的票房神话，有多少不是张艺谋式的“烧钱”烧出的“高碳电影”呢？

电影是一门大众艺术。作为“大众的”，就必须尊重社会伦理；作为“艺术”，就要追求人文理想，创造美。就商业类型电影而言，追求英雄传奇、娱乐好看，并没有错。但是，我们还是要提醒电影家：电影要有血性，而不是血腥;需要艺术，不需要恶心。

电影这种大众艺术对社会普遍心灵（尤其是青年心灵）有一种无形的塑造力量。针对国产大片当前“没有血性只有血腥”、“没有自然只有欲望”的误区，我们难道不应当警惕和批评吗？

我们真诚期望看到中国导演能拍出在英雄的血性中透视出深厚的仁爱、在自然的丰饶中表现人文的恢弘国产大片。换言之，中国电影的未来之路在于，导演多一点自然素朴的诚意，少一点虚妄骄慢的欲望。

5.《忐忑》蹿红背后的文化尴尬

乔燕冰

岁末年初蹿红网络的“神曲”《忐忑》，在春节举国欢腾的气氛里燎原于大江南北，成为各大电视台的收视新宠、各大视频网站的恶搞对象和各大公司年会的热门曲目，也吸引了“天后”王菲、相声演员郭德纲、香港喜剧明星杜汶泽等人的争相翻唱。相关争议也层出不穷，有人赞其为难得的高雅艺术，有人唾之为“神经病之歌”、“胃痉挛之歌”。但这些都丝毫不影响《忐忑》的风靡。

《忐忑》“神”在它的新、奇、怪、难。整首歌曲无一句歌词，只有嗯、啊、唉、哟等语气词，演唱者声音时而低回婉转，时而雄浑铿锵，表情时而挤眉弄眼，时而横眉怒目，时而娇嗔婀娜，时而疯狂狰狞，俯仰开阖中将声音与表情皆演绎到极致。依业内人士解读，这是运用了戏曲锣鼓经为唱词，融合了花旦、老旦、老生、黑头等多种行当的音色。从创作与表演上看，非古典、非现代、非民族、非美声的《忐忑》一定程度上表现了对音乐无限表现力的一种探索与创新。歌者的演唱也足见其功力，生角的高亢、霸气，旦角的妩媚、灵动，净角的粗犷、洒脱，丑角的滑稽、敏捷等表达可谓淋漓尽致。极度复杂多变的旋律，快速的节奏，丰富的表情和夸张的神态，让人在不尽的新奇中体会到一种创作与表演的颠疯。

《忐忑》的走红，不在于它是一种探索“中国新艺术声乐”的艺术本身，而在于它快节奏的旋律与夸张的表达方式，准确地击中了在这个快节奏时代现实生存与竞争的重重压力下大多数人焦虑、困惑与浮躁的内心，为其提供了一个自我解放的疏泄口；在于它新奇怪异的形式满足了这个时代打破“平庸”的渴望，安慰了这个时代创新的匮乏；在于它无类型的类型打通了精英和大众、高雅和庸俗、古典与现代、严肃与流行之间的壁垒，迎合了当下后现代社会某种大众“去智化”的要求。从这个意义上说，《忐忑》不啻为这个时代的“卡拉ＯＫ”，人人都可以堂而皇之地借艺术的名义玩一次疯狂，在看似既定的节奏中尽情演绎不一样的自己，寻找一次“过把瘾”的畅快。无论是有意栽花还是无意插柳，这都是《忐忑》的魅人之处。

《忐忑》的风靡，也使其在一种错位的追捧与迷恋中遭遇了被戏谑与肢解的尴尬，因为无数人对它的欣赏与模仿，不是缘于艺术，而是缘于将娱乐进行到底的心态。某种程度上，这与芙蓉姐姐、凤姐、犀利哥、小月月等网络走红现象并无二致。不同处只在于，这次娱乐狂欢穿上了一件艺术的外衣，让娱乐者多了份着皇帝的新装那种优越感。演唱者所挑战的人声极限、速度极限、表情极限，被追捧者从整个作品中抽离出来作为娱乐把玩的对象，作品与表演者藉此沦为一种滑稽与搞怪，满足了人们猎奇、求新与觅怪的心理。原本该有的艺术性在这种尴尬中实现的只是类似丑角的功能，或者至多为发泄无聊提供了一个文雅的借口，为宣泄释放焦虑炮制了一种新奇的形式。消解意义与不过问意义也便成了人们不解其义的《忐忑》的最大意义，这种艺术的怪象是艺术的悲哀？还是文化的无奈？《忐忑》带给人们娱乐的同时，是否也付出了时代精神消解的代价？

从ＢＴＶ网络春晚的百人合唱《忐忑》，到ＣＣＴＶ网络春晚中穿一身睡衣狂唱《梦中忐忑》，2011 年春节期间，《忐忑》的演唱者被换上一件件华丽、奇异的外衣，甚至邋遢的睡衣，画上妖娆、怪诞的浓妆，盛情不却地游走于各大电视媒体、网站，满足着男女老少一次次的狂欢。正如每一次登台与谢幕，《忐忑》这曲时代的“卡拉ＯＫ”也终将被新的曲目所取代。只是，曲终人散后，谁来拯救“娱乐至死”的时代病症，谁来抚慰艺术外表之下文化的这份尴尬！

6. 篮协为何禁《忐忑》？

——杂话《忐忑》之一

牛寒婷

流行音乐与娱乐文化联手打造的“神曲”《忐忑》，从 2010 年下半年以来，一路走红，至今余波未消。《忐忑》作为网络“神曲”，从最初打着民族音乐获得国际奖项的夺目招牌，到网友所“盛赞”的演唱者龚琳娜的“戏谑”表演，到上至明星下至百姓的竞相模仿，再到音乐专业人士的缄默态度，以及网络上愈演愈烈的关于“音乐是什么”的口水大战，可谓是赚足了眼球，出尽了风头。一曲《忐忑》，早已超出音乐自身（抛开龚琳娜的即兴歌词表演，单纯考虑其曲目还是音乐的话），包罗了让人眼花缭乱的万千景象，而这景象无论再怎么光彩夺目，终究不过是大众文化一场喧嚣、热闹的自我娱乐而已。

《忐忑》最初在电视台播放过几次，但未被关注，直到网友把近距离的表演视频上传网络，才因龚琳娜夸张而“极致”的表演受到关注，而电视台播放时的同步字幕（字幕中说明了这个作品荣获欧洲音乐大奖）无疑为它确立高起点的“音乐身份”，起到了推波助澜的作用。之后，对《忐忑》的关注就一直集中在龚琳娜的表演上，为大家所争相效仿；还有龚琳娜每次演唱时都不同的即兴歌词，成为大家猜测、恶搞的游戏。

随着《忐忑》的不断走红，搞笑之外的不同声音出现，网络上开始出现质疑的跟贴，当初被认为是“学一万遍都学不会”的“神曲”，被冠以“愚弄大众”的标签，甚至有网友说出“精神病人当街喊两嗓子，你也能共鸣……智力溢出”等严厉批评的话语，从而引发关于音乐艺术的口水战。1 月 26 日，中国篮协发布一份通知，明令禁止在赛区现场播放《忐忑》，并称其为“刺耳音乐”。《忐忑》的负面声音越来越大，而关于《忐忑》，网络上竟也出现了“唱忐忑可以促进血液循环缓解眼部疲劳”之类的新闻。至此，《忐忑》似乎终于完成了其娱乐大众而与音乐无半点关系的“神曲”使命了。

抛开龚琳娜的表演和即兴歌词，《忐忑》曲目确实让人耳目一新，民族音乐元素的运用，加上笙、笛、提琴、扬琴等多种民族乐器的演绎，为其增色，相信这也是《忐忑》最初走红、甚至是引起部分网友“共鸣”的原因。但事实上，与其他大众娱乐文化现象一样，《忐忑》的名声，更多来自于音乐之外的因素。模仿龚琳娜表演的各种版本，极尽搞笑娱乐之能事，越来越多的大众去看《忐忑》只为了发泄和放松，就如同龚琳娜的表演被部分网友宣称是发泄情绪一样。大众的关注点从来就没有集中在其音乐曲目曾经获奖上，而是急速地奔向自我娱乐的

“神坛”。

为完成此文，笔者看了《忐忑》的不同版本，也为龚琳娜的表演所“折服”，这个漫长的忍受过程几乎无法用语言来表达。也许，中国篮协的一个禁令已经说明了一切。关于《忐忑》是否是真正的音乐，也如同随着时间的推移大众所出现的反应一样，不言自明。音乐专业人士自始至终的缄默，一直就是一种信号，游戏只是游戏，它早晚有结束的那一天。

大众文化和娱乐现象会像不断更迭的历史那样，不停地改朝换代。而真正代表人类文明和文化成果的艺术却如大浪淘沙，只有金子才会留下。娱乐不需要反思，因为娱乐本身就是过程和目的，而艺术却不然。《忐忑》现象，它泡沫般行将消失的背后，真正的关于音乐艺术的拷问也许才刚刚开始。——在大众娱乐文化盛行的当下，真正的音乐艺术应如何以本真的、大众可以识别的面目出现？真正滋养心灵、提升境界、引起深层共鸣的音乐，应如何在娱乐的乱象中立足？或者，缺乏专业知识和修养却又易于“被娱乐”的大众，应如何去鉴别真正的艺术？关于音乐艺术的口水战本身，昭示一种急迫的现实，标识了大众的基本音乐素养的普遍缺失，而这足以引起无论是专业音乐人，还是音乐整个行业的注意和反思。也许，在大众娱乐文化为大众制造欲望的同时，艺术也应该思考，艺术如何以自己亲和的方式和力量，去满足人们心中对艺术的渴求和呼应，从而在娱乐的乱象中，打开一条艺术真正发展的康庄大道。

7. 艺术真伪考量网络伦理

——杂话《忐忑》之二

牛寒婷

去年从网络上开始走红的“神曲”《忐忑》，一直站在大众娱乐的“神坛”上尽情地“舞蹈”。《忐忑》早已跨越流行音乐的地界，而成为网络娱乐文化的暴风眼。网络已经成为娱乐狂欢的舞台和竞技场，大有你方唱罢我登场的“娱乐至死”精神。

前不久，在网络上各种模仿版本的《忐忑》中增添了一道更为“亮丽”的风景——“郎朗版”现身了。在视频上，郎朗在庄重的音乐会上演奏的画面，被配以龚琳娜的歌声，被截取的郎朗的夸张表情和动作配上龚琳娜高低起伏的歌声，增添了十足的搞笑效果。在网络恶搞之下，“郎朗版”《忐忑》迅速传开。这里，暂且不提郎朗本人在个人情感和工作上所可能受到的伤害，无疑，《忐忑》作为娱乐文化的“斗士”，已然在肆无忌惮和毫无限制的游戏之中，侵犯了高雅艺术的庄严舞台。而网络这个娱乐文化的重要载体，也再一次遭遇了它的文化和伦理危机。

同任何现代科技成果一样，网络带给人们快捷便利的同时，也带来种种问题。网络诈骗、网络犯罪、网络色情文化、人肉搜索、黑客现象、垃圾邮件等层出不穷，网络论坛、跟贴等虽然通过表达民意等方式参与到社会发展建设之中，但也存在严重的网络话语暴力、网络推手、网络炒作等问题。随着网络生活在现代人生活中的重要性日益增加，网络环境和网络秩序将成为人们不得不关注的重要社会课题。

网络作为一种与现实生活相对的虚拟空间，给人一种虚拟存在的不真实感。但随着网络生活对现代人现实生活的不断介入，网络空间和网络生活也成为人的一种现实生活的实实在在的形式。但是，因为网络空间缺少物质实体的客观指认，网络虚拟的感觉会伴随网络生活的始终，所以，人们在网络上往往不像在现实生活中那样理性而克制地自我约束。相反，网络往往成为人们表达自我、展露内心、自我宣泄，甚至放逐自我、发泄非理性情绪、放纵欲望的空间。而网络娱乐文化正是借助和利用人们的这些心理和网络的虚拟现实性，以娱乐和恶搞之名，达到各种各样的目的。

网络环境的改善和网络秩序的规范，是一个需要长期不断实践和深入的课题。虽然国家在网络立法的问题上已经开始有所作为，并通过网络监管、监督等法律和行政手段加以实施，但依然有许多现实问题等待解决。如果说，网络立法和网络规范需要国家“硬”性的手段、政策，在较长时间内来建立的话，那么，网络文化和网络伦理的建设问题，就将是一个在短期内会越来越凸显的网络“软”实力问题。从这个意义上说，网络文化应是整个社会文化建设的重要组成部分；而网络伦理建设也应成为整个社会伦理道德建设的重要基础。

就网络的虚拟存在而言，谈及网络伦理看似有些天方夜谭。而这正需要建设上的积极引导。伦理建设的对象不是人的外在物质现实，而是人的内在心灵，所以，也应从人的内在心灵入手。网络伦理同样应该如此。在人的内在心灵的成长和塑造上，也许没有什么比文学艺术更能春风化雨、润物无声，文学艺术“化”人、“养”心的意义和独特方式即在这里。就此而言，网络文化的建设，更需要给艺术一个健康发展的独立空间，给艺术一个保护的场域；让好的、真正的艺术滋养心灵，让伪艺术和非艺术为大众所辨识。就如同现在已经走到娱乐极致的“神曲”《忐忑》，网络上质疑它的声音，以及关于它是否是真正的艺术的口水战，已昭示了它的末日的到来。网民们能够超越娱乐的视域，敢于表达自己真实的内心感受，这不仅仅是一种音乐欣赏上的自觉和觉醒，更是一种“真”性情的表现，是一种网络伦理的自觉。在这个意义上，也许，《忐忑》这一高度娱乐化的事件，可以在极致中走向它的反面，为网络伦理问题敲一记警钟，也为网络伦理建设的漫长之路，添一块砖，加一片瓦。

8. “交口称赞”别成了伪口碑

邹小凡

贺岁档是影片播放的黄金期，大片纷纷上映。《赵氏孤儿》《大笑江湖》《让子弹飞》《非诚勿扰Ⅱ》纷至沓来，让影迷们应接不暇。而为争夺观众，各种营销手段层出不穷，其中“交口称赞”成为出现频率最高的一个词。就是不管上映的影片质量如何，众多影评人、媒体一味说好。如去年年底首映《让子弹飞》时，其时微博上早已“交口”称赞声一片；《非诚勿扰Ⅱ》上映前亦是如此光景，媒体和网络上基本看不到批评的声音，此种现象是令人深思的。

实际上，影评是观众选择电影重要的指南，然而影片常常与这种“指南”相去甚远。过度赞誉往往使观众对影片期待过高，观影后若没有实现预想的期望值，就会导致落差太大，观众的抱怨声和影评的“交口称赞”声形成了值得玩味的两极。正如鲁迅先生在《骂杀与捧杀》中所言：“批评的失了威力，由于‘乱’，甚而至于‘乱’到和事实相反，这底细一被大家看出，那效果有时也就相反了。”

自从《疯狂的石头》靠网络口碑获得高票房后，电影的营销也越来越重视网络的力量，有的甚至专门雇佣专业公关公司进行网络营销。因而网络口碑也就蒙上不真诚的色彩。“交口称赞”也许会在一定程度上、一段时间里吸引观众的眼球，增加影片的票房收入，但每部大片都复制这一营销模式，正如寓言故事中喊“狼来了”的小男孩，“狼来了”喊多了，会置整个电影评论于不被信任的边缘，也会给影片造成“捧杀”的不良后果，这值得警惕。如果任由其泛滥下去，最终可能既抓不住观众的“眼球”，更伤害了观众的“胃口”，是得不偿失的。这对于上升期的中国电影产业来说也是一种伤害。

要改变此种局面，长远来看，需要建立规范的批评制度，一方面影评人要提高自我意识，媒体要给正反方的评价以公平的空间；另一方面电影营销也因拓展手段，靠假造口碑来骗取票房不能长久。良性的评价应该是自由的，具有独立的思考空间，不可变成经济利益的“应声虫”。

9. 电影的翻拍、续拍、跟风及其他

李博

上世纪 90 年代末风靡一时的青春偶像剧《将爱情进行到底》今年情人节出现在了大银幕上，而新年来的影院中还有不少观众熟悉的故事和面孔——《新少林寺》的创意源于 1984 年的同名影片,《武林外传》是几年前热播情景喜剧的电影版,《我知女人心》翻拍自好莱坞经典影片，而早在 1992 年便拉开序幕的“喜事系列”，更在今春推出了第 6 部作品——《最强喜事》。中国电影票房在 2010 年终破百亿大关之后，却不得不面对原创力匮乏的困境。

归结起来，这些续集或者翻拍影片有一个共同点，那就是原作都倍受欢迎。受欢迎的作品产生一系列衍生品或后续品，是电影产业化发展的直接结果，也是热门影片强大品牌影响力的表征，更是保证影片制作方获得稳定经济回报的有效方式。比如走红影坛近 50 年的“007”系列，到 2008 年为止已经拍摄了 22 部，经久不衰，至今仍具有强大的票房号召力。或有人发问，翻拍和续拍电影是否能成为市场的主流？答案显然是否定的。

究其根本，电影产业是一门“内容为王、原创为先”的产业。电影原创力决定着电影产业内容的优劣和高下，缺少原创力的电影产业全然不会具备生机与活力。可以说，电影作为一门艺术，其本质就在于创造，就算使之产业化、市场化，也无法脱离创造这一本源。电影产业化是不可逆转的大趋势，由于经济利益驱使和观众观影需要而产生的“某某题材”热也无可厚非，但前提是我们不应该也绝不能丧失原创力。

近年来，国家大力扶持电影产业发展，国内电影市场快速复苏，国产影片的数量也随之大幅度攀升，去年更是高达 526 部。但通过观察我们会发现，在这数百部的国产影片中，只有少数影片获得成功的票房收入以及市场效应，其中就有这些翻拍或续拍的影片。究其原因，正是由于国产电影的原创能力严重不足，无法为市场提供足够多的优秀原创作品，从而导致每年只有极为有限的那么几部原创佳作能够吸引观众买票进场。而原创精品佳作的匮乏，正是电影投资方频频转向投资翻拍、续拍影片，希望借力于经典作品的余威来博取较高票房收入的重要原因。

这样的例子不胜枚举。张艺谋的《英雄》获得创纪录的票房，随后便接连产生了一大批所谓的“古装武侠大片”;《阿凡达》凭借惊人的 3D 视效让电影院变成了“春运火车站”，国内的银幕上旋即出现了大批或真或伪的“3D”电影……然而，在经历了一次又一次的“某某题材”热之后，能在观众脑海中留下深刻印象的，却往往仍是那几部引领风潮的优秀作品；而不论是票房、口碑还是社会影响，最优的也往往只是那几部引领风潮的佳作。以电影产业发展成熟健康，类型片体系和明星机制非常完善的美国为例，尽管每年美国电影界都会出现大量卖座影片的翻拍和续拍，但其主流影片中的绝大多数一定是具有独立原创性的作品，比如近期上映的《盗梦空间》《社交网络》《黑天鹅》等较有影响的影片，无不具备十分出色的文化创造力和艺术开拓性。与那些跟风之作相比，原创佳作在独立的开拓创造中铸造了艺术的精神光彩，更具备独特的时代色彩、思想内涵、精神价值以及文化魅力，自然会赢得观众的青睐。

10. 慎言旧的不去新的不来

——余秋雨《文化淘汰腾出创新空间》驳辩

李亮

近日，著名学者余秋雨发表《文化淘汰腾出创新空间》一文，其中的一些观点值得商榷。如："据了解，中国现存 172 个剧种。如果全部作为非物质文化遗产保留下来，我个人认为太多了，必须做减法。这个减法的标准是：非常重要的，要传承；今天观众还在享受，而且也能够靠卖票养活自己的剧种，要传承"；"一些文化被淘汰并不是一件坏事。如果所有文化都不被淘汰，那它完全是止步不前，或者说，永远没有往前走的态势了。我们不断讲创新，创新要有空间，空间哪里来？淘汰以后，新的空间就创造出来了"。读罢此文，笔者在佩服余秋雨先生敢言、能言的勇气与智慧之余，却也不禁深思。难道不再拥有观众、不能靠卖票养活自己的剧种就毫无价值、就应被弃于"非遗"保护传承的门外，果真如此，那戏曲"非遗"保护的意义究竟何在？戏曲文化保护与创新竟如此对立，真如余秋雨先生通过淘汰创造空间的说法，旧的不去新的不来？

艺术来源于生活，戏曲剧种也不例外。我国种类丰富的剧种扎根在各地风俗、文学、方言、民歌、舞蹈等文化土壤里，经过漫长岁月的孕育产生出来。而在不同剧种的相互借鉴、融合过程中，又产生出了新剧种。可以说，戏曲剧种与地域文化、生活的历史相观照，有着很强的地域文化属性。而且随着时间的推移，很多戏曲剧种一方面具有非常强的稳定性，另一方面又并非僵化不变，它们随着人们生活的变迁和审美情趣的变化演进着延续至今，是各地历史文化的活的记录。

如今，面对激烈的市场竞争，一些戏曲剧种没能跟上时代的步伐，逐渐失去了对观众的吸引力，不能靠卖票养活自己，其市场价值难以实现。但是它们作为历史文化的活的记录仍然拥有不容忽视、难以替代的文化文物价值，而这恰恰符合非物质文化遗产的最大的特点：不脱离民族特殊的生活生产方式，是民族个性、民族审美习惯的"活"的显现。它依托于人本身而存在，以声音、形象和技艺为表现手段，并以身口相传作为文化链而得以延续，是"活"的文化及其传统中最脆弱的部分。从这个角度讲，每个戏曲剧种对于我们来说都是一项非物质文化遗产，都应该珍视。当然我国现存的 172 个剧种全部列入非物质文化遗产名录进行保护传承似乎不太现实，相较之下哪些不能成为"非遗"的确难以评说。但显而易见的是，选择的标准绝不能是"观众还在享受"、"能够靠卖票养活自己"。要知道，"非遗"保护传承的真正意义在于，让大家知道我们的文化从哪里来，而不能目光短浅地追逐眼前的享受和利益。假如保存至今仍拥有观众和票房的剧种，有朝一日“人财两空”，那么是否也让它们在那一刻寿终正寝、灰飞烟灭呢？若如此，若干年后，我们的戏曲文化之根何处去寻？

也许余秋雨先生的“减法”和“淘汰”是为创新创造空间。“淘汰以后，新的空间就创造出来了”，于是情景竟如商铺招商一般“虚位以待”，创新之作就会因获得了广阔的发展天地而大有作为，真像人们平日所讲，旧的不去新的不来。然而真实情况并非如此，仅就戏曲剧种发展本身而言，各剧种的进步与创新是在不同剧种相互借鉴、融合的基础上实现的，而不是先有淘汰后有创新，如京剧就是在徽调、汉调基础上，接受昆曲、秦腔、高腔并吸收一些民间曲调形成的。而真正的空间也并不是通过淘汰取得的，而是凭借自身的艺术水准和魅力开拓出来的。如今，戏曲各剧种面临的主要竞争并非在于相互之间，而是戏曲艺术与其他艺术门类争夺观众的较量，戏曲各剧种只有钻研自身艺术、研究时代和观众审美趣味、不断推陈出新，才能拥有自己未来发展的广阔天地。

11. 娱乐新闻决不应成为新闻娱乐

——对一起虚假娱乐新闻的反思

牛寒婷

在文化和娱乐“全球化”的今天，似乎任何一个与个体当下生活遥不可及的文化或娱乐事件，都能被过多的关注。除了大众传媒的强大影响力之外，这其中不乏炒作的熟练操作和成功运作。在美国第 53 届格莱美奖的相关新闻中，“中国歌手贾茹涵获奖”的失实报道，被认为是假新闻事件而引起了关注。事实上，美国华裔音乐人田志仁（ChristopherTin）制作的专辑《CallingallDawns》获得了第 53 届格莱美奖的最佳古典跨界专辑大奖，歌手贾茹涵只是参与了专辑中一首歌曲的演唱。由此，以“贾茹涵获奖”为标题的相关报道被指失实，并引出贾茹涵“个人履历被造假”等相关的连锁新闻。2 月 18 日，贾茹涵的公司上海新汇原创文化科技有限公司通过网易娱乐发布声明对该事件进行了澄清，貌似结束了这一事件。

娱乐新闻的失实报道和恶意炒作，已不是一个新鲜的话题。炒作事件也好、报道失实也罢，事件的整个过程都不言自明地暗示：无论是贾茹涵本人，还是其所在公司，甚或是发布不实报道的记者们，都会从中获取各自想要得到的东西。而对于大众来说，这样的事件会如浮云很快消散，贾茹涵的名字也将很快就被人遗忘，就像它当初并不为人所知一样。

有趣的是，与贾茹涵的新闻事件相比，格莱美奖的真正获得者田志仁这个美籍华裔音乐人，以及他所获奖的专辑及歌曲，甚至他的音乐风格和内容，并没有得到详细的介绍和更多的关注。不可否认的是，关于中国人和中国文化进入美国音乐的“奥斯卡奖”格莱美奖的视野，才是个更值得关注的文化事件和新闻话题。在此，娱乐新闻的娱乐性就这样以“报道失实”的惯常伎俩，轻描淡写地遮蔽了文化新闻的真实性、有效性以及所应该具有的文化品质。

在这个大众娱乐文化过度发达的时代，似乎娱乐才是“硬道理”。大众传媒与大众文化联手，共同将娱乐推上了“娱乐至死”、娱乐狂欢的舞台。娱乐如看不见的无形的手，深入社会生活的各个领域。大众传媒这个掌控着信息和话语的主导者，也不可避免地陷入了娱乐的“把戏”之中。如果说，新闻的娱乐化倾向是个可以被接受的说法，那么，这个说法本身就值得引起更大的关注。娱乐是游戏，游戏最为浅显的理解，即它不是真的、是玩笑。而娱乐新闻依然是新闻，所谓“娱乐”只不过表明了新闻的类型和范围（惯常指影视界方面的新闻），并不代表新闻的性质本身要被改变。换句话说，娱乐新闻并不是被拿来“娱乐”的新闻。娱乐新闻也要遵守新闻的基本法则——真实性和有效性。

指出新闻的娱乐化倾向，并不是指责大众传媒和相关的新闻从业者。毕竟，大众文化和娱乐文化的发展是整个时代的症候，任何行业甚至个人都无力承担这个责任。但需要看到的是：新闻的娱乐化倾向不仅仅是“娱乐过度”的表现，更是新闻自身出现了问题，是一个对新闻本身造成伤害、关涉到新闻本质和新闻诉求，甚至是新闻异化的问题。这足以引发整个新闻行业的注意和反思。因此，“贾茹涵获奖”的虚假新闻事件足以说明问题的严重性和迫切性。

面对信息时代愈来愈多、无从选择、无法筛选的大量信息和新闻，对于大众来说，也许最好的选择就是重寻理性、认真思考事物和事情的真相；对于大量的无谓的信息和报道，大众应理性地看待，即便是娱乐新闻，也应有属于自己的理性判断。而新闻界亦应在娱乐化和种种表面的浮华背后，追求一种自律而克制的理性精神，将理性的思考、文化的诉求作为新闻重新确立的清晰目标。

12. 故宫最近怪象多

毕兹

继惊天动地的故宫失窃案后，在人们无边放大的关注与聚焦中，故宫怪事连连，让人瞠目结舌。

紫禁城建福宫被曝已成商业会所，虽然故宫申辩否认，但网上晒出了会所协议，使故宫的解释成为自欺欺人之举。

失窃案告破，故宫向北京市公安局赠送锦旗以示感谢，一句“撼祖国强盛，卫京都泰安”的赞语，因“撼”为“捍”之误，把个褒意变为贬意。故宫方却强词夺理，非要说此“撼”字无误（实际上“捍卫”是一个藏头嵌字联，死不认错殊为可笑），弄得语言文字学家都哭笑不得。

为什么一件失窃事，接二连三地牵出一串怪事、奇事、丑事？故宫推倒了怪象多米诺，幸乎？不幸乎？

愚以为，故宫大可不必忌讳人们热议热评。相反，这是一次系统反思故宫安保、管理、经营、发展思路的好契机。故宫珍宝千千万，都是国之重器、珍宝，守护好这份家业，是故宫的天职。故宫失窃，说明安保上仍然漏洞多多，其中被专家指出的“人防”之弱，安全意识的麻痹、大意，躺在“京城第一保卫处”、“国内最牛安防设施”上睡大觉是此次失窃的最大教训。

与此相关，商业会所的操作，既大大增加了安防的难度，也把“博物院”的公益性质扭曲了。联想到此前的故宫星巴克咖啡店经营之争，既让“世界文化遗产”大大变味，又反映了故宫管理发展上的思路有过于浓厚的商业气息。商业化的经营理念，还导致故宫对参观人数毫无节制地敞开。在一天数万、数十万，一年数百万、数千万的参观者的践踏下，故宫还可以踩踏多少年？这些问题都值得三思，都值得有关方面真正把这些放在议事日程上仔仔细细、认认真真地思考了。

锦旗联语出错，实际上反映了故宫管理层文化素质的断裂和参差不齐。故宫有大批国内一流的专家学者，故宫也有更大批的一般工作人员和聘用员工。更广大的基层员工如果对故宫的文物、故宫的价值、故宫的意义、故宫的发展缺乏基本的认知、知识、素养、觉悟，故宫的种种隐患、隐忧就无可消弭。故宫人整体文明素养、安全意识、责任意识、文化素质的全面提升，才是消除故宫乱象、怪象的治本之策。

窃贼的抓而逃、场所的商业化、锦旗的书写之错，不都反映了问题出在高层，更在基层。基础不牢，地动山摇。是之谓也。

13. 是否一定要让故宫如此“五花八门”？

——对故宫事件公共舆论的反思

乔燕冰

一次失窃，为故宫打开了“潘多拉盒子”。失窃门之后，错字门、会所门、解雇门、拍卖门、哥窑门，再到佛像门、瞒报门、屏风门、私拍门、封口门，甚至到最新曝出的黑板门……层层洞开之“门”，让素日里神秘幽深的皇宫圣殿四面楚歌，也让人不禁疑惑它未来还会生出怎样的“五花八‘门’”！决堤的舆论似乎一定要让故宫在这次全民舆论围剿中彻底沦陷，这个民族文化的“朝圣”之地几近演变成了“口水缸”……有人说，这是故宫自末代皇帝走出后最热闹之时，而这种极尽讽刺和悲哀意味的久违的热闹背后却值得反思。

在大众传媒和信息网络极度发达的今天，以现代信息媒介为依托的公共领域不断拓展。媒体事件衍生出的公共事件锻造出了公众精神生活的重要内容。网络媒介促成公共领域低准入的特点让几乎所有愿意表达意见的公众都可以加入对任何一个公共事件的造就之中。故宫事件正是这一趋势的现实标本。同时它证明，在公共领域话语中，即便是庄重威严的紫禁城也要毫不含糊地被拉到公众舆论自发搭建的审判台上，接受诘责、问讯、声讨甚至鞭挞。这让人看到公共领域今非昔比的自由维度的延伸，呈现了公众思想权力的不断扩张，彰显了公众责任意识的显著增强，也促迫了故宫内部存在的问题的深度暴露和解决。这些皆为这次事件的正面效应。

但同时不应忽视的是与此并存的开放空间舆论的娱乐性、无序性和失范性。在这个习惯了制造话题的年代里，明日黄花的芙蓉姐姐、进军美国的凤姐、转入演艺圈的兽兽之类，为公众提供雷同的低级笑点极易让人乏味，未及故宫事件在深度、广度、可持续度等方面都如此这般可得舆论深度玩味。剥丝抽茧中层出不穷的爆料，满足了大众窥秘的癖好、娱乐消费心理期待的同时，也裹挟着颠覆权威的快感。这些足以刺激公众对这个事件表现出少有的亢奋甚至癫狂。

“三重门”、“八重门”、“N 重门”，“宫斗”、“宫心计”、“故事之宫”、“宫里那些事儿”……目不暇接的字眼，将汉字的潜力、活力、魅力以及杀伤力运用到极致。显然，这次故宫事件中，在以专家、大众和媒体三大基本群体构成的公共领域里，至少媒体舆论已从最初只是扮演道德的审判官、正义的维护者，演变成为在公共领域为其搭建的巨型 T 台上的舆论走秀。汹涌的舆论一定程度上飙的是措词的抢眼，比的是事件的八卦，拼的是表述的过瘾，而事件本身内质许多时候似已变得无甚重要。媒体本应有的冷静与理性已多大程度地被置换成了腻歪与矫情？问责之余，又杂带有多少戏谑甚至幸灾乐祸？想来不免生出些“煽风点火”，甚至是向落井之物掷石之感。

没有理性与超越向度的舆论扁平无力，而为舆论而舆论，甚至如“标题党”般狡黠地专注于用文字游戏来制造眼球效应，对真正的问题有何裨益？又会将公众对事件的认知引向何处？更重要的是，本应由媒体承担的公共领域理性守持与导引之重任又由谁担负？媒体在引发公众“围观”时，自己是否也应在种种“门”中三思呢？

14. 从艺者，你的放纵伤害了谁？

乔燕冰

时下，在网络热词“伤不起”被人们争相援用和调侃时，演艺圈内人士却在这种提醒中频频“受伤”。香港演艺明星莫少聪与台湾著名艺人孙兴吸毒落入法网引出众多大陆艺人涉毒的消息尚未落下尘埃，知名音乐人高晓松以身试法，醉驾涉刑再次引起社会一片哗然。一时间，演艺明星的品格失落、道德危机问题被再次拉进公众视野。

与网络的戏说调侃不同，法律以其至高无上的威严和公正来警示“伤不起”：曾被高晓松义正辞严质问“生命都漠视的人会爱音乐吗？”的艺术院校学生药家鑫前不久被一审判处死刑；5 月 1 日起，醉酒驾车写入了刑法修正案并正式实施。如果说对药家鑫的判决捍卫了一个普通生命的尊严，一定程度上宽慰了受害人家属及所有关心同情受害者的民众的情绪；如果说醉驾入刑很大程度上可以震慑一部分人对生命的漠视；那么，当审判台上的受审对象被置换成深受观众喜爱的演艺明星时，法律除了以“明星犯法，与庶民同罪”来伸张正义，除了以惩罚罪责来告诫常人，却难抚慰艺人丑行带给人们的另一种伤害，这种伤害来自于艺术精神的深度灼伤。艺人自己可以自毁形象，喜欢他们的“粉丝”可以自我疗伤，但这背后“受伤”的艺术与文化精神该被置于何处，又何以堪？

艺术是人类美好思想和情感的物化形态，无论以抽象还是具体、优美抑或崇高的形式来表达，本质上所完成的应该是对生命的诠释与呵护，最终所达至的是生命的一种圆融与畅达境界。在中国传统艺术追求中，我们尤其可以见到艺术这种本质所在。先贤孔子以“志于道，据于德，依于仁，游于艺”引领着我们的民族重礼、尚仁、崇德的艺术精神。以儒家文化为核心的中国文化以礼、仁、德作为艺术遵循之根本，将其注入到艺术本体之中。

同时，艺术的境界和本质性的追求是由艺人的执著追求才能实现的。在这当中，艺人一定程度承担着代言艺术的职能，成功的艺人更是以自己为人们生产的精神产品走进公众心灵，铸成了一种文化符号。艺术的品格与德行和艺人本身的素质息息相关，正所谓：人是艺之本，而德为艺之根。即便今天多元的世界中人们也许不再如古代绝对“以人论书”,即便今天宽容的“粉丝”不再重演宋四家“苏黄米蔡”中因人品舍蔡京而取蔡襄之典故，我们依然很大程度上认同“画以人重、艺由道崇”之理。艺人以难负压力为借口不能自律，在浮躁中难以自持，伤害的远非自己与受众，他们撼动与亵渎的是曾经苦心经营的艺术，他们背离甚至颠覆的是他们最该恪守的最为宝贵的艺术品格与精神。

“生命都漠视的人会爱音乐吗？”其实正是承续了先贤们“德音之谓乐”的艺术追求，而今天，高晓松曾经的这句质问却极尽讽刺意味地被网友戏称为“晓松体”而广为传诵。那首曾经成为一代人青春标签的《同桌的你》也被网友恶搞成《酒桌的你》……

“谁娶了多愁善感的你，谁安慰爱哭的你”，曾经安慰了无数人青春生命的歌曲而今被改写成“谁灌醉才华横溢的你，谁让你放纵自己”。这令人痛心的字句，篡改的何止是歌词？灼伤的又岂止是艺术？在艺人劣迹背后应警醒的也许是，艺术品格与精神这一“生命不能承受之重”才是我们的社会、时代容易被遗忘和“伤不起”的根本。

15. 国产动画片：“溺爱”是你的死穴

楚勉

据报道，好莱坞动画大片《功夫熊猫 2》抢滩“六一”档，席卷中国电影市场，上映首日票房即达 6000 余万元；可与《功夫熊猫 2》深受孩子们的欢迎相比，供小朋友欣赏的国产动画片不仅“少之又少”，其受欢迎程度更在好莱坞的笼罩下光芒尽失。

像是一个渐行渐远的背影，国产经典动画片《哪吒闹海》《大闹天宫》已经成为许多人灯火阑珊处的一道回忆，但毕竟“我们曾经阔过”。近年来，国内投拍的动画片不可谓不多，其中《喜羊羊与灰太狼》也让人眼前一亮；可纵观全局，我们的多数儿童动画片依然在教育、科普的层面上打转，训导多于引导，以灌输替代文艺的“润物细无声”，往往缺乏技术想象，缺乏贴近儿童心理的细腻情节。当孩子们从书本的重压之下好不容易解脱出来，在银幕荧屏上看到的却还是千篇一律的“拾金不昧”、“助人为乐”。此时此刻，即便我们再怎么吹嘘“我们依然阔绰”，不仅孩子不会信，恐怕我们也会自觉无趣。

事实上，国产动画片并不缺乏文化元素，缺的是元素整合后形成的价值信念，是能让孩子们重温童趣、释放好奇与想象的细节。《功夫熊猫》系列的故事其实很简单，阿宝的形象更多地融入了许多普通小人物的情怀。它憨态可掬、动作笨拙，一如既往地贪吃。这对广大儿童来说，就像身边伙伴似的，亲和力十足。但与此同时，该片并没有失守“主流价值”，“维护正义”依然坚挺，在讲述事业成功的故事背后，还讲述了一个家庭的故事。典型的西方文化价值观，典型的好莱坞套路，却很好地把励志的内容与文化的教育渗入其中。为什么？因为它立体，它贴近儿童心理，做足了细节和情感。

表面上看，国产动画片充满了儿童关怀，实际上还停留在一种成人的“儿童想象”，许多动画片还无法释怀孩子们的小顽皮、小毛病。这等于在无形中切断了与孩子们的真实生活的对话。当我们把教育、科普放在了创作的首要位置上，其出发点就是死的教条、死的知识，原创的活力就会逐渐丧失。更进一步说，它就会使我们的创作变成了一个个教育、科普项目，使创作单纯为教育、科普服务。项目结束，创作也就到此为止，从而缺乏文化接续的连续性，也丧失了消化优缺点的循环机制。这太像我们在生活中对儿童的“溺爱”了，而这“溺爱”简直就是国产动画片的死穴。也许，我们该听听孩子们那“沉没的声音”了。

国产动画片要从好莱坞动画片、日本动画片中突围，值得借鉴的地方很多。在创作机制上，好莱坞的优点，在于始终把西方价值观放进一个文化的熔炉里去淬取、提炼，熊猫阿宝的故事其实也可看做是一个儿童版的阿甘故事。它们均充分接触地气，贴近普通人，却传达出一个“美国梦”。日本动画片的优点，在于对不同题材和内容充分进行细分，针对不同年龄段的孩子甚至成人提供不同的作品。比如，《小红帽恰恰》可能适合 10 岁以下儿童，《奥特曼》《圣斗士》适合 10 岁至 13 岁的孩子，《灌篮高手》《犬夜叉》适合青少年，《蜡笔小新》则是老少咸宜。针对不同的受众心理和欣赏习惯，瞄着受众去。

对国产动画片来说，完全可以超越原有的教育、科普模式，把文化的元素、道德的精神熔铸成一种带有“中国梦”色彩的价值理念，然后融化到每部作品的血脉中去，多一点生活的灵气、人物的情趣，避免“一个故事一个训导捎带一个知识”；同时也可以借鉴日本动画片的创作机制，细分受众，增加题材的多样性和趣点的丰富性。特别是在面向孩子们时，请少一点成人的“儿童想象”，多一点“儿童聆听”！

16. 考古不藏古的好传统不能丢!

王新荣

日前，有媒体报道，为了避免刺激文物犯罪案件继续发展蔓延，陕西省文物局要求文物系统内干部职工不得参与“鉴宝”、“寻宝”类节目。此令一出，长期致力于文物保护的有识之士欢欣鼓舞。笔者认为，此举不但是对“考古不藏古”这一行业规范的身体力行，更是对当下“视民族文化如敝屣，以古人遗宝为利薮”错误观念的一次有力回应!

盛世兴收藏。放眼当下，收藏已然脱去它原本华丽的外衣，进入了寻常百姓家。与此相应，鉴宝收藏类节目也如雨后春笋般层出不穷。花样翻新的各式鉴宝、寻宝类节目，吸引了各色人等参与其中，他们中有“自学成才”的收藏家，也有仅在某鉴定培训班修习几天就取得“结业证书”的非专业人员，更有个别国家和地方文物鉴定委员会的成员以各种方式从事商业性的民间文物鉴定业务。越来越多的文物系统公职人员染指文物收藏或者在公共媒体上“慧眼指点迷津”，为了谋取高额鉴定费置行规操守于不顾，不惜信口雌黄、漫天估价，误导受众，造成了极其恶劣的社会影响。如此这般不仅背离了宣传、保护文物的初衷，还于无形中助长了挖掘盗卖文物之风。这正是陕西文物管理部门出台此项禁令的重要原因。

考古不藏古,本是业界行规,更是职业操守的体现。俗话说,“瓜田李下番薯地,弯腰系鞋是大忌。”考古人是发掘、研究文物的，如果顺带还收藏文物，那文物是怎么来的，就容易引起别人的误解，难免不叫人生疑。这就像老师家里摆一箱子粉笔,保洁员家里到处都是卷筒纸等等,能申辩清楚,抖搂明白,还是越描越黑,拔出萝卜带出泥,那就两说了。考古学之父李济曾言,凡作田野考古者皆不藏古董。这个传统在中国田野考古界一直延续至今，被史学大家劳干称之为“百世不易之领导金针”。

禁止文物系统内公职人员参与鉴宝、寻宝类节目,实际上就是对“考古不藏古”精神理念的戮力践行，更是袪除鉴宝节目被赋予的妖魔化利益之魅的利器。从某种意义上说，袪鉴宝之魅也正是赋考古之魅的过程。常人以为，鉴宝与考古大略相同，实则两码事。鉴宝与考古之别，实际上是市场逻辑与文化逻辑的分别，是商人与学人的分别，是追名逐利与淡泊名利的分别。鉴宝重市值考古重“透物见人”，考古研究，面对的是大量的发掘品，看重的是器物的出土环境。让出土器物回到它所在的“原生态”中，它们才会讲出更多的故事，它背后有过的人的活动才会渐渐清晰起来，一旦脱离了这个环境，它的价值——学术价值，就会大打折扣。

古物遗珍是民族文化遗产的物质载体，承载的信息极具历史价值、科学价值和艺术价值，引导受众正确欣赏古物遗珍，科学看待民族优秀传统文化，保持它们纯粹的“人文”属性，维护纯洁的民族文化“基因”，远离功利主义的浸染，是文物保护从业者的神圣职责。只有当文化取代价格成为关注的核心时，文物收藏才能回归本质。所以，文物系统内从业者只有洁身自好、恪守“考古不藏古”的行业准则，才能还文物保护一片纯净的天空！

17. “脊梁门事件”都伤害了谁?

毕兹

沸沸扬扬的“脊梁门事件”，终于纸包不住火，彻底露出了“狐狸的尾巴”：活动文件涉嫌造假；评选活动一手免费拉拢名人，一手敛钱伸向非名人；“脊梁”也分两种：“中华脊梁”、“共和国脊梁”；借一个无比崇高的名词在一个光荣的时间段里行蝇营狗苟之事；一大批知名人士、文艺界名流都被裹挟其中；没有任何评选资质、又无令人信服的评选机制、甚至不见任何让人可见识的专家评委；几个参与其事的主协办单位事发后纷纷发表免责声明。这出闹剧滑稽得可以!

“脊梁门事件”深深地刺痛了我们。

最受伤害的是广大群众。在前不久一系列表彰先进英模的活动中，人们被一大批受到党和国家表彰的优秀共产党员、全国道德模范、德艺双馨文艺工作者的事迹感动。这些表彰活动的举行，在全国进行了广泛推举遴选，又一一公示，真正做到了公开、公平、公正评选，令人信服。这些先进模范人物的事迹感动人民，感动中国。但是，从字面上说，这些称号没有“共和国脊梁”、“中华脊梁”来得响亮。所以，这两个“脊梁奖”一出，真正惊世骇俗，让人要景仰有加。殊不知却是如此一出“滑稽戏”，这对公众情感的羞辱与打击真是不可言喻。

最受伤害的是我们的社会风尚。所谓“脊梁奖”选择了红七月这个神圣的时间，选择了地标性的北京殿堂，选择了人们热情与激情迸发的时刻颁发，到头来竟是这样的不严肃，这样的庸俗，这样的充满铜臭气息。人们的愤怒、愤慨，难道不对吗？假如不是某作家的微博调侃引发围观、引出线索、引起轩然大波，又会是怎样的“顺理成章”呢？君不见，此一活动公布的当天，所有媒体都是“正面”的报道（尽管他们中的一些后来发难也急也快也强），没有人起疑，没有媒体质疑，没有舆论生疑。曾几何时，舆论也误导了受众，为此山寨表彰披上了“合法”的外衣。

最受伤害的是那些被蒙在鼓里的各界名人。冲着那响亮的名号和附着其间的光荣，一批真正的英雄，一批广有知名度的名人，一批也有一定贡献与成就的人物，都被忽悠了。为了使此活动“成功”举办，主办者除了使用一个响亮无比的称号外，还打出了一系列“公益”、“红色”招牌，什么赴老区采风、学习、宣传等等。这一切掩盖了活动的非正式性，掩盖了其中的商业秘密，掩盖了资质的非权威性。然而，正是主办者蒙蔽了这一大批参差不齐的名人，又反过来蒙蔽了更大一批的有各种各样诉求和想法的人。令人惋惜的是，我们一批知名艺术家也身陷“脊梁门”，他们的光环被别有用心者用来做别有用心的事了。他们的善良被某些人利用了。这是令人痛惜的事情。

简单回顾一下“脊梁门”事件，可以发现，自今年3月，该活动对媒体发布消息时，仅仅是说要出版一套所谓“中华脊梁”的人物丛书，然后偷梁换柱，竟一变而为如此声名显赫的人物表彰。此间变化多有玄机，惜乎媒体未察，众人不识。从这个事件的发生，可以明了有关部门对各种评比表彰命名清理治理的必要性，也说明，这一清理治理还有继续加大力度的必要。自然，有关各方从中可记取的教训实在也不少。

2011.9.5
星期一
辛卯年八月初八
第1052期
本期8版
中国文联网网址
www.cflac.org.cn

中国艺术报

中国文学艺术界联合会主管主办

国外发行代号
D3375
国内统一刊号
CN11-0241
邮发代号
1-220
新闻热线
(010)64810159
每周一、三、五出版
零售价0.70元

胡锦涛在观看话剧《郭明义》并接见剧组主创人员时勉励文艺工作者

牢记文艺神圣职责　创作更多优秀作品

李长春参加接见并观看演出

9月2日，中共中央总书记、国家主席、中央军委主席胡锦涛等观看话剧《郭明义》。这是演出前，胡锦涛总书记等中央领导同志亲切接见剧组主创人员。　新华社发

新华社北京9月2日电（记者　**张宗堂　周英峰**）　中共中央总书记、国家主席、中央军委主席胡锦涛2日晚在北京观看了话剧《郭明义》，并亲切接见了剧组主创人员。

中共中央政治局常委李长春一同观看演出、参加接见。

话剧《郭明义》是辽宁人民艺术剧院根据鞍钢集团矿业公司齐大山铁矿采场公路管理员郭明义的先进事迹创作的。演出前，胡锦涛等领导同志来到剧组主创人员中间，同他们一一握手、热情交谈。胡锦涛对剧组全体同志为创作话剧《郭明义》付出大量心血和汗水给予充分肯定，向他们表示诚挚的问候和衷心的感谢。

胡锦涛指出，郭明义同志长期以来自觉学习、实践雷锋精神，坚持爱岗敬业、助人为乐。他不愧是新时期的道德楷模，我们都应向他学习。总书记希望辽宁人民艺术剧院的同志们牢记文艺为人民服务、为社会主义服务的神圣职责，努力创作更多优秀文艺作品，为繁荣发展社会主义先进文化作出更大贡献。

随后，胡锦涛等领导同志走进剧场，同各界代表一同观看话剧《郭明义》。

演出开始时，舞台正中电子屏上醒目地显示出胡锦涛总书记曾经就学习宣传郭明义同志先进事迹作出的重要指示："郭明义同志是助人为乐的道德模范，是新时期学习实践雷锋精神的优秀代表。要大力宣传和弘扬郭明义同志的先进事迹和崇高品德，为构建社会主义和谐社会提供强大精神力量。"话剧以郭明义带领工友连夜抢修矿山公路的情节开场——舞台上电闪雷鸣、暴雨倾盆，在齐大山矿区公路发生塌方的紧要关头，刚刚献完血、连续工作15个小时的郭明义出现在抢险现场……全剧精心选取郭明义工作、生活中发生的真实事例，综合运用声、光、电等手段，生动再现了郭明义数十年如一日永葆政治本色的优秀共产党员形象，充分展示了郭明义以奉献为荣、以清贫为福、以助人为乐的崇高思想境界。当演到郭明义急切地为白血病患者寻找配型造血干细胞，被他言行感动的人们纷纷伸出胳膊加入捐献队伍中时；演到郭明义瞒着家人赶到医院，为高危产妇捐献血小板，听到新生儿的第一声啼哭，他的脸上露出幸福笑容时；演到郭明义第三次把福利分房的机会让给工友，心怀对妻子、女儿的愧疚躲到街头，最终得到家人理解支持、全家人紧紧拥抱在一起时；演到郭明义又一次给贫困生小文送来钱物，得知她为减轻家庭负担悄悄辍学打工，耐心细致地劝说她重返校园，从小被父母遗弃的小文满含热泪叫了他一声"爸爸"时……一个个感人肺腑的情节，使胡锦涛等领导同志和全场观众深受感动，大家一次次热烈鼓掌。

"来吧，朋友，给你一片蓝天，放飞这世界的爱翼，把幸福给你……"中秋之夜，郭明义为妻子朗诵起自己创作的诗歌，一同分享帮助他人的快乐。此时的电子屏上，"郭明义爱心团队"的旗帜迎风飘扬；振奋人心的歌声中，郭明义身后的爱心队伍更加浩荡……话剧结尾的这一幕蕴含着深刻寓意。胡锦涛等领导同志和全场观众一道起身，用长时间的掌声表达对郭明义先进事迹的赞扬和对演出成功的祝贺。

观看演出和参加接见的领导同志还有：刘云山、刘延东、李源潮、张德江、何勇、令计划。

话剧《郭明义》今年4月上演以来，已在辽宁、天津等地演出60多场，观众超过12万人。

首期全国中青年德艺双馨文艺工作者高级研修班开班

本报江西井冈山讯（记者　**董大汗**）　为进一步加强文艺人才队伍建设，延伸和发挥德艺双馨表彰活动的示范作用，由中国文联主办的首期全国中青年德艺双馨文艺工作者高级研修班，9月4日上午在中国井冈山干部学院开班。

文化部部长蔡武为学员作了关于文化体制改革和文化发展战略的专题教学。蔡武首先分析了文化的战略地位和作用，总结了党的十六大以来文化改革发展的历史经验，并在此基础上谈了几点深刻启示，即坚持党的领导，坚持马克思主义在文化领域的指导地位，坚持社会主义先进文化的前进方向，坚持解放思想、改革创新，坚持"两手抓、两手强"，促进文化事业和文化产业协调发展，坚持广泛吸收和借鉴一切优秀文明成果，坚持统筹协调、整合资源，实现可持续发展。教学中蔡武还具体阐释了文化的两种属性、双重功能、双轮驱动发展思路、文化体制改革等问题，以及如何处理好继承与创新、民族化与国际化、开放与引进、普及与提高、社会效益与经济效益等关系。对于目前我国文化发展面临的国内外形势、机遇与挑战，以及存在的困难和问题等，蔡武一一向学员们进行了详细分析，并提出要树立科学发展的理念。

中国文联党组副书记、副主席李屹，中国井冈山干部学院常务副院长李小三，江西省文联党组书记、常务副主席郜海镭，中国文联人事部主任刘漪滟，中国井冈山干部学院副院长周金堂等领导和30余名全国中青年德艺双馨文艺工作者学员，以及中国井冈山干部学院带班工作人员出席了开班仪式。

李屹在开班仪式上作动员讲话。他说，井冈山是中国革命的摇篮，借助井冈山的红色资源，中国井冈山干部学院已经打造成了进行中共党史、党建理论、革命传统教育和国情教育的国家级培训基地。我们把首期研修班放在中国井冈山干部学院举办，就是看重了井冈山丰厚的红色历史资源和干部学院丰富的教学资源及教学经验。本期研修班安排了丰富的教学内容和社会实践，一是为大家搭建一个学习交流的平台，结合当前文艺工作实际，交流经验，互相切磋，进一步深化对文艺工作的认识；二是让大家深刻感受红色传统，坚定理想信念，增强文化自觉，勇于担当使命，进一步在文艺界大力倡导和弘扬德艺双馨精神，为推动我国社会主义文化的大繁荣、大发展，推动文艺人才队伍建设献策出力。李屹希望学员们珍惜这次学习机会，潜心思考、深入研讨、联系实际，切实通过这次学习研修达到学有所获、研有所得的目的。

李小三也在开班仪式上讲话，并为研修班授中国井冈山干部学院院旗。

据悉，本期研修班包含专题教学、现场教学、体验式教学、音像教学、与老红军后代座谈、分组研讨、培训小结等板块，运用启发式、双向交流等多种教学手段，实现教学相长、学学相长。其中，专题教学包括关于文化体制改革和文化发展战略、井冈山革命斗争史概述及几个重大问题等内容；现场教学将在井冈山革命烈士陵园、井冈山革命博物馆、黄洋界哨口、井冈山革命斗争全景画馆、茨坪革命旧址群、大井朱毛旧居、小井红军医院、小井红军烈士墓等地展开；音像教学单元将组织学员观看《理想信念高于天》《党的纪律要牢记》《苏区干部好作风》《学习"七一"重要讲话精神专题讲座》等音像片。研修班期间，学员们还将赴景德镇等地进行实地考察。

本期研修班将于9月10日结束。

解放军艺术学院美术系师生美术作品展亮相中国美术馆

本报讯（记者　**余宁**）　9月4日，由解放军总政宣传部、中国美术家协会、中国美术馆、解放军美术书法研究院、解放军艺术学院主办，解放军艺术学院美术系承办的"军旅美术家的摇篮——解放军艺术学院美术系师生美术作品展"在中国美术馆开幕。中央军委委员、解放军总政治部主任李继耐，中宣部副部长翟卫华，中国文联党组书记、副主席赵实，党组副书记、副主席覃志刚，文化部副部长王文章，解放军总政治部主任助理年福纯，全国政协副秘书长孙怀山，中国文联党组成员、书记处书记夏潮等有关方面领导和美术家代表等各界人士出席了开幕式。

王文章、年福纯和解放军艺术学院院长张继钢在开幕式上讲话。中国文联副主席、中国美协主席、解放军艺术学院美术系主任刘大为介绍了展览相关情况。中国美协分党组书记、驻会副主席吴长江在开幕式上致辞。

此次展览涵盖了解放军艺术学院美术系建系以来相继开设的中国画、油画、版画、舞美设计、雕塑等5个专业的330多幅作品。其中囊括了刘大为创作的《晚风》《小米加步枪》《不畏蜀道难》等以及该系11名现任教员、16名离退休教员和200名历届毕业学员创作的13幅国家重大历史题材作品、获全国全军美展金银奖及优秀作品奖的作品。

30余年来，军艺美术系始终坚持为兵服务的办学方针，秉持现实主义创作方向，提倡主旋律，突出军旅特色，逐步形成了有军队特色的美术教学体系，培养了千余名优秀美术人才，已发展成为国内知名、有丰硕成果、有重要影响的美术院系，受到军内外美术界的高度赞誉。

展览将于9月11日结束。

世界雕塑大会吸引世界目光

本报长春讯（记者　**冉茂金**）　"在当今世界上，有200多个国家和地区的艺术家们纷纷来到一个城市参与雕塑创作，除了长春，没有第二个城市。长春正在成为世界雕塑艺术的发展引擎，是世界的雕塑之都。"毛里求斯驻华大使钟律芳观看了第三届中国长春世界雕塑大会盛况后如此感慨。由文化部艺术司、全国城市雕塑建设指导委员会、长春市人民政府共同主办的第三届中国长春世界雕塑大会，9月2日至3日在长春世界雕塑公园和长春国际会展中心举行。

全国政协副主席张梅颖以及中国文联党组副书记、副主席覃志刚，文化部副部长王文章，全国政协外事委员会副主任韩方明等出席大会。王文章在开幕式上致辞。

自9月1日开始，长春市推出系列活动。其中第十二届中国长春（高新区）国际雕塑作品邀请展，来自101个国家和地区的108件优秀作品参展，这些作品将在东北最大、占地9.7平方公里的长东北城市生态湿地公园永久展出；长春市城市雕塑建设成就展、熊秉明雕塑展、国际陶艺作品邀请展等8个专题展览则从不同侧面展示了中外雕塑界老中青艺术家的优秀作品；松山韩蓉非洲艺术收藏博物馆的开馆推出了2000多件非洲雕刻和绘画作品；第三届中国长春世界雕塑大会主旨论坛暨第四届全国城市雕塑高层论坛等系列学术活动则为城市雕塑发展出谋划策；"万人看雕塑"主题活动让数十万长春市民畅游雕塑公园，共享文化盛宴。

长春市自1996年以来，将雕塑艺术作为城市文化建设和公共事业的重要内容，雕塑文化已在全市生根开花，成为城市"金色名片"，至今已成功举办3届世界雕塑大会和12届中国长春国际雕塑作品邀请展，使长春成为享誉国内外的"雕塑之都"。中国长春世界雕塑大会也被赞为雕塑界的"奥林匹克"。

艺象杂言

煞一煞另类英雄风

□ 邱振刚

一个满脸络腮胡子的汉子，从战壕里站起来，晃着膀子踱到阵地前，斜着眼角扫视了一下敌军炮口，然后在敌军指挥官的望远镜里，满不在乎地扯开裤带朝地上的钢盔就痛快淋漓了一番。

这就是最近热播的一部抗战题材电视剧中的一组镜头，这一番做作，让人无论如何想象不到的是，出自剧中的一位八路军独立团团长。细究全剧就会看到，这位"团长"类似的古怪行为还有很多，如被侵略者的武力和残暴吓出心理障碍等。这些，都在该剧正式播映前的宣传预热中被制作者称为"个性鲜明"、"颠覆传统"。与之类似，在一部曾引发抢播闹剧的《我的团长我的团》中，游民习气、无赖作风更是弥漫于这支曾创下世界战争史奇迹的中国远征军中，小偷小摸、内讧械斗在这支队伍里也层出不穷。

其实，对正面人物、英雄形象用大量生动鲜活的细节来进行更符合真实人性的刻画，是近年来一些军事题材影视作品的亮点，这是对过往作品中那种高大全式人物塑造模式的突破。然而，这种"消解崇高"，似乎正在走向另一个极端，就是把一些很不招人待见的缺陷安在英雄人物身上，美其名曰"人性化"。一脸胡须+斜叼烟卷+满嘴脏话俨然成了这些影视剧中英雄人物的标准造型。这些影视作品看上几部，不由得让人悲从中来：这样的情节，这样的人物，生动则生动矣，但这哪里是"人性化"，分明是痞子化。我们最引以为傲的民族英雄，难道就是这样一番模样？

笔者并非否认当时抗战队伍构成的复杂性，并非否认如你我般的普通人在民族危亡、家国倾覆的战争环境中也能迸发出血性与勇气，问题是，并不高尚的人大批量的灵魂重生，一夜之间成为顶天立地的民族脊梁，这种情节设计有多大的说服力？这只会让人联想到货运卡车顷刻间变形为捍卫和平的"擎天柱"罢了。固然，战争是残酷的，人性是复杂的，英雄并非不能没有缺点，但如果给自私自利之徒、贪生怕死之辈撒上一把战争的催化剂，就能让他们变得无私无畏、大智大勇，这无疑大大损害了作品的可信力。而这些品行举止多有可疑处的"英雄"，也是对那些真正"我以我血荐轩辕"的为国牺牲者的不敬。"大处不虚，细处不拘"当然是战争题材艺术创作的基本原则，但这些影视剧主创者对"细处"的理解显然出现了偏差。英雄人物的心灵成长史——无论是有真实的原型，还是出自艺术虚构，都深植于一个民族最久远最深层的心理结构、最具代表性的精神品格中。这，绝不是细节。英雄来自于平凡者，绝不会来自于猥琐者。在美国的战争题材影视作品《拯救大兵瑞恩》《兄弟连》《拆弹专家》中，对人性的拷问同样尖锐，但其中那些美国大兵却也被美国观众认同为国家精神的化身。这样的重任，龙文章们、李大本事们承担得起来吗？

细想一下，我们就都会承认，一对年轻的父母指着电视屏幕，据以教育自己的子女，向他们讲授历史、爱国、做人种种道理，并让他们引以为人生楷模的，会是于洋在《英雄虎胆》中扮演的侦察科长曾泰，会是吕晓禾在《高山下的花环》中塑造的梁三喜，而绝不会是今天屏幕上的这些另类"英雄"。

《中国艺术报》版式赏析

2011年9月5日

第1052期

18. 迷信“达芬奇”暴露了文化不自信

乔燕冰

号称来自达芬奇故乡的著名家居品牌“达芬奇”，原来不过是将在国内的产品运到意大利“旅游”一番，再回到中国却摇身一变，成了“原产意大利”的奢侈品。不良商家的这个“国际玩笑”引发声讨巨浪，网友甚至将“达芬奇”负责人在发布会上“哭诉”的形象植入达芬奇名作《蒙娜丽莎》，名曰《达芬奇的哭泣》，以戏谑之作尽表气愤与嘲讽。“达芬奇”的西洋镜确实值得猛力打破，但我们似乎更应该追问：“达芬奇”此前的“成功”，是不是说明了热捧者在文化上的不自信？

这样的追问十分必要，因为“达芬奇密码”绝对不是孤例。随便一想，我们的眼前就会出现无数披着“洋皮”的“狼”：火爆名牌“德国欧典地板”却产于北京通州；自称意大利顶级品牌“吉诺里兹”服装实为中国制造；声称源自美国的阿诗丹顿热水器其实只不过是穿了身美国“马甲”；标榜为丹麦国际知名音响品牌“香武仕”却产自东莞卢村……在当下中国大踏步走向世界的时代，中国产品起个有点儿国际色彩的名字原本无可厚非，但如此弄虚作假且形成风潮，其中的“洋品牌崇拜”颇值得忧虑。

而“洋品牌崇拜”的背后，正是对本民族文化不自信的最直接直观的表现。“品牌”是市场经济范畴内本土文化的集中展示，一个自信的民族，总是强力输出代表自己文化的品牌。麦当劳、可口可乐、好莱坞之于美国，本田、索尼、哆啦A梦之于日本，无不成为各自国家文化的形象代言。正在和平崛起的中国，也应该立足本土文化，打造具有中国特色和世界影响的品牌文化。这才是中国企业的王道。笔者绝不是要中国百姓抵制洋品牌，因为那是另一种文化的不自信；我们要反对的是以洋品牌甚至假洋品牌来包装中国品牌，是假冒伪劣的文化赝品，是追捧洋品牌的消费思潮。

品牌的竞争最终是文化的竞争。就在各国思想家、艺术家纷纷到中华文化中寻找灵感，寻找解决人类矛盾的新思路的时候，我们的某些商家却“以洋为尊”，“以洋为美”，我们的某些消费者却“唯洋为大”，“唯洋是从”，实在是值得警惕。如果说“达芬奇”这样披上显性“洋皮”外衣的假货我们尚可识别并痛斥指责，在验明正身后撕下其虚伪的皮囊，那么渗透在社会生活各方面的对民族文化的隐性伤害不仅难于发现，更是难以治愈，因为这种伤害源于民族文化自信的失落导致的民族文化精神遭遇的深度蚕食。中国的文化软实力绝对不可能靠各种假冒“达芬奇”得来，因为那绝对是“豆腐渣”工程。

所以，呼唤文化自信和文化自强，绝不是一句空话。

19. 官员集体“触电”，不该！

王春梅

据媒体报道，在将于8月上映的电影《通道转兵》里，湖南通道县官员集体“触电”。该县一名副县长和司法局一名副局长扮演了国民党将军，另一名副县长则率领一名商务局副局长、县政府办一名秘书“投入”红色阵营，分别扮演任弼时、项英和红军军械科长。而出演该剧的一名副县长还是影片的策划、编剧和制片人之一。此消息一出，立即引发了社会的广泛关注和激烈争议，“不务正业”、“亵渎艺术”等质疑和批评声不绝于耳。

据悉，《通道转兵》是通道县参与投资的一部建党90周年献礼影片，亦被该县作为旅游推广计划的一部分。应该说，投资拍片的初衷是好的，较之于铺张浪费搞节庆、办演唱会，利用影片推广当地旅游的计划也是很有意义的。然而当在影片总投入的800万元中，作为国家级扶贫开发县的通道县就投资150万元的时候，当通道县官员意气风发，担任演员“过一把戏瘾”的时候，人们就不禁会怀疑《通道转兵》的拍摄是否像出品方描述的那样美丽动人。

地方官员集体参演电影实为不妥。正如大多数人质疑和担心的那样：县里的官员们都去拍电影了，他们的工作由谁来做？笔者以为，作为一方的父母官应该明确自己的职责所在。正所谓“术业有专攻”，在拍摄电影这件事上，作为投资方之一，通道县的官员们更应该做的其实是协调、服务等事务性工作，协助拍摄方做好拍摄工作即可，大可不必连策划、编剧、制片、演出等事事“亲力亲为”。这不免会让人们对地方政府投资拍片的动机产生质疑：用公家的钱拍电影，再由官员当演员过“戏瘾”。这与当下很多企业投资电影开出用亲友或特定的人选担任主要演员、肆意对影片创作横加干涉等条件又有什么不同呢？实可谓是一种乱作为。此风不可长！再者，从通道县财政实际和推广当地旅游的需要出发，势必要尽可能地推出最高质量的影片。其实地方政府投拍电影并不新鲜，早就有《庐山恋》《五朵金花》《唐山大地震》等影片为此种模式，它们都成功地成为了“地方文化名片”。可贵的是，这些影片从头至尾都是在专业人士的打造下成形的，电影艺术与地方文化得到了很好的融合，影片的艺术性和质量自不待言。然而在此起事件中，地方官员们却介入了电影创作的全过程。对于有着专业性强的特性和要求的电影艺术而言，这些没有创作和丝毫表演经验的业余“选手”又怎么能带给观众欣喜呢？领导们“玩票”过瘾后的银幕首秀的结果只能是影片的粗制滥造，质量令人堪忧。那将如何对得起贫困县的百余万元投资，如何对得起通道县广大群众瞩目期待的能给百姓带来实惠的旅游推广计划呢？

在笔者看来，官员热爱文艺无可厚非，他们也有提升自身修养、充实精神生活的权利和追求，但关键是如何处理好本职工作和业余爱好之间的关系。如苏轼、白居易治杭州，勤于政事，至今苏堤白堤依旧在，而“欲把西湖比西子，淡妆浓抹总相宜”、“孤山寺北贾亭西，水面初平云脚低”的美好诗名亦流传不息。就此事件来说，县领导们不一定非要在影片中“露脸”，完全可以寻找别的途径换个方式来抒发对电影艺术的一腔热情，用自己所擅长的去做自己喜欢的事情，而不是把爱好当做“试验田”。正如一位网友所说：“官员如果把自己的本职工作做好，在老百姓心中就是一部最给力的电影。”

20. 莫让劣质电视剧泛滥暑期

张成

暑假已至，学生们有闲了。很多电视台打着如意算盘，又该挣钱了。一时间，很多“雷”剧纷纷上马，试图以此吸引学生观众的视线，提高收视率。这当中最著名的非翻拍剧《新还珠格格》莫属。然而，以《新还珠格格》为代表的“雷”剧实在让人“触目惊心”。日前，已有很多观众指出这些“雷”剧的穿帮之处，如《新还珠格格》中有一场戏，前景是穿着古装的演员，观众竟然能在后景看到一辆面包车；又如《盖世英雄方世玉》的某古装片演员的服装胸口处竟有“我 love 广州”的标识。“雷”剧的粗糙程度由此可见一斑。《新还珠格格》的主创琼瑶却声称，“不喜欢，就用遥控器吧！”其实，在一个影视产品决定影视消费的背景下，观众并没有多少选择的空间，相当一部分观众不得不被动接受这些“雷”剧。因此，影视创作者责任在肩，更要心以系之。

客观来说，《还珠格格》至《新还珠格格》的播出之间只有 13 年的间隔。《还珠格格》是否具备经典的素质，能否唤起人们的集体无意识，还是件值得商榷的事。甚至，在相当一部分观众看来，“翻拍《还珠格格》除了捞金、博收视率，没任何意义，完全没做到创新、超越。”事实表明，《新还珠格格》的节奏拖沓为很多观众诟病。拖慢节奏，整部戏就被拉长，集数因此而扩充。电视剧是按集卖钱的，这无疑将增加《新还珠格格》的营销收入。此外，从《新还珠格格》的选角不难发现，最关键的人物“小燕子”的扮演者还是按照旧版路子走的。可以说，《新还珠格格》并没有多少创新的意思。就此可以发现，尽管当今影视行业资本充裕，但是创新精神却极度匮乏。

现如今，责任感缺乏、保守、一厢情愿已是很多电视剧制作者的惯常心态。他们想当然地认为过去取得成功的案例，拿来回锅一下，又可以圈取高额的利润，而观众的感受则被置于末端。影视行业的翻拍换汤不换药，企图以重复的创意和生产来榨取永恒的价值，无异于把观众当韭菜，割了一茬又一茬。孰不知，国产电视剧制作的短视和保守已经把相当一部分学生观众推向了国外剧，尤其是美剧的身边。反观美剧，近年来好剧目如同井喷，制作者精益求精，观众如饥似渴，甚至产生了“追”美剧的效应。有调查显示，在大陆美剧的受众中，15 岁至 25 岁的学生占到比重的 81.66%，而本科以上学历又占其中的 70% 以上。这并不说明国外的电视剧一定是好的，只能说明相当一部分国产电视剧太差了。

暑期国产劣质电视剧的泛滥，让人想起了《狂人日记》中的呼喊“救救孩子”。当大量重复翻拍、恶搞历史、忽视质量的电视剧充斥荧屏时，何谈中国文化的传承？当早晨八九点钟的太阳们痴迷外国剧和文化时，又将靠谁来输出中国文化？切莫再把年轻的观众当成韭菜，否则，割断的不仅是国人对自身文化产品的信心，更重要的是割断了中国文化传承的链条。

21. 比“太美”更可怕的是什么？

——对欧莱雅广告遭禁的反思

乔燕冰

太美也是错吗？这听起来有些匪夷所思，但事实确是如此。近日，英国广告标准局发布禁令，剑指法国化妆品巨头欧莱雅旗下美宝莲和兰蔻两支平面广告，理由是过度 PS，有意美化模特，误导消费者。“太美”，成了它们最大的错。

很显然，这则禁令不仅是对用技术制造的虚假之美的否定，更是对以虚假之美标榜产品之真的惩罚。这种欺骗与商业欺骗本质上并无二致，它之所以肆虐泛滥，不仅因为其“美丽”令人不易察觉其隐性的本质，更因为人类对美无限追求的本性让美的任何一种呈现都似乎具有了合理性，即便外表的美与内在的丑如此结伴联姻是对美的根本性亵渎，即便公众对美的渴望被如此利用是何等的残忍。

叫停虚假广告、揭穿误导受众的本质，是对商业诚信缺失甚至商业道德失范的遏止，但也许在此之外，我们还应该存有更深层的担忧，这种担忧来自美与真的悖离，来自这个时代技术对我们精神的“殖民”。

从美的本质来说，无论是古希腊时期小鸟啄食宙克西斯画中的葡萄，引其揭开巴尔拉修画布的传说，还是先秦时代《庄子·山木》中“其美者自美，吾不知其美也；其恶者自恶，吾不知其恶也”的故事，都很早就在提醒世人真与美的内质通达。然而现代社会中我们对美的追求又在多大程度上悖离了真？远离了善？美还能否葆有她原本的根基？当我们在日常生活的审美幻像中突然怀恋久违的“天然去雕饰”，惶恐地留连于“清水出芙蓉”的美丽时，即便可以偶尔洗尽铅华，偶尔走进大自然，用所谓的“返朴归真”获得暂时的安慰，我们依然无措，因为那依然难以弥合因与真渐行渐远而在内心生成的美的失落。而更重要的是，我们缺少对此的幡然醒悟。

以诉诸感性审美追求为突出特征的消费文化以其强大的魔力导引着大众文化。广告等媒介传播以及影视娱乐具有满足和利用人们这种感性审美追求的双重属性。而事实上，在它们完成自身商业诉求并不断满足人们崇尚感性审美的同时，也不断为大众推行、强化甚至重塑新的审美标准与审美理想。因为它们孕育的明星与偶像为大众提供种种美的模式化的同时，也制造着“没有最美、只有更美”的视觉神话。这其中，以技术为核心支撑的整形、美容、摄影、数字化等手段是潜藏在神话背后的重要推手。

从美学理论上讲，只要在伦理范围之内，运用包括先进技术在内的任何手段美化人自身都具有其合法性。并且这些手段在让大众获得更多审美享受的同时也有助于他们按照理想的审美标准再造审美对象，达成新的审美理想。但是，在消费文化为我们不断制造和预设新的审美标准的推动下，过度的技术运用使工业技术已经从对工业产品、艺术作品生产的影响蔓延到对人自身自然性的侵蚀。不断实现自身人工化的装饰、改变和重塑的同时，我们便在技术的自由运用中失去了自由，我们便在操控技术的同时，沦为被技术所奴役的奴隶。因此，深陷于技术对精神的“殖民”而不自知，也许远远比因受“太美”的广告误导而多买几瓶并非神效的化妆品更为可怕。

22. 写意、随意、还是恶意？

董大汗

日前，山西太原双塔烈士陵园树立的“解放太原革命烈士纪念碑”大理石群雕，因存在雕像人物或鼻孔少一个、或两眼大小不一等问题，遭到市民和网民强烈质疑和指责。在回应公众质疑时，相关工作人员竟理直气壮地称此为“写意”手法。听罢令人不胜唏嘘。

作为公共艺术的城市雕塑，其功能属性与公共环境和公众相联系，而不是艺术家孤芳自赏的自娱产品，这一点正是城市雕塑自身的特征所在。雕塑家创作室内雕塑可以凸显自己的思路和艺术风格，别人看不懂关系不大，但城市雕塑不同，只有得到大多数人的认可，才有生命力，才能发挥其应具有的陶冶人们情操、提高人民精神境界的目的。因此，判别一个城市雕塑是否成功，一个最基本的标准，就是得到人民大众的认可和喜爱。而那些不顾大众审美习惯，在所谓的新观念外衣掩饰下的“写意”艺术，不过是“皇帝的新装”。假如是专业艺术家所为，其创作理念已堕入可怕的恶俗；假如是非专业的“混混”拼凑，管理方的胡作非为更是令人齿寒。

虽说艺术源于生活，高于生活，但对革命历史人物的艺术创作，不应违背历史事实，而应该尽可能地维护真实性。即使按照艺术创作要求，对雕像进行审美的艺术提升，也不能突破创作原型的外貌、衣着和习惯性装扮，以及内在的精神气质。抽象变形是写意雕塑的一大特征的确不假，但前提是符合人体规律和人体透视原理比例，才能给人以美感。我们并不是反对对历史人物进行艺术创作，但艺术化应该有一个合适的“度”，如果雕像“写意”到失真甚至丑化，就变成了“随意”，既不符合人物形象，也不符合历史原型，更容易对后人产生误导，以讹传讹。更严重的是，如此“写意”，消解了革命历史题材的庄严感，不仅起不到革命传统教育和爱国主义教育的作用，反而引起价值观的混乱，沦为笑柄。

所以，无论是出于纪念那些为解放太原献出生命的革命烈士，还是要打造全国一流爱国主义教育基地，太原市双塔陵园树立“解放太原革命烈士纪念碑”的初衷毋庸置疑，但因为长官意志、急功近利、偷工减料、不懂装懂、粗制滥造、以次充好等不良气息的渗入，最终呈现在广大人民群众面前的却是如此造型怪异的烈士雕像，这与其说是“写意”，不如说是对城市公共艺术的粗心与随意，不客气地说，更是一种“恶意”，是对革命先烈的不尊与不敬。

23. 为什么要掏空我们的精神粮仓

乔燕冰

近日，多家媒体披露，屹立于山西太原东仓巷 20 年的赖宁烈士雕像突然从公共视野中消失，只留下一滩水泥。消息甫出，立即引起众议，甚至引发部分热心居民开始在网上发布寻“人”启事，四处找寻雕像下落，终得水落石出：原来是太原市环境整治需要，将赖宁雕像移除，由于找不到愿意接收赖宁雕像的单位和场所，最后将之放置于偏僻山村。

被尊为“英雄少年”的赖宁年仅 14 岁时，为扑灭突发山火，挽救山村，保护电视地面卫星接收站的安全，在烈火中奋战四五个小时后献出了宝贵的生命。然而，在这个可以为曹操墓地、赵云故里、悟空家乡，甚至是西门庆、潘金莲之辈的所在争得头破血流，可以斥资千万为众多娱乐界偶像打造“明星公园”的时代里，这样一个曾经感动无数人的少年英雄却无处安放，听来、想来，心中怎不一阵悲凉！

“赖宁”的失踪表明，在物质主义时代的消费精神统摄下，作为构成民族精神审美维度重要一维的传统英雄主义再次遭遇了被瓦解。在许多人那里，崇高的价值理想与神圣的道德典范似乎也一并随之坍塌。即便对传统价值曾经认同的 70 年代以及之前的几代人，亦不同程度地在物质主义扩张下不断膨胀的利益诉求中放逐精神，而“80 后”、“90 后”等新的社会价值群体则是多以明星偶像崇拜的方式轻而易举地置换了传统的英雄主义追求。如此，传统社会意义上的英雄价值榜样在大众生活中渐行渐远，神圣与崇高的文化价值理想正在没落淡化。这个时候，尚能存于世间或不断创作出的几尊英雄雕塑、几部英雄文艺作品，无疑是这个时代可以凭吊正在逝去的那些崇高精神的重要依托，它们又怎经得起再度被奚落！

文明是人类进步和社会发展的根本表征，而环境是文明发展不可或缺的终端仪表。但是，如果整治改善物理环境不以精神内涵为支撑，甚至要以消解其精神价值为代价，这便成为最具讽刺意味的文明隐喻。当我们在“整治”环境的同时，将沉淀着人类价值理想和精神寄托的物质对象一并清除时，我们就将亲手掏空精神的粮仓，我们就将在自己一手打造的美丽的物理环境中承受着精神的苍白、文化的贫穷与文明的鄙陋……

赖宁在一些人的漠视中开始流浪，他离开的岂止是自己的旧里，他远离的是时代精神的家乡。而就此我们是否需要自问：无处安放的何止是赖宁？文明的羞愧何处躲藏？我们的精神何以归乡？

24. 艺术变工种，可悲!

董大汗

日前，记者在采访国家大剧院青年作曲家计划时，本次计划首席评审专家、作曲家陈其钢谈及作品评审标准时说:“我首先看这个人进行的是‘创作’还是‘工作’，如果是工作，我宁可给零分！”并对国内作曲界唯西方作曲技巧论的不良倾向表达了深深的忧虑。

笔者以为，这决不是空穴来风。一个不容忽视的现实是，音乐界尤其是作曲界长期存有一把颇为奇怪的标尺，如果音乐创作中运用了西方现代作曲技法，那就代表你是革新派，有水平；反之，你就是保守派，没有水平。在此背景下，一个更加令人匪夷所思的公式无形中形成：十二音技法、序列音乐、无调性、听不懂 = 创新、先进、高级;传统技法、有调性、有旋律、能听懂 = 保守、陈旧、落后、低级……令人好生惊诧!

不可否认，西方作曲理论和技法的确有其固有的优势。作为一名音乐创作者，学习西方先进作曲理论、技巧不可谓不必要。但遗憾的是有些中国作曲家一旦进入西方作曲体系之后，就好比走进了一条死胡同，迷失了方向。长期受缚于唯西方作曲技巧论观念马首是瞻的误导，致使其在学习过程中一味地迎合，并且无意识地妥协，最终结果就是在此过程中失去了一个中国作曲家应有的风格与个性，创作出来的作品虽然修饰得漂亮，但艺术的灵魂却荡然无存。

相比于技巧，个性和风格能让音乐走得更远。这个道理看似简单，但未能真正参透者不在少数，在创作中过度追求技巧，盲目追求繁复的乐段形式、和声语言者也绝不鲜见。近年来各种音乐赛事上，很多选手为了得到评委对其演奏演唱技术的认可，在参赛曲目难度系数上煞费苦心，下足功夫，结果是技巧上去了，风格和个性却丢失了。无怪乎众多评委感叹，参赛选手们的技法一年比一年有提升，但在风格上真正令人耳目一新的却难得一见，而这，恐怕也正是导致国内出类拔萃的音乐人才稀见的症结。

真正的艺术创作，不取决于所用技术的高低，重要的是你是否把自己融入其中，体现作为主体的一种艺术追求。很好地“走进去”融入到西方作曲技法体系中固然重要，而如何从中“走出来”更为关键。对于音乐创作者来说，真正好的音乐应该是一种为大众所接受、所传播的东西，而不是一种过分追求曲高和寡的东西；对于演唱者和演奏者来说，音乐是否动听，并不取决于飙高音、炫技法。谈及此次青年作曲家计划的最终目标，陈其钢直言不是要评出几部好作品，而是通过这一过程，鼓励作曲家有一种创作的追求。因为只有技巧，那就是工匠。艺术没有风格，便成了工种。所言甚是!

25. 文艺名人“被传记”可休矣

郭青剑

昆曲大师俞振飞遗孀诉《粉墨人生妆泪尽》一书侵害俞老名誉权案，几经周折，终审胜诉，在文艺界引起强烈反响。人们在为法律为俞老澄清事实、挽回声誉而高兴的同时，也不无忧虑地看到，俞老的事件绝非孤例，近年来文艺界名人“被传记”的事情屡屡发生，由此造成的著作权和名誉权官司给诸多“传主”造成麻烦，成为社会关注和热议的话题。

据报道，著名主持人杨澜近日就起诉《杨澜给女人24堂幸福课》一书侵权。她称，该书作者从未对她本人进行过任何形式的采访，也未就该书的内容和所用照片向她进行确认获取任何形式的授权，严重侵害了她的姓名权和肖像权。此前，著名演员赵本山以名誉权等受损为由，将《企业家赵本山》一书的作者、出版方、销售方等告上法庭，至今尚未判决。去年，著名导演张艺谋在起诉《印象中国：张艺谋传》侵权案中胜诉，该书作者和出版方被判赔偿张艺谋经济损失及精神损害抚慰金……乱象丛生的名人“被传记”，正是因为未经授权和歪曲事实两大“罪状”，惹“传主”怒而相向至与作者及出版方对簿公堂。

对中国人而言，“立传”与“树碑”一样重要而严肃。“传”的首创者“史圣”司马迁为了写作《史记》，不仅博览历代著作，还从20岁开始游历全国实地考察，获得了许多第一手材料。因此《史记》以“其文直、其事核，不虚美、不隐恶”的精神，不仅开创了中国史学的“实录”传统，也开创了中国传记文学的“实录”传统。反观上述一些所谓“传记”，大部分材料却是“拼凑”而来。这些作者和出版方辩称“书中引用文字是已在网站或报纸上登载过的”“根据媒体报道及相关书籍写成”，以此作为他们“没有捏造和歪曲事实”的理由。但若书中材料来源真如他们所言的话，这些材料的真实性首先就大打折扣。更滑稽的是，这些作者和出版方为了证明自己无辜，还辩称整本书都在讲“传主”是怎样成功的，是没有恶意的“正面宣传”，乃至“通篇都在赞美”。这与“不虚美、不隐恶”的要求相差何其远矣。

这些作者和出版方为人立传，显然缺乏严肃的态度、认真的精神和起码的常识，当然更谈不上司马迁“究天人之际，通古今之变，成一家之言”的崇高的著史责任感。在笔者看来，他们不过是以为名人立传为名，行为自己赚取名利之实。他们看重的只是文艺名人的影响力，利用的也正是文艺名人的影响力。因此，他们才会对“传主”缺乏最基本的尊重。如一位业界人士所说，因为“与名人打交道很麻烦，授权、约稿、写作时间相对较长，而且‘传主’往往会有很多顾忌，不经授权请别人写作就快得多，没有那么多麻烦”就避开授权这个重要环节。也正因为如此，他们才会为了让自己的书畅销，就四处拼凑材料，甚至不惜“断章取义”、“捕风捉影”、“无中生有”地抖露和制造所谓名人的隐私，满足一些人的猎奇心理。殊不知，这样做不但超出了道德的底线，更触犯了法律的威严。轻者，招致“传主”的责难和社会的厌恶；重者，更会被传上法庭，落得名利两空。因此，笔者在此呼吁，文艺名人“被传记”可以休矣！

26.“黄金屋”中书何在？

——有感于上海书展的“钱立方”

煜凡

宋真宗赵恒曾以“安居不用架高堂，书中自有黄金屋”来鼓励“男儿若遂平生志，五经勤向窗前读”。用“黄金屋”来指称读书给人带来的精神收获以及个体价值实现的赵恒大概万万想不到，1000多年后的今天，“富裕”的现代人会用大把的钞票将他的语录如此“活化”——据媒体报道，近日，火爆进行中的2011上海书展上惊现“雷人”一幕：一家参展商竟然堆出了3000万元现金的“钱立方”作为其金融方面书籍的营销手段。主事者的小聪明是：书展中的各种图书都不及他的书可以“兑现”；书中自有黄金屋的古训是他们书的活广告；成千上万的钱是书展及其读书、求知的唯一目的。所以，请买我的书吧！书香四溢的展会上，弥漫着这个被活化的“黄金屋”的“铜臭”……此情此景，让人为策划者的精神贫困可气可恼的同时，更为这种现象表现出的精神走向担忧无比！

作为人类的精神产品，书是知识的载体、智慧的结晶、文明的佐证以及进步的标识。在中国传统价值观中，以先贤孔子为代表的儒家思想以“三年学，不至于谷，不易得也”教人们守持“读书不为稻粱谋”。读书求知在他们那里不为现实功利，而是以修身、齐家、治国、平天下为旨归，格物致知，求知不止。而宋代大儒张载提出君子恪守“为天地立心，为生民立命，为往圣继绝学，为万世开太平”，更是读书追求的最高境界。彼时，读书更多寄予着仁人志士修己、为人、化成天下的内质。

而在当下现代社会中，随着科技进步引领工业社会的迅猛发展，知识现实效用的外延不断扩大，成为不可替代的强大生产力，人们由此悄然走进了知识经济时代。知识在此过程中获得了前所未有的发展与应用。它不仅是社会生产生活领域的存在前提和基础，而且成为经济发展的核心要素和重要资源。由此可见，今天的知识在不断被利用中实现了重要的价值革命。人类智慧的结晶已经强烈凸显出一种与最初的真理性价值并立的工具效用性价值，从而成为经济发展的雄厚基础和取得经济效益的重要源泉。同时知识自身也成为一种重要的商品。由此，读书自然在传统价值基础上平添了现实经济价值，从这一点上体现出的社会发展进步维度毋庸质疑。

然而，“现代性”主导下的现代文明带来了整个社会物质主义的泛滥，人们的物质欲望一定程度上达到了无以复加的膨胀与放纵。这种欲望促使当下社会中人们将智慧肆无忌惮地用于最大限度地满足自我物质需求的行为中。金钱、财富一定意义上似乎成为这个时代的一个新的图腾，吸引着人们为之臣服与膜拜，以致许多社会成员生活的重要内容逐渐变成财富的创造、聚敛、享受和炫耀。这样的价值走向带来了人们身与心的扭曲，和整个社会物质与精神的失衡。一定意义上说，如此心为物役的人们在现代文明社会中就真的成为被自身创造的文明所奴役和异化的“单向度”的人。在这样的现实面前，也就难怪触角敏锐的商家会抓住“人心所向”的内在卖点，赤裸裸地将直接产生经济收益的金融知识的终端效益如此实现化和强化成一座“黄金屋”，让受众为此迷醉，以达到自身商业诉求。

在物质的追求索取中渐渐悖离精神的走向是悲哀和可怕的，而在此过程中，当书籍这一人们所剩无几的精神供给源，也要面临物质化的侵蚀甚至侮辱时，文明的最后的阵地也便濒临沦陷，这将是灾难性的！

27. 水幕电影建错了地方，倒置了本末

张月鹿

近来悉闻，南京市鼓楼区政府投资1600万元从英国引进的水幕电影在盛极一时、每况愈下的11年经营之后，因无力承受过高的花费而歇业。11年的时间不短，足以令热点降至冷点，也足以令焦点走向边缘，乍一看来，水幕电影的歇业近乎新兴事物由盛而衰的自然走向。政府投放巨资引入高科技产品，带动城市经济、文化发展之举无可厚非；毕竟其曾是“南京山西路市民广场的一大亮点”，说它未能考虑百姓真正的消费需要也稍显牵强。在巨资文化工程“华而不实”、“过度消费”的反思中，我们是否也应对水幕电影这一舶来品进行一番重认。引进水幕电影至今，我们对一些概念的理解似乎并不到位，相当于拿来一件先进的工具，却没有搞清楚它如何使用。

水幕电影更是水幕，而不是电影。水幕电影对场地的要求很高，需靠近江湖河海，或有良好供、排水系统的人工水源；时间限制也很严格，寒冷的冬季及风雨雾雪皆会影响其放映；水幕十分脆弱，水质差异和环境因素均可引起诸如色彩失真、画面走形等多重观影效果损伤。由此可见，水幕不是电影最适宜的放映载体，甚至是最不适宜电影放映的载体。而市民观看水幕电影和在影院中观影的审美期待也是截然不同的，他们看的是水幕奇观，而非追求画质音响效果，也非观赏故事情节，新鲜感会随着经验的重复而淡去，重复的奇观将不再是奇观。把水幕建在市民广场，对于每一位市民来说，本来就意味着无论它有多昂贵的成本、多高端的技术内核，都只能是一次性或仅有的几次性使用。

水幕电影更是自然，而不是技术。虽然水幕电影是以水幕发生器、专用放映机、特制电影胶片等现代技术为支持，但它终究是基于水这一自然物象形成的景观，它更适于表达自然而不适宜展示人文。从国外进口专门的电影胶片在市民广场循环放映，相当于把水幕电影仅当成露天电影院或汽车电影院，显然并未物尽其用。水幕电影所在环境（市民广场）及呈现方式（露天放映）都天然地决定它无法作为真正的消费品纳入市场运营的链条，故而将之引入城市的最初，就不应回避其前景难以为继的事实。换言之，水幕电影应远离城市，向自然风景区、旅游胜地去寻求出路，不但有接近水源的可能，更兼当地神话传说的滋养，以声光电形式将山水中蕴藏的古今奇人、奇事、奇景作淋漓展现，令游客有身临其境的奇特体验。作为旅游观光的一次性消费，只要内容精彩，也能赢得利润，不至无人问津。自然景区宣传与其以文字、画册为载体，不如以自然表现自然。

我们都嘲笑过买椟还珠故事中那个本末倒置的郑人，但前提是我们应当弄清

究竟何者为“本”，何者为“末”，具体到水幕电影来说，恰恰水幕这个“椟”是值得重视的，而我们却为电影这个“珠”所障，固守“电影”的传统概念，以至于“大材小用”，没有为水幕找到最能展现其“才华”的领域。这也折射出我们今天发展文化艺术，虽然摆脱了曾经的保守固执，开始大方地敞开视野欢迎新事物，却不求甚解、急于展示，以文化艺术工程能和世界接轨为旨归，却在运行方向上产生了致命的偏差，造成经济和时间上的损失。郑人在买椟还珠之后，也必定在思考这“椟”如何能为我所用，有关方面当下要考虑的是，如何能给“椟”配上一颗更明亮的“珠”。

28. 政府为“快女”拉票为哪般?

陆尚

近日，“激战”正酣的热门选秀类节目“快乐女声”再添谈资：连日来，一张共青团云南省保山市委标明特急、要求“全市广大青少年发送短信支持段林希”的文件图片在网上流传；此前，保山市人民政府办公室也以短信形式号召全市人民投票支持来自保山的“快乐女声”选手段林希。消息一经披露立刻引起民众的热议和质疑。

在这起事件当中，争论的焦点是作为官方部门介入选秀节目出面“拉票”的行为是否恰当。面对质疑，相关部门给出的说法是：“共青团的一项重要职能是为青年服务，发电文的目的是号召大家给她多点支持和帮助，电文并没有强制性；政府是想通过‘快女’这个平台更好地对外宣传保山形象。”乍听之下，似乎有些道理，然细想之，却不然。笔者以为，政府部门与“快女”、“选秀”、“拉票”这几个词语捆绑在一起成为热门娱乐话题极具讽刺意味，保山团市委和保山市政府办的这一行为甚为不妥。

首先，作为官方部门，应该明白自己身份的特殊性，其发出的任何文件和短信等都具有一定的公信力和权威性，而“快乐女声”只是一档选秀节目，就其本质来说无疑是娱乐性和商业性的结合体，政府出面号召公众支持娱乐竞争，既有失严肃性又具有误导性。虽然上述两部门后来强调没有强制性，但必定会对普通市民和青少年产生极大的影响，公然以官方名义号召大众参与娱乐节目投票也就难免会有滥用职权和参与商业炒作之嫌。其次，官方的参与不仅令“快乐女声”这一档纯娱乐节目罩上了一层政治色彩，也让选秀变了味。选秀虽说是一种具有商业价值的娱乐竞争行为，但也有其自己的游戏规则。选秀重在“选”，重在真实，这当中，观众自觉自愿投票是关键，而并非有组织、有主导的号召，否则就失去了“选秀”的意义。政府部门号召民众为参加选秀的本地选手投票行为无疑破坏了选秀的游戏规则，既影响了选手之间的公平竞争，也难逃票选造假之责难。再者，如此行为真能起到提升城市形象、服务青少年的作用吗？窃以为，这无异于缘木求鱼、本末倒置。这一事件让保山成为热点，然而在舆论的风口浪尖，其公信力却遭到了严重质疑，如此功利何谈服务青少年和提升形象！

其实，人们对云南保山并不陌生，通过观看党的好干部——保山市原地委书记杨善洲的相关电影和书籍，保山已经在大家心中留下了美好的印象。笔者以为，当地政府要提升形象，为“快女”拉票并非唯一亦非最佳方式，选择恰当、合理的形式，对有着重要意义和代表意义的人和事进行宣传和推介，才能使城市形象得到真正的提升。

29. 无德之人莫从艺

——从郭美美事件说文艺的准入和进入

王新荣

据媒体报道，新近蹿红的舆论名人郭美美近日以不堪他人短信恐吓、夜探家门等骚扰为名到公安局报案。同时，在报案期间她还“顺道”接受媒体采访，亦“顺道”再次表达其进军娱乐圈的强烈愿望。郭美美此次高调报案，再度引发网民热议。有义愤填膺出言谩骂、嘲笑者，亦有施以同情者，而更多人则表示质疑：原来除制造绯闻、婚变、整容、吸毒、断背、艳照门、小三门等炒作方式外，高调报案也不失为一种提高曝光率和关注度的有效措施？更不乏有识之士担忧，娱乐圈的准入如此低门槛、无门槛，或者另造入门准则，它将把大众的视线和文艺青年引向何方？

盘点郭美美的炒作历程，其招数可谓“机关算尽”。自 6 月 20 日以自封“红十字商会”总经理名义的微博炫富以来，郭美美就已经在网民的集体围观中“一炮走红”。此后的郭美美更是通过微博“炫爹”、做客《解码财商》、成立工作室、发布个人单曲《叮当 girl》、发动母亲郭登峰微博助阵等伎俩一跃成为今年网络第一红人。在一次次炒作引发的网络围观中，在各种夹杂着嘲讽、戏谑、猎奇的众声喧哗里，不管你愿不愿意，郭美美真的就红了。而此次借骚扰之名行敛聚眼球之实的报案，更是其妄图进入娱乐圈的“登峰造极”之作。

且不说作为公众人物的文艺人应当如何确立做人原则，即使普通公民，起码也是不能信口雌黄、以言诈人，也不能花言巧语、轻浮无礼。郭美美的种种行为，无疑是置善行操守于不顾，为搏出位倒行逆施，这正映射出一个可怕的社会现象：靠毫无道德底线的炒作正在成为一些人借以一夜成名、进军娱乐圈的不二法宝。如此逻辑下，似乎一个人血管里的道德血液流失得越干净，炒作成名的机率也就越大。长此以往，人们对于美的理解也随之扭曲、变形，甚至异化为以丑为美。网络炫富、大秀隐私，实际上是一种精神“裸奔”，其所折射出的就是一种人生病态：无知无良、空虚迷失。

大晒名贵房车、名牌包包，就是美，就能被关注，就能成为偶像？答案当然是否定的。在绝大多数人看来，这并没有什么价值，也毫无美感可言，不过是被消费主义塑造的欲望奴隶而已。文质彬彬，然后君子。德之不存，行将不远。一个社会不能没有起码的道德底线，那是人们赖以生存的社会风气净化剂。在“娱乐至死”的时代里，年轻的郭美美想当然地认为，做足了炒作功课，进军娱乐圈就如探囊取物。事实不然，我们的娱乐圈一直有着也必须坚守这一道无形的门槛：

德艺双修才是立足娱乐圈的根本。郭美美以其轻薄言行肆意践踏国民良心和道德底线，恰恰把郭美美推到了社会舆论的风口浪尖，使她成为人人口诛笔伐的反面人物。所以，无论是普通大众、还是圈内人士，封杀郭美美也就不足为奇了。毕竟，个人荣辱事小，承载着国家、民族和社会以及大众希望的道德环境不容再一次经受深度污染事大！毕竟，于文艺的人和事而言，无良无德，文艺何在？娱乐何为！

30. 请别搞乱了我们的文化记忆

杨兴

对于身处异乡的人来说，家乡是由一个个记忆拼凑而成的。在城市化建设如此快的今天，游子对家乡的记忆随着大规模拆迁逐步被抹去。我们保不住世代居住的老屋，保不住儿时捉迷藏用的矮墙，保不住与奶奶一起晒太阳时坐的石板……但也许我们可以保住城市中被保护起来的古迹。正是这些古迹见证了城市的历史变迁，保存着市民的集体记忆。不幸的是，随意搬迁不可移动文物的事情正在我的家乡发生着。据8月29日《人民日报》报道，齐齐哈尔市拟将10年前迁出市区的文物保护单位黑龙江将军府斥资近亿元迁回原址。正是在这一迁一回间劳了民、伤了财不算，有着冠冕堂皇"文化"理由的事也成了众口指责的"瞎折腾"。

作为省级文物保护单位的黑龙江将军府兴建于清康熙三十四年，是清朝在全国设立的14个驻防将军之一的黑龙江将军在卜奎古城的官邸，原址位于齐齐哈尔市中华西路6号。将军府历经清代8个王朝，被任命的76位将军中有71位进驻过该府邸。300多年的风雨中将军府见证着城市历史。1999年为了道路扩建，地方政府做出错误决策，将将军府迁往齐齐哈尔重要旅游区明月岛。如今又借着"打造"历史文化名城的旗号，欲将将军府迁回原址，其不尊重历史文化传承规律、盲目蛮干的真相路人所指。

"近年来，新一届市委、市政府领导班子深刻认识到历史文化的重要性……"市政府一位领导对《人民日报》记者说。但不知是否真正认识到，错过一次后再犯相同的错误就是荒谬。第一次搬迁，使将军府脱离了其原生的人文和自然环境，这次错误已经成为将军府历史命运的一部分。搬迁后的将军府已经和明月岛上的环境相得益彰，成为城市新文化的一部分，它既是清朝的将军府，也是我们这些当代人明月岛上的将军府。搬回来后是不是还要把将军府周围的人文和自然环境都恢复成清朝的老样呢？这样是不是才更"历史文化"了呢？其实借尸还魂的将军府就算搬回来，也无法与周边环境融入，只会像个"小三"一样插足在高楼中间。坐落在卜奎北大街东侧的黑龙江督军署就算与将军府再一次隔路相望，也许也认不出这位当年被"流放"明月岛的"老友"了。

历史文化名城是规划、设计出来的还是传承、保护下来的？这是值得思考的问题。"鹤城旅游三处好，鹤乡、大楼、明月岛"虽然是多年前齐齐哈尔百货大楼宣传自己的口号，但从中不难看出明月岛在齐齐哈尔人心中的地位。两次搬迁不仅毁掉了将军府，也毁掉了一代人对明月岛的记忆。明月岛上让我记忆最深刻的是儿时坐过的环岛小火车和绿树掩映中的将军府。将军府矗立在岛上的这10年里，无数市民前往游玩，将军府在其记忆里刻下了新的痕迹。想起将军府我仿佛闻到了全家人在府门对面不远处草坪上欢乐烧烤的味道，仿佛看见了一起在府门前用笑声和合影告别少年时代的高中同学。高中毕业旅行时那最后一张合影必将成为我对明月岛上将军府的最后记忆，这点记忆将随着将军府迁移而永远定格在照片中。《人民日报》此报道一出我便打电话询问家人和朋友，家里的长者虽然近些年多次去明月岛将军府游玩，但还是坚定地告诉我将军府就在中华西路上，但是把明月岛上的将军府搬回去是“瞎折腾，那不是原来的将军府”。而高中同学也坚定地告诉我将军府在明月岛上。两方的坚定让我知道，其实真正的将军府就在每一代市民的心中。无论如何搬迁，它都在心里想着的地方，这就是历史记忆。错误已经酿成，既然不能很好地保留物质的历史古迹，就请不要一次又一次拆掉我们的记忆。如此下去，终有一日几代人都找不到心中的将军府。

31. 暴力不是英雄本色

旧木

闲来无事观《新水浒》，看落拓不羁英雄，品万夫莫敌气概，深感近来为“女人戏”所充斥的荧屏终于迎来了阳刚之色、金石之声。然而，越看越不对劲儿，总觉得新版对某些细节的改动，把梁山好汉当成了黑社会。

就说武松，徒手打虎、为兄报仇是塑造这一英雄形象的两大经典情节。在1998年播出的旧版《水浒传》中，武松把潘金莲按在兄长灵位前，大刀一挥，血溅灵牌，没有演潘金莲如何毙命，但观众明白，这一刀想必痛快淋漓；《新水浒》中，武松以匕首捅杀潘金莲并以脚相踹，凄美音乐共血泪横流，潘金莲以慢镜头踉跄三五分钟后死去，其间若干旧景闪回，只差临了再说一句：“叔叔，你好……”旧版中武松把西门庆从客栈二楼打飞至街上，一刀将挣扎欲逃的西门庆砍杀，虽只演到刀落，没演砍头，却令人拍案叫好；新版中则是西门庆被从二楼打飞至当街摔死，武松赶来照其脸上狂揍数拳，血溅三尺。旧版武松赤手空拳打死老虎，新版武松刺了老虎一刀，又乘“虎”之危将其打死。看完这几集，我拊膺长叹，只想问，武松这是怎么了？

历数近期荧屏风云，谍战剧、古装剧、都市生活剧，一味地爱恨纠结、勾心斗角，偶有《新水浒》这般热血豪情、快意恩仇的，怎不令人观之大呼过瘾。可一个又一个刀与拳头直向观众劈来的镜头，一帧又一帧断头、断手、断脚的特写，毫不遮蔽甚至被放大、被奇观化呈现的流血、死亡，令人担心编剧、导演正在从一个极端走向另一个极端——走出对矫情的迷恋，立即陷入对暴力的赏玩，以至于把不得已而杀人的血性汉子，塑造成不怎么光明磊落的嗜血修罗。

这样的细节处理令人物远离《水浒传》，因暴力的行为在事实上削弱了人物命运的悲剧性，原著中普罗米修斯盗火式的英雄悲剧与命运悖论被简化、误读为“出来混，早晚要还”的黑道逻辑。虽然原著几乎每回都有暴力事件发生，但暴力无论在任何意义上都不可能也不应该被标榜为美德，我们并非因人物的暴力而封他为英雄，也绝非因他是英雄便要赞美他的暴力。以暴力塑造英雄是个天大的误区。

塑造英雄应注重内在，而非过度渲染外在。李白有一句诗“十步杀一人，千里不留行”；李白还有一桩异闻，他曾背负友人的尸骨从洞庭湖边一直走到友人的故乡湖北鄂城，并按当地习俗将其剔骨掩埋。诗里“杀人如麻”的李白竟如此敬畏生命。可见诗中的“杀人”是在表述英雄的精神境界而非实际行为，英雄有坚毅果敢的内心和超乎常人的武艺，至于杀不杀人，并不是重点。

电视剧对名著的改编是一种引导，每个读者、观众的内心深处大约都或多或少潜藏着暴力因子，改编者将文字中的暴力情节以影视符码的形式呈现出来，有可能激活被压抑的暴力情绪，令观众产生“给力”、“痛快”等观感，所谓的“暴力美学”之所以存在并有其市场，恐怕也是基于此。但这是一种负面的引导，特别是电视剧这种“老少皆宜”的体裁，青少年观后也许会产生这样的印象，《水浒传》之所以成为四大名著之一，就是“打”、“杀”出来的。

除了不利于青少年观众的身心健康，对于普通观众来说，血肉横飞的场面令“杀人”变得随意而俗常，令“死亡”失去凝重与肃穆，这都与“美感”毫不相关，并非暴力镜头加上凄美音乐就能成为“暴力美学”。如果实在无法避开暴力、血腥，毫不掩饰地直接展示甚至极力渲染也是最下之策。编剧、导演在选用此类情节之前，宜先做整体把握，弄清它们在塑造人物、表现主题过程中的作用与意义，切勿为了暴力而暴力。

32. 只有“狂欢”，何谈“思想”

怡梦

海派清口巡演近日在南昌、无锡等地陆续展开。笔者获悉，在巡演之前的采访中，当现场记者提及本次巡演的票价比国内当红一线明星演唱会还高时，主演者声称：“我有思想，思想是最贵的。”倒真是秉承其一贯语不惊人死不休之风范。只可惜，其以“贵贱”妄论“思想”、以“斤两”称量“演出”之时，真真是贻笑大方了。

对于“清口”自谓之为“曲艺”的一种，笔者向来颇有腹诽，今日既然其自谓“有思想”的曲艺，那我们也就不妨一睹其“思想”的风采。

表演者好谈“国计民生”，上至国际形势下至菜价走势无所不包，每每言至半酣仿佛随手拈来信口开河。但熟悉网络文化的听众一定不难发现，极多的戏谑话语在网络早有流传，并非独创，表演者不过是猎手，将时下流行话题捕获至固有言说方式中加以装扮，所谓换汤不换药是也。在其话语体系中，所谓“国计民生”也不过是他装扮自己的粉黛，“现实”在“娱乐”的名义下被荒诞不经、戏谑调侃的文字游戏任意拆解、打碎，成小丑的模样示人。在这里现实本身只是一场名为“语言的狂欢”的行为艺术中的道具，狂欢之后没有沉默的反思与深味，除了幻听什么都不能为听者留存。这里的思想不过是网络上杂乱语言和话题的拼凑，不过是对现实的一味恶搞式的批判，或者充其量是一种另类的为搞笑而搞笑的新闻点评而已。在表演者自鸣得意的大肆渲染下，思想早已悄然离场，剩下的只有不知在为谁叫好与为何发笑的迷茫。

优秀的传统曲艺在反讽中将不正常的现象夸张呈现以警醒世人，其语言辛辣讽刺、一针见血；而清口语言一味狠毒、恶质乃至低俗，看似给力，实则沦为谩骂与诅咒。最令人啼笑皆非的是，在谩骂与诅咒的同时又以标新立异为名，借各种契机自我炒作，搬出各种借口抬高票房，享受种种益处。这样的双重标准，也是所谓的“思想”？这既远离了真正的思想，也偏离了曲艺的精髓。

这一现象在一定程度上反映了传统艺术在现代性转换中遭遇的尴尬。一方面，曲艺走向市场，成为大众文化消费品之一，不但有利于民间艺术的广泛传播，且能促进技艺的传承与形式的创新，可谓善莫大焉；另一方面，一些传承人在“曲艺商品”的批量复制与标准化生产中迅速异化，忘记“逗乐”只是曲艺的手段之一，其真正目的是发人深省、引人彻悟。一些作品沦为无意义的“搞笑”，失去最重要的人性关怀与现实观照。如此传播，听者、观众对传统艺术易产生误读，肤浅地笑过之后，总有一天将要生厌，认为其除了搞笑一无所长而最终予以抛弃，这又背离了曲艺走向市场的初衷。

曲艺创新不应走向曲艺的反面，这首先要求传承人摆正自身位置，走进市场依然能植根于传统并对艺术自身有所坚守。曲艺来自民间、贴近百姓，这是其较之其他艺术门类更易于占有市场的天然优势。有些表演者不懂得站稳自身有利地形，被笑星、谐星等“美称”缭花了眼，既要和流行明星攀比票价、抬高票房，还要以“有思想”自居，自高于明星之上，实在是缺乏自知，也是对思想的无知。搞笑就搞笑吧，莫拿思想说事。

33. “哈药六宫”，别拿文化和公益当幌子

乔燕冰

“亲，不知道您是否曾有幸参观法国的凡尔赛宫？亲，不知道您见过的最豪华奢侈的办公楼是哪里？我可以告诉您，哈药六厂的办公主楼就是两者合二为一的杰作”。如果说，近日网络流行的这段“淘宝体”是对沸沸扬扬的哈药六厂成“哈药六宫”事件的轻松戏谑的话，那么，最新出现的一位自称从不攻击企业官网，但却“破例”攻击了哈药六厂官网的黑客显然已怒不可遏，他留下的貌似温婉的犀利宣言也代言了不断升温的公众愤怒。

按说一个企业“不差钱”了之后，修缮一下办公环境，装点一下门面，即使是手法奢靡了点儿，花钱多了点儿，也不至激起民愤，令公众如此不依不饶。如同我们都并不少见穿金戴银的“大款”，最多可能只会暗地里不屑他们珠光宝气所光耀的那种暴发户的鄙俗，却不至于当众讽刺揶揄，甚至愤斥诘责。况且，与豪华办公室“共荣”的，是为“公益”而建的“版画博物馆”，公众竟如此不知感恩，哈药六厂究竟动了谁的“奶酪”？

细数一下即可了然：今年 6 月哈药集团制药总厂曾被媒体曝光废水、废气、废渣违规排放现象时，其自称因“缺钱”而无法短期内异地建厂从而根本解决排放问题的托辞，与斥资 9300 万元搞奢华装饰投入形成的对照不可谓不鲜明；常言公益，却据称 2010 年其环保投入仅是其广告投入的 1/27；声称为公益建造的“版画博物馆”中，却被记者发现几间装修和配备堪称豪华的会议室和会客室，很难没有“羊头”与“狗肉”之嫌；今年 3 月生产的“纯中纯”弱碱性饮用水被国家质检总局检出潜在致癌物溴酸盐超标……作为公开募股的上市公司，作为国有控股的应属人民的企业，其桩桩件件让公众利益如何保？公众情感何以堪？

一个做大做强的企业将自己的文化诉求着力于艺术，本是当下日常生活审美化趋势中，与物质丰裕相应的精神追求上升的一种表征。从这一角度说，即便“哈药六宫”、“版画博物馆”的“公益”性已深遭质疑，但“文化”与“公益”这样的关键词总让人难以拒绝略有的温存，也不忍完全弃绝希望。然而，就算果如企业负责人所说，这座建筑的初衷是希望在文化等领域做出贡献，力促近几年前开始走下坡路的北大荒版画的发展，这种方式又能带给艺术与文化什么呢？

发源于黑龙江的北大荒版画，是从北国黑土地特殊文化摇篮中孕育生发出的带有浓郁民族情结的乡土艺术。征服亘古荒原为这一疆域的艺术群落形成了垦殖创业、顽强拼博的深层文化心理积淀，让黑土地上绽放的这朵奇葩，通透着无数披荆斩棘、跋涉踏察的拓荒者走出“百里无人断午烟，荒原一望杳无边”，变北

大荒为北大苍的豪迈与雄浑、朴实与粗犷的精神。特殊民族审美心理导引的审美趣味，让他们刻刀下的林莽沃野、草场渔村、童叟妇妪等物象，张扬着或沉雄苍劲，或豪迈奔放，或清朗秀润，或质朴敦厚的审美品格。将这样的艺术安放在“凡尔赛宫”中，让她如何与错彩镂金的四壁交相辉映？与流光四溢的厅堂相得益彰？这种“传承与发展”中的深层悖离，除了可能遭到艺术的耻笑，又会给文化带来什么？

34.《金瓶梅》不宜从文学改为舞剧

夏末

近日，由北京当代芭蕾舞团创作的现代芭蕾舞剧《金瓶梅》在安排大陆地区巡演日程时遭到上海等地主要剧院婉拒，此事引起了广泛关注。《金瓶梅》自问世以来在各个时代均被视为一种文化禁忌，将其搬上银幕、舞台都不能免于争议。虽然主创人员一再强调“该剧表现的是人性，而不是性”、“观众应怀着审美之心看待该剧”、“这是一部只和有教养之人分享的作品”，但该舞剧以形体艺术呈现性行为，让场景酷似“春宫”甚至展示古代性道具，大肆渲染情色氛围，令其一厢情愿的受众预期化为一纸空谈。笔者以为，主创人员在改编这样一部限制级作品时，仍有一些观念值得厘清。

《金瓶梅》是一部有一定价值和文学地位的古典文学作品，作为中国第一部世情小说，它对世间百态纤毫毕现的描绘和对欲海浮沉的个体入木三分的刻画，堪称前无古人后无来者，透过或活色生香或不堪入目的情节，人们于爱欲之大欢喜中蓦然惊觉个体存在之大悲悯，体悟到人的转瞬即逝和自然的永恒寂灭；但其细致的生活状写、无休无止的性描写，也使它一方面真实地反映了一个时代的特定世相，同时，也沦为“淫书”。对《金瓶梅》的评价历来争议不休。况且，有价值的文学作品未必有改编价值。《金瓶梅》是一部内向型的文学作品，由于情节过于繁琐，内容过于庞杂，单独任何一片零散的碎片都不能指向其深蕴的主旨。这些都是这部作品应该采取专家学者和普通读者分级制阅览的原因。《金瓶梅》从表现形式上拒绝其他艺术门类对其改编，特别是电影艺术、舞蹈艺术这类以外向型表现方式为主的艺术门类，在改编时不得不以只可意会不可言传的画面、动作自我呈现，这种有选择的再创作不得不选择那些易于影像、形体表达的情节内容作为主要表现形式。有人说，诗是翻译中丢失的部分，笔者以为，主创人员想让人看到的《金瓶梅》的人性主题恰恰也是改编中丢失的部分，而《金瓶梅》中不宜传播的内容却恰恰成了改编的主体。这并非因为主创人员力有未逮，而是外向型艺术与内向型艺术天然就存在不能对接的某些质素。

这样一部改编不当乃至不宜改编的作品，主创人员在回应“是色情还是艺术”的争论时甚至有“淫者见淫，美者见美”的论调，这不能不让人质疑其创作态度。是以在艺术殿堂中修养自身、感化他人为诉求，还是以俯瞰众生、不食人间烟火的圣人自居；甚至就是冲着那所谓看点而来。的确，人们看《金瓶梅》不应只看到爱欲，还应看到人性。但笔者以为，假如有人能视舞台上男女交媾的情节如若无睹，脸不红心不跳地大谈人性，恐怕心理也不正常。文明的定义不是把原始的行为赋予文明的注释就可称其为文明，艺术的定义当然也不是把性行为演绎成舞蹈即可称其为艺术。诚然，缺乏专业修养的受众值得艺术家以专业的艺术作品去引导，但受众正确理解传播者意图与否，全在于传播者给受众看到的是什么。明明看到了“性”，如果为了显示自身“不淫”而偏说看到了“人性”，岂非成了“皇帝的新衣”？

现代芭蕾舞是具有先锋性的舞蹈艺术。先锋是对传统的颠覆和重建，是在旁人都因循旧习时敏锐地察觉并突破陈规的局限。但是先锋是挑战自身，而不是挑战禁忌、挑战健康的社会道德氛围、挑战受众的接受能力和理解水平。《金瓶梅》借舞剧创演缺乏审查、大陆市场尚无分级等制度缺陷堂而皇之地剑走偏锋求关注、求市场，未免成先锋的陌路与末路。

35. 坐着奔驰好创作吗？

乔燕冰

“他和张艺谋同岁，当年一起拍电影时，张艺谋骑自行车来找他探讨剧本；写《霸王别姬》时，他就住在陈凯歌家里，两人出门打最便宜的面的，一边喝豆汁、吃面条烧饼，一边讨论剧本，花一年多时间把一部小说打磨成一部悲剧史诗……《霸王别姬》成功后，陈凯歌请他到北京讨论下一个剧本，派一辆奔驰来接，他吓了一跳，知道从此两个天地。面对不能打动他的故事，他婉言谢绝，从此，再无珠联璧合之作……”近日在某媒体偶读到有关影坛资深编剧芦苇与两位重量级导演曾经甘苦一处却又分道扬镳的旧事今言，不由五味杂陈。并非骑自行车的人和开奔驰的人就一定会是在两个世界里行走，很多时候他们恰恰挤在同一条路上，只是这两种代步工具上所载之人的所思、所想、所感、所慕往往有太多不同，一如他们的艺术。于是他们定要在两个世界里渐行渐远。

作为中国第五代导演最重要的代表，张艺谋、陈凯歌可谓中国当代电影的扛鼎人物。他们分别以其多维的表现空间与独特的表现手段为中国电影树起一面旗帜，打造出中国当代电影跻身国际市场的一个个成功范本，为中国电影在世界影坛赢得了一席之地和一定话语权，也与同行一起为门可罗雀的影院渐渐找回了流失的观众。但是，随着《英雄》拉开中国大片时代的帷幕，《十面埋伏》《无极》等相继开启了大制作加大明星的国产影片豪华路线，也为中国电影种下一味打造视听奇观、制造影院狂欢的“罂粟花”。

从艺术到文化的缺失、从自然生态到电影生态的破坏，豪华大片广遭诟病，却毫不影响其制造一个个票房神话。其实质在于导演们通过对电影固有秩序的拆解与重建，生产形式大于内容、形象重于思想的视听盛宴的影像策略，准确击中上世纪 90 年代以来物质主义泛滥衍生出的感觉主义横行的某种世态，迎合并怂恿着大众浅表的审美趣味。乡村故事嫁接到城市情境，历史事件投胎于现代生活，无论什么题材，在他们的手中一并以或唯美时尚、或暴力情欲等可供现代感性消费的方式呈现。当艺术臣服于大众娱乐诉求和商业文化逻辑时，人文情感的缺位与文化价值的失重，便令他们手中精神产品的神圣性遭遇无情的贬损。

“红”与“黄”依然是他们用以渲染影像所常用的简单视觉元素，但似乎再也见不到《红高粱》《黄土地》那般将镜头伸向泥土、投入田间，让朴素的色调成为他们摄取的独特影像中召唤和传达意义的巨大语言修辞力量，促迫观众在强烈视觉冲击中反思人性与文化失落已久的东西。而今，随着两位同是“老三届”的导演从上山下乡的社会动荡时代漩涡中走出，路过城市的时尚感性诱惑，走向世界影坛的聚光灯下后，“红”与“黄”不再为“高粱”与“土地”所有，渐被彻底改变了颜色的基底，沦为内涵苍白的审美幻象的包装工具。告别了芦苇那般生命的朴素与价值的坚守，从泥土田间、河畔村落疏离出来的创作主体，将太多东西也一并抽离了；曾经在苦难与奋斗中蓄积起来的力量，亦被太多现世的追慕一并瓦解。而这一“镜像”，又能折射出当下多少艺术创作者的群像？

当前，宣传思想文化部门正在大力倡导与践行“走基层、转作风、改文风”，也许正是电影乃至所有艺术之母站在村口盼子还乡的真诚召唤。这召唤，也许骑自行车的人会比坐在风驰而过的奔驰里的人更容易听见。并且，更亲近地面的行走方式会让前者更容易嗅到泥土的气息，感受到大相径庭的风景人文，这些也会有助于他们记得艺术的还乡之路。

2011.8.17
星期三
辛卯年七月十八
第1044期
本期8版
每周一、三、五出版
零售价0.70元

中国艺术报

中国文学艺术界联合会主管主办

国外发行代号 D3375
国内统一刊号 CN11-0241
邮发代号 1-220
新闻热线 (010)64810159
中国文联网网址 www.cflac.org.cn

李长春到中国摄协新会址调研

本报讯（记者 **郭青剑**） 8月16日下午，中共中央政治局常委李长春到中国摄影家协会新会址调研。

在中国摄协新近搬迁使用的办公大楼，李长春饶有兴致地参观了一楼大厅陈列的毛泽东同志当年为中国摄协题写的协会名称手迹和2006年中国摄协成立50周年评出的十位中国摄影大师的代表作品，还视察了中国摄影报社和中国摄影出版社，参观了中国摄协会址变迁发展纪实图片展，观看了中国摄协2011年上半年重点工作影像集锦。他详细了解协会建设和摄影家创作情况，对中国摄协的工作给予充分肯定，希望中国摄协在中国文联的领导下，更好地发挥党和政府联系摄影界的桥梁和纽带作用，团结带领广大摄影家，为推动中国摄影事业的繁荣发展作出更大的贡献。

李长春十分关心中国摄影出版社改革发展情况。在中国摄影出版社，李长春仔细翻阅了出版社出版的深受市场和业界好评的新书，充分肯定了出版社改革取得的初步成果，希望出版社坚持先进文化的前进方向和正确的导向，多出精品力作、多出优秀人才。有关负责人汇报了出版社去年转企改制后实行绩效考核制度，极大激发了员工的积极性和对企业发展的信心。在中国摄影报社，李长春向正在工作的采编人员询问图片的编辑和制作出版流程，详细询问报纸的发行和广告业务，还认真了解中国摄影手机报的有关情况，对中国摄协积极向新兴媒体领域拓展的做法表示肯定。李长春希望中国摄影报刊杂志手机报等媒体能进一步在改革中加大资源整合重组力度，做大做强做优，生产更多更好的精神食粮，不断拓展市场，为广大摄影工作者和人民群众服务。

8月16日，中共中央政治局常委李长春到中国摄影家协会新会址调研　本报记者 **孟祥宁** 摄

调研中，李长春强调，当前，数字技术的进步和人民生活水平不断提高、精神文化追求日益提升，为摄影的普及和发展创造了条件。中国摄协要在摄影的群众普及和专业提高上下功夫，通过吸引更多的群众参与和从事摄影事业，陶冶情操，拓展视野，提高文明素质，促进社会发展。要注重提升摄影工作者的专业水平和理论研究能力，不断推出精品，为促进文艺事业繁荣发展作出新的贡献。

中国文联党组书记、副主席赵实，中国文联党组副书记、副主席覃志刚、李屹，中国文联党组成员、副主席廖奔和中国摄协分党组书记、驻会副主席李前光等陪同调研。

李铎诗词书法展举行

本报讯（记者 **冉茂金**） “泱泱大国，雄踞东方……吾侪之爱国兮，如孺子之爱母；祝母亲之永康兮，期万寿而无疆。”著名书法家李铎高声诵读着自己的作品，他豪迈的声音越过展厅里鼎沸的人声，这是8月16日中国人民革命军事博物馆“我爱我的祖国——李铎诗词书法展”开幕式上令人感动的一幕。李铎拄着拐杖，陪同观展嘉宾走过自己的每一幅作品，在每一幅作品前都激情充沛地高声诵读，配合其雄浑豪放的书风，一代军人艺术家赤诚的爱国情怀淋漓尽致地展现出来，感染着观展的每一个人。

中共中央政治局委员、中央书记处书记、中宣部部长刘云山发来贺信。刘云山在贺信中说，李铎先生是享誉海内外的书法大家。从艺70年来，李铎先生为书法事业繁荣和发展、为书法艺术创作和教育，作出了重要贡献。书法艺术的繁荣进步，一靠传承积累，二靠创新创造。李铎先生大力提倡继承和发展，在继承的基础上讲发展，在发展的前提下讲继承，形成了以“临、立、变、创”为代表的书法理论和艺术风格。李铎先生既专心书艺，又热心公益，精神可嘉。书法艺术就应当自觉落实坚持“三贴近”要求，更好地扎根大众、回报社会。

中共中央政治局委员、中央军委副主席徐才厚，全国政协副主席、中国文联主席孙家正观看展览。

本次展览由中国书协、中国人民解放军书法创作院、中国人民革命军事博物馆、北京世纪名人国际书画院共同举办。展览分“爱党爱国”、“强国强军”、“登临揽胜”、“写景寄情”、“抒怀励志”、“澄观思远”、“继日以追”7个部分，作品内容为李铎自作诗词（楹联）82首共140余幅，且书法作品多为巨幅力作，气势宏大，显示了一个老军人、老艺术家老骥伏枥、壮心不已的艺术精神和献礼建党90周年、新中国成立62周年、建军84周年的特别情怀。

中宣部、中国文联、解放军总政治部及有关方面领导翟卫华、赵实、吴昌德、覃志刚、李金章、张道诚、王永生、周涛、康成元、张海、赵长青等，以及欧阳中石、刘艺、邵秉仁、王家新、申万胜等书法家300余人出席展览开幕式。

展览将持续到8月28日。

茅盾文学奖提名作品产生

本报讯（记者 **金 涛**） 记者从8月16日在京召开的第八届茅盾文学奖第二次新闻发布会上获悉，20部提名作品已经评委投票产生，分别为：刘醒龙的《天行者》、刘震云的《一句顶一万句》、毕飞宇的《推拿》、莫言的《蛙》、关仁山的《麦河》、张炜的《你在高原》、蒋子龙的《农民帝国》、郭文斌的《农历》、刘庆邦的《遍地月光》、红柯的《生命树》、邓一光的《我是我的神》、方方的《水在时间之下》、苏童的《河岸》、宁肯的《天·藏》、赵本夫的《无土时代》、范稳的《大地雅歌》、张者的《老风口》、歌兑的《坼裂》、范小青的《赤脚医生万泉和》、叶广芩的《青木川》。

本届评奖8月6日投票产生第一轮81部备选作品，8月10日投票产生第二轮第一阶段42部备选作品，8月13日投票产生第二轮第二阶段30部备选作品，8月14日投票产生第三轮20部提名作品篇目。各轮投票均为实名投票，投票结果即时向社会公布。第三轮评委会各委员投票情况已向社会公布。8月20日左右将最终产生本届茅盾文学奖5部以内获奖作品。

独家报道

俞振飞遗孀诉《粉墨人生妆泪尽》一书侵害俞振飞名誉权案终审胜诉，引发文艺界热议——

“文艺维权，相信法律、相信文联”

□ 本报驻上海记者 **梁珺霞**

7月8日，备受关注的昆曲大师俞振飞遗孀李蔷华诉《粉墨人生妆泪尽》一书侵害俞振飞名誉权案经上海市第一中级人民法院终审胜诉，法院判定：被告上海文汇出版社停止出版发行销售《粉墨人生妆泪尽》一书；被告自该判定宣布生效起10日内在《文汇报》、新浪网刊载向李蔷华公开赔礼道歉的声明；被告赔偿李蔷华精神损害抚慰金2万元。这一判决引发文艺界热议。

2009年末，书市上出现了一本名为《粉墨人生妆泪尽》的传记，因该书记叙了京昆界两位已故名人俞振飞和言慧珠一段夫妻生活往事，被各大网站转载而成为一时热议话题，引发了不少影响恶劣的评论。甚至有台湾媒体评论说俞振飞终于“从一个娇艳美丽的小姑娘，变成不齿于人类的丑丫头”。俞振飞遗孀、京剧艺术家李蔷华阅书后大为愤慨，认为该书内容东拼西凑、泄怨杜撰，将俞振飞描绘成下流贪色、乃至最后逼死言慧珠的“恶爸”形象，有损于其昆曲大师的名誉。同时，她也听到了艺术名家蔡正仁、岳美缇，海外华人顾铁华以及薛正康、唐葆祥、费三金等人的共鸣，便和俞老的十多位弟子联名写信给上海市文联党组，请求帮助维权。

>> 下转第2版

艺象杂言

文艺名人“被传记”可休矣

□ **郭青剑**

昆曲大师俞振飞遗孀诉《粉墨人生妆泪尽》一书侵害俞老名誉权案，几经周折，终审胜诉，在文艺界引起强烈反响。人们在为法律为俞老澄清事实、挽回声誉而高兴的同时，也不无忧虑地看到，俞老的事件绝非孤例，近年来文艺界名人“被传记”的事情屡屡发生，由此造成的著作权和名誉权官司给诸多“传主”造成麻烦，成为社会关注和热议的话题。

据报道，著名主持人杨澜近日就起诉《杨澜给女人24堂幸福课》一书侵权。她称，该书作者从未对她本人进行过任何形式的采访，也未就该书的内容和所用照片向她进行确认获取任何形式的授权，严重侵害了她的姓名权和肖像权。此前，著名演员赵本山以名誉权等受损为由，将《企业家赵本山》一书的作者、出版方、销售方等告上法庭，至今尚未判决。去年，著名导演张艺谋在起诉《印象中国：张艺谋传》侵权案中胜诉，该书作者和出版方被判赔偿张艺谋经济损失及精神损害抚慰金……乱象丛生的名人“被传记”，正是因为未经授权和歪曲事实两大“罪状”，惹“传主”怒而相向至与作者及出版方对簿公堂。

对中国人而言，“立传”与“树碑”一样重要而严肃。“传”的首创者“史圣”司马迁为了写作《史记》，不仅博览历代著作，还从20岁开始游历全国实地考察，获得了许多第一手材料。因此《史记》以“其文直、其事核，不虚美、不隐恶”的精神，不仅开创了中国史学的“实录”传统，也开创了中国传记文学的“实录”传统。反观上述一些所谓“传记”，大部分材料却是“拼凑”而来。这些作者和出版方辩称“书中引用文字是已在网站或报纸上登载过的”“根据媒体报道及相关书籍写成”，以此作为他们“没有捏造和歪曲事实”的理由。但若书中材料来源真如他们所言的话，这些材料的真实性首先就大打折扣。更滑稽的是，这些作者和出版方为了证明自己无辜，还辩称整本书都在讲“传主”是怎样成功的，是没有恶意的“正面宣传”，乃至“通篇都在赞美”。这与“不虚美、不隐恶”的要求相差何其远矣。

这些作者和出版方为人立传，显然缺乏严肃的态度、认真的精神和起码的常识，当然更谈不上司马迁“究天人之际，通古今之变，成一家之言”的崇高的著史责任感。在笔者看来，他们不过是以为名人立传为名，行为自己赚取名利之实。他们看重的只是文艺名人的影响力，利用的也正是文艺名人的影响力。因此，他们才会对“传主”缺乏最基本的尊重。如一位业界人士所说，因为“与名人打交道很麻烦，授权、约稿、写作时间相对较长，而且‘传主’往往会有很多顾忌，不经授权请别人写作就快得多，没有那么多麻烦”就避开授权这个重要环节。也正因为如此，他们才会为了让自己的书畅销，就四处拼凑材料，甚至不惜“断章取义”、“捕风捉影”、“无中生有”地抖露和制造所谓名人的隐私，满足一些人的猎奇心理。殊不知，这样做不但超出了道德的底线，更触犯了法律的威严。轻者，招致“传主”的责难和社会的厌恶；重者，更会被传上法庭，落得名利两空。因此，笔者在此呼吁，文艺名人“被传记”可以休矣！

启　事

本报自今年改扩为周三刊以来，在内容和形式上不断探索提高和改进质量，以回报广大读者的厚爱。本报的改版努力得到广大读者的关心和支持，许多读者来函来电对如何办好本报积极建言献策。根据读者建议，本报自1043期起尝试调整报头风格和相关版式设计，欢迎广大读者给予批评指正。希望继续关心和支持本报提高办报质量的努力。谨致诚挚谢意。

中国艺术报编辑部
2011年8月17日

本版编辑　董大汗　美编　杨　兴
新闻热线　(010)64810159　E-mail　zgysbxwb@126.com

《中国艺术报》版式赏析

2011年8月17日

第1044期

36. 恐怖童书流行让人“恐怖”

小作

再送《十万个为什么》给小学生，可能被笑话落伍。君不见，排行榜上“鸡皮疙瘩”系列、“恐怖街”系列等恐怖童书高居榜首，“勇敢者的游戏”、“挑战想象力”等广告语颇能迷惑家长和孩子。

胆量和想象的确是恐怖童书伪装自己的“华丽外衣”。“够胆你就看！”不少小朋友为证明“够胆”，纷纷上套。但看恐怖童书真能锻炼孩子的胆量吗？情况正相反。不少孩子看完这样的书后，晚上不敢上厕所，担心帘子后面蹦出个无头尸……书中的恐怖气息弥漫到了现实的空气中，把孩子的胆量练成了胆怯。

勇敢是什么？孟子“贫贱不能移、富贵不能淫、威武不能屈”给出了最佳注解。勇敢是热列兹尼科夫笔下的“丑八怪”的坚强，是伊丽莎白·霍金斯的作品《险恶之海》中孩子们漂流在海上的互助，是郑渊洁塑造的小老鼠舒克与贝塔进入人类世界的勇气……

不少家长居然良莠不分，对恐怖童书赞赏有加，称其富有想象力。嗜血怪物、恐怖鬼、木乃伊、幽灵……这类书的魔幻外衣的确“新奇”，但所有的神秘在这里都化为邪恶和残忍。在世界观构建的关键时期，如果孩子对世界的想象缺少美和善，被丑与恶以及恐怖的乌云笼罩，孩子的笑容就会越来越少，久而久之，难以想象世界在孩子的眼中变成什么样，他们的个性会变成什么模样。

《哈利波特与火焰杯》拍成电影后被定为12A，意思是12岁以下的孩子应由家长陪同观看。《哈利波特》与“鸡皮疙瘩”等相比，前者构建了一个魔法世界，后者描写现实中的鬼怪，小读者读后更有代入感，恐怖感更强。然而在《哈利波特》大热之后，恐怖童书纷纷披上魔幻外衣吸引小读者，儿童在好奇心驱使下欲罢不能，把升级版、超级版、男生版、女生版，几十本上百本地搬回家，哪里还有功夫看经典好书。

令人“恐怖”的是此类读物销量惊人！某恐怖童书号称“全球销量3.5亿册”，因而国内出版商力推，在“全国发行2000万册”。谁来举起挡在孩子眼前的手？色情、暴力被禁止在儿童读物中出现，而恐怖则打了擦边球，不受监管。著名儿童文学作家王泉根表示，不会为恐怖童书写书评，我们不由为他的坚守叫好，但仅靠作家此举很难抵挡恐怖的猖獗。儿童需要社会的层层呵护。老师们要在班级办的读书角剔除这类图书；家长要为孩子购买健康向上的好童书；作家要多创作内容健康、为孩子们喜爱的好作品；书店不能唯销量至上，公然把恐怖童书摆上畅销榜；出版商应更有社会责任感，从源头把好关。美和爱的教育能让孩子受益一生，请不要再把恐怖当成儿童的“菜”。

37. 艺术遭遇精神退场，情何以堪？

煜凡

近日，刚刚获得“关注贫困全球摄影大赛”纪实非职业单幅金奖的摄影作品《母爱无限》被网友质疑有摆拍的嫌疑。有网友称，该作品与第七届中国国际新闻摄影比赛（华赛）日常生活类新闻单幅银奖《妈妈的宝贝》极其雷同，画面皆为一位佝偻疲惫的母亲背着正在输液的孩子在山路中踽踽而行。在网友贴出的两张照片中，拍摄时间、地点，取景角度、光线，人物体貌、动作等细节都的确如他们所言般似若同出，甚至扛在母亲肩上的输液瓶中的液体量都被看出几乎一样。照片中甚至有让被拍者在现场反复走动的迹象。

真与美的纠结是艺术中复杂和难解的永恒命题，无论此中的真有多少意味，美有多少注解，相对其他艺术而言，“以真见长”是摄影艺术从诞生之初直至如今永恒不变的突出内质。不然，就不会有 PS 介入摄影搅起的持久争议，也不会有对记录类作品的一些技术处理手段的明令禁止。但即便被禁止，即便遭指责，近几年各类摄影大赛中违真之作仍频现迭出。也难怪，左顾右盼一下，电视情感节目造假、晚会演唱对口型等各种现象都似乎在与之“遥相呼应”、“协同作战”，逼迫人们对艺术失真的乱象见怪不怪，习以为常。

而面对这张《母爱无限》，人们似乎比以往的同类事件在诘责之余多了一种愤怒。原因也许在于，“关注贫困”的比赛主题、活动的公益诉求、作品“母爱无限”的题义……这些本来美好的字眼却在艺术的失真中被一一背叛。在此种主题比赛中的如是创作，真诚的失守让人们只能退守人性的最后阵地，而当母爱，可能是这一阵地中最本能甚至最强烈的坚守，也要被亵渎时，这一最后阵地就将面临彻底沦陷。这让观众情何以堪？

儒道互补的中国传统文化精髓为我们培育了民族文化品格的根本特征。孔孟儒学给艺术设立了仁与和的终极精神内蕴，也划定了最根本的道德底线；老庄的“心斋”、“坐忘”，无为、合道，为艺术之为艺术的纯粹性以及艺术之为人的艺术的属人性打牢了根基，也为艺术家的品格赋予了期许。而当前，生于斯、长于斯更应守于斯的艺术精神，在落实到物化形态时，却被名利所俘虏，被一些艺术生产者残忍地抽离。于是，如此艺术，其旨安在？

有关方面正在彻查此事，也许我们心底都希望有一天这个作品的摆拍质疑被澄清时，发现原来只是受众的一次热情的错误，因为即便不能一并消除同类艺术乱象，至少可以减少人们心中的一份伤，且还母爱一次清白。

38. 不读经典的青年，怎么从业文学

王新荣

据《文汇报》报道，日前，《萌芽》杂志社在招聘兼职编辑时上演了一出令人啼笑皆非的面试问答。当该杂志主编、曾挖掘了无数文学新人的“新概念之父”赵长天问及从100个报名者中脱颖而出的30位年轻人“你们都在读些什么书”时，只有一个人表示读过周作人的书，一个人读过诺贝尔文学奖得主马里奥·巴尔加斯·略萨的书。更有一位应聘者很自豪地说：“南派三叔（《盗墓笔记》作者）的书，我全看过！”对于当下青年人的阅读状况，赵长天深表无奈。而此事绝非个案。中新网10月25日一则报道称，近日，郑州市一位初中生的家长抱怨孩子过度迷恋青春玄幻小说。“课余时间都花在看青春小说上了，而经典文学著作却很少去翻。”

如今，诸如玄幻、穿越、言情、盗墓之类的小说，作为大众文化类型的一种，综合了神话、鬼怪、历史故事、地理学、地质学、考古学、风水学、占星学以及文物古董等方面的种种知识，形成了一种真假莫辨的大拼凑。杂糅了时下如此之多的流行元素，可以想象，这类文学对于充满了好奇心并寻求神秘感、刺激性的青年读者有着何等的吸引力，其在青年乃至少年人群中可谓倍受拥戴、“粉丝”无数。相反，经典文学淡出年轻一代阅读视野的现状日趋严峻。当文学阅读遭遇精神退场，当一切阅读都简化为只是为了寻求刺激、好玩、新奇和不可思议，以致怪力乱神满天飞、你侬我侬怯懦矫情、无视历史跟风穿越。浅层阅读、快餐文学在博君一笑之余还能给读者留下些什么？对此，读者、尤其是青年读者不得不引起足够警惕和深思。

经典文学之所以经典，关键在于它思想的严肃性、主题的发人深省，对于读者形成正确的人生观、价值观，具有强烈的现实指导意义。而当前个别文学作品，极尽装神弄鬼之能事，其无限膨胀的想象力完全建立在各种胡编乱造的妖魔法术、歪门邪道或者弱肉强食的黑道逻辑之上。其倾斜、混乱甚至颠倒的价值世界，究竟对人们的现实生活有多少指导意义？其现实批判的力量又如何表现出来？与此不同，无论是在中国古代神话中，抑或是《西游记》《封神榜》《聊斋志异》等志怪小说，作者描写魔法鬼怪的目的不在于装神弄鬼，而是以鬼的世界写人的生活。如《西游记》中读者耳熟能详的孙悟空形象，人们从它身上就能看到强烈的反封建强权、追求个性自由的现实诉求。因此，诸如玄幻、穿越、盗墓之类的作品，装神弄鬼不过是掩盖其艺术才华不足的雕虫小技，它不是想象力膨胀，恰恰是想象力严重贫乏的极端表现。

不读经典不仅让文学事业和从业者遭遇尴尬，不仅让广大的青年失去了文学的精神滋养，而且，也直接导致了文艺批评领域的青黄不接。独立人格没了，自我反思和批评的精神自然会大打折扣，反映在文艺批评领域，就是严肃而富有洞见、朝气又不乏辣味的文艺批评也成凤毛麟角。尤其是当下的文艺评论界，年轻人的声音愈显微弱。而网络时代的冲击，又使得这种窘况日趋严峻。浏览代替了阅读，说三道四的随意“灌水”代替了严肃的文艺批评，越来越多的文艺青年“躲进小楼成一统，管他冬夏与春秋”，“80 后”没有文艺批评家，似乎已成为不争的事实。据上海市作协和上海文艺出版社联合推出的《新世纪批评家丛书》的作者名录观察，出生于 1973 年的巴金研究者周立民属最为年轻的。而常常被媒体称之为“青年批评家”的葛红兵，其实已年届 43 岁。谁来发现更年轻的文艺评论家，成为萦绕文艺界的新疑问。当青春没了浪漫的土壤，当文学阅读架空人文情怀，健康的文学生态何以构建？文化大发展大繁荣、文化强国的战略思想又如何实现？因此，回味经典，温故知新，重建文学阅读生态，势在必行！

39. 影片宣传少拿“全球首映”说事

邱振刚

眼下，暑期档票房大战硝烟散尽，而贺岁档新一轮厮杀的到来尚需时日，正好借此时机梳理一下前段时间电影的得失成败。笔者虽然并未看尽这期间的所有影片，但稍作回顾就能发现，仅从宣传来看，我们的电影显然已经走向世界了！以前不久上映的一部以白蛇传说为题材的国产电影为例，如果只看该片“全球首映”这类宣传用语，还以为是某部好莱坞巨制。当然，的确是拍摄完毕后第一次和公众见面，“全球首映”、“预计全球票房多少多少”之类的用语，当然不能算错。但如果电影在拍摄之初就定位于华语观众，也没有什么像样的欧美发行计划，再有决心、有信心和好莱坞较量个高下，这样的宣传用语也难免有好高骛远、哗众取宠之嫌。笔者简略搜索了一下，发现近期在上映之初打出“全球首映”旗号的电影，就有《画壁》《李献计历险记》《堵车》《少年岳飞传奇》等数部。这几乎已经是眼下这个电影票房淡季上映影片数量的大半了。但是平心而论，仅从片名来看，这些影片能否映遍全球，结果是不言自明的。

也怪了，如今的电影，无论什么题材，其宣传用语几乎一样。除了“全球首映”、“某某某鼎力加盟”这样的套话，某功夫明星的“最后一部武侠电影”，其实就已经有三四部了。为了提高自家影片的人气，一些片商还不约而同打起一些影评类网站的主意，不仅把自家的网友评分肆意拔高，还咬牙切齿地把竞争对手的数值向低里摁，恨不能变成负数。这也就出现了在不同的影评网站上，同一部电影的评分相差悬殊的怪事。其实，这样怪招迭出的宣传大战，正是印证了片商在作品质量上的心虚。

与在宣传炒作上弄尽了玄虚却也是票房凄凉的一些电影相比，作为新生事物的微电影，问世不久就博得了万千影迷、网友的喝彩。近日，一部亲情题材的微电影作品《赶紧开机》在某网站首映后取得了不错的反响（从互联网用户遍及世界各个角落的角度来看，这更有资格算得上“全球首映”），首映一周后便获得了网友近 30 万次的播放量。这部微电影选取了普通人生活中的真情片段，虽没有离奇惊悚的剧情，更乏明星加盟，却因真实、平淡、温暖，而直抵都市人的内心深处。现在颇受年轻人青睐的一些微电影，形式虽微，质量却不打折扣。剧情的感人力量姑且不论，可称道处还有甚多，如微电影《赢家》中的台词：“当我们懂得珍惜平凡的幸福时，就已经成了人生的赢家。”《李雷和韩梅梅》的“请相信在这个城市，平凡的你总能主演出一部热气腾腾的温情戏”，已经走出电脑、手机屏幕，成为在无数人心头回响良久的心灵鸡汤。这样平实直白，却又余味悠长的台词，我们真的已经是在电影院中久违了！

说到底，一部电影拍出来，凝聚了制片、导演、编剧、演员等很多人的心血，为自己说上几句好话可以理解。何况在这个“眼球”经济的时代，不广而告之一番，谁也不知道这个世界上多了一部电影。但对于片商而言，如果忽视了作品艺术质量的锤炼，仅仅把宝押在宣传上，那就太低估观众的智商了。毕竟，如果电影艺术质量上不去，仅仅为了把声势搞大，即使自称“全银河系首映”、“全宇宙首映”，观众也不会买账。已经多有观众表示，自己其实根本不相信那些天花乱坠般的宣传术语，之所以走进影院，只是想看看剧情之拙劣和宣传之猛烈的对比有多悬殊而已。

这些，是观众在面对某些电影宣传攻势时的真实心态，无疑是值得我们的电影人深思的。

40. 历史题材影片，切勿乱加“佐料”

邹小凡

在春节档电影票房的高潮退去以后，三四月份的中国电影市场进入淡季档。而其中的历史题材电影《战国》《关云长》却突出重围，票房纷纷过亿。于此，不难见出电影受众对于历史题材电影的关注度，同时也显现出了中国电影市场发展的巨大潜力和蓬勃生命力。

然而，高票房并未打消观众对两部电影口诛笔伐的念头，面对“雷人”改编，众网民群起攻之，其中，韩寒狠批《战国》，称该片是一部电影摄制中所有反面例子的集大成者，堪称“烂片中的战斗机”。而电影《关云长》的片方也不甘示弱，在其官方微博上发表声明，称有网络“黑水”组织给两部影片泼污水，并扬言悬赏 10 万元缉拿幕后“黑手”。双方各执一词、互不相让进而升级成一次网络围观事件。究其起因，不外乎观众对影片本身的历史改编不买账，也暴露出当下历史题材电影的缺陷和问题。

近年来，历史题材电影当中任意改编历史故事，并力图以颠覆经典的历史故事来“创新突破”已成为一种时兴的方式。解构历史辅以爱情、武侠的佐料，成为了所谓“新历史”的大杂烩。如之前热映的《孔子》中，孔子变成了武功高手;《赤壁》中将苦肉计变成了美人计；《狄仁杰之通天帝国》中武则天胡汉混搭式的摩登扮相等等不一而足。在此，制片方试图给观众带来所谓“雷人”的新鲜感，却让稍有历史常识的观众大跌眼镜。且不说，《战国》中孙膑之名应该得之于孙子在被处以膑刑以后之类的史实错误，在情节设置、人物形象塑造上也颇为“无厘头”。无论《战国》中孙膑的“弱智”，还是《关云长》中的“叔嫂恋”，“戏说”、“大话”等雷人改编策略大行其道，在让人喷饭之余历史经典却惨遭“整容”甚至“毁容”，以至削平了历史文化的原初深度，最终变成了所谓的现代式闹剧。这种对历史和文化毫无敬畏之心的“雷人”改编之举，一次次冲击着观众的历史认知底线，着实令人大倒胃口，也势必会导致观众对此类影片失去信心。

事实上，对一部好的历史题材电影来说，深入发掘民族文化资源，尊重文化，是电影所应负载的重要内涵，同时也更容易贴近中国观众的观影习惯。当然，历史改编并非一成不变地照搬历史故事，有所变化乃题中之义。克罗齐曾言：“一切历史都是当代史。”对历史的回顾必然包含当下情怀，改编当中应融入对历史的深度思考。从电影改编来说，在历史故事中取材，借用历史原型中富含的文化因素，辅之以技术奇观，并加入当代的价值观，展现电影影像的魅力，重塑经典人物形象才是上乘之道。惟有在此基础上，方能影响观众对历史的体认，引导观众的审美趣味和习惯。

新世纪以来，中国电影产业化的呼声一浪高过一浪，电影大片也在逐步成长。历史剧作为大片的重要题材，可资发掘的空间是巨大的。我们有雄厚的历史积淀和可供挖掘的文化资源来拓展中国电影历史文化的空间。发掘、升华中国历史文化中蕴含的古典人文情怀，并将其转化为现代资源，不失为中国历史剧本土化的策略。这一点，在提倡增强国家文化软实力的今天，或许能给中国历史题材电影的未来发展带来新的启示。

41. 又见一些青年明星骄娇二气盛行

——由青年明星助理成群的现象说起

达军

“拍戏带好几个助理，真佩服这般不怕麻烦的劲头，按说四个五个助理咱也雇得起，就是操不起那心，吃什么、挨哪儿歇着，会不会给剧组添乱……”日前，宋丹丹对一些年轻演员排场大、架子大的现象提出批评，引来众多网友热议。其实，针对明星助理成群的现象早些年就有很多人给予了批评，但目前来看，此类现象不但没有丝毫改观，反倒在更多青年演员之中愈演愈烈。在很多剧组，总有这样一群人，隐蔽在明星们炫目的光环背后，为他们端茶递水、拎包催场、照顾起居、打理事务。明星在排练节目时，他们会在一旁静静陪伴；明星饿了，他们会适时地递上“便当”；明星要出远门，他们就准备行囊；明星接受记者采访，他们便拎着装有各种资料的挎包如影随形，俨然一副保姆形象。

在笔者看来，除了浪费资源，过多的明星助理不但不能起到积极作用，反而给他人甚至是艺人本身平添很多麻烦。可如今的娱乐圈，越来越多的艺人喜欢耍大牌、讲排场，似乎助理越多、脾气越大，就越能体现其身份和地位。很多剧组负责人都曾抱怨，有些演员拍摄一部电影，助理、保镖、化妆师、音响师等全都带上，而这些人的吃住、出行等方面的费用都是由剧组来负担，这恐怕正是导致近年来影视作品制作成本越来越高的一个原因吧。不可否认，演员这个职业有时确实很辛苦，但再辛苦也不至于饮食起居都要依靠助理，尤其是对青年演员来说，不要有了点小名气就迷失了自己，要大牌、比排场，骄娇二气甚嚣尘上，到头来吃亏的只能是自己。讲排场，使自己疏远了同行，疏远了生活，疏远了群众，最终也使自己疏远了艺术的真谛。

对于一个演员来说，优秀的作品、高超的演技才是其安身立命之本，如果仅凭华而不实的外在形式，即使排场再大也终将不能在艺术道路上走远。“在我们那个时代，演员就是演员，大家都是自己坐着巴士去拍外景，每个演员心里想的都是把戏演得更好，如果后面跟着一大班随从是会被人嘲笑的。”台湾电影界泰斗李行的一番话让我们见识到老一辈艺术家的低调和对艺术的不懈追求。其实，越是真正的大明星，就越懂得低调。常香玉之所以被后人称为豫剧大师，就在于她视豫剧艺术为生命，始终秉持“戏比天大”的理念；著名表演艺术家雷恪生，虽然年过七旬，但对表演依旧满腔热情，而且每次到外地参加演出时，所有的行李从不麻烦别人，全部自己扛……相比之下，年纪轻轻却有助理一大堆的青年演员们岂不为此而感到羞愧。由此笔者不禁要说，一个真正有实力的艺人又何须靠所谓的大排场来证明自己。

值得称道的是，针对一些明星耍大牌、讲排场的现象，越来越多的导演、制片人不再妥协，而是奋起抵制。电视剧《秦香莲》的导演就曾在该剧开机数天后炒掉一位“影后”级的女主角，原因就在于这位女主角总喜欢把“影后”的光环带到剧组。对于这位导演的勇气，我们应报以足够的赞许。

无论到什么时候，表演功力、敬业精神、艺术品德都是一个演员应该具备的修养，如果光讲排场、摆谱，非但不能成大器，反倒会令人生厌。对于很多年轻艺人来说，艺术之路才刚刚开始，所以应当排除杂念，把更多的时间和精力用在表演上。毕竟，排场越大，不等于你的艺术越精；排场再大，戏还得自己演。

42. 历史岂能被打扮成文化道具

煜凡

近日，备受争议的郑州巨型宋庆龄雕像风波尚未平息，又一尊巨型雕像在安徽潜山县拔地而起。据媒体报道，总高度近 30 米，占地近 7 万平方米，由安徽潜山县斥资约 600 万元打造的这尊巨像被唤作“皖公”。但令人颇为不解的是，这一当地着意打造的被称为“安徽守护神”的“文化名片”，却连众多安徽人都不知其为何许人也。

不再一味地在经济发展的快车道上疾驰，而是以经济力量助推文化建设，一国也好，一城也罢，这种着力于物质与精神双轮驱动的努力，让人们看到了社会发展的健康态势。但是，追寻文化路上的偏差，也许终将让这种努力与真正的文化渐行渐远。如今太多城市挖空心思打造的“城市名片”，恰恰记录着这些偏差。

在日益加速和延伸的城市化进程中，借助物态存在凸显文化沉潜、彰显城市精神是自然而行之有效的途径。建设地标性建筑、修缮历史遗迹、建造亭台碑雕……器物、建筑因成为历史与文化的凭附物而被赋予了无限价值。这也是注重历史的民族本性与渴望文化的当代需求不断被利用、上演将情感价值转化为商业价值的故里之争类闹剧的基本逻辑。

在这种最大限度地开发利用无形历史文化资源、创造物态化精神凭附的诉求中，雕塑以简捷直观的特点往往成为民族或城市镌刻集体记忆的首选。布鲁塞尔的“撒尿的于连”、哥本哈根的“美人鱼”、新加坡的“鱼尾狮”，甚至是广州的“五羊”、深圳的“拓荒牛”、珠海的“渔女”、青岛的“五月的风”等城市雕塑，已成为不可替代的文化符号。然而令人留连的它们，也成了诸多文化创造性贫乏者前仆后继、制造浅陋的城市雕塑风潮的可怜比照。由此，“皖公”横空出世并不寂寞，只是它张扬的是怎样的文化呢？

在“皖公”事件中，有“好事者”不辞辛苦终查明“皖公”之所是。原来他是传说中古皖国后人敬仰的一个国君。据称，以功业“融于皖山”、“惠泽皖民”乃皖公生平夙愿。在任期间常挑着货郎担走村串户亲历私访，扮作商人跋山涉水体察民情，心系百姓、造福一方的皖公，逝后也要化为神灵，隐于山林默默地呵护人民的安宁。今天以偌大之塑像将“皖公”招摇显现于闹市之中，如若“皖公”有灵，又岂能安然？今人对待“皖公”的方式岂非恰与其精神实质背道而驰？

含蓄内敛而内韵深沉是中国人源于几千年的文化浸润形成的文化气质。“常德乃足，复归于朴”，将一切文饰、奢华泯除，将一切刻意、造作摒弃，是先贤老子向后人言道德精神的价值宗趣。面对这样的民族精神传统，如今像“皖公”

这样动辄以巨资将历史打扮成浅薄的文化道具的行为，即使不谈其经济耗损与利益趋向的某些本质，南辕北辙的文化迷惘是否足以让人羞愧难当?

“皖公”塑像也许如筑者之愿从此赫然挺立为“安徽的守护神”，然而，谁来守护文化的本真?

43. 这样的“拿来”要不得

邱振刚

近日，著名评书表演艺术家刘兰芳在做客中新网《人物访谈间》时对一些青年曲艺演员没有自己的原创作品，往往去“抄”段子的做法提出批评。她说，抄袭之后更可怕的是“不问人家作者，就自己发表，就算我的了”。她举例说：“李润杰老师说的酒迷抓着个大斑鸠，有人把斑鸠俩字改成大皮球，就这么改成球，完了（表演者）说这是他的作品。用人家的东西要留下人家的名字，这才是高尚的人。”

刘兰芳这一席话道出了当前演出市场，尤其是曲艺演出市场中的一个“潜规则”及其所导致的创作危机。有的演员把他人作品中一些细枝末节的内容，小修小补几处，以示和原作有别，而对其中的精华就毫不客气地径直使用，迨至演出完毕，出场费到手了，知名度打开了，至于所表演作品的真正原作者是谁，却始终语焉不详，无可奉告。这种“拿来主义”的形成，原因有两个：一是表演者无力进行创作，二是觉得依靠名作的金字招牌，更容易招徕观众。从前人作品中汲取需要的内容，根据时代背景和观众口味的变迁，并结合表演者自身特点再创作，从而赋予原作新的艺术生命，是艺术发展的必由之路。毕竟，越是意蕴丰厚的作品，就越有被再次创作的空间。曲艺也是如此。然而，尊重原创，尊重先行者、前辈的心血，对后来的从艺者，既是礼，又是理。虽然袁阔成的“三国”、刘兰芳的“岳飞传”所讲述的故事已流传千古，但对古代文学作品或民间故事进行改编，使之适合评书的形式，是要付出极大的创造性劳动。如果不经原创者或者改编者同意，拿来就用，在使用中对原作者、改编者也是只字不提，这于法于情于理都说不过去。这不仅是尊重他人著作权、知识产权的问题，也是创作态度问题。曲艺、戏曲等传统艺术领域格外讲究的“未作艺，先做人”，说的就是这个道理。

一部优秀的文艺作品，必有独一无二的风格，它会在某个表演者的演绎下精彩万分，但未必适合所有人。以快板书大王李润杰为例，他创作并表演的《隐身草》《劫刑车》等作品，内容精炼隽永，情节紧凑跌宕，这和他身法潇洒大气、吐字刚劲利落的表演风格相得益彰。曲艺的师徒传承历来讲究“口传心授”，通过这样的学习过程，学习者才能全面深入地掌握一部作品的精微之处。如果仅仅看到作品的内容精彩，观众认可度高，就拿来使用，那么就只能低层次地、机械地重复作品的文字性内容，是无法掌握作品精髓的，正如别人嚼过的馍，既没有味道，也没有营养。

任何艺术，若越来越多的人一门心思搞“拿来主义”，怠于原创，只会导致恶性循环，从而使创造力越来越羸弱，以致长期无新作问世，最终恶果就是观众和人才不断流失，市场趋于凋零。早就有业内专家直言，如说当下相声真的存在危机的话，那么首先就体现在创作上。而且，曲艺艺术还有一个独特规律，就是几乎每一个优秀的曲艺家都兼具创作家和表演家的双重身份。张寿臣对《八扇屏》《文章会》等传统作品进行了改编，还创作了《揣骨相》等新作，侯宝林创作了《夜行记》等，姜昆、李文华创作了《如此照相》等，前辈先贤莫不如此。他们的成功经验，无疑是值得今天的青年曲艺演员认真领会的。

青年演员到底如何才能走好自己的艺术道路？在上面提到的访谈中，刘兰芳从自己数十年的舞台实践出发，其实已经给出了答案，那就是要想写出好的作品，首先要深入生活，拜群众为师，从生活中汲取营养后形成的创作成果，“就能是你自己的东西”。

道路就在眼前，就看青年演员如何选择。是遵从曲艺艺术规律，扎根生活，认真创作，在表演上不断揣摩钻研，真正实现创作、表演的两条腿走路，还是视创作为畏途，满足于躺在经典上睡大觉，吃祖宗饭，吃现成饭，抄袭杂烩他人，投机取巧，这是每个青年演员必须做出，也必须做好的选择。

44. “广告中插播电视剧”可休矣

小作

“再也不用看‘广告中插播电视剧’了。”对于电视剧中插播广告厌烦不已的观众，将有望能顺畅地看完一集集完整的电视剧，而不用再忍受等待的痛苦了。11月28日，国家广电总局下发《〈广播电视广告播出管理办法〉的补充规定》，该规定将《广播电视广告播出管理办法》第十七条修改为“播出电视剧时，不得在每集中间以任何形式插播广告”，这项规定将于明年1月1日起正式实施。饱受插播广告泛滥之苦的观众，纷纷为此规定拍手叫好。

原先在电视剧中插播零星广告，观众还能接受也能理解，毕竟电视台购买好剧是要花大价钱的，但插播广告有逐年愈演愈烈之势，可以说花样百出。国家广电总局2009年下发的《广播电视广告播出管理办法》中规定，在每集（以45分钟计）中可以插播两次商业广告，每次不得超过1分半钟，其中，在19点至21点之间播出电视剧时，每集中可以插播1次商业广告，时长不得超过1分钟。

播出电影时，插播商业广告的时长和次数参照前款规定。

但这一规定经常被突破。首先是插播次数经常超出规定，现在，插播广告少的一两次、多的五六次，硬生生地将一集电视剧再分“N多集”，让观众不能一气呵成、酣畅淋漓看完整集电视剧。其次，插播时长超时。过去，对于插播的垃圾广告，观众可以利用这个时间去干点别的事情，孰料广告时间越拉越长，时间长到插播广告结束后，观众根本接不上剧情了。某电影频道巧立名目，将一部电影分成上下两集，在两集中各插播一次大约5至10分钟的广告，在两集中间插播大约20分钟的广告。一部标准时长90分钟的电影，从22点开始播出，观众竟需要熬到半夜才能看完。一部电影被肢解成若干部分，这不是一个电影频道应有的对电影的尊重，也是对观众的不尊重。观众如果预先知道看一部精彩的电影居然要忍受近一个小时广告，估计也有不少人会放弃这个频道。第三，插播广告如影随形，隐隐绰绰。插播在电视剧片尾的广告已经被电视剧的创作人员指责过无数次。片首片尾是电视剧的一个整体，片尾曲、片花、字幕都是电视剧主创人员的劳动结晶，可现在往往被无数的广告遮盖，观众要听听片尾曲，办不到。因为有广告，要看清片尾曲歌词和字幕都是不可能完成的任务。而字幕打出所有参与了电视剧制作人员的名字和单位，是为表明对创作者著作权和劳动的保护，然而广告一出，还真是无人能与之争锋。更令人厌恶的是，常年像狗皮膏药一样，据守在电视机荧屏一角甚至两角的图形广告，把电视剧画面一角完全盖住，给观众观剧造成极大困扰。大街上，有环卫工人帮忙清除小广告，电视里却没有。《〈广播电视广告播出管理办法〉的补充规定》生效后，荧屏的清道夫就开始工作了。

据说，禁止在电视剧中插播广告会令电视台损失 200 亿元的收入，有人由此认为，此举将影响各电视台购剧的质量。然而，谁为因谁为果还不好说。正如现在钱袋子足了之后的电视台在购剧时，就财大气粗，电视剧价格水涨船高，导致电视剧圈的又一乱象——演员的价码疯涨。在广告受到限制后，如果能在一定程度上促进电视剧行业回归到正常的轨道上，也不失为禁止插播广告成就的另一桩好事。何况，在中国各电视台还具有公益性质之时，就不能完全按照国外商业电视台的操作模式。在各地电视台都成为当地的地标建筑时，当各地电视台砸钱扩张频道时，应是电视台触摸公益良心的时候了，让利于观众又何妨。

45. “雷子乐”谩骂观众，太雷人！

欣然

日前，一位网名叫“枪枪方方”的观众在微博上发表了对雷子乐笑工厂剧目《如果不说那句话》“剧情烂、演员笑场”的针对性批评，横遭雷子乐笑工厂创始人及其团员、亲朋的微博轮番辱骂，言辞之污秽，人身攻击之激烈出人意料，十分“雷人”。而雷子乐负责人竟以忙于演出疏于对员工道德素养的培育，又或者年底事务繁多、压力很大导致情绪失控作为其无良行为的托词。这一由个人行为延展为集体骂战造成广泛社会影响的不良事件，被称为“2011年戏剧界郭美美事件”，众多戏剧界人士也对雷子乐提出批评。“民营剧社上演粗糙剧目，就有辱骂观众的豁免权吗？”“此公最可耻的地方在于，以‘破坏百花齐放’、‘迫害民营剧社’之道德帽子压人，既无耻，又畏怯。观众看了坏戏发牢骚就是砸场子，这是什么思维方式？”……笔者在错愕、义愤之余，也不禁对当下戏剧圈光怪陆离的文艺生态深表忧虑，同时也多了一份对文艺从业者强化行业自律意识的期待和呼唤。

文艺创作与文艺批评如鸟之双翼、车之两轮。鲁迅有言：“文艺必须有批评。批评不对了，就得用批评来抗争，这才能够使文艺和批评一同前进。”对观众批评当头棒喝，人为割裂了文艺创作与批评之间的良性互动关系，使文艺创作成了自说自话、我行我素的即时消遣，在娱乐至上和商业拜金逻辑的绑架之下，让文艺批评的声音变得愈加微弱。一个完整的艺术生产链条，艺术作品需要面向大众，而艺术作品的好坏，还得由观众来评判。受众不是被动的接受者，艺术的接受也不是被动的消费，而是显示赞同与拒绝的审美活动。一切批评的声音，对于艺术家来说，也比冷淡的景仰有价值得多。“枪枪方方”的批评虽不见得如专业剧评人那般切中肯綮，但也代表了部分观众的声音，文艺工作者应该择其善者而从之，而不是一味敌对谩骂。拒绝了必要且有益的艺术争鸣，艺术创作水准的提高又从何说起？

拒绝对话，随意谩骂，“雷子乐笑工厂”不仅在艺术上不求精进，而且在德行上也违背了我国文艺创作，尤其是戏剧创作的一贯传统。中国古代早有立德、立言、立功“三不朽”之说，可见从艺者德行为大，立艺先要立德。德与艺相辅相成、相互促进，唯有德艺双馨，方能行之久远。尽管“雷子乐笑工厂”以4年演出1460余场次，两周一出戏的高密度、多产创作娱乐40余万观众，但博人一笑绝非文艺创作的惟一目的，在更高层次上，文艺创作还应以德教化、发人深省、导人向善，同时给人以美的享受。而要达到这样的境界，不断听取包括观众在内的各个方面的意见，并根据这些意见对作品进行修改、调整，是必不可少的重要一环。

德之不存，艺将焉附，以文艺激浊扬清、褒美贬丑，推动道德教化和社会进步，应该成为每一个有道德、有良知的艺术工作者的追求。文化自觉、自强，建设社会主义文化强国，需要百花齐放、百家争鸣，需要健康的批评生态和良好的职业道德。正所谓，不知耻，莫从艺。

46. 人面神身，野蛮对文明的“强暴”

——也说雅典娜和女娲神像“易容”校董事件

煜凡

用“没有最雷，只有更雷”来形容当下“雷人”塑像频现的事实也许恰如其分。“猛男”雕像悄然“辞世”，宋庆龄巨像粉墨登场；莫名“皖公”未及谢幕，“神像变脸校董”仓皇现身……近日，西北大学校内矗立的雅典娜和女娲两尊塑像让网友“很受伤”，因为两位女神雕塑的面部被换成了该校两位女校董的脸。对此“易容术”，雕像下方有碑文称以示对建校有功的两位校董的永久纪念。此事传开，公众哗然。有人笑称此行为是一次失败的植入性广告，有人讽刺其为“雕像竖起来，大学精神矮下去”的“写实主义代表作”，有人痛斥此塑像与之前出现的清华真维斯楼异曲同工……种种质疑，传递着社会上依然未泯的文化良知。而这其中，让艺术蒙羞，也许是所有质疑的根本原点以及对公众文化良知的最根本触动。

众所周知，女娲和雅典娜分别是中国和古希腊神话中的女神形象。被称为战神和智慧女神的雅典娜是希腊奥林匹斯十二主神之一，也是奥林匹斯三处女神之一。在远古的神话中，少女形象的女天神雅典娜首先被誉为骁勇善战维护和平的女战神，后因其对希腊社会文明进步的诸多贡献，又逐渐拥有了丰产女神、议事女神、女工神、育婴女神、智慧女神等诸多尊称。而女娲则是中国上古神话中的创世女神。除了“女娲补天”和用黄土造人，继而创造了人类社会等家喻户晓的故事外，传说她还因制造笙簧乐器而被奉为音乐女神；因替人类建立了婚姻制度，使青年男女相互婚配繁衍后代而被尊为婚姻女神。我国南方一些少数民族还将女娲作为其民族的始祖加以膜拜。

这样两位记录着中西方原始文明脉络并沉淀着中西方朴素民族情感的女神形象，竟被如此荒唐地置换为对一校出资或征地有功的校董，让具有无限象征意义的民族文化符号具象化为讨好个体“功臣”，本土与异邦文化中应有的人文内涵何以承载？对文化应有的起码的尊重何在？对深入人心的传统女神形象做人面神身的肢解与拼接，除了篡改文化的浅薄，是否也让文化无端遭遇了一次野蛮的“强暴”？并且，这里应该质问的是，这样的所谓艺术真的还是艺术吗？

18 世纪康德划时代的“审美无利害”命题为美何以可能找到了先验依据，同时为美与艺术获得自律提供了合法性。正如同朱光潜先生著名的“面对古松三种态度”之说中的审美态度，艺术（美）的创造与鉴赏，只有在没有任何利害相关的前提下才可以实现。从此，美与艺术便在无功利与功利的张力甚至悖论中成就着世人的精神追求。因为弃绝感性与理性的狭义利害之美（艺术），正是为了使其实现陶冶人们心灵、呵护人类精神的广义的功利。反过来说，这种广义的功利只有在狭义的无功利的基础上才得以实现。

而今的物化浪潮中，有多少艺术难于幸免，无法超拔于利益钳制，反而让功利僭越于艺术之上，任凭艺术创作献媚甚至匍匐于利益的脚下，不仅悖离了艺术的根本规律，也摧毁了艺术的基本尊严，更无法奢求其对人精神的启迪。当然，我们不能不承认，当下打着艺术圣洁的旗帜，南辕北辙地走向庸俗、媚俗甚至恶俗的“艺术”，通常还是在羞羞答答、遮遮掩掩中进行，堂而皇之地把文章做到“脸”还尚属少见。因此“易容”塑像用柔软的审美暴力露骨地施展利益强权，可谓为功利僭越艺术做了一个无比生动的注脚——如果我们依然勉强认同该塑像还是艺术的话。并且，当这一注脚被书写在以传道授业、传承文化为旨归的学府殿堂中，其隐喻之恰切、意义之深远更是让同类事件望尘莫及！

47. 毛泽东缘何成了“昆仑”？

安岳

“安得倚天抽宝剑，把汝裁为三截？一截遗欧，一截赠美，一截还东国。太平世界，环球同此凉热！”毛泽东著名的《念奴娇·昆仑》一词，国人可谓耳熟能详。但毛泽东即便能写出如此想象奇绝的词句，恐怕也难以想到，几十年后，当同济大学一位副教授将德国学者施米特引用了《念奴娇·昆仑》的文章再译回中文时，这首词竟然成了现代诗，作者竟然成了“昆仑”，该副教授并且特意声明“这是本人的翻译，未查到昆仑原诗”。“昆仑”门由此爆红网络。

“昆仑”之误，首先让人联想到的是清华大学一教授在3年前的专著中将蒋介石（ChiangKai-shek）译成“常凯申”，由于被误译对象的身份极其特殊、影响广泛，“昆仑”和“常凯申”堪称人名翻译错误的“绝代双骄”，网友戏言中国翻译界由此进入“常昆时代”。而类似的例子可谓屡见不鲜：几位著名高校的著名教授在翻译吉登斯的《民族——国家与暴力》时，将Mencius（孟子）误为“门修斯”；法国思想家居伊·德波的《景观社会》中提到Sun Tzu（孙子），结果被翻译成“桑卒”；哈佛大学中国问题专家John King Fairbank有自己风行于世的中文名字费正清，但却被翻译成无人能识的“费尔班德”；电影《华尔街》字幕，竟然将seven years later（七年后）翻译为人名（斯蒂芬·耶尔斯·莱特）……

或许有人会说，这些错误基本都是人名，只要内容大致不错，也就不必当真。但我们难道不该追问，连毛泽东、蒋介石、费正清、孟子、孙子等重要人物的名字都能译错，其内容的准确性难道不值得怀疑？更何况，人名尤其是关键人名正确与否，对于读懂文章、看懂内容十分关键。同济副教授一边强调“这是本人的翻译”，一边感慨“未查到昆仑原诗”，便是最好的例证。世无“昆仑”，何来原诗？专业如学者教授，即便穷经皓首，也难寻昆仑之诗；对一般读者来说，“巍巍昆仑”之上，更只能产生严重的“高原反应”了。一看到孟子，便会想起“生于忧患，死于安乐”、“得道者多助，失道者寡助”等千古名句，可“门修斯”只会让你以为又发现了一位被历史淹没的古希腊哲人；一看到费正清，自然就会想到《剑桥中国史》，而与“费尔班德先生”遭遇，只能相见不相识；即便你穿越了时间和空间也无法领悟，“斯蒂芬·耶尔斯·莱特先生”其实说的是“七年后”。

更为堪忧的是人名误译背后浮躁的治学态度。在被网友指谬后，副教授“大方”承认，甚至质问：“没错，但想怎么样？”并指责指谬者心态有问题。这恰恰表明了某些学界人士的心态不正。严谨治学，实事求是，这是对从事学术研究者最基本的要求。凡是经得住实践检验的学术名著，无不是小心求证、反复修改、精心打磨之作。当今学术界当然不乏坚守学术规范，老老实实做学问、认认真真听取不同意见者，当然也不乏因为种种诱惑而日益浮躁者。为了评奖、职称、名利、经费，赶进度、搭草台班子甚至抄袭，可谓样样“精通”，核对几个人名岂不太费功夫？治学态度如此，更何谈渊博的学识、深厚的学养？

惟愿“昆仑”之后，毛泽东不会再变成“井冈山”、“广昌路上”；有了“常凯申”之后，不会再有“张凯申”、“李凯申”。

48. 警惕非娱乐节目娱乐化

欣然

近日，一段职场类节目《非你莫属》的电视视频“海归女对掐主持人”爆红网络。在这段十几分钟的视频中，“80 后”海归女孩刘俐俐跟主持人张绍刚以及现场 BOSS 团针锋相对、互不示弱，甚至剑拔弩张。“笑容狂浪”“目露凶光”“心理素质差”“恨和嘲讽”“让人发冷”……节目现场，主持人口中这些颇具几分人身攻击的言辞不绝于耳。这段视频也惹来网友们争论不休，甚至连李开复、洪晃、姚晨等名人也参与其中，藉由微博这一极具社会“传染性”的散播路径产生的连带效应，让这档求职励志类节目，变成了“娱乐秀”。

“他们是想把一个求职节目变成一个娱乐节目。”曾出任该节目评委的任志强如是说。一个求职类节目的“娱乐秀”面目并非一日炼成。《非你莫属》自 2010 年末播出至今，可谓话题不断。“狂妄男求职大跳热舞”、“武术女冠军 PK 波士团”之类，在预设的游戏规则下，场内外主持人、老板、职场规划师与求职者之间制造种种冲突与话题，以新奇的标签与话题不仅赚取了收视率，更为各家企业增加曝光率与知名度提供了好机会，可是节目日益脱离了本应为求职者出谋划策、为职场经理人挑选业界精英的栏目初衷，成了一场“娱乐秀”。

对于一档电视节目来说，主持人至关重要。他是话语权的拥有者，但话语权是“双刃剑”，用得好让节目出彩，用得不好就会让节目、让观众“很受伤”。言论空间的拓展，是社会进步的重要体现。倡导言论自由，但不是要胡言乱语、语不“雷”人死不休。一个有操守、有担当的职业主持人，知名度越高，其一言一行传播越快，社会影响力也就越大，更应自觉成为公共话语平台公序良俗的倡导者和维护者。前段时间“海派清口”口不清的“网络公厕说”引起网民公愤，如今“名嘴”与嘉宾又言语过分。当一个主持人用调侃的方式挑战求职者的容忍和耐心，节目也就必然变质变味。在整个电视圈弥漫着浮躁、炒作气息的当下，主持人更应该提高警惕、谨言慎行、深刻反思，惟其如此，才不会在嘲笑别人的同时也惹来众生嘲笑；惟其如此，才不会节目“火”了，观众的心却凉了。

环顾当下电视荧屏，随着“限娱令”的执行，娱乐化正在从娱乐节目向非娱乐节目渗透和转移。在追求媒体轰动效应的今天，娱乐化对于观众感官产生的颠覆性快感，使得“娱乐性”已然成为当代商业最重要的元素之一，充斥在电视荧屏的角角落落，急刹车都刹不住。一些相亲类节目在猎奇、戏谑中变味，人物访谈类节目大秀隐私，情感援助类节目言辞激烈，诸如此类，让媒体进入了一个不再是“表现生活”而是直接“制造生活”的时代。人们开始怀疑活生生的现实，沉迷于媒体之“真”的放大展示之中，进而从对“真”的存疑，转为对“真人”当场作秀的依赖。而那种直接指向生活和历史本质的艺术之真，则被抛向九霄云外。因此，“限娱令”不仅要关注娱乐节目的泛滥和低俗化，更要关注非娱乐节目的泛娱乐化倾向。我们当然需要好看的、贴近观众的各种电视节目，但非娱乐节目娱乐化、恶俗化的现象，还是值得我们警惕。

49. 受“伪科学”伤害的孩子多可怜

宁静

花上 1200 元，用油墨把指纹按在纸上，再扫描进电脑进行分析，就能解读大脑密码，测出孩子的先天智能和潜能，并得出最优发展方向。这种所谓的“皮纹测试”最近在山西省太原市一些幼儿园进行后被媒体曝光，在社会上引起强烈反响。人们纷纷指责教育机构的敛财乱象：“所谓能够测出潜能，不过是为敛财打造机遇”；“个别利欲熏心的教育机构不从根本上改观，走了一个‘皮纹测试’，还会来一个‘骨骼测试’”。

太原市教育局日前召开会议，对“皮纹测试进入幼儿园”一事进行通报，禁止全市幼儿园及中小学开展此类活动。并成立调查组对相关幼儿园与从事此项目的文化传播公司之间是否存在利益链条和敛财行为进行调查。同时告诫家长对此类事情要有理性的思考和判断，不要被人误导。

这种打着“科学”的旗号、实为敛财的行为近年来并不鲜见。以前曾风行过智力、智商的测试，有的是家长自己带着孩子检测，有的是孩子在幼儿园或学校“被测试”。得分高的孩子家长自然喜滋滋的，得分低的孩子家长忧心忡忡。甚至一些学校就此让一些所谓的低智商学生转班或是转学，极大地伤害了学生的自尊和自信。这样做留下了许多恶果，遭到教育界有识之士的强烈抨击。

历史惊人地相似。这次的“皮纹测试”打着“科学”的旗号，让新一拨的家长们上当受骗。如果上网输入“皮纹测试”这几个字，马上会出现多家单位的“专业指导”。如“测量艺术天赋：音乐值（能否专业学习），适合学何种乐器（钢琴、小提琴等），声音（音质和大小），绘画信息级别及类型，身体的柔韧性（跳舞）”等。还标榜这是“风靡全球的皮纹生物识别多元智力测量，超越 IQ（智商）的测试！鉴别孩子的潜在天赋，了解孩子基因遗传决定的潜能特长，每一个做父母的都应该关注！”

有人批评参加此类“测试”的家长是“望子成龙”“望女成凤”的心态在作祟，这种说法有些偏颇。笔者也是母亲，深感现在当父母的其实是“弱势群体”。在应试教育的大环境下，在家家都只有一个孩子的小环境中，为了孩子能上一所好的幼儿园或好的学校，家长费尽了心力。托人情、找路子，更别提高额“赞助费”——没有关系拿着钱也没人理，“端着猪头找不到庙门”的状况常令家长忧心如焚。之所以让孩子参加测试，估计家长也有不得已的原因。如果学校或幼儿园发句话，家长哪敢不交钱参加，孩子在人家手上，园长和老师不高兴了整治整治一下孩子那还不是小菜一碟，哪得罪得起。交了钱既避免了让孩子受委屈，又了解了孩子的潜能，反正也没有什么损害，这就叫“风吹鸭蛋壳，财去人安乐”。另一些父母，也许是真对“科学”心存畏惧，怕耽误了孩子的未来发展。不是现在有一句话十分流行吗，叫作“不要让孩子输在起跑线上”。

但看看成才的艺术家，哪一位是经过这样的“科学”测试走上艺术之路的。他们首先是对艺术有着浓厚的兴趣，加上天赋和持之以恒的磨练，还有良好的机遇。至于孩子有哪种艺术天赋，专业老师往往经过简单的测试便能确定。比如学习音乐，一定要有一双好耳朵，听音辨乐敏锐，如果是想学唱，那还得加上一副好嗓子；舞蹈对人体比例有一定要求，当然也需要有良好的乐感。但即使是有了这样的生理条件，也不一定就能学艺，因为最终还得看孩子对此有没有兴趣。有句话说得好：“兴趣是孩子最好的老师。”

“皮纹测试”据说来源于中医的手部望诊术，山西省中医院手针穴位学专家、针灸科主任医师杜雅俊在接受媒体采访时表示：“‘皮纹测试’夸大了对手部的望诊功能，能测出小孩在哪个学科有潜能，带有一定的迷信思想，误人子弟！”笔者认为，相比于敛财，这个结果更可怕。如果有家长真的相信了“皮纹测试”的结果，非逼着孩子学他不感兴趣的东西；而另有家长又硬不让孩子学他感兴趣的东西，想想孩子们该有多可怜。所以，我们要大力普及科学知识，培养民众辨别“江湖骗子”的能力。有关部门对此也要加强监管，别让这些“伪科学”毁了孩子。

50. 谁来阻止《还珠格格》的夺命游戏？

小作

近日，一宗官司的审结使去年广东省高要市7岁小女孩海芳上演“上吊游戏”导致意外死亡的案件浮出水面。小海芳特别喜欢《还珠格格》里的“小燕子”，当她看到剧中“小燕子”上吊自杀但却不会死亡的镜头后，便跟身边的玩伴经常嚷着要学“小燕子”上吊。去年11月20日，小海芳和小朋友们在一起玩耍时，把绳子打成结，玩起了“上吊游戏”。谁知，小海芳被绳子绞住脖子，动弹不得，等她的父母把她解救下来送到镇卫生院抢救，已经回天乏术。可怕的是，这不是第一起因学“小燕子”上吊引发的命案或危险。2003年1月29日，吉林省公主岭市范家屯镇泡子沿村一名5岁女童趁家人不备模仿“小燕子”上吊，昏迷10天后永远闭上了眼睛。2005年5月26日，云南省昆明市一名7岁的小学生模仿“格格上吊”的镜头玩自杀游戏，幸被老师及时发现送至医院抢救才幸免于难。

一个个小生命的逝去居然是因为一部红遍大江南北的电视剧，不得不让人追问，这一起起悲剧是如何发生的？

作为湖南卫视制作的王牌电视剧，《还珠格格》基本每年都会在寒暑假期间重新播放。由此，可以看出《还珠格格》的目标观众绝大部分是放假的学生族，尤其是小学生们对蹦蹦跳跳的“小燕子”情有独钟。在2003年吉林省的那起孩子因模仿剧中上吊镜头殒命的事件发生后，《还珠格格》并没有应舆论要求进行删改，每年播放的仍然是原先的版本，上吊镜头仍然在影响还没有判断能力的小学生。一部电视剧应不应该删除已引发不良模仿的情节，值得业界进一步讨论。

影视作品因其广泛传播性，其影响力也极大。当年电影《少林寺》极火，直接带动了民间的功夫热，也有不少孩子因为模仿电影中的镜头，从高处飞身跳下，骨折腿断的不在少数。创作者对自己从事的艺术创作的巨大能量是了然于心的，然而，对如何避免危险性的镜头给观众尤其是小观众带来伤害，却未必了然。这些原则可能都很细微。著名编剧苏小卫曾多次批评自己的丈夫、著名导演霍建起，为了表现浪漫而拍出情侣在铁轨上散步的镜头。她强烈建议，影视剧中不要出现此类镜头，因为现实中在铁轨上散步一点儿也不浪漫，很容易血溅十步之内。总之，创作者应谨慎地对待创作，吸烟、游戏化犯罪和自杀等镜头都应该尽量避免或作适当处理，以此掐断悲剧的发生源头。

另一方面，家长除了关心自己的孩子今天吃了什么，还应花时间去关心自己的孩子今天看了什么。比起物质食粮，精神食粮对孩子性格、行为模式的塑造起着更为重要的作用。家长是孩子们抵御不良精神损害的最后一道堤坝。不要把孩子的教育交给电视，起码在观看非儿童节目时，家长应该陪同观看，帮助孩子正确地认识节目中出现的他们似懂非懂的镜头。也许这样，上面的悲剧就会尽量避免。

51. 冯导，别拿股民的血汗钱“撒娇”

张成

近日，正在拍摄华谊新片《一九四二》的导演冯小刚在微博上“叫苦”，“对电影的爱越来越淡，对这样的生活也开始感到厌恶，也许真的到了要和它说分手的时候了。想想还有近两个月才能收工，想想合约里还有四部影片要拍，怎么捱过去？”这微微之言尚不足140之数，如同翩翩蝴蝶轻轻扇了下翅膀，却让华谊内部和广大华谊股民的心“抖三抖”。此言论甫出，连累华谊的股票跌了2.44%。华谊总裁王中磊立刻发微博回应，表示关心。新浪微博认证为华谊兄弟董事、副总经理、董秘的胡明同样发微博关怀，声称“我们躺着都能赚钱”。之后，冯小刚又以微博致意，“本人非常情绪化的直抒胸臆，引发数万网友转发评论，也连累华谊股票受创。在此对关心我的各位深表谢意。我不是一个自私的人，我会尊重与华谊的合约，并力所能及高质履行……各位就当我在微博上撒了一回娇吧。”

众所周知，冯小刚之于华谊，就如同逗哏演员之于相声，引擎之于汽车。华谊董事长王中军甚至曾公开表示，冯小刚的电影就是华谊兄弟的核心竞争产品。华谊兄弟2011年半年报显示，其上半年营收3.31亿元，由冯小刚执导的电影票房收入贡献约三成。此外，据公开数据显示，冯小刚2007年在华谊兄弟持股比例达3%。此后，公司经历几度股权变更和增资扩股后，至华谊兄弟上市之际，冯小刚仍持有华谊2.88%股权。从品牌、创收、持股等多个角度看，冯小刚都是华谊兄弟绝不可或缺的关键性人物。因此，冯小刚的言论在股民中间造成很大的波动也是情理之中的事。

固然，冯小刚为广大观众奉献了不少喜闻乐见的“冯氏喜剧”。但是，一名优秀的艺术家未必就是一名合格的上市公司的艺术家。身为华谊兄弟的股东和重要品牌人物，冯小刚的言行在某种程度上相当于“披露公司的信息”。在国外，针对上市公司，信息披露都是有着严格的操作规范的，比如苹果公司对乔布斯病情的发布都是非常谨慎的。中国股市，则有着自己的特色，福莱国际环球资本市场团队亚洲区负责人严可君曾公开表示，“由于中国市场以散户为主的特点，媒体所扮演的角色便相对重要。上市公司需通过媒体对公司的运营状况、战略目标等进行宣传。相较于机构型基金，散户投资者更加情绪化，市场传闻、谣言更易造成散户恐慌，加剧市场波动。专业调查报告显示，对于一家上市公司，投资者首要看重的是管理层的信誉度和经营能力。这也是为什么2011年中国多家上市公司在美国等国际资本市场遭到‘做空’。”冯导此举，或许是因为持有稳赚不赔的原始股无法感受股票跳水的切身之痛；抑或，上市已长达两年半之久还没完成意识上身份的转换。但无论是哪种原因，这都不是理由。当个人的情绪使得广大股民的血汗钱化为乌有之时，“撒娇”就变成了“矫情”。因此，冯导在发微博炮轰、“撒娇”之余，是时候考虑一下股民的感受了。

上市，除了融资，还应对社会责任和对广大股民有担当。此次冯导的一番“撒娇”也再次折射了华谊此类涉足媒体文化产业的上市公司的责任意识的淡漠和经营上的不规范。之前，周迅等明星解约之时，华谊兄弟竟然把第一时间的表态当作娱乐信息发布于网上，而不是通过其上市平台——深圳证券交易所发布公告。在娱乐大众和履行上市公司信息批露义务轻重之间，华谊兄弟选择了前者。鉴于此，胡明那句“我们躺着都能赚钱”，除了浮夸和张扬，又给支持华谊的股民以什么？即使华谊能“躺着赚钱”，那如此不妥的行为，又如何保证挣得的钱能分红到股民的腰包里？“赚钱”是先决条件，但更重要的是可持续的发展潜力和成长空间，以及对广大股民的负责态度。在安抚冯导之余，上述这些才是华谊更需要考虑的。

52. 没文化的翻译很可怕

——由一本为中餐饭菜“正名”的书籍面世说起

左岸

近日，北京市外事办和市民讲外语办公室联合出版的《美食译苑——中文菜单英文译法》在坊间引发热烈争议。有表示官方对菜名翻译加以规范很必要；有认为民间译法很欢乐很直白，官方译法太正统，有些翻译太晦涩难懂；还有直言中国菜根本不需要英文来衬托它的文化，等等。笔者以为，当下国内很多餐馆千奇百怪的英文菜单，不仅外国人看不懂，连熟悉中式英语的国内英语老师也难辨其意，从这个角度来说，出版一本为中餐饭菜“正名”的书籍未尝不是一件好事。试想，当国外食客看到麻婆豆腐：Beancurd made by a pock-marked woman（麻脸的女人做的豆腐）；四喜丸子：Fourgladmeatballs（4 个高兴的肉团）；红烧狮子头：Red burned lion head（烧红了的狮子头）；蚂蚁上树：Apile of climbing the tree（一堆在爬树的蚂蚁）；夫妻肺片：Husband and wife's lung slices（丈夫和妻子肺的切片）这些让人忍俊不禁、毫无文化可言的中餐英语菜名后，即便对这些菜肴再有兴趣，恐怕也会顿失胃口。

说起中国菜名，其中不仅包含了原材料的信息，还糅合了很多文化、历史事件、人名等，可说是中华悠久饮食文化的浓缩，所以中国菜名翻译必然离不开浓郁的传统文化。翻译菜名虽然无法与译诗歌散文的难度相比，但要把菜名文字凝练、精确的特征、丰富的文化内涵及鲜明的地域特色恰到好处地表达出来，同样需要译者具备扎实的外语基础和相对深厚的翻译功底。此外，中国菜名除了包含多种中华民族的文化元素外，还具有很强烈的文化特性，如“金玉满堂”这道菜，实际上就是虾仁蛋汤，倘若简单直译，必然造成信息不畅。

文化翻译学派核心人物苏珊·巴斯奈特认为，翻译应该以文化作为翻译的单位，而不应该停留在以前的语篇上。的确，只有以文化为单位，才可能在翻译过程中使源语文化在目标语文化里发挥跟在源语文化里一样的功能。如果只注重字面意义而不分析其深层含义，特别是其文化内涵，那么就可能导致文化的缺失，也就无法达到功能对等的效果。可现实生活中，就有很多缺乏文化内涵的误译和乱译。

前段时间，网上出现了一篇名为《武侠人物英文名》的帖子，其中对武侠名著中人物的英文翻译不可谓不雷人，如“李莫愁”译成 Don't worry lee（不要担心李）、“任我行”译成 Let me go（让我走）、“乔峰”译成 Look crazy（瞧疯）、“令狐冲”译成 Make the fox rush（让狐狸冲）……随后更有网友跟帖，将武侠世界发生的雷事发展至热门古装剧和中国古典名著中，《还珠格格》《三国演义》等均成为恶搞对象。其中以《还珠格格》中的容嬷嬷（Let me touch touch，让我摸摸）的翻译最为“惊艳”。咋一看，这样的翻译的确颇具“笑果”，但如果毫无顾忌地以这种无视专有名词、语法等诸多限制的翻译来恶搞传统文学名著的话，势必会有损古典名著的文学价值。

如今很多城市和旅游景区为了给来此旅游的外国朋友提供便利，将路牌、交通指示牌、景点标识和公示语都变成了双语，然而，在这些双语标识的英文翻译中，存在的问题可谓五花八门，既有用词不当和拼写错误的，也有语法错误和语用错误的。比如，湖南某景点有一块指示牌，汉语明明写着“停车场”，而下面的英语却是“car park”，懂得一点英语的人都知道，“park”是“公园”的意思，“car park”成了“汽车公园”;更可笑的是,广东某景点本想将“停车场”译为“car parking”，结果“parkin”一词少了一个字母“g”。由于“parkin”是“燕麦饼”的意思,如此一译,“停车场”就成了“汽车燕麦饼”。这样的案例还可以举出很多，不过究其共性，除了对待翻译缺乏应有的责任心外，更重要的是一种文化粗鄙化的体现。

随着中国经济的不断发展和国力的日益强盛，对外文化交流、让世界了解中国、让中国文化走出国门越来越引起人们的重视。作为推广中国传统文化向世界传播的使者，中国翻译工作者不但要充分认识到对外尽可能准确译介中国文化的重要性，更要深刻领会到，一个好的翻译，说到底，最后翻译的不是语言，而是文化。

2011.10.14 星期五
辛卯年九月十八
第1065期
本期16版
中国文联网网址
www.cflac.org.cn

中国艺术报

中国文学艺术界联合会主管主办

国外发行代号
D3375
国内统一刊号
CN11-0241
邮发代号
1-220
新闻热线
(010)64810159
每周一、三、五出版
零售价0.70元

观点鲜明、敢于直言，有针对性、有战斗力，本报文艺评论获广泛好评

中国文联中国作协在京召开加强和改进文艺评论工作座谈会

本报讯（记者 **郭青剑 乔燕冰**） 为落实中央领导同志重要批示精神，按照中宣部的要求和部署，中国文联理论研究室、中国作协创作研究部10月13日在京召开加强和改进文艺评论工作座谈会。出席会议的多位文艺家、评论家和中央及地方媒体的有关方面负责人，围绕本报在加强和改进文艺评论工作方面的做法和经验展开研讨。专家们充分肯定了本报在加强和改进文艺评论方面所做的努力和取得的成效，深入探讨了如何进一步做好文艺评论工作等问题。大家一致认为，此次座谈会对于开创文艺评论新风、推动文艺繁荣具有很强的针对性和现实指导意义。

中国文联党组书记、副主席赵实，中国作协党组成员、副主席何建明，中宣部文艺局副局长孟祥林出席会议并讲话。中国文联党组成员、书记处书记夏潮主持会议。出席会议的还有中国文联理论研究室主任陈建文，中国作协创作研究部主任胡平，中宣部文艺局理论文学处、艺术处和中国文联理论研究室的领导，各全国文艺家协会分管理论评论工作的领导或有关部门负责人。本报社长向云驹汇报了本报今年改版以来的有关工作。

孟祥林在讲话中说，近年来，中央领导同志多次就《中国艺术报》等报刊和电视媒体的文艺评论工作作出重要批示，给予充分肯定和高度评价，这既是对文艺评论工作的巨大鼓舞，也是一种鞭策。他指出，《中国艺术报》一直坚持正确的文艺方向，敢说真话、讲理透彻，富有真知灼见。坚持贴近实际、贴近生活、贴近群众，努力转变作风、改进文风，语言生动、雅俗共赏，真诚为广大文艺工作者和读者服务，在引领文艺创作、提高群众审美欣赏水平、促进社会主义精神文明建设等方面发挥了独特的作用，取得了显著成绩，受到了领导、专家和读者的普遍好评。希望大家大力倡导正确的创作思想，积极探索文艺规律，热情评介优秀作品，旗帜鲜明地批评不良倾向和错误观点，促进创作繁荣和文艺事业健康发展。希望大家切实从转变作风、改进文风入手，继续面向基层、服务群众，坚持实事求是、以理服人，针对群众关心的热点、焦点问题进行深入探讨，广泛听取群众对文艺评论的意见和建议，大力开展群众性文艺评论，不断增强文艺评论的感染力和说服力。

赵实高度评价了本报今年改版以来的工作。她说，中国艺术报努力按照中宣部关于新闻单位"走转改"的要求和文联党组的部署，精心谋划、锐意创新，从内容到形式都进行了改扩版的大胆尝试，新设立一大批特色鲜明的版面和栏目，不断提升文化品位、丰富文化内涵，特别是在加强文艺理论评论方面取得明显效果。一些评论栏目，把新闻言论和文艺批评很好结合起来，组织发表一系列观点鲜明、敢于直言，有针对性、有战斗力的评论文章。这些文章短小精悍、文风清新、导向正确，受到广大读者和艺术家好评，也得到中央领导充分肯定，为开创文艺评论新风做了有益探索。赵实就切实加强和改进文艺评论工作作出要求。她指出，要充分认识当前加强和改进文艺评论工作的重要性紧迫性；要把握文艺评论的正确导向，改文风，开新风，树正气；要壮大和建设文艺评论阵地，培育优秀文艺理论评论人才。她表示，加强和改进文艺评论是一个十分紧迫的现实课题，也是一项长期的工作任务。中国文联将进一步落实中央领导批示要求，采取有效措施，切实加强和改进文艺评论工作。**（讲话全文见第1、2版）**

何建明指出，文艺评论对文艺作品和文艺现象作出价值判断，是文艺发展的重要推动力，也是党领导文艺工作的重要方式。如何在社会主义文化大发展大繁荣的历史进程中更好发挥文艺评论的作用，文艺工作者和评论工作者义不容辞。因此，学习中央领导同志的重要批示精神，总结《中国艺术报》在文艺评论工作方面的做法和经验，对于新时期加强和改进文艺评论工作，倡导文艺评论新风，繁荣社会主义文艺事业有着十分重要的意义。

与会的曾庆瑞、李炳银、娄昆、张亚丽等著名评论家、文艺家，刘琼、彭程、高昌、阎晶明、解玺璋等中央及北京市有关媒体或相关方面负责人先后发言，对本报在加强和改进文艺评论方面的努力和成效表示充分肯定，对如何进一步做好文艺评论工作、开创文艺评论新风进行了深入探讨。大家表示，《中国艺术报》从今年年初改版以来，在内容和版式上进行了大刀阔斧的改变和新创，推出了一批有分量的报道、栏目和版面，取得了面貌一新的效果。特别是以言论为先锋，以其深刻、鲜活、新锐大力彰显文艺报刊的评论功能。这些言论关注艺术家的创作动态，关注传统媒体舆情，关注网络新媒体的文艺热象，以专业的姿态、专业的知识、专业的观点，以新颖时尚的语言和有青春气息的表述，发出独特的具有主流价值观的声音和观点，在牢牢把握正确导向的前提下，是其所是，非其所非，开文艺评论新风。大家表示，观点鲜明，敢于直言，有针对性，有战斗力，是文艺评论的可贵品质和努力方向，加强和改进文艺评论工作是当前一项重要而紧迫的任务。评论是立场的表达，开展科学、健康的文艺评论，需要良好的文艺评论生态，同时文艺评论家要有好的人品和文品。要增强文艺批评的勇气，勇于表达、认真表达和善于表达；要始终把社会效益放在首位，掌握现代传媒规律，抵制低俗、恶俗和媚俗之风；要敢于承担，切实为文艺创作健康发展起到应有的引导和提升作用。

本报将于近期专版刊发专家的发言，敬请关注。

图片新闻

10月12日，杭州西湖博览会上，民间艺人的精美手工艺作品吸引了众多观众。

本报记者 张志勇 摄

努力开创文艺评论的新风

——在加强和改进文艺评论工作座谈会上的讲话

（二〇一一年十月十三日）

中国文联党组书记、副主席 赵 实

各位艺术家、评论家，新闻媒体的负责同志：

按照中宣部的要求，为进一步学习贯彻中央领导的重要指示精神，在文艺界倡导文艺评论新风，努力开创文艺评论工作新局面，今天，中国文联理论研究室和中国作协创作研究部在这里联合召开"加强和改进文艺评论工作座谈会"，具有重要的意义。刚才，各位作家艺术家、评论家和新闻媒体负责同志作了精辟的发言，中国作协何建明副主席作了重要讲话，大家都谈了很好的意见，我很受启发。中宣部文艺局副局长孟祥林同志代表中宣部讲话，我们要认真地学习贯彻。大家充分肯定了《中国艺术报》在加强、改进文艺评论方面所做的努力和取得的成效，深入地探讨了如何进一步做好文艺评论工作等问题，对开创文艺评论新风、推动文艺繁荣具有很强的针对性和现实指导意义。

在此，我就加强和改进文艺评论工作谈几点认识。

一、充分认识当前加强和改进文艺评论工作的重要性紧迫性

文艺评论是文艺事业不可或缺的重要组成部分，我们党历来十分重视文艺评论工作。胡锦涛总书记在第八次文代会上明确指出，"要积极推进马克思主义文艺理论研究，充分发挥文艺评论的作用，为繁荣社会主义文艺营造良好氛围"。新中国成立特别是改革开放以来，文艺评论始终依托丰厚的现实主义创作基础，坚持马克思主义文艺观，坚持百花齐放、百家争鸣的文艺方针，在把握正确导向、繁荣文艺创作、推动文艺创新、引领社会风尚、提高鉴赏水平等方面发挥了重要作用。多年来，我国一代代文艺评论家和评论工作者，以崇高的社会责任感和敬业精神，以深厚的文艺修养和严谨的学术态度，密切关注文艺实践，关注人民大众，关注时代发展，传承了中华文化的优秀传统，致力于文艺理论的不断创新，结出了文艺评论和学术研究的累累硕果，为促进文艺事业的繁荣发展，作出了重要贡献。

当前，我国文艺事业正处于历史上最好的发展时期之一，文艺作品的数量、质量、效益、声誉稳步提高，一大批优秀作品唱响了时代主旋律，形成了百花齐放的多样化格局，文艺舞台和文化市场日益繁荣，国际影响力明显提升，文艺事业呈现出持续繁荣的良好局面。文艺界发展先进文化，服务人民群众精神文化需求的重要使命，赋予了文艺创作和文艺评论新的时代任务和要求，文艺理论评论创新面临着前所未有的机遇和挑战。一方面，人民群众的文化需求更加旺盛，文艺作品的数量急剧增加，而质量却又参差不齐，艺术追求和商业运作以及社会效果时有相悖。另一方面，网络媒体和平面媒体上娱乐话语迅猛增加，文艺资讯流通加快，既开拓了观察文艺现象的新渠道新视野，也存在着一些非理性、庸俗化、跟风吹捧恶搞的评论和失实报道，不同程度地混淆了视听，模糊了价值取向。因此，如何引导文艺创作坚持正确导向和不断提高艺术质量，如何引导文艺创新更好地与人民需求、与时代进步相结合，如何把握作品的社会效益和经济效益的有机统一，如何引导受众树立正确的审美取向和提升文化品位等等，都亟需科学健康的评论加以辨析和引导，加强和改进文艺评论工作就成为当务之急。

>> 下转第2版

孙中山肖像中国画作品展展出

本报讯（记者 **段泽林**） 为纪念辛亥革命100周年，由中国文联、中国文学艺术基金会主办，艺谷文化产业集团承办的孙中山肖像中国画作品展10月12日至14日在京举行。此次展出的100余幅孙中山肖像中国画作品由刘大为、吴长江、刘勃舒、杨力舟、尼玛泽仁、何家英、施大畏、杜大恺、刘巨德、殷会利等100余名知名艺术家创作，他们以珍贵史实照片为素材，真实而独特地记录了孙中山各个时期的不同风貌。

胡振民、冯远、李牧等领导出席展览开幕式。

展览最大的亮点就是老中青三代艺术家，用各自的艺术语言和创作风格，表达同一个主题。中国文联党组成员、副主席冯远表示，本次展览聚集了当代众多中国画名家，大家怀着满腔热情，以崇敬之心，使用多种艺术风格和艺术技巧，再现了孙中山的伟人风采，是一个有特点的专题展览。

艺象杂言

恐怖童书流行让人"恐怖"

□小 作

再送《十万个为什么》给小学生，可能被笑话落伍。君不见，排行榜上"鸡皮疙瘩"系列、"恐怖街"系列等恐怖童书高居榜首，"勇敢者的游戏"、"挑战想象力"等广告语颇能迷惑家长和孩子。

胆量和想象的确是恐怖童书伪装自己的"华丽外衣"。"够胆你就看！"不少小朋友为证明"够胆"，纷纷上套。但看恐怖童书真能锻炼孩子的胆量吗？情况正相反。不少孩子看完这样的书后，晚上不敢上厕所，担心帘子后面蹦出个无头尸……书中的恐怖气息弥漫到了现实的空气中，把孩子的胆量练成了胆怯。

勇敢是什么？孟子"贫贱不能移、富贵不能淫、威武不能屈"给出了最佳注解。勇敢是热列兹尼科夫笔下的"丑八怪"的坚强，是伊丽莎白·霍金斯的作品《险恶之海》中孩子们漂流在海上的互助，是郑渊洁塑造的小老鼠舒克与贝塔进入人类世界的勇气……

不少家长居然良莠不分，对恐怖童书赞赏有加，称其富有想象力。嗜血怪物、恐怖鬼、木乃伊、幽灵……这类书的魔幻外衣的确"新奇"，但所有的神秘在这里都化为邪恶和残忍。在世界观构建的关键时期，如果孩子对世界的想象缺少美和善，被丑与恶以及恐怖的乌云笼罩，孩子的笑容就会越来越少，久而久之，难以想象世界在孩子的眼中变成什么样，他们的个性会变成什么模样。

《哈利波特与火焰杯》拍成电影后被定为12A，意思是12岁以下的孩子应由家长陪同观看。《哈利波特》与"鸡皮疙瘩"等相比，前者构建了一个魔法世界，后者描写现实中的鬼怪，小读者读后更有代入感，恐怖感更强。然而在《哈利波特》大热之后，恐怖童书纷纷披上魔幻外衣吸引小读者，儿童在好奇心驱使下欲罢不能，把升级版、超级版、男生版、女生版，几十本上百本地搬回家，哪里还有功夫看经典好书。

令人"恐怖"的是此类读物销量惊人！某恐怖童书号称"全球销量3.5亿册"，因而国内出版商力推，在"全国发行2000万册"。谁来举起挡在孩子眼前的手？色情、暴力被禁止在儿童读物中出现，而恐怖则打了擦边球，不受监管。著名儿童文学作家王泉根表示，不会为恐怖童书写书评，我们不由为他的坚守叫好，但仅靠作家此举很难抵挡恐怖的猖獗。儿童需要社会的层层呵护。老师们要在班级办的读书角剔除这类图书；家长要为孩子购买健康向上的好童书；作家要多创作内容健康、为孩子们喜爱的好作品；书店不能唯销量至上，公然把恐怖童书摆上畅销榜；出版商应更有社会责任感，从源头把好关。美和爱的教育能让孩子受益一生，请不要再把恐怖当成儿童的"菜"。

《中国艺术报》版式赏析

2011年10月14日

第1065期

53. 国学教育不该成牟利工具

袁跃兴

刚刚结束的全国“两会”上，很多代表委员的议案提案中涉及到国学文化、国学教育、国学发展等方面的问题，尤其引人关注的是，对目前国学教育热衷于商业化、金钱化的倾向，代表委员们给予了批评。有人指出，目前商业利益追求渗透和浸染了国学文化教育，收费昂贵的国学班不能使一般的老百姓受益，某些打着“弘扬传统文化”幌子的速成“国学班”也并不能真正普及和弘扬国学。笔者以为，人们热心于国学，这体现了中国传统文化的博大精深和无穷魅力，是一件值得高兴的事，但国学需要普及，更应突出研究，坐冷板凳思考。但眼下人们关注的国学却显现出热中之虚来。当下“国学热”日益商业化，某种程度上已经演化成了一种商业行为，这实在是一种文化上的急功近利的态度。

近年来，随着经济社会的不断发展，大众对传统文化的需求也越来越强烈，于是乎，各种各样的国学讲座和国学班应运而生。诚然，这些讲座和国学班的出现的确有助于增强大众对传统文化的认知，并以此提高自身修养。但遗憾的是，一些国学讲座、国学班不但学费日趋走高，贵族化倾向严重，而且所推广的内容与学术上的严肃研究相去甚远。除了社会上各种名目的国学讲座和国学班外，近年来,一些高校也竞相开办了所谓的“国学老板班”、“国学讲堂班”,招收所谓的“社会中坚”人群、精英人物，号称要传授中国五千年传统文化精髓。还有一些吸引青少年的“精英之子国学营”，公办、私立幼儿园引入的“国学幼儿园”，等等。这些令人眼花缭乱的国学班虽然各有特点，但一个最大的共性就是，收费高昂。笔者以为，这是把传统文化变成了奢侈消费品，最终让国学失去其对大众陶冶性情、丰富精神世界、塑造高洁灵魂、提高人生幸福感的作用。

重视国学是个好现象，但高收费的狂补恶补所谓“国学”，甚至视国学为新的经济增长点，这却是很反常的事。著名学者冯骥才说过，文化的大发展大繁荣不是“文化大挣钱”。国学，不能在商业利益面前失去它的尊严和价值，不能把弘扬“国学”的焦虑，变成了如何才能靠“国学”牟利的焦虑。对待国学、对待经典，需要有一种精神信念，需要有一种欢喜心和敬畏心，不能抱着功利主义的态度，不能把国学变成奢侈的东西、变成牟利的工具，不能把国学教育变成一种单纯的商业行为。否则，就会与我们弘扬国学文化的初衷背道而驰。

54. 这样的“明星”就是不该上电视

左岸

日前，国家广电总局有关负责人在2012年星光电视节目创新创优论坛上透露，今后将不允许网络红人、有丑闻劣迹的人物上电视节目做嘉宾。消息一出，便在社会上引起广泛关注，其中既有拍手称快的，也有认为此举有些矫枉过正的。而在笔者看来，虽说网络红人中并不乏形象良好者，有过丑闻劣迹并不代表一直就是不良之辈，但对于近年来社会上出现的那些主动通过炫丑的方式企图搏出位、进行自我炒作的不良现象，此举无疑具有积极的现实意义。

丑相对美而言，正如美不仅仅是指外在形象美一样，丑也并不仅仅是指外在形象上的丑。笔者所指的丑或所反对的丑，指的是那些公然违背绝大多数人审美标准和底线的行为和现象，比如说木子美、干露露、兽兽、凤姐、小月月之类。她们的共同点就是以“审丑”为诉求，以非主流价值观为卖点，在迎合人们世俗心理需求的同时，牟取经济利益。木子美的成名之举就是以网络日志的方式展览、炫耀和兜售所谓形形色色的“一夜情”；干露露、兽兽通过拍摄一些大尺度的不雅照片而引起广泛关注；凤姐以其极端反常的言行和特异思维占领了网络以及各类媒体的空间；小月月则以不知羞耻当众脱衣的方式博得了无数人的眼球……倘若对这类“成功”模式不管不问，长此以往必将造成极坏的社会影响。

要问这些以畸形方式展现自我，通过“以丑为美”将自我形象奇观化而搏出位者，为何每每在出丑之后，便会走红获利？笔者认为，除了那些炫丑者的主动诉求外，恐怕还与一些包括电视台在内的媒体那种恶搞博眼球、炫丑拼收视的错误传播理念不无关联。一些媒体视关注度为传播目标、传播动力，而有意无意地架空独立原则和媒介理性。慢慢地，舆论的真实性和正义性诉求就会变得似是而非，最终形成了价值虚空的常规性娱乐化运作模式。也正是这种不负责任的全媒体娱乐化运作模式，以及自我放弃对社会主流价值和核心文化理念传播引导的行为，为那些炫丑者提供了现实世界的生存空间。如此一来，兽兽在某电视台选秀节目中当评委、干露露身穿超短裙透视装亮相某电视台综艺节目、凤姐做客某电视台新闻脱口秀栏目公然调戏男嘉宾的镜头频频出现在观众眼前便不足为奇了。

网络由于门槛较低，接触率较高而不断成为很多炒作者的首选平台。然而，如果炒作仅仅局限在网络世界，其影响总是有限的。可是一旦包括电视台在内的一些传统主流媒体不甘寂寞，在去道德化和非审美的运作过程中自甘堕落为娱乐传播机器，加入到炒作中来的话，那就很快会和网络形成互动，最终所产生的传播效果无疑相当剧烈。特别是随着人们“审丑”意识被强化和放大，这种无限制地迎合公众庸俗心理，以审丑为乐事，甚至颠倒美丑、以丑为美的时候，由通俗、世俗，进而向低俗和恶俗的演进，也就在所难免了。因此，如何解开这种由道义转向反道义、审美转向反审美、求真转向反真实的自我悖反的传播死结，不仅关系到媒体的良性生存，更关系到整个社会文化生态的健康和安全。作为相关主管部门的国家广电总局，限制炫丑者上电视节目做嘉宾就完全必要并且十分紧要。而对于作为大众新闻媒体的电视台来说，既然享用着公共传播资源，就应该将公共性和公益性摆到首位，切实担负起监督环境、人文教化的社会责任，而不是无限度地向收视率投降。

55. "伪"得再"娘"，也无关艺术

宁静

4 月 10 日傍晚，武汉东湖牡丹园里，5 位浓妆艳抹、身着古装的"伪娘"在牡丹花丛中搔首弄姿，供游人观赏。这就是武汉一群男学生创建的"爱丽丝伪娘艺术团"的一次表演。这个"伪娘艺术团"在网络上迅速走红，经常会接到商演邀请。"伪娘团"开始只是一个动漫社团，有一次参加活动时，因团里女生不在而由几个男生反串女生，没想到收到非常好的效果。于是他们干脆成立了一个"伪娘团"，专门搞反串。

"伪娘艺术团"的出现引起极大争议。校方表示，社团是学生自发组织的，学校支持对学生的学习生活有益的社团活动；有人讨厌鄙视这种行为，认为男不男，女不女，伤风败俗，很"恶心"；动漫迷则认为他们只是一种表演，社会可以宽容点；还有人担心男人越来越女人会不会导致性格变异？会不会导致"伪娘文化"盛行？一些社会学家认为，"伪娘"现象是亚文化，是小众青年群体颓废心态的体现；有心理学家表示，"伪娘"流行会对正在形成性别意识的青少年产生不利影响。

由男人扮演女性，中外文化都曾出现。最早的意大利歌剧都是由阉人扮演女性角色，早期的中国京剧也是男扮女装，这都是由于当时艺术舞台不允许女性上场的缘故。后来随着时代的发展，女性虽登上艺术表演舞台，但作为一种表演方式中国的男旦依然存在。近年来欧美出现男子芭蕾舞团，也来华进行过演出。如创立于 1992 年的俄罗斯圣彼得堡男子芭蕾舞团曾在北京、上海、武汉演出，人们最初认为他们不过是"男扮女"的"杂耍"，但演出彻底打破了这种预想。不管是男子现代芭蕾作品，还是穿着足尖鞋和薄纱裙表演的《天鹅湖》《唐·吉诃德》的经典片段，都充满力度和韧性的肢体语言，展示出高超的技巧。1974 年在纽约创建的托卡黛罗芭蕾舞团，继 2004 年之后于去年 10 月再度来华，演出了《天鹅湖》《巴洛克时代》《大双人舞》《天鹅之死》《雷蒙达的婚礼》等节目，无论是四人舞、双人舞、独舞，他们的技巧丝毫不逊于女演员。托卡黛罗至今已在美国 48 个州演出；19 次赴日本演出并在当地拥有舞迷俱乐部；39 次赴欧洲，其中包括 18 个英国城市、40 个意大利城市、24 个法国城市、10 个荷兰城市、10 个西班牙城市……托卡黛罗巡演过的城市已超过 500 个，从俄罗斯一直到南非。

为什么京剧男旦被认为是艺术家？是因为他们艺术地表现女性生活，刻画出生动感人的女性人物形象。为什么男子芭蕾舞团人们不把他们叫做"伪娘"？是因为他们是在用男子之身表现以前女演员擅长的节目，并且在某些技巧上更胜一

筹。正如俄罗斯圣彼得堡男子芭蕾舞团艺术总监瓦列里·米哈依洛夫斯基在接受记者采访时所说："我们在完成女子动作时不带有任何低级趣味和下流媚俗的东西，这是艺术！"俄罗斯的评论家和观众们对他们的表现感到异常惊讶，把他们的创意称之为"俄罗斯芭蕾的革命"。

如果说前些年热播的电视剧《流星花园》中四位男主角多少有些女性化的特质，并且"花样美男"的说法随后流行于中国大陆、台湾以及东南亚地区。但不管怎样，这只是对当代男孩的时尚化打造。但 2010 年选秀节目"快乐男声"中选手刘著的一炮走红，则完全是以女性的装束、对女性的模仿取胜，自此，"伪娘"一词频频出现在娱乐新闻里。有人把它作为迅速出名的捷径，还有人将李玉刚视为成功的例子。但如果现场听过李玉刚的演唱，就能感受到这位歌手在艺术上下的功夫和具备的实力，并不是简单的靠"反串"获取成功。因此，如果是走"伪娘"这条路，就不要硬扯上"艺术"这面大旗，"伪娘"表演"伪"得再"娘"，也无关艺术。

"伪娘艺术团"走红，与网络的迅速传播，电视节目的推波助澜不无关系，也折射出社会审美的病态。正当人们热议"伪娘艺术团"时，一则新闻引起笔者注意：上海准备建立一所男校，希望以此挽救阳刚气不足的"男孩劣势"。想到上世纪早期因为女子受教育的机会少各地办起了女子学校，而在迈入现代化的今天居然要成立专门的男子学校，不知是历史的进步还是倒退？不由得让人慨叹。

56. 岂能以艺术之名行炒作之实

——从假僧人事件说开去

陆尚

不久前，两名身着僧衣的“僧人”照片海量流传于网络，他们不但公然带女子到宾馆“开房”，在地铁内大肆喝酒嬉戏，还进入法源寺大拍“外景”，在社会上和佛教界引起轩然大波，直至最后被警方带走接受调查。然而令人大跌眼镜的是，近日，这一事件又有了下文，据二人的朋友兼“挂职”公司负责人称，他们实为北漂歌手，是想用“行为艺术”的方式揭露和表现“假和尚”。如此荒诞的理由让人深感错愕和无语。

姑且不论二人是否真如其朋友所言，是因为上当受骗，为了警示世人而大玩所谓的“行为艺术”，单是其出格的言行、混淆视听的举动，就给我国的佛教界人士带来极大伤害，更在社会上造成了严重的不良影响。而其行为，亦是毫无艺术和美感可言，纯属假艺术之名行欺骗之实，充斥着假恶丑。然而让人更觉诧异的是，此事件之后又冒出了“尼姑门”事件：一位“尼姑”打扮的女子与男子在办公室偷情的视频在网上传播，而后女子出面称自己不是尼姑，但有一颗出家的心，言行自相矛盾，挑战着人们的道德底线。纵观两起事件，均为假冒出家人演荒唐丑陋之事，虽然当事人找了诸多借口，但笔者却以为，借炒作出名恐怕才是他们的真实目的——虽然是丑名、臭名。

近年来，炒作之风盛行，成了很多人成名、蹿红的途径和方法。有些人为了出名甚至不择手段，不惜以炫丑态、炒绯闻、爆雷语来吸引眼球。而某些演员、制片方也为了影片的票房、收视率等诸多因素，廉价炒作自己的绯闻、打着不知来由的嘴仗。更有甚者，现在连某些作家也沾染上了炒作的习气。在某些人看来，只要你有足够的“娱乐精神”，不怕丢人、不怕献丑，敢秀敢露就能走红，也就有了上位的资本。于是在爆红、出名、上位的无限诱惑下，这部分人选择了抛却颜面、罔顾道德，走上了“成名”的道路。现在网络上惊现的一批所谓的“红人”，其中有很大一部分人的走红都是通过非正常渠道，红得可谓天雷滚滚，丑态毕现。

不可否认，每个人都有其展现自我才华的自由和权力，对于宣扬真善美、展示健康向上内容的，自然要鼓励和支持。但如若像两位北漂歌手的行为一样，以丑为美，没了道德底线和艺术内涵，就应该坚决抵制和斥责。其实作为艺术工作者，提高自己的艺术修为、多出艺术精品才是最重要的，毕竟那才是艺术工作者的安身立命之本。成功的文艺家之所以能够深深刻印在人们的心中，让艺术之树常青，都是因为他们给人们留下了不朽的经典作品和艺术形象。笔者奉劝那些致力于炒作，想以偏门、邪门取胜的明星梦追逐者，有时间去花费心思琢磨一炮而红的方法，不如埋头努力精进自己的艺术，因为通往艺术殿堂没有捷径可走。

57. 电视台无权乱改剧名

孙仲

后宫大戏《甄嬛传》口碑最近半年间急遽升温。据有关媒体报道，最近，《甄嬛传》的话题性丝毫不减，除了各种“甄嬛体”在网络流行，黑龙江卫视更是因把电视剧《宫》改成《甄嬛前传》的名字播出而遭遇网友骂声连连。卫视非首轮播出剧改名现象最近屡有发生，不过对于几乎受到一边倒好评的《甄嬛传》被“抱大腿”，网友直呼“伤不起”，质问“这些剧难不成又想借着《甄嬛传》的热播焕发第二春了？”

影视作品改名事件，我们时有耳闻。比如，高群书导演的电影《西风烈》，曾命名为《四大名捕》；央视一套播出的电视剧《我是特种兵》，曾命名为《子弹上膛》；章子怡、郭富城主演的电影《最爱》，在开拍之初原本命名《魔术时代》，后来改成《魔术外传》，最终才敲定为《最爱》；而李连杰、成龙合作的《功夫之王》，也是从《双 J 计划》演变而来……当然这类改名不排除遭遇名称撞车等多种原因。

如果只是导演或编剧在拍摄过程中对影视作品改名，这多少属于艺术范畴的事，我们还能够理解。可作为电视台，竟然也频频给电视剧改名，这就让人匪夷所思了。比如，《遥远的幸福》被改名为《六块六毛六那点事》，《家常菜》被改名为《绝世好男人之家常菜》等等。

甚至，还出现过一部剧被不同电视台改为不同名字的现象。比如，黄力加执导的年代情感戏《天道人道》，原本是以贫苦女孩菊子嫁给财主家傻儿子之后的悲苦遭际为主线，讲述了各色人物面对困境时的人生百态。但在开播时，身为导演的他只能眼睁睁地看着这部剧被分别冠以《菊子》《被欺凌的女人》《地主家的女人们》等耸人听闻的新名字……更严重的是，有些电视台竟然将早已播过的老剧换个新名字再度播出，而且所换的新名字跟其它热播剧“搭车”，覆手之间将一部电视旧作“以假乱真”地包装成了电视新剧。除了黑龙江卫视将电视剧《宫》改成《甄嬛前传》的名字播出，因而被批“抱大腿”以外，山东卫视将早在 2007 年便播过的《雪狼》改名为《悬崖第二部》播出，让人误以为是热播剧《悬崖》的续集。据悉现在又改成了《悬崖之雪狼》，还是没放弃对《悬崖》的“搭车”。

影视作品为何频频改名？相信这是不少观众好奇的问题。电影界有种说法，一部电影的名称就像影片的灵魂和缩影，“点题”是取名的关键之一，理想的片名最好能够恰如其分地表达主题、风格。确实，一部影视作品能起个恰如其分、通俗易懂而又彰显个性的名字是至关重要的。笔者以为，电视台等播出机构和影视作品的创作者、制作方等积极沟通，能改一更贴近作品内容、利于作品传扬的剧名或片名，也不失为一件好事情。但是，电视台等播出机构为了追求眼球经济、高收视率，而擅自改名，就不能允许了。这种做法不仅伤害了作品本身，是对编剧、导演等创作者的不尊重，也给观众造成了误解，甚至是误导。尤其是同一部电视剧，在不同电视台播出时“同貌不同名”，说轻点是让观众糊涂，说重点就是愚弄观众，甚至可以说是欺骗。这跟同一药品换个名称冒充新药品，以达提价目的何异？

此外，对于电视台等播出机构乱改剧名的现象，有关管理部门必须干预，必要时，应像“限娱”那样进行严格管理。乱改名之风不能长！

58. “造富”耶？“炫富”耶？

——从一份大学“亿万富豪”校友排行榜说起

彭宽

日前，某网站推出的一份大学“杰出校友”排行榜引发舆论高度关注，主要因为此榜列出了据说是衡量大学“造富”能力的“亿万富豪”校友排行，排行榜一经公布便令公众大哗，被戏称为大学“炫富榜”。

把大学排行和富豪校友的多少扯在一起，的确有些令人愕然，而根据公布方的有关人员解释，把培养“亿万富豪”的数量等同于大学对社会的“造富”能力，更是令人哑然。假如上榜的北大、清华等名校也认同这个概念置换，我们的大学在公众心目中的形象，只怕真的要大打折扣。试问，立校百年的高等学府，还需要借着和“有钱人”的关系抬高身价、争取上位？摆一大堆“亿万富豪”校友出来“唬人”，无论其初衷如何，给人留下“炫富”的印象是再自然不过的事情。

改革开放30年来，“致富光荣”的理念早已成为社会共识，通过勤劳合法的劳动去创造财富，会得到社会的一致肯定和尊敬。但致富光荣，绝对不等于炫富也光荣。致富的本质是劳动，是创造，是生产，炫富的背后却是显摆、挥霍、虚荣、攀比、拜金乃至败金主义。中国历史上以炫富出名的王恺、石崇之流，从来都没有得到过正面评价。无论古今中外，为社会创造了财富而个人生活简朴低调、不事张扬的人比比皆是，这除了归因于长远的发展目光、发达的生存智慧、高层次的价值追求，也充分显示着个人的文化品位、思想修养、审美趣味和精神境界。无论单位也好，个人也好，造富能力、创富能力要通过“炫富”来体现，本身就是一个可笑的逻辑。

公众对此排行榜的反应如此敏感，与当下社会上不断出现的“炫富”行为不无关系。“7000万嫁女”、“直升机迎亲”、“888万包机游伦敦奥运”等不少“重磅新闻”，一再令人侧目。微博、网络上各种“晒”名车、“秀”豪宅、显摆奢侈品的高调“炫富”表演，更是络绎不绝。这些信息虽然真真假假，其中不乏有些人带着制造话题自我炒作的嫌疑，但总体来看，拿“不差钱”说事，以“炫富”为荣，用“和有钱人关系亲密”夸耀，却是此类事件的共同特点，也是引起公众普遍反感的主要原因。而本应是人文精神高地、最不应该也最不需要拿这些说事的大学，现在也给人拉扯着向“亿万富豪”抛媚眼，公众的反应自然可想而知。

其实，“炫富”行为的背后，恰恰是缺少文化品位的表现。多年来，人们对于某些“暴发户”的鄙视，往往是用“没文化”这三个字来表达。随着社会经济的发展，中国人的腰包一天天鼓起来，但少数“先富起来”的人，对于财富所秉持的社会文化观念却十分落后。据今年 1 月世界奢侈品协会公布的数据，中国目前的奢侈品消费已跃居世界第一，很明显，这个“第一”并不怎么值得我们庆祝。大学排行被格格不入地拉扯上“亿万富豪”校友,与此多少有点类似,大学牛不牛，不能只看校友富不富，每个人拥有的财富具有怎样的价值和品质，才是我们现在更应该关注的问题。否则，这个数字无非是炫耀而已。

中国传统文化提倡“富而好礼”,提倡“达则兼济天下”,现代社会理念提倡“财富回馈社会”，中国特色社会主义建设提倡“先富带动后富”，都明确强调了每一个人应该具有更加强烈的社会责任感、更宽广的人文情怀和更高远的精神追求。笔者相信,任何一个大学的治学理念,都不会因为出了几个乃至几十个“亿万富豪”而沾沾自喜,创富能力当然应该大力培养,但少数几个“亿万富豪”真的无须夸耀,大学更应该为赋予每一个学生更加健康的财富观、价值观并因此造福全社会而骄傲。

59. 媒体策划不要跌破道德门槛

果然

近日，河南卫视“华豫之门”鉴宝节目中，一自称“干爹对自己特别好、自己什么都不用做”的妙龄女子，戴着“干爹”送的 CHANEL J12，拿着“干爹”送的据说能买好几个 LV 包的翡翠观音上场。不过，戏剧性的是，现场“专家”们鉴定出翡翠观音是大赝品，令少女无颜。整套表演集中传递出了若干相当吸引眼球的符号信息：富豪“干爹”与美女不言自明的关系、赝品的欺骗与尴尬等等，节目组大概以为炮制这样给人暧昧想象与低级刺激的组合能最大限度吸引观众、提高收视率，没想到最终被爆出是自导自演。此事引发人们热议。

“鉴宝”的本质任务是要鉴定真假、去伪存真。电视台自作赝品，故意“被干爹”了一把，明显在这个闹剧中降低了专业水准，突破了媒体伦理底线，迎合了某些低俗价值观，同时也低估了公众智商和道德水平，亵渎了电视媒体这个影响力巨大的大众传播工具和文化服务平台。

在所谓“娱乐至死”的当下，越骂越红，越丑越热，是某些人为了出名疯狂使用的手段，其惊世骇俗程度不断刷新纪录。面对潮流汹涌的各种丑闻门以及频繁出现的“拼爹”、“拼干爹”、齐 X 裙、半 P 装的现象，普通人等对此的厌弃、嘲讽、批判、憎恶心理，正透露出一种对于健康、文明、和谐、美好的文化环境和社会风气的强烈渴望，各类媒体理应更加明确自己的社会责任，传播正向的信息，形成正确的舆论导向，助以提升人们的社会认同感。

在竞争激烈的业界，尤其是在金钱、权势、享乐价值观呈弥漫之势的背景下，相当一部分媒体无法克服肤浅、浮躁的毛病，唯娱乐、唯盈利为上，以为“好看”就是最高标准，充分利用人们窥隐、窥淫、审丑、仇富的复杂特殊心理，培养了一群专业“托儿”，制造出各种噱头，恶意炒作和策划丑闻，降低自身格调来哗众取宠。大众媒体传播文明、服务公众的角色在某些地方某些层面成了“假语村言”，甚至成了社会道德分裂的推手。

创新思维方式、提高技术水平、打造品牌栏目，是大众媒体赖以生存的重要支撑，动用巧心思挖掘和利用社会现象背后的文化心理做文章可以理解，但是媒体不能忽略自身的定位和功能，制假贩假，兜售丑闻，完全置社会责任于不顾，混淆是非，愚弄观众。即使资源再贫乏、创新能力再差，也不能自甘堕落，贩卖恶趣味，在假、丑的死胡同里一路狂奔。

媒体需要策划，但职业伦理和道德底线不可以策划，也经不起策划。若媒体无良，缺乏行业自律和职业道德，还有什么公信力可言！伤害的不止是受众，还有自己。如果人们对于大众传媒工具的期待已经降到最低，每一个时刻都要追问“这是真的么”，才是全民悲哀。试想将来有一天，针对每一个大众媒体要专门成立一个部门，对电视台、广播、报纸、网站的各栏目的本身真假进行鉴定，那将是一个“真事隐”的荒诞时代，整个社会的诚信与健康发展都会受到戕害。

60.“冰心纪念碑被题恶语”不是家务事

何勇海

近日，著名女作家冰心和丈夫吴文藻的纪念碑被人用红漆题字，上书“教子无方，枉为人表”八个大字。据了解，题字者系冰心孙子吴山。吴山朋友表示，吴山父母离婚官司打了6年，财产分割不均，现在母亲重病父亲都不曾看望，迫于无奈，只能在奶奶冰心的纪念碑上写字，试图引起社会关注。

在笔者看来，权且不说“家丑不可外扬”，要想引起社会关注，显然还有其他符合社会公序良俗的正当方式。吴山作为名人之后，竟采取涂漆题恶语的极端做法，将家庭财产纠纷迁怒于已逝的祖辈，这样的名人之后，真让公众大跌眼镜。难怪很多网友直指其做法是“极端的不文明和不道德”。

冰心孙子用红漆毁其墓碑，决不是一桩简单的家务事。

冰心这块纪念碑，位于北京中华文化名人雕塑纪念园。除冰心夫妇外，纪念园内还安放着茅盾、叶圣陶、夏衍、田汉、徐悲鸿、曹禺等“文化巨匠”的巨型雕塑，个个用汉白玉雕成而价值不菲。这些文化名人都曾与国家同命运，与人民共呼吸，成就卓著而万民景仰，其德其行，乃国人风范。此纪念园，显然不是吴家的私家墓地，冰心夫妇的纪念碑，是园区公共设施，是人民的财产，不是吴家的私产。吴山污损祖辈纪念碑，据称本来还想把墓碑砸了。即便后来以污代砸，亦属一种破坏公共财产的行为，应依法处理，绝不能以“家务事”论处。

从某种意义上，甚至可以说，冰心已不仅仅是吴山的奶奶谢婉莹，而是一代又一代孩子们的“奶奶作家”。她一生都在为孩子们写作，歌颂自然，歌颂母爱，歌颂童心，作品至今仍流传不衰，为一代又一代小读者点燃了一盏温馨的小桔灯。吴山的粗暴举动，恐怕也是对喜爱冰心的读者的伤害。对于逝去的人，即使是平凡的人，生者也应恭敬有加，何况冰心乎？普通百姓都有“为尊者讳”的优良传统，何况是冰心的后人？吴山的行为，对于民心民风的伤害是巨大的。

这一事件让公众再次体会到，一个文化家庭的文化衰败，一个书香家庭的精神没落。一位网友问得好：一个书香门第，受到冰心伟大人格力量熏陶的家庭，竟上演如此之事，难道名人们的文化传承和精神之“富”，也“不过三代”？正所谓“孙子争财产，脏了冰心碑”，活人争夺财产，却让逝者受辱，假如冰心泉下有知，恐怕也会死不瞑目。要知道，在“文革”中，冰心与吴文藻因下放而吃尽苦头，却以苦为乐，死生契阔。百姓尚在领悟他们的精神世界，感受着他们的精神气质，两位老人家的子孙，却将祖训抛到九霄云外，无疑是一种精神的没落。

冰心儿孙的财产纠纷，让我联想到近年来发生的众多名人遗产纠纷，同时也不禁怀疑：究竟真是那些名人及其儿孙们“教子无方”，还是社会现实得让名人的儿孙迷失了本性？这起极端事件，再次给名人们提了一个醒：一代文化“巨人”之后，小心出现道德“侏儒”。

61. 别拿文化当幌子

——说说山西“娲皇遗骨”的发现

关戈

有时候，传说可能离我们并不遥远。当山西省吉县 23 位考古、历史、神话、民俗专家考察人祖山后形成共识，称在人祖山娲皇宫女娲塑像下发现的“皇帝遗骨”，可能属于传说中史前“三皇时代”的“娲皇”遗骨，我们就有了感叹和惊奇的理由。

感叹者，自然是孜孜不倦的血脉探源又有了“新成果”，似乎将为当地的经济社会发展提供有力的支撑——据报道，已有专家提议在人祖山建设祭祖广场、朝圣天阶和史前人类博物馆，并修复人祖庙和伏羲庙，作为旅游项目。惊奇者，正如有的学者所质疑的那样，“女娲只是个传说”，“三皇五帝”都很玄，更何况发现遗骨？

“共识”专家的论据，一是根据北京大学 C14 同位素测年，该成人头骨为 6200 年前；二是该遗骨“包以黄绫，盛于木函”，而木函墨书写到：“大明正德十五年（1520 年），天火烧了金山寺，皇帝遗骨流在此，十六年上梁立木。”其认识的基本立足点在于，女娲首先是原始氏族的名号，同时也成为氏族首领的名字，因此“会有一代又一代的女娲”。

“一代又一代的女娲”，也许的确符合原始社会部落延续的可能。人类学家爱德华·泰勒就曾提出“原始文化”的概念，借以打开神话传说向历史过渡的通道。问题在于，姑且不论把女娲“抟黄土作人”、“炼五色石以补天”的传说强行“物证”嫁接为历史是否科学，单单女娲氏“蛇身人首”就让这遗骨十分气馁。退一步讲，假如此遗骨在伏羲塑像下发现，是否意味着可能是伏羲的遗骨呢？ 6000 多年的时间足以沧海桑田，该遗骨出现在女娲塑像下，且“包以黄绫”，本已大可存疑，又如何跟传说中的女娲联系到一起？

从媒体的报道看，此次参与人祖山考古工作的单位中有一家旅游开发公司。虽然此次考古是否与旅游项目挂钩还不得而知，却让人不能不有所联想。近年来，各地出现各种各样的“名人故里之争”、“文化发源地之争”，方法手段层出不穷。零星破碎的故纸堆，一鳞半爪的遗迹遗物，都成为立论和主张的依据。而附会各种传说，甚至不惜从文艺作品中搜罗名人，出现诸如“孙悟空故里”之说，更是无中生有的典型。可文明的碎片片片撒落，“名人故里之争”是何其可笑？文化或随社会而变迁，或流布于无形，力促“常驻办公”，岂不滑稽？

必须承认，不少对文化资源的争夺、挖掘背后，都隐藏着经济利益。此次人祖山的“考古发现”，如报道所称，也已透露出要盖庙、建广场和开发旅游的迹象。发展经济并没有错，有效利用文化资源带动当地社会发展也是很好的尝试。但倘若不论真伪，抑或不顾文化自身的形态，动辄牵强附会、强行落地，旅游未必发展起来，反而可能劳民伤财。它所反映出来的，恰恰是对文化缺乏认识、对建设缺乏创新的“啃古”心态。

中华文明上下五千年，脚下随处都可能是某一段历史传说。倘若目光只顾逡巡打量，辄有动静即欣喜若狂，大兴土木，哪里有我们的祖先那种遏洪水、补天阙的精神气质？又哪里有那种战天斗地、奇情壮采的恢弘想象？女娲文化反映了原始初民在人类繁衍和应对自然恶劣环境时的自强不息，早已成为我们民族的集体记忆。它可能会给考古发现一定的参考，却绝不是文化附会的雾薮。如果考古有新发现，我们自然乐见其成；但过分工具化地看待文化，甚至侵蚀学术的科学精神，则只会让我们的精神传承日渐皮相。

也许，现在还很难辨别山西发现的“皇帝遗骨”是否为“娲皇遗骨”，但诸多疑点显而易见。需要提醒的是，不管目的如何，别拿文化当幌子。

62. 勾心斗角绝非家庭伦理剧制胜之道

邱振刚

如果说 2011 年中国电视荧屏的主力是谍战剧，那么毫无疑问，2012 年，占据电视剧版图大半壁江山的就是家庭伦理剧。从去年底至今，就有《老牛家的战争》《金太郎的幸福生活》《不能没有家》《非缘勿扰》《娘要嫁人》《断奶》《妯娌的三国时代》《继父来了》等数十部这类作品出现。如果说从前的家庭伦理剧在片名上还有几分含蓄的话，今天的出品方似乎格外担心观众不知道自家剧情是什么，于是干脆在剧名中就挑明了剧情中的火药味儿。倘若是有位古人穿越至现代，单看电视荧屏上一幕幕剧情的话，几乎会以为今天中国的普通家庭里，家家婆媳大战，户户夫妻反目，当长辈的整日琢磨存款单、房产证如何在儿子和闺女中分配，当晚辈的则想方设法偷户口本去登记结婚，总之，人们似乎都不再好好过日子，纷纷耍起“兵法”来了。

有编剧透露，家庭伦理题材的热度持久，其实是因为这类作品拍摄简单、投资成本低，“现实题材不像年代戏和战争戏条件那么艰苦，随便搭个棚就能拍起来。”确如这位编剧所言，这类家庭伦理剧在制作环节的成本确实不高，不需大动干戈地搭布景、弄特技。然而，编剧未说出的另一半实情是，这类作品之所以被大量投拍，更主要的原因是在投资方、创作者看来，家庭伦理剧似乎不需要旷日持久地关注现实，只要编剧写出了笑料不断的剧本，再加上演员百炼成钢地耍嘴皮子功力，就足以把观众按牢在沙发上，把这部戏从头看到尾，该作品就可以在收视率排行榜上潇洒走一回了。

笔者并不排斥模仿，因为从经济理性的角度来看，模仿式创作是完全可以理解的，毕竟其好处显而易见，比如投资风险低、收视群体稳定、广告收益可预期等。而且，模仿式创作取得成功的例子在国内外都不鲜见。但问题是，现在这些盲目跟风的家庭伦理剧，剧情大多依靠家庭成员之间的相互算计来支撑，让寥寥几个人物从开始吵到结束，整个一部“舌尖上的中国”。这哪里是生活，简直就是一出接一出的当代白领版“智斗”，难免令人疑心这些编剧是否写谍战剧写得太过入戏了，以至于转战家庭伦理剧后未能及时调适好自己的年代感。

实际上，这种跟风出现的大批家庭伦理剧，基本属于“组团”忽悠观众。对于家庭生活而言，难道就只有家庭成员之间没完没了的“智斗”这一种模式吗？即使同是以“某某人的幸福生活”为剧名，当年《渴望》《贫嘴张大民的幸福生活》里的主人公，都是用朴素真诚的道德信念来撑起一个家，更用达观乐天的生活智慧让每一个家庭成员在清贫中也从未丧失对生活的信心，这种“纯爷们”式的道德感、价值观，到了今天的《金太郎的幸福生活》里，却变成了无原则的妥协。归根结底，并不是现实题材创作资源枯竭了，枯竭的是创作者对现实进行深入发掘、思考的勇气。这，岂是“随便搭个棚”就能实现的？

电视剧的制作者也好，主创者也罢，还是别太“随便”了，只有扎扎实实地把握生活，认认真真地感受现实，才是让自己的作品在众多现实题材创作中制胜的王道。

63. 炒作的裸体≠艺术的人体

彭宽

日前，某美术馆展览现场，一位女模特赤裸上阵，摆出与现场画作中裸体女子一模一样的姿势，向参观者“诠释”作品“真意”，引来围观。有意思的是，在媒体和围观网友的议论中，对此大庭广众之下宽衣露体、裸身相见的行为，“有伤道德风化”“低俗”之类的议论并不多见，对模特“诠释”的艺术作品的讨论也几乎没有，最多的是在质疑这场“行为艺术”是否又是一场“炒作”。

由此看出，人们对借艺术之名行炒作之实的行为，已经看得多了，并且普遍有了警惕和厌恶之心。这其实一点都不奇怪，说到底，艺术的基本准则之一是“真诚”，真诚之后，才是真正的审美愉悦和精神享受，而“炒作”显然是带有某种功利目的的刻意行为，与“真诚”两字正是背道而驰。炒作是娱乐圈里流行起来的概念和做法，是极其物质化的，其针对的对象速生速朽、过眼云烟，近年来更有为了达到目的不择手段的趋势，一再刷新“下限”，失去了基本的公信。而艺术本身首先是精神性的，是不断向更高的审美需求突破的创造和发现，真正的艺术作品具有恒久生命力和巨大的美感。创作与炒作，二者的理念其实正是恰恰相反，二者背后的“艺术”水准之高下，必然也就截然不同。老百姓一旦看出了炒作痕迹，对其艺术水准还能有几分正面评价，也就可想而知了。

近年来，借裸体炒作的事件已经屡见不鲜，尺度也越来越开放，老百姓早已见怪不怪，充其量是来看个稀奇而已。“艺术家”假如在艺术呈现上缺乏真正的诚意，老百姓也没有那么好糊弄。如果一件艺术作品还需要借助另一种“大尺度”的“行为艺术”来辅助“诠释”，其艺术表现力和艺术含量究竟如何，想必老百姓也都心中有数。俗话说内行看门道，外行看热闹，但热闹看得多了，外行也未必看不出门道。

不可否认，人体之美从来都是艺术殿堂里的一颗明珠，自上世纪刘海粟先生在上海美术专科学校引进裸体模特以来，人体艺术至今已经被大众普遍认可、接受和欣赏。但艺术的人体与炒作的裸体之间，边界究竟在哪里，却是新世纪以来我们遇见的一个新问题。甚至就人体艺术本身而言，从模特写生严格控制在画室内作为教学手段、作品禁止进行公开展出，到种种前卫大胆的行为艺术、各种人体作品铺天盖地，艺术天堂与社会伦理之间的边界也一直在被不断修整。但是，无论这个边界如何延展，它也绝对不会失去，更不会成为无底线。按照学者陈醉的观点，裸体艺术是从原始图腾时代就存在的潜意识欲望升华的产物。创作者是努力表达人物深刻意蕴还是着意渲染某种官能情趣，接受者是在认真体会对象的精神内涵还是悉心玩味其中肉感趣味,都是可以区分的。换言之,一种“艺术行为”是创作还是炒作，同样也是可以区分的，至少，在行为者和欣赏者的内心，这种区分是相当清晰的。我们不能说所有的裸体“行为艺术”都是炒作，但在这个常借艺术之名而炒作盛行的时代，在普通老百姓的艺术素养越来越高的时代，我们有理由质疑此类行为的真正动机与艺术含量。

64. 经典成全“神曲”，谁来成全文化？

——从《白骨精写给孙悟空的信》说起

乔燕冰

“空空啊，我是小白，听说你取经已回来，电话为什么不开，难道已把我忘怀？……你的大哥牛魔王，都有了三个小孩，我何时能做你娘子，等你为我把花戴……因为爱所以哀，Please tell me why，昨天我梦到了去旅游，跟你逛迪拜。”近日，一段由山寨版《西游记》MV制成的歌曲视频《白骨精写给孙悟空的信》疯传网络，引来无数网友围观和热议，据说仅一天之内转发量就达几万余条。有人质疑演唱者以此博出位，有人直呼其为“醒神利器”，有人惊叹被“雷得外焦里嫩”、“雷得天翻地覆”，甚至被“雷吐了好几升血”，其结果是一致封其为继《忐忑》《最炫民族风》之后2012“神曲”的领军之作。

没有《忐忑》奇异怪难，不见《最炫民族风》“百搭”功效，此版“神曲”却能征服网友，也许这不能不归功于经典的成全，可是，我们的文化又由谁来成全？

网络的影响无远弗届的今天，以青年为主体的自制视频已然成为青春亚文化依托网络媒体所产生的新的重要表现形态之一。从多年前《一个馒头引发的血案》，到后来戏仿新版红楼梦的《青楼买卖》等许多网络恶搞视频，极尽揶揄、抵抗和解构主流文化的经典与权威之能事，集中体现了青春亚文化通常所具有的桀骜不驯、离经叛道的非理性颠覆色彩，使之几乎成为自创视频中最有号召力的类型。而这其中，解构经典因其极易产生巨大颠覆性而成为网络恶搞中最强有力的手段之一。

解构经典通过挪用、拼贴、戏仿、改写文本等手段，消解经典文本的艺术灵韵和权威光环，将游戏与娱乐效果最大化，满足了大众文化祛魅精英文化的根本渴望，也常常极度彰显大众文化的反讽力量。因此不可否认的是，经典恶搞中，网友娱乐诉求容易获得满足的同时，可能有的生存压力、现实焦虑、情感郁结也常能得到宣泄和舒缓，甚至获得更多意想不到的触动。但这些似乎难抵文化常常要付出的被粗鄙化的代价。

“神曲”中，白骨精向孙悟空表达心底爱恋苦痛，并期待为之生儿育女，当网友还未及抚平因此快被挫伤的心灵，还无法扭转根植内心的传统情感，却得知作品是为表达都市“三高剩女”（高学历、高收入、高职位的职业女性）饱尝的情感哀怨与世俗渴望时，当嗜血妖怪被置换为白领、骨干和精英（网络语称“白骨精”），勇敢孙猴被比喻成当代拼搏奋斗却常常踌躇不前、徘徊无助的“潜力股”“都市男”时，这场以荒诞置换妇孺皆知的经典文本的闹剧，把人们的文化情感与秩序彻底打乱了。

在“神曲”演绎者以最轻柔曼妙的声调，完成最彻底的颠覆时，带给人们的是难以名状的情感倒错，欲哭无泪的精神蹂躏，在引发狂笑的感官刺激时，伴随的许是感同身受的自己饱尝或目睹的无奈，抹不去的是经典遭遇的无情亵渎，以及价值观错乱给人的伤害。娱乐与悲悯并存，讽刺与哀怜同在，现实良苦蕴意与经典损毁的愤恼交织杂糅，生成的是最心碎的悲哀。

传统经典不仅已是重要的文化符号，更作为文化的典范甚至法则，一定程度上规训着大众的文化。正如白骨精与孙悟空形成正义与邪恶、阴险与智慧的对峙，经典作品中的人物、情节的所指与能指在既符号化又脱离符号的张力中，建构了永恒的文化意义与秩序，固化于民族文化序列里，也成为社会主流价值观念的某种表征。无节制、无底线的恶搞经典泛滥之风，通过肆意篡改经典文化母本，瓦解了经典内置的情感秩序、道德秩序、美学秩序和文化秩序。对真与美无情调侃、嘲弄甚至颠覆，不仅暴露出了捉襟见肘的文化局促，更侵蚀了文艺的基本价值，丧失了珍贵的文化敬畏，扭曲了应有的文化立场。长此以往见怪不怪，且任凭其疯长于价值观正在形成的青少年主体之间，不免让人担忧，也许我们要承受的不仅是文化的失序之灾。

65. 还有多少机场等待命名

怡梦

日前，浙江省政协委员、浙大教授蔡天新以提升城市文化品位、提高国际知名度为由欲改“杭州萧山国际机场”为“杭州白居易国际机场”的提案引来争议。提案以法国戴高乐国际机场、美国肯尼迪国际机场等为佐证，并陈白居易任杭州刺史时的诗名政绩，认为这一更名于西湖文化内涵的加深及杭州城市建设的拓展大有裨益。网友借此调侃，一时间，“法海机场”、“许仙火车站”、“小青客运中心”层出不穷。

以笔者之见，“杭州白居易国际机场”创意不错，命名不妥。众所周知，戴高乐为二战时期法国著名将领；肯尼迪遇刺后，美国有图书馆等多处公共场所更名以示纪念。他们都曾为尚能清晰回溯的现代世界历史作出过特殊贡献，更名源于人们发自内心的爱戴。而白居易远在千年前的大唐，既不知飞机为何物，又有白堤美名在先，勉为其难为国际机场冠名，未免有“混搭”、“穿越”之感。

提案中所称白诗的远播海外，实是先惠及日本汉诗、俳句，后知名于西方汉学界，其接受度还远未达到“外国老妪也能解”的地步。白诗若像裴多菲的“生命诚可贵”一样广为传颂，其为杭州一地打响国际知名度的愿望庶几可以实现。故而重点不在于如何命名，而在于杭州人乃至中国人今天应如何看待白居易这个名字。白居易，字乐天，号香山居士。倘真有易名之急，窃以为，“白居易国际机场”不如“乐天国际机场”。一个文化名人留给一座城市的，和我们今天借以回望历史的，不应只是一个名字。这正如诗人的用典，化用或可点铁成金，直用则沦为掇扯末流。勾连古杭州与今杭州、维系古人与今人脉动的，一定是某种精神上的灵犀相通。

“乐天”是一种豁达的生命态度。陶渊明《归去来兮辞》有云:“聊乘化以归尽，乐夫天命复奚疑。”“乐夫天命”是中国古人的智慧，也是国际机场作为迎宾的第一道门户应该向国人、外宾展示的精神佳品。而在意境上，机场的命名宜与天空等意象相融，方令人不觉突兀，广州白云国际机场或可为旁证。由此观之，若非得更名不可，“乐天”才是合理之选。

“子曾经曰过”，名不正则言不顺，言不顺则事不成。笔者于杭州萧山国际机场的文化历史更名有大欢喜。然而过度热衷于命名与更名也反映了国人在打造城市文化名片和树立民族国际形象时普遍存在的一种“名之焦虑”，有名则言之凿凿，无名则集体失语。一些专家、学者尽数陈列先人与故物，甚至造成更名成风，多地争夺文化名人、历史遗产等闹剧。若杭州萧山国际机场更名成功，笔者几乎可以预见，“襄阳卧龙国际机场”、“骊山太真国际机场”也将“呼之欲出”。我们从小被叮嘱牢记历史，然而记得太死也未必可取。面对祖先留下的丰厚历史馈赠，简单而浅表的自赏并不能令传统之树生出新的枝桠，熔古铸今才是应有的文化心态。一个自信的国家不须事事以陈年旧物装点门面，一个向往未来的民族也不必处处以过去为名。

66. 陵区里办庙会，乱了套！

陆尚

近日，一则河北清东陵景区举办首届“穿越大清朝”福地庙博会的消息引起了广泛关注，然而对于这一貌似“创意十足”的庙会，人们却纷纷表示质疑和批评。庙会是中华文化传统的节日风俗，亦是人们在春节等节庆期间必不可少的文化娱乐项目，为何清东陵景区的这一庙会却触痛了人们的神经，为大家所诟病？原因就在于：盲目地跟风“混搭”，使本应有文化积淀的传统节俗却因搭界不着边的“穿越”而沦为了“不伦不类”，难怪网友斥其“糟蹋文化”。

“穿越”一词在过去的一年里极度红火，荧屏上“穿越剧”横行，小说里“穿越故事”泛滥，生活中“穿越”被人们屡屡挂在嘴边，如今，清东陵景区亦在庙会上打起了“穿越”牌。在清东陵景区发布的微博中写道：“此次庙博会完整再现原汁原味的大清文化，民间绝活、杂技应有尽有，并且切合时下最火爆的‘穿越’主题，有‘穿越版’阿凡达、机器猫陪你玩耍，更有令人垂涎欲滴的秘传宫廷小吃让人欲罢不能……”看到这样的文字，不禁让人纳闷：“原汁原味的大清文化”中如何出现了“阿凡达”、“机器猫”，典型的清朝文化景区为什么要选择“穿越”主题？对此，清东陵景区的解释是：摸索。当然，我们并不排斥摸索，庙会也不是一成不变、因循守旧的代名词，其也要与时俱进、锐意创新，要在传统中注入现代元素。像北京的石景山洋庙会、北京国际雕塑公园新春庙会等都是结合外国节庆活动与中国老百姓文化生活传统的庙会，可谓中西合璧，使中国人不出国门即可领略异国风情，品尝异国风味，也能让外国人在北京过大年。这些新庙会受到普遍好评的原因皆因其既守住了传统，凝聚了文化，又有了时代的特征，而不是主题混搭，胡乱恶搞。相比而言，清东陵景区的摸索和试验则实在让人不敢恭维。在陵区搞庙会，烟熏火燎，人声嘈杂，本已使属于全国重点文物保护单位和世界遗产的清东陵处于安全隐患之中，严重有悖世界遗产保护原则，更何况如此搞法也是对死者的不尊重，不合民俗传统，而“穿越”的主题更是名不正、言不顺。

庙会在我国由来已久，又称“庙市”或“节场”，是指在寺庙附近聚会，进行祭神、娱乐和购物等活动，其承载了中国的民俗文化，在民间广为流传。全国各地有很多传承久远、负有盛名的庙会、集会，如宝丰马街书会，北京的地坛庙会、龙潭湖庙会，江阴集场等都凝聚了各地的风俗和民众文化生活的历史，其深厚的文化内涵才是庙会的精要和灵魂。像天坛搞文化周，有祭天表演，大观园搞庙会，有元妃省亲，文化底蕴深厚。而玩“穿越”恰恰淡化和抹掉了其民俗文化的印记。“穿着清代朝服的阿凡达”、日本动漫中走出的机器猫在中国的庙会里跑来跑去，视觉混乱、时空混乱、文化混乱，怎一个“乱”字了得！这还是我们老祖宗代代流传下来的节俗吗？其实说到底，庙会在陵区举办已是极为不合风俗，而“穿越”的主题更是俗不可耐的笑谈，正如民俗专家所言：“陵区搞祭祖之类的活动可以，搞这种庙会就不对。清东陵搞庙会，无论是从感情上还是从表演项目上，既不合规矩，又糟践文化。”希望诚如广大网友的呼吁：“首届也应成为最后一届！”

67. 文艺界要对毒品说不！

小作

到今年 7 月就要三十而立的张默，没让自己的父亲省心。1 月 31 日他因涉嫌吸毒被警方拘留，以至于其父张国立在对外发表的声明中，表示自己为此已经心力交瘁。冯小刚也以叔叔的身份因平时失于管教向公众致歉。吸食毒品，张默不是明星里的第一人，也不会是最后一个人，之所以引发公众的关注，一是他是近来被曝光吸毒年纪较小的一位，二是他的父亲张国立一直是健康正面的形象，让人没想到他的儿子居然也……

明星吸毒被曝光，其社会评价就会跌到谷底。毒品，在任何社会都是一条高压线，一碰，就宣告着艺人的艺术生涯开始终结。曾经有人形容过吸毒的快感，飘飘欲仙，可怕的是快感过后的空虚，只有再次吸毒才能填补。一个艺术工作者安身立命之本的艺术追求会被毒品取代，那么他就失去了存在的理由，简单说，一个艺人就毁了。一个艺术工作者一旦染毒，则说明他不是一个真正的艺术家，真正的艺术家扎根于生活，不需要借由毒品来寻找激情和灵感，不需要借由毒品来满足精神上的需要，不需要借由毒品来挥霍人生。

毒品，只能让人更接近死亡，吸食毒品就说明你准备把你的身体和灵魂都让给魔鬼，毒品是罪恶之源。近来，不少明星涉毒被曝光，孙兴、莫少聪、张一白、张元……文艺圈的“毒”瘤亟待割除。况且，明星吸毒相较一般人的社会危害性更大，明星的一举一动都会给喜欢他们的粉丝们以暗示，这里指的并非是对其吸毒进行直接的仿效，而是这种自我毁灭的违法行为将影响青少年的价值观和人生观。

因而，在文艺圈里加大对反毒品的宣传，堵住毒品的来源，提高艺人对于毒品的警惕性，是当务之急。

在毒品面前，容不得任何侥幸。一日吸毒，永远想毒，终身戒毒。有的明星“天真”地认为，吸毒有助于寻找创作灵感。艺术作品源自生活，而吸毒者是失去了正常人生的人，根本无法进行创作。由此可见，以寻找灵感为名吸食毒品，那只是一个借口，一个一戳就破的借口。

值得注意的是，和一些吸毒者一样，明星吸毒也有被动的。为了融入朋友圈实为毒友圈、为了面子、为了表示义气，有的艺人就随波逐流了。因而，不少艺人被警察在聚会之类的场所查出吸毒，可能就源于此。毒友即损友，这样的朋友应该“敬而远之”，在吸毒者那里，没有任何社会道德和法则可言，这样的人不值得交往。而且吸毒者往往“以毒养毒”，这种人让你“来一口”，下一步就是要“卖给你一口”。

因为艺人有钱有闲，他们就成了“秃鹰眼中的一块肉”，被毒贩盯上的客户。对于潜在的明星客户，毒贩们会无所不用其极。我们常常在电影中看到这样的情节：一根被偷偷加了“料”的香烟或是一杯饮料递到面前，剧中人不知不觉接了过来，从此就陷入到毒品带来的“快感”中难以自拔。这在现实生活中是有可能发生的。慎交游，提高对毒品的警惕性，是艺人反毒的重要一招。

从另一个角度来说，加强反毒品宣传，远离毒品，需要明星的参与，需要他们在镜头面前的呼吁与号召，更需要他们的身体力行。文艺界应旗帜鲜明地对毒品说不！

68. 春联不是想撕就能撕

怡梦

爆竹声中一岁除，春风送暖入屠苏。当人们还沉浸在辞旧迎新的喜悦中时，陕西省渭南市却发生了一件添堵的事儿。正月十五刚过，该市渭花路沿街两侧门店上的春联就被当地城管撕得乱七八糟，据悉，“清理春联活动”从正月十一就开始了，理由是“春联绝对属于乱贴乱画，过了正月十五就必须去掉”。

春联源自桃符，古代先民书神明于桃木，置于户前以降鬼驱邪，随汉代骈体的发端及隋唐律体的完备，文人士大夫喜好在桃符上题写对句，其辟邪之功渐为文雅之趣所取代。后虽改桃木为纸，但在诗文中仍沿袭旧称，王安石《元日》诗有“千门万户曈曈日，总把新桃换旧符”，孔尚任有“听烧爆竹童心在，看换桃符老兴偏”，两诗中皆言“换”不言“贴”，可见桃符乃是居处的一部分，一年一新，而不似元宵花灯，节后即可撤去以待来年。笔者和民俗学者万建中聊及此事时获悉，春联不可揭，只可换，从换新之日起到来年春节之间，非因风吹日晒等自然破损而人为揭去春联，在民间被视为一场变故，会给人们带来心理阴影。因此，说春联“过了正月十五就必须去掉”显然是文化无知者的妄语。

“悍吏之来，叫嚣乎东西，隳突乎南北”，当地城管的“清理春联活动”不可谓不暴力。民俗节庆作为仪式化的民族情感表达，由百姓自发在一年的同一日共同参与，其间蕴藏巨大的凝聚力与心理惯性，经久远时光积淀和不间断的习俗演练而成的仪式成规不容践踏。春联即是春节节庆仪式的一部分，它是人们对未来一整年的期许与祝福，放爆竹、贴春联、逛庙会等古老仪式的延续，于唤起民族认同、弘扬传统文化善莫大焉。而城市管理者竟称春联为“乱贴乱画”，其少得可怜的民俗常识及形而上学的城市审美观实在令人无语。

城市终是为适合人的居住，管理者不见居民生活有声有色，但求一尘不染整齐划一，这种洁癖该去治一治。何为美的城市？应是浮云无心倦鸟飞还，而不是管理者唤一声要有节日气氛，全民立刻张灯结彩；也不是管理者吹毛求疵，百姓就能安居乐业。城市是公共场域，而公共性的量度当立足于平衡每一个人的生存空间，一些管理者却以“公共秩序”为名挤压个体生存多样性的行为，似乎只把居民当做城市的群众演员，招之即来挥之即去，也令城市像一个被装扮与被调笑的小丑，可悲可叹。

在市场经济和西方文化的双重冲击下，很多民族节日正在演变为商家赚取利润的盛宴，而恋旧地坚守着节庆仪式的老百姓，似乎有意无意中在抵挡传统文化商业化的大潮，此一役尚未知胜负，逢年过节又成一部分地区管理者大显身手的舞台，他们把文化当成道具随心挥洒，想要什么要什么，想去什么去什么，把城市当成玩偶任意装点，施展威权之余再给自己的政绩涂几笔脂粉，却忘了节日不是管理者个人的演武场。在这场“撕春联”闹剧中，他们撕掉的也许不止春联，还有“以人为本”、“文化立市”等曾经温情脉脉或堂而皇之张贴于世人面前的华丽说辞。

69. 测“音商”：可游戏，不可较真

左岸

近日，一份被网友称为“音商”测试卷的测试题在不少专业音乐网站上流传，短短一个月里，已经有60多万人次参加了测试。于是就有网友感言，这其实是对之前网络上流行的那句“人在江湖飘，这‘商’那‘商’少不了”的一次应和。细细一想，的确有几分道理。一段时间以来，在网络上不但随处可见情商、智商、财商之类的测试题，而且名目繁多的“这商那商”的测试机构也在现实生活中犹如雨后春笋般地涌现，诸多网友和社会大众不但对这些测试本身很感兴趣，而且对测试结果也是格外看重。

就上文所说的“音商”测试卷来说，其答题内容主要是让人区分音乐间的差别，这样的题目，由具有音乐专业背景的人来做的话，其实并没有多大困难。所以，如果将其放大为对一个人是否具有音乐天赋的依据，实在有些牵强。可就是有很多参与答题得了低分的网友表示自信心备受打击，觉得自己没有音乐方面的天分。而这样的结果恐怕连这套题的制作者都始料不及。因为据他所言，当初只是觉得一些专业的音乐能力测试太枯燥，所以才制作了这样一套好玩的题，而且制作出来以后也只是放在个人网站上玩的。既如此，我们又何必一厢情愿地当真呢。更何况，一个人是否有音乐能力，是否有音乐天分，不是一个颇具游戏性质的测试题所能决定，而是通过多年的训练才能看出的。

网络上“这商那商”的测试题，笔者也曾做过，但不过是抱着一种玩游戏的心态，初衷也只是想由此获得一些愉悦和休闲，而至于花钱去什么测试机构专门做一些“这商那商”的检测，想都没有想过，更不会因为测试结果不理想而深受打击。可是令人担忧的是，当下不少家长不但热衷于这些测试，而且对测试结果也是分外注重，以至于以此作为规划孩子未来发展道路的参考。一时间，让孩子上网做智商测试题，或者干脆到医院去测个智商成为很多家长茶余饭后谈论的话题，各类智商测试的热潮也由此推动。可是笔者不禁在想，一个人的能力大小、未来如何，仅凭这些测试题就能轻易断定吗？如果不是，我们又何必太在意。

对于家长尤其是一些希望孩子将来从艺的家长来说，如果抱着鉴定孩子是天才还是庸才的目的去做这样那样的测试，属实不是明智之举。要知道，智商测试只是儿童心理咨询中一项科研或治疗的评定手段，单纯的智商指数并不能说明孩子是天才还是庸才。测智商对于孩子的发展，也许只是一种方法，但绝不是结果，因材施教和后天努力远比一个智商分数对孩子更有意义。退一步说，即便通过这些测试证明孩子智商很高，确实有某方面的天赋，那我们是不是还要明白，智商

高、有天赋固然是好，但后天的学习和培养更为重要。任何职业从来不排斥天赋，艺术领域尤其如此，但仅有天赋还远远不够，需要后天不断地提升自己，因为众多的艺术大师无不是通过后天努力造就的。所以我们不应片面强调和夸大天赋对于成功的作用，而应在认识到天赋的重要性的基础上，后天努力加以发展，这才是科学之道。如此，我们就不必过于在意“这商那商”的分数，更不必迷信于那些所谓的天赋测试和智商测试。

70. 杜甫“很忙”，经典“很受伤”

陆尚

近日，“诗圣”杜甫突然“很忙”，在网络蹿红，然而他被广大网友热烈追捧的缘由却并非他的千古名句和忧国忧民的情怀，而是无数在微博和帖子上疯传的关于他的五花八门的涂鸦图片。今年恰逢杜甫诞辰1300周年，在相关纪念活动还在筹划之际，杜甫却以此种方式先火了起来，对此我们不知该感到欣慰还是忧虑。

其实，伴随着杜甫画像涂鸦事件的逐步升级、愈演愈烈，来自各方面的不同声音也是纷纷扬扬、争论不休。力挺者以为，这个现象引起大家关注杜甫是好事，涂鸦是对于画像的“再创作”,对提升学生的创造力和创造性思维具有很好的作用，也体现了一种童心和童趣，应该呵护。批评者则不以为然，认为网友创作时要考虑杜甫的身份地位，要尊重传统文化，而对文化的恶搞，对人物的穿越，则反映了当前一个时代的浮躁。对于网友的这种近乎于疯狂的涂鸦游戏，笔者亦是深感忧心。在笔者看来，减压、增强创造力、保持童心童趣，似乎并不能成为其名正言顺地对诗坛巨匠的画像进行恶搞涂鸦甚至丑化的借口，更何况对于杜工部画像的“再创作”早已超越了学生群体调皮捣蛋的涂涂画画，而成为网络上的集体狂欢行为，一些图片也远远突破了能被接受的尺度，更有甚者，则重新编排了诗人生平，称其“插画模特”。也难怪成都杜甫草堂博物馆要在其新浪官方微博转了一组“杜甫很忙”的涂鸦图，并配上韩愈的《调张籍》一诗：“李杜文章在，光焰万丈长。不知群儿愚，那用故谤伤。蚍蜉撼大树，可笑不自量……”表达不满之情。

据悉,网上传播的“杜甫很忙”的涂鸦是以高二《语文》人教版上的杜甫《登高》一诗的配图为原图进行“创作”的。这幅由蒋兆和创作的《杜甫像》中，大诗人杜甫侧坐在石头上，迎着风略抬起头，面带忧郁，尽显其对国家的忧虑和对百姓苦难生活的同情。而在网友们的笔下，我国唐代伟大的现实主义诗人杜子美忧国忧民的形象被彻底颠覆了，不但被“穿越”到现代骑自行车、打篮球、打CF实战游戏，在电脑上写诗、在路边摆摊卖西瓜，甚至还变身为火影忍者、骑着扫帚的哈利·波特，甚而突破性别变成了一位妖娆的美女……可谓极尽想象之能事。有网友开玩笑说，“为了画杜甫，语文课本都快脱销了”，人们对于涂鸦游戏的热衷由此可见一斑。实际上，遭遇恶搞的又岂止杜甫一人，此前李白、辛弃疾、雷锋等文化名人和精神偶像都曾成为网友们消遣的对象，被极度娱乐化和消费，引发猛烈的网络集体热潮和集体围观。曾几何时,网络恶搞已成了一种被人们所“习以为常”的怪现象。而对此，甚至有人声称:没被涂鸦过，就不算是“大家”，“娱乐一下大众，无伤大雅”。但我们不得不看到，在这些“娱乐”事件中，“大家”和“偶像们”俨然成了一个娱乐大众的玩偶，以及被恶搞和释放压力的对象，在其形象、尊严和声望被狠狠地丢到了一边的同时，其身上具有的强劲的人文情怀和精神力量也被无情地消解了，这不能不说是一种悲哀。

应该说，文化名人和精神偶像们为我们灿烂、丰富而悠久的传统文化和民族精神的继承和传扬作出了卓越的贡献，他们身上也承载着我们民族的传统文化和精神力量。随便对如此重量级的文化大家进行涂鸦、恶搞、丑化也就反映出了一些人对于文化的淡漠、精神的缺失与素养的不足。对于文化我们要怀有敬畏之心，对于为我们文化发展作出突出贡献、名垂青史的个人更要心生敬重和感恩，因之，又岂能将他们作为娱乐大众的对象呢？笔者希望，给为我们创作和留下了很多美妙篇章和诗歌的大诗人杜甫多一些敬意，少一些亵渎吧！让“诗圣”从此种不堪的“忙碌”中脱离出来，歇一歇脚，不要让过度的娱乐将其消费殆尽、使其形象破损！请尊重我们的先人和文化。

视窗

尺幅天地·别有洞天

古有读书之乐，今有观书之趣。"书中自有颜如玉，书中自有黄金屋"，读书可求功名得利禄，这曾是多少文人士子的读书之乐；读书亦可陶性情养雅气，一书在手，或与庄子拽尾于涂中，观十里荷花；或与老子骑青牛出函关，赏三秋桂子；或与陶潜南山采菊，闻东篱晚香。说的都是读书之乐。而今，随着图书装帧设计艺术的日臻成熟，观书也成了一种乐趣。

日前，由中国出版工作者协会装帧艺术工作委员会、雅昌企业（集团）有限公司主办的"纸屏书声——首届大学生书籍设计邀请展"上，一本本个性张扬的"概念书"竞放异彩，令人耳目一新，耐人寻味。这里选取一组，供大家欣赏。

纸屏书声

名　称：南锣鼓卷
作　者：庞　博
通过传统书籍中书盒设计形式，将整本书做成卷轴装，以环保为出发点。在现代设计中探索传统文化在生活中的体现。

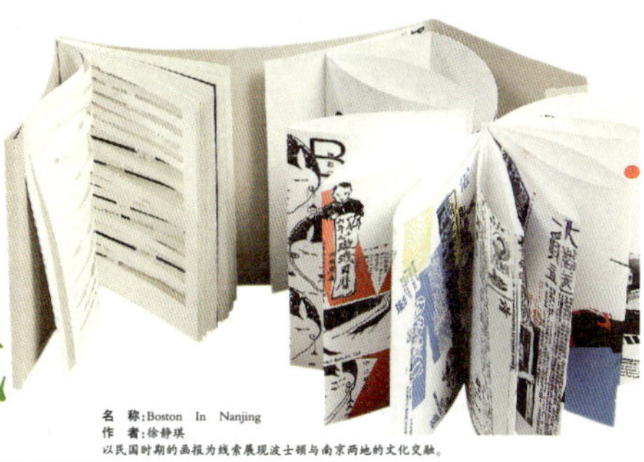

名　称：Boston　In　Nanjing
作　者：徐静琪
以民国时期的画报为线索展现波士顿与南京两地的文化交融。

名　称：海洋5000米
作　者：王思雅
以书之厚度表现海洋的深度。

把舞台搭到父老乡亲的心坎儿上

——记东方演艺集团赴厦门南安慰问演出

走基层

□本报记者　金　涛

近日，记者随中国东方演艺集团到福建省南安市蓉中村报道文艺演出。每次随演员下基层，印象最深的总是他们拖着的大箱子，不说也知道，里边是表演服装、道具、化妆用品等等，一次演出，演员们往往要急匆匆地拖着沉重的大箱子在汽车、飞机等交通工具上辗转几次。这次，记者再次体会了他们的辛苦。

当天下午，大家从北京出发，到达福建厦门机场时已夜色阑珊，从厦门赶往蓉中村，车子在高速路与乡间小路上又走了两个来小时，到达时已是晚上八点多。简单的晚宴。演员休息，音响人员当晚匆匆前往场地调试音响。次日七点多，演职人员赶早就要出发前往演出场地，走台、化妆、做演出前的准备。这一天，他们日程安排相当紧张：要在蓉中村体育馆为乡亲们送上一台精彩的歌舞大餐；要赶到蓉中村莱克石化走入车间慰问一线工人；要到小学校亲自指导孩子们的文艺表演；还要到蓉中村老人活动中心为当地的大爷、大娘演唱歌曲。头天的累意还没有全消，紧张的几场演出就开始了。

头一场歌舞表演在体育馆，也是最重要的一场演出。当地老乡为表示对演出的重视，也为了保护演员，在舞台上铺了一层喜庆的红地毯。但村子的舞台设施毕竟不比国家级剧院，演出现场还是出了一些小麻烦。演出开场节目是激情而热烈的舞蹈《西班牙之火》，红黑相间的舞裙快速旋转上下翻飞，现场观众被演员投入的表演深深地吸引。但节目结束大家忽然发现，舞台怎么变得高低不平了？原来台上的地毯由一条条一米多宽的小地毯拼接而成，演出过程中，连接处总是被踢起，虽经工作人员几次调整，但问题并没有得到解决。歌唱演员还好，跳舞的小伙子、小姑娘就得特别留意了。而头一场演出舞蹈节目又很多，有朝鲜舞蹈《铃铛》、踢踏舞《大河之舞》等等，尤其是看踢踏舞时，台下观众的心总是随着演员脚尖的踢上踢下而上上下下。一不小心，演员就可能被绊倒，现丑是小，说不定还会挂彩。但这些并没有令演员过多分神，他们还是完美地完成了演出。"我们的演员还是特别能吃苦的。"一同演出的著名歌唱家刘玉婉这样评价演员们的表现。

年轻人的精彩表演打动了现场观众，而著名艺术家与观众的零距离接触更让村民们深感不虚此行。中国东方演艺集团董事长、著名歌唱家顾欣为当地村民带去了《共和国之恋》与《我的太阳》两首歌曲。农村观众一般对美声唱法并不感兴趣，但顾欣的演唱却成为全天活动的高潮。主持人报完节目，顾欣手持话筒，没有走上舞台，而是走向台下，走到观众中去，他为身边的大爷、大娘演唱，让后排的中学生和他一起高歌。当天体育馆内有些闷热，那么近距离接触艺术家，大家看到了身着西服的顾欣额头上渗出的汗水。

一天的活动紧凑而充实，虽然辛苦，但乡亲们脸上绽放的笑容已是最好的回报。顾欣说："从2009年我们第一次到蓉中村演出，到中国东方演艺集团与蓉中村合作共建以来，这两年多的时间里，我们和大家已经建立了深厚的感情，可以说我们和这里的父老乡亲已经从朋友变成了亲人，现在我们再来蓉中，已经是到亲戚家'串门'来了。"参演艺术家们表示，农民需要艺术，但艺术更需要广大乡亲们，来到蓉中村，真正地感觉到了"接地气"，在基层的土地上，艺术有了广阔的发展空间，也只有在基层的土壤里，艺术才能吸取到乡村文化的养分，在乡村的土壤里生根发芽。据悉，10月30日，由中宣部授牌的中央级文艺院团联系群众基地将在蓉中村举行挂牌仪式。顾欣表示，通过合作共建，他们要把最新、最精彩的节目带给农民，要把舞台搭到父老乡亲的心坎儿上。

钟鼓楼

旅游扮演不要以象形损形象

——由县长扮演"县太爷"说起

□左　岸

雄浑的号角、古朴的礼乐，由县长扮演的"清代县太爷"率领古城"乡绅商贾"和"三班衙役"从城门中走出，欢迎前来观光旅游、休闲度假的中外游客……近日，这场颇具"古城风韵"的迎宾仪式，却因县长的"出镜"，引发民众褒贬不一的热议。支持者认为，县长的行为让我们看到了地方领导为推动特色旅游以及服务事业发展所付出的努力；而更多质疑者则认为，一县之长毕竟不同于一般人物，应尽力避免其所作所为宣扬官本位、特权以及其他封建思想；更有评论者直言，县长出位扮演"县太爷"迎宾不过又是一种变相"炒作"，既耽误了正常工作，也是一种浪费公共资源的体现。

基于上述争议，笔者以为，作为一县之长，希望通过自己的实际行动带动当地旅游产业发展的初衷无可置疑，而且这从一定程度上反映出官员对振兴一方经济的良苦用心。但作为新时代的一名党政官员，仅仅因为一个良好的初衷就去扮演一个封建时代的"县太爷"，难免会给人一种宣扬官本位、炫耀特权等封建思想的感觉，这不仅与时代不符，而且有损领导干部的形象。县长扮身为县官，是对封建特权的认同，还会让人把县长与旧时代"县太爷"、"父母官"等同，遮蔽了人民县长为人民、是人民的公仆的执政理念。民俗表演、大众扮演都是可以容忍或理解的。恰恰是以当今县长身份去扮演古代"县太爷"，冲决了人们对扮演的容忍度，也反映了那位县长在潜意识中对"县太爷"的认同。这就让我们不得不予以严肃批评。

还是从作为一名地方政府官员来说，其一言一行无疑代表的是地方政府的形象，那么这个形象的展现应该符合现代行政伦理以及文明社会的要求，然而以头戴花翎、身着清代官服的形象示众，未免过于哗众取宠。这又令笔者想到此前安徽一景区为了吸引游客不惜上演"皇军抓花姑娘"、湖南某县官员集体演电影之类的闹剧。其实，近年来，一些地方官员因为所谓良好的初衷赤膊上阵、自毁形象的事例可谓屡见不鲜，如亲临市场吆喝叫卖大米苹果的、以"龇牙咧嘴"的卡通形象为音乐节代言的……抛开这类事件看似各异的表现形式，究其本质可谓如出一辙，不仅是一种极不明智的行为，更是当下很多地方旅游营销低俗化的具体表征。

有人说，从单纯发展经济的角度来讲，县长的这一行为应当说是大胆和创新的。诚然，作为县长，为抓好地方经济收入而亲力亲为确实无可厚非，因为开发地方旅游资源毕竟是其份内之责；同时，发展地方经济自然也离不开形式上的创新，然而这些都不应成为县长扮演"县太爷"等现象可行的理由。君不见，无论是发展旅游产业还是塑造旅游产业发展亮点，其方式或渠道有很多。就这位县长所在的这座具有2700多年历史、中国目前保存最为完整的四座古城之一的历史文化名城而言，丰厚的历史文化资源，无疑是其发展特色旅游的重要抓手。因此，如果地方政府能够在如何发掘和利用好历史文化名城的资源价值，把自己丰厚的资源优势变成实实在在的经济优势、产业优势，以及在打造特色文化品牌，加强旅游行业管理、改善服务水平、提升服务档次等方面多一些努力、多一些创意，那么相比于"扮演县太爷"此类误导误会误读多多的行为，岂不来得更实际、更合理。毕竟，这座古城已打造的诸如国际摄影大展、中国年等文化品牌所发挥的效应就是很好的佐证。

苏士澍"读书箴言"书法展举办

本报讯（记者　冉茂金）"翰墨书香　传播文化——苏士澍'读书箴言书法展'"近日在京举办。由全国政协书画室、全国政协教科文卫体委员会、中国文联、中国书协主办，中国文学艺术基金会、文物出版社、中国书画收藏家协会、中国老年书画研究会、香港维港国际投资有限公司承办的本次展览，展出了全国政协常委、中国书协副主席苏士澍精心书写的历代名人的"读书箴言"书法作品80余幅。内容涉及从先秦到新中国成立以后的多位名人大家关于读书学习方面的名言警句，内容富含哲理，引人深思。

郑万通、顾秀莲和周巍峙、胡振民、覃志刚、李屹、冯远、夏潮、李牧、吕章申、于永湛等出席了展览开幕式并观看了展览。

展览开幕仪式上，苏士澍还向中国文联捐赠了400万码洋的精品图书，涉及古籍整理、文物考古、文学、艺术和社科五大类6000余册。

南通获授"中国民间文艺之乡"

本报江苏南通讯（记者　云　菲）由中国民协、江苏省文联、市政府主办，南通市委宣传部、市文联承办的南通市"中国民间文艺之乡"揭牌仪式10月20日在南通举行。张怀西和胡珍、王湛、刘华、吴元新、陶思炎、吕军、王德忠、王平、杨展里、袁瑞良、羌怡芳等有关方面领导，民间文艺专家，有关省市文联、民协和江苏省、南通市等相关负责人出席。

揭牌仪式后，来宾参观了南通市民间文艺成果展。展览分为"我们的文化"、"我们的传承"两部分，介绍了南通民间文艺及入选国家级、省级非物质文化遗产名录情况，全方位展示了南通历年获奖作品、民间文化宣传与普及、民间艺术博物馆等丰富内容。当天下午还举行了民间文艺之乡与文化生态区保护座谈会，陶立璠、常祥霖、李稚田、左汉中等民间文艺专家为南通如何进一步繁荣民间文艺、加强文化生态区保护建言献策。

两岸青年展开文学对话

本报讯（记者　怡　梦）10月21日至22日，由中国作协主办，台湾文学馆、台湾文学发展基金会、台湾《文讯》杂志社和中国现代文学馆承办的首届海峡两岸青年文学会议在中国现代文学馆举行。参加会议的两岸70余名青年作家、学者聆听了张炯的《中华文化场与两岸文学》、陈芳明的《台湾文学的现代与后现代》主题演讲，还就自然/生态文学、跨文化/都市文学、旅行文学、家族/国族书写、性别文学、乡土文学和两岸诗歌发展等专题进行了对话。

中国作协党组成员、书记处书记李敬泽、台湾成功大学中国文学系教授陈昌明出席开幕式并致辞。

首届中国滦河文化节举行

本报讯（记者　何瑞涓）首届中国滦河文化节日前在河北省唐山市滦县举行。此次文化节由中国民协、河北省文化厅、省文联、唐山市政府联合主办，唐山市文广新局、中共滦县县委、滦县政府承办。期间举行了大型文艺演出、祭河祈福大典、滦河文化旅游高峰论坛、书画摄影剪纸精品展等多项活动，并命名滦县为"中国滦河文化之乡"，授予"中国滦河文化研究中心"牌匾。中国文联副主席刘兰芳，民政部原副部长李惠仁，中国民协顾问、河北省民协主席郑一民等领导出席活动开幕式。

据悉，滦县是夷齐故里，评剧、皮影、剪纸有"滦州三枝花"的美誉，中国滦河文化节的召开对于地域文化发展及传统民间艺术的弘扬具有重要意义。

全国首个魔术主题基金成立

本报讯（记者　王新荣）近日，"李宁快乐魔术公益行"系列活动"中地国际爱心之夜——李宁魔幻之旅"大型情景魔术晚会在京举行。演出所得票款首期捐赠60万元成立"中地·李宁魔术艺术基金"。这是我国首例以魔术艺术为主题设立的基金，将致力于传承和发展中国魔术艺术，特别是推动中国传统魔法艺术在青少年中的传承与发展，促进全国各地、世界各国魔术艺术文化的交流与合作。

<< 上接第1版

发挥优势 记录时代新画卷

如何发挥不同文艺门类的独特优势、向着文化改革发展目标奋勇前进，这是新形势下新的时代要求。文艺家们认为，充分挖掘和发挥优势，找到文化体制改革、文化产业发展好的契合点，是强化新时期文化发展的关键环节。

一直以来，民间文艺是传统文化的重要组成部分，是民族文化的重要载体，同时也是重要的文化资源。全会强调要"培养高度的文化自觉和文化自信，提高全民族文明素质，增强国家文化软实力，弘扬中华文化，努力建设社会主义文化强国"。中国民协副主席潘鲁生认为，这是一项重要的部署，对推动文化建设具有纲领性的意义。在"全球化"文化语境和转变经济发展方式、推动文化产业发展的全新格局中，深层发掘民间文艺，深入梳理文化脉络，对本民族文化积淀的传承和创新，具有重要意义，相信不仅有助于实现物质的丰赡、经济实力的提升，更能从长远意义上，推动本土文化、民族精神的独立与发展。

中国书协副主席言恭达表示，全会召开时值"十二五"规划开局之年、文化体制改革深入之年，意义尤其重要。他结合书法艺术的特点和当前书坛现象，认为当代文艺家应该把艺术还原于文化，求证于经典，积累于当代，服务于大众。还原于文化，即艺术不是单一的玩技巧玩形式玩气味，而是要建立科学的审美评判体系，体现艺术家文化身份；求证于经典，积累于当代，就是要加强时代经典的文化积累，加强对传统经典的学习和思考；服务于大众，则意味着艺术家要感恩时代、感悟生活、感知民生，弘扬现实主义艺术精神，唤起文化人的责任意识。中国摄协副主席邓维表示，全会提出要构建公共文化服务体系，发展现代传播体系，建设优秀传统文化传承体系。对于广大摄影家来说，创作经得起历史检验的时代影像是义不容辞、责无旁贷的。如果能有更多人多方面多视角记录时代变化，聚合起来，就是一幅瑰丽的时代画卷。

《中国艺术报》版式赏析

2011年10月24日

第1069期

71. 图书发行拼的不是书名

左岸

日前有媒体报道，25 年前世界推理小说三大宗师之一松本清张的代表作《球形的荒野》引进中国后，备受冷落。25 年后，这本小说再次引进中国后却奇迹般地连续盘踞豆瓣新书首页，而且评分高达 9.2 分。形成这一戏剧性变化的原因，不是原著内容有了改变，而只是书名由原来充满诗意的《球形的荒野》改成了所谓更具吸引力的《一个背叛日本的日本人》。

这一案例，不禁让很多人感叹，在眼下这个崇尚注意力经济的时代，就一本书而言，不论其内容如何，想要畅销，也必须要有一个能够吸引眼球的书名，否则，再经典亦是枉然。毕竟这样的实例此前并不鲜见。据北京新华书店数据显示，2011 年日本图书销售冠军——《如果高中棒球队女子经理读了彼得·德鲁克》在日本的销量超过 100 万册，但全北京 2 月份销量仅 4 本；《阿特拉斯耸耸肩》是美国历史上仅次于《圣经》的超级畅销书，被誉为对美国影响最大的十本书之一，累计销售已超过 8000 万册，但 1 月份，全北京销量仅 3 本；1980 年出版的意大利作家翁贝托·埃科的代表作《玫瑰的名字》至今已被翻译成 35 种文字，累积销量高达 1600 万册，在国外的声誉远超过《达·芬奇密码》，但其销量在北京连续几个月为个位数……或许，导致这些经典作品不畅销的原因有很多，但在很多人看来，书名平淡无奇，不能在短时间内吸引读者眼球则是一个很重要的原因。

诚然，一部新著面世，想在浩瀚的出版市场挤上榜单，并不是件容易的事，因此针对市场做一些适当的包装，以吸引更多读者，本无可厚非。可是如果著作自身内容空洞乏味，再华丽的包装、再怪异的书名，即使获得了一时的效益，但也终究不能成为经典。相反，一本名字平庸但内容扎实的好书，也许一开始并不畅销，但是经过时间的沉淀，终究会历久弥香。然而这看似简单的道理，却并不为当下出版界中的一些人所明晓。“书名不怪，书商不卖，读者不爱”的奇怪逻辑在图书出版界大行其道。很多图书出版单位不再像以往那样中规中矩，起一个古怪的书名,成了很多作者通往畅销的捷径。出版人因此个个成了“书名党”。因为，在他们看来，一个奇怪的书名总会勾起读者的阅读欲望。可是，读者买书毕竟不是为了阅读一个新鲜刺激的书名，就像顾客去饭店消费，初衷是想品尝到表里如一的饭菜，而不仅仅是去赞叹美丽的菜名。

怪异的书名有时不但不能为著作本身添彩，反而会误导读者。就拿名为《禅与摩托车维修技术》这本美国图书来说，很多读者乍一看书名大多会将其视为机械类教科书，可事实上该书讲述的是一对父子骑摩托车跨越美国大陆，探寻生命意义的哲学书籍。但由于书名的误解，很多网友在错买之后悲愤地留言："天哪！我所关心的补胎、气门阀疏通、消声器维护等内容全部没有。"岂不悲哉！

虽然搞怪书名现象并非国内独有，但与国外奇怪的书名多少还有点幽默成分相比，国内很多书名则有种"名不惊人死不休"的意味。如《鱼和它的自行车》《等待是一声最初的苍老》《我，睡了，81 个人的沙发》《怎样把仓鼠变成化石》《挖鼻史》《如何处理仇人的骨灰》等等，这些有着奇怪名字的书，事实上大部分都是打着无厘头的幌子，其内容实在乏善可陈。既如此，为什么还有那么多出版人放着文从字顺的名字不用，而偏爱搞怪书名呢？一句话：吸引眼球，刺激销量。

对于一本书来说，好名字犹如一把钩子，它能瞬间勾住读者的心。但好的书名贵在创意新颖、内涵丰富、不粗不俗，而不是越奇怪就越好，越"雷人"就越能吸引人。更重要的是，真正能让一本书成为经典的最终还是其自身内容。

72. 网络切莫成为谣言“推手”

左岸

“针对观众和媒体质疑3D版《泰坦尼克号》为何要把女主角裸身让男主角作画的情节删除，近日国家广电总局对此给出了解释：考虑到3D电影的特殊性，我们担心播放此片段时观众会伸手去摸，打到前排观众的头，造成纠纷。出于建设精神文明社会的考虑，我们决定删除此片段。”连日来，当众多网友为心中的疑问得到上述段子的“解释”而感到满足时，一个始料不及的消息犹如一盆冷水迎面泼来。该段子的始作俑者日前在微博上表示，那不过是自己编的一个玩笑。他当初编造这个段子的创意来源于美国提供讽刺新闻的组织“洋葱新闻”，而考虑到网友们对“洋葱文化”的不理解，他在发布该段子时还特意加上了“假新闻”的标签。但该段子甫一发出，就在各大微博、论坛流传开来，而且越传越火，不但之前的“假新闻”标签没有了，不少媒体还将其当作国家广电总局的回应来报道。以至于身在大洋彼岸的导演卡梅隆都信以为真，并专门对此事作出回应。至此，网友们才恍然大悟，原来这只是一个“国际玩笑”，只是虚假新闻酿成的又一出闹剧。

一个普通网友的玩笑之所以逐步升级为一场闹剧，其中最重要的“推手”非网络媒体莫属。由此，网络虚假新闻这个不知说过多少遍的话题不得不被再次提及。

如今，互联网已成为拥有庞大的用户群体、便捷多样化的传播方式及广泛影响力的载体，浏览网页成为人们获取资讯、休闲娱乐的重要途径。这的确是一种极大的社会进步。然而，随着信息传播的速度和广度的不断提升，各种不实、片面的信息也甚嚣尘上：“金庸去世”、“限制港台艺人来内地参加节目”、“李娜怀孕”、“新疆籍艾滋病人通过滴血食物传播病毒”、“武汉大三女生求职时被割肾”……各种虚假新闻在网络上不断出现。

为何虚假新闻会在网络上“走红”？仔细想来，原因大致有此几点：其一，网络传播的匿名性和低门槛特性，使得任何网民都可以通过帖文、微博等形式发布信息，从而加大了网络监管的难度；其二，网络传播的及时性和互动性强，使虚假新闻一旦传播开来就很难通过有效手段进行控制；其三，网络媒体对点击量的过度追求，使之对采编新闻随意性较强和严谨性不够，甚至多以引人注目为选取稿件的出发点；其四，相关法律法规缺失，监管力度不够，很多网站自身规范也没有达到应有的标准；其五，脱离客观事实进行虚构，可以更稀奇甚至更怪异，更能满足人们的猎奇心理。

网络媒体以其传播之快、之广而优异于传统媒体，但网络新闻的竞争不仅表现在速度和广度上，更表现在真实性、可靠性上。无论是传统媒体还是网络媒体，新闻的真实性不但决定着受众对新闻媒体的信任度，更直接关系其社会影响力。而从网友角度来说，在享受互联网为我们带来便利的同时，是不是也应该持有三思而后行的态度，切莫因为个人的一时好奇和冲动，而成为虚假新闻的“推手”，最终损人亦不利己。

73. 警惕不良书籍为青少年“垫底”

何勇海

近日，大学生王某开办小说网站发布淫秽色情作品，提高网站点击率，攫取非法广告收益，被法院以传播淫秽物品牟利罪判处有期徒刑。据介绍，王某案的“幕后写手”竟是一群 20 岁上下的妙龄少女，其中最小成员仅 17 岁，这些女孩平时都是家长、邻居眼中的“乖乖女”，涉世不深，有的甚至还没有感情经历。

以传播淫秽色情信息牟利，这类新闻并不少见。而此案让人惊讶之处在于，一群 20 岁上下的少女系其创作团队，甚至还有未成年少女。到底是什么驱使这些不谙世事、甚至还没有成年的女孩子，创作这些远远超出其生活经验的色情小说？

据报道，这些女孩平时闲来无事，喜好阅读这类小说以打发时间，后来就尝试着动手写，写多了就有网站找其签约，最终就成了“半职业”的签约作者。可以说，正是这些淫秽色情小说，从某种程度上促成了她们的“早熟”，从而误入歧途，一步步成为炮制色情小说的“幕后写手”。而且这些女孩子们，看着自己的“作品”发表在网上，被众多网友阅读转载，不以为耻，反以为荣，觉得很有成就感，如同圆了“作家梦”一般。可见，打着“小说”擦边球的“软色情”，对青少年的毒害是何等之深！对这些网络色情加强监管和打击，已刻不容缓！

由此笔者想到，八九年前，南京有位笔名叫作“普绪客”的 16 岁女中学生，用近一年时间灯下苦熬，创作了十多篇中篇小说手写稿，其内容涉及三角恋、乱伦、同性恋、性虐待、吸毒等，有的甚至是赤裸裸的性描写。“普绪客”接受媒体采访时曾说，由于父母没有时间管她，为打发时间，她读了各种各样的杂书，“什么中外名著，路边小报小刊，只要是书我就爱看”。专家因此认为，“普绪客”之所以如此“早熟”，焕发出乱伦、性虐待等情节的想象力，正缘于那些良莠不分的书籍和信息。

这些花季少女沦为色情小说写手，无一例外地表明，青少年在身心成长阶段阅读什么样的书籍、在网上捕获什么样的信息，至关重要，需要老师和家长的监督和引导。

正如专家所言，随着社会环境越来越开放，获取信息越来越便捷，青少年有机会接触到更多的不良文化信息，大量宣扬暴力、色情的读物和视频及其他信息出现在校园和互联网，前所未有地冲击着青少年。由于他们缺乏足够的鉴别能力，不能对各类信息进行合理筛选，加之青少年处于猎奇、叛逆阶段，完整而正确的价值观尚未形成，思维往往又偏激，便会把追捧负面的东西，看作是标新立异、张扬个性。

此时，相应的心理教育和文化引导就应该跟上。在心理教育方面，教师与家长应该去了解他们在想些什么，才能更有效地对孩子们的各种心理问题进行适时引导；而在文化方面，则应该引导孩子们的课余阅读向正常、健康的方向发展。而清扫社会上的各种不良文化，截断某些污浊风气对辨识力不强的青少年产生影响，则是全社会共同的重大责任！

著名教育家陶行知曾说过："人生应该读几本垫底的书。"从培养青少年健康人格的角度出发，如何引导青少年读点垫底的好书，应该成为家长、老师和社会各界的当务之急。试想，假如没有色情小说及其他乌七八糟信息的长期浸淫、腐蚀和侵害，为其人生"垫底"，那些连感情经历都没有的花季少女，会产生"情色灵感"吗？

74. 女性的身体不该被如此消费

安岳

在各种天价豪车被一抢而空等焦点话题“包围”之下，突破性暴露的某车模成功“突围”，上位为本年度北京国际车展的“沸点”。首都文明办则对车模过分暴露，个别非参展人员借机以低俗形式进行个人炒作造成不良社会影响提出严肃批评。这让人再一次追问：女性身体真的可以被如此消费吗？

浴室招亲视频、母女半裸写真、出格另类言论……通过几乎突破伦理底线的炒作，该车模早已“名满四方”。其成名“绝技”，便是将自己的身体运用到极致。

人的身体是无比美好的存在，女性的身体更是成为古今中外无数艺术家赞美、表现的对象，并由此留下大量经典，受到一代代人的追慕。即便裸露身体，也可以传达美好和善念，比如数位著名演员、主持人为防治乳腺癌拍摄宣传图片，虽然全裸出镜，但却非常艺术，颇得好评。这样的例子不胜枚举。

而在该车模那里，女性的身体已经不再是美好的身体本身，而是抽离了精神性的纯肉体性存在，是赤裸裸的“交易性符码”。在女性的身体与围观者之间，交换的不再是美，而是赤裸裸的名利和生理性感官刺激。这样的例子，同样不胜枚举。

不仅女性的身体，连“女”这个词都会成为某些市场推手们疯狂癔症的“灵感”源泉。近日笔者在一家颇具规模的书店的文学专柜，就发现《女秘书日记》《女市长》《女省长》《女招商局长》《女秘书科长》等排成一排，如同夜总会非法陪侍的妖冶女子在招徕着顾客。

与出版商对女性概念的邪念性使用相较，暴露车模们对自己身体的肉体性运用，无疑更让人哀叹。当然可以先追问车展参展商，究竟是卖车还是卖别的，究竟是传播汽车文化还是恶俗文化，但干姓车模们的自我放逐，更值得深思。当然女权主义者可以说，这是女性用自己的身体进行的反抗，但这样的反抗，除了让女性更加沦为男性眼中的生理奇观性存在之外，女性自身的社会地位不仅没有提升分毫，反而进一步贬低。看看那些贬损性的微博评论，便一目了然。

其实本届车展上不乏气质上佳、且与所代言汽车的定位高度契合的车模。一名身着蓝色长裙的车模，不裸不露，反而赢得无数真心喜欢她的粉丝，而参展厂商也成功增加一大批车迷。而被拼命围观的暴露车模，除了猎奇、恶俗甚至情色的目光之外，不会得到别的。当然可能会有不薄的代言费，但可以想见，她们的“好运气”，不会太长。至于请她代言的厂商，除了“暴露的身体”，谁还记得她代言的是什么？

有关部门已经出台相关规定，不允许恶俗炒作的网络红人和问题人物上电视节目做嘉宾。这当然是好事。但在被电视银屏拒绝之后，他们如何在广阔的社会空间中被“屏蔽”，是一个重要课题。

75. 别轻易拿作家说事

郭青剑

日前，自称“作家”的刘闻雯参加江苏卫视智力答题节目《一站到底》时，将李白经典诗句“君不见黄河之水天上来”的下一句说成“一江春水向东流”，引发网友对其文学素养的抨击及对其“作家”身份的质疑。对此，刘闻雯在微博上对网友大爆粗口，网友亦群体还击，双方打起“口水仗”。最新消息称，刘闻雯表示愿意为“爆粗口”道歉，但不会因为答错题而道歉，同时放出“回答问题再多你也当不了作家，你只能当百度”“最好的作家其实不爱看书，全靠天赋”等言论。在这场你来我往、莫衷一是且颇显热闹的喧哗之中，“作家”成为话题的核心词汇。于是笔者忍不住要说一句：可别轻易拿“作家”说事，这既是对广大“不明真相”的网友而言，也是对“刘闻雯”们而言。

“现在当作家门槛太低了。”“现在凭一张脸就能进作协了？还是现在的作家基本的文学常识都不用有了？”“我发现下一个绝句又诞生了：问君能有几多愁，奔流到海不复回。”“帮美女作家完成歪诗一首:君失骄杨我失柳,烟花三月下扬州,两岸猿声啼不住，一江春水向东流……”就在事件发生不久，网上的感慨、抨击、质疑、谩骂、调侃、嘲讽等等各种议论之声就一股脑儿涌来，且有愈演愈烈之势。刘闻雯骂人确实不对，她也必须为此道歉，但仅就答错题这一点而言，她倒真不见得有何大错，似无需道歉。在节目现场没对上诗，原因是多方面的，可能是知识欠缺，也可能是心理紧张。据《一站到底》负责人介绍，其实类似刘闻雯这样的状况常有发生，因为无论一个人在其专业领域里有多么专长，但一定有不知道的常识性知识，同时，嘉宾的临场发挥有的时候更多取决于心理素质，可能你明明知道这道题的答案，但是在场上那样紧张的环境之下，就是答不出来。而对于网友质疑的刘闻雯的“作家”身份，湖北作协也给予了确认，并说明其入会资格和程序都符合相关规定。另外，即使退一步说，刘闻雯真不知道“君不见黄河之水天上来”的下一句，就能由点及面地判断她文学水平不行？就能断言她不能当一个作家？其实，与其把该事件看作是一场网络论战，倒不如看成一场网络“狂欢”。在近年来多次发生的类似这样的“狂欢”中，广大“不明真相”的网友们对于客观情势与事实是懒于求索和思考的，他们需要的只是一个不理性甚至无节制的“不吐不快”的发泄；他们甚至怕看到真相、要刻意回避真相，因为一旦有了真相，这种网络“狂欢”便变得没了由头和存在的合法性。这一事件中，“作家”正是他们抓住的说事的由头、“狂欢”的燃点，特别是这个由头前面还加了一个“美女”的修饰语的时候，何况这个“美女作家”还出了差错呢。

“我是一个作家，我在去年 12 月份的时候加入了湖北省作协……”该事件中刘闻雯在节目一登场便如此自我介绍。显然，她是看重自己的“作家”身份的，还拿出加入作协组织来为自己证明。什么样的人才有资格加入作协，也即作协的门槛高低，这并不是问题的关键，在某种意义上说，只要程序得当，作协放低了门槛还是好事，因为这符合现代社会普通大众文化水平提高、艺术修养提升、自我表达欲望和能力增强的大趋势。但正如作家方方所言：“作协不可能对每个会员的作品都了解。只要你有硬件要求，你都可以成为会员，但是会员不一定就是真正意义上的作家。”而“真正意义上的作家”是要靠作品、靠人品来说话的，并不是靠作协会员身份来证明的。反观刘闻雯的一些言论，“答题出错丝毫没有愧疚”,“我不爱看书”,“我从小还是错别字大王”等,全是对自身“无知”和对书籍、文字的满不在乎。我们可以理解作家出错，但却不能想象不读书、对文字缺乏敬畏之情和对自身缺乏反省意识的所谓“作家”。否则，这样的所谓“作家”，就只能理解为只是拿“作家”这两个字说事罢了。

76. 上市≠圈钱

宁静

继今年人民网成功上市以后，近日，又有一批文化企业扎堆上市。在证监会近期新增的17家初审企业名单中，北京大唐辉煌传媒在列。而正在申报的企业有拼抢国内电影院线上市“第一股”的万达电影院线和广州金逸影视传媒，以及上海新文化传媒集团和保利文化集团等近20家文化企业。因此，有人称2012年是“文化企业扎堆上市年”并不为过。

而与这种热火朝天的上市情况形成鲜明对比的是，A股市场“跌跌不休”，哀鸿遍野。据统计，去年中国股民人均亏损4万元，此外，“老鼠仓”、“高管套现”等负面新闻不时见诸报端。因此，当原建行老总郭树清在新任证监会主席的200天里，证监会推出的行政制度公告达20项，公开征求意见11项，最让人印象深刻的莫过于政策密集推出，“五一”假期只有3天，证监会推出的新政就有4项，“救市”的急切可见一斑。当然，效果如何只能拭目以待。

在竞争激烈的背景下，向资本市场融资成为很多影视企业快速扩张的有力手段。大唐辉煌称，公司计划自2011年开始每年投拍电视剧10部以上，约400集的规模，力争在5年内成为国内前三名的影视传媒公司，实现年净利润1.2亿以上。但是，一些申报上市的公司的资质、盈利能力、发展前景却遭到人们质疑，有人认为一些公司其实就是把几个工作室、明星、导演临时打包到一起，根本不具备上市能力。还有人认为这么多影视企业扎堆上市，蕴藏着很大风险。一是目前知名演员价格高得离谱，占据了一部电视剧1/3甚至一半的制作费。而在前不久举办的首都广播电视节目春季推广会上，购剧价格暴跌，很多剧集的网络成交价格甚至打了5折。二是电视剧行业“产大于销”的情况依然严重。根据获得广电总局发行许可证的剧集数据显示，每年能够进入电视台黄金档的电视剧不超过6000集，至少有8000集电视剧只能在非黄金时段播出或是根本无法播出。一旦播出渠道出现问题，影视公司的资金投入等于是打了水漂，将影响企业的可持续发展。

人们的上述质疑不能说没有道理。如美国的上市影视公司没有一家是纯粹的制作公司，都是综合娱乐传媒集团。以群星环绕雪山的标志为人所熟知的美国派拉蒙影业公司，今年将迎来它百岁生日。创建之初，派拉蒙通过兼并重组等商业手段，拥有大量的电影院和制作公司，靠着院线生意积累的资金，再向上游的制作业务延伸，这样打造出一条完整的产业链。因此，派拉蒙以众多的签约明星、高质量的影片和遍布全美的连锁影院至今雄霸好莱坞。目前，国内一些企业也在走这样的发展之路，如万达院线今年计划开业120家影城，业内估算，万达院线如若上市，募资额或将超过百亿。可以预见，如果资金实力雄厚的院线上市公司进入产业链上游，将大大改变中国电影行业的格局。

减少行政审批是今年证监会的重点工作之一，初步定下的行政审批项目减少量高达34%，刚出台的退市政策也将让股市的很多“垃圾”得以清退。在这种情况下，影视企业的上市审批可能会变得比较容易，但退市的风险也同时存在。并且上市公司的监管制度将会让一切都置于阳光下，一有风吹草动就会受到很大影响。如冯小刚在微博上喊了一声“累”，华谊兄弟的股价就应声下挫。上市的目的不是为了圈钱，而是为了打造更多的优质企业，推出更好的艺术产品，以良好的业绩回报投资者。如果不是这样，仅仅只是制造出几位“亿万富翁”，那就太令人失望了。

77. 公众文化权益不容漠视

——由宜宾机场更名说起

左岸

日前，四川省宜宾机场将搬迁并重新命名为“五粮液机场”的消息一经发布，就引起一片争议。这个原以为既能提高宜宾市知名度又能扩大五粮液影响力的“双赢”更名，没想到迎来的却是大众的批判和调侃。事实上，类似现象这些年并不少见。姑且不论坊间针对这些现象仁者见仁、智者见智的态度，笔者想说的是，造成民众对这些命名或更名产生强烈反应的内在原因其实更值得深思。

从一些城市道路冠名权拍卖，到各地以楼盘命名的公交车站，再到“真维斯楼”、“富力教学大楼”等等，这些现象给人最大的感受就是浓浓的商业气息。这种企业扬名、地方获利，看似双赢之举的商业冠名，最终却让公众感到无所适从，原因就在于和人们的习俗、文化、价值观念发生了严重的冲突。由此就不难理解公众对机场名、路名、站台名、高校大楼名等的敏感来自何处。透过此番关于宜宾机场更名沸沸扬扬的舆论，我们也不难发现，这次舆论激辩其实是公众对过度商业化不满情绪的又一次爆发。

地名是人们对具有特定方位、地域范围的地理实体赋予的专有名称。它都是为众人所知直至被社会大众广泛使用的，有着约定俗成的特点。更重要的是，地名本身就是一种民族文化，其内在魅力价值和外在名片功能，远非某个企业名称和商家品牌所能替代。宜宾作为一个具有2000多年历史的国家历史文化名城，它曾是历史上著名的南方丝绸之路的重要通道，境内分布着众多的文物古迹。相比而言，这个城市的空间广阔度和历史内涵要比“五粮液”厚重得多。

不可否认，以“五粮液”冠名机场，固然体现了政府对于当地企业的扶持与助力，以企业冠名的机场，也将有望强化品牌效应，并让机场的商业价值最大化。作为商业客流汇聚枢纽的机场，其商业价值固然不言而喻，但是，作为城市的窗口的机场，显然不应过于强调对其商业价值的过分挖掘。尤其是机场的命名，也更应体现出地方的文化魅力与特色，而不应仅仅成为一块商业广告牌。换句话说，城市形象的塑造只有建立在文化与公众接受的基础上，才会有更长远的生命力。

无论是地名、公交站，还是大楼，都与当地群众日常生活紧密相关，或者说这些都是公共资源的一部分，所以，当政府部门要对这些公共资源进行利用或改变之前，是不是先要征求一下民众的意见，尤其是对公共资源进行商业化管理和运作，更得考虑到当地民众的感情和文化认同。如果仅仅因为商业需要、企业需要，一个严肃的公共性地名就如此轻松地被“绑架”，任由此前积累下来的原汁原味的文化历史积淀灰飞烟灭，将民众排除在公共决策之外，这无疑是对大众文化权益的一种无视。那么，大众对此表达强烈质疑和不满亦是在情理之中了。城市公共资源可以而且应该得到合理利用，但冠名也要把握好一定的度，否则就有可能伤害民众感情，毁掉了一种城市文化。

78. “杜甫”是否需要“豪厕”？

王新荣

据有关媒体报道，成都杜甫草堂博物馆拟投入500万元，改造4个集母婴休息室、饮茶休闲以及无线网络覆盖等功能于一体的五星级豪华厕所。杜甫草堂一位相关负责人证实，该博物馆的确打算改造五星级厕所，同时表示，博物馆早在2004年就修建了一个三星级旅游厕所，如今已经设备老化，难以满足游客需求。

文化旅游景点投资改善硬件服务设施应该说是一件好事，而喜欢旅游的人也都深有感受，一处景点的硬件服务水准的高低，厕所确实是最直接的“体验地点”之一。有一个轻松愉快的如厕环境，比之内急之下排长队、进去之后脏乱差“难以落脚”，当然是完全不同的心情。从这个角度上说，杜甫草堂改造厕所实是一件便民利民的好事，不仅无可厚非，还应热烈欢迎。

但是，杜甫草堂把厕所的标准设置得如此“豪华”，不惜投入万金难免有些夸张，再联想到杜甫这一历史文化名人的人生经历和留下的伟大文学作品，此事就更加令人感到有些不搭调。杜甫一生，因多历战乱，生活窘迫，写下了许多忧国忧民的名篇佳作。其中广为传诵的一篇反映民生疾苦的现实主义力作《茅屋为秋风所破歌》，“床头屋漏无干处，雨脚如麻未断绝。自经丧乱少睡眠，长夜沾湿何由彻！安得广厦千万间，大庇天下寒士俱欢颜，风雨不动安如山”的名句更是妇孺皆知。如今，且不说风雨中飘摇的茅屋是否安在，就连草堂里的茅厕也照五星级标准打造，实在有些格格不入，如若杜甫能跨越千年，亲眼目睹这样的奢华，不知是该感到高兴还是悲哀。

凭吊古人，追慕先人忧国忧民的济世情怀和爱国主义精神，这或许才是游之所至的所兴、所乐。如今的杜甫草堂，在历经多次改扩建后，早已不是“穷诗人”的家，倒更像王公贵族的豪华宅邸。在这样的环境里，又有多少人还能感受到杜甫在饥寒交迫、穷困潦倒时仍不忘报国和为民请命的高尚情操？又会有多少人能理解诗人在秋风秋雨中吟唱茅屋为秋风所破的真意？笔者认为，先贤故居建造如此奢华公厕，虽说是为旅游者方便之用，但标准未免太过，在游客的眼中，杜甫草堂的地位并不会因此而有所提升，反而会有所降低。另外据说，投资500万元的“豪厕”，政府补助150万元，其余均为自筹。弱弱地问一句，不知来年景区门票会不会看涨？羊毛出在羊身上，盖“豪厕”的真实意图又不禁令人生疑。

而且，此举并非个案，成都市旅游局表示，除杜甫草堂之外，他们还将在黄龙溪、非遗博览园、街子古镇等多个景区陆续建设20个这样的五星级厕所，甚至在武侯祠的五星级“豪厕”里，还将配备两个自动香水喷洒器。我们承认，此举对于公共空间环境的改善的确会产生不小的作用，但是不是非得如此大张旗鼓、铺张浪费？这又会在多大程度上提升城市的文化形象和品格？

学者冯骥才呼吁，警惕中华文化的粗鄙化。他举例说，听一听全国各处旅游景点导游小姐讲述的故事，都是胡编乱造，但没关系，只要收到门票费就“OK”！回想近些年来中国旅游景区人文生态所遭遇的厄运，少林寺景区过度商业化；某皇陵景区祭祖玩穿越；急急忙忙地将景区旧貌换新颜，大量增设现代人文景观、假古董，大兴土木搞城市化、商业化、园林化，危及自然遗产的真实性等等，可谓目不暇接。或许，杜甫草堂混搭“豪厕”，更多的是对厚重历史文化的一种消解。

79. 鱼与熊掌，不可兼得？

——从甘肃泾州千年古城被拦腰“铁”断说开去

王新荣

日前有媒体报道，在西平铁路泾川段建设过程中，位于甘肃平凉的泾州古城遗址遭严重破坏，当地文保部门曾两次发出紧急停工通知，均被无视。一方是国家“十一五规划”重点建设项目，遭遇按期完工的工期底线；一方是丝绸之路上的千年古城遗址，全面保护也是一条不可触碰的底线。地方经济发展与文物保护，两条底线偏偏在这个节骨眼上“狭路相逢”，经济发展与文物保护，孰轻孰重；鱼与熊掌，真的不可兼得？矛盾开始变得错综复杂。

俗话说“狭路相逢勇者胜”，但对于此事，我们不支持争勇斗狠，也不愿看到相关一方以“不知情”为由将其责任推得一干二净，另一方却以无可奈何的不冷静方式阻碍工程进展。需要明白的是，无论是不可再生的历史文化资源，还是助力经济发展的国家重点建设工程，这对于任何一方政府和民众，都是梦寐以求的利好之事。铁路建设助力地方经济发展，为文化建设提供强大经济支撑；历史文化资源反哺地方经济，给予经济建设不可或缺的智力支持。经济建设与文物保护，这两条本应平衡发展又相辅相成的路径，为何在推进城市化的进程中却一再交错、相克，陷入僵局，有时甚至还多了一种“你死我活”的味道。纠结于此，或许，厘清矛盾产生的根源以及寻找可行的解决之道才是我们当下更应思索的问题。

“凡事预则立，不预则废。”西平铁路建设破坏千年古城，首先反映出我们在重大建设项目上的预警机制不健全。诸如此类事件，承建方拿着批复的文件大兴土木、我行我素的情况时有发生。我们不禁有所怀疑，西平铁路建设项目在规划设计之初，在选择线路时究竟有没有意识到千年古城遗址的保护问题，抑或有所意识并已做过成本测算？在项目立项之时，相关文物部门究竟有没有参与，即便参与，又是否能够进入到最终决策环节？这都提醒着各级政府的文物保护意识有待加强，更提醒着我们亟须建立健全一种文物部门参与规划、设计和审批的机制，使各种文物在规划审批伊始就可以规避被破坏的风险。

除此之外，事后协调反应机制的相对滞后，或许也是其症结所在。据有关资料显示，西平铁路 2008 年 7 月即通过国家发改委审批，同年 11 月正式开工建设。而遗憾的是，直到 2009 年 12 月 11 日，国家文物局才以（2009）902 号函件形式，对西平铁路通过泾州古城的建设方案批复甘肃省文物局。我们不禁要追问，在预警机制不健全的前提下，当我们意识到事情的严重性，后续的快速反应又在哪里？

毕竟，历经千年风雨侵蚀的泾州古城，经不起推土机冰冷的铁臂，弹指一挥间，墙体随即灰飞烟灭，这又岂容相关文保部门怠慢？

事前不预，事后亡羊补牢，我们不提倡这样的做法。在经济发展与文物保护之间，既需要“风物长宜放眼量”的前瞻意识与历史眼光，也少不了紧要关头当机立断的问题意识，若是如此，谁说鱼与熊掌不可兼得？

80. 屈原精神岂是八卦“考古”能消解

唐小山

端午到了，屈原与楚怀王“断背”的八卦又在网上炒作起来，八卦精神的根底是虚无,谁神圣就把谁拉下水。幸好虚无始终不能与真实的精神力量相抗衡。“断背”的“考古”丝毫不会抽空伟大的“屈骚”传统和浪漫主义精神。

端午节是屈原的纪念日，为诗人标记一个日子，这既是传统的民俗节日，也是历史和时代对诗歌精神的敬意。

诗人的节日，我们没有颁给李白，也没有赠与杜甫，惟独给了忧愤自尽的诗人屈原，是因为屈原代表了中国人性格中的另一重色彩、另一种气质:敏感、忧愤、高傲、倔强，这显然是诗人气质，更是一种诗人的态度，不妥协、不原谅、不放弃。人站在浑浑浊世的对面，用自己的方式来保存芳香和纯洁，在无法选择命运的时候，屈原选择了一个人所能选择的最后的尊严。他的诗歌和诗歌行为向我们展示的不仅是美，更是勇气——这是最值得记住的东西。

诚然，在以冲淡中庸为理想人格的传统中，这种精神成了少数人的特质；诚然，多数时候，我们认为陶渊明和王维的诗中之画更美丽更宁静更安详，更能代表诗人对现实“以退为进”的“距离”，但是不能否认，当大多数诗人站在背对现实的地方寻求内心的安静之时，屈原却始终站在他自己的诗歌立场上，把内心的骚乱和悲苦化作一种力量。他带给我们的是更彻底的精神冲击，展示了更强大的诗歌力量。这种力量并不像李白式的独自飞翔，也不是杜甫对民生苦难的近距离透视，而是发出不停歇的终极追问:问天何寿？问地何极？人生几何？生何欢？老何惧？死何苦？情为何物？人世何苦？苍生何辜？同时发出不软化的抗辩与质疑。很多人认为诗歌象征着柔弱的处境，文学是一种精神退守的方式，在这样的时刻，屈原的强硬坚挺尤为可贵。

我们向往的不只是那美丽，更是那种勇气，勇气背后强大的内心，一种拒绝沦陷的内心。中学语文参考书上称之为浪漫主义，我深信，这一描述凝结着历代知识者对于屈原勇气和才华的敬意。与之相对的屈原，表现的则是一颗有硬度的诗心，我想该称之为“坚硬的浪漫”。只要对这种浪漫的期待不死，诗歌的精神能力就不会消失，端午的纪念精神也就不会被“断背”抽空。

81. 进剧场，您是来演戏的还是看戏的？

于奥

“一千多观众的入戏，也敌不过一个男人的手机铃声。”近日，话剧《暗恋桃花源》在重庆大剧院演出结束后，该剧主演何炅在个人微博上对观众看剧时不关闭手机铃声表示不满。当时演出正进行到后半场，黄磊和孙莉饰演的男女主人公久别重逢，全场正笼罩着悲伤的气氛，但就在此时，观众席突然响起了欢快的手机铃声。铃声在静得听得到针落地的剧场里欢腾跳跃，在众人侧目中恣意妄为。何炅微博一出，立即引发网友们附和，甚至有重庆的网友表示，“这是城市素质问题，太丢脸了”，纷纷呼吁观众应提高自身素质，自觉遵守观赏戏剧的礼仪。

笔者曾亲眼在北京某小剧场看到过这样的一幕——演员正在兴奋地表演，底下观众笑声不断，此时台上台下达成了默契并产生了共鸣。就在这个时候，一位观众的电话响了，更夸张的是他边接电话边往外走，并对站在台口对他怒目而视的演员如自家兄弟一般亲切地道了声：“不好意思啊。”演员应变能力强的，这时能轻易地将这话兜回来作为一个笑料而作罢；应变不了的，就只能憋着一肚子火等观众看笑话了。但无论是怎样的演员，当站上舞台努力营造舞台气氛并向观众诠释人物时，希望得到的反馈绝不是那一句让努力建立起来的舞台假定性彻底毁灭的“不好意思”。

买票的观众或许该不乐意了——花钱买票进来捧场，不给个吆喝也至少不能把自己当外人吧？迟到、穿场、脱鞋、打电话、大声议论、人走垃圾满地……如此不规范的剧场行为确实让许多安安静静看戏的观众都误会是否自己太过腼腆，莫非“剧场是我家，热闹靠大家”？

其实艺术门类不同，欣赏的方式自然也就千差万别。就拿二人转和相声来说，有时演员巴不得你在台底下敲锣打鼓热闹热闹呢。但你若是要嗑着瓜子、打着电话去听肖邦，就爱那引人侧目甚至抢走台上风采的关注度，那请问，您到底是来演戏的还是看戏的？

无论是剧院、影院还是音乐厅，规范观赏礼仪不是在约束观众的自由，而是在帮助现场所有观众进入情境，能够更好地感受艺术作品。其实这一切没必要牵扯到“城市素质”，也无须沉重到谈及相互尊重与个人修养，因为它只是一个关机的动作，一句及时的提醒，一种在乎他人的意识而已。

82. 别让虚拟现实搅乱真实生活

王新荣

日前，陈凯歌新片《搜索》上映，片中网络文化的负面影响——网络信息暴力被深度“搜索”；紧接着，《蝙蝠侠前传3：黑暗骑士崛起》在美国科罗拉多州丹佛市的首映礼上惨遭恶性枪击，造成12人丧生、59人受伤。两部电影一前一后上映，看似毫无关联，细究之下，实际上无论是《搜索》对社会现实的影射与拷问，还是《蝙蝠侠前传3》影片之外耸人听闻的真实故事，都与网络难脱干系。

如今，随着互联网的不断普及，虚拟现实日渐侵入并搅乱人们的现实生活，现实与虚拟之间的界线开始变得模糊，甚至出现了越来越多无力分辨虚拟和现实的人。从失控的质疑、无底线的人身攻击到网上“约架”，从“标题党”、“泄愤帖”到“围攻吧”，种种迹象叩问当下的人们：网络时代的到来，除了带给我们各种便利、快捷之外，还给使用者捆绑赠送了怎样的“附件”或者说连带效应？

或许，头戴防毒面具、一身黑衣、以《蝙蝠侠》系列电影中性格凶残的大反派“小丑”形象示人的“蝙蝠侠首映枪击案”嫌犯——24岁的科罗拉多州大学丹佛分校的神经学博士詹姆斯·霍姆斯以自己的方式作出了回答。据詹姆斯·霍姆斯的同学回忆，詹姆斯·霍姆斯在生活中是个寡言少语、沉迷于角色扮演类网络游戏的人。再看一下我们身边，其实这种沉迷网络的宅男宅女、藉由互联网制造出来的“孤独者”并不在少数。他们沉溺于自己的世界，沉默安静、喜欢人机交流而不是与人直接交流——或者说，他们已经丧失了与他人沟通的能力。而在泯灭了现实与梦境的差别之后，我们不得不承认：人的犯罪欲望、罪感和耻感都在发生着变化，这种情况理应引起我们高度警惕。

网络的虚拟性、发言的匿名性，令每个社会个体成为相互亲密又疏离的孤岛，非熟人社会导致义务与责任的切割，使得围观的观众更为浩大也更无须承担任何话语责任，这便是网络带来的现实。事实上这种人为的切割，将原本正常的生活内容从它所附属的生活情境中切割下来，以供别人观瞻、讨论，生活本身的意义已经风干，除了提供各式各样的话题之外，自身不再有任何价值。我们常常看到的这种网络聚焦是对生命体验的背离，它将真实、饱满的生活分离出来，成为网民们的口头谈资。在这里，“看”本身就是意义，也是价值所在，围绕这一“看”的行为，各方博弈者适时地将自己的利益诉求巧妙地添加进去，从而达到广告效果，“看”转换为广告，成为各方推动网络围观的利益核心所在，我们在参与的同时却丢失了自我的真实。

同时，随着影视摄制技术的不断提高，银幕上的各种“血肉横飞”更加逼真。

一直以来，好莱坞大片为了创造视觉盛宴，惯于渲染杀戮、恐怖、暴力和血腥。长时间的耳濡目染，让一些观众难辨是非，加上个体生活环境的影响，慢慢倾向于把暴力变成宣泄情绪的常规手段。“蝙蝠侠首映枪击案”固然令人震惊，但这样的悲剧在美国却并非首例，从《教父3》到《街区男孩》，从《X战警：背水一战》到《骇客帝国》系列再到眼下的《蝙蝠侠前传3：黑暗骑士崛起》，甚至是《返老还童》这样的“无公害”电影，都曾激起过银幕下的枪声，原本休闲娱乐的看电影，经常在现实中演变成一种随时会被夺去性命的“极限消遣”游戏。

西方社会的此种弊端与教训，实在值得记取。

对于几十年如一日从电视及报刊来获取有限信息资源的我们来说，网络是一个全新的时代，一个改变世界的途径，我们获取信息的渠道更加多元开放。然而，我们太过于相信工具的力量，早在很久以前麦克卢汉就曾说过，任何一项工具的便利都是以相对削弱某些机体的功能为代价。网络在提供给我们空前的言论自由，使我们陷入全民语言狂欢的同时，也削弱了话语的诚信度，空前大量的信息使人们沉没在信息的海洋中，事实真相被悬搁，以至一些人在虚拟的现实中越走越远，最终走向现实的反面。

83. “状元崇拜”不应提倡

何勇海

近日，一则“恩施高考状元游街”的微博引发网友围观。湖北来凤县某中学让本校培养出来的“高考状元”胸戴红花，用轿车、腰鼓队等伴随巡游闹市，来了一场“状元秀”，大有“十年寒窗无人问，一举成名天下知”的古代状元游街的感觉。高考状元一改寂寞苦读的学子形象，俨然成了娱乐明星。但在笔者看来，这种现象却弥漫着一股陈腐之气。

教育部早就规定，不得宣传炒作高考状元，让高考状元高调“乘轿巡街”，显然有悖此规定的精神。这样做不外乎以下三种目的：

一是显示成绩。学校宣传高考状元，表面上是在宣传高分考生，实质上，是在鼓吹自身的教学水平和成绩，以提高社会知名度，从而吸引更多学生就读，“钱途”便不可限量。

二是显示政绩。地方教育部门放任宣传高考状元，甚至仍在重金奖励高考状元及其老师，往年有的地方还有奖励高考状元住房之举，舆论普遍认为不妥，“政府管教育只应该管正确的教育方针、政策的落实，允许宣传高考状元，或重奖高考状元，恐怕有借奖励高考状元，为自己打造政绩工程之嫌”。

三是有商家或机构借热炒高考状元之机，搭车炒作自己，从而吸引消费者眼球，达到促销商品和服务、提高知名度的目的。

一言以蔽之，让高考状元“乘轿巡街”，学校和教育部门宣扬的是成绩或政绩，商家挖掘的是经济利益，而媒体挖掘的则是新闻猛料，他们各取所需。

但其对社会造成的负面影响却不容小视。让高考状元“乘轿巡街”，会强化家长们的“状元情结”和“状元崇拜”，会加剧学校和老师之间为了争出“状元”而大搞应试教育的不良风气。家长们本来就有很浓厚的望子成龙、望女成凤情结，各种“状元秀”火爆上演，会将这种情结推向新的高度，让子女难以企及而备受压力；学校和老师本身已经在片面追求分数，施加给学生的学习压力本身已十分沉重，大搞“状元巡街”，片面追求分数的应试教育会年甚一年。

搞“状元巡街”之类的爆炒行为，也不利于状元日后的健康成长。早有专家在几年前就曾表示，在标准分制度下，考 900 分与考 800 分实际上没有太大差别，在原始分的差距上可能是微乎其微的，因此“状元”并不值得大书特书。

其实，任何一场考试都是能力、知识、智慧乃至运气等偶然因素和必然因素交互作用的结果，高考也不例外。少一点“状元崇拜”，就会多一点教育理性。

84. 别让艺术输给情色

——从芝加哥玛丽莲·梦露雕像被拆说起

乔燕冰

雨天不记得带伞的部分美国芝加哥市民也许日后会有些怀恋，因为他们再也没法在曾经屹立街头的那尊巨型梦露雕像的裙摆下避雨了；一些梦露的粉丝也许有些气愤,因为他们心中“永远的玛丽莲”如今却要被“拦腰截断”,“打包”带走；一直瞅着这尊“春光”大现的雕塑不顺眼的人也许有点郁闷，因为终于被拆除挪走的雕像据说还要在异地重新展出；而表情陶醉的雕像主人公也许有点无辜，因为她可能想不到辞世 50 年依然受宠的自己，竟在人们的宠爱中遭受如此“肢解”，并沦为另类谈资……近日位于芝加哥广场上的一尊玛丽莲·梦露争议雕像被拆除事件，戏剧性地再次证明了这位“性感女神”的惑人魅力，甚至引发业内人士提出社会需要设立第三方公共艺术委员会来协调民众与艺术交流……难道魅力也能祸人?

争议雕像名为“永远的玛丽莲·梦露”，是艺术家苏厄德·约翰逊基于已故好莱坞著名影星玛丽莲·梦露在电影《七年之痒》中的“梦露式性感”经典形象设计的。当初影片中梦露一袭白裙在人行道上，被地下通风口喷上来的冷气掀起裙摆露出双腿，性感魅力淋漓尽显，成就了美国人心目中的这个“性感女神”形象。金发、红唇和被风吹起的裙子已成一种特定的符号，甚至由此衍生出了芭比娃娃的形象设计。但正是这个深入人心的经典形象，在被放大、定格到人们眼前后却饱受争议，不仅雕塑被肆意毁坏多次，甚至梦露的玉腿也曾被浇上油漆。这个得到公认的“魅力的权威”，以及独特的美国文化符号，何以竟如此不招其国人与世人待见?

回到雕像本身，也许更易得到答案。如果说我们认同本雅明关于机械复制时代，艺术的“光晕”在复制中消褪的卓越观点，那么将梦露飞裙的平面形象用金属如是立体塑形，则恰恰是让艺术原有的“光晕”眼睁睁地被亵渎，直至剥落；如果说沃霍尔以复制梦露头像创作出波普艺术的典范作品《金色玛丽莲·梦露》，是用现代技术对传统艺术的极端祛魅的话，那么梦露飞裙形象雕塑则是以艺术的极端张扬对艺术与美的一种摧残。因为当梦露的裙摆被冷气掀起后瞬即落下的那一刹那，所有的诱惑与欣赏、性感与色情、艺术与艳俗、美好与淫恶等边界的把持，皆在于影片镜头拿捏有度的一起一落之间，皆在于裙摆飞起后的及时落下而让灵魂归位，精神归位，从而为艺术让位，艺术的落实与审美的附着也唯独来自于这裙摆起落的瞬间绝妙。然而，一旦裙摆飞起的一瞬被定格，将起与落无情切断，直白写实地以裙下“春光”示人，朦胧、含蓄、神秘、曼妙等一切来自女性身体之美皆在昭然若揭中荡然无存，留下的只能是充满挑逗与欲望的一堆肉体。

并且，雕像高约8米，重约15吨，如此过大的体量，逼得人们远观之不足，而亵玩之倒是有余，以至于瞻其容必要受其胯下之辱（或许对于一些人是要承胯下之“幸”或胯下之“荣”）——视觉的强暴野蛮地逼迫人们将一个女人的裙底世界一览无余，这种直观将艺术或人性的想象空间低级地填满，艺术也便在神秘与优美被驱逐的同时遭到扼杀。而刻意孤立、放大和强化这一特定的性感瞬间，也让梦露在剧中的娇憨迷人与天真纯良所剩无几。更重要的是，当这个富含韵味的艺术形象几乎沦落成一种单纯的物化感官消费品时，除了暴露了“艺术”的无能之外，也不免抛下一种关于时代精神的担忧——这正是今天许多“艺术创作”正恣意蔓延着的一种价值取向：人间某种美好不断以各种方式被俗化成预设的情色看点与卖点。

有时候，所谓的艺术创作与审美手段，恰恰是艺术与美最切近与致命之敌，它会在试图彰显美的行为中让美消逝，会在让美永恒的过程中使美远去，也会在惠养人心的期望中俗浊了精神。

85. 别让影片折在3D灯泡上

小作

近日，编剧宁财神就在微博上抱怨，称 3D 大片迟早会毁在各种抠门影院的灯泡上。他还宣称将会整理一个“良心影院红名单”，为网友们提供良好的观影效果。宁财神再针对此事发微博，称“本来想列一个为了省钱故意调暗灯泡的电影院黑名单……后来发现这个名单实在太长太长太长了，所以只好列一个红名单”，他也号召“大家帮忙，把那些有良心的影院贴出来，等我整理好名单，到处发，以后再看 3D 电影，就只去那些影院”；并恳请多家网站“一起加入这次调查……人家花了好多钱好多时间拍的心血之作，绝不能折在最后一关！”

3D 数字厅放映主要依赖放映工作，放映机中的核心部件就是灯泡。进口灯泡价格在 2 万元左右，保用寿命一般是 1000 个小时。如果一开始就用 100% 的亮度放映，灯泡的损耗就很大，寿命也大幅缩短。所以一般影院开始会用低亮度运行，然后慢慢调高亮度。通过降低灯泡瓦数，延长灯泡寿命，降低放映成本。而很多影院为省钱，放映机的灯泡亮度通常只用到标准值的 60% 到 70%。通过降低灯泡瓦数，灯泡使用寿命可以延长 80% 放映时间，也就是说，本应该使用 1000 小时的灯泡，可以使用到 1800 小时。这样，放映的场次就可以增多。这是影院经理的小算盘。

可是他们没有想过的是，观众看 3D 影片时常常看到昏昏欲睡，也常常反映影片质量不好，画面偏暗，很多动作和细部都看不清。原本很多观众不明就里，以为 3D 影片就这样。看了这种质量的电影，还不如直接选择票价更为便宜的 2D 版电影，一般可以省下 10 至 30 元不等。于是，在观众心中形成了这样的观点，看都看不清楚的 3D 影片技术可不怎么样啊，没必要去看 3D 电影。

现在大家都了解了，原来自己花钱看电影，结果花钱在电影院里睡了一觉的原因还在影院方。当然，这不是中国特殊的问题，而是全世界影院经理的通病。《变形金刚 3》的导演迈克尔·贝在 3D 版《变形金刚 3》即将上映前，写信给观众和影院放映员，希望北美院线的放映员调高放映机灯泡的亮度，恢复观众对 3D 电影的信心。

3D，被卡梅隆称为让观众回归电影院的法宝，也是电影院票房的增长点。不少电影院花大价钱购买了 3D 银幕、3D 放映机，最后却为了节省灯泡的钱，让观众对 3D 影片失去了信心，观众不进 3D 影厅，昂贵的 3D 设备闲置，最后还是影院的整体利益受损。影院经理们切勿捡了芝麻丢了西瓜。

86. 译制片别满口都是“国产潮语”

针未尖

好莱坞大片《黑衣人 3》登陆内地，短短一周票房破亿。但影片给人印象最深的不是剧情，而是中文字幕，“难道你就不担心这路边摊儿上的东西用了地沟油或瘦肉精？”“你这可真的太坑爹了吧！”“两情若是久长时，又岂在朝朝暮暮！”“你是穿越剧看多了吧？”……这些高度中国化的中文字幕，让喜欢者觉得是亮点，不喜欢者则抱怨不伦不类。

引进片的中文字幕往老外嘴里硬塞国产热词、潮语，《黑衣人 3》不是首例。此前，“脑残”、“我是来打酱油的”、“神马都是浮云”等网络流行语已在一些引进片里时有所闻。没想到，引进片中文字幕“口语化”、“中国化”现象越来越严重，比如《黑衣人 3》的中文字幕用了大量流行词和古诗词，就被网友评论为“几乎抛开原版，原创了一遍台词”。

在笔者看来，让引进片里的老外喷出“国产潮语”，只可偶尔为之。偶尔为之，且混搭得恰到好处，或许能给影片增加不少新鲜感，增强其趣味性和亲和力，观众往往会会心一笑而乐于接受。以往，一些引进片为忠实于原片，尽量采取直译，结果却成了“硬译”、“死译”，译制片的中文字幕因而不太通俗易懂，快速浏览起来比较费劲。如今，引进片多采取意译，追求通俗化、口语化，活用网络热词，这是对传统影片译制观念的颠覆。

但这种颠覆，不能矫枉过正，不能一味为了“接地气”而给引进片主人公塞进大量“国产潮语”和古典诗词。因为译制片在总体上不能脱离原片语境，而“国产潮语”和古典诗词，有着强烈的本土特征和使用语境，在引进片中使用过于泛滥、出现频率过高，就会让译制片脱离原片语境，从而使整部影片“串味儿”，不仅丧失原作本来的韵味，观众也会“出戏”，伤害观众的审美情趣。正如网友所言，如果引进片达到“字幕一出，神马都是浮云”的喧宾夺主程度，这种本土化的译制就不是译制而是恶搞了。

比如《黑衣人 3》，“国产潮语”就被译制者发挥得无所不用其极，真可谓玩到“潮爆”，“神来之笔”到处都是：除了“伤不起”、“坑爹”、“地沟油”、“瘦肉精”、“hold住”、“很二”、“太鸡冻了”、“3Q”、“我听 8 懂”等等，还有诸如“一失足成千古恨”、“各家自扫门前雪，休管他人瓦上霜”、“天长地久有时尽，此恨绵绵无绝期”、“两情若是久长时，又岂在朝朝暮暮”等俗语和诗词，也加入了小沈阳和赵本山的经典台词“这个可以有、这个真没有”……如此炫技，难怪会被观众指斥为“感觉就好像在一场交响音乐会上听到了流行乐”，显得不伦不类。

说实话，在引进片中植入“国产潮语”和古典诗词，是一门技术活，十分有讲究。有些流行语和古典诗词就不适合做台词，有些引进片也不合适植入“国产潮语”，有些情节不该有“笑果”时，就不能玩中外语言的“混搭”。正如某语言专家所言，“不要为了通顺而牺牲忠实，不要为了自 high 而罔顾受众”。清末启蒙思想家、翻译家和教育家严复曾提出“译事三难”：信、达、雅。“信”既包括对原文思想内容的信，也包括对原作风格神韵的信；“达”即“达旨”，在通顺的前提下表现原文主旨；“雅”即为不能俗不可耐。引进片的译制者应以此为训。

87. “看起来很像”就等于抄袭吗？

杨兴

“这是你新买的 iPhone 吗？”“不是，三星的。”“哦，实在太像 iPhone 了，明显抄袭啊！”这一真实经历，曾经让笔者以为“看起来很像”在设计上足以辨别抄袭行为，但如今，这句“看起来很像”似乎力度渐弱。

北京时间 8 月 25 日，苹果和三星两家公司之间的专利“世纪大战”在美国“战场”上的结果揭晓，美国陪审团认为，三星侵犯苹果 6 项设计专利，需要赔款 10 亿美元，苹果公司赢得这场官司的最主要凭证就是三星公司的银河系列产品“看起来很像”iPhone 和 iPad。时至今日，两家公司在全球的专利官司已经涉及四大洲、10 多个国家，完成诉讼超过 50 场，但结果却大相径庭。韩国的法官认为两家公司相互侵权；德国和英国的法官则认为三星公司并没有抄袭苹果公司的产品设计。

法律上的不同裁决，让评判是否抄袭成为了全世界的难题。苹果针对最近的宣判结果表示：“这个判决告诉大家：抄袭是不对的。”的确，创新必须得到保护，抄袭也必须给予法律打击和道德上的谴责。没有人怀疑苹果公司所倡导的价值观，但三星公司的言论却将所有看热闹的人都变成了利益相关者，他们认为，“这是消费者的损失，未来将选择更少、付费更高。一个公司竟能玩弄专利法，维护垄断。”这一言论让人们不得不开始思考，评判“设计抄袭”的标准是否公平有效？什么样的创新才应受到法律保护？如何才能在保证满足自身实现创新的同时，又不损害后来者的创新能力？这些问题的解决对于不断深入参与国际市场竞争的中国和从“山寨”中发展起来的“中国设计”来说，更显珍贵。

抛开两家公司的是非不说，从判断抄袭的标准来看，“看起来很像”真的就能成为是否抄袭的全部依据吗？真的能因为申请了外观设计专利就说他人抄袭吗？答案是否定的，针对苹果公司指控三星公司银河系列产品抄袭 iPhone 和 iPad 两款产品的外观设计，其中包括圆角矩形的外边框和由一张玻璃覆盖的全屏幕设计等诸多元素，三星公司拿出了自己早在 iPhone 面市之前就已经展出过的 F700 原型机，以此证明自己早已开始智能手机以及大尺寸屏幕设计的研究工作。这时，苹果公司手中因专利而握有的独占权受到了三星公司在先权的挑战。虽然 2008 年修正的中华人民共和国专利法第二十三条在外观设计授权条件中，增加了“不得与他人在申请日以前已经取得的合法权利相冲突”的规定，但在实施细则中对权利冲突解决程序的设置上给在先权利人维权带来了明显的不便。

针对“看起来很像”，三星公司的设计师们透露了其产品的设计创意来源，他们说：“这一系列产品的设计源于阳光照耀下溪水中闪闪发光的鹅卵石，设计师们想让所有用户通过自然舒适的外观设计结合音效、界面以及用户体验设计来尽享自然。”至于圆角矩形和大尺寸屏幕的设计是因为用户的需求而形成的智能手机发展趋势。笔者认为，苹果公司所说的圆角矩形和大尺寸屏幕的设计应属于公共领域的设计资源，如果利用专利法对这些资源进行垄断，将有损其他人的创新能力，公共领域的设计元素和设计理念都不应该被垄断。如果让苹果公司对这些公共领域的设计资源和理念进行设计垄断成为先例，原本为鼓励创新而发展起来的专利制度，将有可能变成扼杀创新的工具，创新要想实现可持续发展，需要更加完善的法律来保驾护航。

虽然，界定抄袭的法律还存在漏洞，但任何一家科技创新企业都不愿被冠以抄袭者的名号，抄袭对任何设计师的职业生涯都能留下足够大的污点。从设计师的职业操守来说，三星设计师如果想设计出与苹果产品“看起来不那么像”的产品并非不能，毕竟鹅卵石的形状千差万别，毕竟圆角矩形也能有不同角度，毕竟智能手机可以设计得完全不像 iPhone，但他们还是推出了“看起来很像”的产品，毕竟这里除了设计还关系到商业。看来要想维护创新的尊严，无论从法律上还是道德上都任重而道远。

88. 缺乏想象力，还“神”得起来么？

邑生

刚刚过去的这个暑期档荧屏，“神剧”当道，好不热闹：《轩辕剑之天之痕》《钟馗传说》《活佛济公 3》等一批“神话剧”，或赢得极高的媒体关注度，或牢牢占据各地方卫视黄金档，而剧中诸位“神仙”披着古装的皮，用着高科技的通讯工具，说着流行的网络潮语，更兼玩起了“穿越”“多角恋”……风格之现代、剧情之狗血、思想之低幼，遭遇观众和网友的普遍“吐槽”，也引发业内关于神话剧创作中想象力缺乏这一问题的关注。

客观地说，要将神话题材搬上荧屏，难度确实很大，不要说钟馗、济公这样的民间传说人物，就是《轩》剧这样已有经典游戏《轩辕剑三外传：天之痕》作为底本的题材也是如此。《天之痕》是华人游戏界的经典作品，笔者至今仍能回忆起 10 年前接触它的那份感动，恢宏细腻的救世故事，个性鲜明的主人公，以及人魔仙世界、上古十大神器、五行相生相克的法术、《山海经》中栩栩如生的怪物，还有历史、神话与想象完美结合的故事背景、水墨画风的游戏场景、古典曲调的游戏音乐等等，也一直为玩家所津津乐道。而在《轩》剧改编的“扩容”过程中，古典文化元素几乎被完全剥离，代之以现代感十足的人物形象和故事设定，最直接的表现就是各种各样的情感戏被无限制地添加进去：陈靖仇弃小雪爱上挞拔玉儿，宇文拓同时爱上小雪和独孤宁珂还和后者有了孩子，就连修炼上千年的古月仙人和氐人族女皇也有了剪不断理还乱的爱恨情缘……本来以“情”动人并无不妥，只可惜由于想象力的缺失或者说滥用，导致整个故事落入俗套，难免令轩辕迷们“很受伤”。

想象力是神话产生的基础，雄奇、瑰丽的想象更是神话作为出现最早的人类艺术所独具的魅力。但是，中国古代神话散见于《山海经》等一些古籍之中，人物、故事并不系统。因此，要以现代的电视手段来表现神话题材，发挥想象力不可或缺。这既包括对神话本身想象特性的艺术呈现，也包括对不完整的神话材料的合理拼接等技术处理。只是，《轩辕剑之天之痕》中主人公用着堪比 iPhone 的“鸦风”来隔空对话；《钟馗传说》中“穿越”各个时代的钟馗一本正经地说“别迷恋哥，因为哥也只是个传说”；《活佛济公 3》中的济公除了降妖除魔还要谈情说爱……现代高科技代替了仙术的神秘和伟力，无厘头台词消解了神话人物的古意与文化底蕴，狗血剧情更是有“惊世骇俗”的效果……这样的想象力，不可谓不大胆，但相对于这几部剧所要表现的神话而言，想象力发挥得并不算太高明，真不知道该称为是丰富还是贫乏。

不过，据说这几部神话剧收视率还不错。这恐怕更多地要归功于出品方的商业运作，例如《轩辕剑之天之痕》前期的大量宣传和开播前的“禁播”事件，例如选用外形时尚靓丽的演员，而非作品本身之故。事实上，如果缺乏好的想象力，神话剧可能作为商品“神”一把，却永远无法如那些神话人物、神话故事一样，成为流传久远的经典艺术形象和作品。因为，这样的作品从一开始就注定只是一个“注水肉”，只不过外面添加了无用甚至有害的色素，显出了一时的好卖相而已。

又见一些青年明星骄娇二气盛行

——由青年明星助理成群的现象说起

□达　罕

"拍戏带好几个助理，真佩服这般不怕麻烦的劲头，按说四个五个助理咱也雇得起，就是操不起那心，吃什么、挨哪儿歇着，会不会给剧组添乱……"日前，宋丹丹对一些年轻演员排场大、架子大的现象提出批评，引来众多网友热议。其实，针对明星助理成群的现象早些年就有很多人给予了批评，但目前来看，此类现象不但没有丝毫改观，反倒在更多青年演员之中愈演愈烈。在很多剧组，总有这样一群人，隐藏在明星们炫目的光环背后，为他们端茶递水、拎包催场、照顾起居、打理事务。明星在排练节目时，他们会在一旁静静陪伴；明星饿了，他们会适时地递上"便当"；明星要出远门，他们就准备行囊；明星接受记者采访，他们便拎着装有各种资料的挎包如影随形，俨然一副保姆形象。

在笔者看来，除了浪费资源，过多的明星助理不但不能起到积极作用，反而给他人甚至是艺人本身平添很多麻烦。可如今的娱乐圈，越来越多的艺人喜欢耍大牌、讲排场，似乎助理越多、脾气越大，就越能体现其身份和地位。很多剧组负责人都曾抱怨，有些演员拍摄一部电影，助理、保镖、化妆师、音响师等全都带上，而这些人的吃住、出行等方面的费用都是由剧组来负担，这恐怕正是导致近年来影视作品制作成本越来越高的一个原因吧。不可否认，演员这个职业有时确实很辛苦，但再辛苦也不至于饮食起居都要依靠助理，尤其是对青年演员来说，不要有了点小名气就迷失了自己，耍大牌、比排场，骄娇二气甚嚣尘上，到头来吃亏的只能是自己。讲排场，使自己疏远了同行，疏远了生活，疏远了群众，最终也使自己疏远了艺术的真谛。

对于一个演员来说，优秀的作品、高超的演技才是其安身立命之本，如果仅凭华而不实的外在形式，即使排场再大也终将不能在艺术道路上走远。"在我们那个时代，演员就是演员，大家都是自己坐着巴士去拍外景，每个演员心里想的都是把戏演得更好，如果后面跟着一大班随从是会被人嘲笑的。"台湾电影界泰斗李行的一番话让我们见识到老一辈艺术家的低调和对艺术的不懈追求。其实，越是真正的大明星，就越懂得低调。常香玉之所以被后人称为豫剧大师，就在于她视豫剧艺术为生命，始终秉持"戏比天大"的理念；著名表演艺术家雷恪生，虽然年过七旬，但对表演依旧满腔热情，而且每次到外地参加演出时，所有的行李从不麻烦别人，全部自己扛……相比之下，年纪轻轻却有助理一大堆的青年演员们岂不为此而感到羞愧。由此笔者不禁要说，一个真正有实力的艺人又何须靠所谓的大排场来证明自己。

值得称道的是，针对一些明星耍大牌、讲排场的现象，越来越多的导演、制片人不再妥协，而是奋起抵制。电视剧《秦香莲》的导演就曾在该剧开机数天后炒掉一位"影后"级的女主角，原因就在于这位女主角总喜欢把"影后"的光环带到剧组。对于这位导演的勇气，我们应报以足够的赞许。

无论到什么时候，表演功力、敬业精神、艺术品德都是一个演员应该具备的修养，如果光讲排场、摆谱，非但不能成大器，反倒会令人生厌。对于很多年轻艺人来说，艺术之路才刚刚开始，所以应当排除杂念，把更多的时间和精力用在表演上。毕竟，排场越大，不等于你的艺术越精；排场再大，戏还得自己演。

钟鼓楼

>> 图片新闻 <<

《未来的回忆》——凯瑟琳·尼尔森摄影作品展，将于11月26日至2012年1月20日在北京798艺术区举行。凯瑟琳·尼尔森的摄影作品以球形为载体，将时空的更迭通过梦幻且细腻的表现方式，诠释出当代"自然"这一词的真正意义与其所蕴涵的能量。图为凯瑟琳·尼尔森的作品《莫奈的花园》(资料照片)。

凯瑟琳·尼尔森1992年毕业于伦敦切尔西艺术与设计学院，1996年毕业于悉尼艺术学院，曾任职于大型影效公司，为《红磨坊》《哈里波特和阿兹卡班囚徒》等电影制作后期视觉效果。自2008年起，她开始专注于个人作品的创作，通过摄影与数字技术的结合，展示她的创造力。她的作品《创造》曾于2010年在澳大利亚摄影中心展出，同年获得苏格兰皇家银行新兴艺术家奖。

新华社发
邢广利　摄

策划与策展：打开摄影新视界

——中国第十四届国际摄影艺术展览暨2011中国·丽水国际摄影文化节印象

□本报记者　郭青剑

11月5日至9日，浙江南部的丽水，处处是摄影展览，时时有摄影活动，整个城市沉浸在一片浓浓的摄影氛围之中——在此举行的中国第十四届国际摄影艺术展览暨2011中国·丽水国际摄影文化节上，大大小小近120个展览，以及包括比赛、研讨会、图书首发、幻灯播放、专题讲座、专家见面、采风创作等在内的诸多活动，让这个中国第一"摄影之乡"广受全国乃至全世界摄影界关注。几天采访下来，本次活动让记者印象最深的，当属展览主题的设定和策展人作用的发挥。

>> 首设主题 感受"幸福瞬间"

走进丽水大剧院中国第十四届国际摄影艺术展览展区的A馆，迎面而来的第一幅作品就是本届影展"幸福瞬间"主题的彩色类金奖作品《梦呓》。这幅作品以特定环境下几个人的不同睡姿与表情，展示了摄影师对"幸福"的理解。依次往前，占据了A馆大部分空间的，全是一张张生动的笑脸、一幅幅有趣的画面，展现的都是一个个精彩的"幸福瞬间"，走在其中，既觉好看好玩，也会引发人对"幸福"的深度思考。

这也是中国国际摄影艺术展览从1981年创办以来，首次设立主题。中国摄协国际部负责人陈静向记者介绍说，本届展览的举办适逢"十二五"规划的开局之年，响应中央领导"让人们生活得舒心、安心、放心，对未来有信心"幸福理论的号召，于是特设"幸福瞬间"主题，与影展过往的自由命题同期面向全球摄影人征稿。据悉，这个主题得到了来自世界各地摄影人的积极响应与持续关注。本次影展共收到"幸福瞬间"主题作品22874幅，占总投稿量的30%。评委们在评选时也纷纷表示，"幸福瞬间"主题作品不仅投稿数量多，质量也非常高，诸多画面洋溢着温暖的人文情怀，这样的主题设置令影展更有了侧重，有了"灵魂"。

主办方的用心可谓良苦，在赢得参展摄影师的好评之余，又能否获得观众的认同呢？从展览现场的效果看，答案是肯定的。记者在现场看到，不少观众面带笑容细细品味着一个个"幸福瞬间"，展场不时传来阵阵笑声。

>> 策展人 提升摄影展专业性

此次活动汇集了大大小小近120个展览，策展人在其中发挥的作用至关重要。他们通过整合手中掌握的丰富的摄影作品，利用现代装置艺术、多媒体手段、别致的展场设计、考究的次序安排以及精良的图片制作，给观者带来全新的视觉冲击。

事实上，作为着力建设一流摄影展会的一项重要举措，主办方早在前几年就开始重视策展人的作用。2007丽水国际摄影文化节上，组委会首次引入国际上通行的策展人制度，邀请7位国内著名的艺术展览策划高手组成"策展人"，着力推出新人新作，同时组织了一大批在摄影界享有盛誉的摄影家的作品，使大展成为中外摄影界交流、融合的盛会。2009丽水国际摄影文化节又开创先河，进行"十大策展人"评选。众多策展高手的参与，给摄影节注入了新鲜的血液。据了解，本届摄影节共包括了国内外20多位策展人，他们以更多手段、形式向观众展现摄影作品。像章翔鸥在展厅里铺满西红柿，展现蓝音生拍摄的"红色"重庆的《重庆森林》；陈小波用多台苹果显示器展示宋晓刚用苹果手机拍摄的《苹果掉下来》；刘高峰自己布置了多媒体放映厅展示《列语——天津十人摄影联展》……除了这些"炫"的一面，策展人更展示出了他们的专业能力。

在丽水油泵厂展区的《复眼》《结束》两个展览现场，记者见到了展览的策展人谢雨玫。她带着记者去仔细观看每幅作品，《复眼》展示的是摄影家荣荣和映里拍摄的一组充满情感与寓意的作品，《结束》则是摄影家何崇岳历时几年深入山西农村地区拍摄的全村只剩老人和孩子的现状。两个展览展场面积都不大，展出的作品也都不多，但通过策展人的精心设计和作品本身的魅力，具有了非常大的吸引力，前来观看的人络绎不绝。谢雨玫告诉记者，一个好的策展人要具备好的眼光、好的图片展览编辑能力、好的文字及文化修养、好的设计思路，以及好的沟通、组织、管理等能力。正是靠着这些优秀的策展人，展览才显得更专业、更具吸引力，也能更好地让摄影作品走向市场。从这个意义上说，中国第十四届国际摄影艺术展览暨2011中国·丽水国际摄影文化节带来的视觉冲击和文化盛宴，策展人功不可没。

艺术视点

资　讯

中国文学艺术基金会贵州捐赠字典

本报讯　由中国文学艺术基金会、贵州省文联主办，贵州平坝县文联承办的"爱心助学捐赠字典活动"日前在平坝县城垣小学举行。中国文学艺术基金会秘书长、著名相声表演艺术家姜昆，携贾作光、白淑湘、冯双白、赵林萍、戴志诚等中国文联有关方面领导和艺术家们，以及李碧川、陶兴明等贵州省文联、平坝县相关领导出席活动。

姜昆、李碧川在活动上讲话。之后，艺术家和领导们现场向学生捐赠了价值近15万元的字典。艺术家们还与城垣小学的师生同台表演了文艺节目，姜昆兴致勃勃地与城垣小学的师生们合唱了《上学歌》。

"爱心助学捐赠字典活动"对于促进贵州省贫困地区少年儿童的健康成长，加强贵州省文艺界与教育事业的互助合作将起到很好的推动作用。　（金　文）

第七届上海国际魔术节举办

本报讯　由中国杂协、文化部艺术司、上海市文广局等主办的第七届上海国际魔术节日前在沪举办。全国人大常委会委员龚学平，中国杂协主席边发吉，中国杂协分党组书记、驻会副主席邵学敏，文化部艺术司司长董伟，上海市委宣传部副部长陈东，中国杂协副主席戴武琦、副秘书长邹玉华等出席开幕式。

魔术节汇集了来自加拿大、意大利、美国、中国等8个国家的近50位魔术师，开展了国际魔术比赛、国际精品魔术展演、国际魔术道具展卖、国际魔术讲座和中外魔术师下社区表演等活动。本届魔术节还新增了国际魔术大师论坛和首届全国专业魔术师研修班。论坛上，来自中国、美国、意大利的4位魔术专家以《世界魔术发展趋势与中国魔术发展未来》为题，就中外魔术的发展历史和未来方向作了主旨发言。研修班聘请了享有世界声誉的11位魔术专家，为活跃在中国魔术演出一线的43位演员进行了精彩的讲座。

魔术比赛分为大师赛和新人赛，经过激烈角逐，最终法国魔术师三人组的《立体魔方》和中国江苏魔术师丁洋的《变鸽子》分获大师赛和新人赛金奖。　（徐　秋）

第六届北京文博会国粹苑分会场开幕

本报讯（记者　王新荣）11月9日，第六届北京国际文化创意产业博览会国粹苑艺术品交易中心分会场开幕式在京举行。文化部、北京市委宣传部等有关方面领导出席开幕式。

作为本届文博会的分会场，国粹苑艺术品交易中心将启动包括展览、产业洽谈等在内的一系列相关活动。其中，"中巴建交60周年巴基斯坦文化展"、"当代雕塑创意展"、旅英艺术家"申烟田油画个展"等，不仅汇聚了当前文化体制改革的丰硕成果、弘扬国粹文化，更传递了最新产业信息以及发展理念、经营模式等方面的前瞻性理念。

北京文博会自2006年创办以来，作为一个"北京搭台、服务全国、面向世界"的大型文化经贸交流活动，始终坚持以文化交流和文化贸易促进文化创意产业发展的宗旨。

中国·宁夏首届黄河金岸诗歌节举行

本报宁夏银川讯（记者　何瑞涓）　11月8日至12日，由宁夏回族自治区党委宣传部、宁夏文联、中国作协《诗刊》社等联合主办的中国·宁夏首届黄河金岸诗歌节在银川举行。据宁夏文联党组书记、主席郑歌平介绍，诗歌节从今年6月开始筹备，最终从748份来稿、4000多首诗歌中评选出刘诚的《宁夏诗章》、刘涛的《在黄河边写诗》等获奖作品。9日，近千人参与了诗歌节颁奖晚会。10日，诗歌节在北方民族大学召开了以"黄河主题诗歌创作的意义"、"宁夏地域诗歌创作的特点与发展"和"全国视野中的宁夏文学创作"为主题的诗歌峰会。11日，诗歌节在宁夏大学举行了"雷抒雁诗歌朗诵专场"，著名诗人雷抒雁现场与广大诗歌爱好者交流对话。

广西少数民族文学"花山奖"颁奖

本报讯（驻广西记者　严琴）　由广西文联、广西民委主办，广西作协承办的第四届广西少数民族文学创作"花山奖"颁奖仪式近日在广西北海举行。陈建功、潘琦、韦守德、黄德昌、谢向阳等领导出席活动，并为15件获奖作品的作者颁奖。

广西少数民族文学创作奖"花山奖"，是广西最早设立的一项文学大奖，每3年举行一次评选活动。本届15部获奖作品的作者分别来自广西的壮、瑶、侗、土家、毛南、京族等6个民族。评奖项目包括长篇小说、小说集、诗歌集、散文集、报告文学、少数民族母语原创特别奖和人口较少民族文学特别奖等7大类。

中国儿艺2012世界经典童话年启动

本报讯　作为中国儿艺"2012世界经典童话年"的首部作品，以及中国儿艺的贺岁作品，儿童剧《伊索寓言》日前正式建组。该剧取材于世界上最古老的寓言集，将农夫和蛇、狐狸和乌鸦、龟兔赛跑、乌鸦喝水等传承了几千年的古希腊寓言穿插成一个完整的故事，将深刻的哲理艺术地传达给观众。该剧由成功执导《小蝌蚪找妈妈》《绝对小孩》的中国儿艺假日经典小剧场的"开山导演"钟浩担任导演，杜薇担任编剧，用5名演员扮演众多角色，将于12月底与观众见面。

据悉，中国儿艺2012年将推出3至4部改编自世界经典文学作品的儿童剧，全部由剧院自主编剧。目前，剧本已经全部创作完成。这是继2010年和2011年"优秀剧目轮换上演制"施行之后中国儿艺的又一新举措，旨在汲取世界文学宝库中的儿童文学精髓，扩大儿童戏剧创作的视野和范围，推广优秀的世界文化。"世界经典童话年"之后，中国儿艺还将推出"中国经典童话年"。　（文　慧）

苏州首个文化产业投融资平台落成

本报讯　11月6日，苏州长润文化产权交易服务有限公司（简称苏州长润文化）产权交易中心营业大厅正式落成，并将于11月18日挂牌营业。据了解，这不但是苏州、也是江苏省第一个文化产业投融资平台，意味着今后苏州金融资本向艺术品文化产业注入开辟了全新的渠道。

当天的典礼上，苏州长润文化分别与华夏银行苏州分行、苏州银行、苏州太平洋产险、苏州人保财险共同正式签署战略合作协议，同时有7家会员单位首批加盟长润文化产权交易服务平台。

苏州长润文化通过整合各类文化资源，积极促进文化产业与金融资本的对接，打造苏州地区交易活跃、运作规范、金融机构参与度高、产品变现性能好的综合性的文化产业要素市场，为文化企业和文化产品提供交易和融资服务。　（苏　文）

《中国艺术报》版式赏析

2011 年 11 月 14 日

第 1078 期

89. 影视宣传别打“激情”牌

于奥

近日，电影《白鹿原》在一系列宣传中，连续发布几段激情戏片段的视频，以及名为“中国式欲望”的系列制作花絮。“大尺度”、“激情戏”一时间成了电影《白鹿原》的标签，段奕宏扮演的黑娃和张雨绮扮演的田小娥的激情戏风头甚至超过了电影本身。而日前，该电影主演刘威在接受媒体采访时，则对片方以情色作为噱头的宣传方式极为不满，直言“《白鹿原》在中国小说史上是丰碑，表现了一个特殊年代人们物质和精神上的无奈和冲突。一部这么伟大的著作改编成电影后，能用大尺度三个字来形容么？如果想让电影做得更好，必须从文化入手，让观众认识到你看的电影是一种文化。不能通过电影告诉观众一个女人如何对付几个男人”。刘威的话道出了现在一些影片宣传上存在的问题。

近几年来，无论是古装魔幻大片，还是现代爱情戏，放大影片中的床戏、裸戏和暴力场面以吸引观众眼球，几乎已成为影片宣传的惯例。《金陵十三钗》就曾疯炒贝尔和倪妮的床戏，《杜拉拉升职记》在宣传期则频发徐静蕾和黄立行的惹火剧照，就连《赵氏孤儿》中海清的一个哺乳镜头都被冠以“大胆”、“裸露”字眼。面对畸形的电影宣传，有人说电影其实就是娱乐，观众喜欢看什么就拍什么，就要以各种方式的宣传去吸引眼球。看看电影《单身男女》的宣传语：“床榻之上肌肤相近，古天乐大秀古铜色的好身材，高圆圆也展现出她不为人知的一面。两位演员均展现了他们最迷人和性感的一面。”宣传语的确“语出惊人”，但是充斥着露骨字眼的话语也蛰痛着观众的眼睛。暂且不说观众看了电影便可知道，这种宣传只不过是虚晃一招，然而，即使是剧情果真如此，会有观众是为了那“床榻之上肌肤相近”才被激发出观影的兴趣吗？宣传方难免太低估观众了。

电影首先是一门艺术，相信观众很大程度上是带着欣赏艺术的心态走进影院的，而作为艺术品的创作者和生产者，片方不去宣传和引导观众去关注电影本身好的故事和情节，而却以“激情”等字眼作为噱头大做宣传的文章，岂不既是对自己的嘲讽，亦是对观众的愚弄？更何况，对于这样的“超尺度”宣传观众未必会买账。尤其是由经典文学作品改编的艺术电影，过度渲染和宣传其中的裸露成分并没有必要，亦不是所谓的“宣传需要”。这种挂“激情”的羊头式的狗血宣传还能够维持多久呢？

诚然，电影的宣传如果仅仅靠一两个宣传点很难将一部电影在上映前就打响名堂，但一部电影的制作费用，少说有四分之一都会用在宣传发行上，不顾影片风格、没有艺术坚持的“挂激情的羊头式宣传”，只能说是太偷懒了。观众期望看到的一定是最忠于影视作品的宣传，那些“别有用心”的影视宣传就别再伤观众的心了。

90. 包装不是制胜法宝

王晓娟

前不久，在某电视剧开机发布会上，制片人称，与许多小成本影视剧一样，该剧不会有奢华的影音造型和“天价”影星加盟，制作者希望用好的剧本来征服观众，而不是靠“外力包装”，这与当下电视剧创作和生产中存在的奢华浪费、明星高片酬、投资虚热等风气恰成对照，给了我们一份更为理性的思考。

有大明星、大制作、高投入的影视剧并不能绝对赢得观众掌声，翻阅那些散落在岁月角落里琳琅满目的影视作品，高投入、低产出的片子可谓不胜枚举。在影视圈，许多导演在明星效应的影响下争抢当红明星，致使影视剧的制作成本越来越数额惊人，而有更多余力和财力的导演还会对作品的影音效果和视觉造型做深加工，以此来吸引观众眼球。然而，过分注重包装导致当前影视剧数量和质量的剪刀差不断扩大、影视资源与资金的严重浪费以及不平衡的产业现状，已经引起了许多业内人士的反思，优秀的影视作品缺乏资金支持而搁置，糟粕之作肆意挥霍影视资源的情形，绝对不是我们愿意看到的。

当然，我们并不是绝对否定大腕明星和华丽造型的“包装”对影视剧的助推作用，倘若影视剧的“软实力”足够，明星和资金等外力的加入的确能够锦上添花，推动影视剧获得更大成功。电影《建国大业》、电视剧《辛亥革命》等就是凭借着巨大的明星效应和大手笔制作的助力，取得了不俗的市场业绩和群众反响。但是真正考验影视艺术者实力的试金石并不是包装，而是剧本与演员表演的真正功力，外在包装并不是一把万能钥匙，导演和编剧不能把影视剧的命运单纯寄希望于“外力”，而应当去潜心修炼“内功”，把考虑赚钱的心思多用来耕耘剧本故事，塑造立体影视人物。曾经让无数观众潸然泪下的《暖春》《一个都不能少》，刚刚斩获多个新农村电视艺术大奖的《满秋》和《古村女人》，都是成功的范例。

我们应当相信，一部优秀的剧作即使没有大牌明星助阵，没有奢华绚丽的造型制作，仍能迎来观众的喝彩与肯定。

91. 缓解故宫压力不应用权宜之计

——也说故宫博物院“宫院分离”

王新荣

日前，北京市政协常委会通过了《关于推进北京世界文化遗产保护与完善的建议案》，提出将故宫“宫院分离”，一方面使故宫成为集中展现明清皇家宫廷文化的场所，另一方面择址新建一座博物院，作为专门展示故宫所藏180余万件文物旧藏的场所，以便更好地缓解故宫游览量超负荷的问题。建议一出，顿时引起热议。支持者声称，游览偌大的故宫需要花费很多精力，“宫院分离”可让游客在有限时间内欣赏到更多的东西。反对者则认为，“宫”“院”本为一体，“分家”将使故宫失去最本真的文化存在。故宫究竟该不该“宫院分离”，一时之间成了热门话题。

笔者认为，虽然建议的出发点是好的，但故宫作为一处极具代表性的文化遗产地，实不宜轻易“分离”。当下居民生活水平提高，大众文化旅游需求也水涨船高。故宫因受展示条件局限，其院藏180多万件文物，目前真正得以展示的尚不足1%；而故宫作为世界上现存最大、最完整的木质结构古建筑群，也是国家文物保护单位，其保护工作同样艰巨，不能大拆大建。面对文化消费供不应求的现状，以及由于过度旅游对文化遗产保护产生的压力，建议的提出应该说具有一定的合理性和相当的现实针对性。

但是，“宫院分离”背后潜在的负面影响，我们不可小觑。首先，故宫作为遗址博物馆，106万平方米的古建筑群和180万件文物藏品是天然不可分割的整体，作为故宫的文化特色，两者在某种程度上如同一对“母子”，故宫是“母”，文物是“子”。“宫院分离”无异于将“母子”分离，不便于人们理解文物的由来和意义。在故宫这一独特环境里，故宫建筑本身与馆藏文物天然构成了彼此的文化注脚。按照世界遗产组织对遗产地的定义和《故宫总体保护规划大纲》的要求，故宫保护工作的首要任务就是保持故宫的真实性、完整性。真实性原则要求不得改变文物的历史原状，要尽可能地保护文物所拥有的全部历史信息。完整性原则则要求将文物作为一个整体，保护不仅包括不可移动文物，而且还要保护可移动文物。“宫院分离”无疑会破坏故宫的完整性，很可能会造成故宫文化的支离破碎。

退一步讲，故宫和它所珍藏的文物，即便修建新馆对文物进行单独展示，也会因为展示环境的改变，导致展示效果减弱。而且“宫院分离”以后，未必一定能够将“宫”的压力减下来。目前游客参观故宫，冲着的乃是其古建与文物合一的这个“文化场所”的整体魅力，即使文物移走，古建对于普通旅游者而言也是不可不看的，但空荡荡的古建却难免魅力大减。因此，尝试通过“宫院分离”的方式分散客流以达到文物有效保护的目的，恐怕难免成为治标难治本的权宜之计，其真正效果如何我们实难得知。

笔者以为，调和“宫”“院”矛盾的关键在于既保证故宫的完整性，又能够增大展示空间、拓展保护空间。基于这一宗旨，故宫博物院目前正在进行建立新院区的可行性研究，统一规划新院区的重点功能，在科学管理、票务限制、预约参观、增加参观区域甚至在文化创意上多下功夫。即使迫不得已需要“宫院分离”，也应该在“宫院一体”的前提下进行，即虽然形式上有了“分馆”，摆放和展出先前由于体积过大等原因而未能展出的珍品，但是这些藏品也要由故宫博物院进行统一规划和管理，切不可做成建筑是建筑、文物是文物的“两张皮”。

92. 多谈些文学，少炒些诺奖

——也说莫言获得诺贝尔文学奖

关戈

在经过漫长的期盼和等待之后，中国人的情绪终于得到了一次集体释放——作家莫言获得了 2012 年诺贝尔文学奖。虽然像列夫·托尔斯泰这样的文学泰斗也没得过，诺奖也未必就是标准，但从鲁迅、老舍、林语堂到沈从文，中国有太多作家与之擦肩而过，因此这次释放多少有些亢奋或狂欢的味道。似乎，在一个跟历史相似的百年孤独之后，有过《诗经》《离骚》和唐诗宋词元曲，出过屈原、李白、曹雪芹的灿烂国度，至此重新找回了尊严和自信。各大媒体的报道、人们纷杂的议论，一时十分热闹。围绕莫言获奖的言论，从如何花奖金到计算版税、从炒作手稿、赠送别墅到真假莫辨的万亩高粱地，怪状迭出，可谓纷繁。

可文学在哪里？此前有多少人知道莫言何许人也？“用魔幻般的现实主义将民间故事、历史和现代融为一体。”这是莫言获奖的颁奖辞，却魔幻般在他身上一幕幕重演。从畅销书榜到商标抢注等等，人们在用各种方式“消费”着莫言，“吃定”了莫言。可至今有多少人了解什么叫魔幻现实主义？当然，读莫言未必一定要知道他的“主义”，有更多的人去读莫言甚至引发讨论热，的确可让人喜出望外；但这些追捧、讨论，最好还是多沾点文学的边，少拿诺奖来当喜帖摆喜宴。

在很多场合，莫言说过自己学习了马尔克斯和福克纳。在上世纪 80 年代中国的作家群里，这是一个众所周知的事实——在叙事的实验探索中，许多作家都或多或少地受到了这两位作家的影响，然后或如莫言所说“已经逃离”，找到属于自己的中国叙事。“为什么受到魔幻现实主义影响的，多数是第三世界的国家？我想这是因为我们这些国家的社会和历史以及文化背景跟拉美国家很相似，历史经验相似，我们的个人体验也是相似的。”莫言的话让笔者读了热泪盈眶，非仅关乎文学，而是作家在历史中的姿态让人敬佩。这是作家给予我们、让我们回到那些充满血性的过往的精神视野，更是属于我们民族关于生存和心理传承的宝贵财富。它们不应被忽视或被喧哗遮蔽。

很多年前，笔者读了莫言的《红高粱家族》《丰乳肥臀》等大部分作品，后来又读了《生死疲劳》《檀香刑》《蛙》。他对人物原始生存状态的描述，对色彩、感官铺张渲染的方式，对叙事视角的诡谲控制，让人惊讶、叹服。对我们国家来说，很多历史的、个人的经验正被一些人渐渐淡忘，甚至包括一些生命应有的自信和尊严。莫言以一种民间的方式把它们呈现、展示出来，其可贵之处也许远比诺奖的标签、标准更历久弥坚。自己的作家，懂自己的国家，并以一种我们所熟悉的、容易被震撼被感染感动的方式叙述出来，还有什么比这更可贵的？还有什么能替代这种精神坚实？

文学不是众声喧哗的事业，它需要在生活中流浪、潜行和孤灯下默默地耕耘。我们乐见更多的人爱上文学，改善、支持作家的生活、创作。如果我们真的爱文学、爱我们的作家，也请勿喧哗、折腾，而是长期地、默默地支持，买书读书，思考探讨，从中读懂生活、读懂自己。多谈些文学，少炒些诺奖。

93. 网络文化，别再追捧伪创意了

彭宽

最近，“倒写体”又在网上爆红，为今年的网络“流行体”再添一笔。粗略一算，咆哮体、唤醒体、甄嬛体、元芳体……真是你方唱罢我登场，好不热闹。有人说，这种“丰富多彩”的“创意”，正是网络文化独具的个性特征、草根文化直接的创意呈现、时代文化多元的价值表达。

笔者想问，真是这样吗？

出现时一夜流行，喧嚣后烟消云散。这些“文化创意”的生命力之短，相信大家都已有目共睹。多则半年，少则数月，在制造了一场场起哄式的网上狂欢之后，所谓的“创意”其实剩不下多少值得回味的东西。如果这也可以被称之为“文化”，那我们今天所创造和接受的“文化”是不是太过廉价？

网络作为先进科学技术的产物，为今天的文化创造、文化传播、文化消费提供了极为便捷的手段，但正是其先进和便捷，对今天的文化创造而言却成了一柄双刃剑，许多灵感和心得来不及沉淀，来不及积累，来不及琢磨，就在急功近利和娱乐至死的心态下，泥沙俱下，制造和哄抬出众多类似“流行体”的网络“文化创意”。笔者以为，与其说这样的“文化创意”是在展现网友的创意和才华，倒真不如说它是在结结实实地浪费网友的创意和才华。

有意无意间对标新立异和哗众取宠的追求，对人生和社会的小聪明式的调侃，所反映的无非是背后的焦虑与肤浅、无奈与牢骚，而其制造的喧嚣与发泄风潮，对当今时代真正的文化创造形成的只能是一种泡沫。当这样的文化伪创意一波一波连续不断地将广大网友包围，将网络文化的空间填满，势必在客观上对真正的文化创造力产生挤压和抑制，让娱乐文化的“一次性消费”，逐渐替代真正具有价值的文化创造力。

文化强国建设，关键是增强全民族的文化创造活力。但网络“流行体”之类的伪创意，不论它多么轰动，多么火爆，恐怕与我们真正需要的“创造活力”还有距离。《江南 style》虽然有数亿点击率，但它永远也取代不了《天鹅湖》。一味追捧、热衷于此的人，是不是该冷静一下了？

94. 恶俗广告为什么还振振有词？！

安岳

新年临近，喜爱电视的人们在期待元旦春节电视文化大餐的同时，也将不得不面对多次名列十大恶俗广告的巨人集团脑白金广告的轮番轰炸。不管你愿意否，脑白金广告中的“老头老太”将在你眼前着劲爆服装不厌其烦地扭来扭去，不知疲倦地唱着那单调乏味的广告词。

有意思的是，一般广告主虽行恶俗之实，但却坚决否认恶俗之名，而脑白金却十分乐意自认恶俗。据《经济参考报》报道，巨人集团一负责人坦言，“年年都被称为恶俗广告。但这是我的考核条件，老板说如果进不了十大恶俗广告的排名，我奖金的 60% 就被扣除了”。真叫人大开眼界。

广而告之乃广告的天然目的，所以有人说让人记住的广告就是好广告。这自然是广告题中应有之义，但绝不是广告的全部。当下广告早已过了纯粹推销产品的阶段，而以塑造品牌形象为重点诉求。即便单纯推销产品的广告，也十分注重品牌的整体文化内涵和价值观。国内外一流品牌莫不如是。

但国内广告日益粗鄙化是不争的事实，恶俗“玩家”也绝不仅仅是脑白金。回顾 2012，各地恶俗广告可谓五花八门。南宁公交车广告“红豆生南国，相约看妇科”，远在唐朝的王维躺着中枪；苏州一餐馆宣称“不要告诉别人，你的肚子是被我搞大的”，令人恶心；成都一家房地产公司强调“成功太晚，商学院的很难是原配；成功太晚，年纪可以当她爹”，爆炒混乱而错误的价值逻辑；海南椰树椰汁炮制“每天一杯，白嫩丰满”，让人误以为这家颇有影响的饮料企业开卖丰胸产品……更有甚者，某些政府部门也粗鄙地开练“恶俗”，本年度影响最大者莫过湖北利川市旅游局在重庆推出的“我靠重庆，凉城利川”车身广告，引发巨大恶评，不得不草草收场。

恶俗广告之所以“野火烧不尽，春风吹又生”，与社会生活日益多元丰富伴生而来的粗鄙化有关。通过改写成语、改写真善美，通过挑战传统、挑战价值底线，通过抛弃良知、抛弃责任，借助利益追求至上的传播媒介，以求实现引领潮流、实现成功的快感，正暗合着社会生活中那些为了成功成名不择手段的粗鄙潜流。

可以预料，恶俗广告将长期存在下去，但它必须为自己的恶俗买单。仅仅在消费者中留下恶名是远远不够的，希望政府部门和行业协会加强监管，让恶俗广告付出应有代价。

95. 莫为与众不同而失了文化底蕴

陆尚

近日，有媒体报道，新学期伊始，某校大一新生报到，一名女生因名叫“是朕”而引发围观无数，被调侃“皇上驾到”。无独有偶，该校还有一名男生名曰“雍正”，折服一众网友，纷纷大喊“穿越”了，赞叹其名字“够霸气”。而“康熙”、“王子”等名字也接连出现在各地高校的报到名单上。这些被视为“霸气外露”的名字经由网络迅速曝光、走红，在被广泛关注的同时，也给当事人带来了不少困扰。日前，又有消息称，某校新生因名为“操日本”引起网民狂热围观，最终不堪被询问和调侃的压力，选择退学复读。对于以上种种，有网友归结为“都是名字惹的祸”。有关名字的话题也在社会上引起了广泛热议。

名字，可以说是一个人的代表性标识，人与人打交道，首先要报上的就是姓甚名谁，也是一个人对于另一个陌生人最先获得的信息，“人如其名”更是我们对于一个有着美好意境的名字之人的溢美之词，一个响亮的名字往往能让人印象深刻、产生好感。因此，也就不难理解为何很多家长虽然明明知道名字只不过是一个符号，望子成龙的他们却还是要在给孩子起名上下足工夫。有人说，看名字就可以大概猜到这个人所生的年代。例如解放后，“解放”、“爱国”、“和平”、“建民”等名字被广泛采用，而自上世纪八九十年代开始，深受港台言情小说、电视剧的影响，琼瑶式唯美的名字则广为流行。由此可见，名字从某种程度上的确承载了某一时期的特定历史，寄托了人们的某种感情，也是一种文化。

常常听即将为人父母的人抱怨孩子名字难取，仔细想一想，在有着 13 亿人口的中国，既要尽量避免重名，又要独树一帜、别有新意，取这样的名字委实不易。但是取名字又怎可一味为了赶时髦、求霸气而信马由缰？曾经听过这样一则笑话：一对父母倾慕杜子美，而本身父亲也姓杜，就想给孩子起个名字叫子 ×，感觉又有学问，又时髦，翻了字典又取了“腾”字，寓意飞黄腾达，决定就叫子腾，谁知孩子此后却因了这个名字而备受困扰，因为“杜子腾”的谐音就是“肚子疼”。虽然只是个笑话，却也给一心想要给孩子起一个“响当当”的名字的父母们提了个醒。其实，从古至今，姓名文化都很被看重。看看历史上的文雅之士，例如曹操，名操，字孟德，应是取自“夫是之谓德操”；苏辙，名辙，字子由，则是取自“天下之车，莫不由辙”之语……莫不有出处、有意境，其中更积聚着深厚的文化底蕴。而如今的很多名字呢？一些 80 后、90 后的父母，为了能让自己的孩子首先在名字上就能“突破重围”，不仅利用上了很多生僻字，有些更是以多取胜，四个字、五个字的名字亦有之（除去复姓）。如此，恐怕更多的是为了标新立异，个性是有了，但是文化底蕴呢?

笔者以为，也许有个性的名字真的很容易让人记住，但是同时，也可能会带来种种不便,例如生僻字很多人不认识、不会读,往往电脑也打不出来,而“康熙”、“雍正”等名字虽然火在一时,但是对于当事人也产生了预想不到的困扰。更何况,“是朕”并不就真的是“朕”,叫“康熙”、“雍正”也不能一朝穿越过过“皇帝瘾”。由此，笔者想说，名字其实只是个代号，除了特别，顺口、好记、好写也很重要，切莫为了追求与众不同而失了文化底蕴，否则再出现类似本文开头所说的那样的事件岂不“杯具”了?

96. 让公共空间再多些“精神绿地”

彭宽

巨大的广告灯箱上，醒目地置入了四幅优美的中国山水写意作品，为人流如织的地铁站增添了一抹清新的文化气息。这是笔者近日在北京某处地铁站里偶然所见。不少候车乘客，为这与众不同的灯箱所吸引，于匆匆行色中注目欣赏，神情间或多或少显出了一份审美的轻松愉悦。

身为过路人，笔者不知道这样一处细节的改变出于何人创意，作为地铁站、马路、城市广场这样的城市公共空间，能够腾出大型广告灯箱这样宝贵的展示资源，用于公众的纯文化艺术欣赏之用，目前尚不多见。笔者认为，这种做法后面的理念，颇为难得，值得肯定，更值得大力提倡。

增加绿地，增添绿植，扩大绿化空间，如今已经是城市居民的强烈共识，许多部门和单位也非常重视。不过相比于对物质环境绿化的重视，如何在公共空间打造足够“面积”、足够“质量”的“文化绿地”、“精神绿地”，似乎还远远没有被充分关注。如今，人们进入城市，霓虹灯、广告栏、乃至户外墙壁、户内地板上，目之所及，只要能够被用来进行视觉宣传之地，随处可见的都是各类大大小小充满了商业气息的广告宣传制作，虽然大多画面精美、设计新颖，但其核心内容，毕竟并非纯粹的文化艺术欣赏，因此虽然让人目不暇接眼花缭乱，但总是缺乏真正令人的精神世界得以滋养的东西，看多了，还会隐隐使人视觉疲惫、心灵浮躁，有种“透不过气”的感觉。

当然，在公共空间发布商业类广告是一种正常的企业宣传行为，笔者无意诘责。但正如一个城市的生活环境需要绿化一样，一个城市的公共文化环境也需要“绿地”。铺天盖地的商业广告虽然可以琳琅满目，虽然可以繁华热闹，但却承担不了“文化绿地”和“精神绿地”的作用。因此，北京地铁站里的那个中国山水灯箱，才会在笔者的印象里如此深刻，才会在周围的众多灯箱广告中如此显眼。虽然它还仅仅是一个细节，却对于地铁站这样一个公共空间的文化氛围，起着润物无声的改善。笔者相信，如果这样的细节能够在一个城市里多起来，对于整个城市文化气场、文化形象的营造和提升，都能起到不小的助推作用。

如今，城市雕塑景观、城市公园、城市广场等用于文化娱乐休闲的场地在各地城市建设中越来越被重视，城市建筑和城市公共服务设施所附着的文化内涵和艺术审美也在不断提升，这些都从不同方面显示着人们对公共空间的文化审美需求在不断加大。因此，笔者期望像北京地铁站内中国山水灯箱这样的细节改变也能够越来越多，让城市的公共空间尽可能多一些“精神绿地”，让人们更惬意地去进行文化“呼吸”。

97. 追问虚拟人物为何变身城市雕塑

王新荣

据有关媒体报道，山东济南旅游局近日以电视剧《还珠格格》中的虚拟人物“夏雨荷”为原型，在济南大明湖里建起了“雨荷厅”，并希望琼瑶筹拍《还珠前传》，一时引来热议。回顾近年来类似的城市文化旅游开发事件，笔者颇为感慨：前有襄阳斥资百万修建“射雕情缘”为郭靖、黄蓉造像，后有郑州“中原福塔”广场“流氓猪”雕塑、桂林裸体“扶老”、台儿庄露胸潘金莲等城市雕塑，层出不穷。将虚拟人物作为城市雕塑原型，进入城市公共文化建设视野，或成为地方旅游文化产业的一个砝码，本也无可厚非，但把生命力未必长久的流行文化中的虚拟人物乃至反面的虚拟人物推出来，却不能不引人质疑：其文化内涵的社会影响力究竟能否使之立得住并传之久远？如此举动是否有欠冷静？

流行文化，作为一种文化快餐，借助新的传播媒介，的确可以实现快速广泛的传播。1999年《还珠格格》在大陆放映之时曾影响广泛，但流行文化的弊端也在于其走马观花、昙花一现，作为一种文化符码，它不像《西游记》《水浒传》等经典作品里的人物故事一样，作为一种文化认同进入文化共识的层面。文化共识的形成需要经过漫长的时间，更多时候它指代的是一个民族的精神血脉。比如，著名的“美人鱼”雕像，作为哥本哈根的城市符号，就出自安徒生的童话《海的女儿》。美人鱼也是文学作品中虚构的角色，被做成城市雕塑后，却备受推崇，还成为了整个丹麦国家的标志。而“雨荷厅”里以各种方式呈现和描摹的乾隆与夏雨荷的故事，作为一种民间传说被琼瑶引入流行影视剧并大肆传播，其间有几分扑朔迷离和捕风捉影，又承载着多少城市精神和文化内涵？以此作为城市的文化符号进行宣扬，是否会对当下的年轻人造成某种程度的误导，都是我们需要考虑的问题。至于以西门庆、潘金莲之类的反面虚构人物立像，其哗众取宠之意更是昭然若揭。

令笔者有所担忧的是，时下这一行为逐步从民间悄然进入“庙堂”，进入政府城市规划，开始由民间的自娱自乐，变成政府的政策性推动，甚至成为地方文化政绩的一部分。笔者想提醒一句，如果不是以漫长的积淀和扎实的筛选而产生的社会文化共识，仅靠瞬间“打造”的流行文化符码来吸引眼球，恐怕连眼前利益都不一定能满足，就更别提城市公共文化建设了。

98. 选秀如“捕鱼”，要有“休渔期”

何勇海

第四季《中国达人秀》原计划 11 月 4 日首播，后推迟到 18 日，由于部分选手缺乏亮点，节目组决定从海外招募选手充实“达人”队伍。央视近日推出的《直通春晚》也从侧面凸显出选秀节目选手匮乏的窘态，该节目集结全国 12 档选秀节目 36 强，堪称一台“超级选秀”，但业内人士称，这正说明优秀选手奇缺，央视只能“坐享其成”，其他选秀节目的困难则可想而知。

放眼国内荧屏，选秀热潮一直高涨，从昔日的超女快男，到如今的《中国达人秀》《中国梦想秀》《中国好声音》……“草根”登上梦想舞台的机会越来越多，风头甚至可以盖过大明星。除拿到批文的“正规选秀节目”，大批脱掉选秀外衣，经过重新制作和包装，以公益、综艺等面目示人的音乐节目层出不穷，乱战荧屏。国内选手资源被过度消费，被挖掘得近乎枯竭，不出现“选手荒”才怪。

在“选手荒”困扰之下，为保证“有米下锅”，各选秀节目不得不挖空心思、绞尽脑汁地各出奇招，以挖到节目最终能用的选手。所以观众往往遗憾地看到：同一个选手被多家卫视“发掘”，在多个选秀节目中轮番上阵、频频“撞脸”，成了选秀常客；还有一些几年前的“快男超女”选手被搜索出来，重新包装，回炉再造；电视台之间，为争夺宝贵的“草根资源”，甚至互相“挖角”，或者拉来要么没有名气、要么已经“过气”的专业学生或歌手，冒充“草根”……所有这些无不表明，为破解“选手荒”问题，已是乱象纷呈。

这种乱象，会挫伤观众对综艺节目的信任和喜爱，会伤害综艺节目的发展。试想，过去的选手频炒“回锅肉”，会不会有种节目雷同之感？当观众看到一些“伪草根”伪造身份、编造“苦难身世”煽情，进而博取评委同情，会不会有一种弄虚作假、坑蒙拐骗之感？虽然有些选秀节目，最终选手火了、节目红了、收视高了，但真相一旦被人捅破，失去观众信任是迟早的事，无疑是饮鸩止渴。

据报道，为破解“选手荒”，各选秀节目已使出浑身解数赴各地遍搜“草根”人才，除了去海外“引进”华裔或洋面孔外，要么直接去社区求居委会推荐，甚至干脆在小区蹲守，像“星探”一般碰运气；要么到三线四线城市深入挖掘，“未来也许在县城甚至村镇招募选手也毫不稀奇”（业内人士语）。笔者在想，如果两三年后，海外选手、三四线城市和县城村镇选手都枯竭了，选秀节目还怎么继续？

事实上，如地里的庄稼一样，新一轮选手的成长需要一定周期。正如音乐人高晓松所比喻的，选秀好比捕鱼，“选手们被养了几年之后，今年这一网都捞起来了，下一拨选手得再经历几年风雨”。故笔者认为，选手节目要想真正破解“选手荒”，最有效的办法恐怕是，让选秀节目进入“休渔期”，过一下“慢生活”。“休渔”才能有利于目前青黄不接的新一轮选手正常而健康地成长，有利于电视台再一次将选秀节目变成一个赚钱的机器，休养生息之后的选秀节目，也不会失去选拔真正人才的初衷。

99. 电影导演怎就成了“水军都督”

张成

“你见，或者不见，我就在那里，谩骂喧嚣；你看，或者不看，分就在那里，不公不正。”这两句“歪诗”恰如网络水军的真实写照。日前，电影导演陆川承认雇佣网络水军保护自己的新片《王的盛宴》不被竞争对手的水军给“灭掉”，此事曝光,舆论哗然。曾几何时,网络水军成为电影营销的一支暗黑力量。网络水军，据百度百科词条解释，是网络最近衍生出的一种新职业，以注水发帖来获取报酬。每部热门电视剧、电影上映之时,就有人在网络上发帖招募水军,攻击或赞美该剧。陆川指出了自己的水军与一味“黑”他人的水军不同,自己的水军主要是“泼白水”，找补回对手水军对《王的盛宴》的无端恶意中伤，同时坚持绝不抹黑他人的底线。这不禁让人纳闷，堂堂电影导演怎就成了“水军都督”？

其实，网络水军在很多商业领域都被广泛应用，正如百度百科上所介绍的，网络水军在发挥正面作用的同时，负面影响也显而易见。它可以帮助幕后的商业企业，迅速地炒作恶意信息并打击竞争对手（网络打手），也可以为新开发、新成立的网络产品（如网站、论坛、网络游戏等）提高人气、吸引网民关注和参与。电影作为一种文化商品，自然也不例外。同时，电影因为自身的文化属性，口碑显得更为重要，如观众进了影院，不管好不好看，都不可能退票；即使是一部制作精良的电影，也有可能因为类型不对口，而不讨一部分观众的喜欢。因此，出于电影自身的特殊性，在映期内尽量地整合口碑，引导观看舆论显得至关重要，自然而然,网络水军的重要性在某些发行方、制片方乃至导演眼里,也就非比寻常。不仅《王的盛宴》,《一九四二》等电影也遭到水军抹黑。

然而，雇佣水军真的能提高电影的票房吗？能提高到什么程度呢？随着电影市场的细分和纵深发展，观众的口味、文化自觉度越来越高，微博、豆瓣、时光网上水军刷分用的新注册账号都难逃网友的法眼，越来越多的观众不仅仅看影片在上述网站的评分，还更关注这些打分人员的构成，水军赤裸裸地刷分，可能造成观众的逆反心理，事与愿违。对于看什么无所谓，纯粹去消费电影的观众，这种不确定的因素就更多，一张吸引眼球的海报或者大牌明星可能都比这些水军的帖子更有吸引力。

事实上，并无明显的证据证明网络水军的幕后指使者可以提高自己的票房。打分的制度、网上论坛的火爆为水军的滋生提供了温床，但也说明观众对影片口碑的重视，今年北师大推出的“中国都市影像消费生态研究报告”中也提到了口碑的至关重要。有的片方黑掉他人的片子，无非为了间接提高自己的口碑，但这既不合法，还有可能搬起石头砸自己的脚。

要解决网络水军的负面问题，相关部门应加强监管，对于片方，归根结底还是要拿好片子说话。此外，配套的打分制度和引导机制也很重要，比如豆瓣、时光网等影评重镇应大大降低新注册账号的打分权重；同时还应采用对应的技术手段屏蔽掉水军的评论；而且影评界需要更多专业的、客观的、负责的、多元的职业影评人出现，作出公正的影片评价和对观众的积极引导。而这些，都是为了避免让更多的导演沦为“水军都督”。

二、锐评

1.“草根”歌手的春天在哪里

王新荣

著名歌手汪峰禁止著名“草根”组合“旭日阳刚”以任何形式演唱他创作的《春天里》一事，成为最近几天十分引人关注的新闻。“旭日阳刚”以其粗粝中透着苍凉的声线、青筋暴突却充满男儿血性的本色表演翻唱《春天里》，让两个在简易出租屋里为梦想嘶吼的男人迅速蹿红网络，直登兔年央视春晚，音乐之路越走越宽。汪峰的“叫停”，可谓重磅炸弹，引来网民热议，力挺者有之，非议者有之，看热闹者有之。笔者窃以为，此一事件最值得思考的问题是：“草根”歌手如何才能真正实现自己的理想、迎来真正属于自己的“春天”？

汪峰不再允许“旭日阳刚”演唱《春天里》，就法理来说，完全是一个音乐工作者依法维护自身合法权益的行为。汪峰创作、演唱的《春天里》，赢得无数歌迷的心，具有广泛影响，受到音乐界、市场的广泛好评。“旭日阳刚”或其他任何人用《春天里》进行商业演出，必须得到汪峰的授权。作为著作权人，汪峰为创作该歌曲付出的心血理应得到尊重。文艺工作者依法维护自身合法权益，无可厚非，值得肯定。

但为何那么多人对汪峰这样一个正当的维权行为表示不能理解甚至表示反对？原因就在于“同情弱者”的习惯性立场，对宽容的呼唤是一种社会善意的象征性诉求。“旭日阳刚”的“草根”身份，使不少人自然而然地在情感的天平上倾向于他们。汪峰发现“旭日阳刚”后，不仅对他们有“了解之同情”，更有真诚的赞赏，诚心实意帮他们一把，邀请他们参加自己的个人演唱会，从而使“旭日阳刚”的影响力再上台阶。从人才的成长来说，尤其是像“旭日阳刚”这样生在农村、进城打工、活在社会底层的人来说，宽容的社会环境、专业人士的热情帮助，确实是他们走向成功的重要因素。“旭日阳刚”也正是在一个宽容的环境中积累着自己的声誉。人们并不苛求他们的音色和技巧，而感动于他们的真诚与干净。正是在无数好心人、网友和媒体的大力热捧下，“旭日阳刚”才得以脱颖而出。

问题是，“草根”歌手一举成名之后，如何面对“幸福的眩晕”、如何克服“成长的烦恼”、如何迎接“市场的诱惑”？这实在是无法绕开、亦是仅仅靠宽容所不能解决的难题。从“旭日阳刚”来说，藉“草根”之名一炮走红，自然渴望更为广阔的天地；但就观众来说，大家激赏的正是其“草根”特质，若褪尽“草根”本色，人们很快就会将其忘记。但不管从哪方面而言，都需要用作品说话。要想在竞争十分激烈的乐坛立足，靠着唱别人的歌是万万不能的。没有自己的作品，才是“旭日阳刚”最大的软肋。这种现象其实并非个例，近年来的各种选秀，让一大批“草根”歌手崭露头角，但一时的星光很快就烟消云散，一个十分重要的原因就在于参加选秀的时候都是唱别人的歌，成名之后没有作品支撑。再看那些为数不多有持续影响力和号召力的选秀歌手，正在于具备较强的创作能力或依靠创作团队，以不断推出的单曲、专辑让歌迷记住他们，从而跻身乐坛主流。

所以，在呼唤对“旭日阳刚”宽容的同时，更应该帮助他们走好音乐之路。建议“旭日阳刚”首先检讨自身，戒骄戒躁，自觉抵制成名后的种种诱惑，保持本色。同时从两方面加油：一方面，自觉提高音乐原创能力，接受更加专业的声乐训练，不断推出更多优秀的作品。另一方面，自觉遵守市场规则，增强法律意识，学习在市场中“游泳”的本领。惟其如此，才能真正找到自己的“旭日”、拥有自己的“阳刚”，才能真正走进属于自己的“春天”。

2. 维纳斯断臂与“千手观音”

怡梦

近日，有关“刘心武续《红楼梦》”的新闻在各路媒体上炒得沸沸扬扬。刘心武在接受一些媒体采访时称，续作是对曹雪芹创作本意的还原，作品试图沿前八十回伏下的“草蛇灰线”订正高鹗后四十回中未能呈现的应有结局，将人物引向合乎曹氏原意的命运终点。

《红楼梦》本身深远而巨大的影响以及刘心武作为“红学”“索隐派”学者多年来“揭秘红楼”引发的争议，令这部续作还未问世就倍受关注。多数学者和读者对续作持怀疑甚至否定态度，“画蛇添足”、“狗尾续貂”等负面评价不断。

一直以来，曹氏《红楼梦》八十回后原稿散失被认为是一种缺憾，高鹗所续后四十回也常被视作“为维纳斯接上断臂”之举。事实上，这部巨著自问世以来，为其作续者可谓络绎不绝。续写是一种合理的接受美学行为，一部作品有读者的参与才能算是真正的完成。《红楼梦》当然不乏广泛的读者群体关注，关于这部作品的讨论从诗词品读到历史溯源、风俗考释乃至菜肴、药方赏析等应有尽有，形成了特有的“红楼梦文化”。但对于文学本体的研究并不为多，譬如对其笔法、句式、艺术风格的探索，似乎只有以续写的方式直接与文本对话方可实现。刘心武续写《红楼梦》一方面展现他对曹氏意图多年的领悟与思考，另一方面也是他在《红楼梦》的话语方式中浸染涵泳的成果。我们通过对他的续写与原著的互文性对读或许可以得到更多启示。

王蒙在解读李商隐的《锦瑟》时曾用过这样一种方法，将诗中字句重置为多种形式，有律句如“锦瑟蝴蝶已惘然，无端珠玉成华弦”，长短句如“杜鹃、明月、蝴蝶，成无端惘然追忆”，以此来体味“无题诗”意象之妙。刘心武的续写亦可视为一种重置，令我们在重置中进一步反思原著。很多批评其实是源于人们对刘心武“红楼揭秘”的不认同，而关于《红楼梦》的各种学说皆站在认同自身的立场上对他者进行批判，本为一家之言，各执一词形成争鸣也未尝不是一桩美事。而续写行为本身是无可厚非的，而且根本不存在所谓的有损原著美感的问题。因为《红楼梦》在清代早已完成，续写无论如何神似原著、如何探究曹氏本意，也终不过是文本外的一种映射，它是自成体系的，自为的，无需其他文本来证实或证伪的。

假如随着“红学”研究的发展，有一天我们真的能找到曹氏的原版结局，高鹗与刘心武及众多续作的文本都将成为并行不悖的平行空间，不会因原版结局的出现而失去其存在的意义。曹氏的“开放式结局”既然留给我们一座“小径分岔的花园”，我们就不妨“徜徉”其间与故事的无数种可能“不期而遇”，怀着对艺术的敬畏之心，不必担心哪一步会走错，因为文学从来就不是以对错为衡量标准的。我们也不妨在此套用那句名言：“我不能同意你续写的每一个字，但我誓死捍卫你续写的自由。”

残缺可以是一种美，但美并不必定是残缺的。维纳斯其实是“千手观音”，无数人为她设计的手臂，她都宽容地接纳，作为爱与美的化身，正是这种包容，令她在失去实体的手臂之后又生长出了无数理想的手臂。

3. "学者骂街"背后的文化悲哀

乔燕冰

由著名作家刘心武续写《红楼梦》掀起的红学热潮尚未退去，各路学者对此褒贬不一、众说纷纭。近日，几位红学爱好者在网上因曹雪芹书箱的真伪问题又掀骂战，由学术争辩演化成人身攻击，甚至发展到双方对簿公堂，几经法院调解后方删帖并相互致歉。乍一听此消息，让人忍俊不禁，仔细思忖，笑意很快被一种悲哀驱散。

正常的学术争辩演绎成"泼妇骂街"的这种闹剧并非奇闻。几年前京城某知名高校教授面对四川一知名大学学者对其文章进行的学术批评狂骂不止，极尽侮辱、谩骂之能事，言辞肮脏无忌，不堪卒读，让人惊谔。至今想来，依然让人不寒而栗，且心有余悸。

做学术，质疑应为基本态度，批判该是重要精神，自由亦应是不二法则，砥砺切磋更是促进学术发展的利器。为学者，即便不能宁静淡泊，也该彬彬有礼，谈吐文雅。然则让讥讽、谩骂甚嚣尘上，甚至"刀兵相见"、"剑拔弩张"，不仅跨出了学术争论的边界，更有失文人的风度雅量，有损学者的形象尊严。斯文扫地之间，让文人蒙无德之羞。如此学术，何以容纳对真理的探求；如此学者，何以承担对真知的追问？君不见春秋时期百家争鸣之盛况，"五四"时期破旧立新之激战，上世纪五六十年代美学大讨论之豪情，果若皆如此辈，岂非满街泼皮悍妇，口水横飞？

其实，这种"口水战"在如今自由进退的网络公共空间中已见怪不怪，这次的事件至多可谓"加强版"而已。人们不难联想起的便是春节期间，春晚一导演与学者的隔空对决沸沸扬扬，仿佛至今余音犹在。学者以泼辣文风、犀利言辞对春晚提出了批评指责，不料招致对方反唇相讥、粗口相还。好在这次一方以学者应有的理性与冷静让这场强劲的"战争"在他的口中戛然而止。但是，环顾四周，且不谈平民大众，在公众人物、精英群体中这种面对异己之见本应兼听以明，如今借助网络，在自负与浮躁中无端张扬，甚至拉开无聊骂阵的情形似乎也成时尚，这是否会成为精英的自取其辱、文化的自我亵渎？

在今天的大众文化时代，无论是学术争论抑或无聊对骂，任何一种争论别管是否带有文化价值，都可以符合某种低级娱乐文化消费期待。而且从这个意义上而言，看客们似乎乐此不疲，坐山观虎、煽风点火、兴灾乐祸、惟恐天下不乱等各种心态培植了一方"沃土"，使得这种事件在这肥沃的土壤中屡屡滋生发芽、落地开花。于是，有戏上演，又有人捧场，还有人借此吸引眼球，如此这般竟成了恶性循环，污染了文化生态环境。

然而,这方“沃土”的“培植”更要借助网络。网络文化降低门槛、缺乏限制,能够全民参与,实现了文化的“去精英化”。文化的走向不再由少数精英群体把持,而呈现多元和大众化，加上其虚拟性便足以成全公众尽情宣泄放纵和娱乐狂欢的欲望。但是，这个喧嚣的虚拟世界，却承载着人间的真实，是现实的无限对流与延伸。此时，除了恢恢法网，除了我们能依赖的觉悟、气节、理性和自控等因素，文化面对的这种冲击、隐患甚至悲哀还可以求助于什么呢？学者骂街，无疑是文化的悲哀。

4. 为什么总是心太软

——精品剧目何以如此“难产”

江洪涛

“你总是心太软，心太软……”曾几何时，台湾歌手任贤齐的一首《心太软》响彻大街小巷，一首歌曲之所以能够流行，除了词曲优美，易于传唱外，更重要的是它所传达的情感、体验、思想能一下子击中人们的心灵。是的，扪心自问，如今，我们在许多问题上确实是“心太软”了，就比如目前我们某些剧目的创作与生产！

你曾经是位有才华的剧作家，忽然某剧团看中了一个题材，邀你去写，目的是在上级调演或比赛中得奖。当时你本不想接受这一任务，你知道这题材并不适合你，这剧种也并不适合你，但你抵不住剧团许诺的高额报酬之诱惑，于是去了，于是搜肠刮肚硬着头皮把它写出来。

你曾经是位有主见的剧团领导，你明知道手上握着的这个剧本并不怎么样，但因为是名家写的，是你一次次邀请人家写的，人家也不厌其烦地改了几次，不投排既得罪作者又影响自己的威信，对上也不好交待，于是下决心排，于是身不由己花去了大量的钱财。

你曾经是位有魄力的“钦差”，你到下面选调剧目，酒足饭饱之后看戏，你深知这个戏不行，不会有前途，可你看到当地行政官员那么热心，当地剧团领导那么虔诚，参加演出的演职人员又那么卖力，于是不由自主网开一面，于是一部各方面都不尽如人意的剧目堂而皇之地参加各种调演。

你曾经是位极具艺术鉴赏力的专家，你一眼就看出了这部戏的拙劣，但你想到戏剧的不景气，想到作者写一部戏的艰辛，想到剧团上一部戏的不易，想到人家送给你的土特产品，于是一瓢冷水举到半空终究不忍泼将下去，改而说一些空话、套话，有时甚至还昧着艺术良心对其赞赏有加。

如此“心太软”的不独这些人，还有各级媒体，还有大小记者，得过红包就睁着眼睛说瞎话，什么“创新”，什么“突破”，什么“震撼”，反正是溢美之辞越多越吸引眼球，于是一部平庸之作就这样登堂入室，名满天下。然而，与我们这些“心太软”者相对应的是，观众的心却是越来越硬了。你写归写，演归演，评归评，吹归吹，反正我就是不看，看你能奈我何！据说某部堪称精品的剧目，首场演出售出的门票只有十几张。

事实上，真正优秀的剧目，观众还是要看的，当年魏明伦的川剧《变脸》，场场爆满，这是我自己所亲历过的。问题是很多戏未看之前真假难辨，好坏不分，观众早对“狼来了”的呼喊无动于衷了。

现在调演也好，比赛也好，各地都注重对剧目的包装，一个戏搞下来，少则几十万，多则上百万，据说还有上千万的。倘若那些平庸之作也作如此包装，真不知这“所有问题”都由谁来“扛”，又是谁在“独自流泪到天亮”！

5. “穿越剧”你“穿越”自身壁障了吗？

邹小凡

近日，第十五届全球华语榜中榜揭晓了各项获奖名单，其中内地最佳电视剧女演员是主演穿越剧《宫·锁心玉》的杨幂。《宫》的播出曾给湖南卫视掀起了一轮收视高潮，也使穿越剧成为一时热议的对象。事实上，并非只有湖南卫视，钟欣桐、刘庭羽、蒋毅、蒲巴甲、孙兴等联袂出演的穿越大戏《女娲传说之灵珠》也是江苏卫视今年的年度大戏，收益颇丰。内地拍摄的《步步惊心》和由谢霆锋、蔡卓妍等主演的《剑仙情缘》等都将陆续上演穿越。

穿越剧的风行有其自身的文化逻辑。“穿越”这个词是风行的穿越小说所带动起来的,如以《步步惊心》《梦回大清》为代表的穿越小说在网络上继玄幻小说、盗墓小说之后引发了新一轮点击率飙升，并培养出国内第一批“穿越迷”。《木槿花西月锦绣》《鸾：我的前半生，我的后半生》《迷途》《末世朱颜》4部被晋江原创网、红袖添香等五大网站100万读者评出的“四大穿越奇书”，被作家出版社于2007年以10万册的首印量签印，为这一题材进入传统出版行业奠定了基调，并进一步扩大了“穿越”的影响。而在电视剧领域中所热播的多部剧目如《寻秦记》《宫》也为这一题材的深入开掘进行了新的尝试。正如北大教授张颐武曾指出的：“原来不太为主流社会所深入理解的青少年的‘亚文化’，如已经存在许多年、在网络上早已成为一个重要类型的穿越小说，一旦为主流媒体所吸纳而浮出水面，其作用和影响往往超出我们的想象。”

在此，我们要看到穿越题材的蓬勃活力，同时也应该看到这类题材创作中所存在的弊端。首先，穿越作品的整体水平目前来看并不高，作品存在严重的模式化倾向。穿越小说本来包括的范围是广阔的，可供作者想象力拓展的空间是很大的。然而，近来众多作者“反复吟哦”的历史场景多为清朝，内容多被设置成现代女子穿越到古代和与帝王将相之间产生了风花雪月的情事。如《梦回大清》《步步惊心》都沿袭了这一模式，穿越本身只是成就“美好”爱情故事的一件不太重要的外套。包括热播的电视剧《宫》也存在这样的情况，女主角周旋在康熙的众多阿哥之间，和他们产生的多角恋爱是推动情节发展的主要动力。其次，目前的网络穿越小说本质上仍是一种快餐文学，追求点击率的阅读方式使创作者更多地着力于吸引观众眼球、迎合大众的消费口味。作品着力打造的精品较少，拼贴、复制成为长效的手段，势必导致穿越作品渐入媚俗化、单一化。这类底本如不经过精细的加工便直接成为电视剧脚本创作的主要源泉和驱动力，势必导致电视剧创作的“先天不足”。

值得欣喜的是，广电总局为穿越剧最近一段时间渐多渐热中所出现的问题提出了一些针对性的解决举措，如强调题材内容和表现方式上应加以革新，杜绝相互复制、抄袭，特别重视穿越剧如何用正确的历史观表现历史。因此，笔者认为要提高穿越剧的艺术质量：一方面要提高“穿越”整体的思想内涵，将现代关于历史的更多思考融入到对历史的观照之中；另一方面不能仅靠新奇怪异的穿越手法来吸引观众，人物的天马行空应和故事的入情入理相结合，在想象力的张扬中传达现代的观点，喻示正确的主旨。也许只有这样，“穿越”这一类型创作才能打破自己的壁障，找到属于自己的“春天”。

2012.1.13
星期五
辛卯年腊月二十
第1103期
本期12版
中国文艺网网址
www.cflac.org.cn

中国艺术报

中国文学艺术界联合会主管主办
国外发行代号
D3375
国内统一刊号
CN11-0241
邮发代号
1-220
新闻热线
(010)64810159
每周一、三、五出版
零售价0.70元

独家报道

人人都是推销员

—— 一家民营儿童剧团的发展启示

□ 本报记者　高艳鸽

去遥远的北京西四环看一场民营剧团演出的儿童剧？当中国动画学会常务副会长欧阳逸冰接到这个邀请时，他当时的想法是"值得去吗？"但是看完演出后他的想法完全变了，"感觉自己从儿童剧的内行变成了外行。"这家民营剧团叫北京丑小鸭卡通艺术团，一家全部用动漫卡通造型演出的民营儿童剧团。成立5年来，共打造20多部拥有自主版权的原创动漫卡通剧，6支全国巡演队伍，演出范围覆盖中国90%的省份，巡演400多个城市，演出场次近7000场。自2009年起，在北京、广州等6个城市建立了6个动漫亲子剧场，在周末和节假日常年演出动漫卡通舞台剧。曾被文化部授予"中国十大演出盛事优秀奖"，并获文化部"原创动漫演出作品"和"原创动漫创作团队"双项扶持奖励。

从最初的一年100多场演出，到2011年的近1000场演出，就像安徒生童话里的丑小鸭一样，丑小鸭卡通艺术团在5年时间里完成了成长和蜕变，把快乐和知识带给孩子的同时，也蹚出了一条民营儿童剧团开拓并占有市场的道路。

"第一个吃螃蟹的人"

故事得从2004年讲起。这一年，作为北京丑小鸭卡通艺术团母公司的北京恒艺文化有限公司发现，中国偌大的演出市场缺少儿童剧，为儿童们提供的文化艺术形式很匮乏，于是决定进军儿童剧，作民营剧团试水儿童剧市场化演出"第一个吃螃蟹的人"。

首先要面对的问题就是，选择什么样的演出形式？恒艺深入全国百家幼儿园和小学，对2岁到10岁的小朋友及其家长进行调查访问后发现，动漫卡通造型很受他们欢迎。将动漫和儿童剧结合，演员以卡通造型演出，演绎具有教育意义的故事，应该会受到孩子和家长们的认可？第一部试水之作是动漫卡通舞台剧《木偶奇遇记》。丑小鸭卡通艺术团团长、总经理李犇回忆，"开始售票时我们非常担心，到底行不行我们心里也打着问号。"但结果令人惊喜，正是炎热的8月份，家长们带着孩子在售票口排起了长队，在大太阳底下一个个汗流浃背。《木偶奇遇记》的成功让恒艺有了信心，2006年，丑小鸭卡通艺术团正式成立。

在创作与经营中作较扎实的受众调研分析，成为丑小鸭一贯的坚持。

丑小鸭卡通艺术团主要针对2岁到10岁的低龄儿童打造剧目，5年来打造的代表剧目有《丑小鸭》《白雪公主》《猫和老鼠》《小红帽》《东郭先生和狼》《美人鱼》等，内容多取材于世界经典童话和中国传统寓言故事。"《丑小鸭》让孩子学会坚强，《白雪公主》让孩子学会真善美，《木偶奇遇记》让孩子学会诚实，这些剧目都很符合孩子成长的需求。"李犇表示。

丑小鸭卡通艺术团的演员们并非专业的儿童剧演员，演员的刻苦和努力让该团导演邱云娟感动。比如在排练《美人鱼》时，为烘托出美人鱼在海水中飘逸的感觉，她要求演员们在台上滑旱冰，"为了达到要求他们就苦练，摔了很多次，最终舞台效果却很棒。"全国很多剧团都在排卡通剧，丑小鸭怎么才能做出自己的特点？邱云娟说，"因为我们的定位是低龄儿童，所以首要的就是讲一个好看的故事。这个故事要依托于原著，但又不能完全遵从原著，比如《灰姑娘》《白雪公主》中有爱情话题，小朋友对这些不理解，所以我们在创作中就有意识地把爱情转化为奋斗故事。"

剧本是剧目的灵魂，儿童剧也不例外。丑小鸭卡通艺术团董事长李平介绍，艺术团一直把剧本审核放在第一高度，建立了完善的剧本创作流程，对剧本进行严格把关和审核。同时，为了使儿童剧在具备教育性的同时充满趣味性和娱乐性，艺术团聘请了大陆及香港、台湾的知名儿童剧导演参与创作。比如《东郭先生和狼》，来自香港和台湾的导演在其中加入了幽默和互动，以更贴近孩子心理的表现形式，让孩子和家长一起享受一个快乐的童话世界。

为了给孩子们呈现一个丰富、美丽、神奇的童话世界，丑小鸭卡通艺术团在舞美制作上也下了很多功夫。比如，2010年，用声光电技术打造《海的女儿》，把海底世界搬上了舞台。今年的《龟兔赛跑总动员》中，首次引入澳大利亚的先进技术，使一直以来单一的动漫卡通表情开始活灵活现起来。

>> 下转第7版

>> 图片新闻 <<

龙出鳌江

浙江平阳县鳌江镇为迎接农历春节的到来，一条长八十多米的「鳌江大龙」正在加紧制作，并将于农历正月十五正式「飞腾」。鳌江镇的迎龙习俗始于清朝道光年间，至今已有一百七十多年的历史。每三年，当地就会组织一次划大龙活动，祈求风调雨顺、国泰民安。图为一月九日在浙江平阳县鳌江镇拍摄的「鳌江大龙」。

新华社　发

艺象杂言

"酷评"，缺乏公信力的"棒杀"

——也谈《金陵十三钗》引发的批评话题

□ 唐小山

《金陵十三钗》上映之前，我没有去看影评，怕"被"先入为主。看完电影之后，才听说"情色爱国主义"、"处女保卫战"一类的"酷评"，听上去很热闹很刺激，但我还是没有主动搜索一读的热情。

我对看影评不起劲，已经不是一回两回了，想想《色·戒》出来那会儿，我对那种"快评"还是挺热衷的，不论是出于做杂志选题的角度，还是出于关心"文化研究"的角度，我都很留意"在消费社会中人们如何看待历史，如何表现革命战争"这一类现象。这其实是典型的"文化批评"的立场：留意这一类话题，是想看看今天的人是什么精神状态，具体到影视中，也就是处于影视生产和消费的链条中，人们如何再现和定位战争、革命、历史、民族、国家、信仰……所有这些实体和非实体的庞大之物。也就是戴锦华经常引用的那句话，"重要的不是神话讲述的时代，而是讲述神话的时代"，重点是审视和判断当下这个时代的思想状况。但是，我越来越发现，这种批评中有一类时评，面目越来越像，篇幅越来越短，操作起来也似乎越来越容易。表现为命名的热情空前高涨，标签一个比一个耀眼刺目，但其中新鲜的发现越来越少，对于具体作品的细部分析越来越少，以至于有人对作品都不用细看，随便瞅两眼就能把文章写出来（譬如著名文化学者朱大可被网友指出，对《金陵十三钗》的剧情复述出了错误）。只见一个个现成的话语模式抛过来，诸如后殖民主义、国家主义、女性主义、历史主义等各种主义——差不多所有20世纪的西方思想界、哲学界成果，都成了这个场域常用的套路——所谓"理论演武场"，好像吸收这些成果，就是为了将其变成一把一把小刀，专门用来撬开所有坚果的缝隙，专门用来找到"艺术话语"中的文化症结，只要撬开了，找到了，评论就完成了。一种程式化的批评方式似乎就此成型，管你什么电影电视小说，观看时的感受统统忽略不计，只要模式找准了，话语便自动繁殖出来——这包含着对"理论"本身的窄化和误读。"情色爱国主义"之类的词，完全可以套用在《色·戒》或《风声》，甚至《潜伏》上边，貌似很尖锐，实则很老套。渐渐地，我对"酷评"越来越失去兴趣了。"文化批评"在审视时代和社会的层面上，确实有意义有价值，但是过多过滥地操作，弊害就会表现出来，尤其是那种把批评简化为"贴标签"，一步就到位的批评——也就是"酷评"，往往对作品的丰富精神内涵下了简单粗暴主观的判断。那种居高临下的话语方式和机械化程序化的分析方式，对于有着自己独到体验的观众和认真负责的主创人员，缺少足够的善意和尊重。所以，这类"棒杀"式的批评，注定会失去"杀伤力"。

想想吧，所谓评论的公信力就是这么消失的：你不能说这些评论不在理，某种层面上都在理，都对，但是你若是仔细看过这个电影，又觉得所有这些说法对得很没劲，因为，它所说的大道理你只要去看相应的学术著作一样能说出来，而这部电影给人的触动、给人的独一无二的体验，那种暗自品味和咀嚼的深层的东西，却被忽视了。作为观众，我们进入一个作品，首先是获得体验，其次才是意义——一种对于个人心灵的意义，评论不从这个体验出发，而是一味地张扬一种生硬、冷漠的客观，或是某种牵强的"义愤"（实则是利用酷评赚取眼球），再或者是以理论的名义做高头讲章，时间长了必定惹人生厌。不关注具体的情感体验和审美体验，不关心作品背后的人——作者，和作品面前的人——观众，这样的评论又会得宠多久呢？

其实，面对一部有艺术追求的作品，需要的不只是从社会文化群体出发作出道德判断，更需要总结其作为审美体验的优长，和给予人心灵的感动。好的批评，要建立在一个客观的尺度上，一种理性的立场上，更要建立在敏感细腻的审美感受力和一个真诚友善的心态上。只有这样批评才能说到人心里去，才能有益有效，也只有这样的批评，才能体现对艺术的建设性，体现对时代文化的担当。

本期阅读推荐

《中国艺术报》版式赏析

2012年1月13日

第1103期

6. 英雄何须论出处

——有感于京剧谭派传承人的苦恼

张成

据报道，“中国京剧第一世家”谭门第七代血脉传承人谭正岩近日在谭家重排京剧《沙家浜》的新闻发布会现场含泪吐真言，道出让他不堪背负的家承之重：“谭家的这副担子实在太重了”，“有时甚至怀疑自己不是演戏的材料。”的确，谭派素来讲究唱、念、做、打样样精通，要文能文，要武也不含糊，而身高一米八五的谭正岩，可以说练武戏费劲，嗓子的先天条件一般，唱文戏也难出彩，先天禀赋不足让他吃尽苦头。他生在谭家，身不由己，打小儿就背负起传承谭派的责任，盛名之下不堪重负的现实与继承家风延续梨园经典的使命之间形成的巨大悖论，不禁发人深省。

毋庸置疑，谭派的表演艺术风格对于列入“人类非物质文化遗产代表作名录”的京剧来说，影响深远，可以说没有京剧谭派就没有京剧老生的辉煌时代。在“非遗”的传承与延续上，谭家创造了一个奇迹。百年来，他们薪火相传，七代赓续。谭门七代嫡传，在艺术的保护和延续上有着得天独厚的优势，呼应了“非遗”保护的初衷，即在不改变“非遗”文化DNA的前提下，使其延续久远。谭门祖传父、父传子的嫡传方式，通过亲口相传式的教和耳濡目染式的学，可以有效地避免艺术风味在传承过程中的流失，最大限度地保持谭派表演艺术的纯正品质。

然而，时至今日，这一延续方式面临新的困境，谭正岩是谭门第七代的唯一男孩，但从角色的角度来看，谭正岩或许并不是最合适的人选。因此，不免有人会想，谭门艺术会不会随着时间的流逝而随之减损。这也让我们不得不正视一个问题：“根正苗红”的出身与艺术本身原汁原味的传承之间，孰轻孰重？在笔者看来，“非遗”传承中，传承人的选择固然重要，让“非遗”完整地传承更重要。当二者发生冲突，特别是家承模式难以为继，甚至会影响这门技艺的生命时，广开眼界，广选苗子，或可解决这个燃眉之急。

其实，这样的例子并不鲜见。以京剧四大名旦为例。梅派除了梅葆玖，也有李胜素等优秀传承人。荀派的孙毓敏、程派的张火丁，都为各个流派的继承与发扬作出了贡献。而尚小云的儿子尚长荣则并未继承其父的衣钵，转向净角，同样成为一代大家。当前，全国各类艺术学校中，也有不少很有基础、很有潜力的学习京剧的学生，如果能立足这些院校，特别是戏曲院校，挑选合适的苗子，精心培养，传授谭门最精华的表演艺术，那么，谭派的传承何愁无人，谭正岩的压力也何愁不解？

7. 面对艺术市场，艺术批评请大胆发声

楚勉

近日，齐白石巨制《松柏高立图·篆书四言联》拍出 4.255 亿元的天价。一时间，艺术界、投资界、收藏界为之兴奋不已，认为中国艺术品的价值得到了真正体现。但同时也有市场分析人士表示，齐白石作品固然是艺术品市场的“风向标”，但 4.255 亿元还是高得离谱，这说明市场理性正在消失。究竟怎样来看待这个“天价”，人们有些茫然。再联系到早已不是新闻的文交所现象，从相继在上海、天津、深圳挂牌进行艺术品份额交易至今，文交所面临的争议不断：或高度评价其合乎市场规律，为文化产业之创举；或质疑其资质，呼吁监管，更有揭露投机、爆料内幕的。但无论从哪方面看，当下的艺术市场似乎都少了些艺术批评的声音。

当今时代，艺术逐渐融入并成为文化产业的重要组成部分。这意味着艺术将更多地参与到社会经济文化建设中，更多的艺术现象、艺术市场创新将不断涌现，同时其从业人员、欣赏受众也将呈几何倍数增长。作为这一形势的表征，艺术市场已不再是简单的商业范畴，而是一个包容艺术创作群体、艺术评论研究及鉴定收藏群体、艺术品经纪代理和拍卖公司、各类艺术院校、新生艺术投资基金和交易所等组成的广泛阵营。对艺术来说，这是需要直面的全新生态，更是一种新的考验，而考验的核心就在于，你在多大程度上参与其中、在艺术和资本的对话中掌握有效的话语权，从而维护艺术自有的品格，引导艺术的欣赏趣味、投资风尚。某种意义上讲，艺术所承担的责任反而更大了。

艺术发声的主渠道，是艺术批评。作为完整的链条，它又包含欣赏、评论甚至鉴定等内容。这个链条的完善，不仅需要有宏观的观察，也需要有微观的点评；有注重意会的气韵描述，也要有着力实践的笔墨分析。可是，当下的一些艺术批评实在很难让人满意。假大空的套话谄语，天马行空却找不到笔墨落脚的细节。托辞抒发性情，实则纵横涂鸦。内行自可一笑置之，外行未免要诚惶诚恐。在艺术批评话语虚浮的艺术市场里，艺术家尚且眼花缭乱，更遑论想博弈一把的普通老百姓了。盲目产生盲从，正是因为关联人群自信心的缺失，艺术投机行为的土壤才得以生成。

由此看来，造成行内混乱、行外迷茫的情况，固然与监管、市场创意机制漏洞有关，但也跟艺术创作群体、艺术评论研究及鉴定群体的铺垫不足甚至失声不无关系。铺垫不足，体现在自说自话、虚浮自夸的批评话语不能给艺术欣赏、评价提供依据，大众的艺术知识有待普及；缺位失声，则体现在袖手旁观，不能有效参与到完善艺术市场、维护文化产业健康发展的大趋势当中。在艺术生态的内

涵和外延不断丰富的当下，塑造艺术批评的公信力和有效性已刻不容缓。

不管是拍卖“天价”引发争论，还是份额交易等艺术市场行为乱象频现，都给艺术批评提供了一个全新的课题。这是一个传播、弘扬艺术价值的契机。艺术批评要登台，就要开拓视野，大胆发声，把当下的艺术现象或跨界的艺术现象纳入到批评的领域。面对新领域、新现象，举牌“与艺术无关”只会让艺术跟产业无关、跟进步无关；自废武功，焉能赢得尊重？焉能对话资本、推动文化大发展大繁荣？因此，艺术批评，请大胆发声，有效发声！

8. 艺人北上有隐忧

李博

近段时间来，TVB（香港无线电视台）艺人纷纷“北上”拍剧，如佘诗曼、陈键锋等明星纷纷离巢，在《带刀女捕快》《美人心计》等电视剧中亮相。

尽管每个TVB艺人来内地拍剧的原因各不相同,但其中却包含着一个共同点：能够获得远高于TVB的片酬。目前内地的电视剧行业多采取制播分离制，在此机制下，影视公司为了将电视剧集以更高的价格卖给电视台，势必会更加注重明星效应，尽可能邀请大牌演员参演。由此，内地的知名演员，包括港台的大牌演员已然形成卖方市场，其片酬也随着各家影视公司的竞相追逐而水涨船高。

电视剧制作的制播分离机制，让我们的电视剧成为高度市场化的产品类型，2010年产量高达14800集，位列世界第一。可以说，坚持并推进制播分离机制，是我国电视剧行业发展的总趋势。但是，我们应当意识到，目前我们的电视剧制播分离机制还存在着种种缺陷，尚有很大的优化空间。比如说，我们的电视剧制作企业一直处于完全的市场竞争环境中，而其交易方电视台却是不参与竞争的事业主体，如此一来，电视剧制作公司必然会长期处于风险独当的境地，不得不在忍受演员片酬不断上涨的同时，考虑如何应对电视台随时会降低的收购价格。再比如，由于市场竞争的日益残酷，很多大牌演员的片酬如同火箭般蹿升，演员片酬时常会占到每集成本的一半甚至更高，如此一来，为了不让预算超支，制片方只能尽可能压低其他方面的成本，从而导致电视剧制作水平的下降。

那么，究竟该如何优化我们的电视剧制播分离机制？首先，必须规范制播双方的运营机制，一方面要避免电视剧市场的恶性竞争和盲目投资，以社会效益和经济效益双收的制作模式代替经济利益至上的竞争准则；另一方面要增强电视台的责任意识和市场眼光，尽可能减少众多电视台哄抢一部热门剧或不合理压低收购价格等现象的发生。其次，制作方与播出方不能完全分立，双方一定要进行全面的对话与交流，及时沟通市场需求与受众反响，两者之间要形成一种良性的互动，这样才能保证制作方有的放矢，播出方口碑载道。第三，在制播分离的基础上，制作方和播出方应当在某种程度上实现“制播携手”，即电视台通过一定的形式影响影视公司的制作过程，以保证拍摄完成的电视剧更适于在本台播出。在这方面，湖南台、浙江台已做出了成功的尝试，并相继制作了《宫·锁心玉》《爱情有点蓝》等自制剧、独播剧，赢得了收视的成功和观众的好评，这种尝试无疑值得肯定。

9. 演员的美丑与观众的记忆

安静

顾长卫导演的电影《最爱》前段时间热映，除了人们津津乐道的电影剧情之外，最具眼球效应的当属濮存昕、蒋雯丽饰演颠覆性角色所带来的强烈视觉震撼。一向以正面形象深入人心的濮存昕在片中饰演了一个坏人，留着长头发、龇着大龅牙，正是他鼓励村民卖血，结果使很多人都感染了艾滋病。还有我们似乎已经习惯性地接受蒋雯丽亲切体贴的女性形象定位，这次她也在《最爱》之中以骑猪狂奔的戏谑镜头给观众留下深刻印象。

俗话说，爱美之心人皆有之，更别说这两位已经成"腕儿"的"大牌"了。当濮存昕被记者问及"为什么非要弄一个与以前的自己反差这么大的造型"时，他的回答是"我最重要的出发点是让观众去注意角色，不要注意演员"。同样不怕演老扮丑的蒋雯丽对"乡村骑猪士"的阐释是："一个好的演员不怕颠覆自己的形象，因为这是检视自己的机会，也是对自己演技的挑战。"

两位"大牌"的回答无一不是对电影角色的真情重视和对艺术至上的执著追求。尽管现代商业资本已经全面融入到艺术生产之中，艺术也以前所未有的积极姿态介入到日常生活之中，但艺术之为艺术，毕竟有她存在的本位依据；特别是受到大众广为赞誉的艺术一定是对生活具有深刻的启迪意义。而这种意义的确立，则以艺术至上的品格为其根本。演员则是影视艺术中不可或缺的必要元素，而且也是赋予影视艺术以有血有肉、真实生命的最终实践者。尽管演员在表演过程中会融入自己对角色的揣摩与理解，展现自我特征的个性诠释，但是，演员存在的最主要意义不在于展示个人的风姿靓丽，也不在于体现自我的特立独行，而在于刻画人物角色的惟妙惟肖，在于展示影视艺术的丰富多彩。这不仅是对演员的职业要求，而且也是对演员从艺道德的职业考验，特别是在一些"丑角"塑造的问题上则更加凸显出其重要性。

正是在这种艺术至上的信念指引下，观众品尝到了优秀演员主演的一部又一部精彩视觉盛宴，一次又一次地体味着剧中主人公的悲欢离合；我们记住的，是一个又一个入木三分的艺术形象，一个接一个精彩纷呈的艺术空间，勇于真情付出的演员也在不断攀登艺术高峰中深入人心。除了《最爱》中的濮存昕、蒋雯丽，《秋菊打官司》里的巩俐、《十月围城》中的谢霆锋等敬业的演员，都为了演艺事业而不惜破坏众人心中俊男靓女的动人光彩，以艺术至上的执著追求塑造了令人过目难忘的优秀角色。戏中人们因他们的生动表演而忘记是演员在演出，而戏外人们又为演员的倾情付出而记住演员。与之相对照的是，几年前一位出身模特的男星，外形方面的条件之好自不必说，然而在面对片约时，因为角色不够“酷”，不符合“硬派小生”、“青春偶像”的自我定位，一再对角色说“不”，如今这位演员已经从人们的视线中淡出了。演员对艺术理想和职业道德身体力行的维护，才能获得观众的真情回报和长久记忆。同时，正是在这样彼此的理解中，构建了影视艺术世界内外的良性互动。

艺术是美的，然而美的世界中也不乏丑的元素。在盛装扮丑总相宜的演员所构建的美与丑的张力中，我们洞察到他们对艺术的至上追求。说到底，观众评判演员水平之高下,不是凭外貌之美丑,而是看艺术创造之优劣。正是在不断“变脸”、挑战自我的艺术实践中，一个个鲜明的角色，一部部成功之作才呈现在观众面前。所以，敢于“变脸”才可能成功。

10. 农村喜剧的灵魂在哪里？

邹小凡

《乡村爱情交响曲》作为“乡村爱情”系列电视剧的第四部日前刚刚结束在北京卫视的首播，接着在天津卫视、深圳卫视等四家卫视热播，并在奇艺网同步播出。无论是电视台还是网络，收视率和点击率都一路走高，可看出本山大叔的“人气”。同时，对赵本山农村题材电视的评论也随着剧目的热播一直没有停息。笔者认为，一方面，赵本山的农村电视剧关注当下农村、农民现状，在农村题材的开掘上做出了贡献；另一方面，赵本山电视剧也存在着重复、拖沓，笑点太过浅薄，商业味太浓等问题。

的确，近年来，由赵本山担纲总导演并主演的“乡村爱情”系列电视剧在农村题材电视剧中异军突起，受众广泛。其取材东北农村生活，演员的本色演出和东北方言增添了“黑土地”的乡土气息，赵氏所创造的小品式幽默诙谐也在剧中不断地出现，使人忍俊不禁。可以说，赵本山的农村题材电视剧已形成自己独特的风格和重要的文化品牌，对当下农村题材的电视剧产生了巨大的影响。实际上，赵本山创作的《刘老根》《马大帅》也展现了他对农村文化的“熟稔”，透视出他对农村现代化的理解。《刘老根》中刘老根发展龙泉山庄度假村过程中涉及的乡村政治、伦理等冲突，展现新时代农村改革发展的艰难步伐，其“乡土情怀”浓郁，塑造了一批栩栩如生的乡村人物形象。农村现代化进程中所遭遇的问题在剧中也多有展现。《马大帅》中以马大帅从农村走向城市，生活在最底层的小人物不断受到挫折和磨难，突出“乡村精神”和“城市文明病”之间的碰撞与交锋，农民生活的酸甜苦辣和正直、坦荡又不乏小聪明和智慧的精神交织在一起，构成剧情发展的“五味瓶”。这一探索无疑是成功的，受到了观众们的推崇，也获得了较多的好评。

然而随着《乡村爱情交响曲》的热播，观众的批评声却与日增多。电视剧以人物之间的情感纠葛作为剧情发展的主线，但情节拖沓、过于单薄，导致整部剧看下来就是“闹孩子”家庭危机、“闹外遇”情感危机，实在难以使人满意。维系剧情发展、给观众带来笑声的还是刘能、谢广坤此类的类型化农民的相互斗法。小品式的人物冲突仍延续了前几部的风格，小人物的丑化和矮化在取得搞笑效果的同时，也简化了农民形象的深入开掘，使人物流于表面化。另外，剧中植入式广告连篇累牍地出现，也破坏了电视剧本身的完整性。如雪佛兰轿车、蒙牛饮料等成为了片中人物的“最爱”，经常出现某产品的大幅背景成为片中的常态，最夸张的是连人物检查身体还要到沈阳某私立医院。如此之多的问题，使我们不禁思考：影视剧主创所谈的“反映农村新生活和新变化”现实主义主题能否成立？浓厚的商业运作体系能否负载传播农村文化“之重”？

事实上，死气沉沉的电视剧是不能吸引观众眼球的，电视剧应该以其视觉语言的平实生动与观众形成互动并产生共鸣。同时，商业取向的运作在一定范围之内也有利于影视剧成本和经营风险的降低。但一部精彩的电视剧不能仅仅是让观众看过后哈哈“傻乐”，而是通过细致的人物刻画来传达背后的意旨。关注农民、农村的现代化过程，不能停留在批判乡村农民的“劣根性”，更不是一味讴歌乡村的天然和淳朴，而是关注当下农民在社会发展进程中所发生的变化，深入揭示农民的心灵世界，展现他们在历史变迁中复杂的精神转变，才能产生叩问人类心灵的现实主义题材作品。

所以说，作为拥有广大的受众群和广阔市场的农村题材电视剧不仅要给观众带来欢快的笑声，获得收视率，从而获得商业利益，更要有关注现实、探讨当下问题而获得观众的认同和喜爱的文化期望和追求。如何实现二者之间的平衡？这一点，欧·亨利作品“含泪的微笑”的创作风格值得我们借鉴。“微笑”是指其喜剧形式，“含泪”是指其内涵。农村题材的电视剧可以用喜剧的形式来反映当前农村人、农村事，揭露现实中不合理的问题。展现小人物心灵的创伤，寄寓对他们的理解和同情。但同时也应承担一定的文化诉求，透视社会大踏步发展中农村所产生的社会伦理及其历史变迁。从这个角度而言，作品喜剧形式和深刻内涵的有机结合也许是农村题材电视剧发展中值得探讨的途径之一。

11. 此风不可长

杜浩

近日，广电总局发出的《关于2011年5月全国拍摄制作电视剧备案公示的通知》指出，在目前影视剧拍摄中，个别剧目在表现抗战和对敌斗争等内容时，脱离历史真实和生活实际，没有边际地胡编乱造，将严肃的抗战和对敌斗争娱乐化。这一现象值得深思。

这种革命剧过度娱乐化甚至向消费化方向发展的倾向，的确不是影视艺术创作的小事。放眼这类题材的影视剧，这种把红色革命剧娱乐化的现象并不鲜见。各大卫视前不久热播一部“神作”《抗日奇侠》，将“金庸式”的武林高手置换成了革命人物，情节之离谱广受网友诟病。红色革命剧并非拒绝娱乐，也并不意味着要远离爱情。上世纪50年代《柳堡的故事》中红色战士的爱情故事曾打动了无数观众。但是革命剧中的爱情与娱乐不能背离时代精神，更不能无视审美原则。

其实，艺术创作中的这种“泛娱乐化”倾向，不过是当今时代“娱乐至死”精神的一种折射。这使人想起文化学者对当今“电视文化”所造成的文化“娱乐化”泛滥的批判。电视主宰文化、文化变成娱乐的倾向是世界性的。譬如，有人通过电视剧学习历史，而历史往往被戏说，以娱乐方式存在于电视剧中。并不是说娱乐和文化一定势不两立，也不是说要把电视剧当成教科书，问题也不在于电视展示了娱乐性内容，而在于电视上的一切内容似乎都必须以娱乐的方式表现出来。在电视的强势影响下，一切文化都转变成不同程度的娱乐而为人们所接受，“除了娱乐业没有其他行业”——到了这个地步，本来意义上的文化也就荡然无存了。对于文化来说，一个娱乐至上的环境是最坏的环境——在这样的环境中，任何严肃的精神活动都不被严肃地看待，人们不能容忍不是娱乐的文化，非把严肃化为娱乐不可，如果做不到，就干脆把戏侮严肃当作一种娱乐。

在红色革命剧中，展示革命者的爱情生活已是常见的内容，也获得了观众的赞同和认可。影视剧表现的革命者的爱情故事、革命精神、伟大情怀，不仅能够使观众从中获得审美满足，而且在事业观、爱情观上也能够对观赏者起到激励、教育和升华的积极作用。但是，现在的一些革命剧、红色谍战剧，很多表现的都是三角恋、四角恋，娱乐化倾向明显，甚至表现出一种绝对不可取的商业消费态度，已经突破了革命剧的底线，这与“非把严肃化为娱乐不可，如果做不到，就干脆把戏侮严肃当作一种娱乐”何异?

我们知道，红色革命剧的创作，主要表现的是革命历史题材、革命现实题材的重大内容，它反映的革命斗争是复杂的、艰巨的、严肃的，它要在所展示的矛盾冲突中揭示出正义力量战胜邪恶力量的趋势，反映出人类历史发展的本质规律，这就要求革命历史题材、革命现实题材的电视剧呈现给观众的内容应该是历史的、真实的。如果用娱乐化的态度与方式来对待严肃、复杂的革命题材，表现的只是廉价的乐观主义、廉价的英雄主义，只可能让观众愉悦一时，最终只能留下一些十分浅薄的自我满足和愉悦。

红色题材的创作担负着历史教育、革命教育和传播红色文化的使命，必须以高度负责的态度和精神认真对待。红色革命剧“娱乐化”，此风不可长！

12. 明星不是万能的

张成

当前中国影坛有一个不成文的规定，即：一部影片，没有明星是万万不能的。从投资方到观众，电影制作链条上的每个环节都对明星“情有独钟。”投资方“砸钱”之前必问“谁来演”；导演如想“找钱”成功则必须落实一两个“大腕儿”；广告商要根据明星的“成色”来确定是否值得“植入”；观众看电影之前也要问询这部戏的主角儿是不是脸儿熟；宣发人员也更喜爱有话题、易于炒作的明星出演的影片。如此一来，导致满大街的广告牌上都是影片角色的特写海报；几乎所有的海报都只注重突出影片的主角儿，而不是靠创意体现出影片独特的气质。如观众把两部同一演员出演的古装片放在一起，不看片名的话，很可能会误以为是一部电影。而近来很多影片票房的失利却说明了一个道理：明星不是万能的。如《我知女人心》尽管有刘德华和巩俐助阵，但票房却依然不理想。又如《战国》采用的也都是一线明星，却依然骂声一片，口碑、票房齐跌。

在当今的电影制作流程中，过于注重明星效应，已经成为电影产业发展的桎梏。前两年《投名状》号称总投资3亿人民币，乍看制作费用极其充裕。然而，支付给李连杰、刘德华、金城武和徐静蕾四位主角的片酬就高达总投资的38%，实际用于电影制作的费用可想而知。费用的压低，导致其他各项制作环节的节流，这必然会影响影片的质量。每年，这样的影片都不胜枚举。而且，明星地位被放在至高的位置，他们往往会根据自己的意愿随意修改剧本，这造成很多时候，所谓的明星大腕甚至凌驾于导演之上。明星的话语权过大也是影响影片质量的重要因素。

另外，一些明星的个人素质并不高。在片场，他们经常会晚点，让整个剧组一等就是几个小时，要么就是拍戏不认真，耽误整个拍戏进度。尽管拍电影是一项艺术生产，但对剧组的工作人员来说，它还是一项工作。明星的个人原因影响整个剧组的士气，导致拍摄的软环境恶劣，这必然影响到剧组工作人员之间的协调、默契，进而影响整出戏的质量。

一个当红的明星在一年内可能会同时出演好几部电影。当观众看到这张熟悉的面孔时，往往会产生审美疲劳。有的明星话题不断，却要在电影中出演一个与现实中反差极大的角色，这必然让观众很难入戏。有的观众甚至能猜到随后的剧情，“该打了”，“两个人该有感情戏了”。熟悉的面孔尽管能制造所谓的“票房号召力”，但却不断地透支观众的新奇感和兴趣。

总之，电影过于倚重明星来招徕观众已经严重制约了电影产业的发展。中国的明星并不像好莱坞明星一样具有品牌输出性，在欧美并不具有票房号召力。中国一味地模仿好莱坞采用明星阵容并不具有可持续发展性。笔者认为，国产电影应该更注重好的项目的开发。铁打的项目，流水的演员。好的项目不但能做衍生系列，更能节约成本，同时，在品牌输出上也更有可操作性和可持续性。

13. “潜规则”才是艺术教育之殇

王春梅

近日，一起某艺术院校8名高一学生因数门学科分数不达标，被校方要求劝退而相约服药自杀的事件，引起社会各界广泛关注。事件的发生让人倍感震惊，也痛心不已。然而痛定思痛，此事折射出的艺术教育隐忧，更值得所有人深刻反思。

应该说，这起事件中学校、学生、家长都负有一定责任，但学校的责任更大。毕竟学校的职责是教书育人，而不是简单地进行“优胜劣汰”，面对差生又岂能“一退了之”？“试读制”是本起事件中学校劝退学生的“执法”依据。该艺术院校在《学生手册》中规定，高中一年级为“试读年”，学习成绩不合格者就会被直接要求退学。据说这种“试读制”的做法是大多数专业艺术类中学通行的“潜规则”，目的是督促艺术类学生重视文化课学习。然而深思这种“试读制”就会发现，其中不免也掺杂着一些功利性因素，透露出某些艺术教育机构存在的弊端——盲目扩招和“唯升学率”是举。近年来随着艺术类高考的持续“高烧”不退，为谋取经济利益，有些中等艺术学校一味扩招，这其中难免会降格以求，一些文化底子较薄的学生得以“侥幸”入学。但是在“升学率为王”思想的驱动下，一些艺术学校为了提高升学率又不得不淘汰文化课较差的学生，鉴于此，牺牲差生也就成了“理所当然”，殊不知这已严重背离了艺术教育的本质。

艺术教育的本质究竟为何？培养优秀的专业艺术人才无疑是题中要义。在人们的认识中，优秀的专业艺术人才应该既具有出众的艺术专业素质，又具有完备的文化修养。无可质疑，对于学生来讲文化素质固然必不可少，但是艺术教育却有其特殊性，专业能力才是艺术院校学生的安身立命之本，这也决定了艺术类院校与普通高校的教育责任必然有所不同。然而当下艺术类高考中，文化课成绩却被放在了绝对重要的位置，在“唯升学率”的影响下，文化课成了很多有艺术才华的学生进入高等艺术院校的“拦路虎”。早在2004年底，清华大学美术学院教授陈丹青因“不能认同现行人文艺术教育体制”而辞职的事件就震动了中国艺术教育界，也引起了艺术教育应该更注重专业课还是文化课的大讨论。

在笔者看来，从本质上讲艺术教育毕竟不是通才教育，因此从某种意义上来说，对于文化课的过于苛责可能会导致扭曲和偏离艺术教育的功能和原则，这也必然会对期待接受艺术教育的主体产生不良影响。美国艺术教育家罗恩菲德曾说：“在艺术教学中，艺术只是一种达到目标的方法，而不是目标。”而放眼现实生活，越来越多的考生因学校、家长施予的升学压力，不得不选择从艺之路，考取艺术院校被当作某些学生上大学的一个捷径和跳板。这也使得很多具有艺术梦想的孩子因为文化课成绩不如意不得不早早远离艺术，而文化课成绩相对其他考试偏低的录取分数却又让很多本来就无心艺术却想进入大学的孩子进入了这个专业，其专业素养不免大打折扣。这种选择的结果直接导致严重的艺术教育资源浪费，长此以往，必将对高端专业艺术人才的教育和培养产生不利影响。

笔者以为，鉴于艺术教育的特殊性，应该具体问题具体分析，对于艺术类考生给以更多的宽容,让“偏才”的学生也有施展才华的机会。“亡羊补牢,为时未晚。”针对以上事件，希望相关教育部门、学校，采取有效措施，慎重对待，避免类似事件再次发生，莫让所谓的“潜规则”伤害艺术教育的本真，成为艺术教育之殇。而对于学生来说,亦要反思自己的行为,调整好心态,毕竟“退学”不是世界末日，不上艺术类学校也并不意味着从此与艺术“无缘”，要知道，很多艺术大师也并非出自专业院校，他们凭着自己的执著和对艺术的热爱，拥有了自己的一片碧海蓝天。

14. 批评要直面创作，有一说一

张成

日前，《人民日报》批评了当前文艺创作中的恶俗现象。在影视创作中，所谓的恶俗情况尤甚。可惜的是，影视批评在面对这一现象时，要么失语，要么无关痛痒。批评精神的陨落，导致恶俗现象更如脱缰的野马。而影视批评的式微也使得人们越来越忽视这项与艺术生产无直接关系的活动。如此一来，形成恶性循环，影视批评的地位更加江河日下。然而，正如著名文学批评家李长之所说，“批评家乃是人类的火把”。独立的批评恰恰反映了一个社会的独立精神和思想自由。面对恶俗，坚守批评精神、传承批评文化显得极为迫切紧要。

可事实上，当前批评家失语无语不语或胡言乱语的状况不得不引起人们的反思和重视。尤其是面对与大众生活结合最为紧密的艺术媒介——影视时，批评的声音非常微弱。回顾上世纪80年代，中国曾出现过大众影评的大潮，无论是关于“谢晋模式”的讨论，还是轰轰烈烈的《高山下的花环》的鉴赏活动等都成为那个年代批评图景的写照。反观今天的影视批评，从批评立场、批评话语、批评规范到批评视野无不让人焦虑。更有激愤之士以“红包批评”、“人情批评”、“商业批评”来概括当今的影视批评现状。因此，称赞皆尽“交口”，批评无不“歌德”。也难怪，在2005年，某著名导演的大片公映后，先是某些影评人和媒体一致好评，而后是广大观众大呼上当。

如上所述，某些批评者自身道德操守的低下败坏了整个批评的软环境。某知名演员甚至说出“影评人讲电影就像太监谈恋爱”这样偏激的言论。影视批评家在大家心目中的形象由此可见一斑。因此，当广大观众面对恶俗的文艺产品时，不得不自己挺身而出，通过网络责骂。而宣泄式的责骂并不能取代理性的批评，也无法从根本上促进影视创作的进步。影视创作需要影视批评的回归。

在常人看来匪夷所思的是，在商业氛围最浓的好莱坞，却有着浓厚的批评气息。如美国最为知名的影评人罗杰·艾伯特长年在报纸上写电影批评专栏，并因此获得普利策奖。由此可见，美国社会对批评文化的重视。另外，艾伯特每年领着丰厚的年薪，他不需要收任何制片方的红包，也不需要顾及他人的人情，只需对观众负责。他因此获得了观众和读者的信任，艾伯特的褒贬经常会影响一部影片的票房，甚至得奖与否。良好的批评环境，可信的、专业的批评家，独立的批评精神都是批评回归的先决条件。而这一切又取决于积极的批评意识和良好的批评机制的建立。

此外，我们的影视批评家在从事批评时，应该调整好定位，放弃所谓的“精英立场”，有效地实现与大众心理的对接，这样才能调动起群众的积极性和参与性，促进影视批评的健康发展。

15. 歌唱怎么成了“说唱”？

怡梦

在7月19日中国音乐金钟奖流行音乐大赛女子组12进10的比赛中，一位选手演唱了一首歌，称送给已不在人世的父亲以表怀念，评委韩红在点评中直言对“编故事”以影响评委打分的反感，指出选手在舞台上应专心比赛。选手知悉评委的评价后表示委屈。此事引起热议，多数网友支持韩红，并有人质疑选手及主办方“炒作”。

笔者以为，这位选手应该觉得委屈。因为她的故事并非编造，即便有“煽情”之嫌，她也绝非“煽情”之第一人，甚至不是“第二人”、“第三人”。自从选秀节目热播，我们看过太多流泪讲述参赛背后故事的场景：有为了瘫痪在家的妻子表演孔雀舞的丈夫，有为天国的阿妈而歌唱的蒙古族小男孩……他们的故事个个真挚，桩桩感人，“比赛讲故事”几乎已经成为各类选秀节目的惯例。评委听着故事流着泪，手握决定选手晋级与否的珍贵一票，却往往因内心的同情，被迫部分放弃选拔的原则。如果说“讲故事”有错，那么此次遭到韩红批评的选手该是以一身承担了一群“比赛讲故事”选手的过失。

然而，这位选手又不应该觉得委屈。因为不论文学、音乐、书画，每一件艺术品背后都有缘由，每一位在艺术道路上求索的艺人都有故事，特别是好作品、优秀艺人，每一种缘由、每一个故事都可能比艺术品本身更打动人。但衡量艺术品的价值应诉诸人类所共有的审美体验，人同此心，心同此理，在不说出其中缘由、故事的情况下，依然能感染欣赏者，才是艺术创作的终极追求。如果每一位选手都要选一件“有故事”的作品参赛,并“讲故事”,且要求评委“听故事”打分，无异于厨师以重口味的调料来掩盖自己手艺平平，置艺术本体于何地？在此类事件中，最委屈的是艺术，因为创作者的喧宾夺主令其成为尴尬的附庸。

事件虽小，给我们的启示很大。希望评委、选手、主办方乃至观众做到三个分清。

选秀和选拔应分清。选秀的“秀”（show）在英文中本来就有“演”的意思，选秀节目作为大众文化的一部分，娱乐性和观赏性是第一位的，讲述作品背后的故事作为充实节目、丰富看点的手段，只要“演”得好，“煽”得好，也值得肯定。但专业性的艺术比赛，其选拔标准只能是专业的，以音乐为例，只有词、曲、唱功、演唱者本身的感染力才能衡量选手的优劣。若非得“讲故事”不可，故事又实在相当感人，建议比赛附带设置“最佳故事奖”、“最赚眼泪奖”，这样评委手中的选票就不至于犹豫不决了。

评比和欣赏应分清。作为普通观众，欣赏一首音乐，作品背后的故事有助于加深理解，究竟是故事感人还是音乐感人，似乎不必分得过清。但作为评委，走进赛场就应以专业的素质要求选手、要求自身，为艺术的纯粹与完整，时刻保持一份冷静与客观，莫让同情的泪水模糊了伯乐的眼睛。

作品和作者应分清。钱钟书说，吃鸡蛋何必一定要看那只母鸡。但现在很多选手的做法本末倒置，必令人听了“母鸡”的故事，便无须在乎“鸡蛋”的味道。可是先辈前贤已有很多作品，无论何时、何地、何人欣赏都能引起共鸣。我们听《世上只有妈妈好》，即使没看过《妈妈再爱我一次》这部影片，也会心酸流泪；听贝多芬的《命运交响曲》，即使不知道他在创作时听力几乎完全丧失，也能受到震撼。而当我们了解了作品背后的故事，会更加敬佩作者，珍爱作品。

总之，真正永恒的看点永远是艺术本身。

16．好剧才是硬道理

宁静

如果把今年的暑期，说成是一个音乐剧的嘉年华，一点也不为过。8 月 12 日，经典音乐剧《妈妈咪呀！》中文版结束了在上海的首轮 32 场演出，在北京世纪剧院拉开连续演出 80 场的帷幕。这部通俗幽默的轻喜剧，以朗朗上口的音乐、动感十足的舞蹈，让剧场里笑声连连、掌声不断。而此前的 8 月 5 日，由东方松雷蝶之舞音乐剧团、东莞塘下东方松雷音乐剧团联合制作的音乐剧《爱上邓丽君》，在各地巡演一年后首次在北京北展剧场演出 3 场，以新颖的创意和精美的制作，吸引了大量观众。此外，迪斯尼与菲尔德娱乐公司联合制作的儿童舞台剧“米奇音乐嘉年华”，7 月至 8 月来华在西安、北京、上海等 10 个城市巡演。美国金牌儿童音乐剧《芝麻街》也在上海、北京等地上演。如此多的音乐剧密集上演，让国内观众过足了音乐剧瘾。

其实，首都观众对音乐剧并不陌生，前几年在京演出的音乐剧《猫》和《西区故事》都曾引起过观剧热潮。然而，纵观这些音乐剧演出，还是以引进欧美的剧目为主。仅拿暑期的这几部音乐剧为例，“米奇音乐嘉年华”打的是迪斯尼舞台剧的招牌，通过“米老鼠”、“唐老鸭”等中国观众耳熟能详的经典卡通形象在舞台上鲜活表演，博得小朋友及家长们的热烈掌声。而在美国已播出 40 多年的《芝麻街》获过 131 项艾美奖、先后在 120 多个国家播出，被誉为“全球最具影响力的儿童电视节目”。每部《芝麻街》音乐剧从剧本到音乐制作、布景、灯光和服装，都按照百老汇标准斥资百万美元打造，卡通布偶人物个个性格鲜明，又易为学龄前孩童所理解。《妈妈咪呀！》自 1999 年 4 月在伦敦西区首演以来，已在世界 300 多个城市进行巡演，拥有 13 个语言版本。

在这样的背景下，原创音乐剧《爱上邓丽君》的上演就难能可贵，该剧创意另辟蹊径，以邓丽君的金曲作为吸引观众的卖点，充分采用了音乐剧的表现手段，用音乐来讲故事、来推动剧情。舞蹈场面丰富多彩，美轮美奂。现代技术在音响、舞美、灯光、服装、道具上的大量运用，极大地提升了戏剧表演的视听效果，呈现出了完美的舞台效应。

回溯音乐剧的历史，它从 19 世纪的轻歌剧逐渐演变而来，20 世纪初期被称之为“音乐喜剧”，到 30 年代以《演艺船》为代表，音乐剧在美国兴起，并于 40-50 年代形成了百老汇的黄金时代。80 年代以来，音乐剧风靡全球，产生了以《猫》《剧院魅影》《悲惨世界》《西贡小姐》为代表的欧洲音乐剧大师和经典作品。我国近年来陆续引进了百老汇和伦敦西区的经典剧目，让观众对西方的音乐剧有了非常直观的感受。但我国音乐剧的发展步履维艰。一批音乐工作者致力于音乐剧的创作演出，每年都有音乐剧新作问世，但能久演不衰的优秀剧目还是太少。从 2002 年起，上海音乐学院、上海戏剧学院、北京舞蹈学院、中央戏剧学院等相继开办音乐剧专业，培养创作表演人才。然而，与此相悖的是，国内音乐剧专业的毕业生却面临着就业难的问题，一些新剧排演时，却又总是抱怨找不到合适的演员。就拿这次《妈妈咪呀！》中文版在全国招募演员来说，就遇到了很大困难，有的具有表演能力，但声音不行；有的歌声美妙，但不会表演；而有的虽是音乐剧专业的毕业生，却缺乏舞台表演经验。知名话剧演员田水在被选中担任《妈妈咪呀！》中文版母亲唐娜一角后，面对媒体的采访感慨道："话剧虽然和音乐剧在表现形式上有相似的地方，但归根结底还是不同的。演员在音乐方面要有一定的基础，这不仅仅是简单的唱歌，还必须对音乐有所理解，掌握如何通过歌声来表达感情。此外还要有体力上的准备，要将音乐、舞蹈、戏剧以及体力综合协调才行。"

综上所述，还是音乐剧的演出机会太少的缘故。之所以演出机会少，归根结底还是原创剧太少。因此，一些音乐剧演员只好外流，选择到日本四季剧团等国外知名音乐剧机构发展。要发展中国自己的音乐剧，我们需要学习借鉴欧美在剧目生产、商业营销方面的先进经验。如伦敦西区作为比肩百老汇的世界另一戏剧中心，汇集了 49 家剧院，《猫》《剧院魅影》《悲惨世界》和《西贡小姐》等大量经典名剧和新剧目持续上演，《悲惨世界》已演出近万场，《猫》上演了 21 年、演出约 9000 场，《剧院魅影》也上演了 20 年之久、9000 场之多，吸引大量游客前往观看，不仅创造了丰厚的经济收入，也成为推介英国戏剧文化艺术的重要载体。此外，通过全球性的巡演，还向世界各地传输其戏剧魅力，极大地提升了伦敦的国际形象。美国的百老汇走的也是这样一条产业之路。

可以说，我们现在正面临着一个前所未有的好时机。音乐剧需要投入大量的资金，一些国内有实力的企业已把投资的目光放在了文化产业上，国家的政策也对这方面进行鼓励。加之音乐剧属于大众通俗类艺术品种，观赏性强，很有市场前景。最重要的问题是要突破原创这个瓶颈。有了好剧目，就能吸引到投资，吸引到好的演员。因此，北京东方松雷蝶之舞音乐剧团的探索之路是艰辛的，也是值得肯定的。他们不仅致力于原创剧目，还将在北京建立音乐剧的专门演出剧场。这样，能培养出音乐剧的固定观众，剧目也会在不断的演出中得到修改提高，演员通过大量舞台实践会不断增强实力。同时，也会降低演出成本，最终实现音乐剧的良好商业运转，取得效益，用于剧目的再生产。中国的音乐剧虽然还刚刚起步，但它的市场发展前景无比广阔，值得我们期待。

17. 走出“为奖而生，得奖而死”的死胡同

董大汗

笔者近日在采访总政歌剧团首届中国歌剧演出季时获悉，该团将其屡获大奖的一些精品歌剧剧目创编为精装版、简装版、音乐会版、演唱会版以适合各种演出条件，用不同形式满足不同观众群体的需求，受到广泛好评。与之形成鲜明对比的是，不少显赫一时的获奖作品却很快销声匿迹。而这绝不是个别现象。一些地方政府以评奖为名谋取为官政绩，一些文艺院团以评奖为名索要财政拨款。一旦评上奖，几十万元甚至几百万元奖金到手，各类奖项荣誉在握，所创作的剧目却随之“刀枪入库”。

这种创作与接受疏离，生产与消费失衡的怪现状之所以屡见不鲜，一方面在于一些地方政府和文艺院团不重视或缺乏作品市场推广观念，仍然陷入“评奖是主要目的、领导是基本观众、仓库是最终归宿”的怪圈里；另一方面则是尚未真正参透文艺作品只有得到受众的欣赏、消费，才有社会价值，才有长久生命力的道理。

精品如何被承认和选择？首要前提就是要进入市场成为消费品。演出市场不仅是文艺作品的试金石，更是其不断成熟的良田沃土。其次，好作品决不应自满自足于孤芳自赏、圈内口碑、曲高和寡。文艺要为人民发声，文艺要为人民服务。文艺作品最好的“保留”不在仓库，而是活在舞台上。只有坚持长期不断的演出、倾听观众的心声、积累艺术经验、锤炼艺术品质，才能够实现舞台艺术作品社会效益和经济效益的辩证统一，才能成为名副其实的精品。经典之所以成为经典，就在于它们是经过长期演出实践磨砺、经受了时间和观众检验的。相反，那些“为奖而生、得奖而死”的文艺作品必将是短命的艺术，无论其制作有多精美，最终也只能成为仓库里的垃圾。而这样的文艺创作到头来只会沦为劳民伤财的形象工程和脱离实际的政绩工程，最终成为阻碍文艺健康发展的一大恶俗。

将文艺作品“刀枪入库”、束之高阁，不仅造成资源上的浪费，经济效益不佳，同时违背了文化为人民大众服务的宗旨，结果是社会效益也不理想。总政歌剧团的一剧多版本的做法特别值得借鉴推广。他们推出的精品剧目，既可以上大舞台，也可以进军营连队；好舞台有精装版，边防海岛可用简装版，演职员受限则启动音乐会版，再有特殊情况还可做演唱会版。每一个版本都彰显了精品剧目的精华，艺术水准丝毫不减。这是让广大官兵、广大群众共享文化成果的好作法，是让精品走出象牙塔的好办法，是让普及与提高相统一的好经验。

18. 破解大难题的又一新思路

左岸

《中国艺术报》曾刊发言论《走出“为奖而生，得奖而死”的死胡同》，对总政歌剧团为实现一剧多演，将其屡获大奖的精品歌剧创编为精装版、简装版、音乐会版、演唱会版以适合各种演出条件的做法给予了充分肯定。近日，重庆在这方面又探索出一条新路，为破解同样的难题提供了新思路。重庆的具体做法是，一方面，提高文艺作品参加评奖的门槛，影视作品如果只在重庆市电视台播出一次，就没有评奖资格，只有在全国至少 10 家电视台播出，才可以进入评奖范围；动画片如果没有播出，就不能申请国家有关部门补贴。另一方面，通过政府补贴或奖励的方式鼓励文艺作品反复演出。如果影视作品的拷贝能卖到 100 家以上，每个电视台播出一次政府就奖励 1 万元；文艺院团只要演出一场就奖励 1 万元，如果文艺院团能够“走出去”演出，差旅费全部由政府承担。

笔者以为，重庆这种市场化的激励机制最直接的好处，就是不但能让更多观众看到院团的作品，而且随着演出的增多，院团和演员的收入也会提高。更重要的是通过不断演出，对作品质量、演员表演能力的提高以及院团创作水平的提升都有着显著的效应。这对盘活文艺资源大有裨益。

任何文艺作品都包含三种属性，即审美属性、社会属性和在这两者基础上形成的、在现代社会中合理延伸出来的消费属性。在消费主义文化愈发强势的当下，文艺作品的消费属性虽然在一定程度上对其审美属性和社会属性产生了挤压、改写和伤害，但我们也要看到，在文艺作品走下精神圣坛、融入世俗生活的过程中，并非只有负面意义。文艺作品只有在创作、流通、传播、消费的链条中，才会完成创作者赋予它的审美意义和社会意义。没有经过传播、消费的文艺作品，无人得知其真正价值，它对社会也不会产生丝毫影响力，对艺术的审美经验的传承也没有丝毫贡献。从某种意义上说，文艺作品受众面越广泛，社会影响力越大，创作者赋予作品的审美价值和社会价值才能得到更大程度的体现，而这一切都离不开反复演出、传播。让文艺作品能够在不同的场合演出、传播，多做贴近老百姓的市场化演出，才能真正把更好更多的精神食粮奉献给人民。

艺术需要创新，但不能因为追求创新，而将花费巨大人力、财力、物力创作出来的文艺作品演出一两次后就放马南山，这样的创新是得不偿失的。文艺作品只有发挥它寄寓在自身审美属性和社会属性中的功能——如引导人对自身本质力量的认识、引导人对自由的追求等等，才能证明自身存在的艺术价值，才不会沦为一次性消费。

有人曾说，好作品是改出来的。一部优秀作品并非一次性完成，它需要反复地推敲、取舍、修改和完善。对于文艺作品来说，这里的修改、完善等环节无疑都是要建立在反复演出传播的基础上,也就是说,好作品也是演出来的。由此来看，重庆的这一做法应该说是解决当下很多剧目只演一两次就刀枪入库问题的又一有效思路。

19. 这肯定不是我们的“文化英雄”

怡梦

据悉，继广受争议的《宫锁心玉》之后，又一清朝古装穿越剧《步步惊心》即将在9月初与观众见面，这部由上海唐人电影制作有限公司出品的电视剧自去年5月开拍以来，借桐华原著、同名网络小说的广泛读者基础，以发布演员定妆照、拍摄花絮、主题歌视频等形式持续吊起观众胃口，以致产生了“未播先热”的效应。在多部穿越剧倍受追捧的今天，我们基本可以断言，有关写手、制作方已步入完全失却文学影视创作的逻辑底线和审美操守的境地，大众传媒与网络传媒合谋把读者、观众逼上了被迫认同其历史悖谬与现实虚妄的绝路。

穿越小说是网络时代的怪胎，它貌似披着穿越时空的外衣，但并非想象力丰富的科幻作品；貌似拥有古今互看的视角，但并非寓言性的先锋作品。甚至它也并非新生事物，不过是历史戏说、言情小说、青春偶像叙事的集大成者。这三类文学影视作品——稍有审美判断力的读者、观众一看便知——莫不深深打着原创力匮乏、千篇一律、机械复制的后工业时代烙印，何以三者合而为一的产物竟成“文化英雄”，竟能力挽创作力、收视率一路下跌的狂澜？

甚至，穿越小说本身也早已纳入无限自我复制的工业化生产链条，比如，“清穿”是这样作为一种套路鲜明的网络文学样式存在的：一个现代都市女性因“出车祸”、“被雷劈”、“跌下楼”等“突变”穿越至康熙年间，成为“福晋”、“格格”、“丫鬟”的替身，在“九子夺嫡”的历史背景下与多个皇子演绎欲罢不能的爱恨纠葛。小说主人公沉浸于花钿步摇、衣香鬓影的迷醉，又命定地持有现代人熟谙历史人物命运，超脱当时固有价值观、人生观、爱情观的优越感；往往以“爱而不得”、“得而不爱”等言情小说惯用桥段引诱读者、观众毫无自觉地认同泯灭常识、抽离现实、架空历史的生硬拼接，这样“满纸荒唐言”的“审美”旅程，真可谓“步步惊心”。

穿越小说及其改编影视剧的制胜法宝无非“置换”与“致幻”。传统言情小说、古装小说的主角身处自在自为的封闭系统，其思想言行均无法超脱特定时间与空间的限制而存在，对作品的读解与接受是经由文本内外的“看与被看”实现的。由于“被看”与“看者”分处不同时空，读者、观众经比对后，尚有获得认识与思考的可能。而穿越小说的“置换”特征撕裂了这种封闭性。其幼稚简单、缺乏想象力与技术含量的“穿越”轻而易举变“现实的不可能”为“虚构的可能”。从一个绝对现实的逻辑起点出发，以完全不合逻辑的方式走向虚无彼方。文本外的读者经由与自身同时空的主人公介入文本中的时空，因之与那一时空产生了互动，又貌似置身于另一种“现实”中。这种“虚构的可能”契合了当下年轻人浪漫的时代自负与空幻的历史想象，导致其甘愿被俘，而对于“穿越”所产生的哲学困境、物理悖谬，如“穿越者能否改变历史”、“彼时空是此时空的线性延伸还是平行并置”等疑惑，却从不追问。正所谓当局者迷，失却了审美距离，对文本的接受已不是审美，而是一种无谓的矫情与盲目的自我陶醉。

早就有学者指出，大众文化迎合、俯就甚至培养大众惰性与平庸的审美趣味，其文化产物如精心调配的罐头食品，令人忘却食物本来的味道。更可怕的是，调配罐头的人也沉溺其中不能自拔。对于网络写手，一味蹈袭穿越的窠臼、俗套，丝毫没有展现网络文学特立独行、求新求异的品格，我们表示失望；对于有关制作方，我们但愿《步步惊心》是最后一部穿越剧；同时也呼吁读者、观众对穿越小说及其改编影视剧保持一定警惕，在阅读、观看的同时保有直面现实、正视历史的理性立场，只有这样，才能免于坠入“步步致幻”的陷阱。

20. “楚汉”大撞车，好赖看了再说

小作

《鸿门宴》的虞姬方才唱罢，那边厢《王的盛宴》的霸王旋即登场；《楚汉》的刘邦才亮相，《王的女人》被曝吕后玩起了三角恋。两部电影两部电视剧，同一题材，同一时间，引发观众“扎堆”的议论。过去，此种情况常会引来“撞车”的非议，“撞车”略带贬义，然笔者以为“楚汉争霸”上演“罗生门”，不失为今年影视圈的一件乐事。

四部影视作品同时关注楚汉争霸题材，会造成影视资源的浪费，一直是反对“撞车”的一种担忧，但由此形成的“集群效应”却不应忽视。网络对于四部作品中的主要人物：项羽、刘邦、虞姬、吕后等从人物造型到演员选择，讨论不断。冯绍峰版和吴彦祖版的项羽，都有各自的粉丝力挺，两人的 PK 也是许多报道关注的重点，真是好不热闹。可以说，这几部影视剧的宣传攻势从现在就开始了，到其上映之时，这些话题热度不会冷下去，能形成观众持续关注的动力。

影视剧对历史的解读是对观众历史文化的普及和宣传。“辫子戏”过滥，让观众对清朝那些事真有点“如数家珍”了。但中华文明五千年，值得书写的太多。有的年代过于久远，从拍摄和观众接受度来说，都有困难，从而影响一些优秀影视作品的收视率，如精心制作的电视剧《大秦帝国》网络收视率不错，电视台的收视率却欠佳。因而影视剧中还有不少历史的空白点，例如这次陆川和李仁港不约而同选择的鸿门宴就是其中之一。这几部影视剧未播之时就已带动观众对秦末历史的阅读热。相信观众看完两部电影，更能激发出探究历史的热情。

题材撞车，不啻于给主创们提出了更高的要求。观众在看着呢，孰高孰低，是立见高下的。相信几个剧组的主创都在暗地里较着劲，对于观众来说，可是件幸事。当然，不排除某些制片有搭顺风车的动机。已经曝光的某些剧的剧情“雷人”，不少网友大加笔伐，调侃别把楚汉的风云际会拍成小家子的穿越剧。

的确，要把楚汉争霸拍好不容易，仅从演员层面把握当时人物的举止言谈，就是一件难事。让观众进入整个历史情境，更是需要主创狠下工夫。希望热闹之后，不要只留下一地鸡毛。

21. 秋瑾怎成了“打女”？

张成

当著名学者汤姆·甘宁抛出“吸引力电影”的命题时，对“电影潜在的视觉、心理吸引力的追求”便成为电影艺术的可名性原罪。无论是中国电影中的功夫元素、美国电影中的特效和追逐场面，还是日本电影中的怪兽情景都源自营造可视性的吸引力诉求。经典的吸引力元素不管看起来多么怪力乱神，实际上都是无序的现代性力量的艺术化转译，并以此吸引观众，打动观众。然而，为数不少的电影产品则是只得其形，未解其意，照猫画虎，单纯地追求吸引力元素，惹出了事端。

近日，秋瑾的后人就传记片《竞雄女侠·秋瑾》严重失实提出了抗议。他们认为“鉴湖女侠”秋瑾是“救国的侠，是侠义的侠，不是飞檐走壁的侠”。片中大量的打戏已经遮盖了秋瑾这位近代民主革命志士身上所体现的侠义精神。此外，影片为了追求戏剧性的效果，还加入了秋瑾和大量素未谋面的人的对话场景，几乎成了“戏说”。不难看出，影片制作方打的是“功夫”和“戏说”两张极富视觉吸引力的牌。可结果是，扭曲了事实，落入了俗套。

功夫，又被称为“国术”，是中华民族被人称道的文化品牌，也是最深入人心的视觉吸引力元素。从早年的李小龙系列功夫片到风靡中华大地的港剧《霍元甲》，再到近年的《叶问》系列，家国情怀结合功夫元素，切中了时代的脉门，一直吸引着大量的拥趸者。值得一提的是，尽管李小龙的影片中不乏拳打日本侵略者、脚踢日本道馆的场景，依然有许多日本观众成为李小龙的粉丝。平滑的理性规训功能与张扬的现代性情绪在这些经典的“吸引力电影”中被体现得淋漓尽致。但是，随着《叶问》系列的火爆，不少投资人发现了传记片是个赚钱的香饽饽。一时间，各种功夫传记片纷纷上马。《竞雄女侠·秋瑾》也有跟风之嫌。很多制作方认为只要保证“政治上正确”，“作料”可以任意加，“三角恋”、“打女”等制作方眼中所谓的能“吸引”观众的各种桥段统统上马。其实，这是在低估观众的智商，也是对民族文化的失责。

秋瑾流传最广的照片之一是一张手持短刃的留影，让人自然会产生一种关于那个时代的浮想。一个传统家庭的女人，是怎样产生了忧国忧民的想法？她又是如何面对自己的家庭？作为一名母亲，她在事业和孩子之间如何抉择？她为何要手持利刃照相？她又是如何学武的？留心的话，处处皆故事。这才是真正的吸引力元素，能引发观众的思考，还原费穆导演所说的，“使观众与剧中人的环境同化”的“空气”。反观《竞雄女侠·秋瑾》，尤其是其中的一场打戏，无论是景别，后景的群众演员，还是演员的服饰，都不太讲究，颇有流水线上下来的粗糙味道，怎么也无法让人入戏。

电影艺术，制造视觉吸引力并无过，关键在于是否是时代和观众需要的，否则，仅凭制作方的一厢情愿和向钱看齐，终究会搬起石头砸自己的脚。

22. 造星运动是怎样“造”成的

许波

虽然张艺谋的新片《金陵十三钗》还在紧锣密鼓地制作中，但有关该片的新闻和八卦，却自影片筹拍起便始终没有断过，迄今更是喧嚣尘上，好像不知《金陵十三钗》的“故事”便“OUT”了一般。这其中既有制片方刻意的营造，又有众媒体出于职业的关注，更有大批闲散的人群以此作为对于空虚寂寥的生活与心灵的填补。影片质量如何，我们不得而知，只能拭目以待。而作为影片出品方老总张伟平关于该片的一些有关造星的言论，却颇耐人寻味，值得商榷。

张伟平认为，以前张艺谋一部电影捧红一两个新人的“单个”造星，如今将变成《金陵十三钗》“群体化”的造星运动，十三个如花的女孩子，或许全是未来影坛上的明星。在张伟平看来，张艺谋的电影承载着造星的作用。这就出现了两个问题：一是明星和影片的关系；二是明星是如何产生的。一部影片成败的关键在于影片的故事是否流畅是否能够打动观众、影片的内涵是否深刻是否有意义。相信张艺谋在拍摄电影时所考虑的绝不是造星，而是如何“讲好”故事，如何通过摄影机将故事的内涵挖掘出来。假设张艺谋在创作《金陵十三钗》的过程中也如张伟平般念念不忘造星、而且是造群星，还作为一个“运动”来做的话，那么这部影片就真的没有任何可期待的了。从张伟平的话中不难看出，他毕竟是一个商人。他所在意的也并非是明星，而是明星身上所依附着的价值和利益。这就容易理解在张伟平的整个谈话中为什么真正涉及电影本身的内容非常有限，也容易理解他的“中国电影需要新鲜面孔，现在不管是男演员还是女演员，都严重断档”、“中国明星队伍老龄化，是中国电影的最大制约”、“希望为中国电影的明星队伍输送新鲜血液，也让目前的明星队伍来次重新洗牌”之类耸人听闻“别有用心”了。至于明星是如何产生的，笔者以为既有内因又有外因。内因是自身的先天条件，以及后天的刻苦、努力、学习与修养；外因则是外部的条件、环境和机遇。这其中又以内因为根本、为本质，是起决定性作用的。而从张伟平的一系列言论中，颇有些本末倒置的意味。

张伟平的话对于关注张艺谋的影迷来说，大可不必太当真，权且当做影片营销的噱头。我们更期待的是张艺谋导演以其独特的视角与拍摄手法呈现给广大观众一部摄制精良、内容精湛的优秀作品，而不是一群花枝招展的所谓明星。当然，如果真能涌现出一批明星来，未尝不是件好事。但比之于明星，表演艺术家对中国电影的贡献与意义要大得多。

23. 假唱毁掉了什么？

煜凡

“众星捧月”、浪漫温情的某电视台中秋晚会因陷“假唱门”而遭网友集体“拍砖”。随后一些参演明星坦承自己是应主办方要求才被迫身不由己“对口型”，主办方则称直播过程中卫星信号出现故障，紧急切换到备路光缆信号造成声画不同步。由此，假唱这个老话题迅速被温热成新焦点。

一方是被动假唱情非得已，一方是主动切换实属无奈，如果皆为实情，两方面一定程度上似乎都无可指责，甚至可以说双方都为了观众获得“更好”的审美享受而做出“牺牲”。无论是主动还是被动，无论出于何种原因，从艺术本身来说，选择假唱的根本目的应该是为呈现艺术的完美。而这种初衷观众不但不买账而且集体愤言“很受伤”，这里的悖论恰透出了艺术的某些内质。

一切艺术都包括物理的部分，但却不是简单的物理呈现。艺术创作主体倾注于作品的思想情感，及其与审美接受主体之间源于心灵的情感对读，是艺术最本质的生命内核，失于此，艺术只能是一种孤独与抽象的表达。人们能够陶醉于婚纱照中被美化得几乎面目全非的自己，却不愿意在唱卡拉 OK 时自己的声音被原声所淹没，因为即便在这些大众娱乐文化形式中，作为创作与接受双重属性的主体尚且依然渴望获得生命的真实体验与释放，那么在以审美享受为明确旨归的艺术鉴赏中，尤其在音乐这种最直接诉说心灵的艺术鉴赏中，真情真艺更无疑是美感生成的基础。追求真唱的美学价值正在于此。

德国哲学家本雅明 70 多年前对现代技术引发机械复制时代艺术“灵韵”消逝的痛切感伤，一定程度上也成为今天假唱泛滥的谶语。技术让这个时代里视听等各种艺术的复制无所不在，但即使是最完美的复制也总是缺失了艺术品“此时此地”的独一性存在。而这种独一性存在是艺术真实性最根本的依靠。复制技术可以在任何时空下赋予艺术作品一种现时性，但却对艺术之“真”造成巨大的冲击。而筑基于艺术之“真”上的“灵韵”便因此衰竭甚至消逝。这也是依托于技术的假唱现象存在的一种具有时代性的美学价值落失。

在宁静的夏夜柔和的月光下，在寂寞的灌木丛中听夜莺那迷人而美妙的鸣啭是何等的惬意，然而人们一旦知道这是某个店主为了招揽顾客而让一个男孩钻进灌木丛中，用芦苇或哨管佯装夜莺的声音，他们就再也无法忍受这种先前认为是多么美妙的声音了，美感即刻丧失殆尽。200 多年前，德国哲学家康德曾经列举的这个事例是否也恰当地说明了今天人们为什么对假唱如此郁闷纠结甚至深恶痛绝。因为在假唱事件中除了美学价值失落，艺术还要接受社会道德伦理的拷问。

言之凿凿的各种理由，让我们迷惑是否真的不应过于“苛责”艺术创作者和承载艺术的媒介“情非得已”的假唱，但如果真的只关乎艺术，我们又怎么能无视在艺术欣赏中人们除了审美期待，还有多少本能的情感价值诉求？如果这二者皆被放逐，这样的艺术还能称其为艺术吗？

视 窗

意·像

缤纷的星际、膜拜的大象、画笔绘高楼……当摄影与创意搭档，只存在于想象中的场景便化成了视觉的真实，用于记录生活的摄影技术也被赋予了另一种功用。本版特选取一组创意摄影作品，希冀摄影师们驰骋的灵感与丰沛的想象能够带给读者不一样的美好和触动。

改变 张敏 摄

梦呓 汪洪波 摄

Rising Plant-8 乌克兰 Mikhail Bondar 摄

Levitacion 西班牙 Javier Fernandez Ferreras 摄

本组图片选自第14届中国国际摄影艺术展和首届全国青年摄影大展

且将旧词翻新声

——也谈“一秒钟变诗人”

□阿极客

近日，网友yixuan的一篇博文《统计词话(一)》一石激起千层浪，引发一众原本与诗词绝缘的“死理性派”人士纷纷改行做了词人，利用该博文提供的“宋词密码”——实际是《全宋词》中排名前一百的高频词，拿各种数理常数对应这些优美的词汇，竟也偶能做出像模像样的词来。《中国艺术报》发表专栏评论《诗文哪会随意得——“一秒钟变诗人”现象析》，对此现象进行质疑。一时间，关于技术冲击传统文化的讨论铺天盖地，以至有论者称其为“现代技术对艺术的纵情解构”，但笔者倒是觉得大可不必“为其所遮蔽的东西而焦虑”，因为它所揭示的要远多于它所“遮蔽”的。

执著于技术理性的人觉得诗词无非就是既有字词的排序和组合，“文章本天成，妙手偶得之”，必然存在一种方式可以将其度量，然后通过求解优化问题作出优秀的诗词；执著于诗词传统的人认为“欲得妙于笔，当得妙于心”，以有穷之逻辑去模拟无尽之诗意，注定失败。看似二者都很极端，但是由于各自专业背景、生活经历的不同，分别产生这样的想法都是合情合理的，不过话说回来，信息技术对于填词到底能起什么作用呢？利用频数统计进行作词是一种最粗浅的方法(但是频数统计对于宋词以及作家作品的研究却到有妙用)，目前比较常用的方式是利用人工智能或者机器学习的方法进行探索性的求解。笔者姑且以实践者的身份对此稍作介绍。

首先要有一个语料库，比如《全宋词》的全文分词结果，并对所有的词语进行词性、情感、音韵的标注，同时还可以对每首词进行题材的标注和知名度的统计，利用这些数据可以进行文本的关联分析和情感分析，使得系统自动“学习”出好词的标准，当然更简单直接的方式是利用数理逻辑，直接根据词语的搭配、音韵的位置、与主题的切合度等建立优化目标，然后使用遗传算法等方法求得一组解，人工从中选出质量比较高的词作。至于机器填词的质量如何，各人见仁见智，笔者的感觉是虽不如古今名家的大作，但远胜于“频数”填词的游戏之作，甚至要强于很多现代的“词人”。

随着技术的进步，可以预见将来会有更先进的算法和更快速的计算机，那么计算机的填词技术是否能赶上或超过诗词名家呢？在可见的未来，答案是否定的。因为现行的计算机的“思维”方式决定了有两个因素注定要掣肘，一是语料库的有限，计算机无法超出语料库的范围；二是优化规则的确定性，无论是函数式的确定规则、还是优秀词作的学习素材，都是有限的。对于人脑来说，则没有这些制约，因为词句没有限度，而美的感觉没有固定的标准。

都知道作词是“戴着镣铐跳舞”，作词的过程是文学创作中最接近计算机思维的，因为要严格地搜寻音韵、词义、句法、典故，然后不断遣词酌句，最后妙手偶得。记性不好读书少的人是很难填好词的。计算机没办法给“红杏枝头春意”加一个“闹”字，但是可以帮忙把“琐窗深”改成“琐窗明”，从这个意义上讲，如果辛弃疾、周邦彦能有计算机作为辅助，相信我们今天可以读到更多的绝妙好词。技术填词并不是“狂欢”，它只是以填词工具书(古已有之)的方式告诉我们，人类感受世界之美的方式不只有肉体器官，还有作为它们的延伸的有形的工具和无形的技术。

钟鼓楼

文化部下发通知加强演出市场管理

本报讯(记者 **董大汗**) 为进一步完善和加强演出市场管理，促进演出市场良性发展，文化部近日发布《关于加强演出市场有关问题管理的通知》，要求各级文化行政部门进一步规范音乐节等节庆类营业性演出活动的申报与运作，严格演出票务经营单位的市场准入与监管，明确演出场所经营单位的义务与责任，研究制定服务演出市场发展的政策与措施。

通知指出，政府或者政府部门不得主办或者承办节庆演出，不得直接参与投资节庆演出，节庆演出不得冠以中国、中华、全国、国家、国际等字样；举办节庆演出应当将整体方案报县级以上文化行政部门审核，未经审核的，不得以“节、周、月、季”等名义进行宣传。节庆演出过程中通过网络直播、转播等方式与观众互动的，应当由具有《网络文化经营许可证》的互联网文化经营单位负责提供网络服务；演出举办单位应当于演出活动举办3个工作日前，将演出现场播放的视频资料和网络互动方案报送演出地县级文化行政部门备案。演出举办单位应当严格按照文化行政部门核准的演出人员和演出内容组织演出；指定专人负责现场巡查，落实安全应急措施；积极配合文化行政部门、文化市场综合执法机构及其他相关部门的现场监管。各级文化行政部门要促进节庆演出与当地文化、旅游资源的深度融合，加强区域内节庆演出的统筹协调，引导节庆演出特色化、品牌化发展。

通知要求，从事营业性演出活动票务代理、预订、销售业务的经营单位，应当按照《条例》及其实施细则关于设立演出经纪机构的规定，取得《营业性演出许可证》。未经许可，不得擅自从事营业性演出活动票务代理、预订、销售业务，不得擅自预订、销售未经审批的演出活动门票，不得对演出活动进行虚假、夸大宣传。

通知强调，演出场所经营单位要明确义务与责任，为营业性演出活动提供场所的，应当核验演出活动的批准文件，并建立现场演出日志。演出场所经营单位应当指定专人负责现场巡查，对演出活动中有《条例》第二十六条禁止情形的，主动采取措施予以制止，并及时报告所在地县级文化行政部门。

通知指出，各级文化行政部门要积极支持各类演出区域联盟、演出企业联合体、演出院线等行业合作机制建设，充分发挥合作机制在资源共享、风险共担、降低演出成本、防范恶性竞争等方面的积极作用，推动形成高效的演出市场运作机制与合理的演出市场定价机制，扩大演出文化消费。要加强演出行业协会建设，指导行业协会推进演出市场规范化、标准化、专业化建设，制定行业自律规范，健全以演出经纪人为主体的演出从业人员资格认定和培训机制。文化行政部门要进一步转变职能，提升服务水平和效率，规范和简化行政审批程序。要通过举办演出法规培训、经营管理培训、演出市场案例研讨等活动，培养适应演出市场发展需求的复合型人才。营业性演出经营主体的法定代表人和主要负责人，应当参加所在地文化行政部门和行业协会组织的培训，提高法制意识和经营管理能力。

一项突破几十年不变旧模式的新试验

——略窥中央音乐学院“BOB计划”

□ 本报记者 乔燕冰

掌中微勾的指尖，跳跃在四弦之间，时而行云流水，时而铿锵顿挫，2000年前的秦军奋击百万横扫六合、气吞山河摧枯拉朽的史诗场面就在“嘈嘈切切错杂弹，大珠小珠落玉盘”般娴熟弹拨技艺中重现……在日前中央音乐学院首届拔尖创新人才培养计划发布暨入选者音乐会上，一曲琵琶独奏《秦俑》，让屏息侧耳的观众领略了“民乐之王”琵琶的绝美……不独这一曲，柴可夫斯基、李斯特、勃拉姆斯等先辈的经典曲目，被入选的钢琴、小提琴、中提琴、二胡、巴松等不同专业的“90后”人才团队精彩演绎着。青涩面庞和精湛技艺之间的强烈反差，让人们从中望见了青年人才带来的中国音乐发展的又一缕曙光。而这均得益于一个名为“BOB计划”的实施。

“这些学生在学校里从来都是光彩照人的，是被公认的好学生。只是原来没有一种特殊的政策、特殊的帮扶来支持他们，这些‘金子’才被埋在了‘沙子’里。”谈及首批“BOB计划”入选的12名拔尖人才，中央音乐学院副院长周海宏难掩自豪与兴奋。他说，根据《国家中长期教育改革和发展规划纲要(2010-2020年)》的部署，去年国家决定在部分地区和学校开展国家教育体制改革试点。作为全国240多个试点单位中唯一一所艺术类院校，中央音乐学院国家教育体制改革试点项目“探索艺术类拔尖创新人才选拔培养模式”在今年获得了国家批复。

作为国家教育体制改革的重大项目，中央音乐学院“拔尖创新人才培养计划”(即“BOB计划”，以下简称“计划”)，是在国家教育体制改革领导小组的支持下，学院各学科专家共同研究开创的本科人才培养新模式。“BOB”为“Best of best”的缩写，意在从学院优秀的学生中，优中选优，培养国内、国际一流的音乐人才。为了更好地开展此项工作，学院对纳入计划的优秀学生设置了新的教学管理体系，通过专项经费支持、革新培养模式、明确培养目标，以探索培养卓越音乐人才的新思路。一条为拔尖人才迅速成长的“高速公路”就此在中国最高音乐人才培养学府铺就。

周海宏介绍，在该计划获得审批后，执行层面非常严格。要经院系等层层选拔，确定入选者。但选拔的标准却并不复杂，“我们就是本着简单的宁缺勿滥原则，只要最好的。”选拔时并不考虑专业分布平衡等问题，只看学生的专业水平，从优入选。“小提琴人才多，首批就入选了3个，但有的专业也许一个也没有，我们目的就是要把学生的才能最大限度地发掘出来。”周海宏说。

“计划”采用了比常规培养模式更灵活宽松的学分制的管理方式。学生要在规定学制内完成本专业教学方案规定的各类学分，可在任何一学期期末考试前自行申报修读课程的考试，考试通过即给学分。“在原有的培养方案中，学生必须以学校排定的课程去安排自己的时间。如果学生要参加比赛，参赛这段时间全算旷课，请假超过规定时限就不能参加考试，也就没有学分，毕不了业。入选‘计划’的学生可以自主决定哪年学什么课，甚至可以不上课直接申请考试，只要通过就能得到文凭。”周海宏说。“计划”取消常规艺术实践要求。演奏专业学生每学期举办不少于1场独奏(唱)音乐会，且每学期曲目不得重复。“我们要求他们每学期拿下来一套音乐会曲目，这是对能力的挑战，很多学生不敢报名可能就是因为此。”入选者要在每学期开学汇报音乐会成果，毕业(结项)时须提交不少于正式出版，或达到正式制作规格的一张个人演奏(唱)专辑的CD或DVD。

一批优秀的人才在学院为他们铺就的成才“高速公路”上将迅速成长，这是否意味着大部分在常规培养模式下的学生注定要因此被拉开距离呢？周海宏坦承这确实是严峻的现实问题。“目前在专业人才成才的培养方面，确实在一定程度上存在僵化的问题，不仅可能不适合拔尖人才的培养，也不适合一般的优秀的学生，但几十年来一直是这样。所以如果这种新的培养模式探索成功的话，可能导致我们整个教学方案的进一步调整。”

周海宏透露，下一步他们的“计划”将向更低年龄段倾斜，希望从附中中选拔，把学苗层次再降低一级。目前“计划”纳入的全部是一到三年级本科生，且仅限于表演专业。因为长期教学证明，表演专业人才培养具有两个特点：一方面，与作曲、理论研究等专业都需要在时间积累中才能逐渐显露专业水平不同，表演专业成才比较早，很小年纪就能脱颖而出，且成绩比较显著。另一方面，表演专业好坏优劣与其他专业比较起来也比较清晰，识别度更高一些。除声乐人才成才较晚，大多数学生在本科生阶段就应该充分显露才华。

周海宏直言，目前“计划”最大困难是经费方面。“我们预计给予每位学生每年5万元的经费支持，用于鼓励他们参加比赛、大师班、巡演及短期国外学习，仅靠院里能力毕竟有限。希望能获得国家和有关方面资金方面的支持，以扩大‘计划’的支持范围。”

资 讯

2011影响中国收藏界十大事件揭晓

本报讯(记者 **张志勇**) 由中国民协、中国名家收藏委员会主办的2011影响中国收藏界十大事件暨《国宝》征歌揭晓盛典12月12日在京举办。原全国政协副主席李蒙以及中国文联党组副书记、副主席李屹，中国文联副主席丹增，中国作协党组成员、书记处书记白庚胜，中国民协分党组书记、驻会副主席罗杨和文怀沙、罗哲文、王巨才、乔羽、阎肃等领导和文艺家出席。

3.15消费日央视聚焦收藏品市场、中拍协发布《中国文物艺术品拍卖企业自律公约》、尤伦斯退出中国艺术品市场、两岸《富春山居图》实现合璧、专家鉴定伪造玉衣估价24亿 鉴定乱象亟待消除、故宫十重门事件等入选2011年中国收藏界十大事件。张宗宪、陈丽华、刘红军、郭庆祥、史国良等获2011年影响中国收藏界十大人物称号。《国宝回家》《中国丝绸》《国宝》《你是我的最爱》等荣获“国宝歌曲”评选十佳称号。

中国曲协北方鼓曲艺术委员会成立

本报讯(记者 **董大汗**) 12月13日，中国曲协北方鼓曲艺术委员会在京成立。单弦表演艺术家赵玉明、梅花大鼓表演艺术家花五宝受聘为名誉主任，中国曲协副主席、京韵大鼓表演艺术家籍薇和北京歌剧舞剧院曲艺团团长、京韵大鼓表演艺术家种玉杰分别担任主任、副主任，聘请马增蕙、王立扬、王少洲、王国军、刘慧琴、张蕴华、张秋萍、武利平、姚忠贤、崔婵娟、韩应莲为委员，杨菲为秘书长。中国曲协分党组书记、驻会副主席董耀鹏，分党组副书记、秘书长刁惠香，分党组成员、副秘书长曲华江出席会议并为受聘者颁发聘书。

据悉，北方鼓曲艺术委员会是中国曲协成立的第11个艺术委员会，也是所有艺术委员会中规模最大的一个。董耀鹏表示，北方鼓曲艺术委员会要服务中国曲协工作大局、服务社会和群众、服务鼓曲艺术工作者，以推出优秀作品，培养优秀人才为主要任务，将其打造成集学术型、探索型、专业型、权威性为一体的专业委员会。

江苏举行文艺家协会工作交流会

本报讯 江苏省文艺家协会工作交流会日前在苏州举行。王慧芬、杨企鹏等领导及江苏省各市文联、省各文艺家协会和省、市文联机关协会工作负责人参加会议。会议总结了近年来江苏省、市文艺家协会的工作情况，交流了各文艺家协会在组织创作、培养人才、创建与打造“一会一品”和“一会多品”文艺品牌、实施文艺惠民服务等方面的工作经验，深入研究探讨了推动协会事业繁荣发展的新思路、新举措。与会代表还参观了苏州小王山文艺创作基地的建设情况。

(苏 雯)

东方演艺集团牵手东莞打造新剧团

本报讯(记者 **郑荣健**) 12月13日，中国东方演艺集团和东莞广播电视台正式签约，合作成立东莞市东方演艺歌舞剧团有限公司。据悉，新组建的公司为股份制合作企业，注册资本1000万元。其中，中国东方演艺集团持有东莞歌舞剧团51%的股份，东莞市持有东莞歌舞剧团49%的股份。中国东方演艺集团董事长、总经理顾欣说，新成立的公司将独立运营，其艺术生产立足珠三角、面向全国，通过东方演艺集团的品牌优势与东莞地方的区域传播优势，实现强强联合，希望未来能够在歌舞演艺产业中创造佳绩，推动文化大发展大繁荣。

《中国艺术报》版式赏析

2011 年 12 月 16 日

第 1092 期

24. 体育明星未必能成演艺明星

小作

近日，电视剧《雷锋》在山东、河北卫视播出，对于剧中雷锋的扮演者田亮的表演，该剧的编剧黄亚洲表示只能打 70 分。“田亮表演的雷锋太单薄，他跟指导员讲话、跟老乡讲话甚至两个人之间讲些亲密的话，都是一个腔调。”黄亚洲认为田亮的表演没有层次感，没有把雷锋丰富的内心展现出来。笔者看了该剧，田亮的确稍显木讷。但具体到剧中雷锋说话的腔调一成不变的问题，只能说田亮既冤枉又不冤枉：冤枉的是剧中不是田亮本人的声音，因此，在看到雷锋为了掷手榴弹及格练俯卧撑时，都快做到 100 个了，雷锋说起话来还是脸不红气不喘；不冤枉的是，田亮亮不出自己的声音。

对于配音的问题，很多影视类奖项都有不成文的规定：不是演员自己配音就没有资格入选演员类奖项。奥黛丽·赫本当年出演由歌舞剧改编的音乐电影《窈窕淑女》因为声音不符合歌舞剧的需要采用了配音，奥斯卡以这个理由没有给她最佳女演员奖。可见，声音在表演中占据多么重要的位置。

声音具有相对独立的表现性。语速、节奏、吐字等可以表现出人物的情绪、心理，效果声更是可以营造人物所处的环境。同时，人脑对于声音的反应可以用联想自行补充画面。好的声音可以制造画面感。所以，广播剧在今天这个视觉艺术后来居上的时代，还占有一席之地、拥有一批听众。台词功底作为演员的基本功之一，是其成长过程中要下苦功的课程。一个好的演员，不单是标准普通话台词要过关，还要拥有敏锐的听力和语言模仿能力，地方话、带有口音的普通话、富有个性的说话方式都是演员在处理台词时需要考虑到的。一些优秀演员的台本上画满了各种符号，基本都是台词处理的提示。一个演员如果全剧下来采用的都是别人的配音，那么有一大半的表演交给了别人。表演好，配音精彩，是锦上添花；表演中等，配音平平，则大大减分。周星驰的电影为何能风靡华人圈，他的配音演员石斑瑜功不可没。

田亮出演的《雷锋》中，他的声音常常跳脱出来，与剧中其他演员有点格格不入的感觉。男一号的演员选择了一位必须要配音的人选还真不是太靠谱。而《雷锋》剧组当初顶着雷锋几十位战友的反对声，坚持选用田亮出演，恐怕看重的首先是田亮跳水世界冠军的名气。

演员的名气的确可以为电视剧带来一定的关注度，但演员最终要靠演技说话，观众不会因为田亮跳水水花压得小就会对他不成功的表演给予肯定。演员靠的是演技而不是名气，名气再大，也不能代替演员念台词。

25.“京剧演出不用胸麦”竟成新闻？

宁静

近日，多家报纸报道了一条京剧演出的消息。本是一条寻常的文化讯息，之所以引起笔者关注，是因为很多报道都有这样的表述：“在演出中，全体演员将不借助胸麦扩音演唱，而是由演员通过自身实力将演唱的声音清晰、自然地传送给观众，以此展现当代优秀京剧演员的真正实力。”有报纸还以“京剧演员不用胸麦展实力”为标题。可见，京剧演出用胸麦并非个别现象，否则，不会出现这样的新闻。

京剧作为国粹，两百多年来经一代代艺术家竭力传承，发扬光大，不仅在国内拥有广大戏迷，出国演出也倾倒过无数老外。凭的是什么？是好看的戏、好听的唱腔，而这一切，靠的是演员的真功夫、硬功夫。许多京剧前辈回忆他们学戏的经历，说起当时的苦，都禁不住掉泪。每天都是早晨迎着曙光、晚上顶着星星练声练功，练得一身骨头都快散了架也不能叫苦，稍有懈怠，轻者挨骂、重者挨打，还不许掉泪。就这样，练出一身过硬的“童子功”。

吃得苦中苦，方为人上人，一个个“角儿”就是这样“炼”成的。否则，就是“祖师爷没给你这碗饭吃”，干脆改行做别的。所以，旧社会，但凡家境尚可，一般人家的孩子决不会去学戏。新中国成立后，艺人的地位发生了天翻地覆的变化，学艺成了一项对人生、对事业的追求，但学艺的苦是无法改变的，只是从艺者具有了艺术的自觉，甘愿吃苦，精益求精，加上教学更加科学、系统、综合，使京剧舞台上名角荟萃、众星耀目，但艺术家们常说的一句话还是：“台上一分钟，台下十年功”，说明了基本功的重要和艺术功力的来之不易。

常去看戏的观众都知道，与其说是“看戏”不如说是“听戏”。有些戏，看过不止一遍，但会细细品味不同行当、不同流派的演员独具特色的演唱。就是同一流派，因每人的嗓音不同，味道也是不同。所以，京剧演出以及别的地方戏曲演出，都是不用电声的，否则，韵味全无。而演员的功力也面临剧场的考验，让坐在剧场最后一排的观众都能清晰地听到演唱，包括行腔吐字，这才能算得上是一位合格的演员。因此，京剧演出不用胸麦竟成了新闻，只能说明演员的基本功下降，或是在当下浮躁的社会空气里，不再重视基本功的训练。

戏曲如果是在广场进行露天演出，借助一下电声设备还情有可原，但在剧场或室内演出借助电声就太说不过去了。演员倒是省劲省力了，只是欺负了台下的观众，他们是为了欣赏艺术而来，却得不到真正的艺术享受。这种现象不仅京剧演出存在，别的艺术门类也有。笔者前不久观看了一台二胡独奏音乐会，竟也采用了电声，独奏者演奏中弦乐的细微表现丝毫听不出来，乐队的协奏也是大轰大嗡没有层次，这都是电声惹的祸，让音乐变成了噪音。

这种现象如果长此以往，损害的还是艺术。无论是京剧表演还是音乐会，都是听觉的艺术。观众的耳朵是挑剔的，容不得半点作假。演员要凭实力立在舞台，不能靠花拳绣腿，否则艺术生命很难长久。什么时候，“京剧演出不用胸麦”这样的新闻绝了迹，艺术的天空才是晴朗的。如果科学技术的运用给艺术带来的不是促进而是损害，那是艺术的悲哀。

26. 孙淳获奖，事不大，理不小

——从金鸡奖影帝由反面角色扮演者获得说起

张成

在刚刚揭晓的第 28 届中国电影金鸡奖中，孙淳凭借饰演《秋喜》中的反面人物夏惠民获得影帝称号。这几乎出乎所有人的意料。因为在大家的潜意识里，饰演反面人物是不能得奖的。金鸡奖影帝的称号由演反面人物的演员夺得，这在历史上还是头一遭。这也标志着金鸡奖作为一个专业性奖项，又迈出了更为专业的一步。

事实上，很多反面人物角色经由演员的出色演绎是非常深入人心的。在 1998 年春节联欢晚会上，当著名表演艺术家刘江道出“挖地三尺，也要把他们给我掏出来”的台词时，台下的观众不约而同地爆发出会心的掌声和笑声。时隔 30 多年，观众依然对这个台词不多但一脸奸相的电影人物形象——汤司令记忆犹新。由此看来，影视作品中的反面人物给观众带来的审美能量非常强大，甚至能随着时间的流逝，成为不亚于正面人物的经典形象。然而在影视作品，尤其是电影作品的评奖上，反面人物却一直是不受待见的。

笔者以为，但凡评奖，必然有其规则。一般来说，最佳影片类的奖项，必然要综合考虑作品的社会影响力、艺术感染力、价值普世力和意识形态等方面的因素。各项指标突出又均衡的，获奖的可能性便大。然而，作为单项奖的表演奖，突出专业性评审原则似乎更为合理。随着中国影视产业的迅速发展，观众欣赏水平的不断提高，英雄人物再也不是过去的“高大全”形象，而是更接地气儿，对应的反面人物也不再是脸谱式的“尖嘴猴腮”、“脑满肠肥”。如这次获奖的孙淳，其所扮演的夏惠民便是一个性格极为复杂的人物，早年也曾怀揣救国救民的理想，但却随着腐败的国民党一起堕落，当他看到书生意气的晏海清时，既嫉妒，又信任和疑虑，对自己的生活既痛恨，又无奈并伴随着孤独。这所有的一切都导致他对革命疯狂近乎变态的破坏。饰演夏惠民显示出了孙淳深厚的表演功力，得奖可以说是实至名归。而厚非者，更需要做的是解放思想。

当奖项只偏重正面角色时，所有的演员都把注意力偏移至此，那么反面人物又因何而立，反面人物不立，那么再好的戏也只如同一条腿走路。电影史恰恰说明，角色有善恶，演技只有好坏。恶的角色依然可以直达人心，引发思考。远不说电影《蜘蛛巢城》中塑造日本版麦克白的三船敏郎，《沉默的羔羊》中汉尼拔的扮演者安东尼·霍普金斯，单说近年曾火爆银幕的“无间道系列”，其中的刘建明、韩琛、倪永孝等角色哪个不是邪恶至极？而每个人背后却都有着柔软的故事，也正是这些深入人心的坏蛋形象丰富了整部影片的内涵，让影片可信、耐看，让观众唏嘘、反思。

如若一个好人的诞生是绝大多数优秀影片必不可少的主线，那么，一个坏人的炼成则是这条主线的影子，两者相生相伴，互为镜像。在观众观看影片，感受人性美好的同时，更不要忘记那些引人警醒、性格复杂的坏蛋。据说，金鸡奖这次加冕饰演反面人物的优秀演员，使众多专擅反派人物的演员大受鼓舞。可以预见，金鸡奖这次吃螃蟹之举，显示了我国文艺评奖走向更加开放、更加成熟、更加符合文艺创作规律的轨道。当然，也可以说是文艺百花齐放、大发展大繁荣的生动注解。

27. 影院亦可尝试直播音乐会

小作

10 月 22 日，中国钢琴家郎朗与费城交响乐团合作，在费城吉莫剧院举行“弗朗兹·李斯特诞辰 200 周年郎朗现场音乐会”，美国 269 家影院进行了现场直播，随后在全美 200 多家影院以及亚洲和欧洲的 150 家影院中播出。可惜的是，国内的郎朗迷们无法跨洋过海去看。其实，在影院直播或转播音乐会，对观众、对影院，抑或是主办者来说皆是三赢之事。

就音乐会来说，去现场主要是感受一种氛围，为的是细品音乐的内涵及演奏、演唱者的艺术表达，并形成与乐手、歌手、其他观众的互动。看直播或转播的确难以达到这样的效果。但是，一般的音乐会，古典的最低票价 80 元，流行的最低票价 180 元，而且这最低票价的数量极少，数量最多的是 480 元、680 元。高票价是拦住大多数音乐爱好者走进音乐厅和演唱会的“高门槛”。如果音乐会和演唱会能以电影直播这种大众化娱乐方式呈现出来，无疑是音乐爱好者们的福音。现在在一线大城市，普通电影票价为 50 至 80 元，远远低于现场音乐会或演唱会的票价。更何况影院网点众多，观众可就近观看，省却了地铁、公交、出租车甚至是飞机票的费用。用接近于电影票价的价格看一场音乐会，真的挺值。

至于乐迷们担心的效果问题，笔者认为，现场与影院直播各有优劣。看现场时，位置很重要，过于偏远的位置根本听不到好的音效。在影院观看普通的电影时，就基本上保证每个座位听到的音效是一样的。更何况，直播音乐会能让观众看到很多细节，如乐手、指挥、歌手的细微动作、脸部表情等。例如，这次郎朗的音乐会在纽约时代广场附近的电影院直播时，观众能看到他手部的动作，大大增强了演出的感染力。这是由 11 台摄像机在不同机位拍摄后，合成输出的画面，是现场坐在第一排观众也无法感知的。

直播音乐会是对中国影院分众化播出后片源缺乏稳定保证的有力补充。截止到去年年底，我国的银幕数已经突破 6000 块，但影院放映的影片同质化现象严重。像在去年贺岁档，所有的影院都排《让子弹飞》，若是还想找别的电影看，基本上得出国了。虽然很多院线经理也表示，其实很想排一些不同的片子，但是出于大片的票房保证，他们还是会“随大流”。艺术院线一直无法成形的原因也在于此。一边是飞速发展的银幕建设，一边是排片雷同，并有数据显示，单银幕的票房产出开始下降。直播音乐会将是未来影院打造品牌、扩大观众面的一个不错的尝试。

音乐会、赛事直播转播都可以成为影院的片源。中国的影院不是没有考虑过这样的作法。去年，南非世界杯足球决赛前夕，索尼向中国影院提供 3D 影像信号，但由于影院准备不足而搁浅。所以，影院除了更新设备外，还要做好直播放映的服务培训，这样才不至于机会到来而不能抓住。

28. 两次飞天史，两个“飞天”奖

李博

9 月 29 日，天宫一号发射时，电影《飞天》刚获得华表奖优秀故事片奖不久；11 月 1 日，当神舟八号飞船发射升空，准备与天宫一号进行中国首次航天器空间交会对接时，《飞天》又刚摘得金鸡奖最佳故事片奖。伴随着中国航天事业的两次重大突破，《飞天》也得到了两个重要电影奖项的肯定。《飞天》的成功，最主要的原因不外乎三个：其一，它是首部表现前沿高端的载人航天题材的国产电影，和国家航天科技的突破与飞跃不谋而合，而影片所展现出的积极向上的主流价值观，更能成为推动社会和谐发展的精神动力；其二，片中没有“高大全”式的完美英雄，而是着力塑造了一位很“接地气”甚至略有些悲情的平凡英雄张天聪；其三，影片的视觉特效在国内当属一流，600 多个特效镜头与故事情节紧密结合，以现实主义与浪漫主义融合的方式描绘了我国航天科技的美好图景，是一部“高科技打底，主旋律升格”的影片。

尽管《飞天》通过科学、合理的想象，将故事讲到了 2018 年，但片中所体现出的强烈而深刻的现实主义品格以及主流价值观，还是使影片毋庸置疑地被归入现实主义电影的行列。现实主义是人类文艺活动的“元风格”，电影艺术当然也不会例外。电影自诞生之日起，便被认为是纪录现实的工具，而随着电影艺术与技术的不断发展，现实主义作为一种主流创作范式，也始终在全球范围内占据着重要地位。这一点，在中国体现得尤为明显。

真实地展现现实生活与典型人物，是贯穿中国电影创作始终的一条红线，而现实主义的创作准则，也成为横穿中国电影百年的创作流脉。中国电影每个时期的代表性作品，几乎都具有强烈的现实主义风格——回溯至上世纪三四十年代，左翼电影工作者们便拍摄了《春蚕》《十字街头》《马路天使》《一江春水向东流》《乌鸦与麻雀》等展现社会图景与民众生活的现实主义题材影片。新中国成立之初，电影工作者们更是对崭新的社会主义生活进行了真挚的讴歌，创作了取材于普通户籍民警真实生活的《今天我休息》、表现冒死保护羊群小姐妹的《草原英雄小姐妹》、展现社会主义农村生活新貌的《我们村里的年轻人》等影片。改革开放之后，紧跟重大事件与社会热点、反映真实生活和现实人物的影片更上一层楼，产生了表现女排姑娘生活的《沙鸥》、展现 1984 年国庆阅兵的《大阅兵》、表现北京亚运会的《我的九月》、反映农村社会现实的《秋菊打官司》等一系列佳作。进入新世纪以来，现实主义题材影片的创作进入了一个全新阶段，无论是表现广度还是挖掘深度都得到了显著的提高，产生了诸如《惊涛骇浪》《惊心动魄》《惊天动地》

等反映重大历史事件的影片，产生了《任长霞》《生死牛玉儒》《第一书记》《杨善洲》《郭明义》等表现当代英模人物，以及如《图雅的婚事》《三峡好人》《香巴拉信使》这样表现平凡民众真实生活的电影。这一系列优秀的现实主义作品，不仅广阔地展现了社会生活的各个层面，表现了时代人物的多彩风姿，更无时无刻不彰显出社会主义主流价值观，当之无愧地成为中国电影不同历史时期的中坚力量。

党的十七届六中全会指出，要“在社会生活中汲取素材、提炼主题，以充沛的激情、生动的笔触、优美的旋律、感人的形象，创作生产出思想性艺术性观赏性相统一、人民喜闻乐见的优秀文艺作品”。毫无疑问，始终坚持现实主义这一创作准则，应成为中国电影人持之以恒的追求。而与此同时，如何将传统的现实主义创作准则进行现代意义上的升级、转换和改造，使之更适应社会的进步与时代的发展，也成为电影工作者们亟需解决的难题。值得欣慰的是，我们已经在《飞天》中看到了迥异于“高大全”人物的平凡英雄，在《唐山大地震》中看到了个人感受代替群体经验的表达方式，在《惊天动地》中看到了类型片的努力尝试，这些现实主义题材影片表现出的“与时俱进”精神，不仅是现实主义创作生命力依旧旺盛的明证，更成为国产现实主义电影现代化转型的良好开端。

29. 主持人“转战”影视圈须慎言慎行

邱振刚

最近，广电总局下发《关于进一步加强电视上星综合频道节目管理的意见》，多家卫视的综艺节目面临调整。对于那些在“黄金档”综艺节目里呼风唤雨惯了的主持人来说，职业生涯如何延续，这也是一次“敢问路在何方”的考验。已经有综艺节目主持人撂出“狠话”：以后将往影视方面发展。

在这些主持人看来，做出“转战”影视的决定似乎轻而易举，原因既简单，又充分，那就是自己在观众中好歹已经混了个脸熟，粉丝数目可观，自己出演的影视剧，粉丝们自然会忙不迭地送上喝彩，这样收视率就有保障了。有了收视率，何愁影视剧的制片、导演不来三顾茅庐？自己需要做的，只不过是从电视台综艺节目的录制现场抽出身来，再一头扎进影视剧的外景地。

确实，当主持人和当影视演员，二者看起来相似处颇多，比如大体上都属于一个叫做“演艺圈”的地方，比如都是通过一道屏幕和观众见面，都是在聚光灯、摄像机前完成工作。然而，二者形式上虽然近似，但本质上却有着极大不同。对于综艺节目主持人而言，主动的成分极大，需要去积极调动所有的在场者，继而营造出现场的娱乐气氛，最终完成一次节目的制作；对于影视演员，需要的是凭借自身的艺术素养和表演功力，深入透彻地理解角色，把人物形象诠释到位，完成导演、制片的整体意图。而在经典改编风盛行的今天，如果得以出演第 N 次翻拍的“三国”、“水浒”乃至“还珠”、“射雕”，演员还需要下大力气精读文学原著。笔者无意低估综艺节目主持人的知识素养，只是想衷心奉劝一句，从各位在综艺节目中的表现来看，在充实、提高自己方面，在对影视艺术独特规律的领会方面，各位需要补的课，真的很多，很重。

对于所有综艺节目主持人而言，香港影星周星驰从儿童节目主持人跃升为“喜剧之王”的经历简直是一个不朽的图腾。榜样的力量固然无穷，但是，要知道，周星驰从来就有投身喜剧电影的夙愿，当主持人实属情非得已，并不是自己的节目下马后才改行演电影，而且周星驰对喜剧电影的追求，对“演员的自我修养”的参悟从未停顿，这才厚积薄发，有了日后李修贤慧眼识珠的佳话。

归根结底，对于转战影视，综艺节目主持人们如果仅仅有满怀的信心，却不肯在锤炼演技上付出苦心，到头来就只会收获伤心。机遇只垂青有准备的人，只有不断提高自己在影视艺术领域的素养，扎扎实实磨练表演才能，才能顺利完成身份的转换。这一过程，绝不是换个外在的标签这么简单。即便是要把节目主持人之路继续走下去，也要从职业道德、专业技能等多个角度广泛地充实自己，断不可把主持人的工作理解得过于简单，似乎只是指挥粉丝挥舞荧光棒、搞搞舞台气氛就足矣。

另外，还有一个颇堪品味的细节，就是在一些娱乐节目纷纷下马后，主持人中想出演影视剧的大有人在，对后续的新闻类节目、道德建设类栏目感兴趣的却寥寥无几。这，又说明了些什么呢？

30. “写花一头黑发”的精神令人起敬

——王朝柱创作《辛亥革命》的启示

关戈

“做了7年的准备”、“写花了一头黑发，写掉了一腔的白牙”、“甚至因感觉到历史细节和线索难于捕捉而痛哭”……在近日举办的某电影剧本研讨会上，评论家仲呈祥讲述了著名编剧王朝柱创作《辛亥革命》的经历。一系列蒙太奇式的细节，像久远的记忆再度归来，诠释了深度体验、深度创作的真诚与感人，锋芒直指当下的某些浮躁创作。

与之形成鲜明对比的是，一些创作惊人“神速”。广电总局公布的数据显示，截至今年8月，国内电视剧生产已达1.5万集，预计全年产量将超过2万集，即每天超过60集、时长超过2700分钟。一个足以让人亢奋的数据，但在数量的背后，毋庸讳言一些作品也存在着种种症候：历史剧漏洞百出，家庭伦理剧充斥无休止的争吵，偶像剧、爱情剧唯“情”至上，毫无生活可言。只有20%的播出率，再次向此类创作敲响了警钟。虽非主流，却不容忽视。为何？于产业则浪费资源，摧毁规范，阻碍成熟；于文艺则扰乱思想，混淆真实，培育浮躁，钝化审美，对现实视而不见。

曾几何时,“创作”让我们敬畏。曹雪芹“批阅十载,增删五次”,柳青为写《创业史》蹲点农村，路遥为《平凡的世界》深入煤矿。一盏灯，一扇窗，一城灯火，一个带有经典性的文化耕耘场景，那种“甘守寂寞”“坚信大道如砥”的情怀让人感动。实际上，它也承载、构筑并维系了人们对文化的普遍信念。也正因这种信念，我们能够抚平伤痛，在生活与历史的沧桑面容上看到真善美，正面价值得以张扬，文化得以延续。

值得警惕的是，这样的场景正被各种乱象消解。一个宾馆，一帮创作团队，烟雾缭绕，彻夜长聊。戏不够，情来凑；忙不够，找“枪手”；聊出来的人物，凑出来的情节，对白更是严重注水。很难想象，目前国内的许多影视剧本就这样匆匆出炉。当“写手”和“枪手”替代了对创作的敬畏与坚守，文化担当被放弃或驱离；作坊式的剧本流水作业，分包、代工、粗制滥造，正把严肃的创作变成一场众声喧哗的工业化闹剧。没有了深度体验，深度创作也被自动放逐。更坏的是，它在制造审美疲劳的同时，也肆意开发污染环境般淹没、减损了文化的吸引力。

在资本的裹挟之下，有的创作越来越成为一种“谋生的手段”，有的创作者更养成了“游资性格”，丧失了脊梁，放弃了立场，封闭了个性，消耗了才华，最终沦为资本的奴隶。殊不知，资本有其选择性，文化却始终延续。退而言之，倘若作品不再感人，产业乱象丛生，寄生资本的浮躁创作也必不久矣。由此看来，回归生活、重接地气不仅是作品“行之久远”之必然，同时更是对产业环境、文化持续发展之拯救。

“做了 7 年的准备”、“写花了一头黑发，写掉了一腔的白牙”的创作让人感动。我们看到了一种对文化的敬畏。它不仅是对生活、对历史之尊重，对创作者来说，它还是一种情怀。惟其有了情怀，方能有所担当，方能淡泊沉心、埋首深潜，方能深入到生活最动人的细部，去体验历史之现场、触摸人文之脉动；然后对生活有感触、对社会有洞见，发硎见锋，神思韵流，创作出能经受时间考验的作品。“为什么我的眼里常含泪水？因为我对这土地爱得深沉”，情感的持续在场，造就了作品的真挚感人。某种意义上，王朝柱创作《辛亥革命》的经历，恰指出了浮躁氛围下创作的一条自救之路。

幸运的是，这样的深入体验、深度创作正被一些有良知、有担当的创作者所践行。最近诞生的长篇纪实小说《新生代农民工》，倾注了作家黄传会 21 年的漫长坚守，让被某些创作无视的弱势群体的生活全面、生动地呈现于世人面前。这无疑给那些以各种借口推卸责任的创作以重重一击，同时也让我们再次坚定了对“创作”一词的信念。

31. 雕像以大为美不可取

怡梦

日前，河南宋庆龄基金会在郑州建造的巨型雕像引发公众对基金会不务公益事业、图谋一己私利的诘问，又因基金会在接受采访时称这座形貌极似宋庆龄女士的雕像为“黄河女儿”，引来设计方广州美院的驳斥。

据悉，雕像占地 800 平方米，有 8 层楼高，耗资之巨可想而知。广州美院在理直气壮指责基金会时恐怕忘了，其自身选择的设计理念也并非无可指摘。宋庆龄女士为我国独立、民主、自由作出的贡献值得人们铭记和感怀，但由河南宋庆龄基金会发起建造纪念雕像就不免有些吊诡。宋庆龄基金会之成立乃为继承、发扬宋庆龄女士未竟的事业，笔者想其中绝不包括树碑立像、供人朝拜。自古以来，我国塑像确有以大为美的传统，乐山大佛、龙门石窟、云冈石窟，都以大体量的造像名垂艺术史。那是为彰显佛法无边而采取的特殊艺术手段。但这一传统并不适宜为现代人物雕像所沿用，把宋庆龄和蔼可亲的母亲形象建造得非人而近乎神，客观上令观者产生疏离与陌生感。这样的艺术建造的教训已经不止一次两次了。

好的雕塑以独特的创意与形态的美感向观者传达人文情怀、精神启迪，前提是要与周边环境、城市氛围协调统一，令人不觉突兀。宋庆龄雕像置于河南郑州的“郑东新区”未免有些前不着村、后不着店，难怪基金会要改称之为“黄河女儿”。而在本应高雅慈祥的雕像旁，还设有 3D、4D 影院、商品房楼群等建筑，这一建造就越发可笑，不仅是对雕像艺术内涵的贬损，更令这样的奇怪组合不知所谓。关于雕塑的美学原则,广州美院的专家学者当比笔者更为清楚,此处无需赘言。

笔者不知道作为非出资方，广州美院能在多大程度上掌控游戏规则，但作为专业设计者，在订立合同之初，就应从专业角度对雕像建筑的目的、功能、位置等因素加以追问和指导，只负责设计而全然不顾美学伦理，会令设计沦为简单的技术工种，设计作品更会因此变得毫无人文价值。即使是受聘参与设计，也应该站稳自身专业立场，盲目接项，机械创作，导致大而无当、以大为美、更名风波等乱象，实乃咎由自取，有损美院风范。

今天的艺术家恐怕已经无法抛开成本、资金大谈审美的非功利、无目的，也许这种理想的创作状态实践起来越来越难。时下的现实是资本绑架了艺术，令艺术成为以金钱为交换条件就可以随意装扮、任意更名的可笑附庸。笔者不想多费唇舌指责出资方，因其显然是艺术的门外汉，他们集资、斥资中的问题，已被有关媒体集中追问；而广州美院作为“艺中人”，作品至少应当是美学智慧与艺术情怀的产物。如果了解宋庆龄女士的事业与心愿，爱戴崇敬她的高尚人格，实在不该将其建成“神像”、置于闹市，让艺术在金钱的堆砌中成“庞然大物”，却在人们的心中失去了对艺术的尊崇。

32. “中国式周播剧”是只难啃的“螃蟹”

何勇海

“限娱令”后，电视剧制播玩出新花样——11 月 13 日，号称中国首部“周播剧”的《被遗弃的秘密》在湖南卫视推出，该剧仅在每周日以两集连播、每集一小时左右的形式播出；与此同时，江苏卫视和中国教育一台合拍的电视剧《一芯一意爱上你》本月起也将以周播形式播出。

对此，媒体纷纷以“周播剧来了，憋一周看两集你有耐心吗”来测试观众的反应。要我看，“周播剧”于国内电视业而言，尚属市场空白，有电视台敢率先试水，首吃“螃蟹”，其勇气着实可喜！但效果有待观望，“周播剧”于我们而言，注定是只难啃的“螃蟹”，试水“周播剧”是一场冒险。

其一，国内卫视所播“周播剧”，徒具“周播”形式，非真正意义的“周播剧”。据报道，欧美、日韩“周播剧”的关键特征，在于边拍边播，可据观众喜恶随时调整故事走向，设置人物命运，制作方与观众形成良性互动，能抓住观众的观赏欲。如果前几集收视率不好，制作方可立即停止拍摄，从而避免再作无谓的浪费。

而国内“周播剧”，纯粹是“中国式”——由于受限于制作模式和审片制度，只能将早已完成所有程序的电视剧，拿来“周播”而已，与“日播剧”唯有时间跨度之别。正如“橘生淮南则为橘，生于淮北则为枳”，“周播剧”在中国，难免会水土不服而行之不远。“周播”噱头带来的新鲜劲一过，观众难免会弃之不顾。

其二，“中国式周播剧”很难改变观众固有收视习惯，收视率不容乐观。在我国，电视剧的主流播出形式仍是“日播剧”，观众早已习惯短期内看完某部完整电视剧。动辄三四十集以上的“日播剧”尚且让人难以等待，更甭说三四十集以上的“周播剧”得播大半年吧？如今，很多年轻人尚且厌烦“日播剧”的拖沓冗长，纷纷通过网络观看已全部播完的电视剧，一口气从头到尾“看个透”，要他们憋一周再看两集，几乎谁也没那么大的耐心，除非剧情实在“抓人”。

可见，“中国式周播剧”能不能“抓”住观众的收视胃口，我看悬，此其三。此前，一些电视台搞“自制剧”，走青春偶像路线，让观众眼花缭乱，但眼花缭乱并不代表质量高，观众称某些“自制剧”稀奇古怪且雷人，纷纷呼吁“自制剧”质量仍待提升。而“周播剧”能否试水成功，更要靠质量吊人胃口，意味着要出精品。可是，我们的电视剧质量总是不尽如人意，甚至粗制滥造；电视剧太多，烂剧也太多，更不要奢谈精品了。这种浮躁和功利的创作大环境，会拖累“周播剧”的品质。而且在题材上，国外“周播剧”应有尽有，而我们的“周播剧”，从内容到题材均有较大差距，或较多限制，恐难达到国外“周播剧”足够吸引人的要求。

其四，正如专家所言，我们的播映环境不规范，提前拍好、等着一周一播的“中国式周播剧”，如若确实很“抓人”，更易被不择手段地盗版、盗播，一旦如此，所受损失和打击更大。谁还会等一周再去看已经不新鲜的一集两集？同时，制作团队的保密要求也十分关键。

所有这些问题不解决，试水“周播剧”，实在是一种冒险。其他电视台应摒弃模仿跟风习惯，切莫盲目跟进，不能像“相亲节目”成风一样，也搞“周播剧成风”。否则，有可能被海量的“日播剧”呛个半死，甚至被冲得无影无踪。

33. 后宫戏风靡为哪般？

王新荣

近来，在经历了谍战剧、婆媳剧等热潮之后，众多电视制播机构纷纷将目标瞄准了后宫女人戏。于是乎，《宫》《美人心计》《后宫·甄嬛传》首轮轰炸的余波尚未散去，《倾世皇妃》《武则天秘史》《美人天下》《后宫》《万凰之王》组成的第二轮冲击波又纷至沓来。放眼望去，11 月份的各地电视台，俨然是后宫女人戏的天下。不同于琼瑶剧中泪眼婆娑的苦情女以及剪不断理还乱的情感纠葛，看起来弱不禁风的后宫女子可都是一等一的计谋家。在这里，勾心斗角唱起了主角，争风吃醋、冷枪暗箭、不择手段排除异己，真可谓胭脂水粉也是江湖，宝殿金钗同样刀光剑影。而道不尽的血雨腥风、演不完的阴谋仇杀背后又隐藏着怎样的叙事逻辑？它又会带给广大“宫斗控”们怎样的观剧感受？其之于日常生活、人生启迪乃至社会风气，价值何在？

在一些乐此不疲的“宫斗控”眼里，后宫女人戏给他们带来的快感不可小觑。就拿浙江卫视正在热播的《后宫》来说，竟被不少“宫迷”们奉为中国版的“大长今”，称其为一个宫女的个人奋斗史，够草根、挺励志。阿谀奉承、讨好主子的“奴才”心理，落井下石、栽赃嫁祸的明哲保身，笑里藏刀、蜜舌腹箭的阴谋诡计，难道这一切就是“宫斗控”们啧啧称道的草根励志？为达目的不择手段究竟会在多大程度上成为影响“宫斗控”们为人处世的现实逻辑自不必说。而《美人天下》中的精美行头、爆潮造型，以“贴、紧、露”为主要设计原则的戏服，务求最大限度地展示女主角漫画般的好身材，吸引众“宅男”粉丝满足其低劣的窥视欲。神马优雅、端庄、古典，都成了浮云；更不必说，《武则天秘史》甫一亮相，便是裸戏、床戏、乱伦等，激情戏码一个也不少，更有如“14 岁那年我进了后宫，24 岁那年我削发为尼，30 岁那年我失去亲生女儿，32 岁那年我成为大唐皇后……”这样个人履历表一般的新一代雷人“神曲”……种种怪相，真是雷死人不偿命，如此文艺生态，与历史无关，与情怀无关，与社会担当无关，着实让人生忧。

电视作为一门大众艺术，其便捷的传播渠道、海量的受众群体、遥控器带来的主体存在快感，使得“电视已成为我们这个时代的‘神话’”（罗兰·巴特语）。作为公众生活中无处不在的传媒公器，它究竟在多大程度上左右着大众的思维神经、价值判断和情感倾向？它又该为大众提供怎样的精神食粮？我想，除了娱乐消遣之外，社会担当更是不可或缺。尤其在当下社会，当制片方只盯着市场和资本，电视台则唯收视率，以致娱乐泛化、浅表化节目充斥荧屏。而更为可怕的是，这种侵蚀，不再依靠强力让人产生痛苦。恰恰相反，它面带笑容，不知不觉间左右了大众的选择，让人们受制于娱乐却不自知，以致于停止思考甘愿如此。就拿后宫女人戏来说，青春偶像般的花样美男、萌感少女，极具视觉冲击力的养眼画面，颇有点悬疑、魔幻色彩的浪漫故事情节，制片方如此殚精竭虑地构思“创意”，让众“宫迷”们彻底败下阵来。当严肃的话语变成了笑话，我们该向谁抱怨？又该抱怨什么？

尼尔·波兹曼曾说，有两种方法可以让我们的文化精神枯萎，一种是奥威尔式的——文化成为一座监狱，另一种是赫胥黎式的——文化成为一场滑稽戏。波兹曼的这一判断发人深省。而后宫戏风靡折射的娱乐无极限一再提醒我们他的预言：或许毁掉我们美好生活的，并不是我们所憎恨的，而恰恰是我们所热爱的东西。

34. 电影首映非要文艺晚会来撑场？

小作

近年来，越来越多的电影使用首映式宣传，首映式变得极为频繁，首映式的样式也越来越趋同。一台文艺晚会，主创亮相，与观众互动。舞台绚烂夺目、歌声优美动人、主创星光灿烂、与观众互动抽奖奖品丰厚，但就是和电影没什么关系。这有点本末倒置，让人无法分清到底喧闹的文艺晚会首映式是为电影造势，还是电影只是文艺晚会的一种影像注脚。

其实，首映式这一概念并不是电影的发明，在戏剧、舞蹈等艺术门类的演出中，也有首演这一形式。电影首映式系从其他艺术门类中借鉴的这一用法。首映式到底始用于哪部电影暂不可考，但确凿无疑的是，首映式的使用几乎是伴随着电影史的发展。如电影《雨中曲》中有一部无声电影首映的桥段，其背景时间为 1927 年，当时片中主创云集，和今天的主创见面大同小异。可以说，早年的信息传播途径比较单一，首映式是吸引观众的重要途径。但随着信息时代的到来，传播途径多样化，网络、电视、城市中的街边广告、广播等等多种方式都能有效地使电影的信息覆盖到观众的视听。因此，首映式的能量早已今非昔比。

但不可否认，首映式在某些时候确实是电影票房的一剂强心针。如前几年开启大片时代的某些大片，首映式规模浩大，的确有效地抓住了观众的猎奇心理。在 2008 年，《画皮》的片方在广州举行了首映式，耗资 500 万元，并从美国拉斯维加斯邀请了世界顶级魔幻团队，用魔术手段表演影片中“脱皮”和“挖心”的场面，并借助广州当地电视台和 CCTV6 先后播出。该首映式也为《画皮》的 2.5 亿元票房作出了相当大的贡献。

然而，一部电影的票房和口碑毕竟还是要凭质量和实力说话。观众的消费心理也渐趋理性，并不会简单地被首映式的花哨程度所左右。更关键的是，当今很多电影首映式越来越趋于同质化，很多时候，甚至与电影本身完全脱节，造成严重的资源浪费。有的甚至成了一种攀比，比比谁的首映更盛大，更热闹。片方把越来越多的资源押宝在电影首映式上，这必然挤压在电影创作上的投入。电影的首映式和电影创作之间的投入成反比，也难免很多精彩的首映式把观众“拽”进影院后，观众大呼上当。

反观今天的电影趋势，以《失恋 33 天》为代表的小成本电影的总体投入，甚至还不及某些大片的一场首映式的投入；进口纪录片《海洋》甚至宣传成本几近为零，更别提做规模庞大的首映式了，但都取得了不俗的票房成绩和口碑。可见，“劳民伤财”的首映式，有时候并不必要，电影好看才是硬道理。

35.魔术：要“神秘”不要“揭秘”

王春梅

龙年春晚早已落幕，而其留下的话题却远远没有停息。已是三度登上央视春晚舞台的魔术师刘谦，再次成为人们关注的焦点，对其魔术的揭秘亦是更加来势汹汹，成为春晚结束后的热门话题。而南京资深魔术师在电视台揭秘刘谦的魔术遭到众多同行的炮轰，更是为这一话题添了一把火。

曾几何时，揭秘春晚中的魔术节目似乎变成了一种“传统”，每每演出结束后不久，便会掀起一股揭秘的热潮，各种版本的揭秘充斥网络，似乎人们对于揭秘的热情大大高出了节目本身。现如今，揭秘之风愈演愈烈，专业人士亦加入了揭秘者的行列之中，实为令人忧心。其实，对于魔术是否应该揭秘，早就争论不休：支持者认为有助于促进魔术创新，以及大众对于魔术的了解和学习；反对方表示，看魔术表演图的就是一个乐趣，揭秘后就没有神奇感和新鲜感了，不予支持。笔者以为，对于魔术爱好者的揭秘行为尚可商议；而对于专业魔术师来说，揭秘别人的演出则是有悖职业道德的，应该严格禁止。

记得一位著名演员曾经戏言，“‘魔’字上面一个麻，下面一个鬼，就是趁人精神麻木的时候捣鬼”，魔术都是假的，靠的主要是魔术师的表演技巧、辅助道具以及创意来让人“眼见未必为实”。对于这些“门子”，作为外行的观众来说看的是热闹，而内行的魔术师来说很容易就能看出其中的门道。然而透视了其中的秘密并不意味着可以将其公之于众，尤其是作为魔术师来说更应恪守道德，尊重同行的劳动成果。实际上各个行业都有着自己的行规，魔术界也不例外。据说“不揭秘”的行规是写在西方《魔术师守则》里的，而在中国虽然现在还没有明文规定要求魔术师不准泄露魔术秘密，但也是约定俗成的规矩，所有魔术师都凭借着职业操守保守着这个“不能说的秘密”。同行揭秘是魔术行业的禁忌，如果违反也将付出代价。很多年前，一位蒙面魔术师因在美国福克斯电视台一档名为《破译魔术师的密码》的节目揭了很多魔术节目的秘密，后来遭到美国和欧洲魔术界的一致抵制和谴责，声誉荡然无存，魔术事业也受到影响；而中国魔术师肖天在电视上揭秘魔术的行为也曾经在国内掀起了轩然大波，为众多魔术同行所诟病。

作为一门艺术，魔术节目中也凝聚着魔术师的智慧结晶和劳动汗水，理应有自身的知识产权，随意揭秘别人的节目有侵权之嫌。在国外，绝对不允许同行间的揭秘，上述蒙面魔术师揭秘事件也是因为众多魔术师的维权行动而遭遇“滑铁卢”。而对于被揭秘的魔术师，也应该积极维护自己的权利。美国著名魔术师大卫·科波菲尔就对保密极为重视，不仅与其演出班子中的每一位成员签署保密协议，而且每到一处演出，都要和包括剧场清洁工在内的相关成员以及一些在特定位置的观众签署保密协议，谁要是泄露了，就将付出巨额赔偿。此种维权意识值得中国的魔术师学习、效仿。

魔术是一门流传久远的艺术，其发展、创新自有其规律，不是大玩揭秘就能推进其向前的，亦只有尊重其法则与规律才能保证其市场的健康和这门艺术的魅力。当然，这要靠所有魔术师以实际行动来共同维护。笔者以为，魔术之所以吸引人，靠的就是神秘，魔术揭秘后还能剩什么？还是给观众保存一些幻想为好。

36. “限”也是创新的助推器

邱振刚

2011 年，广电总局颁布了“限娱令”（即《关于进一步加强电视上星综合频道节目管理的意见》）和“限广令”（即《〈广播电视广告播出管理办法〉的补充规定》)。“限娱令”要求 34 个电视上星综合频道要更多播出新闻类和道德建设类节目，同时对综艺类节目的播出进行调控，“限广令”要求每集电视剧中间不得再以任何形式插播广告。两规定已于今年 1 月 1 日正式实施。

两项政策实施近两周以来，固然已在观众中赢得掌声如潮，但也有多家卫视在一番手忙脚乱中亮出应对招数，给人感觉只是为了缓解政策压力，缺乏重建媒体责任的诚意，更没有真正领会到两项政策的精神实质所在。例如，在应对“限广令”上，卫视用得最多的招数是拉长剧集之间的广告时间，一条插播广告撤下去，几十条剧前广告站起来。再有就是出售电视剧栏目的冠名权，其中最具“创意”的是在播放下集预告时，会有某产品或某厂家提醒你注意收看。在应对“限娱令”方面，多家卫视相继推出了新制作的新闻类、道德建设类节目，虽然形式上略显粗糙，赶工痕迹明显，但仍不失为彰显媒体责任的正面举措，然而，也有卫视仅仅是把原有新闻节目时间拉长，甚至把一些早就广受诟病的内容贴上一个“青少年励志栏目”标签，改头换面后重新推出，唯收视率马首是瞻的积习并未有实质改变。

从“限广令”、“限娱令”颁布之日至今，已经有不少媒体“军师”、“智囊”支招，认为对电视台广告收入打击最大的，不是“限广令”，而是“限娱令”，因为前者相对而言更好对付，无非就是把广告播出时间调整一下而已，而“限娱令”的“杀伤力”在于，娱乐节目才是各个卫视获得广告收入的金矿。还有媒体“军师”声称，“限广令”、“限娱令”最终受伤害的是观众，理由似乎也很充足，就是电视台只有把巨额的广告费拿到手，才能购买到明星云集，出自金牌编剧、著名导演之手的电视剧。现在广告费缩水了，自然就无力购买新鲜出炉的高价电视剧，电视观众就要受“伤害”了。

这些说辞，貌似有理，实则不然。因为“限广令”也好，“限娱令”也罢，目的并非简单地要求各个播出机构在广告播放方式、娱乐节目播出时间等方面作出改变，更主要的是要借此激发、增强播出机构的社会责任感，构筑一个清新健康的荧屏生态和良性竞争格局。

长期以来，多家卫视的创收模式相当简单，就是一手买进电视剧、录制娱乐节目，一手笑纳广告费，钱来得又快又直接。相互之间当然也存在竞争，但这种竞争说到底，就是比拼电视剧或者娱乐节目的明星阵容，比拼收视率高低，比拼广告时段的吸金数量，哪家更能豁出去暴露隐私、制造噱头，哪家就是收视率和广告费的赢家。任凭这样的局面发展下去，对良好社会风尚的形成和青少年观众价值观的塑造，无疑是极为有害的，这，才是对观众最大的“伤害”。但是，作为精神文明建设重要环节的电视媒体，又必须走出这种低层次竞争和恶性循环的窠臼。事实上，也曾经有电视台制作过强调文化内涵和教育意义的节目，然而，在唯收视率论的规训作用下，难称健康的电视荧屏生态已经容不得这些了，一个“劣币驱逐良币”的格局已经隐隐成形。

所以针对这一情况，有关的管理部门就有必要加以引导、整顿，促使健康荧屏生态和良性竞争格局重新形成。“两限令”的颁布实施，就是要所有的播出机构更加清晰地认识到自身的社会责任，不断推出有着鲜明风格，更有着正确价值取向和上乘艺术品质的电视节目。在全球亿万电视观众当中口碑极佳的美国探索频道，固然也会从各类独立工作室等制作机构购买节目资源，但真正为其获得世界性声誉的却是体现了精良的制作水准、有着深厚人文内涵的自制内容。而我们的卫视呢？大大小小三十多家，但掰手指头算算，其独立制作的节目，能拿得上台面的，又有多少？难道是那些格调不高的综艺类节目、真假难辨的相亲类节目？是那些大爆隐私、一味煽情的情感访谈类栏目？是那些大肆跟风、大炒剩饭的“流星雨”、谍战剧？

所以，“限广令”、“限娱令”的实施，确实给各卫视在经营创收方面带来了暂时的压力,但更多的是带来了引导,带来了机遇。各卫视只有真正认清“两限令”的精神实质，真正把社会责任放在经济效益的前面，并把握好电视媒体的发展机遇，借鉴国外同行的成功经验，才能在未来的竞争中脱颖而出。

37. 秦桧可以被扶起吗？

——也说为秦桧立坐像事件

煜凡

“秦桧坐起来了”——南京市江宁区博物馆展出一尊秦桧坐像的消息连日来不胫而走。几年前，一位艺术家以“跪了 492 年，我们想站起来喘口气了”为名，将秦桧跪像改成站像，曾引起激烈争议。如今，同样的争议被再度搅起。反对者义愤填膺，力挺者振振有词，更多闻声而怒的公众甚至没有耐性去分辨这两件事，一股脑将其纠结起来清算。据某媒体最新报道，博物馆方面日前终于迫于压力撤去了坐像并将其“永久封存”。然而争议与反思却无法因此尘封。其实，无论昔日还是今天，无论站着、坐着还是封存，秦桧被艺术家从跪姿扶了起来是个事实，也是问题的焦点和争议的症结。

在秦桧被扶起来的诸多理由中，艺术家曾声称：“为了呼吁现代社会要重视人权和女权。”似乎颇有道理，可为何扶不起公众心中“跪着的秦桧”？

其中的关键，恐怕源于人们对秦桧的认识。被“誉为”中国历史上十大奸臣之一的秦桧，于国家危难之时，构陷残害抗金名将岳飞，并竭民膏血成国之巨蠹。“青山有幸埋忠骨，白铁无辜铸佞臣”，“铸像”既是艺术之举，也是道德评价和构建。在以儒家思想为主导的古代中国，以德治国、德主刑辅是维系社会的重要手段。“道之以政，齐之以刑，民免而无耻。道之以德，齐之以礼，有耻且格。”《论语·为政》强调以道德来引导、用礼制去同化百姓，才会使之知廉耻而懂理法。在中国古代文化背景下，以“跪礼”来谢罪，作为人民群众朴素的情感表达和伦理需求，具有当然的合理性，也影响了那时道德伦理的建设。

也许最初秦桧跪像还有现实和个体的指向，带有社会审判的意味，并不符合现代某些观念。但是，对强调象征性的雕塑艺术来说，凝瞬间而铸永恒，“瞬间”限于当时，“永恒”延续至今。在经历千百年后，该跪像早已成为一种超越个体对象的表达，一个民族伦理情感的普适性符号。其内涵就是，忠义爱国必流芳百世，贪腐卖国必遗臭万年。

用理法规约考量社会秩序、公民行为是文明社会应有的自觉意识，也是法制社会不可或缺的尺度。但是，用现代人权观念去解读传统情感，用起源于西方的人权思想套用中国人文传统，其生硬牵强也必然导致理论与情感缺陷。打着现代人权的旗号，把对传统伦理道德的逆反和颠覆作为艺术的“创意”，无疑荒唐之至。秦桧跪像早已符号化为道德教化之反面典型，某些艺术家非要为已符号化之个体“招魂”，只见树木，不见森林，很不适宜；不加区分地移置人权理论到艺术领域，无视艺术主要作用于人的感性心理、很难用理性衡量的特点，更不奏效。在罗丹创作的被誉为“丑得如此精美”的雕塑《欧米哀尔》中，老妓被刻画成脊背佝偻、乳房干瘪、皮囊蹙皱、四肢枯残，难道是对人权对女权的不尊重？以不适宜、不奏效之举，去颠覆传统道德中的正面价值，其指向虚幻的创意岂止是“莫须有”。

千百年来，人们对秦桧的鞭挞、声讨、讥讽几乎没有中断，以此为题材的传说以及各种艺术形式不计其数。明朝的“分尸桧”，以及后来演化为油条的“油炸桧”，都表达了民众对这一奸臣的痛恨。时迁岁易，这种痛恨渐渐成为一种道德规约。这也是秦桧跪像依然存在的现实意义。书写历史是为昭告未来。试问，今天有什么力量足以将这饱蕴民族价值取向、情感伦理与艺术内涵的一“跪”扶起？

38. 民间，又出了个“诗人保安”

乔燕冰

“苏大学生们显然被这个‘西门大叔’给震了！”近日，有关“西门大叔”的惊叹与争议遍及网络。“西门大叔”是每天站在苏州大学本部西校门，检查车辆、指挥交通的一名保安叔叔。然而，另一个与他看似极不相称的身份——诗人，不仅让公众目光迅速聚焦于他，也引爆了有关“诗人保安”是否是励志故事的合适素材的强烈争议。力挺者将“诗人保安”视为当下浮躁社会的励志活教材，反对者则或称“诗关别才”，我们不需要这种“神话”，或质疑其成就的真伪及其曾获奖项的含金量。冷眼旁观，我们也许该从中思索些什么。

在这个连芙蓉姐姐都可以以成功瘦身作为极大噱头，华丽转身为“励志女神”的时代，一个笃志于文学梦的保安诗人何以不能催人奋进？想来上述质疑不免牵强甚至残忍。然而，即便我们将“诗人保安”奉为励志典型，就是给予他足够的肯定与应有的尊重吗？将“诗人保安”作为励志典型是否潜藏着某种深沉的意味？

虽然以打工文学为代表的底层文学似乎正在艰难地为草根世界的文化撑起一片天，虽然以网络为代表的大众书写呈现前所未有的上升趋势，并正在改变着原有的话语建构，但是，正如人们用“底层文学”去定义来自农民工等群体的创作一样，文学艺术深居庙堂根深蒂固的意识长期以来天然地拒斥草野民间。对于文艺，似乎精英往往可以随意把玩，草根却难以真正“染指”。精英把持话语霸权的传统，在庙堂与草野、精英与草根之间划开了难填的无形沟壑。

由此，走进公众视野持有话语特权的知识精英，往往容易在远离现实中任凭创作源泉的干涸，甚至可能只能用他们孤悬困惑的虚构人生生产出虚假而粗鄙的文艺作品。那里找不到陶渊明“采菊东篱下，幽然见南山”的生活质感，看不到公孙大娘舞剑弄墨的姿律情韵。因此在西单女孩、旭日阳刚等曾经一夜爆红的事件中，人们除了感佩他们与生活艰难抗争却不舍追求之外，那缕来自地表层的气息，潜隐却强烈地刺激着人们快要麻木的神经。那种生命的脉动也许才是文艺最本真的东西。而可怕的是，我们常常对此并无察觉。

“中国散文家协会会员，红袖添香等文学网站的签约作家，曾获得过中国鲁迅奖和路遥文学青年奖，发表诗歌散文 30 余万字……”这些相关描述如果放在一个知识群体中的一员身上定然毫无新奇，而与一个以每天连续值勤 12 小时为生的 37 岁保安相联，就立即变得不可思议，变得具有轰动效应，就会引起人们对于这位诗人“传奇”性的好奇、围观、感动甚至震撼，以及随之而来必定会有的种种习惯性质疑……这就是当下人们对“草根”的认知，这就是当下人们对诗、乃至文艺的认知。

我们也许不必将“诗人保安”奉为励志典型，因为这种追捧也许不仅打扰了诗的生成，也暴露了“诗人不属于保安，保安不属于诗人”的潜在的卑微预设；我们也许也不必质疑其获得的中国鲁迅奖（？）和路遥文学青年奖是否属实，因为在辗转多所城市，跋涉于建筑工人、工厂操作工等艰苦谋生的角色中，还能对诗矢志不渝，这本身也许已是一首深刻的诗。

“其实每个人本质上都是一位诗人”，西方哲人的这句话可以有多种理解，但它也许足以告诉我们，当下我们与诗渐行渐远的悲哀，不是因为我们一生不能去开发内在本有的诗的潜质，而是源于我们缺少一种心境，这种心境包括相信诗、相信努力。

39. 如此文学评奖为哪般?

南乡子

近日，收到一份由某学会和某杂志社共同主办的征文大赛获奖证书，本人一篇散文作品在该活动中获得三等奖。按理说，作品获奖是件值得庆幸的事儿，然而，当我知晓了征文大赛的相关情况，并考虑到如今鱼龙混杂的文学现状时，却怎么也高兴不起来。

活动主办方寄来获奖证书的同时，附有一份《致获奖作者》，大致内容如下：尊作已推荐入选《×× 优秀作品选》一书，请您根据自己的情况支持订购为盼！每套 × 元，因学会经费有限，不订购的作者作品将不再收入该书。此外，还附有一份《×× 学会会员登记表》，估计得交几百元的入会费或者年费。看到这些，我很冷静。毕竟，我的虚荣心再强，也还强不到需要花一笔不小的钱，去买一本既不物美也不价廉的书籍来充门面，也还强不到需要加入这会那会来证明自己，有哪位好作家是真正依靠协会培养出来的呢？至于有多少人和我一样，收到了获奖证书，并花钱订购或者入会，不得而知。据报道，此前，大赛颁奖大会及相关学术活动已在北京隆重举行，有不少人为了参会，主动缴纳了不菲的会务费。对此，我不想做任何评价。就我的工作性质而言，单位经常会收到各类会议邀请函，主办方打着考察或交流名义，暗中进行着敛财的勾当，少则数千，多则上万。故而，对于此类活动，我太了解其中的猫腻了。

实际上，只要有心，不难发现，多如牛毛的各类征文活动充斥着今天的文学期刊、报纸及互联网，泛滥程度堪称乱象重重。其中，有多少是借着文学名义从事非文学的龌龊之事，明眼人一看便知。无非就是打着文学征文、评奖活动的幌子，以收钱发文、发奖为诱饵，骗取不明真相的投稿者的钱财。此种行为，实在是玷污了文学的圣洁。那么，为何还会有那么多受骗者？一方面，与一些人沽名钓誉、爱慕虚荣固然密不可分，另一方面，社会缺乏对此类活动的监管则更加助长了某些行骗者的气焰。因此，面对这样一类征文或评奖活动，我们一定要擦亮自己的眼睛，坚信天上不会掉馅饼，同时，敢于对其进行曝光，让其无处遁形，还文学一片净土，给文学一份尊严。

最后，诚心奉劝那些文学爱好者：写作是件苦差使，凭着兴趣写就是了。若过于注重名利，往往会适得其反。任何时候，都要能抵挡得住各种诱惑，做到认认真真写作。若是真的写得好，既不愁没有发表机会，也不愁没有读者。热爱文学的朋友，你说呢？

40.“以币代礼”，折射出了什么？

煜凡

近日，在英国坎特伯雷举行的2012世界奥林匹克数学竞赛中，中国小选手一举获得全球16金中的10金，风光尽显。然而，荣耀之后却发生了一件颇煞风景之事。据介绍，在参加竞赛的中外学生互换礼物环节，面对外国小朋友送上的精心准备的水杯、笔，措手不及的中国孩子只好临时拿出人民币送给外国小朋友。此事传开，引起人们对当下孩子礼节知识匮乏，以及家长、老师对礼仪教育缺失的质疑与谴责。谴责固然在理，然而这种谴责是否完全瞄准靶心？将症结聚焦在礼仪教育欠缺上，是否也可能一定程度上偏离了批评的应矢之的。在失礼的背后，也许还存在更大的隐忧值得我们自省。

其实，面对突发事件，情急之下“以币代礼”，某种意义上说是孩子们机智而慷慨之举，也在表面上实现了减轻失礼程度的效果，本身无可指责，甚至一定程度上值得肯定。相信深知“来而不往非礼也”的孩子们，当时面对对方的情礼双至，感动、愧疚之中倾囊，虽为下策却也是挚情之为，这金钱无疑附着着他们的真情还礼之心。问题在于，在当时孩子们所及之物中，金钱也许并非唯一的可以赠予之物，为什么他们却本能地想到馈赠金钱？可以想见在孩子们心目中，钱应该是他们自视最“珍贵”、最“有价值”的东西。与“礼轻情义重”不同，此次“礼重情也重”。这种由孩子潜意识的价值排序造成的尴尬事实，能完全责怪孩子吗？

价值观的形成非朝夕可得，而是在日积月累中潜移默化形成的。生于斯长于斯的每个人都不可能对周遭的影响免疫。当代少年儿童的价值取向正是深受社会、家庭、学校等多方面因素的影响而形成，也必然深深地打上了时代的烙印。生活在我国社会转型期的当代少年儿童同时受到传统价值观、当代社会多元价值观，以及外来文化价值观的影响，多种价值观并存与共生必然令其无所适从。当此之时，价值观的引导便显得尤为重要。

然而，当下社会，物质主义泛滥的事实已经让孩子耳濡目染之处的纯净所剩无几。我们用位高、权重、财广等标准来衡量成功；我们用成名与否、得奖多少、成绩高低等指标来品评优劣。太多的量化、物化的标准在孩子价值观形成过程中一路被各种方式强化。即使是日常生活中，面对孩子，当父母用金钱犒赏佳绩时，当亲朋用红包表情达爱时，当学校用奖金表彰成绩时，人们在认同其传递情感的功能的同时，也无形中已将自己的价值取向亲手传递给了孩子们。正如我们只见在物质的丰裕中孩子的压岁钱逐年递增，而关于“压祟”等古老文化意蕴却鲜见传承……

从这个角度来说，孩子“以币代礼”的本能反应也许恰是某些成人价值观的一种集中兑现。因此，即便此事可能只是一个并不一定具有代表性的偶发事件，即便我们愿意相信大多数的孩子不会遭遇“以币代礼”的尴尬，是否也足以让我们有种警醒？

并且，不厚道地说，在奥数的比赛中出现这一尴尬，也许足以成为这个物化社会某种恰切的隐喻与讽刺。曾饱受诟病的奥数比赛吸引孩子的究竟是什么？是孩子心之所向，还是成人的价值预期？执著于不断挑战人类智力极限的这一比赛的孩子们，一路狂奔中忽略掉的又何止是为对手准备礼物的礼节与心境？

41. “暴力美学”还是“美学的暴力”？

文慧

近来，被称为经典“暴力美学”的典范系列片之《碟中谍4》热映，在这个习惯了艺术繁衍的时代，人们自然会习惯性地进行回溯、重温与对比。于是，《碟1》《碟2》《碟3》顺理成章如伴郎与伴娘般装点烘托着《碟4》的出场。“碟迷”带着怀旧的情绪，通过回顾中的“对视”来对号自己看《碟4》的观影感受，强化满足或确证失望；评论者则在“比较的视野”中“对读”以显示其理论的“系统性”。“碟系列”藉此被温热的同时，一个近些年因电影的兴盛而被迫熟悉的词汇——“暴力美学”，也频频被输入大众头脑之中。

谈到“暴力美学”，通常的解释是，这是上世纪80年代发端于美国的一个词汇，最初来源于对香港电影导演吴宇森作品的评论，逐渐发展成为一种电影风格和表现手法，是一种电影暴力艺术趣味和形式的探索。“所谓‘暴力美学’是有约定俗成的特定含义的，它就是指起源于美国，在香港发展起来并在成熟后影响世界的一种艺术趣味和形式探索。它发掘出枪战、武打动作和场面中的形式感，将其中的形式美感发扬到炫目的程度，忽视或弱化其中的社会功能和道德效果。”

用一个导演的创作风格，或一系列电影模式、艺术特征来指称一种美学，是否具有理论的合法性？这也许是值得商榷的。但即便如此，“暴力美学”还是堂而皇之地被争相援用，并理直气壮地延续着自身存在理论僭越的本质。看来，事实逼迫我们不得不去审视其公然获得存在的合理性了。

随着日常生活审美化趋势的蔓延，带来了美学的空前繁盛。以美为研究对象的美学也从曾经的“玄学”成了今天的“显学”。作为舶来的学科，即便对于许多人来说，何为美学实际上还是迷茫懵懂的，但至少美学已经以“混个脸熟”的方式走入了人们的生活，使得今天的大众对“美学”这个概念并不陌生。放眼时下，小说美学、戏剧美学、小品美学、电影美学、电视美学、建筑美学、音乐美学、绘画美学、舞蹈美学、书法美学、篆刻美学，不仅有多少种艺术门类便自然生成了多少种美学，装修美学、服装美学、烹饪美学等有多少种审美追求就有多少种美学出现，并且通常与美无关或相悖的事物也与美学结缘，垃圾美学、厕所美学、肮脏美学等也榜中有名。几乎每一个词都可以作为美学的定语或前缀，以至于似乎有多少名词就可以制造出多少种美学来。基于此，“暴力美学”的出现并不孤独，它只不过同样是美学泛化的具体化之一而已。此其得以滋生的现实土壤。

就运用主体而言，“暴力美学”的生成是文艺批评主体与艺术创作主体两厢情愿达成的默契。在文艺和文化批评者那里，“美学”一词正如“主义”一样，一定意义上成了点石成金的学术或者理论“权杖”，可以君临一切文艺生产与审美存在。以理论特有的话语方式来标识自己语言的起点与观点的族群，以突显自己的权威性是其关键，至于理论正确与否倒是无关大碍。从这个角度来说，任何艺术创作与审美现象，都可以成为他们“理论”的演练场与“学术”的狂欢地。理论的泛化与滥化，无非是许多人张扬和标榜自己“学术”见解的蹩脚的伎俩而已。

然而，即便受众对其理论一头雾水也好，不知所云也罢，对于理论指涉的艺术创作主体而言，倒是乐不可支的事。时下，就像色情充斥荧屏一样，许多电影都会涉及到暴力场面,“暴力美学”遂成为放之四海而皆准的理论。只要愿意套用，几乎没有几部影片不能用上这种理论术语，除了可以显示评论观点的“学术性”、“理论性”，也徒增了创作本身的“艺术性”。因此“暴力美学”称谓的存在，无疑为许多创作者肆意运用暴力形式，换取感观看点与商业卖点赐予了一种理论的庇佑。因此自然是皆大欢喜，不仅无需去深究，更是要欢迎这种“理论”的滥用。并且理论模糊性也客观地成全了许多创作思想的无序与苍白。

回到“暴力美学”指涉本身。以张显暴力为核心的电影艺术表现手段，至多也只能算是一种艺术创作的审美趣尚，与传统上的以美的本质为核心的系统理论的“纯美学”之宗相去甚远。即便从广义上而言，任何与美有关的，与人的审美活动有关的事物，都可以纳入到美学的疆域，这种泛化的指称也是将趋向于把美学无限地矮化与窄化下去。

一种艺术风格便衍生出一种“美学”，这种现象是一种学术的愚妄还是理论的宽容？这让笔者突然想到时下无处不在的“考证热”，以及因此而铺天盖地的各类资格培训班。一“证”在手即可一定程度上提升自己的资力价码的事实让人们无法不对其趋之若鹜。人们关注“证”也仅仅在于“证”本身，而非“证”标示的实质。于是，人们在自我生产的另类符号的愚弄下心甘情愿被其役使，让模糊甚至虚无的权威凌驾于真正的认知之上。

这里不禁要问，如此之“暴力美学”真的算是美学吗？即使是，理论的乖张与话语强权是否也已成为一种“美学的暴力”？

在“控”中失控的是什么？

——略说2011年度字“控”

□ 乔燕冰

近日，由国家语言资源监测与研究中心、商务印书馆及媒体联合发布的“汉语盘点2011年度字词”揭晓。“控”和“伤不起”位居年度国内字词首位。此结果甫一公布，便引起公众热议。续承2010年度热词“涨”，人们从一个“控”字中看到群情民意、公共管理、社会责任、时代使命等多方面考量。然而，结合“控”字在当下网络文化语境中的语义与认知转变，对“控”的流行做文化维度的反思，也许更为必要。

随着网络文化的发展，“控”字已从传统相对单一语义，转化成兼具传统与网络新词的双重语义和认知形态。传统语义中，“控”字有控制、节制、驾驭等词义。而作为网络新词，“控”是ACG（动画、漫画、游戏）界用语。受日本动漫影响，“控”出自日语“コン”（其片假名接近于汉语Kong音）的借音，其语源则是西方心理学术语complex（情结）的前音(con)。在ACG作品中，日语“コン”常附缀于其他名词后，构成“XX控”的族类词，用以描述对某物极度喜欢的人。如“萝莉控”、“御姐控”、“正太控”、“眼镜控”等。由此该词逐渐延伸至日常生活，被当下青少年主体广泛援用于热衷某一时尚或沉溺于某种嗜好的人。“游戏控”、“苹果控”、“微博控”、“穿越控”、“宫斗控”等各类“控”群体不断产生。

新生语义与并未退去的传统语义结合后，“控”因具备双重语义而产生了转喻的文化内涵。如果说最初我们更多地用“XX虫”、“XX霸”、“XX狂”等词来形容某人对某物的非理性迷恋，那么如今的“XX控”便如“控”字的双重语义一样，同时具有了主体对对象非理性迷恋的失控、理性潜在地渴望控制对象的双重情结和现实情境。这正是文化物化的具象化呈现。

不可否认，今天由现代科技引领的工业化时代，物质极大丰裕的社会正在兑现着卢卡契提出的物化理论中“人为物役”的预言。而当下“XX控”风靡，正是物化现象向艺术与文化迅速侵蚀的最典型症候。文化原本是以让人们从自然现实（物）的层面超拔升华至精神层面为旨归的，但在信息化和商业化浪潮下，以文艺为主阵地的文化却因对物质媒介的过度依赖，以及在商业与消费逻辑的冲击之下，反向被物（物化的文艺/文化）所役。文化遭遇的这种悖反与讽刺，正隐喻了现代文明所付出的惨重代价。不夸张地说，这一切，一“控”字了然。

在“微博控”群体中，高效迅捷的微博信息平台本应更方便使用者的精神分享，但过度的时间与精力投入，却使这种分享穷竭为鸡毛蒜皮、絮絮叨叨的生命消耗；原本可以通过微博扩大人际交流，从而增强个体与社会的互渗性，却因对物（媒介）的过度沉溺，反而使个人与现实社会疏离。更不用说“游戏控”任由自我放纵与迷失，“苹果控”们“爱疯死”般对时尚品牌的痴迷，“宫斗控”让一众“白领”成为专注于宫廷尔虞我诈的宅男宅女……“控”的流行恰恰表征了人被物使、心为物役的一种失控。

从这个意义上说，也许年度词“伤不起”，正给了“控”字流行最大的提醒——我们的文化“伤不起”，我们需要真正的控（传统意义上的控）对控（网络新词控）的自我制衡。

钟鼓楼

视窗

凝固的旋律

李迅作品《月光曲》

春之旋律、高山流水、天籁之音、侗歌声声、秦腔……这是需要用眼睛去“聆听”、用心灵去感悟的“旋律”。为迎接国家大剧院四周年院庆，12月19日，国家大剧院举办“凝固的旋律——国家大剧院雕塑作品邀请展”。包括潘鹤、钱绍武等在内的114位中外雕刻艺术家创作的150件（套）作品亮相邀请展。这是国家大剧院主办的首个雕塑展，也是国内首个“表演艺术”主题雕塑展。

展览将持续到2012年2月28日。跟以往不同，该展览展品将“走出”展厅，“走进”大剧院公共空间，让观众们尽情领略雕塑艺术与表演艺术融为一体的独特魅力，感受不同的艺术语言、风格、材料和美学观念影响下创作的雕塑作品所带来的艺术享受与启迪。

图片摄影 罗晓光

余景学作品《盛开的花》

段维国作品《兵鸣》

梁明诚作品《钢琴》

一块昆曲传承的“试验田”

——专家研讨昆剧《红楼梦》

艺术视点

□ 本报记者 郑荣健

对中国文学史上的高峰《红楼梦》，戏曲搭界者早已有之。几百年前，江苏扬州人仲振奎就第一个将《红楼梦》改编成了昆曲。如今，越剧、黄梅戏等戏曲版本的《红楼梦》更为人们耳熟能详，甚至走上影视银幕荧屏，成为新的经典。由北方昆曲剧院创排的昆剧《红楼梦》，自2010年启动到2011年4月首演，如今已在海内外演出数十场，更在第12届中国戏剧节上，斩获优秀剧目、优秀表演、优秀导演、优秀舞美等多项大奖。

“忠实原著有所创新，忠实昆曲有所突破。”12月15日，在由北方昆曲剧院和北京国际曲社主办的昆剧《红楼梦》研讨会上，专家们对该剧这样评价。

时尚“耕作”不是浮华的花架子

当人们把目光聚焦在昆剧《红楼梦》美轮美奂的舞台呈现时，剧目创演的背后也许更引人注目。600年昆曲演绎200年《红楼梦》，昆曲搭界古典文学名著，其艰难毋庸讳言。不论对“戏迷”还是“红迷”，他们免不了要“挑剔”；一系列问题需要主创给予解答，从昆曲之淡雅婉约到红楼之繁复丰厚，人物、剧情、唱辞、旋律乃至哲学意味、社会内涵，都使“解答”带有一种文化的普遍意味。更重要的是，该剧创演汇聚了北方昆曲剧院、上海昆剧团、江苏省演艺集团昆剧院、北京市河北梆子剧团和中国戏曲学院的强大阵容，又邀请导演曹其敬执导，作家王旭烽编剧，新苏商昆曲传承促进基金会等单位也给予了支持。某种意义上，昆剧《红楼梦》可以说是一块昆曲传承的“试验田”，正在社会关注中逐渐成长。

那么，到底昆剧《红楼梦》给我们带来了什么？演员优秀，舞美新颖，这是专家们对该剧的普遍看法。在排演之初，北方昆曲剧院就曾策划了一次演员“选秀”，在全国遴选优秀演员。“从选秀到大舞台包装、大投资、大制作，都很符合市场。虽然是大制作，但并不是浮华的花架子。”新华社高级编辑周印清说。这是否意味着，戏曲传承并非只能在戏本身做腾挪，一些时尚的形式、方式也可以借鉴呢？事实上，昆剧《红楼梦》最后呈现的演员阵容，恰恰汇聚了全国优秀昆曲演员。打破壁垒为昆曲，其事尤显可贵。

“双重”传承 抽取经典可自成折子

“继承”与“创新”，这是戏曲界常提的关键词。但是，当这组词语并未具体化到剧目或创演过程时，其指意并不清晰。比如，每个剧种都在发展，昆曲也要用发展的眼光看，那么，其底线是什么？“昆曲发展以后还要姓昆，昆曲的魂不能丢。有人觉得一新编就不是传统戏曲了，不是这样的。”北京国际曲社副社长许立仁说。在创排过程中，北方昆曲剧院院长杨凤一坚持要用“淡雅”的舞美设计，这就源于她对昆曲的高雅定位，亦即昆曲的魂。

实际上，昆剧《红楼梦》面临的是“双重”的继承与创新，昆曲搭界《红楼梦》，跟取用明清传奇本子也堪称同工。专家们提到，要演绎《红楼梦》如此丰富的内容和复杂的情节，主次角色可作相应调整，不同行当自成经典，全本演出也可更加简约，以适应昆曲的表演形式。而昆剧《红楼梦》中有的唱段很好，很有表现力，可以考虑把它抽取出来，作为经典折子戏。

记住旋律 音乐也要烙上剧种的印

戏曲要传承和弘扬，就要吸引观众，还要让人能记住旋律。与会专家认为，从过去一些广为传唱的歌剧经典旋律，到当下流行歌曲的广泛传播，“旋律”的普及效果不容忽视。“比如，对特定的角色或行当使用套牌，一套唱下来，观众一听就知道他是谁、什么性格，情绪情感也到位了。”昆曲教育家张毓文认为，青春版《牡丹亭》的主题音乐就很鲜明，到了高潮或者过门的情节，主题旋律就会出现，这对渲染情感很有效果，让人听到音乐就想起剧目，换句话说，音乐也要烙上剧种的印。

据介绍，昆剧《红楼梦》电影也将开拍，并拟于2012年2月中旬封镜。该剧由北方昆曲剧院和北京北奥集团等联合拍摄，投资约1100万元。继上世纪60年代越剧版、黄梅戏版《红楼梦》之后，昆曲版《红楼梦》不久也将与观众见面。也许，这是又一轮新的“耕作”。

资 讯

广州将再度唱响《理想之歌》

本报讯（记者 龚 诺）12月25日，广州市第十次党代会举办期间，由中共广州市委、广州市政府主办，中共广州市委宣传部、广州市文化广电出版局、广州市文联承办的“理想之歌”傅庚辰作品音乐会将在穗上演。音乐会主要演唱傅庚辰为毛泽东、周恩来、朱德、董必武、陈毅、叶剑英等老一辈革命家的诗词谱曲的作品，其中包括为纪念中国共产党成立90周年创作的大型声乐套曲《毛泽东之歌》、周恩来诗《大江歌罢掉头东》、朱德诗《庆祝中国人民解放军建军三十五周年》、陈毅诗《梅岭三章》、叶剑英诗《八十抒怀》、董必武诗《病中观窗外竹感赋》、张爱萍诗《诉衷情·赠远洋船队》、胡乔木诗《希望》以及《航天圆舞曲》、《航天摇篮曲》等。参加演唱的除魏松、黄华丽、霍勇、马晓晨等一批老中青歌唱家外，刚刚在第八届中国音乐金钟奖声乐（美声）比赛中获得金奖和优秀奖的郑洁和王传越也将参与其中。音乐会将由指挥林大叶率领广州交响乐团担任伴奏，当地优秀合唱团将担任音乐会的合唱。据悉，这场音乐会将是继北京、安徽、湖南、黑龙江之后，“理想之歌”今年巡演的最后一场。12月26日，主办方还将举办这场音乐会的座谈会。

第四届中国瑶族文化艺术节举办

本报讯（记者 张志勇） 由中国民协、文化部民族民间文艺发展中心、广东省文联、广东省民委、广东省民协、清远市人民政府主办，中共连南瑶族自治县委、县人民政府承办的第四届中国（连南）瑶族文化艺术节12月19日至20日在连南举办。中国民协分党组书记、驻会副主席罗杨，国家民委文宣司司长武翠英和曹利祥、张志学、周燕屏、李丽娜、王得坤、崔建军等有关领导以及来自广东、广西、湖北、贵州等地的瑶族歌舞表演团队参加艺术节活动。罗杨等在开幕式上讲话。艺术节由“一歌一舞”颁奖仪式、“中国瑶绣之乡”授牌仪式、连南招商引资及特色文化旅游项目签约推介、瑶族服饰表演、瑶绣产业发展研讨会、瑶族特色文艺晚会和南岗千年瑶寨耍歌堂等部分组成。连南瑶族自治县成立于1953年，是全国唯一的排瑶聚居地。古朴的瑶家山寨、神秘的瑶族民俗、绚丽的瑶族服饰以及国家非物质文化遗产瑶族耍歌堂、瑶族长鼓舞无不彰显着排瑶文化的独特魅力。

基层文艺骨干书法培训班开班

本报讯（记者 怡 梦）12月20日，由中国文学艺术基金会、中国书协和中国文联文艺学校共同主办，中国书协书法培训中心协办的“基层文艺骨干培训工程——书法培训班”在京开班。参加此次培训班的学员包括基层文联和基层书法家协会的书法教学骨干、部分中小学书法教师等。中国书协分党组副书记陈洪武在致辞中以“未出土时已有节，及凌云处尚虚心”鼓励大家学好书法，弘扬民族传统文化。中国文联文艺学校副校长赵文民在讲话中指出，此次培训充分发挥中国文联和文艺家协会的人才资源优势，邀请全国知名书法家亲临授课，在5天的培训中力争使学员们在书法理论、鉴赏、技巧等方面有所提高。开班仪式由中国文学艺术基金会副秘书长郭希敏主持。

专家研讨儿童文学创作新趋向

本报讯 新世纪以来，我国儿童读物创作与出版经历了从2000年出版7000多种发展到2011年选题突破4万种、占当年全国图书选题品种20.2%的巨大飞跃。12月16日至17日，由中国儿童文学研究会、河北省委宣传部、河北省文联、河北省作协主办的“新世纪儿童文学创作新趋向研讨会”在河北白洋淀召开。樊发稼、王泉根、王力平等来自全国各地的40余位儿童文学评论家、儿童影视网游专家，就新世纪儿童文学的生态环境、创作现状，儿童文学与儿童电影、网络游戏、童书出版、阅读推广等面临的新问题、新趋向，展开了深入研讨。

会议针对当下儿童文学原创生产现状，提出了创作存在的缺乏经典、缺乏个性化表达，同质化、平庸化等现实问题，并从外国儿童文学发展状况与中外儿童文学的交流影响的视角，探析当下儿童文学创作的症候。针对儿童文学所面临的多媒体数字化传播媒介与传播环境的巨变，会议还探讨了与儿童文学创作密切相关的童书出版、阅读推广以及儿童文学与儿童电影之间亟待加强的合作互动。会议尤其针对儿童互联网这一新媒体正在发生的巨大影响展开论争。 （乐 闻）

歌剧《托斯卡》将“庆生”国家大剧院

本报讯（记者 王新荣）12月21日至24日，国家大剧院版歌剧《托斯卡》将再次登上大剧院舞台。在12月16日该剧探班现场，剧中主要演员在指挥吕嘉的带领下悉数亮相，并现场展示了剧中第二幕中“为艺术、为爱情”等经典唱段。

据悉，在今年国家大剧院歌剧节中，由强卡洛指导的新版《托斯卡》取得了巨大成功，时隔不久且作为国家大剧院“院庆四周年演出季”中的重头戏，本次复排《托斯卡》由强卡洛的助理马可·贝里艾操刀，由华人明星和国际明星两组演员联合呈现。彩排现场，“来头”不小的饰演女主角托斯卡的塞莉娅·克斯提亚，实力男中音、饰演斯卡皮亚的卡洛斯·阿尔芒格与其他国际组演员首次集体亮相，众演员信心满满，表示要超越首轮演出的辉煌。

儿童舞台剧《八尾猫传奇》将亮相

本报讯（记者 王新荣） 12月12日，大型原创儿童贺岁舞台剧《八尾猫传奇》将于明年1月14日至19日在解放军歌剧院上演。

据介绍，“八尾猫”的形象创意源于《山海经·西山经》，剧作由我国首位迪斯尼签约作家杨鹏执笔，历时3年完成，通过丰富的肢体语言、极具张力的戏剧表演，讲述了一段即将成仙的“八尾猫”与知善国落难小王子之间的感人故事，融合中国传统文化精髓与现代创新理念于一体，颂扬了大爱无私、甘心奉献的精神。该剧力求打造一部“老小咸宜、全家同乐”的舞台艺术精品。

“八尾猫”系列是江苏省泰州市打造的面向国内外青少年儿童，以图书、舞台剧、广播剧、影视作品等艺术形式组成的创意文化品牌。《八尾猫传奇》是“八尾猫”第一次走入公众视野，作为“文化泰州”建设两大主攻产业项目之一，相关配套产业及以原创为基础的系列项目也已开始实施。

《中国艺术报》版式赏析

2011 年 12 月 21 日

第 1094 期

42. 纸币究竟该有什么文化符号

乔燕冰

最近,关于“钱”的风波真是一波未平一波又起。央行刚刚以“战国漆瑟纹饰”的权威解释破解了百元钞票上神秘莫测的“跪拜猫”疑团，接着又有网友曝料 50 元人民币上有唐僧师徒四人 Q 版脸谱，让巴掌大的钞票再次变得扑朔迷离。但这些皆不抵人民币改版事件反响之大。这不，举国瞩目的“两会”尚未召开，一个关于“钱”的“轰动性的建议”便提前出炉。据企业家、慈善家陈光标表示，他将在旁听今年全国“两会”时建议人民币改版,在其上印《道德经》《弟子规》《论语》等名篇名言，使人们记住传统文化的精髓。陈光标称自己已做过实验，在人民币上印这些名言不会挤。建议传出，拍手称快、直呼“雷人”、讽刺挖苦等各种声音甚嚣尘上，确有如建议提出者所言之“轰动”效应。

无论合适与否，该建议体现出的社会责任与包含的文化期望不应否定。面对当下社会许多领域出现道德失范、价值失落等种种“社会病”，无数人都在试图查病理、找良方。从传统文化精神中寻找力量已是许多人的文化共识，亦不啻为治疗“社会病”的一剂妙药。这种责任与文化的自觉意识难能可贵。同时，建议的内容以及获得的认同是否再次提醒我们，传统文化在当代遭遇断层的现实正在被越来越多的人所认识，弥合这种断层的渴望也越来越迫切。

货币是从商品中分离出来固定地充当一般等价物的商品，是商品交换的中介工具，而其中作为主币的纸币，更是经济社会中与人最为息息相关的特殊商品。可以说，除了嗷嗷待哺的婴儿、咿呀学语的孩童，几乎无几人不与之接触，因此利用纸币流通性强和覆盖面广等特点,开发其文化和教育功能,其合理性不言而喻,其效果亦不可估量，对拓宽传统文化传播途径也不无启发。况且，国际上也不乏此类先例。法国的“自由、平等、博爱”,比利时的“团结就是力量”,尼泊尔的“祖国比天堂还宝贵”，安道尔的“人不犯我，我不犯人”，新西兰的“永远正直”等，各种名言警句出现于 10 余个国家钞票上的事实也说明，利用这一重要介质传播文化、教育人民并非建议者的奇思异想。

然而，纸币除了具有货币功能，更是多侧面地反映一国历史文化的横断面，承载着一个国家的民族精神与价值诉求，成为一张特殊的国家名片。正如世界上 80% 的纸币印有伟人头像，其文化含意远远大于其高识别与易仿伪作用。我国作为世界上使用纸币最早的国家,货币文化更是源远流长。从原始贝币到布币、刀币、圜钱、蚁鼻钱、方孔钱演变到第一张纸币“交子”的出现，直到发展到今天的第五套人民币,其中沉淀着厚重的历史和文化,几乎成为民族微缩版文明史、编年史、文化史。其所蕴含的深层内涵又岂是几个名篇、几句缄言所能尽显的？

书不尽言，言不尽意。即便一张张人民币上印满了金玉良言，有限的字句又如何彰显中华文化的博大精深？传统文化的传承在于对其精神的领会，而非形式的拘泥，否则，即便人人将有限的名言佳句烂熟于胸，文化精神也许依然相去甚远。更何况，纸币不仅是文化载体，更是一件艺术品。正像中国山水画，也许无笔墨处正是妙境。今天的人民币中，无论是三潭印月、桂林山水、布达拉宫、泰山、长江三峡以及人民大会堂这些纵贯南北、横跨东西的地理喻意，还是兰花、月季花、荷花和菊花这些具有特殊意味的传统审美意象，壮阔恢弘、气节高雅、品格留芳等民族传统文化品质尽在其中。“不着一字，尽得风流”的表现方式，正体现了我们民族含蓄内敛的文化特质。如今若将这无限情怀囿于有限的字句中，非要以连篇累牍的显性文字来覆盖隐性文化元素，岂非舍本逐末、画蛇添足？

而且，我们的民族文化发展到今天，竟然必须要借助于几个名篇名言来时时敲打自己，这将是文化的进步还是文明的倒退？

43. “汽车公民”与“汽车公德”

陈建功

我国交通事故高发不降的原因，在于对违法违规行为的惩罚力度不足，也在于国民的“汽车公德”水准亟待提高。我们呼吁，把“汽车公德”建设作为精神文明建设的一个重要方面，广泛、深入、持久地开展宣传教育活动，以应对“汽车时代”的需要。

我国可以说迎来了“汽车时代”。令人震惊的事实是，我国交通事故死伤人数连续 10 年高居世界第一。以 2011 年为例，在严厉禁止酒驾后，汽车保有量达到 1.04 亿辆的中国，居然还有 6.2 万人死于车祸！据查，在汽车保有量 2.85 亿辆的美国，车祸死亡人数为 4.2 万人。而汽车保有量为 7000 多万辆的日本，车祸死亡人数只有 4611 人。我国交通事故高发不降的原因，在于对违法违规行为的惩罚力度不足，也在于国民的“汽车公德”水准亟待提高。我们呼吁，把“汽车公德”建设作为精神文明建设的一个重要方面，广泛、深入、持久地开展宣传教育活动，以应对“汽车时代”的需要。

我国精神文明建设过往的经验，就是要加强针对性、时代感和感召力。因此，面对“汽车时代”到来的实际，面对提升国民“汽车公德”的紧迫性，面对人民维护生命安全的呼声，精神文明建设应及时做出更有时代特色的、更有现实针对性和感召力的贡献。

提升公民的“汽车公德”水准，具有广泛的社会基础。近年来发生的不少交通事件，透露出公德的缺失，也引起了广大民众的思考。最近，一场民间自发的教育运动已经开始，比如某合资车企就举起“汽车公民”的旗帜，号召国民注意汽车时代公民的道德完善。可见精神文明领导部门应整合道路交通六大主体：车主、行人、车企、机构、媒体、城市共同参与，发挥大家的积极性和创造性，开展更具实效的社会公益活动。

开展全民的“汽车公德”教育，需要一定的舆论氛围和宣传声势。比如建议大中城市设立每月一日的“知耻日”或“汽车公德日”，根据交通法规的要求，设计每次的宣传主题，如宣传“酒驾为耻”，宣传“抢占应急车道为耻”等等，借助舆论，批评曝光无良行为，树立高尚的汽车道德尊严。

公民“汽车公德”建设切忌形式主义，不应满足于表面声势。在加强舆论宣传、弘扬正气、普及法律、答疑解惑的同时，还要鼓励有关部门、企业制定相应的奖励措施，比如对超过某一期限没有违章记录的驾驶员，应予以减免税收或其他方面的奖励；比如鼓励保险公司出台“无违章记录”折扣奖励制度；比如鼓励汽车企业对本品牌汽车车主开展“某某万公里无违章奖励制度”等等，给尚德守法者以社会荣誉和经济鼓励，真正形成“汽车公德”大行其道的社会环境。

“汽车公德”既需宣传、培养，也需补充、发展。因此，交通法规的宣传要深入人心，其他工作也需不断推进，使“汽车公德”成为一项精神文明建设的系统工程。比如某些城市当年实施过的对小排量汽车的“歧视”政策，已经变为了当今的“鼓励”政策，就是对“碳排放”、“环境保护”等问题提高了认识之后的一项“功德”。同样，我们又何时能学习国外的经验，颁发驾驶执照时，在自愿选择的前提下，为驾驶员预签“意外死亡器官捐赠协议”提供方便呢？这也应该算是“汽车公德”的一种提升吧？举这些例子是为了说明，推进“汽车公德”建设，和各个领域的精神文明建设一样，需要齐心协力，集思广益。

44. 防止美术馆变成“空壳”

王明明

近几年来，全国的美术馆建设突飞猛进，政府、民间、企业投资的美术馆拔地而起。其中许多场馆的体量、硬件设施水准已经达到世界水平，甚至出现了规模可观的超级美术馆。然而，蓬勃发展的美术馆建设也存在令人担忧之处。目前，一些地方性美术馆的实际情况是缺少收藏和研究，缺乏管理和学术人才，缺乏策展能力以及固定展览陈列，美术馆变为了一个“空壳”或临时性的展览馆。

美术馆的落成开馆并不是终点，从一个建筑的架构到真正意义上的美术馆，还有很长的道路要走，这其中包括丰富的馆藏、完备的学术系统以及有规划的长期陈列。因此，在免费开放后的美术馆时代，如何提高美术馆馆藏的研究与利用、发挥美术馆的公共服务职能，已成为美术馆工作中的首要任务。

加大美术馆的收藏投入、制定收藏规划、规范藏品管理，是一个美术馆充实性和独特性的保障，然而收藏经费的制约已成为目前大部分美术馆难以扩大藏品的现实问题。近年来，艺术市场的活跃也带来了艺术品价格的不断攀升。对比之下，美术馆目前的收藏经费就显得相形见绌。中国美术馆年收藏经费 2000 万元，浙江美术馆年收藏经费 1000 万元，这个数额在市场中甚至买不到一件艺术精品。由此带来的后果是：国家艺术资源的流失以及观众审美欣赏的受限。

因此，制定目标明确的美术馆收藏规划就显得尤为重要。正确的收藏方式是建立在一定的学术研究基础之上，针对办馆特色以及本地域艺术发展方向的特定范畴，具有学术性和特殊性的双项统一。以办馆宗旨和特色为方向，以学术研究为依托，美术馆的收藏规划才更趋于合理和有序。所以，制定美术馆收藏规划与加大财政对美术馆收藏经费的投入与动员社会捐赠相结合，是增强美术馆整体实力与健康发展的关键。

时下，就北京乃至全国范围内的美术馆而言，普遍存在一项重要的运作缺失，即长期基本陈列的缺位。长期陈列是维系美术馆长久生存和发展的基石所在，也是一个国家文化态度、价值取向最持久、最准确的呈现。然而就目前来看，重展览、轻陈列的现象在美术馆界较为普遍。一些美术馆以短期临时性展览支撑运营，展览组织、策划工作相对简单，学术深入程度有限。在 2010 年开展的全国重点美术馆评估活动中，陈列已经作为考核重点美术馆是否达标的重要标准，也是进一步进行美术馆评估的必备条件。

作为收藏、研究、展示、普及教育的公益性美术事业机构，美术馆有责任对馆藏作品、专题研究成果进行有计划、有步骤的长期展示，以达到宣传、展现地域、民族乃至国家美术历史发展最高水平的目的。因此，建立美术馆长期陈列机制和考核机制，是急需解决的实际问题。

美术馆、博物馆之间的馆际交流不仅是互通有无的过程，更是馆际之间相互学习、提高、探讨与文化交流的有效途径。通过各馆之间藏品以及藏品研究成果的交流，使藏品的实际社会效益大幅度增加，完善研究展览的品质。从另一角度而言，国内美术馆可以向国际知名美术馆学习管理模式、办展理念、研究体制等先进经验，同时通过交流与合作促进各国间文化艺术的欣赏和对话。

注重加强美术馆公共服务、教育及推广"以观众为中心"的思想如今已成为日渐普及的美术馆文化，拥有稳定的观众群体，并在美术馆潜移默化的教育过程中与其建立共识，满足观众的心理预期，不仅强化了美术馆的公共服务职能，更能促使观众成为美术馆建设的积极行动者。美术馆教育具有人文素养教育与社会教育的必要性，人们从美术馆得到的不仅仅是艺术信息、知识和文化经验，更重要的是对美育、文化价值乃至人类文明的体悟。因此，加强美术馆公共服务和教育职能，培养社会中志愿者的普遍参与，应成为美术馆管理、运营中的重点工作。

美术馆免费开放的政策惠及民众，但同时"免费"也带来了美术馆经费、管理成本大幅度增加，以及展览质量和公共服务需求提升等问题。为此，国家应加大对美术馆这项公共服务设施的扶持力度，除了补贴门票收入的问题外，应对人员编制、收藏投入、管理投入等一系列问题提供资金、人员、政策等方面的扶持，尤其是增加研究人员、管理人员等专业人员编制，从而使美术馆这一公共文化服务体系中的主要部门在"十二五"期间得到更健康、有效的发展，更好地服务于公众。

45. 图书登广告，关键在格调

晓幽

近日，关于图书是否适合刊登广告的话题引发热烈讨论。事件起因于刚刚出版的《我的儿子马友友》一书，该书封底赫然印有国内一家知名企业的标识及宣传语，这不仅开创了我国内地图书从未刊登过商业性广告的先例，也打破了人们对于图书出版的传统印象。此次广告是由中国出版协会积极促成的，目的是为出版单位找到社会效益和经济效益新的增长点，此后还将有多本带有企业广告的图书陆续上市，内容涉及财经、文艺、人物传记等领域。

对于图书是否适合刊登商业广告，支持者认为，电影、电视、杂志，甚至公交车上都可以刊载广告，图书为何不可？更何况在图书微利的时代，此举也可看作是出版界的"自救"行为和新的营销方式。反对者则表示，图书除了是商品外，还是文化产品，刊登广告会破坏图书的整体美感，玷污了图书的神圣感，这是一种"自残"行为。而纵观此事件，在笔者看来，图书尝试刊登广告未尝不可，不妨将其看作冲破出版传统的尝试，不必太过苛责。长久以来，中国出版业基本上都是一条腿走路，图书发行收入是主体，广告却几乎为零。然而随着文化消费的多元化以及出版业遇冷进入低迷和微利时期，为了拓宽盈利模式，出版业急需寻求新的突破，而刊登广告无疑会成为一条新路，也可以使出版业的营销方式和收入结构有所拓展。在发达国家以及我国港台地区，图书刊发广告并不鲜见，而且已成为流行趋势，而随着我国出版业与国际接轨速度的加快，图书刊载广告可能也将成为今后尝试和发展的方向。

然而，问题的关键是，图书是知识和文化的载体，有着浓厚的文化气息，因而并非每本书都适合刊登广告，也不是什么样的广告都能登上书页。笔者以为，出版商在刊登广告时要精挑细选，让广告和图书的内容相得益彰，注意保持图书的格调。而图书在设计制作的时候，也要兼顾读者的感受，不能为了广告而破坏了图书的整体效果和美观，形式要尽量让读者易于接受，不使人心生厌恶，毕竟图书的最终消费者和服务对象还是广大读者。说到底，就是图书广告的分寸要拿捏得当，不能过分商业化，否则将会陷入本末倒置的泥潭，坏了品牌，得不偿失。相关部门也应尽快制定相关政策法规对于图书的广告业务予以规范和指导。唯有如此，才不会造成广告满书飞的乱象。

46. “剩女”流行，不是电视剧惹的祸

王新荣

近日，听闻一则“剩女不嫁惨遭家人打断肋骨”的新闻，着实令人咋舌。据有关媒体报道称，今年已35岁的大龄“剩女”小菲迟迟未嫁，胞弟小明一怒之下将其左侧三根肋骨打断，消息一出，舆论哗然。对此，“剩女”们苦言“伤不起”，纷纷表示单身乃个人自由，招谁惹谁了？为了保护自己的肋骨，以后得穿防弹衣加钢盔。更有不少网友将“剩女”问题产生的矛头，直接对准了时下大量热播的各种言情偶像剧、都市“剩女”剧和家庭伦理剧，“高富帅”、“婆媳斗”、“小三门”、“事业家庭难两全”、“孩子抢自由”云云，细数着婚恋、家庭剧的几宗罪状，误导“剩女”们的择偶观，须为晚婚负责。凡此种种，不禁让人疑惑，难道大女不嫁，是电视剧惹的祸？

“偶像剧有必要为晚婚负责，它让女青年认为26岁能遇到泷泽秀明，29岁能遇到松本润，30岁能遇到木村拓哉，31岁能遇到玄彬，33岁能遇到阮经天和赤西仁，34岁能遇到龟梨和也，35岁遇到李民基，39岁还能遇到藤木直人。越往后越合胃口，所以她们在二十几岁的时候怎么甘心就嫁给隔壁的小张小李呢？”这则看似振振有词的微博近日在网络上疯传，倒也引起不少网友共鸣。在他们看来，时下不少热播偶像剧中，男主角不但“高富帅”，还都“新三从四德”，“灰姑娘遇上高富帅”的情节令人神往，制造着“白马王子”就在身边的假象；而在时下热播的包括《钱多多嫁人记》《张小五的春天》《大女当嫁》等在内的大量都市“剩女”剧中，“剩女”们虽错过了青春年华，却往往会误打误撞，遇上年轻又帅气的白马王子，制造着“姐弟恋”大团圆的错觉；家庭伦理剧中无限夸大的家庭矛盾，“婆媳斗”、“啃老”、“争房产”、“家庭离异”、“小三”遍地走……看得不少女性观众唏嘘不已、谈婚色变。生活忒残酷，婚姻太纠结，倒也道出了不少“剩女”们普遍的心理感受。

首先我们承认，有些电视剧过度渲染“高富帅”，催生了一些女性的公主梦，致使其眼光逐渐拔高，对绝大多数男性难以入眼；而有些电视剧则过度“低于生活”，夸张地表现“婆媳斗”、“小三门”等灰暗的社会现实与情感纠结，让不少“剩女”躲进小楼成一统，沉浸在自我编织的虚幻世界中不能自拔。这些都是此类电视剧创作中需要解决的问题。但其实，“剩女”问题是一个复杂的社会问题，大女不嫁，也不能简单地归结为电视剧惹的祸。如果将电视剧的影响视作外因的话，或许，女性自我意识的觉醒才是内因。对于外因的影响，我们完全没有必要过于夸大。

随着时代发展，女性自我意识的觉醒愈发彰显其个性——经济上渴求独立，思想上追求前卫，行为上要求先锋。女性早已经脱离了“家庭主妇”式的生活圈

子而迈向了更广的社会领域，有些女性甚至已不再呼唤着顶起半边天，甚至大有遮住天的向往，就像中国移动的广告词一样："我的地盘听我的。"而在大多数中国父母的传统观念看来，似乎适龄不谈恋爱就约等于不孝，只谈恋爱不结婚就约等于变态，结了婚不生小孩就约等于"现行反革命"，他们认可的最高"宪法"是，男大当婚、女大当嫁。所以说，大女不嫁，其实背后夹裹着更为深层的社会原因和现实遭际，甚至可看作新旧观念经受时代碰撞而产生的一种新的社会问题，其中更暗含着人们对于个体自由解放的渴望和对婚姻责任的淡漠。因此，奉劝诸位网友，切莫动不动就拿电视剧说事。

47. 让孩子们过一个快乐的节日

左岸

“六一”儿童节期间，全国各地儿童剧的演出进入旺季。与往年不同的是，今年各大儿童剧团不但增加了演出场次，而且还不约而同地推出了低价票。

笔者粗略查阅了一下，作为北京最大的儿童演出剧院，中国木偶剧院“六一”期间推出 12 台大戏共 227 场演出的同时，整体票价将降低 30%，其中，《动物城堡》的儿童票价仅为 25 元，木偶剧院大厅 600 多个票位中超过 1/3 都是低价票。而即将在宁波拉开帷幕的第七届全国儿童剧优秀剧目展演将集中推出 20 余部儿童剧，也打出了“亲民价”，只要花上 10 元至 50 元，就能看到精彩演出，在此基础上，当地剧院还将推出“一家三口观看，小孩免票”的优惠活动……虽然方式举措不尽相同，但各大院团和剧院的目的基本一致，那就是让孩子们度过一个快乐而充实的节日。

其实近些年来，为了让更多孩子能够走进剧院观看演出，全国各地的一些儿童剧院或剧场都下了很大功夫。中国儿童艺术剧院为了实现剧院提出的“让中国每一个孩子都能看到儿童剧”的目标，还实施“经典儿童剧走进西部”、“文化下乡”等公益文化服务项目，策划为老区儿童、农村留守儿童服务的可行办法；作为贵阳第一家儿童剧场的中青儿童公益剧场选择了常驻式的运营方式，在保证演出质量情况下控制成本，以低利润和大规模的演出作为支撑，让越来越多的孩子花很少的钱，走进剧院。尤其难能可贵的是，一些民营艺术团尽管自身发展比较艰难，但为了让更多孩子和家庭能观看儿童剧，还是坚持低票价演出。就拿第一个提出“让家家都能看得起”市场理念的丑小鸭卡通艺术团来说，对贫困地区实行低票价，每张仅 10 元；弱智儿童和贫困家庭的孩子免费观看。类似的例子不胜枚举。不过笔者还进一步期待，“六一”作为儿童剧一年当中需求市场最为旺盛的时期，同时对于整个行业而言，也是竞争最为激烈的时候，如果各大院团在实施低票价策略的同时，还能推出更多高质量的作品的话，那就更好了。

我们常说艺术传承要从娃娃抓起，这是毋庸置疑的。但前提是要能保证孩子们具备更多接触艺术的机会和渠道，从而让他们了解艺术、喜欢上艺术。因为只有今天更多的孩子走进艺术的殿堂，才会有明天中华文艺代代承传的现实。我们也总是在强调艺术对于孩子成长具有多么重要的作用，但这种作用的体现绝不是取决于教师和家长的灌输式教育，更重要的还是要让孩子们有更多机会接近艺术，零距离感悟艺术的魅力。相信在越来越多真正愿意为孩子们着想的文艺院团的共同努力下，越来越多的孩子会在艺术的熏陶下健康快乐地成长，成为小小“艺术家”，我们的艺术传承之路也会因此走得更远、更宽阔。

48. 电视节目“养眼”不如“养心”

——由“三农版”电视问政节目火爆说开

王晓娟

近日，由湖北省广播、电视和网络电台同步直播的“三农版”电视问政节目又一次成为媒体焦点，论者对其褒贬不一，各持己见。节目开播不久，一些人就对其冠以“面子工程”和“官员作秀”的头衔，但对其盛赞不绝者亦不在少数。窃以为，该节目虽存在程式化的窠臼，但其媒体功能和社会意义不能小觑。

早在2009年佛山三水就已首次进行了“电视问政”节目的尝试，随后洛阳再次掀起问政节目新风潮，而湖北电视问政则将这一新型节目推上了媒体浪尖，成为众多媒体乃至街头巷尾热议的话题。笔者认为，该节目之所以能够产生如此轰动的社会效应，主要由于它是电视媒体践行社会职责、履行舆论监督、服务民生百姓的一次历史性尝试和真实的行动印证。节目中，主持人就事关百姓民生的问题，以犀利直白的语言与执政官员进行现场对证，通过电视直播的形式，呈现给观众一场别开生面的官民“面对面”交流会。同时，节目还采用网络、微博、电话互动的形式，结合新旧媒体各自的传播优势，突破书信、电话、广播等旧有问政节目单一性和非现场感的弱点，成为了电视节目队伍中一支迅猛发展的生力军。

如今，五花八门、形式各异的电视节目铺天盖地。然而在过去一段时期里，不少节目都是奔着商业利益和收视率而去。电视媒体被“类型化”和“娱乐化”的快餐式消费牵着鼻子走，很难在媒体责任方面发挥应有的效力。特别是大批量地引进国外热播节目版权，成为一些媒体笼络观众的捷径，这种变味的“拿来主义”造成了我国电视播出平台的恶性竞争以及电视资源的严重浪费。导致了我国大大小小有近千家电视台，有众多的播出平台和节目种类，却不能满足观众的收视需求，其根本原因就在于电视资源的重复现象严重，节目的“走秀”和“形式”味太浓，电视媒体没能够真正担当起“化大众”的艺术使命，而是始终逗留在“大众化”的圈子里“娱民”，不愿去花心思创新和自制。有关管理部门注意到了这一问题，并采取了针对性措施，也收到了效果，催生了一批新节目，也壮大了类似湖北电视问政这样的优秀节目。其实，我们的电视荧屏就应多一些像“电视问政”一样“办实事、讲真言、为民服务”的节目，少一点模式化和娱乐化的快餐内容，因为只有能够服务大众和引领大众，让民众切身受益的节目才是真正“养心”的节目，而那些“养眼”的节目虽然能带来短暂的视觉快感，却不能长留于世、长存于心。

电视问政节目已成为一股新的媒体力量在酝酿蓄积，在不远的将来这股力量就可能要掀起一次“媒体服务”的热浪。真心期待，我们的电视媒体能够少拿娱乐的幌子取悦于民，多用媒体的平台造福民众，少一些功利性的追求，多一些社会责任担当，这样的媒体才更有底气直面观众！

49. 人文质感才是图书的媒介之本

——从上海书展纸质书“回归”说起

关戈

2012上海书展终于落下帷幕，数据让人惊喜——7天，推出了15万余种图书，举办了文化活动460余项，参加读者达32万；按媒体的说法，“无论是参加人数和销售码洋，均比去年超出近三成”。而纸质书，无疑诠释了今年上海书展的质感。

据媒体报道，今年的上海书展读者的人文素质很高，纸质书广受青睐。在接受记者采访时，上海市新闻出版局局长方世忠说：“纸质书依然是上海这座城市的阅读主要方式。”方世忠的话不仅仅道出了一个事实，更在叙述一种情感。在电子书逐渐改变人们的阅读方式之时，你完全可以想象，在散发着迷人墨香的书展中找到爱书的同类，感动几乎汹涌而至。

这是一种历经“坎坷”后的情绪。出版行业低迷，频频倒闭的实体书店，太多有关传统阅读和纸质书的坏消息，一度使人们对纸质书的忧虑阴霾不散。如今，毕竟还有很多人在购书、看书，“在这样一个活动上，大家知道对方在哪里”，想不激动都不行。

在电子书隐隐已成大势所趋之时，人们对纸质书的情感可谓纠结。从结绳记事到竹木简牍，再到纸质图书和电子书，科技不仅带来了文明载体的进步，很大程度上也解放或改变了人们的生活方式。但是，正如世界上首部工业印刷书的出现曾引起恐慌，包括电视机、电子书等每一种新媒介形式出现，各种忧虑乃至反思就从未停止。其隐含的追问，像是质疑何为书，又像要抓住那一道文明的脉动，从而有所归属、有所抱持。

很显然，科技并非图书的根本。电子书可能有很多优势，比如携带便捷、容量庞大，但纸质书所代表的一种生活方式，依然诠释着更具人文色彩的传统。记得有人在评论民营书店倒闭风潮时说过，其实逛书店的乐趣就在于淘书，在书架上翻找，不断有惊喜有收获。这种“体验”的性质，也注定了纸质阅读会更加温暖记忆、贴近生活，形成深度。

当中国的数字出版还在为寻找合适的盈利模式、打造完整的产业链条而踌躇，上海书展所反映的纸质书“回归”，一方面固然表达了人们对当前数字出版特别是电子书质量的不满，另一方面也不无在科技与人文的属性上为图书重新定位的冲动。这一定位，已不再是简单的“媒介呈现内容”，而是还反映出一种把读者纳入其中的“人文关系”。

在传统的阅读里，书籍的流转、使用构成了丰富的人际关系。书上的印章、旁注、书签、折痕，从一个人传递到另一个人手中，个性的细节，温馨的回忆，形成了多彩斑斓的人文景观。某种意义上，它们已成为书籍的一部分。相比之下，电子书虚拟、简化了阅读的众多环节，尽管在“读”上尽责尽力，终不免只得工具之形，未得读书之意趣全貌。

2010 年，数字出版迎来了世界的浪潮，被誉为“数字出版元年”。总之，那时惊呼有之，狂喜有之，十分热闹。但在此两年后，从一个书展回眸这一历程，除了“难见电子版”，纸质书“回归”像是读者的无言裁判。新的媒介载体支撑图书行业，自然值得鼓与呼；但若在某种契机下能幸运地看到不足，从纸质书的概念中更好地定位电子书的“人文关系”,则真是行业和读者的福气。通过纸质书，我们知道对方在哪里；电子书呢？也许，这不仅是一种期待，更是在信息爆炸和迷惘中找回一种对书籍的信仰。

尼尔·波兹曼说，媒介即隐喻，也是认识论。对于阅读，我们需要人文的质感。

50. “哈利·波特”引爆遗传学

——大学出现“神级选修课”浅议

陆尚

近日，一门名为《哈利·波特与遗传学》的选修课程在网络蹿红，引起了极大关注。据悉，这门课程是中山大学医学院2011-2012学年第二学期开设的公选课，受到广大学生的热情追捧，被奉为“神级选修课”。对于此门课程的开设，可谓众说纷纭。支持者认为够潮、够新鲜，可以多多吸引学生；质疑者则担心此举会盲目迎合学生兴趣，让严肃的课堂娱乐化。笔者以为，过于担心大可不必，枯燥的学科结合畅销书、电影等文艺形式进行讲授，恰恰是在十足的创意当中实现了“寓教于乐”。

其实，在国内，此类与文艺、娱乐沾边的“潮课”并不鲜见，北京体育大学开设了“舞龙舞狮课”，中国政法大学根据当红美剧《别对我说谎》开设了《心理应激微反应》选修课，中国计量学院标准化学院开设了《酒文化入门》课教学生品酒并可以在酒庄里边品酒边考试。在国外，“魔法课”“爬树课”则更是五花八门、风靡已久。而之所以开设这样的课程，不外乎激起学生的学习兴趣和好奇心。正如开设《哈利·波特与遗传学》的老师所言：“在课程中引入哈利·波特是为了吸引学生，因为遗传学本身很枯燥，如果结合畅销书或电影，学生很容易记住知识点。”将影视引入教学当中，艺术搭配科学，点子可谓妙不可言。在国外亦有不少科学家是以《哈利·波特》为模本来研究医学和生物学。试想一下，如果用遗传学来解释哈利·波特为什么会魔法，里面的宠物猫为什么会有各种颜色，有些人为什么容易肥胖等问题是不是更形象，更有意思呢？而DNA、染色体等等学术名词是否也会因此更加容易记住呢？讲心理学，结合一部电影或电视剧来讲述一些学科的原理，是不是更容易被理解呢？答案是肯定的。而这些新、奇、特的课程也备受学生的推崇，以《哈利·波特与遗传学》为例，据悉，课堂本可容纳100人，但现在已有200多人选择此课，火爆程度可见一斑。

说到此，笔者不禁想到央视《百家讲坛》捧红的阎崇年、于丹、易中天、纪连海等学者，均是凭借风趣、幽默、时尚的讲授风格，受到观众的喜爱。每当“开坛”之日，都会吸引众多观众围坐在电视机前聆听，清史、明史等在街头巷尾被广泛议论，连几岁的孩童都对《论语》兴趣浓厚。说到底，授课的最终目的是为了让学生收获知识，形式只是个外壳。只要借鉴的形式与课程的内容有联系，解读得合乎逻辑，就可以一试。运用注入了时尚元素、活力因子以及文艺形式的“潮课”来传授知识，比起固守着几十年不变的教案，板起面孔、照本宣科的教学岂不是更好？不过实际操作中，也切不能为了形式而形式，如果不合逻辑，一味生拉硬扯，就不免落入故意借助时尚外衣来博得眼球的嫌疑。然而还是希望此类富有新意的尝试能够更多涌现，毕竟教学也需要创新思路。正如网友所言：据说中山大学开设了《哈利·波特与遗传学》选修课，于是，华中农业大学可以考虑开设《生化危机与人畜共患病》《美丽人生与职业规划》《鸿门宴与食品科学》……虽是戏言，但值得深思。

51. 方舟子式“打假”，是文艺批评吗？

——也说韩寒、方舟子的论战

关戈

方舟子跨界“打假”，先是质疑韩寒作品有硬伤，继而又从其“文化水平”、“写作能力”等方面论证韩寒接受“代笔”；韩寒表示将把方舟子诉至法院，韩方论战愈演愈烈。这个春节的热闹，在此以一种奇特的冲突形式展开：科普作家跨界涉足文艺“打假”，证明与自证成了一道醒木，让文艺有些措不及手。应战或者不应战，这是一个问题。

也许，这就是问题的所在。在科普“打假”生涯中屡有战绩的方舟子素来不甘寂寞。揭穿唐骏学历造假，为其再晋声誉。方氏求“真”的精神实属可嘉，此次对韩寒实施“打假”亦称是“文艺批评”的范畴。但是，这真的是文艺批评范畴吗？

古人云，气之动物，物之感人，故摇荡性情，形诸舞咏。文艺之主观想象和情感特点，本质上是一种广义之“真”。以科普实证的态度、以统计工具的方法介入文艺批评，此举是否有效，本已存疑。而从韩寒作品的文隙字缝中拿放大镜找他的学识渊源、个人经历，虽貌似科学研究，却落入了可笑的境地。比如，方氏对韩寒作品《求医》三度剖析，即使韩父拿出当年韩寒求医的病历，依然质疑其个人经验及《求医》为韩父代笔；而医院的标语不符合韩寒生活的年代，也被作为“人造”韩寒的证据。总之，我怀疑你！

对此，韩寒自称“是一个受害者，而受害者却需要不停地拿出证据来证明自己的清白，加害者只需要想象力煽动大家就可以了”。很多人认为，对于“人造”韩寒，方舟子至今并未拿出足够有力的证据来证明。对于文艺作品是否抄袭、是否侵权、是否造假、是否雷同，文艺研究、文艺批评、文艺鉴赏有相当成熟的体制、机制，甚至理论。历史上也不乏文艺打假的经典案例。可以说这是一项非常职业和专业的工作。近如当年某韩寒级的青年作家被指抄袭，盖因大段的雷同，原作的风貌等铁证让人无话可说。可是，方舟子说，我的“偏执”，你不懂。的确，至今我也没有搞明白，明明还只是怀疑、揣测，何以此质疑会被上升到“文艺批评”的高度？若循此而下，依方氏批评之法，印之古今中外天下名人，可能没人能够自清，“人造”也必将成为人类史上最大、最滑稽的文化关键词。方氏求“真”的精神没有错，但与发现文学抄袭确证凿凿之“批评”相比，其假设已未免过于“大胆”，其求证也未免过于“小心”。从“偏执”而来，这还是文艺批评吗？这种跨界的、非专业的、外行的文艺批评蔓延开来会导致什么恶果？

实际上，把方氏批评“推而广之”，网上已有案例。在天涯论坛上，有一昵称“方尺规”的网友依样画葫芦，抛出“大作”《质疑鲁迅》，细究鲁迅描绣像之闲与穿梭于当铺、药店之忙，《从百草园到三味书屋》与《闰土》中捉到的鸟雀的不同，鲁迅自述与许寿裳、萧红等的回忆差异，凿言其为“人造”鲁迅。这样的恶搞，当然不必当真，从中却可看出某些“科普实证”或“统计工具”在文艺研究中的不适当、不适用和机械可笑的一面。

在文学研究中，也有专门的作家研究，其中不乏对作家个人经历、家庭环境、家学渊源及其对创作影响的研究。有的研究还上升到国家、民族及地理文化的范畴，对个体展开环境研究，如丹纳之《艺术哲学》。这些研究的求证、推论，多不离文艺本体，作家往往也只是作品的部分“人证”而已。即便学界常用的文本细读，亦多证“艺”不证“人”。如今，方舟子的办法使韩寒几乎已不再是作品之“人证”，而直接成了“被告”。以虚构干预现实，邈乎常情，此其一。其二，方氏对证据的“采信”多以己为主，如作为证据的手稿书信素材，被以过于整洁“可能是后来抄写”为由不予采信。倘是科学的态度，这一“可能”至少还需等到确证再下定论。再说，在文艺批评中，对不同的意见观点，也多采用相互参证的方法。既称是“文艺批评”范畴，为何对这一学术惯例都惘然无视呢？其三，方氏苛求韩寒个人经验与作品一一对应，为何忽视家庭熏陶和创作虚构，而直奔预设的主题“代笔”而去？如此质疑，还有建设性可言吗？

这些问题，与其说是对当事人发问，毋宁说是对文艺批评界发问。韩方论战爆发至今，除了当事人继续铿锵发声，网友的参与变得漫漶无边甚至无序，早已离开“就事论事”，从而使论战成为一种“文化现象”，一个文艺不得不直面的“新课题”：在文艺创作和生产的过程中，需不需要提供一个“病历”以备查阅，并以此自证及维权？在有效的文艺批评秩序中，怀疑的尺度、批评的界限在哪里？这恰恰是我们需要反思的。方舟子可以不懂文艺和真正的文艺批评，如果他有确凿的证据来证明韩寒被代笔为事实，这样行事未尝不可；否则这样的跨界“打假”，不是哗众取宠就是自我炒作，也是对真正的文艺批评的大不敬。

52.《新闻联播》式广告之痛

煜凡

连日来,素有“国脸”之称的原《新闻联播》主持人邢质斌以模拟《新闻联播》方式为企业代言事件被炒得沸沸扬扬。在大众群起而攻之的情况下，当事企业近日终于有了“悔意”，但其“深表歉意”直指的却是该事件对这位涉事播音员个人的影响。这种“认错”暴露出的对自己真正错误的公然不认,以及涉事主角的缄默,使被晾在一边的公众不免更加失望。

名人虚假代言是公众熟悉的一个老话题。人们即便不是在无奈中学会“适应”,至少也已渐渐懒得愤怒了。况且此事件中，除了当事人不在任却依然以“央视著名播音员”自居之外，有相关专家指出事件内容并未超越法律界线。至于山寨版《新闻联播》人们也并不陌生。从胡歌的恶搞版，到不久前一段大学生宿舍版《新闻联播》，都曾在网络上疯传，但人们大多只是莞尔一笑罢了。公众何以独对此事不依不饶?

在当下这个信息经济与消费社会中，不涉虚假的名人代言实为你情我愿的正常经济文化现象。在“眼球经济”、“注意力经济”引导下生成的“名人经济效应”也有着相应的合理与合法性。公众人物的知名度与相应效力是他们用自己的知识、技艺、思想甚至是容貌，在一夜之间或日积月累赚得的，是公众人物与受众之间自然达成的一种微妙的潜在情感与心理“契约”。也就是说，名人效应产生于公众在自我认知与价值取向基础上，内心不断建立和积累的情感与信任。当这些情感与信任积累到一定程度后，一旦以广告代言的方式被嫁接到某一产品，延展到商品领域，对于参与公众人物塑造的大众来说，某种意义上不仅不会介意，反而会欣然接受，甚至可能从中感觉到一种莫名的满足感和荣耀感。因为大众一定程度上可以在名人效应中感受到自己的力量存在,看到带有自己一份的力量聚合。因此,在名人经济，尤其是偶像经济中，实际上公众在接受名人价值导引的同时也在享用着一种自我力量放大的替代性满足，这来源于名人效应中公众隐约可以感受到的自我力量的一种延伸。

而就此次代言事件而言，公众却一反常态极为受伤，窥其症结也许在于，“国脸”的名人效应，不仅类同于一般公众人物，更重要的是来自于“国”之光环。作为我国唯一的国家电视台，中央电视台是中国重要的新闻舆论机构，是国家思想文化的重要阵地，也是当今最具影响力的主流媒体之一。央视在公众心目中的权威性和公信力一定意义上是不可取代的。《新闻联播》更是具有一般电视节目不可比的特殊意义。因此一切与央视有关的事物似乎都自然地被镀了一层“金”，更不必说一名 20 余年在《新闻联播》中与公众相约荧屏的金牌播音员。大众将自己对国家权威的素朴敬意和特有情结自然地落实到这些熟悉的主持人、播音员身上，“国脸”、“国嘴”们就顺理成章地成为大众这种特殊情感的最直接载体。

基于此，前“国脸”以《新闻联播》方式代言，无疑是以大众在其身上积累起来的情感资本作为利益筹码，进行消费甚至透支。实质是曲折地利用了公众赋予“国脸”的特殊情感。公众曾经慷慨给予“国脸”的爱戴与信任等情感一下子落空，而庄严的《新闻联播》沦为企业提升利润的工具，当然让人嗟叹。这种行为即便可以洗清法律的问责，但却是对《新闻联播》节目和观众的伤害，当事企业或因此事件倍受关注，但其美誉度恐怕会大打折扣。加强企业的商业道德建设和提高代言人的道德水准，依然是沉重的社会课题。

53. 形似神不似的经典再造

——从“新诗十九首”出炉说起

关戈

时间流失，记忆渐渐模糊，以致最后连惶恐也忘了。衰弱，萧条，大抵是人们对当下诗歌的基本认识。近百年过去，“曾经阔过”的新诗却似乎渐行渐远、淡出人们的视野。这一现实，更使一些为诗歌所作出的努力看起来充满斧凿痕迹或喜剧色彩。近日，江苏为纪念“新诗百年”，由专家从155首诗作中投票选出“新诗十九首”，就明显可看出其中对经典构建的焦虑和用力过度。很传统的“经典化”路数，却像周星驰在排《雷雨》。

据称，评选“新诗十九首”的构想来源于对“古诗十九首”的诗学应和。“新诗十九首”的文本，要尽量体现“古诗十九首”在抒情上的“兴象玲珑，意致深婉”，既要不事雕镂、质朴自然，更要抑扬有致、意味无穷。某种意义上，这是一个“选本”，而“选本”在文学的经典化过程中，至今一直扮演着重要的角色。比如《诗经》《唐诗三百首》，包括“古诗十九首”，也是南朝萧统《昭明文选》的手笔。“没有最好，只有更好。”时代的印记，选家的个性，在这些经典选本上生动鲜活地呈现。“新诗十九首”终于评出来了，即将功德无量。

但我还是觉得有些忐忑，觉得太生硬的经典化动作不够有风度——

首先是这个“十九”，既然是“应和”，我私下很自卑地揣测，会不会有凑数之嫌。比如人们常说“四大XX”、“十大XX”，有的可能不适合并列其中，有的甚至名实不符，这种情况也是有的。据我所知，《昭明文选》所选的“古诗十九首”，是把它们归入“杂诗”一类的。“杂”的另解，大概就是难归类，因此虽说是“古诗十九首”，当时选入时可想是选到哪里算哪里，一不小心就“十九”了。那么，如今之“应和”对上一个不靠谱的经典“十九”，可能已不是让不让你姓赵的问题，而是这位老爷本身也只随口说姓赵而已。

好吧，凡成大事者，必敢拉虎皮做大旗，祖上有人好说话，做好了未尝不是一件好事。回到“古诗十九首”这张虎皮上，有一句话让我感慨万千。萧统在《昭明文选》中说：“并云古诗，盖不知作者。”可见，“古诗十九首”最初是散佚的，虽然后世猜测若干大牌名人是其作者，研究文章也很多，最终作者还是“无名氏”。这说明，文学的经典化可以藉自草根。更重要的是，它蕴蓄着汉代大赋、四言诗潮流之下的另一脉——五言诗的蓬勃生命。从这个角度看，“古诗十九首”的经典化是后发的、发现的、富有朝气的。

可我们的所谓“新诗十九首”呢？毋庸讳言，其评选立意是好的，入选的作品也多是经典，其中不少诗人都是人们（至少是我）所崇敬的。但经典之上再经典化，虽说可以算是“加强版”，“忆往昔”的暮气却绝非好兆头。仅在抒情上的“兴象玲珑，意致深婉”等等，可扣的帽子也很多，用“十九首”估计有把动静闹大一点的考量。但是，经典化绝不仅仅是技术活，不是套形式、摆家谱就可以的，时间的考验可不管你是“关中八大怪”还是“杭州小笼包”。“古诗十九首”之所以成为经典，固然因为它们写得“很有看点”，在历史的维度里，其经典的意义更在于纪念新生。这才是问题的关键，是内容，是经典化成功的超级武器。

在消解经典的时代氛围中，追寻、重建经典是需要勇气的，至少它给了我们一份镇定的理由。评选“新诗十九首”的作为实属可贵，但其“无中生有”的形式感实在让人难以接受。对诗歌来说，如今“现实很骨感”，但也不必像孙悟空穿虎皮小短裙那样扮性感，不必沉湎于数千年的灿烂诗史而使经典成为“暮气”的代名词。“反者，道之动也。”从“古诗十九首”中，从其对于汉代大赋、四言诗的“反动”中，我们发现，经典实际上是一个动态链，从五言诗到之后的七律、宋词、元曲、明清小说，纷纷如是。那么，在当代，我们该如何动呢？

这是一个问题，但答案已在其中。

54. 青歌赛：向左走？向右走？

宁静

早在年初的时候，笔者就听音乐界的朋友说今年央视的青歌赛不办了。因为根据惯例，如果要如期举办，就会在上一年度进行广告招标工作，比如“xx 杯青年歌手大奖赛”。近日一些媒体也从央视证实，创办于 1984 年、每两年一届的 CCTV 青年歌手电视大奖赛比赛将延期到明年，并在赛事制度、评判方式等方面进行调整。如果不是节目的暂停，这个时候的荧屏应当是歌手们“你方唱罢我登场”的热闹场景，虽然也许会让一些关心这项赛事的观众和声乐爱好者多少有些失落，但央视能将这项赛事暂停下来思考一下如何进行改革，不能不说是件好事。

因为搭载在央视这个强大的传播平台，青歌赛自创办以来就十分引人注目，歌坛多位名家当年都曾站在这个光彩熠熠的舞台上展示过歌艺，如彭丽媛、阎维文、韦唯、毛阿敏、宋祖英、魏松等。每届比赛都会成为各家媒体报道的热点，与此同时也伴随着很多的争议。早期的争议集中在唱法的区分上，很多音乐界人士对于分美声、民族、通俗“三种唱法”进行比赛进行质疑，认为应该按照作品来进行比赛更为科学合理。虽然“公说公有理婆说婆有理”，但随着比赛的一次次举行、歌手一批批的推出，大家也就默认了这种程式。作为电视节目，收视率也是青歌赛追求的目标之一，因此也在不断进行改革，比赛的项目越来越多，评委阵容越来越庞大，“话题”也越来越广泛。比如加入了乐理、文化常识的考核，结果引来这是歌艺比赛还是知识竞赛的质疑；一些评委、嘉宾对歌手的现场点评和观点，引起网民的口水战；增加原生态比赛，又引发人们质疑上台演唱的是原汁原味的原生态吗？各民族的民族民间歌曲各有自己特点怎么比？进而引发如何保护原生态的大讨论。此外，还有关于某评委同时也是参赛团队的领队如何保证打分公正？一些歌手连续参赛甚至连续参加了七届比赛，“老面孔”让人产生审美疲劳如何解决，等等。

应该说这些讨论对促进比赛良好运行、繁荣声乐艺术是很有意义的。但有些现象则脱离了艺术的范畴。如很多观众表示之所以观看青歌赛，不是看歌手的演唱，而是看歌手答题时的出错、出丑。某届比赛余秋雨教授成为媒体和网络关注的焦点，他的一言一行都是话题，以至于人们都想不起本届青歌赛哪位歌手获了金奖。

如果以推出优秀歌手为主旨的比赛，已引不起观众对歌手本身的关注，反而是对声乐艺术以外的东西感兴趣，那么，这项比赛真的应该进行反思了。但对于一个办了多年的老节目，改变毕竟不是件容易的事，如果不是地方卫视选秀节目的异军突起，估计青歌赛凭借电视老大的地位仍会一届届的举办下去。青歌赛受到的第一次重大冲击当属湖南卫视举办的“超级女声”，也可以这样说，“超级女声”第一次撼动了老大“唯我独尊”的地位。“超级女声”是湖南卫视从2004年起主办的选秀活动（2009年变更为“快乐女声”），完全采取娱乐化的方法打造节目，其“想唱就唱，以唱为本”的口号十分响亮，不拘外形、不论唱法、不管年龄，只要是喜欢唱歌的女性个人或组合均可报名参赛。这种“无门槛”的做法，吸引了全国各地的青年女性参加“海选”，仅成都赛区一个星期就有8000多个女孩报名。此外，灵活多变的赛制，给观众许多新鲜感，创造了收视奇迹。活动到现在已举办了五届，尽管引起很多争议，但推出的安又琪、张含韵、李宇春、周笔畅、张靓颖、何洁、黄雅莉、尚雯婕、谭维维等都是目前华语歌坛的活跃人物。

另一项活动是由东方卫视制作，从2010年7月开始每周日晚播出《中国达人秀》，这款真人秀节目旨在实现身怀绝技的普通人的梦想，所传递出的人文关怀“感动”理念，获得广泛认可。节目在上海、北京、武汉、深圳、天津、成都等多个城市举办过“海选”活动，参加者有工人、农民、学生、服务员等，他们的表演尽管技有高下，但都以一种向上、向善、向美的精神力量，令人感动。如断臂钢琴家刘伟、“中国版苏珊大妈”朱晓明都给观众留下深刻印象。该节目在上海本地获得20.46%的高收视率，在全国也引起很大的反响。

如果说以上两项活动都是以大众化的娱乐取胜，那么作为专业的声乐比赛青歌赛也面临两大对手，一是由文化部举办的全国声乐比赛，这项比赛对选手的要求很高，从初赛到进入决赛，选手要准备9首不同时期、不同风格、不同作曲家的作品，美声组的选手必须演唱歌剧咏叹调、艺术歌曲等具有相当难度的作品；另一项比赛是由中国音协举办的中国音乐金钟奖的比赛，其民族与美声的比赛专业性也很强。这两项比赛由于没有借助电视媒体，在受众方面虽不如选秀节目那样火爆，但因其专业水平得到音乐界的认可。

相比之下，青歌赛的改革是向左走？还是向右走？是更具有娱乐性还是强调专业性？或是寻找二者的最佳平衡点？需要细细思量。不过，央视一直以来都在锐意创新，在注重收视率的同时也十分重视节目的内涵，近期综合频道的改版就是一例。希望青歌赛的组织者集思广益，对节目成功进行改版，让这个具有广泛影响的声乐比赛平台焕发生机，推出更多的优秀歌手和好听的歌。

55. 当硬汉，只有肌肉远远不够

小作

近日，演员黄晓明在为电影《匹夫》上映做宣传时，有人打趣他说，没想到黄晓明的腹肌还保持着。据悉，为了展现“匹夫”的勇武气质，导演杨树鹏对黄晓明的要求是“赤裸上身要有6块腹肌，穿上小褂儿也得看出胸脯”，而黄晓明为了满足这一要求，从筹备期开始就一直坚持中午只吃白水煮鸡胸，要的就是在片中能展现出胸肌。黄晓明坦言戏虽然拍完，但锻炼这件事他一直没放下，还深有感触地说道：“我觉得跟好莱坞相比，中国还是很少硬汉这类型的演员，我愿意从自己做起，积极锻炼保持好的体格。”

在笔者看来，黄晓明的这句话只说对了一半。因为要当硬汉，光有肌肉是远远不够的。

中国银幕上缺又硬又帅的汉子是真。这不是现下才出现的情况，早在30年前，日本电影《追捕》在中国大热，国内无数女性观众都在大声疾呼“寻找高仓健，寻找男子汉”。还带累得当时红得发紫的“孔雀王子”唐国强被人称为太奶油了，直到经历岁月的打磨，十几年后，他靠着《三国演义》里的诸葛孔明和霸气的帝王戏，才打了翻身仗。可见，翻身仗可不好打。

相同的事总是一再发生。受解构主义的影响，正义、正直、勇敢等良好的品质在电影作品中，常常被搞笑、调侃消解，现在大银幕上的男性形象总是缺少一股硬气，一股令人安心的可靠感，一股在权力富贵面前不折腰的骨气。重振中国男性的银幕形象，的确应该动手了。

银幕上的硬汉形象分为两种。一种的确是像黄晓明所说的，通过练练肌肉，在电影中展现一种男性的雄姿，给观众视觉上的满足。这种动作硬汉有很多成功的先例，如国外的动作明星史泰隆、阿诺·施瓦辛格、梅尔·吉普森等，他们多是塑造拯救世界的英雄，通过他们粗大如钵的拳头来完成，他们四周也都散发出雄性荷尔蒙的气味，给观众原始的刺激。

另一种就不那么简单了。好莱坞著名影星亨弗莱·鲍嘉是美国电影中最有名的硬汉，他硬汉的得名不仅来自他出演的由硬汉派侦探小说改编的《马尔他之鹰》，而且来自他塑造人物的方式，他的表演深沉内敛，令观众深深着迷。但鲍嘉不帅，不高，也从来没有在电影中演过动作戏，更不用说显露过肌肉。可见，磨练男子汉气质的表演风格，是打造银幕硬汉的另一个重要途径。

因此，如果仅从肌肉男方面来理解硬汉就稍微有点片面了，观众更期待看到的是精神上的硬汉，这样的硬汉才能给观众以真正的理想主义的力量。而这种硬汉的气场绝不是演员狂健身就能练出来的。没有一点人生的磨砺，没有一点人生的思索，过于青涩的男孩还难以升格为男子汉。许多演员在当兵前和当兵后，银幕形象完全脱胎换骨，如韩国男演员张赫，入伍前只演出唇红齿白的花花大少，服完兵役后，在《谢谢》中出演外冷内热的医生，就帮助他回到一线男星的位置。

从一个女性观众的角度出发，送给立志要当中国银幕硬汉的男演员一句话：总是在镜头前拗出“邪惑”笑容的人成不了硬汉，抛开外在，多关注内心吧。

56. 明星代言，请像远离烂戏一样远离虚假广告

东山

人们为代言毒胶囊的近10位明星究竟该负什么责任而进行的激辩尚未尘埃落定，在中国商业联合会媒体购物专业委员会近日通报的30种涉嫌违法电视购物广告中，又有多位文艺界知名人士代言的广告涉嫌违法，其中央视某主持人榜上有名，更是引人关注。有意思的是，几位频繁被点名的"问题明星"大喊冤枉，要么认为自己不是在做广告，要么就是问题广告未取得本人授权，可谓"躺着中枪"。

广告违法与否，首先是个法律问题，应由有关部门根据相关法律进行认定；若广告违法，代言明星应负何种责任，同样应由有关部门根据相关法律进行认定。在明星代言问题广告激增的当下，更需依法追责。

但问题是，对明星代言虚假广告进行追责一直缺乏明确法律依据，人们往往只能对"问题明星"进行道义上的谴责。但道义上的谴责显然无法解决法律问题。没有法律的明确规定，对代言的"问题明星"进行追责就只能是一句空话。而不少国家对明星代言有严格规定。美国要求代言明星是代言产品的使用者和受益者，否则就要重罚并遭牢狱之灾。法国著名主持人吉贝尔因在代言中夸大产品功效而入狱。

所以，强烈期待拟议修订中的新《广告法》有力改变这一尴尬局面。若最终将广告代言人列为广告主、广告经营者、广告发布者之外的"广告其他参与者"，明星由此将成为广告主体，从而使其承担连带责任。这才是治理明星代言乱象的达摩克利斯之剑。果如此，明星们代言问题广告，说声对不起是绝对不能蒙混过关的。

明星依赖名气，通过代言获得报酬，是市场经济条件下非常正常的经济活动。但提醒明星们注意，企业售卖问题产品，会砸了自己的招牌；明星们代言问题广告，同样会砸了自己的牌子。过度消费粉丝的信任，虽然暂得不薄的代言费，但好不容易积累起来的人气和口碑，会被问题广告消耗殆尽。

当然你可以说，明星不是专业人士，无法判定产品的真假优劣。这听上去很在理，但却难以成为明星的"挡箭牌"。此次公布的购物广告和大量恶俗广告，且不说产品本身，广告形式就足以让人怀疑其质量问题。即便有的广告真假难以认清，既然获得了利益，就必须承担责任。

很多明星出于对艺术生命的负责，在接剧本时往往精挑细选，只接好戏，不接烂戏。但愿在选择广告的时候，他们也能像选择剧本一样严谨，对观众负责，对自己负责。否则，虽"躺着也能把钱挣了"，但"一定会躺着也中枪"。

57.《收获》拒转载，不当“叫花子”

关戈

下游喝水，竟真的搅浑了上游的水质，这不是狼和羊的寓言。最近，著名文学刊物《收获》杂志主编程永新猛烈开火，批评文学选刊不打招呼马上转文和损害原创的做法，更称转载稿酬像“打发叫花子”。创刊于 1957 年、被人们称为“时代晴雨表”的大型纯文学双月刊《收获》杂志也正式宣布，将对文学选刊关上转载的大门。

《收获》为什么会突然发飙？据业内人士透露，“文学原刊发行量日渐萎缩，与选刊挤压关系很大”。而这种“挤压”，实际上包含了“同步转载”、转载稿酬像“打发叫花子”等众多原创文学期刊“不能承受之重”。从审阅、商讨到删改、刊出，原创被“同步转载”挤占发行、被低稿酬和不告知“羞辱”，辛苦万分却得不到原创的尊严；从 55 年风雨历程，到确立其大型原创纯文学品牌，如今《收获》却遭遇转载蚕食，难怪有“士之怒”。

从目前的态势看，《收获》之怒显然已引起了关切。从专家评议到刊物自身的思考，事情正在一个焦点之上发酵：在保护原创和最大化实现公共传播之间，我们为何如此拿捏不定？从今年《著作权法》修改草案引起原创音乐界之强烈反弹，到如今的拒转载事件，这像是一个近乎无解的悖论，让原创者、原创品牌自觉不自觉地少了几分创造的积极性，也让转载、出版乃至影视改编的从业者在此模糊地带里浑然不知身置规范于何地。长此以往，则转载必更囫囵，原创也必更加懈怠，原创品牌遭致损毁，斯可痛也。

长期以来，原创文学期刊与文学选刊几乎相安无事，你唱你的主角，我跑我的龙套，一台戏唱得倒也算和谐。文学评论家白烨说：“文学选刊有其正面作用。”其正面作用，主要指扩大作品的传播力和影响力。也许正因如此，原创文学期刊和文学选刊并存且归属同一主管单位的现象并不鲜见，比如《北京文学》与《中篇小说选刊》等。但社会在发展，文化稀缺已渐被日益繁多的文化品类所取代，因稀缺而对原创严肃性的尊重被商业蚕食和消解。《收获》拒转载所折射出来的，恰恰是“正面”之外的“无序”，以及在此背后报刊繁多、竞争激烈和社会传播手段日益发达致使原创保护愈加困难的业态环境。

改革开放 30 年，我国的期刊杂志行业迅猛发展。有数据显示，从 1978 年到 2005 年，各类期刊杂志数量增长了超过 10 倍，从 930 种增长到 9468 种，至今更是超过万种；尤其是近年来网络日益发达，各类电子刊物、网络转载也渐受青睐，发展迅速。这对于丰富人民群众的精神文化生活无疑发挥了重要的作用，但同时也使原有的、相对平稳的原创与传播的关系受到了极大的冲击。《收获》拒转载，可说是这一冲击的阶段性爆发。无论是否“剑走偏锋”，最起码它给我们提供了一个契机、一种启示，让我们猛然惊醒：为了更好地保护原创和实现有效文化共享，是时候去重新梳理、审视和厘清原创与传播的各层关系了。

原创作者、作品最初刊发方、转载方、改编使用方，这是作品呈现于世人面前的链条相关方。从使用方不告知、低稿酬肆意选用、转载乃至改编等失守严肃的“操作”中，我们可以看出，现在某些“传播”已不像过去那样冠冕堂皇。“扩大传播”成为一个缺乏指标又很容易被商业绑架的幌子，占据实现文化共享的道德高度，让原创一再受伤。新的业态环境，使原刊和选刊“你挑水来我浇园”的传统模式遭遇挑战，“炒菜的”不如“摆席的”，《收获》用拒转载表明“别说我不在乎”；而从转载、选用到改编，越来越多维的原创“使用”模式，更使在保护原创和扩大传播之间设立规范刻不容缓。总之，我不是叫花子。

对精神文化生产而言，原创之获得尊重，甚至比获得的实际利益更重要。《收获》之拒转载，实际上是一种文化生态上的保护水源。否则的话，伤害原创，破坏培植创造精神的氛围，则不啻于涸泽而渔。当原创疲软、原创品牌被湮没，文化的传播成为没有骨架、没有标志的软体动物之时，我们除了“千篇一律”还有什么？

58. 群众演员不只是路人甲乙丙

陆尚

近日，香港演员黄秋生批评内地很多电视剧组只顾赚钱，不把临时演员当人看，还有人喜欢把七大姑八大姨都搞到剧组里当演员，情况混乱。此言一出，引起网友广泛围观。而围绕黄秋生的激烈言辞以及群众演员的话题，不同观点也随之展开了 PK：有人认为群众演员的日子的确不好过，待遇有待提升，其中缺乏管理的混乱情况也应该治理；有人则认为言过其实，虽然某些剧组中的确存在一些问题，对群众演员的管理和尊重还不够，但是却没有那么严重。对于黄秋生的言论是否过激，笔者不想置评，然而对于群众演员的话题倒想聊一聊。

提起群众演员，可能人们脑海中马上会浮现出电影《喜剧之王》、王宝强等关键词以及各大电影制片厂、影视城门前等候的长长的“追梦”队伍，而这些也可以代表和展现出他们生活的现状、苦乐以及希望。我国每年都出产众多影视剧，这也催生了庞大的群众演员群体。正如某位著名导演所说的那样，一部戏的拍摄，群众演员不可或缺。说起来，群众演员也是演员，但是因为在前面冠了“群众”二字，也就成了路人甲乙丙、丫鬟一二三，被贴上了人数多、不专业等标签。就像《喜剧之王》里周星驰扮演的龙套演员尹天仇一样，怀揣着对表演的热爱，立志要成为一名专业演员，却四处碰壁，即使在演员表中难以找到自己的名字，他们还是努力地扮演着绿叶的角色，烘托着主演的精湛演技。笔者觉得，光凭这点，群众演员就值得尊重。

然而，就是这些“不可或缺”的“绿叶”们，却寄身于中国影视业金字塔的最底部，他们生活和工作的状况不容乐观。近年来，群众演员权益得不到有效保护的事件屡屡发生。例如，2008 年《我的团长我的团》剧组在拍摄过程中发生重大事故，剧组搭建的廊桥坍塌，当时正在廊桥下的 30 多名群众演员受伤，其中 7 人重伤。像这样因意外致使群众演员死伤的实例还有不少，而剧组在安全措施上做的其实可以更好一些。此外，还有很多人因为梦想当演员、做主角而遭遇诈骗的，更有不少群众演员为了“演艺事业”不得不遭受“群头”的剥削。而去年爆出的《潜伏》中盛乡的扮演者逃犯吉思光“潜伏”横店十余年做群众演员的事件，更是震惊全国，让人们再次将目光投向了群众演员这一群体。凡此种种，均显示出了对于群众演员管理上的混乱和制度的不健全，也说明了黄秋生的言论并非无中生有、空穴来风，确有一定道理。

目前，我国影视业正进入快速发展期，演员是影视业中一个重要构成，而群众演员作为演员中的一部分，应该引起有关部门的重视和更多人的关心。演员吴秀波就表示，国外的一些群众演员片酬很高，工作热情很高，影视行业发展到这个程度，适当多付出一点，回报应该很好。对此，笔者表示赞同，毕竟群众演员付出了辛苦的劳动，给予相应的鼓励很是应该，还能刺激他们的表演积极性。不过笔者还想说的是，不光是酬劳，相应的管理、培训等机制也应该跟上。不仅应维护好群众演员这一群体的基本权益，也要通过相应培训提高他们的演艺水平。惟有如此，才能解决群众演员的后顾之忧，为他们营造更加规范的环境，只有这样，才可能出现更多的“王宝强”。

59. 词典不必弄成“流行语发布平台”

何勇海

第六版《现代汉语词典》近日发行，新版收录了“给力”、“雷人”、“宅男宅女”等网络热词，但也有部分网友自创词被拒。主持修订工作的中国辞书学会会长江蓝生表示，“剩男剩女”等词因不够尊重人未被收录。

有相当多的网友执拗地表示，“剩男剩女”等是客观存在的真实社会现象，就像经济学中的摩擦性失业和结构性失业，词典收录这些网络热词是与时俱进的体现；而盲目拒录则与时代脱节，颇有点掩耳盗铃的意味。在我看来，对词典拒收“剩男剩女”等词语不必大惊小怪，有些网络热词再怎么热，它只能停留在网络里。

《现代汉语词典》是一本严谨性的规范类工具书，被广泛运用于各项汉语使用规范的制订及汉语教学，用来教育后代。因此，收录网络词语需要审慎，要考虑那些词语的价值观和社会效果。如果某些网络词语含有不良导向，或有贬低歧视他人之嫌，则以不收录为妙，在最大限度地跟上时代脚步的同时，也有必要滞后于实际语言生活，以保持词典作为规范类工具书的严谨性和正确向导。这大概就是《现代汉语词典》收录“宅男宅女”，却不收“剩男剩女”的原因吧。

具体到“剩男剩女”这个问题上，结婚不结婚、生育不生育，是绝对不可侵犯的个人自由，年轻男女成为“剩男剩女”，有各种各样的原因，确实不该用“剩男剩女”这类具有贬低性质的词语呼之。前不久，香港无线电视有档“剩女”真人秀，被指贬低女性，有歧视成分，收到观众 50 宗投诉，更有专业人士组团抗议，狠批节目将单身女性标签为“剩女”，渲染了“女人嫁不出就是失败”的价值观。作为规范类工具书，《现代汉语词典》显然不能对此推波助澜。

字典、词典收录网络词语，还要考虑那些词语的通用性、普遍性，也要考虑它的生命力，即稳定性。很多网络词语只是部分网民在使用，并没有发展到全社会广泛使用的程度，比如“巨好看”、“超爽”，有些甚至低俗无聊，必须限制其进入词典，否则词典年年增厚，出个卷一、卷二、卷三，学生们会苦不堪言。还有一些网络词语速生速灭，比如几年前流行的“稀饭”(喜欢)现在已成“死语”，“恐龙”的使用频率已大不如从前，如果把这类“短命词”收录进词典，几年或十几年后的孩子们使用，肯定会觉得莫名其妙，对其权威性是一个最大的损伤。字典、词典一类的工具书，不必弄成“流行语发布平台”或“热词总汇”。过于追逐网络词语，某些时候还会带来混乱，让一些规范语言“屈从”于网络新解，闹出笑话或矛盾。比如闹得沸沸扬扬的广告语“我靠重庆，凉城利川”，有专家认为，这是曲解的网络语言“绑架”了中国语言文字的本真。很多网络词语，特别是隐含贬义的网络词语，只能停留在网络里，如果收进字典、词典给它们“转了正”，类似的曲解恐怕还会大增。

视窗

设计·生活

创意是思维的碰撞、智慧的对接，创意是一种智能拓展，是一种文化底蕴，是一种闪光的震撼……创意启迪生活，创意改变生活。在创意的世界里，我们可以交流、吸收、交换、提交最新的流行创意设计信息，超越自我，燃点生活的激情，增添生活的意蕴和欢愉。

9月14日，在柏林的"汉堡火车站博物馆"，"云城"艺术展正在展出。此次展览由阿根廷艺术家托马斯·萨拉切诺创作，并将持续到2012年1月15日。
新华社/法新

9月8日，模特在展示青年设计师姚峰的作品。当日，"香港、内地著名设计师作品联演"在南京举行，展示了香港设计师周雅和内地青年设计师姚峰的新作。
新华社发 徐培钦 摄

9月16日，一名游客正在欣赏装置艺术作品《稻草人》。当日，主题为"自然契约"的环保装置艺术展在上海市的大上海时代广场揭幕。
新华社记者 陈飞 摄

九月十四日，第五届中国葫芦文化艺术节在山东聊城市拉开帷幕。图为一名观众欣赏名为「哺乳」的葫芦饰品。
新华社发 张宪举 摄

假唱毁掉了什么？

钟鼓楼

□煜 凡

"众星捧月"、浪漫温情的某电视台中秋晚会因陷"假唱门"而遭网友集体"拍砖"。随后一些参演明星坦承自己是应主办方要求才被迫身不由己"对口型"，主办方则称直播过程中卫星信号出现故障，紧急切换到备路光缆信号造成声画不同步。由此，假唱这个老话题迅速被温热成新焦点。

一方是被动假唱情非得已，一方是主动切换实属无奈，如果皆为实情，两方面一定程度上似乎都无可指责，甚至可以说双方都为了观众获得"更好"的审美享受而做出"牺牲"。无论是主动还是被动，无论出于何种原因，从艺术本身来说，选择假唱的根本目的应该是为呈现艺术的完美。而这种初衷观众不但不买账而且集体愤言"很受伤"，这里的悖论恰透出了艺术的某些内质。

一切艺术都包括物理的部分，但却不是简单的物理呈现。艺术创作主体倾注于作品的思想情感，及其与审美接受主体之间源于心灵的情感对读，是艺术最本质的生命内核，失于此，艺术只能是一种孤独与抽象的表达。人们能够陶醉于婚纱照中被美化得几乎面目全非的自己，却不愿意在唱卡拉OK时自己的声音被原声所淹没，因为即使在这些大众娱乐文化形式中，作为创作与接受双重属性的主体尚且依然渴望获得生命的真实体验与释放，那么在以审美享受为明确旨归的艺术鉴赏中，尤其在音乐这种最直接诉说心灵的艺术鉴赏中，真情真艺更无疑是美感生成的基础。追求真唱的美学价值正在于此。

德国哲学家本雅明70多年前对现代技术引发机械复制时代艺术"灵韵"消逝的痛切感伤，一定程度上也成为今天假唱泛滥的谶语。技术让这个时代里视听等各种艺术的复制无所不在，但即使是最完美的复制也总是缺失了艺术品"此时此地"的独一性存在。而这种独一性存在是艺术真实性最根本的依靠。复制技术可以在任何时空下赋予艺术作品一种现时性，但却对艺术之"真"造成巨大的冲击。而筑基于艺术之"真"上的"灵韵"便因此衰竭甚至消逝。这也是依托于技术的假唱现象存在的一种具有时代性的美学价值落失。

在宁静的夏夜柔和的月光下，在寂寞的灌木丛中听夜莺那迷人而美妙的鸣啭是何等的惬意，然而人们一旦知道这是某个店主为了招揽顾客而让一个男孩钻进灌木丛中，用芦苇或哨管伴装夜莺的声音，他们就再也无法忍受这种先前认为是多么美妙的声音了，美感即刻丧失殆尽。200多年前，德国哲学家康德曾经列举的这个事例是否也恰当地说明了今天人们为什么对假唱如此郁闷纠结甚至深恶痛绝。因为在假唱事件中除了美学价值失落，艺术还要接受社会道德伦理的拷问。

言之凿凿的各种理由，让我们迷惑是否真的不应过于"苛责"艺术创作者和承载艺术的媒介"情非得已"的假唱，但如果真的只关乎艺术，我们又怎么能无视在艺术欣赏中人们除了审美期待，还有多少本能的情感价值诉求？如果这二者皆被放逐，这样的艺术还能称其为艺术吗？

来自基层

草根剧团，让草根戏迷天天过戏瘾

□张 枥 陈 林

"演得好！""过瘾！"近日，四川南部县国民川剧团上演的川剧《孝顺媳妇》赢得台下戏迷的阵阵掌声。自1980年以来，这个川剧团几乎每天都要上演一幕大戏，剧目多达500个，观众超过1800万人次。

"我掉进'戏坛子'了"

国民川剧团演出场地位于南部县文化路的一处地下室，面积约200平方米，可容纳观众200人左右。演出场地四周的水泥墙没有经过任何粉饰，部分窗子仅仅用陈旧的被单遮住。台下是清一色的仅能放下茶杯的条凳与一把把已经泛黄并能看出汗渍的竹凳子。台上，颜色鲜艳的幕布显得有些"衣不蔽体"，幕后演员的化妆以及器乐演奏人员的身影极易"暴露"在观众的视野中。

场子如此简陋，但观众真不少，叫好声此起彼伏。当演到《孝顺媳妇》中《讨口》一幕时，台下的老人不时地用衣袖擦拭起眼角的泪水。

"步调多协调，唱腔巴适，孝媳刻画入木三分。"肖家乡皮龙寺村年过70岁的村民李永维咂吧着叶子烟，摇头晃脑地小声哼唱着。李永维10多岁时就开始看戏，自1980年以来，他几乎天天来这里过戏瘾。

李永维迷恋草根剧团的原因很简单："我掉进'戏坛子'了，'牌馆子'也不下了！看戏比打牌划算。"李永维说，看戏门票6元钱，加餐费和来去车费也不过10多元，而打牌有时一次就要输上好几百元，而且还容易引起纠纷。"喝喝茶，听听戏，还能调养精神。"

"前来看戏的人很多，地域也十分广泛。"59岁的国民剧团团长熊国民介绍说，观众有的是城内的退休工人，有的是近郊的农民，同时还有来自各乡镇的农民。为了看上一台好戏，部分农民还带着干粮搭车进城看戏，午餐就在剧团吃，待到下午过完"戏瘾"后再回家。

团长原是剃头匠

"我从小生活在农村，喜欢看戏。"熊国民说，南部县古有"戏窝子"之称，今有"戏曲之乡"的美誉，这里曾走出有"粉蝴蝶"之称的曹相石、"盖三省"的魏香廷等川剧名家大腕。小时候他经常听到村民谈论川剧，高兴之时，大伙儿还在一起唱上两句。

上世纪70年代中期，为了养家糊口，熊国民来到南部县城学习剃头技术，然而不远处的川剧表演时时牵动着他的心。为了看上川剧，他就在该剧团当起了短工，帮剧团看门收票。时间久了，熊国民竟学会了唱戏。1980年，熊国民组建了自己的川剧团——城郊川剧团。

"上世纪80年代中期，南部的川剧团多达15个，各个剧团基本上场场爆满。"熊国民说，最初，他带团下乡演出，村民们听说川剧团要来，像过节一样高兴，提前几个小时就到演出场地，演出结束还不愿离开。

"要吸引观众来看戏，得有好的剧本。"熊国民表示，现在的观众欣赏要求高了，不爱"热闹"爱"门道"。剧本的新颖与否，直接关系到剧团的兴衰。为此，熊国民在演出过程中，根据现实生活中的一些现象，创作了不少现代剧本，如反映人间至爱的《孝顺媳妇》、反映干群鱼水情的《清廉爱民》等等。

演出间隙帮农民种地

"去年，我将剧团更名为国民川剧团。"熊国民说剧团共有15人，均是招聘来的，人均月薪2000元，剧团发展到今天，在团里长大的孩子有五六个，从小耳濡目染，他们都能担纲扮演角色了。

"好剧本只有配上好演员，才能把人物演活。"熊国民认为，一个受大家欢迎的演员，不仅要深谙各剧本的曲调，而且还得根据曲调的变化演活剧中人物。为了提高演员的演技，熊国民要求他们多岗锻炼。这样一来，部分演员在前一幕演出中还在打击器乐，在下一幕表演中就登台表演。"只有懂得其中的曲调，才能更好地把握剧中人物内心世界并入木三分地刻画出来。"剧团一位演员告诉记者，以前他只是负责表演，但动作神情难以跟上音乐的节奏，为此，他又不得不加强声乐训练。

熊国民表示，他的川剧团深受欢迎还有一个原因就是始终和群众心连心。他带领剧团下乡演出，经常利用休息时间帮助一些困难农户耕田种地。有一年，他们在三台县一个农村演出，正遇上严重干旱，一个姓陈的农户家缺少劳力，焦急万分。熊国民当即组织部分演员利用演出间隙为陈家挑水浇灌玉米，另一部分演员帮助群众挑水抗旱，并将这些融进了剧情。

30多年来，熊国民的剧团跑遍了南充、广元、绵阳、江油、遂宁等地城乡。谈及剧团今后的发展，熊国民信心满怀，因为他深知只要真心真意为群众演出，草根剧团的生命力就一定会强大。

资 讯

浙江省委领导到省文联考察调研

本报讯 浙江省委常委、组织部部长蔡奇近日到省文联进行考察调研，并看望了省文联直属文艺家协会的驻会干部和文艺家们，还与省文联处以上干部进行了座谈。

听完浙江省文联党组书记、副主席吴天行关于省文联的基本情况、新一届文联的工作思路和奋斗目标、今年以来的工作情况及下半年的重点工作的汇报后，蔡奇表示充分肯定。他希望省文联要坚持高起点，积极打造国家级的文艺活动平台；要建设一流的文艺人才队伍，充分发挥文艺家协会的重要作用；要积极发展新组织，扩大工作覆盖面，把文联组织和工作延伸到有条件的乡镇基层；要进一步加强文联自身建设；要把提高群众满意度作为文联机关建设的关键；要进一步营造团结和谐的机关氛围。 （浙 文）

中国现当代版画展亮相上海

本报讯（驻上海记者 **梁珺霞**） 由上海市委宣传部、上海市文广局、中国美协主办的"为人生的艺术——纪念新兴木刻运动80周年中国现当代版画展"日前在上海美术馆举行。

展览展示了新兴版画在中国从萌芽到发展各个时期的经典作品180余幅，按时间顺序分3个阶段，分别在3个展厅进行展示。作品在每一个时间主题下按照创作主题进行陈列，力图使观众从此次展览中，了解新兴版画在中国发端、发展壮大以及当代版画艺术的面貌，了解版画语言在这80年间的持续发展变化。

江苏文物摄影大赛评选揭晓

本报讯 由江苏省文联、省文物局、省摄协主办的"聚焦江苏·文物摄影大赛"评选结果近日揭晓。杨东彬的《中国的古老文化》、陆敏的《双桥与沿河建筑》荣获金奖，屠国啸等获银奖，叶建华等获铜奖，丁春晴等获优秀奖，另外评出入围作品180幅。

本届大赛以江苏境内的不可移动文物、可移动文物为主要拍摄题材，大赛自今年5月征稿以来，得到了全省广大摄影家、摄影工作者和摄影爱好者的积极响应。据悉，主办方将于11月中旬在南京博物院举办展览，并编辑出版作品集。 （苏 文）

第二届山东艺术设计大赛举行

本报讯 由山东省委宣传部、省文联、山东轻工业学院主办的创意未来·"金王杯"第二届山东艺术设计大赛作品展9月10日在济南举行。大赛共征集包括海报设计、工业设计、环艺设计、展示设计、服装设计、包装设计、陶艺、新媒体艺术等近10个艺术设计门类的参赛作品1499件。经评审，共评出职业组金奖15个、银奖29个、铜奖48个；学生组金奖62个、银奖125个、铜奖199个。

据悉，本届艺术设计大赛是第四届山东国际大众艺术节的重要活动项目之一，也是一次全面检阅全省创意产业及设计教育成果的盛会。 （鲁 讯）

王宏当选陕西省舞协主席

本报讯（驻陕西记者 **王卫 郝哲**） 陕西省舞蹈家协会第五次会员代表大会9月9日至10日在西安召开。

会议审议通过了陕西省舞协第四届主席团工作报告；修改了协会章程；选举产生了陕西省舞协第五届理事会和主席团。王宏当选主席；马亚非、方明、程琳、杜娟、苗政、燕小军、叶启明、丁维东当选为副主席；程琳被任命为秘书长。聘请赵长水为名誉主席，孙鸿、武世民、韩淑玲为顾问。

《酥李花盛开的地方》展贵州风貌

本报讯 由贵州省文联、贵定县委县政府等联合摄制的电影《酥李花盛开的地方》日前在央视电影频道播出。

《酥李花盛开的地方》在贵州省贵定县实地拍摄，讲述了一个回乡大学毕业生坚持原生态开发理念，经历艰苦创业，为家乡群众脱贫致富带头创业的励志故事。该片是贵州省旅游文化宣传新模式的一次尝的试，运用电影元素表现了贵州美丽风光和风情风貌。 （朱锦东）

山西作协举办中青年评论家研讨班

本报讯 由山西省作协举办的首届中青年评论家高级研讨班近日在太原开班，来自山西各地市县的31名中青年文学评论者参加了研讨班。

研讨班邀请了国内知名评论家傅书华、王春林、段崇轩、杨占平，作了题为《百年来中国历史进程中的价值路向选择的困惑及中国现代文学中的"漂泊"主题》《从茅盾文学奖说开去——略论中国当下时代的小说创作》《评论家的基本修养与写作实践》《文学评论现状和基层评论者的写作》的讲座。 （吕轶芳）

广西四县开展文艺联合演出活动

本报讯 位于广西东北部的灵川、临桂、兴安、全州四县文工团、文化馆近日组成文艺队，深入灵川县最边远的瑶族聚居区——青狮潭镇新寨，开展文艺联合演出活动。

据悉，同属于桂林市的灵川、临桂、兴安、全州四县各有强项，如灵川的小品、全州的桂剧、临桂的舞蹈、兴安的歌曲等，强强联合，提高了节目的质量，比原来单一县的演出更受群众的欢迎。演出活动将采取轮流到各地的方式，赴四县乡村分别演出，下场演出将在全州天湖举行。 （雨 歌）

骆芃芃篆刻艺术展即将开幕

本报讯（记者 **张志勇**） 由中国艺术研究院主办的"天翰云章 金石永年——骆芃芃篆刻艺术展"9月21日将在中国妇女儿童博物馆开幕。届时将展出骆芃芃新近创作的近百件篆刻艺术作品。据介绍，展览以"中国古代思想宝库"为开篇，镌刻诸子百家36枚警句印章，同时还首次将国学精神、国粹艺术、国花牡丹结合，以平面和立体相结合的"印阵"形式，构成篆刻艺术全新的展示方式。

骆芃芃现任中国艺术研究院中国篆刻艺术院常务副院长，其作品多次参加全国及国际性书法篆刻展览，出有个人作品集《芃芃印拾——骆芃芃印章选》等。

《中国艺术报》版式赏析

2011 年 9 月 19 日

第 1057 期

60. 演员不只是“靠脸吃饭”

陆尚

近日，香港演员吴镇宇接受某媒体采访，当被问及是否希望其子以后子承父业时表示，他不希望儿子将来当演员，因为靠脸吃饭不是最好的，他觉得要看孩子长大以后的才能在哪里。特别是在众多“星二代”跻身演艺圈，一些明星父母们纷纷将自己年纪尚小的孩子曝光于聚光灯下，用自身的光环照亮和铺就子女“成名要趁早”的道路的风潮中，明星父亲吴镇宇的话充满了对孩子灿烂未来的期冀和给予的充分自由，言语之间流露出丝丝温情。然而抛开“星二代”的话题不谈，笔者较真儿地想要反驳吴镇宇的是，演员绝不能笼统归结为是靠脸吃饭的，因为做演员，尤其是要成为一个能够真正深入到观众心里的优秀演员，光靠脸肯定是不够的。

其实，吴镇宇的观点代表了很多人对于演员的想法：做演员最重要的一条就是要有一张好看的、有特色的脸，男的要帅，女的要美。否则，每年就不会有那么多争着报考艺术院校表演专业的男孩女孩们为了从众多考生中脱颖而出，不惜花费重金做美容、搞造型了；也不会有一些渴望成名或者已经成名的演员为了打造、维持自己靓丽的容颜、曼妙的身姿宁可忍受皮肉之苦进行整容了。不可否认，观众对于演员的辨识，主要是依据他们的面孔，并且“爱美”之心人皆有之，形象好的演员自然能够让人赏心悦目，容易给人留下深刻印象。因之，拥有好的外形对于一名演员来说，可能更有利于他一炮而红，成为万千粉丝的偶像。

然而笔者要说的是，无论是广大观众还是演员自身，都不应该肤浅片面地认为演员仅仅是“靠脸吃饭”的。须知，要成为一个名副其实的优秀演员，比之好的外形，拥有高尚的品德、精湛的演技、健康的形象、良好的心态等，则是更为重要的。纵观很多深受观众喜爱的演员，他们身上都集中着以上特点。著名表演艺术家秦怡，之所以能够成就人们心中跨越世纪的美丽，除了拥有美丽的容颜，还在于她以精湛的演技为观众塑造了一个又一个经典的艺术形象，以及她所拥有的高尚情操和热心公益的美丽心灵。而不久前刚刚离开我们的著名表演艺术家黄宗洛曾经自嘲长得寒碜，天生不是演主角的料，但是就像已故著名导演邓止怡曾经对他评价的那样，“哪怕一点戏也要翻过来倒过去琢磨”，正是凭着一股对艺术精益求精的执著劲，这个塑造了 100 多个看门大爷和太监等“小人物”形象的演员被人们亲切地赞为“龙套大师”。其实，吴镇宇自身也是一个例子，可以说，他的成功也并非是因了他的外貌，而是靠着一步步地稳扎稳打不断精进自己的演技，才得到观众的认可和喜爱的。而反之，有些奉行着可以“靠脸吃饭”观点的年轻人，可能凭借着姣好的外貌，敲开了演艺事业的大门，但是因为缺少成为演员的其他必要条件，而最终难逃昙花一现的结果。

演员并不只是靠脸吃饭的。否则，也就不会有像查理兹·塞隆、妮可·基德曼、玛里昂·歌迪亚等这些漂亮的明星为了打破她们在观众心中的“花瓶”形象，不惜扮丑，为的就是希望观众把关注的目光从她们美丽的容貌转移到她们的演技上，而她们也因为不惜牺牲形象的精彩演出获得了奥斯卡奖。当然这并不是说，演员就应该忽略外形一味扮丑，笔者只是想说明，仅靠脸还是吃不了演员这碗饭的。

61. “真人图书”，仅仅吸引眼球还不够

李超

最近邯郸市图书馆推出的“真人图书”吸引了不少人的关注。所谓“真人图书”，顾名思义，这里的“图书”是一个个活生生的真人，每本“图书”都会被标注其最适合阅读内容的标签，读者可以根据不同的阅读需求，借阅相应的“图书”，与之进行交流对话，既可以一个人单独阅读，也可以群体分享。“真人图书”源于丹麦的一次社会公益活动，其初衷是为了增加不同群体间的沟通与理解，消除彼此的歧视和偏见，增加人们的安全感。近年来这种新鲜事物在国内的大学生和青年人中扩展开来，不过作为公共图书馆的一项业务出现还真是头一遭。

当今中国经济高速发展，人们的生活水平不断提高，精神文化需求也越来越强烈，建立以读者需求为核心的公共图书馆发展模式，提供更加人性化的服务吸引读者、引导读者、提升读者的阅读兴趣已经成为这个时代的要求。将“真人图书”作为新鲜事物引入公共图书馆，无疑是创新道路上的一次大胆探索，为公共图书馆的发展注入了新鲜活力。

“真人图书”是一种新兴的阅读交流方式，由一种双向交流的新兴阅读体验代替了单向接受式的传统阅读模式，在“读纸”“读屏”之外，开创了一种新鲜的阅读模式，使阅读者更有兴趣，也使整个阅读过程更具思辨性。公共图书馆在社会上享有较高的公信力，“真人图书”基于这样的平台，不仅可以刺激大众的阅读兴趣，帮助读者开发相关的知识资源，而且从长久来看这种方式还可以帮助大众建立良好的阅读习惯，树立优质的社会阅读风气，在拓展社会公共知识空间方面也能起到一定的作用。

一项新兴业务如果想拥有生命力和影响力，必须要坚持持续建设，真人图书也是这样，在吸引读者眼球的同时，更应不断丰富内涵。这个过程中难免会遇到一些困难，比如怎样建立一个结构合理、内容丰富的优质资源库就成了“真人图书”发展过程中最大的考验。每个人都有自己独特的经历，每个人都是一本书，但是公共图书馆的“真人图书”不仅要满足阅读者的知识性需求，而且希望能够给阅读者传递积极向上的人生理念和精神动力，这就要求公共图书馆需要招募大量拥有正能量的“真人图书”。专家学者固然不错，但是毕竟属于“稀缺资源”，而且单一的专家学者也会使读者产生距离感。而拥有专长或特殊经历的普通人，其沟通能力、表达能力参差不齐，整个招募、遴选、培训过程都将面临重重困难。又比如在市场经济高速发展的今天，“真人图书”持续建设的经费从何而来？实行商业化合作未尝不是发展渠道之一，但也可能对其公益性形成一定程度的冲击，

所以如何实现“真人图书”业务的良性发展并保持内容上的公益性也是发展过程中不得不思考的问题。

其实“真人图书”大可不必完全局限于公共图书馆，各种文化组织、各类行业协会、公众人物，甚至科研机构都可以尝试组织这样的活动，让文化名人、行业精英甚至科研人员作为“真人图书”与普通大众沟通交流，增进了解，如果再依托微博等社交平台进行网络传播，将会产生意想不到的效果。好的文化活动，形式无需严苛，只要内容精彩，百姓自会喜闻乐见。

62. 佐藤爱还敢爱吗?

林青

相信看过近期江苏卫视《非诚勿扰》的观众，都会被来自日本的女嘉宾佐藤爱终于牵手的时刻打动。但是，当不少网友到佐藤爱微博上送祝福的时候，佐藤爱却在微博中表示，牵手后男嘉宾并没有和她来往："男嘉宾第二天有工作，录完立刻走了，我们一次都没见过面。"这番言论让网友一片哗然："刚刚看电视时的感动顿时消失殆尽。"一位网友还说："今晚我从不相信爱情到相信爱情，又到不相信爱情，真够跌宕起伏的。"

佐藤爱之所以备受关注，是她在上《非诚勿扰》节目时自我介绍原本有一个幸福的家庭，丈夫在一场车祸中不幸去世，之后她带着儿子来到中国创业，自强自立，走出悲伤。她还说："看中国男人下厨房就觉得可怜，不让未来老公做一切家务。"她的奋斗故事和择偶观，受到许多男性推崇。北京一家都市报甚至刊发了一篇以《娶妻当娶佐藤爱》为题的文章，对佐藤爱赞赏有加。

与佐藤爱牵手的男嘉宾在现场表示专为佐藤爱而来，还为佐藤爱 8 岁的儿子带来了礼物，表示自己会把对方的孩子当自己的孩子来爱护。佐藤爱为他的真情告白流下了幸福的泪水，也感动了现场和电视机前的广大观众。而这场骗局给了善良的观众当头一棒。

近几年电视相亲节目火爆，除《非诚勿扰》外，还有湖南台的《我们约会吧》、浙江台的《爱情连连看》、东方台的《百里挑一》等，各家电视台为获取收视率采用了很多招术，或以俊男靓女吸引眼球，或让嘉宾语出惊人，或制造悬念进行煽情，节目的娱乐化倾向越来越严重，作秀成分越来越明显。南方一家都市报曾做过一项调查，当地近 8 成受访者看过电视相亲节目，"争议话题"是最吸引人的因素。但人们对这类节目的作假现象也很反感，调查中半数人不满电视相亲藏"托"。受访者说，"不真实，搞不清是在作秀，还是替人找对象"；"这种节目要让更多的人信任并且参与，否则观看的人就会越来越少"。

因此，电视相亲节目不要过度娱乐化，而要注重诚意。没有诚意首先伤害的是上台的男女嘉宾，在婚姻和爱情中，最不能原谅的就是"欺骗"。其次，伤害了广大电视观众的感情。当大家为这份真情流泪后，却被告知是场骗局，内心的愤怒可想而知。最后，伤害的是节目的名声。如果骗子屡屡得手，节目前景令人担忧。

当然，有人或许会说这类节目也就是给大家提供一个交友的平台，男女嘉宾牵手后如何发展谁也难以预料。话虽如此，但像牵手佐藤爱这样的事的确蹊跷，男嘉宾上场信誓旦旦，下场就玩“失踪”，明摆着是场骗局。但人们并没有看到节目组对当事人表示歉意，对欺骗者进行揭露，也没有看到节目组表示今后该采取哪些措施来防止此类情况出现，让人不能不对此类节目的真实性多打几个问号。

作为强势媒体的电视节目，拥有信息传播快、影响大的特点，并在观众中具有一定的公信力，所以应该遵守自己的职业道德。每当《非诚勿扰》开场，主持人都会介绍说本节目是“大型生活服务类节目”。既然是服务类节目而不是娱乐节目，而且节目就叫《非诚勿扰》，那么，最不可缺少的就是一个“诚”字。唯有重视这个字，才能保证节目的质量，才能保证节目的公信力。否则，“非诚”人士纷纷上台，“勿扰”岂不成了一句空话。再不然，就像某些电视剧一样，片头都打上一行字：“本节目纯属虚构”，如何？

63. 艺考查整容，让人叫好也不易

栋笃

一年一度的艺考总是能制造出各种热门话题，今年也不例外。继中国传媒大学要求报考播音主持专业的考生考试时不许化妆后，北京电影学院表演学院招生也制定了新举措：除了不允许考生涂脂抹粉外，还将在三试时核查他们是否有纹身或整容经历。北电表演学院副院长王劲松对此做出了如下解释："考生须靠自然美'征服'考官，纹身、整容可能会影响成绩。"

作为全国最为顶尖的表演专业教学机构之一，北京电影学院表演学院对考生整容的态度，似乎也反映着整个社会对于整容的态度。在时下的演艺界，很多明星都有过整容经历，却鲜有人敢于承认。这正反映了一种普遍的社会认识：人造的帅哥美女实在不招人稀罕，纯自然的美才是真的美。

学校希望引导学生崇尚自然之美本是明智之举，也是对当下一些演员一味想靠整容来提高曝光率的拨乱反正。但此次在艺考阶段，就将此作为评选打分的条目之一，有点突兀。因为在《北京电影学院 2012 年本科招生简章》中，我们并未发现任何与整容相关的直接要求，只有一句提及"报考表演专业各方向的考生……无肢体畸形，体表无疤痕、纹身、胎记及皮肤病"。既然在报考指南的招生简章中没有明确提到不支持整容，那么在考试期间突然提出要在三试时核查此项内容，肯定会让很多整过容的考生感到"猝不及防"，破坏北电艺考的公平性。

学校还有义务向考生和公众详细说明核查的标准究竟是什么。"影响成绩"代表着什么？是整过容就无法被录取，还是会相应地扣分？如果是扣分，究竟是扣 5 分、10 分还是 20 分？

况且，整容分很多种。随着各大医院都展开整容项目，整容的技术和设备也越来越高端。相对于削骨、隆鼻等可能会有严重副作用并导致面部肌肉生长异常的手术，割个双眼皮、点个痣还真算不上什么。什么样的整容应归入考生的考查项目，也需要学校做出科学的判断。

此外，与很多明星不愿承认自己整过容，任何人也就无权要求其去医院验证一样，对于一些考生而言，整容的历史也属于自己的隐私范畴，并不希望向他人提及。然而北电的核查举措，无疑会让一些整过容但不愿被人知道的考生陷入两难的境地：究竟是选择保护自己的隐私而放弃入学的机会，还是选择放弃自己的隐私去争取入学的资格？这样的选择困境，本不该在一个十几岁的艺术考生身上发生。

将自然美作为艺术教育的重要内容之一，其实无可厚非，相反还值得大力提

倡，但引导和教育的方法一定不能失之公平与理性。此种引导行为理应融入到入学后的教育之中。试问，北电表演学院是否能够保证未整容的考生在入学后也不去做整容？是否能够保证学生在毕业后从事影视表演工作时也不去做整容？如果不能保证，又为何要在艺考阶段以是否做过整容作为筛选考生的标准之一？况且，做过整容的考生中就没有影视表演方面的可塑之才了吗？此举又是否会淘汰掉一些具有表演天赋的考生？这些问题都值得我们思索。

64. 慎！慎！慎！影视投资需理性

张成

2001年，影视业并不是资本的宠儿，彼时公映的电影《大腕》仿佛先知，讽刺了今时今日发生在影视界的怪现状。片中，因无力偿还拍片所欠的巨债，尤优装疯、王小柱真癫，却终究只是一剂讽刺的笑料。孰料，日前，《羊城晚报》报道杭州某影视公司陈姓老板举债千万，因无力偿还，饮弹自尽。投资不成，反误了卿卿性命，令人唏嘘不已。时下，影视业成为资本跑马场，煤老板、地产商还有各种其他资本纷纷涌入。然而数据表明，对大多数人来说，这未必是福地。

去年，国家广电总局电视剧司同意备案公示的国产电视剧有1040部33877集，而拿到发行许可证的只有469部14942集，近几年的综合数据表明，一半以上拿到制作许可的电视剧因剧本、资金、市场等问题而中途流产，或者因为制作质量太差而没有获得发行许可证；有的即便制作完成，并获得了发行许可证，又有半数以上不能播出，导致亏损。如前所述，2011年度全国获得发行许可证的剧目共14942集，但全国电视台每年电视剧的播出量仅为6000集到8000集，也就意味着有50%以上的电视剧没有上到播出平台，而在这些没有播出的电视剧中，90%以上几乎丧失收回成本的希望。对于一些小的影视制作机构来说，中规中矩的一部30集、2000万左右成本的电视剧，如若投资失败可直接导致一家经营多年的公司破产。

显然，这位陈姓老板在投资支出前并未做好详细的投资规划，对各项流程并未做好预算，前期太宽松，后期又步履维艰乃至无力完工，无法回本；如若其在投资前了解市场，提前找好销售渠道预售版权或联合投资摊薄风险，那么至少在几近成片之际融得一部分资金周转，也不至于无奈放弃。

别说是很多非专业的投资者，即使是在行业里摸爬滚打几十年的老手，一着失手，也可能晚节不保。2005年，法国著名艺术电影制片人、欧洲电影学院主席巴尚在巴黎办公室中自缢身亡。巴尚苦心费力筹集来的数百万欧元在《伦敦来的男人》开机不过几天时就花得精光，他也因此在焦头烂额中走上绝路。

因此，作为名利场的影视业究竟能给投资者带来多少回报？这不得不让人打上个大大的问号。当前，经济大形势处于调整期，不少煤老板、地产商将无出路的资本注入了“风景这边独好”的影视业。除却一些投机者之外，这些想做实事的投资商进入文化产业固然是双赢的好事，但前提是投资需理性，需审视这些漫天飞舞的高票房和高收视率有多少能落入自己的荷包。至于财力稍逊的中小企业家欲进军影视业，则更需要懂行和搭建专业的团队来运作，从投资到销售都要严格地当成一门生意来做，理性当头。切莫“只看吃肉的，不见喝汤的”。同时，还要奉劝所谓的圈内人士，与游资合作时，切莫再抱着“宰一刀”的心态，如若伤害了投资方的积极性，最终伤害的还是行业自身。

65. 春晚“向下思考”才能“笑果不断”

万阅歌

中央电视台2013年春节联欢晚会喜剧节目征集活动已于日前启动。据央视介绍，语言类节目是春晚的重中之重，所以要提早准备。这次征集的喜剧作品包括小品、相声、哑剧等各种适合舞台表现的喜剧形式，作品形式既可以是文学作品、创意提纲，也可以是成型的表演影像等。

央视春晚，一般只会提前4至5个月准备，在7、8月间开始启动。而这一次，距离2013年春节还有7个多月时间，便早早启动了喜剧类节目征集活动，这还是第一次。这表明，央视春晚越来越重视民间创作力量，越来越注重提前从民间挖掘喜剧类节目了。

向全国征集喜剧节目，不仅是春晚的一次向下思考，而且必将为春晚提供源源不断的候选节目或素材，从而为来年春晚推出精彩节目打下基础，可以说意义非凡。

有一年春晚，姜昆表演的相声《网络趣谈》，就是把几个在网络上流行的小笑话用“趣谈”的方式串起来的，虽然算不上原汁原味的相声段子，却博得了观众不少的笑声和掌声。或许正因此，姜昆在筹备2009年春晚作品期间，还专门向网友征集过包袱、妙语、台词，希望获得“雷人”的笑料。而近年春晚的好多语言类节目，都会不同程度植入网络笑话或流行语，每每都收到不错的“笑”果。可见，网友的搞笑能力及其作品，对于春晚创作来说，是值得参考和借鉴的。

而在民间，还有许许多多具有喜剧创作才能的人，只要把他们的积极性和创造性充分调动起来，一定能为春晚提供丰富的素材，乃至完整的作品。以往，春晚语言类节目的创作总是私下里悄悄进行，即便选用了地方电视台推荐的节目，也是关起门来慢慢打磨。这样做的结果，除了创作思路受局限，还有可能因为借用了网络或民间的笑料而构成侵权。

因为赵本山的退出，2012年春晚的语言类节目整体水平有所下降。而2013年春晚能否让观众更满意一些，无疑就看语言类节目的表现如何了。从多方面情况分析，赵本山很有可能继续缺席2013年春晚。那么，如何依靠其他演员及节目的出色表现，来弥补赵本山缺席的遗憾，便成了摆在2013年春晚导演面前的一大难题。提前向全国征集喜剧类节目，无疑有助于切实解决这一难题。

相信民间创作力量，挖掘民间创作力量，这本身就体现出央视春晚的观念转变。作为全国人民的春晚，就当如此“全民参与”，从人民中间征集合适的节目及表演者，从而更好地服务于人民。提前这么长时间征集节目，表明央视对于经常挨骂的春晚，还是舍得下本钱、下功夫的。这一点，我认为尤为可贵，也非常值得其他同样想办好“春晚”的电视台学习。

66.《甄嬛传》火爆的两个燃点

张成

毫无疑问，电视剧是大众心理的晴雨表。当下若有人问哪部剧最热，恐怕非《甄嬛传》莫属。日前，在《甄嬛传》剧组举行的庆功会上，北京台、东方卫视、安徽卫视的相关负责人公布了《甄嬛传》的收视情况。安徽卫视开播一周后，收视便位居全国同时段卫视播出第一名；东方卫视的收视则创下了其电视剧播出有史以来的本地数据和全国数据的最高值，并在全国同时段卫视播出排名第二；北京台已第三次重播，其收视率最高值接近 14 个点；与卫视同步播出的乐视网上线一周后，便获得 5 亿的单集点击量。而这超高的收视，竟是在 9 家地面台播出之后取得的。此外，《甄嬛传》还在美国纽约、新加坡、韩国、台湾等国家和地区播出。同时，该剧的周边产品也卖得火热，如服饰、头饰、原著小说等，剧情也被冠以所谓的“职场指南”，据悉，还有人因为看剧需要，较真儿地去查字典，弄清半文半白的对白。总之，怎一个“热”字了得。《甄嬛传》因精良的制作、现代性的价值观成为从去年开始的后宫剧大潮中的亮点，从全球化的格局和当下的文化思潮着眼，《甄嬛传》背后的两个点燃媒介传播的燃点值得电视工作者和文化研究者思考。

燃点一，复古风。年初的电影奥斯卡奖已经劲吹复古风，《艺术家》《雨果》得奖、得票房，时下 3D 版《泰坦尼克号》大卖，亦说明这桩虚构的 20 世纪初的复古童话故事依旧能吹皱观众的心水。古装剧《甄嬛传》顺应了复古这一全球化潮流，2007 年美国发生了严重的次贷危机，同年，制作精致的年代剧《广告狂人》问世，收视不俗，并连续斩获 4 届艾美奖。《广告狂人》的电视剧周边产品在美国卖相很好，甚至还有观众学习其中的育儿之道。很多资深广告人认为《广告狂人》精细地复原了上世纪 60 年代广告人的生活。随后，反映美国大萧条时期的迷你剧《幻世浮生》也取得了不俗的口碑和收视率。英国则有《唐顿庄园》等年代剧吸引了上千万的收视率。更不说在这些复古剧后的跟风作品。去年伊始，国内宫斗剧蔓延荧屏，固然质量良莠不齐，却引发了一股复古潮流。在经济危机的大背景下，复古是某些观众避世心理的外部投射，但有责任心的创作者必定会在复古的情节中引入现代人的价值观，如《甄嬛传》中“愿得一人心，白首不相离”的现代女性的婚姻观和爱情观，《幻世浮生》中则影射了当今美国中产阶级物质欲望过剩的病态。可以说，在复古的剧情和精致的历史细节复原的表象下，观众真正渴求的是有力量的现代性的价值观和情怀。

燃点二，艺术化。《甄嬛传》通吃男女、大众和精英群体观众值得人们思考。

据北京师范大学发布的《2012都市影像消费生态调查报告》分析，网络与电视的收视群体极为明显，前者主要观众是青年、高收入、高学历群体，后者则是中老年观众、大众。《甄嬛传》能同时火爆网络和荧屏，自然暗合了当下主流观众的心理。《甄嬛传》并无大开大阖、动作夸张的戏剧性表演，也没有剑拔弩张的动作场景，反而是以荧屏上罕见的半文半白的台词推进剧情，并成为人物心理外化的重要手段，颇有心理剧的色彩，该剧的艺术化倾向明显。电视剧在很长时间都被当做一种商品，其商业属性远远大于其艺术属性，甚至在美国亦是如此。2007年，闻名遐迩的纽约现代艺术博物馆收藏了被誉为“达到经典小说成就”的电视剧《索帕诺家族》，这在电视剧近90年的发展史上尚数首次，这也意味着电视剧的艺术性将越来越强，艺术化倾向更加明显。在这一电视剧发展的节点上，《甄嬛传》的爆红是否给某些金钱至上的创作者提了个醒呢?

67. 别对红毯“小花”太苛刻

小作

走红地毯本是一场秀，愉悦人的眼睛。但近日，中国女星在法国戛纳争艳，引发了很多负面的评论。范冰冰穿“中国瓷”礼服走秀，被主持人误认为是日本女星，这被很多网友评论为丢人；杨幂身着金色礼服走红毯遇绅士引导，被国内一些网络媒体说成是被驱逐，这也是丢人；这还没完，中国女星被指责为“蹭”红地毯时，就会有些言论蹦出来说：我们家范冰冰可是戛纳电影节的主赞助商某国际大品牌化妆品邀请去的，其他人都是来“蹭”的，与路人无异。从这次戛纳国际电影节一些媒体和舆论的反应来看，我们对待中国电影的“花旦”，是不是过于尖酸刻薄？

先来看“蹭”红地毯一说。在戛纳走红地毯分为几种：参加竞赛、影展主创人员；赞助商代言人；为影片宣传给电影节捧场。作为一个国际电影节，会让一个毫不相干的人出席红地毯仪式吗？相信作为粉丝或是出席过相关活动的人员都会有所体会：走在红地毯上的都是主办方邀请或是组织的，没有主办方的同意，就算削尖脑袋也不可能挤上红地毯。所以，很多网友用“蹭”来形容这个女星那个女星，是伤了这些“小花”的尊严，也是伤了国人自己的尊严。

舆论对中国影人特别苛刻，或是选择性失明，或是爱之深责之切。今年第二届北京国际电影节上，《复仇者联盟》中“鹰眼”的扮演者杰瑞米·雷纳只是因为该片将在国内院线上映，而踏上电影节开幕式的红地毯。按现在一些网友和媒体的逻辑来说，这也是“蹭”红地毯的，可为何当初，大家都用惊喜来形容？对待还在不断努力的中国电影人宽容一些吧。

当张艺谋的《红高粱》在柏林拿金熊奖、《秋菊打官司》在威尼斯获金狮奖，陈凯歌的《霸王别姬》在戛纳拿金棕榈奖时，很多外国人通过走上红地毯的张艺谋、陈凯歌、巩俐等认识了中国电影人，但是当时很多外国观众都以为中国人仍是封建社会留着长辫子的模样。可见，中国的当代形象需要我们不断努力地向外展示和宣传。中国女星登上国际电影节的红地毯，登上全世界媒体都关注的舞台，向世界展现中国女性的美，这是一种国家形象的宣传，也是对中国电影和中国电影人的宣传，本是件好事。

况且，别对欧洲三大电影节过度地神化，无论是什么级别的电影节，除了要评选出符合电影节品位的优秀电影外，另一个功能就是提供给电影人交流和电影交易的平台。历史悠久的欧洲三大电影节当然也不例外。更何况，中国电影现在十分需要与国际电影人开展合作，三大电影节无疑提供了中外电影人相互认识、了解、交流的机会。可以说，能去的中国电影人真的是多多益善，大家八仙过海各显神通,去了比不去好。当然,能用作品说话展示实力更好不过,这是人们对“小花”们的殷切希望。

68. 影评人当自强

张成

曾几何时,“情怀”、“接地气”、“诚意之作”等词汇成为电影宣传的高曝光词汇,也成为一些所谓的影评人遣词造句时的习惯性用语。因为被滥用，这些词汇形成了某种清晰的内涵指涉，如文艺片、涉及热门社会话题、小成本电影、展示了创作者的独特视角、没有通约的商业卖点……相信当这些词汇不能吸引不明就里的观众进入影院之后，影评人定会弃之如敝履。其实，这直观反映了当下影评的困境。

国产电影的发展离不开影评人队伍的日益壮大和专业。正如加拿大著名传播学家麦克卢汉所说，“媒介是人的延伸”。在全媒体的语境下，专业又能兼顾大众阅读口味的影评，能有效地引导、传递正面积极的电影观念，尤其在人人都可以在网络上发表影评、充当影评人的今天，动辄谩骂或过分赞美都只是片方抹黑对手或招徕观众的伎俩，于观众无益，观众呼唤高质量影评和专业的影评人出现。

当下所谓的影评人良莠不齐，有做歇斯底里状沽名钓誉者、有强占学术山头冒充专家者……这些“跳梁小丑”败坏了影评的品味、标准和观众信任的基石。当然也有不少是对电影热爱备至者。然而影评人们所喜欢使用的“情怀”、“接地气”、“诚意”这些批评语汇其实是不适于电影批评的，毕竟，一个导演再有诚意、情怀，他的作品也未必优秀。观众买票，看的是影片，而不是创作者的动机。而且，这“诚意”、“情怀”的界定标准又是什么？质量才是唯一的衡量标准。那么，标准的影评人又是什么样呢？在网络上非常有名的影评人 magasa 曾提及影评人起码得具备三个素养：专业知识，影评人必须要了解电影史和电影技术常识，有相关门类的艺术素养；写作能力，影评也有专属的文体，作者起码得具备与读者良好沟通的写作能力；良好品味，俗话说，文无第一，武无第二，“品味”二字更是说不清道不明，但优秀的影评人必能鉴别出哪些是值得一书的影片，哪些是应对之惜墨如金的影片。

大浪淘沙，近年来，有些影评人的个人博客单篇点击量经常过万，他们以点带面，评论的声音经常汇合，形成一股力量，去引导观众。这些影评人做的，正是鉴别口味、推荐好片、批判劣片，对电影的发展趋势做出判断。更有一些影迷已经习惯阅读他们的文章之后再考虑要不要去影院观看，一种良性的观影文化正在形成。同时，这些影评人术业有专攻，评论领域可以按类型、国籍、年代呈多样化分类。尽管这些影评人在很有情怀地尽着影评人的职责，但他们都更愿称自己为“电影观众”、“电影发烧友”。因为影评人毕竟不是一份职业，鲜有人能靠影评体面地生活；更因为先前不少假冒影评人的宣传人员惹得观众生厌，影评人生怕自己被归为其类；此外，我们的国家级新闻奖项缺少像美国普利策奖那样支持影评的力度。现代电影的崛起，离不开光影的进化，亦离不开影评人的文墨。愿国内影评界早日出现像美国顶级影评人罗杰·伊伯特那样的影评家。

69. 中国电影“走出去”无需“削足适履”

张魁兴

6月17日，第十五届上海国际电影节首场论坛“向世界讲述中国故事”举行，导演冯小刚对中国电影凭什么“走出去”直言，“现在大家都在抱怨好莱坞挤压国产片空间，但我们要找自己的问题。你没有观众，是因为你的电影不好看。”另外，在4月3日举行的博鳌亚洲论坛2012年年会“博鳌文化分会：释放文化的潜力-传承与创新”分论坛上，冯小刚更是认为，由于文化差距，中国电影“走出去”还面临很多障碍，但首先应立足本地市场，无需“削足适履”。

作为世界的电影生产大国，让中国电影“走出去”宣传中国文化并赚取外汇，是我国文化建设的需要。我国也在这方面花费不少，然而效果不佳。去年年底，由北京师范大学中国文化国际传播研究院公布的“中国电影国际生存状态”初步调查结果显示：受访的外国观众鲜有接触中国电影；他们中不少人对中国电影仍停留在“动作片”、“功夫片”的印象中；所熟知的中国演员除李小龙、成龙外，其余基本“没听说”;最喜欢的中国导演除李安、张艺谋等几位外，其余都不认识。来自国家广电总局等权威部门的统计数据也证实,中国电影的外销呈“三少现象”：一是海外票房少，二是连续增长少，三是进入海外主流院线的中国影片少，2010年达成出口交易的纯国产影片仅一部。

中国电影产量很高，为什么“走出去”的却很少呢？冯小刚认为，汉语在全世界的电影市场里是“少数民族”语言，外国观众看汉语的字幕、翻译都有困难。这固然是一个原因，甚至是一个很重要的原因。但是，我们更该反思的是，中国电影有为“走出去”而拍摄电影的倾向，为适应外国观众而“削足适履”，结果这个电影更得不到外国观众的认可。然而，同样是电影大国的印度，其电影产量也非常高，平均一天有两部电影甚至更多，但人家并不是把市场锁定在海外，而是锁定在印度本国。

笔者也以为，只有做好本地市场，中国电影才有走出去的可能，而且做好本地市场是根本。众所周知，中国的电影市场很大，是世界第一。只要做好了本地市场，中国电影就能健康地生存。在笔者看来，要做好本地市场，就必须拍摄出为中国观众所喜欢的电影。但是，中国电影的质量却不容乐观，据业界统计，有一半电影拍完就“寿终正寝”，即使公映的国产片的总体状况也是：20%挣钱，20%打个“平手”，60%亏损。在这种电影语境下，中国电影本来就很困难，况且还有“削足适履”者挡住了中国电影“走出去”的路。质量是电影的生命，没有质量保障的电影别说“走出去”，即使在国内也没有市场。笔者以为，中国电影首先应该把质量提上去，然后才能谈到“走出去”的问题。有业内人士建议，在中国电影制作中须遵循“中国主题、世界元素”的原则。是的，中国电影缺少的恰恰是中国文化，更少有震撼人心的大主题。试想，中国电影连中国观众都打动不了，能打动对中国不了解的国外观众吗？质量是电影的生命，质量很差的电影不要说无法走向世界，就是中国的观众也糊弄不了。中国电影“走出去”难，难在提高质量。唯有不断提高电影质量，中国电影才能快速发展，才能走向世界。

70. 激浊扬清是时代和人民对文艺的要求

李君如

党的十七届六中全会提出，要加强文艺理论建设，培养高素质文艺评论队伍，开展积极健康的文艺批评，褒优贬劣，激浊扬清。这里讲的虽然是文艺理论建设和文艺评论问题，但是明确地提出了文艺工作要注意和重视“激浊扬清”问题。对于当前我们所处的文化环境而言，提出这样一个重大的原则问题，是有鲜明针对性的。可以说，这是今天的时代和人民对文艺的要求。

激浊扬清，是时代的呼声。今天的时代是改革开放的时代。新中国成立以来 60 多年时间里，改革开放 30 多年是我国经济社会发展最好的历史时期。同时，我们也必须看到，在我们的社会生活中存在着许多矛盾、问题，甚至很龌龊的东西。这些好的和不好的东西都是社会存在，都会反映到我们的社会意识中来，包括反映到作为观念形态的文艺中来。这样，我们的文艺中势必会出现“浊”和“清”两种现象。因此，问题不在于社会中会出现这样的现象，而在于我们应该倡导什么、反对什么，宽容什么、限制什么。因为，尽管我们面对的社会现实非常复杂，但本质的东西是中国特色社会主义，是改革开放，是现代化建设，是以人为本、全面协调可持续发展，我们的意识形态包括我们的文艺应该多反映这些本质的东西，而不是那些非本质的东西。不然的话，就会影响时代的进步。正是在这样的意义上，我们说激浊扬清，是时代的呼声。

激浊扬清，同时是人民的呼声。在物质生活条件匮乏的年代，人民群众最大的希望是能够吃上饭、吃饱饭。即使在那样的年代，人民群众也希望能够看上一场电影、读几本连环画，能够有健康的文化生活。经过改革开放，人民群众在物质生活条件方面已经大大改善，文化生活的需求也大大提高。我们今天要解决的社会主要矛盾，就是人民日益增长的物质文化需要同落后的社会生产之间的矛盾。所以，我们党的领导人多次说过，贫穷不是社会主义，精神生活贫乏也不是社会主义。这几年，家家都买了电视机和电脑，天天都要看电视、上网、读读书报，有的时候还要听歌会、看电影，年轻人更喜欢去歌舞厅唱歌、蹦迪，文化生活越来越丰富。但是，我们不得不指出，在这些文化活动中，文艺作品“清”者清，“浊”者浊，可谓泥沙俱有、鱼龙混杂。对此，广大群众非常不满意，有的家长还向媒体发出了“救救孩子”的呐喊。因此，激浊扬清，是人民的呼声。

激浊扬清，重点在“扬清”。根据我们党多年抓意识形态工作的经验，对于不好的东西要批评，要反对，但更重要的是要建设好的东西，给广大人民群众提供更多优秀的文艺作品。在这个意义上，我们说：“扬清”本身就是“激浊”。我们高兴地看到，在北京，张凡凡等一批中青年文化人提出了“倡导清新，抵制恶俗”的口号，并在社会中大力推广清新文化，还建立了相关的网站。这件事情，好就好在从理念到行动贯彻了“激浊扬清”的要求。

这里讲的“清新”，首先是一种文化理念。我们在文艺工作中贯彻的是“双百”方针，与此同时，我们强调要坚持“二为”方向。要为人民服务，为社会主义服务，就要给人民群众和社会提供清新的而不是恶俗的甚至腐朽的精神产品。在文艺工作中，有没有这样的理念，直接影响到文艺的方向和作品的导向。

这里讲的“清新”，同时是一种文化风格。从古到今，文艺界都有人在倡导“清新之风”。有的把“清新”解读为“典雅”，有的解读为“淡雅”，有的解读为“率真”，有的解读为“自然”，这些解读哪种更准确，学界尽可讨论，如果从它的反面来考虑，也许更能够说明问题。也就是说，“清新”意味着不庸俗、不晦涩、不矫揉造作、不无病呻吟。我们的文艺，应该提倡这样的风格。

当然，倡导清新，抵制恶俗，不能导向排斥“俗文化”，重蹈历史上出现过的“贵族化”的或“亭子间”式文艺的覆辙。毛泽东在延安讲过“阳春白雪”与“下里巴人”的问题，我们的文艺既然是为人民的，就要用人民群众喜闻乐见的形式反映人民群众的生活。用今天的话来说，我们的文艺必须“接地气”。也就是说，“俗”非“浊”。发展面向现代化、面向世界、面向未来的，民族的科学的大众的社会主义文化，才是真正的“清新”，才能不脱离群众。

总之，我们的文艺要“无愧于历史、无愧于时代、无愧于人民”，这是党的十七届六中全会决定对我们提出的要求。

71. 请尊重观众的权益

涵今

近来，有关收视率造假的新闻连续见诸报端。据北京一家媒体报道，一个多月前，中视丰德董事长王建锋遇到一件奇怪的事，公司参与的新疆卫视《热播剧场》在新疆本地的收视率很低，但有一天他接到一位姓邓的人的电话，自称可以快速提升收视率，而且还痛快地传来了署名“某文化传播公司”的合同。王建锋吃惊地发现，这份合同对“合作内容”进行了详细的明码标价：收视率到 0.8，每集 3000 元；到 1，每集 4000 元；到 1.4，每集 6000 元，封顶每集 7000 元……

对于各电视台来说，所谓的收视率，也许真的是争夺市场的一大法宝，所以好多地方卫视不惜造假，来让收视率被提高。说到底，无非是受利益驱使，想通过提高收视率的方式，来扩大本台的影响，多吸引一些广告商，最终达到创收的目的。

电视台追求经济利益并没有错，但总得遵守行业规则，更得尊重观众权益吧？收视率明明体现观众的普遍态度，电视台为何要去造假，甚至因此收买样本户，公然剥夺他们的权利呢？而那些千挑万选出来的样本户，竟然为了一点蝇头小利，便放弃原则和立场，乖乖听从电视台安排，叫其看谁的台就看谁的台，无疑也是令人遗憾的。

也许，有关方面要着手查处或警告某些地方卫视造假提高收视率的行为了。这当然是必须的。但问题是，这样做的效果会如何，能遏制住某些地方卫视的冲动，从而彻底杜绝类似的造假行为吗？而且下一步，又该如何保证所统计出来的收视率绝对准确呢？仍然依靠原有的办法，恐怕不容乐观。

其实，相当多的观众从来就没搞清所谓的收视率究竟是怎么弄出来的，也可以说，根本就没把收视率当回事。从某种角度讲，收视率只是各电视台自娱自乐的一项游戏而已，对观众来说，并无实质性意义。因为，并不全面的抽样调查方式，原本就代表不了广大观众的真实意见表达。现在是知道了某些样本户被电视台买通，配合造假，过去不知道的呢，谁能说他们就百分之百清白，完全反映实际收视情况了？对于广大观众来说，看电视选择什么台、什么频道、什么节目，根本不会受收视率影响，而是完全凭自己的喜好决定。由此来说，式微的收视率早已不为观众们稀罕，既然如此，某些地方卫视造假让收视率被提高，也只不过是为了吸引眼球而已。

72. 李雪健为我们上了生动的一课

毕兹

9 月 25 日，在第十二届精神文明建设“五个一工程”表彰座谈会上，著名演员李雪健作为电影作品获奖代表发言，他的发言出自肺腑，朴实生动诚挚，打动了全体与会人员，赢得经久不息的掌声。

李雪健以塑造电影《杨善洲》中的主人公而获奖。他介绍了自己塑造杨善洲形象的体会和收获。他说，最初电影制作方邀请他出演杨善洲时他未加犹豫满口答应。因为此前他刚好收看了杨善洲事迹报告会，被这个人物深深感染和感动，当时就有强烈的塑造这个人物的艺术形象的愿望。但是，答应饰演杨善洲后，他又产生了疑惑：世界上怎么会有这样好的人呢？他是带着疑问到杨善洲工作生活的地方去体验生活了解人物原型的。这一番深入生活，李雪健下足了功夫。他首先全面了解了杨善洲是个什么样的人，做了什么样的事，是一个什么样的思想境界。杨善洲的家人、当地的干部、特别是广大的人民群众对杨善洲的描写、介绍、评价，他所做的各种各样的大事小情，表明杨善洲是一个真正的纯粹的共产党员。这是一个真实的人物。当地的儿歌民谣为杨善洲留下了不朽的口碑：“家乡有个小石匠，当官退休福不享。栽树二十年，荒山披绿装。造福子孙千万代，为民服务永不忘。活到老，干到老，富翁他不当。当什么？当个共产党。”李雪健被杨善洲的事迹深深打动，被那些传颂杨善洲事迹的民谣打动，他确定杨善洲的事迹是真实的、伟大的。他确定，演员饰演模范人物要求真求善才能进而求美，不能以假代真。这时候，他为自己当初怀疑这个人物的真实性而感到羞愧和耻辱，他下决心玩命也要把这个人物演好。他开始深入到这个人物的精神世界，深入到他生活的一切可能的细节中去，并总结出这个人生命中的思想和性格的闪光点：他是一个纯粹的共产党员，他一辈子都在做一个合格的共产党员，一辈子都在践行入党的誓言；他牺牲了无数小爱却对人民有无比的大爱。李雪健竭尽自己的艺术才华，把杨善洲这些伟大的品格栩栩如生地塑造出来。《杨善洲》公映以后，引起了广大观众强烈共鸣，不仅票房过亿，李雪健本人也因此获得第 19 届北京大学生电影节最佳男演员奖，这次又获“五个一工程”奖，许多年轻观众被他饰演的杨善洲感动得热泪盈眶。

李雪健的收获还不仅如此，他庆幸自己是一位演员，有机会饰演多种多样的人物，并借人物传达思想，张扬善良，抵制邪恶；有机会塑造了焦裕禄、杨善洲这样的人物，并像他们那样活了一把，边演边学，经历了灵魂的净化和升华。他从这些人物原型身上学到了如何坚守理想和信念；学到了要从一点一滴做起，做名副其实的演员，认认真真做戏，清清白白做人，为繁荣祖国的文艺事业，努力向上，永远追求；学到了一辈子忠于党的事业，一辈子全心全意为人民谋利益，做真正的人民的艺术家。

十余年前，李雪健在拍片中查出癌症，他直面死神，边治疗边工作，完成了《中国轨道》创作，此后，又在化疗后复出接拍《至高无上》《横空出世》《杨善洲》等作品，每一部作品都像《杨善洲》那样付出了巨大的心血。他用光彩照人的艺术形象诠释了自己的追求。他的《杨善洲》创作感言昭示了信仰的力量，昭示了我们的文学艺术必须把人民两个大字书写在我们的旗帜上，坚持以人民为中心的创作导向，在人民中生根、发芽、开花、结果，才能无愧于时代、无愧于人民、无愧于祖国。

李雪健为广大文艺工作者上了生动的一课，他就是我们身边值得尊敬、令人敬佩的践行“爱国、为民、崇德、尚艺”的文艺界核心价值观的楷模。

73. 望子成龙不如望子成人

聂冷

我们中国人重视家庭教育，可谓由来久矣。《三字经》里就写着，“养不教，父之过”，说明我国国民自古以来就认为，父母教育子女的责任是天经地义的。没有教好子女，父母就有过错，理应受到谴责，甚至惩罚。至于父母培养子女美好德行的优良典范，也自古以来就多得很，例如著名的孟母三迁、曾子杀猪、岳母刺字等等，可见中国人的家教实践和学说，确实自古以来就丰富得很。但令人遗憾的是，当今许多中国人的家教观念和实践，却不仅没见多大长进，反而频频失误，有的甚至还不如我们的祖先高明。其中最为普遍和最为突出的一个问题，便是对孩子期望过高。正如老一辈文学大师梁实秋先生在戏谑当年的某些痴心父母时所言：“孩子才能骑木马，父母便幻想他将来指挥十万雄师时之马上雄姿；孩子才把一首小曲哼得上口，父母便幻想他将来喉声一啭彩声雷动时的光景；孩子偶然拨动算盘，父母便暗中揣想他将来或能掌握财政大权，同时兼营投机买卖……”

事实正是如此。因为“望子成龙”，许多家长不惜付出高昂的代价，请家教，拜名师，求经典，甚至对孩子进行“威逼利诱”、“拔苗助长”、“鞭打快牛”……与此“魔鬼教育法”相应的是，许多痴心家长为给前景光明的“龙子龙孙”当好“后勤部长”，往往对孩子百般溺爱，正所谓“含到嘴里怕化了，捧到手里怕摔了”，举家围着孩子转；从物质到精神一概对孩子百依百顺，不仅孩子要啥给啥，而且服侍得饭来张口，衣来伸手；致使孩子自小铸成了以“我”为中心的极端自私心理，并且导致孩子除了应考，什么都不会做，极大地弱化了孩子的体质和独立生活能力。据报道，一名刚入校的大学生，把穿过的衣物寄回家中，让奶奶洗净后再寄来；有一个初中生，出钱雇同学替他做值日；有个住校高中生，父母为免他洗刷之劳，竟在被子上套了四层被套，半个月拆一条，由母亲定期取回去洗……这样培养出来的孩子，将会变成什么样子就可想而知了。

尤其值得注意的是，某些“神童”一时的“成功”，更大限度地吊起了其他家长对子女的期望，从而导致蜂起仿效。前些年有一对四川夫妇写了一本《哈佛女孩刘亦婷》，炫耀他们的女儿考上哈佛大学，据说眨眼工夫，该书就销出了一百多万册，原来许多父母要照着书本如法施教。其实，绝大多数的孩子成不了“神童”，也不是所有孩子都有考上哈佛的机会。对于绝大多数人来说，盲目的仿效，不仅难达目的，而且必将使“魔鬼教育法”的危害变得日益深重和广泛。

其实，无论天下为人父母者“望子成龙”的愿望是何等的迫切，最终能够出人头地，甚或当上总理、部长、将军以及明星大腕的总归是少数，大多数都要成为普通公民。也就是说，大多数孩子的父母最终还得接受孩子当普通公民的客观现实。因此，窃以为与其不切实际地“望子成龙”，还不如踏踏实实地望子成人。望子成人，就是把培养孩子的目标首先放在当好一名对社会有益的普通公民上。一个社会不能光有管理者，没有生产者；也不能光有英雄豪杰，而没有平常人士。只要孩子长大后能够自立，并在自力谋生的同时，自然而然地为社会做出他力所能及的贡献，应该说他就是一个社会所需的人才。为人父母者如果能为自己的孩子成为这样的人才而感到宽慰。

因此，家长们与其枉费心机，不切实际地依照自己的主观愿望去塑造孩子，还不如顺其自然，因势利导为妙，也正如著名教育家陶行知先生早在上世纪 20 年代就曾经主张的，要“解放孩子们的手，让他们尽情去玩；解放孩子们的脚，让他们到处去跑；解放孩子们的脑，让他们自由去想；解放孩子们的嘴，让他们随意去唱去说。”

74. 给“赶场”演员提个醒

邑生

近日，某著名演员乘坐的飞机延误，导致其主演的话剧晚点两个半小时才开演。演出结束后，该演员突然下跪向观众道歉。此事引起热议，有人称该演员是真性情，有人则称其故意打煽情牌。但无论如何，笔者认为，下跪致歉的行为本身应该说还是显出了该演员的诚意。但是，造成演出推迟事故，真的只能抱怨飞机晚点么？恐怕未必。

据报道，这场在郑州的演出本计划于晚上 7 点半开始。该演员定的是中午 12 点 10 分的航班，计划在下午 1 点 50 分到达该市。但正所谓“人算不如天算”，飞机“由于天气原因”（航空公司语）一迟再迟，从上午 11 点时候通知下午 3 点半才能起飞，到下午 4 点多才登机，又直到晚上 7 点多才起飞，到达郑州已经接近晚上 10 点。对于该演员和该场话剧而言，演出效果怎么样，没有报道，我们不得而知，但可以肯定的是，该演员的一跪已经抢了所有媒体的眼球，掩盖了演出的所有光芒，抑或问题。而这些问题中最大的一个就是演员“赶场”已成当下演艺界的常态。

当前，一些演员的档期排得很满，演出一个接一个，时间上也都分秒必争，赶场吸金几乎已司空见惯，经常是下飞机就直接上台，演完又立刻赶赴机场。这中间，不可避免地遇到一些意外因素，例如航班延误等，导致演出推迟等事故发生。同时，演员的演出状态也难以保证。更重要的是，这种赶场，忽略了演出中一个重要的环节，即正式演出前的走台和熟悉场地。事实上，一场成功的演出绝不仅仅是靠台上的一两个小时来保证的。由于各个演出场所条件千差万别、各地观众欣赏习惯各有不同等因素，演员在台上要营造良好的剧场效果，演出前的功课一定要做到位，才能得心应手。而如果总是掐着时间赶场，就难以做到这一点。这当然不是专门针对郑州这场演出中的这位演员而言，更应当看成是对一些演员的一个善意的提醒。

也许有人说，这部话剧已经演了多年，非常经典，这位演员也已经演了多年，非常有经验，类似于熟悉场地等小事早都不需要了。但一部剧之所以经典，就在于保持基本面貌的同时，能根据不同演出情况特别是观众情况做适当调整，以达到更好的演出效果和观众口碑，这不仅要求整个剧组要做到，也要求每个演员要做到。从观众角度来说，花钱进剧场，更希望看到的，也是这样一部既能引发大众心灵共鸣，又适合他们特定欣赏口味和习惯的剧目。我们从演员的下跪向观众道歉可以看到她的诚意，但推而广之，这份诚意，如果能用到提早到场、熟悉舞台、精心准备，从而为观众奉献一场精彩的演出上，似乎更好。

75. 为“欣赏片尾”索赔，钱少意义大

针未尖

最近，成都观众蒋女士到一影城看电影，欣赏片尾曲时遭影城吆喝“驱赶”，这让她非常尴尬，“片尾曲是一部电影的重要组成部分，影院有责任让观众欣赏完整的影片”，吆喝她走损害了观众正常、完整观看电影的权利。为此蒋女士要求影院道歉，并据成都市平均工资标准，赔偿她交涉此事所浪费的 3 小时误工费，共 48.3 元。而影院愿道歉，但拒绝赔偿。

有网友定性蒋女士的索赔行为是小题大做，笔者不敢苟同。想听片尾曲，却听到“驱赶”声，换作其他人，想来也会扫兴和窝火。而且，观众买了票，就有权利完整地看完一部电影。现实中，也有不少观众是愿意看完字幕、听完片尾曲再走人的。

问题的关键恰恰是，如今有很多影院，把播放片尾的时间也算进转场时间，也图省时间、省成本、减少机器损耗，还能多排场次，这已成为一种行规。所以片尾音乐一响，甚至还没等片尾字幕出现，影厅内就灯光大亮，无言地“催促”着观众赶紧离场；一些影院的工作人员甚至直接招呼观众散场，保洁人员也入场开始收拾垃圾，观众只能一走了之；更有甚者，一些影院干脆掐掉片尾，以缩短放映时间，多排场次或多放映广告，却让观众错过了为续集埋下的伏笔或展示趣味花絮的“彩蛋”。

可以说，上述做法侵害了消费者权益。观众购票看电影是一种消费行为，与影院形成了合约关系，在合约期间，影院必须提供完整的服务，保证消费者愉快观影。就像面对一份美餐，老板能阻止食客连汤带汁地吃完吗？从这个意义上说，观众可以选择不看片尾字幕、不听片尾歌曲，但影院却无权剥夺观众正常、完整地观看一部电影的权利。否则，消费者可以就此提出赔偿，甚至可以通过法律途径维护自己的合法权利。

影院变相剥夺观众欣赏片尾的权利，也是对创作团队的不尊重。片尾曲等音乐创作，对电影来说不可或缺，起到升华主题等作用。片尾曲还没响起就亮灯，会破坏电影的完整性，影响整部电影的品质。而片尾字幕，就是要告诉观众所有幕后团队为一部电影付出的劳动，导演黄建新曾说，“最普通的司机和茶水都会加进字幕，这是一种尊重”；而提前亮灯或掐掉片尾，便是不尊重电影创作者的劳动成果，会伤害他们的创作积极性。

由此观之，蒋女士为“欣赏片尾”而索赔，钱少意义大，是消费维权意识的觉醒，是社会文明进步的表现。如果能唤起影院尊重观众、尊重电影创作者的意识，

则善莫大焉。这起纠纷同时也提醒其他影院，加强法律意识和服务标准，像国外影院那样，等片尾曲和字幕播完后再亮灯，给观众一部完整的电影。毕竟，观众是电影行业的衣食父母。

76. 图书再版何需改名

万阅歌

近日，桐华的《被时光掩埋的秘密》以新书名《最美的时光》再版，部分铁杆书迷因书名更改，对新书产生了异议。网友纷纷在微博上发帖质疑、吐槽，“为何改名？还是原来的书名好”。

《被时光掩埋的秘密》是桐华几年前的作品，为了再版，她除了对书名进行修改,还增加了几万字的全新内容。针对部分铁杆书迷抵制新书名《最美的时光》,桐华表示可以理解，但不会再将名字改回去。“我完全能理解他们的感受，说明他们都是很专情的人，也是珍惜所拥有的人。那才是他们最初的感动和美好的记忆，无形中我的确剥夺了他们最初的记忆，所以我应该对他们说一声抱歉。”然而,桐华在致歉的同时也一再强调,从我们的理智考虑与分析来说,《最美的时光》这名字更贴切。不管加印还是再版，都会保持此名字。

看得出来，桐华还是重视读者感情的。否则，她不会因为更改书名而向他们说抱歉。但是，桐华同时表示不会妥协，将坚持使用《最美的时光》这一新书名，则又让人感到遗憾。

既然知道读者们“很专情”，对《被时光掩埋的秘密》已有“最初的感动和美好的记忆”，为何还要执意更改书名，剥夺他们“最初的记忆”呢？书作为文化产品，不同于一般的消费品，尤其是读者是有眷恋感的，对于一部刻骨铭心的著作,读者更是如此。既然喜欢上了,当然不允许再被改动——尤其是具有“符号”意义的书名。改了名字，读者会觉得那不是原来的作品。同时，对于很多不知实情的人来说，还可能以为是一部新作品。

旧书再版，内容确实可以改动，以求尽善尽美。但改动应有分寸，更要有局限性,而不能什么都下手。改得面目全非,那还是原著吗？尤其书名是不宜改动的。一方面，在文学界以及出版界，并未形成图书再版时更改书名的惯例，这也表明了业内的态度；另一方面，图书再版时更改书名，还涉及误导读者的问题。书名是一本书的灵魂，具有“专一”属性，不应该朝三暮四，想改就改。否则，岂不乱套？

前不久，电视台对重播剧乱改名的现象，引起了舆论关注与质疑。很多人指出，电视台对重播剧乱改名，既是对原作者的不尊重，也是对观众的不尊重，更是对相关规定的不尊重。尤其是同一部电视剧，在不同电视台、不同时期播出时“同貌不同名”，说轻点是让观众糊涂，说重点就是愚弄观众，甚至可以说是欺骗。而图书再版时更改书名，与此何异？不也是在玩“文字游戏”吗？

当然，作为一本书的名字，不同的人有不同的理解。包括作者本人，等书出版后忽然发觉书名还可以起得更好一点，这也是很正常的，但作者不能只顾一己之私，而不顾广大读者，再版时对原著改名。如果是改拍影视剧，可以改名，但再版图书，则不可以。弄不好，会给大家“新瓶装旧酒”的感觉，这就好比药商将同一药品换个名称冒充新药品，以达提价目的。这样做行吗？显然不行！

77. 艺术家：请多考虑下你们作品的受众

——由韩啸整形艺术行为说起

林子

日前，一个名为“手术：韩啸行为艺术展”的艺术行为在济南韩氏整形美容医院上演。艺术家兼整形医生韩啸在不到一个小时的时间内，与在场观众和媒体一同见证了一台丰胸手术实施的全过程。不时的笑声、歌声与娴熟的手术技巧、被手术者的轻松共同消除了人们对于整形的神秘感。而由于众多媒体的参与报道与现场大屏幕直播手术的方式，也在社会上引起广泛讨论。

我们暂且撇开这种手术行为是否属于艺术范畴的争论，也不谈这是否就是商业广告的噱头，单就这个整形行为过程公开的做法而言，倒是具有西方当代艺术的诸多特征。我们知道，西方当代艺术与西方现代主义的最大区别就是打破“区隔”，将艺术生活化和生活艺术化，提倡人人都是艺术家。从这个角度看，整形手术的公示不仅满足了人们对于整形的好奇心，而且其整形行为的科学性被很好地诠释了出来。也正因为这样，行为作为一种艺术形式以一种新的形态更好地趋近了大众。当然这种向大众开放的心态，不仅局限在当代艺术领域，即使是传统艺术，如国画、油画，也不断尝试从小众走向群众，大有形成全民追捧之热潮。

中国美术馆作为展示中国美术成就的最高殿堂，每年承接的展览以百千计，有时一天开幕的展事就好几个。看着工作人员忙活着摆椅子、不停地更换招贴广告牌，大爷大妈们排队领画册，冒充记者的会虫充斥其中，真不知道这是不是也算美术走向大众的一种佐证？令人更加不可思议的是，一些画家不甘寂寞，甚至将展览的宣传广告布满大街小巷的公交站牌，引得圈内外人士惊呼，艺术终于走出殿堂走近寻常百姓。可笔者想问的是，这种走向大众的方式真的可取吗？试想，不管一个美术展览的宣传攻势如何猛烈，恐怕通常一周的展期所能吸引的参观者，也不及“超女”李宇春一场两个小时演唱会听众的一半吧？换个角度说，人的精力终归有限，如果时常挂念着展览的规格（展览的主办单位级别和参观展览的领导级别高低）与展览的宣传（铺天盖地的广告），那么到底还能剩下多少时间来思考艺术的问题，又有多少心思关心展览作品本身的质量呢？

当然，我们并不能对这种热衷向公众靠近的行为一棍打死，即便有低调的艺术家担心，美术并不该成为大众饭桌上的话题，言外之意是，过多的关注对美术本体的发展并非有利。可事实上，比起那些沉迷于小圈子，只知阳春白雪、自我表现、生怕别人读懂自己的美术家而言，让美术贴近大众、走近大众应是其发展的必然趋势。只是在这种过程中，想成为行业明星者与孤芳自赏者都不能不反思，他们到底为何而创作，或者说，是不是该更多考虑下自己作品受众的感受?

美术作为一种视觉艺术，往往具有很强的个人性，但美术展览或艺术行为作为一个公开展示的交流形式，势必涉及众多参观者，而任何一个美术家的声名鹊起或一个展览产生影响,最终依靠的就是那些普通参观者的认同。所以,笔者建议，少在场面上下工夫，多在质量上做文章，少考虑形式花样，多顾忌受众感受。

2011.12.30
星期五
辛卯年腊月初六
第1098期
本期16版
中国文艺网网址
www.cflac.org.cn

中国艺术报

中国文学艺术界联合会主管主办

国外发行代号
D3375
国内统一刊号
CN11-0241
邮发代号
1-220
新闻热线
(010)64810159
每周一、三、五出版
零售价0.70元

文艺·回眸

中国文艺2011大事盘点

2011年，文艺界热闹纷繁，大事喜事不断。本报特为读者盘点出年度中国文艺十件大事。

一 中国共产党第十七届中央委员会第六次全体会议召开

10月15日至18日，中国共产党第十七届中央委员会第六次全体会议在京召开，审议通过《中共中央关于深化文化体制改革、推动社会主义文化大发展大繁荣若干重大问题的决定》，对文化改革发展进行了战略部署，充分体现了党对所肩负的历史使命的深刻把握、对国内外形势的科学判断、对文化建设的高度自觉，是当前和今后一个时期指导我国文化改革发展的纲领性文件。中国特色社会主义文化建设由此开启了新的航程。

3月发布的《中华人民共和国国民经济和社会发展第十二个五年规划纲要》中，正式提出“推动文化产业成为国民经济支柱性产业”。

二 中国文联第九次全国代表大会、中国作协第八次全国代表大会举行

11月22日至24日，中国文联第九次全国代表大会、中国作协第八次全国代表大会在京召开。党和国家领导人胡锦涛、吴邦国、温家宝、贾庆林、李长春、习近平、李克强、贺国强、周永康出席开幕式。胡锦涛总书记发表重要讲话，充分肯定了文艺工作取得的巨大成就，深刻阐述了文艺在全面建设小康社会、坚持和发展中国特色社会主义、实现中华民族伟大复兴中的重要地位和作用，从党和国家事业发展全局的高度，进一步阐明了新时期文艺工作的基本要求和主要任务。孙家正连任中国文联主席，铁凝连任中国作协主席。

除2011年中国文艺十件大事外，本报在今日3版、6版、8版就影视与表演艺术、视觉艺术、文学与出版领域的重点、热点事件及关键词进行了全面回顾与盘点，图为以上诸版样图，敬请关注。

三 围绕庆祝建党90周年开展系列主题性文艺活动

2011年是中国共产党成立90周年，围绕庆祝建党90周年，文艺界开展了一系列主题性文艺活动，推出了一批优秀文艺作品。

7月1日，由中宣部、文化部、国家广电总局、解放军总政治部、北京市联合举办的大型文艺晚会《我们的旗帜》在北京人民大会堂举行。中国文联和各团体会员主办的庆祝建党90周年系列主题性文艺活动特色鲜明。中国文联组织艺术家相继奔赴井冈山、大别山、沂蒙山进行采风慰问革命老区行活动。6月12日至19日，“百花芬芳·党的旗帜高高飘扬主题系列演出”在北京举行。中国文联和各全国文艺家协会还举办了小戏小品专场献礼演出、革命历史题材电影回顾创作研讨会、建党90周年全国美术作品展、“向党报告——庆祝中国共产党成立90周年曲艺演出周”、“人间正道是沧桑”摄影展、共和国部长将军书法展、全国杂技精品节目展演、优秀电视文艺节目推选及研讨会等活动。各地也围绕庆祝建党90周年策划开展了众多丰富多彩的文艺活动。

四 “送欢乐、下基层”公益性惠民文化活动持续开展

“送欢乐、下基层”是中国文联主导开展的一项公益性文化惠民活动。1月26日，中宣部在京召开迎新春走基层、送欢乐下基层座谈会。中共中央政治局委员、中央书记处书记、中宣部部长刘云山出席会议并讲话。中央宣传文化部门和单位负责同志，新闻工作者和文艺工作者代表出席会议，对迎新春走基层、“送欢乐、下基层”给予高度评价。

2011年元旦春节期间，中国文联进一步开展“送欢乐、下基层”活动。1月7日至8日，中国文联赴贵州遵义“送欢乐、下基层”，广大艺术家向革命老区人民表达深情慰问。1月26日至27日，中国文联组织艺术家在四川成飞集团和绵竹灾区开展慰问，表达对航天人的敬意和对伟大抗震救灾精神的礼赞。此外，中国文联还和所属各全国文艺家协会、各地方文联组织广大文艺工作者，分赴革命老区、革命纪念地、少数民族地区、受灾地区、大型国企进行了多场慰问活动。

8月以来，中国文联将“送欢乐、下基层”活动与“走基层、转作风、改文风”紧密结合起来，组织精干小分队深入到基层为群众送去优秀精神食粮，切实让他们共享文化发展成果。

五 表彰第三届全国中青年德艺双馨文艺工作者

6月20日，第三届全国中青年德艺双馨文艺工作者表彰大会在京举行。中宣部、人力资源和社会保障部、中国文联共同授予54名艺术家“全国中青年德艺双馨文艺工作者”荣誉称号。中共中央政治局委员、中央书记处书记、中宣部部长刘云山出席会议并讲话。他强调广大文艺工作者要始终坚持社会主义先进文化前进方向，在推动伟大事业的历史进程中积极进行文化创新创造，在服务人民群众的艺术实践中倾情奉献自己的聪明才智，努力做崇德尚艺、德艺双馨的社会主义文化建设者。表彰大会全体代表发出了《弘扬德艺双馨精神　推动文化大发展大繁荣》的倡议书。

此次评选表彰活动是文艺界深入贯彻实施人才强国、人才兴文战略的一项重要举措，也是对三年多来文艺队伍思想道德素质和精神风貌的一次集中检阅，对于团结激励广大文艺工作者进一步弘扬崇德尚艺的良好风气，更加自觉主动地推动社会主义文化大发展大繁荣具有重要意义。

>> 下转第2版

中华民族文明影像志和民族摄影人才培养工程启动

本报讯（记者　郭青剑）　中国摄协12月28日在京启动中华民族文明影像志大型工程和少数民族摄影人才培养工程。这是记者从当日举办的中国摄协2011年新闻媒体答谢会暨中华民族文明影像志大型工程和少数民族摄影人才培养工程新闻通气会上获悉的消息。

作为贯彻落实党的十七届六中全会和第九次全国文代会精神的重要举措，中华民族文明影像志大型工程和少数民族摄影人才培养工程得到中国文学艺术基金会大力支持，由中国摄协理论研究部和北京摄影函授学院具体实施。前者旨在为我国各民族文明留存系统影像资料，计划于三年内，以我国各民族文明为表现对象，以摄影为主要表现手段，组织各民族摄影师与民俗专家考察、记录并整理我国少数民族的生活、生产、文化等，以出版物和数字档案等形式对其进行资料保存，以展览、网络展出等形式对其进行传播。后者拟依托中国摄协的丰富人才资源，在三年内培养200名左右少数民族群众自己的摄影骨干人才，团结带领他们立足于本民族，用手中的相机记录下本民族文化、经济和社会的发展。这两项工程的实施将为促进民族地区文化发展繁荣，为推动民族团结进步事业作出积极贡献。

中国文联党组成员、书记处书记兼中国摄协分党组书记李前光出席答谢会暨发布会并致辞。中国摄协、中国文学艺术基金会领导王郑生、郭希敏和中国文联理论研究室相关处室负责人出席活动。

西藏文联庆祝成立30周年

本报讯　12月23日，西藏文联成立30周年座谈会在拉萨举行。西藏自治区党委常委、宣传部部长崔玉英，自治区政府副主席多托出席。座谈会由在当日上午召开的西藏文联四届五次全委会上新当选的西藏文联主席扎西达娃主持。

崔玉英对西藏文联成立30年来西藏文艺事业的发展成就给予充分肯定。她说，西藏文艺繁荣发展迎来了新的春天，全区广大文艺工作者一定要紧抓机遇，努力推进全区文艺事业实现新的更大发展；各级文联要科学谋划，真抓实干，为推进西藏跨越式发展和长治久安作出新的更大贡献。

西藏自治区党委宣传部副部长、西藏文联党组书记沈开运回顾总结了西藏文联成立30年来西藏文艺创作取得的丰硕成果。

西藏文联各文艺家协会、各地市文联部分负责同志，老中青艺术家代表在会上发言。（何见远）

农民工晚会展现农民工风采

本报讯（记者　吴月玲）　12月28日，文化部联合国务院农民工工作联席会议办公室，在北京奥林匹克体育中心体育馆主办了“温暖之春”——2012慰问全国农民工春节晚会。晚会让农民工走上舞台，充分挖掘与发挥农民工的智慧，成为农民工倾诉情感、表达诉求、展现才华的平台。广东省东莞市塘厦镇打工音乐创作基地的农民工歌手带来了《快乐打工的男孩女孩》等歌曲，来自安徽的草根歌手“菜花甜妈”演唱《送你葱》，公益学校“百年职校”的百名农民工子弟合唱《相信爱》，小品《寻家短信》、儿童舞蹈《流动娃》等都反映了农民工最真实的情感和故事。4000多名各行各业的农民工代表到现场观看了演出。晚会春节期间将在中央电视台播出。

>> 图片新闻 <<

中文版《妈妈咪呀》上海“梅开二度”

12月28日拍摄的中文版音乐剧《妈妈咪呀》演出剧照。

当晚，《妈妈咪呀》在上海文化广场拉开第二轮贺岁演出的序幕。据统计，中文版《妈妈咪呀》在半年不到的时间里已完成在上海、北京、广州等地的近160场演出，票房突破5500万元，吸引观众逾18万人次。

新华社记者　任　珑　摄

启　事

因元旦放假，本报2012年1月2日停刊一期。祝广大读者新年愉快。

艺象杂言

民间，又出了个“诗人保安”

□ 乔燕冰

“苏大学生们显然被这个‘西门大叔’给震了！”近日，有关“西门大叔”的惊叹与争议遍及网络。“西门大叔”是每天站在苏州大学本部西校门，检查车辆、指挥交通的一名保安叔叔。然而，另一个与他看似极不相称的身份——诗人，不仅让公众目光迅速聚焦于他，也引爆了有关“诗人保安”是否是励志故事的合适素材的强烈争议。力挺者将“诗人保安”视为当下浮躁社会的励志活教材，反对者则或称“诗关别才”，我们不需要这种“神话”，或质疑其成就的真伪及其曾获奖项的含金量。冷眼旁观，我们也许该从中思索些什么。

在这个连芙蓉姐姐都可以以成功瘦身作为极大噱头，华丽转身为“励志女神”的时代，一个笃志于文学梦的保安诗人何以不能催人奋进？想来上述质疑不免牵强甚至残忍。然而，即便我们将“诗人保安”奉为励志典型，就是给予他足够的肯定与应有的尊重吗？将“诗人保安”作为励志典型是否潜藏着某种深沉的意味？

虽然以打工文学为代表的底层文学似乎正在艰难地为草根世界的文化撑起一片天，虽然以网络为代表的大众书写呈现前所未有的上升趋势，并正在改变着原有的话语建构，但是，正如人们用“底层文学”去定义来自农民工等群体的创作一样，文学艺术深居庙堂根深蒂固的意识长期以来天然地拒斥草野民间。对于文艺，似乎精英往往可以随意把玩，草根却难以真正“染指”。精英把持话语霸权的传统，在庙堂与草野、精英与草根之间划开了难填的无形沟壑。

由此，走进公众视野持有话语特权的知识精英，往往容易在远离现实中任凭创作源泉的干涸，甚至可能只能用他们孤悬困惑的虚构人生生产出虚假而粗鄙的文艺作品。那里找不到陶渊明“采菊东篱下，幽然见南山”的生活质感，看不到公孙大娘舞剑弄墨的姿律情韵。因此在西单女孩、旭日阳刚等曾经一夜爆红的事件中，人们除了感佩他们与生活艰难抗争却不舍追求之外，那缕来自地表层的气息，潜隐却强烈地刺激着人们快要麻木的神经。那种生命的脉动也许才是文艺最本真的东西。而可怕的是，我们常常对此并无察觉。

“中国散文家协会会员，红袖添香等文学网站的签约作家，曾获得过中国鲁迅奖和路遥文学青年奖，发表诗歌散文30余万字……”这些相关描述如果放在一个知识群体中的一员身上定然毫无新奇，而与一个以每天连续值勤12小时为生的37岁保安相联，就立即变得不可思议，变得具有轰动效应，就会引起人们对于这位诗人“传奇”性的好奇、围观、感动甚至震撼，以及随之而来必定会有的种种习惯性质疑……这就是当下人们对“草根”的认知，这就是当下人们对诗、乃至文艺的认知。

我们也许不必将“诗人保安”奉为励志典型，因为这种追捧也许不仅打扰了诗的生成，也暴露了“诗人不属于保安，保安不属于诗人”的潜在的卑微预设；我们也许也不必质疑其获得的中国鲁迅奖(?)和路遥文学青年奖是否属实，因为在辗转多所城市，跋涉于建筑工人、工厂操作工等艰苦谋生的角色中，还能对诗矢志不渝，这本身也许已是一首深刻的诗。

“其实每个人本质上都是一位诗人”，西方哲人的这句话可以有多种理解，但它也许是以告诉我们，当下我们与诗渐行渐远的悲哀，不是因为我们一生不能去开发内在本有的诗的潜质，而是源于我们缺少一种心境，这种心境包括相信诗、相信努力。

《中国艺术报》版式赏析

2011 年 12 月 30 日

第 1098 期

78. 作家个人“建馆热”的冷思考

针未尖

据报道，最近，“鬼才作家”魏明伦在四川安仁古镇建了一栋二层洋楼，明年元旦展现他自己文学轨迹的个人文学馆就要在此开张。在当下的作家“建馆热”中，魏明伦已算起步较晚。早在2006年9月，贾平凹文学馆就正式建成并对外开放；继贾平凹之后，陈忠实文学馆于2007年初也在西安开门迎客，而莫言文学馆则于2009年8月在山东高密盛大开幕……接下来，听说贾平凹还准备在贵州开设一个分馆，又有风传其家乡商洛的“贾平凹作家村”筹建，投资造价相当惊人。

以往，建设作家个人文学馆，一般都是在著作等身的作家百年后，由后人或有关部门筹资建设，以示学习和纪念，比如上海的鲁迅纪念馆、巴金故居、丰子恺故居等。然而，这些处于创作盛年的在世当代作家，何以也出现了个人文学馆的建设热潮呢？

一些知名作家希望借建馆之机，来反映自己的文学创作历程，传播自己的文学思想，出发点自然良好。但是，在向广大文学爱好者展示作家的个人作品，以及与作家创作过程有关的手稿及相关影像资料时，多多少少也反映出这些创作历程还在继续的作家有些“操之过急”，有网友说，建个人文学馆，不应是在世作家个人的私事。

当然也有不少作家明白建文学馆不是个人私事，但又囿于“家乡盛情难却”，不得不答应家乡政府建个人文学馆，比如莫言。近年来，为了开发旅游，不少知名作家的家乡打起了作家的主意，以作家个人名义建设文学馆，便是一招。建设作家个人文学馆，显然胜过违规建设高尔夫球场之类，由政府出面兴办作家个人文学馆，公众不一定会天然地反对。

但问题是，在前前后后的运作过程中，一些作家个人文学馆，最终只是地方政府开发旅游的炒作工具，建设时轰轰烈烈，建设后冷冷清清，真正能够吸引人参观，或者便于人们参观的文学馆并不多，“被家乡绑架”的作家对馆内陈列、场馆现状等都没有太多的话语权。这就显然并非作家个人文学馆的建设初衷了。

在笔者看来，在世作家个人文学馆还是慎建为好。对于已建的在世作家个人文学馆，政府、社会及媒体也应多多“广而告之”，以让更多人能够分享作家优秀的创作成果，以及富有特色的地域文化，提升大众的文学欣赏水平，而不是建前热闹建后冷清，任其淹没在时光的尘埃之中、公众的视野之外。

79. 姚晨只不过说了句心里话

安岳

就在《超凡蜘蛛侠》与《蝙蝠侠前传 3》同步上映、“蜘蛛侠”大战“蝙蝠侠”之际，“微博女王”姚晨连发数条挺“蝙蝠侠”、批“蜘蛛侠”的微博。“观影《蝙蝠侠前传 3》，按理说，这位英雄产自美国，但在影院那两个多小时里，观众多次为蝙蝠侠自发鼓掌，由衷为他欢喜为他忧，你才明白，英雄无国界，英雄属于全世界。悲催的是，看完此片意犹未尽，接着看了《蜘蛛侠》，那狗血剧情和坑爹的蜥蜴人，又让人顿悟：有时候，英雄只能有一个。”姚晨的几条微博，犹如蜘蛛侠吐出的神奇蛛丝、蝙蝠侠掷出的夺命飞镖，引发巨大震荡。反对者有之，认为拥有 2300 万粉丝的姚晨不该如此批《超凡蜘蛛侠》，蜘蛛侠有关方面甚至认为她是为蝙蝠侠进行口碑营销；支持者更有之，认为姚晨虽粉丝众多，但实话实说不仅并无不妥，反而值得提倡。笔者以为，此事最堪玩味的倒不是姚晨直言不喜欢《超凡蜘蛛侠》，而是针对姚晨此言而说她为蝙蝠侠口碑营销的激烈态度。姚晨的一句大实话，缘何刺痛了网络口碑营销敏感的神经？

随着网络发展尤其是微博勃兴，网络口碑营销大行其道。近年来，一大批电影纷纷采用网络口碑营销策略，赚足了人气和票房，颇为引人注目。微博、社区、论坛、贴吧、博客、相册等网络平台，都成为网络口碑营销的有效平台。尤其是微博的“病毒式”传播效应，更成为网络口碑营销的首选媒介。请各路名人对自己的电影“交口称赞”，让叫好声传遍网络，是电影营销商的不二法门。但“只说好话，不说实话”、“只能表扬，不能批评”的做法，也让越来越多的人在最初的新鲜感过后，对网络口碑营销顿感审美疲劳。尤其是营销商动用网络水军对反面意见进行打压和攻击，更是让人反感。

姚晨此番“口碑”实话实说，不按规矩出牌，显得十分“另类”。姚晨曾因为吐槽某国产片被骂得狗血淋头，并坦言自此后学乖，只聊外国片。但没想到“吐槽《超凡蜘蛛侠》，引起宣传方不爽，今竟专门发新闻构陷我，说我加入电影营销。我本是《蜘蛛侠》忠粉，只是不喜欢这个版本，有何不可？观影本是个人的事儿，怎就无权说感受？您以营销为生，就认定别人也靠此赚钱？神马逻辑！”除了“构陷”这样具有司法判断色彩的说法欠妥之外，我们似乎可以和姚晨一起问问：这是神马逻辑？

其实，姚晨既不是“蜘蛛侠”，也不是“蝙蝠侠”，她只不过说了句心里话。那些“《蝙蝠侠前传 3》却在中国式的电影营销下变了味道，让人唏嘘不已”的过激反应，实在不该。实话实说，而不是或碍于情面、或出于自身利益考量而指鹿为马，这样的态度值得提倡。限于篇幅，微博批评不太可能成为有系统性论述的传统批评文本；因为它的即时性，微博批评也不可能思虑周全、理性缜密，但对基于自身审美偏好的真实艺术判断的真实表达，同样具有营造网络时代健康文艺批评生态的良性因子。对被认为是 Web2.0 时代最有效传播方式的网络口碑营销来说，善于倾听不同意见，并对不同意见进行正面的回应，才是可持续发展的正道。

80. 好玩意儿是"憋"出来的

陈鲁民

前不久，著名作曲家雷蕾在央视《艺术人生》节目里谈到，当年她写电视剧《渴望》插曲时，一度曾有"技穷"之感，好几个月都没找到感觉，写了几稿都被推翻。她甚至怀疑自己究竟是不是作曲家的料、有没有这个天赋、要不要改行。她回家对父亲、老作曲家雷振邦诉说苦恼。老父亲沉默良久，意味深长地说了一句话：别着急，好玩意儿都是"憋"出来的。回去后，她不再烦躁，静下心来，耐心地寻找感觉、捕捉灵感。两个星期后，主题曲《渴望》与片尾曲《好人一生平安》终于横空出世，一鸣惊人。再加上优秀歌唱家李娜、毛阿敏的倾情演唱，歌曲以优美深沉的旋律、如泣如诉的风格打动了无数观众的心，成了经久不衰的经典歌曲，也成了雷蕾创作生涯中的一个高峰。

好玩意儿都是"憋"出来的——可以说是世界上一切艺术作品创作的共同规律。所谓"憋"，依我管见，至少有熬、悟、磨三层意思。

先说"熬"。任何艺术创作，投入的时间和精力都要达到一定的度，才能出精品佳作，这也就是二十年媳妇熬成婆的道理。在艺术创作上偷工减料、投机取巧、走捷径，都只能出次品、赝品、废品，出世快湮没更快。"七步成诗"、倚马可待的快手不是没有，一是少得可怜，二是质量也很可能经不起推敲。真正好的东西，还是要靠时间去慢慢"憋"，靠锲而不舍、坚持不懈地常年努力。德国汉学家顾彬曾批评说："中国当代作家最大的问题之一，是不知疲倦，写完了一本以后马上写第二本，每年都能出新作，而德国小说家四五年才写一本。"至少他的这几句话，还是有点道理的。

"憋"字还有"悟"的意思。艺术创作中的"熬"，不是无意义的重复劳动、消耗时光；也不是一味地死熬、傻熬、硬熬；而是"熬"中有"悟"、"熬"中有进。通常是在经过长时间的苦思冥想后，突然开悟、醒悟、恍然大悟，创作灵感如同春潮滚动、汹涌澎湃，好的作品、传世佳作，往往就会在这时候问世。乌台诗案后的苏东坡，历经大起大落、大喜大悲，几被贬谪、几经磨难。世态炎凉让他满腔郁闷，生活困顿让他备受煎熬，这一切都让他实在"憋"得受不了。这时，他来到赤壁凭今吊古，看大江东去，"遥想公瑾当年"，喜怒悲乐顿时忘怀，浩然之气充沛于胸，不由豁然开朗，参透人生真谛。于是，《念奴娇·赤壁怀古》喷薄而出，前后《赤壁赋》横空出世，好作品就在流放地湖北黄州"憋"出来了。

"憋"字也有"磨"的意思。此处的"磨"不是磨磨蹭蹭，而是精雕细刻、反复打磨。古人说，读书百遍，其义自见。同样道理，好的艺术作品，也需要花时间反复修改。铸剑师说，“十年磨一剑”；戏剧家说，“十年磨一戏”；杂技艺术家说，“台上一分钟，台下十年功”。著书立说也是如此。左思写《三都赋》，“磨”了十年，“文成，豪贵之家，竞相传写，洛阳为之纸贵”。曹雪芹写《红楼梦》，“披阅十载，增删五次”，也是在“磨”，结果磨出了一座艺术高峰，后世甚至为此创立了“红学”。如今的文坛，为何缺乏传世精品，很重要一个因素就是文人们不肯在“磨”字上下功夫，急于发表，急于出名，急于换钱，结果弄了许多粗制滥造的“地摊货”。

“憋”，又好似酿酒厂的原料发酵，拳击手赛前的积蓄力量，军队战前的厉兵秣马，是荆棘鸟放声一唱前的多年准备，“憋”到火候了，后边的事情自然也就水到渠成了。

81. 今天的作家，离农民有多远？

词穹

9月10日《中国艺术报》“钟鼓楼”专栏刊发了评论文章《农民工阅读量高的喜与忧》，就最近一项关于“文学阅读与文学生活”的大型调查进行分析，指出农民工阅读量高于一般国民的原因之一在于他们日常文化生活贫瘠、可选择的娱乐方式少。这是有道理的。不过，调查中还有一项结果吸引了笔者的目光，那就是新文学作家中拥有最多农民工读者的，不是当前获茅奖的，也不是当代文坛上叱咤风云的，而是上世纪五六十年代红火的赵树理的小说和上世纪80年代末90年代初的路遥的《平凡的世界》。为什么是赵树理和路遥？文学的经典化需要一个过程固然是原因之一，而深入发掘，原因却不止于此。

是当代文学中缺乏好的农村题材作品吗？好像不是，我们不断有农村题材作品问世，且在业界口碑良好，瞄准农民工的“底层写作”也兴盛一时。那么为什么当下农村题材写作却与农民（工）阅读无甚关联？大概是出在作品的写作立场上。很多农村题材作品的写作并不是写给农民阅读的，而是给文学界评论界赏评的，所以他要用很多绚丽的文学技巧，或是兜着圈子讲故事，或是将文字当作变戏法，总之是，你读不懂、读起来费力，那就对了。

这还不算多大的问题，因为文学本身需要艺术性，更大的问题在于情感的悖离。作家们对于故乡、对于农村抱有的爱是真实的，然而在写作过程中就会出现各种偏离本心的问题，比如一些作家因离开故土后对故土进行反思时不经意间就变成了居高临下的审视，自以为视界更开阔，实则脱离了生于斯长于斯的土地；比如一些作品不描写生活中活生生的人，反而以奇闻异事为噱头，编造出很少能在农民身边出现的所谓农村奇人，以此博取非农民读者的眼球；一些作品不能抓住最能体现农民感情的当下的生活事件，却致力于将时代背景搁置到几十年前，虚构出某个大家庭里的恩怨盛衰，完全看不到近年来农村在现代化变革中经历的阵痛与所取得的成就；等等。并不是说这样写就不能出好作品，而是说这样的写作可能无法贴近农民（工）们的真正的感情。

反观赵树理和路遥的作品是怎样的？作家们比笔者或许更了解，他们是扎根于农民之中，所写素材都来自于真实的生活。路遥采用的是最普通的现实主义笔法，赵树理甚至都是大白话，夹杂很多方言，不炫技巧，真正与农民语言是一体的。就他们写作的内容而言，赵树理的《小二黑结婚》《李有才板话》等都似从生活中信手拈来，写的就是身边的邻居、乡亲家里的事，且都以轻松笔调为主，读来分外欢乐。路遥的作品《人生》《平凡的世界》反映的正是农村现代化道路上农村青年们所面临的选择和精神上的困境，且极具励志色彩，恰与农民工们的心境相契合。他们也都擅长塑造鲜活的人物，从这些丰满灵动的人物身上，让农民工读者看到了自己，看到了自己所经历过和正在经历着的一切，他们怎么能不产生共鸣并喜欢呢？

不过，无论是赵树理还是路遥，他们的作品在评论界的总体评价并不是很高。那又有什么关系呢？一部作品的优劣与否，衡量标准不在于拿了几个奖，真正的好作品首先要贴近大地和人民，要得到他的写作对象的承认与喜爱，要给读者真正带来助益，比专家赞誉更可靠的是它在普通读者中的口碑。当下的农村题材作品，或许应该放下一些姿态，作家们应该认真地看看他的写作对象，不要迎奖而上，而是听一听读者的真正心声，这样也才能真正地反映和解决问题。

82. 同样是“冠军”，差别咋就这么大呢？

张乃钊

近日，从意大利传来喜讯，来自中国的小伙子许笑男拿下了在此举办的第65届世界杯手风琴锦标赛冠军。世界杯手风琴锦标赛是国际上最高规格的手风琴比赛之一，如果把它比作手风琴赛事的“奥运会”，那许笑男就是这届“奥运会”上的冠军，而且是自1938年举办第一届比赛以来，第一位获此殊荣的中国选手。不过，这一“破纪录”的“世界冠军”，若和伦敦奥运会冠军的媒体关注度、曝光率与宣传力度相比，实在不可同日而语。这倒引发了笔者的一些思考。

手风琴是西洋玩意儿，盛行于欧洲特别是东欧，传入中国的时间不长，可以说是中国人的弱项。手风琴世界杯比赛冠军，多年来为俄罗斯等国家的演奏家所包揽，中国人无人企及。此次由中国老师培养出的许笑男则把这个弱项变成了强项。这不仅说明洋玩意儿在我们手上也能运用自如，而且能弹奏出中国式的精彩，弹奏出中国人的豪气；也说明国家改革开放以来处处结硕果，我们不但国力日益强盛，经济建设得到大发展，而且在文化领域也得到了大发展：不但大大挖掘和发扬了中华民族的传统文化，而且更好地吸纳了外国的优秀文化为我所用，即使在原来不熟悉的领域，我们也占领了“制高点”，也就是说，如今，我们不但是经济大国，而且是文化大国。

但可惜的是，我们在文化上的“冠军”和“制高点”却没有得到应有的重视和宣传。说到获奖，笔者感觉，当前似乎有一种“重体轻文”的倾向。中国选手在体育领域的表现被广泛关注，网球运动员得了第一有人关注，失去了决赛资格甚至无缘八强也有人关注；奥运会上有些我们原来的弱项，比如击剑、花样游泳、赛艇等项目，中国队哪怕没得奖牌，也会报出最好成绩，若得了奖牌就是突破了，对奥运冠军的宣传与奖励就更甭说了。而同样是世界冠军，文化领域的似乎就逊色多了，我们每年有很多在音乐领域获得国际荣誉的年轻演奏家并没有得到更多的媒体关注。这固然与体育比赛的激烈程度和观赏性较强有关，与文艺比赛体育比赛运作上强度不同有关，恐怕也与相关政策和舆论的引导不无关系。

笔者无意贬低体育的位置，只是觉得不该冷落了文化领域。我们要建设文化强国，舆论上就应多加关注，以此激发国人特别是青少年对文艺赛事的热情，激励青少年投身文化事业，从而进一步提高国民素质，也使得全国上下有更深的文化积淀，这应该不是我们的奢望。

83. 申遗成功不等于一劳永逸

左岸

日前，文化部对由于履责不力，未能采取有效措施开展保护传承工作的 105 个国家级非物质文化遗产代表性项目保护单位作出调整、撤销的处理，引发了业界广泛热议。很多专家学者认为，对保护工作不力的项目和单位该撤销的撤销、该整改的整改，不仅显得尤为必要，更值得称道，此举不仅是对非物质文化遗产法中有关规定的具体落实，更标志着我国对国家级非遗项目的动态化管理有了实质性进展。

从引入非遗概念这些年来，我国非物质文化遗产资源已达 87 万余项，其中进入国家、省、市、县四级非遗名录体系的项目有 7 万余项，列入国家级非遗保护名录的项目约 1400 多个，成为拥有世界级非遗数量最多的国家。本来，这些都是令人欣喜之事，然而由于受到经济利益的驱使和错误观念的干扰，一些地方和单位围绕非遗荣誉申请，将其或变成一些官员炫耀政绩的标签，或变成一些商业团体赚取经济利益的噱头，而不是扎扎实实、认认真真地进行文化遗产的保护。文化部此举不仅有效遏制了一些地方和单位获得荣誉之后束之高阁、后继乏力等现象和行为，同时也有利于净化非遗市场或者非遗领域。毕竟，对于一些保护工作名不副实、有负众望的非遗项目，如果依然保留在非遗序列当中，势必产生诸多不良效应，最终违背了国家非遗保护工作的初衷。

国家提出非遗保护的核心指导思想，是弘扬人类文明，共建人类精神的家园，是对人类文明成果、优秀文化的尊重和包容，以及诠释我们人类发展过程中文化的多样性。非物质文化遗产，本来是一个充满历史感和文化感的稀有资源，因此非遗保护也是一项具有重要历史责任的工作。可是在一些地方，申请的积极性很高，真正保护的行动却少，甚至打着旗号申请项目保护资金以生财牟利，把非遗当成经济资源使用，不按文化遗产价值规律办事，致使申遗成了一种变相的牟利行为。

实际上，针对非遗保护工作中出现的一些不良现象和行为，有关主管部门和各级政府亦已陆续出台了部分有效的应对措施。以江苏省为例，鉴于一些非遗代表性传承人将这一称号视作“铁饭碗”，拿到传承人称号就好比进了“保险箱”的不良现象，江苏省今年专门出台相关条例，规定传承人无正当理由不履行传承义务，文化主管部门可以取消其代表性传承人资格，重新认定该项目的代表性传承人，传承人丧失传承能力的，文化主管部门可以授予其荣誉传承人的称号，另外再增补该项目传承人。除此之外，从去年开始，中国曲协在“中国曲艺之乡”

评选过程中也引入了严格的考核和退出机制，对拿牌后无所作为的曲艺之乡实行摘牌。虽然这些举措所指对象不同，但都表明一个事实：企图荣誉到手一劳永逸、拿着铁打的招牌坐享其成是行不通的。

随着我国非遗保护工作的不断推进，随着文化主管部门对非遗保护工作的严格管理，随着相关法律法规的不断健全和完善，我们相信，我国非遗保护工作必将走向更加科学有效的发展轨道。

84. 旅游开发与文物保护不是“冤家”

关戈

12 月 26 日，《国务院关于进一步做好旅游等开发建设活动中文物保护工作的意见》发布。《意见》指出，国有不可移动文物不得转让、抵押，文物古迹和历史建筑应当尽可能实施原址保护，已全部毁坏的不得擅自在原址重建、复建，对于易受损害的文物资源应当合理确定文物景区游客承载标准。《意见》的出台，为我国文物保护工作提供了有力保障。

近年来，各地在开发利用土地和旅游资源上，存在着对文化遗产认识不清、保护失当或干脆盲目让位于经济发展的情况，使文化遗产遭受了不必要的损失。可笑的是，有的地方更以“重建”“复建”为毁坏开路，毁之不倦又劳民伤财，还营造了一种文化幻象，助长文化虚无主义风气。

前不久，广州某官员曾声称，拆除古建筑重建也算保护。文物古迹、历史古建被拆了重建或复建，真的算保护吗？诚然，通过一些措施，似乎能够让古迹、古建恢复得貌似原迹，比如给拆除的构件编号，恢复时再依样拼起来；但是，这等“貌似”绝非真迹，也早已在拆毁的过程中大大损害了它的历史价值和文化内涵。而专家则表示，虽然古建筑可以复原，但是那种古色古香的韵味再也无法重现了。

但是，对文化遗产的无知颟顸，使各类“复建”“重建”“仿建”依然在各地大量上演：湖南某地强行拆除“爱莲堂”周子祠，却花巨资易地建仿古建筑；某地为挽回昔日“古都”繁华，竟不惜大规模拆迁，企图重造一个仿古城市；某地为恢复汉代文化遗产，修建了一条“汉街”，还在街口立了一个牌坊，而彼时尚未有“街”之一说，立牌坊更是无稽之谈……这些“壮举”，从“有则改之”到“无中生有”，多数还打着“文化保护”或“复兴某某文化”的旗号。

细数这一系列的现象，因“保护”而重建、复建乃至大规模动迁，显然暗含着某种经济逻辑。正如前段时间某地炒作“娲皇遗骨”以证“存在古迹”而后拟大规模开发，多数“复建”“重建”不外乎借“翻新”古迹为经济开路。在某些人眼里，“翻新”顺便炒作开发古迹无疑比吃力“不讨好”的保护来得便捷。问题是，当重建、复建失去了实质意义，文物古迹、古建没有了文化传承的价值，所谓的“文化保护”岂不自欺欺人？更何况，我们的传统文化讲究“天地人和”，文物古迹、古建与历史时空相依相融，也早已与周边的自然环境以及人们的生活呼应共鸣。

《意见》的相关规定，直指当下开发建设活动中的文物保护乱象，无疑为未来的文化遗产保护特别是文物保护工作提供了可靠的政策依据。同时，这也说明了我们国家在经济发展之后高度的文化自觉。但《意见》能否有效地刹住文物古迹、古建保护中的歪风，还有赖于各地的坚决贯彻执行。如果在执行中大打折扣，再好的《意见》也是空话。

85. 网络世界，警惕“沉默的螺旋”

李超

最近一则“杭州小伙未给抱小孩女子让座，被女子丈夫连扇 5 个耳光”的新闻引起了很多人的关注，也引发了网友热议。有人不失公允地指出双方均有错误，有人批评小伙本应让座，有人则剑指打人的夫妻，要求他们道歉。但笔者发现，也有近半数的回帖脱离了事件本身，对当事人进行人身攻击或恶毒的诅咒，甚至扬言“人肉”他们；还有一些就干脆在上面掐起了架，相互攻击、相互辱骂。本来是一场关于文明与道德的讨论，最终却让随意性、非理性和情绪化的网络暴力语言湮没了文明与道德。除此之外，我们在网络上随处可以见到各种无厘头的谩骂和毫无道理的暴力语言。

网络时代是信息爆炸的时代，各种信息在网络上高速更迭，网络媒介的特性使得人们在面对高速的过载信息时，难以进行深入思考和判断。过多消费网络上现成的信息，人们的思维会变得被动、僵化，观点表达也会变得从众、浅薄。在很多时候，网络信息对人们的感性刺激大过理性思考。这样一来，在还没弄清事情本身的来龙去脉，甚至潜意识里根本不想深入了解的情况下，人们就根据事情的表象进行评论，产生情绪化、浅层次的观点，甚至还有很多毫无道理的谩骂。另外在互联网匿名的掩护下，大家更加可以毫无顾忌、不加思考地说出自己的观点，释放自己的情绪，制造模糊的谣言和刻薄的人身攻击，甚至恶意的人肉搜索。正如上述关于“让座”的讨论中，有些人披上了正义的外衣，粗暴的语言甚至污言秽语就变得顺理成章，文明和道德被冲破底线，与话题的初衷渐行渐远。

传播学中有一个经典理论叫做“沉默的螺旋”，该理论指出：大众传播中意见的表明是一个社会心理过程，人们在表达意见之际会考虑多数人的意见，以此来确认自己的归属。当发现自己属于“优势”意见时就会积极地发表观点，反之就会因为无形的舆论压力保持沉默。这样意见的表明和沉默就形成了一个螺旋式的传播方式，从而形成一种强势的意见气氛。所以当多数人开始脱离话题，失去理性，陷入无尽的谩骂时，也就形成了一种强势的、恶性的舆论环境。而这种舆论环境的形成，无论是对当事人还是网络公共秩序，都是一种无形的暴力侵害。正像电影《搜索》中，叶蓝秋因得病没给一位老人让座，结果引起网络热炒，各种网络暴力接踵而来，最终被这种无形的舆论压力逼入绝境，上演悲剧。这部电影折射了当今的网络世界，非理性、情绪化的网络暴力语言正不断地侵犯着人们的基本权利，破坏着网络世界的公共秩序，冲击着文明与道德的底线。

文明在本质上是人类共同的协议，我们生活在这样的基础之上。网络是新兴的公共空间，也正在成为人类重要的公共空间，文明的环境必不可少。也许我们在网络上每天都会看到很多难以理解的事情，固然不能丢掉批判的精神，但只有用理性、文明的价值观念来认识与思考所面对的信息，才能真正帮助我们认清事物的本质，找到解决问题的办法。野蛮的暴力语言只是对网络秩序的一种践踏，对文明和理性的亵渎。所以在网络世界里，请少一点谩骂和口水，多一点文明和理性。

86. 都市青春剧应传递“正能量”

王晓娟

《北京青年》火了！这部都市青春剧继在各地方卫视热播后，近日又登上央视荧屏，其受关注程度可见一斑。其实一直以来，都市青春剧在创作数量上都保持着匀速增长，虽未出现“井喷”的创作现象，但每播出一部都会引发强烈反响。从 2007 年《奋斗》热播后，有关“青春成长”主题的电视剧开始升温，《我的青春谁做主》《蜗居》《北京爱情故事》《蚁族的奋斗》等都延续了这一类型，当下，则由《北京青年》继续领跑这条“青春”路线，合力为都市言情剧翻开了崭新的一页。

“青春”和“爱情”是人们亘古不变的话题，也是影视作品必不可少的精神佐料，无论时代如何更替变迁，这两大主题都不会褪色和过期，只是因时代命题不同，呈现差异化的阶段性特征。当下的都市青春剧在遵循现实主义创作原则的基础上，以客观写实的手笔对准当代青年的生活与情感世界，引发了“80 后”一代人的深层情感共鸣和人生体悟，也为电视观众起到了心灵鸡汤式的情感宣泄作用。比如《北京青年》中家长与子女的观念代沟、青年自主创业的艰辛以及社会就业压力等社会热点问题的刻画，留给观众的就不只是短暂的苦痛呻吟，而是难能可贵的人生体验。

而在笔者看来，都市青春剧能够迅速走红，除了“爱情”与“青春”主题的永恒性外，还存在诸多现实性原因。21 世纪，由于社会和时代的特殊性，“80 后”青年一代成为全社会关注对象，这一代人普遍面临着严峻的就业压力、生存压力和精神压力。刚刚迈出校园大门的他们，能力和学识受到金钱与权利的无情嘲弄，期望的落空让他们倍感不适，曾经的一腔热情被残酷的社会现实逐渐浇灭，梦想与现实形成了巨大反差。未来的道路早已被父辈预设安排好，青春的朝气和冲劲被家庭所禁锢。他们内心渴望着自由，渴望着重新接受青春的沐浴和洗礼，都市青春剧将他们的心声和渴望用影像的方式呈现给观众，对青年一代的精神困境和现实困境进行了真切抚慰，因而使得这些作品备受观众推崇。

但值得注意的是，都市青春剧能够以细腻的手笔对准青年群体的集体困境是艺术的幸事，但如若只停留于浅尝辄止般的再现，就会失去艺术批判的锋芒。影视艺术的旨归不应单纯局限于反映现实，而应当超越世俗审美、引领时代价值。都市青春剧应当在“揭出病苦”的同时，为困境中的青年人寻找出路，为青年观众提供“正能量”的指引，减少“负能量”的辐射，这样方能营造出绿色健康的荧屏，实现影视艺术服务大众的艺术使命。

87. 农村题材电影要做农民代言人

薛晋文

近日，由太原师范学院文学院参与制作的数字农村电影《一个老师的学校》在太原首映。新锐女导演易莉以饱含人文关怀的视角聚焦农村教育现状，以问题探究式的创作思路，带领观众对农村教育改革现状进行了一次深度的回眸。在欧美商业大片争相涌入国内院线的喧嚣年代，中国乡村电影的身影似乎却渐行渐远，《一个老师的学校》的播出，无疑成为守望农村电影发展的希望之所在。

农村题材电影是中国传统电影的主要类型,诸如《狂流》《春蚕》《李双双》《老井》等经典影视作品，至今仍具有很高的艺术价值和思想价值，历经数十载，它们用真诚和质朴的乡土情怀感染着一代代观众。而从上世纪 90 年代开始，中国传统乡村电影却逐渐走下坡路，创作上出现了严重的断层，西方冒险科幻片、惊悚动作片、都市爱情片和幽默喜剧片相继取代中国传统故事影片的应有地位，我国观众被好莱坞惊险跌宕的剧情设置和华美精湛的影音造型深深陶醉。许多人把中国乡村电影的衰落归结于好莱坞大片的冲击，笔者认为，最根本的原因还须从自身寻找。要实现农村电影的良性循环和可持续发展，最重要还是电影创作者心里要想着农民，做土地和农民的“代言人”，有着虔诚的农民情感和乡土情怀。如此看来并不是农村题材太过陈旧，也不是市场化冲击如何迅猛，归根结底还是我国本土编剧的功夫没下到深处，对农村生活和农民文化诉求存在一种近乎麻木的漠视和回避。

新世纪以来，由于国家惠农政策的扶持和文化政策的倾斜，农村电影逐渐从低谷走向新生,出现了一些诸如《暖春》《天狗》《盲井》等优秀乡村电影。当下,《一个老师的学校》另辟蹊径选取大学生放弃城市的优越条件、返乡支教奉献乡土的新题材，真实地讲述了大学生高志远为了不让乡村孩子辍学，克服重重困难为学生争取保留乡村学校的感人故事。该片创作者能够从历史高度和社会维度，带着问题意识去审视乡村文化变迁带来的问题，感知人情冷暖的细微起伏，与其说这是一个老师的学校，不如说这是一个老师的执著与坚守，是“80 后”一代人敢于担当的新写照和新情怀，该片可谓是新时期乡村电影中集艺术价值和教育价值于一体的难得力作。乡村电影是中国电影市场乃至世界电影领域的一道独特风景线，若能对这一题材进行精心开掘与类型化丰富，农村电影完全有可能作为中国文化的标签走出国门，逆转我国在世界电影市场的弱势传播地位。

如果将好莱坞大片比作爽口的“冰激凌”和“咖啡”，那么农村电影就好比陈年的“美酒”和淡雅的“清茶”，缓缓入肠，越品越香。农村电影无论在题材发掘和数量上都有得天独厚的竞争优势，电影创作者若能在创作姿态和审美眼光上推陈出新，农村电影必定会给中国电影，乃至世界电影带来许多的惊喜。

88. 艺术联姻媒体，互相要有敬畏

王晓娟

第六届 CCTV 相声大赛正在如火如荼地进行，在带给观众无数欢乐的同时，也将对相声的发展繁荣起到推动作用。然而，两位选手在比赛中模仿一段杰克逊舞蹈的表演也引发人们对于“到底什么才是相声”的争论。

CCTV 相声大赛自开办以来始终肩负着多重使命，它既要为相声界发掘、储备优秀人才，也要为年度央视春晚选拔精英和佳作，同时还要让传统相声艺术以电视媒体为依托，通过大众媒体的传播窗口，飞入寻常百姓家。轻松幽默的相声表演不失为枯燥生活的一味清新剂。然而近来，关于电视相声作品内容浅表化、恶俗化和模仿泛滥的批评之声此消彼长，许多表演者为了让作品推陈出新，凭空把相声变异为“模仿秀”、“音乐串烧”或者“口水仗”，传统相声艺术被肆意改造得支离破碎。笔者认为，优秀的相声作品不该是“说学逗唱”的纯粹滑稽表演，也不是嬉笑怒骂的二人逗乐，而是要让诙谐幽默的话语承载一定的社会思想和文化意蕴，让作品在逗笑观众之余，留给观众更多值得咀嚼与品读的深刻余味。

随着纸质艺术和现场表演等传统艺术形式的衰微，电视媒体已经成为当今观众必不可少的生活工具，传统艺术为了实现当代转换与生命延续纷纷放低姿态，主动与电视媒体联姻，于是就有了当今电视荧屏上音乐选秀、曲艺大赛、舞蹈比赛“百家争鸣”的文艺现象。电视这个文艺“青年”与文学、音乐、舞蹈、戏曲等“前辈”比起来，不论是资历还是阅历都显得短浅而不足，但是年轻同时也昭示着力量，新生所以更有朝气。在短短的几十年声光岁月里，电视媒体一路轻歌曼舞，以它直观生动的视听语言优势，在现实或非现实的荧屏世界中创造着影音神话，在技术的日臻成熟中，一路高歌凯奏创下收视奇迹。

相声这一传统艺术借助新的媒介载体得以在当代社会延续传承，我国灿烂而悠久的舞台文化也因此轻松实现了历史性承接。相声艺术的巧妙嫁接不仅将原有的艺术内容进行了生动而直观的试听处理，还大大拓展了传统艺术的受众空间和影响范围，这对于艺术传承与普及大有裨益。然而，这种表层的文艺现象背后其实是商品法则在推波助澜，很少有制作人是怀着对艺术的敬畏之情，真正为传统艺术寻找当代传播途径和时代新型注解，大多数人只是将艺术当做电视节目的装饰品，在市场化的电视圈里暗自淘金。影像狂欢时代，传统艺术的视听觉转向成为一种必然，但是，电视的娱乐泛漫和谄媚收视往往会造成作品人文精神的缺席和思想内涵的丧失，传统艺术在进行媒体嫁接时应当保持一定的艺术操守，不能为赚取金钱和制造噱头失去应有底线，艺术作品应当是超于世俗的高雅之音，切

不能为了暂时的利益而贩卖长久信誉。

笔者认为，艺术与媒体的联姻是顺应历史的明智之举，但艺术作品在世俗审美引导下随波逐流将给传统文化造成巨大内伤。艺术嫁接于媒体不一定非要取悦大众，而应当在担负起审美认知和人文教化职责的同时去韬晦大众，丢掉艺术担当意识，艺术品不过是追求纯感官刺激和娱乐至死的视觉狂欢盛宴。

89. 为什么是莫言？

陈劲松

2012 年诺贝尔文学奖揭晓已有几天了。几天来，围绕中国作家莫言获奖的话题成了大众关注的焦点。总体反映是有赞有弹，毁誉不一。那么，究竟怎样看待莫言获奖？我觉得，无论对于当下整个中国文学而言，还是对于作家本人而言，获得诺贝尔文学奖都是值得关注的。当然，我更为关注的，是那些喧嚣过后的宁静。这份宁静即是对于莫言作品的阅读与思考。在我看来，抛却政治角力或个人运气的因素，仅就小说作品来说，莫言获得诺贝尔文学奖是实至名归的。另一方面，我认为又没必要夸大甚至神话莫言，以及莫言获奖这件事。说到底，诺贝尔文学奖不过是世界众多文学奖中的一个，可能莫言恰好得到了评委们的共识而已，能否代表世界最高文学水平也是仁者见仁。因此，国人的当务之急，不是躺在莫言获奖的讯息里沾沾自喜，而是平心静气地坐下来，深入阅读他的作品并反思当下中国文学。我们必须看到当下中国最现实的文学境遇：莫言走向世界不代表中国文学走向世界，莫言获奖不代表中国文学进入盛世。

然而话说回来，莫言为何会受到诺贝尔文学奖的青睐？或者说，他的文学创作之所以成功的原因是什么？瑞典诺贝尔委员会认为莫言的作品“很好地将魔幻现实主义与民间故事、历史与当代结合在一起”。（The Nobel Prize in Literature 2012 was awarded to MoYan “who with hallucinatory realism merges folktales，history and the contemporary”.）这份颁奖词其实已经道出了莫言为何会受到诺贝尔文学奖青睐的秘密。我想，他的文学创作能走到今天，与他的上述文学理念和创作实践是分不开的。回顾中国当代文学史即可知，进入 20 世纪 80 年代以后，大量西方文学及理论涌入中国文坛，造成了整个文学审美观念的变化，在这个文学大背景下，莫言也受到了西方文艺思潮的浸润与洗礼，创作出了《红高粱家族》等一批震惊文坛的小说，并由此形成了他独一无二的文学风格：感情忧郁而又愉悦，想象神奇而又诡异，意境宽阔而又绚丽。同时形成了他与众不同的叙事风格：善与恶、美与丑、精神与肉体、英雄与非英雄的混杂而又模糊的价值观，以及天马行空、汪洋恣肆、大杂烩式的小说语言——正是这种风格，确立了莫言小说的叙事艺术与叙事精神，也奠定了莫言小说的审美价值与影响力。故我以为，莫言成功在于用心借鉴西方小说经验的同时，充分融入中国本土经验，并将这种世界性、本土性和个人性很好地结合起来，最终形成了属于莫言的小说世界。

莫言获奖后，有人问我：“在你心目中，除了莫言，还有哪些中国作家具备获诺贝尔文学奖的潜质？”我说，这其实是个伪命题，因为在奖项公布之前，每一位好作家都是潜在的获奖者。同时，这又是一个容易得罪人的问题。对此，我其实想说的是，于我们而言，诺贝尔文学奖真的有那么重要吗？托尔斯泰、博尔克斯、卡尔维诺没有获过诺贝尔文学奖，但其在世界文学史上的地位，有几人能与之比肩？庞德、里尔克、卡夫卡、乔伊斯、纳博科夫、普鲁斯特等许多大师级作家被诺贝尔文学奖遗漏，但其在世界文学史上的地位，有几人能将其忽视？而在中国，作家余华、苏童、格非、李锐、阎连科、张承志等作家连茅盾文学奖都没有获过，但有谁能否定他们是优秀的中国作家？因此，非要回答这个问题的话，则我认为除了莫言，至少还有以上几位作家具备获诺贝尔文学奖的潜质。

数十年如一日的勤奋与坚持，让莫言终于功成名就，但莫言的成功无法复制。对于更多的中国作家而言，最重要的即是秉持一颗平常心看待诺贝尔文学奖和其他一切奖项。真正优秀的作家，更为看重的永远是自己下一部作品。这样的作家，恪守的是“但行创作，莫问收获”，信奉的是从文学出发，回到文学本身。在他们眼中，任何奖项都只是写作的副产品。法国作家萨特在《文学是什么？》一书里曾说：“首先，我是一位作家，以我的自由意志写作。但紧随而来的则是我是别人心目中的作家，也就是说，他必须回应某个要求，他被赋予了某种社会作用。”对萨特的这番话，我是如此理解的：作家的任务就是写作，必须靠作品建立起与读者沟通的桥梁，读者心目中的好作家，永远离不开好作品的支撑。与此同时，作家还“被赋予了某种社会作用”，“必须回应某个要求”，关怀现实，叩问存在，滋养灵魂，陶冶精神。这，才是作家应担负的责任，才是作家应在意的东西。评价一个作家的成就与地位，显然也与此相关。文学是一种精神，更是一种信仰，真正的文学永远只属于信仰，文学写作永远都比文学评奖重要。

90. 从诺奖想到“安奖”

樊发稼

我觉得作为世界儿童文学重要组成部分的中国儿童文学，它的总体创作实力及已经取得的业绩和成就，决不逊色于世界任何一个国家，我们完全拥有摘取安奖桂冠的资格。

中国作家莫言荣膺 2012 年度诺贝尔文学奖的喜讯传来，国人为之雀跃，一时口口相告，额手相庆，不亦乐乎。当然也有对此说三道四的，那是林子大了什么鸟都有。对那些太离谱的杂音，不必太在意焉。

莫言获诺奖，体现了诺奖评委会衡量标准的调整与评奖尺度的开放，体现了世界文坛对中国当代文学的关注与认可。这是顺应时代潮流滚滚滔滔前进的明智之举、公平之举。那种所谓“中国当代文学都是垃圾”的荒唐说法随之不批自灭。

莫言获诺奖，实至名归，因为他确实具有雄厚的文学实力，因为他有《红高粱家族》《丰乳肥臀》《檀香刑》《生死疲劳》和《蛙》等等佳品杰作在。

平心而论，中国拥有获诺奖实力和资格的决不止莫言一人。

由诺奖，我想到安奖。“安奖”全称国际安徒生奖（Hans Christian Andersen Award），人称“小诺贝尔奖”。由国际儿童读物联盟（IBBY）于 1956 年设立、丹麦女王玛格丽特二世赞助，以丹麦童话大师安徒生的名字命名。该奖每两年评选一次，以奖励世界范围内优秀的儿童文学作家。获奖者被授予一枚金质奖章和一笔丰厚奖金。最初只授予在世的作家，从 1965 年起，也授予优秀的插图画家。到目前为止，世界上已有近 30 名作家荣获该奖。从 1990 年起，虽先后有中国儿童文学作家孙幼军、金波、秦文君、曹文轩、张之路、刘先平等被举推为安奖候选人，但由于种种原因，这个代表世界儿童文学最高荣誉的国际大奖，每届都与中国作家擦肩而过。不能不说这是中国儿童文学的一个跨世纪遗憾。

我和一些悲观论者不同。我觉得作为世界儿童文学重要组成部分的中国儿童文学，它的总体创作实力及已经取得的业绩和成就，决不逊色于世界任何一个国家，我们完全拥有摘取安奖桂冠的资格。正像莫言获奖前中国众多“成人文学作家”有着挥之不去的诺奖情结，中国儿童文学作家热望获安奖的心情，是很正常的、完全可以理解的。

2007 年秋，安奖评委会主席佐拉甘妮女士曾来华访问，我作为中方人员参与了同她的交流。我一点也不觉得像有些人说的那样，国际上对中国儿童文学持有歧视性偏见。

莫言的许多作品，曾被成功地（优质地）翻译成英、德、日、意、俄、西班牙、荷兰等数十种文字，而中国儿童文学作家却无此荣幸。显然，中国一直未能问鼎安奖，与翻译不力有关。据我所知，我们往往临时抱佛脚，在参评前匆忙将候选人的某部作品赶译成英文（多数好像还是节译）。这是典型的“应付”，更遑论翻译质量了……

啊，中国儿童文学作家渴望安奖的焦虑，何时能够得以缓释？

91. 莫言作品改编影视的种猜想

张成

从《愤怒的葡萄》到《仆人》，从《杀人者》到《铁皮鼓》，从《日瓦戈医生》到《钢琴教师》，从《魂断威尼斯》到《丧失了名誉的卡特琳娜·布鲁姆》……诺贝尔文学奖作品一直是影视导演钟爱的改编对象，不少作品被改编后，以独特的影像魅力，成为可与原作比肩的作品，如《仆人》；有的以原作为基础，开垦出新的影像内容，成为某一电影流派的经典代表，如《杀人者》；有的则遵循原著的气质，作出扎实质朴的影像化转译，如《愤怒的葡萄》；有的则把导演的作者气质灌入原著，二者珠联璧合，栽培出繁复的影像，如《钢琴教师》……莫言获得诺贝尔文学奖后，势必引发更多的莫言文字给改编成影像作品，甚至会获得国际电影人的青睐，而莫言的文本叙事繁复、数量之多，足以引发改编成影视的 N 种猜想。

其实，从莫言小说《白狗秋千架》中脱胎而出的电影《暖》，与根据同名小说《红高粱》改编的电影《红高粱》的影像质地便截然不同，前者引而不发的愁绪与后者张扬淋漓的情感形成鲜明的对比。

莫言文本的语言、人物、叙事、风格等等的绚烂充盈都可构成指涉丰富的改编向度。如果中规中矩改编的话，《丰乳肥臀》《生死疲劳》《檀香刑》都可以改编成格局宏大的电影甚至电视剧，如改编时以影像为本体，那莫言的文本则会因为自身的丰富而提供无限的可能。以《生死疲劳》为例，若借鉴电影《戏梦人生》的叙述方式，让西门闹像李天禄一样把自己的一生娓娓道来，小说中半个世纪世事变迁的苍凉与西门家族的悲欢离合足以撑起一部电影的厚度；莫言的不少小说在狂欢、戏谑的开始和发展后，都会以悲剧结尾，如《生死疲劳》中的轻狂驴和油滑猪的章节最终都以动人的悲剧结束一生，这与导演库斯图里卡的电影情感走向相似，而二者对农村的表述更有着天然的亲近性；《丰乳肥臀》中上官吕氏为驴接生的戏，更是 cult 电影钟爱的场景、元素；《蛙》作为莫言荣获茅盾文学奖的作品，其主人公近乎独白的叙事，再适合不过改编成一部《杰森的肖像》式的“真实电影”，主人公和叙述者就是姑姑或“我”，如果《蛙》的改编成姑姑叙述的“内部聚焦”，其纠结复杂的内心戏相信会捧出一个奥斯卡影后，要不，至少也是三大电影节的最佳女演员……

总之，莫言讲的故事、莫言讲的人物、莫言讲的段子、莫言讲故事的视点、莫言讲故事的腔调乃至故事人物的自说自话，都可以点染影像，这也是莫言作品适合改编的得天独厚的地方，正所谓，“千言万语，何若莫言”。

92. 德艺双馨传递正能量

陆嘉宁

在近日中国文联文艺志愿服务团赴革命老区河南濮阳采风慰问演出活动中，发生在著名相声表演艺术家姜昆身上的感人事迹深深地触动着笔者。出发之前，姜昆的母亲刚刚去世，虽然深陷失去亲人的巨大悲痛之中，但他依旧如期踏上前往慰问演出的路。而当笔者得知这个消息向他表示问候并想进行采访时，他却表示这只是一个艺术工作者应该做的。话语如此平实，但却强烈撞击着笔者的心，这一刻，他让笔者对什么才是真正的"德艺双馨"，"爱国、为民、崇德、尚艺"的文艺界核心价值观的真正内涵，有了更加具体而又深刻的认知。

站在台下看着姜昆与搭档配合默契的演出，笔者不禁在想：此刻有谁知道他的内心正经受着失去至亲的煎熬？究竟是什么给了他支撑的力量和勇气？"我是人民的儿子，我答应去老区，就一定要把最精彩的演出奉献给老区人民。"他用真挚而又朴素的语言做了回答。

时刻把人民群众放在心中，放在首位，把为人民群众献上更多的优秀文艺作品作为毕生追求，相信这是包括姜昆在内的很多艺术家的共同心声。也正是基于此，姜昆不惜牺牲小我，忍着失亲之痛为老百姓送去欢笑。还有著名表演艺术家李雪健，为了能够为观众塑造真实可信的焦裕禄、杨善洲等人物形象，他还带着病痛去深入生活，体验了解人物原型；歌唱家殷秀梅的父亲病重住院，但她还是毅然赴基层慰问演出，为喜欢她的老百姓送上歌声。

其实，像这样的例子不胜枚举。在日前举办的江苏省文联梅花奖艺术团文化惠民演出活动中，评弹表演艺术家黄霞芬的一曲《蝶恋花·答李淑一》让观众领略了她的风采。但所有观众都不知道的是，就在两天前，黄霞芬的父亲去世了。她简单地处理了父亲的丧事，强忍着悲痛，然后投入到演出筹备当中。有人劝她：父亲去世，这么大的事情，再重要的演出也得放一放啊。但她却说，这次演出是定好的，而且她又是演出的组织者，如果她不参加，演出就会受影响，损失最大的还是观众，她不能做对不起观众的事情……这些艺术家为人民奉献着丰盛的精神文化食粮，用他们的作品张扬着高尚与敬业，用自己的行动感动和感染着其他的艺术工作者和众多的观众。"德艺双馨"的称号，他们当之无愧。

有人说，如今的娱乐圈正在被妖魔化，炒绯闻、拼性感、爆猛料，一些人为了出名、上位不择手段，不惜以丑为美，就算没新闻也要炮制假新闻，为的就是制造噱头、博取眼球。不可否认，这种现象的确存在，然而在我们身边，追求德艺双馨的艺术家们更多，他们的力量也更为强大，他们以实际行动诠释着"德艺双馨”的内涵，最大范围地传递着正能量。笔者相信，在这些优秀艺术家的感召下，会有更多的年轻文艺工作者更加清醒地认识到艺术工作者身上的责任和使命。

93. 做文化发展的积极参与者

余宁

11 月 9 日晚，北京展览馆在射灯的辉映下，于如水的夜色中散发着一种迷人的魅力。在大会的安排下，党的十八大代表们来到这里参观正在展出的“科学发展成就辉煌”大型图片展。作为这些成就的参与者、建设者、见证者，代表们心中充满了自豪和骄傲。

一进展馆，参观完序厅，由于职业的特点，我直奔展览的第三部分：推动社会主义文化大发展大繁荣。在这个展厅，孙晓云、李瑞英等代表在驻足细细观看。一张图片突然进入我的视野，场景竟是那样的熟悉：2012 年第一天，参加中国文联赴基层慰问的艺术家们和“东方第一哨”的官兵们在一起。那是在零下四十多度的隆冬季节，但艺术家们和官兵们的笑容是那么真诚和灿烂。

10 年来，在风雨和坎坷的磨砺中，我们取得了令世界瞩目的辉煌成就。文化建设开创新的篇章，其中一个显著的成就就是人民精神文化生活更加丰富多彩。而在这背后，中国文联的一系列文化惠民活动发挥了不可替代的作用。10 年来，在中国文联的组织下，“送欢乐、下基层”“聚焦新农村、文艺为农民”“文艺进社区”“文艺进万家”“艺术进校园”等惠民文化活动持续开展,“百花乐万家”“走进文明社区”“百名文艺家文化惠民活动”等各地文联的文化惠民活动也开展得如火如荼。这些活动受到了广大基层群众的热烈欢迎。回想这些年多次采访文联系统文化惠民活动的经历，这样令人感动的场面很常见：台下是一波又一波的热烈掌声，台上是一次又一次的返场演出，台上台下热烈互动、真情交融。基层群众真是喜欢艺术家们的演出啊！经常参加惠民文化活动的中国文联副主席、中国曲协主席刘兰芳这样感慨地说，你离人民有多近，人民就对你有多亲。

送文化，也要把文化的种子播撒在基层。近年来，中国文联在惠民活动中积极组织动员广大文艺家和文艺工作者进一步强化服务意识，切实增强面向基层、服务群众的责任感和使命感，牢固树立以人民为中心的创作导向，通过开展文艺志愿服务活动、倡导践行“爱国、为民、崇德、尚艺”的文艺界核心价值观，把文化惠民活动引向了深入。在分组讨论十八大报告的时候，赵实代表和王瑶代表不约而同地谈到了推进文化惠民活动、丰富人民精神生活的话题，她们坚定地表示，要精心组织和推动文艺志愿服务活动，进一步满足人民群众精神文化需求。

在 8 日的开幕式上，胡锦涛总书记的报告赢得了数十次热烈掌声。报告为我们描绘了美好图景，到 2020 年，中国要实现全面建成小康社会的宏伟目标。在党的领导下，这一宏伟目标的实现需要全社会和全国人民的共同努力。报告指出

“让人民享有健康丰富的精神文化生活，是全面建成小康社会的重要内容。”胡锦涛总书记在报告中提出了这样明确的要求，“坚持面向基层、服务群众，加快推进重点文化惠民工程”。这是时代的呼唤，也是党给文联组织和广大文艺工作者的庄严使命。在实现全面建成小康社会的伟大进程中，广大文艺工作者重任在肩，每个人都应是文化强国建设的参与者。

94. 开启生态文明新时代

余宁

“给子孙后代留下天蓝、地绿、水净的美好家园。”11 月 8 日，在党的十八大开幕式上，胡锦涛总书记这样坚定和意味深长地向全国和全世界郑重承诺。报告指出，“把生态文明建设放在突出地位，融入经济建设、政治建设、文化建设、社会建设各方面和全过程，努力建设美丽中国，实现中华民族永续发展。”

会后，“美丽中国”这个悦耳动听、充满诗意的词汇立即引发了全国人民的热议，成为一个舆论的焦点。“美丽中国”瞬间成为网络上的一个热词，在大会安排的新闻发布会上，也是来自世界各地的记者们提问中使用频率最高的词汇之一；而在资本市场上，所有与“美丽中国”沾边的板块都涨幅攀升。网友 @ 中国网事说，连党的十八大报告都开始“文艺”了！“美丽中国”从“文艺”景象上升为执政目标。

曾几何时，为了快速推进现代化进程，一些地方忽略了对环境、生态的尊重和呵护，加之全球性的环境变化，导致资源约束趋紧、环境污染严重、生态系统退化等问题严峻地摆在中华民族的面前。高原雪线的快速退缩，北风刮起的黄沙阵阵，腥风扑鼻的污染河流……我们的生存环境正面临着来自我们自身的威胁。努力建设美丽中国，这是遭受了生态危机的世界第二大经济体对环境问题痛定思痛的反思，是对生态文明的热切呼唤，是对民族未来的深远考虑。

“采菊东篱下，悠然见南山。”这是美丽的田园；“大漠孤烟直，长河落日圆。”这是美丽的边疆；“秋水共长天一色，落霞与孤鹜齐飞。”这是美丽的江河……在一代又一代文人充满情感的笔触中，都有一个美丽、和谐的家园。翻阅古代先贤的煌煌巨著，他们一直在为我们阐释着“天人合一”、“道法自然”的理念。尊重自然、顺应自然、保护自然，为子孙后代福祉考虑，一直是流淌在我们文化河流中的活跃因子。这些，都应该是我们努力建设“美丽中国”的现代生态文明的重要理论来源。

只要我们艰苦奋斗、不断追求，就一定能在新中国成立一百年时建成富强民主文明和谐的社会主义现代化国家。我们的党显示出强大的自信。我想，这现代化中国必定是一个“美丽中国”，我们将开启社会主义生态文明的新时代。

95. 迈向幸福美好的生活

余宁

11 月 15 日下午，人民大会堂，中央领导同志和十八大代表、特邀代表、列席人员见面，并同大家合影。新任党的总书记习近平和胡锦涛同志分别发表了鼓舞人心的讲话。当习近平和胡锦涛的双手紧紧握在一起的时候，在场的人们报以长时间的热烈掌声。

于 11 月 8 日开幕的党的第十八次全国代表大会圆满落幕。中外记者的积极关注，社会各界的热烈反映，都说明无论对于中国还是世界，这都是一次非常重要的会议。这次大会对未来中国科学规划，描绘了人民幸福、社会文明的蓝图，极具战略性思维和前瞻性眼光，将改变中国，也深刻影响着世界。

“人民对美好生活的向往，就是我们的奋斗目标。”在新一届中共中央政治局常委同采访十八大的中外记者见面时，习近平总书记的这句话深深打动了在场的记者。这让世界看到了中国共产党心系人民福祉、心系民族未来的执政本色。习近平总书记的讲话，我想，很多人更愿意把它看作是就职演讲。确实，我们也从中获得了许多。言语中，我们可以感到新一届中央领导集体的庄严责任，继续解放思想、坚持改革开放的锐意创新，解决新形势下严峻考验的坚定决心，团结带领全国各族人民坚定走共同富裕道路的十足信心。我们为过去十年创造的辉煌成绩而感到自豪，我们更有理由为未来十年中国全面建成小康社会而信心满怀。

“人世间的一切幸福都是要靠辛勤的劳动来创造的。”习近平总书记为我们讲了这样一个朴素的道理。“房子能再大些、钱能再多点。”我们每个人都有对生活的美好期许，而美好生活的实现也需要每个人的辛勤付出。十八大已经为我们铺就了一条迈向未来美好生活的道路，作为社会的一分子，每个人都应牢记肩负的责任，不断努力奋斗。只要同心协力，攻坚克难，我们一定能够迎来幸福美好的生活。

2012.2.6
星期一
壬辰年正月十五
第1110期
本期8版
中国文艺网网址
www.cflac.org.cn

中国艺术报

中国文学艺术界联合会主管主办

国外发行代号
D3375
国内统一刊号
CN11-0241
邮发代号
1-220
新闻热线
(010)64810159
每周一、三、五出版
零售价0.70元

作为一位多产的艺术家，画画、搞雕塑、做设计、写文章，他样样成绩不俗。1979年，他在中国美术馆首次举办个人画展即轰动业界；1980年，他在美国21个城市举行巡回画展；2005年，他担任北京奥运会吉祥物修改创作组组长，是中奥标志“太极人”的创作者，也是福娃的创作者之一；2008年6月25日，以他个人名字命名的艺术馆落成开放；2011年12月26日，他在中国国家博物馆举行个人艺术大展；2011年12月19日，他被授予“中华艺文奖终身成就奖”。他说——

独家报道

为什么我的创作总不枯竭，因为我知道艺术的起点在哪里

——韩美林的“艺术大篷车”故事与启示

□ 本报记者 张亚萌 李雪钦

韩美林说

那次万里行，我们本来是想汲取中华民族艺术的营养，但我怎么也没想到，下乡在做人上给予我们的启示远比艺术上多。在这小小的山洼洼里，我惊讶地发现她竟是藏龙卧虎的中华民族创作源，是现今艺术家们还未开垦的处女地，即便我有八张嘴也讲不完对这几千年丰富文化积淀的感受。

反观那些在都市里被画廊、拍卖市场和媒体的镁光灯养惯了的“艺术家”，我经常低头自忖，我们算“人民”的艺术家吗？是不是成了“人民币”艺术家呢？我们的艺术在哪里？不下去生活、不体验千百年的中华民族艺术的真谛，得意洋洋地陶醉于自封的“天王”、“歌后”、“巨匠”、“大师”、“鬼才”等自作多情的称呼上，不知难受吗？

我是从民族、民间艺术中汲取营养而成长起来的。我跟着中国大地上的“陕北老奶奶”们是没错的。她们的后方是长城、黄河、长江，喜马拉雅山，那里屹立着千古不灭的龙门、云冈、贺兰山；黑山、沧源、石斋山；良渚、安阳、莫高窟……我是“中国的儿子”。我也大言不惭、问心无愧地讲，我是中国的艺术家，是中国“陕北老奶奶”的接班人。

与民间艺人切磋绣片

欣赏民间绣花鞋垫

与民间艺人一起剪纸

在韩美林艺术大展上，韩美林很喜欢给观众讲他的故事，很喜欢给观众“加场演出”——唱些祖国大地东西南北的小调。有的时候，云南的耕牛调接着陕西的信天游；有的时候，北京的大鼓和东北的打轮墩串音儿。韩美林总是说自己要“头顶着音乐，脚踏着文学，眼看着周围艺术的世界”，这就好像印度电影《大篷车》里的吉普赛人莫汉，随着大篷车队，总在颠沛流离，但也总在欢笑和歌唱。

作为华夏五千年优秀民间艺术的崇拜者，韩美林始终相信中国最美、最好的艺术在民间，他把下厂、下乡、下基层时的“自”驾车采风行动称为“艺术大篷车”。从上世纪80年代开始，他的“艺术大篷车”以一种中国独有的文化现象和精神情怀，驶往中国的众多文化角落。30多年间，韩美林带领他的学生，开着“艺术大篷车”，驶过了祖国大江南北90万公里，从中原重镇山东、河南西行到西北边陲的陕西、宁夏，攀登青藏高原进入青海、西藏，又深入西南腹地贵州，一路向南来到江浙……韩美林执著而坚定地挖掘、整理、研究民族民间艺术，将剪纸、泥塑、陶器、钧瓷、草编、彩印花布、琉璃、紫砂、木雕等多种古老的民间艺术加之现代设计理念，赋予了这些民族艺术更多的现代艺术灵性，增添了现代的韵味和活力。

“去年我们走了两万多公里。”由南到北，由东到西，行程数万公里，挖掘传统的民间美术——陕西的面人、剪纸，云南的扎染，广西的铜鼓，江南的茶艺，还有那些神秘的“天书”——“艺术大篷车”轧出了一道深深的艺术辙印，也满载着累累的创作硕果，驶进中国国家博物馆。展览期间，很多韩美林的故友新朋和普通粉丝来到国博，来看一个汇聚了3200件近作的个人展览，于是他不能离开，要为大家讲述带给他具有鲜明民族特色又富有浓厚时代气息的作品背后的中国艺术。“展览结束后我们就走，今年计划再走两万多公里。”

“大篷车主”韩美林，今年已经76岁。

八张嘴也讲不完对这几千年丰富文化积淀的感受

讲起艺术、讲起“艺术大篷车”，语速原本不快的韩美林滔滔不绝，说到兴致盎然处，忍不住脱了外褂捋起袖子形容。他自称“大红大绿，野怪乱黑”，旁人乍看有那么点先锋的意思，但他却又总是用“展览会”、“同志们”这些老派的传统的词儿。这样有点怪异的矛盾，一如他的作品，无论雕塑、绘画还是书法、设计，都透溢着浓郁的时代气息，但他总是愿意去别人看来有点土、不那么时尚的基层和民间，“到起点去找我的作品”。

哪里是他的起点？

“艺术大篷车”。

>> 下转第5版

《饭局也疯狂》《八星抱喜》《亲家过年》《爱情真可怕》《超时空救兵》

新春喜剧电影“也疯狂”

喜剧片曾是春节档的同义词。近年来随着中国电影产业的日趋成熟，越来越多类型的影片进入了春节档期，但喜剧片仍是其中最为重要的一种。我们在今年春节档公映的喜剧片中遴选出了最具代表性的5部，有对主创人员的采访，有对影片的专业点评，以期推动喜剧影片创作生产“更上一层楼”。 （详见第4版）

艺象杂言

受“伪科学”伤害的孩子多可怜

□ 宁 静

花上1200元，用油墨把指纹按在纸上，再扫描进电脑进行分析，就能解读大脑密码，测出孩子的先天智能和潜能，并得出最优发展方向。这种所谓的“皮纹测试”最近在山西省太原市一些幼儿园进行后被媒体曝光，在社会上引起强烈反响。人们纷纷指责教育机构的敛财乱象：“所谓能够测出潜能，不过是为敛财打造机遇”；“个别利欲熏心的教育机构不从根本上改观，走了一个‘皮纹测试’，还会来一个‘骨骼测试’”。

太原市教育局日前召开会议，对“皮纹测试进入幼儿园”一事进行通报，禁止全市幼儿园及中小学开展此类活动。并成立调查组对相关幼儿园与从事此项目的文化传播公司之间是否存在利益链条和敛财行为进行调查。同时告诫家长对此类事情要有理性的思考和判断，不要被人误导。

这种打着“科学”的旗号、实为敛财的行为近年来并不鲜见。以前曾风行过智力、智商的测试，有的是家长自己带着孩子检测，有的是孩子在幼儿园或学校“被测试”。得分高的孩子家长自然喜滋滋的，得分低的孩子家长忧心忡忡。甚至一些学校就此让一些所谓的低智商学生转班或是转学，极大地伤害了学生的自尊和自信。这样做留下了许多恶果，遭到教育界有识之士的强烈抨击。

历史惊人地相似。这次的“皮纹测试”打着“科学”的旗号，让新一拨的家长们上当受骗。如果上网输入“皮纹测试”这几个字，马上会出现多家单位的“专业指导”。如“测量艺术天赋：音乐值（能否专业学习）、适合学何种乐器（钢琴、小提琴等）、声音（音质和大小）、绘画信息级别及类型，身体的柔韧性（跳舞）”等。还标榜这是“风靡全球的皮纹生物识别多元智力测量，超越IQ(智商)的测试！鉴别孩子的潜在天赋，了解孩子基因遗传决定的潜能特长，每一个做父母的都应该关注！”

有人批评参加此类“测试”的家长是“望子成龙”“望女成凤”的心态在作祟，这种说法有些偏颇。笔者也是母亲，深感现在当父母的其实是“弱势群体”。在应试教育的大环境下，在家家都只有一个孩子的小环境中，为了孩子能上一所好的幼儿园或好的学校，家长费尽了心力。托人情、找路子，更别提高额“赞助费”——没有关系拿着钱也没人理，“端着猪头找不到庙门”的状况常令家长忧心如焚。之所以让孩子参加测试，估计家长也有不得已的原因。如果学校或幼儿园发句话，家长哪敢不交钱参加，孩子在人家手上，园长和老师不高兴了整治整治一下孩子那还不是小菜一碟，哪得罪得起。交了钱既避免了让孩子受委屈，又了解了孩子的潜能，反正也没有什么损害，这就叫“风吹鸭蛋壳，财去人安乐”。另一些父母，也许是真对“科学”心存畏惧，怕耽误了孩子的未来发展。不是现在有一句话十分流行吗，叫作“不要让孩子输在起跑线上”。

但看看成才的艺术家，哪一位是经过这样的“科学”测试走上艺术之路的。他们首先是对艺术有着浓厚的兴趣，加上天赋和持之以恒的磨练，还有良好的机遇。至于孩子有哪种艺术天赋，专业老师往往经过简单的测试便能确定。比如学习音乐，一定要有一双好耳朵，听音辨乐敏锐，如果是想学唱，那还得加上一副好嗓子；舞蹈对人体比例有一定要求，当然也需要有良好的乐感。但即使是有了这样的生理条件，也不一定就能学艺，因为最终还得看孩子对此有没有兴趣。有句话说得好：“兴趣是孩子最好的老师。”

“皮纹测试”据说来源于中医的手部望诊术，山西省中医院手针穴位学专家、针灸科主任医师杜雅俊在接受媒体采访时表示：“‘皮纹测试’夸大了对手部的望诊功能，能测出小孩在哪个学科有潜能，带有一定的迷信思想，误人子弟！”笔者认为，相比于敛财，这个结果更可怕。如果有家长真的相信了“皮纹测试”的结果，非逼着孩子学他不感兴趣的东西；而另有家长又硬不让孩子学他感兴趣的东西，想想孩子们该有多可怜。所以，我们要大力普及科学知识，培养民众辨别“江湖骗子”的能力。有关部门对此也要加强监管，别让这些“伪科学”毁了孩子。

第40届香港艺术节开幕

新华社香港1月31日电（记者 高 路） 第40届香港艺术节31日在香港文化中心盛大开幕。作为开幕大戏，享誉世界的汉堡芭蕾舞团为香港观众献上了交响芭蕾精品《马勒第三交响曲》。经典的音乐诠释、巧妙的编排设计和精湛的舞蹈技巧赢得了在场观众长达十余分钟的掌声。

本次艺术节将为香港观众呈现170场不同风格的演出，其中有12场节目为世界首次登台亮相的新作品，另有10部作品为亚洲首演。此外，艺术节还设有座谈会、导赏、大师班、工作坊及首次与市区重建局合作的艺术活动，让海外和本地艺术家有机会同香港市民加强交流互动。

截至30日，艺术节已预先售出门票11.6万余张，占总票数的85%。为满足观众需求，艺术节已决定加开6场演出。

香港特区行政长官曾荫权、香港艺术节主席李业广等嘉宾出席了31日的开幕仪式并观看了演出。

一年一度的香港艺术节汇聚世界与本土艺术精英，不仅为观众呈现中国当代及传统的表演艺术，也包含了世界各国丰富的艺术元素和特色。

中国3D首获国际大奖《世博之光》闪耀好莱坞

据新华社讯（记者 柳 丝 杨 磊） 2月1日晚，中国3D纪录片《世博之光》在国际3D学会主办的第三届3D创作艺术奖评选中荣获评委会奖。这是获得这一高级别国际奖项的首部中国3D影片。

国际3D学会主席吉姆·查宾在颁奖结束后接受新华社记者采访时说，中国这部获奖影片在当晚获得了最热烈的掌声和最热情的欢呼。

国际3D学会是涵盖全球3D电影摄制、发行以及显示终端的权威性行业组织，一年一届的3D电影评选成为世界3D电影的风向标。

《世博之光》由上海世博会事务协调局授权、北京东方全景公司和北京电影学院联合摄制，历经168个日夜拍摄，后期制作5个月。2011年9月，《世博之光》被总部设于巴黎的国际展览局收藏。

《中国艺术报》版式赏析

2012 年 2 月 6 日

第 1110 期

96. 好批评家应具备双重身份

南乡子

当批评家总是将视野聚焦于名家大家，趋之若鹜地为之锦上添花的时候，又是否意识到，对那些新人新作的发掘和关注，更彰显批评的智慧、勇气和眼光?

好的批评家，则往往充当着两重角色：他首先是一位好的读者，这样才能具备鉴赏作品的眼光。他其次是一位好的作家，这样才能将文学批评写得好读。

文学批评屡受诟病，是这个时代不置可否的事实。和小说、散文、诗歌的大众与喧闹相比，这一原本小众且寂寞的文体，随着自身的没落以及外界的误解，愈加显得茕茕孑立，并最终沦为可有可无的文学点缀。久而久之，大家对于文学批评的态度,颇有些模棱两可的复杂情愫。一方面,针对当下鱼龙混杂的文学现状，大家渴望听到批评家的声音；另一方面，批评家的急功近利甚或明哲保身，又难以满足大众的心理期待。凡此种种，直接带来了文学批评不如人意的矛盾局面：首先，文学批评难以让作家满意，在他们眼中，写作是个人的事情，用不着批评家说三道四，以致影响自己写作的灵感；其次，文学批评难以让读者满意，在他们眼中，阅读是个人的事情，用不着批评家指手画脚，以致左右自己读书的喜好；最后，批评家也不满意，认为自己为谁辛苦为谁忙，甘愿作嫁衣裳却落个里外不是人。平心而论，作家、读者和批评家因了各自心境和角度的不同，出现相互不满意的尴尬情势在所难免。但归根到底，文学批评越来越不受人待见，我以为其因还是在于批评家，而非作家和读者。

试问，当批评家整天埋怨好作家难寻好作品难觅的时候，又是否意识到，这个时代好的批评家同样匮乏？须知，大家面临的处境何其相似！而或者，当批评家总是将视野聚焦于名家大家，趋之若鹜地为之锦上添花的时候，又是否意识到，对那些新人新作的发掘和关注，更彰显批评的智慧、勇气和眼光？须知，雪中送炭远比锦上添花重要得多,也有意义得多。再或者,当批评家始终沉湎于一己之私，为个人名利得失斤斤计较的时候，又是否意识到，正是自己的狭隘、庸俗和浅薄，给整个文学批评事业带来严峻的信任危机？不必说社会情状如此，也不必说文坛如此，更不必说人心不古。任何时代，好的批评家和好的作家一样，无论身处何地遭遇何境，都会须臾牢记自己的使命和担当，坚守自己的立场和灵魂。

好的文学离不开好的作家，同样离不开好的批评家。那么，如何才能改变作家、读者和批评家相互不满意的尴尬局面，从而确立文学批评的应有的尊严和地位呢？这个问题虽然看似简单，却并非此篇短文即可讨论清楚。在我看来，文学批评有其自身发展规律，涉及到作家作品、文学思潮、文学观念等多方面内容，因而文学批评的写作，也必将呈现出多样化特点。但无论如何多样化，好的文学批评，总是能够从作品本身出发，好处说好，坏处说坏，在审视中解读，在解读中升华。而好的批评家，则往往充当着两重角色：他首先是一位好的读者，这样才能具备鉴赏作品的眼光。面对浩如烟海的文学作品，他能去伪存真，取其精华，弃其糟粕，不遗余力地发现好作品，并能对其进行深入肌理的鉴赏。他能尊重作品，无论何时，文本第一。不虚妄，不武断，不偏狭，不捧杀，不棒杀，不自以为是，不人云亦云。他其次是一位好的作家，这样才能将文学批评写得好读。面对批评对象，他能平等展开心灵的对话，少一份暧昧，多一份信任，少一份相轻，多一份理解，并将文学批评当成一种创造性写作，不断提高自身修养和写作水平，无论学究还是率性，都不言之无物抑或尖酸刻薄，都不生搬硬套抑或枯燥乏味，而是以一颗温润之心写下自己客观、独到的见解，由此形成独立、健康、个性的文风——这样的批评家固然难得，却无疑对促进文学批评的良性发展大有裨益，也对消除外界之于文学批评的奚落不无好处。

因此，好的批评家，当以好的读者和作家这双重身份来予以自律、自勉，并当以毫无功利心地发现好作品、好作家为己任。

97. 让电视大赛功能最大化

——全国青年京剧演员电视大赛断想

刘连群

全国青年京剧演员电视大赛（简称“青京赛”）是中央电视台举办的京剧演员赛事，从1987年开始兴办，曾冠以青年、中青年和“梅兰芳金奖”等名称，自2005年（五届）最后定位于青年，统称青京赛，每4年一次，到今年已然七届，前后达25个春秋。25年来，一批又一批京剧新人在大赛中崭露头角，登台较量，亮相于荧屏，当今活跃在京剧舞台上的绝大多数中青年知名演员，几乎都在这一赛场展示过风采，此次历届获奖者展演，前几届选手已是五旬上下甚至年及花甲的名家，而近届的“赛友”最年轻的不到20岁，应属两代同台，由此可说，青京赛伴随了两代京剧人的成长历程。

一项传统艺术的电视大赛，延续兴办25年，而且凝聚力和影响不减，在艺术多元竞争激烈、娱乐取向瞬息万变的今天，实属不易，也绝非偶然。其原因或许可用两句话大致概括：应需而生，顺势而进。

应需而生是指上个世纪80年代中期，在十年浩劫中遭受重创的京剧艺术，历经了恢复传统戏演出的短暂复苏，内伤发作，演员队伍青黄不接，演出水平下滑，观众数量缩减，随之传出“危机”之声，其中演员问题首当其冲。而当时的青年京剧演员，由于市场不景气，勤学苦练却得不到多少演出实践和展示的机会。就在此时，国家电视媒体介入了，京剧历史上从未有过的电视比赛的形式出现了，现在还能清楚记得当时带给人们的新鲜和兴奋感，不仅青年演员趋之若鹜，而且适逢电视机刚在国内开始普及，一时形成了千家万户男女老少对着荧屏看大戏的景象，才显冷落的京剧似乎又“热”了起来。

不过，电视大赛作为戏曲艺术与电视联姻的新生产物，初期在圈内也引起了一些质疑和争议，却并没有妨碍大赛红红火火地继续办下来。因为面临挑战的京剧不能也很难拒绝当代最具传播力的电视，剧种需要窗口，演员需要平台，观众需要在荧屏欣赏到比赛形式中的京剧，电视媒体也需要属于民族优秀文化的节目资源，几个方面共同的需要，构成了电视大赛得以持续的原动力。

当然，像任何事物一样，有需要，还要能够不断适应和满足需要，才会长期葆有生命力。新时期特别是1990年纪念徽班进京200周年以来，国家倡导弘扬民族文化、振兴京剧艺术，加大了对京剧的扶植和支持力度，青京赛随之颇有不可不办、只能办好之势，于是顺势而进，在赛制、内容和方法上不断进行新的探索。如限时带来的影响，除了适当延长比赛时间，把剧目的节选和编排，技巧运用的合理性也纳入了考评内容。为了较为全面地检验选手实力，增加了从复赛进入决赛必须更换剧目的规定。第七届青京赛，又打破历届只在决赛阶段直播的惯例，从复赛到决赛前后近 40 场比赛全部进行现场直播，不仅使观众尽早同步观看比赛，而且让更多的特别是来自内地和边远地区，因学习条件较差而实力偏弱难以进入决赛的选手，也得到了在央视舞台直播中亮相的机会，对于选手是鼓励，对所在院团也是一种支持。在决赛阶段的打分环节，还增加了评委现场点评，面对面地肯定选手的优长，提出不足和改进方向，既是对选手的及时点拨，又普及了京剧知识。

青京赛走过了 25 年，许多东西值得认真回顾和总结，以有助于今后的进一步规范和科学化。人们对它的看法也在逐渐成熟起来，大赛就是一次比赛，对人才培养阶段性成果的展示，在青年演员艺术攀升途中的一次激励和助推，决定和影响人才成长、提高的因素是多方面的，长期的，无论是获得金奖、银奖还是铜奖，都不可能一奖定终身，过后还是要回到舞台上去真正取得观众的承认。对于比赛过程和结果，需要给予分外重视和关注的倒应是京剧界及相关部门，因为每届大赛实际上都是当时青年京剧人才态势的反映，包括成效、希望和问题，如连续几届都很突出的地区分布和行当、流派传承的不均衡，较为出色的人才大都集中在京、津、沪，某些行当、流派后继乏人，非常杰出的尖子人才还不多，而此次历届获奖者展演，固然花团锦簇，却也有不少行家认为，对于前辈大师、艺术家的高水平传承，仍然是尚需努力实现的目标。这些如能作为参照，引起业界的认真研究和思考，或许才是电视大赛功能的最大化，充分发挥出对京剧艺术传承和健康发展的促进作用。

98. 分账大战别上演“七伤拳”

小作

近日，中影、华谊、博纳、星美、光线五大电影公司联合向院线发出通知，要求将发行方票房分账比例由目前的不低于 43% 提高至 45%，通告中详指了涉及贺岁档共 9 部影片，包括《一九四二》《王的盛宴》《大上海》《一代宗师》《十二生肖》《泰囧》等。院线方也毫不客气，表示如果谈不拢，可能会拒绝放片。分账大战会不会上演“七伤拳”，伤敌一千，自损八百；还是兄弟言和，共同进退，结果还很难说。

11 月 22 日，李安导演的《少年派的奇幻漂流》成为今年我国的最后一部美国进口大片，可以说从 11 月底开始至 12 月，贺岁档基本留给了国产影片，这是国产影片吸金之时。其间几部本年度重头的电影可以说是在观众耳边念叨了一年，宣传得人尽皆知了，而且，就国产影片而言，除了这几部之前做过长时间宣传的电影，其他的也难堪贺岁档之重任。就在贺岁档即将上演大战之时，各片方由竞争者变为同盟达成了协议，联合提高分账比例，并且不是以与各院线协商的方式，而是以通知的形式，颇让各院线老总有点不爽。

制片一方自诉制片方的风险大，制片成本不断上涨，要求提高分账比例理所应当；院线方也一直叫苦，房租、影院改造、设备升级，压力山大，3D 和巨幕电影的放映设备都是真金白银换来的。制片方有一种认识是，影院开了，躺着也能挣钱，也许因为这样，才采取了制片串联发通告的单方行动，宣布要提高分账比例。影线方也指责制片方的员工薪酬远远高于院线的员工薪酬。如果双方都只看到对方吃肉，而没有看到只能喝汤的人，当然是很难谈拢的。

因为投资拍电影血本无归的公司有，而影院关张的近年少见，然而院线方并不是没有近忧，一些业内人士就曾经指出，随着一些院线的盲目扩张，影院的倒闭潮近期会来临。可见，放电影不是只赚不赔的生意。院线与制片是一条船上的兄弟。电影数量的增长，带动了银幕数的增长，反过来，银幕数的增长，也激发了电影的生产，制片发行放映共同促进了中国电影票房的提高。作为电影的上游与下游，两者也存在博奕的关系，当然不是不可以进行价格的调整，但要考虑方式。

这一次五大电影公司在贺岁档即将开始前提出要求从今年贺片档开始，今后所有的电影都要提高到这个比例。前文已述，这五大公司提出的这几部贺岁片几乎囊括了今年的排得上号的贺岁片。如果不放这几部电影，院线一时之间可能还真找不出可以替代的影片。去年放映《金陵十三钗》前，张伟平同样提出了提高分账比例和最低票价，在国家有关部门的协调下，张伟平基本实现了自己的诉求。

今年，院线方面针对的不再是一部电影一个片方，而是打包成捆的贺岁片，可以预料到，院线方最后不得不妥协。

贺岁片的档期是早就排定的，然而，关于联合提高分账的事却现在才提出，这样的方式，有点胁迫的意思，不知算不算一种垄断协议？院线方如果妥协了，但妥协后引发的后果是什么，会不会成为压垮一些影院的最后一根稻草呢？制片发行放映作为电影产业上的链条，既要关心如何分蛋糕，更要思考如何携手做大蛋糕，这才是双赢。

CHINA LITERATURE
AND ART FOUNDATION
中国文学艺术基金会
中国文学艺术发展专项基金 资助项目

2012 年度中国文联文艺出版报刊精品工程

中国文联出版业改革领导小组

中国文学艺术基金会

中国文艺发展态势丛书

文艺锐批评 下

中国艺术报社编

中国文联出版社

目 录

四、锐思 543

三、锐语

1. 在“控”中失控的是什么？

——略说2011年度字“控”

乔燕冰

近日，由国家语言资源监测与研究中心、商务印书馆及媒体联合发布的“汉语盘点2011年度字词”揭晓。“控”和“伤不起”位居年度国内字词首位。此结果甫一公布，便引起公众热议。续承2010年度热词“涨”，人们从一个“控”字中看到群情民意、公共管理、社会责任、时代使命等多方面考量。然而，结合“控”字在当下网络文化语境中的语义与认知转变，对“控”的流行做文化维度的反思，也许更为必要。

随着网络文化的发展，“控”字已从传统相对单一语义，转化成兼具传统与网络新词的双重语义和认知形态。传统语义中，“控”字有控制、节制、驾驭等词义。而作为网络新词，“控”是ACG（动画、漫画、游戏）界用语。受日本动漫影响，“控”出自日语“コン”（其片假名接近于汉语Kong音）的借音，其语源则是西方心理学术语complex（情结）的前音（con）。在ACG作品中，日语“コン”常附缀于其他名词后，构成“XX控”的族类词，用以描述对某物极度喜欢的人。如“萝莉控”、“御姐控”、“正太控”、“眼镜控”等。由此该词逐渐延伸至日常生活，被当下青少年主体广泛援用于热衷某一时尚或沉溺于某种嗜好的人。“游戏控”、“苹果控”、“微博控”、“穿越控”、“宫斗控”等各类“控”群体不断产生。

新生语义与并未退去的传统语义结合后，“控”因具备双重语义而产生了转喻的文化内涵。如果说最初我们更多地用“XX虫”、“XX霸”、“XX狂”等词来形容某人对某物的非理性迷恋，那么如今的“XX控”便如“控”字的双重语义一样，同时具有了主体对对象非理性迷恋的失控、理性潜在地渴望控制对象的双重情结和现实情境。这正是文化物化的具象化呈现。

不可否认，今天由现代科技引领的工业化时代，物质极大丰裕的社会正在兑现着卢卡契提出的物化理论中“人为物役”的预言。而当下“XX控”风靡，正是物化现象向艺术与文化迅速侵蚀的最典型症候。文化原本是以让人们从自然现实（物）的层面超拔升华至精神层面为旨归的，但在信息化和商业化浪潮下，以文艺为主阵地的文化却因对物质媒介的过度依赖，以及在商业与消费逻辑的冲击之下，反向被物（物化的文艺/文化）所役。文化遭遇的这种悖反与讽刺，正隐喻了现代文明所付出的惨重代价。不夸张地说，这一切，一“控”字了然。

在“微博控”群体中，高效迅捷的微博信息平台本应更方便使用者的精神分享，但过度的时间与精力投入，却使这种分享穷竭为鸡毛蒜皮、絮絮叨叨的生命消耗；

原本可以通过微博扩大人际交流，从而增强个体与社会的互渗性，却因对物（媒介）的过度沉溺，反而使个人与现实社会疏离。更不用说“游戏控”任由自我放纵与迷失，“苹果控”们“爱疯死”般对时尚品牌的痴迷，“宫斗控”让一众“白领”成为专注于宫廷尔虞我诈的宅男宅女……“控”的流行恰恰表征了人被物使、心为物役的一种失控。

从这个意义上说，也许年度词“伤不起”，正给了“控”字流行最大的提醒——我们的文化“伤不起”，我们需要真正的控（传统意义上的控）对控（网络新词控）的自我制衡。

2. 诗文哪会随意得

——“一秒钟变诗人”现象析

乔燕冰

“问君能有几多愁，树上骑个猴，地下一个猴”；“众里寻他千百度，没病你就走两步”；“自有怜才深意，我的姥爷也姓毕”……如果说前不久网络上流行的这种将古典诗词名句，与本山大叔小品的搞笑台词移花接木而成的“本山体”来制造“笑果”，是大众文化娱乐精神大胆将高雅文化拉下神坛，那么，近日网友根据“宋词密码”信手拈来的“回首明月，悠悠心事中”、“梅花悠悠，春风人间无限，何处鸳鸯”等词句，则是现代技术对艺术的纵情解构。

这一让众理科生“吐气扬眉”、让宋词粉丝“偶像破灭”、让无数网友诗意大发、掀起“一秒钟变诗人”热潮的“宋词密码”，是网友 yixuan 引以为荣的“杰作”。他用 R 语言（主要用于统计分析、绘图的语言和操作环境）编出一个程序，统计出《全宋词》中出现频率最高的 100 个词语。例如“东风”以出现 1382 次的频率高居榜首，“何处”、“人间”两词分列二三名。这一高频词统计数据排行榜现身网络，令网友兴奋不已。只需随机选择几个排行榜中的热词，便可拼出华美的“诗句”，网友争相火热造词又一次成全了网络久违了的狂欢。

得益于现代技术进步与大众文化发展，无数古典文化被赋予新的审读视域与解读空间，拉近了当代与传统的距离，也充分彰显了文化的开放性与生命力。然而，当古典文化在与当代文化对接与碰撞时不断被披上新异的外套、改换另类的面孔，我们除了从新生代主体不断赋予时代的活力中获得些许宽慰之外，难免不为其所遮蔽的东西而焦虑。

中国文学双璧唐诗宋词是生活在这个诗意国度的中国人特有的智慧结晶，是后人难以企及的古典文学巅峰。以唐诗宋词为代表的古典诗词，将特定时空浓缩于只言片语之中，用无数意象组成的意境，表达诗词创作者的胸中意味。高密度超浓缩的语言，以有限词句言无限情韵，营造出灵动幽远的世界。文学艺术强调托物言志、感物起兴的审美特征在这种文学形式中被表现为极致。那种仿如“蓦然回首，灯火阑珊”读不尽、品不完的情致，让人似有王国维在《人间词话》“三种境界”中那样仍未尽言之感。

此种精粹如何得之？“欲得妙于笔，当得妙于心”，黄庭坚此言也许可作真解。“生花妙笔”源于笔随心动，源于隐匿在词句背后那颗跳动的心。然而，笔随物动（从电脑技术出发），得之为何呢？由“宋词密码”一蹴而就的宋词，数理逻辑的创作依托，由物（词）及心（意）逆向而行的创作路径，使其只能停留在物（言）

的层面，只能描摹诗词之状貌，与宋词母体形差毫厘，神谬千里。并且，这种模式化规律化创作扼杀的正是当下文艺创作中本已匮乏的原创力。更重要的是，对于众多对宋词等古典文化懵懵懂懂却心向往之的青少年，技术对艺术（文学）的无情祛魅也许将彻底拆毁这个群体可能留连的诗意世界……如此“宋词密码”果若流行，将如何解构我们的文化？

以网络为温床，以解构经典的方式满足当下大众文化的娱乐需求，似乎是一定程度上无可指摘也很难阻挡的一种趋势。“宋词密码”也许只是这种趋势中又一个娱乐游戏。只是，在娱乐的同时，我们能否保有一种敬畏之心，去面对我们的传统与经典文化，而不是去挥霍文化的宽容。

3. 且将旧词翻新声

——也谈"一秒钟变诗人"

阿极客

近日，网友 yixuan 的一篇博文《统计词话（一）》一石激起千层浪，引发一众原本与诗词绝缘的"死理性派"人士纷纷改行做了词人，利用该博文提供的"宋词密码"——实际是《全宋词》中排名前一百的高频词，拿各种数理常数对应这些优美的词汇，竟也偶能做出像模像样的词来。《中国艺术报》发表专栏评论《诗文哪会随意得——"一秒钟变诗人"现象析》，对此现象进行质疑。一时间，关于技术冲击传统文化的讨论铺天盖地，以至有论者称其为"现代技术对艺术的纵情解构"，但笔者倒是觉得大可不必"为其所遮蔽的东西而焦虑"，因为它所揭示的要远多于它所"遮蔽"的。

执著于技术理性的人觉得诗词无非就是既有字词的排序和组合，"文章本天成，妙手偶得之"，必然存在一种方式可以将其度量，然后通过求解优化问题作出优秀的诗词；执著于诗词传统的人认为"欲得妙于笔，当得妙于心"，以有穷之逻辑去模拟无尽之诗意，注定失败。看似二者都很极端，但是由于各自专业背景、生活经历的不同，分别产生这样的想法都是合情合理的，不过话说回来，信息技术对于填词到底能起什么作用呢？利用频数统计进行作词是一种最粗浅的方法（但是频数统计对于宋词以及作家作品的研究却别有妙用），目前比较常用的方式是利用人工智能或者机器学习的方法进行探索性的求解。笔者姑且以实践者的身份对此稍作介绍。

首先要有一个语料库，比如《全宋词》的全文分词结果，并对所有的词语进行词性、情感、音韵的标注，同时还可以对每首词进行题材的标注和知名度的统计，利用这些数据可以进行文本的关联分析和情感分析，使得系统自动"学习"出好词的标准，当然更简单直接的方式是利用数理逻辑，直接根据词语的搭配、音韵的位置、与主题的切合度等建立优化目标，然后使用遗传算法等方法求得一组解，人工从中选出质量比较高的词作。至于机器填词的质量如何，各人见仁见智，笔者的感觉是虽不如古今名家的大作，但远胜于"频数"填词的游戏之作，甚至要强于很多现代的"词人"。

随着技术的进步，可以预见将来会有更先进的算法和更快速的计算机，那么计算机的填词技术是否能赶上或超过诗词名家呢？在可见的未来，答案是否定的。因为现行的计算机的"思维"方式决定了有两个因素注定要掣肘，一是语料库的有限，计算机无法超出语料库的范围；二是优化规则的确定性，无论是函数式的确定规则、还是优秀词作的学习素材，都是有限的。对于人脑来说，则没有这些制约，因为词句没有限度，而美的感觉没有固定的标准。

都知道作词是“戴着镣铐跳舞”，作词的过程是文学创作中最接近计算机思维的，因为要严格地搜寻音韵、词义、句法、典故，然后不断遣词酌句，最后妙手偶得。记性不好读书少的人是很难填好词的。计算机没办法给“红杏枝头春意”加一个“闹”字，但是可以帮忙把“琐窗深”改成“琐窗明”，从这个意义上讲，如果辛弃疾、周邦彦能有计算机作为辅助，相信我们今天可以读到更多的绝妙好词。技术填词并不是“狂欢”,它只是以填词工具书（古已有之）的方式告诉我们，人类感受世界之美的方式不只有肉体器官，还有作为它们的延伸的有形的工具和无形的技术。

4. 网络狂欢与文化机遇

怡梦

“红酥手，黄藤酒，两个黄鹂鸣翠柳。长亭外，古道边，一行白鹭上青天。”乍一遇似曾相识，再一看两不相干，初闻之全无道理，细品之仿佛又有些意境。诗（词）句的主人一在盛唐，一在南宋，还有一位是清末民初的大学者，踏着相同的韵脚穿越千年时空，也不知是相见恨晚，还是相对无言。这样的邂逅源于近来网络上盛行的一种“诗词拉郎配”游戏，把为人熟知的古诗词名联、名句打乱重排，新句或韵律巧妙相合，或句意微妙贯通，更有诙谐、反讽、出人意料者，引来网友云集响应，有人笑称重新组合的句子“读起来太顺”，以至于记不起原句了。

这些被“拉郎配”的名联、名句，多出自中学语文课本，而热衷此游戏的多为“70、80后”的青年，我们不妨把“诗词拉郎配”视为长大的“70、80后”们向少年时代背诵记忆的一次集体回看，一场反叛，一季以网络为广场的诗词狂欢。有师者认为，网络文化传播速度快，影响范围广，这种游戏对正在学习古诗词的中小学生会产生误导。但纵观这些“拉郎配”的诗（词）句，不仅无伤大雅，有些甚至颇具创造性，充满现代感。如“百年心事归平淡，万类霜天竞自由”不失为一联襟怀广阔、意境闲远的佳对。

这场诗词的狂欢有意无意地试图以古典的方式消解现代的焦虑，物化时代的人能在古代诗词的游戏中找到慰藉，不失为一件幸事。然而究其本源，“70、80后”普遍存在的这种焦虑是他们古诗词学习中死记硬背留下的后遗症，当时面对诗词填空试题少不得一番绞尽脑汁、搜肠刮肚，如今信手拈来、随意乱搭，虽然有些恶作剧，却也在对仗、押韵等特点上体现了一定的文体自觉。这一现象值得引起教师的关注。目前中小学古代诗词教育中，比较注重的是背诵和理解，对诗词文体特点的介绍略为欠缺，学生不知律诗如何对仗、词如何押韵，诗句的平仄、词句的长短如何分布，在背诵时就会产生一定迷茫和混乱。在结构上，诗有起承转合，词的上片下片亦有大致分工，如果教育者能够在课堂上对这些特点加以悉心指导，让学生在领会古诗词的寓意之外，对其形式要求也有所把握，古诗词必能深入人心，学生也能过目不忘、不背而诵了。与其等他们去网上“诗词拉郎配”，何不充分利用他们对文学写作的自觉意识，循循善诱，妥善引导，让他们在课堂上更加细致入微地体会到诗词独有的美感。

更重要的是，古典诗词堪称中华民族传统文化中最精彩绝伦的组成，在世界文明宝库中亦散发着璀璨迷人的光华，它们浸透并传递着一代代文学家独特的审美体验，更浓缩着他们的人生感悟，记录着我国数千年来古代社会的诸般讯息。所以，对青少年的古典诗词阅读加以科学的引导，让青少年掌握最恰当的欣赏、学习并传承古诗词的方法，并藉此建立起他们对传统文学乃至传统文化的热爱，也就有着格外重要的意义。

5. “浮云”过后是“神马”？

怡梦

近日，一段2003年拍摄于德国斯图加特、名为《外国舞者用中国流行歌曲当伴奏参加国标舞大赛》的6分钟视频现身网络。8对外国青年男女踏着9首中国流行歌曲的拍子翩翩起舞，中国水袖与欧式礼服齐飞，中国流行歌曲共国际标准舞一色，引发众多网友的“果断围观”和“严重关注”。有人赞叹“民族的就是世界的”，有人质疑“口水歌登上世界舞台”，有人惊呼“雷得里嫩外焦”，更有新浪微博转发万余人次……

究竟是什么让这段8年前不为人知的视频一夜之间走红网络？

这首先归功于网络文化的“狂欢”属性和网络的“围观”功能。长期以来，中国网民在互联网上形成一种特殊的话语表达方式，即网络戏谑文化，似乎嬉笑比严肃更有力，反讽和暗喻更能接近事件的本质。网络围观是网友的集体娱乐，其姿态意义大于围观对象。倘若没有今天的网络环境，或者该视频只有外国人的国标舞画面而无中国流行乐的背景，则“围观者”能有几人？

另一方面亦可看出许多人在中西碰撞中的文化迷思。网民不断在众声喧哗中辨认自身的声音，在多元文化并置的“拼盘”、“串烧”中寻觅那一味“中国甜”，从多元文化的重组中体味意义的消解与重构、本土文化为外国文化误读所带来的新鲜感。在网络世界，历史的都是当代的，外来的也都是本土的。然而，在中外文化的“互看”中因迷思而迷失者却为数不少。针对此视频，过度评价外国舞者对中国歌曲的精彩演绎者有之，过分怀疑中国流行歌曲未获国人充分肯定者有之，过于纠结中国舞者不能发掘流行音乐资源者有之。一些人的审美主见在外国人重新编排的“口水歌”面前动摇了：曾不屑一顾的，因他者的认同而产生不必要的尴尬甚至自我否定；曾青睐一时的，却只能在他者的认同中才敢于自我认同。这在一定程度上反映了国际化语境中我们对自身文化既自我期许又自我矮化的复杂心态。

这段视频很快就会成为“浮云”，新的网络热点将不断涌现。这场“围观”中值得我们记住的是，文化当自信，他者看或者不看，文化都在那里，不减、不灭。

6. 观众跑了，狼来了

——电视节目如何与新媒体抢观众

怡梦

央视索福瑞等统计部门日前发布调查数据，2011 年春节期间，共有上亿观众收看了“首届央视网络春晚”和“首届中国春节动漫音乐会”。一年一度的央视电视春晚正在面临众多后起之秀的挑战。

与传统春晚相比，动漫音乐会和网络春晚是针对性较强的专门类晚会。从接受群体来看，这两台节目改变了传统春晚一家人围坐电视机前的观赏方式，由“70、80、90 后”组成的忠实“粉丝团”守在电脑旁自得其乐，其审美期待在这样的晚会中能够得到充分满足。

新兴晚会分流了一部分审美触觉敏锐、品味挑剔的年轻受众群，似乎有给传统春晚减压的意图，但压力减下来了，并不代表传统春晚可以放心大胆地把观众全然交付给动漫音乐会、网络春晚这些专门类晚会，它们可以是一场为特定群体置办的饕餮盛宴，然而终日与个人电脑为伴的现代城市一族，平时本就缺乏与家人共度的时光，如何能任由他们在除夕之夜仍然抱着一台笔记本电脑躲在角落里自哭自笑?

在新媒体蓬勃发展的今天，电视媒体依然要致力于打造符合电视传播特点、为电视所独有的经典节目，要时刻记得有一大批观众可能在未来很长一段时间内难以接触或接受网络文化，依然要靠电视媒体获取信息、获得娱乐，就算新媒体攻城略地、网络得到更广泛的普及，如果存在着新媒体无法实现的优秀节目创作，电视媒体也完全能够把受众拉回到电视机前。此外，我们也不得不意识到，有深厚收视基础的央视春晚，其观众群也已不再是铁板一块，电影、电视剧、音乐等传统艺术形式及其载体因新媒体的介入也面临受众被瓜分豆剖的危险。

如今新媒体已经从向传统媒体索取资源的“二次创作”模式成长为以“迅疾”姿态推出自己独有文化的原创模式，网络原创歌曲、视频层出不穷，且有些作品质量可观。而其自传统媒体获取的部分资源也在以更加快捷方便的形式呈现给受众。如一部电视剧杀青后，观众可以比电视台播放时间提前几个月观看到该剧的网络视频全集；一张音乐专辑发布后，音乐爱好者很快就能免费下载到专辑中曲目的 mp3 格式文件；维也纳新年音乐会也可上网观看直播并与世界各地乐迷同步交流互动。

所以传统媒体和新媒体比“快”、比“前卫”都是不明智的。我们注意到，由于“快”的特点，很多网络文化热点粉墨登场博得满堂喝彩后立成过眼云烟，而一些优秀的电影、电视剧、音乐作品以传统的传播方式达成了新媒体传播无法取代的效果，这说明，快餐化还是新媒体未及摆脱的痼疾。这一定程度上也给予了传统媒体重整江山的宝贵“时间差”。传统媒体恰应以此为突破口，认清自己与新媒体各自的优势、劣势，明晰自身定位，而不是以自己不擅长的项目、在自己不适合的领域去和新媒体“PK”。在数字技术一日千里的当下，立足于打造优质的传播资源，精心构思、精良制作，不断推出文艺的精品乃至经典，才是巩固、扩充自己受众群体的生存、发展之道。

7. 歌谣还得人民唱

邱振刚

农历二三月间，严冬过罢，农忙未至，这是一年中我国各地各种民族性节日最为集中的时段。每年此时，各民族节日在一处处山乡村寨接连亮相，次第登场，宛如一幅幅千姿百态、风情各异的迷人画卷。然而，不知从何时，这些民俗性活动变了味儿，被打造成了各种“文化节”，自发性的节日过程被各种“策划方案”所彻底格式化：先是领导讲话，再是歌星献唱，最后是专家发言，起承转合，如出一辙。以中国幅员之广、民族之多，这种八股文式的“策划方案”，各种各样的民俗皆可套用，早已引发人们的审美疲劳。惨遭这般包装的文化节，已经成了不折不扣的文化劫。对此，冯骥才已经多次不无忧虑地提到，对于文化遗产，一些地方只重申报不重保护，导致很多项目一旦申遗成功，要么置之不理，鲜有后续保护，要么盲目“开发”，导致原本质朴本真的艺术形态发生质变。

和上述千篇一律的文化节不同，日前刚刚在广西三江侗族自治县梅林乡举行的“二月二”侗族大歌节给了人们别样的精彩。没有演艺明星的“助阵”，没有文化公司的“策划”，十多支歌队，沿袭古老的习俗，自发从百里之外赶来，各队少则四五人，多则数十人，有男女声混合侗族大歌、女声侗族大歌、河边歌、八月歌等等。演出现场，服饰闪亮、歌声悠扬，表演者、观赏者融为一体，宛如家人。这，就是农民自己演绎的绚丽诗篇。

这样一场民歌的盛宴，无疑给各地政府上了生动的一课。这提醒了他们，要更好的保护节庆等各种民俗活动、文化遗产，应当把节日等民俗的指挥棒还之于民。要知道，无论出发点如何，种种事无巨细的策划，自以为是的包装，其实是对鲜活生动的节日细节的戕害。这些节日是从多少代农民生老病死、婚丧嫁娶的生活中诞生的，一切的细节都是农民祖祖辈辈传承下来的，他们比任何人都热爱这些节日，懂得怎样让节日更精彩，继而获得更久远的传承。以“二月二”侗族大歌节为例，到今年已经延续了125届。可以想象，如果每一任地方上的当政者都用自己的想法去“包装”抑或“整合”，让民众的参与热情被一次次的消解，侗族大歌节要获得如此久远的传承是不可能的。

如果说，“为什么我们的大学培养不出杰出人才”是科学界、教育界的“钱学森之问”，那么对于很多地方对非遗项目只重申报不重保护的思虑则是文化艺术领域的“冯骥才之忧”。对于地方政府来说，要明确传承人和他们所在的群体在各种民俗活动中的主体地位，懂得民间节日等民俗活动本身是艺术，如何保护好这些文化遗产更是一门艺术、一门科学，在提供适当的政策、资金等方面的扶持外，不应以自己的需要、眼光来考量、改造原本来自民间、属于民间的东西。只有这样，才能让民众的热情得到保护，才能让今天的、未来的村庄，继续世世代代传唱那过去的却有着永恒的美的歌谣。

8.“剧二代”的艺术畸形与矫正

张成

据《京华时报》报道，日前，国家广电总局电视剧司司长李京盛在中国电视剧导演委员会 2011 年年会上表示，近期内不会再批准四大名著的翻拍题材立项，同时，对穿越剧的跟风热潮和外国克隆剧也提出了批评，认为当前名著翻拍贬大于褒、穿越剧缺乏正确的历史观、克隆剧忽视了当下的现实生活。这些意见和做法对降温过热的电视剧翻拍潮，防止大量盲目跟风的“剧二代”出现，不无积极意义。

“剧二代”是指那些缺乏原创性的电视剧，如以《新还珠格格》《宫》《丑女无敌》《回家的诱惑》等为代表的翻拍剧、跟风剧、克隆剧等。“剧二代”有一个共同的特点，即对旧有的故事素材、之前成功的案例、国外优质的创意简单复制和盲目跟风。这类剧的“繁荣”反映的恰恰是当前我国电视剧产业中严重存在的创意缺失问题。大量粗制滥造、同质化、单一化、山寨化的“剧二代”刺激了资本的涌入和产业的兴盛，但长期的创意缺失、缺乏对生活的观照从根本上不利于我国电视剧产业的发展。产生这种畸形文化现象的原因不一而足，如制片方为了降低成本，更偏爱翻拍剧的制作；制片方盲目借助翻拍剧的知名度提高收视率等等，这些因素都是“剧二代”泛滥的温床。但在笔者看来，对于以剧本为纲的电视剧来说，“剧二代”不好看的根本原因还在于剧本自身的孱弱。

电视剧对剧本有着极高的要求。可以说，剧本的好坏直接决定电视剧的好看与否和艺术层次。而绝大多数国产电视剧，恰恰因为剧本的短板导致昙花一现。剧作乏力，与创作环境有直接关系。归结起来，原因如下：首先，打磨剧作不够精心。按照好莱坞著名剧作教师罗伯特·麦基的总结，一部电影剧本完成的正常周期至少要半年。一部电视剧要把每集都打造成类似一部精短的电影，则需要较长的时间。而国产电视剧往往几个月就可以做出一个本子，更有甚者，3 个月即可完成从剧本到开机的全部过程，电视剧的最终效果可想而知。其次，编剧的潜力得不到开发。电视剧一般要几十集，鸿篇巨制可能要上百集，一个人往往是难以完成的。美国电视剧界就此开发了“创意人中心制”。创意人是一部电视剧的核心创意人员，他的手下一般会有一个团队，这个团队主要由编剧构成，他们都有署名权和相应的报酬，集体的智慧在“创意人中心制”下被发挥到最大。反观国产电视剧的创作，大多数时候，知名编剧也会组建自己的团队和工作室，但其成员多为廉价的码字工，没有关系到编剧职业生命的署名权，他们的创作积极性恐怕也被降至最低。再次，编剧的权益经常得不到保障，编剧的积极性受到极大打击，导致创作欲望不强。很多编剧要想成名，经常会以极低的报酬，有时甚至零报酬换得署名权。不仅如此，编剧的劳动成果在各个制作环节还经常受到随意改动和侵害。

因此，尽管以行政的手段遏制这股跟风潮对原创剧作的需求起到了一定的刺激作用，但要想从根本上解决问题，还是要依法保护编剧们的权益，提高他们的创作积极性，如完善配套的保障编剧利益的法规和制度；提高编剧协会的地位，使编剧协会在维护编剧权益时，能够真正起到作用；加强对剧本的质量审查；从根本上重视编剧的权益，鼓励原创和创新，这才是治本之策。

9. 雷人剧名把艺术引向雷区

何瑞涓

近年来，小剧场话剧越来越火爆，吸引了更多的观众关注。然而，随之而来的却是当下的小剧场艺术逐渐远离了“美”,靠近了“雷”。仅以其剧名即可见一斑，比如《天生我怂我忍了》《全村就我光着腚》《哪个木乃是我姨》等等，一个个令人哑然失笑。小剧场话剧由来已久，在上世纪传播到我国时，其译名为“爱美剧”，这一译法虽来自英译，但形神俱现，呼应了小剧场本身的艺术追求。而当下小剧场话剧的雷人现状无疑背离了其初衷，显得太过庸俗。事实上，小剧场也有其难言的苦衷，因为当下现实的状况是，越俗越雷的话剧越招观众。以至于有些创作竟首先确定雷人剧名，然后依此去构思、创作、排练、演出。本应展现美的艺术却只能走向三俗，这是一个多么无奈的现象。

有人说，这是一个娱乐至死的时代。确实，在社会急剧转型的过程中，社会文化心理浮躁，大众文化为了满足观众的消费需求，往往批量生产。这种方式使得文化产品更多地呈现商品的属性，艺术追求却相对不足。同时，也容易在波涛泛滥的媚俗情调中逐渐迷失方向。实际上，艺术的美某种程度上是需要澄怀味象，需要坚持独立自主的立场才能实现自身的价值。小剧场艺术也属此类。本身缺少观众的小剧场在当下也不得不考虑观众需求。问题在于坚持自我可能导致没有观众，这意味着慢性自杀；而为了吸引观众向市场妥协却又使自身变了味儿。如何在二者间调和是小剧场艺术面临的难题。

当前，时代的整体浮躁心理作为客观原因影响艺术追求是一个不争的事实，然而这种浮躁心理不应影响到艺术的创作。就小剧场艺术而言，一方面，小剧场艺术应该做到坚持自身艺术特性与爱美立场，不能全盘向市场卑躬屈膝，这样才能保持住其灵魂。一旦放弃美，没有了灵魂，也就不具有了存在的意义，会很快被各种更俗更雷的娱乐方式淹没。另一方面，话剧之“名”带来的只可能是一时的喧哗，吸引观众踏入门槛，而话剧的“实”即其内容形式才是留住观众的重要法宝。如果一个荒谬的剧名引来观众看一场同样荒谬的戏，而不是带来更多美的享受，“回头客”应该寥寥无几。重实轻名，加强质量，剧名适当调整而不是大幅度夸张，才可使小剧场话剧生命力更加持久。最重要的是，小剧场话剧应该更注重观众的情感诉求和对社会的反思，好的剧目之所以能招来观众，不仅仅靠的是所谓雷人效应，更在于其中所含信息与社会情感的暗相符合，如《东直门天天向上》就是因为其反映了东直门老百姓的生活才赢得观众喜爱，而不是由于剧名的雷人带来的广大市场。因而，从根本上来说，目前的小剧场艺术一味在“雷人”

上做文章，意图靠“雷人”获得成功，可能是走入了误区。实际上，放眼电影、电视剧等众多艺术门类来看，那些平实的、贴近百姓生活的、准确把握住时代心理与情感诉求的作品往往获得观众的赞誉，比如小成本制作的《老男孩》就以梦想与现实间的差别呈现出了几代人的心声，换来观众的泪水与掌声。所以，小剧场艺术不应仅仅利用观众的猎奇心理来拓展市场，而应发挥艺术自身作用，以正确价值观来引导观众，通过贴近百姓情感诉求来获得认可，而不是随波逐流，走向单纯雷人的误区。

总的来说，即使现在小剧场话剧面临着自身发展的诸多困难，但亦应坚持美的立场，避免从俗走上雷区。与其绞尽脑汁想各种雷人剧名，不如将目光与心思转向话剧内容实质，从情感诉求与社会反思方面寻找与大众心理的契合点，从而实现自身的长远发展。

10. “口罩广告”，屏蔽的是艺术完美

安静

近日，广电总局有关负责人表示将叫停“口罩广告”。所谓“口罩广告”，就是指以贴片形式覆盖演职人员表的电视广告。消息一出，随即引起观众和电视剧制作者的广泛好评；同时众多电视台也纷纷表示，将采取更加规范的方式安排广告时段。摘去这个小小的“口罩”，方能还电视剧以完整的艺术风貌，还观众一片纯净的欣赏天空。因为“口罩广告”不但侵害了电视剧创作、演职人员的合法署名权，而且侵害了我国亿万电视观众的日常审美体验，因此埋下了过度迎合商业利益而侵蚀电视剧审美品质的隐患。

我们还记得1987年央视版《红楼梦》上演时万人空巷的情景，精彩剧情之后优美的片尾插曲中缓缓走进观众视野的是演员表，让人们在剧情欣赏之余记住了陈晓旭、邓婕、欧阳奋强等新人演员的名字，在流淌着淡淡哀伤的配乐声中再一次回味“金陵十二钗”的悲欢人生。而《红楼梦》绝不是孤例:《渴望》片尾曲“悠悠岁月，欲说当年好困惑……”的歌声中，观众无不为刘慧芳们唏嘘不已；《三国演义》片尾曲“兴亡谁人定啊，盛衰岂无凭啊……”的旋律里，大家无不为兴亡更替感慨万千；《西游记》片尾曲“你挑着担，我牵着马……”响起，人们的脑海中立刻浮现唐僧师徒西行取经的种种画面……举不胜举的事实表明，片尾的音乐、画面和字幕，对一部电视剧的成功来说，不可或缺。

此次叫停“口罩广告”赢得了广泛好评，主要原因是维护了电视剧作为艺术作品的完整性，并尊重了我国电视观众观看电视剧集的收视习惯。艺术的审美体验一定是完整的，它从开始到结束必须要经历一个完整的过程。电视观众从欣赏电视剧一开始到观看最后的演员表，都是整个审美体验必不可少的部分。观众有自己的心理预期和期待视野，在剧情结束时也会从个人的认知角度对剧中人物进行评价和品读，这时，对演员表和职员表内容的视觉经验、对片尾曲欣赏的听觉经验当然也构成完整欣赏电视节目的必备要素。而这种完整的欣赏经验现在经常被各种广告强行打断，让人一次次被迫停止欣赏的思维和感受，这不仅仅是对电视节目制作者、剧中演员的极大不尊重，而且也是对电视产品最终消费者——观众——合法权益的随意侵害。

电视剧是电视台重要的生命线，广告是维护电视台正常运营的重要保障。之所以在电视剧中插播广告、在电视剧片头片尾加播“口罩广告”，商家看重的也是这些电视台良好的收视率。然而，让付出辛勤劳动的演职人员被金钱“屏蔽”，让观众被迫接受广告的同时而大倒胃口，后果其实很严重。须知，观众是否收看

是收视率稳定与否的最终决定因素。因此，从短期看，叫停“口罩广告”让电视台损失了部分收益；但是，从长远来看，坚持电视艺术的审美品格，维护观众审美经验的完整性，却是从更加高瞻远瞩的角度为我国电视剧的健康发展保驾护航。此次叫停令不仅可以使演职人员的署名权得到应有的尊重，使观众的审美体验得到完整的保护，也将促使电视台重新寻找广告与电视节目的良性平衡点。

一部电视剧创作起来千难万难，可谓是“千呼万唤始出来”，“口罩广告”非让它“犹抱琵琶半遮面”，岂不扫兴。演得尽兴，看得淋漓！这是观演互动的佳境。所以，我们要为叫停“口罩广告”而叫好！

11. 惊闻粉丝为偶像犯法打抱不平

董大汗

近来，明星因吸毒、醉驾等违法行为受到法律惩罚的事件可谓接连不断，在这些“问题”明星为自己的行为或懊悔不已或心急如焚的同时，得知心目中的偶像遭遇牢狱之灾的粉丝们也开始寝食不安、着急上火。据媒体报道，高晓松因醉驾被刑拘后，他的一些粉丝不断给警方打电话骚扰、求情，希望马上放了高晓松，并表示喝酒也不是什么大事；更有甚者，一名高晓松的粉丝竟为偶像打抱不平，夜赴交警队为其讨说法，将交警队大门玻璃砸碎。无怪乎有专家心生慨叹：如此粉丝比犯罪明星更为可悲！纵观这些年，有关追星酿成的悲剧或惨剧着实不在少数，如一杨姓女粉丝苦追香港某男明星，终致其父投海自杀；17 岁初中生张某因没钱见某女明星并和她“交朋友”而服毒走上绝路等等。究其原因，多半缘于追星路上缺失了理性。

在如今这样一个娱乐盛行的时代里，多数明星背后都有一个庞大的粉丝团。对于那些追星族来说，偶像的一言一行都是他们关心的事。他们看偶像主演的每一部影片，听偶像唱的每一首歌曲，不仅如此，他们还疯狂地购买偶像的画册、唱片，收集有关偶像的一切资料，从生辰星座、身高体重、兴趣爱好、服装品牌到恋爱情史都如数家珍，追星已经成为他们生活的一部分。更有甚者，一些粉丝对偶像亦步亦趋、喜怒相随。偶像风光，他们就欢欣鼓舞；偶像失意，他们便愁眉不展；偶像受了委屈，他们甚至比自己被人欺负了还难过。

追星本无可厚非，但因此导致自己行为失控，乃至搭上性命，就着实是是非不分，作践生命了。追星的关键在于我们该向偶像学习什么。一个人的真正内涵，在于其知识、修养和对社会作出的贡献，值得我们学习和崇拜的是那些对事业、对人生执著追求和不断进取的优秀人物，他们才是我们心中真正的偶像。此外，在喜欢偶像的同时，我们也要了解其背后付出的努力和艰辛，了解其成长史，学习他们的奋斗精神、开拓精神、创造精神，这样才能不断充实自己。例如，一些明星，他们不仅演技出众，具有敬业精神，而且积极参与慈善事业，这些明星就值得学习。

追星现象在青少年群体中尤为突出，如何使得广大青少年的追星转化为对成功的自我激励，借以促进心理成熟和健康发展，关键在于全社会要形成一个能够对青少年加以引导和约束的理性氛围。对于家长而言，一方面要学会尊重、理解孩子对明星的喜欢；一方面要积极引导孩子正确看待明星，适时向其指出过度追星的负面影响。特别是当其偶像出现负面新闻时，要教会孩子从中吸取教训，正所谓“见贤思齐焉，见不贤而内自省也”。而对于整个社会而言，只有提升整体成员的文化素质与修养、加强青年一代的理想和信仰教育、帮助青少年树立正确的人生观价值观，让他们认识到追星的非理性因素，明确真正的人生榜样，真正从偶像崇拜变成榜样激励，才有利于青少年身心健康成长，有利于和谐社会的长足发展。

一言以蔽之，追星不是洪水猛兽，关键是要择其善者而从之。要善于总结成功人士的成功经验，并结合自身条件去实践，从而推动自身成才，如此追星方为上乘之道。否则，把自己的人生价值乃至生命寄托于偶像，甚至漠视法律，颠倒是非，走火入魔，无论早晚，必受其害。

12. “私奔体”缘何爆红网络

乔燕冰

近日，一则风投界知名人士示众于自己微博上的高调“私奔”宣言引爆网络，“私奔体”横空出世般迅速蹿红。一夜之间，“凡客体”、“银镯体”、“梨花体”、“羊羔体”、“见与不见体（又称嘉措体）”、“咆哮体”、“五四体”等曾经流行于网络的诸“体”皆成“浮云”。网友一哄而上，争相围观、戏仿，超常的热度甚至引发语言专家对文字的担忧。

众“体”你未唱罢我登场地浮现网络，让人不由生惑，是否我们已然进入了一个“体”时代？一则广告可以产生一个“凡客体”，一个诗人可以引发一个“梨花体”，一段诗歌台词可以诞生一种“见与不见体”，一个节日可以造就一个“五四体”，一篇博文可以形成一种“咆哮体”……每种新的语体一出现，网友便趋之若鹜地把内心的渴望、焦虑、纠结、不满，对号入座地嵌套在各种“体”中，衍生出“婚姻版”、“加班版”、“跳槽版”、“考试版”、“堵车版”等多种版本，在网络上热情咏诵。这种援引别人的句式、宣泄自己的情绪的网络群体行为，固然可以用惯用的娱乐时代的戏谑、快餐文化的浮躁、网络时代的游戏视角去解读。但是，也许潜藏在表象背后严峻的现实与人们对诗意的渴望之间的巨大落差才是这一现象泛滥的根本。

科技进步引领工业文明的今天，当人们终于可以为他们一路跋涉换来的“文明”而狂喜时，却找不到那曾经温存的世界和那曾经纯真的自己。那个雨是天使的眼泪、云是玉女的秀发、星是精灵的眼睛、月是嫦娥的天堂的诗意世界被科学祛魅了;那个“采菊东篱下，悠然见南山”的超然自足的生命境界被工业技术“殖民”了。远离小桥、流水、人家，穿梭于钢筋水泥丛林里的现代化都市臣民已经记不起多久没有数星星，是否还会赏月亮了。但是，来自人类本性的诗性智慧与我们民族农业文明奠基的文化置于人心的诗意冲动却无法泯灭。这个快节奏的物化时代，加重了人们对渐行渐远的诗意的渴念。在最需要诗的呵护的今天，人们承受的却是诗意的空前匮乏，是冰冷的机械、键盘对诗意的无情嘲弄。诗意渴望无以为寄。

于是，许多人一面用“梨花体”、“羊羔体”来诅咒“口水诗”对诗的亵渎，一面乐此不疲地戏仿、恶搞“见与不见体”、“五四体”来疏泄内心躁动。习惯了现代快餐文化消费方式的大多数人显然无暇在佶屈聱牙、渊雅深隽的古诗词中徜徉缱绻，而只能臣服于轻松的节律、简单的句式、直白的语言，用低门槛的“诗”的模式，安慰内心压抑的诗意冲动，守护心灵尚存的羸弱的诗性追求而不致于干渴而死。即便这种模式与真正的诗相去甚远，即便有时仅仅是靠频频地敲击回车键来实现。众多“体”的出现与热捧，都一定意义上完成了一种诗性的慰藉与祭奠。

也许这次“私奔体”的语式并非十分符合“诗”的追求，但除了名人效应让道德伦理质疑、商业炒作猜测迅速聚焦外，金融业巨头与财经界翘楚共绝红尘、拂袖而去，这一事件本身就多了一种诗性隐喻。最“物质”的人做了最“诗意”的事，这种强烈反差形成的巨大张力给这个失性于俗的物化时代的人们不小的冲击。“私奔”暗合了人类情感这一永恒的浪漫主题，更哪堪主角那不无风雅的《私奔之歌》的预热，以及温婉的别辞宣言。这一切足以满足网友又一次假以“诗意”的祭奠与狂欢……

当下时代，诗意的没落要以一次次对“体”的追寻的方式自我慰藉，不能不说是残酷的。但是，也许我们还应该有一丝庆幸，因为即便专家悲呼“微博时代，文学已死”，我们或许可以在众“体”流行的狡黠中看到，在物质的囹圄中，诗性尚未沉沦，至少心为物役的人们还能够自觉地去渴念、去祭奠那远去的诗意，无论他们采用的是怎样的方式，无论这些方式本质上如何悖离真正的诗意。

13. 当心“微文学”变成了“被文学”

怡梦

最近新浪微博继微小说大赛之后又将推出微剧本大赛，为配合这一赛事，令其更为直观立体，新浪已启用微视频官方微博，开始征募微剧本的投稿。其选登的作品有以蒙太奇形式呈现的生活感悟、时空跳跃的古代故事、曲终奏雅的寓言性片段，林林总总，内容相当丰富，质量相当可观。

如果我们在新浪微博搜索栏里输入“微小说”、“微剧本”字样，可以发现相关话题还有“微诗歌”、“微故事”、“微家书”、“微简历”、“微影评”等，几乎涉及全部的文学及非文学的文体，也带动了不同年龄、职业的网友的创作热情，可以说微文学正在成长为一种全方位的、全民的文学样式。但详细观之，却发现这一系列以“微”冠之的体裁，内容形式几乎都趋于一致，由于篇幅短小，内容零碎，文体特点难于辨析，一篇微小说仅换个标签又可以去参加微剧本大赛。

其实，在不久前的微小说大赛中，作品就已呈现文体标准过于模糊的态势，冷笑话、鬼故事、片段化的生活小事、时空交错的虚构场景、散文化的心情文字，几乎已经无所不包，但都被冠以“微小说”之名。这一现象引发我们以下思考，其一，微文学是否适宜置于传统文学的概念体系中；其二，微文学作为全民的文学，百余字的文学，有没有必要以“小说”、“散文”、“诗歌”、“戏剧”等名目来指称；其三，一个更加不应回避的问题是，微文学是否还能纳入“文学”的范畴。

诚然，作为“微博时代”背景下自然发生发展的文学现象，我们去纠结其中的概念定义似乎为时过早也无甚必要。但文学体裁作为一种形式，是为内容服务的，我们所担心的是，微文学的内容和传统文学已大相径庭，而我们仍要以传统文学的方式去指代和区分它们，是否会限制其发展或令之走上歧途。而当这种影响反作用于传统文学的时候，我们的文学是否会被矮化、零散化，乃至让传统文学在不久的将来进入一个“微”时代，成为只言片语、三言两语的零碎片段，再也无法形成逻辑完整、结构宏大的言说。毕竟，如凡客体、咆哮体、“艰难决定”体、“再也不相信爱情”体等盛行一时、转瞬即逝的微文学样式是在特定的网络话语氛围中产生的，是网友为回应某一事件、某一观点而形成的大规模文学戏仿，失去时间向度之后意义就无法生成，更像是以文学形式呈现的集体行为艺术。而且，如果虚构想象的微博可以纳入“小说”、“剧本”等范畴，那么记录日常生活、发表个人看法的微博可以纳入“散文”之列吗？

为了厘清因传统文学概念引入微文学而带来的诸多混乱，我们有如下主张：首先，文体的划分是在文学产生之后，微文学是一种民间生发、集体创作、在大众传播中生成意义的文学样式，目前发展尚未成熟，不宜以传统文学的概念称之，对于非专业的微文学爱好者、创作者，也不宜以文体对其进行规范，即使设定了文体的条框，文本也会在生长中渐渐模糊这一界限，这也反过来证明传统文学的文体不适用于微文学。第二，网络时代令文学的接受者拥有了成为传播者的可能，文学走下神圣的殿堂，但文学的品质却不可降低，故而我们欲将微文学纳入“文学”范畴须慎重，不加选择地照单全收只会导致文学这一指称越来越不“文学”。第三，网络微文学类比赛对于作品的选拔宜放宽视野，不可一概以传统文学的标准量度，否则那些未被选出但有一定价值的微文学样式有可能因掌握着选拔话语权一方的否定而不再继续生长，而那些得到肯定的作品或将陷入明明有独特样式却无法走出传统文学束缚的非牛非马的尴尬境地。

2012.2.15
星期三
壬辰年正月廿四
第1114期
本期12版
中国文艺网网址
www.cflac.org.cn

中国艺术报

中国文学艺术界联合会主管主办

国外发行代号
D3375
国内统一刊号
CN11-0241
邮发代号
1-220
新闻热线
(010)64810159
每周一、三、五出版
零售价0.70元

今年年初，从号称老北京“保护神”的梁思成的故居被拆到上海现存最大的新式石库门里弄建筑群摇身变成联排豪宅，名人故居的种种遭遇引发社会高度关注。众专家直面难题，议论深刻，提问尖锐，因为——

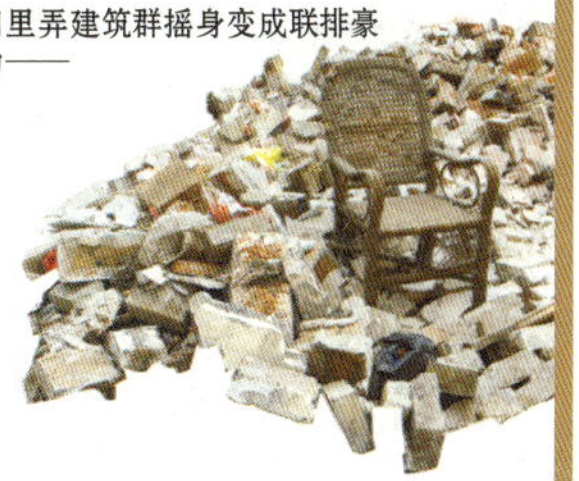

名人故居，我们实在经不起再拆了

□ 本报记者 王新荣

新年伊始，万象更新，可名人故居的命运并未迎来好彩头。已经被文物主管部门确定为不可移动文物的北京“梁林故居”，经历了两年多“拆”“保”之争后，竟然被“维修”成了一片废墟。日前，针对此事，北京市、区文物部门对外宣布了“梁林故居”的拆迁罚单：这是一件典型破坏古都文物保护的恶劣事件。依据文物法规定，对项目开发商处以50万元罚款，并责令其恢复所拆除旧居的建筑原状。

回想这些年，诸如“梁林故居”等名人故居被拆除的命运似乎一直未曾改变。据统计，自上世纪90年代以来，仅北京就有1/3的名人故居被毁，其中不乏市、区级文保单位和文物普查项目。在“旧城改造”、“高度城市化、一体化”等诸多口号的鼓动下，一个又一个名人故居，接踵而去……

①位于北京前海西街的郭沫若故居。 新华社记者 邢广利 摄 ②北京大外廊营旁1号谭鑫培故居。
③位于北京韩家胡同的95中学是李渔故居所在地。

上世纪80年代，文化大师辜鸿铭的故居——北京东城区柏树胡同26号，与相邻的院落一起被征用，改建成王府井旅馆；

1991年，李鸿章祠堂被拆除后院享堂、配殿及剩余的院墙，建成四层楼房，北京东城区档案局和档案馆迁入至今；

2000年，为拓宽广渠门大街，曹雪芹故居“蒜市口十七间半”在几日内变成一片废墟；

2001年，赵紫宸、赵罗蕤、陈梦家、陈景心等曾居住的北京美术馆后街22号院在吴良镛、罗哲文、郑孝燮、梁从诫、舒乙等文化界人士的强烈呼吁保留中被拆除。

2002年，位于北京市宣武区棉花头条1号的我国报业先驱林白水的故居随着街道的拆迁被一并铲平，这座精美的四合院在1990年已被确定为区级文物保护单位；

2004年，原有北京“名人胡同”之称的西裱褙胡同，绝大部分建筑被拆毁。戏剧理论家齐如山故居、“汉园三诗人”之一的何其芳故居均未能幸免。同年，不远处的砖塔胡同95号张恨水故居也被拆除，高楼取而代之；

2005年，曾诞生了《故乡》《阿Q正传》等作品的鲁迅北京八道湾故居书房在3天内被拆除；

2006年，唐绍仪故居——麻线胡同3号院被拆，这座中西合璧的院落本是“北京市东城区重点文物保护单位四合院”。

……

或许，在碎石瓦砾中，崩塌的并不仅仅是一座院落。

>> 下转第3版

国家广电总局下发通知要求

境外电视剧不得在黄金时段播出

本报讯（记者 余 宁）记者从国家广电总局官方网站获悉，国家广电总局2月9日发布了《关于进一步加强和改进境外影视剧引进和播出管理的通知》。

通知说，将加强对境外影视剧引进立项和审批管理。总局每年分两次受理各引进单位的立项申请。为提高引进节目质量，扩大高清节目源，应优先引进高清版本的境外影视剧；引进境外影视剧的长度原则上控制在50集以内。各省级广播影视行政部门应认真履行初审的管理职责，严格把握导向和格调，从立项环节开始加强对题材和内容的审查，不得引进涉案题材和含有暴力低俗内容的境外影视剧。境外影视剧列入立项规划后因故不能报审或报审后内容未能通过的，可在规定时间内更换同一产地、同一题材的节目一次。

通知说，将加强引进剧续约后再次发行的审批管理。经总局批准引进的境外影视剧在《电视剧发行许可证》过期后，由具有引进资格的单位重新与版权方签署引进合同和版权授权书，经省级广播影视行政部门报总局批准，方可再次发行。申报续约后再次引进的境外影视剧应按规定提交引进合同（中外文）、版权证明（中外文）、供片机构的资质证明等材料，认真填写《续约引进境外影视剧申请表》，报省级广播影视行政部门审批。各省级广播影视行政部门应对内容重新进行审查，并出具内容审查同意书，报总局审批。总局根据省级广播影视行政部门上报的续约引进申请和内容审查意见，于每季度最后一个月集中审批。对批准再次发行的境外影视剧，重新颁发《电视剧发行许可证》。

通知说，将加强引进剧播出管理。各级播出机构要严格按照总局规定，在播出境外影视剧时认真审核相关手续和批准文件，并在片头标明发行许可证编号。境外影视剧不得在黄金时段（19:00-22:00）播出。各电视频道每天播出的境外影视剧，不得超过该频道当天影视剧总播出时间的25%。各级电视台申报并获得总局批准引进的境外影视剧必须在本台首播，首播之后才可以再次发行在其他电视频道播出。各电视频道不得以栏目短剧或介绍境外影视剧的形式变相完整播出未经广电总局审批并获得发行许可证的境外影视剧。每期栏目中插播境外影视剧的时长不得超过3分钟，累计使用境外影视剧片段的时间不得超过10分钟。介绍境外影视剧的资讯类栏目，使用境外影视剧片段时长不得超过1分钟。进一步加强境外影视剧播出国别比例的管理，避免个别电视频道在一段时期内集中播出某一国家或地区的境外影视剧。

通知说，各省级广播影视行政部门要加强对辖区内各级电视频道播出境外影视剧的监管，加大对违规频道的处罚力度。如发现违规情况，省级广播影视行政部门应对违规播出机构下发《整改通知书》，责令限期整改；对未整改或整改完成后180日内再次出现违规播出行为的机构下发《违规处理决定书》，同时予以通报批评。情节特别严重的，由总局下发《违规处理决定书》，并予以全国通报批评。

本期阅读推荐

在名著的基础上改编，偷偷摸摸加一些东西，虽然加进去的东西是原创的，但观众不认

大话“新西游”

艺象杂言

造就艺术人才，就得不拘一格

□小何

“今年我会招10个徒弟，以中国的方法来培养他们，不学英文！我跟清华说：我的博士生，不能考英语。”近日，在国家博物馆举行的一场名为“天·地·人·艺”的学术讲座中，著名艺术家韩美林宣布今年他带的博士生将不用再考试和学习外语，该培养方案已经获得校方同意，在清华甚至国内尚属首例。联想起数年前引起广泛社会讨论的陈丹青因考生英语考试障碍招不到学生而辞职的事件，该举措不禁令人鼓舞，看到了艺术生教育改革的一丝苗头。

艺术因其特定的媒介，可分为造型艺术、表演艺术、语言艺术和综合艺术，其中音乐主要凭借声音旋律，绘画主要凭借线条和色彩，舞蹈主要凭借肢体，而文字语言主要跟语言艺术相关。所以文与可胸有成竹便可挥毫泼墨，嵇康不需堆砌文字自可手挥五弦目送归鸿。语言是人际交流的方式之一，而艺术则可以在静默中使人心灵相通。不懂外语，难道我们就不能欣赏米勒的《拾穗者》、不能聆听《田园交响曲》么？线条、色彩和声音等非语言媒介艺术形式更多偏重于视听的直观学习方式，需反复临摹练习，而不是耗费时间精力在关系不大的语言训练上。

1956年，张大千夫妇拜访当时已75岁高龄的毕加索。毕加索捧出五大本临摹齐白石的中国画习作请张大千观看，说：“我最不懂的，就是你们中国人为什么要跑到巴黎来学艺术？这个世界上谈到艺术，首先便是你们中国人最有艺术。”艺术的成就不是由掌握几门语言决定的，毕加索不懂中文，一样可以欣赏中国的绘画。外语不是中西方艺术交流的必要条件。

艺术需要天赋，外师造化，中得心源。无数名师大家都很注重投身艺术者的天赋，肯定天赋的重要性。爱迪生言“天才是百分之一的灵感加上百分之九十九的汗水”，而大多数人缺少这百分之一的天分，如果再将大半的汗水浪费在与艺术无关的学习上，更将造成人才的浪费与天分的扼杀。艺术的本质是自由的游戏，是生命融入其中进行的自由创造，当从事艺术的人具备了一定的天赋和勤奋的品质时，还需要外界提供一定的自由空间，维护其自由精神的发展。我们当前的艺术生教育对艺术生已经稍有放宽，如降低文化课要求等，但艺术专业博士研究生英语考试要求不降反升，不仅是对自由的束缚，很可能将具有特殊天赋的人才关在大门外，导师招收自己学生的自主权也受到限制，如同钱锺书笔下的围城，外边的人想进进不去，里边的老师想招招不来，令人扼腕叹息。目前我国的英语考试侧重的是应试能力，而非听说读写的运用。因此这样考出来的学生，入学之日，往往也是他们放弃英语学习的开始，这已经成为目前我国高校中一种普遍现象。

与硬性的英语考试相比，出于实际需要的英语学习往往事半功倍，且更有针对性。正如曾在考卷上写下“我是知青，没有上过学，不懂外语”的陈丹青，后来在国外定居十几年，熟练掌握西方油画技巧，这个过程中自然掌握了英语。英语素养需要凭借兴趣和实际需要来学习积累，而不是绑在枷锁中填鸭。

艺术的生命力来源于生活。与“不用学习和考试英语”相对应的，韩美林并没有放低对学生的文化要求，强调要学习传统文化，并且，韩美林的创作起点即是他的全国采风“艺术大篷车”，在民间找到艺术家尚未开发的处女地和讲不完的几千年的文化积淀。这或许才是艺术教育应该给予学生的。

去年艺术学升为学科门类，这或许也是艺术学教育调整、创新的一次契机。艺术学科内大体可以粗略分为创作型和研究型两种，而实际上走的都是研究型培养路线，韩美林所招也依旧在“艺术理论研究”名下。“艺术是衡量博士生入学的惟一标准”，不妨在硕博阶段将创作型艺术生与研究型艺术生分开培养，相对独立，史论研究艺术生可以专心做理论研究，创作型研究生通过色彩、声音和画面及必备的翻译资料来了解前人和同辈经验，并投身到现实生活中去寻找创作源泉。韩美林还为自己的博导计划放出豪言：三年之后，这些经他调教点拨的学生一定能成为国家栋梁。这样的创新和胆识值得我们期待。

《中国艺术报》版式赏析

2012 年 2 月 15 日

第 1114 期

14. 另类毕业照，值得反思的时代底片

乔燕冰

7 月，毕业季，因为太多人即将走出校园而染上了伤感的意味，也因为无数人将要踏上梦想的征程而被涂上希望的色彩。岁月无痕，却总会在希望和伤感交集的毕业季刻下特定的时代记忆，留下不同的文化符号。

短裙、黑丝、美腿、高跟鞋、六道杠……继华东师范大学数十名女生“惊艳毕业照”现身网络，近日来，各种另类搞怪毕业照在一波波毕业浪潮的席卷下汹涌不断。身着学位服“自挂东南枝”、摆拍“肉蒲团”、扮“伪娘”，集体举出“求包养”、“求私奔”、“求围观”、“求解脱”等标牌，穿低胸礼服、婚纱、旗袍、唐装，以及赤膊上阵甚至集体裸奔……如此等等，各类疯狂毕业照层出不穷、不一而足，让网络围观不断升温，也引发了是青春宣泄还是社会堕落的质疑和讨论。

无论哗然、质疑、指责还是理解，当下的大学生已经为这个时代留下了与以往任何时代都截然不同的群体记忆。

遥想上世纪 30 年代，那一群博闻而强志的毕业生，投笔从戎，踌躇满志，唱着“我们要做主人去拼死在疆场，/ 我们不愿做奴隶而青云直上！ / 我们今天是桃李芬芳，/ 明天是社会的栋梁；/ 我们今天是弦歌在一堂，/ 明天要掀起民族自救的巨浪！”奔赴抗日前线的一代青年。一首《毕业歌》是他们青春无悔的宣言，宣告着一代青年如火的青春，镌刻着一代青年“天下兴亡，匹夫有责”的爱国激情。作为理想主义主体，这一代人的自我是隐匿和奉献于崇高的价值诉求中的。

上世纪 80 年代，回响着被恢复高考点燃的千百万学子久违的希望。由许多经历了上山下乡的“老三届”组成的饱受坎坷后又绝处逢生的特殊知识群体，带着刻骨铭心的时代印记，完成了一场知识与命运的鏖战。他们的努力蕴含着奋进的精神，他们的拼搏见证着社会的发展，他们的热情激活了整个社会。虽少有华丽的毕业照可以祭奠他们的时代，但诸如油画《父亲》对时代、社会的鞭打与拷问，思索“人生路越来越窄”的《潘晓来信》对理想与现实的生存质问与警醒，歌曲《年轻的朋友来相会》的慷慨激扬等时代记忆，让后人感受到的是理想主义、集体主义与现代自我意识上升所产生价值碰撞的张力成就的一个时代和一代人。而这些特定的时代符号也成为那一代人特有的标识。

而今，以“80 后”、“90 后”为时代领军的青年主体，面对物化时代的到来，物质主义的盛行，对传统精英文化的崇信和追随被瓦解的同时，强化的是强烈的自我存在意识，以及个体生存更为强烈的矛盾与虚无情绪。这种裹挟着传统与现代、社会与自我的矛盾情绪来自于优越的成长环境与激烈竞争现状之间失衡所形

成的社会心理基础，来自于“理想很丰满，现实很骨感”的巨大自我心理落差。特立独行、惊世骇俗的出格行为，桀骜不驯、玩世不恭的另类举动是他们复杂的心绪的特定表征，是他们站在社会大门前无措张望和自嘲的表情，更是他们对残酷的社会现实与沉重的生存压力本能而倔强地抗争。

另类毕业照一定程度上也许与摄影艺术无关，与审美趣味无关，但它们为时代留下记忆的同时也留下了一张可供思考的底片。也许，相较之下，无论是处于转型期的新一代价值主体，还是无数呵护和对视他们的祖辈父辈，都需要寻找一种新的价值认同。在当下大学生走出象牙塔，走向柴米油盐酱醋茶的现实人生时，面对他们看似传统价值观淡漠甚至失落地站在历史路口的另类行为，我们需要的也许不是简单地用“垮掉的一代”对号入座，用“自我的一代”浅表解读。除了因担忧他们赤裸的肩膀能否撑起时代的重任而用指责与质疑来寄托对这个群体成长的渴望，我们更应该做的也许是基于社会、他者所应该给予他们什么的深度反思。

15. 说说革命历史青春的言说

王新荣

激情燃烧的七月，在庆祝建党 90 周年之际，从电视到电影，荧屏、银幕之上红色题材剧唱起了绝对的主角。养眼的明星、精致的画面、纠结的情感……诸如此类的青春偶像剧元素如果和革命历史题材剧“捆绑”在一起，是否会变成“四不像”？“红色”也可以“青春偶像”？主旋律如何成就经典？从当年热播的《恰同学少年》到如今火爆荧屏、银幕的《中国 1921》《风华正茂》《建党伟业》等等，节节攀升的收视率与一路飘红的票房，似乎都在为心存疑虑的观众解疑答惑：革命历史被青春化言说，这个可以有。

纵观当下的革命历史题材剧创作，其中以表现伟人青年时代生活的题材为最多，由此引发的爱情戏被放大和凸显也成为此类题材的一大特色。比如，电视剧《中国 1921》中，杨开慧雨中向毛泽东大声表白：“我要嫁给你！”“我要为你生孩子！”，《新四军女兵》里女兵们的时尚造型，《建党伟业》中毛泽东与杨开慧雪中深情相拥的浪漫……明星大腕儿代替了特型演员，不温不火让位于激情洋溢、大胆个性。情节架构、叙事方式、人物形象、言谈举止、情感表达的方式等等，种种变化的背后到底隐藏着怎样的文化逻辑？是叙事策略的胜利？还是市场化运作的观众为王？抑或是社会文化语境变迁给影视创作留下的烙印？

历史走下神坛，英雄人物不再“高大全”，于是革命者不再是绝情绝欲的“斗争机器”，青春年少、儿女情长实乃人之常情，即便伟人也概莫能外。这种创作视角的变化，首先反映的是对历史真实、生活真实的还原和尊重。从新文化运动启迪民智到五四运动传播马列新思想，激情飞扬的年代，造就了大量敢于冲破旧思想牢笼创造新天地的新青年。1921 年，中国共产党成立，那年毛泽东 28 岁，而参加中共一大的代表中最小的刘仁静仅有 19 岁。恰同学少年，他们当有激情、有爱情，当有对未来的憧憬，也当有理想与现实碰撞之后带来的种种困惑：中国的未来将去向何方，该选择什么样的道路，改良还是革命？学欧美还是学日本？该依靠谁？又该打倒谁？这一切都在探索之中。试问，如此时代、这般年华的革命者，该以怎样的姿态面对当下的青年观众？

革命历史青春化言说，从表面上看是一种叙述方式与策略的改变——革命历史叙事由大历史叙述变成个人化的体验，由宏观代言到微观自述，历史不再是一种简单的家国民族想象。实际上，背后反映的却是文化的碰撞和变迁，而变迁背后更加注重的，却是个体的人的命运。如今随着社会高度一体化的松动，文化也越来越呈现出它的多样化、个性化。美国当代著名哲学家理查德·罗蒂认为，在后现代世俗文化的语境中，众神退位，英雄从“知道一种大写的秘密”和“达到了大写的真理”的超人沦落为“只不过是善于做人”的凡人。如今，越来越多的革命历史青春偶像剧创作者已经意识到，历史并不仅仅是作为民族想象共同体的主流历史，而且也有民间化、私人化内容。于是在他们的影视创作中，开始把过去所谓的单数的大写的历史，分解成众多复数的小写的历史；把那个“非叙述、非再现”的历史，拆解成一个个由叙述人讲述的故事，使叙述成为一种个性深处的历史散片。而这正是当前众多革命历史青春偶像剧频现的理论依据与特色所在。

一时代有一时代之文学，唐诗境阔，宋词幽婉，元曲曲尽人情，正所谓格以代降、体以代变。时代变了，社会语境不同，必然会产生不同的话语方式与话语系统。正如样板戏慢慢退出人们视野一样，如今对于那段如火如荼的革命历史，观众特别是青年观众的脑海中到底保留着怎样的集体记忆，也成为影响革命历史青春化演绎的一个重要考虑因素。由特型演员饰演的伟人承载了老一辈观众对这些革命伟人大量的具体记忆，包括外形、口音、生活习惯等等。但时过境迁之后，这种记忆正在日渐萎缩、淡化，观众的欣赏口味也发生了变化。现在的观众对电影的需求更多转向了作品本身和演员本身，年轻观众更加青睐明星版的伟人，《中国 1921》更被年轻观众称之为伟人版《奋斗》。历史名人不再是远离我们的空洞的符号，在血性背后，融入更多细节写实与血肉情感，使得伟人更为真实。细节是历史的表情，观众就是通过这一个个细节感受历史风云巨变以及人物命运的喜怒哀乐。而要是没有细节的表现，历史就会变得模糊，它的生动性也就会丧失。

革命历史青春化、偶像化言说，纵然还存在着翻拍成风、恶搞成趣、娱乐化演绎、山寨化制作等各种各样的遗憾，但必须正视的现实是，我们面对着一个“80后”、“90 后”大量青年受众群体，他们的审美趣味在哪里，如何引导他们以更加行之有效的方式体认这段血与火的历史，是每个影视创作者必须思考的问题。李大钊曾言，以青春之我，创造青春之全人类。在笔者看来，革命历史青春偶像剧也是如此，即以青春化、偶像化之叙事策略，锻造新一代受众。

16. 网络转载岂能莫辨出处

怡梦

最近一个时期，有读者和作者反映，《中国艺术报》许多独家原创稿件被众多门户网站大量转发，但转发网站或不标示出处，或标示错误出处。这一现象折射了当前网络转载中具有普遍性的权益问题，值得深思。

在这个信息爆炸的时代，网络媒体发布、传播消息的效率远远超过曾以时效性著称的报纸。信息发布者省去排版、印刷等诸多环节，只需坐在电脑前敲击键盘、点击鼠标就能迅速传播新闻、制造热点。然而，消息传播过程中，人为因素导致的以讹传讹、张冠李戴、不尊重原创者著作权等现象也随之屡见不鲜。

很多纸质媒体在尝试与网络接轨，发表在报纸上的消息、文章也会同步上传至网络。作为更广泛的展示平台，网络无疑给纸质媒体带来了“扩容”、“提速”等诸多便利。有价值的消息、文章一经发布，各个媒体的网络平台相互转载，达到受众群体多元化和信息传播扩大化的效果。对于发布者来说，看似有百利而无一害。然而，细究一条消息、一篇文章在网络上的传播过程就会发现，从起点到四通八达的枝杈末梢，途中或失落了出处，或改变了题目，正可谓“少小离家老大回，乡音无改鬓毛衰。原作相见不相识，笑问消息何处来”。

虽然比起个人化的文学作品、学术论著，新闻作品在转载、引用方面有着较大的自由度，但这种草率的“复制”、“粘贴”行为无疑会给第一发布者造成诸多权益的流失。特别是基于纸质媒体建立的网络传播平台，其消息在转载者不规范的操作下失落或误写出处，无形中就变相侵犯了纸质媒体的品牌权益。而转载者无视发布者意图，根据自身需要随意删改消息或文章的标题、内容，更是破坏了新闻作品的完整性，对原作者是极大的不尊重。加之二次、三次转载者不问青红皂白、为图省事信手拈来，这种“山（原作出处、标题、作者等）不转水（新闻实体内容）转”极易导致新闻作品面目全非、谬传千里，实在有违传播的初衷。

上述种种，既说明了转载者在知识产权方面颇有意识模糊之处，更说明网络媒体在自身发展过程中产生了认识断层。以前，纸质媒体之间的转载须向发布者请求授权并获得原作者同意，这一规则早已为业内所公认，相信极少有媒体会违背。如今换成了网络媒体对纸媒的转载以及网络媒体之间的转载，操作简单，转载量大，似乎各个网络媒体也形成了某种默契，授权无需再像以前那样征得许可，而是直接把中意的内容改头换面，把其中的“爆炸性”内容重新包装，以求得不明就里的网络用户更高的点击率。

这种为了“眼球经济”而漠视原创的做法极大伤害了原作者和原始新闻平台

的权益，并可能造成整个网络环境的劣质化、浮躁化，甚至导致“劣币驱逐良币”，令原创者的满腔心血顿成无用功。要改变这一局面，就要求网络媒体增强著作权意识，共同探索传播规则。发布者应尽量使自身信息清晰明确，可参考一些文学原创网站的做法，在消息文本中每一段文字的末尾加上含有发布者信息及“版权所有”字样的水印文，这种文字在网页上显示为透明，读者浏览时只能看到正文，但在复制、粘贴之后就会显露出来，提示转载者尊重版权。另外，转载者应写明原始出处、原作者，在转载文本中附上源链接，如无特别需要，不应擅自删改标题、内容。当然，具体措施仅仅是一种手段，目的是在纸质媒体向网络媒体的过渡中强化维权意识，并逐步制定完善的网络新闻传播规则。从纸质到网络，形式变了，很多观念也随之改变，但维护发布者权益、对阅读者负责、保证信息传播真实性却应始终如一。

17. 微博时代，媒体如何应对

怡梦

如果说网络媒体的出现是对传统媒体的变革，那么微博文化的盛行就是对一切媒体的挑战。记者这一职业曾被称为时代与城市最敏感的神经末端，而近来多起重大公共事件的披露，皆是普通公民在微博上完成的。7.23 温州动车脱轨事故发生后的第一条“报道”并非来自任何媒体，而是 D301 的乘客袁小芫（网名）第一时间（20：38）发布的微博：“D301 在温州出事了，突然紧急停车了，有很强烈的撞击。还撞了两次！全部停电了！！！我在最后一节车厢。”7 月 30 日，龙灿（网名）在微博上揭露故宫博物院古器物部损坏国家一级文物宋代哥窑瓷器，经调查证实，事件发生在 7 月 4 日，发布消息之前，龙灿本人已历经十天求证，而媒体对此毫不知情。

从这两起事件来看，经由微博发布并传播的信息，至少在速度和敏感度上轻易地超越了媒体，以往只能通过电视、报纸、门户网站等官方媒体获悉新闻事件的受众成为自在自发的信息传播者。必须承认，民间的声音正在微博上直播社会每时每刻的全景、中景、近景甚至特写，这对官方媒体有选择地发布、传播信息的“权力”是一种有意无意的颠覆。如果说生活的舞台，每个人都是演员，那么今天，微博的时代，每个人都有可能成为“记者”。媒体在信息来源渠道增多的同时，也或多或少感受到民间的声音带来的尴尬，因为媒体无从知道微博上的某个角落正在发出何种声音，而这种声音不知何时、何种原因将会生长为焦点、唤起强大共鸣，而媒体自身认定、命名的焦点、重大事件，极有可能在民间遭到冷遇，在微博信息传播的随机性、不可控、不确定的压力下，媒体的传统地位是否有所动摇，又当如何应对？

其实，微博在创生之时，就潜在地预设有新闻发布与传播的功能，每一条微博几乎都是个人在日常生活中捕捉到的自身认为不寻常、有特殊意义与价值的记录，这与新闻产生的机制本来就十分相似。然而，由于传播者的非专业性，与媒体相比，“微博新闻”有其自身无法克服的弊端。譬如，邹静之曾言，微博是“喊出来的”，即个体的声音与情感在微博上会被无限放大，其对事件的“报道”与“评析”带有强烈的个人色彩，缺乏媒体冷静客观的维度。从“微博热门话题榜”的瞬息万变也可看出，大多数所谓“焦点”、“热点”都是转瞬即逝的，人们的话题在同一事件上停留的时间极短，这令透过现象深入挖掘成为不可能。基于以上缺点，微博的真实性存在隐患，谣言与辟谣每天都在激战，貌合神离的图文匹配造成误导，大量无效信息充斥屏幕。

但也应该看到，微博所带来的公民社会责任感的上升与媒体话语权的下移对社会舆论的监督功能是极大的促进，微博与媒体并非真的竞争对手，而是协同的友军，微博时代，媒体仍大有可为。故宫文物损坏事件的水落石出，就是媒体与微博相互配合行动的极好范例，龙灿的微博发出后，多家媒体向故宫质询，并以专题报道形式详细全面介绍文物损毁原因、梳理事件的来龙去脉。从民间获取信息，选取独特角度深入报道，这是媒体专业性的体现，亦是其专长所在。微博又是社会现实、文化走向、审美变迁实时播报的窗口，是语言创新、艺术创意层出不穷的磁力场，微博上认可的话语、民间选择的新闻人物，也值得媒体有选择地采纳。信息来源丰富了，但媒体并不比以前省时省力，相反还要在辨别真伪、沙里淘金、提炼与升华等工作中下更多功夫，力求将精品呈现于世人。

或有一天，微博和媒体能共同担负起舆论的使命，真正做到为时代与人民发声。

18. 选秀节目秀隐私，可怕！

王新荣

据报道，湖南卫视老牌选秀节目《快乐女声》为吸引眼球，不走寻常路，以选秀节目混搭真人秀，50多个高清摄像头昼夜直播选手生活起居，上演现实版《楚门的世界》，甚至是现实版的《宫心计》。选手的一举一动皆被网友围观，几乎每天都有数千人参与直播讨论，几乎每天真人秀都能“不负众望”地发生点什么，其“窥私”之嫌遭遇公众普遍质疑。台前幕后的种种迹象不禁让人生叹：本届“快女”选秀，火的不是场内唱功比拼，而是场外绯闻八卦满天飞。

真人秀与选秀节目相结合，主办方美其名曰让歌迷在第一时间了解“快女”们追逐梦想的成长过程。但明眼人都看得出，此举紧紧扣合了窥私、猎奇的大众消费心理，从而使节目的关注度大增。其连锁反应的市场营销策略，最终诉求无非还是满足大量吸金的商业目的。据报道，人气高的选手将获跟拍一天的优待，而人气低的选手则可能站上终极PK台，从而刺激各家“粉丝”恨不得带上放大镜来真人秀“找茬”，以便“损人利己”。选手们稍不留神的任何一个情感宣泄都有可能惹祸上身，被网友们揪住“小辫子”，演绎出一套有理有据的“心机说”、“虚伪论”。这不禁让人慨叹，真人秀毁的不只是一帮单纯可爱的追逐艺术梦想的女孩，更在于被摄像头无限放大的一个个琐碎细节于无形中消解了艺术与现实本应秉持的审美距离，让艺术审美悄然远去。

艺术的审美体验，源于丰富的审美想象；而心无旁骛的审美想象，则根植于恰如其分的审美距离。零距离赤裸裸的网络围观在一定程度上压缩甚至消解了艺术创造的空间，消弭了艺术与现实的界限，其后果就是在大众娱乐化的浪潮里，过度沉迷于娱乐至死的不良倾向，从而从根本上解构了艺术的本体价值及其讽喻当下、针砭时弊的优良传统。这不禁让笔者联想到日前有关媒体披露的微博围观式电视新闻访谈，说此类节目为增加其视听效果，如何选择“情绪亢奋”的嘉宾，甚至让主持人标榜“愤怒风格”，如何让节目配以煽情的音乐，使得新闻访谈节目的演播室很多时候更像一个晒“火爆”的秀场云云。“情绪”与“气势”压倒了观点的合理性，这种集体宣泄式的网络围观，对于电视传媒来说，往往产生适得其反的艺术效果。

《快乐女声》，这个标榜“想唱就唱、唱得响亮”而走进大众文化视野的选秀节目，曾让无数名不见经传的音乐人崭露头角、实现了明星梦，其广接地气的姿态、注重专业实力不拘一格的评价标准，曾被人喜闻乐道。而在日渐式微的今天，一些选秀节目拼的并非选手的才艺高低，而是曝点的影响大小，而全天候直播的真人秀正是制造曝点的最好方式，甚至选手在真人秀里表现出来的情商都会直接影响比赛结果。名利的刺激和尊严的沦丧都可能使伦理道德更显苍白无力，长此以往后果将不堪设想。据说，国家广电总局拟出台对卫视娱乐节目的“限娱令”，正是基于电视传媒中不断井喷增长的娱乐节目所诱发的过度娱乐化倾向的一种反应。明确文艺为谁服务的前提，怎么服务的问题，的确应引起媒体从业者的高度重视和深刻反思了。

19. 赞，大运会开幕式，不讲排场拼创意

怡梦

荷兰阿姆斯特丹火车站候车大厅，单调的广播里忽然淌出美国电影《音乐之声》的插曲《哆来咪》，提着公文包候车的中年男子先是一愣，继而挥动四肢欣然起舞，接着是七八岁的小姑娘，路过的学生、白领、六旬老妪不约而同地纷纷加入，3 分钟里，逐渐演变成一场近百人的踏乐共舞。这则去年在网络上广为流传的感人视频成功再现于深圳大学生运动会开幕式的舞台，杜克大学舞蹈队历经 7 个月排练，融拉丁舞、中国民族舞、爵士舞等多种风格为一体，手持深圳大运会吉祥物，和着中文版《哆来咪》，仅用 30 秒即热烈欢快地舞出了开幕式的亮点。与气势恢宏、震撼人心的北京奥运会开幕式不一样，这一次，深圳大运会的主办方用另一种简约独特的创意再次征服了全世界。

在影片《音乐之声》中，插曲《哆来咪》出现过两次，这首插曲既有乐观向上的精神内涵，又充满反对战争、渴望和平的爱国情怀，这也是它无论何时何地响起皆能引发共鸣的原因。该插曲在深圳大运会的开幕式上奏响，伴随融合多民族舞蹈艺术设计而成的热舞，充分展现了世界大学生青春亮丽的形象和团结友爱的情谊。与以往追求人海效应、宏大景观的大型表演盛会相比，简单的旋律与朴素的肢体语言所表达的内涵竟能如此丰富，这给予我们如下启示：怀旧也是一种创意，久远的材料只要运用得当，也可与时俱新；简约也是一种创意，朴素的材料只要巧妙组合，也可耳目一新。短暂也是一种创意，30 秒的表演只要真诚投入，也可记忆犹新。

有时，简约比复杂更可贵；有时，朴素比华丽更动人。这一精神贯穿于深圳大运会开幕式始终，以市民收集的塑料矿泉水瓶为装饰、不放烟花、不请明星，这样的舞台如何吸引观众，如何呈现一个时代、一国一城的精神面貌，又如何展示大学生的青春活力，拼的就是创意。在开幕式表演中，既有以故为新的《哆来咪》，又有最时尚的青春元素，如《与书共舞》的 LED 背景屏模拟了“弹幕”效果，在一本书的翻动中，物理公式、数学算法如同游鱼一般成群结队横向流过屏幕，这是为年轻人所熟知的动漫视频网站喜用的令网友评论实时呈现的新技术，它以直观的形式表述网络围观的共时性，而借用在《与书共舞》中，则象征了莘莘学子于知识海洋中遨游的畅快淋漓。可见，这是一个真正献给全世界大学生的舞台。

深圳大运会开幕式的独具匠心令我们反思同类大型表演的意义与价值，既非炫耀，亦非猎奇，就如同一道大餐，开胃汤做得百味俱全未免喧宾夺主，而调得平淡无奇又与珍馐美味不相匹配，融入大厨的个人风格与对用餐人的心意，大方

得体、恰到好处方为美。

深圳，这个改革开放的先行者，再次以“敢为天下先”的勇气，突破传统、改革创新，不攀比、不折腾，让观众欣赏了一个简约却不简单的低碳开幕式。透过开幕式，除了不讲排场拼创意的独具一格外，更是折射出了一贯的深圳勇气和中国强烈的文化自觉与文化自信，昭示了青年的无限活力和未来。

20. 蓝精灵体流行，全民文化幼稚病

李晓

“在那山的那边海的那边有一群蓝精灵，他们活泼又聪明……他们自由自在生活在那绿色的大森林……”最近，电影版《蓝精灵》在各大影院热播，唤起了很多人的美好回忆。很多网友根据不同职业，将这首《蓝精灵之歌》改编成多种版本的“蓝精灵体”，吐吐槽、降降压，唱唱更健康！蓝精灵主题曲简单易学、脍炙人口，绝对是“借题发挥”的好载体，于是声势浩大的“蓝精灵体”在网上开始了。

“蓝精灵体”流行不过几天，微博上的好事者总结出了护士版、浦发版、博士版、研究院版、投行版、会计版、IT 人版等 16 个最具代表性的版本，每一种版本的变异都有“外表快乐，内心苦楚”的共同本质，蓝精灵回来了，人们的内心却未必回得去。

力推电影版《蓝精灵》的，以及网络上扑天盖地创作“蓝精灵体”的群体大多是“80 后”，70 后以及之前年代的人们对蓝精灵的热爱势必不如“80 后”们的热度高，“90 后”们又不受蓝精灵的气场熏陶，捋顺下来，一群三十而立、自认社会压力最大的群体才是“蓝精灵体”的写作者和拥趸，乐此不疲地套用简单的格式，直抒胸臆地怀旧、自嘲、吐槽、调侃，认为很有乐趣，很符合“既有儿时温暖的回忆，又共鸣了当下的心情”的需求。

在中国本土电影屡受诟病，国产动画片市场更是被票房嗤之以鼻的语境下，类似于《功夫熊猫 2》《蓝精灵》的外国动画片进入中国票房的成绩堪称辉煌。电影《蓝精灵》更是带动了一代人对自己童年的集体回忆，似乎 1980 年代的中国人，童年的全部就是当年电视播放的动画片，当然还有很多室外游戏，对童年的追忆远比上世纪 70 年代之前出生人更有情怀。

改写儿歌或顺口溜是“80 后”们童年里最拿手的，实际上不管哪个年代出生的人，童年记忆中对修改儿歌的热情是一样的。但如果将童年的乐趣延伸至成年，借着电影动画片的出现而“借尸还魂”，一代人又乐此不疲地重复当年的游戏证明自己的生活还如童年时般快乐，躲着童年的快乐说着自己现实生活是多么的“悲哀”，那“蓝精灵体”真的是恰逢其时，却也证明了一代人在文化上的幼稚程度很深了。

独生子女一代形成的文化形态逐渐靠近“怀旧心理”，所有的娱乐形式和文化的审视方式都以“怀旧”作为潮流和主流，但以“三十而立”的传统文化观念判断和西方文化价值判断标准看，三十岁左右正是对生活和未来充满无限期待和向往的年龄段，“怀旧”的目的是躲在童年“幸福的记忆”里不肯出来，还要装

扮现有的生活投射童年的影子，用以驱赶无尽的成年烦恼和生活压力，说白了，就是为了逃避现实。

即便电影《蓝精灵》带来的快乐唤醒了童年里的种种快乐，还是要面对人生赋予的所有的幸福和苦难，压力对任何年龄段的成年人来说都是不可避免、时时存在的，真正面对的文化力量是来自每个人自身的强大的内心力量。外部赋予的虚幻的童年记忆救不了独生子女脆弱的心态和不敢直面人生的懦弱，文化上的幼稚病会变成精神上的软骨病。外部的短暂快乐是靠不住的，“蓝精灵体”一定会昙花一现般地逝去，快乐亦随之而去。难道非要期待再出现个唤醒童年记忆的事物吗?

21. "蓝精灵体"有何不可?

夏末

随着电影版《蓝精灵》的热映,以《蓝精灵》主题歌为摹本的各种"蓝精灵体"微博竞相涌现,它们以简洁有趣的歌词唱出各类职业、不同人群的生存现状与心声,笔者观之颇受启发。8月22日读《中国艺术报》刊登的李晓文章《"蓝精灵体"流行:全民文化幼稚病》,对文中所持"文化上的幼稚病"与"精神上的软骨病"两提法略有他议,特此呈上拙见与李君商榷。

诚如李君所言,对《蓝精灵》怀有童话乡愁的、在微博上"乐此不疲"、"套用简单格式"大唱"蓝精灵体"的,确是以"80后"为主体的年轻人群,但并非所有儿歌都能引起如此强烈的共鸣。如果他们不仅唱"蓝精灵体",还唱"花仙子体"、"阿童木体",那我们可以认为,这真是一群永远也长不大的孩子。然而,唯独《蓝精灵》主题歌一呼百应,窃以为关键不在于"幼稚",而在于这首歌的旋律和歌词契合了所谓"社会压力最大的人群"的群体性倾诉愿望。

《蓝精灵》主题歌旋律简单,易于记忆、传播乃至改编。革命时期的《东方红》《十送红军》等歌曲均由民歌旋律重新填词而成,它们一直传唱至今。《蓝精灵》歌词首句"山的那边、海的那边"是在向出离于"此在"的"彼方"观望,这样的开篇引起听者的好奇,契合了当下年轻人渴望被关注的心理;"活泼又聪明、调皮又灵敏"是一种充满自我欣赏的标举,"蓝精灵体"在此处对歌词的改编往往也表述本群体的正面特点,这是年轻人自豪感的体现;而随着原词抒情与赞美的展开,改编版渐渐步入一种自我解嘲,最终以荒诞不经、无可奈何作结,我以为这当与原词的天真烂漫、无忧无虑进行互文性解读,正是"一曲荒唐言,谁解其中味"。与李君所见"逃避现实"恰恰相反,他们正是在以自我调侃和戏谑面对现实,自娱自乐、自说自话正是他们抵抗现实压力的一种方式。这是一群渴望被关注、被理解,又不屑于剖白自我内心郁闷的"80后"唱出的倔强独立之歌。

再者,"蓝精灵体"的流行并非唯一的网络集体改编事件,被大规模改编的还有"咆哮体"、"凡客体"、"见与不见体"等,同样是各类人群根据自身境遇、套用简单格式进行的自我宣泄与表白。窃以为基于微博传播、赖于集体创作乃至形成一定规模的各种"体"可纳入网络民间文学之列。这些"体"并非千篇一律、毫无技术含量的无意义重复,它们来源于现实,表达以巧妙的戏仿,传播于广泛的民间,从某种意义上说,这是微博文化带给我们的最有创意的"土特产"之一。请看,渺小的个体面对庞大的现实以及无尽的历史,就是这样发出属于自己的声音,当其集结,声势不可谓不浩大,且别有一种堂吉诃德式的荒唐的悲壮。貌似"软骨”，实则骨子里不软。

改几句歌词，发一条微博，只需几分钟时间，“蓝精灵体”不过是这群人生活中极微小的一部分，唱完“蓝精灵体”，现实的压力仍需面对，“格格巫”也终归要摆平，上学上班一切照旧，实在不必担心唱了“蓝精灵体”就成了“不敢直面人生的”“懦弱”青年，不知李君以为然否。

22. 如此“解构”，呜呼哀哉！

小夕

日前有媒体报道，浙赣皖地区盛行明清古建筑买卖之风，“大到整栋古民居，小到雕花等散件”均被明码标价，更有甚者，购得古民居后，整体拆迁至异地重建。笔者闻知，惊诧莫名。自古以来，国人一向安土重迁，近些年为城市开发而实施的拆迁，也曾遭遇不少“钉子户”的顽强抵抗，而今竟能忍心将百余年风雨生息于一地的古建筑连根拔起，长此以往，国将不复有“古建筑”、“古村落”、“古民居”云尔。

以笔者之见，古民居的拆迁买卖，其行其义，皆无异于对西哲德里达等人之“解构主义”的一场具象化阐释。在这些“解构主义者”的手中，古典化为碎片，传统背离生长之地，文化徒有其表，艺术亦可一律以金钱衡量。抽象的“解构”二字被简化、庸俗化为一个“拆”、一个“卖”，而相应的，所谓“重建”则沦为“古”其外“钱”其中的怪胎。呜呼哀哉，吾辈将以何等颜面告慰先祖，民族自古以来建筑之精神又何存焉。一“拆”一“卖”，“解构”的不仅仅是一座风雨飘摇的古建筑的实体，更一举抹杀了古代建筑的工艺，异地复原的只是外观，而其建筑流程与传统技术均不可复制，即便全用原建筑材料，充其量也只是一帧尴尬的镜像，一座架空的赝品；同时撕裂了原建筑所处的时空序列。古建筑的价值所在，是由“彼时”、“此地”之双重维度交错而成的精神内涵，其抽象意义大于具象，而脱离了具象，价值又无所皈依。“解构主义者”在“此时”、“彼地”将其复制，则只看到具象的存在而将其灵魂抽离，令之成为躯壳；也阻断了传统的延续，古人遗此故居，吾之先祖生于斯、葬于斯，骨肉相附，人之所愿。无奈崇古惜今之情，终为利益所淡，何其可悲可叹也。

怪相之时代必有怪诞之缘由，我无意过多谴责那些拆迁、买卖古建筑的个人，特别是一部分持有保护意识、以古建筑不为城市建设步伐所淹没为初衷的文物收藏爱好者。重建这些拆迁的古建筑，若选址为 798 艺术工厂，则不失为一群带有反讽意味的行为艺术展品。除了古建筑产权归属不明，相关地区发展与保护不协调等政策上的失责外，这一怪相还集中暴露了国人对传统文化认知重外表而轻内涵的观念。收藏者片面地以为保存其外观，就等于占有其全部价值，商家更以古香古色为招牌招揽生意，而趋之若鹜者更持猎奇、赏玩态度，并不试图究其内里深层意蕴。从开发者、投资者到消费者、使用者尽皆如此，我们更像是一群走马观花的异国来客，而非以守护者姿态尽维护民族文化历史传统的主人之责。

我们并不反对“解构”，特别不反对那些在学问层面，以对传统如数家珍、了如指掌为前提的质疑经典、颠覆权威的思想风暴。但解构的目的必须是重建，为了解构而解构的“解构”是伪解构，是故作标新立异实则毫无建树。而今天，民族传统的“解构主义者”正在进行这样的“解构”,在其“解构”的废墟上重建的，是华丽的虚无。

23.“现场模拟”为情感节目敲响警钟

张成

打开电视，形形色色的情感、谈话类节目不在少数。谈话嘉宾要么戴口罩、要么戴墨镜，反正不愿被人认出。谈话的主题总不过亲情、爱情、婆媳关系之间那点儿事。谈话人的肢体动作和语言总是尽皆过火，尽是癫狂。这些节目一次次地曝出匪夷所思的“家族情仇”,观众在一次次被震撼后,不禁感慨,人性怎可“恶”到如此程度。日前，石家庄电视台三套栏目《情感密码》播出了一期《我给儿子当孙子》再次引发了观众的强烈愤慨，很多观众强烈要求“人肉”搜索栏目中的男嘉宾。而搜索的结果却让人大跌眼镜，现实生活中，根本没有这个人，栏目中的角色是被临时演员扮演的。这让观众大呼上当，甚至极其愤怒。而栏目组的解释却为，“现场模拟”是“行业内通行的做法”。

如若所谓的“通行”就是“骗人”，这和搞传销的、卖假药又有何异?

现场模拟，又称“情景再现”，顾名思义，在新闻缺乏现场资料的情况下，尤其是事件中关键性场景的缺失，不但弱化了节目的表现力，还可能影响观众的理解和接受。有论者把这种核心事件现场缺失的现象称为“叙事断点”。而“情景再现”，正能起到弥合“叙事断点”的作用。“现场模拟”较早地被应用于纪录片中，而后因之现实感强，又被广泛用于新闻栏目形态中。由此可见，“现场模拟”的真实性是最早进入受众的心理预期层面的。“真实性”也成为观众观看带有“现场模拟”的节目形态的潜在契约。且不说对此并不了解的普通观众会把时下风行的情感类节目当真，即使知道是“扮演”，观众也会因为相信契约的存在，当成真事儿去看。这显然在误导观众。

此外，栏目组在拍摄过程中，极力宣扬煽动性的表情、肢体动作，花大手笔设计过分的桥段，很难让人相信，他们还能坚持自己所谓的“与真事一致”。如此看来，即使父子之间正常的小小分歧，在他们的演绎之下，也很可能变为“弑父”的大逆不道。“煽动性”超越“真实性”成为栏目组的首要目的。然而，栏目组却并没有标出“演员扮演”之类的提示性字幕，企图暗度陈仓，欺骗观众，事实上也真把善良的观众忽悠了。

这种做法不但给角色扮演者带来了具体的苦恼，更为观众乃至社会公共环境带来道德污染。尼尔·波兹曼认为，在一个泛娱乐的时代，媒介尤其是电视媒介成为主体“认识论”的构成部分，如同过去哈姆雷特通过人类共鸣，成为具有普遍意义上的“犹豫不决”的代名词。今天电视媒介上的某些内容仍然具有引起共鸣、获得普遍意义的可能性，这种共鸣，有可能成为积极的导向，更有可能如同《情感密码》一样具有消极的甚至坏的导向。作为文化编码的极为重要的组成序列，电视媒介更应本着良知和责任做事!

24. 文艺语言还是要向群众学说话

——略议《新还珠格格》的雷人台词

小夕

哲人维特根斯坦说，凡能说的必能说清，不能说的只有沉默。同样一个“爱”字，罗密欧说：“朱丽叶就是太阳。”而《新还珠格格》的男主角说：“我喜欢你，太多太多，你不可能比我多，因为我已经满了。”女主角说：“我觉得又刺激又害怕又兴奋又快乐又幸福。”笔者以为，这样说话，不如沉默。

虽然琼瑶剧一贯以无节制、无营养、无技术含量的三无台词著称，《还珠格格》也曾以“无情无义无理取闹”的饶舌对白令部分观众绝倒，但《新还珠格格》台词的无聊、无水准、无意义显然已“超越”原版甚远。面对这些“好快乐好幸福”、“又兴奋又害怕”，不能不让人惊叹于语言竟能这样匮乏却又这样泛滥。不仅如此，剧中如乾隆与夏雨荷的“深不可测”、“鞭长莫及”等对话，具有极为直露的性暗示，其低级趣味令人囧然失语。

我们固然不能因新版的“烂”而无限标榜原版的“经典”，但必须承认，如果说《还珠格格》这个因北京地名“公主坟”产生创作灵感而编排出来的“麻雀变凤凰”的故事还有些许诗意与童话色彩，那么《新还珠格格》早已将其推演为谈不上金玉其外的败絮其中。小燕子、五阿哥、紫薇、尔康这些熟悉的名字背后是一句句如此陌生、如此不合身份的说话，最终观众不得不醒悟：《新还珠格格》不过是一个披着“《还珠格格》皮”的语言垃圾场。

电视剧台词是什么？不是噱头，不是一句接一句哗众取宠的“话里有话”，不是直白肉麻、无休无止的“你侬我侬”。电视剧台词应自然真实、源于生活。为实践这一原则，制作方恐怕还并不高明地部分汲取了民间乡里低俗笑话的表达方式，却忘记了，那并非语言的常态，它更多作为匿名者宣泄隐秘欲望的媒介而存在。电视剧台词应为塑造人物形象、推动剧情发展、引起观者思考服务。鉴于台词设计者的能力，最后一项要求我们自动放弃。只请试想，一个书香门第的闺秀对男朋友说出“你满了，我就漫出来了”的表白，是否恰当？为挽救这已沦为幼稚园水准的语言能力，台词设计者至少应该先向人民群众学学说话。

语言是情感的修辞，好比歌唱是吼叫的修辞，是为文明与野蛮的边界。情感诉求通过恰当的语言表达，可以引导人们有效释放心理能量。人有悲、欢，有语词、句法，然后有歌、有诗。在熟谙语言技巧的情感修辞之中，无论正面情绪、负面情绪皆能以美的形式呈现。剧中主人公言语的“不美”，情感宣泄的不加修饰、毫无节制，折射出制作者对收视率、广告招商赤裸的争逐欲望。以丧失诗意与美感为代价，势必先令人作呕，而后方能印象深刻。这样的“艺术效果”，观众反感倒胃，于制作方又有何益？

如今社会生活快节奏、物质化，人们疲于奔命、情感麻木，似乎已是毋庸讳言的事实。公主与王子的故事吸引力不足，童话过时了，以成人化的语言撩拨与感官刺激就能令其重焕新生、吸引观众？窃以为未必。

25.为什么如此流行“审丑”？

——“hold住姐”现象反思

乔燕冰

近日，又一个网络热词“hold 住”着实“hold 住”了无数人，让许多网友用之不迭，就连刚刚因在华表奖红毯上穿透视装而引来众议的影星袁莉也要用“能hold 住这件衣服的也不多！”来自我镇定与解嘲。这一热词诞生的母体“hold 住姐”，因参加台湾综艺节目《大学生了没》时，以俗艳雷人的造型、嗲声嗲气的英文、扭捏夸张的作态，向观众传授 Fashion（时尚）秘诀而火速爆红网络。习惯了瞬间可以蹿红、朵朵“浮云”掠过的今天，“hold 住姐”的走红方式很容易让人想起似曾相识的那些“声名大噪”的“姐”们，甚至有网友惊呼“hold 住姐”这个网络时代的审丑新典范，是继芙蓉姐姐、凤姐、小月月后中国历史上第四朵“奇葩”。

“hold 住姐”的走红的确与上述三“姐”有着雷同之处。她们不过是现代信息环境催生的网络“全天候”公演的“丑角”而已。丑角的核心看点是其所具有的喜剧性和滑稽性。这些“丑角”为人们制造低智、廉价、简单的快乐，客观上迎合了当下大众文化中的娱乐消费，契合了现代社会人们疏泄生存压力的诉求。作为美学的一个重要范畴，喜剧性的审美本质一定程度在于审美主体从客体身上看到相对空虚、渺小、丑恶甚至卑劣的本质的时候，内心升腾出的优越感、满足感，甚至是荣耀感。这也正是古希腊哲学家亚里士多德的“鄙夷说”和英国经验主义哲学家霍布斯的“突然荣耀说”的内涵所在。从这个意义上说，人们将审丑与审美对立称为弱者与强者的精神消费，便有其合理之处，因为审丑在一定程度上能对心理弱势者起到精神抚慰、心灵舒缓和心理调适作用。

但是，“hold 住姐”在具备上述种种类似的娱乐特征的同时，却存在着截然不同的某些特质。芙蓉姐姐、凤姐、小月月可谓是一种炫丑为美、自以为是而不自知的本色出演，这让她们“表演”的可笑与荒诞足以充当寻找娱乐的公众的心理“垫脚石”，以致这种围观、戏谑、嘲笑让自视更高的看客满足甚至陶醉。即便有部分人将“姐”们的“超级自信”作为一种励志精神加以认同甚至赞赏，也很难完全驱除不同程度心知肚明的某种羞愧。而“hold 住姐”的扮丑、搞怪却显然是与其真正的自我相疏离的。也就是说，同样的一个小丑的角色，作为表演系大学生的她背后隐藏的却是一个可以与表象截然二分的更为理性的主体，她的理性足以让她以面容、姿态的佯丑来支撑和强化内心的强大。这种强大让她不仅能够“hold 住”表演现场，在众人为她的表演笑到“喷饭”的时候，自己仍然保持超然的冷静，而且这种强大更在于她以把握时尚的名义，用具有后现代无厘头特征的四个桥段来演绎、暗示和传递对世事皆能“hold 住”的能力与力量。这种力量娱乐观众的同时也慑服了观众,因为这种力量让生存在这个处处存在“伤不起”、事事似乎都“hold 不住”的当下社会中的人们，找到了一个扭转与驾驭境遇的代偿性满足。

看客们在“hold 住姐”那里获得浅表娱乐的同时，却隐约感受到了一种正能量，这种能量让他们在拒绝对象的同时生出一种认同，在与对象距离审丑的同时却渴望一种同一。这里似存的一种矛盾、透出的一种张力，也许便是“hold 住姐”得以“hold 住”观众之所在。

言至于此，我们必须提起人们思考的问题是:今天的人们非要从“hold 住姐”中寻找能量，是一种无奈的现象？还是一种可悲的事实?

26. “猛男”的力量何在？

——北大人体雕塑迁移事件刍议

煜凡

流浪的赖宁雕像在一片质疑声中回家了，而北大的“猛男”雕像却在据称久有的质疑声中开始流浪了，两件雕像虽风马牛不相及，却让人看到在今天开放的公共舆论影响下，即便是一尊塑像也同样无法宠辱不惊，去留无意……近日，北大光华管理学院门前一尊与老子对视的“猛男”塑像突然被移走的消息又触动了舆论敏感的神经，引发众声喧哗：是果如校方解释那般“学院自身规划使然”，还是坊间爆料因塑像裸露性器而不堪众责非议？是偌大的北大容不下一尊雕塑，有悖自己兼容并包的传统精神，还是芸芸众生竟看不过学校挪走一尊雕像，缺少宽容多元的现代意识？……如辩证地看，每一种说法也许都因有其合理性而是珍贵的。如果此事能触发我们多角度、多方位去思考艺术、思考文化、思考责任，甚至是思考舆论，那么由“猛男”的消失上演的“罗生门”，或可视作我们的最高学府为大家表演的一次“行为艺术”。

既然是有关艺术的事情，按照现象学“回到事物本身”的原则找寻质疑的原由或许不失为一种最基本的路径。从众议中最为强烈的一种来看，为什么名为《蒙古汉——站》这尊据称作者旨在表现“力量”的人体雕塑，众人的目光却频频落到裸露的性器官上？难道是国人的审美趣味低劣到不去赏美而偏要窥私？

人体造型是雕塑艺术古老而永恒的基本母题，崇尚人体美的古希腊为人类提供了人体雕塑难以逾越的理想范本，古罗马与文艺复兴也给后人留下了不可企及的一座座美的丰碑。从文克尔曼那句“高贵的单纯和静穆的伟大”标签式的赞誉便可知道，他们之所以为我们树起人体雕塑美的标杆，不仅源于西方理性传统使之按照解剖学原理，将人体暗合的数的比例演绎到极致，更因为他们通过线条、比例、节奏、动作、表情等手段的巧妙处理，从人体生理美和人文精神的双重维度找到一个最恰当的平衡点，将冰冷的大理石塑造成形神兼备的有机生命体。所以我们在《拉奥孔》强健的肌肉和张扬的肢体中看到的是力量和崇高，而不是狰狞；在《米洛斯的维纳斯》圆润的肩胸与扭动的髋骨中看到的是优美与窈窕，而不是挑逗；在《大卫》饱满的肌身和起伏的骨骼中看到的是宁静与健美，而不是欲望。

反观高 4 米有余的“猛男”雕像，机械、单调的几何化形体呈现的是僵硬、呆板的肢体、表情，油黑锃亮的表面质感将人物的发达肌肉凸显到无以复加……力量的表现往往可列于阳刚与崇高这两个中西方美学范畴。尽管康德二分的“数学的崇高”与“力学的崇高”，精准概括了崇高的感性形式与理性力量无限“大”

的特征，但纵观表现这一主题的经典雕塑，无不是在静与动、刚与柔、崇高与优美对峙又互渗的张力中将力量更好地彰显。而“猛男”似乎仅仅试图用高、大、粗、坚等直白的形体语言来呼喊力量，这让人想起《淮南子》中的“画西施之面，美而不可说；规孟贲之目，大而不可畏；君形者亡焉”谨毛失貌的警示。只着眼拘泥于以形表形，不知以形写神，丢弃了“君形者”（神），力量何张？美之焉存？艺术何在？如此“猛男”，如何能怪世人的眼光仅停留于苍白的肢体中尤显突兀的性器上？

不够宽容地说，让“猛男”就此流浪去，让艺术回家，也许才是“猛男”应有的一种归宿。

27. 图书“买榜”搅乱市场

陆尚

近日，一则揭露出版界“买榜”现象的报道引起了人们的广泛关注，在沸沸扬扬的议论和对“买榜”歪风的讨伐声中，读者们对于各大图书排行榜也产生了信任危机，榜单已然成为了真实的谎言，可信度丧失殆尽，对出版界亦造成了严重的不良影响。

何为“买榜”？专业人士给出的答案是：“买榜”并不是指给制榜人钱，而是出版社或书商自己安排人去买书。说到底，就是自己花钱购买自己出的书，本质上也就是一种销售造假行为。其实，在出版界“买榜”并非个别现象，而且一直都存在。图书“买榜”在业内早已是一个公开的秘密，一些出版商买榜打榜，也成了老规矩、“潜规则”，某些出版机构会为重点图书“买榜”，还有作者本人要求“买榜”的。人们不禁会质疑，“买榜”既非光明正道，又要自掏腰包，为什么还会有人“心向往之”呢？无疑是利益使然。为的是能够凭借“制造”的高销售量冲上排行榜，“榜上有名”后就会卖出更多的书，可得到的高额收益也就远远超过了造假所需的投入，这也是一些唯利是图的出版商不惜忽悠他们的上帝——读者们而千方百计想要得到的。殊不知，此种行为实为自欺欺人，其结果既影响到了自己的形象和声誉，也严重损害了榜单的公信力，给出版行业抹了一把黑。

对于很多读者来说，热销榜对他们购书无疑具有引导作用，因而从表面来看，“买榜”的作用是显而易见的，可以起到一定的“广告效应”。然而，花钱造假上榜的书只可能换取读者的短期信任，因为谎言早晚会被戳破，长此以往，也就成了“狼来了”，结果既丧失了读者对榜单的信任、出版方的公信力，使出版商迷失在“买榜”的潮流中，名誉扫地不说，还会影响到图书的质量和评价体系，不利于图书市场的长远和健康发展。笔者以为，与其机关算尽地去“买榜”不如踏踏实实地去经营，把资金和精力投入到内容完善和营销创意上，这样才能真真正正地树立起自身的品牌形象。像三联书店、人民文学出版社、中华书局、商务印书馆等深受读者信任和好评的出版机构，就是用长久以来积累的口碑和实力来赢得读者的，这才是出版机构应该一以贯之去追求的。另外，出版业也应该建立健全自身的规范体制机制，对于“买榜”行为给以坚决抵制和斥责，有关机构也应尽快建立相应的法律法规对其进行约束，惟有如此才能还出版界以正风正气和良性竞争的氛围。

28. 剧名别老拿人名说事

马车

最近，电视剧《牧马人》与老电影《牧马人》“撞名”的问题，引起了各方关注与争议。想想也是，既然二者之间完全“不搭界”，为何非要用相同的名字呢？难道除了《牧马人》，真就起不了更好的名字了吗？

实际上，这反映了影视剧制作者在命名观念上的局限性。而类似现象，在影视圈很常见。比如好多影视剧围绕人物命名，虽然不是完全套用，却也明显雷同，同样让人觉得是“撞车”。

电影界有种说法，一部电影的名称就像影片的灵魂和缩影，“点题”是取名的关键之一，理想的片名最好能够恰如其分地表达主题、风格。确实，一部影视作品能起个恰如其分、通俗易懂而又彰显个性的名字是至关重要的。但是，名字终究是名字，再好，也不过是个符号，真正打动观众的，还是影片的内容。尤其需要引起注意的是，片名和剧名不能哗众取宠，但也不能趋同弃异，落入俗套。而好多影视剧频频围绕人物命名，恰恰就是趋同弃异，落入俗套。

我们看到，影视剧命名落入人物框框的问题，已经很严重了。长期以来，以人物命名的影视剧，可以说多得让人目不暇接。不独如此，还有用人物称谓来命名的，如《父亲》《大姐》《大嫂》《月嫂》《你是我兄弟》《将军的女人》等。此外，也有将人名和称谓同时用在剧名中的，如《小姨多鹤》《宰相刘罗锅》《我的兄弟叫顺溜》等。刚刚在央视一套开播的电视剧《夏妍的秋天》，竟然分别用上了男女主人公的名字——“夏妍”是女人公的名字，“秋天”则是男主人公的名字！

可以说，现在围绕作品中的人物给影视剧命名，已经成了一种时尚。尤其是电视剧，好像离开人物就命不出好名字了。

并不是说不能围绕人物给影视剧命名，相反，有些影视剧围绕人物命名很贴切，甚至只能围绕人物命名。但是，更多的影视剧，原本有很大、很灵活的命名空间，却也简单围绕人物命名，未免落入俗套。尤其是有些电视剧，硬将人物名字用于剧名中，不仅毫无特色，还让人费解。比如《白狼》《铁梨花》《丑女无敌》《我的父亲是板凳》等，如果没看过内容，单从剧名上看，你能知道指的都是啥意思吗？

影视剧肯定是围绕人物展开故事情节的，但不等于说非得围绕人物来命名。同样讲述再婚家庭的家长里短，《幸福来敲门》不是比《继父》《后母》等好听些吗？同样反映农民致富的酸甜苦辣，《希望的田野》不是比《刘老根》《喜耕田的故事》等更胜一筹吗？同样描写进城务工人员的群体形象，《外来妹》不是比《马大帅》《能人冯天贵》等更有亲和力吗？等等。

其实，突破人物框框，完全可以起出更多、更动听的影视剧名。好多让人记忆犹新的影视剧，如《少林寺》《渴望》《万水千山总是情》等，名字都与人物无关，却都很特别，让人过目不忘。

在影视剧命名问题上，港台地区的一些案例值得我们借鉴，他们围绕影视剧故事情节，想出很形象、很有个性的名字，比如《龙门客栈》《英雄本色》《悲情城市》。这一点，很值得内地影视创作者学习。

29. 电影没粉丝不行，只靠粉丝也不行

王新荣

8 月，一部《孤岛惊魂》让“粉丝电影”这个似被遗忘的电影类型得以重生；9 月，接棒的《大武生》又将韩庚、吴尊两位俊男推至聚光灯下。连日来，“庚饭”、“尊迷”们从包场、接机、送花一条龙服务到自发宣传，从大手笔刷票房到自发组织监督票房，甚至拉拢媒体鼓动舆论宣传，粉丝们潜藏的巨大能量着实令不少职业电影发行人都“叹为观止”。在一些业内人士看来，诸如此类的“粉丝电影”，简直不需要发行人员、不需要宣传人员、不需要媒体、不需要明星经纪公司。在《大武生》上映的过程中，“粉丝们”俨然扮演了一切角色。

粉丝们有组织地包场看片，同时以“群众监票员”的身份自发监督偷票房现象，其所作所为，对于改善当下电影放映市场中存在的“影片一日游”及“偷票房”事件等痼疾，的确起到一定的积极作用。更有影评人将 2011 年定为“粉丝票房元年”。诚然，高票房已成为衡量一部影视作品好坏的标准之一，但观众走进影院的动机更应引起大家的深思。不少“庚饭”、“尊迷”坦言，对他们来说，包场看片看的是偶像，“神马”故事情节、“神马”人物塑造，都是“浮云”，只需不停地给偶像脸部特写，就能让他们情绪起伏、心思荡漾。试问在这样的思维逻辑下，又何谈提升电影品质？

“粉丝电影”终究是电影，作品本身的质量才是王道。《大武生》看似野心很大，要讲一个复杂的复仇故事，但却因片长所限，所有元素都浅尝辄止。细节不够到位，转折较为生硬，故事整体不够流畅，人物塑造也站不住脚。所以，纵有粉丝力挺，但该片票房并未出现奇迹。可见，如果不在质量上下功夫，而只是拿明星做噱头去“引诱”粉丝买单，这不仅仅伤害了电影本身，对明星也是一种伤害。

再者，据笔者观察，诸如此类的“粉丝电影”，买单者绝大多数是“90 后”。试想，随着观影体验的日渐丰富，他们会慢慢走向成熟，审美水准也会随之提高，因此对电影品质的要求也就会越来越高。当粉丝们看似理性的非理性变成真正的理性那一天，或许就是“粉丝电影”穷途末路之时。因此，一部类型片要有长久的生命力，只靠“第一眼消费”还远远不够。如果能在吸引粉丝的基础上，将其他元素打磨得更仔细、更用心、更像电影，无论对粉丝、对电影还是偶像，才是幸事。

30. “厨师哥”走红说明了什么？

煜凡

“不需要灯光,不需要混响,这就是我最好表演的地方……”近日,一段名为“饭店烤串厨师改编弹唱的《加州旅馆》”视频在各大视频网站疯传。一身不整的厨师制服，一头稍显零乱的头发，一把不起眼的“破木吉他”，一个昏暗简陋的餐厅，一桌狼藉的杯盘，这一切，烘托的是“厨师哥”纯粹而铿锵的嗓音……

几乎是旭日阳刚的复制，几乎是西单女孩的翻版，重复的是似曾相识的感动。在这个听惯了一夜暴红，看惯了一曲成名，对网络造星如此敏感、机警甚至厌烦的时代，为什么听众对这个陌生却又熟悉的“歌手”如此宽容？为什么这么多的人依然为他动容？

诚然，在这个汇集了无数寻梦人的城市里，北漂、梦想、奋斗、无奈等等关键词,让太多人引发共鸣。感动,成了欣赏和认同他的共同甚至唯一的理由。但是,抛开感动，这里面是否还有什么值得玩味与深思？

“如果是真正的黄金，/让他埋葬在垃圾堆中；/如果是纯粹的音乐，/让他沉默在流行歌里。/愈积愈高的垃圾堆，即使永无清除的一天；/日新月异的流行歌，/纵然没有停歇的时候。”半个多世纪前，台湾诗人纪弦一首现代诗《偶感》中的如是吟咏，表达了作为一个精英文化创造者对以流行歌为代表的大众文化的忧虑、拒绝甚至痛斥，也让这首诗似乎同时成为高雅文化式微的一曲挽歌，及其向大众文化抗争的一个号角。

高雅文化与大众文化真的就如此对垒？流行歌曲与精英音乐果真就无法相融？事实上，无论音乐，还是她的文化母体，心灵与精神都是其源头与终宿，两者共通共融于此。从同一个原点出发，迷失终点的多元艺术及文化发展的路上，遗留下太多的文化残渣，而每一个时代都会背负和承受如此恼人“垃圾”的堆积。如果可以坚守和打通起点与终点，也许可以清除一些“垃圾”，让它们不再遮挡高雅文化与大众文化对视、流行音乐与纯粹音乐对读的空间。

虽然原版《加州旅馆》是20世纪老鹰乐队著名的流行音乐作品之一，虽然厨师哥这个改编版已获得个别业内人士的肯定，但这首和着别人的乐曲、唱着自己的心声的《加州旅馆》也许在很多专业者眼中无法列为流行音乐，甚至连真正的音乐都算不上,但它的受宠,让人看到了艺术撞击心灵的某一个瞬间,看到了“起点”与“终点”中某种共通的东西，这也许足矣。

当下充斥着流行歌坛的无数“口水歌”中，音乐应有的神圣精神使命被置换成风花雪月的爱情呢喃、虚张声势的扮酷矫情、强说烦愁的造作肤浅，看不到未经雕凿的心灵的纯粹，看不到生活磨砺换来的思想的沉潜，看不到真实质朴生命的厚重。这种音乐显示出内容被掏空的强烈的虚无感，让听众怎么动容？日积月累的这样的声音，除了逼迫自我与受众对此的麻木，制造“垃圾”，还能留下什么？“厨师哥”的走红，或许可以给出某种启示。

31.“伪名言”这面镜子照出了什么？

乔燕冰

“你想用卖糖水来度过余生，还是想要一个机会来改变世界？”“不要去欺骗别人，因为你能骗到的人，都是相信你的人。”近日，在无数“果粉”以各种方式悼念苹果创始人乔布斯辞世时，各种假托乔布斯的名言频现微博。且不论此行为是对这位IT巨人的追念还是亵渎，俨然渐成微博空间中一道“夺目”的风景的各种“伪名言”风潮也许更值得关注。其实，人为炮制的“哈佛校训”、假托名人的“伪名言”等通过各种信息媒介以讹传讹的现象，早前便曾引起人们关于凸显国人的盲从，“伪知识”、“伪文化”对大众的负面影响，及至我们的教育模式是否合理等方面的质疑与担忧。如今有着无数拥趸的微博无疑为“伪名言”的再度泛滥打造了巨大的温床，它所“抚育”的这一日益强健的文化“怪胎”，除了让人复想起往日的担忧外，也许可以折射出更多值得反思的东西。

突飞猛进的现代科技为互联网发展铺就了高速公路，藉此生发的微博迅速成为继博客带来全民写作时代后，网络锻造的最便捷最宽容的大众诉说窗口。事实上，无论是博客还是微博，去精英化是它们与后现代文化相一致的最大特点之一。微博用最低的门槛最有效地打破了公共领域书写言说几乎一直为精英知识分子所把持和垄断的局面，为公众提供了足以纵情狂欢的公共空间。在微博中，时事八卦、文情诗性、家长里短、郁闷牢骚等社会事件与公众情绪，一股脑地被汇流成一种以网络“排泄”为特征的公共话语奇观。然而，在去精英化的大众文化潮流中，具有自由化、碎片化、游戏化、娱乐化等特征的微博诉说难以克服其浅表性和速朽性，这使得以“80后”、“90后”为受众主体的微博群体在簇拥和鼓噪着这种趋势的同时，又无法忍受网络喧嚣多为腻腻歪歪、絮絮叨叨的鸡毛蒜皮类信息烟尘的内在无聊与浅薄。这便为“伪名言”的流行埋下了种子。

在微博话语去精英化的努力里，潜存一种对精英表达渴望的意识，让网民在制造速朽话语、淹没在速朽信息的过程中更加强烈地渴望出众、深刻与不朽。于是，对于信息制造者来说，信手拈来制造“名言”，便是他们一定程度上趋向精英表达，甚至达致某种不朽的最简单、便捷而有效的手段和安慰。除了纯属恶搞的“名言”外，部分微博群体用复制而来的，或是某时某地偶感而发后自我感觉富有哲理的语言片段，以戴上名人之冠的方式，为其话语镀上一层“金”。这层“金”，让也许普通的一句话瞬间可成“金玉良言”。借此，在表层意义上，可使自己的言语在微博海量信息中上浮或缓沉，获得可能的“关注”，而在深层意义上期望获得的则是自我确证与精神上升的强化。而对于信息接受者来说，面对信息之海中鱼龙混杂、泥沙俱下的网络书写，“名人”成了公众迅即辨别言语分量的重要标识。于是，“伪名言”就得以在微博中被制造、生长和蔓延着。

也许更不容小觑的是，这种“伪名言”类的手段，渗透出的正是当下自我意识上升的新一代价值主体内心强大的自我认同危机。而这种危机又恰恰以强烈自我意识的表象示众，让人难以发现这种表象所掩盖的内在精神深层悖反。人们或者从微博中尾随名人大腕后的成群粉丝的盲目崇拜里担忧青少年群体的心理空浅，或者从微博中许多人夸张无聊、肆无忌惮的自我张扬表达中忧虑甚至厌恶年轻一代的自恋、自狂、自负的极端自我意识。殊不知，这两种熟悉的倾向常常同时存在于自视极高却又在盲从精英中自我矮化的同一群体中，二者在他们体内形成的强大张力背后的自我认同危机，正是这一群体通常表现出的迷惘症候的病灶所在。

从这个意义上说，也许我们应该感谢并认真观瞧“伪名言”这面镜子。

32. 媚俗“淑女班”可休矣

达军

武汉某高校开设“淑女班”并受到众多大学女生热捧一事经媒体报道后引发广泛关注。“‘淑女班’培养不出淑女，所谓打造充满智慧、气质非凡、修养良好、举止优雅的新型女不过是炒作的噱头”；“在以金钱和权力论英雄、以貌取人的审美观等不良社会风气盛行的当下，开设这样的‘淑女班’可谓别有一番特色”……各种争论和质疑纷至沓来。“淑女班”到底是素质教育的创新之举，还是迎合世俗需要的媚俗之举？

笔者以为，在注重现代科学文化和专业技能教育的同时，高校对学生进行一些诸如化妆、服饰、传统礼仪等方面的教化和熏陶，不仅是高等教育内容的有益补充，而且可以视作高校在提高学生综合素质方面的探索之举。可是反观该校的“淑女班”，令人深感失望的是，并不是在校的任何女生都能接受此类教育，进入这个“淑女班”学习的女生必须符合形象气质好、身高 155 厘米至 175 厘米、具有优雅女性的潜质等要求，不客气地说，此类设置门槛后的“淑女班”终究难免沦为媚俗的境地。

作为实施高等教育的场所，应该多在适应社会需求的基础上设置科学的专业教育，并在专业设置上想方设法地培训大学生的就业能力。在庸俗的世风面前，任何时候都应以教书育人为其第一要旨的高校理应具有独立的道德和学术尊严，而不应陷入社会不良风气的酱缸。否则，高校在百姓的心目中就变味了。

而对于身处严峻就业形势之下的高校女大学生来说，学习化妆与服饰、礼仪与形体、步态与气息、女性魅力与气质、琴棋书画等方面的课程，无疑是一种知识的丰富、性情的陶冶，更是为将来的顺利就业积累资本，可是要想真正成为窈窕淑女，仅仅依靠一种短期的集中培训断不能实现。当然，笔者无意抹杀短期培训的影响和作用，只是想说，良好气质的形成与个人的教育背景、家庭背景、生存环境、个人阅历，甚至脾气性格、处事态度等息息相关。再者，何为淑女本身并没有一个确定的标准，它只是一个概念，因此，作为学习知识始终是第一要务的女大学生，如果盲目将成为“淑女”视作其人生目标，那么任其再怎么模仿、盼望，也终究抹不掉刻在其脸上的那个“俗”字。

虽说直接以“淑女班”命名培养现代淑女当属该高校首创，然事实上，近些年，放眼全国，诸如“卓越女性高级研修班”、“完美女性高级研修班”、“白领女性塑形班”等类似“淑女班”的培训在很多地区、知名学府都曾有之，而且备受追捧。窃以为，“淑女班”的接连出现以及受热捧，甚至愈演愈烈，除了功利的追逐，从某种程度上也反映出当前的学校教育在女性的气质、行为和风度等方面还存在诸多缺失，反映出对这种缺失的弥补同样误入了歧途。

2012.2.24
星期五
壬辰年二月初三
第1118期
本期8版
中国文艺网网址
www.cflac.org.cn

中国艺术报

中国文学艺术界联合会主管主办

国外发行代号
D3375
国内统一刊号
CN11-0241
邮发代号
1-220
新闻热线
(010)64810159
每周一、三、五出版
零售价0.70元

2月22日，是2012年藏历水龙新年，广大藏族群众在购年货、以民族方式过新年的同时，又多了另外一项庆祝的形式——挂国旗和领袖像，以表达对中国共产党的无限感激和对伟大祖国的无比热爱。

在西藏日喀则地区聂拉木县樟木镇帮村，有一位101岁的老阿妈次仁曲珍，她风雨无阻地坚持升降国旗47年，16900多次，她用最直接、最朴素的方式表达了一个普通共产党员对党的深深敬意和对国家的炽热情怀。曾经长期在西藏基层工作的西藏文联作家杨年华深入帮村采访次仁曲珍，带着一种敬仰和震撼的讲述，让我们走近——

喜马拉雅山下的“国旗阿妈啦”

□ 杨年华

来自基层

为了撰写报告文学《国旗阿妈啦》，我深入到西藏日喀则地区聂拉木县樟木镇帮村采访“国旗阿妈啦”（阿妈啦，藏语中意为敬爱的妈妈）次仁曲珍，其间的所见所闻着实让我吃惊不已。说实话，这次写《国旗阿妈啦》是我在创作报告文学过程中的第二次感动了，并且是一种带着敬仰与震撼的感动。

2011年1月4日，在我采访完就要回拉萨时，更让我感到震惊而又荣幸的一件事发生了，国旗阿妈啦为了表达她的决心，让帮村的罗布书记代笔写了一封热情洋溢的、夏尔巴人联名按手印的决心书，让我转交给党中央胡锦涛总书记和时任自治区党委张庆黎书记，说是决不辜负天安门国旗护卫队赠送给她的这面五星红旗……

所有这些，让我感觉肩负的重担不轻，因为国旗阿妈啦这种举动展现出的是一种无比崇高的爱国主义精神。

“金珠玛米”的到来 让阿妈啦第一次见到国旗

“国旗阿妈啦”1910年出生，夏尔巴人，家住西藏日喀则地区聂拉木县樟木镇帮村，1964年加入中国共产党。1965年至今，老人连续47年升降国旗。

樟木山险沟深，土地贫乏。西藏和平解放前阿妈啦在这个地方生存下去很困难，她依赖编织竹制品来维持生活。“我们那时候先上山砍伐竹子编织成筐、垫之类的竹制品，然后顺沟而上走5天到聂拉木宗缴纳赋税、换取食盐；顺沟而下，步行10天到尼泊尔王国的巴尔比斯镇换取粮食，返回途中向尼泊尔海关缴纳8个尼币关税，回到樟木还要向樟木的头人进贡。一个完整的过程需要大约30天时间，出发时背负的5件竹制品，先后缴纳3次税赋，花约20天的时间走路，除去层层剥削和路上的口粮，最后到手的只有八九斤粮食。如果中间再有噶厦政府的差役和头人的役使，大家就更难以养家糊口了。”细数血泪书写着当时的账本，国旗阿妈啦愤慨地说，“在旧西藏，我是一个在头人压迫之下挣扎在悬崖边上的背夫。我的血都被他们榨干了，自己却一无所有，留下的只有自己的足迹，能带走的只有自己的影子。”

1961年初，高举五星红旗，身穿黄绿军衣的“金珠玛米”（藏语，指解放军）来到了帮村，赶跑了村里的头人，在这里安营扎寨，要为劳苦大众开山修路。可当地的乡亲们并不知情，老人和其他贫苦的人们刚开始不仅显得无动于衷，而且还着急得心慌。他们不清楚这队人马会给他们带来什么样的结果，更不明白他们为啥要长期在此驻扎。可是令他们没想到的是，这些军人丝毫没有要他们支差的意思，相反，当他们看到乡亲们干活辛苦时，都会微笑着过来挽起袖子出把力，帮上一把，看到了负重的人，他们也会立即放下手中的活路，上前帮忙护送，从不计较回报。“你要是给予东西报答，他们会表露出不高兴的样子，会说出一大箩筐道理，善意地推辞，从未要过大家一分一厘的报酬。”皮鞭下干活的乡亲们哪里感受过这融融的人间温情？更搞不清这支部队的来龙去脉，可他们心中有了这么一个底子，这支部队与以往的部队大不一样，肯定有些来头，绝对不是空穴来风。不能确定之前，大家只好观望，等弄明白究竟想干什么再作打算。

随着解放军开山的炮声在樟木沟一炮接一炮地炸响，一条路隐隐约约地展现在大家伙的面前，到了此时大家才突然明白，这支部队不是为欺压他们而来，这是毛主席派来的“金珠玛米”，是专门为大家修路的。也就在那一刻，阿妈啦的心里亮堂起来，她感觉到，“金珠玛米”就是农奴们救苦救难的菩萨兵，苦日子就要熬到头了。特别是高高飘扬的五星红旗，这是阿妈啦第一次见到国旗，在她心里刻下了深深的烙印。阿妈啦第二次见到国旗是土地证上的国旗。工作队的人还给家家户户发了国旗，大家都把国旗插在自己的院中，从这天开始，国旗阿妈啦也跟大家一样把国旗插在了院子里，一坚持就是47年。

2009年，阿妈啦因连续升降旗次数最多获得世界吉尼斯纪录证书后与部队官兵合影

>> 下转第2版

中国文联荣誉委员 著名书画鉴定家 徐邦达辞世

本报讯（记者 云 菲 王新荣） 记者从故宫博物院获悉，中国文联荣誉委员、故宫博物院研究员、国家文物鉴定委员会委员、西泠印社顾问、著名书画鉴定家、著名书画家、诗人徐邦达先生因病医治无效，于2月23日8时38分在北京逝世，享年101岁。故宫博物院2月23日成立了由院长单霁翔任组长的徐邦达先生治丧工作组。

“听到徐邦达先生辞世的消息，感到分外惋惜。”著名文保专家谢辰生说。谢辰生表示，自己和徐邦达先生很熟悉，很敬佩他的为人。谢辰生说，徐邦达先生是我国在书画鉴定方面具有突出贡献的专家。他一生致力于书画鉴定事业，并一贯敢于坚持自己的观点，见解独到，研究态度科学严谨，特别是在他参加中国古代书画鉴定组的8年间，辗转全国各地，行程数万里，摸清了中国古代书画收藏的底数，为我国文博事业的发展和优秀民族文化的传承作出了重要贡献。徐邦达先生的离去是文博事业的重大损失。

李苦禅先生生前与徐邦达先生是很好的朋友，作为苦禅老人的儿子，画家李燕对徐邦达先生的离去感到非常惋惜。他说：“尤其是在当今书画市场非常混乱的时候，我们失去了这样一位高水平、有良心、负责任的书画鉴定大家，这是在相当长的一段时间内难以弥补的损失。”他高度评价说，徐邦达先生在鉴定文物时总是怀着严谨、认真、负责的态度，这首先反映出他高尚的道德水平，其次才是高超的鉴定水平；他不仅在理论探讨上具有雄厚的功底，而且是看到中国古书画最多的鉴定家；同时他还是一位实践家，绘画功力深厚，非常值得我们敬佩。

故宫博物院发布的讣告说，徐邦达幼年即喜仿效临摹古代书画，早年曾从苏州老画师李涛学画山水和古书画鉴定，先后入著名书画鉴定家赵时棡、吴湖帆之门，至而立之年以善于鉴定和创作书画知名于上海。

1950年，徐邦达到北京任国家文物局文物处业务秘书，在北海团城负责征集、鉴定历代书画，征集、保护了散落各地的3000多件书画珍品。1955年，徐邦达随着这些国宝奉调到故宫博物院并开辟了绘画馆，历任副研究员、研究员，为故宫博物院书画收藏、展览和研究作了大量的开拓性工作。在20世纪80年代，国务院委托国家文物局，组织全国文物鉴定组赴各地文博单位甄别历代书画，徐邦达先生和启功、谢稚柳、杨仁恺、刘九庵、傅熹年等先生历时8年完成此项重任，并承担了培养后学之职。此后，他多次出访欧美，考察海外流失中国书画并与国外专家进行学术交流；进入90年代，徐邦达在两岸文化交流中发挥了重要的学术影响，在世界范围内赢得了同行们的尊崇。

徐邦达先生热心社会公益事业，多次将自己创作的书画作品捐献给国家，2003年，又将他的100件书画精品捐给故乡，成立了“徐邦达艺术馆”。

据悉，徐邦达遗体告别仪式，将于2月29日上午在北京八宝山革命公墓举行。

艺象杂言

纸币究竟该有什么文化符号

□ 乔燕冰

最近，关于“钱”的风波真是一波未平一波又起。央行刚刚以“战国漆瑟纹饰”的权威解释破解了百元钞票上神秘莫测的“跪拜猫”疑团，接着又有网友曝料50元人民币上有唐僧师徒四人Q版脸谱，让巴掌大的钞票再次变得扑朔迷离。但这些皆不抵人民币改版事件反响之大。这不，举国瞩目的“两会”尚未召开，一个关于“钱”的“轰动性的建议”便提前出炉。据企业家、慈善家陈光标表示，他将在旁听今年全国“两会”时建议人民币改版，在其上印《道德经》《弟子规》《论语》等名篇名言，使人们记住传统文化的精髓。陈光标称自己已做过实验，在人民币上印这些名言不会挤。建议传出，拍手称快、直呼“雷人”、讽刺挖苦等各种声音甚嚣尘上，确有如建议提出者所言之“轰动”效应。

无论合适与否，该建议体现出的社会责任与包含的文化期望不应否定。面对当下社会许多领域出现道德失范、价值失落等种种“社会病”，无数人都在试图查病理、找良方。从传统文化精神中寻找力量已是许多人的文化共识，亦不啻为治疗“社会病”的一剂妙药。这种责任与文化的自觉意识难能可贵。同时，建议的内容以及获得的认同是否再次提醒我们，传统文化在当代遭遇断层的现实正在被越来越多的人所认识，弥合这种断层的渴望也越来越迫切。

货币是从商品中分离出来固定地充当一般等价物的商品，是商品交换的中介工具，而其中作为主币的纸币，更是经济社会中与人最为息息相关的特殊商品。可以说，除了嗷嗷待哺的婴儿、咿呀学语的孩童，几乎无几人不与之接触，因此利用纸币流通性强和覆盖面广等特点，开发其文化和教育功能，其合理性不言而喻，其效果亦不可估量，对拓宽传统文化传播途径也不无启发。况且，国际上也不乏此类先例。法国的“自由、平等、博爱”，比利时的“团结就是力量”，尼泊尔的“祖国比天堂还宝贵”，安道尔的“人不犯我，我不犯人”，新西兰的“永远正直”等，各种名言警句出现于10余个国家钞票上的事实也说明，利用这一重要介质传播文化、教育人民并非建议者的奇思异想。

然而，纸币除了具有货币功能，更是多侧面地反映一国历史文化的横断面，承载着一个国家的民族精神与价值诉求，成为一张特殊的国家名片。正如世界上80%的纸币印有伟人头像，其文化含意远远大于其高识别与易仿伪作用。我国作为世界上使用纸币最早的国家，货币文化更是源远流长。从原始贝币到布币、刀币、圜钱、蚁鼻钱、方孔钱演变到第一张纸币“交子”的出现，直到发展到今天的第五套人民币，其中沉淀着厚重的历史和文化，几乎成为民族微缩版文明史、编年史、文化史。其所蕴含的深层内涵又岂是几个名篇、几句箴言所能尽显的？

书不尽言，言不尽意。即使一张张人民币上印满了金玉良言，有限的字句又如何彰显中华文化的博大精深？传统文化的传承在于对其精神的领会，而非形式的拘泥，否则，即使人人将有限的名言佳句烂熟于胸，文化精神也许依然相去甚远。更何况，纸币不仅是文化载体，更是一件艺术品。正像中国山水画，也许无笔墨处正是妙境。今天的人民币中，无论是三潭印月、桂林山水、布达拉宫、泰山、长江三峡以及人民大会堂这些纵贯南北、横跨东西的地理喻意，还是兰花、月季花、荷花和菊花这些具有特殊意味的传统审美意象，壮阔恢弘、气节高雅、品格留芳等民族传统文化品质尽在其中。“不着一字，尽得风流”的表现方式，正体现了我们民族含蓄内敛的文化特质。如今若将这无限情怀囿于有限的字句中，非要以连篇累牍的显性文字来覆盖隐性文化元素，岂非舍本逐末、画蛇添足？

而且，我们的民族文化发展到今天，竟然必须要借助于几个名篇名言来时时敲打自己，这将是文化的进步还是文明的倒退？

《中国艺术报》版式赏析

2012 年 2 月 24 日

第 1118 期

33. 说说“化学神曲”的“抛砖引玉”

小作

近日由北京大学中乐学社演出的歌曲《化学是你，化学是我》在中央电视台音乐频道播出后，被网友上传到新浪微博，迅速蹿红，取代《忐忑》成为网络“神曲”。虽有网友留言纷纷评论其“天雷滚滚”、“斯文扫地”，但笔者以为这不妨看做是科普“浅入浅出”的方式。歌曲来源是“国际化学年”在中国推出了征集“化学之歌”的活动，著名高分子化学家、北大校长周其凤在讲座中称自己抛砖引玉，写了一首歌词，歌名为《化学是你，化学是我》。

“化学就是你，化学就是我；父母生下你我是化学过程的结果，你我的消化系统是化学过程的场所，记忆和思维活动要化学过程来描述，就是你我的喜怒哀乐也无非化学物质的神出鬼没……”周其凤校长抛出的“砖”从侧面写出了我们生活在一个化学的世界里：精子释放透明质酸酶、顶体酶等才能突破卵子的防卫；唾液中的淀粉酶从我们一张口开始就帮助我们消化；家庭的基础则来自于大脑分泌的多巴胺，它让我们沉入爱情的迷醉……这一段歌词的确显示了周其凤校长的专业功底，把化学描绘成一个无所不在的精灵，让人不再因复杂的分子式心存畏惧，对化学产生一种天然的亲切感。但是歌曲的结尾，却真的比较“稚嫩”：“化学，你原来如此神奇（给力）；哦，化学，难怪你不能不火；哦，四海兄弟，我们携手努力；哦，为人类的航船，奋力扬波。”虽然用了一些时下流行词汇，但完全丧失了合辙押韵和歌词的意味，过于浅近。这也是网友觉得特别“雷人”的地方。除了歌词外，这首歌的曲风也比较怪异，中间一段小快板类似回家过年的曲风也让人听了咋舌。

如果说，周其凤校长抛出的“砖”是为了引来让更多人关注化学的“玉”的话，我想他的目的达到了，这首歌已经登上百度新歌榜。而且在当下众多歌曲的无病呻吟中，当我们已经尝遍了“伤心”、“寂寞”甚至“爱上一个不回家的人”时，这首《化学是你，化学是我》还是鹤立鸡群、与众不同的。至少艺术上我们看到一种需要，在建设企业文化、社区文化、校园文化过程中的需要，在普及科学知识、丰富精神文化生活方面的需要。

但这样的歌曲在创作中还是要注意传唱度，歌词要朗朗上口，歌曲旋律要清新优美。除了在作词作曲方面多邀请音乐、诗歌方面的专业人士参与创作外，给现成的好歌填词也是不错的作法。李叔同的《送别》我们都会唱：长亭外，古道边，芳草碧边天……如此富于中国古风的歌曲，谁会想到它的曲子来自美国奥德威所作的《梦见家和母亲》，这是李叔同所做一系列“学堂乐歌”中的一首。“学堂乐歌”

是清末民初一批有抱负的知识分子，宣扬音乐对思想启蒙的重大作用，并积极实践，借当时流行于日本和欧美的曲调，填上新词，编成新的歌曲，在当时学生中广泛传唱，影响至今。这对于我们今天的歌曲创作仍有借鉴价值。

34. 微电影，可以有大担当

——从广州10所高校拍10部微电影呼吁“拒绝冷漠”说起

王新荣

据《广州日报》报道，围绕日前引发社会热议的佛山小悦悦事件，11 月 4 日，广州大学城 10 所高校的学生分别推出包括《暖暖的》《JUMP》《冷漠》在内的 10 部公益微电影，以迥异的故事、独特的视角呼吁社会“拆掉心中的墙，拒绝冷漠”，引起社会广泛关注。广东高校的学子们勇于走出象牙塔、敢于直面社会病灶的锐气和道德良知，值得赞许；而学子们充分利用自身优势，借微电影这一短、平、快的新艺术样式，倡导德行善举、弘扬社会正气、塑造美好心灵、传递人间大爱，值得文艺界学习和提倡！

古往今来，借各种艺术形式来弘扬社会良知、播撒爱的种子、化育民族风骨的优良文艺传统，不绝如缕。就拿现在来说，各种文艺样式在导人向善，培养正确的人生观、价值观甚至构建和谐健康的社会生态方面，也是敢作敢为、从未缺席。你是否记得，曲艺家们在“全国道德模范故事汇”上，以曲艺这一老百姓喜闻乐见的艺术形式，用艺术的力量彰显道德的力量、用艺术的真实再现历史的真实？以保姆之身、瘦弱之躯诠释人间大爱的李泽英，践行“人民利益高于一切”誓言的当代军人楷模孟祥斌，信守承诺、替亡夫还债的农村妇女陈美丽……一个个名字，一段段动人故事，一次次精彩讲述，让观众在寻访道德楷模人生轨迹的同时，体味到了他们平凡中的伟大、坚持中的坚韧。你是否还记得，苏州滑稽戏《顾家姆妈》中为了一对弃婴终身未嫁、无私奉献的伟大“母亲”说出的那句“天底下哪一个做姆妈（妈妈）的不是保姆啊！”的质朴真言。你是否还记得，甬剧《宁波大哥》中那句“再多的钱，也买不到生死关头有人救，也买不到困到急处有人帮”的感人唱词。诸如此类创作，不仅在曲艺、戏剧领域，在影视、音乐、书画、舞蹈等各个艺术门类中都层出不穷。

电影是与科技进步相生相随的，在科技日新月异的今天，艺术的空间和可能也瞬息万变。但是，用艺术传达什么？用艺术追求什么？选择与走向也是多元多向多样的。微电影，这一伴随着网络和新媒体技术应运而生的一种艺术形式，因其不同于传统电影的“三微”（微时、微制作周期、微投资规模）特征，以及它的低门槛、广普性与参与互动性适合了新经济时代人们追求精神自由和互动体验交流的感性诉求，以致微电影一出，各色人等对其趋之若鹜。而不幸的是，在微电影铺天盖地之时，却鲜有大担当，仅限于自娱自乐，而且大多格调不高不雅。诸如之前甚嚣尘上的《11 度青春系列之老男孩》，让“70 后”、“80 后”两代人沉湎在集体怀旧的感伤情绪里不能自拔；快女微电影《不死的青春》之《曼陀罗》，或杂糅现代、古代、清朝、民国等多个时期的戏份，大玩“穿越风”，或演员脸涂厚厚颜料，追求“阿凡达”、“植物大战僵尸”般的视觉快感；又或微电影《卡扎菲亡命荆州》，在商业拜金和众生狂欢的洪流中欲罢不能；更不必说一些娱乐明星纷纷试水微电影拍摄，沉迷在自我小圈子、小情调里玩弄艺术技巧，吟风弄月、无病呻吟。种种怪相不禁让人深忧：“有意义”让位于“有意思”，“形式”掏空了“营养”。

令人欣慰的是，传播善行义举，弘扬社会正气，青年学子们正在以艺术的力量发出他们的宣言。两周时间制作完成，微成本、风格各异、5 到 10 分钟的纯公益微电影，倾注了当代大学生对社会事件的关注和思考。在微电影《暖暖的》中有这样一句话：“拆掉心中的墙，拒绝冷漠吧！用爱和真心来拥抱这个世界。拒绝冷漠，简简单单地，从每一件小事开始。”微电影，“身板”虽小，但它敢于直面生活、敢于揭露社会病疾的勇气，让我们有理由相信，艺术在，大道行。有担当的艺术，无论其形式大小，在社会良知培育以及良好健康社会生态的构建中不可或缺，大有可为！

35. 谣言疯传，就当及时治理

何瑞涓

昔日周幽王烽火戏诸侯，谎言一起，为嬴褒姒一笑而坐失天下。谎言是谣言的病原体，当公众与媒体不加分辨参与进去，谣言就会变成一种传染病。正所谓传谣动动嘴，辟谣跑断腿。网络时代，打开了一个公众自由参与的空间，人人都可以成为新闻发言人，每一个网站都是各种消息的集散地，同时，个人也好网站也罢，都有可能在恍然不知间成为谣言流传的扩音器，每一条流传着的新闻背后都隐藏着可能被证伪的因素。网络的普及、新媒体的出现确实给很多工作的展开带来便利，比如说被拐儿童寻亲等等，但也为一些谣言的滋生蔓延提供了温床。吃盐防核辐射的鼓吹、一本正经地对国家税务总局关于征收个人所得税第 47 号规定的炮制、战机坠毁、绝症男子杀人等消息的抛出，有多少这样的虚假消息在轻轻的点击"转发"中无限蔓延。

是谁在制造谎言，又是谁在传播谣言？对于这一部分人，严厉打击并绳之以法是理所应当的。我国应进一步健全相应法律法规，使打击制谣传谣更加有法可依，并不断依法加大对编造、传播谣言扰乱社会秩序的行为的打击力度，引导媒体与公众舆论向良性发展。足以令某些乐于躲在键盘后凭空编造各种"秘闻"、"真相"的人胆寒的是，近期在网络上流传的"国家税务总局关于修订征收个人所得税问题的规定的 47 号公告"、"网传歼 – 10B 战机试飞坠毁"等均已查明属编造的谣言，国家互联网信息办网络新闻宣传局、公安机关已责成属地管理部门依法依规对制造和传播这些谣言的责任人和网站予以惩处。其中所谓"国家税务总局 2011 年第 47 号关于修订征收个人所得税若干问题的规定的公告"的杜撰者上海励某被行政拘留 15 天。"杀村官"帖子作者云南某大学学生也被依法行政拘留。造谣生事者受此法律严惩，自是对网络环境和社会秩序的维护，更给认为网络上可以任意捏造、传播虚假信息的人敲响了警钟。希望网络监管者加大执法力度，对各类谣言做到及时发现、有效清理，从而让网络环境更加健康高效，让一切谣言及其制造者、传播者失去容身之所。

对于网络环境而言，每一个公民既是参与者，更应成为维护者。面对林林总总、难辨真假的信息迷雾，公众自身的甄别能力也分外重要。自觉抵制谣言是每个公民的责任，每个人都有可能成为谣言的受害者，抵制谣言就是保护自己。谣言止于智者，我们每个人都应该成为智者，从而让谣言止于你我，切勿道听途说，成为谣言流传的中转站。谣言并不可怕，可怕的是缺乏独立思考和反思质疑的能力。在新媒体崛起的环境下，每个人都变成了"微媒体"和"自媒体"，都可能成为谣言流传的关键环节，反过来每个人也都可以成为抵抗谣言的战士，每个人都可以是一台“谣言粉碎机”。惟其如此，无论为人为己，才算是尽到了一个现代公民、一个网络参与者的社会责任。

制造谎言的人固然要为自己的不当言行负上沉甸甸的法律责任，而一些媒体也应从中汲取教训，切勿为了新闻而新闻，把点击率置于职业道德之上，不做深入调查，以讹传讹。媒体要明辨是非，不为假象所蒙蔽，并严格把关，掐断每一条谣言的传播链条。比如此次国税 47 号案也是媒体集体“被骗”的典型案例，从专业会计网站到某地方大报再到知名门户网站，对此均有正面报道。在这个信息爆炸的时代，媒体不应该做错事后低下头粉面含羞地说一句“人家是被骗的嘛”或者干脆什么也不说直接变黑脸，需要对自己的社会责任、职业操守有一个深刻清醒的认识。毕竟，人们需要可以相信的媒体，媒体是人们的主要信息源，而一旦失去公信力，可能就再也无法挽回了。传统媒体也好网络媒体也罢，都应顺应当下文化体制改革的大势，贴近公众需求，转作风、改文风，避免不从事实源头出发，轻信其他媒体消息并“复制”、“粘贴”新闻的做法，而应追根溯源，实事求是，从而扩大真实信息的传播渠道，重新赢得公信力。

36. 冷笑话网络热“转身”的启示

关戈

在办公室听笑话，你未必能豪放到大笑不已，但换了时间、地点、人物乃至场景或载体，这一窘景也许就不再囧。适当创新，冷笑话也能热起来。

据报道，最初在办公室讲屡遭冷场的日常笑话，自“变身”为动画视频《一日一囧》并于2008年网络开播以来，不仅网上连播800多集，深受网友追捧，累积点击狂飙30亿人次，更已开发出了衍生动漫产品。《一日一囧》的创意其实很简单：长着一张“囧”脸的“小明”，每天演绎一段“囧”事。动画短小，每集仅一分钟。

平心而论，笑话在生活中俯拾皆是，几乎人人都爱听爱讲，这还不足以成为《一日一囧》红起来的理由，此前该作者在办公室讲遭遇冷场即是明证。那么，到底是什么让《一日一囧》拥有如此魅力？其成功“起跳”，表面上是借助了网络，甚至可以认为，在各类动画视频风行网络的当下，其成功简直像是侥幸。但只要看看其取材日常的笑料，以“囧”自嘲的姿态，开放又独立的网络接受氛围，其受欢迎的现实土壤已经形成。加上形式灵活，画面生动，造型夸张，偶用方言作搞笑佐料，“搭准了年轻人的感觉”，想不红都不行。这一过程，从办公室中来，然后有所发现，又灵巧地搭上时代快车重新回到并融入生活中去，潇洒之至。

可以说，在文艺创新当中，“办公室”像一个巨大的隐喻。其中既有斑斓的现实生活，又有厚重的人文历史，世相百态，包容其中，地理天文，囊括其里。民族的气派、时代的风貌、人物的风骨，均需博观约取、厚积薄发。美国经济学家熊皮特说：“创新是指把一种新的生产要素和生产条件的‘新结合’引入生产体系。”这种“新结合”不是肆意、蛮横的嫁接或搭载，不是拉虎皮做大旗，“生产要素”和“生产条件”是可以分解为无数细节、场景，有着丰腴肌理的宏大现实。事实上，《一日一囧》现象已经触及到了创新领域的关键问题：回到生活之根，历史之本，才能找到碰撞灵感、张扬想象的机缘。

可是，反观当下的一些文艺创作，有的人频频嚷着“创新”，要改变人们对某某形象的认识，最后拿出来的不是恶搞就是无厘头，缺现实根据，更缺人文逻辑；有的影视作品动辄“特技”、“大场面”，以为占了技术优势就可无度想象、肆意“创新”。殊不知，缺生活的创新只能是无源死水，只有技术的创新只会成为狂妄的臆想。某地艺术家，用嘴叼垃圾；又某地艺术家，裸体坐地铁，还都打出“环保”旗号，名曰行为艺术。想象枯竭至此，与生活脱节至此，实在可叹可笑。这些乱象怪行创新无门，归根到底在于常纠结于个人的一些小情调、大臆想，从而跟现实乃至人文历史脱节。某种意义上，这更彰显了《一日一囧》创新的价值。

无独有偶。一位写网络小说不太有名的创作者，在引入传统皮影的视像功能并把小说与绘本创作结合后，其独创的“幻·影小说”《塔希里亚故事集》上市两个月竟翻印三次，大受欢迎。《一日一囧》和《塔希里亚故事集》，同处在读图时代或者网络时代，某种相似或许让人读出了它们之间的“兄弟情谊”。一个从生活来搭上网络快车，一个则从传统攫取了创新的灵感，异曲而同工，证明创新是有许多源流支脉的。向这些源流支脉攫取创新资源，这正是动画视频《一日一囧》带给我们的启示。

37. 从艺者首先要有正确的价值观

——从京剧名角冒犯革命先烈遭网友炮轰说起

陆尚

近日，天津某位京剧名角因在自己的微博中接连发出冒犯雷锋、邱少云等英雄人物的言论，引发众怒，遭到了网友火力强劲的炮轰。笔者在为网友的正义之举拍手叫好的同时，也不禁对这位演员的行为感到义愤和悲哀。

这位京剧名角儿之所以成为众矢之的，皆因她不负责任的言辞抹黑了英雄，挑战了人们的道德底线。她在微博中写道："雷锋很有经济头脑，或者他有位精明的经济（纪）人！做的事情都不说，写在日记里，拍擦车照片也提前把军功章挂在胸前，日后统一出版！""小时候听过邱少云的故事，非常佩服，直到现在我都觉得他是神！在烈火中被活活烧死怕被敌人发现，能一动不动，不是神吗?身边的武器子弹在火中也不爆炸，他的精神能战胜所有要暴露的危险，他真的是神！"冰冷和自以为是的文字中尽是对英烈的戏谑、质疑和嘲讽，歪曲了事实的同时也践踏了英雄的尊严。众所周知，雷锋、邱少云等英烈是无数人心中的精神偶像和学习榜样，他们的伟大事迹和无私奉献的精神感动、教育和鼓舞了好几代人，为人民服务、甘当"螺丝钉"的雷锋精神至今为人们所赞颂、学习和传扬。然而，这位演员却罔顾历史真实大肆地在其个人微博中对榜样进行恶语相评和质疑，实为匪夷所思！这也就不难理解她为何会遭到网友的炮轰了。是文化水平有限、道德素质不高，还是另有目的？人们在对她的行为产生反感和愤怒情绪的同时，也会对其德行和修养另作评估。

窃以为，"名角"之所以"名"，除了具备高超的艺术功力之外，人品德行也应为人所交口称赞。作为公众人物，艺术工作者保持健康、良好的公众形象尤为重要。艺术家是大众注目的焦点和效仿的对象，同时也接受着大众的检验和监督，因而要特别注意自己的言行，切不能为了搏出位、炒作等原因而无事生非、无中生有、随意妄言。如若不然，其结果只能是既丢掉了自己的颜面，又丧失了大众的支持与信任。此次网友的炮轰事件就充分地印证了这一道理。

鲁迅先生曾经说过，文艺是国民精神所发的火光，同时也是引导国民精神的前途的灯火。文艺工作者是"人类灵魂的工程师"，有着为人民提供更多精神食粮的责任和使命，宣扬正确的道德观、价值观，用文艺作品引领人们尚善、向上是文艺工作者应该积极追求的。欲教人，应先树己德。这也就要求，文艺工作者在不断加强自身艺术修为之外，还应该努力追求崇高的精神境界和高尚的人格，具备良好的职业精神和职业道德，亦即要崇德尚艺。事实上，很多艺术家都以自己的实际行动解读和践行着德艺双馨的标准和内涵，如“戏比天大”的常香玉等。然而这位京剧名角的表现却是令人失望的。她的言论暴露了不正确的价值观和个人修养、文化素养的欠缺，也远离了德艺双馨的标准，更在社会上造成了不好的影响。衷心希望这位京剧名角以及“同病者”敢于面对自己的错误，认真反思被公众炮轰的原因，不断加强文化修养与道德素养，树立正确的价值观，只有这样才能为好艺，做好人。

38.娱乐：勿放纵，要有度

——也说“限娱令”

煜凡

“人类有很多娱乐的方式，难道离开猴子我们就不能娱乐了吗？他手里拿着鞭子在逼迫我们的‘朋友’做一些表演。我不忍心看到这一幕惨剧。”近日，在天津卫视录制的一期《笑傲江湖》中，牵着被穿上一身金色长衫的“美猴”的表演嘉宾一上台，评委赵忠祥便断然按下红灯叫停了他们的耍猴表演。我们不难看出，深知被训的猴子常常被打得遍体鳞伤，以叫停期望唤起观众“劝君莫打三春鸟，子在巢中待母归”式的悲悯之心，是主持了大半辈子《动物世界》的赵忠祥一种自然情感流露，更应感受得到，高呼“今天的文明时代不应该再出现这样的艺术形式了”，是这位古稀老人通过保护动物尊严对我们的文明和文化尊严的本能捍卫。

诸如耍猴这样击锣敲鼓，走街串巷，裹挟着杂耍卖艺艰辛愁苦的民间文娱形式，是否还应该原生态地走进今天的大众文化媒介中，成为今天公众娱乐的看点，也许是该重新审视的。但是，谢绝了猴子之后，我们该如何面对自己的舞台也许更值得深思。

作为大众文化的强力输出媒介，电视为我们打造着超时空的多元文化舞台。电视节目以多彩通俗的视听形式，激发观众感性审美愉悦，使人们消遣休闲的渴望得到满足。然而“一切公众话语都日渐以娱乐的方式出现，并成为一种文化精神……其结果是我们成了一个娱乐至死的物种”，已故美国著名媒体文化研究者尼尔·波兹曼这段哀呼媒体现状的惊世言辞，似乎已成今天的谶语。娱乐仿佛成了某些电视媒介唯一顶礼膜拜的文化图腾。

例如，关注这个时代“剩女”、“剩男”新群体症候而产生的交友类节目，本应该为适婚青年提供真诚交流的平台，履行“相亲”这类原本服务性的节目基本功能定位，体现大众文化的人性关怀和人文内涵。而当下某些甚嚣尘上竞相火拼的交友节目，把私密的情感变成群情沸腾，把个人交往转为大众围观，把神圣爱情化为世俗娱乐，使服务性节目彻底娱乐化。甚而至于，以追逐爱情的名义纵容部分群体原生态的自我张扬，使之成为赤裸的人性、直白的逐利、露骨的欲望和失落的价值观的巨大晾晒场。这些节目，或猎奇、窥私，或模拟、造假，或粗浅、低劣地诱惑大众来围观取乐，同时成为参与者争出镜、博出位、拼出名，制作者赢得收视率的便捷窗口。大众文化的“通俗”特质逐渐沦为庸俗、低俗、媚俗甚至恶俗。某些节目制造的一片娱乐狂欢最终只能演化成一股股大众文化尘暴，淹没其应有的人文精神，遮蔽其应有的文化认知、教育、服务和审美功能。

作为最平民化的传播媒介，电视传媒无疑承担着越来越重要的政治、经济、文化使命。而大众往往作为既存电视节目的被动消费者而存在，其审美趣味和价值取向很大程度上受到电视制作者的制约与诱导。电视文化的制作者丧失正确的文化判断和价值考量，如何奢望健康的文化秩序与良好的文化生态？说得严重点，这与我们大力建构社会主义核心价值体系的努力是背道而驰的。

由此可见，国家有关部门叫停某些泛娱乐、负价值的恶俗节目，限制它们的泛滥，正当其时。一次叫停，可能无法救赎所有成为人类玩耍对象的动物，但阻断动物走上部分娱乐舞台通道也许便止住了无数落在动物身上的皮鞭。同样，值得我们欣慰的是，一次限娱令，即便不能就此杜绝低俗的娱乐，却同样阻断了那些因放纵娱乐而抽打在我们文化精神上沉重的皮鞭。

39. “甲骨文考生”事件拷问舆论之弊

关戈

古人早有云，欲速则不达，近日又出一例证矣。

据报道，“古文字达人”黄岭近日遭老师弃职罢教，并被指为“浮夸”。曾以古文字写高考作文惊呆判卷老师，又因此特长而两年实现从三本到一本“两级跳”，黄岭之“速”与“达”一度羡煞同窗。可如今，一则罢教风波，却爆出“他只是认识一些甲骨文”、“我们找一个中学生，培养他一两个月，他基本上就可以认识上千个甲骨文了”等说法。言外之意，黄岭这个“古文字达人”并不“达”，即便他是一个特长生，也是可以复制的，没什么了不起。

此事见诸报端之后，媒体之表现却颇耐人寻味。

黄岭是否真的够“特长”，这已经不再重要了，时间会交待一切。事实上，众媒体在围观此事时，聚焦点已经转移到了黄岭为何能“两级跳”上来。谁给“甲骨文考生”搭了捷径？如今看来，多数人或沉痛反思教育之弊，或倾向于指责有关单位把关不严，且有急功近利之嫌。这确在情理之中。对此问责，本是媒体监督的应有之义，无可厚非，的确也彰显了媒体的力量；但倘若媒体一上来就穿起了道德的法袍，推卸了责任，把敌意指向直接相关者，就有点上游喝水还骂羊的味道了。

只要梳理一下黄岭的“成名”之路，就不难发现，其中有太多媒体的影子。“2009年最牛高考作文”的描述，没有人不被“最牛”二字“夺目”；“古文字达人”的封号，也是媒体借时尚祭出的大旗，不无“标题党”之嫌。在类似的造势与策应之下，“借机宣传”思维趁势而上，放手一搏行惊人之举的媒体比比皆是，直至影响和左右了对黄岭的考察与录取。偏才选拔机制之本意，乃是不拘一格，以发现、培养人才。因选拔之特殊性，其过程本应潜行默察，尽量低调。可如今黄岭却因偏成名，因名成事。黄岭成事不足，媒体也有失察之责。

综览媒体报道，有的媒体以吸引眼球、爆炒噱头为职志，往往多钻营、探寻奇闻怪事，在社会上造成了一种非剑走偏锋不能出位的极坏氛围。可以说，“古文字达人”事件之产生，跟投机心态有关，更与有的媒体倾向浮夸和恶趣味的偏好有关。

本来，偶走偏锋以突出重点、吸引关注并不为过，这也是媒体竞争的策略。但在信息技术日益发达的当下，舆论已越来越影响着人们的生活，也很容易被有心之人所利用。正面典型不常有，出位无门则求助于各种稀奇古怪甚至低俗、恶俗的“创意”，以故作姿态、故示惊人来吸引媒体关注，这是投机者的基本逻辑。

因此，媒体浮夸或过多关注负面的、低俗的事件，往往就助长了浮夸，成就了某些以丑为美、以耻为荣的投机者出位。远如“凤姐”，近如郭美美，尽皆如此。倘媒体能把更多的目光投向那些实在的、正面的榜样，在普通人里寻找非典型中的典型，即便求“偏锋”、“突出”也必求证于事实、基于正面价值之建设性，则导向健康，人心向好，步履踏实，坏案例可少，岂非社会之幸？

“关注”是一把双刃剑，或成有效监督，或成晋阶筹码。对媒体来说，持此“公器”则责任在身。营造良好的社会氛围，塑造正面的价值取向，更需常思慎行，如履薄冰。

40. 令人愕然的“鄂”改“楚”

乔燕冰

近日，湖北掀起改名风波，欲将简称“鄂”改为“楚”之呼声不绝于耳。“在古代‘鄂’通‘噩’,现代‘鄂’与‘恶’谐音,不太好听。”这是最早提出将“鄂”改“楚”的湖北一省级学术机构相关领导振振有词的改名理由。“鄂”字左上两个口，代表两人发生口角，右边之耳朵，以示偏听偏信，左下一个亏，表明吃了亏，所以说湖北人好斗，不团结，领导又爱偏听偏信，最后的结果是都吃了亏。这是坊间言之凿凿的改名原因。

但如斯理由不免令人啼笑皆非。若按此理，众多省份皆应更名不迭。黑龙江简称“黑”，非改名无以洗脱其浊？贵州简称的“黔”通“黥”，意指在犯人脸上刺刻涂墨的刑罚，亦大不吉利乎？重庆简称“渝”，意为变污也，重庆人怎甘自取其辱？福建简称“闽”，源于古闽人以蛇为图腾崇拜，常将蛇奉于门内，难道福建人只能囿于门中难现龙腾？山东简称“鲁”，众山东父老注定要背负鲁莽之名？蜀与“鼠”同音,琼和“穷”相近,滇与“颠”能联,蒙有“蒙人”之嫌,皖与“挽”、“完”不远……计较起来，恐全国未有几地不需易名！

即便不论上述笑谈，也不讲但凡城市改名之类事件总难免的劳民伤财之怨，湖北声称“楚文化博大精深，更显湖北魅力”之说亦有不妥。虽然湖北是荆楚文化的发祥地，也是古代楚国的政治、经济和文化中心，但无论是从古之荆楚囊括了长江中下游以及支流众多的淮河流域的地理版图方面，还是就其青铜冶铸、丝织刺绣、木竹漆器、老庄哲学及屈骚文学的文化地标方面，都决定了湖北不能完全代表“楚”，也无权独占“楚”。湖北独享“楚”字将误导后人对历史地理文化的正确解读，弊端不小。

对于我们这个具有浓重历史情结的民族来说，历史的追怀与文化的回溯是我们回避不了的话题。借“述往以为来者师也”的历史，让民族与地域之间的文化认同在有所依凭中得以凝聚，是历史与当代对接的文化内核，这种历史的文化价值彰显与延展，是民族精神的生命延续，难能可贵无需赘言。然而，正是这一温存的理由，给此起彼伏的城市更名热潮和与之同质的“故里之争”类事件的功利本质锻造了一张文化盾牌。一件器物、一个人、一块墓葬、一座建筑、一个城市……人们趋之若鹜地向下俯身挖地三尺，向上求助神话传说，竭力找寻能够赋予无限“价值”的历史凭附物。一出出历史闹剧由此上演。剧中，历史变成经济的诱饵,文化沦为利益的筹码。这种闹剧何时才能从今人书写的当代史中彻底谢幕？据说在湖北“鄂”改“楚”风波中，统一“楚商”称谓，有利于叫响湖北商人品牌，更有利于招商引资，推动湖北经济发展，成为这次“四面楚歌”中的最强音，且已落地开花——湖北商人已率先更名为“楚商”。这正是历史变成经济的诱饵的活生生的例证。

“筚路蓝缕，以启山林。抚有蛮夷，以属华夏。不鸣则已，一鸣惊人。”这是《左传》中对古代楚人创业精神的记述。渴望一鸣惊人的古楚先民依靠的是筚路蓝缕不渝情志的开拓精神和海纳百川兼容并包的宽阔胸怀。而今，楚之后人确也“承袭”先人希求一鸣惊人之志，但若只是“四面楚歌”更得一名以求“惊人”，岂不愧对先人！

41. 莫给健康网络文化建设添堵

左岸

“新闻的底线是真实，当你们为了金钱捏造事实污蔑攻击的时候，你们失去了人的底线。”日前，某知名女演员针对搜狐对其“陪睡换角色”的不实报道作出了这样的回应。她质问，“隔着网络——20世纪最伟大的发明，人们就可以暴力、淫秽、为所欲为，而不受任何法律和道德的约束？”短短一天时间，3万多新浪网友参与转发、评论，关于如何建设健康的网络文化等老话题再次成为众人关注的热点。搜狐虽已致歉并删除有关报道，但此事的标本意义，颇值得深思。

如今，随着信息技术的日新月异，网络媒体以其快速、海量、互动、草根等特点，已成为人们了解信息的主要途径。然而，伴随着网络媒体追求时效性的传播特点，也给新闻的真实性带来了一定的挑战。一些网络媒体面对这样的挑战并没有做好准备，总是因为种种利益的驱使而底线失守。近年来，诸如“女大学生状告爸爸的吻”、“家庭连环悲剧猪吃娃”、“美国医生操刀换人头”、“金庸被去世”、“鲁迅作品大撤退”等假新闻，总是会在网上引发无数人“围观”，对新闻当事人和网民造成困扰，虽然有关部门曾采取很多严厉措施加以治理和处罚，但类似事件却从未绝迹。

究其原因，大致有三点。其一，一些网络媒体为了追求高点击率，不在提高新闻的内在价值和做好信息服务上下功夫，而是盲目追求新、奇、怪、异、特，以达到哗众取宠或耸人听闻的效果。其二，目前我国商业网站营利模式模糊，网上广告还是许多网站营利的重要渠道，网站访问量的多少又决定了广告价位的高低，所以，一些网络媒体为了吸引“眼球”片面追求新闻的轰动性与吸引力，故意炒作一些没有事实依据的虚假报道。其三，由于我国目前还没有较完善的网络法律法规来约束网络新闻业务活动，造假者往往得不到法律的惩处，假新闻被人揭穿后，刊发假新闻的网络媒体却很少站出来承认和纠正错误，不久之后就故态复萌。

发展健康向上的网络文化是发展社会主义先进文化、满足人民精神文化需求的迫切需要，是适应互联网快速发展、增强国家文化软实力的迫切需要，是净化网络文化环境、保护青少年身心健康的迫切需要，但到底如何更好地发展健康向上的网络文化呢？窃以为，对于在健康网络文化建设中扮演重要角色的网络媒体来说，关键一条就是要坚守新闻报道的真实性，因为失去了真实性的新闻就如同无源之水、无本之木，无法继续生存。其次，新闻的“新”必须是建立在完全尊重事实的基础上，不允许有任何主观臆想和推测的成分，更不允许无中生有、胡编乱造，如果为了争夺受众的“眼球”，一味地追求轰动效应，势必会陷入制假贩假的泥潭。此外，网络媒体还要加强行业自律和行业监管，提高从业人员的职业道德和素质，规范网络新闻报道行为。

有鉴于此，《中共中央关于深化文化体制改革推动社会主义文化大发展大繁荣若干重大问题的决定》对加强网络文化建设和管理作了专门部署，强调发展健康向上的网络文化。国家新闻出版总署日前也印发了《关于严防虚假新闻报道的若干规定》，要求新闻机构建立健全内部防范虚假新闻的管理制度、纠错和更正制度，完善虚假失实报道的责任追究制度。相信在这一系列举措的规范和指导下，在众多具有社会责任感的网络媒体的共同努力下，我们的网络文化建设定会逐步迈上健康向上的轨道。

42. 雷人“鸟巢”频现，都是创新乏力惹的祸

怡梦

自从国家体育场“鸟巢”在北京落成，各地出现了各种“鸟巢”，如山西蒲县文化宫、广东省中山市沙溪体育馆，纷纷举着“蒲县鸟巢”、“沙溪鸟巢”等招牌吸引观览，近来中部某市一美术馆又因“貌似鸟巢而且漏水”之名横空出世。笔者对诸般“山寨鸟巢”感到审美疲劳的同时，也为设计者的弄巧成拙深表遗憾。

照片上的该美术馆为穹状玻璃建筑，外侧围有不规则交叉的钢架，其实不像鸟巢，更像一堆待燃的巨型篝火。参差错杂的钢架结构令人联想到奥运主会场鸟巢，这既是设计的巧妙之处，也是其失败之处。

美术馆是实用建筑，不是城市雕塑，其重要功能是为展品提供展示、收藏的空间，为参观者营造适宜的观览环境，然而其外观建得如此前卫，未免喧宾夺主。美术馆的任何自我展示，目的应是吸引来者入内观展，而非让游客把它当成“鸟巢”围观。而且，一座美术馆应当做到海纳百川，成为各类美术作品的栖息之所，拥有后现代外形的美术馆或许适宜举办毕加索作品展、达利作品展，而审美风格唯美内敛的水墨画展、刺绣展若置身于格格不入的后现代展馆，就显得十分尴尬。

美术馆是艺术展馆，不是体育场。用途不同为何要引入国家体育场设计元素？简单对比就能发现，钢架结构作为国家体育场的主体，是运用力学和仿生学原理支撑整个建筑的核心，之所以建成鸟巢形态，是为适应海量观众围坐观赏比赛，对于地形、环境等因素也有充分考虑；而该美术馆的穹状玻璃建筑已自成一体，外围钢架装饰性大于结构性，除了令建筑整体貌似鸟巢之外，看不出任何存在的必要。参观美术展览不像观赏体育比赛，而是边走边看的欣赏过程，设计语言应倾向悠然自适的表达，结构应具有发散性，穹状玻璃本身已是半球倒扣的封闭结构，外围纵横交错的钢架更似牢笼，实在令人紧张和疲惫。

有上述种种不妥，若再以“鸟巢其外漏水其中”为由指责该美术馆华而不实、空有其表未见其用，似乎是笔者“落井下石”了。笔者更奇怪的是，对于“城市名 + 鸟巢”这样的山寨称呼，设计者与当地市民难道会津津乐道、沾沾自喜？这分明是跟风模仿、原创力阙如的表现。

“鸟巢”一词在今天似乎渐成李白的“月”、李商隐的“蝴蝶”，提起“鸟巢”就想回望 2008 年北京奥运会的恢弘与荣耀，它承载了中国人太多诗般的记忆，正因如此，才有众多后来者试图以这个名字来为自身增色添彩。然而“鸟巢”只有

一个，任何翻版与蹈袭都只会令作品或滑稽可笑，或索然无味。正如今天的诗人不会再写“床前明月光”、“庄生晓梦迷蝴蝶”。希望在未来，我们能看到超越“鸟巢”的作品。

43. 3D眼镜事件让我们看见了什么？

怡梦

日前，汉口某影院在媒体上发出通告，吁请观影者归还 3D 眼镜。原来是某日晚间，该影院播放 3D 影片中途“偶感”停电，“症状”反复不愈，工作人员未能妥善安抚观影者，部分观影者愤然带走 3D 眼镜以示不满。

据悉，此次停电，影院共损失 3D 眼镜 55 副，价值 4 万余元。3D 眼镜何物？乃以光学原理配合 3D 影片放映，可令观者获得身临其境的视觉效果，

而一旦走出影院，这昂贵的眼镜就再无用武之地了。这是一个颇耐人寻味的隐喻，指向时下艺术欣赏与传播的真实境遇。如果说 3D 电影是高科技与艺术相结合的代表，那么将 3D 眼镜带出影院以泄愤的行为则象征接受者艺术消费底线彻底失守。很不幸，这条底线的重点并非落在艺术，而是和他们对普通商品的评判标准无二，即物有所值。

观众是为享受绚美视觉效果而不惜高价观影的消费者，一旦观影目的不能达成，即直接诉诸金钱的等值偿还。我们投放市场的艺术产品已具有与世界接轨的高端水平，而受众的审美心态仍停留在原始的物物交换阶段。离开影院的 3D 眼镜非但不能欣赏视觉奇观，反而会遮蔽本应赏心悦目的人间光影。它折射出的或许不止是观影者素质有待提高，高科技涌流下艺术价值的消逝更令我们深省。曾经，我们看电影是三五成群搬着小板凳，跋涉几十里山路去露天广场，数九寒天也甘之如饴，那真是一场盛大的节日。相比之下，我们今天对待艺术的态度是多么急躁和虚浮。

事件虽与影院的经营理念、处理突发事件的方式不无关联，但这种急功近利的态度更应引起重视。影院作为艺术信息密集场所，其功能不应只是播放影片，还应传达艺术精神，引导审美风尚。不可抗力的干扰是对依赖高科技的 3D 电影有意无意的祛魅，也是对迷失在 3D 幻象里乐不思蜀的观影者一记响亮的醒木，任它怎么光彩照人，没有电也难以为继。然而，没有电就没有艺术了么？假如有影院将计就计，来一次返璞归真：银幕为屏，烛光里的皮影戏似乎是不错的选择；没有音响设备支持，质朴的人声也别是一种纯美。当然，这可能是一种美好的假想，但艺术之地，自当无处不艺术。早已惯看高科技的锦上添花，往往忘却了基于人与物本身的艺术潜能。意外扫兴的暴躁观影者需要的，有时未必是一张崭新电影票的补偿，而恰恰是不良情绪的涤洗与心灵的抚摩，这一任务应该且只能由艺术来完成。

另一方面，笔者并非站在消费者立场上一味苛责影院，这里必须指出，没有

内省与颖悟的受众，艺术的涤洗与抚摩亦很难生效。《世说新语》里有一则故事，说王羲之的五子王子猷一夜梦中醒来，发现窗外落了雪，一时念起远方的友人戴逵，即乘船载酒，冒雪而往，夜尽方至，却不入其门而返，有人问其所以，则曰："吾本乘兴而行，兴尽而返，何必见戴？"可见审美重在过程，艺术价值重在内心体验，而非实际所得。电停了，艺术欣赏中止了，但观影人的艺术修养、文明素养也要因此中断、空白、倒退吗？如果这样，我们在观影中获得的艺术熏陶又哪里去了呢？我们为什么要乐此不疲地一场又一场地看电影呢？影院是文艺的文明的场所，这里也是检验人们文明程度的地方。想一想，我们的文艺场所不断发生过多少不文明的行为和事件，这次 3D 眼镜事件就不能小看。笔者在此想替该影院呼吁相关观影者归还 3D 眼镜，但愿同时归还的是对高科技的迷恋与对艺术的误解。

44.“万能城管”与“协和姐”给我们的“微答案”

乔燕冰

“丁丁历险记奥斯卡新建文影城的上映日期是啥？”“亲，我们查过了，今天就上映，2D 的是 13：20/16：00/18：00/20：30，您可以带着朋友去观看啦！”

“患者就诊，咳嗽，处方为棕胺合剂。患者缴费取药时，问药房的医生怎么喝，医生答：喝一道儿（瓶上有一道一道的刻度，喝一格的意思）。结果患者回家的路上喝了一道儿，到家整瓶都没了！总结一下：文字有歧义，解释需谨慎！”“如果每个医生都能在谈笑间，让患者的疾病‘灰飞烟灭’，岂不身心愉悦、如沐春风？”

以上两组微博就是时下很火的两位“草根微博明星”——郑州的“万能城管”和协和医院急诊科“女超人”在微博上与网友的互动对话。对于“万能城管”，据介绍，家里暖气不热，雨雪天路上有积水，窨井盖没盖好……遇上这些大到攸关生计、小到鸡毛蒜皮的麻烦事，越来越多的郑州市民习惯在微博上随手@一下郑州市城市管理局，即便是午夜也会有值班员回复。而协和医院“女超人”据称每天与网友分享医院的趣事、生活中的囧事，令众多网友直呼疯狂、有个性，并亲切地喊她“协和姐”。

亲民的态度、温馨的话语、幽默的表达、负责的精神……不夸张地说，乱收费、踢小摊、打小贩等妖魔化暴力城管形象，以及冷漠无情、永远写着病人看不懂的字——这两种多年来似乎根深蒂固于人心的城管和医生形象，似乎因这两位特殊“微博明星”的“火爆”而在很多人心中实现了历史性改变。这便是微博展示给我们的巨大力量。

作为继博客之后一种新兴的“自媒体”传播形式，微博兼以网络与手机双重传播介质，裂变式的传播方式，实现了跨平台的信息交流与互动，进一步增强了信息传播力度与广度，让“一只南美洲亚马逊河流域热带雨林中的蝴蝶，偶尔扇动几下翅膀，可以在两周以后引起美国德克萨斯州的一场龙卷风”的“蝴蝶效应”理论不再只是个“传说”。

更重要的是，如果说最初博客的出现为个人情感与信息的展现和交流提供新平台，那么微博则从个人表达、网络社交，延展为公共事务介入的强大媒介，成为社会情绪的晴雨表、舆论的集散地和许多社会问题解决的催化剂。从“我爸是李刚”到“7.23 动车事故”、从“郭美美与红十字会”到“故宫 N 重门”、从“微博打拐”到“小悦悦事件”……微博以即时、迅捷、广博的优势，传播与聚合社会无数神经末梢的敏锐情感与人文关怀，使微众时代的微动力巨大化。

在此基础上，微博为问政于民、问需于民、问计于民提供了一种前所未有的便利窗口。“微博问政”渐渐成为网络一道新风景，同时“公安微博”、“交警微博”、“图书馆微博”、“医生微博”……各类层出不穷的微博，让人们看到利用微博解决与处理社会公共事务成为越来越凸显的社会共识。“微”已当之无愧地成为 2011 年的“热词”。

然而，微博在具有传播快、覆盖广、影响大的优势的同时，信息碎片化、庞杂化、非理性化等随之而来的弊端，也给微博带来了无尽挑战。如何有效引导与监管，以建立安全、科学、健康、良好的微博秩序，利用好这把时代交给我们的双刃剑，无疑是摆在我们面前重要而紧迫的课题。“万能城管”与“协和姐”的走红，也许可以为当下这个重要社会课题提供一种“微答案”。

45. 让方言为艺术加分

张成

正在热映的大片《金陵十三钗》，艺术性地使用了南京方言，烘托了人物形象的真实性和故事情节的悲壮感，为整部影片加分不少。其实纵观近年来的电影创作，方言应用一直是一个突出的特点，也是一个绕不开的争议话题，其间的成败得失，也颇值得探讨一番。

古今中外,方言一直都存在于各种艺术形式之中。不必说使用楚国方言的《离骚》，也不必说使用托斯卡纳方言的《神曲》，更不用说以各地方言为基础而遍地开花的中国地方戏，单单是艺术百花园中年龄最小的电影，便有说不完道不尽的关于方言的话题。如果没有方言，就不会有影响深远的意大利新现实主义电影流派，就不会有《大腕》中李成儒那脍炙人口的京腔段子，也不会有《风吹麦浪》中那时时提醒观众的国仇家恨的戏剧冲突，也不会有《疯狂的石头》中的十足笑料……作为“物质现实还原”形式的影视艺术，直观、直接是其最大的特点之一。影像对客观现实的呈现必须“坐实”，因此，银幕或荧屏中的人物语言但凡有一点虚假或与环境不符的地方，便难免让观众感觉做作。因此，意大利新现实主义的干将们才会把摄影机对准操着街头俚语的意大利工人、农民。作为对白和情节吸引力的构成元素，方言可以直接诉诸观众的听觉,《大腕》中疯人院的各种相声版的呓语无疑带有讽刺和幽默的双重功能。方言还是营造戏剧性氛围的重要手段，在《风吹麦浪》中，反抗军爱尔兰方言和殖民者英军的英式英语始终交织在一起，无时无刻不提醒观众反抗军和侵略者存在的矛盾；《疯狂的石头》中各种看似合理正常的方言被置于一种荒诞的语境下，也笑料百出……不仅如此，方言还经常以“普通话式方言”的形式进入影像，即话语主体，讲述的是普通话，但却带有浓厚的地方口音。如《老大的幸福》中的骗子带着浓厚的口音说出“你丫”。这种话语既指涉了这个骗子作为一名“北漂”在通过语言认同寻求归属感，又符合了其骗子身份。《内陆帝国》中的不速之客的美语中带有东欧的口音，营造了一种极强烈的神秘感和恐怖感。总之，方言已经成为影像情感塑形的不可替代的手段。

“热闹”的“方言影像”正如巴赫金的狂欢诗学所研究的那样，方言成为一条寻绎主体身份的线索，构成了多重主体的对话，并把流失的广场文化纳入到影像的艺术规范中，使人们获得久违的话语狂欢。然而，关于“方言影像”值得关注的却还有另一层面。在一些影片中，不少急功近利的影视工作者“只求其形，不得其神”，只为寻求卖点，在作品中大肆加入方言恶搞，不仅引发观众审美疲劳，也使得观众对方言的使用产生误解，甚至因此消解了历史的厚重感和地域的区别性。本来蕴含着清晰的历史传承脉络和深邃的地域文化基因的方言，被简单甚至粗暴地变成了纯粹的恶搞形式、笑料素材，成为博人一乐、赚取利润的工具，完全脱离了艺术质量的需要，这样的“话语”只剩了“狂”和“欢”，显然背离了巴赫金的“话语狂欢”含义。

当然，方言本身是一个复杂的现实存在。我国的《国家通用语言文字法》对语言文字规范化和推广普通话作了明确规定，正是基于此需要，广电部门曾经出台有关革命领袖人物在影视剧中使用语言问题的专门规范。而在现实中，方言在特定地域特定领域的人群交流沟通、传承地域文化乃至整个民族文化等方面，仍然具有不可替代的作用，在艺术创作中也具有举足轻重的作用。所以《语言文字法》中也特别规定“可以使用方言”的情形中就有“戏曲、影视等艺术形式中需要使用的”这一项。而正如前所述，电影中的方言应用不是“为用而用”的滥用，否则既不利于推广普通话，最后伤害的也是艺术自身；而应重在艺术需要，重在用得合理、巧妙，像《金陵十三钗》中女主人公们的一口南京话，才让这些女性形象在真切的基础上尤显其可敬。

46. 新年第一“体”，警示权益保护

怡梦

2012 年伊始，在湖南卫视跨年演唱会上，制作方未经许可，使用插画家王云飞的 5 幅插画作为歌手演唱的舞台背景，遭到作者与网友质询时，竟然抛出“如果我的作品被使用在这样万众瞩目的时刻和这样优秀艺人的身上，只会觉得非常荣幸”、“把那个场景去掉也不会影响收视第一”等论调。在迫于压力发出的道歉声明中，又竟然使用“借用”的概念。众多网友及专业人士认为此回应态度傲慢，颇不厚道，质疑“借用”不算“偷”乎？此回应为网友所争相模仿嘲讽，遂成新年第一“体”。

类似的“借用”近年来不少，如商场、KTV 无授权播放网络原创歌曲，“80 后”某郭姓作家抄袭网络小说《圈里圈外》之作投拍的电视剧原著一栏赫然写着郭的名字。这集中反映了时下大众传播普遍存在的困境。

一是资源不平衡。作为传播媒介，电视台、制作方是资源遴选、展示平台，插画创作者、音乐制作人、小说剧本写手是资源的创造者。目前看来，平台持有的“有效资源”相当有限。“有效资源”指经双方沟通、作者许可公开发布的作品，而不是在百度搜索框里输入关键词即可获得的资源。原创资源在博客、微博、论坛发布，难以得到受保护的呈现，网络社区信息庞杂，好作品难以及时被发现和采用，往往淹没于大量泡沫中，因此制作方才会有“以设计师的角度来看，如果我的作品被使用……只会觉得非常荣幸”等臆想。

二是信息不对称。这是资源不平衡的根源。电视台、制作方因制作周期、经济利益、人员素质等问题，采用资源而不与作者联系，甚至没有征得作者同意的意识。不过，在信息传播如此畅达的今天，电视台作为海量资讯中转站，以种种理由作为托词恐怕难以取信于公众。电视台自恃高收视率、知名度而不肯放下身段向作者请求授权才是症结所在。创作者创作插画、音乐、文学文本时并不明确哪里有相关需求，被采用的消息只能在既成侵权事实后获悉，道歉、赔偿等补救措施都弥补不了对作者本人意愿的无视所造成的伤害。

三是分工不明确。电视台、制作方出于节省成本、易于策划等考虑，往往平台、资源“一肩挑”，既不能召集优秀资源提供者汇聚旗下，其亲手打造的内容又常常投机取巧，直接导致自身陷入侵权困境。

此次事件中，王云飞要求给出合理解释的微博转发过 8 万次，微博在声援作者、敦促相关人士做出回应上发挥了积极作用。在时有发生的同类事件中，维权的声音也常常经由网络得以扩大，比如在应对畅销青春文学《兰陵缭乱》抄袭多

部网络小说一事中，网友自发搜集证据、建立反抄袭博客，将《兰陵缭乱》所抄袭的网络小说篇目、明细及作者名单公诸于世。但因网络的声音不具有执行效力，法律制裁又相对滞后，仍需公共组织、行业协会等部门为受害者提供相关援助、支持。

以上措施只是亡羊补牢，要从根本上预防此类事件发生，理顺大众传播产业链是关键。平台方应自律、明确定位，电视台对制作方提供的成品需严格审查。在去年年底召开的“2011 中国版权年会”上，新闻出版总署署长、国家版权局局长柳斌杰表示，目前国内很多文化艺术作品创造力不够，90% 的作品属于模仿和复制的。只有播出、制作机构和创作者或著作权持有人建立紧密联系、真诚合作、各司其职，才能在尊重原创的基础上打造精品。笔者在此提示某些制作人，巧妇难为无米之炊，莫要因为自己的“巧”，而把随意使用别人的“米”都当成天经地义。

47. “唱片已死”还有救吗？

左岸

曾发掘并打造了当今流行乐坛众多一线艺人，先后推出了叶蓓、老狼、朴树、汪峰、孙楠、金海心等歌手，被媒体和业界人士尊为内地唱片工业顶尖操盘手的太合麦田音乐制作公司创始人宋柯，日前宣布辞职转行经营烤鸭店。消息一经公开，在业界引发了不小的波澜，加上其此前发出“唱片已死”的感叹，一时间有关中国唱片业是否确实行至末路再次成为热门话题。

唱片业曾经有过辉煌的历史。然而近年来随着以数字音乐为主发行渠道的电信运营商和互联网企业的崛起，唱片这项传统产业遭遇巨大挑战。由于分配比例不合理，运营商也不公开后台数据，唱片公司既无法了解自己提供的音乐的销售情况，又缺乏话语权，许多公司不得不退出这个行业。从号称全球四大唱片公司之一的百代唱片公司负债累累，对外招标出售；到索尼旗下老牌唱片公司 RCA 关闭三家子公司；再到曾经签过布兰妮·斯皮尔斯、贾斯汀·汀布莱克、克里斯·布朗、粉红佳人、艾丽西亚·凯斯等大牌明星的 Jive 唱片、Arista 唱片和 J 唱片公司相继宣布倒闭，这一切无不预示着传统唱片业的辉煌时代已经过去。

一提到唱片业为何会衰败，大家总是习惯性地抱怨都是盗版音乐惹的祸。的确，早期传统唱片业建立了一套完整而有效的商业模式——唱片公司包装歌手、推出作品，发行磁带、CD 等产品，通过实体音像店零售，最终到达消费者手中，数字音乐的出现彻底打破了这条商业链条，人们不再通过购买 CD 等载体来欣赏和消费音乐，互联网上无处不在的盗版音乐使 CD 销量一落千丈。但真正要拯救唱片行业除了严厉打击盗版行为外，作为唱片行业自身来说，还有很多内功需要操练。比如说亟待强化原创意识。然而，审视当下音乐界，诸如忽视音乐专业人员的培养，忽视音乐市场的培育等问题，如果不能及时有效地加以解决，就不会有好的原创作品出现，在内容和形式上都乏善可陈的情况下，被消费者冷落自然不足为奇。再者，对于唱片公司来说，不管外部环境变得如何恶劣，自身应该具备思辨和创新意识，而不是依旧沿袭传统的音乐营销方式，只着眼于平面、电台、电视、门户网站的推广。既然传统唱片已不再受青睐，那为何不去尝试转变发展思路，在制作、生产、销售传统唱片的同时，尝试销售数字唱片、与音乐网站合作收取广告分成、举办演唱会等，事实上这些同样可以成为唱片公司盈利的途径。

简而言之，面对数字音乐的巨大冲击，唱片公司首先自己不能乱了方寸，而是要更加积极主动地去认识和发挥自身优势，适应时代的发展。尤其是一些知名唱片公司拥有具有绝对优势的财力、艺人、行销渠道，面对挑战，传统的唱片业完全可以利用自身优势，通过在线音乐进行更加广阔的传播、宣传、销售，通过在线视听和个性化的服务，增强人们购买唱片的欲望，还可以尝试将重点转移到古典音乐的制作与传播中。除此之外，对于合法在线下载歌曲，传统唱片公司也不应盲目抵制，毕竟，数字音乐和在线下载方式将成为未来音乐的主要载体和传播方式。

48.“酷评”，缺乏公信力的“棒杀”

——也谈《金陵十三钗》引发的批评话题

唐小山

《金陵十三钗》上映之前，我没有去看影评，怕“被”先入为主。看完电影之后，才听说“情色爱国主义”、“处女保卫战”一类的“酷评”，听上去很热闹很刺激，但我还是没有主动搜索一读的热情。

我对看影评不起劲，已经不是一回两回了，想想《色·戒》出来那会儿，我对那种“快评”还是挺热衷的，不论是出于做杂志选题的角度，还是出于关心“文化研究”的角度，我都很留意“在消费社会中人们如何看待历史，如何表现革命战争”这一类现象。这其实是典型的“文化批评“的立场：留意这一类话题，是想看看今天的人是什么精神状态，具体到影视中，也就是处于影视生产和消费的链条中，人们如何再现和定位战争、革命、历史、民族、国家、信仰……所有这些实体和非实体的庞大之物。也就是戴锦华经常引用的那句话，“重要的不是神话讲述的时代，而是讲述神话的时代”，重点是审视和判断当下这个时代的思想状况。但是，我越来越发现，这种批评中有一类时评，面目越来越像，篇幅越来越短，操作起来也似乎越来越容易。表现为命名的热情空前高涨，标签一个比一个耀眼刺目，但其中新鲜的发现越来越少，对于具体作品的细部分析越来越少，以至于有人对作品都不用细看，随便瞅两眼就能把文章写出来（譬如著名文化学者朱大可被网友指出，对《金陵十三钗》的剧情复述出了错误）。只见一个个现成的话语模式抛过来，诸如后殖民主义、国家主义、女性主义、历史主义等各种主义——差不多所有20世纪的西方思想界、哲学界成果，都成了这个场域常用的套路——所谓“理论演武场”，好像吸收这些成果，就是为了将其变成一把一把小刀，专门用来撬开所有坚果的缝隙，专门用来找到“艺术话语”中的文化症结，只要撬开了，找到了，评论就完成了。一种程式化的批评方式似乎就此成型，管你什么电影电视小说，观看时的感受统统忽略不计，只要模式找准了，话语便自动繁殖出来——这包含着对“理论”本身的窄化和误读。“情色爱国主义”之类的词，完全可以套用在《色·戒》或《风声》，甚至《潜伏》上边，貌似很尖锐，实则很老套。渐渐地，我对“酷评”越来越失去兴趣了。“文化批评”在审视时代和社会的层面上，确实有意义有价值，但是过多过滥地操作，弊害就会表现出来，尤其是那种把批评简化为“贴标签”，一步就到位的批评——也就是“酷评”，往往对作品的丰富精神内涵下了简单粗暴主观的判断。那种居高临下的话语方式和机械化程序化的分析方式，对于有着自己独到体验的观众和认真负责的主创人员，缺少足够的善意和尊重。所以，这类“棒杀”式的批评，注定会失去“杀伤力”。

想想吧，所谓评论的公信力就是这么消失的：你不能说这些评论不在理，某种层面上都在理，都对，但是你若是仔细看过这个电影，又觉得所有这些说法对得很没劲，因为，它所说的大道理你只要去看相应的学术著作一样能说出来，而这部电影给人的触动、给人的独一无二的体验，那种暗自品味和咀嚼的深层的东西，却被忽视了。作为观众，我们进入一个作品，首先是获得体验，其次才是意义——一种对于个人心灵的意义，评论不从这个体验出发，而是一味地张扬一种生硬、冷漠的客观，或是某种牵强的“义愤”（实则是利用酷评赚取眼球），再或者是以理论的名义做高头讲章，时间长了必定惹人生厌。不关注具体的情感体验和审美体验，不关心作品背后的人——作者，和作品面前的人——观众，这样的评论又会得宠多久呢？

其实，面对一部有艺术追求的作品，需要的不只是从社会文化群体出发作出道德判断，更需要总结其作为审美体验的优长，和给予人心灵的感动。好的批评，要建立在一个客观的尺度上，一种理性的立场上，更要建立在敏感细腻的审美感受力和一个真诚友善的心态上。只有这样批评才能说到人心里去，才能有益有效，也只有这样的批评，才能体现对艺术的建设性，体现对时代文化的担当。

钟鼓楼

两地影人合作 乱象丛生谁之过？

□ 索好思

近日"甄子丹和赵文卓掐架"闹得沸沸扬扬，赵文卓退出电影《特殊身份》的拍摄后，他们互相指责对方是"戏霸"，赵文卓更是以"以后大不了不混娱乐圈"这种豁出去的姿态来叙说真相。导演檀冰的"横空出世"令该事件一波未平一波又起，他声称甄子丹控制了他的项目，踢掉了导演，改由执行监制——香港人霍耀良为导演，把原先的项目《终极解码》的投资和剧组班子直接改用于《特殊身份》，他前期花了三年多时间写的剧本和大量资金制作的3D电脑分镜头本都要打水漂。究竟谁是谁非，旁观者难以厘清，但其中折射出的诸种症候，却令人深思。

随着CEPA(《内地与香港关于建立更紧密经贸关系安排》)的签订，香港电影人大踏步北上淘金，两地合拍片方兴未艾。在合作中，内地电影人谈起香港电影人，无不佩服他们的敬业和专业。但随着两地合作的不断深入，一些问题也渐渐浮出水面。香港电影在黄金时期存在的一些问题，连同中国电影市场还处于爬升期的一些乱象，凸显出来。

乱象一，串场无度。一名演员在数个剧组间串场，在剧组甲的台词还没背熟，就跑到剧组乙去了，这样的流程产出的作品质量实在难有保证，就此看来，当红演员哪个身上不背着几部"烂片"呢？不停地赶场，又有多少时间能静下心来揣摩戏呢？如在拍《十月围城》时，陈德森无法驾驭众多的明星，只好请刘伟强等大牌导演来帮衬调度。

乱象二，山寨。或许是因为港片的金字招牌闪闪发亮让钱来得太容易，不少电影创作者很难潜心创作，多把早年港片成功过的系列拿来炒冷饭或续集，港汁港味的故事被生搬到内地，显得不伦不类；《大话西游》把无厘头的风格带给了内地观众，很多内地电影工作者不顾语境差异，盲目套用，导致很多低俗、低劣喜剧盛行。

乱象三，忽悠。某些电影人深得"忽悠"之味，骗得某些不懂行的游资拍片，自己"吞"了其中的大部分，结果号称成本过亿的影片其特效连抠像都不过关，也难怪观众经常大呼上当。

乱象四，制作不讲究。在化妆、服装、道具以及影片内容涉及的一些细节方面都没有下功夫，让明眼观众一眼就能看出破绽。像由甄子丹主演的《关云长》且不说历史观都让人大跌眼镜，主演的身高与历史上9尺大汉关云长差距就甚远。

乱象五，江湖气过浓。不按电影产业的规则行事。有的剧组在开拍时还没有剧本，导演现场编剧本；有的剧组在演艺合同上没有严格按照流程，导致各种纠纷不断。

内地电影市场的蓬勃发展为华语电影的崛起提供了良好契机，两地电影人应对乱象说不，合拍、合力、合心，拍出上乘的合拍片，才是长远之道。

中国国家博物馆

美国美术馆

法国巴黎卢浮宫

视　窗

光影造化·博物馆

4月6日至15日，由全国美术馆专业委员会、北京市文联、清华大学美术学院、广州艺术博物院主办的"光影造化——陈履生博物馆建筑摄影展"在清华大学美术学院美术馆展出了陈履生博物馆建筑题材摄影作品100余幅。

陈履生现任中国国家博物馆副馆长。作为一名博物馆管理者，他以对博物馆建筑的特殊情感和视角，为世界各地著名的博物馆、美术馆建筑留下了独具艺术气息的影像。此处选取几幅作品，让您感受作品构筑的奇特光影空间。

加拿大安大略美术馆

我的著作权还应我作主

<< 上接第1版

"被网络盗版音乐打击得严重萎缩的音乐内容产业，依靠每年不到8个亿的产值，支撑着超过300个亿的无线和网络音乐市场，支撑着超过上千亿的卡拉OK市场，而音乐权利人得到的版权收益不足整个音乐产业的2%。"唱工委秘书长、北京海蝶音乐有限公司董事长卢建说，何况这8个亿的收入，有上万个作者、上千余计的歌手、几百家唱片公司和音乐公司来分配，每个人又能分到多少？

"《著作权法》赋予权利人三项人身权十几项财产权，说明著作权是私权，而草案删去原法中关于权利人特别声明后不得随意使用的条款，增加专门针对录音制品的第46条，配合第48条，变著作权人的'私权'为某个组织变相垄断的'公权'。"宋柯说，当权利人(包括创作者、歌手、音乐制作公司或版权公司)徒有50年合法保护期，却丧失了许可权和定价权。可以想见的结果是：山寨歌曲满街飘扬，山寨歌手到处跑场，各种"刀郎"、"阳刚"们在分化着本来就不繁荣的音乐市场。长此以往，"作者不愿意写好歌、歌手没动力努力把歌唱红，音乐公司不愿意投资录音和市场推广，版权公司不去寻求最佳的渠道合作方，音乐工业原创动力的根基就会倒塌！"

对此，中国音协流行音乐学会理事小柯坦言，看到《著作权法》修订草案，他一夜未眠，不知道自己以后该做些什么。小柯说，好的音乐，是创作者没日没夜用生命换来的，如果被堂而皇之地剥夺了你所有的权利，情何以堪？

集体管理组织能否多唱些"C大调"、少一点"独唱声"？

"本应是自由竞争的音乐版权管理市场，或许将要在法律上变成垄断管理的局面。"对于修法带来的连带效应，北京鸟人音乐推广艺术公司CEO、音乐人周亚平如此表示。

周亚平说，《著作权法》应以保护著作权人的个人意志表达为首要目的，而不是利于传播或者变相鼓励"一家独大"。由于垄断体制，权利人无法对集体管理组织进行有效监控、管理和制约，权利人也无法参与重大决策，无法更好维护自身权益。虽然草案第60条明确表明权利人可以声明不得集体管理，但在第70条又变相剥夺了那些已如此声明的权利人的许可权和定价权。权利人可以声明，但维权诉讼是注定失败的，赔偿是没有的，所得又是由集体管理组织替权利人决定、收取和分发。与会人员普遍要求，著作权集体管理组织须向大家"晒晒账单"，多唱些光辉、明亮的"C大调"，少些自得其乐的"独唱声"，以避免音乐行业回到"统购统销"的供销社时代。

"我们不否认集体管理的积极意义，但也仅限于公开播放、卡拉OK等目前无法精确计算或收集作品使用次数的领域。在这些领域，集体管理组织作为权利人的服务机构，如果它们非垄断，决策机制透明，账目公开，收费及分配原则合理，真正代表了权利人的利益，相信多数权利人会乐于交给他们管理。"宋柯说，相反，如果他们做得不好，权利人也应该有收回权利自己经营的选择权。在草案中有关音乐的几条重大条款的修改，无一不是将权利尽力倾斜于集体管理组织，如此只会把这些组织豢养为关不住的"庞然大物"，无益于权利人的合法主张，也无益于音乐行业的现实生存与未来发展。

"我当过15年人大常委，一直在呼吁著作权保护，曾经有一个人大常委在小组会上跟我争执，他说，'谷建芬你要脸吗，你怎么老要钱，你怎么不学雷锋呢？这句话我一直记得，它反映了我们国家从上到下不少人对权益保护的忽视。"中国音协流行音乐学会首任主席、著名作曲家谷建芬呼吁，熟读五线谱的音乐人，必要的时候，还得拿起法律武器，维护自己和行业的尊严。

相关链接

唱工委与中国音协流行音乐学会就《著作权法》(修订草案)涉及音乐行业条款的部分建议：

1.《草案》第46条：录音制品首次出版"3个月"(建议改为：3年)后，其他录音制作者可以依照本法第四十八条规定的条件，不经著作权人许可，使用其音乐作品制作录音制品。(建议增加：著作权人声明不许使用的不得使用。)

2.《草案》第48条：根据本法第44条、第45条、第46条和第47条的规定，不经著作权人许可使用其已发表的作品，必须符合下列条件：

……

在使用后一个月内(加黑文字删除)(在使用作品之前，使用者应自行或按照著作权集体管理组织提供的作品权属查询系统载明的著作权人信息，)按照国务院著作权行政管理部门制定的标准向(著作权人支付使用费。该系统确无记录或著作权人下落不明的，使用者应按照相同标准向)著作权集体管理组织支付使用费(。并)同时(向著作权集体管理组织)报送使用作品的作品名称、作者姓名和作品出处等相关信息。(以上括号中部分为建议增加内容)

3.《草案》第60条：著作权集体管理组织取得权利人授权并能在全国范围代表权利人利益的，可以向国务院著作权行政管理部门申请代表全体权利人行使著作权或者相关权，权利人书面声明不得集体管理的除外。(建议：整条删除)

4.《草案》第70条：使用者依照与著作权集体管理组织签订的合同或法律规定向著作权集体管理组织支付报酬的，对权利人就同一权利和同一使用方式提起诉讼，不承担赔偿责任，但应当停止使用，并按照相应的集体管理使用费标准支付报酬。(建议：整条删除)

李铎等书法名家给钢铁工人送书法

爱国　为民　崇德　尚艺
积极践行文艺界核心价值观

本报讯(记者　张　悦)4月10日，83岁高龄的著名书法家、中国文联荣誉委员、中国书协顾问李铎一行来到有着93年光荣历史的特大型钢铁联合企业——首钢总公司，参加首钢总公司、李铎书艺研究室、北京世纪名人国际书画院共同举办的"书法进首钢"暨名人名家书法笔会，把书法送到基层、送到钢铁工人手中。

李铎现场挥毫写下"腾飞首钢"、"创新、创优、创业"两幅巨幅书法作品，赠送给首钢总公司和工人代表，百余名首钢职工报以热烈的掌声。随后，同行的书法名家还专门为首钢工人书写了近百幅书法作品。

自去年9月开始，李铎倡议并开展书法"走基层、送文化"活动，先后进社区、进课堂、进农村、进兵营，以实际行动响应党中央"走转改"的号召。李铎说，此次来到首钢，是向基层的钢铁工人们学习和致敬，艺术来源于生活，更应该回报社会、奉献人民，今后会继续走基层、送文化，并将此活动深入持久地开展下去。

张道诚、苗培红、朱守道、张铜彦、赵立凡、汪碧刚、赵勇、张维忠、李小成、钱建恒、边保华等书法家以及首钢集团干部职工100余人参加了该活动。

资　讯

国家大剧院2012五月音乐节将启幕

本报讯(记者　王新荣)记者从国家大剧院近日召开的新闻发布会上获悉，5月9日至26日，大剧院将迎来新一届以室内乐为主打的五月音乐节。

据国家大剧院副院长杨静茂介绍，本届音乐节除了汇集世界名团、名家带来的15场音乐会之外，还别出心裁地策划了5场小剧场音乐会。其形式被形象地概括为"1、2、3、4、5"，即从独奏一直到五重奏，阶梯式地展现室内乐不同层次、不同组合的艺术魅力。

据悉，本届音乐节还将首度走出剧场，走进社区、学校、博物馆、企业等，推出名为"五月·故我乐"的系列公益演出活动，让更多普通观众"消费得起，享受得了"。五月音乐节平均票价为200多元，低于大剧院300多元的全年均价，一些场次将开放学生票。

音乐节特邀著名小提琴演奏家吕思清、钢琴家李云迪为推广大使。发布会上，吕思清与杨晓宇等4位大剧院管弦乐团成员还即兴合奏维瓦尔第《四季》中的"春"，现场展现了室内乐的艺术魅力。

北京朝阳将建10个传统文化传承基地

本报讯(记者　云　菲)记者近日从北京市朝阳区政府了解到，该区将以东岳书院为依托，选取高碑店乡、朝外街道、孙河乡(辛堡村)、左家庄街道、亚运村街道、崔各庄乡、安贞街道等10个地区建立传统文化传承品牌基地，通过组织开展成年礼活动、当代国学教育的实践与思考研讨会、经典诵读、暑期青少年体验活动等形式多样的活动，搭建传统文化公共文化网络，把优秀传统文化送进社区，让国学的传承与教育深入人心。

另据了解，朝阳区作为北京市唯一获得国家公共文化服务体系示范区创建资格的区县，于2011年全面启动了国家公共文化服务体系示范区创建，目前全区正在积极探索具有朝阳特色的文化制度体系和建设模式。

马忠文学评论集《乱花迷眼》出版

本报讯　青年评论家马忠的文学评论集《乱花迷眼》日前由中国文联出版社出版。这是作者第五部文学评论集，系评介清远作家的专著。

该书收录2004年以来，作者为清远作家所撰写的评论文章共45篇，14万余字，既有对清远当代文学发展、清远诗人群落和清远当代少数民族作家的宏观性研究，又有对唐德亮、谭伟文、黄海凤、李伟新、华海、叶清河等30多位作家和作品的评介，生动展示了蓬勃发展中的清远文学"乱花迷眼"的文学生态图景。

(张万林)

《中国艺术报》版式赏析

2012 年 4 月 13 日

第 1138 期

49.“后本山时代”，我们应有哪些反思？

乔燕冰

在迎来而立的2012年央视春晚即将揭幕之时，雄踞春晚20多年的赵本山却以“身体疲惫、状态欠佳”为由提前谢幕了，此事无疑成了龙年春晚向世人抖出的最大包袱。而当这台备受瞩目的盛大晚会真正落幕后，本山话题依然火热，几乎盖过了春晚本身，成为春节期间的最大谈资。“倒赵派”因龙年春晚终于遂了心愿、告别本山这张“老脸”而欢呼雀跃；“挺赵派”则因本山的突然缺席而扼腕不已，食而无味、睡而不眠，甚至拒看春晚；媒体品评本山因备战春晚的两个小品“笑点平平”、“笑果不佳”而致激流勇退避免“滑铁卢”；专家分析本山是“身体欠佳”和“作品欠佳”两病双攻，无奈对春晚“松绑”……即便不上春晚，也可成就别样的现实舞台，此力度此情境由不得你不去反思。

作为多年来春晚的标志性人物，赵本山的退场，终结了一个“本山时代”的神话，也开启了春晚的“后本山时代”。在这个时代的入口，也许我们该有的是一种客观、理性的思考，而不是淹没在这个时代习惯性的众声喧哗之中。20多年春晚几乎年年压轴，13届小品连连称冠，“小品王”美誉无人取代，这样的成绩即便于一个职业艺人也属空前，况于一个地道的农民。对于春晚语言艺术，如果说陈佩斯、朱时茂开创了中国小品的形式，那么赵本山为中国小品开启了一种模式，并让其成功繁衍、深入人心。在本山小品中，我们看到了下里巴人不输阳春白雪，草根文化不落精英文化的奇迹。然而，即便如此，曾经成就本山的艺术终因平庸的侵蚀而无情地将他推向了两个时代的分界点。

“后本山时代”的到来，也许足够刺痛我们。因为本山宣告的“疲惫”，也可以说是这个时代某些文化与艺术原创力正在遭遇的“疲惫”。原创力匮乏是语言艺术，乃至所有艺术难以突围、难创佳绩的症结所在。而近年来本山小品几乎一路见证着这一事实的无情蔓延。直至今天有网友拿《一声叹息》的台词如此“吐槽”，称这个看了22年的熟人，如同“我摸着你的手，就像摸我自己的手一样，没有感觉，可是要把你的手锯掉也跟锯我的手一样疼”。许多人对本山小品审美疲劳却心存留恋，正如诙谐中夹杂着无奈的这段沉重台词。人们难舍本山，是因为他曾经给人们带来的那一屡泥土的清新气息的余味尚存，那一种农民的朴实狡黠的巧智犹在，更因为能与本山成功的小品比肩的艺术作品寥若晨星；人们“难忍”本山，是因为人们不允许大众的艺术逐渐流于平淡，乡土的艺术只剩下庸俗，即便它的代言人是曾经可爱的本山大叔。乏善可陈的艺术呈现终结了“本山时代”不老的传奇。

“后本山时代”的到来，也许足以让人庆幸，庆幸其成为大众审美品位提升的时代表征，即便这是以惜别在许多人眼中依然无人替代的本山为代价。改革开放以来，以春晚为代表的文化舞台对大众审美起着普及与提升的重要作用。每年，春晚剧组举全台甚至全国之力，挖空心思为国人烹饪出一道年夜文化大餐，虽然似乎总是不能令所有食客满意，但也难没滋养品位之功。而本山之于春晚，之于春晚的语言艺术，20多年来扛鼎的意义不言而喻。从这个意义上说，正如不应苛责春晚进步之慢，而该叹观众的口味提高之快，同样不是本山的作品笑点低了，是我们观众的笑点期待高了。因此，如果我们“无情”地说，今天的观众“唾弃”了本山，那么，观众这种“唾弃”的能力一定程度上是本山一手培养起来的，这也应是一个真正艺术家的旨趣。正如当儿女突然发现原来父母也有那么多的不完美、甚至有那么多不可接受的缺点的那一天，就是他们长大的一天，当观众辞别了本山,也许正是观众真正成熟之时。这也应该成为“后本山时代”的另一种意义。

铁打的营盘流水的兵，一代新貌换旧颜。走出对本山话题的执著，思考如何面对春晚这个永远的舞台，面对我们的文化艺术，也许才是“后本山时代”到来的真正意义。

50. 小品缘何渐成“鸡肋”

蒋慧明

每年的大年三十一过，关于央视春晚的话题总是不断，以前是街谈巷议，如今时髦的是网上“吐槽”。这两天，大家议论的焦点则是春晚总导演哈文在接受央视新闻频道《面对面》栏目记者采访时的一句话：“小品已经没有市场了。”此言一出，立刻引起各方的强烈反响。据某网站所做的在线调查，有半数以上的观众并不认同哈导的这一观点。

从 1983 年春晚上首次露面的《卖花生仁的姑娘》（由中央戏剧学院表演系 80 班学员岳红、高倩、丛珊、曹力等演出的观察生活练习）开始，小品这一原本主要用来训练艺术院校学生表演技能和艺术素质的教学样式，日渐引起观众的兴趣和专家、学者的好评。借助春晚的媒介，“小品”遂成为一种全新的艺术类型，作为独立的节目参与到演出中；而王景愚《吃鸡》的哑剧表演和陈佩斯、朱时茂的《吃面条》等节目所赢得的高度赞誉，则直接推动了春晚舞台上的小品表演风潮；随着赵丽蓉、赵本山、宋丹丹、黄宏、郭达、范伟、潘长江、巩汉林等诸多喜剧明星的相继涌现，小品逐渐成为历届春晚中语言类节目的重头戏，仿若年夜饭餐桌上必不可少的那道“年年有余（鱼）”，烘托祥和喜庆的节日气氛，带给观众无穷的欢乐与回味。

然而，和语言类节目中的另一重头戏——相声一样，从鼎盛一时到日益衰退，小品的处境和现状亦是不容乐观。坊间不绝于耳的争议即为例证。

综观 30 年来春晚小品由盛而衰的轨迹，固然有着哈导在访谈中提到的诸如创作的瓶颈、娱乐样式的多样化、大众审美情趣的变化等客观因素，但笔者以为，还有一层重要因素同样不容忽视，即：春晚这一特殊的平台对小品艺术的偏执取向，尤其是过度强调作品的幽默喜剧色彩，无形中令小品编创者和演员们的注意力一边倒地投入到挖掘笑料，追求掌声笑声，而忽略了小品原本多姿多彩的表现形式。

事实上，所谓观众的审美疲劳并非仅仅源自年年都上春晚的几位熟面孔，而是对春晚小品单调雷同的创意以及演员莫名亢奋的表演状态难再产生共鸣。换句话说，春晚的舞台一方面奠定了小品的地位，扩展了小品的影响，另一方面，过度依赖包袱笑料的创作倾向，实际上已经严重制约了小品艺术的正常发展。

作为语言类节目，小品、相声的风光不再，某种程度上也是编演者与观众之间情感交流方式的单一化，以及智力角逐上相对滞后的结果。再加上浮躁、急功近利的创作心态，空洞的内容，无意义的模仿等现象的日益突出，一度是观众心目中之宠儿的小品逐步沦入“姥姥不疼，舅舅不爱”的尴尬境地，也就在所难免。

所以说，春晚小品的式微，并非没有市场机制的推动，或许更多的还是春晚这一强势媒介对喜剧类小品的过度开发，以及过于追求演出效果的缘故。

试看近年来各类电视大赛中出现的小品节目，无论是题材的丰富性，表演形式的多样性，还是反映社会现象的深度与广度方面，都有不少可圈可点之处。春晚小品若想摆脱当下的“鸡肋”局面，或许不是强调市场推手的重要性，而是彻底转换思路，改变固有的取舍之道。毕竟，观众对春晚的期盼程度和审美需求，跟有钱没钱都得回家过年是一个道理，已经成为我们春节文化中不可替代的重要组成部分了。

51. 不要误读对方言的保护

——从苏州启动方言保护工程说开去

关戈

在我们的情感中，总有一种乡愁，是属于语言的。从我们牙牙学语之日起，语言就植入了我们的记忆，可能还以地方戏曲、曲艺、流行歌曲等形式融入思乡的梦境。这就是语言，一个被米兰·昆德拉反复锤炼的“乡愁”，被语言学家萨皮尔称为“和我们的思路不可分解地交织在一起”的物种。语言，既是日常沟通的工具，也是文化传承的重要载体。

可是，最近的一起争议事件，却非为“愁绪”，只关情感。据报道，日前苏州启动方言保护工程，从 2012 年起，该工程将在苏州城区幼儿园安排每天若干时长学说苏州话，在苏州城区的试点中小学校开设学说苏州话相关的课程；同时也面向社会特别是非苏州籍的人员开设苏州话培训班。据称，这是“让他们了解苏州的语言文化，学会基本的苏州话”。继 2011 年“用苏州话报站”建议引发争论之后，此举在网上再度引爆辩论。联系近些年来炒得火热的“粤普之争”，方言保护与普通话推广之辩，俨然已成为一种现象。对此类论争，有的论者或称之为“文化之争”，或直斥争议一方为“经济强势背景下的文化膨胀”，是“对外地人的歧视”、“阻碍通用语的推广”。果真如此邪？

我是一个客家人，讲客家话，就像先辈曾经的流离迁徙那样，如今再度离乡，方言成了一种遥远的寄托，让我不忘此身。但是，幼时还能常听到的客家山歌渐渐远去了。这不是个案。在我们的文化中，依托方言生长出来的许多艺术花朵，如昆曲、评弹等地方戏曲、曲艺品种，都因语言环境的变迁而受到冲击。许多年轻人学戏学曲必须先正音，否则拿不上腔，所学亦失去了原有的韵味。近年来，“方言式微”越来越受到重视，盖因此“文化保护”之焦虑；但各地为保护方言或推广普通话之若干举措或个人建议，却常常被误读，甚至上升为对立的冲突。这种非理性甚至不负责任的态度和言论，很不得体，很不应该，必须引起警惕。

在《圣经》里，上帝为了阻止人们造巴别塔，变乱了他们的语言；由于语言不通，人们再也无法建造新的城市。一个发达的文明，必然有其维系沟通、交流文化的通用语。早在 3000 多年前，我国就已有所谓“雅言”。孔子号称“弟子三千”，来自四面八方，其授课即用以周朝地方语言为基础的“雅言”。拿现在的眼光看，当时的“雅言”，即相当于现在的“普通话”。我国是一个多民族、多语言、多方言的国家，推广通用语、普及普通话，无疑有利于增进各民族各地区的交流、维护国家统一和增强中华民族的凝聚力。

广州亚运会前后，一则政协委员改电视台粤语播音为普通话播音的建议引起轩然大波，众粤人情绪激昂，奔走疾呼发帖“粤语沦陷”“保卫粤语”等等，其情可恤，如此“激昂”而用上了“沦陷”、“保卫”之类的字眼，实在没必要。这种第一时间的“敌意”，单看到了保护方言、保护地方文化或乡愁情结的自我，却忽视了一个全球化的现实语境。没有通用语的推广，何来沟通与交流？何来经济的发展、民生的改善？经济一体、文化融合，这是世界历史进程使然。倘若“激昂”者们能置己身而临其境，直面此世界所有多样性文化所共同面对的纠结问题，也许会发现，“人人会说普通话”竟如此美好，其“保护”也会多一点建设性。同样地，保护方言亦绝非现代的“巴别塔”故事，跟推广通用语更不对立。在每个人的记忆深处，方言、乡音联系的那份故土亲情，虽千载悠悠仍延绵不绝，虽散布各地依然以各种文化的、艺术的形式呈现。保护方言，实则是大文化背景下的乡愁眷恋。就像早年下南洋的客家人，怀揣一抔故乡的红土漂洋过海，惟如此，想家的时候才不觉飘零。所谓的“方言与普通话之争”，其实质不过是，我们始终在一起，共同应对全球化语境下保护文化多样性的挑战。这才是真正的现实。

跟“对立普通话”的误读相比，另一种误读是“对立地区”。在争论中，一些人常常只看到“积极推动方言保护的多为沿海发达地区或城市”，从而自动联想到“强势经济下的文化膨胀”、“语言排外、文化排外”；却不知经济发展带动的人口涌入、文化融合等因素对文化独特性、多样性的冲击，其“方言保护”本是对“全球化”、“一体化”现实的积极反应。只不过，经济发达而更处“全球化”前沿，受到的冲击必更强烈，“保护”的需要和诉求自然更加强烈。早些年，我们的经济欠发达，“非遗保护”好多人听都没听过，现在到处都在说“非遗”、“申遗”，不正是这个道理吗？这样看来，“强势经济下的文化膨胀”虽有其逻辑可能，却并不是看问题的唯一视角。尊重多样性，这是文化发展的必然要求。“萝卜青菜，各有所爱”，又何必刻意去“另眼看世界”，或者并不善意地揣测他人呢？“多民族、多语言、多方言”孕育了我们众多的地方戏曲和曲艺品种，为文艺百花园增添了别具民族风格、民族气派的缤纷与多彩。也许，作为一种文化态度，“粤普之争”、“苏州启动方言保护工程”等事件给我们的启发并不仅限于方言。只有在更宽的视野里，才能少一些误读。

52. 造就艺术人才，就得不拘一格

小何

“今年我会招10个徒弟，以中国的方法来培养他们，不学英文！我跟清华说：我的博士生，不能考英语。”近日，在国家博物馆举行的一场名为“天·地·人·艺”的学术讲座中，著名艺术家韩美林宣布今年他带的博士生将不用再考试和学习外语，该培养方案已经获得校方同意，在清华甚至国内尚属首例。联想起数年前引起广泛社会讨论的陈丹青因考生英语考试障碍招不到学生而辞职的事件，该举措不禁令人鼓舞，看到了艺术生教育改革的一丝苗头。

艺术因其特定的媒介，可分为造型艺术、表演艺术、语言艺术和综合艺术，其中音乐主要凭借声音旋律，绘画主要凭借线条和色彩，舞蹈主要凭借肢体，而文字语言主要跟语言艺术相关。所以文与可胸有成竹便可挥毫泼墨，嵇康不需堆砌文字自可手挥五弦目送归鸿。语言是人际交流的方式之一，而艺术则可以在静默中使人心灵相通。不懂外语，难道我们就不能欣赏米勒的《拾穗者》、不能聆听《田园交响曲》么？线条、色彩和声音等非语言媒介艺术形式更多偏重于视听的直观学习方式，需反复临摹练习，而不是耗费时间精力在关系不大的语言训练上。

1956年，张大千夫妇拜访当时已75岁高龄的毕加索。毕加索捧出五大本临摹齐白石的中国画习作请张大千观看，说：“我最不懂的，就是你们中国人为什么要跑到巴黎来学艺术？这个世界上谈到艺术，首先便是你们中国人最有艺术。”艺术的成就不是由掌握几门语言决定的，毕加索不懂中文，一样可以欣赏中国的绘画。外语不是中西方艺术交流的必要条件。

艺术需要天赋，外师造化，中得心源。无数名师大家都很注重投身艺术者的天赋，肯定天赋的重要性。爱迪生言“天才是百分之一的灵感加上百分之九十九的汗水”，而大多数人缺少这百分之一的天分，如果再将大半的汗水浪费在与艺术无关的学习上，更将造成人才的浪费与天分的扼杀。艺术的本质是自由的游戏，是生命融入其中进行的自由创造，当从事艺术的人具备了一定的天赋和勤奋的品质时，还需要外界提供一定的自由空间，维护其自由精神的发展。我们当前的艺术生教育对艺术生已经稍有放宽，如降低文化课要求等，但艺术专业博士研究生英语考试要求不降反升，不仅是对自由的束缚，很可能将具有特殊天赋的人才关在大门外，导师招收自己学生的自主权也受到限制，如同钱锺书笔下的围城，外边的人想进进不去，里边的老师想招招不来，令人扼腕叹息。目前我国的英语考试侧重的是应试能力，而非听说读写的运用。因此这样考出来的学生，入学之日，往往也是他们放弃英语学习的开始，这已经成为目前我国高校中一种普遍现象。

与硬性的英语考试相比，出于实际需要的英语学习往往事半功倍，且更有针对性。正如曾在考卷上写下“我是知青，没有上过学，不懂外语”的陈丹青，后来在国外定居十几年，熟练掌握西方油画技巧，这个过程中自然掌握了英语。英语素养需要凭借兴趣和实际需要来学习积累，而不是绑在枷锁中填鸭。

艺术的生命力来源于生活。与“不用学习和考试英语”相对应的，韩美林并没有放低对学

生的文化要求，强调要学习传统文化，并且，韩美林的创作起点即是他的全国采风“艺术大篷车”，在民间找到艺术家尚未开发的处女地和讲不完的几千年的文化积淀。这或许才是艺术教育应该给予学生的。

去年艺术学升为学科门类，这或许也是艺术学教育调整、创新的一次契机。艺术学科内大体可以粗略分为创作型和研究型两种，而实际上走的都是研究型培养路线，韩美林所招也依旧在“艺术理论研究”名下。“艺术是衡量博士生入学的惟一标准”，不妨在硕博阶段将创作型艺术生与研究型艺术生分开培养，相对独立，史论研究艺术生可以专心做理论研究，创作型研究生通过色彩、声音和画面及必备的翻译资料来了解前人和同辈经验，并投身到现实生活中去寻找创作源泉。韩美林还为自己的博导计划放出豪言：三年之后，这些经他调教点拨的学生一定能成为国家栋梁。这样的创新和胆识值得我们期待。

53. 用好方块字，少用欧化体

邱振刚

近日，笔者拜读了一篇我国华南地区一家都市类报纸对韩寒、方舟子笔战的评述，文中观点并无太多新意，但笔者的阅读过程却可谓一波三折，特记录下来与大家分享。

该文题为“韩方之争的公共领域独立与交往理性缺失”，这标题就不同凡响，让笔者琢磨了半天，也不知是什么意思，只能大体上猜测是说韩方二人在争论的过程中，双方都不够理性。接着笔者开始阅读正文，文章开头先简单交待了一下韩方交恶的过程，还好，仗着笔者一直在关注这一事件，倒也顺顺当当读完了这一段，可是下面转入对当事人的具体分析后，马上就有诸多难以索解之处扑面而来了。比如这句“韩寒更多的体现是这种价值符号，而且他也善于经营这种价值符号”，笔者实在不知，“符号”如何“体现”，又如何“经营”？接着，文章在分析方舟子时又指出，“方所依赖的是他的工具理性的冷峻，以及把工具和数理逻辑运用到极致的那种偏执”，同样，“冷峻”“偏执”又让人如何“依赖”？好吧，不管语句通与不通，句中要表达的意思大致是能看出来的。可惜好景不长，接下去等看到这句“方舟子和韩寒的对立，某种程度上可以说是工具理性和价值理性的对立。正如韦伯所指出的那样，这种对立是必然的”，笔者就完全糊涂了，不解去世近百年的韦伯如何穿越到 2012 年的中国来指点韩方笔战的乱局，文章接下来又断言，哈贝马斯“认为在社会公共领域会形成一种可以积累认知形成范式的观念模式”。看到此处，笔者只恨自己无力找来 2000 万元也悬赏一次，看看有哪位高人能把这句奇文整明白了。

无论如何，文章的主旨，笔者连猜带蒙，总算是明白了几成，就是文章似乎在呼吁双方不要做人身攻击，不要穿凿附会地曲解对方。要表达这样的观点其实并不困难，即使一定要引经据典一番，法国哲人伏尔泰的那句“我不同意你的观点，但是我拼命捍卫你表达观点的权利”，完全是现成的。不知作者是否觉得这句话太广为人知了，仿佛只有多多引用一些更生僻些的观点，才显得自己博闻强记。但无论引用什么观点，总要清清楚楚地呈现出来，何必要铺排上一大堆唬人的学术名词呢？照此风格，一句“烤鸭很香，鸭皮很脆”，就应该变成“经高温作用下生物结构与物理结构均发生变化的鸭的表皮组织，在人类口腔这一特定场域中，对味蕾产生了刺激，并由味蕾细胞底部神经将这一刺激传至大脑中枢”。而且，比起佶屈聱牙的行文，更让人难以接受的是文章中对双方当事人对号入座式的归类。作者认定双方是“工具理性和价值理性的对立”，这分明是要把活生生的人物塞进既定的理论框架中，仿佛西方学者的理论判断是“西游记”里弥勒佛手中的乾坤袋，世间万象都容纳得了。

不仅仅是文章的写法，其实近年来的很多书籍报刊，无论是面向学术领域还是面向社会公众，连标题都越来越长，越来越难懂。想当年，鲁迅的“中国小说史略”,钱钟书的古典文献研究专著“管锥编”,俞平伯的“红楼梦辨”,费孝通的“江村经济”，乃至马克思的“资本论”，弗洛伊德的“释梦”——有的译为“梦的解析”，这些题目何等简明扼要、明白晓畅？可惜这种标题如今都已经 OUT 了，如果按照当下时兴的标准，“资本论”应改名为“资本持有者的逐利冲动是如何变为现实的——以剩余价值的产生及其转移为视角”，“红楼梦辨”则应改名为“从贾宝玉生命历程所折射出的一个封建贵族家庭的衰亡史——兼论小说人物原型与作者童年记忆的重合与疏离”才够意思。

其实，自从 20 世纪初西学东渐以来，越来越多出现在国内报刊上的欧化体，就因为难读、难解而饱受诟病，翻译家、作家梁实秋对此曾有过精彩的评论，认为这类文字读起来，“就如同看地图一般，要伸着手指来找寻句法的线索位置”。如果说，当时的文化先贤是出于救亡图存的目的，急于改良中国原有的文化，欧化体的出现还情有可原，今天这些欧化的文章和标题，就让人不知说什么是好了。毕竟，无论是出现在公共媒体上还是用于学术交流中，任何文字都要“使读者能懂为第一要义”，否则，你再有五花八门的各种“理性”，读者也无从知晓。所以，今天的写作者，还是要用好方块字，少用欧化体，戒除这些不伦不类的洋腔洋调。

54. 地下文物“抢救”不如守护

——有感于陕西发掘秦陵西侧墓葬请求被否

陆尚

近日，有报道称，对于陕西省文物局《关于抢救性发掘秦始皇陵西侧中字型墓葬的请示》，国家文物局批复未予同意。批复意见指出，秦始皇陵西侧中字型墓葬位于全国重点文物保护单位秦始皇陵保护范围内，与秦始皇陵密切联系，暂不同意对该墓葬进行考古发掘。闻悉此消息，笔者不禁为国家文物局的这一科学和得力之举拍手称快，也为众多文物或许能够免遭因挖掘而破坏大呼庆幸。

对于地下文物是否应该一发现就发掘，多年来业界一直争论不休。今天的市场经济背景下，文物的经济属性被无限放大，甚至放大到带动一区一地经济发展的位置而倍受厚待。几年前，经济学家张五常就曾建议打开秦始皇陵，理由是每年仅门票收入就可达25亿元人民币。此说当时在全国引发了激烈的争论。支持者认为，开发帝王陵墓既可带来经济效益，挖掘出来的丰富文物也可供考古研究之用，亦可避免因地壳运动等原因造成文物的破坏；反对者则表示，很多文物都因保存在地下才得以完好无损，文物出土后的保护就是一大考验，不能光从经济利益考虑问题。当文物保护与赚取经济利益相矛盾，文物的命运该何去何从？近年来，由于保护措施的乏力和经济利益的驱使，很多文物都处于被破坏的威胁之中，文物如何保护该引起人们的深思了。

很多专家认为，对于蕴含着重要历史信息的地下文物而言，在条件和技术不足的情况下，“抢救”不如“守护”。当然有一种情况应置于讨论之外，就是对已经被盗墓等人为因素或者地震等不可抗力原因严重破坏的文物的抢救性挖掘。除此之外，笔者认为，在时机不成熟和条件不具备的情况下，保护地下文物以及王陵墓葬最好的办法莫过于让其安静地“躺”在地下。古代帝王的“地下宫殿”如何构造，其中收藏着哪些奇珍异宝，又承载着何种历史记忆，隐藏着墓主人哪些不为人知的秘密……对于“帝王们”强烈的好奇心驱使着人们拨开土层一探古物的真貌、“还原”历史的真相，而经济利益的驱使更为其添了一把火。然而，我们在看到经济效益与古代奇迹的时候，却万万不能忘却出土文物因环境改变而留给世人的缺憾：汉代马王堆漆器刚挖出来时还是闪光漂亮的，但很快光泽就褪了；秦始皇陵兵马俑本来是彩色的，挖出来没多久就只剩下泥土色；定陵出土的颜色艳丽的织锦，在接触空气后化为碎片……

众所周知，由于地底独特的环境，“躺”在地下几百年甚至几千年的文物，才能得以完好保存。而将其出土后，相对稳定的状态失去了平衡，在接触阳光、空气后，文物就会被氧化风化、面目全非。而种种事实证明，以我们目前的科学技术水平解决这一问题还存在困难，因而从这一点来说，考古发掘实际是对地下古代遗址的一种破坏。

文物承载着民族的历史和辉煌，其与很多资源一样具有不可复制性和不可逆、不可再生的特点，破坏掉就再也没有了。被破坏的是一种文物，遗失的却是民族的精神密码，因而对于帝王陵墓等不要轻言发掘。当前来说，对于文物的保护是我们的要务。正如国家文物局给陕西的建议：应对墓葬周边区域开展全面、系统的考古调查，搞清墓葬性质、陵园范围和布局，在此基础上，制定考古和文物保护工作方案。笔者认为，保护文物不是只有挖出来才能实现，怕盗挖或地质破坏可以加强对其监控和观察，至于发掘还是要等到技术条件成熟之后。莫为了短期的经济效益毁了我们的历史和文化的见证，否则如何对得起我们的祖先和后代，又何谈对我们的文化遗产负责。

55. 艺术创作，请“站直喽别趴下”

欣荣

还依稀记得电影《大腕》中一电视投资大鳄为捧红麾下女演员不惜花费百万重金，只为在著名导演泰勒葬礼上博取曝光率的片段，影片中对这种“戏未红，人先红”的怪象极尽讽刺之能事。无独有偶，日前，笔者在一次座谈会上又听闻类似消息。据国内某知名作曲家讲述，为推介电视剧，一投资人不惜花费巨资邀约其为之作曲，而在看过粗制滥造的电视剧样片后，该作曲家面对重金诱惑，毅然对投资人说“不”。

如今，国家推动文化繁荣发展，鼓励发展文化产业，大量资本进入文艺领域，文艺创作和文艺产品不得不考虑市场因素。如何用好资本这把“双刃剑”，以商业化运作方式实现经济、社会效益双赢，是我们无法回避也应引起足够重视的问题。应该说，雄厚的资本投入对于我们进行文化创新、推出文化精品力作、拓宽文化产品销售渠道等，让更多思想性、艺术性、观赏性俱佳的文化产品普惠于民，不但很有必要而且将大有可为。但是在具体操作过程中，也不可避免地存在着某些过分注重商业效果，利用资本进行短期投机圈钱的行为。求数量、求速度、求回报不求品质，唯收视率、唯销售额、唯票房、唯码洋、唯曝光出镜率，导致一些创作者心态浮躁、急功近利、透支自身品牌信用，于是越来越多粗制滥造的作品充斥文艺领域，把文化大发展大繁荣变成了“文化大挣钱”。应该说，对于文艺圈里一些以利益绑架文艺，金钱消弭灵魂的怪象，艺术家们勇于坚持个人操守，对艺术创作怀有一颗敬畏之心，秉持社会良知和艺术风骨气节的精神，值得我们赞许和学习。

哲学家尼采曾在其《瓦格纳事件》一书中慨叹：“音乐中演员的地位上升了。”他是就西方歌剧艺术而言，认为歌剧中戏剧与音乐因为强调彼此的独立性，存在相互抵触的矛盾现象。而审视中国当下的文艺发展现实，“音乐中演员的地位上升”在更高的层面上，省察不同艺术门类创作的各个环节，还颇具讽刺性地生出另一层意味来。出重金买角色，演员不再闭门锤炼演技而是为追求曝光率不惜制造各种奇闻丑闻，为评奖得奖向评委拜师学艺，大量资本不是投在艺术品制作而是专注于产品宣传推广包装上等等，这反倒让人觉得，戏外比戏里更具戏剧性、可看性和话题性。就拿音乐创作来说，音乐的根本在于旋律，戏剧不过是音乐精神的外在幻象而已，而现实情况让人生忧的是，还有多少这样的作曲家敢于向各种诱惑说不，又有多少人热衷于追求艺术之外的戏剧性？还有多少艺术家坚信：艺术不是一种手段，而是一种信仰？

我们倡导文艺创作要耐得清苦，守住寂寞。但艺术家并非清苦的代名词，特别是在市场经济条件下，他们有权追求和维护自身正当的经济利益。这时艺术家之清苦、傲骨，反映在艺术创作上，或许就是对个人艺术理念、对艺术引领精神提升本质的一种执著坚守，而不是对市场的一味盲从。在电脑高科技日新月异的今天，日本著名漫画大师宫崎骏拍摄《悬崖上的金鱼姬》时，放弃时下流行的电脑绘图技术，坚持使用手绘，以 17 万幅手绘图画演绎人和物，由 70 名员工手绘 1 年半方才完成。而为了追求更好的艺术效果，在导演的精雕细琢之下，整部电影历时 4 年才与观众见面。而之前获得美国奥斯卡金像奖最佳影片的电影《艺术家》，也是以迥异于当下大制作、大投入、追求高科技视觉效果的商业大片模式，以简约深刻的无声片拍摄方式，带给观众一种久违了的温暖感人、笑中带泪的艺术体验，以此向电影的本质表达了导演崇高的敬意。艺术精品不等于大投入，资本更须用在刀刃上，只有这样，才有可能推出艺术含金量高且为大众所喜闻乐见的文艺产品。

对一名艺术家来说，“德”是安身立命之根，“艺”是成就事业之本，德艺双修才是为人从艺之根本。从这个意义上来看，无论是中国文联中青年德艺双馨文艺工作者表彰活动还是倡导“爱国、为民、崇德、尚艺”的文艺界核心价值观以及《中国文艺工作者职业道德公约》，都是对市场经济条件下文艺清风、文艺家风骨气节的一种呼唤。对艺术创作保持敬畏，在纷繁芜杂的现实中保持冷静心态，关注人间真情、百姓疾苦，惟有这样，艺术家才能谱写更多“大风雅乐”，而不是写就“靡靡之音”。惟其如此，艺术创作才能“站直喽不趴下”，彰显其直面现实、贴近生活、打动人心的艺术魅力。

56. 传承传统节日需形神兼备

杨杰

清明节将至，市场上各种祭祀用品开始走俏起来，继往年出现的“奔驰”、“宝马”、“LV 手袋”、“茅台”、“中华烟”等物品之后，今年的祭品市场再出新招，紧跟时尚潮流，纸扎版本的“iPhone4S”“iPad2”等也跻身祭祀用品行列，不仅外形以假乱真，且配套齐全，数百上千元的价格不算便宜，但也不乏慷慨解囊之人。

对近些年市面上那些花样翻新的祭祀用品，群众从一开始就反应不一。有人认为，时代在发展，科技在进步，祭品出现新变化无可厚非；有人则认为正是那些令人眼花缭乱的祭祀用品淹没了传统的清明节文化，所以不能接受。笔者认为，随着时代的发展，传统节日不断出现新形式、新载体很正常，也称得上“与时俱进”了。但就清明节来说，祭奠先人，慎终追远，不在于形式，如果没有缅怀先人美德、传承尊老爱幼优良传统、感悟心灵升华、教育后人的责任和使命，花费再多钱物祭奠也毫无意义。

每逢清明节，人们都会拜墓烧香，凭吊先人，寄托自己的思念。现如今，清明节却似乎成为很多人的奢侈盛宴。在他们眼里，越奢华就越风光，就越能体现生者对逝者的情感，就越能彰显祭祀者的成就感。“别墅”、“奔驰”乃至“金童玉女”等祭祀品，豪华祭祀套餐动辄数百上千元，硬是让庄重而严肃的清明节演变成一场“烧钱”的闹剧。仪式的盛大、祭品的奢华、烧钱的慷慨透视的是对金钱至上的膜拜、对权势地位的憧憬，以及无以复加的面子文化，这些畸变的现实追求掩盖了祭拜中的那份真诚和庄重，更让清明节失去了原有的本性和氛围。更有甚者，最近网络上还流行起“代人扫墓”的业务，而且不乏感兴趣者。殊不知，清明的拜祭，表达的是一种对已逝亲人的怀念，这种内心的感情谁也代替不了。虽然祭扫的仪式和方式都可以随时代的变化而改变，但情感应该保持纯真。如果离开了这种亲情的内涵，恐怕任何形式的“代理扫墓”都只会沦为一种虚假的表演。

作为中国最重要的传统节日之一，清明节不仅是人们祭奠祖先、缅怀先人的节日，也是中华民族认祖归宗的纽带。如今，经济的快速发展让人们在物质需求方面得到了很好的满足，但遗憾的是，在享受物质文明的时候，对清明节的文化内涵却少有触及，不但没有与时俱进，反而在削弱，取而代之的是传统节日的物化、表象化。传统节日断不能靠金钱来“发酵”，因为不论时代环境怎么变迁，节日的精神内核才是根本，才是民族精神的源泉。

传承和弘扬中国传统节日，不仅要继承其表现形式，更重要的是能准确阐释、丰富发展传统节日的文化内涵，正所谓形神兼备。中国的传统节日都沉淀了千百年的传统文化，蕴涵着自然常识、伦理道德、哲学思想、民族精神等文化内涵，所以，今天的我们只有传承和领悟传统节日的精神实质，结合时代发展和需求才能真正使其成为满足人民群众精神文化生活需要的重要渠道，也只有创造性地传承传统文化的精神实质，才能使传统节日生生不息。我们可以把对亲人的祭奠上升为对创造了历史的先辈和革命英烈的追思；可以在祭奠活动中思索生命的价值和意义，等等，为传统节日注入时代内涵。而那些徒有其表的“花架子”不过是一种表象上的回归，丝毫不曾涉及传统节日的精神内涵，所以只能在吸引眼球上起到表演传统文化的效果，表面的热闹和狂欢只会不断抽空中国传统节日的内在精神实质。由此来看，如何避免现在的传统节日出现的物化倾向，如何对传统节日文化内涵进行创造性地继承，这些无疑是我们真正过好传统节日的意义所在。

57. 话剧，还是时代的声音吗？

于奥

如果以 1981 年林兆华导演的《绝对信号》为小剧场戏剧在当代中国发起的“信号”的话，屈指算来，小剧场话剧在中国已经有了 30 年的发展史。这个 19 世纪末诞生于欧洲的舶来品，因其观演距离的拉近、艺术风格的创新而成为实验戏剧的代名词，在西方更是反商业化、积极实验和探索的产物，被喻为“时代的声音”。著名话剧导演王晓鹰曾说，“小剧场不能仅仅为了生存而忽略对艺术追求的可能性，它不仅不能放弃艺术本身的力量，反而要借助这种力量去获得观众的认可，这才是小剧场存在的根本价值”。

回首中国 30 年小剧场话剧的如烟往事，其发展成长的血脉清晰可见。中国小剧场话剧是在上世纪 80 年代末戏剧界高呼“戏剧危机”的大背景之下以一种探索者的姿态出现的，因其演出场地小而被称作“黑匣子”，也带有一丝神秘、探索的色彩。那时小剧场话剧有一种独特的“艺术范儿”，似乎只有艺术青年、愤青、艺术工作者才会走进小剧场。从 90 年代初到 90 年代中期，《阳台》《思凡》《留守女士》《屋顶》《情痴》等一部又一部具有试验和先锋气质的戏剧作品出现在观众的视野之中，掀起了北京小剧场话剧的最初一轮热潮，此后，一批像孟京辉、李六乙、田沁鑫等挂上“先锋”牌子的导演得到了更多观众的认识和肯定。进入 21 世纪后的小剧场话剧呈现出空前繁荣的景象，以孟京辉为旗号的先锋戏剧逐渐得到观众的喜爱，影响甚至超过了之前任何一个时期。而今，历经 30 年的探索与发展，中国的小剧场话剧已经发展成为一种较为成熟的演出模式和小型的“新兴文化产业”，其艺术效应和社会效应都得到了相当程度的关注。但同时，话剧市场已由早期的先锋性质逐渐趋向商业色彩，剧目质量也良莠不齐，引起了业内人士的忧虑。有圈内人士甚至直言，“‘黑匣子’如今已变成了‘钱匣子’，不少所谓文化商人投身小剧场话剧却只为捞钱，缺失了实验精神的小剧场话剧，变得粗俗不堪，危机四伏”。虽然依旧有一些创作者在努力开发、培育剧场观众，试图为话剧在商业社会赢得生存之道，但最后还是在走向市场的途中逐渐妥协，变成迎合时下观众需求的“减压戏剧”——“忙了一星期，谁也不愿意再被说教，所以简单、逗乐又亲切的白领话剧是我们的首选”，有观众这样说。不可否认，如今会走进剧场看戏的观众大多是收入较为丰厚、朝九晚五的上班族，似乎剧场已经成了观众“放松”的娱乐场所。但这究竟是在“培养”观众，还是不知不觉间已经被观众“培养”了？有位知名话剧导演曾说，“话剧可以由教化变为娱乐，但娱乐也应该有娱乐的水平。做戏的现在都很少看戏，抱怨没好戏；看戏的都是普通观众，大部分又不知道何为真的好戏”。

近几年，民营小剧场如雨后春笋般出现。开心麻花、戏逍堂、哲腾以及多如繁星的“个体户”一头扎进了北京话剧市场，一时间大戏小戏看得我们眼花缭乱。其中优秀的作品会偶尔出现，但还是恶搞、泛娱乐的占了大半江山。乍一看目前的话剧市场已经趋向“饱和”,剧目却是单一、重复的,这里只有“量保”却没有“质保”，能看的戏很多，但事实上，观众并没有更多的选择机会。曾经，一个戏的宣传册上为该戏写的广告语——“经典都市浪漫爱情魔幻爆笑喜剧”，如此多“看点”的戏，真是照顾到了方方面面的观众。其实，对于小剧场话剧本身来说，抛弃戏剧的高标准而一味票友化，依赖噱头而不是舞台功力，直接后果是其自身造血能力的迅速衰退。导演和演员不再追求舞台“行动”的魅力，而将时下流行语、时髦话铺成一个个语言“包袱”，看起来不像“戏”，更似群口相声。中国艺术研究院话剧研究所副所长宋宝珍曾说，“小剧场本是一个更能体现话剧艺术美的地方——演与观，咫尺之间，观众看得到演员的眼神，听得见走路的声响，闻得到表演的气息，甚至摸得到戏的魂灵”。

现在，每年能有几十部小剧场话剧在全国轮番上演，在降低门槛的同时，也形成流水线式的工业化生产模式。小剧场在“大跃进”式的发展中确实吸引了越来越多的观众走进剧场看戏，也养活了往日穷困潦倒的话剧创作者，但却失去了它应有的锐气。话剧艺术独创的探索精神给观众带来的冲击力，正在被貌似精致的包装和气势汹汹的炒作所替代，我们已经甚少看得到内容上有思辨性或形式上有实验性的小剧场话剧，如此只为满足观众娱乐需求的话剧，还是时代的声音吗？

58. 约束制度的力量与必要

——说说专家的文物鉴定和明星的广告代言

郭青剑

故宫博物院日前发出声明称，该院在职、离退休人员参加社会文物鉴定等活动时，应获得该院的书面授权，否则属个人行为，后果由其本人承担，该院对此不承担责任。在“金缕玉衣”和“汉代玉凳”等文物鉴定乱象丛生的当下，故宫的这一举措积极意义明显，可谓是带了一个好头。但面对“现在中国的收藏市场，95% 的人用 95% 的钱买了 95% 的赝品”（有“收藏界深喉”之称的文化学者吴树在日前一场收藏论坛上如此表示）的惊人现实，仅仅有故宫这一个自我约束的例子还显然远远不够。根治当下的文物鉴定乱象，更需要的，是在整个行业建立行之有效的约束制度。

不可否认的是，所谓“凭的是眼力，玩的是心跳”，文物鉴定收藏中发生错判在所难免，至少宋代以来就有许多国宝在真假之间争论甚至鉴定结论翻来覆去者并不罕见，这是由文物的特殊性和人类的认知限制所决定的。但这不能成为某些所谓的“文物鉴定专家”可以肆意鉴“伪”、“弄假成真”的借口。一次看错，是水平问题；连着看错甚至故意看错，可就是态度问题了。其实也好理解，在巨额的“鉴定费”、“评估费”面前，谁又能保证丝毫不动心呢？但是，所谓有得就有失，得了好处，就得承担风险，这从来就是一枚硬币的两面。而要尽量降低甚至避免这个“风险”，靠鉴定者的职业操守、专业水准，肯定都不如靠实打实的约束制度见效快。

在笔者看来，这样一项约束制度的建立和完善，关键不外乎两点：事先的审核与准入，事后的追责与退出。具体说来，首先要建立鉴定者的资质认证体系和市场准入机制，改变现在谁都可以自封“鉴定专家”的现状，提高准入门槛。其次是要对鉴定者实行问责制度，一些人之所以敢于随意鉴定，就是利益高而风险小，要通过制定法律，让那些故意作虚假鉴定或者由于重大过失作出虚假鉴定的机构或者专家承担相应的行政处理、民事责任甚至是刑事责任。另外要建立行业的退出机制和黑名单制，对那些被多次证明缺乏鉴定能力并恶意扰乱市场的专家，必须强制退出。

事实上，一些国家不仅在法律中规定了文物鉴定机构及其人员的资质、权利、义务，而且明确规定，恶意鉴定并给交易双方造成损失的，将取消鉴定人员的鉴定资格，并终身不得进入该领域。另外，公职人员不得从事私人鉴定。而我国尚未建立文物鉴定资格管理制度，鉴定资格准入和鉴定行为监管体制尚未确立，因此，一些受利益驱使的鉴定者随意开具鉴定证书的现象屡屡发生，从而使得“乱象丛生”成为人们对当前文物鉴定领域的常用评价也就不足为奇了。这种情况下，一味地纠结于鉴定者的素质、道德、信誉，其实于事无补，甚至鉴定者本人还会叫屈。就像这两天刚刚爆出的多家药企“毒胶囊”事件牵出的一些代言这些医药产品的明星一样，还会作无辜状地叫喊“选择这个代言的时候，产品所有证件都是齐全的”。虽然说矛头更应指向药企、药监等，但如果按照去年5月传出的《广告法》修订草案中所规定的，这些代言产品的名人作为“其他广告人”，只要从事虚假违法广告的发布活动，对消费者、对社会造成了不良影响，都应当承担连带责任。在这里，文物鉴定者和明星何其相似，说好听了是“食人之禄、忠人之事”，说白了就是“拿人手短，吃人嘴软”，还怎能不罔顾事实一味说好话呢？而如果有《广告法》修改草案这样的约束性制度出台，相信那些文物鉴定专家就不能不对自己的鉴定行为和结论三思而后行，由此，鉴定乱象才会尽量减少。

59.《中国达人秀》“达”在哪里?

张成

新千禧年初，选秀节目模式被引进中国，从此一发而不可收拾。一时间，形形色色的选秀节目席卷了中国荧屏。在短短的几年时间里，选秀节目给人带来过惊喜，更多的则是让人审美疲劳。选秀节目的泛滥似乎透支掉了观众所有的新奇感。选秀期间伴随的各种造假、炒作、幕后交易也失掉了观众的信任。“选秀节目已死”的声音甚嚣尘上。而选秀节目的鼻祖《美国偶像》和《英国达人》办得却依然风生水起。一个在其他国家生命力旺盛、群众基础广泛的节目形态，为何在中国就被“做死”？人们不禁发问，到底问题出在哪里？是选秀模式不行？是中国民间没有高手？还是观众过于挑剔？

就在人们百思不解的时候，模仿《英国达人》的《中国达人秀》适时出现，给了人们以正面的答案。虽然见仁见智，萝卜青菜，尤其是大众文化，更是众口难调。然而，《中国达人秀》无论从制作水准、观众口碑和收视率上均树立了一个新的标杆。更重要的是，《中国达人秀》搭建了一个普世情感的沟通平台，展示了中国民间文化的绝活，找回失落的共同的精神家园，确立了一个“中国梦”的想象共同体。这些都是过往的选秀节目所未呈现的。

《中国达人秀》的可贵之处在于通吃白丁鸿儒、三教九流、男女老少等各个层面的观众群体。“达人们”在人民大会堂汇报表演时，姚明作为特殊嘉宾出席，并声称自己的妻子、岳母都是节目的忠实观众。此外，很多明星、学者也都是《中国达人秀》的“粉丝”。这实属不易。众所周知，相当一部分收视率高的节目在观众中的口碑都是极为分化的，褒贬不一。《中国达人秀》弥合了受众的心理分歧，使大家能够感受到不分等级、不分阶层共享兴趣所带来的向心力。

《中国达人秀》的参赛选手带来了散落在民间的各项绝活，非物质文化遗产传承项目、舞蹈、歌唱、科技展示、街头艺术、魔术、体育运动项目、功夫、钢琴表演等等琳琅满目、不一而足。这些绝活中有的具有文化传承的重要意义，比如濒临失传的口弦；有的具有推动人类社会进步的意义，如达人展示的“特斯拉”科技项目；有的具有传播当代中国文化的意义，如达人呈现的水晶球体操，展现了玄妙灵动的东方气质……更重要的是，这些绝活承载了所谓的“草根”的梦想和积极向上的精神，并将其扩散给观众。这其中有达人展示的体育项目，表达了他对奥运梦想数十年的坚守和仰望，手指残疾的女孩儿却能弹出美妙的钢琴曲，这些都鼓舞和感染着观众。不仅如此，《中国达人秀》呈现了一种具有普世价值的人文情怀和梦想气质，如某山村唯一的大学生，却跳出了令人震惊的富有童话色彩的舞蹈，这无异于一出美国励志片的场景，却真实地摆在观众的眼前。这也折射出当代中国文化和情感的开放性和普世性，《中国达人秀》把全球观众都能理解的情感和梦想呈现出来。难得的是，这同时是中国老百姓讲述的自己的故事。

《中国达人秀》冲开了选秀节目的桎梏，很好地兼容了个人的价值与正面社会价值导向，找回人们记忆中失落的精神家园，浇筑了一种“中国式”的梦想体系，引领了收视的狂欢。而这些，正是《中国达人秀》的“达”之所在。

60. 影视剧创作要拒绝“复制”+“粘贴”

陆尚

近日，荧屏又接连爆出影视剧涉嫌“抄袭”事件：正在热播的《笑红颜》被网友指该剧的故事与该剧编剧林和平 2004 年的作品《血色残阳》极其相似，是在进行“自我克隆”；而《小夫妻时代》则被网友认为抄袭了加拿大电视剧《18 岁定终身》和美剧《兄弟姐妹》两部“洋作”，讽刺其“抄”出亚洲“抄”向世界。而对于网友的质疑，两剧主创均回应说“不存在抄袭”，认为只是“再创作”和“同化”。笔者以为，即使尚不能确定将两剧定性为“抄袭”，但其内容与相关剧集的相似性却是不容否定的。

应该说，近年来，影视剧涉嫌抄袭的事件屡有发生，前有《丑女无敌》涉嫌抄袭《丑女贝蒂》、《爱情公寓》涉嫌抄袭《老友记》，后有《大清后宫》《美人心计》《美人天下》和《宫》，以及近期的《传奇之王》和上面提到的两部电视剧等都卷入了涉嫌抄袭的漩涡。尽管批评、指责之声不绝于耳，但这股风气非但没有刹住，却渐有愈演愈烈之势，荧屏上似曾相识的“老面孔”、“新瓶装旧酒”的老故事依旧时有出现。这不得不令人对于当下的影视剧创作心生忧虑。此前，演员黄渤就曾炮轰电影界某些不良的浮躁之风：有些人写剧本只要 15 天。试想，仅用 15 天就完成的剧本如何架构支撑起优秀的影视作品呢？恐怕只能是粗制滥造、东抄西凑、急功近利的滥竽充数之作罢了。这恐怕也是银幕和荧屏上出现众多涉嫌“抄袭”作品的重要原因之一。

著名编剧王兴东曾经批评现在很多年轻人都不深入生活，而是坐在家里胡编乱造、闭门造车，克隆、复制、加工、兑水。而这种急功近利地“复制”+“粘贴”的结果，也就使得影视故事越来越雷同、越来越离谱，离当下的现实生活越来越远，失去了真实的依托。要遏制浮躁、减少“抄袭”，提升原创力自不待言，更需要影视编剧、导演等真正地向下看、走下去，深入实际、深入生活、深入群众，唯有如此，才能呼吸到最新鲜的空气，感知到最真实的群众生活，从而创作出经典的、与老百姓零距离的艺术作品。“作家自身泡在生活里，反过来，又把生活泡在自己的心血里”。这是现年已经 90 多岁的老作家、著名编剧于敏自身创作的心得。他曾经为了写好工农兵的故事，扎根鞍钢近 20 年体验生活，写出了《高歌猛进》《我们是一家》《工地一青年》《炉火正红》等电影文学剧本；而著名作家、编剧张天民为了写《创业》也曾经在大庆油田深入体验生活了好几年，他们为很多年轻编剧做出了榜样。

笔者觉得，在影视创作较为浮躁的当下，“十年磨一剑”的精神仍应是广大文艺工作者坚守的原则，不能为了急功近利而丢失自己的艺术理想，降低作品标准。87 版《红楼梦》之所以堪称经典，是因其不惜耗时多年精雕细刻；台湾导演魏德圣为拍《奥德赛·巴莱》筹划 12 年的时间;大导演卡梅隆为了制作《阿凡达 2》深入马里亚纳海沟进行考察……只有像对待自己的孩子一样全身心对待自己的艺术创作，才能“创作”出好的作品，与“抄袭”、“同化”绝缘，也才能获得观众发自内心的叫好。

61. “有买得起票的观众，才有走得远的市场”

彭宽

近几天来，媒体先后报道了几则有关国家大剧院、北交、上海歌剧院举办公益演出活动的消息，先是北交的“百场演出季”，然后是上海歌剧院的“俄罗斯作品公益场”，接着还有国家大剧院的“五月音乐节系列公益演出”，都努力推行低票价和高雅艺术“进校园”、“进企业”、“进社区”等。这些活动有一个共同特点，就是以各种方式降低消费价位，追求让普通老百姓“消费得起，享受得了”。

从效果看，无论在北京还是上海，这些活动都大受欢迎，老百姓纷纷拍手叫好，争相观看，一改往日人们对高雅艺术“曲高和寡”、被普通观众“敬而远之”的印象。至于原因，也一目了然：票价便宜了，老百姓看得起了。

高雅艺术“放低身价”收到的效果颇引人深思。如今，花几十元上百元去欣赏一部3D大片，普通消费者还觉得难以承受，一直在呼吁降低电影票价，那么面对平时动辄标价几百元的交响乐、歌剧、舞剧等剧场内的“阳春白雪”，大部分工薪阶层确实只能望“阳”兴叹。高雅艺术总是让人感到和普通老百姓有“距离”，到底是“曲高和寡”，还是“价高和寡”，从这一系列的公益演出反响来看，还是耐人琢磨的。

当然，剧场高雅艺术的创作表演成本之高，是大家公认的，但仅仅因为这个，就把高雅艺术变成“高消费”艺术、“VIP专享”、“精英消费”，却未必真的符合市场要求，也未必符合艺术发展规律。笔者觉得，高雅艺术的“高消费”，除了受市场因素的左右，多多少少还显露着一种在艺术上“自我标榜”的“清高”心态，甚至有些主办方和从艺者还抱有这样一种观点，不舍得花钱的人根本不懂“艺术”，不是“目标观众群”，潜台词中，把是否愿意接受高价位与是否具有艺术鉴赏力划上了等号。

实际上，老百姓对价位不认可，对这样一种心态当然也是不买账的。而虚高的票价究竟能不能真的收回成本，圈内人早已不止一次地公开回应过，来剧场观看演出的观众，大部分是通过各种渠道拿到的赠票，真正花钱的并没有几个。一方面是高雅艺术高喊着市场开拓困难，一方面是普通消费者被高票价挡在门外，这个“怪圈”早已不是秘密，但从哪里求得突破，却还在探索。

媒体在给北交和上海歌剧院的报道中算了笔账，给北交算的是“成本账”，低票价的收入的确是补不上演出的成本，而且亏得厉害，但北交对最终吸引了6万人次的观众感到非常满意；帮上海歌剧院算的是观众“消费账”，按照2011年上海城市家庭居民人均年可支配收入，目前的大多数剧场演出平均票价要占到他们人均月收入的 15% 以上，比例远高于国外，因此上海歌剧院本着“先要有买得起票的观众，才会有走得远的市场”的理念，在活动中想方设法降低票价。而国家大剧院则干脆提出“观众进不来，我们何不走出去”的思路，让演出直接走出剧场，去接“地气”。

高雅艺术“放低身价”并不“掉价”，相反，这些带有“普及、公益”性质的演出，近年来越来越多，令人欣喜。而北交、上歌等单位在活动中不靠票价，尝试采取其他思路压缩成本、争取市场收益的做法，无疑也是在为“放低身价”探索更加科学有效的运行机制。无论如何，人民大众是艺术服务的对象，普通老百姓就是最大的市场。高雅艺术无论是保持艺术活力，还是开拓市场，归根结底都得想办法抓住老百姓。

62. 新词语缘何逃不出速生与速朽的宿命?

乔燕冰

教育部近日公布的《2011 年中国语言生活状况报告》，引发了人们对民族语言保护、倡导无障碍沟通甚至基础教育减负等诸多问题的思考。而报告公布的一组数据尤为引人注目。报告显示，去年中国人的语言中降生了 594 条新词语，但造热词的同时，往年出现的许多新词语已经消失。2006 年至 2010 年出现的 2977 条年度新词中，仅有 41% 留存了下来，34% 的新词很快就从人们的口中、笔下遗忘。有专家对此的解读是，消失的新词多是根据阶段性事件产生的词语。问题果真如此简单？新词语缘何逃不出速生与速朽的宿命？在生与朽之间，我们又能读出多少来自我们这个时代和自我的东西?

作为时代发展与社会生活的真实记录，新词语一定意义上无疑是大众生活的晴雨表和时代社会的表情图。而作为当下自媒体时代最重要的信息媒介，以吐故纳新为重要特征的网络，自然成为新词语孕育生长的最大温床，也必然是新词语发展的主阵地。

从结绳记事到刻楔计数，语言作为沟通交流的基本表达符号和最重要的交际工具，从人类童年就相伴而生。肩负保存和传递人类文化与文明成果的语言，经生活的历练与历史的淘洗形成了一种自然生成机制，使传统语言发展的稳定性一定程度覆盖了其可变性。而今，网络这个前所未有的巨大信息交流平台构建了一个以虚拟群体为特征的新型社会。在这个虚拟社会中，因需而生、因疏而废这种千百年来从未被打破过的语言自我调节机理虽然依然奏效，但信息极速传播、更迭和排泄，让网络社会的语言生成与消亡的节奏与传统社会有了天壤之别。以往悄然无声随着社会生活发展而产生的语言演进过程被高浓缩地集中显像了。原本让人浑然不觉的语言生发、变化与消亡的过程，因为网络信息的即时代谢而有如快进键一样强行播放在人们眼前，客观造成了语言的可变性远远超出了其稳定性。

就语言使用制造主体而言，工业化时代对人生存的异化本质与物化特征往往给人强烈的虚无感，让人的生存伴随着潜在的迷茫、无助、焦灼甚至恐惧，以致用主动参与来强化自己的存在感和稀释心理焦灼，成了网络使用主体最本能的表达。于是瞬间可以制造话题并习惯集体围观，让“××门”甚嚣尘上；于是瞬间可以复制字眼并善于戏仿恶搞，让“××体”泛滥成灾；于是用口语化的书面语完成全民书写的“微表达”无所不在；于是包容全球多元文化的渴望呈现出网络语言的中外杂糅，让中西结合的新词语层出不穷……在关注与被关注、表达与被表达中，自我与群体认同暂时性地安慰了人们强化存在感的内在渴望。而所有这些过程中，新词语作为有效的载体与工具，因对语境过强的依赖，并始终靠传统语言来解码而在不断被制造中也被不断遗忘着。

同时，在这样的过程中，原本来自于生活，与生活唇齿相依的语言在不断生成过程中也产生了一种巨大的内在悖反：网络的及时、适时、公开、公共等特征，让新词语的生成貌似凸显与生活血肉相连——生活中的每一件鸡毛蒜皮的小事都可能在瞬间以一个新词语的方式在网络上弥漫无边；然而事实上，网络使用特定群体的局限性、网络信息虚拟的特定性，以及网络话题的速易性等，都注定了网络新词与生活本质上的某种疏离。由此也便注定了许多网络新词难以永久留存的命运。正如人们寄托于此的存在感的一再落空。

也许我们并不是新词语唯一的孕育者与掘墓人，但我们却应在新词语的生与朽之间对望其中的自己。

63. 呼唤真正的“独立书评人”

孤岛

近日，盛大文学发布消息说，将投资百万元招募100位“白金书评人”，到今年9月份将率先选出第一批30位“白金书评人”。他们还承诺：将签约并包装“白金书评人”，让签约书评人每月都有基本创作保障金，同时还能从其点评的图书网上销售收入中得到比例不等的分成，低至5%，高达20%……消息一出，舆论哗然。肯定者说，由此可以搭建起一个中国网络阅读的评价体系；批评者则怀疑：“白金书评人”到底是书评家还是书托？在我看来，此举不管是否真的在做文化“引”民的事儿，还是另一种形式的商业炒作。“白金书评人”的出现，给中国真正的“独立书评人”的诞生增添了一种可能。

现在，一是市场上图书太多。据不完全统计，我国每年出版图书约30万种（这还不算9500多种各类期刊），从书店到图书市场，到处都是琳琅满目的书，常常让人挑花了眼，最后仍然不能选购到自己满意的图书；二则现代人活得太忙，没有时间进行大量阅读，甚至没时间在书店或图书市场精挑细选，到网上买，又不知买什么书。这时候，就需要书评家来帮忙，给读者牵引一下，快速找到自己所需要的图书作为购买对象。

而事实上，多年来，许多书评者的书评，都是人情书评、商业书评，与谁关系好给谁写，谁给钱给谁写。他们常常不是为真正推荐一本好书而写，也不是为读者的需要而写。他们的书评，“动机”往往在“书”之外。因此，在这个时代，我们呼唤真正的“独立书评人”或“独立书评家”的出现！

所谓“独立书评人”，就是要有读书的良知，渊博的学问和敏锐的美学感觉，独到的眼光，站在客观、公正的立场，推荐书、评论书，不为人情和利益动笔，为播撒知识文明而动笔，为广大读者而动笔。真正的书评不是图书的宣传广告，也不只是纯学术的评论争鸣。一个好的或者说真正的“独立书评人”，应该做到唯社会良知是尊，唯质量是尊，唯读者是尊。独立书评人，就像是一个完全义务帮人挑书的人，或者说是一个完全义务的知识导游，他们从大量的图书阅读（尤其是同类图书的阅读）中分出蚌壳和珍珠，免费（稿费由报刊、网站支付）提供给渴望买到好书的广大读者。

既然都是“义务”的，那么“独立书评人”或“独立书评家”靠什么生存？靠那一点报刊或网站的书评稿费肯定是不行的。还有，他们每年阅读那么多的书，谁来埋单？现在，盛大文学网络和其旗下的云中书城网上书店，率先站出来，试着开始做类似的事，解决“白金书评人”的生存问题和他们阅读所需的大量图书问题。有人会问：有了东家，这些书评家还可以“独立”思考、独立写书评吗？还能成为“独立书评人”吗？这种怀疑不是没有一定道理，所以说，“白金书评人”可能还不完全是“独立书评人”，或者说与“独立书评人”还有一段距离。但是，一个书评人首先需要生存，如果仅靠那一点微薄的稿费，没有别的任何经济来源，总不能饿着肚子，还在天天“独立”地读书、搞书评吧。生存和发展，看似一对矛盾，却是互为表里的。

盛大文学网招募“白金书评人”之举，给优秀书评人不仅提供了一个名分，也提供了一种更广阔的物质生存空间。不管怎样，“白金书评人”还是有了“独立书评人”的影子，出现了“独立书评人”的雏形，无论对书评人来说，还是对广大读者来说，都不是一件坏事。至于不完善的地方，他们自己或别的企业，或者政府有关部门，以后也可以参与进来，慢慢地修正它们、完善它们，目的只有一个：让真正的“独立书评人”浮出水面，成为读者知心的知识导游，成为社会文明与进步的火种播撒者。

64. 不要仅限于“雷”与“不雷”

张成

自打中国电影诞生之初，便与文学有着密不可分的关系。文学广泛的群众基础和得天独厚的故事资源为早期电影的发展开辟了巨大天地。以包天笑、周瘦鹃、周剑云等为代表的相当一部分“鸳鸯蝴蝶派”的小说家直接参与了当时的电影创作，成为第一代中国电影人。直到今天，张恨水的小说仍然不断地被改编并搬上荧屏。电视艺术的崛起让更多的文学作品从纸面走向荧屏。回顾一些具有里程碑意义的影视作品，如《渴望》《红高粱》《潜伏》《亮剑》《射雕英雄传》(83版)《还珠格格》等等，其背后无不铭刻着文学家的名字。近年来，影视改编的旺盛需求不断冲刷着文学的滩涂，《第一次亲密接触》《和空姐一起的日子》《裸婚时代》《步步惊心》《甄嬛传》《倾世皇妃》等不少影视作品改编自网络小说，网络文学逐渐成为一片改编的新沃土。感慨于网络写手的创意和巨大的读者市场，很多影视制作者发出了呼声，让网络文学的影视改编，来得更猛烈些吧！连电视剧行业的巨头海润影视集团也把目光瞄向了网络文学改编，其接下来的几个项目中也有选自网络文学的作品，内容涵盖家庭伦理、都市言情、革命历史。然而，尽管网络文学改编影视作品的势头已不可挡，却仍然有不少问题横亘在网络文学改编的面前，亟待解决。

如同一个复本，历史上几乎每种文学流派、文学样式的改编都会遭到不同声音的诘难，网络文学也不例外，复制了“鸳鸯蝴蝶派”、武侠小说等文学流派初被改编时所遇到的一系列问题。在网络时代以前，若说雅与俗是文学内部讨论的永恒话题。那么，在网络时代，讨论的底线已经下降为“雷”与“不雷”。“雷”几乎成为网络文学改编的影视作品的墓志铭，如穿越风盛行，奇幻剧当道，古装剧雷同，仿佛华夏上下5000年的文明，只有后宫才有戏，只有格格才有情，似乎不穿越就没有戏剧冲突，不奇幻就不能展现想象力，而一些现代的都市言情改编剧则完全失去了网络文学原有的味道。

究其原因，早期根据网络文学改编的影视作品设定目标观众太过低龄化和粗糙，这直接降低了主流影视观众对网络文学改编的影视作品的期待值。与之对应的是，网络文学在青少年群体中风靡，青少年又成为网络文学改编的直接诉求对象和商业上屡试不爽的试金石。这必然引发影视作品对播出和放映平台的占领，引起主流观众的反感和不满。此外，目前看来，网络文学终究还是商业化写作，因此，乍看繁复多样的题材，其实可供改编的类型并不太多，符合影视产业运作规律的成熟作品更如凤毛麟角。而有些相对成熟的网络文学又是以随性的文字可读性取胜，情节故事反倒无甚新意，这又给改编带来了难度。

尽管如此，纵观大局，网络文学改编成影视作品终将会成为一个浪潮。人们似乎应当以更加开放的胸怀去迎接这一局面。如在中国电影筚路蓝缕的时期，根据武侠小说《江湖奇侠传》改编的武侠片《火烧红莲寺》曾创下连拍 18 集的记录，当时饱受诟病，而几十年之后，武侠片已经成为华语电影傲立于世的类型；根据硬汉派小说改编的黑色电影灰暗的调性曾受美国“麦卡锡主义”的痛斥，如今却被平反为影响深远的风格；英国经典小说翻拍一度被指摘，今天却成为英式文化输出的排头兵。那么，成功的网络文学作品的影视改编能使网络文学走出小圈子，通过影视媒介传送到千家万户的收视终端，成为折射当今现实的一个样本，并固化为一个时期的集体文化回忆。

网络文学、大众文学、草根文学与观众有着天然的亲近性，因此，网络文学更应该借助影视媒介的力量突出重围，找到真正的良性出口，成为构建主流文化的重要部分，而不是现今的铜臭味过重的商业化写作。鉴于此，网络文学与影视产业对接的自觉意识显得尤为重要。正如麦家所说，“与我们这块土地接近起来，与我们的人民接近起来……赋予作品更多的内涵，提供给读者更多属于心灵的东西。”这才是通往罗马的真正大路。

65. 片尾字幕也是谢幕

小作

电影快结束时，看不看字幕再离席，这是一个问题。北京电影学院文学系教授苏牧、中国传媒大学教授赵宁宇、演员徐峥等电影人近日纷纷向观众发出“尊重电影人，看完字幕再走”的建议。不少影迷也热切地回应，表示理应如此。

但是，没看完字幕就撤，责任不全在观众身上。首先，观众买票看电影，并没有义务坚持到最后一刻，电影如果不好看，观众不是也有权中途离场吗？其次，长期以来，中国电影观众并没有养成看完字幕的习惯，似乎那并不是电影的有机组成部分。再次，也是很关键的一点，片尾音乐一响起来的时，影厅内灯光大作，对观众相当于一种无言的离场催促。一位朋友在微博上写道：每次看电影都坚持看完字幕，所以每次都是在工作人员鄙视的目光中最后离开电影院的。有时候他们还会过来反复“提醒”我：“后面没内容了，真的没了。”

片尾真的没有内容了吗？这真不是影院具有专业性的解释。片尾字幕的确是有点版权页的意思，除了宣告电影是个集体创作作品外，从字幕那里，其实可以窥见电影的幕后故事。例如《画皮Ⅱ》的特效组工作人员的名单非常长，从其中的名字就可以看出是中国人还是外国人，可以看出中国特效制作水平的高低。再有，有趣的一点是看赞助商的名单，有利于了解影片植入广告的情况，这时你会恍然大悟，影片中有些莫名其妙的场景和可有可无的台词就能得到解释。

其实，字幕相当于音乐会、话剧等现场演出结束后演员的谢幕，现在中国的观众已经养成了在演员们谢幕时鼓掌致意的习惯，也鲜有观众在谢幕时离场。但在影院里，观众没有意识到字幕就是全体主创人员对观众的谢幕，为什么要提前离场呢？良好的观影习惯是需要艺术创作者与观众一起努力培养的。

要让观众能耐得住性子，看完有的长达5分钟的片尾字幕，电影创作者自己也是要下点功夫的，要有点吸引人的内容和形式。例如成龙电影的片尾是电影拍摄过程中，主演不用替身拍摄危险镜头的花絮，观众看得津津有味。片尾“彩蛋”是国外影片比较常用的方法，如《钢铁侠2》《雷神》《速度与激情5》《加勒比海盗》常在片尾字幕中加入一些趣味情节，或放上一段为电影续集埋下伏笔的片段。笔者前不久在看电影《痞子英雄》时，看字幕看了一半，发现影厅里人基本走光，于是没有挺到最后的勇气，与该片尾字幕后加的“彩蛋”擦身而过。据悉，《痞子英雄》和《春娇与志明》是国产电影里为数不多的加了“彩蛋”的电影。

另外，影院的努力也很重要。影院放完正片部分不要打开大灯，观众自然就不会往外走了。影院改进了做法，无疑有利于培养观众良好的观影习惯。

2012.4.16
星期一
壬辰年三月廿六
第1139期
本期8版
中国文艺网网址
www.cflac.org.cn

中国艺术报

中国文学艺术界联合会主管主办

国外发行代号
D3375
国内统一刊号
CN11-0241
邮发代号
1-220
新闻热线
(010)64810159
每周一、三、五出版
零售价0.70元

首都文化界共植千亩首都文化林

刘淇刘云山出席

传播绿色文明 建设绿色北京

新华社北京4月14日电（记者 隋笑飞）14日上午，中共中央政治局委员、北京市委书记刘淇，中共中央政治局委员、中央书记处书记、中宣部部长刘云山与首都文化界千名代表一起参加首都义务植树活动，共同启动首都文化林建设。

春风和煦，暖阳高照。上午九时许，刘淇、刘云山与中央宣传文化单位负责同志一道，同千名首都文化工作者来到北京市昌平区北七家镇海鹊落村参加植树活动。首都知名歌唱家、书画家、舞蹈家、军旅艺术家、主持人、影视演员和新闻记者在现场挥锹铲土、扶苗浇水。短短一个上午的时间，千名文化工作者共为首都文化林栽植白皮松、银杏、玉兰等树木万余棵。

为认真贯彻落实胡锦涛总书记关于"北京必须在绿化美化工作中走在前面"的重要指示精神，首都宣传思想文化战线广泛动员，积极投身到首都平原地区今年植树造林25万亩的工作中来，在海鹊落村发起了建设千亩首都文化林活动。中央和北京宣传文化单位、首都地区知名网站和文化创意企业广大职工积极参与活动，认真履行公民植树义务，共建首都文化林。

文化工作者纷纷表示，要以自己的实际行动促进文化与绿化紧密结合、精神文明与生态文明紧密结合，既传播绿色理念、实践绿色文明、建设绿色北京，又传播文化理念、实践精神文明、建设人文北京。

据悉，今后首都宣传思想文化战线各单位还将在此持续开展植树活动，把首都文化林建设好。

独家报道

更伟大的艺术成就将来自中国

——中央芭蕾舞团舞者的艺术姿态

□ 本报记者 张 悦

如果说1581年法国《皇后喜剧芭蕾》的上演，一直被视为芭蕾舞剧之发端的话，芭蕾舞剧在中国的传播与发展几乎晚了3个多世纪。不过，起步虽晚，却是飞跃前进。从《天鹅湖》到《红色娘子军》，从不为人识到跻身世界一流，中央芭蕾舞团用50多年时间浓缩芭蕾500余年的历史——如今，更是雄心勃勃地步入"芭蕾名团"的行列。中央芭蕾舞团，既经历了中国芭蕾艺术从无到有，从不被了解到被国际同行赞誉、被国内外观众喜爱的辉煌历程，也体会着芭蕾艺术在中国的种种困境。

日前，为了第三届芭蕾创意工作坊，已忙碌两个多月的中芭年轻编导和演员们正在紧锣密鼓地排练。他们将在4月20日、21日第三届芭蕾创意工作坊晚会上闪亮登场，推出7段极有创意的节目，探索现代芭蕾与中国传统对话。

雕像的舞姿与团长的神态

走进中央芭蕾舞团的一楼大厅，左侧摆放着一尊身穿练功服的芭蕾舞者的铜像，芭蕾有很多技法高超的动作，但是这尊舞者的铜像只是做了一个脚尖轻轻点地的动作……中央芭蕾舞团团长冯英说："芭蕾舞的基本功就是从这个点地的动作开始的，这个动作虽然简单，却很有意义，它告诉我们任何事情都是从简单开始，任何的辉煌都要从脚踏实地的点滴做起。"几乎团里所有的重要排练冯英都会准时参加，而且尤为重视之后的讲评。冯英说"这是中芭的传统，从来没有断过"。这种极为严苛的讲评制度，保证了高水平的艺术质量，更体现了严肃艺术的纯度。而从某种意义上说，芭蕾因为"一切来不得半点虚假"的极致要求，为严肃艺术树立了极高标准，中央芭蕾舞团以其传承至今的优良传统，也被一些业内人士高度评价为当今具有"唯一性"的纯粹严肃艺术的殿堂。

53年来，中芭从一个规模很小的北京舞蹈学校实验芭蕾舞团，成长为今天享誉海内外的知名艺术院团，这个历程凝聚了一代又一代中芭人的心血奉献和拼搏创新，走出了一条民族与世界、古典与现代相融合的艺术发展道路，成为传播优秀文化、推展精品艺术的一个典范。

作为有着丰富演出经验和教学经验的新中国"第三代"芭蕾舞演员，团长冯英经历了三次角色的转换，而剧团管理者的身份无疑是最大的挑战。冯英说夜里和早晨是她最焦虑的时候，反倒是一来团里开始忙碌地处理各项事务时安心一些，做演员时要忍受常人难以想象的伤痛折磨，使得她在对抗重压时"不是负担，而是变成前进的动力，不断找寻适应一切的方法"。有求变之心，有应变之力，可以寄托未来。冯英也用一种理想主义精神和十分理智的态度去思考中芭的发展："首先，不能违背艺术规律，一定要守住优秀的传统，保障艺术质量；同时又不能对市场不闻不问、固步自封，在引进和移植的同时，借助国际主流社会中被广受重视的高端艺术平台，有效地向国际社会展示当今中国文化的风采和实力。"树立有绝对影响力的中芭国际品牌，正是奋斗的目标。

到梦想的地方去亮相

到目前为止，中芭已出访世界30多个国家和地区，包括芭蕾艺术的发祥地英国、法国、俄罗斯、意大利，芭蕾艺术发达的美国、德国、丹麦、希腊、荷兰、澳大利亚，以及巴西、墨西哥、日本、韩国、新加坡、土耳其等国家。

"值得一提的是，像世界顶尖的英国皇家歌剧院、巴黎歌剧院、美国肯尼迪艺术中心等这些世界顶尖剧场，以及德国汉堡艺术节、英国爱丁堡国际艺术节等世界顶级艺术节都曾邀约我们演出，面对的都是西方主流观众。

>> 下转第4版

>> 图片新闻 <<

飞越迪拜塔

4月10日，红牛X斗士2012世界巡演第一站阿联酋迪拜演出之前，澳大利亚的希汉在世界最高建筑哈利法塔（又名迪拜塔）前表演空中摩托车特技。

新华社/EPA欧新

艺象杂言

"伪"得再"娘"，也无关艺术

□ 宁 静

4月10日傍晚，武汉东湖牡丹园里，5位浓妆艳抹、身着古装的"伪娘"在牡丹花丛中搔首弄姿，供游人观赏。这就是武汉一群男学生创建的"爱丽丝伪娘艺术团"的一次表演。这个"伪娘艺术团"在网络上迅速走红，经常会接到商演邀请。"伪娘团"开始只是一个动漫社团，有一次参加活动时，因团里女生不在而由几个男生反串女生，没想到收到非常好的效果。于是他们干脆成立了一个"伪娘团"，专门搞反串。

"伪娘艺术团"的出现引起极大争议。校方表示，社团是学生自发组织的，学校支持对学生的学习生活有益的社团活动；有人讨厌鄙视这种行为，认为男不男，女不女，伤风败俗，很"恶心"；动漫迷则认为他们只是一种表演，社会可以宽容点；还有人担心男人越来越女人会不会导致性格变异？会不会导致"伪娘文化"盛行？一些社会学家认为，"伪娘"现象是亚文化，是小众青年群体颓废心态的体现；有心理学家表示，"伪娘"流行会对正在形成性别意识的青少年产生不利影响。

由男人扮演女性，中外文化都曾出现。最早的意大利歌剧都是由阉人扮演女性角色，早期的中国京剧也是男扮女装，这都是由于当时艺术舞台不允许女性上场的缘故。后来随着时代的发展，女性虽登上艺术表演舞台，但作为一种表演方式中国的男旦依然存在。近年来欧美出现男子芭蕾舞团，也来华进行过演出。如创立于1992年的俄罗斯圣彼得堡男子芭蕾舞团曾在北京、上海、武汉演出，人们最初认为他们不过是"男扮女"的"杂耍"，但演出彻底打破了这种预想。不管是男子现代芭蕾作品，还是穿着足尖鞋和薄纱裙表演的《天鹅湖》《唐·吉诃德》的经典片段，都充满力度和韧性的肢体语言，展示出高超的技巧。1974年在纽约创建的托卡黛罗芭蕾舞团，继2004年之后于去年10月再度来华，演出了《天鹅湖》《巴洛克时代》《大双人舞》《天鹅之死》《雷蒙达的婚礼》等节目，无论是四人舞、双人舞、独舞，他们的技巧丝毫不逊于女演员。托卡黛罗至今已在美国48个州演出；19次赴日本演出并在当地拥有舞迷俱乐部；39次赴欧洲，其中包括18个英国城市、40个意大利城市、24个法国城市、10个荷兰城市、10个西班牙城市……托卡黛罗巡演过的城市已超过500个，从俄罗斯一直到南非。

为什么京剧男旦被认为是艺术家？是因为他们艺术地表现女性生活，刻画出生动感人的女性人物形象。为什么男子芭蕾舞团人们不把他们叫做"伪娘"？是因为他们是在用男子之身表现以前女演员擅长的节目，并且在某些技巧上更胜一筹。正如俄罗斯圣彼得堡男子芭蕾舞团艺术总监瓦列里·米哈依洛夫斯基在接受记者采访时所说："我们在完成女子动作时不带有任何低级趣味和下流媚俗的东西，这是艺术！"俄罗斯的评论家和观众们对他们的表现感到异常惊讶，把他们的创意称之为"俄罗斯芭蕾的革命"。

如果说前些年热播的电视剧《流星花园》中四位男主角多少有些女性化的特质，并且"花样美男"的说法随后流行于中国大陆、台湾以及东南亚地区。但不管怎样，这只是对当代男孩的时尚化打造。但2010年选秀节目"快乐男声"中选手刘著的一炮走红，则完全是以女性的装束、对女性的模仿取胜，自此，"伪娘"一词频频出现在娱乐新闻里。有人把它作为迅速出名的捷径，还有人将李玉刚视为成功的例子。但如果现场听过李玉刚的演唱，就能感受到这位歌手在艺术上下的功夫和具备的实力，并不是简单的靠"反串"获取成功。因此，如果是走"伪娘"这条路，就不要硬扯上"艺术"这面大旗，"伪娘"表演"伪"得再"娘"，也无关艺术。

"伪娘艺术团"走红，与网络的迅速传播，电视节目的推波助澜不无关系，也折射出社会审美的病态。正当人们热议"伪娘艺术团"时，一则新闻引起笔者注意：上海准备建立一所男校，希望以此挽救阳刚气不足的"男孩劣势"。想到上世纪早期因为女子受教育的机会少各地办起了女子学校，而在迈入现代化的今天居然要成立专门的男子学校，不知是历史的进步还是倒退？不由得让人慨叹。

本期阅读推荐

《中国艺术报》版式赏析

2012 年 4 月 16 日

第 1139 期

66. 诗歌影像化诗意将如何

针未尖

近日，“中国诗电影”计划启动仪式在中国现代文学馆举行。该计划旨在通过电影镜头再现诗歌，揭示“诗人内心鲜为人知的心路历程与情感密码，以及诗歌本身的文化脉络和历史景深”。首期计划将100首经典中国现代诗歌拍成微电影。即将面世的首部“诗电影”是海子的《面朝大海，春暖花开》。

“诗电影”是个新鲜玩意。什么叫“诗电影”？外国有专家说，“没有情节的电影，就是诗的电影”。“中国诗电影”发起人、著名诗人海啸说，“诗电影”立足于诗人本身，从诗人最具代表性、经典性的诗歌入手进行剧本改编，与“诗意电影”有着本质的不同。对此，诗歌界和网友褒贬不一，“鲜花”和“板砖”齐飞。

首先得承认，在这个诗歌极度匮乏的年代，将诗歌影像化、镜头化、甚至高端娱乐化，这种难能可贵的探索精神，值得称道。我国诗歌文化源远流长，在很长一段时间，诗歌曾被视作一个时代的精神高地。然而如今，诗歌被严重“边缘化”，地位江河日下。这种状况需要改变。正如海啸所说，在任何时代，诗歌的意义或者功效从未改变：诗歌是精神的原乡；诗歌虽解决不了一次小小的饥饿，但它却是生命暗夜的一缕光线。而将经典诗歌拍成“诗电影”，单纯理想地看，可为诗人提供展示风采的平台，也可为观众创建充满诗意的时代，通过“诗电影”这个文化事件，还可唤起人们对诗歌艺术的再度关注。这也是有关人员发起此计划的初衷。

然而现实地看，“诗电影”的前景不容乐观。理想很丰满，现实往往很骨感。

说实话，很多诗歌很难被影像化。传统电影都需要人物和故事情节作支撑，诗歌中叙事诗包含有人物和故事情节，或可满足拍成电影的条件；而抒情诗没有人物和故事情节，又该如何拍成电影？难度恐怕太大，只能通过画面和音乐去表现一种内在的意境，去追求一种唯美和震撼。如果真是这样，和早些年拍摄的诗歌 MTV 或无本质区别。人物和故事情节是电影不可或缺的基本要素，数年前，张艺谋的影片被指只注重画面好看，却不会讲故事，即是一个生动的教训。

而且，诗歌影像化也是把“双刃剑”。在揭示诗人内心鲜为人知的心路历程与情感密码之时，也会让诗歌失去想象和体验的空间。诗歌的美妙就在于那些说不明、道不清的情感想象和心灵震撼，一旦被影像化，诗歌哪里还有什么“言有尽而意无穷”的意境？哪里还会让人体会到“联想的最大自由”？这显然背离了诗歌的本质。有报道还说，为应对“诗电影”情节性不强的问题，发起方称，编剧也可在改编剧本中适当添加一些场景，甚至加入一些故事情节。如此拍成的“诗电影”,恐怕只能称之为“诗意电影”,只是借了诗歌的“壳”而已,让诗歌焕发“第二春”的初衷也就无从谈起。

不错，传统的诗歌文化不能丢掉，要让传统诗歌跟随我们一起走向现代化。但如何让诗歌现代化，是个值得继续探讨的话题。据说“中国诗电影”首期计划投资1000万，能不能收回成本恐怕是一个值得考虑的问题。“诗电影”毕竟不是普通大众的文化消费。

67. 这样的“秀”不妨多作几次

——从崔永元请农民工吃顿饭说起

王新荣

日前，一则著名节目主持人崔永元请农民工吃饭的消息迅速蹿红网络。事情源于北京“7.21”特大暴雨中154名河西再生水厂的建筑工人，置个人生命安危于不顾，第一时间拿着救生圈、麻绳、剪破铁丝网钻进受灾严重的京港澳高速南岗洼路段，勇救上百名危在旦夕的遇险者的真实故事。得知这一义举，崔永元当即发起了请这些英雄们吃顿饭的微博倡议。崔永元兑现了自己的承诺，韩红及其爱心团队也慕名而来，为农民朋友送去礼物和歌声。对于崔永元此举，不少人拍手称快，也有人质疑其纯属个人作秀，对其大加指责挞伐。一顿聊表个人敬意的答谢宴竟惹得这般口舌是非，恐怕也是崔永元始料不及的。诚心也好，作秀也罢，姑且不论，笔者以为，这顿饭倒是必不可少的，尤其是“请吃饭”背后所蕴含的深意，所体现的意识，所弘扬的精神，更是弥足珍贵。

从佛山小悦悦事件到老人猝死街头无人施救，从救人者溺亡、获救者漠然视之到北京暴雨中某些坐地起价的的士司机，层层叠加的负能量不禁让人觉得，冷漠似乎正在成为一种社会病。与此相较，救人事件中古道热肠的农民工友们身上所折射出的那种“勇敢无畏、挺身救人”、“乐善好施、不图回报”的时代正能量，着实令人钦佩且值得弘扬。而崔永元作为一名文艺工作者，一个掌握着公共话语权的社会公众人物，以一顿便饭、一个深深的鞠躬、一句“农民工是城市中不可或缺的一个群体，我们不要等待危难时才想起他们”的心里话，让人感动。崔永元以其良好的艺德与社会担当，引领社会正气，弘扬真善美，用自身言行影响他人，导人向善。这当中透露的是一份真诚，一份爱心，一股蓬勃向上的正能量，而这份正能量正是一名文艺工作者追求德艺双馨的精神体现，更是我们建设和谐社会所不可或缺的责任感。

近些年来，“明星做公益”在大众的质疑声中再次成为热门话题。郭美美尚未走远，卢美美接棒继之，明星“诈捐门”、公益救援引发公众质疑……种种不良行为一再伤害中国慈善公益事业，拷问和影响着人们对慈善公益事业的信心。而对演艺圈而言，勾心斗角、追名逐利是家常便饭，在这个圈子里想要做公益，人们自然会带着有色眼镜审视一番。明星做公益，是真心还是作秀的质疑从未间断，这让明星做公益其实比普通人更难。崔永元的这一类善举也概莫能外。面对质疑，小崔一句“我走我的路，让他人慢慢去说吧”淡定从容，并以自己颇具创意的慈善行动坚守着一名文艺工作者的社会良心，这种精神值得嘉许和学习。

一顿热气腾腾的饭，与传统的公益行为确实有所不同。在小崔眼里，之所以选择“吃饭”，是因为“吃饭是人与人之间最放松、最直接、最具情感的沟通方式。大家坐在一起,就像老朋友那样聊聊。”金钱的额度作为明星做公益的一杆秤，人们似乎已经习惯于根据明星募捐数目的多少来衡量他们的“爱心”和“真诚”，这种不正确的慈善观念亟待扭转。公益慈善看重的不在金钱多少，而是一颗敢于释放爱意和秉持诚意的心。正如艺人陈坤日前发起“行走的力量”的慈善活动，以关注心灵为主要目的的行走方式，其效果远不如直接捐款来得明显和震撼，因此也饱受质疑。与传统捐款助人的方式相比，无论是一顿饭还是“行走的力量”更加关注心灵的建设，这或许也是未来公益慈善事业的一种不可或缺的路向。

与其质疑这种路向，不如反过来想一想，与当下演艺圈中一些名人用露点、走光甚至艳照的方式作秀相比，就算小崔的“一顿饭”引发作秀的质疑，我们也希望，这样的“秀”可以有，而且不妨多作几次。

68. 身到基层，更要心到基层

彭宽

“毕业后死都不下基层”，某大学一位女博士的微博发言近日在网络上掀起了轩然大波。因为在下基层“调研”中对基层接待方提供的生活条件不满，深感“憋屈”的女博士在微博上公开发出了抱怨。虽然当事人日前已经就此出面道歉，并请求公众的原谅，但此事依然给社会舆论带来了不小的震动。

舆论的哗然并非仅仅是因为一个“不成熟的学生”看似偶然的抱怨，更多的是那充满傲慢的抱怨给我们提了一个醒，“深入基层”究竟应该抱持什么样的心态?

从“三贴近”到“走转改”，从中央到地方，深入基层一直都是我们大力提倡的行动方向，尤其对高等院校知识分子、文学艺术工作者、媒体工作者等众多精神文化领域的从业者来说，不深入基层、深入生活、深入一线，就创作和产生不出真正优秀的文学艺术和新闻作品，这已经是大家的共识。

一直以来，无论学术界、文学艺术界还是新闻界，各领域不断表彰的优秀工作者，所遵循的标准与理念，无一不和深入基层、贴近群众的概念息息相关，比如“全国中青年德艺双馨文艺工作者”表彰，比如“人民艺术家”荣誉称号的颁发，比如“中国新闻奖”作品和优秀新闻工作者的评比，等等，都一再凸显着这样的理念。更不用说，近年来文学艺术工作者所开展的一系列重要活动，比如“送欢乐、下基层”，比如“文艺志愿服务活动”，比如文化“三下乡”，以及今年文艺界核心价值观和中国文艺工作者职业道德公约的提出和践行等等，也都鲜明地凸显着深入基层、服务基层的理念，在社会上掀起巨大反响。正是在这样的理念感召下，深入基层的不断实践中不仅涌现出了一批批优秀文艺工作者、有成就的专家学者和先进的新闻工作者，同时也产生了数不尽的优秀文艺成果、学术成果和新闻作品。

但是，深入基层的同时，自然也就意味着要适应基层的生活环境和生活条件，要去真正了解和充分尊重基层群众的实际情况和切身需要，同时更要去真心实意地为基层群众解决问题、提供服务。如果本身就抱着一种高高在上、居高临下的心理，抱着一种敷衍了事、傲慢浮躁的态度，甚至抱着一种“镀金”“捞名”的隐私目的，那这样的“深入基层”只能是“蜻蜓点水”，变成纯粹的“走形式”，甚至是“变相旅游”和“打秋风”，不仅达不到深入基层的初衷，反而会给基层造成麻烦、引起反感，造成相反的效果。心态决定行动，我们必须认识到，深入基层者的一言一行，都会从细微之中反映出内心的态度，基层群众是看得清清楚楚的，而这些细节反过来，就成了既能暖人心、亦能寒人心的关键。

正因为如此，一句“毕业后死都不下基层”的发言，才会引起如此广泛的舆论关注。对比那些真正能够沉下心去、努力深入基层一线，一辈子恪守为最广大的基层群众服务的各领域的优秀从业者，我们更加可以感受到榜样的无穷力量，也更加鲜明地体会到，除了身到基层，更需要心到基层，才能够将“三贴近”“走转改”等一系列精神理念，真正贯彻落实。

69. 谁令“神曲”校长“中枪”

——网络话语风暴现象追问

怡梦

“化学神曲”校长日前再度“中枪”，因其在给长沙一中等 4 所名校做演讲时称美国教育“一塌糊涂”。一时喧声四起，网友、评论人轮番上阵各陈己见，或指其妄自尊大、有失公允；或责其宣传北大、延揽生源；或借题发挥，反思中国教育之失；或剑走偏锋，拷问公共话语良心的底线。甚至称“神曲”校长此言一出，“蔡元培都要气活了”，嬉笑怒骂、冷嘲热讽，几乎演变为一场“人参公鸡”（人身攻击）。

两小时的演讲投射到公众视野下就只剩一句“一塌糊涂”，这位热爱化学的校长只怕万万想不到，这么一句话竟会产生如此剧烈的“化学”反应。此间，不求甚解者有之，自说自话者有之，借“神曲”校长之烧杯浇一己之块垒者有之，却几乎无人追问“一塌糊涂”的语境是神马，亦无人关心演讲的实况如何。谁是这场“化学”反应的催化剂？

把这句“一塌糊涂”写入标题者难辞其咎。标题党之祸已是老生常谈了。媒体为吸引公众围观，悉心探知公众的关切所在，以此为基础引起话题、激发热点，本非恶意。但在“一塌糊涂”事件上，一些围观群众甘于不明真相，基于“中国教育不如美国教育”的潜在认知，他们早已认定“一塌糊涂”是“神曲”校长的“脑残”之言，只因这一切皆触到中国教育的痛处，早已不吐不快借机宣泄者大有人在，一个明显的症候就是，以批判“一塌糊涂”事件为名，很多人再次鄙视了“神曲”校长的“神曲”。何止墙倒众人推，简直众人推倒墙。至此，媒体与公众形成共谋，成了断章取义、不分青红皂白的造雷流水线。

此事件中值得反思的是人们今天的传播方式和阅读心理。自有“雷”、“囧”二字，形容词在退化；自有 140 字输入框，我们每天接受各种标题党的轰炸。并非微博限制我们写，并非标题党阻止我们看，而是我们不屑详述，所以选择微博，无暇明察，所以只看标题。就某事发表看法时，我们只看愿意看到的（却未必都是正面的），甚至什么也不看。这是自媒体时代，围观者隐遁，言说者为王，有时围观本身亦是一种言说。这就是为什么极为浅表的感知也能引发极其剧烈的话语风暴。信息源在传播者有选择地加以改造后抵达无数末端，无数末端又成为无数新的传播者对信息进行二次、N 次有选择的改造，这种传感方式和谣言的流布如出一辙，且辟谣无效，因为人们的观念不存在真伪之别，也无绝对的对错之分。而这种话语风暴带来的后果却是可怕的，它制造了一种虚假的“普遍共识”。

这也令媒体陷入两难之地。网络媒体面临的是无法扭转的浅阅读受众群，他们阅读的耐力极限是 140 字，这意味着网络媒体必须精挑细选最精华的内容呈现给受众，并吸引其“点击进入”。新的问题是，媒体选择了最抢眼的呈现方式，结果受众更加不明就里、不问缘由甚至肆意曲解、走向内容的反面。是受众失控，还是网络媒体本身在选取时存在误区？笔者以为，对文本的概括、提炼难免顾此失彼，本着对言说者负责、最大限度地尊重文本真实的原则，记得媒体呈现的是内容而非媒体本身，此症当有所缓解。若一味只想增加点击率、引起热评，投人之所好，就难免被受众牵着鼻子走。自媒体时代，网络媒体应摆正自身对待信息的态度，守住专业传播者的立场和正确舆论引导者的阵地。

70.“白马”驮了“金”真“经”哪里存

郭青剑

著名的洛阳白马寺规划建成佛教文化园区。该园区将规划设计门前广场、中轴礼佛区、国际寺院区、菩萨道场区、佛学院区、综合服务区、公共服务区以及绿化隔离区等，预计总面积将达到1300亩。其中国际寺院区包含了10个外国风格的佛殿，且目前印度风格佛殿已建成投用，泰国风格佛殿已投入资金3000多万元人民币，缅甸风格佛殿的规划设计也已成形……新华社1月2日的这则报道透露的信息，惹来众议纷纷。本来，扩建名刹、弘扬佛法，乃盛世之年大善之举，然而，“佛教文化园区”、“外国风格佛殿”等字眼，以及不菲的耗资，若和刚刚公布的第三次全国文物普查结果中“我国文物保护现状不容乐观，其中保存状况较差的占17.77%，保存状况差的占8.43%”、“全国消失不可移动文物4万余处”等数字比较起来，和专家分析的“包装文物”、“仿古替代，破坏历史真实性”、“传说附会，缺乏科学考古依据”等新出现的文物保护误区联系起来，就总让人感觉不大舒服：在文物保护方面，一些地方政府和文物单位为什么非得贪大求洋、“造假”包装？为什么不在挖掘弘扬自身文化内涵上多做文章？为什么不去把有限的资金用到真正需要的地方？

东汉永平年间，汉明帝夜梦金人，朝臣解其为佛，于是遣人出使天竺。使者用白马驮回佛经和佛像，并邀来高僧宣扬佛法，佛教由此传入中国。为铭记白马驮经之功，汉明帝敕令仿天竺式样修建了白马寺。近2000年来，这座享有中国佛教“祖庭”和“释源”之称的“中国第一古刹”，吸引着历代高僧名师、善男信女和文人墨客。显然，仅凭白马寺本身的历史地位和文化渊源，就不愁没有游客，又有何必要非得将其包装成个1300亩的“佛教文化园区”呢？再者，真要置身于这么个既没有历史来由、又与白马寺的原有文化遗址氛围不大契合的园区，看到那些与白马寺原有建筑风格格格不入，而且无形中削弱甚至破坏白马寺原有文化风格的“外国佛殿”，难免让人产生不伦不类之感。其实，从新华社报道中的“记者从洛阳市民族宗教局获悉”、“总体规划日前已获得洛阳市规划委员会通过”等用词中，我们不难看到白马寺扩建背后当地政府的影子。政府建设旅游项目、发展当地经济的想法固然不坏，但请别忘了白马寺是“国家4A级旅游景点”的同时，更是“国务院公布的第一批全国重点文物保护单位”，保护其本身的建筑风格和文化内涵免受冲击和破坏才是首要之义。更为关键的是，第三次全国文物普查显示，河南省消失的不可移动文物达1259处，想来“十三朝古都”洛阳对这一数字的“贡献”不会小，那当地政府为什么不去把有限的精力和资金用到那些更需要切实保护起来的“濒危”文物身上，多做些“雪中送炭”的事情，而非得给白马寺来“锦上添花”呢？何况这个所谓的“花”还只是大煞风景的“狗尾巴草”而已。

近些年来，在发展旅游和经济的裹挟下“闹腾”文化早已不是新闻，世界文化遗产嵩山少林寺要建分院加上市，存放佛祖舍利的陕西法门寺已成“文化产业园区”……而这只是诸多文物单位完全沦为旅游景点和经济项目的缩影而已。为了让文物景点出名，吸引更多的游客，带来更多的旅游收入，惯常的一招就是“做大”，使景点越来越大，名号越来越响，制造“中国之最”乃至“世界之最”，于是扩建、复建之风盛行。而另一招就是“包装”，全方位，多角度，这其中就难免“掺假”，导致破坏历史真实性的仿古替代、缺乏科学考古依据的传说附会泛滥。相反，作为文物景点主体的文物本身，只是成了一个噱头，其文化价值没有被充分挖掘，其保护工作没有被充分重视。

“中州原善土，白马驮经来。野鹤闻初磬，明霞照古台。疏钟群冢寂，一梦万莲开。劫乱今犹昔，焚香悟佛哀。”老舍的这首咏白马寺诗为我们留下了关于白马寺的美丽传说、历史沧桑、动人景致和精深文化。而如今，规划扩建、期待更多旅游收入的白马寺还能否得到切实的保护，为世人留下依然美好的记忆，为后人传达悠远的中华文化呢？但愿这匹“白马”不要驮来了“金”而忘了“经”。

71. “七年之痒”，喜羊羊你准备好了吗?

张成

每次，当“百折不挠”的灰太狼喊起那句熟悉的“我一定会回来的！”时，会心的观众知道，这预示着下一个相似故事的开始。岁末年初，灰太狼会再次如期而至，被喜羊羊们整得千疮百孔后离去，剧情循环赓续。创作者、观者乐此不疲，默契依旧。就这样，“喜羊羊与灰太狼系列”的电影版已然有4个年头。

在颇受好评的《喜羊羊与灰太狼之兔年顶呱呱》后，观众对“喜羊羊与灰太狼系列”的期待水涨船高。然而,《喜羊羊与灰太狼之开心闯龙年》的评价臧否两极。褒之者谓之“精彩依旧”，薄之者谓之“冷饭无味”，更有小孩子看得津津有味、一旁的家长鼾声隆隆的景象。作为一个成功的动画系列，乃至中国动画史上空前的成功品牌，即使偶有失手，也不掩其瑜。该系列随着美国迪士尼和香港意马的资本介入势必将滚雪球般地越做越大。但回首过往成功的系列动画，即使如“名侦探柯南系列”,也难免在高票房之后经历过一段回落。因此,现在考虑“喜羊羊与灰太狼系列”的未来并非杞人忧天，随着该系列的儿童观众逐渐长大，不得不让人产生一丝忧虑。喜羊羊，如若“七年之痒”来临，你准备好了吗?

众所周知，“喜羊羊与灰太狼系列”的成功得益于其审美的“散点透视”，不同的受众能找到各异的乐趣。少儿以片中的羊、狼斗争为乐事；成年女性观众从中得出“相夫”之道，网上甚至一度流传“嫁人就嫁灰太狼”的说法。羊族为儿童提供了童年的想象世界，狼族则仿佛是成人世界的现实折射。曾经风靡大陆荧屏的《猫和老鼠》中的游戏性质也为“喜羊羊与灰太狼系列”提供了稳定的心理基础，即对立双方并非真的、也不可能置对方于死地，但这种游戏化的斗争却为剧情的发展和趣味性的增加提供了永续的动力；片中善良的小灰灰与羊族的感情也给人温情的感觉，消解了尖锐的善恶对立。

随着原来团队核心人员的离开，迪士尼资本的介入以及对此作出的剧情呼应和海外市场的考虑,《喜羊羊与灰太狼之开心闯龙年》是该系列处于调整期的一部，因此，剧情的衔接、角色的设置乃至笑点的安排都有“为赋新诗”的匠意之嫌。比如龙族的角色并未完全融入羊和狼的世界，显得有些格格不入；之前观众对喜羊羊的父母身世有着见仁见智的想象，本片则把这一项坐实了，反而有煽情之嫌，而且不好为此后剧情的发展伏线。此外，笑点并非通过电影语言而是通过挠人笑穴的网络语言实现，这些已经引起不少成年观众反感，但都是些在调整中可以解决的问题。而深层次的问题则是，当现有的观众群成长之后，届时，“喜羊羊与灰太狼系列”该如何面对观众的流失？“小手拉大手”的营销模式，一名儿童观众可能附带两至三名成年观众势必面临严重挑战，当这种营销模式力量式微之后，如何赋予“喜羊羊与灰太狼系列”以新的竞争力以继续强化这一品牌，显然是头等大事；其次，随着该系列走向国际，如何准确把握国际观众的口味，而又不偏离当下观众的趣味亦需权衡；再次，该系列并非“名侦探柯南系列”的推理型，可以老少通吃，那么审美旨趣与观众一同成长还是继续发展新的儿童观众显然也成为关乎全局的战略抉择；最后，《喜羊羊与灰太狼之开心闯龙年》把消费品授权业务交给意马公司，固然省却了不少气力，但是，从良性的电影及后电影开发收益的比重来看，一般来说，还是后者占的更多一些，当然，其推广成本也更高一点。片方将此假手他人也放弃了一次国产动画电影自己开疆拓土、完善产业链条的机会。

作为一个国产动画品牌，观众当然希望其能像“百折不挠”的灰太狼一样，高呼“我一定会回来的”。同时，也希望其回归每次都能为观众带来更多的惊喜。

72. 倪萍画画惹谁了？

关戈

继在深圳举办个展之后，重拾画笔才一年多的倪萍近日又在荣宝斋美术馆展出百余幅作品。赵忠祥、朱军、杨澜等众多名嘴现身捧场。一向以“著名主持人”身份为人所熟知的倪萍，以虽曰“重拾”但却只有“一年多”的真正画龄如此“高调”进军画坛，自然耐人“寻味”。一时间，欣赏者有之，曰“她可卖画为生”；质疑者亦有之，曰“半路出家”、“业余创作”，例子则是2011年她的一幅名为《韵》的画拍出118万元的“天价”被质疑颠覆了“整个民族长期积累出来的、规范的、行之有效的美术教学方法和模式”。

“做名人难，做名女人更难。”倪萍的“两难”，说到底都在于她的身份。立身主持，素以传播为使命，偏偏她“著名”起来了。当今社会，“著名”不再是抽象概念，而是资源优势，办画展容易，买画拍画捧场的人也不少，颇有携社会“公器”聚人气的嫌疑，流行的说法叫“炒作”；再者，人们盯住了“连老师都没有，就自己在家练”、“学画一年多”等关键词，大有“人人皆能，何独君如此”之惑之忿。这两者拢到一块，好，倪萍，这下你跳到黄河也洗不清了。但果真如此吗？倪萍画画惹谁了？凭什么著名主持人就不能画画了？

表面上看，倪萍的确有“著名”的优势，也有画作未必“达标”的可能。倪萍说，她只是“跟着日子去写意”，“画的技术没有，画的灵魂显见”。无论“著名”是否有意捆绑了“达标”，首先质疑动机并不是论事的良策。退一步讲，即便倪萍确有炒作之嫌，扣一顶“颠覆了整个民族长期积累出来的、规范的、行之有效的美术教学方法和模式”的帽子亦属大而无当。为什么？艺术本身带有公共性，它是“公产”绝非“私产”。“长期积累出来的、规范的、行之有效的美术教学方法和模式”固然不假，但它绝非禁锢，而是一个有生命且不断包容的体系。倘若自守疆域、固步自封，连“随性而画”也拒之门外，不仅离中国书画传统中的性灵精神会越来越远，更会助长一种宗派的、门户的偏见和学究气，这是十分可悲的。

艺术的生长、成熟，并非一蹴而就，其“积累”也有过程。倪萍可以画得不好，但“画得不好”绝不能也不应成为门槛。在流行跨界的娱乐圈，“唱而能演、演而能导、导又会写书”，艺人多栖早已司空见惯，界别模糊恰恰说明了一个社会文化的成熟。当艺术的评判不再仅由几个人去感叹几句私产式的“情何以堪”时，公众的评价才能适时到位，真正的艺术共享才能实现，“好坏”何不交给公众去评判进而让时间去淘洗呢？文化之厚重，自然不同于娱乐。但从艺术的公共性看，倪萍画画惹谁了？

“钱多、人傻、速来”不会是公众欣赏艺术的长期水准，附庸风雅也不是洪水猛兽。在人们的印象中，西方人的艺术修养普遍较高，很大程度上就跟他们曾经“附庸风雅”有关。在一度甚是流行的文化沙龙里，并非人人都能写诗作曲，但这不妨碍他们半懂不懂地欣赏或者试笔。更多的人参与到艺术欣赏和创作的行列中来，指责只会不合时宜。在中国古代，“棋琴书画”传统也早已成为一项文化指标。作为精神的创造，艺术相通是必然，也会更有利于欣赏者、创作者更好更全面地提高文艺素养，助益欣赏与创作。古之名家大家如苏轼，今之众多演而书而画的明星大腕,都是很好的例子。此时咬定非要去甄别是“附庸风雅”还是“真有水平”，却无视艺术成长、文化进步的规律，岂不是捡了芝麻丢了西瓜？

在倡导提高国民文化素质的当下，艺术必将泛乎全民。艺术普及乃大势所趋，人人都可或笔走龙蛇，或随性涂鸦，或“手之舞之足之蹈之”。“不想当厨子的裁缝不是好司机”，网民对跨界的一句轻松调侃，形象地说明现象背后未必“沉重如山”。某种意义上讲，恰恰因为倪萍是“著名主持人”，其影响更有利于推动这一趋势。对此现象，敏感该有，但何不换换视角，破“界”而后立，从艺术普及的角度思考如何提高呢？倘如此，倪萍画画又会惹谁呢？

73. “少儿偶像明星化”不需矫枉过正

司马童

近期，中国青少年研究中心发布国内第一份关于“少年儿童偶像崇拜与榜样教育”的调查报告。调查发现，孩子对偶像和榜样的区分度并不明显，而少年儿童最喜爱的榜样中，除了雷锋，其余都是文艺体育明星。

透过有关专家学者对上述报告的解读与分析，很能感悟到他们的一种焦虑之情：科学偶像不敌商业偶像，精神价值远离少儿教育云云。这样的所思所虑，当然不能说没有道理，但实际上，恐怕非专家学者的普罗大众，也未必毫无面对变化所触发的警醒。只是，就此话题，笔者更想直截了当地说一句:别太当成忧闻听。

暂且不议“少儿偶像明星化”的喜与忧，我总觉得，这么高比例的少年儿童，敢于率真说出心中的崇拜偶像，恰恰是种“偶像教育”没有掺杂使假的天然呈现。作为一名“60后”，笔者当然清楚自己的少儿时代，选择或者对外宣称“我最崇拜谁”,是断断不可由着性子、想说就说的。平日里外部环境的“谆谆善诱”及“潜移默化”,可能早就在你脑子中“植入”了“被崇拜”的最佳选择对象。照此来看，今天的多数少年儿童，能够毫不含糊地自主崇拜“第一选择”，难道不也昭示了一种童真的无邪与可爱么?

我们当然不能说翻过一页的曾经回忆中，科学偶像、英雄偶像以及劳模偶像等，成为众多少年儿童的集中最爱，肯定包含了太多的虚假或“水分”。科学家、英雄、劳模的精神在新时期仍有巨大价值。只是更应该想到，以前的经济社会发展和人民生活质量，哪能跟今日翻天覆地的变化相提并论。当小人书早就淡出视野，听故事也快成了一种“故事”，你要如今泡在电脑、电视里长大的孩子，不把耳濡目染最多的文体明星，看作“距离最近”的崇拜选择，那就真的有些“自我矫情”和“自我天真”了。

“曾是多数孩子偶像的科学家在此次调查中黯然失色，比尔·盖茨、乔布斯、马云等成为了更受欢迎的人物。”我倒认为，这也并非可算什么“偶像倒退”，无妨看作少儿崇拜选择的“与时俱进”。偶像人物的一个重要积极意义，在于提供一种励志的兴趣和动力。那么，倘若说过去的科学家、思想家等更能担此重任，如今换成社会美誉度较高的慈善家、企业家，甚至是文体明星来激励下一代，又有多少质的区别与不同呢?

就算比例太高的少年儿童崇拜文体明星未必是一种合适合理的现象，其实有关专家学者，尽可宽下心来，拭目以待。因为，人的可塑性，同样体现在对偶像崇拜的不断转移和修正中，更何况是尚未定型的少儿一族了。换言之，希望少年儿童正确选择崇拜偶像，其心可谅，其情可鉴，但也不必矫枉过正，尤其莫再寻思“越俎代庖”的“灌输崇拜”。毕竟,“少儿偶像明星化”,我看是嗅不出太多“忧闻”之味，更无需急不可待地寻思着去“回归正统”。

74.“微时代”明星须慎言

万阕歌

日前，甄子丹、赵文卓两位“功夫巨星”由于拍片纠纷引发网络“骂战”，而随着这场“骂战”的不断升级，发微博力挺甄子丹的著名女星舒淇也不幸“躺着中枪”，一气之下她删除微博并取消所有关注。无独有偶，同样支持甄子丹的香港著名演员杜汶泽也因为不堪网络水军强大的辱骂攻势，将之前支持甄子丹的言论全部删除，并宣称以后再不上微博。

如果说舒淇删除微博，是因为不堪陈年艳照被人翻出，令其“旧痛”复发，一怒之下而做出的“抗议性”举动，那么杜汶泽删除微博，则多少有点反思成分在里面——他意识到自己错把微博当展览，习惯了别人的美言，却不承想也会有反对声音，而且反对声音一旦很强烈，后果就不堪设想。当然，舒淇、杜汶泽发微博、删微博完全属于个人自由，但通过此事，众明星们是不是应该吸取教训，或者反思一下究竟该如何对待微博。

在这个“全民微博”的时代，明星们自然不能落伍，通过微博说说近况，聊聊心声，不仅能跟粉丝拉近距离，还能让媒体时刻关注。但是，正由于受关注度很高，明星们的“随便一说”也能惹来不少麻烦，舒淇、杜汶泽的经历就是最好的案例。笔者以为，作为明星，无论是发微博，还是观微博，都要保持一定的理性，而不能信口开河，想说什么就说什么，想干什么就干什么。微博并非自由天堂，更不是每个人发牢骚、泄私愤的地方，除了发表自己观点，还要兼顾别人感受。否则，就会适得其反，甚至引发争议。毕竟这方面教训已经很多。

舒淇和杜汶泽力挺甄子丹本无可厚非，但应该分时间和场合。当下正是“赵甄骂战”扑朔迷离的时候，外界很难断定孰是孰非，而赵文卓、甄子丹又各有各的粉丝及拥趸。所以在不清楚这场“骂战”真相的情况下，单方面发微博力挺甄子丹，实在有点欠考虑。虽然你们有力挺甄子丹的权利，但网友也有不支持你们的自由，这是微博功能的多面性，掌声与“口水”往往同在。

卞之琳曾在诗中写道：“你站在桥上看风景，看风景的人在楼上看你。明月装饰了你的窗子，你装饰了别人的梦。”人们发微博，又何尝不是如此？发微博阐述自己对某人某事的观点，网友却又要对你的观点发表他们的看法，这就是网络互动。而这种互动，谁也不能保证每次都是良性的。尤其作为明星，在微博中的一言一语，更容易引起关注与争议。

平时与人说话，一般会“话到嘴边留三分”，然而发微博往往是私下里一个人的行为，少了很多顾忌和约束，所以会随心所欲，想说什么就说什么。一旦不冷静、不理性的话发在了微博上，很快便会成为网友们关注与评议的对象，继而引发争议，乃至“论战”和“骂战”。所以说，作为明星，发微博时一定要做到胸中有数，简言之，微博面前要学会慎言、慎行、慎独。

75. 600万与600年，孰轻孰重？

王新荣

急速启动、前进、后退、瞬间“漂移”，这两天，一段法拉利跑车在明城墙上炫技的视频疯传网络。这可不是什么好莱坞大片颇具视觉冲击力的电脑特技展示，而是5月6日晚在南京中华门城堡上惊现的“真车秀”。因为一个商业活动，一辆价值600万元的法拉利跑车被吊上了有着600多年历史文化积淀的南京中华门城堡，并且在城堡上秀起了“漂移”。消息一出，举城震动。人们纷纷追问，谁该为这起荒唐的事件负责？相关的文物监管到哪去了？类似的“文物出租”还有多少回？ 600万元的跑车与600多年的历史文明，究竟孰轻孰重？

或许，在不同的人眼中，价值的天平会倒向不同的答案。无数南京市民、文保专家对此声讨抗议；而在中华门城堡管理所负责人的眼里，法拉利跑车在仅有十来米宽的城墙上大秀“漂移”，“这是小活动”，“一般不需报文物部门审批”，“也不会产生肉眼可见的伤害”……一纸8万元的商业合同，就让有着600多年历史文明的古城墙蒙受一辆法拉利跑车的“胯下之辱”，以商业经营损害文物安全、把文物变成牟利工具，还振振有词，相关文物管理部门暴露出的对于文物保护意识的淡漠以及监管机制的缺失，着实令人心寒。

让人尤感荒唐的是，据本次活动的车展商称，他们之所以选择在中华门城堡举办此次车展活动，主要是“看中了明城墙600多年的历史”，认为这是“传统文化与现代文化的有机融合”。

好一个“传统与现代的有机融合”！法拉利和古城墙，前者是现代工业文明的表征，后者乃古都历史文明积淀的载体，如若将两件世界级的瑰宝以静态展示、映照的方式有机融合在一起，或以世界名车衬托钟灵毓秀的古城山水，让历经数百年沧桑的城廓，在流光溢彩的现代工业文明映照下，彰显历史的厚重；或以古城墙的恢弘壮阔为传奇色彩的“法拉利红”增添一道重墨，达到一种城车合一的境界，如此一来，传统与现代倒也能相得益彰，摄人心魄。

毋庸赘言，传统需要现代化，但现代化却不能以对传统文明的剥离为前提。如今，在高歌猛进的现代化进程中，大量古建筑、古村落、古遗址的存在，正是一种“千城一面”的抵抗性力量，在保持城市文化多样性的同时，延续着从古代到现代的历史讯息，让现代人能够找到“回家的路”。而在这里，传统与现代被如此“巧妙”地安排在一起，与其说有机融合，倒不如说是一种硬性捆绑。而将两者捆绑在一起的并非文明，而是金钱。只要有人出钱，价值600万元的豪车就可以堂而皇之地以“文化融合”的名义“漂移”上有着600多年历史的明城墙。

如此，展示在世人面前的，就不会是所谓的文化融合，而是毫无章法的汽车走秀，毫不顾及文物价值的地界出租，是粗野而拙劣的商业促销活动……这恰恰暴露出主办方对于文化的无知和漠视，以及亵渎历史文明的无畏。

目前正是南京明城墙进入中国申报世界遗产预备名单的关键时期，南京市政府历时5年打磨的第四版《南京历史文化名城保护规划》也在日前刚刚出台，南京市领导曾一再强调，历史文化资源要做到“应保尽保”。在此背景下却出现了这样的不和谐音，这警示我们，是该认真反思申遗究竟是为了什么、传统文化资源如何有效有度地开发与保护等问题的时候了。加强历史文物保护，协调文物保护与商业社会之间的关系，既是对历史负责，更是对子孙后代负责。

76. 看看甄嬛体如何“说人话”

马相武

受到网民“高度重视”的“说人话”的甄嬛体，近日突然爆炸式现身于网络，加入了网络文体大家庭。它的流行，当然和之前流行的网络文体及其相关网络传播文化现象有许多共同的地方，但仍然值得我们特别关注。

首先，它和热点影视剧现象联系在一起，受到网民追捧，尤其是众多青年草根的参与，同时又为网络文化演变趋势所裹挟。大量流行文本，似乎体现了网络文体写作新趋势，即求活泼、求个性、求快乐、求快感、求简化、求针砭时弊、求自嘲、求滑稽、求荒诞、求无厘头、求脑残、求装萌装傻装愣装酷等等的复杂纷繁、矛盾混沌的大众文化流行潮流。它主要是戏仿，也有恶搞，还有无厘头，还有众声喧哗、大众狂欢、语言游戏，可是你也不能说它没有古典小说语言“操练”，特别是所谓红楼文体移植，比如绝大多数甄嬛体造句或文本，只简化到把关键词“说人话”当作共同的“文眼”。但确实也有不少写手连这个也简化了，只留下了戏仿口吻和文白夹杂的几个散漫句子或段子。这其实也是流行的网络文体近年来的趋势之一。也就是说更加大众化，绝大部分网络文体段子都放弃了早期比较重视、拘泥规整、工对和结构一致、句句字数一样的语言形态，从而“放脚”走向更加散漫的状态。一副大朴归真、随遇而安的样子，而文化风俗知识甚至特定群体的社会立场、真情实感、真知灼见、思想启蒙和文化宣传也同时杂糅其中，而且也不能说它其中不包含政治意识或其他意识形态因素。

其次，甄嬛体及其流行的起因，来自社会情绪和网民观众情绪，来自影视报刊媒体和网络事件的传播和炒作，其一部分“文本”有的是顺应了或表达了不满相关影视剧本身的情绪，有的观众和网民，借助舆论风波的传播背景或社会潮流，表达了对于电视剧改名复播的不满，也有的是对于剧中内容人物、情节细节的反讽或暗喻，但更多是日常娱乐消费消遣行为。可以说讽喻社会消极现象、流露对于社会周围环境和自身生存境况不满的无可奈何或愤懑批判情绪和自我嘲讽的情况占一定比例，而大量的则是调侃诙谐、无厘头、语言消遣而已。应该说几乎都是情绪宣泄，只是宣泄的语言方式和内容内涵有所差别。

第三，甄嬛体背后的文化脉动和文化板块关系值得关注。到甄嬛体出现，粗略统计下来，根据影响大小，所谓网络文体或网络语体，影响较大、持续较长的已经有了十多种到几十种（程度不等）。在网络上走过一遭的网络文体或网络语体则有上百种之多。诸如“见或不见”的“仓央嘉措体”，“爱与不爱”的“凡客体”，“伤不起”加感叹号的“咆哮体”，还有用一个姓氏进行对应的表现爱情或相亲心态语态的“大概体”，其他值得一提的还有宝黛体、红楼体、传教士体、微博体、走近科学体、回音体、梨花体、萝莉体、私奔体、知音体、琼瑶体、脑残体、纺纱体、蜜糖体、德纲体、肘子体、hold住体等等。这就表明，网络文体这个文化现象，总的来说是有着非凡的生命力的，它大概会长期存在于网络世界及其他传媒载体和城市民间口头。尽管它们作为一个个先后登场、前赴后继、此消彼长的个案所持续的时间，从几天、十几天到几十天、几个月并不相同。普遍认为，流行的网络文体遭主流文化排斥，这个说法倘若不加以认真对待，就大体是正确的。但是，主流和非主流、主流和流行，我不认为是截然对立的。而且流行文体其实也是鱼龙混杂，良莠不齐，精华糟粕混杂，不可一概而论，不可一棍子打死或嗤之以鼻，晾在一边。在现实社会或文化世界是这样，在当今网络时空尤其如此。其实，这轮甄嬛体的流行就颇能说明这一点。换言之，流行文体及其网络造句行为、文本形态当中，恐怕是有许多值得我们认真观察甚至加以珍惜和开采的内容。而且，也许有人可以说“杜撰者”、民间写手是极少数，但是恐怕一般人都难以否认其观赏者、接受者不一定是少数的判断吧？谁能说大量“杜撰”的甄嬛体当中的语言、思想和心理，以及影视剧古装戏服包裹下的人物情绪释放或娱乐心态是只有少数人才有的呢？做出合理判断的理由或道理并不复杂。因为实际上这些内容本身是社会最流行的一部分。只不过有许多“好事者”（无贬义）把它们通过对于某一部影视剧作品中某一段语言的戏仿放在网页上而已。特别是“人心”，即使在网络“江湖”中也是弥足珍贵的。

77.《因为爱情》再度走红是“因为有情”

左岸

继“高中女孩的楼道版”、“老奶奶颤音演唱追忆老伴的催泪版”之后，被网友们冠以“2012年网络神曲”之称的《因为爱情》，近日又出现了“父女温情版”。对于视频中3岁的小女孩卖力而又不失味道的演唱，众多网友纷纷以深情、感人、有爱等词语来夸赞。《因为爱情》这首歌也因此再次成为网站、论坛的宠儿。而这也愈发让更多人坚信，《因为爱情》被打造成“网络神曲”并非源于专业歌手、明星大腕的演绎，更多的是因为众多普通人的传唱和重新演绎。

《因为爱情》的原唱王菲、陈奕迅作为歌坛大腕级人物，无论是演唱功力和舞台经验都是无话可说，可是在2012年央视龙年春晚上，他们的表现却并不令观众满意。原因很简单，因为他们的演唱没能直击观众内心最柔软处。而在央视元宵晚会上，非歌手出身的小品演员蔡明一曲《因为爱情》却受到众多网友的热捧和好评，并发出“蔡明修复了《因为爱情》”的感叹。原因也很简单，因为观众从她的歌声中感受到这首歌所要传达的情感。另如汪峰的歌曲《春天里》，在农民工歌手组合旭日阳刚翻唱之前，这首歌并不为很多人所知，但自从旭日阳刚以直抒胸臆的演唱方式重新演绎之后迅速风靡网络。他们的演唱虽没有太多技巧，但歌声中透露出的那份真情实感却让很多人为之一振。所有这些也都表明，一部音乐作品是否会得到广大群众的认同和传唱，除了取决于作品本身的平民性外，演唱者以情动人的演绎更为关键。

成书于2000多年前的《乐记》中有云：“乐者，音之所由生也，其本在人心之感于物也……凡音者，生人心者也。情动于中，故形于声，声成文，谓之音。”意思是说歌唱是人感于物而发出的，正所谓情为声之本，声为情之形。唐代诗人白居易在《问杨琼》一诗中也说道：“古人唱歌兼唱情，今人唱歌唯唱声。”可见，先辈们就已经在歌唱艺术中追求声情并茂，主张以情为基础而进行歌曲演唱。歌唱是一个富有魅力的艺术表现过程，更是一个“唱情”的情感体验过程，只有将娴熟的演唱技巧和丰富的情感结合在一起，才能真正达到歌唱艺术的目的。

长期以来，我们习惯性地认为名人效应就是一个艺术作品能够成功的保证。一部电影只要是名导演执导、明星大腕参演就一定会卖座，一部小说只要出自名家之手就一定会畅销，一部音乐作品只要是著名歌手演唱就一定会流行，其实不然。为什么？父女版《因为爱情》受热捧便是最好的答案。一首《因为爱情》，一次父女间的合作，唱出了最真挚的亲情，正因此，它才变得生动、踏实，具备了“人气”。

我们今天听阿炳当年演奏的《二泉映月》，无论是从技法还是表现力来说，可能连现在一些专业院校的学生都不如，但就是那种内在而质朴的演奏风格，自然而然地流露出与普通中国人生活息息相关的气息，不仅让中国也让世界认识和记住了阿炳的名字。所以，无论是一首乐曲还是一首歌曲，是否能够广为流传并深受人们喜爱，关键还是在于它要富有感人的情感力量。而这份纯真与感动，与年龄无关，与经历无关，更与是否是大腕明星无关，它只存在于心底。就好比这位父亲在接受记者采访时所说：这一切都是随兴发生。

78. 没有天价“腕”，观众就不看？

于奥

曾有人感慨，说中国近几年来上涨最快的是什么？——不是股价、房价、油价、金价，而是演员的“身价”。前些日子有人爆料当红小生文章拍摄一集电视剧的酬劳已高达 90 万元，对此其妻子马伊琍说，这完全是制片方的炒作行为，他们身上没有发生过这种事，即便真有，你完全可以别纵容演员出那么高的价，给那么高的片酬。一个愿打一个愿挨，别把问题都压在演员身上。

关于这传闻中的“天价”片酬一说，似乎已经成了影视产业中挥之不去的“罗生门”。演员哭穷、制片喊亏、导演嫌演员成本过高而只能压缩制作成本……面对这传说中波诡云谲的娱乐乱象，作为一名普通观众，看热闹之余也被拉了进来，成了重金请“腕”的借口。一位业内人士说，他们也想将大部分的费用花在制作上而不是演员费用上，但用新人风险太大，拍出来没人看自然得不偿失，所以才会砸重金在“大牌”上，因为观众认可。换句话说，一部戏如果没有“腕”，观众就不会买账了吗？

最近央视热播剧《知青》全部启用新人演员，却依然收视率飙高，成为了圈内的“励志模范”。不少制片人因此预测，如果没有明星云集的剧集也会受到观众青睐，那么演员片酬可能回落。电视剧《青瓷》的原著作者浮石也在微博中说：“也许会出现这种情况：演员片酬会下降，变卖片以‘卖明星’为主到‘卖编剧、卖导演’为主。总之，影视剧市场将面临大洗牌。”

据笔者了解，一部电视剧的投入通常在 3000 万元左右，如果之中有“腕”预算会更多。而这里分配到演员片酬、制作费用、宣传费用都是有比例的，其中演员片酬会占到三分之一甚至更多。而通常情况下，越是剧本基础不济的剧组越是需要有“腕”来助阵，演员们有时会叫出“天价”来婉拒，却不料制作部门竟然答应了下来。其结果很可能就是拍的拮据，演的心虚，看的悲愤。

国外影视产业在演员选择方面的做法或许可以提供借鉴。在不少成功的企业那里，他们的“投资回报率”算的并不只是收视效应，更重要的是从剧本至制作链条一系列“造星”而非“用星”、“人保戏”，更非“戏不够，腕来凑”的制作意识。让市场回归理性的方式就是多一些依靠制作而非依赖演员的影视作品，著名制作人侯鸿亮说，只有制作上去了，才能从根本上缓解现在盲目用演员来撑场吸引收视率的怪象。

不管是重新洗牌还是转变制作意识，都是为了能创作出更好的、不是迎合观众而是更能引导观众的影视剧作品，让观众去真正关心谁“奋斗”了、谁“裸婚”

了、谁“失恋 33 天”了，而不是猜测谁的片酬又翻番了。这样的话，没有天价“腕”，观众也会看。

79. 请给戏曲创新多一些包容

陆尚

“通过演这个戏，观众的反映告诉我其实我可以尝试更多，而他们对戏曲舞台的创新也是有期待的。所以我还会继续做自己理想中的新戏。”面对她这个梅派青衣挑战程派名剧《锁麟囊》的跨界、创新之举而引起的争议和质疑，日前京剧演员史依弘如此冷静而执拗地回应。史依弘的话，让笔者对于给人感觉墨守成规、流派明晰的戏曲界有了不一样的认识，在笔者看来，史依弘突破流派的“大胆”行径及其对于戏曲创新的勇气和执著是值得佩服的，因为古老的戏曲要适应时代、为现代观众所接受就要勇于做创新的尝试。

其实近年来，戏曲界也接连推出了一大批创新之作，如国家大剧院版新编京剧《赤壁》、天津市青年京剧团的创新京剧《郑和下西洋》、上海京剧院“水墨丹青版”《赵氏孤儿》等等，在舞台布景、伴奏、演出等方面进行了全新的打造。然而每每随着这些剧目的登场，不同的声音也随之而来，老戏迷认为京剧就是看角儿的表演，不宜做太多外在的花俏包装，否则京剧自身的魅力就会大大减少；而年轻的观众则觉得戏曲是“老古董”，听不懂、看不明，如果不加些时尚元素、做些与众不同的效果就更不吸引人了。由是，关于京剧是否应该创新，创新和保护、继承如何并举，也成为戏曲界和很多观众一直以来争论不休的话题。

笔者以为，戏曲要发展就要创新，任何事物唯有与时俱进才能延续和流传下去，正像梅兰芳先生曾经说过的那样：“一句话为总，都得变，变才有进步。”以京剧为例，其在发展过程中，也进行了很多次的改良和革新，正是由于四大名旦、四大须生，包括张君秋先生的创新，才有了如今为很多戏迷所钟爱的京剧流派和众多经典剧目。而进入 21 世纪，古老的戏曲也只有呈现当代的审美观，才能引起观众的共鸣，让他们真正了解和发自内心地喜欢上这门艺术。在这方面，青春版昆曲《牡丹亭》是一个很好的借鉴。据悉，该剧自 2004 年首演，到去年已经演出了 200 场，观众达 40 万，其中六七成是年轻人。而史依弘主演的《锁麟囊》也受到了不同年龄层观众的热烈追捧，场场爆满，在上海演出时被形容为“京剧市场的神话”；程派青衣张火丁更是以具有新意的演出，迷倒了众多年轻观众，有了一批热衷于她的演出的“粉丝”；新编京剧《赤壁》亦是吸引了很多黑发族……这都充分说明，戏曲在现代不是没有市场，不是得不到年轻人的喜爱，关键是如何利用他们易于接受的形式和熟悉的元素来与他们“靠近”、与时代接轨，创新无疑是必由之路。

然而，创新并不意味着颠覆，戏曲要创新，却不能盲目。创新要坚守“移步不换形”的原则，它的根和内核必须是戏曲的。也就是说戏曲可以借鉴多种艺术形式，但是不能丢掉和忽视了戏曲自身的优势和构成自己赖以独立存在的特征，这也是中国的戏曲，包括京剧在内，之所以能够传承下来和发展，在世界三大戏剧体系中独树一帜的重要原因。因之，对于有着悠长历史的戏曲来说，既要继承传统也要敢于创新，二者并重才能给被很多人认为是“文物”的戏曲刻上新时代的印迹，吸引年轻人的目光，使其得到更好的传承。在此，希望广大观众给予戏曲创新更多的包容和空间，对于一些合乎情理的尝试性的探索多些理解，少些棒喝，唯此才能找到戏曲在当代更好的发展之路。

80. 这样的“戏霸”可以有

陆尚

“‘霸’是品质的保证啊！不过我只在创作上强势，在艺术创作上，我敢于和所有人为敌。”最近，刚刚主演了电视剧《丑角爸爸》的著名演员李保田，在接受媒体采访时如此回应其曾被戴上“戏霸”帽子一事。他坦言，早在1975年在一个文工团排演《江姐》时，他就因为拒用不会演戏的漂亮演员，而被人指为“戏霸”，当时觉得这个称谓是耻辱，但现在却觉得是一种光荣。笔者觉得，倘若以保证艺术品质为前提，被封为“戏霸”又如何？如此“戏霸”多一些又何妨？

近年来，“戏霸”一词被频频提及，众多影视界大腕纷纷“中枪”，姜文、陈道明、张丰毅、斯琴高娃、宁静、刘晓庆、王志文、李幼斌、张铁林乃至周润发、周星驰等等都曾被冠以这一称号。应该说，从古至今，被冠以“霸”字的词语大多都蕴涵着贬义，“霸”就代表强横无理、仗势欺人，而“戏霸”在人们的印象中，也往往意味着越俎代庖修改剧本，对他人颐指气使，甚至利用自己的高票房号召力谋取不合适的利益，是大牌中的大牌。然而纵观“中枪”的演员中，很多都是公认的演技精湛、个性独具、每塑造一个形象都会得到好评的老戏骨，对于他们，很多观众甚至与其合作过的导演和演员也都认为“戏霸”一词实在言过其实，他们只是对作品的要求比较高而已，并非真正意义上的“戏霸”而是“戏痴”。所谓的“戏霸”是否真的如某些传言所说蛮横、耍大牌，我们不得而知，但如果像李保田所说那样为了保证作品品质而在艺术创作上敢于坚持己见，还是应该提倡的。其实这也从侧面体现了演员的敬业精神和负责态度，是演员对艺术的一种坚守。

喜欢改戏、给人说戏，仿佛是“戏霸”们给人的一致印象。然而不可否认，现在很多影视剧本内容空洞、脱离实际、情节不合理，而一些演员的表演亦是粗浅表面、矫揉造作，只会卖萌、耍帅、装酷，以绯闻、裸露、作秀博上位、提高收视率和票房，如此拍摄出来的作品质量可想而知。相比之下，“戏霸”们认真面对每部戏、每个角色，对于艺术水平的较真和“霸道劲”也就显得难能可贵了。献给观众质量上乘的作品应该是所有演职人员共同努力的目标，不光是导演、编剧，演员同样有责任，因而对于不合理的、值得商榷的情节和表演，演员可以也有必要提出修改意见。正如一位新人演员曾经对陈道明改戏的做法表示赞同时所言，因为其意见很多都是非常合理的，这是在学校无法学到的技巧。而对于曾经有业内人士爆出的某新星仗着男友是投资人，对演技派男主角说“我不会演戏，你看着办”的行径，“戏霸”们敢于说不也是值得激赏的。

但这并不是说，大腕演员就可以享有特权，能够随意改戏。毕竟不同的岗位有着各自的职责，导戏有导演，写戏有编剧，拍摄有摄影师，装扮有造型师、服装师，而演戏有演员，各司其职才能团结无敌，拍出好戏。笔者认为，既然是为了追求更高的表演与艺术水平，那么在健全法律法规、各方都遵守契约精神、恪守职业道德之外，对于在工作中产生的分歧和不同意见，不妨多一些沟通和协商，从而找出更好的表现方式和解决方法，到那时也许就会少了很多关于“戏霸”的传说。

81. “假球”被罚，“假画”和“假唱”呢?

宁静

自伦敦奥运会举办以来，体育健儿们奋勇拼搏、表现突出。但也有少数运动员却有失道德风范,羽毛球女双比赛的“假球”事件就是一例。经过调查,8 月 1 日，世界羽联发布公告，四对涉假选手被取消参赛资格，包括中国的一对选手。

笔者虽然对中国选手的作假也感到痛心，但对这次处罚不能不大声叫好。因为只有这样，才能倡导奥林匹克精神，才能保障比赛的公正。现场 6000 多位观众不只是花钱买了球赛门票，还赔上了时间、精力，甚至感情。比如，比赛现场有两名专程从北京赶来观赛的中国女球迷一直挥舞着国旗为中国队加油。看完比赛后，这两位铁杆球迷说 :“双方确实不在状态，我们很担心。”

不过，相对于体育赛事的“假球”能迅速做出处罚，艺术产品的消费者就没有这么幸运了。近年来，国内的“假画”事件多有发生。去年 9 月，中央美术学院首届研修班 10 名学生联名质疑北京九歌国际拍卖有限公司在春拍中以 7280 万元拍出的徐悲鸿油画《人体蒋碧薇女士》系其课堂习作。著名艺术家韩美林屡遭一些拍卖公司拍卖署其名的伪作，甚至他明确表示都是赝品要求撤拍，拍卖公司最终还是都上拍了。而艺术舞台上的“假唱”更是频频出现。2 月 5 日，影视明星杨幂到香港宣传电影《新天生一对》，在活动现场献唱电影主题曲，因中途音响出问题假唱被现场“曝光”。有好事的网友把一些假唱的视频放在网上，对其一一揭发，让人看个明白。

虽然“假画”“假唱”的新闻不时见诸报端,但奇怪的是相关的处罚却很少看见。对于售卖假画，不仅没看见将哪家公司来个停业整顿或是吊销营业执照，反而是买家花费几百万甚至几千万元购买赝品后，拿着证据起诉拍卖公司却被判败诉。至于“假唱”，按说也应该给当事人及组织者相应的处罚，因为《营业性演出管理条例》及其《实施细则》等对此都有相关的规定。今年文化主管部门还发出通知，重申对经认定为假唱、假演奏的，文化行政部门要依照相关规定予以处罚，对为假唱、假演奏提供条件的，处 5000 元以上 10000 元以下罚款。还表示将研究通过技术手段来解决假唱、假演奏问题。

“假唱”消解了从业人员对艺术的追求,败坏了艺术界风气,降低了艺术品质;“假画”坑害了消费者,扰乱了文化市场。这些危害都是有目共睹的,为何屡禁不止,原因就在于没有进行严格的惩罚。艺术造假者可以说是零风险、低投入、高回报，何乐而不为？因此，拍卖界拍假、假拍、欺诈、做局甚至洗钱等乱象至今仍在上演；“假唱”的明星们仍在四处走穴,“将假唱进行到底”也成了许多不肯放手的“信条”。

希望我们也能学一学世界羽联，对作假者进行严惩，不然，再好的制度也只是摆设。

82. 真正的“好声音”没有造假和作秀

王晓娟

在我国，音乐选秀节目较早可以追溯至 2004 年湖南卫视的《超级女声》，该节目在当年掀起了一股真人选秀热潮，这股浪潮掀起的风波至今仍未退去。今年暑期档，浙江卫视再次重磅出击，将风靡全球的《Thevoice》经过本土化包装后，打造出一档具有中国特色的专业励志音乐选秀节目，该节目从内容到形式都取得了巨大飞跃，可谓是集歌曲选秀、明星互动和“音”传“声”教于一体的大型综合类节目。《中国好声音》一扫求职节目、相亲节目和“舌尖热”的火爆气焰，为深陷“审美疲劳”泥潭的电视荧屏服了一剂祛温解暑药。如今，选秀节目正一步步走向低谷，《中国好声音》的出现能否逆转这一命运，还有待进一步商讨。笔者认为，短期内综艺选秀节目还会出现回温现象，但从长远来看，为追求收视率，哗众取宠、换汤不换药的做法必将使选秀节目被排挤到边缘地带。

与以往选秀节目相比，《中国好声音》最大的亮点在其节目的构思上，节目设置了导师盲选、导师抉择、导师对战、年度盛典 4 个环节，节目首次采用明星导师制的形式，选手通过才艺获得评委青睐，同时选手亦有选择评委的权利。在这个舞台上，选手的才能可以得到充分的尊重，评委不再是专做评判的“挑刺”专家，而是循循善诱的音乐导师。同时，《中国好声音》突破许多旧式选秀节目以情感、故事牌取胜的潜规，真正实现了才艺的大比拼，观众不必再因电视节目中无休止的煽情飙泪情节产生疲倦，而是带着鉴赏者的姿态客观评价选手的技能。此外，《中国好声音》对音乐艺术所秉承的专业敬畏精神值得称赞。总之，该节目的巨大成功绝非是简单的形式和内容的浮表化创新，而是节目对音乐艺术的坚守与敬畏，对国民精神的超拔与润泽，对民族文化的精准诠释。

欣喜之余我们还应当冷静沉思，当前好评如潮的《中国好声音》，也存在一些问题和危机，节目虽在评选环节上进行了创新和突破，但整套选秀模式的框架仍未改变，节目中必然性安排远大于偶然性因素，一旦观众掌握了内在的欣赏模式，则不免会产生审美疲劳，节目制作人应当以更加灵活多变的形式策划内容，以发展变化的眼光寻求节目的制高点，以真诚的业务标准树立节目的硬品牌。除此以外，当前的电视媒体过度追求收视率的现状不容乐观，观众极容易被收视率的虚假繁荣所误导，致使节目被炒作和抬高，《中国好声音》也不例外，这样一来，节目就有可能因过度迷恋收视率而忽视内容，甚至出现猎奇炒作的丑闻。所以，在节目未来的发展道路上，制作者还需不断进行问题修正和节目创新，让节目达到人无我有、人有我优、人优我特的优势地位，以免在日后同类型节目跟风四起的恶性竞争中被淘汰。

我们需要好的声音，真正的“好声音”应当是舞台上选手的真情唱响和评委的精彩点评，而没有造假、作秀和毒舌；应当是歌声和心声的和谐共振之美，而非无思想无艺术美感的靡靡之音；应当是能够表达有民族情怀和时代精神的大篇章和主旋律。因为只有这样的歌声才是我们最需要的“好声音”。

83. 做音乐要吸引耳朵而不是吸引眼球

陆尚

近日，歌手尚雯婕新唱片中的法文主打《mabulle 气泡》首播，同时曝光了其专辑中的一组宣传照，然而照片中的大尺度侧面全裸造型也引来了网友争议：有人认为，“雷人”依旧，作为歌者她更应该好好唱歌，而不是将大把时间花在模仿 Lady Gaga 的造型上；也有人认为，演艺界本就是一个需要特立独行的圈子，没有一手独门特技，就没法立足，尚雯婕只是走个性化的路线，不必大惊小怪。然而笔者要说，只追求特立独行成不了歌坛的常青树，歌声与实力才是歌手的独门绝技。

作为 2006 年的超女冠军，尚雯婕在加盟华谊后，也曾发行过几张文艺气息十足的唱片，给人以小清新的感觉，然而曾几何时，她的音乐路线陡变，造型更是“百变”、“奇异”且“抢镜”，从戴阿拉蕾眼镜到手拿词典的可爱装变身满脸皱纹的老年人造型，每一次出场都让人跌破眼镜，网友在大呼“雷”的同时更封其为“中国雷母”。身为歌手的她，却以“不走寻常路”的造型成为人们关注的焦点和谈资，套用网友的话，“浓妆艳抹几乎让人忘记了她原本歌手的面目”、“至今没记住她一首歌，一句歌词”，而这也正是其受到很多网友诟病的主要原因。

其实，为了将自己的歌曲“广而告之”，拍几张艺术气息浓郁的宣传照、摄制精致的 MV，已经成为很多歌手惯常的宣传方式和手段，动听的音乐配以适当的包装，时尚又不失音乐本真，本也无可厚非。但是，问题在于现在很多唱片公司和歌手为了制造卖点，不惜炒作另类概念和话题，在宣传照的尺度上做文章、在 MV 中上演限制级，包装过度且低俗，严重消解了音乐的力量与艺术的魅力，给青少年带来了不良的影响，也伤害了真正热爱音乐的人。

著名音乐人宋柯曾抱怨唱片业已死，但就在全球唱片业遭遇“滑铁卢”之际，英国歌手阿黛尔的专辑《21》却异军独起，在全球销量上千万张，其更是凭借独特的嗓音、高超的演唱技巧、发自内心的情感，击败了以夸张、另类的造型，借助出位、华丽的 MV 和电声音乐包装的 Lady Gaga，斩获第 54 届格莱美的 6 项大奖。而就是这个女孩，始终坚持着自己的音乐风格，吟唱着朴素的却触动着听者心灵的歌声，在别人批评她“实在有点胖”的时候，她回应“我又不是想上杂志封面的模特儿，我只是一名歌者。我做音乐不为吸引眼球，而是为了吸引耳朵。”阿黛尔的成功，也说明了：音乐人本身还是要靠音乐和歌声来说话，有灵魂的歌者远比讲排场、拼包装、搏出位吸引眼球的表演者更能“笑到最后”。

音乐是心灵的艺术，是人们感情的语言，它是用来听的，而不是用来看的。

笔者以为，视觉再震撼、服装再华丽、造型再夸张，也只是用来衬托音乐的点缀，音乐不够好，最终难逃昙花一现，赢得不了人们长久的喜爱。鲍勃·迪伦、披头士的歌曲之所以深入人心，是因为它们能够给听者精神的指引，罗大佑、蔡琴的老歌至今还被广为传唱，是由于它们是众所承认的经典，而刘欢、赵传等也决不是凭借着包装和另类的造型而在歌坛占有一席之地的。因而希望年轻歌手们还是花更多心思在做好音乐、精进技艺上，真正用音乐，而非华而不实的过度包装和“剑走偏锋”的宣传。认真努力去“叫醒”观众的耳朵，也许唱片业也才会有救。

钟鼓楼

无障碍文化服务需从细处着手

□如　希

国务院日前公布《无障碍环境建设条例》，自2012年8月1日起正式施行，其中在文化方面规定：设区的市级以上人民政府设立的电视台应当创造条件，在播出电视节目时配备字幕，每周播放至少一次配播手语的新闻节目。公开出版发行的影视类录像制品应当配备字幕。设区的市级以上人民政府设立的公共图书馆应当开设视力残疾人阅览室，提供盲文读物、有声读物，其他图书馆应当逐步开设视力残疾人阅览室。残疾人组织的网站应当达到无障碍网站设计标准，设区的市级以上人民政府网站、政府公益活动网站，应当逐步达到无障碍网站设计标准。公共服务机构和公共场所应当创造条件为残疾人提供语音和文字提示、手语、盲文等信息交流服务，并对工作人员进行无障碍服务技能培训。《无障碍环境建设条例》的公布从法律层面保证了残障人士的文化权益。

文化艺术在塑造人的精神方面发挥着极大作用，对于身体健全的人是如此，对于残障人士也是一样。人的肢体感官的体验永远是有限的，尤其是相对于广袤无垠的宇宙来说。从这一点看来，健全人士与残障人士并无不同。而神思畅游九天之外，则是古今人人皆可行。文化艺术的享受能给人带来精神上的满足和人格上的充实，这一点对于不便于行的人来说，更为重要。

要真正使残障人士的文化权益落在实处，得靠全社会的关注和共同努力。首先，残障人士要能进入到文化场馆中，这就要求电影院、剧场、博物馆等增加无障碍设施，包括这些场馆里的厕所等处也需有无障碍设施。现在的影院影厅内大多是阶梯设计而不是坡道设计，这无疑就给使用轮椅的人士观看电影设置了门槛。此外，影厅内也没有轮椅安放地。

其次，残障人士进入文化场馆后，应能切实享受到令他们满意的服务。例如博物馆内可增加为盲人设计的展厅，他们可以靠触觉和听觉来欣赏一个展览。也许有人会说，盲人怎能看展览。实际上，这不是不能而是不为。笔者记得有一部根据真人真事改编的电影《盲人电影院》，被观众称赞为有诗意、有"泪点"。给盲人放电影，要有一个好解说，这是北京鼓楼附近一家"心目影院"经营多年的心得，"心目影院"也是电影《盲人电影院》的原型。当然，全国各地都办过一些给盲人放电影的活动，但是，缺乏场地和解说员，让这些公益活动难以持续和常态化，目前也没有看到有商业院线愿意进行这类尝试。

为残障人士考虑得再细、再多也不为过。可是，从健全人的角度出发，有时很难区分或是想象他们需要什么样的帮助和服务。笔者以为，文化事业、企业其实可以招聘残障人士补充到各工作岗位，大家在工作中了解融合，这样会对残障人士的需求有更准确的掌握，也才能为他们提供更贴心的服务。

践行文艺界核心价值观

优秀文艺工作者风采

主办：中国文联理论研究室　中国艺术报社

为人民而艺术

——记著名美术家侯一民

□美　闻

侯一民在中国文联纪念《讲话》发表70周年座谈会上

本报记者　孟祥宁　摄

"为人民而艺术对我们已不仅是理性的需要，而是天经地义。"年过八旬的著名美术家侯一民曾经这样说。和同时代画家比起来，侯老身上更多的是艺术创作与现实政治的统一，人与画、现实与艺术的浑然一体构成了他个人和艺术特色整体气质上的和谐。

1948年，在北平艺专读书的侯一民就秘密加入中国共产党，并在艺专地下党连遭破坏的危急关头担任地下党支部书记，组织抗暴示威，发展进步艺术青年联盟秘密组织、组织黄河剧团、主编漫画壁报。北平解放前夕，在地下党领导下与从解放区秘密进京的田汉配合，向徐悲鸿、吴作人传达毛主席的留京嘱托，并组织艺专师生发动反击国民党将艺专"南迁"的斗争，胜利保住艺专。其作品《青年地下工作者》就是以他的亲历史实为背景创作的。

解放后，侯一民全身心投入新中国的教育事业及改革工作。在中央美术学院工作期间，他尊重教师，介绍董希文、艾中信、李桦、周令钊等人党；热心指导学生，带领他们深入农村工矿体验生活，并在一次矿山救火中与矿工们结下生死之谊；他亲赴朝鲜战场，用画笔记录下祖国"最可爱的人"的英雄形象。侯一民始终认为，艺术家应当坚持为人民、为时代服务，成为人类灵魂的工程师。正是在这种思想的指导下，现在仍以82岁高龄主持壁画高级研究班教学的侯老在教学与创作上都取得了累累硕果。侯老最具代表性的作品是完成于20世纪60年代的油画《刘少奇与安源矿工》《毛主席与安源矿工》《六亿神州尽舜尧》等；80年代初，他率先投入到新壁画的开拓中，在中央美术学院首创壁画专业，组建中国壁画学会，组织领导两届全国壁画大展，并组织了大量国家委托的壁画工程。侯一民在陶瓷厂与工人共同劳动反复试验，创造了陶板高温窑变花釉壁画新工艺，并制作了壁画《百花齐放》。这种工艺已成为应用最多的壁画制作手段。他的每一次创作，除了题材构思的苦心经营，还在工艺手段上必求创新。如大型毛织壁画《丝路情》《华夏之歌》，中西融合的工笔油彩壁画《清水江畔》，红结晶釉浮雕壁画《血肉长城》，红砂石浮雕墙《东方文明》，《淮海战役》壁画采用的高温素描色棒工艺的发明以及他的巨幅作品《逐日图》采用的独特拓印手法。这些实验都为中国的壁画创作增添了新的方式和手段。

侯一民始终以一个艺术家的强烈责任意识和艺术良知、以不断创新的思维执著地进行创作。汶川地震发生后的第三天，他就组织了《抗震壮歌》的创作，亲率自己的学生，"泪水和着画笔、不分昼夜"完成了180米长、2.4米宽的定稿，烧成高温素描壁画，于今年汶川大地震四周年纪念前夕赠送给四川人民；北京奥运会时，他为国家体育馆设计了石雕壁画《中国古代体育》；为纪念辛亥革命100周年和建党90周年，同夫人邓澍一起创作了《宋庆龄》组画。多年来，侯老还一直致力于民间文化、文物的保护，以个人之力，在西山建立逸园艺术馆，成为中央美院教育基地。

作为一名老党员，侯一民为人民创作、为人民讴歌、为人民服务的思想和情怀已经深入骨髓。先生的话总是令人动容："为人民服务并不过时，而是非常前卫的一种理念，我一生坚守、无怨无悔"，"我们与祖国的命运难离难舍"。这也是他一生的追求与坚守。

>> 图片新闻 <<

书？画！

7月9日，工作人员在用"书砖"搭建壁画。

近日，美国艺术家迈克·斯蒂尔基(Mike Stilkey)在香港举办展览。他采用墨水、颜色笔、水彩和瓷漆相结合的绘画技法在书皮上作画，别具一格的作品将观赏者带入奇幻和神秘的艺术世界。

新华社记者　陈晓伟　摄

努力践行《中国文艺工作者职业道德公约》

中国书协向全国书法工作者发出倡议

本报讯　为积极倡导"爱国、为民、崇德、尚艺"的文艺界核心价值观，努力践行《中国文艺工作者职业道德公约》，近日，中国书协六届三次理事会审议通过中国书协全体理事向全国书法工作者发出的关于践行《公约》的倡议书。

倡议书提出，要坚定不移地拥护中国共产党的领导，拥护社会主义制度，时刻把党和国家的利益放在首位。大力弘扬以爱国主义为核心的民族精神，坚决抵制一切分裂祖国、破坏民族团结和损害国家利益的言行。要时刻牢记文艺为人民大众服务的宗旨，始终坚持以人民为中心的创作导向，用优秀的作品奉献人民、回报社会。自觉倡导和践行社会主义核心价值体系，担当社会责任，热心公益事业，不计名利，乐于奉献，踊跃参加"送欢乐、下基层"、"中国书法进万家"等公益性活动。要坚持高尚的道德情操和艺术良知，树立良好的社会公德、职业道德、家庭美德、个人品德。提倡诚实守信，反对弄虚作假；提倡助人为乐，反对见利忘义。抵制拜金主义，抵制极端个人主义，抵制"黄、赌、毒、黑"。努力完善人格修养，自觉引领社会文明风尚，认真履行人类灵魂工程师的神圣责任。要认真学习、继承传统书法艺术和理论，勤于探索，勇于创新，不断提高创作水平和业务能力。提倡精益求精，反对粗制滥造；追求真善美的艺术理想，反对浮躁功利的低俗之风。坚持百花齐放、百家争鸣，开展积极健康的文艺批评，发扬艺术民主，反对门户之见，积极营造和谐共进的文化氛围。　（书　文）

"中国舞蹈十二天"劲吹舞蹈"中国风"

本报讯（记者　**郑荣健**）　12天，12场演出，6台节目不仅包含中国古典舞、现代舞，还囊括了"原生态"民间舞、"学院派"民间舞、"舞台表演性"民间舞等中国民族民间舞的全部表现形态。7月13日至8月22日，国家大剧院将在小剧场推出"中国舞蹈十二天"系列演出，集中展示风格各异的中国舞蹈，给盛夏的北京吹来一股舞蹈"中国风"。

今年年初以来，国家大剧院推出了一个特别策划的活动板块——中国舞蹈名家名作系列。继新春演出季以各地方的优秀院团为展示核心的系列演出成功举办之后，国家大剧院又策划了这个板块的第二次系列演出，即此次的"中国舞蹈十二天"，以不同风格、不同年龄段的中国舞蹈编导为核心，将他们近年来的优秀作品展示给观众，反映内容、涉及题材全部体现中国文化及中国元素。届时，舞蹈家丁伟、高艳津子、肖向荣、万马尖措、王亚彬将分别携作品《我在雷山等你来》《云中漫步》《觉》《海子》《香巴拉》《亚彬和她的朋友们》亮相国家大剧院舞台。

在此次系列演出中，少数民族舞蹈占有一定比重。据悉，苗族原生态歌舞《我在雷山等你来》将担纲开幕演出，演员全部是来自贵州省雷山县土生土长的当地苗人。编舞家万马尖措的作品《香巴拉》则充满藏族、蒙古族的元素，诠释了现代人的精神追求。演出中还将出现呼麦、马头琴等少数民族表演形式和乐器。相对而言，丁伟的舞蹈《云中漫步》则用概念化的方法对民族元素进行深度提炼，以极度简化的方式展现少数民族舞蹈。

《觉》由北京现代舞团舞蹈家高艳津子和母亲罗丽丽共同编创表演，通过两代人的双人舞蹈乐章，表现传统文化与当代文化之间的继承、延续和"传统是现代的母亲"的主题。肖向荣的《海子》尝试探讨诗歌与舞蹈的抽象关联，展示"在黑暗中跳舞"寻觅星光的意蕴："文本存在的意义正在消失，当诗歌消失的时候，也许就是跳舞的最好的时候。"王亚彬的《亚彬和她的朋友们》则将呈现更鲜活的现实内容，展现近年来王亚彬在舞蹈事业上的实绩。

资　讯

藏族中青年作家作品研讨会举行

本报讯（记者　**李泽生**）　7月10日，由中国作协主办的藏族中青年作家作品研讨会在京举行。中国作协主席铁凝出席座谈会并讲话，中国作协党组成员、书记处书记白庚胜主持会议，中国作协党组成员、书记处书记李敬泽出席会议并讲话。

研讨会上，艾克拜尔·米吉提、叶梅、降边嘉措、吕汝伦、尹汉胤、李霄明、石一宁、梁鸿鹰、何向阳、张柠、杨霞、李云雷、邵燕君、李朝全、肖惊鸿、纳杨等评论家、学者主要研讨了来自西藏、四川、青海、甘肃的8位藏族中青年作家次仁罗布、尼玛潘多、白玛娜珍、江洋才让、达真、亮炯·朗萨、格绒追美、严英秀的文学作品。

潮剧《曹营恋歌》将登国家大剧院

本报讯（记者　**郑荣健**）　7月18日，由广东潮州市潮剧团带来的新编古装潮剧《曹营恋歌》将登国家大剧院，为首都观众展现潮剧的艺术魅力。7月8日，该剧主创吴兹明、郑舜英、陈潮钦、郭克贵走进国家大剧院经典艺术讲堂，以讲述、表演、互动的形式，与200多位观众进行面对面的交流。

本次经典艺术讲堂是国家大剧院"菊坛芳华　异彩纷呈"讲堂系列的第七场活动，以"听《曹营恋歌》，赏精彩潮剧"为主题，是一场独具地方特色的艺术普及教育活动。作为国家非物质文化遗产项目、中国十大剧种之一，潮剧具有悠久的艺术历史和独特的戏剧魅力，尤以小旦小丑为特色。其帮声传统和铙钹、大小锣等打击乐器的运用，在传统戏曲中均较为少见。《曹营恋歌》一反"白面奸雄"的曹操形象，讲述了曹操感于歌女来莺儿的人格精神而赦免贻误军情的大将王图，最后来莺儿为救曹操身挡反将利剑而死的悲剧故事。据悉，这也是该剧种继1957年广东潮剧团北京演出后的第二次赴京演出。

周晓芬、舒锦霞献唱"艺术雅园会"

本报讯（记者　**王新荣**）　7月3日，由中国国际收藏艺术家协会、晓芬国红艺术发展有限公司等联合举办的"当代名家大师艺术雅园会"在京举行。

"雅园会"除举办书画精品展、陶瓷世家作品收藏展外，阔别舞台多年的越剧、影视剧明星周晓芬也到场助阵，表演了越剧《金玉良缘》，并与越剧著名旦角、国家一级演员、中国戏剧梅花奖获得者舒锦霞联袂演出《宝黛红楼》《天上掉下个林妹妹》，越剧演员陈贵芳、张春娜也同台演出了《葬花》。随后，周晓芬、舒锦霞等在"雅园会"现场为越剧迷签赠自己的书刊光盘作品。

周晓芬，越剧小生演员，以俊美的扮相和优美的徐派唱腔闻名，主演过《宝玉哭灵》《恩仇记》《仁义缘》《红楼外传》等剧目，此次演出也是周晓芬重返戏曲舞台的一次有益尝试。

《中国艺术报》版式赏析

2011 年 7 月 13 日

第 1176 期

84. 别削足适履让地方小品变了味

左岸

央视蛇年春晚语言类节目导演汤浩近日透露，扶持南方小品将是今年春晚语言类节目的一大重心。这对于很多喜爱南方小品的观众来说，不能不说是一个好消息。而且从某种程度上也可以说，春晚在节目选取至少是语言类节目的选取上又前进了一步，范围更加广泛了。

综观近些年的春晚，细心的观众都会发现，语言类节目中的小品基本上以北方节目为主，而南方的则少之又少。2006 年的春晚虽然有《招聘》和《耙耳朵》两个南方小品亮相，可惜效果并不是很好，不但没有将南方的特色表现出来，也没有引起多少观众的注意;2007 年,本以为湖北小品《钓鱼》上春晚的可能性极大，结果在第五轮审核时，这个唯一的方言小品还是被无情地拿下；尽管沉积了几年之后，由湖北选送的小品《50 块钱》终于登上 2010 年的春晚舞台，而且也赢得了许多观众的掌声，但这终究没能改变南方小品上春晚的尴尬局面。

面对这种现状，有志于南方小品发展的各方人士自然不会视而不见，为了让南方小品也能在春晚的舞台上获得更多的话语权，各种尝试可谓不遗余力。为了让观众听得懂，他们在口音上作修改；为了迎合观众的欣赏要求，他们绞尽脑汁地进行一些改革或创新。遗憾的是，这些努力不但没有获得观众的掌声，反而失去了南方小品应有的特色，结果当地人听着味儿不对，其他省市的观众又听不懂。就拿上海滑稽小品《一串钥匙》来说，为了能上 2005 年春晚，作品特地改用了带上海腔的普通话，结果还是落选。该作导演在谈到失利时总结说，滑稽戏是以语言见长的，一旦语言变了味儿，滑稽最精华的东西就丧失了。

从艺术形式上看，北方和南方的小品其实并无本质上的差异，一样的短小精悍、一样的滑稽幽默、一样的针砭时弊，不一样的只是二者在表演时所使用的语言以及所反映的人文风貌。北方小品表演时使用的多是普通话或近似普通话，南北方观众都容易听懂，而南方小品表演时使用的多为地方方言，北方观众听起来很费劲，两者一对比，喜爱北方小品的观众自然要比喜欢南方小品的多了。表面看来，这是导致南方小品一直处于下风，很难走近全国观众的直接原因。其实并不尽然。

既然是地方小品，就难免存在地方口音，而且很多地方小品的笑料和艺术魅力正是源于它的地域特色和特有的方言。是否能在观众心目中获得一席之地，根本不在于是北方小品还是南方小品，而在于有没有好的剧本。《超生游击队》《如此包装》《卖拐》《卖车》等小品之所以受到观众的欢迎，并不仅仅因为它们是北方小品，而在于它们都是从生活中发掘出的老百姓所熟知的凡人小事，然后通过演员们活灵活现的演出，使观众捧腹大笑，回味无穷。

有人说，不仅仅是小品，现在整个曲艺都呈现出北强南弱的发展趋势，而笔者以为，这种主观性的南北比较完全没有必要，更不必担忧南方曲种是否会因此衰落。正所谓一方水土养一方人，一方人育一方戏。北方曲种有属于自己的观众，南方曲种同样如此，北方曲种有自己的特点，南方曲种又何尝不是。就像南方小品上春晚一样，不能因为追求所谓的平衡发展，反而失去了各曲种固有的特色和风土人情，与其落得个“四不像”的结局，倒还不如不上春晚呢。

85. 保护与传承汉字是中华子孙义不容辞的责任

巩汉林

中华民族灿烂的文化和辉煌的文明，通过千姿百态的中国文字的记录，让今天的我们更加清晰地感受到了她的博大精深。而中国文字本身，也在中华民族文明的进程中得到了传承和发展。从甲骨文到金文，从金文到大篆，从大篆到小篆，从小篆到隶书，从隶书到草书，从草书到行书，从行书到楷书，从繁体字到今天的简化汉字，每一个阶段的变化，其背后都有恢宏历史的涌动，其表象也体现在文字的变革上。可以说中国的文字发展，是用文明本身记录着文明的发展，它是历史文明传承的载体和见证。因此，对我国文字的保护与传承，是每个中华子孙义不容辞的责任。

随着时间的推移，如今，已经到了信息化的时代，电子产品充斥着每一个角落，它在给人类带来极大方便的同时，也在给人类造成懒惰与退化，甚至对传统文化形成了冲击，比如办公无纸化、电子书写等。现在的人们，越来越离不开电脑打字，无论是大学、中学甚至是小学，学生们对电子书写的依赖已经到了离不开的程度，致使有很多的“80 后”、“90 后”的年轻人，竟提笔忘字，其手写的能力很低，而书写的字体也没有章法，字迹潦草。更重要的是，由于电子书写的自动联想，经常会产生音同字不同、词不达意的现象，甚至出现由汉字、数字、英文字母、汉语拼音混搭的文章，其怪字、错字、别字层出不穷。久而久之，对青少年学习传统的正规中国文字、语言会产生负面影响。无纸化办公无可厚非，电脑书写是发展趋势，但对传统汉字的保护与传承也不可轻视！

综上所述，为了使世界上使用时间最长的文字和使用人数最多的文字——汉字，继续得到保护、传承、发展，我建议：

（一）国家教育部继颁布《关于中小学开展书法教育的意见》后，政府相关部门应组织有关专家编撰全国统一教材，在大学增加硬笔书法课。大学期间，根据学校教学条件，可将硬笔书法列为必修课或是选修课，课时依据具体情况而定，主要的目的是提高学生们对汉字的再认识和书写能力。

（二）在国家公务员考试时，将卷面书写工整、拙劣直接计分；分值可占考试总分数的 5% 或 10% 之间。试想，国家公务员，连中国字都书写不好，这有损国家公务员形象。至今，日本和韩国，在庄重礼仪场合悬挂条幅时，有的仍以汉字书法为其书写的首选或作为牌匾昭示。

总之，中国文字是我们中华民族精神的一种体现，中华民族在人类文明史上留下的不仅仅是长城、兵马俑、金缕玉衣和故宫，还有比它们都古老的汉字。汉字，是中华文明的另一道长城！

86. “卓别林”是短期培训出来的吗?

何勇海

“到了这岁数，总有退下来的一天，就想把这点儿东西传承下去……”日前，58 岁的陈佩斯宣布，将开办大道喜剧院喜剧表演培训中心，招收有表演经验的学员，将几十年来琢磨出来的喜剧表演方法传承下去。培训班将于今年 6 月开课，初步设想招 30 人，培训 8 周，学费 1.5 万元。如第一期试验成功，今后将每年办一期。

据说，陈佩斯之所以开班教喜剧，源于他多年来寻找喜剧演员的艰难。对此，有媒体称“佩斯寻觅下个‘陈小二’”。“陈小二”是陈佩斯早些年在其春节联欢晚会小品中使用的姓名，这个名字甚至成了大家当时对陈佩斯的昵称。在笔者看来，如此短期培训出来的只能是“陈小二”，恐怕并不能培训出多么出色的喜剧演员，更不能培训出像卓别林那样的喜剧大师。

以笔者个人浅见，“陈氏喜剧”以台词搞笑、肢体动作夸张见长，观看早些年陈佩斯在春节联欢晚会小品中的表现，便可见一斑。近 10 年来，他虽活跃在话剧舞台，仍被指没走出当年小品表演的窠臼，甚至明显表现出功力不足。如今开班培训喜剧演员，是否合适呢？培训出来的，恐怕更多的是“陈小二”。正如有人说，他无论是去塑造什么角色，塑造出来的都是“陈佩斯”一样。

陈佩斯说，喜剧是个“技术活”，很多喜剧效果都可精确到秒计算出来。也许正因他过分看重喜剧表演的技术性，才导致其表演夸张、做作和僵化。其实，喜剧重搞笑之技，更有艺术含量。喜剧是一个“素质活”，或曰“天赋活”，脱离不了对现实生活的深刻观察。比如世界喜剧大师卓别林，出生于贫民区，父亲早亡，母亲精神失常，他被迫流浪街头，住过孤儿院，当过马夫小贩，后随流动剧团到各地演出，又何曾接受过正统的喜剧表演教育培训？他所塑造的流浪汉形象却风行世界 70 年，经久不衰。又如赵本山也出身于社会底层，6 岁就在民间通过“口传心授”学艺，同样也没受过正统教育或培训。就连陈佩斯也坦言，他的喜剧表演完全是靠自学，是在向卓别林、上海滑稽戏、日本喜剧的学习中，一步步地模仿摸索出来的。

可见，真正出色的喜剧演员，未必需要培训。早有导演抱怨“科班演员”不好用，因其难免带有“匠气”，喜剧更需要来自生活的“天赋型演员”。真正的喜剧大师，更不是通过训练练就的。比如卓别林，正是在自由、不受约束的表演中，赋予滑稽以灵魂，赋予痛苦以崇高，就像一位专家所言，“他的喜剧并不是纯粹消费性的逗乐，有很强的现实性，只要社会有不公，卓别林就会在他的电影里表现出来，笑中带泪，不会轻易被融化”。

想想，当代喜剧演员或称艺术家的，虽然人人都能模仿卓别林，为何没人能与之比肩？恐怕就在于他们过分注重喜剧的技巧性、形式感、专业化，而忽视了自由的表演、深刻的思想、强烈的社会责任感等人文元素。精湛的技巧可能成就一位喜剧明星，而要成为一位喜剧大师，恐怕得靠深刻的思想了，这个，可是培训不出来的。

87. 电视剧“拖沓”、“兑水”、“洒狗血”怎么治?

张成

电视剧《火流星》正在热播，其剧情推进速度、剪辑节奏很快，有时单集镜头竟在1000个以上，竟成为观众喜爱的原因之一。虽然电视剧节奏快慢并非是衡量其好坏的硬性指标，但《火流星》以“快”受到观众好评，可见过往相当数量的电视剧因节奏太“慢”已饱受诟病。能一集“搞定”的情节，非得拖沓两三集；一两场戏就能结束的结婚场景，一定从化妆开始拍到婚宴场面，没有任何的剧情推进。一些剧集被扯成老太太的裹脚布，臭长且虎头蛇尾。“拖沓”、“兑水”、“洒狗血”已成为阻碍电视剧发展的顽疾。

观众心里都在嘀咕，“我都比这个编剧写得强”，恐怕不在少数的编剧听到这句话都会喊冤。相较于电影，剧本在电视剧中是名副其实的一剧之本。电影根据国情不同，分为导演中心制、制片人中心制等，但电视剧编剧在日、美、韩等电视剧大国都是中心，而国内并非如此。很多职业编剧“写出”有失水准的戏，并非其本身之过，而是替他人“背黑锅”。众所周知，电视台购剧是以集为单位，集数越多，总价越高。有时，一个故事20集能讲完，编剧按照艺术逻辑终结剧情。可成片出来，会被剪成30集，因为投资方拿到剧本后，会请人“兑水”生造一些不疼不痒的过场戏，把紧凑的对白场景再拉得长一些。

上述情形还好，毕竟能保住编剧创意。有些道德素质低下的投资方和导演看好某编剧正在创作的电视剧剧本，他们便会利用资本和拍摄的优势强行介入，把自己的意见强行插入剧本中，或在演职员表上把自己署成联合编剧，等剧火了之后，其身价自然会水涨船高。更有甚者，一些制片人、导演还会把自己的亲属拉入编剧行列，以求分一杯名利的羹，哪怕其毫无编剧能力。这时，如色情、暴力这些所谓的市场元素便会被硬生生地塞进来。

“侵入者”心中的如意算盘昭然若揭，自己所想所得不过是为名利，剧本的苦活、累活都交给编剧去做。真正负责核心创意的编剧变成了分母中的一个，署名还经常被置于末端。而在发布会等地，则会见到制片人、导演风光无限地讲述自己创作的所谓“心得”，为自己镀金，以求盛名之下利益的水涨船高，如最近《北京爱情故事》主演陈思成与编剧李亚玲因此产生争端。而片子被观众骂时，制片人、导演甩甩手，把烂摊子扔给编剧。俗话说，胳膊拧不过大腿，很多编剧要想继续从事编剧工作，又不得不与这些制片人、投资方打交道，只好忍气吞声，承担骂名。

由此可以看出，电视剧“拖沓”、“兑水”、“洒狗血”三大顽疾的形成原因根本在于过度追求商业利益对编剧等创意工作者的肆意侵害和电视剧权益保障不够完善。编剧王丽萍曾说，“只有编剧才懂得编剧的辛苦。”编剧田有刚也说，“剧本是我一个字一个字写出来的，对我而言，就像是我的孩子。”但编剧在保护“孩子”时，经常是无力的。比如，有的制片人要求编剧把剧情往热播剧的剧情上靠，写实的改成戏说的，现代的改成古代的，如若不从，很可能编剧之前的劳动成果就被制片人拿走改头换面，另起炉灶。因为制片人在和编剧签约的时候，修改权往往归制片人所有，相对大牌的编剧能在合同中就作品的修改进行约定以保证作品的完整性，但更多的非著名编剧则无此资格。这时，编剧便陷入了圈套，制片人经常以修改为由，拿走编剧的大部分剧本，却拒绝付尾款，并声称编剧水平差，尾款用于请人修改剧本了。有些道德败坏的制片人、导演的侵权行为更是不着痕迹，他们在宣传材料或音像制品上去掉编剧的名字，观众、媒体、买家则潜移默化地认为导演或制片人是主要创作者。而当编剧欲维权，制片人、导演则会推脱给音像公司或宣传单位，没有明确的责任对象，编剧只好作罢。至于续集的权益、文字出版权和剧本的版权更是非著名编剧想都不敢想的。

想破顽疾并不难，只需理顺利益分配关系，树立以编剧为核心的创作体系，确立砍剧模式，即在电视台购剧之前，会先支付制片方一部分资金购买试播片，如果试播反响不错，才会购剧，对于收视不行的剧，则会中途停播，像美剧一样，让剧集质量成为唯一衡量指标，编剧才会受到足够的尊重，进而形成良性的创作循环。

88. “星二代”也需要“鹰式教育”

小作

随着电影《一九四二》宣传的开始，人们再次发现张国立父子同时亮相于这部电影的演员表。同样情况也出现在一些影视作品中。如近期在央视播出的《丑角爸爸》，是李保田与儿子李彧第四次合作同一部作品；在几家地方卫视热播的《金太狼的幸福生活》中，宋丹丹与儿子巴图一起亮相。其他的还有成龙与儿子房祖名、潘长江与女儿潘阳、巍子与儿子王子义、秦汉与儿子孙国豪、李成儒与儿子李大海。“星二代”在明星父母的卖力推销下，纷纷跻身娱乐圈，俗话说，师父领进门，修行看个人。父辈为下一代在圈中积累了人脉、铺好了路，也相当于把“星二代”们领进了门，而今后的成就，的确就要靠自己来打拼了。

然而，至今很多“星二代”还没有办法“长大”。不少观众谈到某些“星二代”时，往往不知道其姓名，只知道他是某某的儿子。遇到这种情况时，不少“星二代”可能要大喊不公。但不可否认，这种认识是朴素的，也是直接的，说明了这些“星二代”还躺在父荫里，没有成为娱乐圈独立的人，他们还是父母的附庸存在。一个人成长的标志是独立，成为一个独立的人，拥有自己的人格、能力，体现在表演上，就是要有自己的表演风格或是演出让人难忘的角色。

“星二代”常常挂在嘴边的话是，名人之后活得很累，父母就是自己难以越过去的坎，一出道就会被媒体拿自己的父辈来比较，要摆脱明星父母的影响，闯出自己响亮的名堂，实属不易。话虽如此，但是少有不靠父荫、单枪匹马闯江湖的“星二代”。不是靠着父母的名声，观众还真记不得你的名字。

好莱坞明星尼古拉斯·凯奇出身于圈中“教父级”的科波拉家族，为了摆脱家庭的影响，不惜改名换姓，只为只身闯出自己的天地。可见，父荫既可以是“星二代”们的上马石又可以是绊脚石，只是看他们选择的是一条艰辛的道路还是一条顺遂的道路。

现在看来，国内的“80后星二代”还未见能脱颖而出之辈。究其原因有几个。首先，用句老话说，要看祖师爷赏不赏这口饭吃，天赋很难靠家庭的耳濡目染获得。其次，“星二代”的出名之路太过顺利，缺乏生活的历练，不知人生之艰辛，难以爆发出苦练演技的决心。

如果父辈总是以合作的形式来提携自己的孩子，恐怕“星二代”在演艺道路上永远都无法成长。近日在网络上爆红的“鹰爸”何烈胜在大雪天让自己4岁多的孩子只穿一条内裤在室外跑步，他的育儿理论就是“鹰式教育”——老鹰为了让小鹰学会飞翔，就把它们带到悬崖上推下去，小鹰们为了活下去，拼命扇动翅膀，于是就学会了飞翔。雪天裸跑式的严格训练不是他的突发奇想，而是他对曾为早产儿的孩子的一贯要求。这对“星二代”的成长，是具有启示意义的。

89. 斩断天价宣传片背后的利益输送

小作

铁道部1850万元天价打造的短短5分钟的宣传片，被网友们称为天价宣传片。天价宣传片的高价并没有带来高品质，几个飞驰火车的空镜头，几个火车内部乘客与服务员的笑脸，既没有创意含量也没有技术含量，连成天坐在电视机前的大妈也能“指导”出这样的片子。最令人惊奇的是，在该宣传片的片头赫然挂着中国电影大师张艺谋的大名。张艺谋先是否认自己是导演，随着该事件进一步调查，又牵出铁道部一对夫妻的贪腐案。平常都是媒体追着采访的张艺谋急了，主动现身交待自己只拿了税后250万元，力图摘清自己。

天价宣传片是如何出笼的？观众一眼就能看出其成本虚高得厉害，专家更是火眼金睛，他们均认为即便在烧钱的情况下，这部宣传片的制作成本（按一个月的拍摄周期算），仅需花费55.5万元就可达到标准。他们把这部片子分解开来，器材租赁约12万元（按拍摄时长一个月算），该宣传片画质一般，估计最多也只是用4K高清摄像机拍摄，租一台机器每天大约需要3000元至4000元。场景约30万元（20段素材），实景主要都在北京附近拍摄。其他如武广高铁、大秦铁路、黄河奔流、黄山迎客松等镜头，估计是采用的素材，每段素材大概在1万元至2万元左右，片中起码使用了20段素材。航拍约3万元，按广州租直升飞机每小时5000元的价格，如果需要3天，每天2小时算，大概在3万元左右。北京、上海最多每小时6000元至7000元就可以租到。这个宣传片中的大部分航拍镜头像素都比较差，估计是买素材的可能性更大。至于包括摄影、摄像、灯光等人员在内的拍摄人员佣金，业内人士表示，一般摄影组拍摄一条10分钟的片子，收费在5万元左右。天价宣传片虽然没有故事情节，但需要分镜和场景安排，不过比较简单，估计两天就能做好，如果硬要设这一分工，差不多5000元也就可以完成。配乐约5万元，业界影片配乐，价钱从2万元一段到10万元一段不等，但行内人表示《中国铁路》一片中的配乐非常简单，还改编加入了《谁不说俺家乡好》等怀旧元素，使用电子琴或者电子键盘就能做成，最多也就值5万元。演员300元，11分钟版本的《中国铁路》中，包括几位少数民族演员在内，大约有10名主要群众演员参与演出，国内目前临时演员的价钱大概是30元/天含餐，所以，这10名演员大概只需要300元。后期基本不用花钱，没特效没3D，后期只不过需要剪辑而已。

天价宣传片已经被扒了个底掉，可为什么普通网友一眼就能看出其虚实的片子，在审计部门审计之前，铁道部的官员就没有一个看出来呢？谁曾想过，过去是一片清净之地的文化产品也陷入了腐败的污泥中？如何斩断类似宣传片背后的利益输送呢?

首先，有关部门要树立创作文化产品要等同于一个项目来处理的观念，铁路、公路建筑是项目，文化产品也是项目，没有这个观念，就会给别有用心的人以可乘之机。其次，既然是一个项目，就要严格按照项目流程进行操作。公开招标绝对不是走过场，而是保证程序公正、选择透明的必要手段。政府部门的项目操作尤其要引入第三方监督，对项目进行验收和审查。最后，还应进行绩效考查。

天价宣传片并不是唯一虚高的文化产品。很多投资号称几个亿的电影让观众看下来都会产生是不是剧组把投资给“黑”了的感觉。电影虚报投资有很多原因，一是浮夸，二是洗钱，这两点之所以能实现，也是因为产业还不够规范，财务制度尚不够完善。无法想象一个报表虚假的产业，能够做大做强。

另外，艺术家也要爱惜自己的羽翼。张艺谋并没有因为出示其与天价宣传片制作方北京新时刻影视文化发展有限公司的合同而获得同情（合同中标明宣传片不得署张艺谋名，也不得以其形象进行宣传），网友普遍指责张艺谋动动嘴、出出主意就拿了这么多钱,而且宣传片明显没有大师品质,他的付出对不起这250万元。我们退一步想，如果没有张艺谋这张“虎皮”，可能这个宣传片就无法从铁道部那“扎”来那么多钱。我们应该明确，艺术家虽无需为别人的贪腐负责，但要为自己的艺术形象负责，不要为了巨额报酬“与虎谋皮”。

90. 给文学青年打造更多的“理想谷”

何勇海

日前，著名作家麦家的书店终于落地，取名“麦家理想谷”，集书店、咖啡馆和写作营于一体，可给文学青年提供免费食宿，每年由麦家亲自甄选并邀请 8 到 12 名“理想谷客居创作人”，免费在此享受 3 个月的客居自由创作。明年 4 月 23 日国际读书日前，“麦家理想谷”将正式开张。

开设一个理想中的书吧，一直是麦家的梦想。如今他的梦想终于“生根”，不仅颠覆了实体书店的传统形态，更创造性地在书店中植入写作营模式，除了卖书，还免费为文学爱好者打造一个既能在咖啡馆交流交友，还能在写作营孕育文学灵感的据点，“为某些未来作家提供成长通道”，无疑值得人们乐见其成。这是走向“阅读社会”进程中一个作家的能量。

作家的确应像麦家一样，为倡导全民阅读、提振文学青年信心而贡献自己的能量。眼下我国正在掀起一股“莫言热”，这是回归全民阅读、提振文学青年信心的契机。我们的作家，不妨为广大读者和文学青年，多多打造一些像“麦家理想谷”这样的读书与创作的“理想谷”，在喧嚣的城市中，多保留一点书香，在全民的浮躁中，多存留一份理性。

对文学青年进行真刀真枪的帮扶应该提倡。正如麦家所言，“每个文学青年，刚开始写作时都很孤独，也很艰辛。写出来的东西好坏不知，也不知道投到哪里，我自己就是这么过来的。所以，在我所谓‘功成名就’的时候，希望能帮助他们。”确实，许多有才华的文学青年因生计所迫，不得不放弃文学理想，这很现实，也很无奈。那么，该如何帮扶文学青年？像麦家那样，在纷繁世界之外，为他们提供一处免费食宿、孕育文学灵感的写作营，便是方式之一。

这种帮扶方式，早有国际先例。据报道，一战后法国巴黎诞生了一家莎士比亚书店，其前任老板、美国人西尔维亚·比奇女士从书店创立起，就乐于对大批来巴黎寻梦、却又一文不名的美国文学青年伸出援手，其中包括海明威和乔伊斯等“迷惘的一代”。1951 年，其后任老板、美国人乔治·惠特曼重开这家因二战而关闭的书店，重新成为美国作家在巴黎的据点，收留过大约 4000 个需要帮助的文学爱好者。莎士比亚书店被誉为英语世界文学青年的庇护所和乌托邦。1967 年，美国诗人斯托弗·美林和他的妻子、华裔作家聂华苓在美国艾奥瓦城创建了国际写作计划，一度招待了来自 120 个国家、1100 多名的新兴或已取得成就的作家，从 1980 年至今，王蒙、莫言、毕飞宇等中国多名作家，都曾参加该计划进行封闭式创作。

笔者期待，我国能有更多的当代成功作家甚至企业家，在埋头写作或创业之余，也抬头弄一处像“麦家理想谷”那样的书店综合体，为未来作家提供一些成长通道。试想，在一个城市中若有鲁迅书店、巴金书店等等，作家们生前身后与这些书店血肉相联、文气相通，该有多少读者会慕名亲近？能鼓舞和传递多少对文学的热情呢？

91. 期盼“禁止开发”落到实处

王新荣

各地城市以各种名义推出各种开发区的做法层出不穷，但明令划出禁止开发区域却闻所未闻。所以，日前北京市政府出台《北京市主体功能区规划》首次设立 63 处“禁止开发区域”的举措，引人瞩目。这 63 处禁止开发区域包括北京区域内的世界自然文化遗产、自然保护区、风景名胜区、森林公园、地质公园和重要水源保护区等 6 大类，总体面积 3023 平方公里，约占市域总面积的 18.4%，除必要的交通、保护、修复、监测及科学实验设施外，禁止任何与资源保护无关的建设。

北京率先设定禁止开发区域，是统筹兼顾自然环境资源保护、社会经济发展与文化传承的正确抉择。自上世纪 80 年代初开始，“开发”之风吹彻大江南北，处处都是开发区，为了“开发”，树被砍掉、田被毁掉、填了湖、拆了风景名胜和古建，开发无处不在。老北京城的“开发”使得古都风貌逐渐消失，三环路以内的摩天大楼蚕食着如古都血脉般的一条条胡同，原本以胡同串联起来的名人故居、酒肆食坊、日坛月坛天坛地坛等，或永久消失，或被商业化气氛所笼罩。曾经完整的古都风貌，在冰冷的铁铲下，变得支离破碎。因此，禁止开发区域的设定对于古都保护有着十分重要的意义。今后，北京国土空间的开发将从外延扩张为主转向优化空间内部结构为主，城市空间在优化中得到适度控制，历史文化风貌得到严格保护，生态空间得到有效拓展。

禁止开发区域设定后，《规划》能否在现实层面得到严格执行，能否得以全国推广，出台一个全国性的禁止开发区域规划？这些都尚需实践检验。从世界范围看，发达国家如德国、英国、法国等，都有不建设规划，就是划定某些地方永久不得拆除，永久不得建设。此次北京市的《规划》跨越 10 年，这就意味着 63 处禁止开发区域在这 10 年内或许可以得到有效保护，但是 10 年以后怎么办？像禁止开发区域中所列长城、故宫、天坛、颐和园、十三陵等，都应属于永久不得开发区域。而此次禁止开发区域规划中并未包括三环路以内的胡同、四合院和名人故居，这是一个遗憾。而且《规划》一旦被现实经济利益所冲击，其所具备的权威性和法律效力到底有多大，是否会像《文物保护法》一样屡屡被开发商低成本侵犯，也同样令人担忧。

为了一味谋求经济指标，我们曾经让世界名车在古城墙上玩起了漂移，让铁路拦腰截断了古城堡，让庄重肃穆的祭祀场所为毫无传统敬畏的穿越所亵渎，我们不禁诧异，难道古城保护与城市发展水火不容？答案绝非如此，其实，设定禁止开发区域，与“发展才是硬道理”并不存在矛盾。“发展”强调经济增长，“禁止”注重文化传承。对于当下的中国而言，北京设定禁止开发区域，具有榜样作用。开发无止境，开发商永远都盯着寸土寸金的地方。政府作为城市化的主导，它有责任、有理由、也有能力为城市历史和文化的传承腾出空间。

92. “无门图书馆”打开诚信之门

李超

近日，一则关于“无门图书馆”的消息通过报纸、微博走进了大众的视野。据称，浙江宁波的一座中学图书馆出入没有任何人员、仪器检查管理，没有开关门时限，馆内没有任何监控设施，学生借阅图书完全自助，因此被网友称为“无门图书馆”；而且这座图书馆已经正常运行七八年，甚至在年终盘点时，藏书的数量不减反增，对此有网民惊呼，“无门图书馆”给全民上了一堂诚信课。的确，一个虚假泛滥的时代，诚信就成了社会的稀缺资源，难怪“无门图书馆”能深深刺痛公众的神经。不过笔者在感叹之余，也不禁为中学里存在这样的诚信教育感到欣慰，为这所中学的教育理念和教育方式由衷喝彩。

孔子曾说过，“道之以政，齐之以刑，民免而无耻；道之以德，齐之以礼，有耻且格”。说的是用政令、刑法对待人们，人们只会逃避惩罚，并无廉耻之心；而用道德、礼制引导人们，人们就会形成廉耻之心，从而从心底真正避免犯错。笔者认为同样的道理也适用于对学生的教育，传统的压迫、灌输式教育并不能使学生真正地获得知识，温润人性；而尊重学生，让学生自己用心感受文明、感悟知识，才能真正达到教育的目的。“无门图书馆”突破了传统的教育模式，给学生一个广阔自由的空间，让他们感受到自主性和责任感，反而真正将文明的理念传递到学生的心中。教育的核心问题是培养人的思想文化素质，传递人类传承千古的至善至美，塑造人的完美人格。中学生正处于人格形成的关键阶段，良好的价值观教育能够更好地促进他们人格的形成。而处于青春期的中学生最敏感的地方就是自尊心，所以只有给予他们足够的尊重，才能真正地促进他们进取、进步、自爱、自律。正如“无门图书馆”的创始人、该校校长王贤明所说：“如果我们把学生当作君子，他们就是君子。”的确，教育的成功在于尊重学生，把学生当作独立的个体对待，促进学生形成独立意识，实现真正的自我教育，完成内心的自我建构。教育不是简单的说教，教育的本质是文明的传递，只有真正地将文明传递到学生的心中，才算教育的成功，所以离开了心灵的沟通，一切教育都无从下手。

当然“无门图书馆”并不是简单的放任自流，数年前，浙江永康也曾在公园面向社会开设过“无门”的书屋，结果一年后书屋就被拿垮了，最终惨淡收场。所以宁波这座“无门图书馆”看上去开放自由，实则是教育者用心经营的结果。只有教育从业者深思熟虑，形成完善的隐性规则，比如每天都摆正桌椅、整齐书刊，防止“破窗效应”、让学生都养成爱惜书的习惯；每周都张贴班级、个人借阅排行榜，鼓励学生按流程借阅图书等，如此“无门图书馆”才能在完成自身功能之后实现双赢，变为一块诚信的试金石，在无形中将诚信的理念传递给学生，并督促他们实现内心的自律。如此看来，教育从业者的教育理念尤为重要。

教育是一个国家的立国之本，关乎民族的兴衰，而教育理念的创新和进步是教育事业发展的动力。“无门图书馆”打开了教育的一扇门，在此，笔者也真切地希望能有越来越多的学校，越来越多的教育从业者看到这一优秀的教育案例，反思自己的教育方式，创新教育理念，摸索更多更优秀的教育方式，温润人心，育人成才。

93. 微博书：创新还是娱乐？

关戈

最近微博段子攒书出版悄悄热起来了，不仅有《微语录》《一个都不正经》《我呸》等微博书相继出版；据说，连冯小刚、蔡康永、梁咏琪这些大腕明星也跃跃欲试，要把自己的微博语录整理成书。老牌文学杂志《人民文学》也在“新浪潮”栏目中选发过微博，《中华文学选刊》也开设了微博专栏。“微时代”的“微出版”颇让人玩味。

截至2011年底，我国微博用户数已达到2.5亿。“微博体”从线上走到线下，一切似乎水到渠成。出版“闪婚”微博，又有大腕明星撑门面，按说不应有败象，但事情总有例外。比如有的微博书质量很差、销量惨淡，读者也不客气地给出差评。对有的微博书，不少网友十分愤慨，称“网上30多块买的，244页，每页是两条‘微博体’。当初看它定价畸高，以为作者能把140个字拧出花来，谁料不过几句流水账，或引几句书的内容评论云云，非圈内人读来实味同嚼蜡。”更有行业中人跳出来“炮轰”，认为微博信息都是碎片信息，是获取的文化知识中最低的层次。

在信息爆炸造成新闻、娱乐、广告、科技信息急剧攀升的语境下，个人接受严重“超载”，信息的选择、过滤势所必然，也给微博书留下了想象的空间。但碎片化的信息，若无当时当地当事人的场景语境，断难复原其情状效果。更重要的是，这种偏重形式或形象的方式，从一开始就背离了书籍承载知识、寄托思考的根本，充其量不过是一个时尚的文化拾荒者。无论是网络的创新，还是出版的娱乐化表达，微博书到底能走多远，实在可以存疑。

评论家戴维·申克在《信息烟尘：在信息爆炸中求生存》一书中说：“我们在信息中繁荣，但我们也可能溺死于信息之中。”这是一个典型的文化悖论：在时代赋予信息更广更快地传播的技术可能之时，却无限地碎片化了这些信息，让人无所适从。事实上，信息爆炸造成人们选择的随机性加大，在无处不在的信息烟尘中，娱乐化成为一种最讨好惰性的释放方式。微博书的出现，不无应时应景之娱乐效果，恰好顺应了这一逻辑。素来持守严肃文化精神的传统出版，被明星或时尚达人的即时播报俘获。固然，微博书良莠不齐，卖得也有好有坏，但它释放出了一个文化妥协的信号。

时间还很长，人类与自身悖论的博弈还会继续。微博成书贵在形式之时尚，却造成一种对图书丧失敬畏、对文化轻慢的氛围。两相权衡，利弊立分。也许，正如悖论将始终伴随人类文明一样，微博书也将逐渐超越事件本身，使“信息的焦虑”集中到了文化坚守妥协大众惰性的属性上。从微博攒书之举中，也许有人会奔着出书而以传统书思维去写微博，我们自然乐观其成；但攒海量的、随意的信息碎片以成书，置传统出版以无限开放之语境，却很容易给无底线、无边界的叙述撕开一个口子，让信息无主流、价值无中心，这是值得关注的课题。

94. 何必都抱着春晚不放？

彭宽

春晚还要不要办？这个话题近年来已经屡被提起，但今年似乎特别尖锐起来。一个春节仅所有“上星”晚会的花费加起来就可办1250个希望小学，七成网民就此表态支持“取消春晚”。近日，上海广播电视台主持人叶惠贤拉出的一个春晚账单和南方日报联合腾讯新闻所做的一个网络调查，都让“春晚”话题再度纠结，甚至让网上讨论有了火药味儿。

在舆论旋涡中首当其冲的自然还是央视春晚，但其实叶惠贤的账单所指远非央视一家。“七成网民”的调查结果，排除网络随机性造成的误差和被调查者对“春晚”概念指涉范围的不同理解，也并不能被作为特别科学严谨的论证依据。不过，话题的火爆程度还是再次证明了，当下观众对春晚的满意度的确大不如前。对春晚经济账的核算和对比，无论恰当与否，本身都已经明确显示了对春晚是否还“物有所值”的深度质疑。

无论央视春晚还是卫视春晚，我们都不否认主创人员的巨大努力。但是，社会的发展、文化的繁荣、老百姓享受精神生活渠道的多元开放和口味的变化与提升，无疑已经快过了春晚这一相对固定的艺术形式创新的速度，也不可避免地超越了当下春晚能够承载的范围。无论是央视春晚从曾经走在文艺潮流前面的“引领”渐渐变成如今落在文化时尚后面的“盘点”，还是卫视春晚从当初与央视“争锋”的雄心渐渐变成如今助兴的“例行公事”，尽管大家都仍在不断想方设法变换花样，寻求突破以争取观众，但整体渐趋“疲软”的现象已经显露。部分人之所以还把春晚作为“新民俗”而留恋不舍，所看重的也只是中国人的“年文化”情结，春晚本身的艺术质量其实已无关宏旨。

事实上，除夕夜看春晚在很早之前就已经不是大众的唯一选择，这很大程度上并不是春晚本身的问题，而是电影、网络等多元文化兴起和社交、旅游等人文消费增长的替代效应，究其根本，也是社会富裕程度提高、生活理念多样带来的必然变化。在这样的变化面前，即使我们不去计算成本的耗费，一窝蜂地去做春晚也已经不再是讨巧的方式。既然如此，笔者想问，何必还都抱着春晚不放呢？

“取消春晚”大概只是观众的一句气话，毕竟对春晚的情结依然保存在许多观众的内心中。但在这句“气话”里，除了对继续办春晚表达出的质量上的高要求外，是否还透露着对“文化年夜饭”再多样化一点的新需求呢？

95. 话剧不能做影视的“剩饭剩菜”

于奥

有一段时间，文学作品成了话剧创作的“奶娘”，当话剧原创遭遇瓶颈时，小说成为话剧生产的动力和源泉；但随着读图时代的到来，文字的想象性体验已经无法抗衡视听的享受，于是不知从何时起，将热播的影视剧改编成话剧搬上舞台，成为近来话剧创作更惯常的便捷通道。《武林外传》《步步惊心》《钢的琴》《让子弹飞》等等影视作品在荧屏和银幕走红后，还来不及分析其艺术水准和改编空间就迅速“穿越”到话剧舞台上，让改编后的话剧在未诞生前就有了天然的知名度。

将文学和影视作品改编成话剧原本无可厚非，但改编之风大行其道，其背后折射出的是话剧创作人才的匮乏、话剧原创力不足的窘状。中国文人素有“文以载道”的思想观念，而戏剧作为一门相对独立的行当，多以传递创作者对生命及对生活的哲学思考为主。在早期的文明戏、左翼戏剧、国防戏剧、抗战戏剧时期，几乎都被赋予了各个历史阶段的历史色彩。中国话剧的民族特色，不但表现在对西方戏剧予以创造性地转化与改造上，更重要的是中国人在写中国人的生活和感受。曾几何时，话剧才是中国电影的重要题材来源通道。诸如《万水千山》《霓虹灯下的哨兵》等等，都是由舞台上已经成名的同名话剧改编而来的影视作品。而眼下，话剧已少有被改编为影视，相反影视却渐渐成为了话剧的新“奶娘”。

面对来势汹汹的影视剧搬上舞台的改编热潮，与其说创作团队是在“改编及解构”那些影视作品，不如说更多的是看中了这些影视剧已形成的知名度和观众群。比如，电视剧《步步惊心》号称在全国有上百万的“粉丝”。试想，如果其中有百分之一甚至千分之一的观众愿意走进剧场，话剧《步步惊心》即可赚得盆满钵满了。但话又说回来，如果创作者只是为了盈利，又何必选择小众的舞台剧市场呢？话剧不是影视的“剩饭剩菜”，它需要的是一批志在做好原创舞台剧的人来强大原创肌体。因为相比影视剧的文本剧本创作，其实舞台剧剧本的创作难度更高；而与动辄十几万元一集的电视剧剧本相比，只有几万元的话剧剧本酬劳又实在少的可怜。而现在更多的情况就是，话剧编剧更愿意为影视剧写剧本，也不肯费时费力去创作一部原创话剧。改编，似乎成为话剧创作不得已的一种选择。如此做戏，既是原创话剧无米的“缺钙”表现，也实属低收益的话剧市场的一种无奈。“拿”完小说“拿”影视剧，没原创，这种搭顺风车的“拿来主义”还要在中国的话剧舞台持续多久？

96. 航母Style，正能量的解放

楚卿

去年是众“体”层出不穷的一年，今年就有纷呈的“Style”大放异彩。闲来无事摆个侧弓步，舒臂一挥大喝一声：“走你！”再配上喜感的骑马舞，剑指河山扬鞭策马好不快意。Style 译为汉语有时尚风格、流行式样之意，我们不妨称之为“范儿”。早在江南范儿、航母范儿之前，有才的网友就已炮制出各种神 Pose 了，从普文二青年到一字马少女，这些范儿有几个共同特点，都以微博的图片上载功能为传播媒介，都是极其活泼舒展的动作，大江南北长城内外，别管穿的是秋裤短裤，吃的是甜豆腐脑还是咸豆腐脑，人人 Copy 不走样。

我由此想到的是自由，如果说“体”的盛行代表了文字表达的自由，Style 的来临则昭示了肢体表达的无拘无束。最初从博客、论坛转战微博，似乎人人都有种表达的焦虑——从凡客体中我是谁、我爱什么的表白，到咆哮体中各专业、各职业各种伤不起的吐槽；从诗词拉郎配炫文采，到甄嬛体说人话——人们把以往能说的、不能说的、想说的、不想好好说的都说完了以后，种种快乐的啰嗦摇身一变，千言万语汇成一句话：“元芳，你怎么看？”在这既简约又开放的问句中，询问的姿态本身就是意义所在，我以为这并不代表语竭词穷无话可说，而是从“说”的迫切转为“问”和“听”的从容，当拥有了充分的“说”的自由，说还是不说就变得不那么重要了，默而识之或会心一笑，反正大家都懂的。“体”变得越来越简洁，“范儿”正是在此时舒枝展叶的。

与文字表达相似，肢体表达无疑也是一种语言，而语言是思想的载体。文化学者赵勇在《抵抗遗忘》一书中谈到解放思想与解放身体的关系时曾言：“大凡思想禁锢的年代，人们总是会有诸多身体反应……无法思想的年代，身体常常是灰暗的……大凡思想解放的年代，其身体反应往往是舒展甚至放肆的。”故而他把交谊舞、摇滚乐等视为身体解放的标志。那么在微博时代，我们是否也可以把欢乐跳脱的 Style 当成某种形式的解放呢？从一个个拉风带劲的 Style 中，我们看到的是青春活力、朝气蓬勃。我又不禁想起“革命”年代，彼时人们常常演练的是单臂前屈的“前进”Style，还有一拳冲天的“打倒”Style。它们和今天的 Style 最大的区别在于，昔日之 Style 乃自上而下规定的某种行为契约，动作的能指与所指的对应关系无从更改；而今日之 Style 是网友自发形成的、多义的语言符号，它所揭示的自由民主的内涵与彼时不可同日而语。

这一切是与自媒体的技术支持与宽松环境分不开的。试想，如果没有快捷的手机自拍与上传及微博的转发功能，网友又怎么能天涯共此 Pose；如果没有视频

与 GIF 动图的快速转换工具，霸气侧漏的航母 Style 又怎么能随时随地展现得淋漓尽致。技术以人为本，技术也在改变着人，而善用技术，促进人的全面发展，素质的全面提高，是人与技术良性互动的要义之所在。且看，航母 Style 的盛行伴随着祖国政治崛起、军事强大的宏愿与欣喜，江南 Style 的热捧饱含草根对权钱阶层的戏谑与嘲讽，而一字马这一舞蹈基本功动作的展现则代表了人们对美丽与艰辛的认同和赞赏。我们期待着更多带有正能量的 Style 不断涌现。

97. 元芳，你怎么看“元芳体”？

张成

从“贾君鹏,你妈喊你回家吃饭”到歇斯底里的“咆哮体”,从个性张扬的“凡客体”到体贴周到的“淘宝体”，从万能句“我要为你织毛衣”到古色古香的“甄嬛体”,长至“凡客体”中重复出现的“爱……爱……”复句,短至风行一时的字、词“雷”、“囧”等，无不各领风骚数十天。

近日，又有一位比杜甫还忙的新人走进网民的视野，他就是“元芳体”——“元芳，你怎么看”中的主角，李元芳。这句话出自神探狄仁杰，元芳原名李元芳，是电视连续剧《神探狄仁杰》中的角色之一，他是狄仁杰的卫队长，武艺过人、心思缜密、性情忠烈、能力超群。而这句“元芳，你怎么看？”则是主角狄仁杰的口头禅之一。每当剧中有案情或诡异的情况时，狄仁杰便会脱口而问，而这句也仿佛成了李元芳捧哏一样的对白，与当下的使用语境截然不同。随着“元芳体”的走俏，“元芳，你怎么看？”也从网络走进现实生活，而不知所谓的人再一次被 out。

简单的字眼、句式因为背后的故事和全民狂欢的语境获得更为丰富的指涉和跟风，这一切都拜网络、尤其是社交网络的出现所赐。上古时期，人们结绳记事，编织是叙事语言的契约；在电影《明亮的星》中，方妮·布朗以精妙的织艺呼应诗人济慈充满爱意的词句，编织与诗意交汇（“编织”与“文本”在英语中是同一词根）；在现代网络社会，网络把网民交织在一起，网络的另一端，则是能获得共鸣的词句。经过现代传媒的放大，一句简单的话语，勾连了网络与现实。从古至今，这种对词语的默契需求一直存在，人们需要这样的语句。如果说，过去的语句是为了叙事和诗意，那么今天，更多的需求则是有趣的词句。如今，这种词句的获得已经不需要像诗人一样去冥思苦想或妙手偶得，而是需要集体无意识的支撑，这或许是元芳躺着中枪的原因吧。

梳理这些流行语汇，早先无厘头的风靡词句，如“贾君鹏，你妈喊你回家吃饭”在现实生活中并无广泛的套用语境，而后来“咆哮体”中的“有木有”、“甄嬛体”中的“极好的”、“真真的”则可在现实生活中直接套用，而“元芳，你怎么看？”亦是如此。如此一来，这些词句的传播广度能更长一些，流传时间则可更久一些，如同“淘宝体”中的“亲”的称谓，已经被固化使用。当然，随着时间的冲刷，大浪淘沙，在一波波的审美疲劳后，尤其是人们在遇到一个不久前才流行过的词时产生了恍如隔世之感的时候，他们或许会更怀念一些留得住的语汇。在此，笔者也不禁想套用一下：元芳，你怎么看？

98. “微”何以“大”

——有感于“微”当选2012年度汉字

关戈

微博的“见微知著”、微信的“造微入妙”、微公益的“积微成著”，北京暴雨中152位民工奋力救人时发出“我们不要钱，我们是来救人的”“微言大义”，上升乏力、集体焦虑的草根群体的“身微力薄”……“微”，正是以这样新鲜而深刻的内涵当选《新周刊》“中国娇子新锐榜”2012年度汉字。

“微”风劲吹中，“炒”、“涨”等更富有财经色彩的年度汉字之后，“微”亲切地回到“人”自身。“微是你我，是每一个推动社会进步的微小分子，是每一个被打捞上岸不再沉没的中国声音，是每一个能被看见、能被听见的人。”正如白岩松这番“微”解读所言，2012年，“微”照亮无数微小甚至卑微的“人”。正是无数个“人”的合力，散播温暖，惩恶扬善，积蓄起强大的正能量推动中国前进。“微”不仅再现2012年的生动场景、平凡关切，更表达一种可贵情感、宝贵价值。

这是可喜的变化，更是价值构建的新起点。“微”即小，代表着相对孤立的个体；但凭借微博、微信等新技术，“微”便涓涓细流汇成大江大海，放大为推动社会向善的民心、民意。上世纪80年代的“下海”“喇叭裤”是改革开放之初的符号表达；“金融”“房地产”则叙述了改革开放新阶段经济发展的事实；而“微”所指涉的“人”及其所表达的“你怎么样，国家就怎么样”的理念说明，在经济发展、物质富足之后，人们已越来越关注自身如何参与、推动社会变革。

流行语是风向标。在毒奶粉、“小悦悦”事件后，在经济增长减缓时，人们自觉企稳沉思，与其抱怨，不如行动。在全面建成小康社会的关键阶段，这种思考颇有价值。2012年度关

键词很多，从“微”到“拧”，从“莫言”到“江南style”，有的可能只反映时髦心理，有的则重在高度概括与形象表达；当人们赋予其更多的价值内涵和期待，其中透出的社会进步让人振奋。它说明人们已不再流于物质的、浅表的诉求，而有了价值的自觉。

来年的新年度汉字必将取“微”而代之，但“微”所传达的以人为本、责任等理念永不过时。

视窗

8月7日，两名观众在伦敦奥运会自行车赛场戴着“五环”造型眼镜前来观看比赛。　新华社记者　王建华　摄

这些天 我们一起看的比赛

当地时间8月12日（北京时间8月13日），2012年伦敦奥运会完成各项赛事后圆满闭幕。四年一次的体育盛事、半个月的赛程，本届奥运会自7月27日开赛以来，精彩纷呈，一个个精彩而感人的场景，令全世界亿万观众收获着欣喜和感动。本期视窗精选一组奥运赛场的图片，让读者跟随摄影师的镜头去感受奥运的激情。

八月九日，塞浦路斯选手特里克米蒂在个人全能圈操比赛中。　新华社记者　陈建力　摄

八月七日，选手们参加男子铁人三项决赛。　新华社记者　曾毅　摄

八月六日，以色列选手格卢什科夫纳菲参加花样游泳双人自由自选预赛。　新华社记者　陈建力　摄

钟鼓楼

真正的『好声音』没有造假和作秀

□王晓娟

在我国，音乐选秀节目较早可以追溯至2004年湖南卫视的《超级女声》，该节目在当年掀起了一股真人选秀热潮，这股浪潮掀起的风波至今仍未退去。今年暑期档，浙江卫视再次重磅出击，将风靡全球的《The voice》经过本土化包装后，打造出一档具有中国特色的专业励志音乐选秀节目，该节目从内容到形式都取得了巨大飞跃，可谓是集歌曲选秀、明星互动和“音”传“声”教于一体的大型综合类节目。《中国好声音》一扫求职节目、相亲节目和“舌尖热”的火爆气焰，为深陷“审美疲劳”泥潭的电视荧屏服了一剂祛温解暑药。如今，选秀节目正一步步走向低谷，《中国好声音》的出现能否逆转这一命运，还有待进一步商讨。笔者认为，短期内综艺选秀节目还会出现回温现象，但从长远来看，为追求收视率，哗众取宠、换汤不换药的做法必将使选秀节目被排挤到边缘地带。

与以往选秀节目相比，《中国好声音》最大的亮点在其节目的构思上，节目设置了导师盲选、导师抉择、导师对战、年度盛典4个环节，节目首次采用明星导师制的形式，选手通过才艺获得评委青睐，同时选手亦有选择评委的权利。在这个舞台上，选手的才能可以得到充分的尊重，评委不再是专做评判的“挑刺”专家，而是循循善诱的音乐导师。同时，《中国好声音》突破许多旧式选秀节目以情感、故事牌取胜的潜规，真正实现了才艺的大比拼，观众不必再因电视节目中无休止的煽情飙泪情节产生疲倦，而是带着鉴赏者的姿态客观评价选手的技能。此外，《中国好声音》对音乐艺术所秉承的专业敬畏精神值得称赞。总之，该节目的巨大成功绝非是简单的形式和内容的浮表化创新，而是节目对音乐艺术的坚守与敬畏，对国民精神的超拔与润泽，对民族文化的精准诠释。

欣喜之余我们还应当冷静沉思，当前好评如潮的《中国好声音》，也存在一些问题和危机，节目虽在评选环节上进行了创新和突破，但整套选秀模式的框架仍未改变，节目中必然性安排远大于偶然性因素，一旦观众掌握了内在的欣赏模式，则不免会产生审美疲劳，节目制作人应当以更加灵活多变的形式策划内容，以发展变化的眼光寻求节目的制高点，以真诚的业务标准树立节目的硬品牌。除此以外，当前的电视媒体过度追求收视率的现状不容乐观，观众极容易被收视率的虚假繁荣所误导，致使节目被炒作和抬高，《中国好声音》也不例外，这样一来，节目就有可能因过度迷恋收视率而忽视内容，甚至出现猎奇炒作的丑闻。所以，在节目未来的发展道路上，制作者还需不断进行问题修正和节目创新，让节目达到人无我有、人有我优、人优我特的优势地位，以免在日后同类型节目跟风四起的恶性竞争中被淘汰。

我们需要好的声音，真正的“好声音”应当是舞台上选手的真情唱响和评委的精彩点评，而没有造假、作秀和毒舌；应当是歌声和心声的和谐共振之美，而非无思想无艺术美感的靡靡之音；应当是能够表达有民族情怀和时代精神的大篇章和主旋律。因为只有这样的歌声才是我们最需要的“好声音”。

资讯

陕西艺术家为企业员工送文化

本报讯（驻陕西记者　王卫）　8月8日，陕西省文艺工作者深入职工创作实践活动拉开帷幕。60余位艺术家来到陕西医药控股集团有限公司及所属企业，为职工们奉献了一场文化盛宴。

“走进陕药集团”是陕西省文艺工作者深入职工创作活动的一部分，即送文化“下基层、进企业、到一线”，陕药集团为活动的第一站。陈忠实、贾平凹、吴三大、雷珍民、刘文西、赵振川、刘远、李东桥、米东风、李梅等文艺家与职工们面对面交流，并带来了精彩的文艺演出。

专家学者探讨草原文化发展

本报讯　8月3日，由内蒙古文联主办的第五届草原文化与文学艺术论坛在内蒙古赤峰市召开，来自北京、内蒙古等地的40余位专家汇聚一堂，为草原文化的进一步发展提出建议和意见。大家认为，草原文化与黄河文化、长江文化是中华文明的三大源头，在中华文明形成的过程中起到了不可忽视的重要作用。目前对草原文化及草原文学、艺术的研究在深度和广度上存在不足，有待于专家学者的进一步深入研究。

草原文化与文学艺术论坛已连续举办4届，出版《草原文化与文学艺术论丛》6辑，在内蒙古及相关地区已形成重要的影响。

（蒙　文）

贵州启动摄影公益文化活动

本报讯　近日，贵州省摄协启动“万名摄影志愿者·万幅作品送万家”文化公益活动。陈钢、韩贵群、孙蓓红、卢现艺等摄影志愿者代表来到贵州省军区后巢干休所，向老红军、老八路赠送了50余幅反映贵州社会经济发展及风土人情的优秀摄影作品，并为他们拍摄了照片。

此次活动是贵州省摄协积极响应中国文联、中国摄协发起开展的摄影志愿者活动的一次具体实践。贵州省摄协已向全省各市、州摄影家协会发出倡议，倡导广大摄影志愿者自觉投身公益事业，贴近生活、贴近群众，从而获得更多的艺术灵感。

（晓　雯）

画家6年完成百名河南圣贤造像长卷

本报讯（记者　彭　宽）　河南省美协会员、青年画家王浩沣历时6年创作完成的《河南历代圣贤造像图卷》8月10日在北京中华世纪坛当代艺术中心展出。该作品长106米、宽0.8米，选择表现了自上古至清代五千年间包括燧皇氏、伏羲氏、黄帝、仓颉等在内的123位河南各个历史阶段的圣贤先哲代表人物形象。

王浩沣为创作此作品走遍河南18个地市，翻阅了与之有关的各类图书典籍，数易其稿。作品图文并茂，使观展者深刻感受到中华历史文化的厚重传承。本次展览由中国军谊诗书画院、河南省先进文化研究会联合主办。以此图卷为题材的图书《见贤思齐河南历代圣贤造像图卷》也于当日举行了首发式。

一路感动　一路歌吟

<< 上接第1版

一次次走访：浓得化不开的民族情感

8月份，盛夏的吐鲁番，炽热的阳光炙烤着大地，室外温度平均高达40摄氏度以上。8月5日，艺术团一行来到吐鲁番采风学习。来自新疆维吾尔族极富民族风情的木卡姆表演，让艺术家们忽略了炎炎烈日。看到尽兴处，二度梅花奖获得者林为林与当地村民一同舞动起来，激情欢快的舞姿令人动容。“这是一个快乐的民族。”表演结束后，林为林激动地说，从他们的舞姿中，我深切感受到了一股蓬勃向上的力量，一份发自内心的欢乐，我们的文艺作品也应如此，给人积极向上的正能量。

8月7日，梅花奖艺术团到禾木村采风。在哈萨克族牧民的毡房里，艺术家们与牧民亲切交谈，并受邀到牧民家中做客。好客的主人端上了香味四溢的奶茶，摆上哈萨克族的传统食品，热情招待艺术团一行。当听说艺术团里都是技艺精湛的表演艺术家，牧民们兴奋异常，3位牧民当即拿出冬不拉，弹起了欢快的哈萨克族传统民谣，牧民们载歌载舞，并邀请艺术家们一起舞蹈，在热情的牧民的感召下，艺术团所有成员一起在悦耳的冬不拉乐曲的伴奏下跳起欢快的民族舞蹈，场面非常热闹。随后，在牧民们的盛情邀请下，刘丹丽、陈澄、齐爱云等梅花奖演员分别演唱了湖北、江苏、陕西当地的民歌小调，虽然没有麦克风，没有伴奏，但艺术家们充满激情的歌声久久回荡。最后，在恋恋不舍的氛围中，大家合影留念，相约再见。

8月9日，梅花奖艺术团一行来到那拉提大草原，在那拉提镇塔亚苏村，艺术团一行亲切看望哈萨克牧民阿不都拜一家和巴赫提开勒德一家。杨承志代表梅花奖艺术团亲切慰问了两家牧民，给牧民们送上了油、米以及慰问金。牧民们邀请艺术团到家中做客，捧出自家酿制的马奶子酒和烤制的馕。在毡房里，大家围坐一起，手拉手一起聊天，彼此脸上热情洋溢的笑容消弭了语言的不通，刘丹丽等演员还给牧民表演了精彩节目。

为期9天的新疆行行程7000多公里，给艺术家们留下了终身难忘的记忆。武利平说，作为一名少数民族戏曲演员，来到新疆这个少数民族地区，深切感受到了新疆观众对戏曲艺术的热爱，体会到了戏曲艺术的蓬勃生命力，弘扬传承民族文化，促进各民族大团结，是我们戏曲工作者义不容辞的责任。李鼎表示，艺术团的演出受到各界群众的热烈欢迎，体现了我们艺术工作者自身的价值。来到新疆，深切感受到了在中央新疆工作座谈会之后，新疆发生的巨大变化。不到新疆，不知中国之大；不到新疆，不知中国之美。大高地阔的环境，给我们戏剧工作者提供了更为广阔的舞台。中国剧协分党组书记、驻会副主席季国平说，新疆是一个多民族聚居地区，这里除了有很多少数民族歌舞外，还有不少外来剧种在这扎根发芽，这次我们特别请来了各个剧种的代表人物，以满足当地群众不同的艺术诉求。梅花奖艺术团新疆行，恰逢毛泽东同志《在延安文艺座谈会上的讲话》发表70周年，艺术家们深入当地基层采风学习，感受独具特色的民族风情，充实了自己的创作灵感。中国剧协向来重视戏剧表演人才的培养和挖掘，如今中国戏剧梅花奖已经评选了25届，明年是第26届，也是梅花奖走过30年，希望新疆能够产生自己的梅花奖。

<< 上接第1版

多年来，陈维亚自觉地根植人民、感恩人民、服务人民，他始终坚持以人民为中心的创作导向，把满足人民群众的精神文化需求作为出发点和落脚点。他的作品始终坚持唱响主旋律，弘扬民族优秀文化，自觉运用社会主义核心价值体系指导文艺创作实践。陈维亚先后创作了《大梦敦煌》《情天恨海圆明园》《碧海丝路》《绿地》《神曲》等10余部舞剧和《木兰归》《秦俑魂》《挂帅》《哪吒闹海》《飞天》等150余个舞蹈，并入选国家舞台艺术精品工程、中宣部“五个一工程”奖、文化部文华大奖及文华编导奖、文华新剧目奖、连续4届“桃李杯”舞蹈比赛创作大奖、全国电视文艺“星光奖”一等奖、CCTV电视舞蹈大赛最佳电视舞蹈作品奖等各种奖项50余个。

1995年，陈维亚编导的大型古典舞剧《中国舞蹈王朝》在美国纽约上演，《纽约时报》评价其“极成功地用舞蹈诠释了中国古代的历史文化”。陈维亚编导的作品在法国、德国、意大利、美国、日本等30多个国家上演。由于成就突出，他以中国当代舞蹈家身份入选牛津大学出版的《国际舞蹈百科全书》。

作为一名德艺双馨的文艺工作者，陈维亚始终以高度的政治热情、充沛的艺术创造力投入到工作中去。他坚持文艺工作者的“精神气节、价值取向、基本操守、职业追求”，积极倡导并严格遵守文艺工作者的“坚持爱国为民、弘扬先进文化、追求德艺双馨、倡导宽容和谐、模范遵纪守法”的职业道德公约。在艺术实践中，陈维亚曾深入到革命老区西柏坡，义务指导当地的革命历史题材作品创作及表演；向曾经工作过的安徽省淮北地区捐献了一批农村文化丛书，积极参加慰问农民工、贫困山区等公益演出及各种赈灾活动。

陈维亚热心艺术教育与普及事业，他先后义务在北京外国语大学等大专院校举办艺术专题讲座。此外，他还担任中国环境文化促进会常务理事，为社会环境公益事业做着自己的努力。某种意义上，陈维亚用自己的行动，把一位优秀文艺工作者对党和人民的忠诚与热爱、对文艺的执着与坚持，放到了一个超乎文艺的更广阔的舞台。因为，“旗帜是感情的兴奋点、召集点”，“爱国、为民、崇德、尚艺”是文艺界的核心价值观。

《中国艺术报》版式赏析

2012年8月13日

第1189期

四、锐思

1. 甄别何须删书

曾志扬

近日，有关湖北省部分学校专门对《三字经》文本进行删节，山东省教育厅下发通知禁止向学生“不加选择地”全文推荐《三字经》的报道一经出现，便在坊间掀起一股争议热潮。反对者认为,《三字经》被历代中国人奉为经典并不断流传，不应禁亦不能删；支持者则表示,《三字经》中很多思想已经不合时宜，有必要对其进行禁、删。而在笔者看来，对《三字经》给予重新认识，并能有甄别地接受实属必要，但删书却属不该。

任何文化遗产都有重新认识和甄别的需要，对待《三字经》亦是如此。该著形成于 700 年前的南宋，这 700 年间社会已发生了重大变革，哪有 700 年前的儿童启蒙读物至今仍放之四海而皆准的道理？学习古典文化，重在取其精华、去其糟粕，因此，有甄别地接受无疑是正确的。

《三字经》中是否真的存在许多糟粕？笔者重新阅读了一遍，结果发现精华远多于糟粕。其中许多为人处事的道理至今仍有教育意义，一些讲述天文地理、人类文明、历史变迁的内容则至今仍然适用。即使其中被视为糟粕的一些内容仍有可商榷之处，如被人反对、建议删除的“昔孟母，择邻处”，也不见得有什么不妥。以厦门鼓浪屿为例，这是被誉为“钢琴之岛”的音乐沃土，居住此岛的人定然闻琴声而知乐，温文尔雅有绅士之风，这是环境熏陶的结果。孟母要择书香之地为居，让孟子从小受到良好文化氛围的熏陶，这并无不妥之处。

删节向来是经典传承之大忌，古人著书当还其原貌，再说浩如烟海的古籍、古文，以现时观点来看，哪本书没有问题？所以删书大可不必。《红楼梦》或许是历史上最有争议的著作，刚面世之时，世人视其为淫书，并打入禁书之列。新中国成立后，舆论界对此书也颇有异议，但毛泽东就不反对青年人看《红楼梦》。他曾经说过,《红楼梦》不仅要当小说看，而且要当作历史看，它写的是很精细的社会历史。

如今人们热捧《三字经》，那是因其有教育作用，而这种教育作用或是目前我们的教科书所不具备的，或是所难达到的。在这种情况下，古为今用，也就显得合情合理。与其删除某些字句，莫不如在讲解中予以分析，指出其中的某些观点与说法不适应现代社会要求的理由，让学生提高自我分析的能力，或许这才是正确审视经典的要领之所在。

2. “偷票房”偷了谁

邹小凡

近日，国家广电总局电影局召开2011年新闻通气会，童刚局长所发布的2010年中国电影票房突破百亿的消息令人振奋，同时，他也指出：“为了完善电影产业市场，电影局将切实解决电影票房‘偷、漏、瞒、虚报’的问题。”其中，“偷票房”是问题之一。去年年末，贺岁档影片鏖战正酣，《大笑江湖》和《赵氏孤儿》收入纷纷过亿，“偷票房”不期然出现在公众的眼中，引发了众多的关注。所谓“偷票房”事件，源自网上流传的一段视频，视频显示的是石家庄太平洋影城让观众用《赵氏孤儿》的票去看《大笑江湖》，从而“偷”了《大笑江湖》的票房。

事实上，“偷票房”这一中国电影产业发展中的“暗疾”并非刚刚出现。据业内人士透露，其手段众多，除了以上事件中以甲片代乙片的“乾坤大挪移”，从而获得更多票房分成；更有偷漏瞒报的“空空妙手”，直接将票房利润装进自己腰包。此类招式迭出，令人眼花缭乱。为防止此类事件发生，维护自身利益，一些制片方、发行方往往要组织庞大的团队前往全国各地的院线进行监管。据有关报道，《让子弹飞》首映后，在全国各地巡查的监管团队人员就有600人之多。

为防止“偷票房”，自掏腰包加强票务监管，票房也许不被偷了，但无形当中增大了电影生产的成本。这对赚钱的大片来说，也许算不了什么，九牛一毛而已。但去年共有150多部国产电影进入城市的主流院线，而根据上半年的统计数据来看，赚钱的国产片不足10部，占影片放映数量的四分之一不到。投资电影不仅有可能不挣钱，现在还要加上一个票务监管的负担，无疑会造成“雪上加霜”的局面。因此，大部分影片为减少投资成本，降低投资风险，不可能拥有自己的监管团队，也担负不起这笔不小的开支，导致这部分影片在院线发行时更加“弱势”。

完善的电影产业是由影片制作方、发行方和院线等共同合作组成的。“偷票房”事件使得制作方、投资方对院线的信任度降低，从而导致期望院线放映的收益收回电影成本的信心下降，必然会影响电影投资方的信心。从这一层面上来说，“偷票房”会破坏电影生产的生态环境，最终受损的是中国电影产业的发展。

当然，积极应对“偷票房”是我们必须面对的问题。联系以前对“假票房”的整顿，通过严格的行业治理是一条好途径。因此，有关部门应对于一些院线为了谋取利益，不惜违背行业道德规范的行为，一查到底、严加惩治，增大违法犯纪的成本，从而加强行业的自律性。同时，“不谋全局者，不足谋一隅；不谋一世者，并不足谋一时”。长远来看，一方面要提高院线管理的技术水准，让计算机售票系统延长到各影院终端，建成统一、规范、公开、透明的票房统计平台；另一方面，加强对院线的监管力度，形成完善的监管体制，将一线城市成功的监管经验逐步推广到全国，使“偷票房”者无可趁之机。另外，有关票房收入及相关管理的数据及时、准确地通过权威媒体发布也是重要方面。总的来说，制度的创新和技术的完善将会使所有参与院线的影片都能够获得实际票房收入的保障，促进整个电影产业的和谐发展。

3. 如何斩断盗版黑手

——3.15国际消费权益日的启示

毕兹

又要到一年一度的“3.15 国际消费者权益日”。在刚刚举行的全国两会上，张艺谋、冯小刚、冯小宁、尹力、陈国星、张会军等著名电影人联名提交了打击电影盗版的提案。针对一部新电影刚出，盗版光盘立刻热卖的现象，提出了他们的忧虑与治理盗版的诉求。

“3.15”是一个保护消费者权益的社会行动日。这启发我们应该换一个角度从消费者的视角来看应该怎样治理影视盗版的顽疾。依此看来，电影盗版盛行，有如下“优势”：①盗版光盘有价格“优势”；②购买方便：一律采取“送货上门”的营销手段——或在街头摆摊，或在商场口、天桥上、过道里，总之，在人群众多、流动充分的热闹处；③专营热播热映的影视作品。姑且不说盗版光盘质量如何，这三个特色或三种手段，恰是他们制胜于正版并且大肆泛滥的“法宝”。这三条“法宝”在一定程度上满足了消费者的需求，所以，尽管盗版者与治理者玩的是躲猫猫游戏和神龙见首不见尾的游击战术，却依然屡战屡胜。加大管理治理清查的力度，严惩盗版者的违法行为，提高消费者文明消费依法消费素质，都是杜绝和治理盗版的良策。但最根本的是切断消费的基础，使之没有市场才是治本之策。消费者不购买、不消费盗版制品之日，方是盗版行为彻底清除之时。

我们可以要求消费者不去消费盗版作品，但是我们不可能让消费者不消费影视制品。这时候，问题的关键实则取决于正版制品能否像盗版制品一样，也给消费者充分的消费便利？把盗版的“优势”夺过来，从而把盗版者的市场、利益转换为合法的正版的市场和利益。要做到这一点，是不是也应该有三项措施：①正版制品的价格要尽量地低，鉴于人们消费水平日益提高，正版又是优质产品，消费无风险、有保障，这一条不难做到；②有组织地让合法零售商在上述各种公众场所“摆地摊”，使零售合法化，并使之广泛分布，使消费者继续有消费的便利；③第一时间推出各种热播热映影视作品的影像制品，及时满足消费者的消费欲求。

不知有关部门能否增加一种打法，与盗版者来一次新的较量。

4. 喜闻央视要破收视率魔咒

郭青剑

日前多家媒体报道，中央电视台正在酝酿出台新的栏目综合评价体系。在此体系中，除了收视率之外，还将新增引导力、影响力、传播力和专业性 4 个指标，5 个指标结合在一起给每个栏目打分，而不再像以往一样单纯拿收视率说话。尽管每个指标如何量化、在评价体系中各占多大比例等具体内容还未正式公布，但这一做法已引来网上一片叫好声，更有人预言此举在国内电视界将引起一种革命性的变化，足见不再唯收视率论确实是人心所向、大势所趋。

姑且不论收视率数据统计的科学性和来源的可靠性，单就其本身而言，它只是一个有关多少人在看某个电视节目的数据，固然能成为节目受欢迎程度的一项重要衡量指标，但并不能真实全面地反映节目的好坏。和 GDP 一样，它只是衡量经济总量的一个冷冰冰的数字，而无法反映经济发展质量的高低。在全国各地都在追求经济发展质量，更加关注民生，更加关注“幸福”，破除 GDP 崇拜的大背景下，央视若真能抛弃唯收视率论，可谓与时俱进，更含有一种“不谋而合”的味道，它体现的是一种实事求是、科学发展的精神。

遗憾的是，一段时期以来，收视率成了许多电视台唯一的考核标准和追求目标，也成为许多电视人头顶高悬的一柄达摩克利斯之剑。对收视率的过分看重，及至唯收视率论，难免造成荧屏生态的严重失衡和电视节目创作上的易偏颇和走极端。一个迎合低俗的电视节目可能收视率极高，但社会影响很坏；一个高品质的节目可能收视率不是最高，但口碑很好。于是，迫于收视率的压力，一些优秀的电视节目无奈惜别观众，相反有些节目恶拼收视率，片面迎合低级趣味，逐渐走向格调低俗、品位低下，并对文化生态环境构成了严重污染和破坏。若任其发展，那么中央一再提出、“十二五”规划中也予以明确的“充分发挥文化引导社会、教育人民、推动发展的功能”的要求又如何实现？到时恐怕不仅不能“引导”，只会“迎合”甚至“误导”了。显然，出台更为科学合理的电视节目考核新标准，解决唯收视率论所带来的偏差和缺陷，追求社会效益和经济效益的统一、收视率与满意度的平衡，势在必行。当然，这套评价体系是否科学，效果如何，只能拭目以待。但不管如何，它已在抛弃唯收视率论，这种尝试本身就是一大进步。

不过，在欣喜的同时，笔者也不免有一点忧虑。在破除唯收视率论的众声喧哗之后，切不可因噎废食，把收视率一棍子打死。收视率是电视台目前唯一能够进行考核的硬指标，它在一定程度上还是能反映观众的喜好和选择。如果完全抛弃收视率压力，无视观众的实际需求，将某些自己想当然的“好节目”强行推给观众，甚至搞得荧屏上只有一个声音，只有一种样式，导致观众无奈地“被收视”，这在某种程度上比唯收视率论更可怕。所幸的是，据说在央视此次新的栏目综合评价体系中，并没有取消收视率，而且依然会占一个比较大的比例。这至少是一种姿态，就是看不看、满意不满意，最终还应交由观众说了算。

5. 导演，拿什么赢得话语权

张成

中国广播电视协会电视剧导演工作委员会会长陈家林最近惊叹：导演已经彻底沦为“弱势群体”。他说：“不尊重导演已经成为非常严重的现象”，“更有诸多参与投资的煤老板或房地产商直接干预选演员。”在公众心目中，一向高高在上，手握影视拍摄大权的导演，有时竟然不得不听命于老板的“小蜜”，听起来实在有些匪夷所思。在笔者看来，导演的“弱势”正是投资方的“强势”使然，在这种怪象的背后，反映的是一种艺术臣服于商业的悲哀。

众所周知，影视剧是导演的艺术，导演是一部影视作品的创作核心，即使在商业化程度最高的好莱坞，导演的名字也会被置于片头演职员表的结尾，以示尊重。然而，近年来大量所谓的热钱涌入影视业，在刺激影视业迅猛发展之余，也制造了很多怪状。在涌入影视业的资本中，有相当一部分是来自煤老板或房地产商，他们即使没有或缺少艺术经验，但作为投资人，他们还是成了影视制作权的掌握者。于是，他们就可以随意要求导演必须用哪些明星，必须要用暴力、血腥或床戏之类的镜头。而导演们虽然明知这些要求与作品的艺术风格并不相符，但迫于经济上的压力，最终还是被迫接受，即便是一些大牌导演也难逃此劫。如取材于南北朝民歌的某古装大片，投资方为了制造噱头，硬是要求在影片中加入男女主人公“同浴”的场景，结果片子一面世，这位大导演原有的美誉在观众一片唏嘘声中大受损伤。试想，诸如此类的大牌导演都无法摆脱受制于投资方的命运，那么一些名气一般的中青年导演就更不用说了。表面看来，导演与投资方之间的矛盾是化解了，影视作品顺利拍出来了，但导演自己的艺术追求，影片的质量也都随之淹没了。

长此以往，影视作品的艺术性大打折扣，将断送影视业的未来。著名导演陈可辛做了一个形象的比喻：艺术性如同任性的孩子，商业性如同孩子的父亲。孩子是富有想象力的，父亲是现实功利的，两者总是不断地发生矛盾、相互协调、共同发展。不管怎样，二者谁也离不开谁。导演的失语，艺术性的丧失，无疑是在扼杀影视业的未来。不过所幸的是，面对投资方或制片人的指手画脚和强势，并非所有的导演都会妥协。导演钮承泽在拍摄《艋舺》时，就有很多投资人表示愿意投资，但前提是要按照他们的意愿拍成偶像片，对此钮承泽断然拒绝，而是坚持用自己艺术理念完成拍摄。影片一经上映，便得到多方好评，其在台湾的票房甚至超过了《阿凡达》。

因此，导演们在面对强势的投资方时，首先要充分发挥主观能动性，树立自己的品牌，如宁浩、贾樟柯、张一白、钮承泽等青年导演就是通过做响自己的品牌，牢牢地把握了导演权，他们有充分的自由选择用谁的钱，不用谁的钱。作为青年导演，要坚持自己的艺术理想，自己做项目，寻找资金，赢得属于自己的话语权。此外，国家相关部门应该完善有关法律法规，相关院校应该培养一批与影视业对口的法律人才，使得影视行业内的维权有法可依。而作为维护导演尊严，保障导演权益的导演协会，在今后的工作中还需在保护权益、行业自律等方面承担更多责任，开拓更大的空间。毕竟，影视剧特别是电影，除了商业的品性外，归根结底它是一门艺术，应由导演对影视剧的艺术质量和观众负责。

6. 国博举办路易 · 威登展又如何

林青

近日，中国国家博物馆举办了“艺术时空之旅——路易 · 威登”展，此举引起一些非议，认为国家级博物馆不应当如此商业化。其实，如果真的身临其境地参观了展览，这种顾虑就完全可以打消。

走进展馆，观众感受到的并不是奢侈品的奢华，而恰恰相反，是以人为本的服务。路易 · 威登以箱包设计制造著称，展厅里陈列了 150 多年来路易 · 威登为社会名流、艺术家等设计制作的旅行箱包。这些箱包虽样式繁多，用途不一，但设计理念却充分体现了实用价值。如为著名作曲家斯特拉文斯基设计的旅行箱，各种洗漱用品妥帖地置放在箱内，不会让它的主人在长途旅行中感到不便；为音乐家设计制作的小提琴箱，可有效保护乐器，尤其是名琴，更需要这样精心地保护；让笔者念念不忘的还有一款玩具箱，里面除了可放芭比娃娃，还有放衣物、饰品的小抽屉，打开可进行展示，合上又让每样东西各就各位。此外，有工具箱、露营箱、帽箱、化妆箱、首饰箱等各种箱包，都让人感受到非凡的创意与艺术的结合，精湛的工艺与质量的结合。这也让人更加深刻地体会到，路易 · 威登之所以成为世界名牌，是它的创意和质量，都紧紧围绕人的需要服务，并且服务得那样贴心、细致、周到，这就是品牌的力量。

之所以有人对国博举办这样一个展览提出异议，是认为作为公益性单位，国博应该也必须承担对民众的引导、教育的功能。但笔者认为，就算是国博举办了这个奢侈品牌的展览，也不必大惊小怪。国家博物馆面向的是普通民众，而国人的欣赏层次是多方面的。国博既有展示中国悠久历史文化的古代展陈，也有展示中国革命光辉历程的“复兴之路”，还有满足公众欣赏需求的美术大师的作品展。

应当看到，对于国际品牌的展览，也是开阔眼界的艺术交流活动。在当今，随着中国国力的增强，国人对于国际品牌的了解也日益增多，中国的购买力在国际上也更加引人注目。据最新公布的《世界奢侈品协会 2010—2011 年度官方报告》称，截至 2010 年底，中国内地奢侈品市场消费总额已经从 2009 年的 94 亿美元攀升到 2010 年的 107 亿美元。中国已成为全球奢侈品消费最快增长国，预计将在 2012 年超越美国占据全球奢侈品消费额首位。对于全球奢侈品制造商来说，中国不仅代表着每年两位数的销售增长，更意味着未来的市场。正因如此，100 多个国际顶级品牌正在加速中国各地奢侈品市场的布局，专卖店总数已经达到上千家，除了北京、上海、广州等大城市，中西部城市的分店也如雨后春笋般涌现。路易 · 威登在中国的 22 个城市开了 27 家专卖店。鉴于中国巨大的消费能力，许多国家纷纷举办“中国日”，为的就是吸引中国的游客，拉动消费。尤其是在金融危机的影响下，各国更是把目光对准了中国。这是中国国力的具体体现，也充分说明中国在国际上的影响日益增强。

至于博物馆举办商业品牌展示活动，在国外也很常见。美国大都会博物馆为世界著名的博物馆，笔者在参观时就赶上一个展厅正在举办时装设计展，展厅里人头攒动，热闹非凡，但并不影响其他的展览，也没有人对此提出异议，可见美国对不同文化的包容程度。

我们常常感叹盛唐时期创造了灿烂的中华文化，那是因为唐代是一个胸襟开阔、海纳百川的时代。当今中国正在走向复兴，也需要以一种开放的心态对待不同的文化。商业文化也是人类共同的文化积累，也蕴含着艺术理念和人文精神，我们不仅要重视它，还需认真地学习它、了解它的精髓，这样我们才能更好地发展市场经济，进一步增强文化软实力，提高中国在世界的竞争力。

7. 剪不断理还乱的电影终剪权

张成

日前，上海国际电影节竞赛片《肩上蝶》的媒体看片会拒绝媒体入场观看曾引发小小的波澜，随后众人得知是导演张之亮不满发行方私自重剪影片所致。上影节闭幕后，导演张之亮与发行方的矛盾并没有化解，张导坚持要公映120分钟的原版，发行方北京盛世新影则坚持90分钟的版本公映。导演剪？还是发行方剪？电影终剪权该归谁的问题再次被提出来。

值得关注的是，这却并非常见的不懂行的投资方对导演的侵权事件，而是专业的发行方与导演之间的矛盾。《肩上蝶》的投资方稻草家族影视策划有限公司因初涉影视产品制作，便把影片交给在圈里颇负盛名的北京盛世新影运作。盛世新影出于院线排片场次的考虑，便私自压缩了影片的长度，把原版120分钟重剪为90分钟。这样一来，影片在全国的院线便可多排出1000多场，相应的票房收入也会增加很多。但盛世新影的这一行为并没有提前知会张导，便导致双方随后一系列的矛盾，进而影响了影片的宣传。

其实，盛世新影的这种行为并非不可理解。盛世新影有着过硬的市场直觉和运作能力，创造票房奇迹的文艺小品《观音山》便由其发行。尤其是在国内文艺片市场不景气的大背景下，盛世新影通过良好的营销，使一部文艺片的票房竟然突破8000万大关，可谓相当难得。盛世新影私剪《肩上蝶》这一行为也是出于同样的目的，恰如盛世新影的负责人高军所言，希望借助《观音山》《最爱》等文艺片的东风，文艺片《肩上蝶》也能获得骄人的成绩。从观众的角度来说，尽管并非绝对，但90分钟的片长是最适合观众接受的长度。对于一部文艺片来说，长于90分钟可能会导致影片的节奏变慢，不利于观众的观看。而影片长度过长也会导致院线的排片量下降，进而影响到票房。从市场的角度来看，《观音山》《最爱》等文艺小品均取得了不错的票房，为文艺片的市场培育打下了良好的基础，如果《肩上蝶》能延续这一良好的趋势，无疑将会从长远的角度促进文艺片的发展，为文艺片吸引投资带来便利，同时，又能吸引更多观众观看。因此，从整体上看，尽管张之亮导演的艺术诉求会打一些折扣，但无疑对艺术电影的发展是利大于弊的。事实上，张导并非不同意缩减片长，他反而表示愿意同投资方协调，剪短影片。只不过投资方和发行方未经张导同意，擅自行动，引得内讧，进而影响了影片的宣传。

反观好莱坞影坛，发行方介入终剪阶段几乎是家常便饭，即使像《盗梦空间》这样非常卖座的大片也不例外。导演为自己的艺术诉求与发行方“斗智斗勇”也是必备的生存技能。然而，好莱坞电影大亨也并非完全金钱至上，他们为了照顾某些导演的艺术理想，在发行影碟时，通常会发行一个完全忠于导演意愿的导演剪辑版，这样既能照顾到导演的艺术追求，又能吸引导演的拥趸购买，从票房之外再次获利，一举两得。或许，国内也可以把这一模式借鉴过来，有效地解决导演和发行方的矛盾?

8. 假做真时真亦假

——浅谈电视娱乐节目诚信危机

乔燕冰

近日，传说中以天籁之音“震撼英伦，红透世界”的“苏珊大妈”首度来华，在申城与时下当红“达人”“菜花甜妈”同台 PK。中外传奇“达人大妈”携手飙歌，让《中国达人秀》如期演绎了理想的年度盛典，使得本就在选秀类节目中人气颇高的第二季《中国达人秀》在赚足了眼球后高调收官，由此掀起一股“达人”狂潮更自不待言。然而，就在这股泉涌的热浪之中，“达人秀冠军有内幕”、“选秀节目‘黑箱作业’”等新一轮质疑纷至沓来，令身置高处的《中国达人秀》不免面临真假莫辨的窘境。

自多年前引领电视选秀风潮的《超级女声》问世，忽如一夜，万树梨花。各类真人秀节目如火如荼，风行泛滥。观众饱尝审美疲劳，加上边际效应递减规律的影响使然，使其起落沉浮地汇流于存在原创缺乏、内涵缺失等诸多弊端的当下电视娱乐节目面临境况。近年来，希图真正立足于草根文化，俯下身亲近大众，是某种意义上遭遇整体沦陷的电视娱乐节目突围困境的一种策略。但克隆模仿、跟风追行却仍为一种常态甚至痼疾，令众多节目依然难以获得观众青睐。在此情境下，版权来自《英国偶像》的《中国达人秀》应该说是不多见的得到了大众与专家较为一致认可的胜出典范。

《中国达人秀》之所以有这样的佳绩，除了它为妙龄少年到古稀老人、平民白丁到富人商贾、说学逗唱到特技神功等各类人提供同等的展示平台，打造一个全民秀场外，更重要的是，在基于原生态的以技论人的基础上常常追求以情感人，即许多时候技艺不再是对选手晋级唯一的考量标准，而是因人间真情与温情的弥漫而打动评委、惊撼四座，正如评委高晓松曾对节目的盛赞：追求一种平凡人生绽放出的光芒。诸多专家学者也给出其“带有一点心灵鸡汤”、“为社会制造人格增量”、“为中国电视树立了一个可以借鉴的标杆”等褒扬。

这样一档倍受好评的节目，却无法摆脱鲜花与板砖并行的命运。因“凤凰嫁进鸡窝”，以摆地摊为生，却将爱情与艺术追求进行到底，感动无数人的“甩葱舞”表演者“蜘蛛侠”夫妇被指责“身份造假”；凭借一曲怀念亡母的《梦中的额吉》而走红网络的 12 岁蒙古族男孩乌达木陷入“假唱”风波；“光头选手不能拿冠军，因为海飞丝（《中国达人秀》冠名商）不答应”的坊间爆料；评委煽情、作秀、“打酱油”等水平和资格等多方质疑不绝于耳……即便节目制作方努力澄清，对其真实性信誓旦旦，依然不能取信于观众。

以真实、真技、真情掳获和打动观众的节目，却要在“真”上挨上当头一棒，这也许是对其最大的否定、对诚信最大的讥讽。

实际上，不独《中国达人秀》，如选秀类节目催生出承担部分挑选和培养选手，也完成部分幕后推手工作的“选秀中介”行业；为搏出位，情感类节目有意窥探隐私、夸张、猎奇、造假；一些参加过相亲类节目的嘉宾集体转型，使许多相亲节目被指捧红了一批演员和模特等。这些以收视率、经济收益以及个人功利私欲为内在推力的电视节目之所以乱象丛生，其中又何尝不潜藏着节目制作主体与参与主体对喜爱他们的观众给予他们的信任的一种集体透支？

具有去精英化、消解权威、追求多元、受众面广等特点的电视娱乐节目都一定程度上寄托着大众朴素的人文情感与特定的文化期待，承载着大众普遍的文化诉求。“民无信不立”，文化无诚信又如何？这些文化生产者诚信的缺失，扭曲了文化导向，丧失的是文化责任，伤害的是大众的文化情感，破坏的是大众乃至整个文化生态，甚至可能蔓延助长整个社会的诚信危机。

由此不禁要问：这种信任透支，要由谁来埋单？要如何埋单？

9. 三把柴烧高电影票价

三一

2010年，中国大陆电影票房突破100亿元，“看上去很美”。然而，实际影院观影人次不足3亿，尚不到美国的1/5，从观影人次与人口总数的比例上看，甚至都远远不及韩国。居高不下的票价成为大陆票房突飞猛进的引擎。同时，高票价也严重阻碍了观影人次的增长。本是“最便宜的大众娱乐方式”在大陆却成为文化奢侈品。

很多观众都会怀念上世纪80年代《少林寺》《芙蓉镇》全民狂欢的观影年代，票价只有区区一两毛钱。尽管如此，《少林寺》的票房在当时竟也突破亿元大关。其实，在娱乐方式多元化的今天，观众对电影的需求依然非常旺盛。如某家电影院举办团购活动，电影票竟然卖出17万张，创造了团购的记录；又如根据去年年底发布的《2010年国内团购网站不完全统计报告》显示，电影票团购稳坐团购行业第二把交椅。尽管如此，高票价却把更多的观众挡在了电影院外，高票价俨然已成为悬于电影产业头上的一把刀。

那为何“最便宜的娱乐方式”在中国收费却如此之高？是哪几把柴烧高了电影票价？首先，昂贵的房租已成为电影院不堪承受之重。电影院往往建于核心商圈或繁华地带。地产商不但要收取房租，还要额外从电影票房中抽成。这一做法无异于“吸血”。除此之外，电影院还要负担人工、设备折旧、水电等费用，这些就占到收入的近半数左右。再加上影院票房还要分账，影院要尽快回本，高票价是难免的。即使这样，影院在开张的头几年依然鲜有盈利者。如此一来，很多新开张的影院便通过团购等压低票价的方式来聚集人气。然而，这种赔本赚吆喝的方式长此以往必定会伤及电影产业。

其次，国内电影放映营销是“一次性”买卖。从公映到下线期间的票房收入几乎是绝大部分影片回本乃至盈利的唯一渠道。可以说，压低票价无异于从投资方身上“割肉”。因此，很多投资方与影院也达成默契，联合起来制定了最低票价的底线。对比好莱坞，一次成熟的后电影开发，如电影衍生品开发、定点院线的长期放映、付费电视、音像制品零售、主题公园乃至爆米花、可乐都可以因一部电影放映的“火车头效应”产生巨大的经济效益。票房收入反而只占电影产业总收益的不到一半。这样一来，投资方和影院也有动力和空间去降低票价，吸引更多的观众进行电影消费。

再次，大陆的电影供需矛盾突出，严重供不应求。大陆的电影产量已位居世界前列，但佳作寥寥。让人记忆犹新的是2010年初《阿凡达》所引起的观影狂潮。

观众对好电影的需求还是非常突出的。另外,大陆的影院、银幕数量还是相对稀少。稀缺的资源为高票价又添了一把柴。

降票价，离不了国家政策的支持。如相关部门联合制定政策，把影院的房租定于一个合理的位置；把电影专项基金的缴纳政策制定得更有弹性一些；调整现行的放映机制，加大后电影开发；加强电影基础设施建设等等。为虚高的票价降降温吧!

10. 看猴子怎比得了养猴子

——从新版《西游记》中孙悟空的“面瘫”说起

邱振刚

最近，出自张纪中这位金牌制片人之手的新版电视剧《西游记》在各地荧屏开播。自这部剧拍摄伊始，制片方就把高科技的大量使用当做了宣传卖点。然而，观众在看过剧中众多令人眼花缭乱的高科技镜头后，对这些镜头的使用效果和剧中演员的表演却恶评如潮。例如，打星吴樾版的孙悟空因神态表情缺少变化被网友讥讽为患上“面瘫”，全无83版电视剧中六小龄童版的灵气逼人。另外，小说原著第一章中对于乾坤万物起源“混沌未分天地乱，茫茫渺渺无人见。自从盘古破鸿蒙，开辟从兹清浊辨”的瑰丽想象，到了电视剧中却变成了天文科普节目般对银河系星云和太阳系行星运行轨道的直观呈现，让观众味同嚼蜡，全无想象、品味的空间。

其实，随着科技的进步，高科技手段在影视制作中得到应用，这对于丰富观众的视听体验本是一件好事。六小龄童就曾说过，83版《西游记》的一大遗憾就是当年的制作手段未臻完善，很多原著中的奇思妙想因为制作技术的缺乏未能被淋漓尽致地展现出来。然而，不断花样翻新的影视制作技术其实是一柄双刃剑，如果制作者过于依赖高科技手段带来的强大视觉冲击力，各种特技镜头使用得过多过滥，以至于对剧情的发展带来阻滞，甚至让演员怠于在挖掘角色内心上下功夫，那么势必对整部作品的艺术质量带来不利影响。比如，新版《西游记》中，演员吴樾就曾坦言，自己是在电视剧开拍后，利用一次从剧组返京的时机才到动物园看了一天的猴子，而在83版《西游记》拍摄过程中，六小龄童长年亲自喂养猴子，以熟悉猴子习性，让自己的表演更加逼真。这二者的差距真是不可以道里计！正因如此，同样的角色，六小龄童版的“孙悟空”能够20多年来一直深入人心，吴樾版“孙悟空”却被讥为患上“面瘫”，也就不难理解了。

演员表演才能的锤炼需要付出长久的努力，而对于影视制片方来说，五花八门的特效镜头或许只是在技术设备上进行一番操作就能完成，同时，作品早一天播映，就能早一天收回投资成本。这样的话，在急功近利心态的驱使下，制片商们就做出了貌似符合“经济规律”的选择。然而，如今影视制作技术日新月异，今天的高科技到了数年后就有可能过时落伍，乏人问津，但经典的人物形象却能长留观众心间。在默片时代，卓别林的无声喜剧电影，甚至连字幕提示都尽力避免使用，全靠演员的表演功力和剧情构思来吸引观众，这也成就了世界电影史上至今不可逾越的经典。时至今日，83版《西游记》也是时常重播，当人们打开电视机看到孙悟空敢作敢当的无畏个性，看到女儿国国王缱绻眼神中的欲说还休，看到那些个性各异的妖魔鬼怪，仍然会不由自主地大加赞赏。归根结底，影视作品是讲故事的艺术，而故事讲得如何，关键在于演员对角色的塑造是否传神到位。试想，如果屏幕上堆积着一大堆高科技特效场面，演员在旁边却表情木然，这样的影视作品注定是失败的。

现在，新版《西游记》在各地的收视率尚在上扬之中，该剧亦不乏超越前作的长处，如对原作故事脉络的重新编排更符合现代人的收视习惯等。今后，对经典名著的重新演绎也会继续下去，我们所希望的，是看到一代代演员在锤炼演技上付出更多努力，从而塑造出属于自己的人物形象。同时，制作者对高科技手段的使用也应更加精细到位，更加符合影视艺术规律，从而让文学名著在今天得到更好演绎，为今后留下属于这个时代的经典。

11. 为央视终结“唯收视率”叫好

丁薇

早在今年上半年就开始酝酿的中央电视台新栏目综合评价体系，日前终于在人们的期待声和叫好声中出台。坚守了多年的收视率评价体系被新出台的引导力、影响力、传播力、专业性“四项一级指标”的综合评价体系所取代。原先收视率的客观数据换之传播力的概念，重要的是电视台不再以收视率为依据实行末位淘汰制，改为重奖新评价体系下排名前 30 的电视节目。这一变化，不只是对多年来业内实施节目评定标准的改革，更彰显了央视在节目的评定上主动的文化自觉和社会责任。

收视率是人们关注的老话题，作为一项大众性普及度较高的传播媒介，电视节目为广大受众所接受、所认可，收视率的高低多少，在一定程度上影响着节目的传播和评价，也曾对电视节目培育观众意识、建立测评机制起到一定的作用。重视收视率而不唯收视率，才是合理的评价方式和制作途径。收视率的数据仅仅是观众对于一档节目关注程度的体现，事实证明，收视率的高低并不能成为判断其优劣的唯一标准。长期以来，一些电视台以收视率为淘汰节目的硬性指标，导致不少专业性强、有深度、有影响、有发展前景的优秀节目惜别观众，却助长了那些通过热衷隐私、颠覆伦理、亵渎崇高、崇尚拜金等方式恶意催高收视率的低俗行为，也使得许多频道跟风效仿，节目同质化倾向严重。君不见，一个《非诚勿扰》火起来，一大堆“非诚勿扰”冒出来；一个《有报天天读》开播，亦步亦趋的“你读我读”的栏目，此起彼伏，似曾相识，粗制滥造导致其品质每况愈下。而制片人不但不思考如何提高栏目品质，却养成了“向下看齐”的习惯，更有甚者，只要排名不在末尾，就万事大吉的心态更是无药可救。相反，即使像中央电视台，曾经颇有人缘的思想性、知识性强的节目，像《读书时间》《实话实说》《挑战主持人》等，却被称“收视率不能令人满意”而与观众告别。据笔者所知，目前央视公布的 2011 年第二季度中央电视台栏目综合排名中位列第二的《星光大道》复制的就是当年席卷收视的《挑战主持人》的赛制，末位淘汰的弊端可见一斑。

而此番央视大动作，依据新的评价体系每年推选 30 个年度品牌栏目予以重奖，换淘汰制为奖励制，将大大激发创作者的热情，从对节目的策划无奈地侧重市场规律忽视艺术规律中解放出来，进而把重点放在栏目的研发和改进上，从而形成良性循环。这是一个突破性的改变，对于精神文化产品，其柔性的评价和注重长效的前景效果，也会促进和激励制作者的探索意识，创新精神，可以有力地促进节目制片人关注现实、勇于尝试，创造新的节目样态，丰富电视节目，在管理上，更能体现出人文情怀。

对于一个新的举措，其效果如何，还有待时间的评判。但是作为一个国家电视台在栏目设置上、考核标准上，注重社会效益，注重前瞻性、整体性的评价标准，将关注度从收视率转向提升电视栏目的质量上，这是令人欣喜的，惟此，才能充分发挥电视文化服务社会、启迪人心、推动社会发展的功能，肩负起电视媒体人应有的社会责任和担当。

12. 洋牛导未必能排“毛泽东”

索好思

日前，一条微博引起了人们的关注。湘潭广电局长在微博上寻找当今最有票房号召力的导演——詹姆斯·卡梅隆的联系方式，欲邀其策划以最伟大的革命家之一——毛泽东为创作题材的实景演出。这一举动本无可厚非，通过文化传播手段把毛泽东思想传向世界，这本是好事。毕竟，古巴把切·格瓦拉的传记拍摄权交给美国导演斯蒂文·索德伯格，影片公映后，反响还相当好。珠玉在前，实践表明该文化交流的方式是可行的。然而，该广电局长随后的言论和表态却让人不得不怀疑这件事的可操作性，网友反应最强烈的也是这件事的心血来潮和“路数不对”。

从湘潭广电局长的微博中可以看出其文化传播中的“大跃进思维”和“鸡同鸭讲”。实景演出是内地文化产业开发最为常见的方式之一，如张艺谋的“印象”系列。这种开发方式曾经带来过轰动效应如《印象·刘三姐》和《印象·丽江》。尽管如此，随着“印象”系列的泛滥和各种山寨版本的“横空出世”已经大大降低了观众的期待值，如《印象·海南岛》因为难以回本，不得不转让部分股权。另外，近年来，实景演出对当地文化生态的破坏也愈来愈引发关注。作为一名玩微博的“新潮”公务员，想来对这些热点事件不会不了解。在此环境下，逆势上马实景演出，无论是从成本和文化资源开发的角度看，都是事倍功半的效果。另一方面，詹姆斯·卡梅隆的创作从《终结者》系列到《泰坦尼克号》再到《阿凡达》有一条清晰的主线，却鲜有与革命题材交汇的地方。卡梅隆能否驾驭好这个题材，对此有没有艺术直觉也是个问题。其实，明眼人都能看出个中的“不搭”，也难免因此质疑湘潭广电局长的态度。此外，卡梅隆和其特效团队的报酬也是最大的障碍，仅凭一个项目预算，恐难负荷。如若只是“挂羊头卖狗肉”，挂卡梅隆的名，攒一个草台班子，弄一场演出，到头来坑的还是观众，更不可取。

不但如此，“微博事件”中饱受诟病的还是湘潭广电局长所提的文化产业开发给人的粗放感。他始终没有搞清楚自己项目的核心竞争力到底是什么？是3D？是伟人故事？是实景演出？还是红色文化？胡子眉毛一把抓，哪个都沾，又不确定主打哪个。随着人们精神生活的日益丰富，过去的“人海战术”、粗放的项目恐已无法适应新的形势和要求。文化产业的开发，已不是搞一两个项目可以草草了事的。

最匪夷所思的是，湘潭广电局长竟坦言，要借助詹姆斯·卡梅隆的创意。这种后殖民式的思维方式实在有些悲哀！难道如此中国式、民族化的文化资源在最核心的创意部分非要借助西方强势的“他者”话语吗？倘若真请卡梅隆做成了此事，那能不能得到国人的认同还是个问题。

总之，开发文化资源，切莫沽名钓誉，更不要哗众取宠！而至关重要的文化引擎，更要自己造！

13. 好演员胜过大明星

王新荣

北京人艺大戏《喜剧的忧伤》于近日热演，主演陈道明再次成为圈里圈外热议的话题。日前，一向低调的陈道明在接受《南方周末》记者采访时坦言，在他的眼里只有好演员，没有大明星。也正因如此，他回归话剧舞台只讲奉献、分文不取；在排演期间不接受媒体记者采访，甚至排练现场常用凳子将门口封严，以保证全心投入角色。已经是大明星的陈道明却声言自己不做大明星，要做好演员，这不能不让人为之叫好。然而这似乎只是一个特例。精心挑选自己适合的角色、闭门清修锤炼演技等曾经内化为无数艺人心中的金科玉律，在当下日渐商业化的浪潮中，在近乎疯狂地追名逐利中，其实已经愈行愈远，这不能不让人忧虑。

君不见安于清净、甘于寂寞，却只见交口称赞、宣传推介满天飞。目睹当下娱乐圈之怪现状，大大小小的宣传推介会代替了一出出一幕幕的脚本研讨会，冷静、客观、锐利的文艺批评让位于众声喧哗的交口称赞。在如此形势下，闭门研究角色，竟被称之为“耍大牌”、“玩神秘”，刻意与观众拉开距离。过分依赖宣传推介的后果，就会使艺术创作形式大于内容。艺术创作成果尚未出炉，宣传推介就开始四处吆喝，结果观众都是被“赶”进戏院，而不是自己走进去的。如此这般把戏剧当作广告拍，只看市场效应不计艺术效果，演员成了模特，不再把更多精力放在锤炼演技、揣摩角色心理上，而是亮亮身段、卖卖笑、吆喝吆喝，光鲜亮丽的外表之下终难掩艺术创作的贫乏与拙劣。

君不见慢工出细活儿，却只见艺术快餐满天飞。如今，为了让剧本早日转化成生产力，剧作以一种前所未有的生产速度把艺术积淀与产品质量远远撇在身后。舞台作品的数量上去了，艺术精品却乏善可陈。回想陈道明在拍电影《一个和八个》的时候，为了晒黑皮肤，竟不惜在广西大龙山水库暴晒一个月。同时，为了拍好每出戏，他在拍戏之前都要经过长时间的自我沉淀，充分酝酿情感，戏一开拍后就能进入状态。因此，他从不插戏，不会像别的演员一样，四处赶片场，同时演两部或者更多的戏。抓住当前机会，走哪儿算哪儿，抓住今天的钱再想明天的事。而像《喜剧的忧伤》这样一出令人悲喜交集、牵肠挂肚的演出背后，正是陈道明本人对于商业光环的撕毁和人艺对“舞台快餐”流行假面的撕破。试问，如今的舞台演员们，还有多少人在顶礼膜拜“戏比天大”的艺术圣经？

君不见好演员难觅，却只见明星大腕满天飞。在利益至上准则的蛊惑下，明星的光环和不菲的收入使得演员对于职业道德的忽略由来已久。在中国演艺圈里，演员这个职业已然开始分化，有人做明星，有人坚守做演员。明星有他的商业价值，要的就是出镜率、曝光率、点击率，没有这些他就不叫明星了，因此作品对他来说不是第一位的；演员不同于明星，演员是艺术本身，靠他的作品来说话，靠他的角色来说话。叹如今，越来越多的年轻演员做着明星梦，整日里千方百计地炒作自己，为出名挣钱不择手段，缺失的就是那么一点为人为艺的风骨、气节和精神。

哲学家康德曾言："世间最美的东西有两种，头顶上湛蓝的星空和存于内心深处的真实。"原始本真的自然环境和无所牵涉的诚挚心灵是任何斧凿之美所无法企及的。戏剧是塑造纯美的重要艺术形式之一，真挚澄明的内心是演员充分诠释戏剧内涵不可或缺的因素。而要保持此种真实，求得内心的宁静和思索以求更好地诠释演绎角色，唯有多一份对艺术的执著追求，少一份对名利的渴求，做一个本本分分的演员方为上策。

14. 期待会所的文化转身

关戈

某种意义上讲，8 月 23 日值得特别关注。这一天，“幽默的高品质生活”征文大赛暨刘诗昆孙颖缔造非凡会所官网正式启动。吴雁泽、盛中国、濮存昕、余秋雨、马兰、鲁豫等均到会捧场。其间，众人机趣畅谈，认为高品质生活是非功利的生活，余秋雨更称“艺术才是理想人格的终点”。刘诗昆则表示，将为会员提供文学、戏剧、音乐、美术等高雅艺术的欣赏、交流和学习平台。

与之形成鲜明对比的是，继故宫“会所门”之后，刘老根会馆日前也被举报涉嫌破坏文物。前者本意在打“文化牌”却挂羊头卖狗肉，后者本要倚靠晋冀会馆的文脉地利，却买椟还珠，在屋顶加盖罩棚被指破坏文物。两者都坐在文化的怀抱里，却“坐怀生乱”，让人叹为观止。在网友屡爆会所的奢靡和高昂的入会费用的同时，这恰折射出了商业化带来的文化贫瘠已成为这块精英空间的“阿喀琉斯之踵”。

故宫“会所门”及刘老根式的不幸终于发生，拷问了一个重要事实：在经济发展、一部分人先富起来之后，我们在精神上是否已经做好了充分的准备？

让我们做一次简略的会所或雅集文化的寻根之旅。300 多年前，德·朗布依埃侯爵夫人在巴黎举办了据称为此后欧洲沙龙文化定调的“蓝色沙龙”。此后数百年间，沙龙文化风靡欧美，政商及文化各界精英均以参加沙龙为荣。像舒伯特、门德尔松、肖邦等享誉世界的音乐家都曾为沙龙常客，肖邦的《小猫圆舞曲》就是沙龙上的即兴之作。近现代以来，沙龙文化经舶来后一度风靡国内文化界。林徽因的客厅因举办沙龙而赫赫有名，更汇聚了胡适、沈从文、金岳霖等一大批文化名人机锋巧辩、高谈阔论，成为“京派”重镇。李健吾、萧乾也因文才而被邀请成为座上客。

事实上，中国特色的“沙龙文化”还可以追索更远。一篇《兰亭序》，诉说了一段文人雅集的千古风流。随后的千余年时间里，因各类“雅集”而遗留下来的传统会馆遍布全国，更凝汇成包括建筑文化、戏曲文化、餐饮文化在内的深厚文化传统。像湖广会馆、安徽会馆等，都曾在历史上扮演过重要角色，而绍兴会馆更已成为鲁迅故居之一。这些传统会馆，很好地结合了商业和文化、地域与亲情，发展出具有中国特色的“沙龙文化”。现代会所虽与之有区别，却可说是其私人化的现代变种，问题是完全与传统背道而驰了。某些会所除了奢靡、神秘，还剩下什么？

无论西方沙龙的文化精神，还是传统会馆的流脉，众多现代会所都没有继承，却选择去雅化、去文化的商业化发展模式，在过度商业化中迷失了文化的归途。若缔造非凡会所能在继承中西方沙龙文化传统方面作出探索，将对会所文化产生积极影响。

为会所注入文化“强心剂”能否使之回归“沙龙”本质？能否成为诗意栖息的独立风景或人文价值的铁打营盘？也许，形势还有待观察。我们不能指望会所能普及成每个人的日常生活。对文化来说，“聚集”往往是分众的聚集，“聚集”本身的意义，更重要的是人文理想、价值取向、兴趣爱好相似的人群在一起激辩思维、品评文艺和引领风向。当这种“聚集”以倡导高雅艺术为职志时，会所可能成为当代沙龙文化的“涡旋”之地。如以此为契机能带动真正的“变局”发生，使某些纸醉金迷却文化缺位的会所“华丽转身”，成为社会文化发展的“传动轴”和“沉积窠”，则幸莫大焉。

15. 文化怎么自觉

冯骥才

近来，一个概念愈来愈响亮，这个概念是文化自觉。此于知识界是件高兴的事，因为这个很早就发自知识界的声音开始有了社会回应。

30 年来，中国社会在进入全球化的商品社会之后显示蓬勃与雄劲的活力。尽管“两个文明一起抓”提得很早，颇具远见，但对于贫困太久的中国来说，物质性的财富既是迫不及待的需求，又是挡不住的诱惑，故而长期以来“两个文明”一直处于“一手硬一手软”。于是，物质殷富与精神匮乏荒唐搭伴带来的种种问题日渐彰显。这便是提出文化自觉深切的现实背景，也是其意义重大之所在。

请注意，当今，是由于人们在现实中痛感到了文明缺失后果之严重，才关注到了文化自觉的必要。关注总是好事，但不是说文化自觉，文化就自觉了。重要的是什么叫文化自觉，谁先自觉，怎么自觉。不弄清这些根本问题，文化自觉最终会变成一个空洞的口号，真成了喊文化自觉就文化自觉了，甚至会搞偏，红红火火闹一闹“文化”，好像文化就自觉就繁荣了。

什么叫文化自觉?

依我看，人类的文化（或称文明史）分为 3 个阶段。第一是自发的文化，第二是自觉的文化，第三是文化的自觉。以文字为例——在原始时代，人们为了传达讯息与记事，刻划各种符号于岩壁，却并不知道这是一种文字，是文化，这便是自发的文化阶段；后来人们知道这种符号功能的重要，开始自觉去创造与应用，这便进入自觉的文化阶段；人类由自发文化迈入自觉文化是文明的一大进步，然而更重要的是对文化的自觉。具体到文字上说，就是如何科学地规范文字、保护濒危文字等等了。

文化的自觉就是要清醒地认识到文化和文明于人类的意义与必不可少。反过来讲，如果人类一旦失去文化的自觉，便会陷入迷茫、杂乱无序、良莠不分、失去自我，甚至重返愚蛮。

文化自觉还有一个重要方面，是建设当代文化高峰的自觉。

那么文化应该谁先自觉呢?

首先是知识分子。我写过这样一句话：“当社会迷惘的时候，知识分子应当先清醒；当社会过于功利的时候，知识分子应给生活一些梦想。”知识分子天经地义地对社会文明和精神予以关切、敏感，并负有责任。没有责任感就会浑然不知，有责任感必然深有觉察，这便说到了知识分子的本质之一——先觉性。先觉才会自觉，或者说自觉本身就是一种先觉。

我们说责任，当然不仅仅是说说而已，而是要去承担。这道理无须多说，从雨果到晚年的托尔斯泰，从顾炎武到鲁迅，他们的言行都在我们心里。然而，我们当今有多少人像他们那样勇于肩负这样的时代使命？这不能不做深刻反省。

再有，国家的文化自觉同样至关重要。

以这些年从事文化遗产保护的亲身经历，我以为国家的文化自觉是有的。比如知识界提出的对非遗保护的观念与种种措施都得到国家的接受。在确立文化遗产日、传统节日放假、制定与颁布《非遗法》、建立非遗名录等方面，国家都一步步去做了。可是，在我们口口声声说的“经济社会”中，文化到底放在什么位置？还有宏观的国家文化方略到底是怎样的？仍需要十分明确。

在现实中，问题最大的倒是在政府的执行层面上。或由于长期以来重经济轻文化，或由于与政绩难以挂钩，致使文化在经济社会中处于弱势。文化的缺失不会显现在任何一级政府当年的统计表中，但日久天长便峥嵘于各种社会弊端上，并积重难返。因此，政府的执行层面的文化自觉成了关键。若要使这一层面具有文化自觉必须有切实办法。否则，文化在这个层面必然化为几场大轰大嗡、明星云集的文化节和一大片斥资数亿的文化场馆。因为，当前文化的遭遇，往往是要不依附于政绩，要不与经济开发挂钩，化为 GDP；文化失去了本身最神圣的功能——对文明的推进，还有自身的发展与繁荣。任何事物只有顺从其本质与规律去发展，才是科学的发展。违反其规律与本质就是反科学——在文化上就是反文化的。当然这就更提不到文化自觉了。

我们现在常把文化自觉与文化自信并提，这十分必要。这两个概念密切相关，当然还有各自的内涵。文化自觉是真正认识到文化的重要性和自觉地承担；文化自信的关键是确实懂得中华文化所具有的高度和在人类文明中的价值。否则自信由何而来？

我对文化自觉的理解是，首先是知识分子的自觉，即知识分子应当任何时候都站守文化的前沿，保持先觉，主动承担；还有国家的文化自觉，国家也要有文化的使命感，还要有清晰的时代性的文化方略，只有国家在文化上自觉，社会文明才有保障。当然，关键的还要靠政府执行层面的自觉，只有政府执行层面真正认识到文化的社会意义，文化是精神事业而非经济手段，并按照文化的规律去做文化的事，国家的文化自觉才能真正得以实施与实现。上述各方面的文化自觉最终所要达到的是整个社会与全民的文化自觉。只有全民在文化上自觉，社会文明才能逐步提高，当代社会文明才能放出光彩。

16. “助纣为虐”的古董鉴定何时休

王新荣

笔者近日曾就陕西省文物局要求文物系统内干部职工不得参与“鉴宝”、“寻宝”类节目的做法撰文，呼吁文物界“考古不藏古的好传统不能丢”。时下，前华尔森集团董事局主席兼总裁谢根荣骗贷一案再次引起笔者注意。据有关媒体报道，谢根荣托人自制假“金缕玉衣”，以几十万元的评估费让5位专家集体“被俘”，联合出具一纸估价24亿元的鉴定书，谢根荣以此顺利从银行骗贷6亿多元，造成国家巨大经济损失。事件一出，舆论哗然。于利益驱动之下，商人造假骗贷的事并不少见，但“大师”们蜂拥而出，沦为不法之徒的拥趸和帮凶，指鹿为马、信口雌黄，让人情何以堪？

一桩骗贷案，牵出几个泰斗级人物。而其中最让人咋舌之处还在于，号称价值24亿元的“金缕玉衣”，竟是“隔着玻璃观花”就完成鉴定。很显然，在所谓“文物”附加的经济利益面前，鉴定“大师”们视线模糊了。于是，求真知、持正义的“专家”也就变成了拿人钱财、与人方便的“砖家”。在文物投资收藏的灰色“江湖”里，谁的江湖地位高，谁的来头大，谁喊得调门高，谁的门前就车水马龙。如此物质至上，鉴宝“大师”们面对几十万的评估费焉能淡定从容？文物市场，又岂有不乱之理？与之相伴而生的，附着着厚重历史文化背景的文物古董，也渐渐沦落为躺在拍卖、倒卖市场里待价而沽的商品，天价市值背后，文化基因却丧失殆尽。

其实，文物鉴定和市场评估本是两码事，鉴定辨识真伪，评估确定市值。但一些“砖家”，文物真假不辨不说，倒是对跨界做文物估价乐此不疲。四处赶场走秀、打打酱油，竟隔着玻璃就横空喊出了24亿！东窗事发以后，一干人等竟摆出一副我很无辜状，或曰轻信谢根荣误被奸商利用，或曰屈从业界权威只好随声附和，将罪责一股脑地扣在逝者史树青头上，更有甚者，竟有“砖家”祭出学术自由作为遮羞布，让人万万没料到。假古董遇上假评估便可诞生所谓“学术自由”，得“感谢”这起巨额贷款诈骗案，否则我等尊重学术、仰慕专家的公众，哪能想到“学术”也可以如此自由？文化行业，本该遵从文化操守和行业底线，就算从商业利益考量，起码也该服从最基本的商业伦理——不造假、不混淆真假。鉴宝“大师”知假造假、指鹿为马，你不在乎个人荣辱可以，而行业的公信力却伤不起。早在两千多年前，古罗马学者普布里乌斯·克奈里乌斯·塔西佗就指出一个道理：“当一个部门失去公信力时，无论说真话还是假话，做好事还是坏事，都会被认为是说假话、做坏事。”作为文物鉴定业内人士，尤其是权威专业人士更不能为了多收个三五斗，就违背文物鉴定的科学原则和职业精神，以文物垂钓金钱，用金钱丈量文化，打着文化的幌子大玩财富游戏，如此一来，行业公信力焉存，学术正义何在?

诸如此类乱象，鉴宝收藏界由来已久。究其缘由，除了缺乏成熟的行业自律以外，法律规范与监管的缺失也难辞其咎。在发达国家，被证明恶意鉴定并给交易双方造成损失的，鉴定师将会被取消资质，终身不得再进入这个领域，而中国赝品成灾、证书泛滥，却从没听说哪个鉴定“砖家”被问责。文物鉴定，作为一种影响甚广的科学实证活动，诸如鉴定性质、鉴定人及鉴定机构执业资格、鉴定程序、鉴定法律责任的问责制等等，都亟需立法补缺。只有确立其必要的规则屏障，才能确保鉴定专家的良心不被迷惑，文物鉴定市场的秩序才能不被扰乱。

在艺术品暴利催生全民淘宝运动的今天，文物投资收藏市场，每年都以惊人的速度增长。然而，在我们一味追逐经济利益，一再强调市场开拓速度的同时，是不是也该适时停下脚步等一等我们的良知，等一等我们的灵魂?

17. 短板！短板！群众演员

张成

一看就是吃麦当劳长大的脸，却穿得破破烂烂在古装剧里面饰演乞丐；饿得瘦骨嶙峋的却偏偏饰演地主家的打手；在一场逃难的戏里，却有两人在逃难大军里说说笑笑……打开电视，这样的画面不在少数。这说不上穿帮，也谈不上NG，很多时候观众甚至未必苛刻地去挑刺儿。然而，每当看到这些场景时，观众潜意识里总有一股隐隐的不对劲儿，总也无法真正地入戏，感受剧中的时代氛围。这不对劲儿的地方恰在不起眼儿的群众演员身上。群众演员已经成为中国影视产业的一块短板。而日前，某山寨剧组冒充八一影视基地招募演员，并巧立名目收费，受骗的群众演员在山寨的"基地"里，衣不蔽体食不果腹，能入组吃一顿饱饭几乎成为唯一的追求，更何谈艺术？这样的群众演员出演的影视剧又有何表演可言？

其实，群众演员的水平低下一直是中国影视产业这个"大木桶"的潜藏短板，只不过山寨"基地"事件让其浮出水面。早在《色·戒》公映时，导演贾樟柯便曾针对群众演员的问题表示，"《色·戒》没有节奏感和层次，像是电视剧，街上随便放人走就完了。"这又涉及到影视的深层表意问题，即使制作团队的核心成员全都是好莱坞级水平，那么看似不重要的群众演员低劣的演出也能毁了一出戏。影视剧通过视觉元素来传情达意，时代背景、空间造型以及人物情感全都依赖于视觉呈现。俗语曰，眼睛是心灵的窗口，视觉层次、视觉节奏、视觉要素稍有跑偏，便会被观众敏锐地觉察到，进而影响理性地感知。千里之堤毁于蚁穴，很多国产大片并不好看也源于群众演员的不过关。如果观众无法入戏，那再多的投资也无异于打水漂。

显然，这个问题在很多创作者那里并没有被重视起来，他们更在意是否有明星参与。那些动辄投资上亿，有名导、巨星参与的影片却经常被观众的口水淹没。孰不知，大片的巨额投资并没有覆盖到群众演员身上。而众所周知的《疯狂的石头》中，群众演员的一句"便衣，文明执法"产生的效果却比很多大片花巨资做的特效更能博得观众好感。对群众演员的高超调度往往能起到四两拨千斤的效果。

王宝强的成功事迹成为一个励志的"神话"，很多群众演员都以他为榜样，渴望自己有朝一日也能圆梦银幕。然而，不法分子恰恰利用了人们的这种心理，借机收取费用，还美其名曰能帮其进组演戏。这实际上进一步导致了群众演艺环境的恶化！当国内影视界更侧重于类型、技术、营销、创作、运营等角度向好莱坞学习的同时，我们似乎也更应该重视自身的影视产业软实力的的提升。好莱坞影视作品中，受过科班教育或专业训练的群众演员又不在少数，无疑提高了整个影视制作链条的规范、高效、专业。同时，很多观众发现当今的语境下，越来越多的影视表演专业学生毕业就迅速蹿红，却终究成不了赵丹、白杨、黎莉莉一样的名家。年轻的毕业生缺的恰恰是一种自下而上的锻炼机会，而恶劣的群众演艺环境又压制了龙套演员挖掘潜力的可能。群众演员表演的孱弱给影视作品接受层面上带来的损伤，即使有再多的投资、技术、道具也无法弥补。莫再让群众演员成为短板！

18. 艺术品真伪究竟谁说了算

关戈

最近艺术品市场煞是热闹。“金缕玉衣”造假一波未平，“徐悲鸿油画”天价拍卖又起波澜。去年6月以7280万元拍出的“徐悲鸿油画《人体蒋碧薇女士》”，被中央美院部分学员联名指为当年的“习作”。而在该画的拍卖信息中，赫然列有徐悲鸿长子徐伯阳所写“真迹证明”，以及他与这幅画的合影。是失察？是闹剧？还是丑闻？不论最后定论如何，对艺术品市场来说，都是“伤不起”的大事件。

画家的儿子未必能鉴定父亲的画，专家的证明也未必靠谱，甚至连作者本人说话也不算数，这样的事已不是孤例。2005年，买家拍得画作《池塘》，在找作者吴冠中鉴定时，吴冠中写下“此画非我所作，系伪作”，可即便如此，也并没有支持买家打赢官司。从客观裁定的角度看，法院照章办事无可非议，但其对难免包含主观因素的各类“鉴定”、“背书”、“证明”表现乏力，的确给艺术品市场的发展带来了“迷茫”。

《拍卖法》规定：“拍卖人、委托人在拍卖前声明不能保证拍卖标的的真伪或者品质的，不承担瑕疵担保责任。”此规定被所有拍卖公司列为免责条款。此时，类似于“真迹证明”的信息，虽然事实上已隐含了对真伪的“声明”，却以“信不信由你”的方法转移了责任，钻了法律的空子。当人们把求助的目光投向专家或自以为权威的单位或个人时，法院却因“无法可依”不予采纳。那么，艺术品真伪谁说了算？谁能为市场健康发展保驾护航？买家买到赝品后如何维权？这都需要在法律和监管层面上给予健全和完善：只有在“真伪”准入上设门槛，在事后制裁上严厉，才能割断一系列乱象的根，制止乃至杜绝各类造假、拍假或假拍现象，还艺术品市场一片净土。否则，艺术品市场的公信力必然大打折扣，其良性发展更无从谈起。

从准入层面看，鉴定准入和拍卖品准入必须“两手抓”。目前国内文物、艺术品鉴定混乱，很大程度上跟缺乏法定资质的鉴定机构或法律认证的鉴定个人有关。反正很多鉴定无需资质，很多拍卖可钻空子，一些机构花钱就给开鉴定证书，就给宣传拍卖，胆大就可妄为。这无异于给假郎中卖药开了后门，既伤害公众对艺术真品的认识，也为洗钱、行贿等行为提供了温床。从惩处层面看，艺术品市场逐渐火热，使这一领域包含了经济、文化等诸多层面的内涵。艺术品市场的造假、拍假和出具假鉴定等乱象，已超出了文化艺术的范畴，涉及到了经济犯罪。因此，依法惩处不仅是对买者和公共文化的维权，同时也是对宽泛概念中经济的维权。如果说“准入”是预防，法律上做详细规定，对违反规定者严厉惩处，则是有效的震慑。在此基础上，“制”辅以“管”，根据具体情况细分和完善相关机制，艺术品市场的健康秩序可期，假艺术之名而行经济之乱的行为可止，对文化产业的良性发展也是幸莫大焉。

19. 书画仿真术横行贻害无穷

孙菁

"无需基础，会拿笔写字即可，一日便可仿毛主席的书法，一周便可重现齐白石的草虫及冯大中的虎。"这不是谁用来吹牛的笑话，而是某名家书画仿真班的广告语。不由得想到武侠小说的俗套情节，一个愚钝小子偶遇高人指点，或偶拾秘籍练就神功，从无名小卒一跃成为武林魁首。而不同之处在于一个是小说家的想象，一个则是真实怪象。如此行径本该偷偷摸摸、遮遮掩掩，但竟公开大肆宣传，不禁让人愕然。

书画仿作古已有之。在众多"仿本"、"摹本"中甚至不乏传世之作，如今人所见《兰亭序》就是唐冯承素摹本。众多书画大家也都临摹过古人作品。但临摹是一回事，恶意仿真是另一回事。通过临摹提高自身技艺，是习艺者正常的、有时甚至是必须的行为；通过恶意仿真牟取暴利，则是侵犯他人合法权益的违法行为。造假者的目的，当然不是学习、研究，而是批量制造假货。在数码技术日益普及的今天，这些假货的制作仅为极其低端的体力劳动，一日便可仿制数十张，艺术价值早已荡然无存。造假者只需一点笔墨纸张的成本便可牟取千万倍的暴利。而在高端市场，仿真"名家""大师"之作危害性更大。如此恶意行径在重重美化之后，竟然成为一种月入万元的技术堂而皇之推广宣传，这不得不让每一个书画家和收藏者后背发凉。

这样类似天方夜谭的仿真培训大做广告，从一个侧面反映了当下艺术品市场之乱。无论高端市场还是低端市场，均陷入赝品泥潭而为人诟病。屡次爆出的天价拍品被指为伪作，不少是高级仿真的"杰作"，但也有一看就十分可疑的"烂货"；潘家园这样的艺术品集散市场，"名家""大师"仿真之作更是可以批发，并且量大从优。这表明，无论在哪一个层级的市场上，"仿真技术"都存在巨大的市场需求。这种需求的背后，当然无关艺术，而是经济利益驱使。

仿真术横行贻害无穷。就被仿真的艺术家而言，他们不仅得不到应得的收益，更为重要的是其艺术水准和社会形象被歪曲，因为假作真时真亦假；就上当受骗的藏家和艺术爱好者而言，他们付出了代价，得到的却是赝品；就乱象丛生的艺术品市场而言，就更加泥沙俱下、杂乱无序。更有甚者，可能出现通过仿真术制造"大师之作"，然后在市场上以国有资金进行买卖从而导致国有资产流失，而让个人"盆满钵满"。

所以，"速成"神功初看是个笑话，但却必须认真对待，否则，我们的艺术品市场就会出现更多的、更大的"笑话"。这绝不是杞人忧天。惟愿进一步完善法律法规，建立健全市场监管体系，提高艺术家的维权意识，加大“李鬼”变“李逵”的违法成本，还艺术品市场一片真实的天空。

20. 保护未成年人权益，媒体要“说到做到”

安岳

随着北京公安部门做出“收容教养一年”的行政处罚决定，某著名歌唱家年仅 15 岁的儿子李某寻衅滋事、打人致伤一事在法律程序上暂时落幕。这一结果，体现了违法必究、法律面前人人平等的法治精神，同时也体现了对未成年人的挽救和保护。但在此一事件中，舆论尤其是媒体在保护未成年人权益和隐私方面的缺失却是值得反思的。

媒体尤其是网络媒体的监督对于该事件的曝光、解决起到了至关重要的作用。网络媒体第一时间爆料事情经过，文字、图片、资料等全方位呈现，让人对各种情况一目了然；传统媒体的跟进，让此事的社会影响进一步扩大，成为近期的舆论热点之一。在这个过程中，媒体对事实的还原和呈现，对“星二代”等现象的批评，对家庭教育、学校教育等方面的反思，体现了媒体的责任和担当，值得肯定。但不可否认，在李某未成年人的身份披露后，各种媒体在某种程度上依然沉浸在疯狂的“围观”之中，“人肉搜索”关于李某的一切信息，这种做法既违背法律规定，也不符合新闻伦理。

《未成年人保护法》第五十八条明确规定：“对未成年人犯罪案件，新闻报道、影视节目、公开出版物、网络等不得披露该未成年人的姓名、住所、照片、图像以及可能推断出该未成年人的资料。”回顾关于此事的报道，李某的姓名、住所、照片、图像以及各种相关资料暴露无遗，甚至传闻中其未成年的女友的各种信息亦被曝光，这都于法相悖。从新闻伦理来说，尊重、保护未成年人的隐私是媒体必须遵守的规则。《中国新闻工作者职业道德准则》第六条第三款明确规定：“维护未成年人、妇女、老年人和残疾人等特殊人群的合法权益，注意保护其身心健康。”遗憾的是，媒体在此事中的做法，明显有违此新闻伦理。

更要看到的是，媒体报道此事的目的，应该是呈现事实，以求实现依法处理寻衅滋事者、维护受害人的合法权益。但在此过程中，却出现了过度曝光未成年人隐私等有悖法治精神的媒体行为，并且这种媒体行为绝非个别，而是全面覆盖各类媒体。媒体在呼唤社会体系各个环节遵守法律的同时，首先要让自己成为法治精神的践行者，这样的要求绝不是吹毛求疵，而是完全必要、意义重大。

强调媒体在保护未成年人方面进行自律自省，并非要将其他方面的反思一笔勾销。“星二代”的张狂甚至嚣张背后折射的学校教育、家庭教育失败，网络空前发达的技术语境下保护未成年人尤其是颇具知名度的未成年人隐私的困境，如此种种，均值得有关各方深度反思。正因为保护未成年人合法权益的问题既意义重大，又纷繁复杂，在社会生活中占据重要位置的媒体“说到做到”，更显得尤其必要。

2012.4.6
星期五
壬辰年三月十六
第1135期
本期12版
中国文艺网网址
www.cflac.org.cn

中国艺术报

中国文学艺术界联合会主管主办

国外发行代号
D3375
国内统一刊号
CN11-0241
邮发代号
1-220
新闻热线
(010)64810159
每周一、三、五出版
零售价0.70元

20个文艺村、30个文艺户，培养了一批乡村文艺能人、创作出了一批文艺精品。广西文联千村万户文艺惠民工程贺州试点启动近一年来成效显著

像种庄稼一样种文化

——广西文联千村万户文艺惠民工程贺州试点调查

□ 本报驻广西记者　严　琴

爱国　为民　崇德　尚艺

积极践行文艺界核心价值观

"过去文化惠民工作停留在送戏、送电影、送书下乡等送文化上，而千村万户文艺惠民工程是文艺惠民工程的新思路，就是在新农村建设中，将农村文化'贫血症'以'既要输血治标，也要造血治本'的方式加以解决，把定期的送文化拓展为常态的种文化，把文化的种子种入乡村大地，种进农家小院，在农村培养一支'不走'的文艺队"。在近日召开的千村万户文艺惠民工程试点工作会议上，广西壮族自治区文联主席潘琦谈及发起广西千村万户文艺惠民工程的初衷，感慨颇多。他表示，这项文艺惠民工程就是要让农村文艺活动从"穷开心"向"富娱乐"转型，从"要我唱"向"我要唱"转型，从"文艺装门面"向"文化自觉"转型。

> "我们村经常开展文艺活动，村民们像种庄稼一样'种文化'，把文化的种子种入乡村大地。"

为确保千村万户文艺惠民工程的顺利实施，广西文联采用机制驱动和载体互动的新办法，2011年6月起在贺州市开始试点，通过创建、培育、命名文艺村、文艺户的方式，使创建工作常态化。大量开展公益演出、艺术培训、专业指导等文艺惠民服务，明确规定各文艺团体及文艺家协会每年下乡驻点开展文艺惠民活动的任务和要求，让文艺的种子留在田间地头，开花结果，让老百姓实实在在地享受到文艺带来的实惠。从而让艺术家在实施文艺惠民工程中体验生活，让老百姓在文艺惠民过程中，感受党的温暖。"现在，我们村经常开展文艺活动，村民们像种庄稼一样'种文化'，把文化的种子种入乡村大地。"贺州市富川县城北镇凤溪村文艺领头人陈永椖说。

广西文联首批命名贺州市的20个文艺村、30个文艺户中，培养和造就了一批乡村文艺能人，创作出了一批文艺精品而且获得了多项文艺界重要奖项。"我们村民演的瑶族节目还拿过全国大奖呢！"黄洞村村委会主任赵贵府很自豪。2011年，以黄洞村原生态节目为基础排演的《鼓动瑶山》，夺得"全国鼓舞鼓乐大赛"一等奖，同时还获得中国民间文艺山花奖。

广西文联根据贺州的特点，注重与贺州市创建文化先进市目标相结合、与农村精神文明村建设相结合、与非物质文化遗产传承保护工程相结合、与发展文化旅游和文化产业相结合，不断拓展文艺村、文艺户创建活动的深度和广度。在潘琦看来，创建文艺村、文艺户的终极目标是为了形成文化产业，使文化成为地方经济和社会发展新的增长点。为此，广西文联注重把文艺村户的创建工作与发展文化旅游和文化产业结合起来，推动正常性文艺向经营性文化产业发展，促进经营性文艺向产业化、市场化发展。

> 充分发掘散落在农村的民间艺人，同时加强培训工作，帮助农村建立起一支"不走"的文艺人才队伍。

随着千村万户文艺惠民工程试点工作的铺开，贺州市初步形成了"农民主体、社会合力、自我发展、常态管理"的实践模式，试点工作卓有成效。而这些成果的取得主要得益于广西文联在实施千村万户惠民工程中坚持"社会力量办文艺"和"市场运作兴文艺"的原则，吸引社会力量捐助兴办演唱会、书画展或其他各类文艺活动，鼓励社会力量通过主办、承办、协办等方式参与公益性文艺活动，引导农民通过各种途径自办文艺活动。

>> 下转第2版

第三届"中国影协杯"优秀电影剧本揭晓

本报讯（记者　张　悦）　4月2日，由中国影协主办，中国影协电影文学创作委员会、北京朗天中盛国际文化传媒有限公司协办的第三届"中国影协杯"优秀电影剧本表彰典礼在北京举行，《飞天》等7部电影剧本获得"优秀电影剧本"荣誉，《我的少女时代》获"特别表彰优秀剧本"荣誉。中国文联党组书记、副主席赵实，国家广电总局副局长张丕民，中国文联党组成员、书记处书记夏潮等领导出席表彰典礼并为获选优秀电影剧本颁奖。

荣获本届"中国影协杯"优秀电影剧本的作品是从2010年11月至2011年12月全国生产的电影中经初选、终选脱颖而出的，名单如下（按片名首字笔划为序）：《飞天》（编剧：柳建伟、刘宏伟、王强、赵峻防、梁水宝），《岁岁清明》（编剧：程晓玲），《成成烽火》（编剧：郎云），《金陵十三钗》（编剧：刘恒、严歌苓），《幸福的向日葵》（编剧：黄丹、张铂雷、赵玉莹），《钢的琴》（编剧：张猛），《信义兄弟》（编剧：邢原平）。本届"中国影协杯"优秀电影剧本推选和表彰活动还授予中国残联主席张海迪编剧的电影文学剧本《我的少女时代》"特别表彰优秀剧本"荣誉。

出席表彰典礼的还有中国影协名誉主席谢铁骊，中国影协分党组书记、驻会副主席康健民，以及许柏林、喇培康、闫晓明、饶曙光、谢力、丁荫楠、于蓝、王晓棠、田华、谢芳、陆柱国、苏叔阳、翟俊杰、尹力等领导和著名电影艺术家。夏潮、康健民在表彰典礼上讲话。

第三届"中国影协杯"优秀电影剧本推选活动，恰逢《讲话》发表七十周年，在新的历史时期，如何用《讲话》精神的精髓繁荣中国电影、指导电影文学创作，是值得包括电影文学工作者在内的广大电影工作者认真思考的问题。以"关注现实生活，引领社会进步"为主题的第三届"中国影协杯"电影编剧论坛也于同日举行，荣获"特别表彰优秀剧本"荣誉的张海迪以及获得本届"优秀电影剧本"的编剧代表柳建伟、张猛、程晓玲、黄丹、郎云、邢原平等先后发言，总结创作经验，交流深入基层生活、反映现实矛盾、表现时代精神的体会。康健民、许柏林、谢力以及中国影协电影文学创作委员会主任张思涛、副主任赵葆华和部分电影界专家学者也出席了论坛。

为了鼓励电影剧本创作，中国影协从2009年开始一年一度举行"中国影协杯"优秀电影剧本推选和表彰活动，活动启动至今，高度关注现实生活，重视原创、鼓励创新，得到社会各界的广泛关注。

中国春晚获吉尼斯世界纪录证书

新华社法国戛纳4月3日电（记者　韦　巍）　中国中央电视台春节联欢晚会日前在法国戛纳国际电视节期间被认定为"全球收看人数最多的晚会"，荣获吉尼斯世界纪录证书。

在戛纳电视节期间举办的"中国日"晚宴上，吉尼斯世界纪录有限公司总裁阿利斯泰尔·理查兹向中国中央电视台副台长、总编辑罗明颁发了获奖证书。

理查兹说，从中国国内观众人数的角度讲，央视的春节联欢晚会击败了美国奥斯卡颁奖晚会和"超级碗"橄榄球比赛，是一项巨大的成就。

戛纳电视节组委会主席保罗·奇尔克在接受新华社记者采访时说，中国有13亿人口，这就意味着中国拥有世界上最多的电视观众，这是任何一个国家都不能与之相比的。因此，与中国建立长久的合作关系对戛纳电视节的发展至关重要。

戛纳国际电视节于4月1日至3日在法国南部海滨城市戛纳举行。

本期阅读推荐

>> 图片新闻 <<

铁"老虎"

4月3日至17日，2012广场家电文化节在江苏省无锡市举行。来自浙江省嘉兴市的铁艺秀团队现场展示了20件铁艺作品，在传播现代艺术的同时，也倡导一种环保创意的理念。图为铁艺作品"虎"。　新华社发

艺象杂言

建筑的"地基"是文化

□ 金　磊

最近，中国建筑界有两件好事：两院院士吴良镛获2011年度国家科学技术最高奖励；王澍教授荣获有世界建筑界"诺贝尔奖"之称的2012年度普利兹克奖。这两个好消息对中国，对中国建筑界都属大事，至少给中国建筑界重塑了威信和声望，至少让全世界知晓了中国中青年建筑师的分量，更为中国文化增了光。但我们对于两大奖项的取得，不可盲目乐观，该多一些思辨。

其一，"大奖"对中国文化大发展有助推作用。两院院士吴良镛教授获国家科学技术最高奖，不仅说明建筑也是科学技术的重要性，还刷新了国家科学技术最高奖设立以来缺少建筑奖项的"空白"，更对中国文化大发展产生明显作用，如吴院士的有机更新理论、广义建筑学理论、人居环境科学理论等均站在文化遗产传承与保护的角度，使这些科学与城市建设理论积极推进了中国文化的资源建设，文化创造及文化复兴，为中国建筑界在中国乃至世界赢得了尊严与希望，这是一种文化进步。

其二，"大奖"拷问为什么中国尚缺少建筑文化普及方面的国家文化建设。王澍教授的作品在新中国建筑各主要类别作品集乃至现当代创作中并非是最有影响力的，但他之所以能获如此重要的国际大奖，是因为他的作品及思想触动了评委。可为什么这些在中国建筑界并不以为然的"小作品"能打动国际评委大家呢？其中存在着必然性还是偶发性？反过来，它是不是也说明，中国近年来由于城市化加速，建筑界及设计界太好"生活"了，这种工作方式一方面使设计无新意，另一方面也造就了建筑师的无所作为？再加上政府及学术团体对中国建筑文化"走出去"长期认知不足，宣传不够，因此面对王澍教授获大奖，有不少争论。但我坚信，无论如何，吴良镛及王澍获奖一事确实填补了中国建筑界长久的遗憾，让世界听到了中国的消息，让中国建筑界跨出了国门。

其三，"大奖"也追问是谁制造了中国建筑的"主流"与"非主流"两大圈子。王澍获奖，中国建筑界却立即有不同的声音，尤其是来自掌握着话语权的专家们。我想，建筑世界为什么要存在"主流"与"非主流"的观念呢？王澍是一位业余的、非主流的建筑家，他的成功已经说明一些国有大型设计企业，是不是已成"制图工厂"，本质上缺失了文化自醒及社会责任，不少国家授予的"大奖"虽"值钱"，但它并非服众，它更不能说明某某大师的作品一定是国际化的，代表真正潮流的。所以，一味用"主流"建筑师压抑一切的做法，本身就是一种"垄断"和歧视性的行为。在当今建筑界及社会，难说谁的理念就是永远正确的，为什么塑造国家文化，只能是主流建筑师呢？为什么非主流建筑师不能作为呢？王澍获奖给中国建筑界、科技界、文化界乃至社会各界敲了一个警钟，我们必须倡导"独立之人格，自由之精神"，并为勇于"百家争鸣"者创造自由发展的平台。

其四，"大奖"告诫全社会，中国建筑文化尚有很远的普及之路。如果站在中国建筑文化普及、中国建筑文化"走出去"的角度，我们可以说，中国建筑家获普利兹克大奖，并非仅仅是王澍的"荣誉"，他本人也认为让中国建筑师获此"大奖"，比他个人成功更为重要。由此我们看到中国建筑师的缺失及不足，看到中国建筑师的社会责任，无论业界内外对王澍获奖，是评价为匠心独具的"美观"还是背离常规的"实用"，我都以为，在国民建筑文化意识淡薄的情况下，急需住建部及相关学术团体，站在国家尊严的高度，充分利用中国文化大繁荣、大发展的机遇，采用多种方式普及建筑文化，尤其要培育中国建筑评论的阵地，提供建筑话语权，加强中国建筑文化遗产的专业化出版，高举中国建筑文化的国际化旗帜，制定切实可行的《中国建筑文化传播规划》，从而为真正实现全民族建筑文化素质的提高奠定基础。

《中国艺术报》版式赏析

2012 年 4 月 6 日

第 1135 期

21. 旅游扮演不要以象形损形象

——由县长扮演"县太爷"说起

左岸

雄浑的号角、古朴的礼乐，由县长扮演的"清代县太爷"率领古城"乡绅商贾"和"三班衙役"从城门中走出，欢迎前来观光旅游、休闲度假的中外游客……近日，这场颇具"古城风韵"的迎宾仪式，却因县长的"出镜"，引发民众褒贬不一的热议。支持者认为，县长的行为让我们看到了地方领导为推动特色旅游以及服务事业发展所付出的努力；而更多质疑者则认为，一县之长毕竟不同于一般人物，应尽力避免其所作所为宣扬官本位、特权以及其他封建思想；更有评论者直言，县长出位扮演"县太爷"迎宾不过又是一种变相"炒作"，既耽误了正常工作，也是一种浪费公共资源的体现。

基于上述争议，笔者以为，作为一县之长，希望通过自己的实际行动带动当地旅游产业发展的初衷无可置疑，而且这从一定程度上反映出官员对振兴一方经济的良苦用心。但作为新时代的一名党政官员，仅仅因为一个良好的初衷就去扮演一个封建时代的"县太爷"，难免会给人一种宣扬官本位、炫耀特权等封建思想的感觉，这不仅与时代不符，而且有损领导干部的形象。县长扮身为县官，是对封建特权的认同，还会让人把县长与旧时代"县太爷"、"父母官"等同，遮蔽了人民县长为人民、是人民的公仆的执政理念。民俗表演、大众扮演都是可以容忍或理解的。恰恰是以当今县长身份去扮演古代"县太爷"，冲决了人们对扮演的容忍度，也反映了那位县长在潜意识中对"县太爷"的认同。这就让我们不得不予以严肃批评。

还是从作为一名地方政府官员来说，其一言一行无疑代表的是地方政府的形象，那么这个形象的展现应该符合现代行政伦理以及文明社会的要求，然而以头戴花翎、身着清代官服的形象示众，未免过于哗众取宠。这又令笔者想到此前安徽一景区为了吸引游客不惜上演"皇军抓花姑娘"、湖南某县官员集体演电影之类的闹剧。其实，近年来，一些地方官员因为所谓良好的初衷赤膊上阵、自毁形象的事例可谓屡见不鲜，如亲临市场吆喝叫卖大米苹果的、以"龇牙咧嘴"的卡通形象为音乐节代言的……抛开这类事件看似各异的表现形式，究其本质可谓如出一辙，不仅是一种极不明智的行为，更是当下很多地方旅游营销低俗化的具体表征。

有人说，从单纯发展经济的角度来讲，县长的这一行为应当说是大胆和创新的。诚然，作为县长，为抓好地方经济收入而亲力亲为确实无可厚非，因为开发地方旅游资源毕竟是其份内之责；同时，发展地方经济自然也离不开形式上的创新，然而这些都不应成为县长扮演“县太爷”等现象可行的理由。君不见，无论是发展旅游产业还是塑造旅游产业发展亮点，其方式或渠道有很多。就这位县长所在的这座具有 2700 多年历史、中国目前保存最为完整的四座古城之一的历史文化名城而言，丰厚的历史文化资源，无疑是其发展特色旅游的重要抓手。因此，如果地方政府能够在如何发掘和利用好历史文化名城的资源价值，把自己丰厚的资源优势变成实实在在的经济优势、产业优势，以及在打造特色文化品牌，加强旅游行业管理、改善服务水平、提升服务档次等方面多一些努力、多一些创意，那么相比于“扮演县太爷”此类误导误会误读多多的行为，岂不来得更实际、更合理。毕竟，这座古城已打造的诸如国际摄影大展、中国年等文化品牌所发挥的效应就是很好的佐证。

22. 莫令佳作在速译中速朽

怡梦

乔布斯若泉下有知定然啼笑皆非，因商家炒作、微博跟风，他的离去正在成为时下一项老少皆宜的娱乐节目，晒“苹果”收藏、炮制乔氏名言旗鼓未息，近日中译本《乔布斯传》迅疾问世，又因翻译质量不逮引来网友非议，乃至千人争译乔布斯情书，盛况可谓前无古人。

《乔布斯传》原著中巴掌大的一段书信文字，写着乔布斯对相伴20年的妻子朴实无华的爱与谢。观网友译文：文言版、诗词版、琼瑶版，郎情妾意、风花雪月、执手偕老、山无棱天地合应有尽有，笔者赞许网友文学修养的同时，也为全民普及英语的成绩大为叹服。然则，通晓国语且略懂英文，人皆可成译者乎？

在笔者看来，这场“娱乐”中目前还未有网友展现出真正的译者素养与自觉，多数“译本”以言情、艳情风格译述这封情书，并未体会廿年结发的厚重沉郁，遑论契合原著语体色彩和整体基调。二次创作带来的群体效应令网友在自娱自乐中浑然忘我，细究争译情书之由，也并非要认真当个译者，不过是匿名个体立足于名人离世这一时间节点，以颠覆和改写所谓“官方的”、“既定的”版本为途径，宣告自我之于重大历史事件的在场。

是什么令一声静默的叹息演变为一场热闹的喧哗？笔者以为责任不在网友。据悉，中信出版社出版的《乔布斯传》中译本由4位译者用月余时间译成，译者经网络海选产生，其中有美剧字幕组成员、北外博士等。中译本人名、地名前后不统一，习语、俚语直译、硬译，“当……时”、“他的/她的”一律照原文译出以致赘言复沓不合国语习惯，还有缺译、病句等，是网友诟病较多的问题。这都缘于译者缺乏训练、译文尚欠打磨。显而易见，中译本借乔布斯之逝火速上市造成了恶果。

余光中在《翻译乃大道》中说：“翻译的境界可高可低。高，可以影响一国之文化。低，可以赢得一笔稿费。”笔者揣摩，乔布斯之创造足可影响何止一国之文化，而其传记的中译本却只可令出版方赢得一笔不菲的收入，且并不心安理得。梁实秋译《莎士比亚戏剧集》，莎翁廿年写就，梁翁竟译36年；丰子恺译《源氏物语》，周作人乃称“译文极不成，喜用俗恶成语，对于平安王朝文学的空气全无了解”。大家尚且如此，中译本《乔布斯传》的出版方回应网友指责却称4人月译50万字并不仓促、差错率极低，笔者真不知其视翻译为何物。

一味抢先、图快、博眼球只会造就文化的豆腐渣工程，这是老生常谈。出版方在世界性事件中力图与全球达成同步的心情可以理解，但切莫忘了，苹果公司从诞生到被世界认可经历数年摸爬滚打，更不必说此前传主艰辛坎坷的奋斗史，只有一丝不苟、稳扎稳打的译者才配得上这位孜孜不倦、厚积薄发的传主。时间会验证一切，若真是值得世界铭记的天才，其传记在10年、20年后译成也同样热销，出版方何必急于一时？

23. 分账博弈的“公婆”之理

张成

日前,《金陵十三钗》的片方代表张伟平因不满当前电影最低票价和分账比例,要求提高最低票价上限和分账份额。以南方新干线、上海联和、万达院线为首的全国 8 大院线因新画面公司的单边“霸王”条款,拒绝和其签订协议,欲架空该片,集体“封杀”。所幸,这场“龙争虎斗”最终得以避免,双方达成协议,提高了电影最低票价,同时以国内票房 5 亿元为界限,划定了双方都能接受的分账比例。

这场关于“分账比例和最低票价”的没有硝烟的战争背后,是潜藏已久的制作方与院线矛盾的外化。其实,之前的《赤壁》(下)、《英雄》《十面埋伏》《满城尽带黄金甲》《唐山大地震》均提高过分账比例或抬高过最低票价。所谓“最低票价”,是指片方为了保证影片票房、规范市场,在与院线签约时在合同中注明的“最低票价”。无论是团体、团购、半价、零售或打折等任何方式下,电影院对外售票时价格不能低于这个“最低价”,否则要由电影院自掏腰包补差价。不难发现,这几部“出头鸟”在当时都是超大规模的制作。出于回本的需求,片方的所作所为也合情合理。然而,现在大多数院线的经营都要面对日常不断上涨的成本和高昂的租金,区区一个百分点即是动辄数千万元的利润,院线方寸金不让也可以理解。片方与院线的这场争端本来就是“公说公有理婆说婆有理”。

但是,这场争端也恰恰说明了当前电影产业中存在的某些亟待解决的问题,如分账体制、后电影开发和电影产品、电影文化的输出都尚存在不完善之处。因此,不管是片方还是院线都死死地咬住眼前所能得到的真金白银的票房不放。

但从整个产业风险来看,因为分账体制,后电影开发不足,外需不振等多方面的原因,国产电影的票房几乎成为片方回本乃至盈利的惟一渠道。片方的压力可想而知。《金陵十三钗》的投资又是如此巨大,号称有 6 亿元之巨,回本压力更甚。反观国外分账比例。一般来说,第一周片方与院线的比例为 6∶4,第二周为 5∶5,第三周为 4∶6。首保片方能迅速收回成本,毕竟,片方是整个产业的源头活水,挫伤片方的生产积极性,实际上是动摇了整个产业的根。而且,票价上涨的部分按照分账比例,仍被院线拿了大头,对片方和院线来说,其实是双赢的事。

只不过,这次的争端因电影局出面协调而和解,以后若再有类似的事情发生,总不能每次都要靠双方博弈来定价,还盼有稳定的机制来协调方为上策。

24. 孩子不是娱乐玩偶

王新荣

“出名要趁早”，张爱玲的五字箴言恐怕道出了眼下娱乐界不少人的心声。尤其是在如今的中国模特界，没有最早，只有更早。就拿刚刚闭幕的第 23 届世界模特小姐大赛来说，当一些不到 10 岁或 10 岁刚出头的女孩被刻意强调性别特征，表演不符合她们年龄特征的成熟女性的性感和魅惑时，人们不禁要质疑，模特虽说是个“青春活”，但这种十分容易误导儿童过早或过度成人化的所谓选美，又将传递给社会怎样的“美”感和价值观?

其实细数一下，近年来儿童过于成人化的现象在娱乐界还真是不在少数。做客湖南卫视《天天向上》的小明星叶子淳在舞台上挤眉弄眼，谈起人生规划就是当个明星玩玩；阳朔男孩潘成豪《中国达人秀》中模仿杰克逊，让评委惊呆；童年真人秀中，众小朋友唱起了诸如“我爱你，爱着你，就像老鼠爱大米……”“你是我的情人，像玫瑰花一样的情人……”之类的“肉麻”情歌，看台上的家长同学们纷纷报以热烈掌声，不知那掌声是赞许，是鼓励，抑或是自我消遣? 当孩子们整天哼着“情”与“爱”度日，他们拱手相让的不仅仅是童歌的地盘，真正的童趣也将所剩无几。

伴随全民娱乐时代的到来，所有严肃的话题都呈现为娱乐的外壳。甚至儿童的成人化,也成为一股不可逆转的潮流。尤其在电视传媒的挟裹助威下,让这种“我癫故我在”的众声喧哗愈加响亮躁动。正如美国著名传播学家尼尔·波兹曼在《童年的消逝》中预见性地提出，电视媒介模糊了儿童与成年之间的界限，童年已经从电视传媒上消失了。于是乎，儿童变成了人们娱乐的对象，童年本色在娱乐中渐行渐远。为了追求收视率，吸引受众关注，迎合市场需求，节目制作者刻意突出儿童和平时人们熟知的形象的巨大反差，以陌生化来吸引眼球，给观众更劲爆的视觉刺激。儿童选手的成人化表现正好和观众猎奇心理及节目需要不谋而合。正是在这样的逻辑之下，不合年龄的穿着打扮、才艺表演、谈吐行为成为儿童参加节目的娱乐看点。

怎样对待孩童，是一个国家文明程度的体现。将孩子打扮成成人手中的娱乐玩具，无疑既不文明，更不健康。尽管，在成人的娱乐世界里，孩子比较容易出名，会获得更多赞许，但从其产生的社会影响来看，选秀节目中的竞争，让孩子承受了不应该属于他们这个年纪的压力。选秀节目的淘汰标准，也使孩子对成功的定义相对狭窄，仅把荣誉和功利结合起来，使儿童对于人生价值的评判标准更局限于外在装饰，这都给孩子的健康成长带来负面影响。当然，真人秀节目并非完全排斥儿童的参与，只是应当确保正确的参与形式和评价标准，越不符合儿童身份年龄的表演内容，越是能得到肯定和追捧这一“标准”应该被终止。儿童不是任人娱乐的玩偶，儿童特有的童趣也不是娱乐工具，对孩子的尊重是社会的责任。当孩子不再天真，不再有童趣，这个社会失去的恐怕不仅仅是天真和童趣?

25. 别让利益纠纷伤了“最美乡村”

凌辰泗

以油菜花、红枫叶、徽派民居等田园风光闻名的婺源一直麻烦不断，最近，又有报道称石城村民因“旅游公司分红太少、菜地青苗得不到应有的补偿”，便在摄影点用烧油茶籽壳大量放烟的办法干扰摄影，让全国的摄影爱好者很受伤。毕竟，是摄影发现了婺源，造就了婺源。

假如25年前，香港摄影家陈复礼没有在婺源长滩拍摄油菜花，或者他的作品没能在国外获奖，婺源的名声也不会不胫而走。假如没有后来一系列以“中国最美的乡村”为名的摄影活动，假如没有广大摄影爱好者接踵而至，婺源“最美”的名头也不会叫响，旅游也不会发展成婺源县的支柱产业。

近年来，数码相机的普及和户外休闲的盛行加速了摄影与旅游的结合，使之成为一种大众消费方式。旅游目的地与摄影家和摄影作品日益紧密地联系在一起，这些地方又成为其他摄影人必去的拍摄地。摄影家所站的地方，往往也就成为绝佳的风景点。摄影是婺源旅游的最大推手，婺源县2011年政府工作报告显示，2010年全县接待游客达530万人次，门票收入1.33亿元，综合收入达23亿元。

在婺源，如果说，摄影旅游者是风景的消费者，那么村民便是风景的生产者。婺源最大的旅游资源是田园风光，蜚声世界的油菜花海其实是村民的庄稼，粉墙黛瓦是他们世代所住的地方，房前屋后的红枫树也是历代村民亲手栽植。甚至他们的耕作、浣衣、休憩都成为风景的一部分。然而，笔者所了解的一个情况却是，作为婺源旅游产业链的源头，村民每年所获红利也就值两三张门票（现价60元/张）。

由此可见，真正伤害婺源旅游的，是村民、旅游公司、当地政府和游客之间的利益纠纷，而摄影是博弈的关键。旅游公司和当地政府通过摄影获得门票收入拉动消费，村民长期以来未能实现的利益诉求也指向了摄影，放烟扰客成为村民与旅游公司和当地政府谈判的筹码，游客践踏菜地也使村民此举具有了一定的正当性。夹缝中的婺源摄影，真的伤不起。多少摄影爱好者闻婺色变，改道他往。要想真正疗治婺源旅游的痼疾，首先要解决村民与当地政府、旅游开发商之间的利益失衡，否则，既不能让摄影爱好者收获“最美”，反而让当地村民承受着旅游之痛。

摄影旅游是一种体验经济，田园风光固然是婺源摄影的主体，但浸润其中的人文环境才是真正的魂。摄影让“中国最美的乡村”走向世界，但几张烟笼石城的照片就让这块金字招牌蒙上了厚厚烟尘，最终受害的还是婺源的人民和婺源的旅游。据说，事发之后，当地政府迅速派出干部劝告村民，向摄影爱好者强行索取赔偿、推销方便面、在摄影点前烧烟的现象已经平息。但劝告只能有一时之效，利益引发的纠纷终须以利益的合理调配来解决。几个月后，婺源的油菜花就将盛开，希望届时缭绕的只是可以入镜的袅袅炊烟，而不是软暴力的滚滚“狼烟”。

26. 演员的碍眼、障眼与“大眼睛”

小作

前两天，看到中天电视台的访谈类节目《康熙来了》采访台湾著名音乐人罗大佑，罗大佑说起自己即将举办的演唱会绝不会使用提词器。别看罗大佑已经年近六旬，但他对自己在舞台上的表演仍有着严格的要求，他说，在舞台上的一举一动都是一种表演，即使不去有意地看提词器，斗大的提词器也会映入眼里，这样肯定会影响自己表演。他宁可冒着被减分的危险，也要保住演出起码的85分的质量。

有碍表演的东西要一律排除，这就是艺术家的思维。纪录片《那就是这样》中，美国歌坛巨星迈克尔·杰克逊生前为大型巡回演唱会在进行反复排练，杰克逊也谈到自己的所有歌曲的歌词至今都记得清清楚楚，难怪他在排练的时候从来没有看到他卡词的时候，这也使他可以专注于整个演唱会的舞台呈现。也正因为纪录片所展现出来迈克尔·杰克逊对艺术孜孜不倦的追求，让这部纯属排练记录的片段组成的纪录片在全球上映两周票房破了两亿美元。这部纪录片也消解了之前观众听到的很多关于迈克尔·杰克逊的不良传闻。

演唱会使用提词器，这在音乐会上已经是屡见不鲜了，而且很多歌手都还很年轻，看起来也不像有记忆力衰退的迹象，可是他们怎么连歌词都记不住呢？歌词不熟，谈何演唱的声情并茂，谈何用歌声打动人。歌词没有达到烂熟的程度，不能达到一张开嘴，歌词就能流淌出来的程度，如何能表达出每一句歌词的情绪，更别谈很好地表达歌曲的艺术内涵。

如果一个艺人无法在自己的表演中，剔除掉所有对表演有伤害的东西，就无法在艺术道路上前进哪怕小小的一步。什么是对表演有伤害的东西，也许有的东西很小，很不起眼，但却的确是横亘在演员和观众间的障碍。最近，一些女演员热衷于用一种名为“美瞳”的隐形眼镜，改变自己眼睛的大小和颜色。用了“美瞳”后，美则美矣，但是不免有观众嘀咕，电视上这小姑娘的眼睛看起来近乎“妖”了。这只是观众的第一感受，他们的另一层感受没有说出来，演员的眼睛大而“无神”了。眼睛是心灵的窗口，多少表情是通过眼神来流露，有时候好演员和差演员的差别就在眼睛有没有“戏”上。眼睛对于戏曲演员更是重要。一代京剧大师梅兰芳自小眼睛有些呆滞，关心的他的亲戚对此都颇为忧虑。他知道自己的短处，发愤苦练，通过养鸽子、看鸽子飞，将一双眼睛练得神采飞扬、顾盼生辉。可谁也没想到，现在的演员却要在眼睛上装一道“帘子”。

演员的表演全靠形体，应审视自己全身上下左右，有没有有损于表演的东西，如果有，要毫不犹豫地甩掉，轻装上阵，磨练自己的实力，而不是要“画蛇添足”为自己的表演增添“累赘”。

27. 大幕拉开后的期待

张悦

有关《金陵十三钗》的最新新闻有两则。一则，该片代表中国参加第 84 届奥斯卡金像奖最佳外语片角逐，并于 12 月 23 日起在洛杉矶、纽约和旧金山等地主流商业院线展映一周，该片也成为第一部可以在好莱坞主流商业院线黄金“圣诞档”上映的中国影片，一切营销为了“冲奥”，不仅是奥斯卡最佳外语片（李安导演的《卧虎藏龙》曾获得此奖项），还竞争包括最佳导演、最佳男女主角在内的奥斯卡 13 个单项“小金人”才是《金陵十三钗》更大的“野心”；另一则，截至 12 月 25 日，根据最新票房统计，《金陵十三钗》总票房突破 3.2 亿元，虽然距离总制片张伟平所定下的“10 亿目标”还相距遥远，但是总体形势也还算喜人，与《龙门飞甲》相比（《龙门飞甲》截至 12 月 25 日总票房 2.8 亿元），两部影片各有所长，一切安好。正所谓吆喝买卖，全靠本事，但想赶超去年“剑走偏锋”的《让子弹飞》的票房难度却是相当之大。虽然过去及将来或许还会有种种特殊情况“一片独大”，但以隆隆开动、蓬勃发展的电影产业和内地影院和银幕数的增长势头来看，只为一部超级大片保驾护航的时代将一去不复返了。

正如张伟平接受采访时所说“不能指着电影挣钱，因为它不确定性太大了，谁能控制老百姓的钱包？它不是电视剧，你卖给电视台老百姓是免费看的，电影一上片，老百姓掏不掏钱，谁能控制？”据记者观察，老百姓掏钱买票进影院看《金陵十三钗》还有一个重要原因就是要看看张艺谋。有意思的是，《金陵十三钗》的观众中涵盖了大部分中老年观众，做到观众年龄的全覆盖，除了张艺谋，也就是冯小刚了。尽管，每部作品都有导演的艺术追求作为内核，虽然呈现出来的样态有别，但是正如有观众评价，“对张艺谋电影的感觉就像看春晚，或许有惊喜，也或许有不尽如人意的地方，但是已经形成了一种习惯。”当张艺谋的影片成为大众的观赏习惯时，就必然要“遭遇”更多批判的眼光和严苛的评论，或褒或贬其实都不是问题，问题的关键在于当今的中国，拥有着得天独厚的身份认同和无与伦比的创作条件的“国家级”导演，是否自身应担当起更多的文化使命？去为这个艺术门类拓宽道路、开启山林？从本位上去做一些更深层次的挖掘？这或许是每次张艺谋有新片上映时便在电影界引起一片哗然之声的重要原因之一吧。

中国电影产业化自 2003 年起已走完了第八个年头，当今的样貌在 8 年前恐怕难以想象。当 2002 年 12 月 14 日张艺谋的武侠巨制《英雄》在人民大会堂举行全球首映礼的时候，或许就已为中国电影产业化吹响了冲锋号。《英雄》拉开了中国商业“大片”的序幕，从此艺术与票房共舞。随后，《十面埋伏》《满城尽带黄金甲》《千里走单骑》每每出手都是万众焦点。2008年奥运会后，张艺谋重出江湖，却出人意料地拍了一部小品式的《三枪拍案惊奇》和一部文艺片《山楂树之恋》。2002年后的张艺谋影片，虽然细数下来，营销成功、各有看点，却始终没有带来电影口碑的同步攀升，无法找到一种观众深层精神需求的共鸣与满足。或许时代不同了，观众的品味更难把握，但是《红高粱》中原始的令人惊讶的蓬勃生命力，《活着》中无法掌控的生命之痛，亦或是《秋菊打官司》中“为了一个说法而追问到底”的小人物的命运都曾深深触动人心，并得到观众的共鸣。相较于好莱坞电影，相信本土的观众是期待看到张艺谋能够奉献一部有如《辛德勒的名单》（曾获第66届奥斯卡7项大奖）那样的诚意之作的。投资6个亿，请来好莱坞一线男星、配置顶级的好莱坞爆破团队、为了奥斯卡13项提名奔走巡展、预计10亿票房……先有对媒体完全封锁任何消息的“饥饿营销”，又有宣传期抛出的制片方分账比例风波，做足了话题，但恐怕对于普通观众来说，“话题”神马的都是浮云，拿出好片子才是硬道理。北京人艺有句老话——“大幕拉开才是真的”，2011年12月15日《金陵十三钗》在“秦淮景”的评弹声中款款走来，我们是否有理由对张艺谋多一些期待？

28. 小剧场戏曲如何突围？

张成

2000 年，北京京剧院推出的小剧场戏曲《马前泼水》，发出了戏曲小剧场化的第一声。随后，北京京剧院又创排了《浮生六记》《阎惜娇》等代表性的小剧场剧目。10 年来，昆曲、豫剧、二人台等多种戏曲形式都不同程度地敞开胸怀，拥抱小剧场。然而，相较于红火发展的小剧场话剧，小剧场戏曲多少显得有些冷清。有人说，其实小剧场戏剧的根应该追溯到京剧。那个年代，人们看戏都是在小剧场看的。然而，今天的小剧场戏曲不得不把过去的辉煌“清零”，重新探索适合小剧场的戏曲样式、题材，寻找符合当代观众审美情趣的兴奋点，把握市场的规律，以期重塑昔日的辉煌。

小剧场戏曲的前行远不如小剧场话剧来得轻松。同是小剧场艺术，小剧场话剧“轻装上阵”，直面都市白领、“小资”消费群体，“没心没肺”的搞笑就足能赚得盆钵满盈。事实上，小剧场话剧的确火爆，从 1982 年《绝对信号》打响头炮开始，至今已有 400 多部原创剧目面世。此数目绝非小剧场戏曲可比。相较于舶来品话剧，戏曲的小剧场化自是承担着太多的“包袱”。戏曲的小剧场化的首要阻力便是来自戏曲工作者内部的分歧。就拿昆曲来说，著名学者温大勇先生便觉得是否要做小剧场昆曲的现代戏还值得商榷。就邻国日本来说，其能剧并不要求现代化，就是保持原汁原味。这已然成为一个可以参照的文化样本。可以说，意识上的对立便成为戏曲小剧场化的内部阻力。其次，小剧场戏曲究竟该怎样走，对任何一位戏曲工作者来说，都是摸着石头过河。话剧有着完整的西方范本可以借鉴、平移，但戏曲是地地道道的本土艺术，怎么在小剧场里实现其艺术效果，谁心里也没有谱。没有了水袖的小剧场版昆曲，还能叫昆曲吗？昆曲的本体构成因为小剧场的演出形态导致的嬗变，这究竟是保护、发展了昆曲还是解构了昆曲，已然成为部分小剧场戏曲创作者不得不面对的首要艺术命题。再次，小剧场戏曲的投入相对来说还稍高，创排一个项目至少需要四五十万元人民币。更让戏曲工作者头疼的是，小剧场戏曲的市场开发难度相当大，一部小剧场话剧一般来说，一轮最少也能演 10 场左右。可是，小剧场戏曲因为受众面窄、受众人数少，又无法与青年观众有效地对接，能演上四五场就相当不错了，尽管相较于过去的演出形式已经大大降低了成本，但市场回报仍不容乐观。

尽管面临诸多困难，小剧场戏曲的探索还是出现了相当不错的成绩。比如实验戏曲《还魂三叠》，紧扣“三”这一主题，构建了一种内部互为镜像的对照结构，把经典剧目中的杜丽娘、李慧娘、阎惜娇三个人的故事以“后结构主义”的手法置于一种写意的艺术规范中，这还是小剧场戏曲中的首创，也是古老的戏曲艺术面对后现代语境大胆的探索和尝试。昆曲《陶然亭》则大胆选用现代题材，加强了与当代人的情感联系，既获得了口碑，又获取了票房。昆曲《伤逝》在小剧场的演出使得观众获得了与昆曲前所未有的亲近感，仿佛伸手就可以触摸到剧中的角色，也饱受好评……这些都是小剧场戏曲的有益尝试。

总之，戏曲的小剧场化也许会成为未来的一种趋势。拥抱，还是逃避，已不再是个问题。获得观众的喜欢，才是硬道理。

29. 现实版“潜伏”拷问娱乐圈底线

欣荣

据有关媒体报道，在谍战剧《潜伏》中饰演保密局档案股股长“盛乡”的演员吉思光，近日被黑龙江省齐齐哈尔市警方抓捕归案。一个在 30 多部影视剧中出演各色人物、因其不俗演技还曾被多家媒体采访的演员，其真正身份竟然是一个结伙袭警抢枪并潜逃 13 年的逃犯。消息一出，舆论哗然，真可谓人生如戏，戏如人生，原来《潜伏》里最成功的不是男主角“余则成”，而是“盛乡”的扮演者吉思光。然而，一个在逃犯缘何能在公众面前“潜”而不“伏”13 载，还如此胆大与高调，实在匪夷所思。这个极具讽刺意味的“黑色幽默”着实让人很受伤。究竟是逃犯的演技水平太高，还是我们的识骗能力太差？这不仅折射出社会管理中的软肋和短板，更是一次对娱乐圈底线甚至整个娱乐生态的拷问。

回想近些年来，娱乐圈可谓是非多多，难得清静。歌星斗殴、艺人吸毒、酒驾入狱、郭美美进军娱乐圈以及现实版“潜伏”等事件的出现，让娱乐圈的底线一低再低，远远超出了大众的承受能力。随着此次现实版“潜伏”的上演，众多“潜水高手”也终于在警方近期展开的“清网行动”中浮出水面。这些在逃犯，国内一线大牌明星的助理有之，上电视相亲节目并成功牵手者亦有之，更有甚者身背命案潜逃 17 年成为某著名寺庙的主持法师以慈悲度人。于是乎，人们大声疾呼娱乐圈坚守底线、去污除垢。然而，在娱乐圈这个“大染缸”里，在追名逐利的现实语境下，呼吁仅仅依靠艺人、圈子的自净、自警，公众的道德谴责而改变，实在很难奏效。现实版“潜伏”的上演，是不是也能让娱乐圈底线低、管理松散、体制不完备的问题引起有关部门的关注？或许提高准入门槛、完善准入制度，加强圈内管理，对娱乐圈来说是个严肃而重要的命题。

影视制作固然需要众多演员，不仅明星大腕，甘当绿叶的大小配角也不可或缺。所以，不仅要明确重要角色的身份特征，对于配角甚至群众演员的来历亦不能不闻不问。在效率当道、利润驱动的行业准则下，现实版“潜伏”的“粉墨登场”，足以警醒某些剧目的摄制者，切莫再“两耳不闻身外事，一心只拍热门戏”。影视剧的摄制组，固然不是人事局或派出所，但做好相应把关工作，选择身份清白的守法公民加盟参演，则应该是最基本要求。假若越来越多犯案潜逃的来历不明者，都能趾高气昂地躲在影棚里大过“戏瘾”，那么不管你的虚构剧集拍得如何成功，在公众眼里，对于这种“大隐隐于戏”的现实版“潜伏”，都是不能接受的。

娱乐文化作为一种文化形态，除了为大众提供娱乐消遣之外，社会教化也是题中应有之义。针对影视界而言，注重演技之外，防范那些有污点的潜逃者进入，竭力避免登台人员身份造假的现象，保证各类角色遵纪守法，乃是娱乐教化功能得以实现的起码要求。剧中满口仁义道德，剧外却满肚男盗女娼，置演员道德素养的提升于不顾，解构、架空了艺术作品的灵魂和内涵，这岂不是一种莫大的讽刺？笔者以为，只有规范娱乐圈的演员准入、身份辨识制度，严格其运行程序，做到英雄也问其出处，不使用那些“问题人士”，才能对艺人形成正面有力的引导，促其自律。否则，娱乐圈只看“卖相”，不管内核，连身负要案、大案的逃亡嫌犯都能藏身圈内，甚至左右逢源、名利双收。事实上，在风生水起的娱乐圈里，只有提高身份准入门槛，加强行业规范，娱乐圈的混浊之气才会慢慢消散。

30. 名演员为何怕上春晚

林青

每到岁末，与大街小巷各式餐馆十分醒目的“预订年夜饭”的广告一样，央视春晚这道全民的“年夜饭”受到普遍关注。每到这个时候都会有各种消息爆料，比如赵本山会搬出一个什么样的小品、姜昆会演一个什么题材的相声；而今年大家的话题除了对节目的猜测，还集中在哪些名演员拒绝上春晚。据媒体报道，陈佩斯、宋丹丹已明确拒绝了春晚剧组的邀请。韩红面对春晚邀请时提出的要求是：宁可不露脸也绝不唱联唱。

这些名演员不上春晚，让喜欢他们的观众多少有些遗憾。但是否应该反思一下原因何在呢？

回想起上世纪八九十年代，春晚就像是一部“造星机”，每年都会有一些年轻演员因春晚而一炮走红，一批新作被人们津津乐道。比如殷秀梅的《党啊，亲爱的妈妈》、毛阿敏的《思念》、费翔的《冬天里的一把火》被传唱得家喻户晓。相声节目如《虎口遐想》《五官争功》、小品《昨天今天明天》等成为经典。而近几年，春晚的歌曲如昙花一现，再没有传唱久远的歌曲出现；相声、小品虽说褒贬不一，但总体说来还是褒少贬多；舞蹈节目演出阵容强大，服装艳丽，但只是“看起来很美”，没有给人留下什么印象。

之所以这样，笔者认为，都是春晚太不尊重原创惹的祸。艺术之所以有类别，完全是因其独特性使然。任何艺术门类，都有其自身的规律。比如，相声是幽默的艺术，需要一定的铺垫，才能抖出“包袱”引人一乐。而春晚则要求表演者从上台便要多少分钟内让观众笑 N 次。歌曲也是如此。一首歌要能流传，除了词曲的成功之处外，演唱者的二度创作十分重要，包括对行腔、吐字、力度的细微处理都会体现出演唱者的别具匠心，因此很多歌曲的走红往往与它的首唱者联系在一起。而近几年春晚推出的“歌曲联唱”形式，将一首歌拆开几个人甚至是十几个人演唱，每个人功力不同、音色不同，一人一句，破坏了作品的完整性，近几年春晚没有好歌出来，与此不无关系。与此相同的还有舞蹈，几乎就是渲染气氛的代名词，哪有这门艺术的独立精神呢？所以也就没有了几年前像《千手观音》那样让人眼前一亮、观之难忘的作品。相对而言，杂技、魔术类节目也许是因为竞技性太强，无法“肢解”，所以保持了这门艺术的独立性，反而成为近几年春晚的亮点。

于是产生这样一个悖论，春晚的演出队伍越来越庞大，而名演员却越来越怕上春晚。宋丹丹自 2008 年后就再也没上过春晚，她说自己的身体不适，并坦言上春晚太“累心”。她说：“现在的观众笑点高了，每天能从网上、手机上看到那么多笑话，而大家也比以前更幽默了，我们却仍然要在几分钟内让观众笑 30 多次，那给演员的压力很大，这种压力让我很焦虑，我现在已经无法负荷了”；韩红说起不愿参加春晚的原因，“一个是我的声音放在联唱不适，第二个是我这身形和别人站在一起也不搭，不好看啊！”

作为全国影响力最大的传播平台，春晚无疑是演员迅速出名的舞台，所以大家挤破脑袋地想挤进去，哪怕只露个脸、唱一句歌也要千方百计地去争取。为了“照顾”更多的“关系”，才产生了“歌曲联唱”这样的形式；为了取得更好的舞台效果，才有了把“笑”进行量化指标的做法。但这些不尊重艺术规律的做法无异于杀鸡取卵。试想，如果将韩红独唱的《青藏高原》或《天路》也安排成联唱，会是什么样的效果？假如春晚早些年就采取了联唱的形式，哪还会有殷秀梅、毛阿敏、费翔的“脱颖而出”呢？

有人说现在观众的口味越来越高，所以春晚也越来越难办。这话不假。看看京城各种剧场演出的话剧、歌剧、音乐剧、舞剧、戏曲，演出要多火有多火，有时还会出现一票难求的情况。所以名演员的底气也很足，不愁演出没人看，上不上春晚也无所谓。陈佩斯便对他的粉丝说，想看我的戏就到剧场来吧。他的《托儿》《老宅》《阳台》等都获得了很好的票房，即将推出的新戏《董生与李氏》也让人充满期待。所以有人说不要把春晚太当回事，就是一晚会，有热闹劲就够了。但笔者认为，春晚毕竟是国家大台举办的综合性的文艺晚会，不能不对它的艺术含量有所要求，若无这一点，春晚岂不是缺了“魂”。为此，希望春晚对艺术规律放尊重些，对原创放尊重些，让 2012 年的春晚，多一些精彩，少一些遗憾。

31. 给世界一个看得懂的中国

——从中华文明历史题材美术创作工程说起

雨望

中国文联等单位近日在京启动中华文明历史题材美术创作工程，一大批美术家将运用形象化的视觉表现手段将目光聚焦于中华民族的灿烂文明和悠久历史，为我们展现出我们这个泱泱大国的文化形象。

中华文明，源远流长，辉煌灿烂。中华民族在漫漫历史长河中的智慧创造是人类文明的重要组成部分。有外国学者给予这样的评价："中华文明是一盏从未熄灭并永远照亮人类的明灯。"

尽管各国人民都知道中华文明的存在，但由于语言、文字以及地理阻隔与文化差异，中华文化并没有被世界广泛认知，人们对其内涵的了解仍不深刻。在众多外国人的眼中，中国是飞速增长的一长串 GDP 数据，中国是故宫、长城等古代建筑，中国是拥有北京、上海等类似曼哈顿的现代都市的国度。面对游荡在北京的大街小巷，头顶红星帽、斜挎绿军包，金发碧眼的老外们，中国文化在他们身上只是一个标新立异的符号。在欧洲的一些国家，由于缺乏对中国的了解，他们印象中的中国人形象更是"留着辫子，狡黠、矮小"。

但从纽约大都会艺术博物馆里西方观众对线条流畅、栩栩如生的巨型敦煌壁画的啧啧赞叹中，从英国大英博物馆里西方观众对流光溢彩、精美绝伦的中国古代瓷器的专注眼神中，我们又不难看到外国人对中国文化加强理解的渴望，看到超越了文字的艺术化表达对于外国人感知中华文明的重要。再联系到西方电影制作者近些年来运用中国文化元素，从中华文明中提取灵感创作出的《花木兰》《功夫熊猫》等电影票房火爆，也能充分说明艺术传播文化的独特作用。

艺术地记录与再现中华文明的璀璨和辉煌，不仅是对外传播的有效手段，也是在青少年中传承历史，让民族优秀文化传统薪火相传的重要举措。前不久，一批著名文艺家针对当下青少年普遍不了解祖国伟大历史和文化，只以某些粗制滥造的历史戏说剧为历史知识的现状，呼吁创作一批历史正剧，用电视剧重写中华文明史，以改变荧屏现状、纠正青少年对历史的误解。这种努力与中华文明历史题材美术创作工程，是殊途同归、异曲同工。

用艺术再现生活，描写历史，呈现文明，是中国艺术的优良传统。一直以来无论是普通的劳动者，还是居于庙堂的文化人，或用对生活的质朴感受，或以对历史社会的深切感知，采用文学、绘画、雕塑等不同艺术形式传递着民族的文明血脉。以历数百年繁盛而不败，如今有 300 多个剧种的中国戏曲为例，它在中国人，尤其中国农民延续历史记忆、接受伦理教育、丰盈内心世界的过程中，就有着非凡的意义。新中国成立以来，有关部门组织的重大革命历史题材美术作品、影视作品等的创作工程，都推出了一批展现人文内涵、民族精神的优秀作品，给广大观众和世界人民展示了形象的中国，弘扬了我国革命、建设、改革的伟大历史，对外也塑造了中国良好的国际形象。

中国是一个现代的中国，更是一个文化积淀深厚的古老中国。对于当代中国文化人而言，要做中华文化的艺术表达、现代表达、世界表达，首先必须要有历史责任和使命，勿对历史采取非历史主义的态度，抵制消解、曲解历史，杜绝把历史精神、民族精神以及中华民族最为宝贵的艰苦奋斗和奋发有为的开创精神在一些所谓的文艺创作中消解殆尽。在各国注重文化软实力的今天，传扬和推介中华文明更需要借助现代的语言表达，把各种思想观念、价值取向、伦理道德、宗教哲学、审美情趣等无形文化，嫁接到为现代人所熟知和习惯的方式方法上来，把抽象的意识形态变成真实可感的艺术形象，让人们更乐于接受。

优秀的历史题材文艺作品是文艺大花园中的一枝奇葩。面对这些优秀之作，每一个中国人心中升腾起的必定是对历史先贤的无限景仰、对祖先智慧创造的万般自豪，而对于每一个外国人而言，呈现在他面前的将是一幅看得懂的中华文化图卷，看得见、摸得着、读得懂的中国人文精神。

32. 电视剧改编，直击心灵是王道

怡梦

近日，北京市广电局相关人士透露，明年将启动成立专家评审机构负责审核剧本，“烂剧本”将不予投拍。在即将过去的一年里，被坑爹剧情、脑残人物、天雷滚滚的台词以及重口味的画面狂轰滥炸以至于审美不止疲劳简直已经透支的观众可为此欢欣鼓舞。“烂剧本”多因“滥改编”，不给力的改编原点、胡编乱造的故事是“烂剧本”的源泉。“好剧本”应具备什么样的基础？或许，导演康洪雷欲将本届茅盾文学奖获奖作品、毕飞宇小说《推拿》搬上荧屏的消息为我们提供了一种答案。

今年的电视荧屏谍战扎堆、翻拍无节操、穿越大行其道，无论有关部门是否下“限”设“禁”，一些题材都已黔驴技穷。“谍战男”必须陷入人性与信仰的挣扎，“穿越女”肯定善良无辜被算计且万人迷——网友归纳出种种常见桥段，称看了第一集就能猜出最后一集，意味着编剧的技术含量所剩无几，其存在意义仅限于选取桥段库中的一个或几个连缀成篇。在大众文化的精心调教下，观众已为过多雷同题材所障，欣赏口味趋于单一，想象力急剧干涸，一方面大呼千篇一律的故事食之无味，另一方面又不知除此之外还能看什么、还想看什么，足见受众自身被动盲目，且对传播者严重缺乏信心，亟需电视剧生产者正确引导。

基于上述理由，笔者期待《推拿》的成功。从改编原点来看，为改编而创作的文本往往不宜改编。今年荧屏上活跃的电视剧多改编自网络小说，网络小说作为流行文化的一部分，在创作之初就已先在地具有影像化意图，语言粗糙、对白过多、人物简单化、情节重复，这样的文本天然向“烂剧本”靠拢，几乎不具备可挖掘的精神内涵和供选择的细节经验，先天不足必然导致后天畸形。毕飞宇的《推拿》是一部文学功底扎实厚重的小说，他取材于现实，为盲人群体书写，其内容指向对普通人而言完全陌生的经验和未知的领域，盲人如何感知美，如何体味爱情，在见不到光的世界里如何定义光明、温暖，这一切都足以充分调动观众的想象力和人性关怀，而不再一味把注意力集中在“女主角是谁演的”、“男女主角最后在一起了吗”等非关审美的细枝末节上。

从技术层面来看，遗貌取神是改编的方向。改编网络小说的着力点往往在于怎样最大限度地发挥明星效应、“hold住”小说原有读者群的同时吸引更多未读原著的观众成为粉丝，为此，演员形象精挑细选，故事情节亦步亦趋，呈现方式与COSPLAY无二。对于《推拿》这部因题材特殊而客观上几乎拒绝改编的作品，康洪雷团队的迎难而上十分可贵。为找到化黑暗为光影的途径、引起观众情感的共鸣，改编注定不止是画面对文字的直译，还应是镜头对精神内涵的表达。这对导演、编剧的体悟、感知、转译、表达能力都是挑战。

纵观我们的荧屏、银幕，好剧、好电影多改变自优秀的文学文本，由苏童、莫言、余华作品改编的影视作品都曾广受好评。除此之外，《推拿》的改编给我们的最大启发或许是，电视剧如何拍出新意，如何吸引观众，题材的拓展、表现形式的陌生化并不限于时间和空间，还包括感官上全新经验的引入，能够欣赏的不止眼睛，充分调动观众的听觉、触觉乃至心灵才是王道。

33. 王菲“演砸了”怎么办

雪竹

为了在2012年到来的同时赢得收视的开门红，各地卫视在2011年12月31日共推出了16场跨年晚会，忙得不亦乐乎，但效果呢？拼盘类的演出不仅没有给观众留下美好的回忆，还引起了很多争议，尤其是湖南卫视的跨年晚会。因为以200万的高价邀来王菲的加盟，湖南卫视在卫视跨年晚会大战中似乎早就胜券在握。为了衬托天后歌声的空灵和飘逸，湖南卫视还专门制作了浪漫唯美的舞美效果，可现场带着新作《愿》亮相的王菲一开口就连着3句都唱得抖音跑调，让观众大失所望。虽然次日王菲在微博中承认："昨晚确实砸了，赖我"，并附上了歌曲《愿》的录音版本，算是给观众道了歉。但她用低质量的演唱赚取高额出场费的事实还是引发一场规模不小的口水战。

这场口水战吵得有点“重”，一个歌手现场演唱出现意外不值得大惊小怪。人不是机器，再大牌的明星也难免有“演砸”的时候，抖音、跑调也说明了王菲没有用假唱应付差事，更何况，王菲在事后诚恳的认错态度还是值得肯定的。

这场口水战吵得有点“轻”，因为此次事件暴露出的歌手不重视唱功和演出市场不够规范的问题才是值得重点关注的。一个普通歌手现场演唱与录音棚中靠制作人和软件“修”出来的录音版本相去甚远，观众也就忽略不计了。一个向来以唱功著称的实力派天后一张嘴就跑调虽然有些让人难以接受，但也可以认为是出了“意外”。然而，一而再，再而三地出状况，就可能不是意外了。对于王菲唱功下降的评论早已不是第一次了，去年的巡回演唱会上，她就频频被曝声音被卡在半空、合不上乐队、抢唱甚至跑调的消息。一个歌手获得成功真正凭借的只能是实力，唱功需要坚实的基础，如果歌唱演员的心思不在修炼唱功上，以往积攒的老本总有一天会被吃空！

此外，这次事件更暴露出了国内演出市场的不成熟。很多人认为此次事件的冤大头是湖南卫视，因为根据演出合同，他们事先与王菲商定的200万出场费需要照付。因为，合同中并未表明出场费与演出费的区别，未写明假如演出出现意外就要退还部分演出费等。这些都是演出合同中亟待规范的问题。

表面上，这场口水战的孰轻孰重对于演出主办方和歌手来说关系不大，主办方网罗到了众多名人明星的跨年晚会轰动性有了、知名度高了、市场效应也足了；歌手则赚得腰包满满。事实上，孰轻孰重的问题值得深思，因为观众有损失，而此一点则需要有不断完善的法规来保证艺术的质量。

34. 且看实名与匿名的博弈

乔燕冰

实名制，让顽固的“黄牛党”集体失业了！在这个有着独特的“春运”现象的国家里，对于太多饱尝“一票难求”之痛的普通民众来说，这可谓 2012 年第一件大快人心之事。然而，斥巨资新建的铁路客户服务中心网站，却在开通网络购票不久迎来首个“春运”购票高峰日便一度瘫痪了，这一事实又让归心似箭的“漂族”群体瞬间集体失控。愤懑、抱怨甚至谩骂、诅咒在网络上狼烟四起、强力爆发，其力度与广度似乎逐渐超出了“一票难求”的新怒甚至旧怨，在一定程度上演化为许多人过度发泄年度各种郁积情绪的导火索。这一切，由实名引爆，由匿名成全。事件背后，实名与匿名又一次通过网络展开了历史性对弈。这事颇富戏剧性，却发人深省。

实名，尤其是网络实名，不仅是 2011 年的一个关键词，更是近几年不断被刷新的一个老话题。从 2002 年清华大学李光希首次提出网络实名制引发业内专家以及网友的激辩开始，有关网络实名制的争议从未停止过。博客实名、网游实名、淘宝实名、微博实名……每一次实名的实现，都难免在自由与秩序的悖论与利弊争议中举步维艰，以致让人时常迷惑应妥协还是该坚守。

自由是网络媒介有别于其它信息媒介的最大魅力。网络以虚拟的方式为公众提供了一个疏泄、释放自我的空间，更赋予了普通大众全新的话语权。无论鸿儒抑或白丁、精英还是大众，一个“网民”的共同身份空前地打破了现实世界几乎无法超越的距离与屏障，实现了个人与他人、与社会原本无法想象的平等交流、对话。网络最初的零准入特点以及最显著的匿名特征，慷慨赠予了网民一片最惑人的“隐身草”，让他们终于可以抛开现实种种顾忌，纵情张扬也许连自己都不曾了解的每一刻未知的情绪，每一面不同的自己。由此，网络匿名表达极度吸引个体参与的同时，具有了个人心理调适的重要作用。

而从社会及政治学角度看，为公众提供一个适当的、合理的，甚至是制度化的情绪宣泄渠道，这种“安全阀”功能确是当代社会一个重要的特征。我们处于转型期的社会，网络虚拟空间中以自由为特性的公共表达，很大程度上也正起到这种宣泄情绪、疏导矛盾、监督管理的“安全阀”及“监督器”作用。这使网络匿名言论从个人意义延展到社会意义，也因此被赋予了合法性以及更深层意义的合理性。

然而，自由的边界就是他人的权利，也即他人自由。当被纵容的自由走出它的边界成为自由的挥霍与滥用，网络这一自由载体便极易演变成侵犯自由的最大杀手。在匿名的庇护下，语言暴力、恶意诽谤、网络欺诈等现象肆意蔓延，网络因此承受的不仅仅是被戏称为“公共厕所”的肮脏，更因容易演变成新的社会群体事件及社会矛盾滋生的温床，而成为社会文明进程中的巨大隐患。文明的成果就可能反向成为对文明的讽刺与伤害。网络实名制（包括前台与后台实名）将网络身份与现实人对应起来，引导网民理性的表达，促进人们持守对他人权利的尊重与敬畏之心，是提高网络公信力，净化网络环境，推动网络文化及社会秩序健康有序发展的重要途径。随着网络文化迅猛发展，适当的理性制约显得更为重要和迫切。

已经有一些国家在探索网络实名制。据报道，以移民城市著称的瑞典马尔默发生了月余来第五起枪杀案。一时间，关于移民区治安、失业率和文化融合等问题再次成为瑞典各大门户网站的热门话题。然而此次事件的网络评论比以往要理性得多，原来，西方对网络匿名引发的动乱之害也深恶痛绝起来，为了多数人的安全和自由，一向以坚持“网络自由”、“言论自由”著称的瑞典媒体，现已过半选择了以限制匿名言论来鼓励“言论负责”。这些国际性网络文化现象，值得我们思考与借鉴。

有时，对“自由”的约束恰恰正是对自由最大的捍卫。实名制的力量，也许制约的是远比“黄牛党”更丑恶的东西，把实名与责任联系在一起，正如当初把匿名与自由联系在一起一样，这正是时代进步使然。

35. 是“狗仔”就该挨打吗？

龙紫

德云社的人又打人了。只不过，这次打人的不是郭德纲的弟子，据说是德云社的临时工。不过，临时工不能代表德云社，也不能说明打人是德云社的恶习。但是，郭德纲事后的言论还是暴露了“打”的思维。他澄清事实的重点在于“打的不是记者，而是专业狗仔”，似乎言下之意就是“狗仔人人得而诛之”。可怕的是，周立波在微博上力挺郭德纲，说：“你敢‘偷拍’人，就别怪人‘活拍’你！没拍死你算你祖上积德！”更可怕的是，郭德纲的大批粉丝在网络上竟然发出了“当了狗仔，就别想别人把你当人”的言论。可见公众人物言行的社会影响力。

上一次，郭德纲弟子在郭德纲别墅门前闹出打记者事件，导致德云社消失于把他们捧红的北京电视台。那次事件不知给郭德纲他们留下什么教训，若只是“不能打记者，电视台不好惹”，这教训就太不在点子上了。

郭德纲与被打狗仔的风行工作室是有宿怨的，从郭德纲方面说，他认为，风行工作室老盯着他，以前拍过他的一些照片，并极尽造谣之能事。他的搭档于谦也说，“谁教他一个打之外的方法”。风行工作室以及其合作单位有没有胡编中伤，相信不是由当事人说了就算，这涉及的是社会认知问题。以这个理由打人，难道真把自己当成法官了？

当然打人的明星和支持打人的明星，没少被媒体曝光出来。打保安的，打工作人员的，打狗仔的都有。相同的是打人都违法了。不同的是，郭德纲以及支持他的人们言语里都充满了对狗仔的鄙夷。笔者不知道这种鄙夷的底气从何而来。工作无贵贱之分，人人在人格上更是平等的。何况，狗仔队日夜蹲守在明星出没的地方，身上扛着长枪短炮，敬业精神还是可嘉。虽然笔者并不赞成狗仔队的对明星隐私的完全曝光以及胡编乱造的作法，但他们生产出来的八卦消息，满足了一小部分人的心理，他们想看到光鲜亮丽的明星私下真实的状态：也许散漫、也许丑陋，总之，只要明星表现出这些方面，读者就会欣慰地觉得：哦，明星也是普通人啊，也许还不如我们。这种心理与听郭德纲相声（例如拿李菁表妹砸挂的那段）后，观众就像被胳肢笑得乐不可支一样，他的相声中这种展示别人丑的例子比比皆是，让观众看到原来还有这样不如自己的人，生活在社会压力下的人们由此获得畅快的宣泄之感。

关于狗仔被打的事可以讨论的还有很多。例如隐私权的问题，明星无疑与普通人一样有隐私权，但是比起普通人来说，他们隐私权的界限要小很多。对于一些动不动拿隐私权作保护伞喊打喊杀的明星，还真有必要普及一下法律常识。民法对公众人物隐私权的限制理论主要来源于"权利义务均衡理论"。世界各国民法都对公众人物的隐私权进行了必要的限制，要求他们不管是否出于自愿，对媒体的曝光行为都要有一定的容忍义务。尤其是明星的公德和私德都需要社会监督，公众有权利知道明星是否真的与其塑造的形象一致。法律对于公众知情权的保护也让狗仔成为记者类型中的特殊一支。

在这个自媒体越来越活跃的时代，不需要记者证每个人都有可能成为报道者。一些突发新闻事件现场，电视台无法及时到场，他们报道时用的就是路人用手机拍下的现场画面。不知道，德云社的临时工会不会把一个拍到自己老板在公共场合不雅照的路人也暴打一顿呢？

36. 北京老城为何总是不容“梁思成”！

王新荣

近来，“梁林故居”被“维修性拆除”一事引爆舆论。北京市东城区北总布胡同 24 号院曾是著名建筑学家梁思成、林徽因夫妇的故居，这里记录着一代建筑大师梁思成为保护老北京城呕心沥血、奔走呼吁的艰难岁月，这里也记录着一代才女林徽因享誉现代文学史的“太太客厅”。如今，这些珍贵的历史记忆，在推土机的轰鸣声中，在开发商无情的滚轮下，终没能逃脱碎为瓦砾的命运。新年伊始，噼里啪啦的鞭炮声掩盖了轰鸣的推土机声，这座已被列入第三次全国文物普查新发现文物项目的“梁林故居”，沦为一片废墟。

面对这断壁残垣，我们还能够说些什么？指责开发商没有文化真可怕的肆无忌惮？批评有关政府部门的保护不力？还是反思社会发展进程中的平衡失重？满眼荒凉的废墟之上，朔朔寒风中默默诉说的，或许只有那历史与文化演进中的缺失与悲哀。

名人故居是城市文化的历史坐标，是不可再生的人文资源，也是一张独特的城市名片。而在越来越“现代化”“国际化”的北京，大片的胡同消失了，大量的四合院沦为大杂院，毁掉真文物造个假古董，整齐划一的高楼大厦拔地而起，文化品位和城市个性却消磨殆尽。人们不禁会问，这还是我们独一无二的那个北京吗？为何记忆中熟悉的北京变得如此陌生？“修旧如旧”“维修性拆除”“异地重建”……建筑固然可以重建，但建筑本身所蕴含的历史沧桑感，承载的文化厚重，又何以重建？这种文化缺失感和陌生感，恐怕短时间内难以修复。试想，当一座城市越来越缺少文化的沉淀和浸润，当城市的精气神变得越来越混乱和虚弱，现代化的城市母体又能给她的市民提供怎样的精神食粮？

痛失文物，着实令人义愤，而相关责任人的反应更是让人生忧。文物管理部门一方先是声称不知此事，而后又认定此次拆除未经报批，属“违规拆除”；开发商则祭出“维修性拆除”当令箭，对文物管理部门“违规拆除”的说法保留意见。一处文物毁了，一个新词诞生了。“维修”与“拆除”这对意义完全相反的词语，居然可以这般组合，真是让人见识了汉语的另类博大精深；更有相关报道称，其实“梁林故居”上世纪早已被拆除，如今拆除的并非名人故居，而是自家私宅……有关当事人就这样，你一言我一语，自说自话，自圆其说，乍一看，文从字顺、逻辑严密，仔细推敲，却都是些将责任视作浮云的主儿。

事实上，名人故居遭拆被毁的命运，更应引起我们足够警惕的是一些管理者的短视与冷漠，以及体制机制的短板。比之于开发商对文物价值的“无知”，更可怕的则是文物管理部门对于“违规拆除”的事先“不知”。如果说“无知”尚可以通过学习补足，“不知”的背后则更反映出法律法规、体制机制的滞后，暴露了失职渎职、懒政怠政的顽疾。文明的发展是累进的而非断代的，一代代的民俗实物、文物建筑留存记录着城市共同的历史文化记忆，而保留、唤醒这些记忆，只靠文化人的奔走呼号还远远不够，要靠切实的保护机制、问责办法，更要靠文化保护理念的深入人心。文化遗产从来不是城市发展的障碍，而是为城市加分的重要文化符号。相反，真正有碍城市发展的，是对文化的漠视，对法律的冒犯以及违法的零成本。

梁思成是北京城史的一个痛，抹去这个伤疤，是更痛还是去痛？！

37. 发明数码又死于数码的柯达教训

——兼谈技术进步与艺术创新

郭青剑

在摄影全面进入数码时代的今天，数码相机技术的发明者、名满全球的美国柯达公司近日却正式向法院提出破产保护申请。这个已有130多年历史，业务遍及150多个国家和地区，曾经的世界最大影像产品及相关服务生产和供应商，如今衰落至此，不免令人唏嘘。它的发展轨迹，足以向人昭示市场竞争的残酷，更能为人警示艺术创新的重要，特别是在新技术大变革时代。

在业界看来，昔日的胶卷业霸主柯达的衰落与其应对瞬息万变的市场和飞速发展的科技带来的挑战不力息息相关。从上世纪80年代开始，在与海外竞争对手的较量中，柯达开始走下坡路。而另一个更为致命的挑战则来自数字成像技术对传统成像技术造成的冲击。与数码技术相比，高昂的成本、笨重的设备、严重的污染是底片与相纸生产和冲印过程中的难题，体积大、不能永久保存、查找困难是使用底片和相纸的不便。具有巨大优势的数码技术的迅速发展与普及使得传统胶卷业务不断萎缩。而颇具讽刺意味的是，数码相机正是柯达于1975年发明的。只可惜，柯达未能把这项新技术变成利润增长点。相反，由于担心胶卷销量和其高额利润受到影响，柯达选择了放弃数字业务而在胶卷的道路上越走越远。尽管从2003年起，柯达宣布彻底停止投资胶卷业务，随后主业也渐转向商用印刷业务，以及包括数码相机在内的消费影像产品，但此时，柯达已难掩颓势，甚至回天乏力。发明数码而死于数码，真可谓“搬起石头砸了自己的脚”，柯达的衰落更多了些悲壮的意味。未能敏锐地预见到新技术的发展潜力和巨大市场从而把握先机，反而贪恋躺在功劳簿上吃老本，迟迟不能成功转型，成为柯达留给后来者的最大教训。

柯达的辉煌与衰落，也是胶片摄影艺术发展的一个缩影。摄影艺术出现以来发生过两次根本性的革命，一次是胶片的出现，另一次就是数码技术的发明。柯达于1888年生产出了新型感光材料“胶卷”，同年生产出了世界上第一台安装胶卷的可携式照相机，从此改变了摄影的世界，并风行世界近百年。但数码技术发明短短30多年，真正流行10多年时间，已经彻底改变了摄影艺术的格局。在带来摄影艺术全民大普及的同时，大部分专业摄影师也已经放弃胶片，转投数码。当然，由于专业影楼以及出于艺术和质量原因热忱地支持胶片的发烧友的小众化需求还在，胶片仍将长期存在。但这改变不了胶片时代的没落和数码技术流行的大趋势。在技术变革的大背景下，对于一个摄影师来说，创新观念，顺应趋势，掌握技术，对影像艺术的探索方能更加主动和深入。香港著名摄影家简庆福在黑白、彩色摄影时代，成就斐然，但近年来以 80 余岁高龄探索和掌握数码新技术，也取得了不小的成绩。技术的进步是无止境的，带来的，也是艺术的探索无止境。这其中，关键就是要摄影家本人时刻保持创新和探索的热情和努力，而不是在原有的观念上固步自封，在已有的成就里止步不前。其实又岂止是摄影。在古代，从丝绢材料过渡到用纸，从麻纸过渡到以檀树皮为原料的生宣纸，于是，绘画也就由重彩而至工笔而至写意；在当下新媒体时代，网络文学、电视电影，乃至微文学、微电影等各种艺术样式层出不穷。技术的进步推动了艺术的发展，反过来，也必然要求艺术从业者不断更新自己的观念、创新自己的技术，不断掌握发展的先机、跟上时代的步伐。

据悉，眼下进入破产保护程序的柯达业务仍旧正常运转，也在做着各种创新和改变的努力。期盼这个百年大企业仍能有当年发明数码相机的潜力和努力，以更大的技术进步帮助无数人们留住美好回忆、交流重要信息以及享受娱乐时光，继续为我们带来多样的艺术可能，为我们的生活增添别样的精彩。

38. 文化是旅游的灵魂

——从三亚“宰客门”到少林寺“摘牌”危机的价值观警示

关戈

“暮春者，春服既成，冠者五六人，童子六七人，浴乎沂，风乎舞雩，咏而归。”游山乐水，自古都是雅事。富而言雅。近年来，越来越多的人热衷于各种形式的旅游，流连风景，体验人文，只为求得半日闲暇，一朝轻松。可是，近日连曝之若干事件，却使一些游客既破财又添堵，玩得夹生，甚至可能以后视旅游为畏途。当雅事遭遇“不雅”，游客伤不起，景区伤不起，地方伤不起，吾泱泱大国之文明美誉更伤不起。问题出在哪里？

让我们来回顾一下这些事件。据报道，某网友借春节假期出游香格里拉，结果被骗“买”了14万元藏药。在此前不久，赴海南三亚的几名游客被迫花了4000余元买单“吃下”三个普通菜，“宰客门”事件因此被媒体炒得沸沸扬扬。问题关键是这不是个案。在最近国家旅游局对全国24个5A级景区进行的暗访中，13个景区因各种问题被勒令整改，河南少林寺景区也因服务质量、环境质量未达标遭遇“摘牌”危机。一边是生活奔小康、腰包渐鼓“游需”渐涨的国民，一边是乱象频生宰客坑爹的旅游“胜地”多A景区，如此不匹配，不协调，不符合经济社会发展的要求，必须深刻反思、有效补位。

在这些事件中，可能有的属于管理问题，有的属于个体道德问题。无一例外的是，欺诈或商业行为的谋利，挤占了文明的空间。宰客为利，卖假药为利，服务质量、环境质量不达标据报道是为了商业上压缩成本，也是为利。呜呼冤哉，昔之风清月朗胜地风景，唯借孔方兄之一隙而得窥半面，乌烟瘴气其上，雅之不存，美将焉附？以旅游助推经济发展，本无可厚非，但若价值观仅定位于利，从长远看，则不啻于涸泽而渔、做一锤子买卖。海南三亚“宰客门”事件后，当地紧急“救场”，借媒体代为“认错”，即可见其切肤之痛。而从网友们的声音也可以看出，上述事件确已在他们心中留下了阴影，其出游也对涉事地作了“自动删除”。

但是，事件背后的警示意味没法删除。在各地纷纷开发旅游之时，文化之旗号常见，文明之行止鲜有，甚至曝出上述丑闻，实在可悲可痛。须知，旅游既包含固有的自然、人文资源，资源本属稀缺；又体现了当下的文化体验与构建，本当自珍自重。倘若文明缺位、价值错位，青山绿水、厚重文化亦将成为一张空洞的“画皮”。像少林寺，本是禅宗祖庭、文化渊薮，有的地方拼命争抢各类自然、文化资源以开发旅游，好不热闹。“西门庆故里”之类频现，“宰客门”、“整改门”接连刺痛国人的心。事实上，不仅是旅游业，包括各行各业和社会中的每个人，都应该深刻反省：到底是什么让我们在此类事件中“被宰”？又到底是什么“宰”了我们？

相似的谋利求财，可能部分说明了问题。某种意义上讲，这是一种文明的缺位，或者说价值的错位。得山水之“地利”却缺地气人和，得文脉之“天时”却缺传承庄严，说明有一部分人已失去了文明的衣裳，正往功利之路上“裸奔”。在经济社会转型的当下，这一现象可以理解，但这绝不是借口。且不论旅游业反映了一个地方的门面，“唯利”而致“违法违规”，社会法制和社会秩序不允许，长远的、可持续的旅游业发展不允许，上承五千年文明、正在打造文化软实力和建设文化强国的事业更不允许。文化是旅游的灵魂，更是社会进步的标志。也许，提高行业素质、国民素质是“祛病”之一方。其实质，就是要正确定位行业的价值内涵，树立正确的公民价值观。而旅游管理部门，则要由表及里，防止“口号满天飞”、“文化一张皮”，切实做好规划、管理、监督的工作，使山水里有文化、文化里有文明。唯正面价值、核心价值渗入包括旅游业在内的各行各业，遍播社会全体，“宰客门”之类可止，游而雅可期，游客终可“踏遍青山人不悔”！

2011.9.2
星期五
辛卯年八月初五
第1051期
本期12版
中国文联网网址
www.cflac.org.cn

中国艺术报

中国文学艺术界联合会主管主办

国外发行代号
D3375
国内统一刊号
CN11-0241
邮发代号
1-220
新闻热线
(010)64810159
每周一、三、五出版
零售价0.70元

李长春参观第18届北京国际图书博览会

新华社北京8月31日电（记者 吴晶） 中共中央政治局常委李长春31日下午参观了第18届北京国际图书博览会。他希望北京国际图书博览会进一步改革创新，不断提高影响力吸引力，为增进中外文化交流合作、提高中华文化国际影响力和竞争力作出更大贡献。

下午4时许，李长春来到中国国际展览中心新馆，兴致勃勃地参观转企改制的重点出版单位展区和数字出版展区。他不时驻足停留，详细询问情况，认真听取介绍，就进一步深化文化体制改革、加快文化产业发展、推动中华文化走出去等，与出版界人士深入交流。

李长春对近年来我国出版业改革发展取得的成绩给予充分肯定。他指出，出版业改革发展的实践证明，早改革早主动，晚改革就被动，哪里有改革哪里就有新局面。要进一步深化文化体制改革，坚持用改革的办法破解发展的难题，不断解放和发展文化生产力。李长春希望出版领域认真总结成功经验，在转企改制的基础上，建立现代企业制度，打造合格的市场主体。坚持改革、改组、改造与加强管理相结合，努力培育更多自主经营、自我发展、自我约束的文化产品生产经营者，在市场竞争中做大做强做优做长。要进一步创新走出去的方式和途径，打造更多具有自主知识产权和核心竞争力的优秀产品和知名品牌，增强在国际出版市场的竞争力。要顺应信息技术迅猛发展的趋势，推动出版和高科技深度融合，加快发展数字出版、网络出版，把更多优秀精神文化产品运用于数字出版，不断丰富以移动终端为载体的出版内容。要坚持社会主义先进文化前进方向，努力推出更多思想性、知识性、可读性有机统一的精品力作，更好地满足人民群众日益增长的精神文化需求。

中共中央政治局委员、北京市委书记刘淇，中共中央政治局委员、中央书记处书记、中宣部部长刘云山，中共中央政治局委员、国务委员刘延东一同参观了展览。

第18届北京国际图书博览会由新闻出版总署、国务院新闻办公室、教育部、科技部、文化部、北京市人民政府、中国出版工作者协会、中国作家协会联合举办，自1986年首次举办以来，经过25年的发展和创新，已经成为世界四大国际书展之一。此次展览吸引了60个国家和地区的2000多家展商参展，展会规模创历史新高。

塑出"杭州新表情" 韩美林

本报讯（记者 段泽林） 7月的杭州，吴菊萍勇救坠楼女童使杭州这座"人间天堂"显得格外温情动人。"最美妈妈"的称号，也使吴菊萍这个先前千百万普通妈妈中的一员变得不再平凡。

8月的杭州，因要公布"最美妈妈"城雕方案再次聚焦了全国的目光。除了有广大杭州市民积极为雕塑的材料、颜色、选址贡献智慧外，著名艺术家韩美林——这位"杭州女婿"，也被吴菊萍的事迹感动，经过22天紧张忙碌的构思创作后，高效完成了两个雕塑方案小稿。其中，一号作品呈"心"字结构，两只手表现出"接"的态势，将孩子轻轻托起，紧紧地捧护在手心，一只小鸟停留在女性的中指上；二号作品呈"人"字结构，一双美丽纤细的女性之手上下交合，分别表现为爱与责任，而孩子则被这双手呵护其中。两尊雕塑均强调"接住"的瞬间和状态，给人"爱护"、"爱抚"的视觉美感。鉴于这个城雕安放地点位于杭州新城的一个少年活动中心，为了与周围灰色的高楼大厦和绿色区别开来，韩美林决定把作品用青铜铸就，经热处理，呈现金香槟色。

8月30日，经过杭州市民和相关专家5天投票，最终结果揭晓：选定一号作品，雕塑名称最终确定为"最美妈妈"。

韩美林在接受本报记者采访时说，之所以没具体还原吴菊萍事件本身，而是用抽象的手法，是为了把吴菊萍的爱升华为人类的大爱，即使第一次看到作品的人可能没听过吴菊萍的故事，但也会被作品中传递的爱意所打动。韩美林觉得，不同于先前将感人事件纪念碑化的做法，这种抽象化、艺术化的处理效果，更具有感人的力量，也更容易让人接受。

第二届中国电影发展（青海）论坛举办

本报青海西宁讯（记者 李博） 8月31日至9月1日，由中国影协、青海省委宣传部、北京市委宣传部、西部矿业集团有限公司主办的第二届中国电影发展（青海）论坛在西宁举办。

青海省委常委、宣传部部长吉狄马加在开幕式上讲话，他指出，中国西部是电影的富矿区，西部的青海则是中国当代电影腾飞的一个巨大舞台。他呼吁国内外电影投资商、制作机构、著名编剧和导演与青海开展合作，共同开发利用青海的电影资源、推动中国电影发展。

中国文联党组成员、书记处书记夏潮在开幕式上代表中国文联向本次论坛表示祝贺。他说，中国电影发展论坛期待通过业内人士的交流、磋商和研讨，使中国电影人在不断完善艺术创作、提升艺术水准的同时，也能积极应对新时期全球化语境下科学技术的发展与变革，全面把握中国电影的新发展，开创中国电影的辉煌未来。在青海举办这样一次关系到中国电影发展和未来的论坛，正是希望借助青海独特的地域和文化活力，借助中国西部这样一个大舞台，使当代中国电影更加彰显中华文化的魅力和特色，更加深刻地反映人类社会共同思考的主题，更加贴近时代和人民的生活，更加具有蓬勃向上的生命力。

据中国影协分党组书记、驻会副主席康健民介绍，中国影协决心将中国电影发展论坛打造为重点品牌项目。本次论坛旨在探讨中国电影发展的同时，对推动中国电影发展的人物进行宣传，使公众更加关注电影行业，同时借助青海自然和文化背景的特殊性，为中国电影产业的发展创造良好的社会环境。

黄式宪、张思涛、胡克、饶曙光、周星、李道新、陈旭光、陈晓云、王海洲等与会专家学者围绕"进一步推动中国电影发展"的论坛主题，就自然、文化和民族生活视野下的中国西部电影及其发展、中国电影类型片的现状与发展、中国电影如何在产业化进程中实现可持续发展等问题进行了深入探讨。专家学者一致认为，要努力打造"新西部电影"，以更好地发挥和凸显中国西部自然、人文资源的特点和优势，以多元的文化视角构建新的西部生态电影系统。

走捷径 直达世界一流

——国家大剧院的世界"取经路"

独家报道

□ 本报记者 郑荣健

一段时间以来，国家大剧院的歌剧制作引起了全世界的关注。

在第三届歌剧节集中呈现《卡门》《托斯卡》《赵氏孤儿》《蝙蝠》等歌剧之后，《图兰朵》《爱之甘醇》也相继登陆金秋舞台。8月25日至28日，"世界第一弄臣"里奥·努奇携歌剧《弄臣》再度唱响国家大剧院。首演后，有的媒体以"里奥·努奇长跪谢观众"为题进行报道，再现了此次演出的火热场景。同时，以袁晨野、么红等演员为主演的本土班底也精彩演绎。至此，国家大剧院"平移世界水平"，初步实现了歌剧的本土化"移植"。

截至7月，国家大剧院已经完成"院藏剧目"19部，演出日程也已安排到了2015年。这样的"院藏剧目"还在以每年6-7部的速度增加，以实现至2015年储备50部的目标。从演出情况看，这一年里，国家大剧院每月都有歌剧剧目推出。全年无休呈现歌剧精品，对国家大剧院这个国家级的表演艺术中心来说，以歌剧为主营特色，着力艺术创作与生产的品牌特征逐渐清晰，"大剧院制作"也展现出了绚丽的发展前景。

这一切来之不易，更不能不提国家大剧院的"取经"经历。

走出去：
钻进铁扇公主的肚子里"取经"

国家大剧院自立院之初就将自己的发展目标锁定在世界知名剧院的重要成员和中外艺术最大的交流平台。这就要选择一种能够体现剧院的艺术水准，并能够形成国际艺术交流对话平台的艺术形式。在国家大剧院院长陈平看来，有着400多年历史的歌剧，堪称艺术皇冠上的明珠，有自己独特的艺术魅力。所有的知名剧院，无论是在伦敦、巴黎，还是在纽约、意大利，最能够代表其艺术水平的一定是歌剧。于是，大剧院人选择了歌剧，并以歌剧为主营特色。"作为国家级的表演艺术中心，国家大剧院要坚守高雅艺术的阵地，做艺术星空的守望者，就是要占领歌剧高地，与世界对话。"陈平说。

那么，在战略性的定位之外，对每一个大剧院人来说，有的问题可能变得更为具体和直观，比如运作世界上最先进的舞台机械设施等硬件设备，比如选择或设计歌剧制作的流程和组织结构等。大剧院人把目光投向了歌剧的故乡和海外的同行，他们决定"取经"。

>> 下转第2版

艺象杂言

无德之人莫从艺

——从郭美美事件说文艺的准入和进入

□ 王新荣

据媒体报道，新近蹿红的舆论名人郭美美近日以不堪他人短信恐吓、夜探家门等骚扰为名到公安局报案。同时，在报案期间她还"顺道"接受媒体采访，亦"顺道"再次表达其进军娱乐圈的强烈愿望。郭美美此次高调报案，再度引发网民热议。有义愤填膺出言谩骂、嘲笑者，亦有施以同情者，而更多人则表示质疑：原来除制造绯闻、婚变、整容、吸毒、断背、艳照门、小三门等炒作方式外，高调报案也不失为一种提高曝光率和关注度的有效措施？更不乏有识之士担忧，娱乐圈的准入如此低门槛、无门槛，或者另造入门准则，它将把大众的视线和文艺青年引向何方？

盘点郭美美的炒作历程，其招数可谓"机关算尽"。自6月20日以自封"红十字商会"总经理名义的微博炫富以来，郭美美就已经在网民的集体围观中"一炮走红"。此后的郭美美更是通过微博"炫爹"、做客《解码财商》、成立工作室、发布个人单曲《叮当girl》、发动母亲郭登峰微博助阵等伎俩一跃成为今年网络第一红人。在一次次炒作引发的网络围观中，在各种夹杂着嘲讽、戏谑、猎奇的众声喧哗里，不管你愿不愿意，郭美美真的就红了。而此次借骚扰之名行敛聚眼球之实的报案，更是其妄图进入娱乐圈的"登峰造极"之作。

且不说作为公众人物的文艺人应当如何确立做人原则，即使普通公民，起码也是不能信口雌黄、以言诈人，也不能花言巧语、轻浮无礼。郭美美的种种行为，无疑是置善行操守于不顾，为搏出位倒行逆施，这正映射出一个可怕的社会现象：靠毫无道德底线的炒作正在成为一些人借以一夜成名、进军娱乐圈的不二法宝。如此逻辑下，似乎一个人血管里的道德血液流失得越干净，炒作成名的机率也就越大。长此以往，人们对于美的理解也随之扭曲、变形，甚至异化为以丑为美。网络炫富、大秀隐私，实际上是一种精神"裸奔"，其所折射出的就是一种人生病态：无知无良、空虚迷失。

大晒名贵房车、名牌包包，就是美，就能被关注，就能成为偶像？答案当然是否定的。在绝大多数人看来，这并没有什么价值，也毫无美感可言，不过是被消费主义塑造的欲望奴隶而已。文质彬彬，然后君子。德之不存，行将不远。一个社会不能没有起码的道德底线，那是人们赖以生存的社会风气净化剂。在"娱乐至死"的时代里，年轻的郭美美想当然地认为，做足了炒作功课，进军娱乐圈就如探囊取物。事实不然，我们的娱乐圈一直有着也必须坚守这一道无形的门槛：德艺双修才是立足娱乐圈的根本。郭美美以其轻薄言行肆意践踏国民良心和道德底线，恰恰把郭美美推到了社会舆论的风口浪尖，使她成为人人口诛笔伐的反面人物。所以，无论是普通大众、还是圈内人士，封杀郭美美也就不足为奇了。毕竟，个人荣辱事小，承载着国家、民族和社会以及大众希望的道德环境不容再一次经受深度污染事大！毕竟，于文艺的人和事而言，无良无德，文艺何在？娱乐何为！

《中国艺术报》版式赏析

2011年9月2日

第1051期

39. 天价“出场费”吓退了谁？

毕兹

“出场费”报出天价，已不是一天两天的事。近来各媒体的话题逐渐从歌星的天价转向影视明星的涨价。如何遏制这种暴涨势头，引发了广泛议论和担忧。其中触目惊心者，在于明星报酬畸形上升，竟占影视剧投资的 50% 以上，致使一部剧作编、导、摄、舞美、服装、效果、制作等等捉襟见肘，甚至不得不粗制滥造。以电视剧为例，国内一线巨星的每集片酬，纪录已经一破再破。前些时候最高者闻听为每集 30 万元，不久又传为 50 万元、60 万元、70 万元，新近据称抵达 90 万元。提升速度之快，超过任何一个暴利行业；涨幅巨大也超过任何一种文化产品。

天价“出场费”，发端于歌星，并随着诸文艺产品在市场的崛起，泛滥至电视文艺晚会、电影、电视剧、书画、收藏鉴定、图书出版、热销文学、流行音乐、网络文艺等等，造就了一批文化富人，也使文化市场一片混乱。人们在探寻规范之道时，往往要问：是什么原因推动了价格走高？

原因很多，问题复杂。其中有这样一种解释：近日，某当红影视明星解释说，之所以不断提高身价，是因为接到很多烂片的片约，碍于种种关系不好推辞，于是报出天价，以图吓退投资方，未曾想别人照价付钱，于是只好如此这般。无独有偶，某报披露，美术评论家日前行情大涨，一篇画评润笔费超过 30 万元，有评家自嘲，是故意“狮子大张口”，意欲以天价吓退那些有求者，未果。

这种“吓退”说，乍一听，很雷人；细一想，很忧人。因为所谓天价“出场费”，并没有吓退烂片劣作的市场逐利，而真正受害者、被吓退的是艺术本身。

首先，被吓退的是创作者的艺术良知。一部作品无论多么低劣，只要出的钱多就为其表演、为之评论，艺术家的操守、艺术创作的基本原则和标准一概弃之不顾，到末了，这样的艺术家身上还有多少艺术呢？很显然，这是一种艺术的慢性自杀行为，当事者不可不察。

其次，被吓坏了的是我们良好的创作生态。艺术界目前越来越盛行互相攀比之风，你要多少，我也不弱，于是价格疯涨。一方面使一种非理性的要价恶性蔓延，打破艺术投资格局和合理结构，使集体创作变成畸轻畸重；另一方面使病态的创作理念成为常态，致普遍性丧失艺术良知。此风一长，艺术亡矣。

再次，被吓倒了的是受众的艺术欣赏热情。明星和名家之所以有名，是他们的艺术创作有影响、有权威、有魅力。这种知名度不仅来自业内人的首肯，更多的来自于受众的喜好、追捧和认同。要维持这样一种艺术影响的广度和高度，除了在艺无止境的道路上精益求精外，别无他途。企图把滥片演成佳作，把劣作评为精品，这是昧着艺术的良心掩耳盗铃、舍本求末。这不仅是艺德败坏的症兆，更是对受众作为衣食父母的大不敬。有句俗话说“群众的眼睛是雪亮的”，千万不可自以为是，明明是瞒天过海却还以为受众是好糊弄的愚民。水可载舟，水亦可覆舟。口碑可以成就艺术家，口水也可以唾弃从艺者。这个道理很浅显，但也很容易被忘记。

诚然，以天价吓人的毕竟是极少之人，更多情况下，我们看到很多很多的艺术家不惜息影息戏，只为了等待一个合意合适的本子；也有明星名家不为五斗米折腰，劣作面前，勇于对天价说不。他们不但维护了自己的声名，也使大量水货夭折，为文艺生态的净化作了无声的贡献。这才是真正艺术家的气节。

40. 影视城缘何频唱“空城计”

王新荣

据有关媒体报道，近几年，随着影视产业的迅猛发展，各地影视城、影视基地建设再掀高潮。据不完全统计，目前我国影视城已达上千座，几乎遍布每个省份，全国影视基地总投资额已接近500亿元，投资规模仍在持续扩大，一些新的影视城仍不断涌现。一边是各地方兴未艾且声势浩大的“造城”运动，一边却因为大量重复建设，且盲目求大求全，以致数量上供大于求，风格上“千城一面”，加之经营管理上缺乏切实可行的盈利模式，使得这些“庞然大物”频频上演“空城计”，80%陷于亏损状态，15%勉强维持温饱，仅5%能够盈利。地方政府这般理解和发展文化产业的路数和热情，着实令人生忧。

掐指一算，国内兴建影视城已有25年之久，上可溯至1987年我国最早规划建设的影视拍摄基地——央视无锡影视基地。当时，国内影视业正处于起步阶段，出于对拍戏的好奇、对明星的热捧，无锡影视基地一时间成了极其热门的旅游景点。影视与旅游联姻，使外景拍摄地摇身一变，成为炙手可热的旅游目的地，倒也在一定程度上带动了一方经济的发展和城市知名度的提升，这也成为不少地方政府热衷于投资建设影视基地的直接动机。无锡影视基地的成功，极大地刺激了市场，在这之后的20多年里，一场轰轰烈烈的“造城”热潮迅速席卷全国。

诚然，一座成功的影视城，通过影视拍摄聚集人气，提升市场认知度；又通过游憩设施配套，深度体验参与，吸引并留住游客；并可衍生创意产业支撑，扩大产业链条，使得影视拍摄与游乐体验双线互动，影视旅游与创意产业完美结合，的确可以带动一个庞大的经济商圈，服务一方经济发展，提升城市文化品格。这样的局面，是我们所希望看到的。但是，在实际操作过程中，由于各地政府或影视城项目的投资者、建设者缺乏必要的科学论证和长期规划，甚至有些投资商竟怀有妄图通过一两部戏，搭一座影视城就能带动当地经济发展的简单想法，不做相关市场调研分析，缺乏对不同层次、不同群体文化消费状况的清醒认识和定位，更不必谈针对性地挖掘地方特色文化内涵和资源，以致于有些影视城，随便圈一块地，砌一堵围墙，造几幢仿古建筑，就敢卖票发展旅游经济。以影视城建设带动地方旅游经济，影视是表，旅游为里，文化才是其魂魄所在。如今眼下的现实倒更让人觉得，中国影视城的建设缺的不是资金，而是投资文化的长远眼光与对文化的持久热情。

仔细想来，其实跟风大建影视城，只是地方政府文化产业发展规划的全貌之一斑，诸如此类的大兴土木工程，在国内一些城市并不鲜见。借着文化大发展大繁荣、建设文化强国的东风，大量博物馆、文化馆、图书馆、大剧院在各地如雨后春笋般冒了出来。这当然是好事，但不少地方走向了反面。比如在文化基建上舍得下本钱，似乎体量不大就不足以彰显其影响力，盲目求大求全，却不同程度地存在着文化产品后续跟进乏力的问题，文化产品供不应求，文化创意乏善可陈，老百姓喜闻乐见的文化精品更是少之又少，其暴露的正是地方政府对于文化发展的一种短视行为，它也成为形式主义、浮躁之风和铺张浪费的典型表征。影视城作为一种文化地产，以地产哺育文化发展，通过文化来实现地产增值，而因为有些地方政府或投资商错把本该投到文化上的钱投到地产上去，以圈地、开发房地产等经济利益为目的建设影视城，打破了影视城发展的良性循环，助长了大量的文化泡沫，不但对发展文化产业没有帮助，也造成了严重的土地资源浪费。

其实，成功的影视城，并非单纯地造一堆房子那么简单，它需要时间的积淀，需要具备相当完善的配套服务功能，一方面可以为剧组提供取景摄制、餐饮住宿、道具租赁、后期制作等一条龙综合型服务，同时又能给游客带来独具特色的深度文化体验，结成集影视创意、制作、传播、消费、服务及交流于一体的文化产业链，才能更加彰显其核心竞争力。从大的层面而言，城市文化发展、文化强国建设需要培育、发展先进文化的载体，这个载体包括文化产业和文化事业。而“千城一律”地上演“空城计”，正是地方政府“重文化产业、轻文化事业”的典型表现。文化事业的繁荣是文化产业健康发展的基础，文化产业要靠文化事业来涵养，只有正确厘清文化产业与文化事业的关系，才能从根本上避免地方政府在文化事业发展中的缺位，以及在文化产业发展中的越位。

41. 可否让“旅游涂鸦”变“留言文化”

司马童

“五一”期间，出门旅游又成人们热议话题。不过也有“不和谐音”传出，之前有报道称，台湾台东知名景点“水往上流”植物园里的30株皇冠龙舌兰四五百片叶片上，据疑遭大陆游客刻字留言。叶片上，有人写“河南省王刚”、“南京小素到此一游”，也有简体字写着“青山白云好风光”。

饱暖思畅游，畅游喜涂鸦——这也算是诸多国人“富”起来以后的共性表现之一了。而对于“旅游涂鸦”，有人归之于“素质问题”，有人斥其为“行为陋习”。在我看来，顺势而为，变堵为疏，在坚决反对在文物和旅游建筑上胡乱涂鸦的前提下，可否试着给它一个“留言文化”的出口。

几千年的文化底蕴，早就涵养了国人善于吟诗诵词的特性。回顾历史长河留下的灿烂诗词经典，有不少，便是先人们游兴大发时创作的精彩篇章。从这个意义上说，今日的游人，虽然很多只能写一些直白的感受，而其随意刻画的“旅游涂鸦”，与现时的文明要求也颇存冲突，但若一概回避风俗传承，一味批评“游品不端”，似乎也显得“只顾一处，不及其余”，或多或少地衬出了“思维的守旧”与“管理的僵硬”。

“旅游涂鸦”越来越多地“登临”宝岛台湾，自然是一种“有得有失”的现实图景。只是也应想到，喜爱“旅游涂鸦”，未必仅仅是中国“国人”的特殊嗜好。正如有网友所评论的，中国的古迹，比如苏州北寺塔，有好多老外刻字，还有繁体字。欧洲的古迹上也不乏涂鸦爱好者的“杰作”。

综上所述，给“旅游涂鸦”一个“留言文化”的出口，就不是一种胡言乱语和异想天开。“涂鸦”如何才能成为“文化”？听上去很难，说起来好像也未必不可行。既然现今的旅游业界，常常把导游要务归纳为“吃、住、娱、游、购、玩”，那么出于增添一些文化气息，为啥不能再加上一个“涂”或者“写”呢？可想而知的是，比起那些动辄需要大量花费的旅游设施资本投入来，建一个“涂鸦角”及一面“涂鸦墙”的成本，应该是属于“没有做不到，只有想不到”的议题吧。

引导游客的“规范化涂鸦”，还不只是一个提供“留言文化”出口的问题。不难看到，近些年来，各个地方的风景名胜区，纷纷采取重金征集“形象广告语”的方法，以图打响自身招牌，吸引更多游客。思路稍作引申，旅游景区“留言文化”的鼓励与兴起，不正是一项“得来全不费功夫”的针对之举么？可见，观念变一变，“陋习”也是宝——不雅的“旅游涂鸦”，也完全有可能成为独特的“留言文化”。

42. 高度警惕文化建设领域职务犯罪

安岳

据《中国青年报》报道，北京市人民检察院第二分院的一份研究报告显示，2006 年至 2011 年，该院共办理文化建设领域职务犯罪案件 24 件，涉案 36 人，多为本单位的经济实体或者项目部门负责人。其中，副处级以上干部占全部涉案人数的 44%，凸显出实权岗位领导干部的廉政风险高。这些案件中，窝案、串案所占比例较高，涉案人数多、涉及罪名多，案件中涉及一案多人的案件有 5 件，占案件总数的 21%。这一报告所揭示的文化建设领域职务犯罪，值得引起高度警惕。

文化在国家战略中从未居于现在这样高的地位。《中共中央关于深化文化体制改革推动社会主义文化大发展大繁荣若干重大问题的决定》中明确指出，推动文化产业成为国民经济支柱性产业，使之成为新的经济增长点、经济结构战略性调整的重要支点、转变经济发展方式的重要着力点；《国家“十二五”时期文化改革发展规划纲要》强调，要构建结构合理、门类齐全、科技含量高、富有创意、竞争力强的现代文化产业体系，推动文化产业跨越式发展。

随着文化强国国家战略的确立，我国文化产业正处在高速增长期，形成了文化大发展大繁荣的生动局面，巨大成就有目共睹。与此同时，曾经是“清水衙门”的文化单位，正在成为受人追捧的“香饽饽”。随着大量国家资金和市场资本在短期内进入文化领域，如何用好、管好从未面对过的巨额资金，在市场中摸爬滚打的文化企业、事业单位及其负责人如何抵制巨大的诱惑，就不仅仅是文化问题，而更是一个经济问题、法律问题。尤其是在文化体制改革逐步深入，一些文化企业开始上市，成为体量庞大、拥有海量资金的市场主体，这一问题就更显得突出。这正是北京市人民检察院第二分院这份报告的重大现实意义所在。

文化建设领域职务犯罪案件之所以发生，从客观上来说，有相当一部分是长期在计划经济体制下生活和工作的文化人士，骤然面对市场经济，对市场规则、文化产业不熟悉，无意中干了傻事、错事；从主观上来说，则是利用项目审批、工程建设、招标采购以及对外合作等机会，利用职务之便，从中进行权钱交易。这从反面提醒我们，文化产业要真正成为国民经济支柱性产业，正如《纲要》所强调的，需要“加强文化企业家队伍建设”，只有建设一支爱文化、讲正气、遵法纪、懂经营、善管理的文化企业家队伍，才可能在市场中减少甚至杜绝因不懂规则造成的无心之失；同时，要进一步完善有关法律法规，从制度层面堵住文化市场的漏洞，依法打击文化建设领域职务犯罪。惟其如此，文化产业才可能真正实现又好又快发展。

43. 高考作文艺术维度不可缺失

苏妮娜

高考语文科目一结束，立刻又听说某几位作家应邀写高考作文的消息。结果自然是意料之中的：评分专家尽管都给打了中上的分数，但也表示无惊喜。这分明是对作家们的调侃和作家自己的调侃，于是所有人嘻嘻一笑，大家合作又创造了小花边儿新闻一条。

可是，如果这是个玩笑，我怎么觉得有点苦涩？

审视近年来的高考作文题，会发现，大多数都结束在“谈谈你的看法”，而之前给出的材料和话题，多是一种公共话题、社会话题，比如今年就涉及：职业伦理、人生价值判断、科技文化命题、政治诉求，等等，大都属于这方面。自然，高考作文题需要有普适性，需要引发考生说话的愿望；其材料和话题，需要蕴含着多重的微言大义，考生的写作，就必然是先通过不断的分析，提炼立意，然后沿着尽可能的正确立意，去铺陈写作。可以看出来，这要求很强的思辨能力和道德水准，除了思想要有深度，还考验是否能面对人生复杂局面做正确的选择，包括是否洞彻社会现实。文章要求令人“信服”，却不要求令人“感动”。照我看来，能拿最高分的肯定不是“情本体”的作家艺术家,而是“理性本体”的职业评论员。

单个看，每一道作文题，都很有水平，而且测度考生的理性能力和价值取向，也可以说是高考的应有之义：高考也是大多数学子的“成人礼”，是从学校走向社会人生的“预备役”，所以要按照选拔适应社会者的公共价值的标准。而这标准的首要一条，也似乎是唯一被强调的一条就是：强大的道德和理性。强调道德和理性肯定不是错误，但是综合这么多年和这么多区域的考题看来，似乎绝大多数都在考察这两点，那么，我们不禁想问，作文是不是也该同时考察审美能力和情感指向呢？

说得严重点，我们的高考作文题，流露出十足的当代理性崇拜、道德至上的指向，而没有给感受能力、情感维度、艺术表达预留多少空间。说得再严重点，如果考生思想能力强，又知道怎样的道德伦理居于社会主流，表达也通顺流畅，那么他的书写是否有“真情实感”，便不那么重要了，即使他口不对心，也不妨碍拿高分。相反地，如果考生中有一个天才诗人，他有着背对人群独立写作的能力，他并不喜欢在分析现有的材料上，去做回答和阐述式的写作，那么他有没有可能在考场上写出成名诗句呢？答案很可能是否定的。所以，就算是李白和陶渊明，也不见得能拿高分，所以，更自然地，作家的写作能力，也只能在高考时候奉献一个“噱头”而已。因为，说到头来，高考作文中时常被人称道的文学才华，只是“技”的层面，这就是历来在考场上出现的古文体、诗歌体。其实我们知道在真正的文学创作中，体例更多是一种表层的东西，是可以学习的，而不能代表与生命相关联的真实的艺术维度。所以，我得出这么一个结论，高考不是选拔艺术人才的，高考作文与真正的创作绝缘。

但是，这一切真的理所应当吗？高考作文的取向折射出整个教育对审美维度的漠视。退一步说，即使我们不想要推出诗人，不想用高考测度谁会成为艺术家，我们就不该重视审美的维度么？难道我们不再置身于一个艺术的国度？我们也许不需要太多的画家和歌唱家，但也不需要培养进出美术馆和歌剧院的民众么？即便不去培养对美的创造能力，我们不该培养对美的欣赏能力么？再退一步说，我们即便不重视诗歌，难道也不重视艺术对“情”的陶冶和熔铸？知、情、意三者的均衡结合，不再是教育的目标了吗？难道我们需要的不正是会拉小提琴的物理学家、懂得美感的科技产品设计者？

在“诗礼”作为精神持守的中国传统中，艺术与道德时常被看作一体。学者王元骧多次指出：审美不仅是关于美的问题，更能使人具有崇高感和超越性的终极追求。只有思想而没有信仰，只懂现实而不懂超越是现代理性社会中人们的集体悲哀，缺少家园感的道德建设是一种奢谈，缺少情感归属的文化建设也是单向度的。康德说，位我上者，灿烂星空，道德律令，在我心中。没有灿烂星空而只知道道德律令的胸怀是不完整的。涌现在“感动中国”中的人物，被评价为“大美”、“大爱”，那些滋养他们心灵的事物，不仅是道德和理性，更是情感和情怀。情感和情怀从哪里来？既从体悟人生中来，也从艺术陶冶中来，从情感教育中来，也从审美能力中来，从读懂一阕诗词和写出一篇感动自己的作文中来。

44. 为设立“文艺评论专项基金”叫好

邑生

上海日前决定设立“文艺评论专项基金”，用于加强和改进文艺评论。其中，最为有力的措施是大幅提高文艺评论稿酬，自今年7月起，相关媒体的评论稿酬标准每千字将达到300-600元；另外，专项基金将配合和资助上海主要新闻媒体扩大文艺评论阵地，并设立相关文艺评论奖以支持优秀的文艺评论。这一系列措施的出台，对于提高广大文艺评论家和相关媒体的积极性，营造文艺创作和评论的良好社会舆论环境，推动优秀文艺作品的生产和传播，促进文艺事业的发展与繁荣，具有积极的现实意义，值得拍案叫好。

近年来，文艺评论一方面日趋活跃，另一方面也饱受诟病。“红包批评”与“文艺表扬”、“圈子评论”与“友情褒扬”大行其道，言不由衷的假话、不疼不痒的套话、无的放矢的空话、晦涩难懂的“行话”，甚至干脆失语，这些文艺评论中的不良现象使得近年来的许多文艺评论丧失了战斗锐气、丧失了监督作用，甚至丧失了权威性和公信力。究其原因，就是其中掺杂了太多金钱、人情等因素。以群众反映最为强烈的“红包批评”为例，试想，在大大小小的研讨会、座谈会、恳谈会、见面会上，或者在主动上门求评论的作者面前，对于大多数评论家而言，收了会议主办方或作者给的红包，便自然少了直言作品得失的底气。在当下经济社会大环境下，能够完全拒绝此类“红包批评”的评论家委实不多，其中原因固然在所多有，但评论的稿酬长期偏低确实是“红包批评”出现的一个不容忽视的因素。以政府出钱来抑制“钱闹的”的“红包批评”，不失为基于现实的有效的举措。当然，几百元稿酬，与动辄上千上万或者以单字论价这样的“大红包”相比，吸引力似乎还是显得有些不够，何况正儿八经写评论既费心费力，还要冒得罪人的风险。当然，优秀的评论不能只靠高稿酬，但提高评论稿酬，至少表明了政府层面的一种支持的态度，更重要的是体现了对评论家的尊重和对他们劳动成果的重视，其所倡导的独立精神还是很能吸引一批评论家的。另外，配合文艺评论阵地的扩大，文艺评论奖的引导，基金对文艺评论的整体发展产生良好影响也就翘首可期了。

我们这个时代不缺文艺评论，而是缺好的文艺评论。判断一个时代文艺评论是否发展、繁荣，也不是看有多少数量的吹捧之作，而是看说了多少真话。希望“文艺评论专项基金”设立可以切实增强文艺评论的针对性和有效性，为助推当下文艺评论新风加一把力。

45. 大遗址保护的开放思维

云菲

近期，一则关于某遗址公园的负面新闻占据了各媒体显要位置，据当地市民反映，该园内出现了城墙裂缝、地面塌陷、景观破坏、杂草丛生等现象，让他们甚感惋惜。这暴露出大遗址保护工作存在亟待解决的问题，但换个角度看，则说明大遗址保护正逐渐成为民众关注的焦点、热议的话题乃至自觉的行动。

大遗址，是指规模特大、文物价值突出的大型文化遗址；建立遗址博物馆或遗址公园，是保护、展示、研究、利用大遗址最直接有效的方式。国家文物局有关资料表明，我国正在向以“六片、四线、一圈”为核心、150 处大遗址为支撑、覆盖全国的大遗址保护新格局迈进；很多地方政府也以前所未有的热情投入到大遗址保护和遗址公园建设中来。从“遗址”到“大遗址”再到“遗址公园”，不仅是称谓的简单变化，更是理念的深刻变革，但这也标志着大遗址保护工作在双重目标审视下必须步入一个新阶段。

在各地大遗址保护实践过程中，有一点不可回避，那就是大遗址上原住民的生产生活与文物保护展示之间面临的矛盾。有数据显示，汉长安城城垣遗址内现有 54 个行政村，涉及 5 万多人；三星堆遗址保护范围内共有 11 个行政村，其中 6 平方公里的重点保护范围共涉及 5 个行政村 1500 余户、4500 余人，人口密度达到每平方公里 754 人。水源利用对文化地层的渗透侵蚀、房舍搭建带来的布局凌乱和垃圾废物的倾倒堆置等人为活动，势必会不同程度地对文物遗迹的安全和遗址环境的协调造成影响。由此可见，大遗址保护并非单一的文物个体保护，还涉及人口、土地、环境等诸多问题，是一项牵动经济、社会、生态发展的系统工程，这也意味着，大遗址保护不仅是专业人员的行为，更应是全民的行为，不仅是行业的行为，更应是社会的行为。于是，当大遗址保护工作进入新阶段后，作为人文领域的大遗址，选择“人文”思路开展保护、利用渐成趋势。

在金沙遗址，在开城遗址，当地政府都不约而同地加强了遗址保护范围内公共基础设施建设、环境卫生治理、道路交通规划等工作，开城遗址环境整治工程更是使牵涉其中的 3 个自然村有了向外连接的砂石路，解决了村民出行难的问题。在安阳，当地政府将宫殿宗庙区所在地小屯村、后母戊鼎发现地武官村以及大司空村，改造成历史文化民俗村，组织村民开展殷商文化、民俗展示等旅游服务，增加了农民收入。应当看到，在大遗址保护过程中，美化了遗址地生态环境，提高了原住民生活质量，更促进了区域产业布局和功能转型，民众因此切实感受到了实实在在的好处。反过来，这也更好地激发出民众对于文物保护的热情，支撑他们持久地参与到大遗址保护的行动中来。

“保护”不是“看护”，将文物遗迹科学、合理、有效地展示给公众是遗址保护的最终目的，更是促成大遗址保护事业可持续发展的必要手段。以唐长安城延平门遗址公园、曲江遗址公园为代表的大遗址市民公园模式所实施的开放式保护，受到了很多群众的欢迎。2010 年入选首批国家考古遗址公园的殷墟遗址，积极利用研究和考古成果，拓展衍生出多种类型的文化工程和文化产品，筹建中国文字博物馆、中国考古博物馆、殷墟车马坑博物馆，制作 3D 动漫电影每天循环播放，以生动、直观的形式展示殷商时期的历史风貌和传说故事，弥补了殷墟遗址观赏性弱的不足。灵武市通过优化游览线路和观光项目，使过去无人问津的水洞沟遗址，从只局限于科学考察的高端人群，发展成为吸引大量普通游客的宁夏又一处重要文化旅游场所。这些无疑都是很好的例子。

从专门的文物保护工程到推动区域经济社会发展的文化工程，让文化遗产保护成果真正惠及于民的“人文”思路、开放思维，更好地释放了大遗址的社会效益和经济效益，值得肯定，更值得推广。

46. 敬畏民俗

——纪念第七个中国“文化遗产日”

罗杨

是什么塑造了大多数人的心灵？是什么约定了大多数人的共同记忆？又是什么给我们烙上了中国人的文化印记？也许并不是那些惊天动地的重大事件，也不是那些厚重博大的学术经典，而是我们生长于斯发生在身边的那些小事，是那些我们与之相生相伴的生活习惯。这就是我们的民俗。就像唐代大诗人张九龄说的“人之性情，莫不由习”。

民俗，即民间风俗，是一个国家或民族中广大民众所创造、享用和传承的生活文化。它起源于人类社会群体生活，并在特定的民族、时代和地域中不断形成、扩大和衍变，为民众的日常生活服务。民俗是一种来自于人民、传承于人民、规范于人民、深藏于人民的行为、语言和心理中的基本力量，具有广泛的社会性、集体性和传承性。在全球化语境中，民俗作为人类非物质文化遗产的重要内容，是各民族人民世代相承的，与群众生活密切相关的文化表现形式。中国地域广大、民族众多、历史悠久，在漫长的生产和生活过程中逐渐积淀出丰富多彩、千姿百态的民俗。她凝结着中华民族的民族精神和情感，承载着中华民族的文化血脉和思想精华，她既是中华文明的符号，也是中华软实力的载体。是维系社会稳定、促进民族团结、推动国家统一进步的独特力量。经过五千年历史长河的不断积淀和洗礼，很多民俗至今仍活态地在民间传承、应用，很多已被列入到世界非物质文化遗产名录之中，成为人类精神文明的共同财富。

民俗蕴含着一个民族的个性。王安石说：“风俗之变，迁染民志，关心盛衰，不可不慎也。”民俗是灿烂美好的，有时也是脆弱的。随着时光的流逝，那些农耕文明时代的许多美好温暖的民俗正在离当代人的生活渐行渐远，特别是西方文化的涌入，使很多民俗正在遭遇严峻的挑战。然而，对传统文化的致命伤害往往不是来自外部，而是文明传承和携带者自己的随意抛弃。因此，我们应以文化的自信更加自觉地了解和热爱自己的传统民俗，不能等到外国人拿着我们的民俗去申遗时才惊呼已经被自己淡漠和忽视的民俗是多么珍贵和美妙。决不能让我们的下一代只知道情人节而忘了元宵节，只热衷圣诞节忘了腊八节，只喜欢芭比娃娃而不知道泥人张……

民俗是民间文化中一种最贴切身心和生活的文化，它无处不在、无所不包。民俗在民间根深蒂固，源远流长。无论时代如何更替，历史如何变迁，许多人都在兢兢业业地遵循着自己的民俗，人民群众以自己的方式不断显示出民俗的独特魅力和民俗文化的文明之光。民俗作为一套通过人民群众身体力行而得到保持、传承和革新的完整的礼仪系统，具有无法言说的文化魅力和生命魅力，苏轼曾说："人之寿夭在元气，国之长短在风俗。"可见，在古人的眼中民俗是何等的重要，它甚至与国运盛衰息息相关。一个人从出生就在民俗中塑造着自己的行为，一个民族只有保留自己的文化和民俗才能保护民族的情感和个性不会消散。民俗是维系一个社会和谐运行和发展的内在动力。一个人可以老去，一个国家可以灭亡，但民俗却可以穿越时空一代一代地永传下去。因此，在今天的城市化语境中，如何对中国民俗艺术的保护、研究、传承以及探索民俗的扬弃，使我们民俗的文化内涵更加丰富和完善，有着十分重要的意义。尤其是增强广大青少年对优秀民俗的认知，通过学校教育和家庭教育使下一代获得对民俗的体验和理解，培育他们的文化自觉。

任何民俗的背后都有着相应的文化阐释和表达系统，都有着传统的美好情怀和现实的人文关怀。呵护好我们的美好民俗，关乎全球化时代中中华民族身份的确立，关乎我们能否拥有一个美好的精神家园。恪守民俗的心灵密码，每个中华儿女都不应是冷静的旁观者和沉默的看客；传承文脉、传承民俗就在我们的日常生活中，就在我们的心中。我想，传承民俗最重要的不是守住炉中的那些灰烬，而是对那束热情火焰的不断传递。

47. 古迹"活化"，让静态文化遗产"枯木逢春"

——说说香港近年来文化遗产保护的新举措

王新荣

据有关媒体报道，作为香港特别行政区政府"活化历史建筑伙伴计划"项目之一的"饶宗颐文化馆"日前在香港举行了盛大的开幕典礼。此举并非个例。近些年，特别是香港回归祖国 15 年以来，香港的文物保护意识一再高涨。前法院变成艺术课堂，旧警署变身文物酒店，医院旧址化身文化园林……一种新的文物保护理念在香港不断被实践、理论化、传播和印证，同时也不断刷新着人们的惊喜。这个理念，就是文物的"活化"保护。所谓"活化"，即为历史建筑寻得新生命，做一个新用途，让公众得以走进并欣赏这个历史建筑。为此，香港特区政府力推"活化历史建筑伙伴计划"，如今改造项目已进行到第三期，多座逾百年历史的古迹遗址被改造，在保留传统文明的基础上重焕新颜，创造新价值。

曾几何时，在绝大多数人的印象中，香港作为一个繁华且飞速向前推进的现代化大都市，似乎和历史挂钩的文物保护常常被观察者所忽略。钢铁丛林中，留在记忆中的那些老建筑，那些记录着香港成长痕迹的一砖一瓦，正在一点一点消逝……如何平衡文物保护与经济发展之间的关系？如何决定一个建筑物或拆或留？文物保护资金从何而来？怎样和民意进行有效沟通？飞速发展中何以留存城市的历史文化印记？一路走来，香港人正在城市发展中不断思索、求证和追寻着自己的文化身份和文化认同感。

首先，"活化"并不等同于某些人所习惯认为的拆迁翻新重建。它既有别于急功近利的大拆大建所造成的盲目破坏，也不同于放弃对文化遗产真实性和完整性的尊重而大造仿古建筑，更不是把文物当作"架上古董"冻结保护而任其衰败。实际上，古迹"活化"是一种关于文物保护的"微循环"，它让静态的文物得以动起来，在外表"更新"的基础上，把建筑的商业、观赏功能进行更深层面的改造，把历史建筑再利用，强化公众参与度，同时为公众带来最大效益，这可谓城市化进程中，扭转、理顺城市发展与文物保护之间关系的一剂良药。

其次，古迹"活化"更需明确的是，人的生活才是文化遗产的灵魂。香港文保有个特色，即以社区为单位，利用 NGO（非政府组织）或社区中心来发动居民共同参与。一个社区生活展馆，作为一种"集体回忆"的载体，三五街坊聚在一起，睹物思人话当年，很好地提升了社区居民对于地区文保的意识和归属感。而与此不同，内地一些地方却以保护的名义进行盲目过度的商业开发，以至于走向了问题的反面。无论是"中国历史文化名街"评选还是某些古镇、古村的保护，大都驱逐原住民，打造“千人一面”的仿古商业街、博物馆、纪念馆，在那里已看不到延续千百年的当地人特有的生活方式。无论人们去平遥和丽江还是西递和宏村，不光要看静态的建筑、凝固的历史，还要看活态的文化，即人们的生活，是人的活动为景观赋予了特定的文化内涵。像河北蔚县的古村堡，它不再是简单的一砖一物的堆砌，伴随古村堡形成的丰富多彩的民俗文化，才是古村堡的灵魂，和古村堡同等重要。要想让这些古村堡活起来，离不开村民，离不开那些伴随传统村落创造的灿烂的民俗活动。否则，古村堡，只能是一个没有内涵的空巢建筑。正因如此，著名学者冯骥才一再倡议，古村落应当进行“活化保护”，不是表面的修缮房屋、恢复旧貌，更重要的是要恢复文化、生活，让后一代人来传承村落所代表的文化遗存和精神价值。

再者，古迹“活化”理念还需要被不断传递。代代累积沉淀的习惯和信念，渗透在我们的日常生活实践中，理念之所以产生持续影响，与推而广之、代代相传息息相关。为此,香港特区政府也特别强调以破解传统思维的方式推广文物“活化”保护意识。如推出各种通俗易懂的文物保护政策教材，向全港中学免费派发，让“活化”和保护政策走进课堂。同时，为了让历史建筑更贴近市民，政府通过组织不同类型的历史建筑导赏团，让市民免费游览和体验各种历史建筑及其背后的故事，从而增强大家的文保意识。

老建筑记录了港人的欢与乐，见证了香江的血与火，在如今的港式思维中，老建筑俨然并非“负资产”，却多是“传世之作”。它们或带着历史的笑容，或镌刻着世事的沧桑，决不会被轻易推倒淡忘。正是这种珍视，让老建筑连同旧时光一起渗入港人的血液，穿透回望时的障碍，在城市成长中时时照亮自己。

48. 解决著作权争端，不妨多点建设性

——从齐白石作品版权诉讼不断与《舌尖上的中国》海报侵权事件和解说开去

关戈

国画大师齐白石可能并没有想到，他的作品动辄以亿元被竞拍，而他的后人受惠于作品版权却是寥寥；更没有想到，长达 5 年、遍布大江南北的 100 多起版权诉讼官司，会跟自己的名字如此纠缠不清。日前，齐白石后人在接受媒体采访时，称打这些官司“就像一场梦”，也把艺术品遭遇侵权的问题再次推到舆论前沿，拷问人们的智慧。

引人关注的是，纪录片《舌尖上的中国》海报侵权事件近日以和解方式圆满解决。一切进展得让人意外，没有云谲波诡，没有激辩骂战和对簿公堂，却留下了耐人寻味的平和与真诚。正如该片勾起了大多数中国人无尽的乡土记忆、温暖情怀，真诚的力量在此美美与共，令人感佩，更让人禁不住思考：面对权益纠纷，在文化的层面上，我们是否有足够的自信?

也许，齐白石作品遭遇侵权的脉络更加曲折：2007 年，即齐白石去世 50 年，其作品版权保护期也即失效。而据齐家后人透露，2007 年以前出版的作品，市场上至少有七八百本画册存在侵权，“1985 年以来出版的，基本都没有和齐家沟通过”。其中涉及齐白石各个时期的作品，有的作品曾由其个别后人授权但未付过稿酬，有的侵权事实更为清晰。犯错了道歉似乎并不难，在真诚的道歉和适当的补偿面前，想必齐家后人也不必把“像一场梦”似的官司打遍大江南北。可“50 年失效”给予的使用豁免,却成为 50 年内侵权卸责的“拖”与“赖”;拖得起时间，却赖掉了真诚和解的可能，实在让人遗憾。

是非是有界限的，和谐之美却难能可贵。随着纪录片《舌尖上的中国》迅速走红，中国美协副主席、著名画家许钦松的画作《岭云带雨》因被用于该片节目片头和海报等宣传资料而广为人知。设计师张发财在得知自己无意侵权之后，多方联系原作者，迅速通过微博公开道歉认错；随后便有了许钦松原谅此事并授权无偿使用的义举。“中国画是中华文化之色的代表，中国美食是中华文化之味的代表，色味相和，别有一番趣意，美美与共，才是中华文化的精髓。”许钦松的一席话，无疑为此事做了最好的注脚。

在知识经济时代，重视、尊重版权毋庸置疑。犯错了，侵害他人的合法权益了，就要认错、负责。张发财的道歉与认错，迥别于某些侵权者装聋作哑、掩饰

和扭曲真相的颟顸，首先付出了真诚；许钦松的原谅，也不是纵容姑息侵权，而是在对方正视侵权行为的基础上，从弘扬中华文化的高度给予了包容，不作深究，放弃法律索赔，甚至考虑到《舌尖上的中国》弘扬中华传统文化的客观实际，授权央视纪录频道无偿使用其作品。一方真诚认错，一方也从大义出发表达了认可和爱护，足以成为一段艺苑佳话。倘若齐白石作品的使用方也能真诚地厘清事实或认错道歉、合理补偿，可能所费功夫不多，损失也不大——有的仅需支付稿酬即可，但却可以赢得尊重和喝彩，不啻于一次良好的品牌形象塑造，又何至于纠缠数载、乱象迭出？有学者说过，在信息高度发达的当今社会，筛选、过滤、甄别往往会造成选择的困境。而在法制逐步完善的过程中，一些盲点或空白在所难免。正因如此，一些侵权事件似乎很难避免，更需要一种文化和道德意义上的自我调适。但反观网络和各类媒体上的“骂战”，对侵权动辄口舌交加，甚至非要上法庭见个你高我低，动静很大，火气很大。笔者以为，通过法律程序依法维护合法权益，是每一个人的权利。但有的事情并不大，侵权者对侵权与否也心知肚明，但却针尖对麦芒，岂不怪哉？更有甚者，以此借机炒作牟利，既偏离和善本义，更毫无公益大义。

自古以来，我们的文化就崇尚以和为贵，“和气生财”、“家和万事兴”；即便在尊重知识权益的法制社会，它也必然会跟我们的法制建设相辅相成。换句话说，它们的本意都在于形成社会的公序良俗，形成推动文明进步的合力。头绪繁多的齐白石作品侵权诉讼案，让人看到了一丝不堪与沉重；但从《舌尖上的中国》海报侵权事件和解中，我们又看到了“美美与共”的传统文化智慧。这恰恰告诉我们，当艺术品遭遇权益争端，解决的途径并非只有一种可能；多一点建设性，事态会更加豁然清朗、美满和谐。

49. 加强遏止网络自制剧野蛮生长

左岸

“在本人不了解拍摄最终呈现意图的情况下，剧组后来采用替身拍摄了不雅激情戏，违背当初受邀帮忙客串的良好本意……”近日，首次受邀客串某网络自制剧的著名演员陈建斌，透过经纪公司发表的一段澄清自己其实是“被”激情了一回的声明，再次把公众的视线聚焦到时下盛行的网络自制剧上来。“在演艺圈演员用替身的不在少数，但像陈建斌这种用法的还真没见过。”众多网友的感叹，道出的其实正是网络自制剧乱象丛生的现状。

从2006年恶搞电影《无极》的自制视频短片《一个馒头引发的血案》出现以来，短短几年时间，网络自制剧已成各大视频网站甚至门户网站的香饽饽。再加上不断增加的网络视频用户、网络视频市场规模不断扩大、不断增加的视频观看渠道、更多的分享互动方式等因素，都为网络自制剧的生产和传播创造了便利条件，并使其作为一种新兴网络文化业态迅速发展。

然而在快速发展的同时，网络自制剧诸多问题也随之显现。就目前国内网络自制剧的题材来说，原创乏力、克隆风行，很多节目都是直接拷贝国外成功模式。如《嘻哈四重奏》套用的就是英国电视剧《IT一族》,《欢迎爱光临》可说是日本电视剧《只是爱上你》的山寨版，《新生活大爆炸》也存在抄袭美国电视剧《生活大爆炸》的嫌疑，等等。而从内容上来看，网络自制剧的同质化现象日益突出，《钱多多嫁人记》《泡芙小姐》《欢迎爱光临》《在线爱》《疯狂办公室》《乌托邦办公室》等诸多网络自制剧，其内容无不集中在爱情和职场方面。

规模小、成本低、自由无拘束，这本是网络自制剧的主要特点，然而正是因为这些特点，却造成现在很多网络自制剧制作粗糙、质量低劣。为了减少投入，一些网络自制剧选用演技和艺术水平拙劣的演员和导演，更令人反感的是，这些演员和导演不在表演上下功夫，而是通过奇异穿戴、前卫造型吸引受众，以“雷人”、“囧事”，乃至不良男女关系作为其卖点。此外，随着国家广电总局“限娱令”和“限广令”的出台，电视台的娱乐节目及广告投放空间受到了大幅度挤压，于是很多商家就把目光投向具有网站资源独享、规避“抢剧”的高成本、可植入广告及多重开发等优势的网络自制剧，如此一来，网络自制剧中充斥着不注重与故事情节的融合，莫名其妙的特写、突兀生硬的广告台词及与剧情完全无关的广告背景，严重降低了此类节目的格调。

网络自制剧井喷式的发展有时给人一种太过突然的感受，速度快了，以致相关的管理条例都无法跟上它的节拍；数量多了，难免泥沙俱下，但这并不意味着网络自制剧可以随心所欲、野蛮发展。从陈建斌个人角度来说，首次试水网络自制剧就“躺着中枪”，的确很不幸，然而，从目前网络自制剧乱象丛生的现实来看，出现类似陈建斌案例其实是迟早的事。眼下正值暑假，对于占网络节目观众群体很大比例的广大青少年来说，如果他们看到的都是些内容低俗、格调低下的网络自制剧，这对他们的身心健康势必会产生极坏的影响。

令人欣喜的是，针对目前部分网络自制节目中存在的内容低俗、格调低下、渲染暴力色情等问题，国家广电总局和国家互联网信息办近日联合下发了《关于进一步加强网络剧、微电影等网络视听节目管理的通知》，此举不可谓不及时和必要。相信有了这把“达摩克利斯之剑”，包括网络自制剧在内的网络视听节目一定会朝着健康方向发展，而网络自制剧在丰富人民群众精神文化生活、为人民群众参与文化建设等方面提供新渠道的功能也将发挥得更加到位。

50. 城市文化建设要有点耐心

——也说襄阳为金庸作品人物塑像

李超

迫于舆论压力，金庸名著《射雕英雄传》中襄阳大战的发生地湖北襄阳，决定缓建预计耗资百万的“射雕情缘”雕像。但这个以《射雕英雄传》主人公郭靖、黄蓉为由头的雕像所引发的广泛争议，远未停止。

反对者认为，襄阳作为一个历史古城，不乏真实历史名人，且小说中的“襄阳大战”并不符合史实，利用虚拟人物做城市名片是对历史的不尊重，也难免会误导不熟悉历史的人们。支持者则认为，襄阳是旅游城市，利用武侠人物做宣传不失为一种好的营销策略。在笔者看来，武侠人物可以走进现实，当作独特的城市文化来发展，但其中的一些问题值得注意。

把虚拟人物作为城市文化的一部分进行发展并不用大惊小怪，国外就有很多成功案例。比如被称为“柯南迷的朝圣之地”的日本鸟取县大荣町，就是一个利用虚拟人物进行推广的特色城市。大荣町是日本鸟取县的一个小镇，作为《名侦探柯南》作者青山刚昌的故乡,那里的城区主干道便叫“柯南大道”,还有一座“柯南大桥”，城市的路标、浮雕、井盖全以柯南为主题，连市图书馆和小学的门口都有栩栩如生的柯南铜像，让人感觉漫画中的主人公似乎真实存在。丹麦的小美人鱼雕像更是在哥本哈根长堤公园守望了长达百年之久。小美人鱼雕像是丹麦雕塑家爱德华·埃里克森根据安徒生童话《海的女儿》中女主人公的形象用青铜浇铸的，铜像高约 1.5 米，基石直径约 1.8 米，1913 年 8 月被安放在哥本哈根长堤公园海边的几块石头上，多年来一直被视为丹麦的象征。其他更有英国伦敦的福尔摩斯博物馆和意大利的朱丽叶故居等。金庸先生的作品被人们广泛阅读，小说里面经典的武侠人物形象更是深入人心，郭靖的诚恳善良、深明大义，让人敬重；黄蓉的娇俏玲珑，也曾飞进无数人的梦里。他们那忠贞不渝的爱情，慷慨激昂的民族大义，更是感动了无数人。郭靖和黄蓉可以说代表了一种文化价值观念，把这种文化价值观念打造成一种独特的城市文化符号未尝不可。

但值得注意的是，与其他虚拟人物不同，郭靖和黄蓉的形象来源于武侠小说，其中交代了大量的历史背景，并把武侠人物设置其中，有的内容并不符合真实的史实。所以把郭靖、黄蓉形象引入现实，难免会引起对历史问题的争议。这样可能会对一些不熟悉历史的人特别是青少年产生误导，让人误以为郭靖和黄蓉是真实存在于襄阳大战中的历史人物。这就要求当地有关部门需要建立良好的引导机制，帮助游人正确地认识史实，不至于对历史产生误解。

虚拟人物可以走进现实吗？可以，关键在于你要怎么走。郭靖、黄蓉的塑像作为旅游景观的创新尝试，可以立吗？笔者认为也无不可，但关键在于它不应该和真实的襄阳历史文化牵扯在一起。

现在有很多城市都在努力地提高城市知名度，其中不乏打着历史文化名片的旗号，胡乱拉个名人为城市作宣传的，甚至出现了抢西门庆故居、扯武大郎大旗的闹剧，其实这都是急功近利的表现。透过国外虚拟人物丰富城市文化的优秀案例来看，一种城市文化并不是一朝一夕能够形成的，更不是靠一个雕塑就能够建立的，要有全方位的文化建设方案和长久的文化积淀才行，我们不能没有建设优秀城市文化的耐心。如果打造一个城市的文化急功近利、流于形式的话，恐怕只能沦为人们茶余饭后的笑柄。

51. 做一名演员，没那么简单

于奥

“起得比鸡早、吃得比猪差、干得比牛累、睡得比鬼晚”——曾有人这样形容演员这个职业。的确，演员走红后的光彩让我们忽略了他们背后付出的汗水。一个电视剧组中的演员常常为了赶通告凌晨梳妆、半夜收工，而在片场顶着造型没完没了地等戏更是家常便饭。日前因新片《听风者》上映接受记者采访的影帝梁朝伟曾说，“我不觉得我是天生会演戏的，我也磨炼了 30 多年，每天只睡 4 个小时，演了很多电视剧打基础，只是这些大家都没有注意到而已。”演员应采儿也曾在采访中坦言：“每部戏都有很多吃苦的地方，比如环境恶劣、吃饭糟糕、乡村里怎么找厕所、大热天裹棉袄、寒冬腊月泡水里，曾创过连续 3 天没睡觉的纪录，睫毛膏没卸过反复刷到硬……跟每个电视剧演员聊，都能讲出 200 种以上不同的苦，演员真没那么好当。”

都说台上一分钟台下十年功，但随着近年来越来越多影视剧和新生代演员的出现，大家已经遗忘了“十年功”的艰辛，认为读读台词、做做表情、走走调度就能成就那“一分钟”的辉煌。在中国，每年报考、毕业于艺术学院的学生逐年递增，而表演专业又占了艺术学科的很大比例，很多表演专业出来的学生毕业后的就业问题成了老大难，毕竟，能走出来成名成星的只占极少数。作为一个公众面前的表演者，最需要得到的当然是观众的关注与认可，但不能说一个演员的表演就只是为了获得关注度。假如得到他人追捧的快感大于创造人物形象本身带来的乐趣，那就不如不要做演员了吧。而现在，有太多的人错误地把演员与名望、高薪画上了等号，甚至直言不讳地表示自己成为演员就是想“红”。这里有科班出身的，也有半路出家的；有拿着《演员的自我修养》的，也有揣着钞票的，各路人马混进了剧组，开始了“明星”生涯，而这之中有多少人始终抱着戏播出后便一夜红遍大江南北的美好愿望。但又有谁知道，周星驰在刚出道时是演宋兵甲和乞丐乙的龙套；成龙练童子功时每天都压着腿睡觉；王宝强刚来北京时到处找剧组干零活，每日最多能挣 50 块钱；舞王郭富城曾为了维持生计修过冷气；周迅做挂历模特时，一张被采用的照片只能得到 20 元的报酬……

当他们成名之后，对于这些不为人知的过往自然可以侃侃而谈以激励后人，但又有多少人现在正经历着这一切，或许在逐渐丧失斗志和信心呢？做演员难，难的不是素质和技巧，而是在经历了那么多跌宕起伏后还能抱着最初的那份热忱，坚守在镜头前。

52. “好奇号”何以激发好奇心

乔燕冰

近日，引爆网络的“好奇号”赚足了人们的好奇心。这个被公认为最会卖萌的美国超级火星车“好奇号”，因全程轻松发布微博，一举成为推特（Twitter）红人。据报道，截至10日激增粉丝已超过91万，这个数字仍在不断上升。网友趋之若骛的事实仿佛在昭告，潜藏人们心底那份久违的对于宇宙探险的巨大热情被一种轻松活泼的认知方式全面激活了。

飞向太空、探索宇宙奥秘是人类本能而永恒的渴望。我国古代传说“嫦娥奔月”、敦煌莫高窟“飞天”图腾、汉代“翼装侠”和明代的“万户飞天”等故事都一定意义上记录着人类“上穷碧落”、“蟾宫折桂”的原始渴望与梦想追求。随着近现代科学技术的飞速发展，从苏联把世界上第一颗人造地球卫星送入太空到尤里·加加林乘“东方1号”升空，从美国“阿波罗”号登月舱在月球“静海”区安全着陆到“哥伦比亚”号航天飞机试飞成功……人类不断开创探索宇宙奥秘的新纪元，不断获取了打开宇宙空间神秘之门的金钥匙。

然而，我们不得不面对的一个事实是，人类运用科技解秘世界的过程一定意义上也是世界被祛魅的过程。正如人们为登上月球欢呼的那一刻，也是彻底撕毁嫦娥怀捧玉兔那幅长存于人们想象中的美丽画卷的瞬间。科学技术发展在不断扩大人类对世界的认知的同时，也不断因理性而冷却着人们温热的梦幻之心。尤其对于普通大众而言，缺席于研究或探索过程，而仅仅被告知结果，必然更加强化科技理性的冰冷感。因此即便是探索深邃宇宙太空，遨游浩瀚星海苍穹这种对人们充满着极大诱惑的事件，依然可能因远离大众而一定程度上变得索然无味。

从这个意义上说，美国航空航天局的好奇 (Curiosity) 号火星探测器利用微博全程发布探测过程，也许助力科技完成了一次历史性的“复魅”。美国航天航空局的社交媒体经理维罗妮卡·麦格雷戈领衔的社交媒体团队，以女性第一人称口吻代替探测器发声，借助微博，冰冷的机器摇身成为“血肉之躯”，以人的情感语气频频与公众亲切交流，通过语言、图片、视频等方式，探测器的太空之旅中所经历的艰难、愉悦、激动、恐惧复杂感受，公众可以全程全方位体会。从来都是板着面孔高高在上、君临与俯视大众的宇宙探险，这一次却放下身段以特殊的方式主动地与大众身心亲近；从来都是被置身事外，只能眼巴巴地等待结果的大众这一次却成了倍受“恩宠”的“座上宾”。高科技史无前例的“亲民”态度，以及让大众享受参与其中的替代性满足，将大众彻底虏获。

同时，微博与宇宙探险事业的这次联姻，也许对于微博本身也具有新的历史意义。从被称为“微博元年”的2010年开始，微博的影响力已经逐渐地强力渗透到社会政治、经济、文化等各个领域，成为自媒体时代重要的信息传播媒介。从个人情感与信息交流到公共事务的介入，伴随着依然每天絮絮叨叨鸡毛蒜皮、明星八卦家长里短的网络排泄，微博应用中渐渐承载着的社会责任与人文关怀，让微博的信息流因品质的提升而增加了历史的重量。如果说“微博问政”是有心栽花地凸显社会责任意识，如果说“微博打拐”是无意插柳地实现人性本能关怀，那么从微博聚焦“好奇号”的热潮中，也许可以看到理性与进步社会走向成熟新的信号。“好奇号”何以激发人们的好奇心和关注兴趣，值得思索。借助微博的力量和更为轻松、活泼的“艺术化”的呈现，一向庄重严肃的科技也许一样能够重新完成对人的心灵乃至世界的“复魅”。

53. 投机性出版亟需“去火”

——从《焚书指南》说开去

关戈

假如遭遇一场千年不遇的极寒，你被迫躲进图书馆，只能烧书取暖，你会先烧什么书？

当作家马伯庸在他的文章《焚书指南》中将成功学、励志书、生活保健书、明星自传等列入焚书取暖的首选时，“千年不遇的极寒”所隐喻的末世假设，实际上已把问题转向了一种文化的终极追问：对文明的存续来说，哪些书比较不重要？或者哪些更重要？

“千年不遇的极寒”当然是玩笑话，把烧书行为设定在如此极端的环境中，这些话却是针对着爱书之人说的。马先生基于文明存续和个人喜好的标准决定烧掉一些书，有的是出得太多“可以烧很久”，有的“水分太多”，有的则属于可能搞坏身体系统的乱攒之书。可以看出，其中透着一种调侃式的不满，直指好书不多的近年图书出版行业。并非健康励志的生活缺乏永恒的价值，恰恰是商业出版的急功近利让许多“健康励志”瞬间坍塌。

前几天，当林丹获得奥运羽毛球男单冠军在赛场内兴奋狂奔时，人们也许很难想到，他的胜利也彻底改变了其自传《直到世界尽头》的命运。在这场胜利到来的大概一个小时后，签下该自传的书商便急不可耐地宣布《直到世界尽头》正式首发。据媒体报道，在书商关于《直到世界尽头》的两套发行方案中，如果林丹赢了，那就立刻宣布首发，如果输了，那就只能等到10月份才首发。火热的赛场背后，图书的商业投机毫不隐讳。

成功学、励志书之市场对位，生活保健书之日常需要，明星自传之娱乐色彩，无疑为图书操盘手们提供了天然的兴奋剂。什么热门火爆，谁的粉丝众多，最起码已给相关图书的销售成绩做了心理保证；而且，其运作也将更具有噱头，更勾引人的关切。实际上，它们跟图书的选题内容并不直接相关，也就是说，我们不能因为图书是成功学、励志书、生活保健书或明星自传而论定该书质量低劣；但此类选题的兴奋剂效应及其运作的投机性，决定了其出版会赶时髦、赶时间甚至不妨攒一攒。这基本就为它们被烧来取暖埋下了伏笔。

前些日子许多人在网上争论，成功学、励志书、生活保健书、明星自传之类的图书到底该不该烧，争得很热闹，有人出来公允了一下：“其实这样的书也是需要的，大可不必烧掉。”其实这是没搞清楚情况。有一句话怎么说来着？哥抽的不是烟，是寂寞。个人揣测，马伯庸的醉翁之意根本就不在它们是什么书，而在于隐喻书背后的运作一条龙。也许，林丹自传幸或不幸地被首发只是奥运大餐后的一例甜点。据我所知，像拿影视作品拍摄场记加上一些娱乐佐料制作的影视书，其售卖也基本赶着影视上映或播出的趟；装帧堪称豪华，价格贵得吓人，一张海报的内容，却有直奔一盒月饼的重量。真不知道是卖书还是卖饼！

书是精神食粮。萝卜青菜，各有所爱，不能强求人人都爱莎士比亚。成功、成名和健康都很重要，人人爱之可能还会让社会更加阳光明媚。从市场的角度讲，讲究营销策略也无可厚非。但是，作为文明存续的重要载体，书籍并非也不应成为纯市场化的商品，特别是不应成为即时应景、降火挠痒的急先锋。高尔基说："书籍是人类进步的阶梯。"阶梯什么意思？一步一步走上去的，稳当，有足够的时间喘息沉淀，能够起指针的作用，引导和培养一大批懂书、爱书同样也知道怎么烧书的读者。少一点亢奋投机，图书的市场生态可能会更好。

推动全民阅读肯定是一项很大的工程，不是嚷嚷就能成功的。但读书之成为习惯，多数并非从使用工具书、参考成功学或成名记而练就心静神定，反而都是出于见猎心喜，看见好书就把持不住，然后滚雪球似的触类旁通，自成习惯并成为铁杆的图书消费者。这类书，多与文明的存续、精神的抱持相关。反观某些急功近利的图书出版，把读者尽当成想成功或心忧健康成疯的主，愣把自己变成"柴禾生产商"，让读者群的素质越发荒漠化，这不是找烧是找什么？

54. “空姐私照门”提醒摄影中的隐私权保护

郭青剑

空姐王淋将拍摄的一组同事生活照无意发到网上后却不慎被人盗用并制成视频，该视频把空姐们凌乱的宿舍场景及休息、更衣时略显裸露的镜头冠以“空姐日记”、“辛酸私密照”等字眼，刺激着大众对空姐的想象而遭到疯狂传播，成为一场“空姐私照门”事件。由于引发同事的不满，王淋被停飞，于是起诉公司索赔30余万元。几天前北京顺义法院开审的这则官司，再次提醒广大摄影家和摄影爱好者在摄影活动中要注意隐私权保护。

摄影传播事实真相与保护个人隐私的矛盾是个老话题。相对于文字，摄影的现场性、直观性与客观性导致这个矛盾在有些情况下尤为突出。因此，在摄影领域、特别是新闻摄影领域，为了平衡公众知情权和公民隐私权，便有了摄影者要尊重他人的私生活、私人领域；对涉及他人隐私的照片采用技术处理如马赛克模糊被拍摄者的肖像使其无法辨认等原则和规则。上述案例中，王淋的动机是单纯的，她只是想真实记录空姐生活，把空姐许多不为人知的生活场景展现在人们面前，让人们看到“不是光环下的空姐”“而是一些平凡的女孩”。她也是有收获的，拍照5年，数量达上万张，得到业界好评，还办过摄影展。但她更是无辜却又不幸的，尽管与同事签过肖像权协议，同时被允许在专业媒体上发表，但还是没能挡住网上偷盗者的不良传播及由此造成的不良影响。当然，王淋是否侵犯他人隐私权并无定论，也不是本文讨论的话题，但从中反映出的一个事实就是，在由摄影引发的大量侵犯隐私权案例中，其实类似这种无心与无形中的过失占了绝大部分。

特别是在摄影大普及的当下，这种无意中的侵犯隐私权现象尤其值得摄影者与公众小心。在人人都是拍摄者、人人也都是被摄者的情况下，当你拿着镜头拍风景时，不知不觉中就可能成了他人镜头中的风景。近日的一则新闻说，一位网名叫“杨海波波”的女子在公共浴室自拍并将照片上传到了网上，却没注意到她身后不远处还有其他正在沐浴的女士全裸出镜。更早的一则新闻则是《无锡日报》头版刊登的一对寒风中依偎的“温馨情侣”照意外曝光了一段婚外情，原来照片中的男女并非夫妻而只是情人关系，结果导致男子妻子见报后大怒。后一案例中摄影记者是否侵犯照片主人公隐私权还不好说，但前一案例中“杨海波波”的侵权行为是肯定的。无论如何，这些摄影事件都提醒我们，摄影活动可能无意中暴露他人隐私，而自己的隐私也可能无意中被摄影活动暴露，而且这种几率现在已经大大增加。因为随着人们生活水平的提高、摄影器材和技术的普及，摄影已经越来越成为一种生活方式，拍摄的便捷性模糊了摄影者与被摄者的职业分野，拍摄的隐蔽性也消除了拍摄者与被摄者的对立情绪。如果说这一切都还只是摄影者与被摄者之间的事情，对隐私还可防可控的话，进入传播领域，由于网络传播渠道的便捷与影响的广泛，人人又都可以成为传播者、报道者，对隐私权的保护难度就更大，也更为关键，当然更值得我们警惕。

当然，防止侵犯隐私权事件发生，源头还在拍摄者。排除所谓的专门“隐私摄影”，以及“狗仔队”式摄影，摄影者本身要保持足够的隐私权保护意识，特别是对于可能或者将要进入传播渠道的作品尤其要谨慎对待。从某种意义上说，摄影追求的“真”与一般意义上的“美”有时会是一种矛盾，吸引眼球、震撼心灵的真相并不都是鲜花灿烂，有时可能是鲜血淋漓。如何表现这样的“真”，其实在表现手法上，可以做出更多的探索。业界人士分析指出，刚刚揭晓的本届“荷赛”获奖作品一反历年来的一幕幕血腥画面，在复述灾难事件的表现上颇为“含蓄”，没有了那些令人毛骨悚然、备受煎熬的瞬间，而是采用了侧面展现主题的方式。这就值得国内的摄影人思考，在面对一些相对负面的、敏感的题材时，应该更好地表现拍摄对象，而不是将所见一览无遗地展现出来。这既是提高艺术表现力的迫切需要，一定程度上也有助于尽量避免身陷隐私权官司的麻烦。

55. 动物演员，让我们敬畏和反思

——从一只狗的奥斯卡说起

王新荣

脚踩奥斯卡“小金人”，坐头等舱，走红地毯，住五星级酒店，日入350至400美元，近日，一只名叫“乌吉”（Uggie）的明星小狗可谓春风得意，就连一向吝啬的全球影评人也不惜笔墨对其在电影里的表现大加赞赏。2月13日，在美国洛杉矶举行的第一届奥斯卡“金项圈”奖的颁奖典礼上，在迈克尔·哈扎纳维希乌斯执导的电影《艺术家》中不乏精彩表现的小狗乌吉，当之无愧地摘得了“金项圈”。消息一出，分析明星狗的品种、习性与特长，挖掘明星狗身上的各种奇闻轶事，成了不少媒体聚焦热炒的话题。笔者倒是觉得，表彰一事本身以及由此衍生出的关于人与动物、人与自然之间关系的话题，更应引起关注。

表彰四条腿的忠诚演员，这在国际电影界虽不是头一遭，但对于奥斯卡却是个新鲜事，也算是对动物演员们迟来的敬意。放眼国际影坛，除了关注动物或自然的各类电影节之外，如今已有越来越多的知名电影节为动物明星们辟出一席之地。如戛纳国际电影节从2000年开始就设立“棕榈狗奖”。而在英国电影电视学院奖（BAFTA）投票期间，更有评委建议小狗乌吉入围“最佳男配角”的角逐，不过组委会在几番讨论之后还是投了否决票，理由是“非人类”。一句“非人类”就轻易否决了这些人类的朋友在电影中的杰出表现，实在令人觉得可惜。回顾百年影史，在那些斑驳的影像片段中，总有那么一种情感让人悸动，总有那样一种表演让人敬畏，这些银幕上默默耕耘又名不见经传的小动物们，不知给影迷们留下了多少难忘的观影回忆。在这里，它们不再是影片的布景或陪衬，也不再是故事中逗人一乐的插科打诨或笑料点缀，更不再是人们眼中“跑龙套”的可有可无的小角色，它们就是故事的主人公。

还记得《灵犬莱西》中那只每天风雨无阻到校门口接小主人乔回家，即便被送走也不远千里只为回到主人身边的牧羊犬莱西吗？还记得那只曾感动亿万亚洲观众的导盲犬小Q吗？还记得那只为主人叼来烟袋、与黑恶势力斗智斗勇的猎犬赛虎吗？《一只安达鲁狗》《忠犬八公》《南极大冒险》《人狗奇缘》……一段段影像，一块块情感碎片不时在我的脑海里闪回，记得米兰·昆德拉曾说：“狗是我们与天堂的联结。它们不懂何为邪恶、嫉妒、不满。在美丽的黄昏，和狗儿并肩坐在河边，有如重回伊甸园。即使什么事也不做也不觉得无聊。”而如今，令人惋惜的是，尽管电影产业迅猛发展、电影数量越来越多、电影票房越来越高，可这种涤荡心灵、回归自然，充满纯真与信任、爱与关怀的动物类题材电影不是变得更多，反而越来越少了。

众所周知，文艺创作需要耐得住寂寞，受得了清苦。与拍摄商业电影不同，拍摄一部成功的动物题材电影需要漫长的摄制周期，而在电影投资商、制片方纷纷瞄准商业票房，追求高效和金钱的当下，试问我们的导演还能慢下来吗？我们的投资商经得起这漫长的等待吗？拍摄的艰难与不尽如人意的商业回报让不少电影从业者对此望而却步。记得在《导盲犬小Q》的几场戏里，表现小Q被“遛狗者”爸爸吵醒后重新睡觉的眼睛慢慢闭上的场景，还有小Q斗鸡眼看鼻子上的毛毛虫的特写镜头，以及表现小Q的大量拟人镜头，诸如此类的镜头在电影里随处可见，想想培养小狗逐渐习惯摄像机得需要多少时间，摄制人员需要多大耐心，你就知道拍摄这些镜头该有多难。令人欣慰的是，电影摄制过程中，通过长时间的相处互动，可爱的小动物们与人类拍档结下不解之缘。记得电影《初学者》的主演伊万·麦戈雷格就曾多次公开表示对其片中对手演员——小狗Cosmo的喜爱，这种人与动物的惺惺相惜之情，着实令人感动。

而国内的影视剧制作，却常常是另外一番景象。且不说动物类题材电影少之又少，就是动物演员在影视剧中的不幸遭遇也让人心痛不已。国内的影视制作特别是大片，很多追求的是鸿篇巨制、惊心动魄的视觉效果，有了“观众爱看”这样一个冠冕堂皇的理由，影视剧中肆意虐待动物的行为也就被打上了“为艺术牺牲”的旗号，变得见怪不怪了。例如新版《三国演义》中，为了逼真表现战争场面，《三国》剧组采用实拍手法，在拍摄火烧连营等大场面的特技过程中，马被严重烧伤、摔残，结果不得不实施安乐死。其实，类似这样的动物特技效果场景，完全可以使用特效来替代。但遗憾的是，剧组就是喜欢“真刀真枪”。于是，大量动物演员开始了遭受伤害和灾难的历史。难道仅仅为了娱乐和所谓的影视效果，人就可以如此虐待动物吗？动物是人类的朋友，这句话我们时常挂在嘴边，却并未落实在行动上。在那些随处可见的血腥场面中，除了满足一点庸俗的嗜血快感，观众还能从影片中感受到那种人与动物、人与自然和谐相处的温情和安宁吗？

电影里尚且如此，更哪堪现实生活中的甚之又甚。动物园里，为了吸引游客，疲惫的老虎在驯兽师的催促下，无可奈何地重复着一个又一个动作；餐桌上，为了满足口舌之娱，大量动物被无情捕杀；实验室里，活体动物实验让它们痛不欲生……

一只狗的奥斯卡，让人们看到的，或许并不仅仅是奥斯卡影史前进的一小步，在更高的层面上，它也是人类和人性升华的一大步。

56. 艺术影院，前面还有三个“拦路虎”

王新荣

日前，电影导演贾樟柯准备自建艺术影院一事引发业内广泛关注。其在个人微博上发布消息称，“明年 100 个座位的单厅艺术影院就能盖好，咱一定好好为文艺青年服务。”该微博很快得到影迷和不少业内人士的追捧。并且用贾樟柯的话说，这家艺术影院“用自己的地儿，没租金压力，想坚持啥就坚持啥”。

应该说，在时下电影投资、影片银幕数量、电影院线整体扩容的现实语境下，中国电影市场这块蛋糕的做大，使市场细分有了可能。在观影需求日趋多元的今天，一家艺术影院的出现，或许在一定程度上，为那些执著、无奈且怀揣艺术梦想的电影导演们构筑了集结的高地，为钟情于艺术片的影迷们带来了别样的观影体验，也为饱受商业片挤压以致被逐渐边缘化的艺术片送来了福音和曙光。贾樟柯自建艺术影院的背后，彰显的绝不仅仅是导演个人艺术情怀的理想寄托，其中更昭示着城市文化的多元包容以及城市文化品格的提升，为生命诗意的呼吸创造了无限空间与可能。

其实，在贾樟柯之前，早在上世纪八九十年代，就已经有人尝试建设艺术影院、艺术院线。比如上世纪 90 年代名噪一时的上海胜利、平安两家艺术影院，电影《一半是火焰一半是海水》在这里上映时就曾创下连续上演两个多月满座的辉煌纪录。但遗憾的是，囿于种种原因，当时这样的尝试并没能坚持下来。就拿北京目前最大的三家艺术影院的经营状况来看，尽管经营模式不尽相同，但都面临着盈利困难的共同难题。横向比较国外的情况，世界闻名的法国 MK2 院线，其年综合产值名列法国电影院前三甲；还有德国的“军火库”、日本的东京艺术电影院，诸如此类的国际知名艺术影院都有着相当不错的经营业绩，但这都是与雄厚的民间资金或国家资助分不开的。在法国，国家电影业中心每年向艺术影院提供约 1200 万欧元的补贴，用于资助艺术影院影片的宣传推广和影院的整修改造，成为法国艺术电影和院线赖以生存、发展的重要基础。因此，面对国家政策、资金、片源、市场等等问题，对于贾樟柯自建艺术影院一事，在为其拍手叫好之余，关注艺术影院的长足发展，我们更应秉持冷静心态，作出理性思索。

首先，艺术影院要生存，片源还是最大的“拦路虎”。这个问题不解决，艺术影院就会变成无源之水、无本之木。中国电影产业离不开院线制，所有影院必须加入院线才可取得片源。而在利字当头的前提下，又会有多少院线的选片经理会选择艺术电影？尽管时下中国的进口电影配额有所增加，但在商业分账大片与艺术电影之间，孰轻孰重，如何抉择？同时还由于某些限制，使得一些优秀的国产艺术电影难以进入流通领域，面对中国电影市场上一年二三十部的国产艺术电影，质量高低姑且不论，就数量而言有多少可供选片的空间？

其次，艺术电影还存在一个标准如何界定的问题。艺术电影是一个比较模糊的概念，这导致许多人对其认识存在误区。艺术电影是商业电影的对立面？艺术电影是不以商业票房为目的的具有强烈艺术特质的小众电影，还是众多电影艺术家所强调的“作者电影”？其实，不少商业电影也有很高的艺术价值，而有的所谓艺术电影也可能无病呻吟。因此，对于艺术电影标准的界定还需一些硬指标，这也提醒影院管理者要严把片源关，防止那些商业路走不通的“伪艺术片”变身艺术电影，进入艺术影院。

再次，影院有了，怎么培育和留住观众？据相关统计，和美国人均每年进影院 5 次相比，中国人均 5 年才进一次影院，当人们还没有普遍养成进影院看电影的习惯，又如何要求他去看一场艺术电影？而网络、手机等新媒体的冲击，下载的便利更加削减了人们进影院的动力。并且艺术影院不同于商业院线，它缺乏大量的资金和人力做轰炸式的宣传。商业电影通过宣传，使集体观影成为一种时尚，而艺术电影与时尚热点脱节，观众数量少且彼此联系不多，以致集体观影动力不足，如若艺术影院变成赔钱赚吆喝的“空中楼阁”，观众不捧场，又何谈长足发展？

诚然，多元化的都市不能只有商业影院和商业片，文艺也需要百花齐放和多元并存。作为热衷于艺术片创作的导演贾樟柯，挑选合适的艺术片进入影院、进行专业的电影放映策划，他有独到优势，但艺术影院的经营管理不同于拍摄一部艺术电影，只靠艺术理想还远远不够，上述种种问题，更应引起影院管理者的深思和重视。

2012.4.9
星期一
壬辰年三月十九
第1136期
本期8版
中国文艺网网址
www.cflac.org.cn

中国艺术报

中国文学艺术界联合会主管主办
国外发行代号
D3375
国内统一刊号
CN11-0241
邮发代号
1-220
新闻热线
(010)64810159
每周一、三、五出版
零售价0.70元

热点追踪

《著作权法》修改草案公布，众多音乐界人士质疑其中相关规定似是“鼓励盗版”——

如何保护原创版权与兼顾利益平衡

□ 本报记者 王新荣 郑荣健

“录音制品首次出版3个月后，其他录音制作者可以依照本法第四十八条规定的条件，不经著作权人许可，使用其音乐作品制作录音制品。”近日国家版权局公布的面向社会公开征求意见的《中华人民共和国著作权法》(修改草案)中的“第四十六条”，引发音乐界乃至社会各界强烈反应。一方面，诸多音乐界名人质疑该规定“变相鼓励盗版”、“损害原创者利益”，另一方面，也有法律界等相关人士指出该规定有“加强了录音制品的流通性”、“平衡了各方利益”等积极的一面。真相究竟如何？到底孰是孰非？记者就其中两个焦点问题采访了部分音乐界、唱片业、法律界及著作权集体管理组织等方面人士。

焦点一：修改草案“鼓励盗版”？

《著作权法》(修改草案)(以下简称“草案”)第四十六条中涉及的第四十八条对不经著作权人许可使用其已发表的作品必须符合的条件作了详细规定，具体包括：“(一)在使用前向国务院著作权行政管理部门申请备案；(二)在使用时指明作者姓名、作品名称和作品出处；(三)在使用后一个月内按照国务院著作权行政管理部门制定的标准向著作权集体管理组织支付使用费，同时报送使用作品的作品名称、作者姓名和作品出处等相关信息。使用者申请法定许可备案的，国务院著作权行政管理部门应在其官方网站公告备案信息。著作权集体管理组织应当将第一款所述使用费及时转付给相关权利人，并建立作品使用情况查询系统供权利人免费查询作品使用情况和使用费支付情况。”而现行《著作权法》规定：“录音录像制作者使用他人作品制作录音录像制品，应当取得著作权人许可，并支付报酬。”同时，现行《著作权法》中有“著作权人声明不许使用的不得使用”的规定，修改草案中则删除了这一规定。据此，一些音乐人认为，草案将以自愿为原则的法定许可变成了强制性的法定许可，架空了著作权人的许可权。事实上，一首新歌在3个月内是难以家喻户晓的，在这时不经版权人许可翻唱翻录，只要歌手好制作好，影响就有可能超过原唱，这对创作者不公平，也将大大挫伤原创音乐者的积极性。农民工组合“旭日阳刚”在春晚上凭借摇滚歌手汪峰的歌曲《春天里》一炮而红及此后二者之间的纠纷便是生动的例子。更有甚者认为，草案为现在网络、唱片市场盗版猖獗又点了把火，并撕开了法律空隙，将造成严重后果。一些法律界和著作权集体管理组织方面人士则从别的角度给予了解读。

卢建(中国音像协会唱片工作委员会秘书长、北京海蝶音乐有限公司董事长)：中国音乐产业年产值300多个亿，但存在严重的利益分配失衡问题，创作者获利尚不足5%。在中国传统唱片业不景气的情况下，就数字音乐而言，在中国，内容提供方与传播方利益分成比例失衡状况严重。按照国际标准，像日本、韩国，内容方获利占到90%左右，欧美是70%，而中国内容方仅占2%到3%。面对这样的利益分成比例，现在音乐人的生存状况，简直比农民工还窘迫。当下《著作权法》修改最应该保护的，应该是一直被忽略的弱势群体——原创作者们。尽管有不少音乐人对于其作品被侵权成功打赢官司的案例，但音乐界普遍存在着“赢了也是输”的现象，毕竟赔付的成本太低，这让盗版侵权变得更加肆无忌惮。因此，必须赋予权利人一种合法的保护，给原创一个更好地活着的理由。

李本进(江苏玄博律师事务所律师)：结合其他条款总体来看，草案第四十六条的规定加强了录音制品的流通性，平衡了各方利益。但是对于作品的原创者来说，失去了其作品的垄断地位，从某种意义上来说，重重打击了原创作品的积极性。

刘平(中国音乐著作权协会副总干事)：草案中取消了“著作权人声明不许使用的不得使用”这一规定，代之以3个月的权利人原创作品保护期，这是基于多年来权利人个人声明缺乏实际运作效力的现实状况的一种回应。著作权法定许可制度，这在中国著作权保护上不是新鲜事物，现行的《著作权法》里就有，它不是中国的独特发明，而是国际通行惯例。目前该制度不成功的原因在于付酬机制和法律救济机制的缺失。因此，草案对法定许可制度着重从这两方面进行了调整和完善，增加了关于法定许可必须事先备案、及时通过著作权集体管理组织付酬和指明来源等义务的规定，如使用者不及时履行上述义务，著作权行政管理机关可以根据具体情况课以行政处罚。草案在技术上可以解决使用者即使使用原创作品也不付稿酬的现实，其实，这恰恰是强化著作权人保护意识的表现。

>> 下转第2版

中国图书馆年会将在东莞举办

本报讯(记者 何瑞涓) 由文化部、广东省人民政府主办的2012年中国图书馆年会——中国图书馆学会年会·中国图书馆展览会，将于11月21日至24日在广东省东莞市举办。文化部社会文化司司长于群在4月5日在京举行的相关新闻发布会上介绍道，本次年会将以“文化强国——图书馆的责任与使命”为主题，汇集国内外图书馆领域从业人员、管理者、专家学者及相关企业负责人，总人数将超过2000人，参展企业将达数百家。

据有关方面统计，各级财政每年对图书馆行业的投入已达到约300亿元，图书馆行业已经形成了一个不小的产业集群。本届年会将整合政府、行业组织、社会力量三方面资源，进一步改革创新，坚持政府主导与社会支持相结合、文化事业与文化产业相结合、理论研究与实践工作相结合“三个结合”的总体思路，搭建互动平台，推动图书馆事业和相关文化产业携手共赢。同时首次引进城市承办机制，注重发挥承办城市的积极性，突出其公共文化建设成果和区域文化相关产业优势，提升城市形象。年会分为工作会议、学术会议、展览会三个板块，各有侧重又相互交融，全方位展现近年来图书馆事业发展现状及未来走向。其中亮点之一是整体展示我国图书馆科技应用的最新成果，如网络技术、云计算技术、数字出版技术等最新前沿技术在图书馆事业中的发展。学术会议中还将首次引入北大博士论坛，切实重视人才培养。中国图书馆学会年会从1999年首次举办，至今已举办13次。

中国文联干部职工义务植树

本报讯(记者 彭宽) 暖春四月，北京市郊又添上了一道新绿。4月6日，中国文联组织机关干部职工百余人，到北京市房山区长阳镇正在建设中的滨河公园植树点，开展义务植树活动。中国文联领导赵实、李屹、冯远、杨承志、夏潮参加了活动。这次植树活动共栽下了油松、碧桃、刺槐等各种树木近300棵。参加植树的文联广大干部职工非常认真，拿起铁锹、水桶等工具，围堰、培土、浇水，道道工序进行得有条不紊，现场一片热火朝天的劳动场面。大家一边劳动，一边讨论着环境保护、生态改善、气候变化等话题，为美化北京生态环境、创造人与自然和谐共处贡献出自己的一份力量，展示出一份文联人的绿色情怀。

据悉，多年来，中国文联每年都组织干部职工参加首都义务植树活动。许多干部职工对植树护林的知识和技巧都已经非常熟悉。本次植树活动结束后，赵实一行还参观了中国房山世界地质公园博物馆、云居寺等文化区。北京市委宣传部常务副部长王海平，北京市文联党组书记陈启刚，房山区委书记刘伟、区长祁红以及中国文联机关各部室负责人参加了活动。

>> 图片新闻 <<

多彩『复活』

近日，在克罗地亚中部的一个村庄，萨拉伊一家点亮复活节彩灯。

为庆祝复活节，萨拉伊一家用2700多个彩蛋把他们的花园装饰一新，并用彩灯设计成兔子、公鸡等卡通形象。

新华社/路透社

艺象杂言

天价“出场费”吓退了谁？

□ 毕 兹

“出场费”报出天价，已不是一天两天的事。近来各媒体的话题逐渐从歌星的天价转向影视明星的涨价。如何遏制这种暴涨势头，引发了广泛议论和担忧。其中触目惊心者，在于明星报酬畸形上升，竟占影视剧投资的50%以上，致使一部剧作编、导、摄、舞美、服装、效果、制作等等捉襟见肘，甚至不得不粗制滥造。以电视剧为例，国内一线巨星的每集片酬，纪录已经一破再破。前些时候最高者闻听为每集30万元，不久又传为50万元、60万元、70万元，新近据称抵达90万元。提升速度之快，超过任何一个暴利行业；涨幅巨大也超过任何一种文化产品。

天价“出场费”，发端于歌星，并随着诸文艺产品在市场的崛起，泛滥至电视文艺晚会、电影、电视剧、书画、收藏鉴定、图书出版、热销文学、流行音乐、网络文艺等等，造就了一批文化富人，也使文化市场一片混乱。人们在探寻规范之道时，往往要问：是什么原因推动了价格走高？

原因很多，问题复杂。其中有这样一种解释：近日，某当红影视明星解释说，之所以不断提高身价，是因为接到很多烂片的片约，碍于种种关系不好推辞，于是报出天价，以图吓退投资方，未曾想别人照价付钱，于是只好如此这般。无独有偶，某报披露，美术评论家日前行情大涨，一篇画评润笔费超过30万元，有评家自嘲，是故意“狮子大张口”，意欲以天价吓退那些有求者，未果。

这种“吓退”说，乍一听，很雷人；细一想，很忧人。因为所谓天价“出场费”，并没有吓退烂片劣作的市场逐利，而真正受害者、被吓退的是艺术本身。

首先，被吓退的是创作者的艺术良知。一部作品无论多么低劣，只要出的钱多就为其表演、为之评论，艺术家的操守、艺术创作的基本原则和标准一概弃之不顾，到末了，这样的艺术家身上还有多少艺术呢？很显然，这是一种艺术的慢性自杀行为，当事者不可不察。

其次，被吓坏了的是我们良好的创作生态。艺术界目前越来越盛行互相攀比之风，你要多少，我也不弱，于是价格疯涨。一方面使一种非理性的要价恶性蔓延，打破艺术投资格局和合理结构，使集体创作变成畸轻畸重；另一方面使病态的创作理念成为常态，致普遍性丧失艺术良知。此风一长，艺术亡矣。

再次，被吓倒了的是受众的艺术欣赏热情。明星和名家之所以有名，是他们的艺术创作有影响、有权威、有魅力。这种知名度不仅来自业内人的首肯，更多的来自于受众的喜好、追捧和认同。要维持这样一种艺术影响的广度和高度，除了在艺无止境的道路上精益求精外，别无他途。企图把滥片演成佳作，把劣作评为精品，这是昧着艺术的良心掩耳盗铃、舍本求末。这不仅是艺德败坏的征兆，更是对受众作为衣食父母的大不敬。有句俗话说“群众的眼睛是雪亮的”，千万不可自以为是，明明是瞒天过海却还以为受众是好糊弄的愚民。水可载舟，水亦可覆舟。口碑可以成就艺术家，口水也可以唾弃从艺者。这个道理很浅显，但也很容易被忘记。

诚然，以天价吓人的毕竟是极少之人，更多情况下，我们看到很多很多的艺术家不惜息影息戏，只为了等待一个合意合适的本子；也有明星名家不为五斗米折腰，劣作面前，勇于对天价说不。他们不但维护了自己的声名，也使大量水货夭折，为文艺生态的净化作了无声的贡献。这才是真正艺术家的气节。

本期阅读推荐

《中国艺术报》版式赏析

2012 年 4 月 9 日

第 1136 期

57. 让金融改革之风吹皱艺术这池春水

宁静

3 月 28 日，国务院常务会议批准实施《浙江省温州市金融综合改革试验区总体方案》，决定设立温州市金融综合改革试验区，同时确定了温州市金融综合改革的 12 项主要任务。其中，“加快发展新型金融组织”和“研究开展个人境外直接投资试点”十分引人瞩目。

一年多来，民间金融一直处在舆论的风口浪尖。前有吴英案引起举国关注，后有大规模的老板跑路，大量民间借贷纠纷揭示了剧烈的金融危机。此次会议批准实施的《浙江省温州市金融综合改革试验区总体方案》提出鼓励和支持民间资金参与地方金融机构改革。通过这样的改革建立起的由民间参股的金融机构不同于商业银行，具有规模小、灵活性高的特点。业内人士指出，这项金融改革将使民间金融阳光化、规范化，摆脱目前四处泛滥、监管乏力甚至根本无人监管的现状。相信通过这 12 项任务的细化和具体落实推动，温州金融改革试点将为民间金融的合法化、民间投资设立中小金融机构，以及非上市公司交易市场等方面取得突破，为全国金融改革探路并提供宝贵的经验。

说起金融与文化艺术产业，人们首先想到的是近年来火爆的艺术品市场。在资本逐利的驱动之下，各类基金的出现，大量资金的流入，不断推高艺术品价格，致使天价拍品屡屡出现，市场充满泡沫。这种状况已引起社会的强烈关注，今年的“两会”上就有不少代表委员对此进行了抨击。其实，这只是金融投资艺术的一种方式，此前更多的方式是对大型文化设施和文化项目的投资，如上海世博会、迪斯尼乐园的建设等都有国有银行在进行大量的资金运作。近年来随着金融创新步伐的迈进，一些国有银行和城市商业银行有过破冰之举，尝试着参与到文化艺术品的创作和生产中。如 2009 年工商银行向华谊兄弟和保利博纳提供的贷款，成为中国国有大型商业银行首次介入民营文化产业的标志性事件。近年来，《赤壁》《夜宴》《满城尽带黄金甲》《集结号》等电影的背后都有银行资金的介入。北京银行也先后与中国电影集团、华谊兄弟、光线传媒、万达院线等企业建立了合作关系。而北京华录百纳影视公司作为国开行支持的第一家影视企业，在没有可以抵押的房产、生产线等有效担保的情况下，国开行创新性地推出版权质押与版权价值动态管理相结合的贷款模式，为该公司电视剧产量和质量的提升起到了积极的作用。

虽然银行贷款在影视生产领域里风生水起，但从普遍意义来看我国影视业融资体系并不健全，诸多环节缺失。比如缺少专业评估机构和承担责任的机构，基本上是由企业负责人承担无限连带责任，包括他的房产、有价证券、个人资产、股权等等统统押在里面。而对于大多数的文化企业来说，获取银行贷款依然是困难重重。一般来说是那些影响广泛、实力雄厚的大企业更容易获得银行的贷款。对于很多小型文化公司，对于很多投资在1000万元至3000万元的中小成本电影，融资仍然是一个难题。于是，才会有很多的公司和制片人采用了民间借贷的方式进行融资，有的获得了成功，取得了“双赢”；有的遭到失败，引发一连串严重后果，如前不久一审被判无期的著名音乐人苏越的合同诈骗案，近日又有杭州陈姓老板因投资影视剧欠债千万元自杀的新闻。

“风乍起，吹皱一池春水”，通过金融方式投资文化产业的前景是广阔的，但还有很多工作要做。温州金融综合改革试验区的设立是全国金融改革的一个试点，相信在各方努力下，会建立起更加完善更加健全的金融体系，不仅能为更多的中小企业提供帮助，也将拓宽艺术品创作生产的融资渠道，为文化艺术产业的发展助力。

58. 图书价格，拨动了哪些社会神经

——新书限折令再度冲关的现实困窘

关戈

据报道，由中国出版协会、中国书刊发行业协会、中国新华书店协会共同起草制定的《关于豁免新版图书出版发行纵向协议的规定（试行）》最近将提请国家发改委审批。2010 年，上述三部门就曾联合推出《图书公平交易规则》，但规则中“新书一年内不得打折”等规定甫一公布，就引起极大争议，不久即在国家反垄断政策干预下废止。此次被人们称为“新书限折令”的相关条文再度冲关，立刻引发关注。据透露，《规定》将从“建立科学、公正、合理的图书定价体系”、“新版图书（出版 12 个月之内）固定销售价格”、“设定新版图书优惠销售最低价格”、“对各类书店统一供货折扣”等四个方面作出规定。若获通过，出版 12 个月以内的新书打折将受到严格规范。业内人士认为，图书“价格战”将得到遏制。

某种意义上，新书限折令可以看作是图书行业对自身业态的焦虑与自救；从其推出、废止到再度冲关的波折看，实体书店与网络书店、书商与消费者的利益博弈十分明显。这是一个颇令人纠结的话题，一定程度上也已超出了行业的范畴，直接碰撞文化民生。当现代技术革新让电子阅读、网络购书生香活色地呈现在世人面前，传统书业的日子就不太好过了。近日有报道称，在河南郑州，一些国营书店悄然卖起了家电、玩具甚至电饭锅，本该是精神家园的书店一时间成了杂货铺。2010 年以来，众多实体书店纷纷倒闭，也直指电子阅读以及网络书业的冲击。新书限价令引起的争议，也许只是在特定契机下展陈出了图书出版销售及消费的重重围城——底层书店要存活，消费者要实惠，图书出版行业要良性业态；同时也象喻式地勾勒出了文化民生的复杂内容。也就是说，文化民生是一个完整的链条，生产、销售、消费环环相扣。倘若只简单地纠结于一环而不顾良性业态与文化民生之间相互依存的现实关系，必将难以对现象进行理性认识和有效解决。这也正是此次争议的症结所在。

许多年前，一切都还不是问题——书店、旧书市场仍是人们买书、淘书的场所，一杯香茗，一册或新或旧墨香盎然的图书，依然支撑着一种充满人文气息的阅读传统。随着现代技术赋予阅读新的界面、方式和技术支持，如电子书、网络书店的出现，人们的阅读行为逐渐被颠覆，书店恶意竞争激烈，实体书店生存尤显艰难，图书出版行业日见困窘。一时间，一种对人文失落的焦虑弥漫业界，寻求破“网”的议论甚为火热，各类实体书店扶持计划也在积极酝酿。这些反应，充满着一种对书籍以及相关的人文记忆，不无感伤和忧疾，新书限折似乎理所当然；不论其

效果如何，在电子阅读和网络书业足够成熟和培育起足够的人文积淀之前，至少有助于维持和延续一种寄托。但以限折为杠杆，把业态规范的注意力仅孤立于行业自身，而忽视与此相关的关键当事人消费者，就未免有些自言自语了。

16 世纪时，当世界上第一本工业活字印刷书在欧洲出现，一些惯于阅读羊皮卷和手抄本的人就曾视之为洪水猛兽，呼吁当局禁止。在文明发达的当下，应该不会有人再干这等蠢事了。但是，限折的网络指向，很容易给人一种“现代技术是罪魁祸首”的错觉。可实际上，技术只是一种渠道、方式和平台，一个全新的阅读行为，则总是包含着丰富的经济和文化信息：合理定价关乎承受能力，质量影响信誉，服务维系一种人文关系。传统书业的不适，既跟其未能充分挖掘自身比较优势有关，其对传统的阅读习惯培养的缺失也难辞其咎。比如，书价虚高长期备受诟病，出售书号致使质量良莠不齐的“二渠道书”搅浑市场，家庭或公共领域的阅读氛围、交流渠道不足，读书的功利诉求缺乏引导，等等，都使阅读难以梦想照进现实，成为诉求水准低、缺少人文温养的工业消费。

新书限折令呼之欲出，网上讨论得最多的，是“谁受到的冲击最大”。这是一个很有新闻诱惑力的话题，但其功利指向带有明显的文化亢奋色彩。从近期媒体的报道看，一些网络书店纷纷表态，认为对自己的经营“没有什么影响”。据某业内知情人士透露，即使新书限折令施行，真正的限价依然难以落实，因为一些网络书店可以采取“捆绑式”销售的方式，限价销售新书，却把捆绑的限外图书以更低的折扣卖出。而原本存在于图书出版销售链条中的“高定价、高折扣”现象，虽然据称将会有回归空间，却既不能当回归指标，也未必能赢得信任。加上“二渠道书”、“特价书”等存在的猫腻，业态环境的配套改善依然止于纸上。如果真是这样，那么新书限折令推出的最主要初衷——限制恶意竞争在实质上将很难实现，反而在事实上给虚高的书价一个有力的挡箭牌。最后，买单的还是普通读者。不容乐观的是，倘若阅读成为高消费，阅读行为被“透支”，阅读习惯不能持续培育、普及和引导，阅读要么将更趋于小众，要么就会因争取“阅读权”而冲破乃至混乱既有规范，使行业潜规则或灰色地带愈加增长，进而影响行业的良性发展，造成一种十分吊诡的局面。

作为一种文化消费，图书并非人们的生活必需品，消费者必然是市场的永恒主导。但人类向往智慧、追求真善美的本性，又使这一消费可引导、可培育。为遏制“价格战”、“高定价、高折扣”而将推出的新书限折令，虽主观动机可嘉，但流于行业洗牌的表面性质，既孤立了行业的链条位置而忽视阅读习惯培养，又有意无意地牺牲消费者利益为行业背书，背离文化民生要义，绝非老百姓所乐见。尤其悖谬现实的是，既然阅读事关文化民生，若限折依然涉嫌垄断，且无消费者权益配套，妄谈“豁免”岂不逆国计民生而动？文化民生是一个系统工程，图书行业是一个重要组成部分。优质的图书行业服务，不仅要求行业自身的自律和规范，要求政策的扶持和相关配套的跟进完善，同时也需要消费者的呵护与自觉。每一个环节都可以在这一文化民生的链条上找到自己的位置。图书消费需要良性业态的质量支撑，良性业态也需要培育和涵养良好的图书消费环境，而不是相互利益博弈乃至相互裹挟着向浮躁狂奔。否则，仅着眼于孤立的行业规范设计，或者仅纠缠于单一的利益诉求，都很可能使事情成为一个按下皮球的游戏，隐藏的症结最终总会再浮出来。

前不久，朱永新先生在《人民日报》发表的文章《一个民族的精神境界取决于阅读水平》中说：“一个人的精神发育史实质上就是一个人的阅读史；一个民族的精神境界，在很大程度上取决于全民族的阅读水平。”此言真切感人，其文举例犹太人之藏书读书，让人既感慨又悲怆，万千言语竟是凝噎。也许，新书限折令引发的博弈只是技术冲击下的行业痉挛。在当事各方都“有话要说”的情况下，充分表达可能有助于理顺各层关系。最重要的是，阅读事关国计民生，对图书行业来说，“限”字当头，未必是好的办法。

59. 两地影人合作乱象丛生谁之过?

索好思

近日“甄子丹和赵文卓掐架”闹得沸沸扬扬，赵文卓退出电影《特殊身份》的拍摄后，他们互相指责对方是“戏霸”，赵文卓更是以“以后大不了不混娱乐圈”这种豁出去的姿态来叙说真相。导演檀冰的“横空出世”令该事件一波未平一波又起，他声称甄子丹控制了他的项目，踢掉了导演，改由执行监制——香港人霍耀良为导演，把原先的项目《终极解码》的投资和剧组班子直接改用于《特殊身份》，他前期花了三年多时间写的剧本和大量资金制作的 3D 电脑分镜头本都要打水漂。究竟谁是谁非，旁观者难以厘清，但其中折射出的诸种症候，却令人深思。

随着 CEPA（《内地与香港关于建立更紧密经贸关系安排》）的签订，香港电影人大踏步北上淘金，两地合拍片方兴未艾。在合作中，内地电影人谈起香港电影人，无不佩服他们的敬业和专业。但随着两地合作的不断深入，一些问题也渐渐浮出水面。香港电影在黄金时期存在的一些问题，连同中国电影市场还处于爬升期的一些乱象，凸显出来。

乱象一，串场无度。一名演员在数个剧组间串场，在剧组甲的台词还没背熟，就跑到剧组乙去了，这样的流程产出的作品质量实在难有保证，就此看来，当红演员哪个身上不背着几部“烂片”呢？不停地赶场，又有多少时间能静下心来揣摩戏呢？如在拍《十月围城》时，陈德森无法驾驭众多的明星，只好请刘伟强等大牌导演来帮衬调度。

乱象二，山寨。或许是因为港片的金字招牌闪闪发亮让钱来得太容易，不少电影创作者很难潜心创作，多把早年港片成功过的系列拿来炒冷饭或续集，港汁港味的故事被生搬到内地，显得不伦不类；《大话西游》把无厘头的风格带给了内地观众，很多内地电影工作者不顾语境差异，盲目套用，导致很多低俗、低劣喜剧盛行。

乱象三，忽悠。某些电影人深得“忽悠”之味，骗得某些不懂行的游资拍片，自己“吞”了其中的大部分，结果号称成本过亿的影片其特效连抠像都不过关，也难怪观众经常大呼上当。

乱象四，制作不讲究。在化妆、服装、道具以及影片内容涉及的一些细节方面都没有下功夫，让明眼观众一眼就能看出破绽。像由甄子丹主演的《关云长》且不说历史观都让人大跌眼镜，主演的身高与历史上 9 尺大汉关云长差距就甚远。

乱象五，江湖气过浓。不按电影产业的规则行事。有的剧组在开拍时还没有剧本，导演现场编剧本；有的剧组在演艺合同上没有严格按照流程，导致各种纠纷不断。

内地电影市场的蓬勃发展为华语电影的崛起提供了良好契机，两地电影人应对乱象说不，合拍、合力、合心，拍出上乘的合拍片，才是长远之道。

60. “救救孩子”的呼声永不过时

安岳

“大”，就是“人肩上扛一根木头”；“天”，就是“人肩上扛两根木头”……如此雷人的“说文解字”，并不是相声表演里的搞笑“包袱”，而是北京一些幼儿园识字课本中的“真材实料”，并且绝非孤例。课本中不仅有文字解说，还有“肩上扛木头”的小人插图，可谓图文并茂。

笔者马上联想到的，是当年初中学习英语时老师传授的“诀窍”。比如：Thankyou 记不住？好办，标注成“三克油”照着念不就 OK 了？如此种种，不胜枚举。如今幼儿园的老师们，竟然可以将如此识字“秘笈”教给一张白纸一样的稚童小儿，真是“长江后浪推前浪”。

但这“秘笈”无疑是旁门左道、邪门歪道。可以想象，当孩子们摇头晃脑地跟着老师如此理解古老而美妙的汉字，他们大脑的“文化硬盘”将存储下无数的“乱码”和“病毒”，再加上老师和课本在他们眼中的权威性，这些“乱码”和“病毒”将在他们心中定型，并严重干扰以后的学习。“三克油”式英语造就了“中国式英语”的“神奇”，但也很快被当时已经有独立思考能力的笔者所抛弃；“肩上扛木头”式幼儿识字教育，却将长期影响孩子们的学习，负作用极大。

另一方面，这些并非教育行政部门审定的教材进入幼儿园，凸显了管理的缺位。幼儿园将识字、国学等课程外包，一些民办的幼儿教育机构，通过各种途径进入幼儿教育体系，自编自印非公开出版的课本提供给幼儿园，自派本机构人员进入幼儿园担当教师。这在一定程度上弥补了幼儿园师资等方面的不足，激活了幼儿教育新的可能，但也在管理不到位的情况下导致了教材、教师等环节的种种症候。

这些症候的病原，在于争抢幼儿教育市场的蛋糕。传统文化教育、国学教育首先应强调其文化担当，但近年来却不断市场化。幼儿园内外，各种幼儿文化教育课程、机构层出不穷，很多投资者在师资不足、资质不够的条件下，推出各种幼儿文化教育服务。而无数“不让孩子输在起跑线上”的中国式家长，也不遗余力地让孩子尽可能多地参加各种班，这种非理性需求又放大了幼儿教育的市场效应。各种乱象由此产生。

中国有敬畏文字的美好传统。远如许慎的《说文解字》，那是关于文字的本质解说，是文化的大书；近如商务印书馆各种字典，为一代代国人打开知识和审美的大门。是为正宗。笔者幼时身处非常偏远、贫穷的农村，正是一本小小的字典，帮笔者在入学前打开通往世界的大门。幼儿教育尤其是传统文化教育、国学教育，当然需要在新的时代拓展新的方式、新的机制、新的空间，但无论怎么新，也不该胡乱行事。“肩上扛木头”式教育，可以休矣；“救救孩子”的呼声，永不过时。

61. 导演做造型，网友不买账

邱振刚

近日，一部号称投资过亿的“东方魔幻电影”在各地展开了上映前的宣传预热。在一次派对式的宣传活动中，导演畅谈了这部电影拍摄过程中遇到的“五大难题”：“首先是古装，服饰都是精心打造的；其次，都是大腕明星，有非常多的档期要去协调；第三，魔幻题材，在化妆造型上耗费也相当高，我们特地请了好莱坞的造型师前来负责造型；第四，有大量战争戏，陈坤有一场‘一夫当关’的戏就拍了40多天;第五就是特效,1200多个特效镜头,后期花费了半年多的时间。”

一个青年导演，初次担纲大制作，就遭遇了“五大难题”并逐一战而胜之，着实不易。问题是,笔者看来看去,这“五大难题”中,至少三项都集中于造型层面,这让笔者不由得心生疑惑：电影何时变成了一门造型艺术？电影还需不需要通过讲故事来感动人、鼓舞人，让“艺术点亮人生”？好造型、特效究竟也是电影的一部分，可目前透露的各种人物造型，实在让人对导演解决难题的本领乐观不起来。从公布出的定妆照来看，片中人物造型被网友恶评，这对于制片方来说并非是“躺着中枪”。因为这些人物造型,从细节到整体风格,几乎无不存在模仿痕迹,模仿的对象居然还是——你绝对想不到——《无极》。

非但导演如此，制片在谈起该片时，最引以为自豪的，与电影究竟要讲述一个什么样的故事无关，而是由于女主角的皮肤过于娇嫩，对金属过敏，于是剧组专门耗费二两黄金为她打造了面具。我们暂且不计较黄金算不算金属，只是在想，既然导演、制片的侧重点竟无一关乎剧情，那么影迷们自然有理由怀疑这样一种可能：电影并没有真正讲好一个故事。

其实，关于中国电影导演——尤其是一些炒作得热热闹闹的大片的导演，讲不好故事已经由来已久。中国导演总是对美国好莱坞导演在拍摄大片时的大笔投资满腔“羡慕嫉妒恨”，曾有一位青年导演撂下狠话，说给自己一个亿，也能拍出《泰坦尼克号》。但是，看看以一部《海角七号》为人所知的台湾导演魏德圣，当年他为了把吸引自己的故事搬上银幕，玩命般地到处拉投资，历时十年一遍遍打磨剧本，这才有了刚刚上映的《赛德克·巴莱》。而拍出了《泰坦尼克号》《阿凡达》的卡梅隆，对技术手段的运用水准之高，在全世界影坛也处于一直被模仿从未被超越的“一哥”地位。但我们现在来看看，对于电影中故事与技术二者的关系，他是怎么说的——“我在拍摄一部新电影、阅读剧本的头几个月，不会想应如何拍摄，也不会想技术层面的其他问题。占据我所有思绪的，只有人物和情感……此后，我才会考虑灯光、画面等技术层面的问题。我们必须时刻谨记，到底什么才是一部电影的灵魂。”

偶像的话，已经说得很明白了，毕竟，如果电影中的故事拥有打动人心的力量，那么，最先被打动的就是导演，如果他发自内心地想讲好这个故事，他就会竭尽所能投入其中，这也是一部好电影的前提。即使出于经验欠缺、成本不足，电影有这样那样的瑕疵，但透过这些，我们仍读懂导演的真诚，读懂这部电影的独特之处、优秀之处。所以，在解决“五大难题”前，我们的青年导演们还是要问清楚自己这样的一个问题：我的电影，能讲好一个故事吗？我的电影，怎样拍才能打动人心？这，才是一个导演最需要解决的问题，最需要打通的任督二脉！弄不清这个道理，即使拿到天文数字的投资额，要拍出《泰坦尼克号》《阿凡达》这样的影片，也永远只是一个传说。

63. 面对新媒体，不妨“合作式”竞争

彭宽

日前，有业内人士撰文指出，当下电视的发展正呈现出与微博借力互融的新形态，微直播、微访谈、微博墙等电视节目与微博结合的形式，不断在电视媒体上出现,互动效果良好,并开始产生新的节目类型,比如海峡卫视的《微博超级大》,借助微博平台，结合电视直播，以跨平台谈话方式传递信息，尝试将电视观众和微博用户融合。

这一新现象，在传统媒体和新媒体激烈竞争的当下，给出了一个双赢的发展思路，我们不妨称之为“合作式”竞争。应该说，无论是同类媒体之间，还是传统媒体和新媒体之间，只要受众存在多种选择，媒体竞争就永远存在。但竞争是否就一定意味着你死我活，则大可探讨。很多时候，竞争未必就一定是敌手，必须对抗对立，更未必就是水火不容。在竞争中合作，求得共同发展，也许更符合当下各类媒体的实际需求。

中国有一句成语，叫做“口口相传”，指信息通过人与人之间直接的交流而传播。这种传播方式相对于报纸电视等大众媒体而言，本来意味着落后、缺乏规范和影响面狭小。但随着互联网技术的不断进步，这一传播方式在今天却拥有了全新的媒介形态，那就是自 2010 年开始迅速发展起来的微博。2011 年底，中国微博用户已经突破 2.5 亿，一个普通人一篇几十字、百余字的“微言”，已经完全可以通过大众微博“口口相传”的互相转发，最后成为社会舆论的关注焦点。这一新媒体的传播方式所具有的开放、便捷、即时、易转发和低成本等诸多特性，以及“人际交互”的新型理念，与传统媒体相比，呈现出了独特的优势，而又因为这种优势，让它在新时代的媒体竞争中成为一股极其强大的新兴力量。

微博的发展令许多传统媒体从业者深感竞争压力，但是，“独特优势”并不意味着“独霸天下”，尤其在信息化社会的今天，媒体的传播媒介、传播方式和传播理念不可能单一化，传统媒体在微博新媒体面前，远远没有到“可有可无”的地步，两者在传播效应上仍有明显的差异。如果说传统媒体营造的是一个社会信息的“公共领域”，那么微博给出的更像是一个“私人的公开领域”。尽管两者之间紧密关联，但其信息发布所体现的性质仍有微妙的差异，从庞杂的“私人公开信息”到有限的“公众关注焦点”的转化，常常需要经过传统媒体的“过滤”和“助推”。因此,尽管微博使得信息的发布数量和传播速度得以空前丰富和提高,但传统媒体仍有自己不可替代的地位。同为媒体，双方在传播信息过程中本身就存在着互补性。

从这种互补到借力互融，在竞争中寻求合作，展示的是媒体人的智慧和创造，也展示了传播方式随着科技发展而呈现出的无数可能。目前，全国已有172家地方频道、64家卫视以及近4000名电视媒体人开通了微博，电视节目的录制、预告、台前幕后花絮等各类信息，都通过这些微博传递出去，对电视节目的品牌塑造和传播影响都大有助益。同时，微博用户通过电视节目的设计而进入电视直播现场甚至参与电视节目制作过程，又让许多有价值的“私人表达”更好地转化到“公共领域”，达到更加理想的传播效果。这种“合作式”竞争让双方受益，彼此取长补短，在实践中已初露端倪，但其所可能创造的新形态肯定还远远没有穷尽。在激烈的媒体竞争中，传统媒体和新媒体的未来未必一定是你死我活，或许也可以是皆大欢喜。

64. 怀旧节目不要被类型化模式所绊

王晓娟

近来，以《年代秀》为代表的一批怀旧节目新鲜出炉，成为继相亲节目、求职节目之后很多电视台综艺节目的典型代表。在"同质化"、"类型化"成风的媒体环境之下，怀旧型节目独辟蹊径，打破了青春类节目与"80后"节目一统天下的局面，为无数中老年观众奉上了一道"娱乐大餐"。但是此类节目热播的背后，也存在着综艺节目发展的隐忧。

曾几何时，电视荧屏上浅表性文化消费和平民娱乐节目铺天盖地，真人秀、相亲和求职类节目大多以视觉狂欢、猎奇炒作、底层关注等世俗趣味来包装，虽然为节目赢得了短暂的收视效应，但牺牲掉的却是节目的公信力和影响力。而怀旧节目打通了日常生活与文化诉求之间的通道，以"代际偶像"+"怀旧记忆"的形式，通过对几代观众时代记忆和明星崇拜心理的消费，以及对经典影视金曲和作品的重温，实现节目的主题定位，成为集益智、游戏、知识、歌舞和科教等众多元素于一体的"综艺百科节目"。以《年代秀》为例，该节目跨越了不同年代人物的价值诉求，节目组让隔代嘉宾"穿越"时光隧道进行交互体验和思想交锋，让年轻一代知晓老一辈人的历史，触摸老一辈人的成长经历，代沟裂缝通过共同的标志性物像获得温情弥合，时代隔阂在兴趣共鸣点上也被悄然消解。

然而当《年代秀》大获成功之后，诸如《黄金年代》《我爱我的祖国》《歌声传奇》《回声嘹亮》等怀旧节目如雨后春笋般拔地而起，诸多问题也随之产生。利益驱动下的恶性竞争使得制作者无心致力于节目创新，模仿复制和克隆翻版被看做是既省时又省力的捷径。他们忽视了艺术作品的独特魅力在于创新，没能理解电视节目可以通俗但不能庸俗，可以平实但不能平庸，服务人民的艺术宗旨不能简单理解为讨好观众，更不是俯就和谄媚观众的道理。

笔者认为，怀旧节目不该被类型化的模式牵着鼻子走，应当具有自身的原创活力和艺术操守，不该过早地进入类型化的误区而高枕无忧，只有始终保持创新的锐气和超越的胆略才是其实现长远发展的不二法则。倘若节目制作团队只盯着眼前的蝇头小利而忽视长远发展，怀旧节目也将不可避免地面临一场集体生存危机，最终可能在媒介资源的内耗中走向集体死亡。

电视作为当下影响力最广的大众媒介之一，必须肩负"导航仪"和"守门员"的角色，让大众文化在责任与自由的统一中良性发展，不能一味迎合观众的趣味去制作节目，而应坚守媒体的"文化自觉"去培养观众的"审美趣味"，进而影响和塑造全社会的审美趣味，这是包括怀旧节目在内的一切艺术的共同使命。鉴于此，笔者认为，今后怀旧节目的创作应锻造属于自己的内容价值、文化诉求和审美理想，以免在类型化的刻板中延误了自己的美好前程。同时，怀旧节目的可持续发展还应当放眼看世界，通过对节目的深度加工和精心打磨铸造自己的品牌价值，将独具东方韵味和民族特色的节目推向世界，让我国逐渐由大型综艺“消费市场”变成优秀节目的原创基地，到那时，怀旧节目一定会呈现出别样景观。

65. “新概念”：实体书店的救市突围？

王新荣

日前，一则关于上海市静安区新华书店强势回归的消息，引发各方关注。在实体书店普遍冷清、部分凋零的今天，该书店推出了自己的“概念店”，成为新华书店这一国营书业巨头的又一次转型试水之作。其实际做法在于巧打“概念”牌，通过打造精致优雅的阅读空间、搭配图书拓展业务、数字阅读体验、创新引入 iMovie 影城视听馆，影视阅读“不打烊”，从而为读者营造一种阅读、交流的氛围，像家一样可以找到心灵归宿的综合文化体验空间。

新华书店曾经遍布中国广大的城镇、乡村，构成了几代人的文化记忆。如今，进入移动互联网时代，手机、平板电脑等电子产品的普及率越来越高，伴随着人们购书习惯和阅读习惯的悄然变化，实体书店的整体萧条似乎正在成为不争的事实。但是，当人们在谈论购书途径和阅读习惯的改变对中国传统实体书店的冲击之时，我们却发现欧美、日本的实体书店依然很发达。笔者禁不住疑惑，难道只有中国人的阅读习惯和购书途径发生了变化？

事实显然并非如此。纠结于这样的思维视角局限，我们或很难找到实体书店萧条的根本原因以及救市的良方。我们常常人云亦云，网络购书便利、快捷。其实，对于真正的爱书人来说，它反倒在一定程度上构成一种制约。毕竟，书籍不同于日常消费品，它是精神产品，作为一种文化消费，它没有太多的目的性，那么“你不知道的书”肯定要比“你所知道的书”要多得多。因此，这就需要读者在购书之前能够对图书信息有着更为深入、直观的了解和考量。而网上购书恰恰在这一点上有一个巨大限制，就是它的展示性。一个网页可以展示多少本书的信息，而一排书架又能够提供多少图书信息？保守估计，书店展销架能够提供的图书信息，在等同时间内，是一个 19 寸宽屏电脑的 20 到 50 倍。相较于国外书店在图书展示性方面的巨大优势，我们还有不少文章要做。上海静安区的这家“概念店”正在有所尝试，如它推出的图书拓展服务、营造精致优雅的阅读空间等等，方便读者可以更加直观、舒适地了解时下更多图书信息。

另外，同样是读者购书的无目的性，书店卖书并不等价于读者买书。也就是说，其实绝大部分人不会像美国战斧导弹一样定点定位地跑到书店指定的位置去买一本书，而是去找书，或者说，徜徉在这样一个书海里，寻得一种文化上的高雅享受。新华书店“概念店”，打破了以往传统书店沉闷、规格化的固有模式，让单一书城变身大型文化空间，不是把书店建成一个堆满图书的仓库，而是注重精致优雅的阅读空间规划，为人们提供了一个多维度、广视角的文化体验平台。凡此种种，都是实体书店独具的、网络书店所不能比拟的内在优势。

应该说，实体书店从来都不真正缺乏生存空间，而对其空间的发掘就在转型创新。从年初的吉林省长春市重庆路的一家新华书店部分对外招商，货架代替了书架，包括数码产品、小家电、保健用品、工艺礼品等小商品走上书架，到河南省新华书店尝试转型数字化、打造复合型书店，如今，沉寂了两年之久的上海市新华书店静安店强势回归，这些都表明，在当下国人文化生活日趋多元化的过程中，新华书店作为曾经的国家图书销售第一品牌不会也不应逐渐淡出全民阅读与文化生活的舞台中心。希望从新华书店首家“概念店”的经营模式和理念中，我们能找到想要的答案。

66. 微电影要学会独立行走

王晓娟

2010年，我国首部微电影《一触即发》播出后观众好评如潮，这部电影的成功不仅催生了一种新型媒体样式，还为汽车巨头凯迪拉克赢得了不俗的市场业绩，可以说，微电影从诞生之初就与广告结下了不解之缘。在《一触即发》大获全胜后，媒体市场从此迎来了一位短小精悍的新成员。在微电影的收入中广告占到一半以上的份额，但随着微电影市场的不断壮大，这种不合理的“协作”关系不但没有改善反而呈现出愈演愈烈的势头。窃以为，微电影没有广告收入将难以为继，但是完全被广告绑架绝不是微电影健康发展的福音。

与传统电影相比，微电影尚未形成一套完整的产业化模式，微型规模使它不能靠票房收入来自负盈亏，只能通过广告赞助和赚取点击量维持生计，如此一来，微电影就成为广告的附庸而不是独立的艺术产业。有论者曾将微电影戏称为“长广告”，这绝非危言耸听，目前微电影的现状令人堪忧，植入性广告的单一盈利模式成为制约微电影健康发展的最大瓶颈。虽然广告商和制作者一再提高广告的“隐性”技术，掩饰电影中功利性和商业性的元素，但由于微电影市场缺乏规范和制约，粗制滥造和纯广告宣传依旧大行其道，严重损伤了微电影的艺术元气。其实，微电影与广告的适度结合是合理的，因为广告收入迄今为止仍是媒体创收的主要来源。但是，微电影若牢牢拄着广告这根“拐杖”，不愿放开“救命稻草”去自力更生，就永远学不会独立行走。要想摆脱边缘化的命运，微电影必须从生产、流通、消费等每一个环节进行调整和规范，必须凭借艺术品质去建构独立的美学规范，否则必将在商业竞争的内耗中销声匿迹。

微电影最关键的问题在于其成本回收的路径。要改变其单一的广告收入模式，首先应当从生产环节入手，制作者应当在作品的内容和质量上下苦功，而不是在成品的包装和插入广告方式上费思量，只有生产出优质的微电影才会有更多的观众愿意慕名而来。其次，微电影目前的宣传只是通过网络、微博等虚拟媒介在运作，很多观众并不了解微电影究竟为何物，微电影远没有被寻常百姓所认同，当然，更不会主动去掏腰包观看微电影，可见其宣传环节的保守性、狭隘性和滞后性局限了它走向大众的脚步。打通这一流通环节不仅需要电视、报纸、实体活动等多种媒介的联合发力，还需要制作者寻找新的宣传平台，培养一批专业的微电影推介人士，下大力气让微电影在“大众化”和“化大众”的道路上有所作为。此外，微电影还需拓展受众群体。目前，微电影的消费对象多为网络受众和青少年观众，其实，微电影还可以通过反映中老年群体的生活和情感，让他们与青年人一起为微电影的发展鼓劲加油。

后现代文化环境下，快节奏的生活步调和快餐式的文化消费一定程度上为微电影的崛起提供了适宜的土壤，倘若对微电影市场进行科学合理的运用和调整，微电影必将会成为文化强国征途上的又一支生力军，甚至依托民族性的元素让袖珍型的文化载体走出国门并走向世界。到那时，微电影将不再是广告的傀儡，而是一种具有“微言大义”的新型文化力量。

67. 清理“名人故里”半途而废的一地鸡毛

万阏歌

耗资巨大的某地“梁祝故里”景区去年 10 月揭牌，如今只剩一片枯萎的景观树；热热闹闹的某处“孙大圣故里”折腾了两年，到现在却只建成了一座接待中心……在不少地方，曾经争得面红耳赤的“名人故里”，建设过程却是虎头蛇尾，不得不半途而废。个中原因，耐人寻味。

首先是缺乏资金。“梁祝故里”景区之所以半途而废，当地官员称，是因为原来计划投资的一位商人因其自身的经济问题而放弃了，目前还没有找到合适的开发商。“孙大圣故里”景区开发负责人则更是直接表示，最大的问题就是资金缺乏，目前已陆续投入了 6000 多万元，如果要实现规划，估计得上亿元，难以承受。

其次是缺乏文化底蕴。这些所谓的“名人故里”，除了零星的坟冢之类遗迹和一些民间故事，缺乏深厚的文化支撑。且周边没有名声较大的景区相辅，甚至连通往外地的路都很差，如何能吸引游客？没有游客前往，就没有经济利益回报，这种赔本的生意，一旦先前的开发商头脑清醒过来，便会打退堂鼓，拍拍屁股走人。而作为当地政府，政绩没捞着，钱也没赚着，还得帮着“擦屁股”。

更大的问题是，“名人故里”景区规划成半吊子工程后，相关问题如何解决？尤其是相关部门、相关官员的责任，该怎么追究？难道，只凭一句轻飘飘的“资金不足”，就将声势浩大的工程搁一边，就将决策失误的责任推得一干二净了？

其实从一开始，人们就对相关地方的“名人故里”景区规划提出了质疑。其中，政府究竟会不会提供资金或贷款给开发商；开发商会不会半途而废，扔下“烂摊子”让政府收拾；占用那么多土地，老百姓有无怨言等，成为质疑声的重中之重。如今，景区规划真的因为资金等问题落实不下去了，地方政府该如何向老百姓交待？而作为上一级政府，又应不应该对地方政府、尤其地方主要官员的决策失误进行究责呢？

当然，各地“名人故里”景区规划纷纷搁浅，再一次提出了这样的问题：国家有关部门是否应该出台相应规定和措施，对“名人故里”之争进行裁决，同时对“名人故里”景区规划进行把关？缺乏统一标准，就会造成各自为政。更何况，在政绩饥渴的现实之下，好多地方官员为了有机会在上级领导面前表现自我、突出自我，自然会不遗余力争夺“名人故里”、不惜巨资开发“名人故里”。没有约束，此风难免愈演愈烈。

因此，遏制“名人故里”之争，不妨从追究“名人故里”景区规划半途而废的责任做起！

68. 电影合作需要人情，更要法律和专业

——张艺谋与张伟平分手启示录

张成

提起中国电影界的“二张”，人们自然会想到导演张艺谋和他的搭档、投资人张伟平。“二张”已然是国产电影的一个品牌，二人合作16年，共同制作《有话好好说》《英雄》《金陵十三钗》等11部影片，合力开启了中国电影的“大片”时代。然而，自今年3月份，外界就传出二人“拆伙”的声音，直至近日，张伟平在媒体上爆出“我现在跟他没啥关系了”，这宗“悬案”才有了答案。两人的分手，让人唏嘘、感慨，毕竟过往的成绩斐然，而且两人在媒体面前一直亲密无间。耐人寻味的是，张伟平近日在媒体上爆料，两人从未签过一纸合同。这意味着，“二张”的合作从过去的“幸福时光”到现在的“千里走单骑”全凭“人情”二字，正所谓成也“人情”，败也“人情”。这也给当下的电影工作者提了个醒，拍电影离不了人情，但也不能全凭人情。

其实，在电影界，导演与固定电影制片机构、投资人合作的例子并不在少数，如冯小刚与华谊兄弟传媒集团，姜文与不亦乐乎电影文化发展有限公司，美国导演克林特·伊斯特伍德与华纳兄弟娱乐公司甚至已经合作了30多年，现在依然在合作……电影是特殊的艺术品，它既有艺术的属性，又有浓重的商业特质，它要求创作方与投资方之间要建立双重的信任，一重是艺术上的信任，一重是金钱上的信任，艺术上强势的导演会极其反感投资方的干涉，而资本趋利的属性也会尽可能要求利益的最大化，但往往资金上的不足会影响艺术的质量，进而引得观众人数的减少，资本获利亏损或未到预期，再次引发资本对艺术投入的减少，循环往复。因此，电影艺术就是在创作方与资本方双方的角力中逐渐地发展。一方面要保证电影资本的可持续性发展，同时又要保持电影艺术的螺旋式提升，这种和谐的合作关系很难建立，它已经超越了简单的商业关系，更重要的还是一份人情和信任，关系一旦建立，双方也都比较珍惜。“二张”合作16年也实属不易。

可是，“二张”的合作关系，从一开始就埋下了分裂的种子。正如张伟平所说，二人从未签过合同，这本身让双方就存在巨大的风险，比如导演可以撂挑子不干了，投资方可以克扣导演片酬等。但好在双方是在合作完最后一个项目才分手的。至于张伟平一直宣称自己从不干涉张艺谋的创作，并在资金上鼎力支持，这本身就是不规范、不经济、不艺术的制片态度。一个成熟的制片人，势必一通百通，尽管不用亲自上阵，但他必须懂剧本、懂导演、懂市场，他知道哪个项目的市场前景有潜力，也知道该在导演的哪项环节上压缩成本，也明白哪场戏是不必要的。

张伟平在资金上对张艺谋的宽松态度，并不能彰显其信任，反而害了创作，作为一个商人，他在资金上的宽松，必然要通过其他方式补偿，比如在选角上、增减戏份上，这必然干扰导演的创作，引起导演的反感。

其实，当初的华谊兄弟亦面临此种情况，即冯小刚一人的作品成为其业务和创收的支柱。但随后，华谊兄弟积极运营电影、电视剧、艺人经纪、唱片、娱乐营销、时尚产业等多项业务，分摊风险，同时还引进了专业的制片人陈国富培养青年导演、项目把关。张艺谋的离去却导致外界猜测新画面影业公司可能要歇业，主要因为新画面旗下并没有其他能挑大梁的业务。如若张伟平早早转变身份，以职业制片人的方式为张艺谋策划、融资、营销、宣传，以一个专业电影人而不只是金主的身份介入张艺谋的创作，为其浪漫的想象力套上合适的“镣铐”，说不定还能提升张艺谋的创作。如日本电影大师沟口健二等人的长镜头美学的形成，就与当时资金的限制不无关系，因为工期短，剪片的时间被压缩，而迫使导演尽量大段的长镜头内完成叙事。可惜，世上没有如果，但这也为其他电影界的拍档提供了启示，电影合作离不了人情，然而这份人情的基础必须是法律以及电影的专业知识。

69. 吸引青年人到艺术的现场去

茅慧

作为人类口头和非物质文化遗产的备选项目，花鼓灯有着自己独特的魅力。近日，专家建议花鼓灯应加快申遗步伐，以推动其保护工作。

花鼓灯播布于淮河流域一带，是以舞蹈为主要构成部分的综合性艺术形式，是有舞、有歌、有锣鼓等打击乐演奏、有情节简单的小戏，是世界上最能用肢体语言表达复杂情节和人物形象的民间舞蹈之一。然而，自上世纪90年代后期，由于农村城市化、外来文化强势传播的冲击，花鼓灯原生态环境恶化，继承人老化，普及度弱化，艺术特征淡化，播布范围迅速萎缩，出现临近消亡的局面。这不得不让人思考花鼓灯在当今如何寻找更多的成长空间，如何跟世界文化汇合，攀登到更高的国际舞台展示自己的文化魅力。

花鼓灯因为有像花鼓灯保护专家谢克林这样的人常年扎根于花鼓灯的土壤，脚踏实地认真做基础保护工作，才使得它不至于流失。因此，在考虑到传承乃至于要为花鼓灯申遗之际，是否该换个角度思考？强调传统式的继承和申遗为作为农耕文化产物的花鼓灯艺术带来什么？是否仅仅起到一剂强心针的效果？在新的时代下怎样让它有更多的成长空间？

笔者认为，除了现在已经做的大量的工作，比如说办学校、培养传承人、抓剧目等这些手段以外，还应该在新时代的技术条件下和文化类型中寻找空间，比如拓展电视渠道、网络渠道，用这些新文化的存在方式来让花鼓灯发挥它的传统意义。因为花鼓灯本身是农耕文明的文化形态，具有自娱性等特点，其形态较自由，这些特性怎样在新的艺术形态中重新找到自我？可以考虑现在怎样吸引年轻人。让群众喜爱而不是仅仅让一些学者、专业人士、相关的管理人员喜欢花鼓灯，应引导群众对这一艺术形式投入感情，使他们愿意亲身参与。现代的网络技术有时也让人们变得疏于亲身参与和体会艺术，止于艺术的影像传播。农耕文化的艺术应使大家在年节时走出家门，到田间地头的表演场地去。我们应考虑在这些方面寻找突破口，让这些古老艺术的现场魅力感染当下的年轻人，相应地，这些艺术也能与时代靠拢得更加紧密。

70. “模仿致死”警示荧屏抄袭

何勇海

新年荧屏，一个热闹的关键词是“抄袭”：湖南卫视开年大戏《宫锁珠帘》被网友质疑抄袭美剧《越狱》；江苏卫视开年大戏《传奇之王》也被观众质疑抄袭法国作家大仲马的名著《基督山伯爵》；且连央视春晚也被卷入抄袭漩涡，郭冬临领衔的小品《超市面试》被质疑抄袭日本小品《打工面试》。

前些年，荧屏抄袭只是较为鲜见的个案，如今抄袭之风却在荧屏越刮越猛，抄袭“口水战”可谓一波未平一波又起。这对于每年有十几万集电视剧生产量的中国电视界来说，显然难言正常。让人称奇的是，面对抄袭质疑，相关机构或人士要么装聋作哑、默然无声；要么是声称“借鉴”但不承认抄袭；要么以“英雄所见略同”来自我标榜“能耐”；更有甚者，竟辩称“借鉴是为了向某某原作致敬”并吁请“观众应该宽容”。真不知道，在公众屡有质疑的现实语境下，相关部门或播出机构对荧屏抄袭之风还要宽容多久？

抄袭盛行，是电视界诚信严重缺失的典型反映。有论者指出，模仿并不完全等同于抄袭，因此并非所有被质疑的电视剧都能与抄袭画等号。笔者认为，停留在表面的、大体框架上的模仿，可能不算剽窃，但具体到故事情节、人物言行情感等细节以及核心主题素材和创意理念上的“模仿”，恐怕就不是模仿而是抄袭了。更何况个别最近一两年才红起来、以古装穿越剧“知名”的编剧频频被曝抄袭呢。有网友指出，连小学生都知道，抄袭是不道德的行为，作为引领社会风尚的文艺工作者，更不应该抄袭，频频“借鉴”别人，还能攻下多少观众的心？长此以往，国产电视剧必将失去国人的信任。

抄袭盛行，也是电视界原创力匮乏的典型反映。张艺谋曾经说过：“我现在是剧本荒，吃了上顿没下顿。”剧本荒，“荒”在好剧本难觅。而好剧本难觅，难在投资方抱着“捞一把”的心态，追求电视剧的“短平快”创作，看到流行什么就要求编剧短时间内东拼西凑炮制出什么，编剧难以精雕细琢，只能缺乏生活、思想性不足地盲目跟风，更别说“十年磨一剑”了。是以国内电视剧题材的“巧借”，慢慢成了“潜规则”；内容的“巧合”，慢慢成了完全“契合”。投资方“利”字当头，急功近利，编剧无暇苦练内功，造假成风，长此以往，必然会阻遏文化原创力的迸发。

中国影视剧太需要一针清醒剂，以使更多人正视抄袭之风；中国影视剧亟待原创力大迸发，以彰显生命力。著名编剧高满堂曾批评编剧界的抄袭是“模仿致死”，他认为中国电视剧行业需要一次清理，并希望创作者们在火热的市场面前沉下心来，创作一些优质作品，以引领健康之风。在笔者看来，荧屏抄袭并非难以遏制，对那些有重大抄袭嫌疑的电视剧的播出及时叫停不失为一条有效的策略，影视创作方面的司法制度得到健全，将有重大抄袭嫌疑的电视剧推上被告席则是必须的。

如果失去了创新，没有新题材、新形式，只有胡编乱造和四处抄袭，撞车和雷同比比皆是，必然阻遏一个社会与民族的创新能力，何谈电视艺术大发展?

71. 谁造就了雍正的“当代后宫”

怡梦

近来《宫锁珠帘》热播，2011 年甚嚣尘上的古装穿越言情偶像剧在 2012 年初风云又起。故事讲述女子片场“打酱油”不慎穿越成雍正朝的熹贵妃，亦即去年颇受好评的《后宫·甄嬛传》女主人公。又恰好与《宫锁心玉》的晴川、《步步惊心》的若曦“同朝为妃”，她们戏里决胜清宫，戏外还可 PK 穿越超女，网友戏称每换一频道都见雍正与不同女子谈情说爱，看来爱新觉罗·胤禛已成了 2012“大众情人”。

雍正其人为君为政历来褒贬不一，但并未有史料记载他是情圣，何以既得当代女性倾心又获编剧导演青睐？

民间话本、武侠小说中的雍正曾被贴满夺权篡位、手足相残的标签。上世纪末，在《雍正皇帝》等新历史小说的反拨下，其正面价值日渐上浮，乃至成为今天大部分网络小说、影视剧本接纳雍正形象的基本共识。古装剧非历史剧，其本质是娱乐。历史事件在剧中是工具化、结构性的存在，仅为故事提供几组人物关系、一系列矛盾冲突；而历史人物，以帝王为例，是以至高无上、坐拥江山美人、掌控生杀予夺为所指的符号，创作者汲取符号中有价值的元素以完成虚构，此处所谓的“有价值”并非历史性判断，符号被需要的那部分价值未必是正面的，因为晴川若曦们乃是创作者与观看者的欲望载体。

上世纪八九十年代，《戏说乾隆》《康熙微服私访记》等古装戏说剧开创了帝王出宫与民间女子相恋的故事模式，帝王身份的暴露往往令恋情终结。随着时代变迁，热爱自驾游的康熙、乾隆淡出荧屏，代之以为登皇位不惜兄弟反目的雍正，他的帝王之路与后宫之争成为文学影视作品浓墨重彩描绘的盛宴。如果帝王走向民间代表早期创作者与观看者对爱情远离世俗、抛却荣华富贵、消除等级观念的理想主义向往，那么女性走向后宫则体现一部分人期盼出人头地他者臣服、渴望物质与精神双重充盈的现实诉求。而雍正及其所处历史可为创作者提供“有价值”的元素：朝中九子夺嫡，宫中后妃争宠，完全符合情节需要，无怪乎众多创作者不约而同“芳心暗许”。

选择雍正意味着对欲望的彰显和对情感的否定。除了已经走向观众的晴川与若曦，尚有《梦回大清》《恰花恰世界》等多部网络小说穿越雍正朝而流连忘返，无一例外的一女多男模式看似是对男权话语的某种反叛，而女主人公在对众阿哥患得患失地反复权衡、挑花眼地精心遴选最终艰难抉择后，又身陷妃嫔、妻妾争斗不能自拔。穿越者貌似凌驾一切，实则甘愿为当时的游戏规则所俘获，女性仍旧被选择，女性的争风吃醋仍旧被观赏，且这类作品的作者皆为女性，读者也以女性居多。这种对男权话语的无意识臣服和根深蒂固的认同乃至享受令作品价值所剩无几。

在此意义上，并无反思与内省自觉的网络写手及以市场为旨归的编剧导演形成造就“雍正当代后宫”的共谋。从传播角度来看，文学作品的受众拥有绝对自主权。而影视作品占用公共时段公开播放，受众处于被动接受地位。传播者鉴别能力缺失，把几无价值的作品以历史的外衣伪装出价值，或言必称批判实则肆意渲染，都会产生极其暴力的后果，“雍正的当代后宫”就是这种暴力的表征。未来“后宫”可能有多重含义，守着后宫剧、谍战剧、翻拍剧拒绝创新的导演将成为此类题材的“后宫”，等着网络小说提供素材灵感的编剧将成为网络写手的“后宫”，而创作者的被动，将造成观众选择权的完全丧失，以致集体“被后宫”。

72. 优酷土豆，互扔板砖为哪般?

张成

日前，优酷网正式起诉土豆网不正当竞争，索赔480万元。优酷网认为土豆网在尚未起诉的前提下即召开发布会宣布索赔1.5亿元，属于炒作与恶意竞争，造成优酷网股价下跌。此前，土豆网曾表示，“优酷网对《康熙来了》等土豆网独家热门版权，蓄意盗播，并在多次通知后仍不删除”。优酷网亦向土豆网展开维权，认为土豆网“盗播”其热播影视剧、综艺节目以及自制内容，并将提起诉讼。1月12日，土豆网联合搜狐视频、乐视网宣布共同采取技术措施，针对优酷旗下的搜库搜索进行了屏蔽，禁止搜库搜索和抓取其视频内容，土豆网与搜狐视频等一致认为，优酷在搜索结果排序、其他视频网站的网速连接上并不公正客观。以优酷网、土豆网为首的视频网站摩擦频出，不禁让人纳闷，视频网站的领头羊缘何相煎太急?

尽管孰是孰非目前尚未有定论，但确凿无疑的是，几大视频网站之间确有嫌隙，这才导致近日优酷网与土豆网的“大举动作”。这是多方面的原因造成的。近两年，国家高度重视对影视剧版权的保护，视频网站发展迅猛，这一方面导致了视频网站对内容的大量需求，另一方面又导致稀缺的影视剧版权费用高企不下，其攀升的速度甚至超过了广告收入。然而，在付费点播模式仍筚路蓝缕的当下，广告收入几乎成为视频网站最重要的收入来源。少数的上市视频网站可以通过“烧人民币取暖”，一些实力薄弱的网站则以零成本盗链、盗播其他网站的资源，获得点击率。当前我国法律对此举动的惩罚却远远赶不上违法网站所获收益。有时，一个出色的视频内容，可以获得千万级的点击率。著作权人依法维权，打官司的时间和经济成本比之赔偿所得却如同九牛一毛。因此，违法的低成本使得不法视频网站愿意铤而走险。此外，盗链、盗播也是恶意竞争的手段之一。竞争对手花费巨资购买的优质内容，被侵权网站以零成本盗取之后，不但获得巨大收益，而且能使得对方浪费巨大成本却物无所值。

此外，同质化的内容也是视频网站摩擦不断的根源。当前，视频网站品牌与观众的黏合度不高。许多网站均打出了“影视门户”之类的口号，但对观众来说，内容是最实在的，谁家有内容、有资源就去谁家看。因此，很多视频网站只好继续“大手笔”购买资源，维持点击率，赚取收不抵支的广告费，继续购买资源……形成恶性循环。

要从根本上解决问题，首先要杜绝盗版、盗链、盗播等不法行为。侵权行为固然可以取得眼前利益，但随着国家法律法规的不断完善，此等不法行为势必会受到严惩。“盗”无益于饮鸩止渴，不能长远。其次，视频网站要寻找自己的品牌调性，强化差异化优质内容的生产，提高点击率，也可解“钱紧”之危。再次，发展完善付费点播模式，广开财源。最后，内容版权方也当适当降低版权费用，否则，没了台子，内容又该去何处唱戏？

73. 音乐盛典靠什么hold住场面

邱振刚

第54届格莱美音乐奖即将揭晓。作为世界唱片工业的风向标，格莱美奖历年都会引来不少争议，只不过2012年的这次争议，来得比往年更早些。争议的话题，不像以往那样，都是围绕某人获得某项奖是否合适，现在的争议源于本届格莱美是奖项“缩水”后的首届，奖项由原来的109个减少到78个。另外，在有的奖项里面，男女分类的奖项被合并了，不同性别的歌手将在大的音乐分类中竞争。对此，格莱美奖的主办方称是为了让竞争更加激烈。

岁末年初，我们的各路TV和COM，也在搞“流行音乐年度风云大奖”、“华语金曲榜中榜”之类的评选。但几乎无一例外的是，这些奖项的影响力在一年不如一年地滑坡，网站、电视的娱乐新闻里，只见得同一拨明星在顾盼生姿地走红地毯，满面春风地举奖杯，他们到底拿的是什么奖，此奖与彼奖有多大区别，已经没人记得清了。此类颁奖，甚至都形成了一个公开的秘密，这就是凡是颁奖典礼的到场者，基本上都有奖可拿。评奖、颁奖的整个过程已经本末倒置，明星早已不以获某奖为荣，反而是颁奖单位要靠明星凑数，来hold住场面。当然，颁奖机构也大倒苦水，就是如今的明星大腕，如果得不了奖，那就谁都不肯到颁奖现场来没事走两步。为了吸引明星，各评奖机构也绞尽了脑汁。笔者搜索到一个名为“2011全国听众喜爱的歌手”的奖，这个奖早在2011年10月初就已经评出并颁发了。看到这个时间，笔者起初很诧异，一度怀疑颁奖机构难道用的是玛雅历，想抢在2012到来前赶紧把奖给颁了？细想一下，原因其实很简单，无非就是想抢在年底的颁奖“旺季”来临前，趁着明星、观众还未产生审美疲劳，就赶紧把成堆的奖杯送出去。否则，当真到了年底，明星大腕们连豪宅地下室里都堆满了奖杯，那时自家的奖就更没吸引力了。

其实，各种年度评选吸引不了明星，并非明星们个个都拿奖拿到手软，最大的原因还是奖项本身缺乏权威性。首先是评选程序就有问题。格莱美奖的评选中，对于评委资格和评选程序都有着清晰、严格的规定，获奖名单出炉后还要由会计事务所保管，并保密至颁奖典礼当天才公诸于众。再看看我们很多TV们、COM们主办的各种奖，评审程序几乎从不公布，评审专家更是不知何许人也。至于获奖者是谁，往往在颁奖典礼上，等到颁奖嘉宾一念出下面将颁发何种奖项，观众此时只要朝台下扫一眼，看看还有哪位明星怀里没有抱着奖杯，基本上就可以山呼海啸般齐声喊出获奖者是谁——观众都学会抢答啦！到了台上，获奖明星们当然也会礼节性的感谢一番这榜那榜，这个TV那个COM，畅谈一番“那些年，我们一起得过的奖”，但语气中早已没有了欢欣鼓舞之意。

其次，我们的很多奖项，评选、颁奖过程的商业味道太过浓郁。比如不少奖项，基本上都在冠名权上捞了一票，被冠名的商品，今年还是钙片，明年就备不住变成减肥茶了。但格莱美奖从创立伊始，就是英文单词留声机的谐音，绝无任何前缀。要知道，以格莱美奖的影响力，要把冠名权卖个好价钱毫不吃力，但人家可没变成“麦当劳双层吉士堡杯音乐奖”抑或“耐克超轻气垫跑步鞋颁奖盛典”。正因为一些评选机构把评选、颁奖的全过程当做纯粹的市场行为来展开全方位营销，不遗余力地榨取其含金量，结果就导致奖项的权威性被一次性抛售，奖项的影响力直线下挫也就不足为奇了。

新一届格莱美奖的奖项缩水是否恰当，男女歌手就同一奖项展开争夺是否科学合理，完全可以继续讨论下去，但主办者让竞争的激烈程度不断升级，来维护该奖权威性，这番用意是值得我们学习的。希望我们的颁奖机构也能够面对纷繁热闹的娱乐市场而保持淡定，不断提升自家奖项的权威性、影响力，有朝一日也可以底气十足地对明星们说：

你来，或者不来，奖就在那里，不偏不倚。

74. 影院扩张热后的冷思考

笑宇

截至 2011 年底，中国影院的银幕数量已由 2002 年的 1500 多块增加到去年的 7000 多块，与之相对应的是一批院线巨头的诞生。2011 年，万达院线使影城总数达到 86 家，拥有 730 块银幕，销售额超过 22 亿元，成为亚洲排名第一的电影院线。此外，中影星美院线、上海联合院线、中影南方新干线等院线的年票房收益也已超过 10 亿元。产业巨头们赚得盆满钵满，而眼红的各路投资人早已争先恐后地涌入进来，2011 年，有 803 家新影院进入市场，2012 年将有超过 300 家新影城开门纳客。

影院投资方兴未艾，无论从哪方面看都是历史的必然，前有国家文化产业扶持政策逢山开路，后有广袤的大众市场提气撑腰，而美国电影院线的成功经验，更让我们找到了方向和底气。行业崛起，皆因时势造就。

只是，任何行业的发展都摆脱不了经济规律的制约，对于现在的影院建设风潮，一些业内专家和投资者也开始担忧因"投资过热"而可能导致的商品过剩问题：每年的黄金档期只有那么几周、有市场号召力的大片只有那么几部，而进口影片市场依然没有完全开放，现有片源能否满足影院与日俱增的胃口成为了一个现实问题。而更大的问题在于，当下的投资热潮是建立在对未来市场的增长预期之上，但市场容量究竟有多大恐怕没有人说得清。学过经济的人对"羊群效应"这个词不会陌生，其大意是指经济个体由于缺乏对市场的判断力而盲从他人的行为，是个别的理性行为导致的集体非理性行为的非线性机制。说到底，人们担忧的正是在这场"砸钱圈地"的游戏中，"非理性"因素究竟有多大，后果又会怎样？

这是一个很容易回答，却又无法解决的问题。其实对于那些决意进入影院投资的商人们来说，形势可谓箭在弦上，不得不发，市场规律会惩罚盲目的投资者，但同样会淘汰弱小的竞争者，对于商业竞争来说，想要获得优势，无非只有两条路可走："规模化"抑或"差异化"，而对于电影院线这个仅仅诞生 10 年的新兴行业来说，如何建立差异化竞争格局还是一个并不太成熟的课题。所以，规模化竞争就成为所有从业者的唯一选择，谁能在市场开拓期抢占更多的市场，揽住更多的观众，谁就建立了更强大的势力范围，从而获得话语权，甚至成为行业规则的制定者，一如当年的邵氏和嘉禾。否则，就只能任人鱼肉。

看似"非理性"的竞争环境，实则蕴含着超验的、内在的市场逻辑：有笃定的开拓者就会有趋之若鹜的追随者，理性的投资背后必然会有非理性的跟风，而理性一旦遭遇非理性，就再也没有理性的必要，于是大家争先恐后地卷入激进与狂热。可以预见，在触碰到市场的天花板之前，行业扩张绝不会有停滞的可能，而一旦扩张之势难以为继，新一轮的行业洗牌也就为期不远了。2011 年各地影院的经营数据似乎也说明了这一动向，在 2011 年全国票房创纪录地达到 131 亿元的情况下，单个影院票房却呈下降趋势，影院经营者逐渐感受到了压力，并开始从服务、片源等方面寻找新的经营模式，这也许正是从业者由规模化竞争转向差异化竞争的信号。乱世之中，谁能够准确敏锐地抓住这一历史契机，谁就能再次屹立于潮头。追随者变身为弄潮儿，并非没有可能。

顺势而动，前途一片光明。未来鹿死谁手，市场自会给我们答案。

75. 电影别把老年人不当观众

小作

本届金像奖《桃姐》获得五项大奖，获得最多奖项提名、在内地赢得 7 亿票房的《让子弹飞》最终只收获了最佳服饰造型设计奖。不唯如此，徐克的《龙门飞甲》、杜琪峰的《夺命金》和麦兆辉、庄文强的《窃听风云 2》等商业片都没有获得重要奖项。虽然近日，尔冬升在微博中提到，这样的评奖结果带有感性的成分，不够专业，但就他本人而言，对《桃姐》也极为赞赏。

《桃姐》作为一部关注老年人生活的影片在题材上就比较鲜见。现在的电影题材五花八门，却没有做到真正的百花齐放。由于主要观影人群是年轻人，因而大家都一拥而上拍各种搞笑、爱情、武打影片，老年观众会觉得太闹，现实题材电影适合他们看的基本上没有。许多创作者在一开始就没把老年观众纳入自己的考虑范围之内。

然而，随着中国人口红利的日渐终结，老龄化社会无可避免地要到来，现在一般家庭的结构为 4 个老人 +2 个中年人 +1 个小孩，未来老年人在人口总数中占的比重会更大。现在就完全把老年人排除在目标观众之外，没有远见，甚为失策。面对飞速扩张的电影院产业，很多业内人士都有一种担心，优秀的片源和观众不足以支撑，可能出现一批影院倒闭的风潮。吸纳更多的观众人次，扩大市场份额，拓展观众群体，是支持它们免于关张的唯一办法。但这不是电影终端行业凭一己之力能够办到的。没有为老年观众量身打造的电影，谈何吸引老年观众走进电影院，培养出他们的观影习惯？

而且，谁设定的这个前提：老年题材电影年轻人就不喜欢看呢？生与死是人类终极思考的问题，况且两代人的沟通是现代社会家庭生活中的重要方面，两代人生活的幸福感的获得需要年轻人在物质和精神上对老人更多的关心和关怀。电影可以在这些方面为观众提供思考的空间和可能。这样的影片年轻人同样需要。

不可否认，题材上的局限会使此类影片的营销相对困难，但也不是全无对策。《桃姐》3 月份上映以来，获得了近亿元的票房，作为此类影片的佼佼者，可资借鉴的很多。一是许鞍华一直以来对本土现实文化的关注，保证了她在这个话题上的思考和功力，使电影散发出浑厚独特的文化气质。该片还积极送到各大电影节参赛，男女主演在各大电影节上都有所斩获，给电影加码不少。当然更重要的是这部电影有明星加盟，如果没有刘德华等参演可能票房就是完全的两样了。

2011.9.9
星期五
辛卯年八月十二
第1054期
本期12版
中国文联网网址
www.cflac.org.cn

中国艺术报

中国文学艺术界联合会主管主办

国外发行代号
D3375
国内统一刊号
CN11-0241
邮发代号
1-220
新闻热线
(010)64810159
每周一、三、五出版
零售价0.70元

温家宝出席中央文史研究馆成立60周年座谈会时指出

文化繁荣可以化育一个民族的风骨

新华社北京9月6日电（记者 **李斌 崔静**） 中央文史研究馆成立60周年座谈会6日上午在人民大会堂举行。中共中央政治局常委、国务院总理温家宝出席座谈会并讲话。他指出，国家发展和民族振兴，不仅需要强大的经济力量，更需要强大的文化和道德的力量。没有先进文化的发展，没有全民族素质的提高，就不可能实现真正的现代化。

座谈会上，中央文史研究馆馆长袁行霈介绍了文史研究馆60年发展情况。中央文史研究馆馆员和国务院参事代表戴逸、汤一介、冯骥才、刘梦溪先后发言，就文化发展、文史工作等提出意见和建议。在听取发言后，温家宝首先代表国务院向中央文史研究馆和各地文史研究馆的馆员以及从事文史研究馆工作的同志们，表示衷心感谢和崇高敬意。

温家宝指出，文化是一个民族的灵魂。文化对一个国家发展进程的影响，比经济和政治的影响更深刻、更久远。如果说，经济发展改变的是一个国家的面貌，那么文化繁荣则可以化育一个民族的风骨。中华民族拥有五千年文明史，在漫长的历史长河中，无论兴衰成败，历史文化的根脉始终生生不息、绵延不绝。深厚的历史文化底蕴，成为我们民族赖以生存和繁衍发展的精神沃土；丰富的历史文化遗产，成为我们民族取之不尽的宝贵精神财富。中国的优秀文化传统，对今天中国人的价值观念、生活方式和中国的发展道路都具有深刻的影响。文化建设的滞后，必然对经济发展、社会进步、生态保护乃至政治文明形成一定制约。只有当全世界都公认中华文化真正繁荣起来、在世界上具有重要影响力的时候，才是我们真正强大的时候。

温家宝强调，文史研究的主要任务，就是总结提炼民族文化历史的精华，古为今用，增强民族自信心和凝聚力。一个民族如果忘记自己的历史文化传统，就不可能深刻地了解现在和正确地走向未来。只有加强文史研究、保存历史记忆、洞悉历史规律，才能鉴古知今、熔古铸今，开辟新的未来。文史研究必须坚持"百花齐放，百家争鸣"的方针，解放思想，鼓励创新，尊重规律，兼容并包。要鼓励文化工作者深入实际，体验生活，创作更多的精神产品，为建设社会主义精神文明做贡献。

温家宝强调，中央文史研究馆要继承和发扬"敬老崇文、存史资政"的优良传统。敬老崇文就是要弘扬人伦礼义、提倡尊贤尚德，发挥老者的智慧和经验，特别是在文化传承中不可替代的作用。存史资政是中华民族治国安邦的一条重要经验。回顾历史，总结经验，是为了加深对客观事物规律性的认识，是为了更好地指导现实，是为了开辟未来。

温家宝充分肯定了中央文史研究馆和各地文史研究馆所取得的成绩。他说，60年来，文史研究馆大力支持和鼓励各位馆员积极开展文史研究和艺术创作，取得了丰硕成果。新时期我们应进一步办好文史研究馆，更好地发挥馆员的作用。他对文史研究馆工作提出四点要求：一是进一步提高国是咨询、建言献策的质量和水平。二是在推进国家文化建设中发挥独特作用。三是自觉承担起博采众长、弘扬中华文化的责任。四是继续为祖国统一和中华民族的复兴贡献力量。

座谈会前，温家宝与中央文史研究馆馆员合影，并参观了纪念中央文史研究馆成立60周年特展——由海峡两岸书画家创作的66米国画长卷《新富春山居图》。

国务委员兼国务院秘书长马凯，全国政协副主席、中央统战部部长杜青林，中央国家机关有关部门负责人，中央文史研究馆馆员、国务院参事，以及各省（区、市）文史研究馆代表约200人出席座谈会。

温家宝同冯骥才对话古村落保护

本报综合中广网讯 9月6日上午在京举行的纪念中央文史研究馆成立60周年座谈会上，国务院总理温家宝同一直致力于民俗文化研究的国务院参事冯骥才共同对话古村落保护问题。

温家宝说，骥才同志对保护物质遗产和非物质遗产历来高度重视，做了很多工作，他讲的古村落我相信是他关注的各种应该保护的遗产当中的一部分。我们听听他的发言。

关于目前古村落的现状，冯骥才说，今天我特意选择古村落作为交谈的话题，是因为这件事有强烈的时间性，因为五千年历史留给我们的千姿万态的古村落的存亡，已经到了紧急关头。每座古村落都是一部厚重的书，可是没等我们去认真翻阅它、阅读它，在城市化和城镇化的大潮中很快消失不见了。最近，我们对山东地区古村落做了一个调查，调查以后的结果非常吃惊，现今一座完整的原真的古村落也没有了。能想象齐鲁大地上找不到古村落吗？

冯骥才提出的问题，引起了温家宝的深思。他边听边认真记录，还不时紧锁眉头，好像在为古村落的遗失而焦虑。

冯骥才又直面造成这些问题的症结，一是商机，一是不良政绩，一些地方正打着新农村和城镇化的幌子唯利是图。冯骥才说，我们的古村落现在空前地进入一个消亡的加速期。要不是发现一个开发一个，实际就是开发一个破坏一个；要不就是根本不遵从文化规律，而是从眼前的功利出发，改造得面目全非，把真的古村落搞成了假的古村落。

城镇化进程中如何让中华文化的传承不受损害，是当前一个重大的文化问题。温家宝说，古村落的保护，实际上我们把它扩大来看，就是工业化、城镇化过程中对于物质遗产、非物质遗产以及文化传统的保护。温家宝指出，现在古村落保护存在三个问题：第一，就是现在有些地方不顾农民合法权益，搞强制拆迁，把农民赶上楼，丢掉的不仅是古村落，连现代农村的风光都没有了。农民失去的是土地，这件事情远远超过文化的保护。第二，就是我们在城市建设中，从建国以来，我们应该吸取的一个很深的教训，就是拆了真的建了假的。大批真的物质遗产被拆毁，然后又花了很多的钱建了许多假的东西。第三，就是城市的设计不是从这个地区文化的特点出发。这个问题恐怕要引起我们高度重视。

于右任书法展举办

本报讯（记者 **张亚萌**） 由中国侨联、全国政协书画室、中国书协、于右任书法艺术研究院联合举办的纪念辛亥革命一百周年于右任书法展于9月6日至10日在京举办。陈至立、孙家正、郑万通、张思卿等出席开幕式。

展览汇集于右任书法百余幅，均是从中国侨联副主席、于右任书法艺术研究院（银川）院长朱奕龙收藏的400多幅于右任墨宝中遴选出的珍品。中国书协副主席苏士澍表示，于右任的书学理论、书法艺术成就受到书法家的珍视，被誉为"诗仙草圣"。

作为中国近现代学术成就最高的书法艺术大家，于右任尤擅魏碑与行书、章草结合的行草书，首创"于右任标准草书"，编著有《于右任诗词集》《标准草书千字书》等，被誉为"当代草圣"、"近代书圣"、"中国书法史三个里程碑之一"。于右任是民主革命的先驱，辛亥革命时期著名报刊活动家、教育家、诗人。

九月二日，一个手持青龙偃月刀的关公版「变形金刚」亮相西安长安国际广场，吸引了众多市民的眼球。据了解，这个名为「解放」的关公版「变形金刚」高约九点七米，由一辆老解放牌汽车改装而成，暗含着传统的继承与发扬需要注入新鲜时代血液的寓意。

新华社发 王振 摄

广东民间工艺精品展开幕

本报讯（**记者 张志勇**） 9月8日，由广东省委宣传部、广东省文化厅、广东省文联主办的广东民间工艺精品暨文化创意展开幕式在京举行。孙家正出席开幕式。

此次展览汇集了广东10个市的民间工艺和文化创意精品，是新中国成立以来广东省首次大规模组织的文化专题晋京展。在3600平方米的展厅里，传统民间工艺与现代文化创意古今辉映，既反映了岭南文化的独特魅力，又展现了广东文化产业发展的良好态势。其中，"民间工艺精品展"展厅面积2300平方米，陈列着150位民间工艺大师的近400件精品，展品涉及粤绣等22个门类。"文化创意展"以"文化+科技"为核心，突出展示了广东文化创意产业发展成就。

展览为期6天。

翟卫华、田进、高树勋、鲁炜、林雄以及孟祥林、罗杨、朱涛、李小磊、宋建新、袁亚平等有关领导出席开幕式。

在四川乐山，有一个深受欢迎的交响管乐团。自2007年创建至今，这一交响管乐团独立举办了30多场音乐会，这在四川绝无仅有，在全国亦为鲜见。

让老百姓爱上交响乐

——记乐山市文联交响管乐团

□ 本报驻四川记者 **邓 风** 通讯员 **石 宪**

乐曲本身巨大的震撼力、歌唱演员时而嘹亮时而低回的声音交织、美轮美奂的舞台背景以及拨动人心的交响乐……沉浸于音乐享受的观众眼中，久违的泪水频频夺眶而出。这就是为庆祝建党90周年，四川省乐山市文联交响管乐团今年7月在泯江为观众奉献的一台经典交响乐《长征组歌》演出现场的情景。

专业人士、出租车司机、下岗职工、教师、医生、学生等各行各业的爱乐人组建起乐团

古称嘉州的乐山，文风炽盛、历史悠久。有天下闻名的乐山大佛，护佑着古三江儿女的安宁；有雄秀天下的峨眉山，昭示这方土地的灵秀与美好；更有苏东坡、郭沫若等文学大家，为世人种下精神食粮。这是一块文化、历史积淀及蕴藏深厚的人文宝地。

谈起为什么要组建交响管乐团，乐山市文联副主席兼秘书长张亨山深有感触地说，"记得四年前我刚到文联工作，市委常委、宣传部部长罗佳明对我说，作为一个历史文化名城，乐山书法、美术、文学等艺术门类的活动都开展得很好，音乐方面虽然人才济济，但无多大特色，希望文联能把本土音乐的氛围和声势造起来。"之后，市文联深入调研，发现乐山早在上世纪90年代初期就有一支新康礼仪乐团，团员们出于对音乐的爱好走在一起，没有编制和报酬，但乐此不疲。这些人员分别闲置在工厂、学校、文艺团体和民间。可以利用这些长久闲散的力量，在新康礼仪乐团的基础上组建一个交响管乐团，乐山的音乐事业也就大有可为了。于是，乐山交响管乐团的组建工作正式启动。

乐团人员尽可能地吸纳包括乐山中心城区、峨眉山市、五通桥区、夹江县、沙湾区等周边区县音乐人才。木管乐手、铜管乐手、打击乐手、指挥、导演等，逐渐有了一个大体轮廓。乐团成员由专业人士、出租车司机、下岗职工、教师、医生、学生等各种职业的人员组成。接下来的第一件事就是加紧排练，赶在2007年底举办一场"迎奥运"主题音乐会，并正式挂牌。

>> 下转第2版

来自基层

艺象杂言

《郭明义》，你为什么这样让人感动

——话剧《郭明义》的成功之道

□ 吴月玲

观众的掌声，是对一部艺术作品最高的褒奖；艺术家的成功，则出自于他们对社会的担当。辽宁人艺排演的话剧《郭明义》就是这样的作品。这部根据全国道德模范、当代"活雷锋"郭明义事迹编写的话剧自今年4月首演以来，已在辽宁、天津、北京等地演出60多场，观众超过12万人，不少观众看完演出后，被郭明义精神感染，成为了郭明义的"粉丝"。这就是艺术作品的力量。

"写什么、怎么写"一直是艺术作品首先要解决的问题。为了让作品3分钟有个小高潮，5分钟有个大高潮，是不是只能向暴力、血腥、性暗示要戏剧张力？为了作品的上座率和收视率，是不是只能用穿越、架空、戏说来制造虚无的矛盾？在时下喧嚣的舞台和荧屏银幕上，以话剧《郭明义》为代表的优秀文艺作品用自己的实践给出了答案：写现实，写现实中令千千万万人感动的人，是文艺作品的使命，也是观众精神的需要。

"文艺为人民服务"绝不只是一句口号。以真人真事改编成的文艺作品，永远是影视话剧等艺术工作者案头需要研究的课题。

生活是一条奔流的大河，它的源头平凡；遭遇礁石时，它掀起的浪花又远远比文艺作品更富戏剧性。但真实的事迹一旦改编为艺术作品，如果不遵从艺术创作规律，又往往会让观众难以接受或是感觉虚假。从事这样的创作，用"迎难而上"形容一点都不为过。

话剧《郭明义》的创作也面临了这些难题。人物原型郭明义的生活看似平淡，但实际上朵朵浪花都值得书写。主创遵循了艺术创作原则，从小处着手，撷取了郭明义事迹中有代表性的几件小事：抢修道路、帮助白血病人找到配型、给高危产妇捐血小板、劝说贫困生重返校园……过度仰望已经不适合今天的观众，而这些小事迅速拉近了舞台与观众的距离，观众容易产生共鸣。观众对根据好人好事改编的艺术作品，有时会潜意识地抗拒，认为这些作品宣教气息太浓。观众不再喜欢被"耳提面命"，因而这类作品采取平等视角与观众娓娓道来就十分重要了。话剧《郭明义》的导演宋国锋说过自己的创作原则是让观众自己去思考、提炼、升华。同样，以全国劳模王顺友事迹改编的电影《香巴拉信使》的导演俞钟也谈到，不要刻意煽情，让观众把感动留在心中，继而对王顺友精神有更多的思考。

观众所有的感动在这类作品中都基于一个"真"字。没有真实感，就不会被观众认可，更不可能传递感动。不下生活，不投入自己的身心，"真"字就是空中楼阁。话剧《郭明义》的主创深入采访，演员与艺术原型同吃同住同工作，主演李跃民在排演这部话剧期间，每天所写的日记都与"郭明义"有关。如果主创人员对原型人物的生活没有深入的接触、感受，又何来感悟，生活浓浓的气息也就无从传递；如果主创主演自己都没有被感动，又何谈去感动观众。

话剧《郭明义》以电影《郭明义》的主题歌《把幸福给你》结尾，这首歌的歌词就来自郭明义自己写的同名小诗。"把幸福给你"，郭明义自己是幸福的，他希望把幸福也带给其他人。《郭明义》的同名话剧和电影都抓住了人物的这个特点。幸福感是现代生活水平的一个重要指标，"郭明义精神"中的敬业爱岗、助人为乐，不是以牺牲的"苦"和"难"为终点。他是普通人中的一员，他所做之事也是普通人能做到的，但他的付出也是得到，他把幸福给出去，也得到了快乐。所以他能带动身边的一群人，大家都来当现代"雷锋"。话剧、影视作品中塑造的乐观、幸福、健康的郭明义，相信还能吸引更多"粉丝"，再组千万个郭明义爱心团队。

启 事

因中秋节放假，本报9月12日停刊一期，祝广大读者节日愉快。

《中国艺术报》版式赏析

2011年9月9日

第1054期

76.“以分红当片酬”赢的不仅是票房

何勇海

本月24日,电影《匹夫》在国内公映,黄晓明的头衔除主演外还有“投资人”。而刚开机的喜剧片《虎烈拉》,张涵予、刘烨和黄渤三位主演都“分文不取”,转而以片酬入股的方式成为“老板”,等着拿票房分红。可以预计,如果这两部影片取得成功,将来会有更多大腕演员不拿片酬而变成投资人,中国电影一种全新的投资模式正在兴起。

显而易见,这种大腕变“股东”、不拿片酬赚分红的电影投资模式,是一种自主盈利模式。比起单纯的给演员发放片酬来,它要进步得多、健康得多。因为影视作品再怎么特殊,仍是一种市场化的产品,演员的片酬也应与市场挂钩,而不是像以往那样,演员拿走“天价片酬”,却可以对票房不管不顾。说实话,只拿片酬不管票房,本身就是一种不健康的市场行为。

而“以分红当片酬”的投资模式,则可以实现多赢。

一方面,可使演员的片酬回归理性,降低影视制作成本和风险。今年以来,针对演员片酬畸高的质疑声此起彼伏,据报道,现在90%的剧组都是将七成投资给了演员,演员成影视投资的“吃钱机器”,制作方只能拼命压缩其他成本,影视质量也就得不到保证,放到市场上风险特别大,甚至出现了某影视公司董事长因投资失败自杀的悲剧。而演员“以分红当片酬”,不再只是影视投资的“吃钱机器”,制作方便可以把更多的钱用在“刀刃”上,比如放到剧本上、制作上等等,令影视行业良性发展,风险减小。

另一方面,可充分调动演员的积极性,使影视作品质量有保证。与以往拿了片酬就走人不同,演员以片酬入股的方式投资,其收入和票房等直接挂钩,便会与其他投资人压力共受、风险共担、利益共享,大家共进退,从而更加负责和敬业。要知道,只有作品卖得好,演员才能拿到丰厚的回报,岂有不认真拍戏,“搬起石头砸自己的脚”之理?按照经济学、金融学的“权责对等”原则,演员有高收益,也应该有高风险;有风险,才有共克风险的意识,才能推动影视作品的质量得以提升。

因此可以说,“以分红当片酬”会减少烂片、烂剧产生,推动我国影视业健康发展。有专家指出,最近两年,我国影视投资并不缺钱,不少热钱涌入此市场,但结果却是烂片、烂剧成堆,很大原因在于,一些外行投资人完全不顾或不懂影视市场的规则,随意干涉创作。如果演员、导演等主创人员,拿片酬入股作投资,和票房共存亡,可最大限度地保证作品本身少受或不受对影视行业不熟悉的投资人的影响，从而尽量保证作品质量。当影视人普遍放弃“死工资”，普遍学会自己操控自己的行业，我国影视业便可能达到量与质齐飞。

据说，相对中国明星“初试牛刀”，好莱坞很多演员已有规范成型的“以分红当片酬”模式。国内也有成功先例，在不少豪华巨制亏得一塌糊涂时，总投资不足 1500 万元的《失恋 33 天》国内票房高达 3.6 亿元，当初由于投资不足，以“分红当片酬”方式出演该片的文章赚了千万元分红。但愿有更多演员树立艺术自信，自我加压，也采取这种“不爱片酬爱分红”的模式来参与影视制作，向作品要票房、要口碑，而不仅仅是伸手向投资人要片酬。

77. “渠道为王”的前提是“内容为王”

李博

5 月 21 日，万达集团与美国 AMC 院线集团签署并购协议，获得后者 100% 的股权，由此同时坐拥亚洲最大的电影院线和世界第二大的电影院线。此消息一出，一些业内人士便迫不及待地通过各种媒体发出阵阵欢呼之声，有的说“华语电影要改变在北美的市场现状，一个重要的突破口就在于购买美国院线”，还有的说“地球人挡不住万达称霸世界影坛的脚步了”，凡此种种，大都认为万达并购拥有两亿人次年观影量（2011 年数据）的 AMC 后，国产电影将有机会大规模进军美国电影放映市场，中国电影的海外影响力也将藉此大幅提升。

作为中国企业控股的全球性院线，AMC 的确将被刻上深深的中国烙印。然而万达院线副总经理张国华已明确表示：被万达并购后，AMC 只会更换股东和老板，但不会更换管理团队。也就是说，日后 AMC 院线的主要管理者仍将是一批金发碧眼的洋人，他们对于中国电影的了解并不会比国外资本控制的电影院线经营者多多少。此外，遥想 1989 年，“电影小国”日本的索尼公司收购了“电影大国”美国的哥伦比亚公司，但 23 年间从未投拍过哪怕一部日本题材电影，更充分说明了在文化产业领域，不能简单地将资本变动与内容生产直接挂钩。

有人反驳说，中国股东的意志是能够影响国外经营团队的，但万达集团董事长王健林的表态却实实在在地给此类观点浇了盆冷水：“我是一个商人，做任何投资都是出于商业考虑。”据王健林透露，万达集团在并购过程中所有的合同谈判及附加文件中都未曾提及利用 AMC 的渠道在美国推广中国电影一事。很显然，通过并购国外主流院线来大幅度增加国产电影的海外发行量，就目前来看只是一种一厢情愿的想法。王健林在并购 AMC 的新闻发布会上就这样表示，“中国电影之所以不能‘走出去’，不完全是渠道因素。如果中国能拍出《阿凡达》，可能早就‘走出去’了。”

的确，如果中国每年都能生产出几部诸如《复仇者联盟》《碟中谍 4》这样高质量的商业大片、几部《艺术家》《铁娘子》这样的艺术电影佳作，那么不管中国控股、美国控股还是法国控股的院线，都会争先恐后地发行中国电影；反之，如果国产片本身的质量乏善可陈，那么哪怕所有的国外主流院线都由中国商人控股，中国电影也不可能真正实现“走出去”。

电影就是这么简单，“渠道为王”的前提是“内容为王”。只有影片本身的质量过硬，才有可能通过渠道的因素提升该片的海外票房与国际影响力。中国电影人先别急着为万达集团“吞并”AMC 院线而欢呼雀跃，因为我们只有先将自己影片的水平“提上去”，才能真正谈及如何行之有效地“走出去”。

当然，从长远来看这次行动会对中国电影的发展有所裨益，将会在中国真正成长为电影强国之日为一大批高质量的国产电影提供优良而快捷的播出平台。在高质量的中国电影与高质量的外国电影之间，由万达控股的AMC院线理应会更多地支持前者。

78. 让网络谣言止于“法”

小作

金巧巧遭诽谤状告宋祖德案终于结案，最终以法院强制宋祖德赔偿金巧巧 20 万元名誉损失费而告终。其实这个案子说起来并不复杂。2008 年 11 月 27 日和 30 日，宋祖德在 4 家门户网站的博客上发表了《中国首富黄光裕曾栽倒在金巧巧的石榴裙下》和《金巧巧的另外一些破事》两篇文章，严重虚构内容、歪曲事实，用语低俗，严重侮辱了金巧巧的人格，损害了她的名誉。而这并不是宋祖德对金巧巧的第一次诽谤。从 2002 年开始，宋祖德数次在媒体上发表类似的言论，直到 2008 年，金巧巧才拿起法律武器保护自己。清者自清、浊者自浊，也许已经不适应当今信息极度发达的社会了，“三人成虎”倒是容易。娱乐界人士除了用作品娱悦大众之外，他们的一举一动、一言一行，都成为了大众娱乐的对象。因而，有关明星的新闻让人津津乐道，网络传言也成为茶余饭后的谈资。殊不知，网络传播谣言会伤人于无痕。

鼠标轻轻一点，谣言就会以极快的速度得到传播，这使得违法的成本大大降低，而造谣的效应却是成倍的增长。网络言论需不需要负责？一些网友对网络诽谤并没有给予足够的重视。以前，诽谤的构成要件中要求传播度，而在开放的网络环境中，你以为自己只是喃喃自语，实际在互联网中已经是国际传播了。

网络谣言和诽谤的杀伤力很强。韩国数位明星就因网络谣言四起，而最终用自杀来证明自己的清白，其后在网络上造谣的源头也被警方拘捕，而且还促使韩国实行了严厉的网络监管，发言实名制。其中，著名影星崔真实抛下一对儿女自杀最让人心痛。网络谣传崔真实曾向安在焕放高利贷，导致安的自杀，为此，崔真实饱受非议，无法工作，她向韩国网络警察报案后，曾多次流泪，最终走上了不归路。这不由让人想起 70 多年前，中国著名影星阮玲玉留下“人言可畏”四个字，自尽身亡的往事。

在相关法律相对完备的当代中国，拿起法律武器的确是对付网络谣言和诽谤的办法。既不用听到谣言，气憋在胸中，内伤抑郁成疾，也不用以生命为代价来证明清白。只需要有勇气、有决心，与网络诽谤较较真，那么正义就会站在你这边。

只不过，一些明星囿于各种考虑，一直强迫自己以一笑而过的态度对待网络诽谤，当然，这不失为一种方法。但要经过多年的修炼，才能把自己塑成金刚不坏之身。如果，到了网络诽谤已经严重影响了自己的声誉和身心健康时，也许这时候法律就是最好的盔甲。

79.“丑化”敌人未必能“美化”自己

林青

近日，全景展示二战苏德战争的纪录片《伟大的卫国战争》第一季在央视一套播出，这部纪录片由《巴巴罗萨行动》《莫斯科保卫战》《列宁格勒之围》《兵临城下》《激战库尔斯克》《巴格拉基昂行动》《解放乌克兰》《柏林战争》8集构成，展现了苏联卫国战争期间一个个重大战役以及令人震惊和富有戏剧性的历史事件。大量珍贵的史料、惨烈的战争场面、冷峻深沉的解说，加之3D动画技术和雄浑悲壮的配乐，赋予这部纪录片史诗般的风格。笔者在央视纪录频道首播这部纪录片时，就曾被深深打动。

让笔者印象深刻的是，该片在介绍每个战役双方的布局时，解说和援引资料十分客观、严谨，不仅有苏军的，也有德军统帅和将领的回忆录和日记，对德军的介绍，军种、兵种、配置、战术、优势都很详细，对德军将领的作战经历、指挥能力、军功甚至艺术爱好和性格特点、生活细节都有介绍，丝毫没有贬低性和侮辱性的语言。对苏军的失误也毫不忌讳，因为正是吸取了失败的教训，才不断调整战略战术包括改进武器装备，取得最后的胜利。

反观我们反映抗战题材的影视作品，虽然也产生过一些在群众中具有广泛影响的经典作品，但近年来一些粗制滥造之作受到观众的强烈抨击。如一味“丑化”“矮化”侵略者，一个小孩、一个农村老太太，就能将侵略者弄得丑态百出、缴械投降。还有的电视剧把抗日战士弄得飞檐走壁、刀枪不入，比如有一部被网友封为“神剧”的抗战剧开篇就是一大侠赤手空拳对付4个手持长剑的日本黑衣人，之后又与一位全副武装的日本军官打斗，可日本军官在面临生命危险时不仅不开枪，反而命令手下撤离，真是匪夷所思。该剧中这种离奇之处还有很多，比如，一招大鹏展翅便能飞上半空还能摆个pose，一颗小石头能打下一架飞机等。还有一部正在一些地方台黄金档热播的电视剧，女一号不仅枪法如神，而且有着高超“武功”，可空中滑行、地面漂移，把日本鬼子踢飞，让他当场毙命；男主角同样功力深厚，到了后期其枪里打出的子弹甚至能转弯。此外，剧中的其他人物也拥有类似铁砂掌、无影腿、白骨爪这样的“必杀技”。观众对这种恶搞、戏说质疑道：“残酷的战争有这么好玩好笑吗？严肃、残酷的历史，不能在无厘头的嬉闹中给戏说了、滑稽化了。”而制片方居然说：“不这么打，就不一定有高收视。”

读读我们的抗战史，能读到一串惊心动魄的数字：抗日战争期间，中国（含国共两党）军队共进行大规模和较大规模的会战22次，重要战役200余次，中国军民伤亡共3500多万人。仅举几个战役为例：历时3个月的淞沪会战，日本海陆空三军近 30 万人向中国军队发起猛攻，中国守备部队陷于苦战，加上没有强大的海空军支援和战术上的失误，伤亡惨重，号称“八百壮士”的守军在日军的重重包围下，坚持战斗 4 昼夜，击退了敌人在飞机、坦克、大炮掩护下的数十次进攻；1938 年的台儿庄会战，在历时半个月的激战中，中国军队付出了巨大牺牲，参战部队 4.6 万人，伤亡失踪 7500 人，在中国军队的英勇抗击下，共歼日军 1 万余人；1940 年的百团大战，历时 5 个多月，进行大小战斗 1824 次，共计毙、伤、俘和投诚日伪军达 4 万余人；1944 年 4 月至 12 月，日军发动的豫湘桂战役，调集了 51 万兵力，是中日战争以来规模最大的一次进攻战，在短短的 8 个月中，中国军队在豫湘桂战场上损兵六七十万人。

中国战场是世界反法西斯战争的主战场之一，中国抗日战争的胜利标志着第二次世界大战彻底结束。中国人民面对的敌人是一支训练有素、装备一流的军队，如若不是这样，中国军队和中国人民怎么会付出那么壮烈的牺牲、那么惨重的代价。当然，艺术创作允许虚构、想象、夸张，也可以采用多样化的艺术表现，既可以是正剧，也可以是喜剧，但无论采用何种方式方法，都要遵循艺术创作规律，多一点民族担当。刚刚获得“白玉兰”最佳电视剧金奖的谍战剧《悬崖》之所以被人叫好，正是剧中着力表现了日本特务机构人员的阴险毒辣、伪满警局上司的老谋深算，才凸显出中共地下党人工作环境的危机四伏、凶险莫测，共产党人的机智勇敢和牺牲奉献精神才深深打动了观众。如果在艺术作品中一个劲地“丑化”敌人，未必能“美化”自己，“沧海横流，方显出英雄本色”，说的就是这个道理。

80. “最佳编剧奖”的恢复正当其时

李博

剧本对于一部电影的重要性，已经不言而喻。然而面对产业化刚刚起步的中国电影，以各种方法再三强调剧本的重要性，仍是一项十分迫切的工作。最新的一个努力成果是，从今年第31届大众电影百花奖开始，最佳编剧奖的评选将得以恢复。大众电影百花奖组委会主任康健民在7月3日的新闻发布会上表示，希望最佳编剧奖的恢复能够加强对电影剧本创作的重视，同时有效地提升电影剧作家的地位。

随着电影工业技术的飞速发展，以3D、IMAX为代表的感官盛宴似乎已成为观众走进影院的主因，而隐匿于视听轰炸之后的故事仿佛已不再那么重要。但当你翻开全球电影票房总排行榜时，就会发现排名靠前的电影可能并不具备多么震撼的视听效果，但一定拥有一个完美的故事——《阿凡达》《泰坦尼克号》《指环王3》《蝙蝠侠前传2：暗夜骑士》，哪一部不是有着极其扎实的剧本？如今的观众的确喜欢看3D，喜欢看IMAX，但前提是影片的故事必须精彩。

作为一名专业的电影从业者，你绝不能小看观众的水平，观众的眼睛是雪亮的。他们可能没学过罗伯特·麦基的《故事》，没读过悉德·菲尔德的《电影剧本写作基础》，但他们能够清晰地分辨出一部电影的故事讲得是否有趣，人物刻画得是否传神，然后选择继续做你的拥趸或者从此判你“死刑”。因此，中国影协在大众电影百花奖这样一个由观众评选的电影奖项中恢复最佳编剧奖，其实是在表明一种态度：观众是电影的上帝，他们绝对有能力评选出最优秀的电影剧本。

事实上，在3D电影时代，剧本的价值显得愈发重要。《苏乞儿》《梦游3D》《乐火男孩》等国产3D电影频频遭遇票房滑铁卢，主因并不是视效做得不好，而是故事讲得太差。《阿凡达》即便是2D电影依然很好看，而《雷神》《诸神之怒》这样的电影即便被华丽的3D视效所包装，依然只会得到如潮的恶评。所以，在产业蓬勃发展的今天，中国电影比任何时候都需要好编剧和好剧本。

不难发现，国产电影在与好莱坞大片的正面交锋中屡屡败下阵来，其中一个重要原因就在于剧本太过糟糕。与好莱坞电影动辄在剧本创作方面砸上数百万美元不同，在国产电影的预算中，支付给电影编剧的费用总是少得可怜。一些国内投资人每当遭遇票房惨败或口碑失意时，总是习惯于在导演身上找问题，在演员身上找问题，在技术上找问题，甚至是在宣传上找问题，而剧本方面存在的问题，却往往会被他们忽视。然而，如果把特效比作电影的外衣，将导演和表演比作电影的肉身，那么剧本就是电影的灵魂。没了灵魂，再华丽的肉身与衣服都只是躯壳而已。

2007 年到 2008 年，美国编剧协会发起了一场声势浩大的编剧集体罢工，使美国的影视业几乎陷入瘫痪，当时就有很多中国编剧不无羡慕地说，你们的待遇都那么好了，还罢工个什么劲儿啊？甚至还有中国编剧表示，在收入微薄的中国编剧界，根本就没空罢工！这种颇为复杂的心态，恰恰映衬出了中国编剧在影视产业中所处的地位。

在好莱坞，编剧对于一部电影的参与程度是国内编剧所望尘莫及的，他们不仅能够影响电影制作，也能够与营销团队密切合作——而责任越大，自然权力也就越大、获益也就越多。好莱坞编剧这种全面的能力是国内很多编剧所欠缺的，后者大多还是习惯于纯粹的写作。国内一些编剧对自身权益、地位的怨言或许因由各不相同，但根本问题还在于其在产业链条中未能承担足够的责任，这自然导致在最终的利益分配上缺少话语权。

一个大众电影百花奖的最佳编剧奖，或许很难在短时期内提升中国电影编剧的地位、增强他们的产业参与度，但必定能够在一定程度上激励和鼓舞国内电影编剧们的创作热情——而这种热情，才是最为可贵的。

81. 文艺作品要塑造好正面人物形象

孤岛

在近日举行的“廖文文论研讨会”上，有专家指出当前文艺创作在取得巨大成绩的同时，也出现了一种怪现象：某些小说、影视等文艺作品擅长写卑鄙龌龊之事，却弱于写英雄人物，写高尚正义之事，一些创作者对正面人物的文艺形象拙于塑造，更谈不上将正面人物的高大形象树立起来，以此来感染大众、影响社会。由此，笔者联想到前不久中国社科院文学研究所发布的文学蓝皮书《中国文情报告》（2011-2012），该课题负责人白烨也提到了一种现象：传统的文学创作讲究审美、提倡载道，追求文学的社会价值；而现在的文学有些只是强调娱乐消遣，一味追求文学的商业价值。

近年来的那些与现实似乎无关的穿越、惊悚、悬疑小说，是不是为了浪漫而逃避了现实？是不是将可读性、故事性作为商业性因素在片面追求的时候，忽略了人性人情本身所具有的感人的内在力量？而那些单纯揭露官场腐败、职场复杂和反映小人物奔波劳碌的小说、影视，虽然反映了一部分社会现实，揭示了一部分人性，但是不是在揭示人性丑的一面的同时，也忽略了发现和张扬人性的另一面——真善美？

一位评论家说，近年美国许多大片塑造了不少美国式英雄，他们的正义感、理想色彩感动许多观众，而我们泱泱文明古国为什么就不能塑造出我们自己的中国式人民英雄形象？对此，笔者深有同感。是的，在这样一个丰富复杂的市场经济时代，我们的读者和观众、我们的人民，更渴望文艺作品中出现那种坚守核心价值观、追求理想与正义的普通英雄形象——他们也许并不完美，也有犹疑，也有缺点，但在大是大非问题上，在人的社会核心价值问题上，始终坚守着自己的信仰，在各种物质、利益的诱惑面前，泰然地选择了大仁大义与社会良知。我们许许多多的道德模范，我们许许多多见义勇为的英雄，许许多多在平凡的生活中以非凡的毅力，默默地将小事做成大事的普通英雄，还有那些一心做事、谦虚为人的科学家，他们为什么不能被塑造成为我们有血有肉的中国式的英雄，以这样正面的形象来感染人、鼓舞人、启迪人？

其实，我们过去的很多文艺作品中也有一些亲切可感的正面文艺形象，从上世纪50年代到21世纪初，我们的文艺人物画廊中，有一大批经典的英雄群象。这些小说和影视作品中的形象，都在观众中产生深远的影响，对弘扬民族精神和社会正义、传承东方智慧，起到了非常积极的作用。在文艺作品中塑造好正面人物形象，可以更嘹亮地唱响新时期的主旋律，可以更好地在潜移默化中实现社会主义核心价值观的教育。为此，我们要为亲切可感的正面文艺形象之塑造鼓与呼。

82. 没有文化支撑何谈原创

张成

日前，刚刚热播结束的电视剧《爱情公寓 3》因台词与大量网络段子雷同而被人诟病。同时，还有不少观众详细地比照了该剧从美国电视剧《老友记》的抄袭之处。一部深受年轻人关注的电视剧，竟然因“原创性”遭质疑而身处缧绁，不能不引起人们的反思，没有了文化的支撑，又何谈原创？

客观地讲，如果不谈抄袭的问题，《爱情公寓 3》相较国产同类节目而言是比较优秀的，其受众之广已说明老百姓对好节目的渴望。而抄袭事件之所以引关注，也说明了人们对原创性的日益重视。其实不光这部剧，不少电视上播出的节目如相声、小品，乃至热播的综艺节目都“使用”过网络段子，或是购买了外国节目版权，原创节目的乏善可陈已成为悬于电视人头上的达摩克利斯之剑。

更有甚者，因为一些电视节目的文化孱弱，很多文化人都表示自己从不看电视。值得注意的是，不少戏剧、影视从业者也“文人相轻”，如有的话剧导演瞧不上电影导演，电影导演看不起电视剧导演。在北京电影学院里，一直流行一句话，“如果不学摄影，那就去学美术；如果不学美术，那就去学编剧；如果你什么都不会，那就去学导演吧”。不难看出，在一个艺术门类中，也会因为分工不同而相轻，这种划分无非是以眼前的实用性强弱为依据，而忽略了各项分工背后的文化底蕴。回首古代文人，很多都是艺文类聚，如王维，其作品被称为“诗中有画，画中有诗”，艺术之器与文化之道相辅相成。好在广大观众对电视艺术的文化品位有了自觉的追求，这势必倒逼唯收视率的制作方开始重视文化和原创。

从全球语境来看，电视艺术作为各艺术门类中年轻的小弟，已经发展到了质变的节点，其飞跃的根本动力就在于文化底蕴的电视化表达。美国 2007 年至 2008 年的编剧罢工让不少人记忆犹新，这批幕后的创意工作者停工三个月，导致了一大批脱口秀、颁奖典礼、电视剧、综艺节目停播或质量严重下滑，连 2008 年的奥斯卡颁奖典礼都几乎流产。然而近年来，美国电视剧已经成为美国“攻城略地”的另一支文化之矛，其制作水准之高已经不让电影，如《大西洋帝国》中角色吉米的人性复杂程度不亚于哈姆雷特，其剧情的反转也呼应了经典电影《唐人街》的戏剧性；《谋杀》中的对白和风格仿若海明威的小说影像再现……这些都超越了简单的抄袭、模仿，而是对文化传统的电视化继承和表达。以此为镜，国内的电视艺术工作者更应自觉地扛起文化传承的大旗，顺应历史潮流。

《爱情公寓》系列的热播昭示了“80 后”、“90 后”的年轻人对新题材、新类型剧的欢迎，然而，年轻观众对互联网的热衷，以及在网上观剧、评剧的模式也使得抄袭无处遁形。是时，创作者的诚意和创意才是硬道理。

83. 用儿童文学的真善美提升网游文学

关戈

近日，中国少年儿童新闻出版总社透露，其出版的网游小说《植物大战僵尸》自今年年初上市以来，发行量已突破 500 万册。一直备受诟病的网游文学涉入儿童领域，展现出积极健康的风貌并备受欢迎，探索可喜，堪称开荒。

网游小说《植物大战僵尸》热销，自然要感谢同名游戏培养了无数粉丝。文学很严肃，可是你不能否认，当你架设起一座由此及彼的桥梁时，图书和游戏也可以如此门当户对。

北京师范大学教授、儿童文学专家王泉根的话很耐人寻味："我们听惯了对动漫、卡通、网游的批评声，诸如低俗、类型化、浅阅读……一味地批评、不屑一顾，自然容易做到，难得的是正视它们、关注它们、研究它们并改变它们，用儿童文学的高品质、真善美、精气神改变动漫、卡通、网游。"这很好地解释了网游小说《植物大战僵尸》受欢迎的原因。当书中的玉米加农炮、豌豆射手、西瓜投手、带刺仙人掌等战士们与僵尸斗智斗勇时，里边那种儿童式的、游戏式的"战斗"和"不乏儿歌味"的行文不啻于给我们打开了一扇窗，让我们看到了儿童书籍或网游小说的另外一种可能。

许多人对网络游戏的狐疑、警惕乃至痛恨几乎出于本能。问题很明显，当网络游戏中常见的暴力、低俗被文字的洪流席卷而至时，"网游文学"的冠名也难以抵消某些此类作品品质的粗糙、趣味的杂芜和道德的失范。自然而然，网游、网游文学和健康的青少年阅读之间，似乎有了不可逾越的鸿沟。

当网络表现出强大的影响力、展示出无限的拓展可能时，游戏总被孩子先发现，而我们主张的"寓教于乐"却常常后知后觉；当网游文学已被一批先登陆的写手杂乱挥霍，在很长一段时间里，网游和网游小说却被放逐荒野、自生自灭，其潜在的传播力几乎被忽视。

网游小说《植物大战僵尸》的成功，很好地说明了网游文学并不是"有害健康"的同义词。只要善于扬长避短、趋利避害，网游文学也可能成为文艺拓展新空间的重要形式。网络作为生活应该也必然要被文艺作品呈现，此为势。游戏风靡，网络影响甚大，小说不缺受众读者，这是网游小说之优长；网游小说常常品质不高，此类形式未经考验，涉足儿童领域略有风险，则是其软肋，但很有填补和提升的空间。利弊两端双刃剑，唯有勇者撄其锋。

当我们像标注"吸烟有害健康"一样在各类网络游戏中提醒"沉迷游戏伤身，适度游戏益脑"时，这一标签被自动地贴在了网游文学身上。殊不知，这本是一个科技带来的文化悖谬，避无可避。早在1984年就出现的网游小说《龙枪编年史》本只是为了给游戏《龙与地下城》设定背景，它的史诗构架和优秀品质并未因“游戏”而贬值，反而成为中世纪骑士文化的传播者和普及者；没有自圈禁地，却开创了网游小说的先河。

网游文学不是“有害健康”的同义词，期待有更多健康向上的网游文学给人们带来阅读的乐趣。

84. 电视剧真的无题材可写了？

陆尚

据报道，近日在南京举办的中国电视剧首届编剧讲坛上，很多编剧忧心忡忡地发出“有时候会发现能写的题材都被写了，或者正在写。同题材扎堆，我们还能写什么”的慨叹。应该说，编剧们的话表达了他们对于国产电视剧所存在的一些问题的焦虑，也从某种程度上回答了观众“电视播了一圈，为什么却找不到好看的电视剧”的疑问。

不可否认，当下很多电视剧的确存在着同质化、盲目跟风等问题，这也是近年来被广泛关注和讨论的一个话题。观众一打开电视，不是一片婆媳恶斗，就是满目谍战，抑或是穿越横行、后宫故事满天飞，也难怪很多年轻观众认为“国产电视剧实在没什么好看，没新意、没创意、没有好故事”，转而把目光投向了美剧、韩剧。现在，连作为创作“一剧之本”的编剧都发出了“我们还能写什么”的担忧之语，显见问题的严重性。而中国广播电视协会电视剧编剧工作委员会副会长彭三源在讲坛上披露的“2012 年上半年播出的 800 部电视剧当中，收视率破 1 的只占 5%”的消息,更是印证了电视剧领域这一严酷的现实。造成这一现象的原因，有人归结于无理性的投资拍摄，笔者更加赞成彭三源的观点：“根本原因在于编剧。”

对于编剧们的担忧之心，笔者非常理解，但还是忍不住想问一句：“可写的电视剧题材真的到了山穷水尽的地步了吗？”答案是否定的。一位著名的编剧曾说，他创作源泉不竭的秘诀之一就是生活，生活是创作灵感的聚宝盆，只要你去发掘，就能找到你想要的东西。艺术来源于生活，然而一些电视剧编剧似乎忘记了这一真理，为了赶本子没时间也没心思下去走一走，只能关起门来冥思苦想，用几个月甚至几天的时间，在自己的世界里构建一个与现实生活脱节的故事，因之，台词讲的也不是“人话”了，故事情节也不合乎情理和逻辑了，试想，用这样的剧本怎么能拍出好的电视剧？所以希望某些编剧们当有“还能写什么”这种想法的时候，当灵感枯竭的时候，唯一的良方是低头看一看生动而鲜活的现实生活，因为这里蕴聚着取之不绝的素材和灵感等待善于发现的眼睛去汲取它们。

其实,与其抱怨“还有什么能写”,不如去想一想“怎么更好地去写”。笔者以为，电视剧能够被观众喜欢,首先就要贴近老百姓的生活、写出他们的故事,贴近实际、贴近生活、贴近群众的艺术才能够贴近观众的心。这就要求编剧们要多到基层走一走，创作题材和灵感也会更多。其次，舍得花时间不断提高自己的水平和作品的质量。其实编剧不是光懂写作就可以，还要懂戏、懂镜头、懂表演，甚至有时要懂制作，对于这样高的行业要求，编剧们也只能不断丰富自己了。而每部剧本都是编剧的“孩子”，既然创作了它，就应该对其负责，为了赚钱、多产草草了事，永远也成为不了顶尖编剧，创作不出让人难忘的剧本，因而要拿出十年磨一戏的勇气和精神。前不久广受好评的《木府风云》就是耗时 12 年筹备的，而纵观曾经留在人们记忆中的电视剧亦莫不如此。太阳底下每天都是新的，这个世界永远不会缺乏艺术创造的材料，缺乏的只是发现的眼睛。电视剧最直接地反映生活，编剧们，请睁大你们的眼睛。

85. 农民工文学阅读量高的喜与忧

李超

最近的一项调查显示，农民工每年读 1 至 4 本文学作品的占 46.3%，读 5 至 10 本的占 19.5%，而据第九次全国国民阅读调查显示，全国人均阅读图书 4.35 本，与上述调查中农民工的阅读量大致持平，但农民工的数据是单指“文学阅读”，这样看来，农民工的文学阅读量明显高于一般国民。而另一项调查也表明，业余时间较多用于阅读文学作品的农民工比例为 14%，高于职员阶层的 12% 和学生的 10%。这些调查数据可谓喜忧参半，让人深思。

其实，通过对农民工群体的基本了解不难给出解释。农民工工作时间长，休闲娱乐时间短，生活条件较差。在他们的生存环境中，文化设施、文化产品、文化服务十分有限，加上他们的文化水平较低且收入不高，使得他们很少在文化生活方面进行消费，阅读下载到手机等其他电子产品上面的电子书，就成为了他们在闲暇时期主要的文化娱乐方式，这样一来农民工群体的文学阅读量也就高过了一般国民。但是他们所接触的作品中，纯文学（特别是纸质作品）所占比例极少，而且所读的大多作品鱼龙混杂、良莠不齐，多呈现出平庸、肤浅、低俗等特点，缺乏深厚的文学底蕴和深刻的思想价值，况且阅读此类文学作品只是他们少有的几个选择之一。这样来看，农民工群体的文化生活依然贫瘠。

全国有 3 亿农民工，他们背井离乡，用自己的汗水为城市的发展和建设，注入了不可或缺的生机和动力。但长期以来，农民工群体的精神生活游离于主流文化的关注之外，他们给城市留下的印象是工作繁重、文化匮乏。随着“80 后”、“90 后”逐渐成为社会的生力军，新生代的农民工也纷纷涌入城市，成为这个群体的主体。他们多受过初级教育，有一定的文化基础，且拥有强烈的个性，他们渴望文化生活，寻求心理认同。于是，徘徊在城市边缘的他们，寻求精神愉悦，填补精神空白，文化生活便成了工作之外最大的追求。农民工的打工生活或是苍白乏味的，但内心绝不应该空虚荒芜，他们也渴望获得多姿多彩的文化生活。但愿关于农民工文学阅读的调查能够引发整个社会对农民工群体精神文化生活的重视，如果在他们的生存环境中，能够设立流动图书室、阅览室，让他们随意借阅；能够常常有公益演出或者低票价的电影放映，满足他们的日常文化需求；能够建立一种机制，引导他们自发组织文娱活动，有自己的文化舞台，那么，农民工的文学阅读量也许将不再独占鳌头，因为他们的文化生活已经有了更多选择。

86. 乐坛需要“好声音”更需好作品

左岸

日前有媒体报道，四川卫视《中国藏歌会》在半决赛时遇到一件颇具乌龙性质的事，歌手萨顶顶代表作《万物生》遭遇挑战，实力选手达娃卓玛的重新演绎被观众誉为“美过原唱”，更有甚者，当本期录像的视频提前网上“剧透”后，更是激起网友的一片叫好之声。在此舆论之下，有爆料称网友之言已经激怒萨顶顶，表示她有可能会发“禁令”，不允许选手再在比赛时演唱自己的歌曲。

其实，类似现象这些年并不少见。就拿刚刚结束的《中国好声音》来说，该节目在第一期的时候，就曾发生因为翻唱歌曲《我的歌声里》而迅速走红的李代沫，收到《我的歌声里》原创者曲婉婷所属的环球唱片公司发来的律师函，直指翻唱者在未经原创者本人或唱片公司授权下，于歌曲MV和浙江卫视《中国好声音》等节目和场合中使用该歌曲属于侵权行为的事情。再比如农民工组合旭日阳刚由于翻唱汪峰的《春天里》走红网络后，也很快被汪峰方面明确告知他们今后不能以任何形式演唱《春天里》，等等。总结这些个案，除了著作权之争外，更重要的一点，则是它们其实正是当下音乐界原创作品极度缺乏的一种具体表现。

分析《中国好声音》《激情唱响》《完美声音》《中国藏歌会》《中国红歌会》等音乐类选秀节目，它们有一个共同点，那就是更为偏重选手对已有音乐作品的自我理解和演唱技巧的考验，但这不过是音乐表达的一个方面。笔者以为，加强从创作到演唱双方面直抒胸臆的表达应当是此类节目努力的方向。中国音乐既需要好声音更需要好作品，因为如果没有一部好的作品，再好的好声音又如何能被发现呢？诚如《中国好声音》总导演田明所言，现如今，我们只做出了好声音，但这档节目仍有自己的缺陷，就是版权和作品均非原创，所以我们现在希望更多的音乐人加入进来，创作本土的原创音乐节目，希望我们的选手靠作品来打动人，而非靠人气来推动。事实上，不管是《中国好声音》，还是《中国藏歌会》《声动亚洲》等选秀节目，如果有更多参赛选手能演唱原创作品，那么这些节目的功能就不止于让观众听到好声音，更能成为挖掘优秀音乐作品的平台。而不是像很多观众所感叹的，虽然有这么多好声音扎堆，却没有好作品，只能一窝蜂去翻唱或改编那几首老歌。

翻唱或改编现有歌曲而成名的歌手的确不少，但歌手如果仅仅停留在这个层面，其生命力一定不会长久。纵观但凡在歌坛占有一席之地的歌手，他们不仅具有较强的唱功和舞台表现力，更重要的是都拥有自己的代表作品。说起刘欢，就能想到他的《弯弯的月亮》；说起那英，就能想到她的《一笑而过》；说起杨坤，我们能想到他的《无所谓》；说到庾澄庆，就能想到他的《情非得已》。凡此种种，都说明一个道理：一名真正成功的歌手，第一要素是作品，其次才是表现力和演唱功力。换言之，好声音是歌手的基本要素，但不是歌手成功的关键因素，中国乐坛不仅需要好声音，更需要好作品。

87. 呼吁电视媒体开辟更多的评论专栏

——由电视评论节目《剧剧有理》想到的

王晓娟

近几年，有关事件评论和话题访谈类的电视节目不胜枚举，但专以电视剧为讨论话题的访谈和评述节目却一直是媒体领域的“空白”。不久前，由人民网、新疆电视台联合中视丰德共同打造的《剧剧有理》首开电视剧评论节目先河，这一栏目的开播，不仅为时下的热播电视剧开辟了专业化的研讨平台，还为电视访谈类节目填补了一块历史空白。

近年来，一些电视剧中的“审美文化”正渐渐被“审丑文化”所排挤和掩埋，影视作品中内容“以丑为美，以奇为新，以恶为噱头”的状况反而成为收视卖点。长期以来，电视媒体在“视觉文化”与“语言文化”两股势力之间艰难拔河，标榜“高雅文化”的节目却常常受到观众的冷落，由此，许多电视节目为了迎合大众不惜降低艺术档次。这种恶性循环使得荧屏上有思想和文化深度的内容所剩无几，也让电视节目逐渐丧失掉“教化大众、提升文化”的媒体责任感。

面对这些乱象，文艺评论往往只能通过文字媒体来批判和矫枉，由于缺乏强大的传播平台，影视批评一直处于传播弱势。针对错综复杂的电视剧内容，我们的电视媒体不能等闲视之，而是应当为民众竖立起道德评判标尺，进行主流价值导航。

《剧剧有理》开播，可以说顺应了当下的文艺评论需求。该栏目每期邀请两位影视专业学者，在主持人的引导下，对当下热播剧进行分析讨论。这种访谈式的节目评述，既为浅表化的影视作品注入了精英文化的深层内涵，又将书面媒体的权威性评论与电视媒体的通俗性评论巧妙对接，应该说实现了“大众化”市场追求与“化大众”艺术使命的双赢。该节目从主持人到嘉宾都是影视评论界的专家，他们的观点具有引领大众超拔世俗和荡涤灵魂的社会功效，因而也注定了《剧剧有理》节目的优势地位。须知，影视剧因其故事性和剧情感染力，在影响观众的审美欣赏、知识汲取和价值观念上，时常是不知不觉、潜移默化的，这尤其需要在文艺评论上同样鲜活和富于感染力的引领。

某种意义上讲，《剧剧有理》开启了一种新的媒体平台批评模式。我们期待电视媒体今后能够开辟更多的评论专栏，针对电视节目、电影等多种文艺内容，邀请专业人员进行适时的评述和把关，让电视媒体担当起影视作品传播效应的“守门员”。在影视和网络媒体挂帅的时代，评论节目需要更多“向上的批评”和“向善的声音”，同样也亟须倡导文艺批评新风尚的更多阵地。只有通过评论让纯净而空灵的文艺清泉生生长流，才能推动影视文化的不断繁荣与发展，让观众享受到更健康的文化营养。

88. 给文学青年打造更多的“理想谷”

何勇海

日前，著名作家麦家的书店终于落地，取名“麦家理想谷”，集书店、咖啡馆和写作营于一体，可给文学青年提供免费食宿，每年由麦家亲自甄选并邀请 8 到 12 名“理想谷客居创作人”，免费在此享受 3 个月的客居自由创作。明年 4 月 23 日国际读书日前，“麦家理想谷”将正式开张。

开设一个理想中的书吧，一直是麦家的梦想。如今他的梦想终于“生根”，不仅颠覆了实体书店的传统形态，更创造性地在书店中植入写作营模式，除了卖书，还免费为文学爱好者打造一个既能在咖啡馆交流交友，还能在写作营孕育文学灵感的据点，“为某些未来作家提供成长通道”，无疑值得人们乐见其成。这是走向“阅读社会”进程中一个作家的能量。

作家的确应像麦家一样，为倡导全民阅读、提振文学青年信心而贡献自己的能量。眼下我国正在掀起一股“莫言热”，这是回归全民阅读、提振文学青年信心的契机。我们的作家，不妨为广大读者和文学青年，多多打造一些像“麦家理想谷”这样的读书与创作的“理想谷”，在喧嚣的城市中，多保留一点书香，在全民的浮躁中，多存留一份理性。

对文学青年进行真刀真枪的帮扶应该提倡。正如麦家所言，“每个文学青年，刚开始写作时都很孤独，也很艰辛。写出来的东西好坏不知，也不知道投到哪里，我自己就是这么过来的。所以，在我所谓‘功成名就’的时候，希望能帮助他们。”确实，许多有才华的文学青年因生计所迫，不得不放弃文学理想，这很现实，也很无奈。那么，该如何帮扶文学青年？像麦家那样，在纷繁世界之外，为他们提供一处免费食宿、孕育文学灵感的写作营，便是方式之一。

这种帮扶方式，早有国际先例。据报道，一战后法国巴黎诞生了一家莎士比亚书店，其前任老板、美国人西尔维亚·比奇女士从书店创立起，就乐于对大批来巴黎寻梦、却又一文不名的美国文学青年伸出援手，其中包括海明威和乔伊斯等“迷惘的一代”。1951 年，其后任老板、美国人乔治·惠特曼重开这家因二战而关闭的书店，重新成为美国作家在巴黎的据点，收留过大约 4000 个需要帮助的文学爱好者。莎士比亚书店被誉为英语世界文学青年的庇护所和乌托邦。1967 年，美国诗人斯托弗·美林和他的妻子、华裔作家聂华苓在美国艾奥瓦城创建了国际写作计划，一度招待了来自 120 个国家、1100 多名的新兴或已取得成就的作家，从 1980 年至今，王蒙、莫言、毕飞宇等中国多名作家，都曾参加该计划进行封闭式创作。

笔者期待，我国能有更多的当代成功作家甚至企业家，在埋头写作或创业之余，也抬头弄一处像“麦家理想谷”那样的书店综合体，为未来作家提供一些成长通道。试想，在一个城市中若有鲁迅书店、巴金书店等等，作家们生前身后与这些书店血肉相联、文气相通，该有多少读者会慕名亲近？能鼓舞和传递多少对文学的热情呢？

89. 期盼“禁止开发”落到实处

王新荣

各地城市以各种名义推出各种开发区的做法层出不穷，但明令划出禁止开发区域却闻所未闻。所以，日前北京市政府出台《北京市主体功能区规划》首次设立63处“禁止开发区域”的举措，引人瞩目。这63处禁止开发区域包括北京区域内的世界自然文化遗产、自然保护区、风景名胜区、森林公园、地质公园和重要水源保护区等6大类，总体面积3023平方公里，约占市域总面积的18.4%，除必要的交通、保护、修复、监测及科学实验设施外，禁止任何与资源保护无关的建设。

北京率先设定禁止开发区域，是统筹兼顾自然环境资源保护、社会经济发展与文化传承的正确抉择。自上世纪80年代初开始，“开发”之风吹彻大江南北，处处都是开发区，为了“开发”，树被砍掉、田被毁掉、填了湖、拆了风景名胜和古建，开发无处不在。老北京城的“开发”使得古都风貌逐渐消失，三环路以内的摩天大楼蚕食着如古都血脉般的一条条胡同，原本以胡同串联起来的名人故居、酒肆食坊、日坛月坛天坛地坛等，或永久消失，或被商业化气氛所笼罩。曾经完整的古都风貌，在冰冷的铁铲下，变得支离破碎。因此，禁止开发区域的设定对于古都保护有着十分重要的意义。今后，北京国土空间的开发将从外延扩张为主转向优化空间内部结构为主，城市空间在优化中得到适度控制，历史文化风貌得到严格保护，生态空间得到有效拓展。

禁止开发区域设定后，《规划》能否在现实层面得到严格执行，能否得以全国推广，出台一个全国性的禁止开发区域规划？这些都尚需实践检验。从世界范围看，发达国家如德国、英国、法国等，都有不建设规划，就是划定某些地方永久不得拆除，永久不得建设。此次北京市的《规划》跨越10年，这就意味着63处禁止开发区域在这10年内或许可以得到有效保护，但是10年以后怎么办？像禁止开发区域中所列长城、故宫、天坛、颐和园、十三陵等，都应属于永久不得开发区域。而此次禁止开发区域规划中并未包括三环路以内的胡同、四合院和名人故居，这是一个遗憾。而且《规划》一旦被现实经济利益所冲击，其所具备的权威性和法律效力到底有多大，是否会像《文物保护法》一样屡屡被开发商低成本侵犯，也同样令人担忧。

为了一味谋求经济指标，我们曾经让世界名车在古城墙上玩起了漂移，让铁路拦腰截断了古城堡，让庄重肃穆的祭祀场所为毫无传统敬畏的穿越所亵渎，我们不禁诧异，难道古城保护与城市发展水火不容？答案绝非如此，其实，设定禁止开发区域，与“发展才是硬道理”并不存在矛盾。“发展”强调经济增长，“禁止”注重文化传承。对于当下的中国而言，北京设定禁止开发区域，具有榜样作用。开发无止境，开发商永远都盯着寸土寸金的地方。政府作为城市化的主导，它有责任、有理由、也有能力为城市历史和文化的传承腾出空间。

90. 该如何对待街头艺人？

皖人

在很多城市的地铁站、过街天桥、城市广场等公共场所，我们经常能看到这样一些人，他们或深情演唱、或陶醉地演奏着各种乐器、或认真地为路人画像……他们就是街头艺人。在这个群体中，有些是为了生存，有些是为了追求心中的艺术梦想。总体来看，他们是较为弱势的群体，往往成为城市管理部门驱赶的对象，但近日上海市有关规范街头艺人的探索，或许将改变这一现状。

前不久，上海市人大代表和政协委员建议，应进一步摸清街头艺人演出、管理现状，明确地方立法的必要性和可行性，尽快完成立法调研工作，适时启动立法程序。该建议得到上海市人大常委会的表决通过，并建议政府相关部门制定管理办法。而上海的做法并不是孤例。2011 年 7 月，厦门相关部门曾公开招募街头艺人，同年 8 月，街头艺人们通过该市文化部门的考核及筛选，正式持证上岗，以“在编”街头艺人的身份，公开在该市中山路亮相。2012 年 7 月，“深圳微博发布厅”公布的消息指出，福田区今年将建立福田生态艺术广场，对街头艺人从简单驱逐到合理引导，并成立福田区街头艺人协会，为具有一定水准的街头艺人颁发许可证，实施街头艺人表演准入制，使其合法生存。

随着街头艺人群体在日常生活中越来越普遍地存在，其流动性大、人员复杂等特点与城市管理的矛盾也越来越凸显。对于这一群体的存在，市民有着截然不同的看法。有人认为，街头卖艺是正常的社会现象，这是一种谋生手段，无可厚非。也有许多市民认为大多数街头艺人的表演都称不上是艺术，他们在街上随意摆摊设点，扰乱了市容，制造了噪音，属于应取缔之列。是严堵还是为其正名？是放任不管还是立下规矩？这些问题正成为城市管理中的一项新课题和难题。

要从根本上解决好街头艺人这个社会问题，不能简单驱逐，更不能一禁了之，通过制定地方性的管理条例，明确街头艺人资质取得及相关授权管理机构，做到有章可循，以促进街头艺术的健康发展不失为一种探索。然而就目前情况而言，由于地方性法规无权设置有关资格资质类的许可事项，因此赋予街头艺人合法身份、对其进行资质认定方面存在法律障碍。

城市街头这个舞台，是催生艺术表演和创作的一块肥沃的土壤。客观、全面地理解街头艺人和街头艺术表演的内涵及理念十分重要。笔者以为，街头艺人的表演虽然有影响市容的一面，但好的街头艺术表演对提高城市文化氛围具有积极作用，只要他们不影响公共秩序，表演的内容健康向上，不妨给他们一个相对宽容的生存空间。况且，城市是艺术和文化的摇篮，街头艺人也有可能成为艺术家。

譬如当年背着一把胡琴浪迹天涯的瞎子阿炳，还有当年在北京天桥撂地演出的笑话大王“万人迷”、口技艺人“汤瞎子”、相声大师侯宝林等,以及当年上海的城隍庙、大世界，也曾汇集大批优秀的街头艺人。

越来越多的人开始讨论街头艺人这个话题，这本身就体现出社会对这个弱势群体给予更多关注。我们有理由相信，在社会各界和有关部门的努力下，可以让那些以展示疾病、贫穷、残障等审丑特征为主体的城市流浪群体逐步进入公益救助系统，而让那些属于街头艺术表演和创造等审美范畴的街头艺术，最终成为一道独特的城市景观。

91. “魏忠贤”被拒名人园，赞！

关戈

近日，河北沧州名人园拒绝魏忠贤、李莲英入园的事件被广泛报道，不少人力挺，认为此举坚持正面宣传、传递了历史的“正能量”。在各地为争抢“文化资源”不惜沾腥惹秽、一些道德“反派”历史“丑角”纷纷登场之时，此举值得深思。

借助名人的影响力来办事，常常比闷声苦干事半功倍。也许正因如此，近些年来名人成了一项重要的文化资源，在全国各地备受推崇。那些历史贡献大、名声好、品质高洁的名人自不必说，有的甚至还是神话传说或者文艺塑造的虚拟人物，比如孙悟空也被拉来形象代言。可是，这种“抢名人”之风渐渐走了样，地方挖掘“文化资源”挖到了西门庆、潘金莲家，某电视台邀请撒泼骂街的某母女“名”人录制节目，真是让人惊诧莫名。

曾几何时，“名”逐渐被剥离了正面的内质，被孤立成一张地方招商引资、招揽游客的实惠之皮，成为个人代言广告、混迹娱乐圈的通行证。在一些人看来，不论此名如何得来、代言什么价值观，只要有名，能吸引眼球，炒作起来更劲爆，那便能“通吃”。其暗含的逻辑是，一切都要不择手段地先折腾起来，露丑遗臭可以慢慢洗。小而言之，这是占便宜心理；大而言之，则是扭曲了“名”的权责对等的二元关系。把“名”当成捞取好处的筹码而完全无视其应担当的社会责任，这般作法必会从臭而腐，被社会所唾弃。

古人云，“名不正则言不顺”，好的名声是“名”的要害。为名声好的名人塑像，传播其事迹，弘扬其精神，同时可带动旅游经济，可谓好事一桩；为声名狼藉者塑像，则会混淆是非观念，危害社会。当然了，历史上也有追求遗臭万年的狂人，比如成功地进入“名人园”、在杭州岳王庙塑了像的秦桧夫妇，但那是反面教材，意在正义的表达。

沧州名人园这一拒，可谓秉承了传统对“名”的正面价值判断，而人们的力挺，说明我们的社会大众并未迷失在“名”中。

魏忠贤、李莲英被拒，“拒”出了一个清醒的文化理念和价值追求，可以一赞。

92. 公共艺术应重视公众审美

李超

近日，苏州金鸡湖畔“大秋裤楼”附近的一尊老子雕塑引发网友热议，雕塑中的老子“吐舌露齿”，张大嘴巴露出独有的一颗门牙，向外吐出长长的舌头，这让很多网友大呼“毁三观”，更有网友戏称雕塑看起来像吊死鬼。不过，也有一些网友认为，艺术源于生活，高于生活。这尊老子“吐舌露齿”的雕塑自然有其含义，应了解其中的原委之后，再做评论，切莫不问青红皂白，妄加臧否。对此，雕塑的创作者回应道，这尊“吐舌露齿”的老子雕塑名为《刚柔之道——老子像》，源自发生在老子与孔子之间的历史典故“刚柔之道”，雕塑形象地诠释了老子思想的核心，“道法自然”、“无为而治”，没什么不妥。

这是继“裸女座椅”雕塑之后，城市雕塑再度引发的广泛争议。

城市雕塑顾名思义就是立于城市公共空间中的雕塑作品。城市雕塑主要用于城市的装饰和美化，丰富城市居民的精神享受和审美需求。城市雕塑代表着一座城市的文化和精神面貌，具有多重文化意义，一些城市中的优秀城雕作品，甚至可以永久性地使每个进入这座城市的人都沉浸在浓厚的文化氛围之中，感受到城市艺术的气息和脉搏，被人们视为城市的文化标志。

正因肩负如此责任，城市雕塑的建立必须是非常严肃和慎重的，应以艺术质量为前提，从客观规律出发，一方面以厚重的艺术内涵为后盾，满足人们的精神享受，另一方面应该引导社会审美水平，美化城市，满足公众的审美需求。

苏州的老子雕塑，虽然想要表达“刚柔之道”的思想内涵，但因其外在形象的确颠覆了不少人对这位古代圣贤的印象，引发公众的不满和炮轰，客观上来说，并没能充分起到美化城市和给公众以审美引导的作用。因此，笔者以为，作为城市雕塑,作为公共空间的艺术,它并不能算是一件合格作品。而面对公众的不买账，如果再一厢情愿地打出“艺术”的大旗自我安慰，恐怕更行不通。像城市雕塑这样的公共艺术作品，尤其不能孤芳自赏，老拿“艺术”说事，真正重视公众的审美需求才是正道。

93.《泰囧》为什么能一枝独秀？

小作

恐怕谁都没有想到，一部成本不过 3000 万的电影《泰囧》竟然已经暴收 8 亿多票房，并且继续强势上扬，不仅创下国产片票房纪录，而且大有超过今年国内票房冠军 3D 版《泰坦尼克》之势，尤其在年关之时，可能让年度国产片与进口片票房比例来个逆转，国产片总票房向着 50% 以上迈进。为什么演员改行导演的徐峥能击败冯小刚、陆川等著名导演，成为今年的国产片票房冠军？档期、品牌、演员，我认为是《泰囧》成为黑马最重要的三点。

贺岁档需要什么样的电影？贺岁档电影固然不是只有一个类型，但观众最想看的是什么？在预先被告知《1942》讲饿殍遍野、《王的盛宴》讲导演个人历史观、《血滴子》名字就带“血”、《大上海》让周润发再进“上海滩”，其中有些电影光是听就没有兴趣看了。大多数人想在这个档期抛去一年工作的辛劳，放松地看一场电影，在影院里有意思地开怀一笑，好像只能选《泰囧》，于是，它突围而出。

别忘了贺岁档发轫于香港的搞笑贺岁片，档期是电影营销的客观规律性总结。与中国最大的票仓贺岁档相对应的是美国的暑期档，很多美国主流商业大片会确定在暑期档，同时，青少年是这一档期主要的受众群，所以这段时间放映的无论是科幻片、灾难片还是恐怖片都会加入青春元素，更不用说在暑期档主打的青春励志片和动画片了。这些电影基本在策划之初就已经确定了自己的档期，随后所有的宣传都按倒计时的方式走。与美国不同的是，大多数国产电影的档期有相当大的任意性和不确定性，这就给电影进行档期营销带来阻碍。

《泰囧》品牌是 2010 年《人在囧途》树起来的，当年是以 800 万成本获取近 5000 万票房，在之后的两年中，网络与电视台的不断播出，影片的可乐、正能量，都为《人在囧途》攒下了口碑。如同电影《喜羊羊》一样，没有同名系列动画片在电视台长期播出积攒下的人气，电影《喜羊羊》系列片也不可能取得高票房。

虽然《人再囧途之泰囧》与《人在囧途》的票房有云泥之别，虽然《泰囧》保持了《人在囧途》的故事走向、人物关系和主演阵容，同样是倒霉精英男和捣蛋实诚吊丝相伴路途上的故事，但是《泰囧》在剧本的打磨上明显弱于第一部，“途”的特点“泰”不突出，整个故事漏洞百出，徐朗研发的油霸在现实生活中早已被定性为“水变油”的骗局，王宝手上的重要道具仙人球根本不会被允许出境，导致徐朗放弃油霸项目的原因居然是油霸对于植物的毒性，话说给仙人球浇石油仙人球也得死啊。其次在人物设置上，是否能因为王宝占据的道德制高点就可以原谅他所有的“二”，实际上这么冒失的人并不可爱。另外，没有原创性的精巧情节也非常致命。只让王宝强一人抖笑料也未免浪费了徐峥和黄渤两大喜剧演员。

《囧途》据说要拍续集，但如何维护好品牌还得下功夫，因为明年贺岁片，《囧途》会面临同类型电影的激烈竞争，它不再是喜剧类的一枝独秀。正如经济学上价格的上下波动一样，今年白菜价高了，明年种的人就多，价格也会贱了。今年喜剧少了，喜剧火了，明年大家就要扎堆上喜剧了。谁的剧本好，有创新，谁才能在贺岁档拔得头筹。

94．“舌尖上的京剧”走红网络的启示

陆尚

冒雪出塞的昭君红衣映着白雪，成了一盘糖拌西红柿；《霸王别姬》里的虞姬自刎，躺下变成一条红烧鱼；白娘子、许仙和小青分别变身白小方、许紫薯、青小团，对应的美食则是奶油蛋糕、紫薯团以及青团子……近日，网友“胖不墩儿”在微博上发布的一组“Q”版的“舌尖上的京剧”系列漫画迅速走红，引得无数网友在惊呼“京剧原来也可以这么可爱”之余，对古老的京剧又有了新的认知。

在人们的印象中，“可爱”似乎是和有着“高雅”、“传统”标签的国粹京剧相去甚远，年轻人也是因着这些距离而对京剧望而却步。而“舌尖上的京剧”则将萌态十足的京剧人物化身为碗盘中的中华美食，以可爱的画风混搭出了别样的“京剧 style”，潮范儿加上“Q”味儿，也难怪会引无数青年竞折腰。有网友说，这些漫画起到了通过现代符号传播国粹艺术的作用，对此笔者深表赞同，也为网络上能够刮起国粹风而感到欣慰。

不可否认，京剧要适应年轻人的审美和喜好，自身要跟上时代的发展，而众多京剧演员也在继承传统的基础上努力进行着尝试和创新，吸引了一大批年轻观众。然而在此之外，京剧的传播非常重要。身为戏迷的“胖不墩儿”以巧思将京剧知识和美食、漫画糅合在一起，就碰撞出了四射的火花——不仅改变了京剧以往“一脸严肃”和“高高在上”的形象，也让年轻人亲近了国粹，不失为一种好的传播模式。著名京剧表演艺术家梅葆玖就曾提交过推广动漫京剧的提案。梅先生认为，通过动漫向青少年传播京剧是一个很好的方式，坚持下去，京剧就会走向更大的群体。而“舌尖上的京剧”的蹿红也再次证明，通过动漫的形式让青少年接受传统文化的熏陶更易收到效果。

一部《舌尖上的中国》让各地美食着实火了一把，一部青春版《牡丹亭》激活了昆曲这个剧种，“舌尖上的京剧”也拉近了更多年轻人与京剧国粹之间的距离。当然，正如“胖不墩儿”自己所言：“如果使劲挖掘京剧内涵的话，只看几眼戏是做不到的，但是只要观众愿意接近了，总有机会发现京剧的魅力”。衷心希望更多的年轻人对京剧产生兴趣，如此，古老的京剧就会拥有更多的年轻“粉丝”，才会得到更好的传承与发展。

95. 电视剧“一剧一星”是多赢之举

何勇海

日前，广电总局电视剧管理司司长李京盛在中国广电协会第九届全国十佳电视制片表彰大会上表示,“一剧一星”（一部电视剧在一个上星频道播出）优于“一剧四星”（一部电视剧在四个上星频道播出），是资源的合理利用，值得提倡。

对此，观众在叫好，影视公司和卫视却在担忧：一是“三十几家卫视同时播三十几部戏，那情景想想都吓人，很难再有人下工夫做好戏了”；二是制片方只把一部剧卖给一家卫视,风险自会增大;三是现在好剧每集投资约在200万元以上,很多卫视实力不够,无力做到“一剧一星”。但在我看来,“一剧一星”是个好倡议,有诚意的卫视不妨一试。

“一剧一星”可繁荣荧屏，让观众多些选择。如今的“一剧N星”，多频道同播某部电视剧，尤其是热门大剧，造成“N台一剧”，观众容易产生审美疲劳。如今在大城市的年轻人中，有个“不看电视族”，就是因他们难以继续忍受电视节目的同质化。如果不对“N台一剧”现象加以遏制,一旦更多观众产生审美疲劳,投下否定票，电视剧市场泡沫可能会破裂。很多家卫视同播一部电视剧，难道就不吓人吗？最正常的看电视状态，是每个频道播不一样的电视剧。

“一剧一星”也可遏制卫视不择手段的竞争。在这个“剧时代”，一部电视剧的收视率，足可带动整个频道的收视排位；除卫视自制剧和独播剧外，几乎所有电视剧实行的是“一剧多星”、“一鸡多吃”的播出模式，为了血拼收视而混战、恶斗便在所难免。要么搞恶性抢播,掐片头、砍片尾、删剧情,要么随意更改剧名,前传后传随便加，让七不粘八不挨的电视剧傍起了热播剧；要么在剧外挖空心思制造话题，爆炒编剧演员隐私……如此恶性竞争，搅乱了正常的电视剧播出秩序。如果实行“一剧一星”，则可避免这一乱象。一些经济实力不强的卫视，恐怕再也不会在你争我抢的跟风潮中，像下赌注一般抢购某部电视剧了。

“一剧一星”还可使更多剧“见光”，缓解电视剧积压局面。据报道，去年我国约有1.7万集电视剧生产，但每年电视台播出集数约6000-8000集，其中黄金时段播出的大概只有3000集,热门剧只有600集左右,八成以上电视剧无法走向市场,投资打了“水漂”，造成影视剧企业盈利少亏损重。如果实行“一剧一星”，大家不再一窝蜂地抢一部电视剧,将有效缓解这种局面,一些消遣指数不高、题材不热、导演和演员不火但确实堪称优良的好剧，就有生存转机。

此外,“一剧一星”还能抑制演员高片酬。据透露,在“一剧多星”的购剧模式下,制片方一旦和名演员签订合同，即使戏还没开拍，就已有电视台买下版权，制作方就收回了成本；而播出又是多家卫视同播，再加上网络版权，因此演员一开始就有一种可以漫天要价的心理预期。哪怕最终拍成的是烂片，演员同样可得高片酬，可被几家电视台“过度消费”。而实行“一剧一星”，演员漫天要价的心理预期就会减弱，因为一“鸡”再也不能多“吃”了。

至于“一剧一星”的弊端，是杞人之忧。只要电视剧是通过买卖自由交易，而不是行政摊派，就不用担心很难再有人下工夫做好戏；把一部剧卖给一家卫视，制作方风险增大也是好事，我国电视剧投资本来就虚火很旺，良莠不齐，“一剧一星”正好可优胜劣汰，使这块市场趋于理性。

96. 奖治结合才能出好剧本

针未尖

这两天，中国电视剧首届电视剧编剧讲坛在南京举行，电视剧编剧委员会常务副会长周振天透露，国家广电总局已批准设立中国电视剧优秀原创年度剧本大奖，以抑制跟风、鼓励原创，奖金总额高达 1000 万元。“我们每年都会评出十大优秀剧本、二十个入围剧本，每个剧本都有丰厚奖金。”

广电总局之所以如此，是基于国产影视剧量多质不高。比如去年，国产电影 558 部，电视剧约 1.5 万集，动画超过 4000 小时。从数量看，我国已成“影视大国”，电影年产量名列世界第三，电视剧年产量近几年位居世界第一。但是叫得响、传得开、留得住的优秀作品还是很少，究其原因，缺少好剧本的问题异常突出。影视公司老总在抱怨“不缺钱不缺导演也不缺明星，缺的是好剧本”；导演也在发愁“遇不到好剧本”；一些演员因没有好剧本而辞掉演出……

此番，广电总局批准设立中国电视剧优秀原创年度剧本大奖，无疑会让观众产生新的期待。但我们也要理智地看到，光奖励一批优秀剧本还不够。国产影视剧量多质不高，原因很多，不能全怪编剧拿不出好剧本。还得在“奖励好剧本”之余，下一番功夫，好生整治影视编剧界混乱的行业生态。

这种混乱的行业生态，首先表现在编剧没有话语权。如编剧酬劳得不到保证，署名权屡遭侵犯等。更不要说，作品屡被外行且急功近利的投资人、没有透彻理解原作的导演任意篡改了，制片方也会为省钱省力而偷工减料，粗制滥造。如此一来，好剧本未必能出好影视。在影视圈，编剧被如此“边缘化”，创作优秀作品的动力自然不足。有编剧说过，我们从来都不缺乏好的故事，如何把好的故事讲好，这才是一个很大的问题。

另一个表现是，编剧业“枪手”横行。很多名编剧的金字招牌背后，是一群无名“枪手”在埋头码字，只为经济利益，不顾作品质量，利用其名号追求短、平、快创作，是以抄袭成风，充斥着大量庸俗甚至低俗之作。要想提高影视作品的质量，恐怕还得治一治“知名编剧累了，用枪手来敛财”的现象，不然还会恶性循环下去。

说穿了，无论是编剧没有话语权，还是“枪手”横行，实质是“重演轻编”造成的。在轻视编剧的反文化现象之下，此行业养成了人心浮躁质量差、操作失范无人管等行业病。如果说编剧已成国内影视剧生产最弱的一个环节，所以在“奖励好剧本”的同时，也要下决心解决编剧的生存困境，整治剧本“包工头”背后的“枪手”乱象等问题。

2011.9.16
星期五
辛卯年八月十九
第1056期
本期16版
中国文联网网址
www.cflac.org.cn

中国艺术报

中国文学艺术界联合会主管主办

国外发行代号
D3375
国内统一刊号
CN11-0241
邮发代号
1-220
新闻热线
(010)64810159
每周一、三、五出版
零售价0.70元

中国第14届国际摄影艺术展览评选活动中，多国专家热议——

PS之于摄影：是耶？非耶？

□ 本报记者 乔燕冰

似成当下网络恶搞巨大“杀手”之一的PS，也成了日前在中国摄影之乡、浙江省丽水市举办的中国第14届国际摄影艺术展览评选，以及以此为契机举办的国际摄影高端论坛中，专家们热议的焦点。

随着现代信息技术飞速发展，摄影已经从胶片时代迈入数码时代。而20多年前美国Adobe公司推出的闻名全球的图像处理软件之一的PS（photoshop）技术，更是瓦解和超越了依靠暗房技术的传统摄影的神秘性，它只需轻点鼠标就可以移花接木、无中生有、无所不能地创造出美轮美奂的多彩影像。如果说最初许多皓首穷经苦练“形似”的画家面对照相术出现的愤闷是一种愚妄的话，今天的摄影家们看着自己跋山涉水、日守夜盼拍摄的景色被PS“一挥而就”是否必须要保有时代的宽容？由PS引发的种种争议其实早已超越摄影界而成为社会性话题。

禁区：“拍风景时光线只能从太阳里出来”

“单纯拍自然的东西时，我从来不用电脑制作。”日本中国写真文化交流协会理事长望月久如是表达自己的摄影观念。作为本届展览评委之一，初评环节他分属自然生态组。他坦言，许多风景照片的作者用PS很简单地把光线改变了，着实让他很苦恼。在日本这样的事是不被允许的。“我认为拍风景时光线只能从太阳里出来，为了想要的光线，我曾经等了一个月。”

“在自然类摄影中运用PS，是一种无赖的表达！破坏了自然、生态，最后使自然没有任何意义。”中国摄影家陈长芬表示，本来苍天给人类提供了一种神圣的、神奇的“谜”，结果有些摄影师在其中注入了技术处理的东西，苍穹博大精深，自然造化的神秘感就被破坏甚至完全丧失了。

如果说始于柏拉图的镜子理论是对艺术的幻像之真的最直白表述，那么在所有的艺术门类中摄影应该说是最以“真”见长的，而在美的各种形态中，自然美无疑是以真为美的代表。当这两种“真”相遇之时，用拒绝人为的PS技术来守护自然与摄影艺术原真性也许是摄影艺术最朴素和基本的诉求。

马尔他职业摄协主席凯文介绍，通常在国际展览中，新闻与自然两类作品是不能接受PS的。凯文及其他几位国际评委皆表示坚决反对在这两类作品中运用PS技术，因为那是人为改变了客观自然。本届展览评委会主任、中国摄协分党组书记、驻会副主席李前光表示，实际上在国内最负盛名的全国摄影艺术展览纪录类作品评选中，对PS的处罚可谓全世界最严厉，甚至在一次评选中，一幅作品因为在修片中将舞台上的一个纸屑去掉而被取消参评资格，而在侧重艺术摄影的中国国际摄影艺术展览中，对PS相对宽容一些。

>> 下转第2版

热点关注

图片新闻 >>

九月十四日，在德国法兰克福举行的车展上，参观者在沃尔沃展台“鸟巢”样式的座椅上休息。第六十四届法兰克福国际车展将于九月十五日至二十五日在德国法兰克福举行，十三日和十四日率先对媒体开放。本届车展共吸引了三十二个国家和地区的一千零一十二家参展商，展出面积达到创纪录的二十三点五万平方米。车展上除了参展的各款车辆之外，还有互动游戏、特色展演、试驾体验等精彩纷呈的活动。

新华社记者 马宁 摄

贾庆林参观“中国国家博物馆馆藏辛亥革命名家墨迹展”

新华社北京9月14日电（记者 **隋笑飞**） 中共中央政治局常委、全国政协主席贾庆林14日下午来到中国国家博物馆，参观正在这里举办的“中国国家博物馆馆藏辛亥革命名家墨迹展”。

为纪念辛亥革命一百周年，全国政协教科文卫体委员会和中国国家博物馆共同主办了这次展览，展出时间为9月13日-10月20日。展览从国家博物馆馆藏文物中精选了120件（套）辛亥革命名家的珍贵墨迹，包括书法和书札两部分。其中既有孙中山、黄兴等革命领袖的墨宝，也有革命军中马前卒的手迹；既有勉励同志的题字，也有同志、亲人、友人之间的往来书信，更有凝聚作者思想的书籍手稿。

这些珍贵墨迹大多鲜为人知。如：孙中山赠彭泽民的“博爱”横幅；孙中山赠杨寿彭的“天下为公”横幅；孙中山赠马湘的“共和”立轴；蔡元培赠印若的“得句旋题新竹上　寄书多向远山中”对联；章太炎为建立督察院事给蔡元培的信；蔡锷致其妻潘惠英家书；马叙伦的《读书札记》；许崇智为在博罗被敌围困求援事给孙中山的电文稿；宋教仁等18人签名关于孙竹丹的公启草稿等。

全国政协副主席兼秘书长钱运录一同参观。

话剧《郭明义》在京启动全国巡演

本报讯（记者 **郭青剑**） 9月15日晚，由中宣部文艺局、文化部艺术司主办，辽宁省委宣传部、辽宁省文化厅承办的话剧《郭明义》全国巡演启动仪式在北京梅兰芳大剧院举行。北京市委常委、宣传部部长、副市长鲁炜，辽宁省委常委、宣传部部长张江和中宣部文艺局副局长孟祥林、文化部艺术司司长董伟等出席仪式并触动水晶球，开启了话剧《郭明义》全国巡演之旅。辽宁省委宣传部副部长张玉珠在仪式上致辞。仪式由辽宁省文化厅副厅长赵奎伟主持。

启动仪式后，首都观众带着期盼观看了话剧《郭明义》。现场的掌声、泪水、赞誉再次证明了郭明义本人的影响力，证明了该剧的艺术感染力。据悉，9月16日，该剧还将在北京梅兰芳大剧院演出一场。

话剧《郭明义》由辽宁人民艺术剧院根据“当代雷锋”郭明义爱岗敬业、助人为乐、无私奉献的先进事迹创排，全剧选取郭明义工作、生活中发生的真实事例，综合运用声、光、电等手段，生动再现了郭明义数十年如一日永葆政治本色的优秀共产党员形象，充分展示了他以奉献为荣、以助人为乐的崇高思想境界和幸福观。该剧此前已在天津、辽宁等地巡演60余场，观众超过12万人次。

按照中央领导指示精神，应广大观众要求，话剧《郭明义》将从今年9月至12月在北京、河北、河南、山西、山东、江苏、上海、浙江8省（市）11个城市演出30场，让郭明义的先进事迹和崇高品德在舞台上更深更广地传扬下去。

第12届中国戏剧节将登陆重庆

本报讯（记者 **王雨橡**） 记者从9月14日在京举行的新闻发布会上获悉，由中国文联、中国剧协和重庆市人民政府共同主办的第12届中国戏剧节，将于10月14日至30日在重庆举行。

本届戏剧节汇聚了来自北京、上海、西藏等18个省区市以及中直和部队系统的29台参演剧目，涵盖了昆曲、京剧、川剧、豫剧、秦腔、越剧、黄梅戏等15个戏曲剧种以及话剧、舞剧、音乐剧等。参演剧目包括昆曲《红楼梦》、京剧《曙色紫禁城》《金锁记》《魂系油气田》、川剧《灰阑记》《鸣凤》《尘埃落定》《夕照祁山》、越剧《秋色渐浓》、黄梅戏《独秀山下的女人》、豫剧《清风亭上》《斗笠县令》、晋剧《大红灯笼》、秦腔《西京故事》、吕剧《大唐魏官记》、粤剧《海棠亭》、闽剧《红裙记》、吉剧《贵妇还乡》、花灯剧《月照枫林渡》、甬剧《宁波大哥》、滑稽戏《顾家姆妈》、话剧《生命档案》《红玫瑰与白玫瑰》《知己》《搬家》《河街茶馆》《共产党宣言》、音乐剧《燃烧的雪野》、舞剧《邹容》。

本届戏剧节革命历史题材、现实题材剧目占有相当比例，又不乏现代戏、新编历史剧和整理改编的传统戏，充分体现了剧目创作“三并举”方针及戏剧创作的繁荣局面。参演剧团既有国家级院团，也有活跃在百姓中的基层院团和民营剧团。名角荟萃也是本届戏剧节的一大看点，刚刚荣获第25届中国戏剧梅花大奖的顾爹和川剧“金嗓子”沈铁梅以及冯远征等名家的演出令人期待。

艺象杂言

《金瓶梅》不宜从文学改为舞剧

□ 夏 末

近日，由北京当代芭蕾舞团创作的现代芭蕾舞剧《金瓶梅》在安排大陆地区巡演日程时遭到上海等地主要剧院婉拒，此事引起了广泛关注。《金瓶梅》自问世以来在各个时代均被视为一种文化禁忌，将其搬上银幕、舞台都不能免于争议。虽然主创人员一再强调“该剧表现的是人性，而不是性”、“观众应怀着审美之心看待该剧”、“这是一部只和有教养之人分享的作品”，但该舞剧以形体艺术呈现性行为，让场景酷似“春宫”甚至展示古代性道具，大肆渲染情色氛围，令其一厢情愿的受众预期化为一纸空谈。笔者以为，主创人员在改编这样一部限制级作品时，仍有一些观念值得厘清。

《金瓶梅》是一部有一定价值和文学地位的古典文学作品，作为中国第一部世情小说，它对世间百态纤毫毕现的描绘和对欲海浮沉的个体入木三分的刻画，堪称前无古人后无来者，透过或活色生香或不堪入目的情节，人们于爱欲之大欢喜中蓦然惊觉个体存在之大悲悯，体悟到人的转瞬即逝和自然的永恒寂灭；但其细致的生活状写、无休无止的性描写，也使它一方面真实地反映了一个时代的特定世相，同时，也沦为“淫书”。对《金瓶梅》的评价历来争议不休。况且，有价值的文学作品未必有改编价值。《金瓶梅》是一部内向型的文学作品，由于情节过于繁琐，内容过于庞杂，单独任何一片零散的碎片都不能指向其深蕴的主旨。这些都是这部作品应该采取专家学者和普通读者分级制阅览的原因。《金瓶梅》从表现形式上拒绝其他艺术门类对其改编，特别是电影艺术、舞蹈艺术这类以外向型表现方式为主的艺术门类，在改编时不得不以只可意会不可言传的画面、动作自我呈现，这种有选择的再创作不得不选择那些易于影像、形体表达的情节内容作为主要表现形式。有人说，诗是翻译中丢失的部分，笔者以为，主创人员想让人看到的《金瓶梅》的人性主题恰恰也是改编中丢失的部分，而《金瓶梅》中不宜传播的内容却恰恰成了改编的主体。这并非因为主创人员力有未逮，而是外向型艺术与内向型艺术天然就存在不能对接的某些质素。

这样一部改编不当乃至不宜改编的作品，主创人员在回应“是色情还是艺术”的争论时甚至有“淫者见淫，美者见美”的论调，这不能不让人质疑其创作态度。是以在艺术殿堂中修养自身、感化他人为诉求，还是以俯瞰众生、不食人间烟火的圣人自居；甚至就是冲着那所谓看点而来。的确，人们看《金瓶梅》不应只看到爱欲，还应看到人性。但笔者以为，假如有人能视舞台上男女交媾的情节如若无睹，脸不红心不跳地大谈人性，恐怕心理也不正常。文明的定义不是把原始的行为赋予文明的注释就可称其为文明，艺术的定义当然也不是把性行为演绎成舞蹈即可称其为艺术。诚然，缺乏专业修养的受众值得艺术家以专业的艺术作品去引导，但受众正确理解传播者意图与否，全在于传播者给受众看到的是什么。明明看到了“性”，如果为了显示自身“不淫”而偏说看到了“人性”，岂非成了“皇帝的新衣”？

现代芭蕾舞是具有先锋性的舞蹈艺术。先锋是对传统的颠覆和重建，是在旁人都因循旧习时敏锐地察觉并突破陈规的局限。但是先锋是挑战自身，而不是挑战禁忌、挑战健康的社会道德氛围、挑战受众的接受能力和理解水平。《金瓶梅》借舞剧创演缺乏审查、大陆市场尚无分级等制度缺陷堂而皇之地剑走偏锋求关注、求市场，未免成先锋的陌路与末路。

第14届国际摄影艺术展评选结束

本报讯（记者 **乔燕冰**） 由中国摄协主办的中国第14届国际摄影艺术展览日前在浙江省丽水市结束了为期3天的评选，11位中外专家评委对来自88个国家和地区的7298名摄影人投寄的72678幅摄影作品进行了专业细致的甄选，评选结果将于近日经公示后正式揭晓。

据主办方统计，本届国际影展参评的境外作者为1336人，投稿作品13568幅，境内作者5962人，投稿作品59110幅。总投稿作品不仅高于上届的70566幅，且来稿数量也再创国际影展的历史新高，并得到了意大利职业摄影家协会、美国传媒摄影学会等近15个摄影机构的大力支持和积极参与。作为中国摄协的品牌展览，国际影展迄今已历时30余年，成功举办了13届。本届展览适逢“十二五”规划的开局之年，为响应中央领导“让人们生活得舒心、安心、放心，对未来有信心”的号召，展览首次特设“幸福瞬间”主题，与影展过往的自由命题同期面向全球摄影人征稿，得到世界各地摄影人的热情响应。共收到“幸福瞬间”主题作品22874幅，占总投稿量的30%。以展览评选为契机，主办方还并行开展了以“当代中外艺术摄影比较”为主题的国际摄影高端论坛和高端讲座，并利用“微博直播”、“微访谈”等网络传播手段与众多网友互动，让越来越多的人参与到摄影艺术中来。

《中国艺术报》版式赏析

2011 年 9 月 16 日

第 1056 期

97.“不想当厨子的武师不是好演员”新解

——由演员张震获八极拳比赛一等奖引发的思考

张成

演员张震因出演王家卫执导的电影《一代宗师》而刻苦修炼八极拳，在日前长春举办的八极拳比赛中获得一等奖，引得舆论一片哗然。年届不惑的张震一下子成为武行中“高手”，结合着年近耳顺才接触 3D 技术，并把电影《少年派的奇幻漂流》拍摄得美轮美奂的李安，一时间，电影界的正能量四溢，正所谓“活到老，学到老”。

张震的行为，用电影《霸王别姬》中的台词描述就是“不疯魔，不成活”；按照国外的说法，就是斯坦尼斯拉夫斯基的“体验生活”。据悉，当初张震拜师学习八极拳时，便是奔着“真练”去的，他先是在北京的小树林里，早上 3 个小时，晚上 3 个小时，春夏秋冬，坚持不懈，甚至在小树林里，有一棵专门属于张震的树，每天陪伴着张震练习压腿、靠背。因为，已经过了学武的最佳年纪，学武的痛苦可想而知。张震的这番刻苦修炼，一方面出于片中武打的剧情需要，更重要的则是，在没有武打的剧情时，他仍想传递出武行人的精气神。其实，这乍看虚幻的“精气神”，正是保证观众在看非武打剧情时不跳戏的重要因素。反观今天的荧屏上，又有多少细皮嫩肉的演员演着与自身形象不符的将军、侠客……

斯坦尼斯拉夫斯基的“方法派”与生活有着天然的亲近性，离生活越近，责任感越强，责任感越强，就会更加深入地体验生活，如孙淳为出演角色的需求，不顾自身健康，短期内疯狂地增肥；李雪健在身患重病的情况下，坚持把戏拍完……这些都体现了演员的对戏的态度，对观众的态度，除了“责任”二字，无他。

众所周知好莱坞电影特效独步世界影坛，但仅靠特效是不能满足它的电影受众的。罗伯特·德尼罗因为出演《愤怒的公牛》而短期内增肥，传神地诠释了角色，而得到奥斯卡奖；迈克尔·法斯宾德因为演戏需要，短期内迅速减肥，这位扎实刻苦的演员因此受到好莱坞青睐，而被邀请出演科幻大片“X 战警”系列。主打功夫元素的科幻三部曲“黑客帝国”系列，除了创意无限的科幻元素，还少不了硬桥硬马的武打戏，因为拍武打戏，主演基努·里维斯等演员也接受了长时间的武术训练。由此看来，电影产业的强大，离不开演员的体验生活，无疑，张震树立了一个很好的榜样。“不想当厨子的武师不是好演员”，这句笑话，恰恰说明了演员的真谛，演员并不是单纯的演戏，而是要触类旁通，深入生活。

当然，仅仅靠演员的努力还不够，更需要的是一个个演员可以托付自己的剧组。正是因为王家卫慢工出细活的口碑和严谨的创作态度，梁朝伟、章子怡、张震这些大牌演员才肯放心大胆地把时间和身心托付给他，听他调度。因此，当导演、演员都“慢”下来，踏踏实实磨戏时，我们的电影才会更加好看、耐看。

后记

这本书搜集的是中国艺术报2011年至2012年刊发的言论精选。2011年以来，本报增设多个栏目，大力加强言论写作与刊发，以言论带评论，面貌为之一新。言论短小精焊，跟进文艺现象，是文艺报刊、文艺新闻的利器，具有新闻性、思想性、评论性三性统一的文体特征，既为读者关注，也能即时传达报纸的声音。这两年间，本报的言论在文艺传媒中异军突起、独树一帜，受到广泛的关注和好评。中央领导同志曾多次就本报言论作出批示，赞扬本报的言论“观点鲜明，敢于直言，有针对性，有战斗力”，开创了文艺评论新风，并希望在媒体和文艺界提倡和推广。中国文联理论研究室、中国作协创研部还联合召开座谈会，研讨由本报引发的文艺评论开新风问题。《光明日报》还曾刊发一组文章评介推荐本报的文艺言论。

本书按“锐批”、“锐评”、“锐语”、“锐思”四个专辑，收录了这两年本报刊发的近400篇言论。

这些言论及时地关注了这两年发生的各种文艺现象，有直言批评，也有热情肯定；有舆论引导，也有艺术鉴赏；有现象分析，也有典型推介。涉猎面十分广阔，对热点、难点、观点、看点逐一评析，起到跟踪、把脉最新文艺动态和发展态势的积极作用。许多知名艺术家对本报的这些言论给予高度关注。已故表演艺术家李默然，在病房中还经常阅读，多次与有关领导谈及其中一些篇什并称赞“敢讲真话”，“这件事就是要予以批评”等。还有一些篇什刊发后，引发了广泛的讨论和舆论报道，有些篇什还对不良文艺现象产生了遏止和终结的作用。总之，言论是一份报纸的灵魂，也是报纸新闻敏锐度的试金石。

希望这些言论结集成书后，对记录当下文艺现象和研究、评陟这些文艺现象能继续发挥作用。

编者

2013年7月

图书在版编目（CIP）数据
文艺锐批评：全2册 / 向云驹主编 . －北京 ：中国文联出版社，
2013.11
ISBN 978－7－5059－8393－9

Ⅰ . ①文… Ⅱ . ①向… Ⅲ . ①文艺评论－中国－文集
Ⅳ . ①I206－53

中国版本图书馆CIP数据核字 (2013) 第252824号

书　　名	文艺锐批评（上下）
主　　编	向云驹
出　　版	中国文联出版社
发　　行	中国文联出版社　发行部（010－65389150）
地　　址	北京农展馆南里10号(100125)
经　　销	全国新华书店
责任编辑	王柏松
印　　刷	北京雅昌彩色印刷有限公司
开　　本	787×1092　1/16
印　　张	49.25
版　　次	2013年11月第1版第1次印刷
书　　号	ISBN 978－7－5059－8393－9
定　　价	128.00元

您若想详细了解我社的出版物
请登陆我们出版社的网站 http://www.cflacp.com